이문구 소설어 사전

이문구 소설어 사전

개정판 1쇄 발행　2020년 4월 21일
개정판 2쇄 발행　2024년 1월 5일

엮은이　　민충환
펴낸이　　이재종
펴낸곳　　도서출판 아로파
주소　　　서울시 강남구 도곡로 63길 23, 302호
전화　　　02-501-1681
팩스　　　02-569-0660
홈페이지　www.cnaedu.co.kr
전자우편　rainbownonsul@hanmail.net
ISBN　　　979-11-87252-08-5 91810

이 도서의 국립중앙도서관 출판예정도서목록(CIP)은 서지정보유통지원시스템 홈페이지(http://seoji.nl.go.kr)와
국가자료종합목록 구축시스템(http://kolis-net.nl.go.kr)에서 이용하실 수 있습니다.
(CIP제어번호 : CIP2020008388)

이문구

소설어 사전

민충환 엮음

아로파

개정판에 부쳐 …

《이문구 소설어 사전》 초판은 2000년 12월에 완성되었다. 그런데 이문구 선생이 책 발행 시기를 12월로 해 두면 언론사들이 전년도 것으로 간주하여 신간 보도에서 제외시킨다는 조언을 하셔서, 2001년 1월 2일로 발행 일자를 조정하였다. 말씀대로 신년을 맞은 각 신문사에서 대대적으로 이 책을 소개해 주었다.

그때 한 신문사와의 인터뷰에서 선생이 왕성한 작품 활동을 지속하여 훗날 개정판을 낼 수 있으면 좋겠다고 얘기했는데, 선생은 내 소망을 저버리고 2003년 2월 홀연히 우리 곁을 떠나셨다.

보통 사람의 경우 세월이 가면 점차 기억에서 희미해지다가 이내 잊혀지기 마련인데, 선생은 오히려 그 존재가 점점 더 부각되고 분명해졌다. 이는 선생의 작품 세계가 독특하고 개성적이어서 그 문학사적 위상이 크고 확고하기 때문이리라.

이제 초판이 나온 지 어언 20년이 흘렀고, 선생이 타계하신 지 17년이 되었다. 즈음하여 도서출판 아로파의 이재종 대표가 선생에 대한 깊은 애정으로 《이문구 소설어 사전》의 복간을 요청해 왔다. 고마운 일이 아닐 수 없다. 부디 새로운 독자들에게 명천(鳴川) 이문구 선생의 웅숭깊고 유현한 소설의 맛을 전달하는 데 이 책이 크게 도움이 되기를 기대한다.

2020년 사월에
민충환 씀

책을 펴내며(초판 머리말) …

이문구(李文求)는 우리 문학사에서 '판소리-(고대소설·신소설)-이광수-김유정-채만식-홍명희'의 맥을 잇는, 개성 있는 작가로 알려졌다. 특히 '그의 문체는 평단 전체가 달라붙어 연구해도 모자랄 그런 풍요로운 숲'이며, '이 나라 제일급의 말의 감각과 운용의 대가'라고 높이 평가되고 있다. 그런데 일반 독자들이 그의 작품을 이해하는 데는 상당한 어려움이 따른다. 왜냐하면 우선 그의 문체가 간결한 미문이 아니라 지리한 요설문체라는 점이 지적될 수 있고, 더욱이 낯선 토박이말과 방언·곁말·상말·속담 그리고 의미를 알 수 없는 관용어와 개인적 어휘가 다양하게 나오기 때문이다.

다음의 예들을 보자.

> "오형, 촌에서 무슨 재미로 살간디. 가족계획 않는 재미 하나여."
> "오형이구 B형이구 **개갈 안 나는 소리** 구만허구…다이야 안 떼먹구 잘 태웠다는 증거버텀 뵈여 디려."
> 이장이 가운데로 들어서며 물을 탔다. 　　　　　　　　　　　－《우리 동네 黃氏》 중에서

> …됩데 농민들을 위해서 일꾼으루 나섰다는 이들은 **가물치 콧구녕**처럼 죄다 어디 다붙어 있는지 통 뵈질 않으니, 그래도 괜찮은 겨? 　　　　　　－《장척리 으름나무》 중에서

이문구 작품 속에는 이 같은 말이 '언어의 바다'를 이루고 있다. 이 넓은 바다를 순조롭게 항해하기 위해서는 암호 같은 이 말들을 해독할 열쇠가 필요하다. 아무 준비 없이 뛰어들었다가는 장님 코끼리 말하는 격이 될 것이기 때문이다.

기실 대표작 중의 하나인 《우리 동네》 한 편을 읽고 어휘를 조사·정리하는 데 6개월 이상이 걸렸다. 그러나 의미가 해명되지 않은 말들이 상당했다. 이 많은 여백을 어떻게 채울 것인지 오랫동안 고심했다. 하는 수 없이 작자를 직접 찾아가 보기로 마음먹었다.

하루종일 모래를 체에 쳐서 작은 금 알갱이를 골라내는 사금 채취공의 정성으로 지난 5년여 동안 이 작업을 했다. 이 일은 나의 시시콜콜한 물음에도 화 한번 내지 않고 넓은 가슴으로 안아 준 이문구 선생의 보살핌이 있었기에 가능하였다.

《이문구 소설어 사전》은 그간 김유정·채만식 등의 어휘 사전이 출간된 바 있으나 현역 작가에 대해서는 첫 시도라 할 수 있다. 모쪼록 이 책이 대천 앞 바다와 같이 넉넉한 이문구 작품 이해의 길잡이가 되고 나아가 새로운 소설어 사전의 지평을 여는 전기가 되기를 기대한다.

끝으로, 본서 출간을 위해 힘써 주신 민족문화연구원 윤사순 원장님과 김흥규 교수님 그리고 본 책자의 워드프로세서 작업을 해 준 부천대학의 많은 제자들과 여러 선생님께 감사를 드리며 우리 가족에게도 고마움을 전한다.

2001년 새 아침에
민충환 씀

일러두기 …

1. 표제어는 이문구 문학 작품에서 독특하게 사용되고 있는 어휘, 관용어, 속담 등을 뽑아 가나다 순으로 나열하였으며, 특히 중첩어는 후일 연구자를 위해 전량을 수록하였다.

2. 각 항목은 표제어, 표제어 풀이, 예문, 예문 출전 순으로 수록되었으며, 표제어에 생소한 어휘가 있을 경우 항목 끝에 관련 어휘 풀이를 따로 두었다.

   【예】 **가장귀 치다** 　말끝마다 신경을 곤두세우다. ¶(아내는)…마디마다 가장귀 치고 옹이를 박아 가며 너스레를 떨었다.《우리 동네 李氏》 ※가장귀 : 나뭇가지의 갈라진 곳.

3. 표제어의 사용 지역, 또는 표제어 풀이와 관련된 부가 정보는 표제어 풀이 다음으로 수록했다. 이 중 〈연〉과 〈북〉은 표제어 풀이의 출전에 관련된 것으로 〈연〉은 《조선말 사전》(연변인민출판사, 1995)을, 〈북〉은 《조선말 대사전》(사회과학출판사, 1992)을 참조한 것이다. 또한 작가가 개인적으로 만들어 사용한 말에는 특별히 〈個語〉를 사용해 표시하였으며, ㉇은 속담, ㉫는 비속어를 뜻한다.

4. 이 책에서 사용한 텍스트는 다음과 같다.

   【소설집】
   - 이문구·송영 편, 《한국 문학 대전집》, 태극출판사, 1976.
   - 《누구는 누구만 못해서 못허나》, 시인사, 1980.
   - 《몸으로 살러온 사내》, 산하, 1987.
   - 《토정 이지함》, 스포츠서울, 1990.
   - 《산 너머 남촌》, 창작과비평사, 1990.
   - 김주영 외, 《사랑 줍기》, 민족과문학사, 1990.
   - 《매월당 김시습》, 문이당, 1992.
   - 《유자소전》, 벽호, 1993.
   - 《장한몽》1~2, 책세상, 1995(2판).
   - 《다갈라 불망비》, 솔, 1996.
   - 《우리 동네》, 솔, 1996.
   - 《이 풍진 세상을》, 솔, 1997.

- 《관촌수필》, 솔, 1997.
- 《엉겅퀴 잎새》, 열화당, 1997.
- 《만고강산》, 솔, 1998.
- 《내 몸은 너무 오래 서 있거나 걸어왔다》, 문학동네, 2000.

【산문집】
- 《아픈 사랑 이야기》, 진문출판사, 1977.
- 《지금은 꽃이 아니라도 좋아라》, 전예원, 1979.
- 《오늘의 한국 문학 33인선》, 양우당, 1988.
- 《소리 나는 쪽으로 돌아보다》, 열린세상, 1993.
- 《글밭을 일구는 사람들》, 열린세상, 1994.
- 《나는 남에게 누구인가》, 엔터, 1997.
- 김지하, 《사상기행①》, 실천문학사, 1999.
- 《줄반장 출신의 줄서기》, 학고재, 2000.

【동시집】
- 《이상한 아빠》 1~2, 솔, 1997.

【그밖의 작품】
- 오자룡, 《월간중앙》, 1975(1~12).

5. 이 책의 표제어 풀이에 참조한 사전은 다음과 같다.
- 남광우 편, 《고어 사전》, 일조각, 1971.
- 신기철·신용철 공저, 《새우리말 큰사전》, 삼성출판사, 1974.
- 이기문 편, 《속담 사전》, 일조각, 1980(개정판).
- 송재선 편, 《우리말 속담 큰사전》, 서문당, 1983.
- 한글학회 편, 《우리말 큰사전》, 어문각, 1991.
- 최경남·송천식 공편, 《조선말 성구 사전》, 동북조선민족교육출판사, 1991.

- 사회과학출판사 편, 《조선말 대사전》, 사회과학출판사, 1992.
- 원영섭 편, 《우리 속담 사전》, 세창출판사, 1993.
- 송재선 편, 《상말 속담 사전》, 동문선, 1993.
- 금성출판사 편집부 편, 《국어 대사전》, 금성출판사, 1993(5쇄).
- 정종진 편, 《한국의 속담 용례 사전》, 태학사, 1993.
- 정태륭 편, 《우리말 상소리 사전》, 프리미엄북스, 1994.
- 연변사회과학원 언어연구소 편, 《조선말 사전》, 연변인민출판사, 1995.
- 최기호 저, 《사전에 없는 토박이말 2400》, 토담, 1996.
- 박영준·최경봉 공편, 《관용어 사전》, 태학사, 1996.
- 김재홍 편, 《시어 사전》, 고려대출판부, 1997.
- 김윤식·최동호 공편, 《소설어 사전》, 고려대 출판부, 1998.
- 연세대학교 언어정보개발연구원 편, 《연세 한국어 사전》, 두산동아, 1998.
- 김동언 편, 《국어 비속어 사전》, 프리미엄북스, 1999.
- 이근술 저, 《우리 토박이말 3000》, 토담, 1999.
- 국립국어연구원 편, 《표준 국어 대사전》, 두산동아, 1999.

6. 덧붙여, 이 책과 이문구 문학의 이해를 위해 작자의 말을 인용한다.
   - 별도의 표시가 없는 방언은 충남 보령 지방 및 홍성, 서산, 당진, 서천, 청양, 부여 등 충남 내포 지방에서 널리 쓰이는 말임.
   - 본인은 속담의 경우 속담 사전에 오를 정도로 알려진 속담은 되도록 쓰지 않는 것을 철칙으로 하고 있으므로 속담인 듯해도 속담이 아니며, 거의가 본인이 지어낸 말임. 본인이 창작한 말일 경우 그때그때 소설을 집필하면서 즉흥적으로 지어내거나 임의로 사용한 것이므로, 같은 말이라도 소설 속의 분위기나 상황에 따라서 본인의 다른 작품과 비교하여 때로는 유사하고 때로는 전혀 다른 뜻으로 사용된 경우가 허다함.
   - 상말의 경우 역시 거의 모두 지어낸 말임. 드문 일이지만, 간혹 어딘가에서 얻어듣고 메모해 두었다가 쓴 경우도 이제는 출처를 기억할 수 없음. 또 상말도 번번이 임기응변으로 지어서 쓴 까닭에 작품 속의 상황이나 분위기에 따라서 뜻이 같지 않을 수 있음.

ㄱ

가갸거겨 역할이나 능력이 뚜렷하지 않은 일반 사람. 장삼이사. 〈個語〉 ¶무엇이나 되는 것처럼 한창 거드럭거리며 목청을 뽑아대던 갈도의 얼굴이 낮달만큼이나 질려 버린 안색이었으니 그밖의 가갸거겨들이야 보나 마나 한 일이었다.《매월당 김시습》

가갸거겨 하다 따따부따, 왈가왈부, 갑론을박하다. 입씨름하다. 다투며 의논하다. ¶…남의 집 안에 들어가 사내 여편네가 남남끼리 하필 팬츠를 놓고 가갸거겨 하는 옆에서 옆들이 하잠도 아닌 듯하여 부쩌지 못하고 있었다.《우리 동네 黃氏》

가갸 뒷다리나 뜯다솕 겨우 국문 해득이나 하는 터에 다른 것이야 오죽이나 무식하겠느냐는 말. ¶"…저것들은 색소경에 근근이 가갸 뒷다리나 뜯었을 테니 여북하겠나…"《변 사또의 약력》

가갸 뒷다리도 모른다솕 가갸 뒷자도 모른다. 글자를 전혀 모르는 사람을 두고 이르는 말. ¶내가 배우던 가전(家傳)의 천자엔 토 한 자가 달려 있지 않았다. 물론 그때까지 우리들은 가갸 뒷다리도 모르던 판이었으니 토 아니라 글자 이름이 한글로 표기돼 있었대도 아무 소용이 없었겠지만, 허나 진현이와 준배가 장터 책전에서 사가지고 다닌 천자엔 한글로 된 글자 이름이 곁들여져 있는 거였다.《관촌수필 1》

가구 안 닿는 소리 [가고(미考 : 참고할 만함)와 거리가 멀다는 뜻으로] 어림도 없는 말. 가당치 않은 말. 〈방언〉 ¶"늘 장반(사만오천 원)이면 누가 사 갈란지 몰라두 여섯 장이란 건 가구가 안 닿은 소리여"《다가오는 소리》"…몇 천 년 동안 몇 백만 사람들이 믿은 예수교도 안 믿구 불교두 안 믿었넌디 천상교를 믿유? 가구두 안 닿는 소리지…"《추야장》

가까운 무당보다 먼 데 무당이 영하다솕 가까이 있는 사람의 재주나 능력 같은 것은 잘 믿게 되지 않는다는 것을 이르는 말. 동네 무당 영하지 않다. ¶"…핵교 옆댕이 비밀 댄스홀 댕겨 디스코만 안 배우면 되잖여.""그건 그려. 동네 무당버덤 먼 디 사는 무당이 용타니께. 내 아는 늠허구만 어르지 않으면 되어. 증거 읎이 집어넣지는 않을 테니."《우리 동네 張氏》

가나오나 어디를 가거나 늘 다름없이. ¶"…가나오나 증챌서 순사만 보면 서방님이 걱정되더먼유."《관촌수필 3》

가난가난하다 여럿이 다 가난하고 가난하다. ¶책상 걸상이 없는 맨바닥에 늘어앉아 책 한 권을 두서넛이 함께 보며 가난가난하게 학교를 다녔던 것이다.《관촌수필 4》

가난 구제는 나라도 못한다솕 남의 가난한 살림을 도와주기란 한이 없는 일이어서, 개인은 물론, 나라의 힘으로도 구제하지 못한다는 말. ¶가난 구제는 나라도 못한다지 않더냐. 한두 끼라면 몰라도 셋이

나 되는 식객인데 뭘 가지고 좋은 일 해 보랴던 거였다.《금모랫빛》

가난이 원수(송) 가난하기 때문에 하고 싶은 일을 못하게 되거나 고통을 받게 되니, 가난이 원수와 같이 느껴진다는 말. ¶어족 아끼는 마음은 누구보다 깊으련만 가난을 원수로 맞아 도리 없이 씨 마르게 훑어 오지 않아선 안 될 영세 어민들을 원망할 순 없으리라 싶었다.《낙양산책》

가녀리다 ① 몹시 가늘고 연약하다. ¶서쪽 하늘은 북새라도 필 듯 단풍이 한창이었고, 가녀린 들국화 꽃떨기에선 산그늘 따라 찾아든 바람결이 무료한 잎사귀에서 노을 지고 있었다.《장한몽》 ② 소리가 몹시 가늘고 힘이 없다. ¶내가 서둘러 돌아설 순간엔 이영의 가녀린 비명이 토막 나는 판이었다.《그가 말했듯》

가는 기둥에 서까래 굵은 소리를 한다(송) 하는 짓에 비해 어울리지 않게 유식한 척하는 것을 조롱하여 이르는 말. ¶유천만은 가끔 가는 기둥에 서까래 굵은 소리를 입에 올렸으니 예를 들면 이런 거였다. "내 비록 둔근일망정 소갈머리 하나는 막천석지라네. 사람 야리게 보지 마소."《관촌수필 6》

가늘가늘하다 몸매가 굵지 않고 꽤 가느다랗거나 좁다.〈個語〉¶순이는 허리가 가늘가늘해지도록 마음 놓고 웃었다.《우리 동네 柳氏》

가늠 기미를 살펴보는 짐작. 대중. ¶최가 자고 나며 일변 까치 둥지를 희번득이는 것은, 까치가 어느 쪽으로 문을 내는지 아직도 가늠이 안 가서였다.《우리 동네 崔氏》

가늠을 보다 기미를 살피거나 이치를 헤

아리다. ¶가장의 그런 속셈을 미리 가늠본 것도 아니련만, 리가 집터서리에 이르니 아내와 아이들은…진작 방문을 잠그고 밭마당에 나와 있었다.《우리 동네 李氏》

가늣하다 약간 가는 듯하다. ¶(산)…이번 추석에는 나의 그 가늣하고 여린 마음을 전처럼 우격으로 달래 보려고 애쓸 필요가 없었다.《지금은 꽃이 아니라도 좋아라》

가다루다 논밭을 갈아서 다루다. 여기서는, '잘 가꾸고 길들이다'는 뜻으로 쓰임. ¶소 임자답게 소를 가다루지 못해 부끄러웠으며,《우리 동네 李氏》

가닥가닥 가닥마다. ¶그날 밤의 달빛만 해도 올올이 한숨이요, 가닥가닥에 서러움이 서린 달빛이었지만《장한몽》

가닥지 (동작이나 버릇의) 됨됨이. 태도.〈방언〉¶"늬 여편네? 서방 잡아먹고 뻑다구만 공동묘지에 내다 버린 여자 말버릇은 보통 그 가닥지냐?"《장한몽》

가던 구름에 비 맞은 장단이 있는데(송) 이미 애매하게 당한 경험이 있는데. 전철(前轍)이 있는 터에. ¶"올부텀 괜찮어질 게라더니 깨묵셍이나 워다가 그려? 가던 구름에 비 맞은 장단이 있는디 오는 구름에 서리 맞을 가량두 못 허면 그것두 생물이여?…"《우리 동네 張氏》

가동이(를) 치다 세차게 가동질을 하다.〈북〉¶그 틈에 나는 질척한 이부자리를 가동이쳐 개어 얹고 빠져나올 수 있었고.《관촌수필 5》

가동치다 간추리다.〈방언〉¶…접시에서 기어 나와 달아나는 놈 모가지를 움켜쥐고, 다른 한 손으론 낙지발 여덟 개를 한 아귀에 가동쳐서 힘껏 내리훑어

내야 했다.《낙양산책》

가득가득 분량, 수효가 한도에 찬 모양. ¶창문도 없이 굴속 같은 화물 열차에 가득가득 실려 가는 입영 장정들의 전도를 전송해 주기 위해서였다.《관촌수필 4》

가락가락 가락마다. ¶택시는 영산강 잔너울을 가락가락 주름잡으며 물방개처럼 내달았다.《만고강산》

가랑이가 찢어지게 가난하다⟨송⟩ 집이 매우 가난하다는 말. ¶(산) 가랑이가 찢어지게 가난했던 그녀의 시집은 그러나 열 아들들이 한꺼번에 머슴살이를 하고 사경을 받아들여 매년 논만 사들였으므로,《아픈 사랑 이야기》

가랑이에 가래톳이 설 지경이다⟨송⟩ 정신 못 차릴 정도로 매우 바쁜 상태를 이르는 말. ¶…가랑이에 가래톳이 서도록 부산한 대소 벼슬아치들을 못 먹여 하면서 이를 갈아 온 것으로 치면 강호에 매월당과 견줄 만한 사람도 드물 터이었다.《매월당 김시습》

가래다 옳고 그름을 따지다. ¶남이 종주 먹을 대고 가래려 들자 리도 담배를 꺼내며 남을 거들었다.《우리 동네 李氏》

가랫줄하고 통치마는 쩍 벌릴수록 좋다⟨비⟩ 다루기에 쉽다는 말. ¶"가랫줄하고 통치마는 쩍 벌릴수록 좋은 법이여." 가래질로 자갈 무더기 까뭉개는 인부들을 독려하고 난 도십장은,《지혈》

가량스럽다 조촐하지 못하여 격에 조금 어울리지 아니한 데가 있다. ¶…셋을 거두어 하나를 지주에게 주는 요즈음의 작인들은 가량스럽게도 때아닌 횡재를 하는 셈이었다.《산 너머 남촌》

가량(假量)없다 어림짐작이 없다. ¶…무덤들은 그리 조밀하지 않았고 터는 가량없게 넓은 곳이었다.《장한몽》

가로다지 가로로 된 방향. ¶오와 열을 맞추어 가로다지로 늘여 세운 스물한 채의 신축 가옥들은《산 너머 남촌》

가로 뛰고 세로 난봉이다⟨송⟩ 요령부득으로 이랬다 저랬다 하고 갈피를 못 잡는 모양. ¶안절부절못하는 두 다리는 가로 뛰고 세로 난봉이었지만, 이미 남의 손을 탄 쌀자루가 굴러 나올 리는 없었다.《그때는 옛날》

가로로 지나 세로로 지나⟨송⟩ 이렇게 되거나 저렇게 되거나 상관없다는 말. ¶"가로로 지나 세로로 지나 지겟다리만 고달픈 법이에요."《산 너머 남촌》

가로세로 이리저리 여러 방향으로. ¶내동 사장 방패막이하기에 다른 경황없던 염까지 나서서 가로세로로 내닫던 것을 보면, 어디서 무슨 말이 들어가 그러는 것도 아닌 성불렀다.《우리 동네 張氏》

가로왈 세로왈 하다⟨송⟩ 이러쿵저러쿵하다. 쑤군쑤군하다. 제멋대로 지껄이다. ¶"…시방은 사람사람이 먹구 쓰는 게 죄 약이 아니면 독으루 알구 살어두 저기헌 세상인디, 새꼽빠지게 가로왈 세로왈 헐 게 뭐라나?"《우리 동네 黃氏》

가로지르다 어떤 곳을 가로질러서 지나다. ¶그때 얼핏 매월당의 뇌리를 가로지르는 것이 있었다.《매월당 김시습》

가로질리다 '가로지르다'의 피동형. ¶"그럼 집은 하찮은 것이 가로질리구 세루루 비껴 부락 발전이 낙후되구, 군수 영감이 묵은 동네라구 호를 내려야 선허겠남?"

《우리 동네 姜氏》

가루것 가루붙이. 가루로 만든 음식. ¶…점심 때라고 그에게 가루것 한 끼 따뜻이 대접하는 이가 없기는 내가 그와 초면을 하던 무렵하고 다를 바가 없었다.《강동만필 1》

가름옷 '갈음옷'의 잘못. 일한 뒤나 외출할 때 갈아입는 옷. ¶정은 가름옷으로 갈아입으려고 방으로 들어가면서, 발부리에 걷어채어 뒹구는 큰딸 책가방을 돌아보며 도로 언성을 높였다.《우리 동네 鄭氏》

가리가리 여러 가닥으로 찢어진 모양. ¶…옴버들가지가 가리가리 휘둘리며 몸태질하는 소리도 금방 무슨 일이 일어나는 양으로 요란하였다.《매월당 김시습》

가리쟁이를 찢어 놓을 년(비) 인신공격적인 욕설. ¶"…제년으 집구석은 뭣 볼 게 있다구 가당찮게 넘 말 허구 댕겨, 이 가리쟁이를 찢어 놀 년아."《관촌수필 8》 ※가리쟁이 : 가랑이.

가리틀다 잘되어 가던 일을 방해하여 틀다. ¶…자칫 잘못하여 이웃 간에 혐의를 지거나, 본의 아니게 양심까지 팔아 가며 남 좋은 일을 가리틀려 덤비게 될까 겁이 나서 시비하지 못하게 된 거였다.《우리 동네 李氏》

가마리 감. (먹을거리 : 먹을 감. 욕을 먹을 감.) 시빗거리. ¶…아내는 뎁세 찍자 붙을 가마리가 제대로 걸렸다 싶은지 되곱쳐 턱살을 쳐들며 무람없이 대들었다.《우리 동네 李氏》

가만가만 가만히 가만히. 또는 살그머니. ¶어느새 활짝 핀 눈송이가 가만가만 내려앉고 있었다.《다갈라 불망비》

가며오며 가면서 오면서. 가자마자 곧. ¶갈머리에서 소뱅이 염전까지는 몇 해를 가며오며 해도 줄지 않는 이십 리라고 일러온다.《김탁보전》

가무숙숙하다 수수하고 걸맞게 감다. ¶"선생 쳇것이라구 가무숙숙헌 상판이 코쭝배기에 제비똥 떨어진 늠처럼 잔뜩 으등그러지구 지르숙은 게, 팔모루 봐두 오종종헌 줄품이던디…"《우리 동네 鄭氏》 ※감다 : 석탄의 빛깔과 같이 다소 밝고 짙다.

가무스레하다 빛깔이 조금 감은 듯하다. ¶…눈이 가무스레 감겨 가는 무렵이었다.《장한몽》

가무잡잡하다 색이 조금 검다. ¶(시) 봄볕에 그을려/ 가무잡잡/ 멍멍이가 보고/ 엉야야 하겠네/ 까마귀 보고/ 아찌야 하겠네.《개구쟁이 산복이》

가물가물 가물거리는 모양. ¶(돼지는) 북장구보다 더 불거진 배를 잦힌 채 가물가물 숨을 쉬고 있던 것이다.《못난 돼지》

가물 끝은 있어도 장마 끝은 없다(속) 물을 더 무섭게 여기어 하는 말. ¶(산) 가물 끝은 있어도 장마 끝은 없다는 속담도 있듯이 장마는 또 불가항력의 대명사인 천재지변의 한 장본으로도 꼽힌다.《단식 농성국》

가물 든 고추밭 굼벵이다(속) 열악한 환경 탓인지 행동이 무척 굼뜨다는 말. ¶"가물 든 꼬추밭 굼벵이여, 왜 이리 꿈지럭대여."《오자룡》

가물치 콧구멍이다(속) (사람이) 한 번 간 뒤에는 통 소식이 없음. 심부름을 하러 간 사람이 올 때가 되어도 오지 않음. (약, 음식 등을) 먹어도 효험이 없음.〈충남 보령 지방 곁말〉 ¶"…워떤 이는 마름버덤

연밥이 낫다구두 허구, 워떤 이는 생선 내장이 구만이라구두 허데만, 하여거나 수캐 가운데 다리만 비싸서 못 해 봤지 웬만헌 것은 죄 장복을 시켜 봤는디두 원제 그랬더냐 허구 그냥 가물치 콧구녕이라…알구 모르게 배암은 또 얼마나 잡으러 댕겼간디…"《우리 동네 柳氏》…됩데 농민들을 위해서 일꾼으로 나섰다는 이들은 가물치 콧구녕처럼 죄다 어디 다 붙어 있는지 통 뵈질 않으니, 그래두 괜찮은 겨?《장척리 으름나무》"짐 서방은 워치기 된 거여. 오두 가두 않구 가물치 콧구녕이니…"《越夏抄》

가물 콩 장마 콩 하다⒮　(작은 일에) 이것저것, 조목조목, 일일이 따지다. ¶라는 탄식했지만 으레 돌아서서 혼자나 알게 중얼거렸을 뿐, 종주먹을 대가며 가물 콩 장마 콩 하고 간연할 수는 없었다.《우리 동네 李氏》

가뭄에 단비⒮　기다리고 바라던 일이 마침내 이루어짐을 이르는 말. ¶(산) 전편의 논지에 전적으로 동의할 만한 책은 아니지만 늙어 가는 머리를 젊게 하는 처방으로 가뭄에 단비 같은 신선함이 있었다.《나는 늘 남의 책이 커 보인다》

가뭄에 뿌리 깊어진다⒮　고생을 해 본 사람은 생활이 야무지다는 말. ¶"…가뭄에 뿌리 깊어진다니 이왕 들어선 고생길에 쬐끔만 더 참으셔, 아우님도 끝을 보아야 나중에 옛말하며 살 날이 오지."《그리고 기타 여러분》

가뭄 타는 해바라기 울 너머 내다보듯⒮　허우대 좋은 사람이 생활고를 겪으면 더욱 눈에 띄게 초라해 보인다는 말. ¶고련 한푼 벌이 없고, 가뭄 타는 해바라기 울 너머 내다보듯, 맥살 없이 살아오기 어언 일 년.《다가오는 소리》

가뭇　깜빡.〈방언〉¶영두는 아이를 보자 이름이 가뭇 하였다. 영두는 내심 무안하여 천 원짜리 한 장을 얼핏 건네면서 이름을 물었다.《산 너머 남촌》

가뭇없다　보이던 것이 전혀 안 보여, 찾을 곳이 감감하다. 흔적도 없다. ¶…어슴새벽에 잠깐 들어와 써레를 지고 나가 보니 웃돈까지 얹어 주고 산 양수기가 가뭇없더라는 거였다.《우리 동네 鄭氏》

가생이　가.〈방언〉¶"…분무기에 맹물만 한 짐씩 지구 나와설랑 신작로 가생이 냄으 논에 들어가 애매헌 배포기만 짓밟었다는 얘기여. 위서 허라는 것은 세상없어두 못 배기니께."《우리 동네 黃氏》

가슴에 못을 박다　두고두고 잊을 수 없는 원통한 일을 당하게 하거나 또는 그런 일을 겪는 경우를 이르는 말. ¶"나도 자식 낳고 길러 본 년인데…그 어린것들 가슴에 못을 박아 가며…내가 육실헐 년이지."《두더지》

가슴(을) 저미다　절절하고 애처로워서 가슴을 칼로 갈피갈피 베어 내는 것같이 마음의 고통을 느끼는 것을 이르는 말.〈북〉¶그것은 왕소나무의 비운 버금으로 가슴을 저미는 아픔이었다.《관촌수필 1》

가슴(을) 졸이다　애를 태우다. ¶사람들은 다시 그 집안에서 장차 무슨 일이 벌어지려나 싶어 모두들 불길한 예감과 불안한 느낌으로 가슴을 졸이기 시작했다.《관촌수필 4》

가슴(을) 태우다　(걱정과 근심으로) 초조

해하다. ¶집을 잃고 세간은 합솔되어 네 것 내 것이 없어졌으며, 시집살이도 유례 없이 심하다며 그녀는 가슴을 태웠다.《관촌수필 3》

가슴이 내려앉다 충격으로 마음이 아프다. ¶탁보는 가슴이 내려앉는다. 하지만 아무런 기억도 없다. 그러나 예까지 와서 잠든 걸 보면 추태를 부린 게 틀림없지 싶다.《김탁보전》

가슴이 답답하다 마음이 우울하고 괴롭다. ¶"한긍식 씨는 정말 용기 있고 영리한데 저 물속에 빠져 못 나오는 사낸, 뭐랄까, 진짜 바보란 말야…" 하더니 돌멩이를 집어던져 흐려 놓는 거였다. 긍식은 가슴이 답답하였다.《장난감 풍선》

가슴이 뜨끔하다 (어떤 자극을 받아) 갑자기 마음이 깜짝 놀라거나 양심의 가책을 받다. ¶김은 가슴이 뜨끔하는 겨를에 기미를 알았다. 오다가다 기웃거리는 게 아니라 그들이 바로 물지기로 나선 눈치가 분명하던 것이다.《우리 동네 金氏》

가슴이 섬뜩하다 불안이나 위험을 느끼다. ¶…몇 차례의 경험으로 그것이 바위너설 혹은 다른 물건인 줄 번연히 알면서도 가슴이 섬뜩하며 굳어지곤 했다.《몽금포 타령》

가슴이 철렁하다 놀라거나 몹시 충격을 받다. ¶"곤란한 질문이군." 긍식은 농담조로 태연히 말했지만 속으론 가슴이 철렁했다.《장난감 풍선》

가운뎃다리 남자의 성기를 비유적으로 이르는 말. ¶"…집도 아다시피 양반이란 것들이 두 다리를 쓰는 일 읍스니 심은 자연 가운뎃다리로만 괴일 수밖에…"《오자룡》

가웃 되·말·자의 수를 셀 때, 그 단위의 약 반에 해당하는 분량이 더 있음을 나타내는 말. ¶"…해전 마실 건 있응께 잔이나 더 돌려. 찹쌀 스 말 가웃 담근 게 그냥 있어."《우리 동네 李氏》

가웃지기 논밭의 넓이 단위로, 한 마지기 넘어 남는 '반 마지기'를 이르는 말. ¶게다가 곁에 붙은 서 말 가웃지기 더운갈이 논만 해도 남병만이가 단위 조합 돈을 얻어대가며 일곱 군데나 아흔여덟 자씩 뚫어 봤지만,《우리 동네 金氏》

가위다리(를) 치다 (물건을) 'ㄨ' 모양으로 서로 어긋나게 놓다. ¶문정은 다시금 가위다리를 치고 나서 지청구를 하였다.《산 너머 남촌》

가위춤을 추다 빈 가위를 자꾸 벌렸다 오므렸다 하다. ¶꿀 강냉이—울릉도 호박 엿'이 어떤 맛인진 몰라도, 막걸리 반 되만 걸치고 가위춤을 추면 신명으로 일당을 뽑을 수 있었다.《장한몽》

가유명사(家有名士)에 삼십 년 부지(三十年不知)라(속) 가까운 데 있는 사람의 재능을 모르고 지냈을 때 이르는 말. ¶(산) 옛말에 '가유명사 삼십 년 부지'라는 격언이 있다. 사람은 흔히 가까운 데에 있는 사람을 모르고 지내기가 쉽다는 말이다.《살 따라 찢어진 부채》

가을 물은 소 발자국에 고인 물도 먹는다(속) 가을 물은 매우 맑고 깨끗하다는 말. ¶(산) 아무나 주워댄 속담 가운데에 '가을 물은 소 발자국에 고인 물도 먹는다'는 말이 있는 것을 보면 짐작이 가고도 남는 일이 아니겠는가.《가을비 속의 가을 물 소리》

가을비는 떡 비라⊛　가을에 비가 오면 들에 나가 일을 할 수가 없고 곡식은 넉넉하니 집 안에서 떡이나 해 먹고 지낸다 하여 이르는 말. ¶(산) …그래서 '가을비는 떡 비'라는 말도 전해 왔을 것이다.《가을비 속의 가을 물소리》

가을 식은밥이 봄 양식이라⊛　가을에는 넉넉하다고 먹지 않고 내놓은 식은밥이 봄에 가서는 귀중한 양식이 된다는 말. ¶"가을 식은밥이 봄 양식이란 말도 옛말이 된 지 오랜데, 어디가 얼마나 못났으면 제 발로 귀농을 한담. 장난으로라도 그런 소리들 말어."《그리고 기타 여러분》

가을에 밭에 가면 가난한 친정에 가는 것보다 낫다⊛　가을철의 밭에는 먹을 것이 많다는 말. ¶(산) '가을밭에 가면 가난한 친정보다 낫다'는 속담이 과연 맞는 말인지 알 수가 없는 까닭이다.《추석길을 바라보며》

가자니 태산이요, 돌아서자니 숭산이라⊛　이러지도 저러지도 못할 난처한 처지에 빠짐을 이르는 말. ¶가면 태산이요 돌아서면 숭산이라더니 그 말인즉슨 문정의 심사를 고스란히 쓸어서 엮은 것이나 진배가 없었다.《산 너머 남촌》

가자미눈　화가 나서 흘겨보는 눈을 가자미의 눈에 비유하여 이르는 말. ¶류그르트도 가자미눈을 뜨며 맞섰다.《우리 동네 柳氏》

가잠나룻　짧고 성기게 난 구레나룻. ¶지게미가 흐르는 양, 가리가리 주름살이 얽힌 주인 여자가 먼저 들어오고, 이어 가잠나룻이 사납게 뻗은 그녀의 서방이 뒤에 붙어서 들어왔다.《해벽》

가장귀 치다　말끝마다 신경을 곤두세우다. ¶(아내는)…마디마다 가장귀 치고 옹이를 박아 가며 너스레를 떨었다.《우리 동네 李氏》 ※가장귀 : 나뭇가지의 갈라진 곳.

가재는 게 편이라⊛　됨됨이나 형편이 비슷하고 인연 있는 것끼리 서로 편이 되어 어울리고 사정을 보아줌을 이르는 말. ¶상배는 등골이 서늘했는데 이제야 인부들의 사꾸라라는 마가의 본색이 드러난 것 같아서였다. 역시 가재는 게 편이던가.《장한몽》

가지가지　여러 가지. ¶그러한 가지가지의 핑계들은《오자룡》

가직하다　거리가 좀 가깝다. ¶"제가 저 아이를 손대기 삼아서 가직이 두고 종구라기 부려먹듯 한 지도 벌써 십여 성상이 온데…"《매월당 김시습》

가칫거리다　순조롭지 못하게 자꾸 조금 방해가 되다. 가칫대다. ¶그다음으로 가칫거리는 것은 최 마름이 변덕스럽던 소문이었다.《오자룡》

가풀막　몹시 비탈진 땅바닥. ¶그 바위는 대복이네 집 뒷등성이 너럭바위를 두고 휘넘어가는 오솔길 가풀막 아래 길섶에 옆구리를 대고 누워 있고,《관촌수필 5》

가풀막지다　땅바닥이 가파르게 비탈져 있다. ¶등성이에 올라서자 안경잡이와 나일론 잠바는 오리나무 두어 그루가 서 있는 가풀막진 등마루에 나란히 앉아 손짓을 하고 있었다.《장한몽》

각불때다　'각살림하다'를 속되게 이르는 말. ¶문정은 각불을 때어 온 지 서너 해가 넘도록 어디를 가나 반죽이 안 되고 무거리처럼 테두리 근처로만 겉돌다가 매양 허섭스레기로 처지곤 하던 영두《산 너머 남촌》

간 '깐'의 원말. ¶…심길섭이 쉽게 흘게를 늦추면서 동네에서 하던 간으로 툽상스럽게 타박을 주었다.《산 너머 남촌》 ※깐 : 마음속으로 헤아리는 생각이나 가늠.

간교하지 못하면 아내 노릇 못하고, 어수룩하지 못하면 서방 자격이 없다(속) (무릇 과거가 있는 여자는 그 과거에 대해) 남편을 잘 속여야만 부부간의 애정을 유지할 수 있고, 남편은 아내의 그 거짓말에 잘 속아야 부부간에 파경을 면하고 집안이 조용할 수 있다는 상말. 과거사는 끝까지 고백하지 않는 것이 상책이라는 말. ¶생명의 은인처럼 고마웠다. 다음 날 알고 보니 이웃집에 하숙하고 있는 대학생이었다. 말씨도 충청도더니 한 군(郡) 사람이라 반가웠다…지금도 가끔 그때 일을 얘기하며 웃는다. 그뿐이다.—믿어야 될지, 안 믿어야 좋을지 알 수 없다. 간교하지 못하면 아내 노릇 못하고, 어수룩하지 못하면 서방 자격이 없다는 말이 속담인지 금언인지 도시 분간키 어려웠다.《담배 한 대》

간국 짠맛이 우러난 물. 간물. ¶…마을 아낙네들은 매양 갯가로 김칫거리를 씻으러 나왔다. 갯물에 씻는 동안 갯물이 간국이 되어 저절로 절여지므로 소금이 절약되기 때문이었다.《관촌수필 3》

간국에 절이듯 깊이 여겨듣도록 하다. ¶그럴 때마다 재수 없다고 핀잔을 하고 간국에 절이듯 신신당부했건만 아까 낮거리를 할 때도 주책을 떨었던 것이다.《두더지》

간동그리다 단출하게 정돈하여 수습하다. ¶깨 털은 홑이불을 간동그려 막키질해 검불부터 가려내려는데, 뒤에서 인기척이 들렸다.《못난 돼지》

간들간들 사람이 간드러진 태도로 조금 되바라지게 행동하는 모양. ¶한번 지랄나면 눈에 뵈는 게 없는 성질인 줄 알던 그녀라 대복 어매는 얼른 간들간들 웃어 가며 내 앞에 등을 돌려대고 널벅 앉았다. 업어 줄 테니 참으라는 뜻이다.《관촌수필 4》

간맞다 그 나름의 분수에 알맞다. ¶(삼례만)…마저 임자 찾아내 놓고 나면 고대 죽어도 눈이 감길 것처럼, 더도 바람 없이 간맞는 희망을 그녀는 갖고 있던 것이다.《그때는 옛날》

간살(間—) 일정한 규격으로 건물을 둘러 막은 공간. ¶…간살이 넉넉한 열다섯 칸짜리 꽃패집의 풍채는커녕,《관촌수필 1》

간살(을) 부리다 간사스럽게 아양을 부리다. ¶이리 외고 저리 꼬이는 옛날 동창들을 몸 생각 않고 불러내어 술 대접 끼니 대접, 노잣돈에 담배까지 얹어 주며 구색으로 간살을 부렸던 것이다.《우리 동네 鄭氏》

간에 기별도 아니 간다 먹은 양이 아주 적어서 제 양에 차지 않아 먹은 것 같지 않음을 이르는 말. ¶(산) 고물이 없기로는 웃기떡이나 골무떡도 마찬가지로되 갖은 떡 위에다가 모양으로 얹거나 밑에다가 받치는 떡이라서 먹어 봤자 간에 기별도 아니 갈 터이기 때문이었을까.《떡값 시대와 개떡》

간에 기별을 하다 먹으나 마나 할 정도로 아주 적은 양의 음식을 먹는 것을 이르는 말. ¶"…이 빈대 볼기짝만밖에 안 한 일판에다 일꾼을 다섯이나 더 쓴다면, 결국 우리가 다 먹어도 간에 기별이 갈 둥 말 둥 한 것을 나눠 먹으란 얘기라구."《장한몽》

간에 붙었다 쓸개에 붙었다 한다(속) 제게

조금이라도 이로운 일이라면 체면과 지조를 돌보지 않고 형편에 따라 이편에 붙었다가 저편에 붙었다가 한다는 말. ¶"간에 붙었다 쓸개에 붙었다 하는 것 같지만 서두 그게 그렇잖다구요. 우리네가 무슨 사상이 있는 것도 아니고 말여, 정치의 정짜도 모르는 처지에 말입니다."《장한몽》

간을 내어 간장을 찍어 먹어도 시원찮을 놈⑪ 죽어서 간을 씹어도 분이 다 풀리지 않을 원수라는 상말. ¶"시신은 사흘이나 쎅인 뒤에 거두었지유. 그 간을 내어 지랑을 찍어 먹어두 션찮을 놈들이, 쥑일 때는 원제구 쥑여 놓구 나서는 쉬쉬했거던유." 본칠은 주먹을 부르르 떨며 뒤를 이었다.《장한몽》

간을 내어 젓 담글 놈⑪ 죽어서 간을 꺼내어 젓갈을 담글 놈이라는 상말. ¶"쥑여라, 날 쥑여…이 간을 내어 젓 담글 늠아, 나를 쥑이란 말여."《장한몽》

간을 치다 싱겁지 않게 하다.〈個語〉¶그들이 이마를 맞대고 앉아 멸치 새끼로 간을 치며 한 잔씩 돌리는데 회관 마당으로 오토바이 들어오는 소리가 났다.《우리 동네 黃氏》

간이 뒤집히다 실성하다. 미치다. ¶"실읎는 짓 허다 재판을 받게 됐으니 성한 사람이면 간 뒤집힐 노릇 아니냔 말여, 내 원 참."《관촌수필 7》

간(이) 떨어지다 몹시 놀라다. ¶"이?" 그녀가 간이 떨어질 뻔하여 정신을 차려 보니, 국말서 살다 아래뜸으로 이사 온 지 얼마 안 되는 친정 대고모 손자사위 질범이었다. "어메, 이게 누구랴…"《장한몽》

간(이) 있다 전에 이미 느낀 바에 의하여 역시 가늠할 수가 있다는 말. ¶걸음발을 탈 때부터 노상 그녀의 품에 안긴 간이 있어서였겠지만,《관촌수필 6》

간(이) 크다 담력이 있다. 대범하다. 용기 있다. ¶"하라면 하라는 대로 하는 게 아니고 어떤 간 큰 것이 천둥 모르고 까부는 거야. 누구누구야?"《그리고 기타 여러분》

간장 안 친 멀떡국을 자셨나⑥ 하는 짓이 몹시 싱겁고 시답잖다는 말. ¶"아—" 그는 더 이상 못 참겠어 비명 같은 신음 소릴 내고 말았다. 그리고 그 순간 미스 오의 몸에서 자기를 가져와 버렸다. "왜 그류, 왜 빼유?" "…" "지랑(간장) 안 친 멀떡국을 자셨나…승겁기는 똑 쓰르메 좆 같네." "…"《해벽》

간종그리다 흐트러진 일이나 물건을 가닥가닥 골라서 가지런하게 하다. ¶정은 새벽 댓바람에 집으로 내닫기 위해 졸리다는 미스 구를 붙잡고 흐트러진 돈다발을 간종그려 달라고 했다.《우리 동네 柳氏》

갈개 괸 물을 빠지게 하거나 경계를 짓기 위하여 얕게 판 작은 도랑. ¶…그런 생일꾼이 다시 없게 새로 캐어 낸 땅마다 갈개를 쳤고, 씨앗이 뿌려진 밭뙈기의 골겉이는 혼자 도맡다시피 일을 해냈던 것이다.《오자룡》

갈기갈기 여러 가닥으로 찢어진 모양. ¶…갈기갈기 찢겨져 날아가다 떨어진 안옷 한 자락이 반나마 휘감고 있어,《해벽》

갈 둥 말 둥 갈 듯 말 듯. ¶"…우리가 다 먹어도 간에 기별이 갈 둥 말 둥 한 것을 나눠 먹으란 얘기라구."《장한몽》

갈래갈래 여러 갈래로 갈라지거나 찢어진 모양. ¶…불현듯 옹점이를 생각했던 것

은. 물론 갈래갈래로 여러 가닥이 난 감회가 뒤섞인 데다,《관촌수필 2》

갈마들다 서로 번갈아들다. ¶(젊은것 서넛이)…재떨이를 들고 오고, 혹은 보리차를 날라 오고 하면서 연방 갈마들이로 부지런을 떨고 있었다.《장곡리 고욤나무》

갈마들이하다 서로 번갈아들게 하다. ¶귀숙 어매는 몸이 홀가분해지자 여러 사내를 갈마들이하며 어디 가나 흔히 있는 그런 관계를 마음껏 누렸다.《우리 동네 鄭氏》

갈망 어떤 일을 감당하여 수습하고 처리하는 것. ¶"그러면, 빚구럭에 처백힌 것덜이 갈망 옳이 테레비나 본떠서, 애덜 앞혀 놓구 크릿스마쓰나 쳇으야 애비 노릇 헌다는 겨?"《우리 동네 李氏》

갈무리 (가을에 거둔 양식을) 잘 챙기어 두는 일. ¶이튿날부터는 마와 둥굴레를 캐고 도토리와 밤을 주워 들였다. 얼기 전에 갈무리를 하여 눈 속의 굶주림을 얼마라도 덜어 볼 요량이었다.《매월당 김시습》

갈무리하다 잘 챙겨 허술함이 없게 하다. ¶…맨손으로 버텨 온 그는, 그러므로 매양 먹이 차고 부치던 것이 여섯 아이를 갈무리하는 일이었다.《우리 동네 崔氏》

갈바래질 논밭을 갈아엎어 볕을 쬐고 바람을 쐬게 하는 일. ¶…밖에서는 새로 개비한 보습으로 재운 논을 갈바래질 하기에 곁두리도 없이 바쁘니《산 너머 남촌》

갈밭에서 바늘 줍기(속) 무엇을 고르거나 찾아내기가 썩 어려움을 이르는 말. 대동강에서 모래알 줍기. ¶"대개 전토(全土)으 거리 골목에 주린 백성으 아우성이 낭자하고 도적 읍는 고을 찾기가 갈밭에 바늘 줍기라 듣거니와 이로하야 늬 예서 하

직한다 헌들 지 집 새끼 호구지책은 방책이 읍는 지경 아니겠느냐…"《오자룡》

갈빗대(가) 휘다 갈빗대가 휠 정도로 책임이나 짐이 무겁다. ¶…배를 수선하자면 너무도 엄청난 비용을 요구할 것이었다. 선원들의 치료비만 물어 줄래도 갈빗대가 휘어질 노릇이었으니까.《해벽》

갈수록 수미산이라(속) 갈수록 태산이라. ¶갈수록 수미산이라더니 영배는 문정이 미처 짐작도 못한 것들을 조목조목 주워섬겼다.《산 너머 남촌》

갈수록 태산이라(속) 무슨 일을 하여 나아감에 있어서 점점 더 힘들고 견디기 어려워짐을 가리키는 말. ¶무슨 시국이 이런지 갈수록 태산이란 책에 있는 말이 매일 매사가 눈에 맞아 들어가는 것 같았다.《그때는 옛날》

갈아잡다 (같은 종류의 물건을 다른 물건으로) 대신하여 바꾸어 집어들다. ¶"돈이 조상이다. 돈이 조상." 상필은 놓았던 손으로 곡괭이를 갈아잡으며 손바닥에 침을 뱉었다.《장한몽》

갈치고개 (갈치의 길이가 길다는 데서) 계절적으로 고기가 잘 잡히지 않는 긴 어한기(漁閑期)를 뜻함. 〈個語〉 ¶"…우리가 삼사월 보릿고개를 쑥으로 한고비 살듯이, 뱃놈이나 숨것들은 정이월 갈치고개 한고등을 칡뿌레기허고 둥굴레를 캐서 연명허고 견단다데나." 추위로 배 못 뜨는 정이월 두 달간을 갈치고개라 이른다고 했다. 갈치가 모양이 길다 하여 그런 이름을 붙인 모양이었다.《오자룡》

갈퀴밥 갈퀴로 긁은 검불이나 갈잎 따위. ¶그 연기 빛깔은 검불이나 등성이에서

갈퀴밥으로 모아진 북더기 타는 빛깔이었다. 《관촌수필 1》

갈퀴장부 갈퀴자루. 〈방언〉 ¶"성낙근이 허구는 아즉두 얘기가 들 끝났담?" 윤이 먼저 알고 갈퀴장부를 쉬며 물었다. 《우리 동네 崔氏》

갈통 소금을 만들려고 염전에서 염도를 높인 바닷물에 빗물이 들어가 염도가 낮아지지 않도록, 비가 올 때마다 한군데에 모아서 갈무리하는 염수통. 대개 염전 옆에 장독 모양의 구덩이를 파놓고 사용함. ¶…봄부터 갯물을 거듭 갈아 부었던 갈통의 짠국도 이젠 제법 소금섬이나 엉길 만큼 앙금이 앉고 있었다. 《추야장》

갈팡질팡 갈피를 못 잡고 이리저리 헤매는 모양. ¶…카메라를 부여안고 갈팡질팡하는 것은 더더욱 꼴불견이었다. 《우리 동네 趙氏》

감그려뜨리다 (골이 나거나 마음에 못마땅하여) 눈을 천천히 내립떠보는 모양. 〈방언〉 ¶"증말루 이 집 애여?" "또 물어유?" 다소 무안을 느꼈는지 순경은 거칠어진 음성으로 되물었다. 그녀도 독 오른 눈을 감그려뜨리면서 대꾸했다. "그깃말허면 워디 가는 중 알지? 신세 조지지 말구 순순히 대답혀." 《관촌수필 3》

감때(가) 사납다 매우 감사납다. ¶그녀의 눈은 마주 보아도 위로 치켜뜨는 듯한 들창눈이었다. 들창눈은 감때가 사나워서 휘어잡기가 어렵다고 들었다. 《토정 이지함》

감뭇 깜박. 〈방언〉 ¶그 후 그믐산이에 대한 관변의 늑탈은 한동안 감뭇 잊은 것 같기도 했다. 《오자룡》

감뭇하다 가뭇없다. 〈방언〉 ¶리는 하던 말을 매듭 짓지 못하고 밖으로 나왔다. 감 뭇하고 있던 일이 불현듯 들솟으면서, 받자하지도 않을 소리나 속절없이 늘어놓느니보다, 어서 문패부터 새로 해야 행세가 바를 것 같던 것이다. 《우리 동네 李氏》

감바리 '감발저뀌'의 준말. 잇속을 노리고 약빠르게 달라붙는 사람. ¶"가다니유?" 유가 감바리답게 펄쩍 뛰었다. 《우리 동네 金氏》

감사납다 휘어잡기 힘들게 억세고 사납다. ¶…추저분한 사람·감사나운 사람·이악스러운 사람… 《달빛에 길을 물어》

감자 먹을 놈이 고구마 먹이다ⓒ (그 일은) 늘 할 줄 아는 사람이나 하기 마련이라는 말. (바둑 잘 두는 사람이 장기도 잘 둔다는 식) ¶"끙—넘이사 크릿스맛스를 쇠건 양력 슬을 쇠건, 감자 먹을 늠이 고구마 먹기지…넘 잠두 품 메게 자다 말구 일어나 쇠스랑 고스랑 허구 지랄덜여, 거." 《우리 동네 李氏》

감찰 다갈색. ¶감찰빛 홀태바지 제복과 유록색 토끼풀 상표가 도두 박힌 빨간 모자 《우리 동네 柳氏》

감투거리ⓑ 여자가 남자 위에 올라가 하는 성행위. ¶그녀는…늙은 뚜쟁이로부터, 감투거리도 배우고 빗장거리도 배우고 말롱질도 배웠다. 《곽산 기생 보름이》

갑오경장쯤은 치렀을 듯하다ⓒ 처녀의 순결쯤은 스스로 무시할 만큼 고전적인 숙녀상은 아니라는 말. ¶(그녀는)…행실도 나무랄 데 없었다. 정숙, 단아했달 수도 있고 명쾌한 성격의, 속말로 갑오경장쯤은 치렀을 듯한 서걱서걱한 성격이던 것이다. 《다가오는 소리》

갑자생이 무엇이 적은가㊵ 노성하였다고 말하나 오히려 우매한 것을 핀잔 주는 말. ¶구태여 지나온 세월을 더듬어 볼 것도 없이 나잇살이나 됐으면서 이렇다 하게 제구실을 해 본 적이 드물다 보니 속담에 "갑자생이 무엇이 적은가"라는 핀잔인즉 하릴없이 그의 차례가 되고 만 셈이었다. 《산 너머 남촌》

갑작 사랑 영이별㊵ 깊은 생각 없이 경솔하게 너무 갑작스럽게 사랑에 빠지면 오래지 않아 아주 헤어져 버리기 쉽다는 말. ¶그녀는 갑작 사랑 영이별이야말로 정말 남의 이야기라는 듯, 사내가 이리저리 휘저어가는 대로 열심히 종종걸음을 치고 있었다. 《산 너머 남촌》

값지다 값이 많이 나갈 만하다. ¶소는 가축이라기보다 가족의 일원이었다. 값지고 덩치 있는 짐승이라서가 아니라 기른 공력 때문이었다. 《우리 동네 李氏》

갓 쓰고 먹으나 지게 지고 먹으나㊵ 결과는 마찬가지이므로 과정은 따질 일이 아니라는 말. ¶"갓 쓰고 먹으나 지게 지고 먹으나…" 민후는 마침내 아내와의 외출을 약속하고 말았다. 《아내의 먼저 남자》

갓 쓰고 바가지밥 먹는 소리 한다㊵ 격에 맞지 아니한다는 말. ¶"건건이 놓구 막술 몇 꼽재기 축내면서 웬 갓 쓰고 바가지밥 먹는 소리라나?…"《산 너머 남촌》

갓 쓰고 자전거 탄다㊵ 격에 맞지 아니한다는 말. ¶그가 때아닌 구식을 들추자 안 암팎 삼동네는 그만두고 이웃이 먼저 눈을 빗떴다. 일테면 갓 쓰고 자전거 타기는 약과요 귀꿈스럽고 신둥부러져서 못 보겠다는 기미였다. 《산 너머 남촌》

갓 위에 갈모를 차리고 나선다㊵ 채비를 단단히 하고 나섰다는 말. ¶"…류그르트는 누구 배참하는지 됩데 갓 위에 갈모를 차리고 나섰다.《우리 동네 柳氏》 ※갈모 : 비 올 때 갓 위에 덧쓰는 우장.

갓은 해져도 발에 신지 않고 머리에 쓰게 된다㊵ 물건은 반드시 용도가 정해져 있기 때문에 아무 데나 함부로 쓸 수가 없다는 말. ¶갓은 아무리 낡아도 머리 위에 오르되 신발은 비록 새것일지라도 발밑에 둔다는 옛말도 남아 있지만, 내가 때와 장소를 가리지 않고 한몫 해낼 수 있던 곳은 오직 술자리뿐이던 것이다.《越夏抄》

갓전하다 거든하다. 〈방언〉 ¶"…그새 쇠주 한 병을 갓전허게 치웠으니…짐치는 냉겼남?"《우리 동네 黃氏》

강 건너 불구경하듯㊵ 자기에게 관계없는 일이라 하여 벌어지는 일에 무관심한 태도를 취하는 것을 이르는 말. ¶(산) 피로 예방을 위하여 정치니 경제니 문화니 하는 '술 권하는 사회'의 일에 대해 강 건너 불구경하듯 하면서 속없이 멍청하게 지내기.《술 권하는 사회와 투병》

강다짐하다 덮어놓고 억눌러 꾸짖다. ¶"살찐 사람 따라서 부으라는 말이나 같네." 영두가 실소를 하자 봉득이는 그것이 또 못마땅하여 이맛살부터 찍어 당기며 제 소가지대로 강다짐을 하였다. "내나 집사람은 그게 생활신조라구."《산 너머 남촌》

강도 집에 절도 든다㊵ ① 약한 사람이 센 사람에게 철 모르고 덤빈다는 말. ② 동류끼리 의리가 없다는 말. ¶"친구는 무엇 말라 비틀어진 친구. 강도 집에 도둑 든 격이지…"《그리고 기타 여러분》

강아지꽃 나팔꽃. 〈방언〉 ¶(시) 강아지꽃을 따서 강아지를 부르구/ 강아지가 꽃 속에서 기어 나온다.《강아지꽃》

강아지 이마빡만 하다㊗ 지역이 좁다는 말. ¶느릅새는 제제나 이제나 아래위뜸을 다 더듬어 열다섯 가호밖에 안 되는 강아지 이마빡만 한 기슭 동네였다.《관촌수필 7》 ※이마빡 : '이마'를 속되게 이르는 말.

강원도 꿀장수 뜸뜰 일이다㊗ 토종꿀이나 양봉꿀이나 성분은 똑같은데도 굳이 토종꿀이 낫다고 우기는 사람처럼, 선입관 이상으로 순진한 데가 있다는 말. ¶그제야 순평은, 초순이가 한동네 사는 유가네 삼 형제의 손아래 누이란 걸 알았으니 물정에 어둡기로 건재 약방 작도잡이나 하면 기성품으로 대우받을는지, 혼자 생각해 봐도 어수룩하기가 강원도 꿀장수 뜸뜰 일이었다.《장한몽》

강철도 풀무에 녹는다㊗ 매사에 자신 있는 사람도 하찮은 실수로 패가망신을 할 수가 있다는 말. ¶"집의 발심이 이미 그같이 굳었다면 누구라구 말리겠수? 모름지기 뜻과 같게 되어지사 허구, 우리네다면 빌어나 줄 따름이웨. 하여간 강철두 풀무에 녹는 벱이니 부디 몸 사리소."《오자룡》

개가 웃을 일이다㊗ 너무도 어이없고 같잖은 일이라는 뜻으로 이르는 말. ¶"직에미 승이 고가던 게다. 미친년덜…제 손목쟁이루 재봉틀 나사 하나 못 만지는 주제에 뭐? 공업 단지? 얘 만근아 내다봐라. 동네 개 웃는 소리 난다…"《우리 동네 李氏》

개가 풀 뜯어먹는 걸 보았나㊗ 볼 수 없는 일을 본 것 같다는 말. ¶"상갓집에 가더니 개가 풀 뜯어먹는 걸 봤나, 왜 저냥 혼자 울퉁불퉁허구 앉어 있댜…"《장이리 개암나무》

개갈 안 나다 ① 말이 맺고 끊는 맛이 없다거나, 섞갈리거나, 요령부득이다. ¶"개갈 안 나는 소리 모 붓구 있네. 젊은이들 쇠견이 그거뿐여? 좌우간 당신들 얘기가 지방적인 문제라면 내 얘기는 국가적인 문제라 이 얘기여…"《우리 동네 金氏》 "…쇠전에 서버팀 들여다보는 인간마다 으레 개갈 안 나는 소리 한두 마디씩은 엎어쌓데그려."《우리 동네 趙氏》 "…누가 그런 개갈 안 나는 짓을 생색 읳이 허겠슈. 작것 했다구 허면 헌 거지유."《강동만필 2》 "그러구저러구 간에 위치게 된 쪼간여. 청풍명월식으루다 개갈 안 나게 묻덜 말구 아싸리 말혀 봐. 뭔디 그려?"《장이리 개암나무》 ② 일이 매둥그려지지 않거나, 매듭이 나지 않거나, 마무리가 없다. ¶"…개갈 안 나는 소리 웬만치 허구 일어슬 때 일어스더래두 편이나 앉으셔." 아내는 정말 넌더리가 나는 것처럼 매몰스럽게 말끝을 오그려 붙였다. 병시 어매는 대수로이 여기지 않았다. "개갈 안 나는 건 오타 엄니여. 오타네가 그 계를 다 들은 건 아니잖여…"《우리 동네 趙氏》 "개갈 안 나게 무슨 말을 졸가리두 읳이 밑둥버팀 들이댄단다냐?"《우리 동네 趙氏》 "…보니께 나무가 미끈허질 않구 다다분허니 영 개갈 안 나게 생겼네유…"《장이리 개암나무》 ③ 뜻이 가당치 않거나, 막연하거나, 어림도 없다. ¶"오형, 촌에서 무슨 재미로 살간디. 가족계획 않는 재미 하나여." "오형이구 B형이구 개갈 안 나는 소리 구만허구…다이야 안 떼 먹구 잘 태웠다는 증거버텀 뵈여 드려." 이 장이 가운데로 들어서며 물을 탔다. 《우리 동네 黃氏》 "…것, 개갈 안 나는 헛소리 웬만치 아갈댔걸랑 그으슨 아갈머리 좀 닥치구 빚가림헐 도리나 궁리혀 봐…" 《우리 동네 李氏》 "개갈 안 나는 소리…만주 대륙다 내버리고 반도의 반 도막만 말뚝을 박아 놓았어도 민족적 영웅이라면, 우리 남양군이나 경기도는 어찌 되건 이 삼탄면 구석만 살 만하게 해 주면 오늘부터 영웅일세그려…" 《그리고 기타 여러분》 "넘으 집 안살림을 워치기 그리 잘 아슈. 그 개갈 안 나는 소리 웬만큼 허슈." 《관촌수필 3》 ④ 짓이 칠칠치 못하거나, 갈피가 없거나 허술하여 매듭이 없고 싱겁거나 결과가 예측 불허함. ¶ "…다다 입 다물구, 그릇 좀 그만 깨치구, 그러구 지발 그 개갈 안 나는 창가 좀 구만 불러라." 《관촌수필 3》 "그 개갈 안 나는 소리 그만치 했걸랑 상 저리 밀구 일루 와 봐." 《우리 동네 崔氏》 "안 되남?" "돼 봤자 개갈 안 나는 짓인디, 그래두 이 바닥서는 여기 하나라 약줏값은 내라 안 드려두 되나 보데." 《우리 동네 張氏》 한번은 내가 짐짓 해 보는 말로, "대관절 그 개갈 안 난다는 말이 무슨 뜻이라나?" 유자더러 물었더니, 유자 대답하여 가로되 "아 그 개갈 안 난다는 말처럼 개갈 안 나는 말이 워디 있간 됩세 나버러 개갈 안 나게 묻는다나." 하고 사뭇 퉁명을 부리는데, 그러는 그의 표정을 읽으니 말이 난 계제에 아예 어원까지 캐서 적실하게 밝혀 줄 수만 있다면 작히나 좋을까만, 허나 말인즉 원체가 '개갈 안 나는' 말인지라 당

최 종잡을 수가 없어서 유감이라는 내색이 역연하였다. 《유자소전》 …게서 처음으로 몇 마디 줄글을 지어 본다는 풍신이 또한 이 개갈 안 나는 술타령이다. 《越夏抄》 "…사는 게 하두 개갈 안 나서 불쌍허게 봐주면, 국으루 있는 게 아니구…" 《명천유사》 (산) 그러므로 어차피 개갈 안 나는 개사기년춘을 곰 고듯 끄적거려 본댔자 한시름 덜어질 이치도 없는 일이다. 《지금은 꽃이 아니라도 좋아라》 (산) …아무리 모이를 훑어도 개갈 안 나는 물뿌리 같은 부리에 추접스럽게도 물똥만 갈기는 오리 새끼 《지금은 꽃이 아니라도 좋아라》

개 같은 자식㉮ 남을 헐뜯을 때 가장 흔히 하는 상말. ¶ "…그렇지 않으면 네가 미국 놈 앞잡이, 김상배 종, 될 뻔이나 하겠다, 개 같은 자식…" 《장한몽》

개같이 벌어서 정승같이 쓴다㉮ 제 몸은 아무리 천하게 낮추어 일하더라도 거기에서 번 돈으로 보람 있게 살면 된다는 말. ¶ "…논 팔구 밭 팔어서 나간 늠은 넘덜 되듯이 되는 것두 못 봤거니와, 뭐? 개같이 벌어두 정승같이 쓰기만 허면 되여?…" 《장곡리 고욤나무》

개개다 성가시게 접촉되어 손해가 된다. ¶ 부채질도 소용없이 달려드는 흙먼지가 장 알아듣게 타일러도 무가내고 개개려 드는 사위 은산이의 그 비뚤어진 됨됨이하고 쌍을 이루는 것 같았기 때문이었다. 《장척리 으름나무》

개구리 미주알을 안다㉯ 보지도 않고 아는 척한다는 말. ¶ "도대체가 쟁의는 뭐고 파업은 뭐야…돼먹지 못한 놈들 같으니라구. 제깐 놈들이 개구리 미주알을 안다고

개소리야, 소리가…"《장한몽》

개구리 보지 털 난 걸 보았나⑪ 까닭 없이 싱겁게 히죽거리는 모양을 개구리의 생식기에 빗대어 조롱하는 상말. ¶"바람 불구 자는 다 읊다더니, 꽤구락지 보지 털 난 걸 봤나, 집은 워째서 빙깃거리메 쌩이질만 헌다나."《관촌수필 6》

개구리 오장에서 김새는 소리 개구리는 냉혈 동물이라 김이 있을 수 없으니 말이 안 되는 소리라는 말. ¶"개구리 오장에서 김새는 소리." "노새가 당나귀를 낳고…" 그녀가 맞수로 나왔다.《그가 말했듯》

개구멍받이 남이 밖에 내다 버리고 간 것을 받아서 기른 아이. ¶"…개구녕받이가 말머리아이버텀 손위루 가는 수두 있던디 뭘 그려."《달빛에 길을 물어》

개굴개굴 개구리가 잇달아 우는 소리. ¶(시) 개굴개굴 개구리/ 매일 우는 울보.《두꺼비》

개꿈 대중없이 어수선하게 꾸는 꿈. ¶"개꿈을 꿨겠구먼."《두더지》

개나 걸이나 누구라고 할 것 없이 아무나. ¶…근년에 들며 먹고살 일이 생긴 것치고 개나 걸이나 라디오 텔레비전에만 나오면 으레 판박이로 '국민 여러분 덕택' 안 찾는 것이 없고,《관촌수필 7》

개딸년⑪ '개자식'과 같은 경우로 여성에 대한 상말. ¶"개딸년…이번은 대강이 털을 깎았지만 이 댐에는 밑구녕 털을 뽑아 버릴 텨…"《장한몽》

개떡 같다 마음에 들지 않아 하찮다. ¶때맞춰 스피커의 음성은 이 씨였다. 어눌한 발음에다 성능 좋지 않은 스피커라 알아들을 수는 없지만 향토 개발을 외치는 모

양이었다. 개떡 같은 소리 하고 있군.《장난감 풍선》

개떡 같은 년⑪ 정숙한 여자 축에는 끼지도 못할 여자라는 말. ¶"왕 씨? 왕 씨 좋아하네, 개떡 같은 년…"《장한몽》

개떡으로 알다 하찮게 여기다. ¶…재산 권세 이해득실 따위를 개떡으로 알면서 그냥 그저 그렇게 명목 없이 좋아할 수 있던 사람.《관촌수필 5》

개떡이 되다 하잘것없는 존재가 되다. ¶그는 상배의 봉변을 기다린 거였고, 인부들 앞에서 개떡이 되어 기죽은 꼴을 원했던 것이다.《장한몽》

개떡지다 (진흙 따위가) 더뎅이가 들러붙다. 〈個語〉 ¶…머리카락은 거의가 비벼놓은 것처럼 질펀한 흙과 함께 한 덩어리로 개떡져 있었다.《장한몽》

개떡 찌다가 시룻밑 뺄 놈⑪ 하찮은 일에 정작 중요한 일을 망치는 사람이라는 말. ¶"…개떡 찌다가 시룻밑 뺄 놈한테 그 개 잡아 제사 지내는 말씀일랑 아예 하들 마시우."《토정 이지함》

개똥받이 (흔히 개가 가서 똥을 눌 정도로) 잘 보이지 않게 구석진 곳에 있는 밭뙈기. ¶…일궈 먹는 개똥받이 밭 두 뙈기 밑의 이상필이네와《장한몽》

개뚝배미 개울둑에 붙어 있는 논배미. ¶유는 층층다랑이 개뚝배미를 위아래로 훑어보며 드레 없이 이기죽거렸다.《우리 동네 金氏》

개랑 매우 좁고 얕은 개울. ¶…문득 버스 멎는 소리가 들리자 마당 안의 시선들이 개랑 건너 과수원의 탱자나무 울타리를 끼고 신작로 쪽으로 쏠려 갔다.《관촌수필 5》

개랑물 개랑에서 흐르는 물. ¶(개뚝배미는)…지룡산 곁가지 개랑물이 아니면 두더지 한 마리 얼씬 않을 개자리였다.《우리 동네 金氏》

개력하다 산천이 무너지고 변하여 옛 모습이 없어지다. ¶산천도 사람을 만나야 한다는데, 개력한 자리 한구석 없이 생긴 채로 남아 있는 폭을 보면, 그동안 속곳 한 가지 달리 입게 된 사람이 나온 것도 분명 아니었다.《우리 동네 趙氏》

개만도 못한 놈⑪ 행실이 더러워서 개보다도 못한 사람이라는 말. ¶"이 개만도 못한 놈아…"《장한몽》

개맹이 똘똘한 기운이나 정신. ¶…개맹이가 풀어져서 치맛말기가 어떻게 되는지도 모른 채 삼사미 길목에 넉장거리로 쓰러져 세상 모르고 코를 골기에 바쁜 아녀자도 드문 편이 아니었다.《산 너머 남촌》

개미 쳇바퀴 돌듯 한다㈑ 뱅뱅 돌아서 항상 제자리로 돌아온다는 말. ¶그건 정말 우스웠다. 달아나긴 했지만 개미 쳇바퀴 돌듯 자의 둘레만 수없이 맴돌았던 거야.《부동행》

개미허리 '매우 가는 허리'를 비유적으로 이르는 말. ¶…남 좋은 일에는 개미허리로 웃어 주고,《관촌수필 4》

개밥별 개밥바라기. 저녁에 서쪽 하늘에 보이는 샛별. 금성. ¶…동산 오리나무숲에서 개밥별이 사위기를 기다리던 쏙독새.《그리고 기타 여러분》

개 보름 쇠듯㈑ 즐거이 지내야 할 명절 따위를 먹지도 못하고 무미하게 지내게 됨을 이르는 말. ¶"이 난리통구리에 환진갑 개 보름 쇠듯기 허기두 예사지 그게 그리 슬허…" 어머니는 여러 말로 위로를 해 주고 돌아와서도 이해가 안 되던가 보았다.《관촌수필 2》

개 보지 같은 년⑪ 개의 생식기에 비유한 상말. ¶…그토록 반해서 안절부절못하던 귀대에겐 '죽일 년' '그 화냥년' '개 보지 같은 년' 하고 막말을 서슴잖고 씹어뱉곤 했다.《장한몽》

개비름 비름과의 한해살이풀. ¶…호랑이 새끼 쳐도 모르게 깃고 욱은 바랭이 개비름 따위나《우리 동네 金氏》

개살구 지레 터진다㈑ 되지 못한 사람이 오히려 먼저 덤비고 나서거나, 못난 주제에 조숙함을 비유하여 이르는 말. ¶"맞선이요?" 의곤이는 새치름하게 되받아 묻더니 개살구 지레 터진다고 누구 배참하듯이 불퉁하게 말했다.《산 너머 남촌》

개상질 보릿단 등을 개상에 메어쳐서 이삭을 떠는 일. ¶그는 갑갑하다 못해 차라리 사람을 서넛 사서 도리깨 바심이나 개상질을 해 봤으면 싶기도 했다.《우리 동네 姜氏》 ※개상 : 보릿단 등을 메어쳐서 이삭을 떨어뜨리는 데 쓰는 재래식 농구.

개 서캐 씹는 소리 무슨 말을 해도 당연히 무시당하기 마련이라는 말. ¶"거짓말로 농민화라면 개 서캐 씹는 소리나마 나두 한 마디 헐 말이 없잖은 사람인디…" 하는 서두로 시작된 그의 이야기는 기차가 송정리를 거쳐 목적지인 광주역에 도착할 때까지 줄곧 계속되었다.《만고강산》

개울창 개울. 〈방언〉 ¶…그 개울창을 몽땅 안은 장승저수지는 수문을 며칠씩 터 놓아도 여간해서 표가 나지 않았다.《우리 동네 金氏》

개자리 냇바닥에 갑자기 푹 패어 들어가 깊어진 곳. ¶(개뚝배미는)…지룡산 곁가지 개랑물이 아니면 두더지 한 마리 얼씬 않을 개자리였다.《우리 동네 金氏》

개잠 깊이 자지 못하고 설치는 잠을 비유적으로 이르는 말. ¶“…비질을 하고 와서 키질 체질을 하다 보면 삼경이 넘고 매통질 절구질을 하고 나면 오경 석 점 치는 징 소리가 나곤 하니 개잠을 자는 것도 하루 이틀이라야지요…”《토정 이지함》

개잡놈[비] 행실이 막되어 먹은 사람을 욕하는 상말. ¶“…내버려 둬라. 어채피 개잡놈 됐는디…” 하면서 자기네 자식들 단속하기에만 소홀하지 않던 거였다.《관촌수필 ④》

개 잡듯 하다 ‘함부로 마구 때리고 치는 것’을 이르는 말. 〈북〉 ¶생각 같아서는 말로라도 개 잡듯 하고 싶었지만 아직은 두고 봐야겠던 것이다.《떠나야 할 사람》

개 잡아먹고 동네 인심 잃고 닭 잡아먹고 이웃 인심 잃는다[속] 음식을 고루 나누어 먹지 않으면 인심을 잃게 된다는 말. ¶“대개 개 잡어먹고 동네 인심 잃더라고 생원도 가벼이 다룰 일이 아닌 줄로 여길 터이외다…”《오자룡》

개 잡아먹은 자리에 가서 곡을 하고 재배할 놈[비] ‘개자식’이란 뜻의 상말. ¶“…니가 시방 내헌티 반갑잖은 사람 정돈 중 아냐? 이 개 잡어먹은 자리에 가서 곡을 허구 재배헐 늠아.《장평리 찔레나무》

개 잡아 제사 지낸다[속] 가당찮다는 말. ¶“사람의 일에 개가 왜 끼어드우. 개떡 찌다가 시룻밑 뺄 놈한테 그 개 잡아 제사 지내는 말씀일랑 아예 하들 마시우.”《토정 이지함》

개 잡은 데 가서 조상(弔喪)이나 할 놈[비] ‘개 종자[견종(大種)]’란 뜻의 상말. ¶나아마(과연), 그 개 잡은 디에 가서 조상(弔喪)이나 헐 늠이 워쩐 일루 보리밥 먹구 쌀방구를 꾸나 했더라.《장평리 찔레나무》

개장에 초친 맛이다[비] 당찮은 짓을 속되게 이르는 말. ¶“애꾸가 니 맘 보느라구 대구 져 주니께 엿을 따지, 무슨 개장에 초친 맛으루 니까짓 것헌티 지구 있겄다.” 철호는 대문 밖으로 횡 돌아나가며 중얼거렸다.《관촌수필 3》

개죽음 아무 값어치 없는 죽음. ¶(산) 6·25가 났다. 수많은 사람이 개죽음을 했다.《글밭을 일구는 사람들》

개 줄 년[비] 행실이 부실한 여자를 욕하여 이르는 말. ¶“…엿장수 맘대로? 오냐, 이 개 줄 년을…”《지혈》

개집 짓다 토끼장 만드는 꼴[속] 처음은 좋으나 끝이 좋지 않음을 비유한 말. ¶“그럴수록이 혼자 힘으론 개집 짓다 토끼장 만드는 꼴이 될 테니까, 있는 힘은 서로 모아가지고 추진합시다.” “백지장도 맞들면 낫다니까.”《장한몽》

개차반[비] 언행이 몹시 더러운 사람을 속되게 이르는 말. ¶미리 말해 두지만 그랬다고 행실이 개차반인 이놈이 누굴 혼내주려는 데에 동기를 둔 건 아니었다.《이 풍진 세상을》

개천에서 용 난다[속] 미천한 집안에서 훌륭한 사람이 나는 경우에 쓰는 말. ¶대개들 높이 됐다, 살판났다 했는데 개천에서 용 났다는 속담과 같은 뜻으로 상배는 생각하고 있었다.《장한몽》

개판(비) 사리에 어긋나거나 온당치 못하게 되어 가는 판국을 낮잡아 이르는 말. ¶"개같이 벌어서 개판처럼 쓰는 사람들은 보신탕으로 뛰겠군."《산 너머 남촌》

개 팔아 두 냥 반(속) 못난 양반을 놀리어 이르는 말. ¶"…양반이 개 팔아 두 냥 반인지 돼지 접붙여 두 냥 반인지, 삼강오륜이 오입쟁이 요강인지 오맞이꾼 호강인지, 애당초 알 바가 없는 것입니다."《토정 이지함》

개 풀 뜯어먹는 소리 당치 않은 말. 〈個語〉 ¶"우리두 보탤 게 있으면 보태야 쓰잖겠느냐 해서 허는 얘기여." "웬 개 풀 뜯어먹는 소리랴. 아 저녁 먹은 지가 얼마나 됐다구 그새 또 헛소리여."《장평리 찔레나무》

개 핥은 죽사발 같다(속) 사내 얼굴이 미끈함을 얕잡아 이르는 말. ¶어우동은…얼굴이 개가 핥은 죽사발 같고 허우대가 사복시 뒷마당의 말궁둥이 같은 사내만 보면 사족을 못 쓰고《토정 이지함》

개호주 범의 새끼. ¶…간밤에 개호주가 다녀간 것이 틀림없다고 풍을 떨어대어 어린 마음에 겁이 더럭 나게 했던《더더대를 찾아서》

객물 식수로서는 적합하지 못한 겉물의 뜻으로 씀. ¶(산)…서울 언저리 높고 낮은 산을 오르내리는 등산객들이 먹고 버린 비닐 껍질로 메워진 골짜기의 객물을 약수로 치고,《지금은 꽃이 아니라도 좋아라》 ※겉물 : 액체가 잘 섞이지 못하고 위로 떠서 따로 도는 물.

객스럽다 쓸데없고 실없는 느낌이 있다. ¶심은…부러 객스럽게 말했다. "구십 키로짜리 수퇘지 한 마리면 되겠군."《산 너머 남촌》

객쩍다 (행동이나 말이) 쓸데없고 실없다. ¶"…그만두소, 그만들 둬, 대이구 객쩍은 소리나 이 입 저 입으로 찍어 바르며 장난질허면, 우리게는 장차 워치기 되는 겨…"《우리 동네 黃氏》

갯것 개에서 나는 물건. 해물. ¶명태니 미역이니 새우젓이니 갯것이라면 빠지는 게 없고 작으나마 창고를 가진 녀석은 상오 하나뿐이었다.《이 풍진 세상을》

갯것전 개에서 나는 물건을 파는 가게. 보통 어패류 노점상을 이르는 말. 〈충남 서해안 지방의 방언〉 ¶애가 서면서부터 그렇게 당기던 능금 한 개를 안 사 먹었고, 온종일 갯것전에 앉아 반지락을 까면서도 풀빵 한 개 못 사 먹었었다.《추야장》

갯물 민물 없이 닥치는 대로. 〈個語〉 ¶…그는 뭇사람들과 어겹되어 갯물 민물 없이 함께 후덩거리기는 싫었다.《우리 동네 李氏》 ※갯물 : 바닷물.

갯바닥에도 허주가 있다(속) (미신적으로) 갯벌에도 귀신이 있다는 말. ¶"갯바닥이도 허주(虛主)가 있다넌디 조심을 해서 걸으슈, 미끄러졌다가는…" 하고 주의를 준 다음, 자기가 소싯적에 도깨비불을 잡았더라는 얘기를 또 꺼낸다.《김탁보전》

갱그찮다 괜찮다. 〈방언〉 ¶"슴것슴것허다가 막상 슨을 보니께 아주 갱그찮게 생겼더라며, 궁합두 썩 좋다구 신 서방 마누라는 자랑했쌓던디유."《관촌수필 5》

갱기찮다 괜찮다. 〈방언〉 ¶그까짓 흙몸대기 좀 덮어쓰구 사는 거, 갱기찮여.《장척리 으름나무》

갈근갈근 자꾸 간사스럽게 아양을 떠는 모

양. ¶나는 여태껏 그 대복 어매처럼 수다스럽고 간사스러우며, 걀근걀근 남 비위 잘 맞추고 아첨 잘하는 여자를 본 일이 없었다.《관촌수필 4》

걀금거리다 (이로) 조금씩 갉아먹다. ¶어린 것이 뒹굴어 다니던 송편 부스러기를 대중없이 걀금거려 저러다가 배탈한다 했더니 영락없이 얹었고.《너무 밝은 달》

걀상걀상 얼굴이나 몸매가 보기 좋을 만큼 갸름하고 가녀린 모양. ¶그 사내가 턱으로 가리킨 것은, 걀상걀상하게 생긴 몸매에 연지와 곤지를 요란하게 찍은 처녀가 들고 섰던, 바지랑대만이나 한 깃대였다.《그가 말했듯》

걀상허다 걀쭘하다.〈방언〉¶"…후제 자슥 두구 메누리 은으면, 저처럼 콧날 오똑허구 얼굴 걀상허니 해끔헌 시악씨는 절대 마다헐래유."《관촌수필 5》

걀쭘하다 '걀쭘하다'의 잘못. 꽤 갸름하다. ¶…광대뼈가 쪽 빠진 걀쭘한 얼굴의 젊은 여자가 코를 골아대고 있었다.《낙양산책》

거그 거기.〈방언〉¶(성식이가)…서무직을 도맡고 있어 한성학원의 씀씀이며 살림이 거그 손에 달려 있기도 하지만, 브라운이 서너 군데의 회화 학원을 돌며 학원 살림에 보태느라고 늘 자리를 비워 주인 노릇까지 겸하기 때문이다.《장한몽》

거기거기 (물체가) 어디라고 할 것 없이 사방에 촘촘히 다붙어 있는 모양을 이르는 말. ¶…돌멩이가 수북하게 쌓인 깔밋한 애장터가 거기거기 널려 있던 뒷산 빙재 허리를 떠올리곤 했다.《관촌수필 6》

거늑하다 넉넉하여 아주 느긋하다. ¶이

장은 횡재수가 뻗친 것 같아 뱃속이 거늑했다.《우리 동네 黃氏》

거니채다 낌새를 대강 짐작하여 알아채다. ¶사내는 서방님이란 말에 거니를 챈 듯 했으나, 내처 모른 척하고 방에 들게 하는 일변 아낙을 깨워서 새벽박동을 짓도록 일렀다.《매월당 김시습》

거덜 나다 살림이 여지없이 결딴나다. ¶"…개인 공장 봐주자구 동네 살림 거덜 낼 수는 읎읍께유."《우리 동네 張氏》

거든그리다 간단하게 꾸려 싸다. ¶응두가 들어선 것은 맨밥 먹은 아침상을 거든그려 대강 행주질을 마친 바로였다.《산 너머 남촌》

거들거리다 '거드럭거리다'의 준말. 거만스럽게 잘난 체하며 버릇없이 굴다. ¶(산) 걸을 때 말이 자꾸 몸을 흔들어서 말을 탄 거덜도 자연히 몸을 거들거리게 되어 필경은 '거들거리다'의 어원이 된 것이었다.《탈놀이》

거듬거리다 흩어져 있거나 널려 있는 것을 자꾸 대강 거두다. ¶김승두는 먹고 난 것들을 거듬거려 접어놓으며 담배를 찾았다.《우리 동네 金氏》

거듭거듭 여러 번 거듭하는 모양. ¶나는 아무도 모르게 헌 신문지를 어두컴컴한 골방 구석에 쌓아 놓고 앉아 몇 날 며칠을 거듭거듭 연습했었다.《관촌수필 1》

거리비끼다 (지팡이나 작대기같이 길쭉한 물건이 놓여 있는 상태가) 무엇에 기대어 거우듬하게 비끼어 있다.〈방언〉¶…장귀틀 앞에는 으레껀 마가목 지팡이가 거리비껴 놓여져 있었다.《관촌수필 1》

거릿송장에 대지팡이 짚을 놈® (대지팡

이는 상주용이므로) 불효할 놈이라는 상말. ¶"이런 거릿송장에 대지팡이 짚을 놈을 보나. 오냐, 칼잡이 여기 있다. 어디부터 떠 주랴."《토정 이지함》

거머리 쓸개 없고 지렁이 허파 없다㊇　외양이 보잘것없는 사람은 생각하는 것이나 의지도 보잘것없다는 말. ¶"그머리 쓸개 옳구 지렝이 허파 옳다더니 저것이 똑 그렇네그려. 쩟쩟쩟…"《이모연의》

거무추레하다　거무스름하고 생기가 없다. ¶달 보기가 부끄러울 만큼 거무추레한 상판에 허우대가 바라진 덩치 큰 녀석이었다.《관촌수필 5》

거무충충하다　꺼림칙해 보이도록 어둠침침한 빛을 띠고 검다. ¶명우는…창경원 사료용 미꾸라지 양식장인 거무충충한 못가의 기다란 걸상에 걸터앉아 〈호반의 벤치〉라는 제목만 멋진 유행가를 흥얼거렸다.《두더지》

거무튀튀하다　탁하게 거무스름하다. ¶(산) 그는 모나고 맺힌 데라곤 없는 둥글너부룩하고 거무튀튀한 안면을 가지고 있다.《아픈 사랑 이야기》

거무푸리하다　검은빛이 돌고 푸르죽죽하다. 〈방언〉 ¶주색에 곯고 지친 거무푸리한 안색에 생쥐 눈은 임자를 만난 편이었지만,《장한몽》

거섶　흐르는 물이 둑에 스쳐서 닿지 않도록 둑가에 말뚝을 늘여 박고 가로로 결은 나뭇가지. ¶…발 벗지 않고도 건널 수 있게 고리 삭아 가는 오리나무 서너 개를 걸쳐 놓은 거섶이 있었다.《관촌수필 7》

거스러지다　성질이 거칠어지다. ¶안은 제물에 성질이 거스러져 애매한 아내에게만 지청구를 했다.《우리 동네 姜氏》

거스렁비　비가 개기 전에 오는 것 같지 않게 오는 가랑비. 〈個語〉 ¶거스렁비가 바짓가랑이를 후지르기에 십상으로 내리던 날《장한몽》

거슬리다　벗기다. 깎다. 〈방언〉 ¶…두렁을 거슬러다가 여물거리 하는 꼴머슴들 발걸음조차 뜨막하여,《우리 동네 崔氏》

거시기　하려는 말이 얼른 생각나지 않거나 얼른 말하기 거북할 때, 그 말 대신으로 쓰는 군말. ¶…의지가지도 없는 것 또 내쫓기도 거시기 하고 해서 이래저래 두통이 나《이 풍진 세상을》

거우듬하다　조금 기울어진 듯하다. ¶해가 거우듬하도록 혼자 궁리해 봤지만 딸이 휘어들음 직한 말은 떠오르지 않았다.《우리 동네 崔氏》

거우르다　조금 기울어지게 하다. ¶여기 아낙네들은 내동 해찰 부리며 능놀아 해를 거우르다가도 설핏하기 전에 저녁을 안치고《우리 동네 柳氏》

거운하다　거우듬하다. ¶…동네 사람들은 벽을 지고 뒤로 거운하게 앉아 막잔을 내려는 참이었다.《우리 동네 李氏》

거울러지다　거꾸러지다. 〈방언〉 사람이나 동물 따위가 죽다. ¶"…나가라구. 나가서 산에 가서 거울러지든지, 먼 논에 가다가 논두렁을 비든지, 꼴두 보기 싫으니께 이 방에서 나가라구. 어여 나가라닝께."《장천리 소태나무》

거웃　사람의 생식기 둘레에 난 털. 음모(陰毛). ¶게다가 아이들은 거웃이 돋을 때까지 벌거벗고 살아야 했던 것이다.《그가 말했듯》

거위침 가슴속이 느긋거리면서 목구멍에서 나오는 군침. ¶봉석 어매가 건넌방 쪽을 눈치해 가며 거위침이라도 넘어오는지 찔룩거리는 시늉을 했다.《우리 동네 柳氏》

거적눈 윗눈시울이 축 처진 눈. ¶윤 양은…눈을 거적눈으로 깔떴다 도끼눈으로 치떴다 하면서 어깨를 옹송그렸다.《산 너머 남촌》

거적문에 돌쩌귀㈜ 격(格)에 지나친 치장을 하여 어울리지 않는다는 말. ¶…그 어간에는 춘방을 갖출 경황이 없기도 했지만, 마음이 있어도 거적문에 돌쩌귀를 실증하는 것이 우스워서 참는 쪽이 수였다.《산 너머 남촌》

거지게 (길마의 양옆에 하나씩 덧얹어 새끼로 묶어 놓고 짐을 싣는 지게에 빗대어) 여기서는, '샌드위치 맨이 몸의 앞뒤에 달고 다니는 광고판'의 뜻으로 쓰임. ¶(그는)…앞뒤로 포스터를 붙인 널빤지 거지게를 짊어지고…걸어 다니는 광고판 노릇으로 골목골목을 쏘다니기에 숙제 한 번을 제대로 해 간 적이 없는 학생이었던 것이다.《유자소전》

거지도 손 볼 날 있다㈜ 아무리 가난한 집이라도 손님을 맞을 때가 있으니 어렵게 지내는 집이라도 깨끗한 옷쯤은 마련하여 간직해 두어야 한다는 말. ¶"거지도 손 볼 날 있다더라. 주제가 후줄근할수록 대가리는 만져야 쓴다. 집구석에 거울이 없어 그렇지 자네 그 꼴이 사람 것인 줄 아나…"《변 사또의 약력》

거지 줄 것은 없어도 도둑 맞을 물건은 있다㈜ 남에게 줄 물건은 없어도 도둑 가져갈 것은 있다는 말. ¶거지 줄 것은 없으되 도둑 맞을 물건은 따로 있다던 말도 바로 그를 두고 이름이었다.《오자룡》

거짓말도 잘하면 오려논 닷 마지기보다 낫다㈜ 거짓말도 잘하면 처세에 이로운 것이니, 사람은 아무쪼록 말을 잘해야 한다는 말. ¶스스로 좀상스레 따져보아도, 거짓말 한마디보다 못하다는 논 닷 마지기가 있어 고작 조석이나 대어 왔을 따름이었다.《우리 동네 張氏》

거추꾼 일을 주선하거나 치다꺼리하여 주는 사람. ¶…정은 김이 자기를 거추꾼으로 굳게 믿는 눈치 같았으므로, 무릇 주어야 받는다는 속설과 더불어 은근히 기대가 컸다.《우리 동네 鄭氏》

거추없다 하는 짓이 어울리지 않고 싱겁다. ¶무소식을 희소식으로 치고 내동 뜨막하게 지내던 보통학교 중학교 동창들을 새퉁스럽게 날 잡아 찾아다니며 거추없이 술 인심을 쓴 것이 그 시초였다.《우리 동네 鄭氏》

거치스름하다 (머리털이나 수염 등이 잘 가다듬어지지 않아) 조금 거칠다. ¶나는 늘 그를 조패랭이라고 불렀고, 거치스름한 구레나룻과 수염이 지저분하고 불결하게만 보여, 집안 어른 심부름이 아니고는 좀처럼 말을 걸어 볼 마음이 내키지 않았다.《관촌수필 4》

거쿨지다 몸집이 크고 말이나 하는 짓이 씩씩하다. ¶여러 가지를 각오해 온 바에 따라 말마디나 하더라도 씨억씨억 거쿨지게 내대기로 작정했기에 주춤거릴 계제가 아니던 것이다.《오자룡》

거탈 실상이 아닌, 겉으로 나타난 태도. ¶…황의 거탈을 벗겨 내어 창피를 주고자

했던 여럿의 앙심은 당초에 가량했던 대로 어지간히 이룬 셈이었다. 《우리 동네 黃氏》

거풋거리다 물체의 한 부분이 가볍고 빠르게 자꾸 떠들리어 움직이다. ¶ "…아 작년 여름에 저 비각 모텡이서 해필 물가 쪽으로 세워 놓구 연늠이 정신없이 거풋거리는 바람에 차가 못 견디구 빠꾸해서 풍덩했던 것덜두 건져 놓구 보니께 둘 다 거진 한 오십씩이나 됐더라닝께." 《장천리 소태나무》

거하다 (나무나 풀이) 우거지다. ¶ 그녀는…떡갈나무가 어디보다도 거하던 빙재 너머 큰 고랑을 뒤지기 시작했다. 《관촌수필 6》

걱둑걱둑 거리낌 없이 걷는 모양. ¶ …두립은 걱둑걱둑 넋 나간 걸음으로, 《오자룡》

걱실걱실하다 성질이 너그러워 말과 행동이 시원스럽다. ¶ …옹점이는 남들이 대중으로 여겼듯이 덜렁거리며 걱실걱실하고 사납기만 하던 처녀는 아니었다. 《관촌수필 3》

걱정더미 큰 걱정덩어리. 〈個語〉 ¶ (황은)…영농 회장 빱시게 말이 앞서고, 개발 위원장을 등치게 뒷말이 따라 걱정더미였다. 《우리 동네 趙氏》

걱정도 팔자 俗 하지 않아도 될 걱정을 자꾸 하거나 자기에게는 아무 관계도 없는 남의 일에 참견하는 것을 조롱하거나 비웃어 이르는 말. ¶ "걱정두 팔자슈. 엄매 혼인두 저의찌리 연분이 닿서 아래웃짝이 되는 거닝께 그런 걱정일랑은 뒀다가 허슈." 《달빛에게 길을 물어》

걱정이 단풍든다 걱정이 점점 더 깊어진다는 말. 〈個語〉 ¶ "자식 늦는 건 좋지만 생전에 손주며느리 하나 못 보고 죽는 게 아닌가…그 걱정이 단풍드는구먼요." 《낡시터 큰애기》

걱정이 열 섬이면 근심이 스무 섬이다 俗 걱정이 그칠 날이 없음을 강조하는 말. ¶ "걱정이 열 섬이면 근심이 스무 섬이라니까…" 《그리고 기타 여러분》

걱정이 태산이다 俗 해결해야 할 일이 너무 많거나 복잡해서 걱정이 태산처럼 크다는 말. ¶ "달이 참 좋지유?" 걱정이 태산 같은 남의 속도 모르고 조가 불쑥 말했다. 《너무 밝은 탈》

건건이 변변찮은 반찬. 또는 간략한 반찬. ¶ "만근 아버지는 더디 와서 건건이가 이러니 뭐랑 자신다나?" 《우리 동네 李氏》

건건찝찔하다 약간 짜기만 하고 감칠맛이 없다. ¶ 비가 어지간히 씻어 갔을 텐데도 고리타분하고 건건찝찔하고 비리치근한 새우젓 밴댕이젓 돔베젓 동난젓 따위 각색 젓갈 냄새며, 《토정 이지함》

건더기 내세울 만한 일의 내용이나 근거를 속되게 이르는 말. ¶ …몇 가지 검은 점이 눈에 띄었다. 첫째는 의청회 안에, 그것도 간부급에서 이쪽의 위치를 시기하여 꺾어 보려는 자가 없다고 믿을 둘 아무런 건더기가 없음이었다. 《장난감 풍선》

건들마 초가을에 남쪽에서 불어오는 시원한 바람. 건들바람. ¶ 사포곶은 앞자락에 자잘한 섬을 여러 덩이나 안고 있었다. 그러나 그 섬들은 건들마만 불어도 내륙과의 통신이 두절될 정도로 아무런 교통수단도 가지고 있질 못했던 것이다. 《해벽》

건듯건듯 빠르게 대강대강 하는 모양. ¶ 달빛에 밀려 건듯건듯 볼따귀를 스치며 내리

는 무서리 서슬에 옷깃을 여며 가며,《관촌
수필 5》

건방머리 시어 터진 놈ⓑ 몹시 건방진 사
람에 대한 욕설. 〈보령, 화성 지방〉 ¶ “…
건방진 늠 같으니라구. 너 깨금말 양시환
씨 아들이지? 올봄에 고등핵교 졸읍헌 늠
아녀? 너지? 건방머리 시여 터진 늠 같으
니라구.”《우리 동네 金氏》

건입맛(乾一) 맨입으로 다시는 입맛. ¶ (오
는)…건입맛을 다시며 물고 나온 담배를
섬돌 밑에 던졌다.《산 너머 남촌》

건잠머리 어떤 일을 시킬 때 대강의 방법
을 일러 주고, 이에 필요한 기구를 준비하
여 주는 일. ¶ 뒤에서 건잠머리를 해 놓은
이낙만이나 목대잡이로 나선 황선평이를
탄할 것도 없었다.《우리 동네 鄭氏》

건집 거의. 〈방언〉 ¶ “그러나저러나 해결
은 건집 되어 가남유, 싸게 끝장을 보얄
텐디”《초부》

걷잡다 (잘못되어 가는 형세를) 거두어 바
로잡다. ¶ 어머니마저 타계했으니 그녀를
잡아다 놓고 마음을 걷잡아 줄 사람도 없
는 형편이었지만.《관촌수필 3》

걸걸하다 시원스럽고 쾌활하다. ¶ 유자한
은 걸게 말하고 걸걸하게 웃었다.《매월당
김시습》

걸기질 논바닥을 평평하게 고르는 일.
¶ …객토를 해도 시늉만 하다가 마는 것
이 아니라 노농들을 본 잡아 나래로 걸기
질을 하면서 황토 한 줌이라도 골고루 닿
도록 힘써 걸우었으며《산 너머 남촌》

걸다 (말솜씨가 험하여) 거리낌이 없고 푸
지다. ¶ …나이답지 않게 올되고 걸었던
그 입은《유자소전》

걸때 사람의 체격. 몸피의 크기. ¶ …아이
들의 대부분은 알밴 종아리를 어루만지고
주저앉아 굴신도 못했지만, 나나 몇몇 걸
때 억센 녀석들은 제 세상을 만난 양 가로
세로 내달았으며 설쳐대고 있었다.《그가
말했듯》

걸뜨다 ① (남의 말이나 행동에) 덩달아서
마음이 들뜨다. ¶ 그해 봄도 다 된 어느
날, 그날도 대복이 부름에 걸떠서 새벽부
터 이슬바심을 한 날이었다.《관촌수필 6》
② 나이보다 숙성해 보임을 이르는 말. ¶
“몇 살인지 몰라도 목소리보담 얼굴은 썩
걸띠어 뵌다?” “스물다섯이라면 다들 곧
이 안 듣죠.”《가을 소리》

걸뜨리다 걸치다. 〈방언〉 ¶ “…사아지 양
복 빠이로 오바만 걸뜨리면 다 마카오 신
사가 아닌 겨.”《산 너머 남촌》

걸레 같은 새끼ⓑ 행동이 형편없는 사람을
욕하여 이르는 말. ¶ “원, 저런 걸레 같은
새끼, 웃음이 나오겠다.”《몽금포 타령》

걸레 빨아 행주 할 년ⓑ (걸레와 행주를
구분해 쓰지 못할 만큼) 위생 관념이 흐린
년이라는 상말. ¶ “추접스럽기는 걸레 빨
어 행주 헐 년이란께…” 그녀는 순실이가
먼발치로 비쭉만 해도 대뜸 치밀어 오르
는 욕설을 주체할 수 없이 되어 갔다.《낚
시터 큰애기》

걸리적거리다 거치적거리다. 자꾸 여기저
기 걸리고 닿다. ¶ …이리 기웃 저리 기웃
얼씬거리다가 막대기로 삿대질을 하며 지
키는 단원에게 걸리적거리고 성가시다며
지청구를 얻어먹어 풀이 죽은 아이들 앞
에서《유자소전》

걸싸다 (하는 일이나 동작이) 매우 날쌔

다. ¶손속도 걸싼 편이라던 것이 남들이 이르던 말이었다.《관촌수필 2》

걸어 다니는 참새 없고 뛰어 다니는 제비 없다(속) 참새나 제비 같은 미물도 각각 제 천성대로 살아가듯이, 인간도 저마다 제 팔자대로 살게 마련이라는 말. ¶걸어 다니는 참새 없고 뛰어 다니는 제비 없기지 뭐…나는 속으로 기역 자를 그었다.《강동만필 2》

걸우다 거름을 주어 땅을 걸게 하다. ¶그런 밭은 지력이 쇠할 대로 쇠해 몇 해 동안 마음먹고 걸우지 않으면 잡초밖에 안 된다는 게 상식이었다.《우리 동네 李氏》

걸음발 걸음을 걷는 발. 걸음걸이. ¶"나는 저 근너 사는 이 씨유." 리는 걸음발을 배게 놓아가며 돌아다도 안 보고 말했다.《우리 동네 李氏》

걸음발 타다 어린아이가 처음으로 비틀거리며 걷기 시작하다. ¶…겨우 걸음발을 타기 시작한 정희는 마당가를 두꺼비처럼 기어 다니며 보인 대로 집어넣어 입 언저리가 흙투성이에 검불범벅인 채 혼자 놀고 있었다.《관촌수필 5》

걸음새 걸음걸이. ¶능애는 숨이 가빠지지 않도록 걸음새를 약간 느슨거리며 걸었다.《추야장》

걸음아 날 살려라(속) 급히 도망갈 때 몹시 빨리 뛰어감을 이르는 말. ¶…그녀 또한 과부만 안다는 설움으로 십 년은 지샌 터라 뒤도 안 돌아보고 '간간허구 새곰헌 새우젓 들여놔유─' 소리로 응대하면서 걸음더러 살리라고 내닫곤 했다.《암소》

걸지다 몹시 걸걸하다. 〈북〉¶그녀는…입부터가 걸진 여자였다.《몽금포 타령》

걸찍하다 걸쭉하다. 〈방언〉¶유자는 그가 아니면 안 되는 그 걸찍한 입담뿐 아니라 그 자신의 모든 것이 바로 신선한 소재이기도 하였다.《유자소전》

걸차다 실하고 튼튼하다. 오달지고 당차다. ¶(신아불이란 사내는)…상스럽게 생긴 천상이나 허위대만은 걸차고 완강해 뵀으며 관상과 사주도 비슷하게 본다는 소문이었다.《추야장》

걸치다 술을 마시다. ¶그날 공사판에서 셈하여, 모처럼 저녁 겸 거나하게 술잔이나 걸치고 움막으로 돌아오는 길이 미군 부대 후문 근처에 이르렀을 때,《백결》

걸태질 염치나 체면을 돌보지 않고 재물을 마구 긁어 모으는 짓. ¶"땀 없이 걸떡거리고, 남의 몫 걸터듬는 걸태질 한 가지는 등수에 드는 것들이닝께."《우리 동네 金氏》

걸터듬다 음식이나 재물 따위를 몹시 탐하다. ¶그는 어느 집을 가거나 껄떡거리고 안주와 반찬을 걸터듬어 본 적이 없었다.《우리 동네 李氏》

걸팍지다 (몸이) 허우대가 좋고 실팍하다. 〈방언〉¶망인이 생전에는 걸팍진 체구였다 해도 두개골과 뼈만 추려 차곡차곡 담는다면 모자라지 않던 것이다.《장한몽》

검덕귀신 얼굴이나 옷이 몹시 더러운 사람을 속되게 이르는 말. ¶…얼어서 푸르죽죽한 얼굴이며 화장을 반이나 지운 눈물 자국으로 검덕귀신이 다 된 채 대거리를 하려 드니《산 너머 남촌》

검비검비 어떤 행동을 쉽게 대강대강 하는 모양. ¶얼마 동안 여순경을 검비검비 따라가던 그는 문득 걸음을 멈추었다.《우리 동네 金氏》…끓는 열무 숨음국에 말아 검

비검비 떠 넣은 바람에 땀만 배어, 옆구리로 오금탱이로 찐득거리지 않은 데가 없었다.《우리 동네 黃氏》

검숭거뭇하다 검숭검숭하고 거뭇거뭇하다.〈個語〉¶검숭거뭇하게 높고 선 바위와 다복솔이 무리로 얼룩진 눈 아래의 일판에는, 그동안 캐어 낸 백골들이 달빛을 입어 허옇게 누워 있었다.《장한몽》※검숭하다 : 좀 거무스름하다. 거뭇하다 : 빛깔이 좀 검은 듯하다.

검은 구름에 백로 지나가기㉚ 어떤 일을 해도 그 자취가 남지 않음을 이르는 말. ¶"나 같은 것 한목숨 지우는 게사 검은 구름에 백로 지나가긴디, 누구 좋은 일 허느라고 절차를 좇겄우. 더군다나 역모하였다고 고변허는 판인디…"《오자룡》

검은 머리 파뿌리 되도록 산다㉚ 장수한다는 말. ¶(산) 여성은 코흘리개 적의 잔심부름부터 시작하여 검은 머리 파뿌리 되도록 살림 노동력을 지니기로, 그 경제 연령의 장구함을 어여삐 여기려 한다.《아픈 사랑 이야기》

검측하다 음침하고 욕심이 많다. ¶…눈 뜨는 것이 검측한 데가 없고 말하는 것도 태도가 보일 뿐더러, 이름과 달리 어딘지 모르게 물렁한 데가 있어 보이는 것이었다.《매월당 김시습》

겉꾸림 겉만을 그럴듯하게 꾸미는 짓. ¶그녀는 심심풀이 삼은 겉꾸림으로가 아니라《엉겅퀴 잎새》

겉 다르고 속 다르다㉚ 말이나 행동이 표리가 일치하지 않음을 이르는 말. ¶(산)…흔히 겉 다르고 속 다르게 두 얼굴을 하고 살아온 비겁하고 비굴하고 비열하고 비루했

던 역사도 그만큼 길었다는 뜻이나 아닌지 모를 일이다.《탈놀이》

겉다짐 (일을 건성으로 하여) 겉은 번듯하고 내용은 부실함.〈방언〉¶"요새 젊은 애새끼들은 뼈가 물러서 일을 해 봤자 겉다짐이라구…"《장한몽》

겉더께 몹시 찌든 물체에 앉은 맨 겉의 때. ¶앙금이 생겨 가라앉고 윗국이 돌자, 윗국에는 차츰 겉더께가 뜨던 거였다.《엉겅퀴 잎새》

겉몸 달다 건몸 달다. 혼자서만 헛애를 쓰며 몸이 달다. ¶…갈보야 칠보야 몸단장 마라/ 돈 없는 알건달 겉몸만 단다.《매화 옛 등걸》

겉물 액체가 잘 섞이지 못하고 위로 떠서 따로 도는 물. ¶…지하수는 고사하고 겉물 한 모금 뽑아 보지 못했던 것이다.《우리 동네 金氏》

겉보리 큰 껍질째로 있는 거친 보리. 여기서는, '어설프고 촌스러운 사람'의 뜻으로 쓰임. ¶…속에선 은근히 신명이 일고 있어 짐짓 겉보리 시늉이나마 안 하느니보다는 낫겠지《오자룡》

겉보리 서 말만 있으면 처가살이 하랴㉚ 누구나 처가살이 할 것은 아니라는 말. ¶따져 볼 것도 없이 그런 일이라면 매번 어그러질수록 다행이었다. 겉보리 서 말만 있으면 데릴사위를 안 해 간다던 그전 속담까지 들그서낼 것도 없었다.《변 사또의 약력》

겉보매 겉으로 드러나는 모양새. ¶겉보매가 깨끗하다는 이유로 두어 번 헹구어 거의 날로 먹다시피 해 온 김칫거리에 농약을 퍼붓는 것을 김도 싸가지 있다고 생각

하진 않았다.《우리 동네 黃氏》

겉볼안명 겉을 보면 속은 안 보아도 짐작할 수 있다는 말. ¶만상이 불여심상이라지만 인상인즉슨 겉볼안이라.《산 너머 남촌》

겉살 몸의 겉쪽에 붙어 있는 살. 〈북〉 ¶…지금은 겉살이 처진 데다 엉덩판이 이렇게 바라져…《장한몽》

겉인사 겉치레로 하는 인사. 〈북〉 ¶"아저씨." 먼저 겉인사를 해 온 것은 미실이었다.《장한몽》

겉치마로 살갗 한 채 비에 흠뻑 젖어 겉에 입은 치마가 몸에 착 달라붙어 몸매가 그대로 드러난 모양. ¶…입덧이 그친 지 여러 달이라던 아내가 지나가는 비에 흠씬 불어 겉치마로 살갗 한 채 점심을 내오자,《우리 동네 金氏》

게 구멍에다 좆이나 박으며 살 인간비 사람이 돼먹지 못해서 아무짝에도 쓸데가 없다는 상말. ¶"…그 병신은 긔(게) 구멍에다가 좆이나 박으메 살 인간인 것을…"《추야장》

게 눈 감추듯 한다속 음식을 몹시 빠르게 먹거나 마시거나 할 때 이르는 말. ¶시장하던 김이라 고구마를 대여섯 개나 게 눈 감추듯 치우고 나서야 해방이는 입을 열었다.《담배 한 대》

게워 생각하다 반추하다. 즉 되풀이하여 음미하고 생각하다. ¶김은 그때 일을 게워 생각하면 절로 웃음이 나왔다.《우리 동네 黃氏》

게으른 여편네 밭고랑 세듯속 일에는 마음이 없고 빨리 그만두고 싶은 생각만 함을 이르는 말. ¶"제미붙을, 게으른 여편네 밭고랑 세듯 가만 앉아서 말만 그러면

무에 쓴다나. 일어나서 군수를 때려 죽이든지 아전늠덜을 찢어 죽이든지…양단간에 여의치 않으면 이늠의 살림을 작파허고 말든지 허야지…"《오자룡》

게접스럽다 약간 지저분하고 더럽다. ¶한창때라서 허천난 놈처럼 술이며 안주를 게접스럽게 걸터듬어 먹던 만근이가 비로소 턱을 쳐들었다.《토정 이지함》

계정(을) 부리다 불평스러운 말과 행동을 일부러 나타내다. ¶문정은 작은며느리가 계정을 부릴 때마다 돌아앉아 허희탄식으로 빗더서기나 했을 따름 아무 대책이 없었다.《산 너머 남촌》

계춤 허리춤. 〈방언〉 ¶계춤 여미는 소리니라 하는데 담 긁는 목소리나 하는 늙다리 사내였다.《오자룡》

겨끔내기 서로 번갈아 하기. ¶그 벼 한 가마는 두 아이가 겨끔내기로 갈마들며 남의 손에 새를 보아주고 받아 온 품삯이었다.《우리 동네 崔氏》

겨룸질 겨루는 짓. 〈個語〉 ¶…걸음을 옮길 적마다 크게 둘로 갈라진 초순의 엉덩판 두 짝은 겨룸질을 계속했으며,《장한몽》

겨르롭다 한가롭다. 〈古語〉 ¶그녀의 색정은 몸이 겨르롭고 무료할수록 극성을 부렸다.《곽산 기생 보름이》

겨우겨우 지나칠 정도로 어렵게 힘들여. ¶"…그러다가 겨우겨우 간신히 빠져나와 서울 가더니 당일로 왔단 말여…"《백결》

겨울바람 버릇없고 여름비 염치없다속 강자에게 약하고 약자에게 강하다는 말. ¶"겨울바람 버릇없고 여름비 염치없다고는 해도 절기와 이기는 본래 시령이 나란한 법인데, 근래엔 하늘도 망녕인지 시각

각 때각으로 드리없고 늦고 이르니, 하늘 하나 쳐다보고 사는 사람은 삽을 먼저 집어야 할지 쇠스랑을 먼저 들어야 할지 당최 대중이나 할 수 있어야지."《산 너머 남촌》

겨울이 다 되어야 솔이 푸른 줄 안다ⓤ 사람은 위급하거나 어려운 고비를 당할 때에야 비로소 정말 어떠한 사람인지를 알게 된다는 말. ¶"분수없이 덥적거릴 테냐. 겨울 다 되어야 솔 푸른 줄 알더라고, 이것도 인연이니 싫어 가엾게 여겨 줄라고 허는 것도 모르메 자발머리 없이 오두방정을 떨고 지랄허는구나…"《오자룡》

겪음하다 경험하다〈방언〉 ¶…남의 말로만 들었던 구박과 눈칫밥이 어떤 것인지를 처음 겪음하며 깨달을 수 있은 거였다.《관촌수필 5》

견딜성 잘 견뎌 내는 성질. 인내력. ¶견딜성 뛰어나다는 것은 도라지가 지닌 독성이나 냄새가 끈기에 견디지 못하여 싹이 트지 않거나, 싹이 터도 자라지 못하고 지레 치여 죽는 풀이 그만큼 많다는 뜻일 것이었다.《장척리 으름나무》

겯고틀다 서로 지지 않으려고 버티어 겨루다. ¶…채 아무개 사돈과 겯고틀며 실랑이를 한 것만은 아무래도 개운치 않은 일이었다.《산 너머 남촌》

겯다 암탉이 알을 배기 위해 수탉을 부르느라고 골골 하는 소리를 내다. (알겯다) ¶"크르르륵…" 웃음소리가 꼭 묵은 닭 알겯는 소리와 흡사했다.《장한몽》

결곡하다 얼굴 생김새나 마음씨가 깨끗하고 여무져서 빈틈없다. ¶필례는…소갈머리도 제법 결곡한 편이었으므로 필석으로

서는 가족 중에서도 가장 속이 편한 상대였다.《엉겅퀴 잎새》

결김 결이 난 김. 정신이 없거나 바쁜 중에 별안간. ¶상배는 앉자마자 초순이 손의 마분지에 싸인 인절미를 받아들며 결김으로 순평의 손을 넘겨다봤는데, 역시 자기 손에 오른 떡보다 훨씬 커 보이는 것 같아 미소를 감추지 못했다.《장한몽》

결김에 결이 난 김에. 화가 난 나머지. ¶옹두가 모질게 무안을 주자 문정도 결김에 매몰스러운 당부를 하였다.《산 너머 남촌》

결딴 아주 망가져서 도무지 손을 쓸 수 없게 된 상태. ¶…그 후 토지 개혁 때 전답을 많이 찢었던 결딴 끝이라 그 산도 남의 손에 넘어간 줄 알았다고 대답할 만큼 공중에 뜬 산이었다.《매화 옛 등걸》

겸두겸두 '겸사겸사'의 잘못. ¶"아픈 다리도 쉬야겠고 겸두겸두 앉으우, 미안스루."《오자룡》

겸사겸사 한 번에 여러 가지 일을 하려고, 이 일도 하고 저 일도 할 겸 해서. ¶돈도 불리고…주인의 처지도 돕고, 겸사겸사 주인한테 저리로 대부했다.《암소》

겹것 ① 겹옷. 솜을 두지 않고 겹으로 지은 옷. ¶여스내 입어 언제 국 내었더냐 싶게 찌든 마포 등거리와 잠뱅이를 마누라 뒷횟대 속에서 당목 겹것으로 벗어 입고…《이풍헌》 ② 겹으로 된 것. ¶(산) 그 걱정은 겹것이었다.《지금은 꽃이 아니라도 좋아라》

겹마음 ① 두 가지의 마음. ② 드러나지 않게 품은 배반하는 마음.〈個語〉 ¶"…여우 같은 마음을 뉘우치기는 고사하고 오히려 겹마음으로 세월을 저축하면서 칼자루를

만지작거리고 있었으니, 그 죄악이야말로 위로 하늘에 닿고 아래로 땅 끝에 뻗친 터입니다…"《매월당 김시습》

겹질리다 몸의 근육과 관절이 제대로 움직이지 아니하거나, 또는 너무 빨리 움직여 상처가 생기다. ¶윤의 조카 재명이는 술지게미를 거름 지게에 쏟아 지고 얼녹은 논두렁에 발을 겹질려 가며 괴내로 버리러 가고,《우리 동네 李氏》

경복궁 메방아 공사⒝ (흥선 대원군 집정 시대의 경복궁 복원 공사는 터 다지기 달구질 작업이 매우 요란했으리라는 전제하에) 남녀 간의 정사를 뜻함. ¶"십 원에 하나짜리 개살구가 나와두 모양부텀 맨드롬허야 눈이 멎는 게 정한 이치인디, 경복궁 메방아 공사야 두말허면 각설이지, 안 그려?"《우리 동네 柳氏》

경아리 예전에, 서울 사람을 약고 간사하다 하여 비속하게 이르던 말. ¶…본래 어깻부들기가 바지게 멜빵을 여문 봉득이마저 어언간에 경아리가 다 된 양으로 반지빠르게 나대는 꼴은《산 너머 남촌》

경(을) 치다 ① 호된 꾸지람을 듣거나 벌을 받다. ¶그 뒤로 해방이는 죽을 경을 쳤다고 한다. 사전에 알고서도, 아니 바래다주기까지 했어서, 온 동네의 원망과 질책을 한 몸에 뒤집어써야 했던 것이다.《담배 한 대》② 아주 심한 상태를 못마땅하게 여김을 나타내는 말. ¶영하 십팔도 구분. 경 치는 문자를 써서 강천모설(江天暮雪).《생존허가원》

경 읽듯 하다 같은 말을 누누이 하다. ¶대의 자녀들 좀 잘 타일러 아이 병신 안 되도록 해 달라고 경 읽듯이 했던 건데,《백결》

경 읽은 신장대⒮ (독경을 할 때 무당이 쓰는 신장대처럼) 몸을 정신없이 떤다는 말. ¶두 양주는 경 읽은 신장대처럼 사색이 다 되어 덜덜거리며 순경을 배웅했다.《다가오는 소리》

곁가지 ① '이색적이며 분파적인 요소'를 비겨 이르는 말. 〈북〉 ¶남들이 잘들 참고 견딜 때 곁가지로 나갔으니 용납되지 않는다.《관촌수필 5》② 원가지에서 다시 곁으로 돋은 작은 가지. 여기서는, '지맥(支脈)'을 뜻함. ¶(개뚝배미는)…지룡산 곁가지 개랑 물이 아니면 두더지 한 마리 얼씬 않을 개자리였다.《우리 동네 金氏》

곁꾼 곁에서 남의 일을 거들어 주는 사람. ¶"술? 본전꾼이 이러고 날짜도 잊고 사는데 나 같은 곁꾼이 무슨 흥으로 곁다리를 들겠나…"《산 너머 남촌》

곁눈 얼굴은 돌리지 않고 눈알만 옆으로 돌려 보는 눈. ¶참새가 곁눈에 묻어난 것은 우북하게 욱은 노간주나무들을 훑어볼 때였다.《우리 동네 崔氏》

곁다리를 들다 당사자가 아닌 사람이 곁에서 참견하여 말하다. ¶"우리보담이야 쉬 하겠죠." 삼득이가 곁다리를 들며 말했다.《장한몽》

곁두리 농부나 일꾼이 끼니 외에 참참이 먹는 음식. ¶곁두리로 짜장면이 나오기 전에는 모를 안 심겠다는 투정이요, 그것이 늦어지면 허기지기 전에 집으로 돌아가겠다는 뜻이었다.《우리 동네 鄭氏》

곁들이 곁에서 거들어 주다. 〈個語〉 ¶삼양동에서는 제일 크다는 이발관 이발사로 가게 됐다던 신재식이도 곁들이를 했다.《임자수록》

곁바대 홑저고리의 겨드랑이 안에 덧붙이는 헝겊 조각. 여기서는, '곁'의 뜻으로 쓰임. ¶ "읃어 가다니유?" 충서 안사람이 부르튼 소리를 하는데 창근 어매 복장 터져 하는 소리가 곁바대로 들렸다. 《우리 동네 黃氏》

곁바디 곁꾼. 〈방언〉곁에서 그 일을 거두어 주는 사람. ¶ 그믐산이 왔던 사람을 곁바디 삼아 부리나케 달려갔음도 두말할 나위 없었다. 《오자룡》

계집년 남의 살 붙어 나간 놈⑪ 다른 사내와 배가 맞아서 가출한 여자의 남편이라는 상말. ¶ …노는 이앙기는 썼어두 이앙기를 밀 만한 사람 새끼 하나가 있어야 말이지. 그래 할 수 없이 시내루 나가서 지집년 넘의 살 붙어 나간 놈처럼 사방팔방으루 연통해서 겨우 한 놈 찾아가지구 터줏전에 빌다시피 해서 오게 했더니 글쎄 이 개새끼가… 《장척리 으름나무》

계집년 팬츠 입히고 수염 뽑을 자식⑪ [속옷을 입은 상태의 여성에게서 음모(陰毛)를 채취할 정도로] 수단과 방법을 가리지 않는 독한 마음을 보여 온 사람에 대한 욕설. ¶ "공것이라면 있는 늠이 더 껄떡거리는 겨. 누가 왔다니께 봄가심헐 거나 읎나 허구 뒤질러 오는 거지 뭐겄어. 지집년 빤스 입히구 시염 뽑을 자식—" 《우리 동네 黃氏》

계집 농사⑪ 아내를 잘 다루는 일. 〈個語〉 ¶ "…내가, 내 집구석 지집 농사 자식 농사는 실농허면서두 여러분들이 농사 잘 지시라구 돌어댕기는, 시방 이 자리에 서서 떠드는 이 최 아무개, 이 최 아무개가 애국자라면, 이 최 아무개 말을 잘 듣는

여러분들두 애국자더라 이겝니다.…" 《우리 동네 李氏》

계집의 곡한 마음 오뉴월에 서리 친다㊂ 여자의 마음이 한번 비뚤어져 저주하고 원한을 품게 되면, 여름에도 서릿발이 칠 만큼 매섭고 독하다는 말. ¶ "…더군다나 서방헐래 쥑였으니 앙심을 먹기로 허면 오뉴월에 서리는 못 부르겄나?…" 《오자룡》

계집이 갈린 건 몰라도 젓가락 바뀐 건 안다㊂ 큰일은 놔두고 하찮은 일에 매달린다는 말. ¶ "…지집이 갈린 건 몰러두 젓가락 바뀐 건 알더라구, 수십 리 바깥 것이 산인지 구름인지 워찌 안다나?…" 《산 너머 남촌》

계집 종년 요강 삼기⑪ 여자 하인을 상대로 하여 욕정을 푼다는 상말. ¶ 늙은이 말마따나 양반이란 종자치고 계집 종년 요강 삼기 마다할 자는 없을 터였다. 《오자룡》

계집하고 돈은 임자가 따로 없다⑪ 남자가 자주 바뀌는 여자와 주인이 자주 바뀌는 돈은 근본을 따지는 것이 무의미하다는 상말. ¶ "지집년하고 돈은 임자가 따로 없다던디 구꿈맞게 양키 돈은 따져서 뭐 할 것이여…" 《장한몽》

고 ① 노끈 따위의 매듭이 풀리지 않게 한 가닥을 고리처럼 맨 것. ¶ 우리들은 양잿물 조각과 비슷한 색깔의 차돌멩이를 주워서 헌 종이에 싸 짚홰기로 고를 내어 묶는다. 《관촌수필 4》 ② 여기서는, '확신'의 뜻으로 쓰임. ¶ …맑고 맑은 이슬 단지 같은 두개골이 그렇게 있을 것이라고 거듭 고 냈던 마음을 풀어 옹쳐매는 거였다. 《장한몽》

고개(를) 젓다 거절하다. 마다하다. ¶ …그

녀의 신분은 누구라도 고개를 저을 커다란 허물이었다. 《관촌수필 3》

고고르르하다 (잠잘 만한 환경이 되면 곧) 소리 없이 곤히 잠들다. ¶…차에 오르고 나면 종작없이 객쩍은 장난밖에 모르거나 금방 고고르르하고 곯아떨어지며 생시를 감하기가 일쑤여서, 《강동만필 3》

고기도 먹어 본 사람이 많이 먹는다⑧ 무슨 일이든지 늘 하던 사람이 더 잘한다는 말. ¶고기도 먹어 본 사람이나 먹는다고들 하듯이 생선회를 먹어도 맛을 모르고 먹는 이나, 집이 어려워서 푸성귀밖에는 몰랐던 이들은 쇠고기나 돼지고기를 구워 먹어도 본맛을 모르는 탓에, 《장천리 소태나무》

고기밥이 되다⑧ 물에 빠져 죽다. ¶…상부의 뼈와 살도 모두 고기밥이 됐으리란 생각에 차마 입에 댈 수가 없던 것이다. 《장한몽》

고깃칼 한 근 남짓한 쇠고기. 고깃근. ¶…그녀는 오기와 배차기로 장날이면…고깃칼도 들여다 먹었다. 《관촌수필 3》

고내기 자배기보다 운두가 높은 오지그릇. ¶"…접때두 워떤 작것이 오너서 고내기에 삼팔선을 긋구 내뺐더란 말여." 《우리 동네 崔氏》

고논 봇도랑에서 첫 번째로 물을 받을 수 있는 물꼬가 있는 논. ¶최가 여러 해째 고지를 써 온 성낙근이네 논은 원래가 물알 드는 고논이라, 《우리 동네 崔氏》

고달이 물건을 걸어 놓기 위하여 노끈 등으로 고리처럼 만들어 달아 놓은 것. ¶석류도 꺼내, 안 보일 지게 고달이에 얹어 두었다. 《담배 한 대》

고대 이제 막. 금방. 바로 곧. ¶"…입춘이 니열모리여. 슬 세면 고대 우수 경칩 아녀?…" 《우리 동네 李氏》

고두머리 도리깨 머리에 비녀장처럼 가로지른 짧은 나무. ¶그들도 손에는 작대기나 고두머리 부러진 도리깨 자루 따위 몽둥이로 알맞은 것 한 가지씩을 틀어쥐고 있었다. 《관촌수필 6》

고드래떡 물기가 말라서 빳빳하게 굳어 고드랫돌 같이 된 떡. ¶그 처녀는 사지가 발겨진 채 고드래떡으로 굳은 부모 시체를 땅바닥에 뒹굴리며 하염없이 몸부림을 치고 있었다. 《관촌수필 2》 ※고드랫돌 : 발이나 자리를 엮을 때 날을 감아 매어 늘어뜨리는 돌.

고드러지다 마르거나 굳거나 하여 빳빳하게 되다. ¶붓을 집어 드니 진작에 세필을 해 두지 않아 붓마다 고드래가 된 가래떡처럼 고드러진 채로 쓸데없이 묵근하였다. 《매월당 김시습》

고들고들 물기가 적거나 말라서 속은 무르고 겉은 조금 굳은 상태. ¶…진눈깨비에 젖고 얹힌 눈이 녹으면서 고들고들 얼어, 그의 옷은 마치 각장지로 기워 입은 것처럼 몹시 어석거리고 있었다. 《오자룡》

고랑이나 이랑이나⑧ 매일반이라는 말. ¶"고랑이나 이랑이나 매일반이라니까 그러네." 《산 너머 남촌》

고래고래 (화가 나서) 목소리를 높여 지르는 모양. ¶…부면장은 다시 마이크에 대고 고래고래 고함을 질렀다. 《우리 동네 金氏》

고래고함 고함소리를 강조한 말. 〈個語〉 ¶정이 저만치 떨어져서 저희끼리 따로

오던 미스 정을 고래고함으로 나무라고 《우리 동네 柳氏》

고래실논 바닥이 깊고 물길이 좋은 기름진 논. ¶…양지바른 텃밭에서는 밭못자리 온상이 이르고 물이 덜 잡힌 고래실논들은 두렁하기가 더디었다.《산 너머 남촌》

고래 싸움에 새우 등 터진다㊨ 강자끼리 다투는 사이에서 아무 관계가 없는 약자가 공연히 큰 손해를 입게 됨을 이르는 말. ¶결국 장윤이 녀석은 고래 싸움에 등 터진 새우 격으로, 낙서 근절책에 따라 교장 배척 주모자였던 퇴학생들 틈에 묻어 나온 꼴이었다.《장한몽》

고랫재 방고래에 쌓여 있는 재. ¶못자리 복토할 황토도 파다 놓아야 하고, 고막이를 뜯어 고랫재도 긁어모아야 했다.《우리 동네 崔氏》

고려공사 삼 일㊨ 착수한 일이 자주 바뀜의 비유. ¶큰길이나 큰물 가까이에 살면 고관대작의 빈번한 왕래와 고려공사 삼 일에 따르는 부역이 잦아 생업을 그르치기가 쉬운 까닭이었다.《토정 이지함》

고련 한 푼 고린돈 한 푼. 〈방언〉 코 묻은 돈. ¶"장난 말어, 요새는 고련 한 푼 못 만져 보는디, 먹구 싶은 거 타령만 해쌓구 죽겠다야. 대이구 신, 거만 찾아싸."《담배 한 대》 ※고련 : 고린전, 보잘것없는 푼돈.

고련 한 푼도 없다㊨ 푼돈 한 푼 없는 빈털터리 신세이다. ¶전화할 돈은요? 고련 한 푼 없대두. 그럼 어떡하죠? 아, 약국에 가서 쓰고 이따 준다래라.《야훼의 무곡》

고록고록 고로롱고로롱. 〈방언〉 늙거나 오랜 병으로 몸이 약하여져서 시름시름 자꾸

앓는 모양. ¶"고록고록허구 오늘니열허는 게 벌써 원제버텀인디…"《관촌수필 6》

고루고루 여럿이 모두 고르게. ¶"장터 가가에 가면 유성기 소리판두 고루고루 쌨던디…"《관촌수필 3》

고루잡다 바로잡다. 〈방언〉 ¶동네를 고루 둘러보던 최는 사지가 풀려 몸을 고루잡기에도 근력이 달렸다.《우리 동네 崔氏》

고르롭다 여럿이 다 한결같게 고르다. ¶달빛에 피어날 때로 피어난 수심은…풀을 먹이고 다리미질을 하여 깔아 놓은 이불잇같이 먼빛으로도 고르롭게 반들거렸다.《장동리 싸리나무》

고르잡다 정상적인 상태로나 한결같게 조절하다. ¶매월당이 먼저 숨을 고르잡고 말했다.《매월당 김시습》

고리삭다 케케묵고 시들다. ¶(그의 집은)…인가 한 채 없이 마을 곳집과 마주 보며 간국에 찌든 채 고리삭던 소금막 터에 자리잡고 있었다.《관촌수필 6》

고막이 마루 아래의 터진 곳을 돌, 흙 등으로 쌓은 것. ¶…고막이를 뜯어 고랫재도 긁어모아야 했다.《우리 동네 崔氏》

고만고만하다 서로 비슷비슷하다. ¶김도 놀미 사람들이 고만고만하게 삽자루를 깔고 늘앉은 철봉대 옆구리로 갔다.《우리 동네 金氏》

고무래 놓고 고무래 정(丁) 자도 모른다㊨ 낫 놓고 기역 자도 모른다. 아주 무식하기 짝이 없다는 말. ¶…곤쟁이젓 또한 아궁이 앞에 고무래 놓고 고무래 정(丁) 자도 모르던 아낙네들까지 걸핏하면 말반찬으로 입에 올려 간을 하던 말이었으니,《토정 이지함》

고무신 표다⑪ 시골뜨기라는 말. ¶ "고무신 표도 아니고 하필이면 창경원이야. 갔다가 아는 사람이라도 만나면 창피해서 어떡하지?" 《아내의 먼저 남자》

고물만 보고 떡은 못 보다⑥ 눈에 보이는 것만 알고 내용은 모른다는 말. ¶ "…요즘엔 누가 농업을 쳐주기나 하나요." "네가 여태 고물만 봤지 떡은 못 봐서 하는 소리야. 농업이야말로 신명이 돕는 직업인 줄이나 알거라…" 《산 너머 남촌》

고부스름하다 조금 곱은 듯하다. ¶ 고부스름하면서도 물어뜯고 싶도록 숱이 짙은 거웃이 잘 부풀어 발달한 두덩이 가득 덮여 있어. 《장한몽》

고분고분 (언행이) 공손하고 부드러운 모양. ¶ …콩나물 대가리처럼 고분고분하게 고개 숙여 길들여진 꼴을 보니 절로 웃음이 새어 나온 것이었다. 《산 너머 남촌》

고비늙다 지나치게 늙다. ¶ …비록 두개골에 괸 물이라도 위조를 해 쌀로 팔아먹는다 해도 그것이 못 먹어 고비늙은 아내와 다섯이나 되는 자식들 입에 며칠이나 불을 때 보랴 싶다. 《장한몽》

고뿔 뗀 넛할미 같다⑥ (넛할머니는 아버지의 외숙모이므로 남이나 다름없어서 어색하다는 전제하에) 감기를 앓고 난 넛할머니처럼 주위의 관심을 끌기 위해 어울리지 않게 행동함을 이르는 말. ¶ …선풍기 옆에서 턱 떨어지고 있던 아내가 고뿔 뗀 넛할미처럼 쪼르르 말대답을 했다. 《우리 동네 黃氏》

고사(를) 지내다 뜻한 일이 잘 되도록 해 달라고 빌다. ¶ 흥, 내가 배고파 울 때, 넌 굶어 뒈지라고 고사 지냈던 놈이다. 필성

은 지금도 이를 간다. 《이삭》

고샅길 고샅. 마을의 좁은 골목길. ¶ 문정은…좁아터진 고샅길에서 반달음질을 하였다. 《산 너머 남촌》

고생 보따리 고생 주머니. '많은 고생스런 일거리'를 홀하게 이르는 말. ¶ …세상은 무엇인가를 앙갚음하듯 그녀에겐 고생 보따리만을 바리로 실어다 부려 준 셈이며 또 앞으로도 그 셈이 펴일 기미란 보이질 않던 것이다. 《그때는 옛날》

고생을 사서 한다⑥ 일을 잘못 처리한 탓으로 하지 않아도 될 고생을 공연히 하게 됨을 이르는 말. ¶ "…다 해서 돈 만 원이면 열두 가지 모종도 하루에 뒤집어쓰고 남을 텐데, 그래 그걸 애끼려고 사서 고생을 하신단 말씀이세요?" 《산 너머 남촌》

고섶 가장 가까운 곳. ¶ 나는 칠성바위 중 맨 고섶에 있고, 참외를 따거나 수수목을 찔 때 흔히 올라앉아 쉬었던, 네 모가 뚜렷한 바위에 걸터앉아 담배를 꺼내 물었다. 《관촌수필 1》

고소롬하다 고소하다. 〈방언〉 ¶ 제 나름으로는 계장이 듣기 고소롬한 말로만 골라 한다는 풍신이었으나 《우리 동네 黃氏》

고스러지다 (벼·보리 등이) 벨 때가 지나서 이삭이 꼬부라져 앙상하게 되다. ¶ 깜부기가 듬성거리는 밀밭은 황혼의 밀물처럼 넘실거렸고, 팬 지 오래인 보리 이삭은 고스러지기 직전의 금빛 까락으로 별빛에 맺힌 이슬처럼 반짝거리는 들판이었다. 《해벽》

고시랑거리다 못마땅하거나 하여 군소리를 듣기 싫도록 자꾸 하다. ¶ "말끝마다 제사 제사…나리는 제발 그놈의 제사 좀

그만 지내시우." 소동라는 계속 고시랑거렸다. 《매월당 김시습》

고양이 목에 방울 달기ⓢ 실행하기 어려운 공론을 이르는 말. ¶(산) 정계와 관계에 가득한 직업적 애국자들이 '고양이 목에 방울 달기'를 여당의 도시 출신 의원이 해야 한다. 아니 총리가 해야 한다…운운하며《농민의 고통을 분담할 때다》

고욤나무에 감 열릴까ⓢ 환경이 변해도 본바탕은 변하지 않는다는 말. ¶"고욤낭구에 감 열리겄남유. 설은 채미 오이만 못허지유."《관촌수필 4》

고이 순순히. ¶"…말이 있어 왔으면 이만저만하여 왔다고 고이 못하고서…"《산 너머 남촌》

고이다 괴다. 귀여워하고 사랑하다. ¶…대궐의 눈에 고이기를 경쟁하던 종친과 척리들에게 도맡아서 눈총을 먹기까지 하였다. 《매월당 김시습》

고쟁이 밑이 훤한 짓만 한다ⓢ 여자가 남자를 몹시 밝히는 것을 비유적으로 이르는 말. ¶반면 이탁봉 영감 하는 짓은 열번 응당한 일인 것 같았으나 난데없이 뛰어들어 고쟁이 밑이 훤한 짓만 하는 윤칠월이는 잡아먹었으면 싶게 밉살스러웠다. 《떠나야 할 사람》

고쟁이 없이 보리밭 매기ⓢ 보리밭 김맬 때는 웅크려 앉아서 하는 까닭에 여자가 속옷을 갖추어 입지 않고 일을 해도 보릿대에 가려져서 허물이 드러나지 않는 것을 비유하여 이르는 말. ¶예로부터 여종들은 실행(失行)하기를 고쟁이 없이 보리밭 매기처럼 예사로 치부해 왔고,《오자룡》

고주배기 ① 그루터기. 〈방언〉¶"…갈퀴자루 있어서 북데기를 긁든지 고주배기나 빼개 놓든지 허지 않구."《관촌수필 7》 ② '붙박이'라는 뜻으로 쓰임. ¶향교리의 고주배기였던 이성록 옹의 경우가 그러하였다. 《산 너머 남촌》

고즈넉하다 잠잠하고 호젓하다. ¶"허, 숭헌…여태껏 게 빈 그릇처럼 고즈넉이 앉아 있더니 종당 보고도 모르겠다느냐." 《매월당 김시습》

고지 논 한 마지기에 대하여 얼마의 값을 정하고, 모내기로부터 마지막 김매기까지 일해 주기로 하고 미리 받아 쓰는 삯. 또는 그 일. 고자품. ¶논 여남은 마지기 반타작으로 고지 얻어 짓는 게 그토록 무서웠다. 《우리 동네 黃氏》

고진배기 고지식한 사람. ¶"…그 총각이 야말루 요샛사람 같잖구 고진배기였어…" 《장이리 개암나무》

고추박이ⓗ 예전에, 신분이 낮고 천한 여자의 남편을 낮잡아 이르던 말. ¶…비부쟁이나 행랑아범과 한패로 어울리던 바깥상것들을 고추박이라고 하던 것도 속셈은 그런 것이었다. 《고추 타령》

고추장 단지가 열둘이라도 서방님 비위를 못 맞춘다ⓢ 성미가 몹시 까다로워 비위 맞추기가 매우 어려운 사람을 두고 이르는 말. ¶이렇게 말머리를 꺼내면 고추장 단지가 열둘이라도 서방님 비위 하나 못 맞춘다더니 하면서, 아무리 그렇기로 고추 흉년에 하필 화냥기를 들먹여가며 떠들 것은 무엇이냐고,《고추 타령》

고추장 종지 빠지듯 하다ⓢ (고추장을 담아 상에 올리는 종지는 작으면서도 투박한 것이 보통이므로) 인물이 없다는 말.

¶상판이 고추장 종지 빠지듯 한 계집까지 공기총을 뻗질러든 채…(설치는 꼴은)…심정이 상해 눈 뜨고는 못 볼 것이 그들이었던 것이다.《우리 동네 崔氏》

고패 제자리에서 또는 무엇의 둘레를 돌거나 뒹구는 것을 세는 단위. 〈북〉¶십자가는 몇 고패나 곤두박질쳐 번쩍번쩍 눈을 부셔 가며 나가다가 저만치 아카시아 숲 속에 쳐박혔다.《장한몽》

고팽이 새끼와 줄을 사리어 놓은 한 돌림. 또는 그 세는 단위. ¶부러 그런 게 아니라 바깥이 어슴어슴해 자연 지나온 세월의 고팽이를 풀어 거꾸로 감아 가기 알맞게 분위기가 모아졌던 것이다.《장한몽》

곤댓짓 뽐내어 우쭐거리며 하는 고갯짓. ¶면장깝이 대거리할 짓둥이로 앙바틈한 몸을 뒤로 젖혀 곤댓짓을 하며 바르집어 말했다.《우리 동네 崔氏》

곤두막 오두막. 〈방언〉'곤두박히듯이 다 쓰러져 가는 오두막'. ¶…상여집 같은 곤두막을 얽어 살더라도《산 너머 남촌》

곤드레 (술에 취하여) 정신을 차리지 못하고 몸을 가누지 못하는 상태. ¶영두는 진작에 곤드레가 되지 못하고 어설프레 설 취한 것이 그렇게 후회스러워보기도 난생 처음이 아닌가 싶었다.《산 너머 남촌》

곤드레만드레 (술이나 잠에) 몹시 취하여 정신을 못 차리고 몸을 가누지 못하는 모양. ¶지난봄 어느 술날, 모처럼 날이 궂는다고 기분이 풀리도록 마신 술에 곤드레만드레하다가,《우리 동네 鄭氏》

곤쇠아비 동갑이라㈜ 나이는 많아도 실없고 쓰잘데없는 사람을 이르는 말. ¶"저희들 나이래야 본래 곤쇠아비 동갑이라는 것이 아니겠습니까.…"《토정 이지함》

곤자소니 소의 창자 끝에 달린 기름기가 많은 부분. ¶…주문한 것을 내오자 번철을 이리저리 뒤적이던 끝에 음집은 없고 그 비슷한 곤자소니만 넣었다고 좋지 않은 눈을 흡뜨며 굳이 무르기까지 하였다.《강동만필 1》

곤죽 술에 몹시 취하여 몸이 까라진 상태. ¶(문정은)…해전에 있었던 일을 모두 액땜으로 치려니 곤죽이 되도록 술이 당겼다.《산 너머 남촌》

곧은 나무 먼저 찍힌다㈜ 똑똑한 사람이 먼저 없어지게 되고 촉망받던 사람이 일찍 죽기 쉽다는 말. ¶"최가야 이늠―곧은 나무 먼저 찍히구 쓸 만헌 인물을 먼저 잡어 죽이던 것이 그전부터 내려오던 법이더라 이늠아…"《오자룡》

곧추 굽히거나 구부리지 않고 곧게. ¶…도깨비불이 곧추 서던 그 자리에선 자디잔 반딧불이 별똥 흉내로 밤을 지새우게 될 것이었다.《해벽》

골걷이 밭고랑의 풀을 뽑아 없애는 것. ¶…씨앗이 뿌려진 밭뙈기의 골걷이는 혼자 도맡다시피 일을 해냈던 것이다.《오자룡》

골마지 간장, 술 따위에 생기는 곰팡이 같은 것. ¶"담구 이틀도 못 가 골마지 흐옇게 뜨는 짐치만 안 먹어두 워디간. 짐치만 쉬여 꼬부러지지 않어두 건건이 걱정 옰다구…"《우리 동네 姜氏》

골머리(를) 썩이다 골머리를 앓다. ¶어쩔 수 없는 일이었다. 아무리 골머리를 썩혀봐도 최선책이라면 그 길뿐인 것 같았다.《추야장》 ※골머리 : '머릿골'을 속되게 이르는 말.

골머리를 앓다 어떻게 해야 할지 몰라서 머리가 아플 정도로 생각에 몰두하다. 고민하다. ¶생짜는 처리하기가 여간 거북스럽지 않으므로 그때마다 우리는 골머리를 앓지 않으면 안 된다.《장한몽》

골목골목 이 골목 저 골목 골목마다. ¶(그는)…걸어 다니는 광고판 노릇으로 골목골목을 쏘다니기에 숙제 한 번을 제대로 해 간 적이 없는 학생이었던 것이다.《유자소전》

골병(이) 들다 심히 다치거나 무리한 육체적·정신적 노동으로 몸이 상하여 속으로 깊이 병이 들다. ¶(그는)…고문으로 골병이 든 데다가 형무소 독까지 몸에 배고 뿌리를 박았던 것이다.《관촌수필 5》

골채 골짜기에 있어서 수리에 편리한 논. ¶마른봄에 골채 두 배미를 갈바래질하던 날부터 있던 놈이니《우리 동네 趙氏》

골치(를) 썩이다 (걱정거리가 있어) 고달플 만큼 궁리하다. ¶"그래두 골치는 좀 썩어야 될 거야. 봤으니 알겠지만 어디 사람 같은 게 하나나 있든가?"《장한몽》

골탕(을) 먹다 한꺼번에 크게 곤란을 당하거나 손해를 입다. ¶판잣집 철거 문제와 인부 증원 문제가 얽히게 되면 골탕 먹을 사람은 상배 자신이었다.《장한몽》

곰 곤 내 고깃국을 끓인 냄새.〈個語〉¶"…부엌은 곰 곤 내 그친 지 제돌이 엇그젠디두 여으내 그 흔해 터진 생물 한 가지 구경 못 해 봤는디…"《우리 동네 金氏》

곰곰 곰곰이. 깊이깊이 생각하는 모양. ¶"어떡해서든지 먹어야 살 것 아녀, 곰곰 잘들 생각해 보라구…"《금모랫빛》

곰내 곰국 냄새. 곰탕 냄새. 기름진 냄새라는 뜻으로도 쓰임. ¶"서울물이 좋아 군둥내 나던 투가리가 곰내 나는 대접만 된다면야 성을 갈아서라도 주민 등록부터 파옮기고 말고…"《산 너머 남촌》

곰비임비 물건이 거듭 쌓이거나 일이 계속 일어남을 나타내는 말. ¶"…곰비임비 오방난전 늘어놓지 말구, 나가 놀거라…"《이모연의》

곰삭다 오래되어 도통하다. ¶운전사는 운수업계에서 곰삭은 위인답게 말이 서부렁하면서도 뒷몫으로 신선한 느낌을 끼쳐서 좋았다.《산 너머 남촌》

곰지다 (쇠고기를 진하게 고아서 끓인 곰국처럼) 실속이 있다.〈방언〉¶"작년허고 올 이태는 곰지게 먹었는디…"《오자룡》

곰파다 사물의 내용을 자세히 따지다. ¶무슨 냄새일까. 명천은 구태여 곰파지 않고도 댓바람에 알 수가 있었다.《달빛에 길을 물어》

곰피다 곰팡이 피다. ¶헌디 이 동넷것들헌티는 워째서 세월두 가다가 말구 제자리에서 곰이 피는지 모를 노릇이라니께.《장이리 개암나무》

곰하고 사돈한다 ㊠ (곰은 미련한 동물의 상징으로 여겨 왔으므로) 곰과 사돈을 맺을 정도로 사람이 미련하고 어리석다는 말. ¶"글쎄 그 곰하고 사둔할 것이 샌님께 여쭤 보면 금방 탁방날 걸 가지고 시방 어디 가서 한증하고 자빠졌는지 모르겠네요."《토정 이지함》

곰하고 사돈할 놈 ㊝ 사람의 미련하고 어리석음을 곰에 비유한 상말. ¶"…이눔아 오리는 알을 뭇 깬단 말여 쩟쩟…오리 새

낀 닭이 까 준단 말여. 이 곰허구 사둔헐 놈아."《이풍헌》

곱드러지다 무엇에 부딪히거나 남에게 걸어차이거나 하여 고꾸라져 엎어지다. ¶…제 몸뚱이조차 고루잡기에도 힘이 부쳐 엎드러질지 곱드러질지 모르게 비칠거리면서 땀으로 미역을 감게 마련이었다. 《유자소전》

곱삶다 두 번 삶다. ¶가끔 귀에 들리던 것은 호두깨 입은 핫것 다듬이질거나 곱삶을 보리쌀 대끼는 절구 소리 말곤 더 없었다.《이풍헌》

곱삶이 두 번 삶아 짓는 밥. 보리쌀로만 지은 밥. ¶노파는 미구에 저녁 밥상을 내왔다. 내 밥그릇은 네 귀에 뿔이 돋친 보리 곱삶이가 사발이 쓰러지게 담겨 있었는데 영감은 움쌀을 얹었다가 골라서 푼 자기 밥그릇과 바꿔 놓느라고 바빴다.《백의》

곱솔 박이옷을 지을 때, 솔기를 한 번 접어서 박고 다시 접어서 박는 일. ¶속을 곱솔로 박아 가며 섭섭해할 터수도 아니었다.《매월당 김시습》

곱은탱이 굽이진 길모퉁이. 〈방언〉 ¶나는 읍내로 나가는 과수원 탱자나무 울타리 곱은탱이를 돌 어름, 잠시 발걸음을 멈춰 다시 한번 옛집을 돌아다보았다.《관촌수필 1》

곱장리 묵은 장리까지 합쳐서 그것을 다시 받아 내는 장리. ¶곱장리 쌀이라도 얻다 먹어야 기둥만 남은 집이나마 명맥을 이어갈 수 있었던 것이다.《관촌수필 2》
※장리(長利): 곡식을 꾸어 주고 받을 때에는 한 해 이자로 본디 곡식의 절반 이상을 받는 변리.

곱창을 채우다 먹고살다. ¶"…보아하니 최도 양공주 뒷설거지해 주고 몇 푼씩 얻어 곱창을 채우는 모양인데 내 행각쯤 짐작 못할 거 없잖아?"《백결》

공굴리다 공글리다. 〈방언〉 (일을) 틀림없이 잘 마무리하다. ¶이장은 황을 여러 사람 앞에서 공굴리기로 다짐한 터라 서슴없이 말했다.《우리 동네 黃氏》

공술 한 잔 보고 십 리 간다㊂ 공짜라면 십 리 길도 멀다 아니하고 탐한다는 말. ¶"…공술 한 잔 보고 십 리 가더라니 예온 값에 술이나 한잔 멕여 보내는 게 적선 아니겠소."《오자룡》

공신짝에 솔껍데기 비어지듯이㊂ 화투판에서 팔땡을 기대했는데 솔껍데기가 나오듯이, 즉 큰 기대를 했다가 실망스러움을 나타내는 말. ¶"참 그이는 엊그제까장두 멀쩡허던 이가 워째 느닷읎이 시상을 그냥 싸게 놔버졌대유?" 공신짝에 솔껍데기 비어지듯이 삐쭉하고 불거지면서 누구보다도 자주 나부대는 것이었다.《장곡리 고욤나무》

공자 왈 맹자 왈 한다㊂ 아무것도 모르는 주제에 공자 말씀이 어떠니 맹자 말씀이 어떠니 하면서 지껄인다는 말. ¶"아저씨, 중매 서신다고 괜히 색시 자리러러 공자 왈 맹자 왈 하시다가 산통 다 깨시는 거 아니세요?"《산 너머 남촌》

공중 공연히. 〈방언〉 ¶"…공중 넘우세스럽게시리 이유 삼지 말구 얼릉 딴 디나 가 보유."《우리 동네 黃氏》

공중에 뜨다 온데간데없이 없어지다. ¶…그 후 토지 개혁 때 전답을 많이 찢긴 결판 끝이라 그 산도 남의 손에 넘어간 줄

알았다고 대답할 만큼 공중에 뜬 산이었
다.《매화 옛 등걸》

공짜가 망짜다㈜ (공것을 좋아하다 망신
을 당하는 수가 있듯) 힘 안 들이고 일이
저절로 되기를 바란다는 말. ¶"암만해두
내가 공중 마빡 벗겨질 짓 했나 부다. 공
짜가 망짜라더니…"《우리 동네 鄭氏》

공짜라면 양잿물이라도 먹는다㈜ 공것이
라면 비상도 먹는다. 공짜라면 무엇이든
지 가리지 않고 닥치는 대로 거두어들이
는 것을 비꼬는 말. ¶(산) 그들에게 '삐딱
한 사람'으로 보였던 사람들이 수십 년 만
에 이룩한 민주화 운동은 '공짜라면 양잿
물도 먹는다'고 했던 보릿고개 시대의 선
거판을 재현하자는 것이 아니었다.《말과
환경보호》

공치다 돈벌이를 하려던 그 날의 일을 못
하다. 돈을 벌지 못하다. ¶영옥의 수입은
대중이 없을 뿐 아니라 고스란히 공치는
날도 잦았다.《두더지》

곶감 꼬치에서 곶감 빼 먹듯㈜ 애써 모아
둔 재산을 저는 힘들이지 않고 하나하나
갖다 없애 버림을 두고 이르는 말. ¶지금
껏 그때 벌어 뒀던 것을 야금야금 곶감 꼬
치에서 곶감 축내듯 파먹고 살아온 셈이
니까.《못난 돼지》

과녁빼기 똑바로 건너다보이는 곳. ¶…대
복이네 집 저쪽 사립문 개복숭아나무 밑에
서 그 길을 올려다보자면, 그 과녁빼기로
멍석만이나 하게 널찍한 바위가 길가에 놓
여 있었다.《관촌수필 4》

과부의 대 돈 오 푼 빚을 내어서라도㈜ 돈
이 하도 급하고 돌려쓸 데가 없기 때문에,
비록 이자가 비싸더라도 갖다 쓴다고 할

때 이르는 말. ¶족보만은 놓칠 수 없다고
최 노인은 굳게 다짐한다. 식구만큼 돈도
퍽 나가겠지만 족보야말로 과부 장변을 얻
어서라도 새로 장만해야 될 재산 같았다.
《이 풍진 세상을》

과수원에서 뽕 따는 사람을 보았나㈜ 남
이 은밀한 곳에서 통정(通情)하는 장면을
보았나. ¶"과수원에서 뽕 따는 사람을 보
셨나, 남의 여자 손목은 왜 잡어."《산 너
머 남촌》

괴사스럽다 변덕스럽게 익살을 부리며 엇
가는 듯한 태도가 있다. ¶주인마누라도
기다렸다는 듯이 괴사스럽게 응수를 하였
다. "조카님 입맛대로 분부만 하셔…"《산
너머 남촌》

구구구구 닭을 계속하여 부르는 소리. ¶
(산)…닭을 부르는 "구구구구"…《국제화 시
대와 음식 미신》

구기적거리다 구김살이 많이 나게 하다.
¶일이 점점 재미있어진 건 상배였고, 더
욱 골치 아파 간다고 오만상을 구기적거
린 건 마길식이었다.《장한몽》

구기지르다 함부로 마구 구기다. ¶(산)
유신 정권의 말기 증상은 산촌에 구기질
러 박혀서 글이나 쓰고 싶어 하는 나 같은
사람까지도, 하고한 날 놔두는 법이 없이
서울로 불러올리고 거리로 끌어내었다.
《글밭을 일구는 사람들》

구기질리다 '구기지르다'의 피동형. ¶저
렇듯 왁살스럽게 구기질러 비벼대면 남아
날 데가 없는 옷이었다.《토정 이지함》

구깃구깃하다 옷이나 종이 따위에 구김살
이 많이 간 모양. ¶(산) 구깃구깃한 중의
바지에 바래고 퇴색한 모시 적삼을 입은

흰 고무신 영감, 《아픈 사랑 이야기》

구꿈맞다 새삼스럽다. 〈방언〉¶ "소득 증
대를 놓구 기냐 아니냐 허는 마당에 구꿈
맞게 장독 보구 술독 얘기 말어." 《우리
동네 姜氏》

구년지수에 해 바라듯❀ 구 년 홍수에 볕
기다리듯. 오랜 세월을 두고 간절히 바라
고 몹시 기다린다는 말. ¶ "구년지수 장마
철에 제 볕 보기 지달리듯, 봄부터 지달린
가을은 이런 빈 가을이 아니건만, 바가지
에 밥 빌고 호박잎에 건건이 읃어다 먹은
박흥보네가 바로 예로세야." 《오자룡》

**구더기 찌개에 지렁이 회로 안주해서 어린
애 오줌으로 반주한다**❙ (막돼먹은 사람
이) 남의 술맛을 없애 주려고 일부러 더러
운 벌레와 오물을 들먹거리며 이기죽거리
는 상말. ¶ "구더기 찌개에 지렁이 회로 안
주해서 어린애 오줌을 반주해도 좋고요."
장윤이 비틀린 말을 하는 동안 탁자 위에
김치와 젓가락이 놓여졌다. "저 싸가지 없
는 새끼 술 먹이지 마슈." 상필이 장윤이를
곁에 둔 마다러 말했다. 《장한몽》

구덥다 굳건하고 확실하여 매우 미덥다.
¶ (최가는)…선눈에도 썩 구더워 뵈는 사
내였다. 《매화 옛 등걸》

구들더께 늙고 병들어 늘 방 안에만 들어
있는 사람을 농으로 이르는 말. ¶ 문정은
구들더께처럼 하릴없이 앉았다 누웠다 하
기가 여간 맥적고 갑갑하지 않은 데다, 바
깥소식이 궁금해서도 진득근히 배겨 낼
도리가 없었다. 《산 너머 남촌》

구듭(을) 치다 귀찮고 힘드는 남의 뒤치다
꺼리를 하다. ¶ 나는 변 사또 밑에서 만날
구듭치기나 했던 하루 90원짜리 햇내기

잡부였다. 《변 사또의 약력》

구뜰하다 변변찮은 음식의 맛이 제법 구수
하여 먹을 만하다. ¶ 소금국에 익힌 게 맛
처럼 구뜰한 맛은 어디 가 무엇을 먹어도
다시없던 거였다. 《해벽》

구럭 망태기. 〈방언〉 새끼로 그물처럼 떠
서 만든 물건. ¶ …구럭 같은 매듭 가방에
접잘 우산을 꽂고 있던 여편네가 강을 삶
으려 들었다. 《우리 동네 姜氏》

구럭구럭 구럭마다. ¶ …오후 새참 때나
되어 신작로 가에 나가 있으면 구럭구럭
에 게거품을 끓여 가며 돌아가는 괴꾼들
의 너절한 행렬이 나타나곤 하였다. 《관
촌수필 4》 ※구럭 : 새끼로 그물처럼 떠서
만든 물건.

구렁이 묵듯 하다❀ (뱀이 오래되면 구렁
이가 된다고 여겨서) 좋지 않은 일이 생긴
지가 이미 오래라는 것을 비유한 말. ¶ 오
명님이 엉덩이는 걸 적마다 봤지만 상
하 좌우로 맷돌 돌아가듯 했고, 배를 맞추
게 되면 요분질깨나 치겠다 싶더니 결국
구렁이 묵듯 한 볼 장 다 본 여자였음을
잊지 못해 버릇된 고약한 병이기도 했다.
《장한몽》

구렁찰 늦게 익는 찰벼. ¶ …아무리 구렁
찰이기로, 논 서른 마지기에 몽땅 찰벼만
심자는 것도 할 소리가 아니었다. 《우리
동네 崔氏》

구루루 구루루 비둘기 우는 소리. ¶ …모
이를 양껏 먹은 비둘기 한 쌍은…물을 마
시며 구루루 구루루 울고, 《관촌수필 5》

구름으로 이불솜 두는 소리 한다❀ 말이
허황됨을 비유한 말. ¶ …천문이의 말도
필시 구름으로 이불솜 두는 흰소리만은

아니었을는지 몰랐다.《토정 이지함》

구름이 많으면 해가 멀어 뵈는 법이다㊓ (지방 관청의 관료주의에 빗대어서) 공공 기관이 많을수록 일반 국민은 살기가 복잡해진다는 말. ¶"구름이 많으면 해가 멀어 뵈는 법이여. 양반 쌍늠 찾던 예전에두 고을살이 가는 늠더러 농사꾼은 생선 삶듯 살살 다스리라구 했다는디, 사뭇 사골뼈 제기듯 잡도리허는 지가 원제 버팀이여. 오늘니열허는 숨두 아닌디 무슨 제밋뎅이루 땅뙈기만 들여다보구 있다나."《우리 동네 張氏》

구름점 개인 하늘에 떠 있는 조그만 구름장.〈個語〉¶대낮이었는데 비행기 소리가 요란해 하늘을 쳐다보니 까마득한 구름점 위에 비행기 두 대가 샛별처럼 반짝거리고 있었다.《장한몽》※점: 구름의 양을 헤아리는 단위. (구름 한 점 없는 하늘)

구리구리하다 냄새가 구리터분하다. ¶…어린것을 키우지 않았음인지 구리구리한 냄새가 난다거나 하진 않았다.《오자룡》

구멍새 얼굴의 생김새. ¶"구멍새나 크막크막허지 이쁠 것도 읎구 암스렁투 않게 생겼는디, 재밀랑사리 고상만 잔뜩 했슈…"《관촌수필 5》

구멍 없는 퉁소 작작 불어라㊓ 해 봤자 통하지 않는 말은 그만하라는 말. ¶"그 구녕 없는 퉁수 작작 불란 말여…신경질 나 환장허겄네 싯!"《다가오는 소리》

구메구메 남 모르게 틈틈이. ¶이야기 보따리를 풀기로 작정하면 구메구메, 기억에서 사위고 바래져 가던 들이 되살아날 터이다.《그럴 수 없음》

구물구물 몸을 느리게 자꾸 움직이는 모

양. ¶(산)…산비둘기가 보리 갈은 터알머리에 구물구물 내려앉던 것도 예사로 내다볼 수 있었다.《지금은 꽃이 아니라도 좋아라》

구미가 당기다 무엇에 흥미가 일거나 욕심이 생기다. 입맛이 당기다. ¶그는 그런 일에 무엇보다도 구미가 당기고 있었지만, 광고계에서도 그늘에 묻힌 허줄한 송사리 광고쟁이인 터라 발표할 기회가 없을 뿐이었다.《덤으로 주고받기》

구미구미 구메구메.〈방언〉¶주방장은 무슨 빚진 사람처럼 떳떳치 못한 표정으로 바지 뒷주머니에 손을 넣어 구미구미 백원짜리를 몇 장 집어내었다.《낙양산책》

구복이 원수라㊓ 살기 위하여 괴로움이나 아니꼬운 일을 당해도 할 수 없이 참게 되는 경우를 이르는 말. ¶"덕석골 사는 그 금산이려고 허네. 자슥 새끼 구복이 웬수라 저 모진 최가늠 작인 노릇 허다 이 지경이 되었는디…"《오자룡》

구불구불 이리저리 구부러져 있는 모양. ¶(산)…세계 제12위의 교역국임에도 불구하고 어찌하여 물동이띠가 원시적인 논두렁을 타고 구불구불 이어질 수밖에 없었는지 알 수가 없다.《눈물의 씨앗을 돈으로》

구불텅하다 느슨하게 굽다. ¶확성기 가락은 늘 구붓구붓한 논두렁을 타고 퍼져서 그런지 모처럼 한 번이나 여겨들으려면 되게 구불텅거렸으며,《우리 동네 李氏》

구붓구붓하다 여럿이 다 약간 굽은 듯하다. ¶확성기 가락은 늘 구붓구붓한 논두렁을 타고 퍼져서 그런지 모처럼 한 번이나 여겨들으려면 되게 구불텅거렸으며,《우리 동

네 李氏》

구쁘다 배 속이 허전하여 자꾸 먹고 싶다. ¶애 서는 사람은 쉬지 않고 주전거려도 만날 입이 구쁘다더니만, 당해 보니 정말이었다. 물도 전보다 훨씬 더 컸고 진저리를 치던 신김치가 맛깔스럽기만 했다.《담배 한 대》

구새 먹다 크게 자란 나무의 속이 썩어서 구멍이 나다. ¶김은 남의 눈이 수백이라 구새 먹은 삭정이 부러지듯 싱겁게 들어가기도 우습고, 그렇다고 졸가리 없이 함부로 말대답하기도 그렇겠고 하여 어쩔줄 모르다가 마음에 없던 말을 엉겁결에 내뱉었다. "알면 지랄헌다구 물으유?…"《우리 동네 金氏》

구새 먹은 들뽕나무 옹두리 같다㉠ 그 사람답게 허물도 많다는 말. ¶영두가 상없이 퉁바리를 주자 봉득이는 마누라 역성으로 얼른 구새 먹은 들뽕나무 옹두리처럼 드티면서 사뭇 눈치를 하였다.《산 너머 남촌》

구석구석 이 구석 저 구석 구석마다. ¶…동짓날 팥죽 쑤어 여기저기 늘어놓고 구석구석 뒤발하듯이《산 너머 남촌》

구순구순 말썽 없이 의좋게 잘 지내는 모양. ¶구순구순 서로 도우며 살아간대도 어려움 많은 사람, 이웃에서까지 따돌림 받게 되면 제아무리 날고 뛴다기로 발 붙일 땅이 어디랴 싶던 것이다.《장한몽》

구순하다 사귀거나 지내는 데에 의가 좋고 화목하다. ¶구순하고 두텁게 지내오긴 삼 년 남짓이었고, 차츰 시적지근해진 걸 느끼기는 반년이 조금 넘을 것이었다.《그가 말했듯》

구시렁거리다 잔소리나 군소리를 싫도록 자꾸 하다. ¶(이장은)…면에서 아직 안 나와 보는 게 마뜩찮아 볼문 소리로 구시렁거렸다.《우리 동네 黃氏》

구시월 돼지우리 호박 꼴㉠ 구시월의 센 호박은 더욱 볼품이 없다는 데에 비유한 말. ¶…누구 눈에라도 구시월 돼지우리 호박 꼴로 보이긴 해도, 그때의 오명님이는 정말 괜찮게 생겼기에 괜찮게 봤던 것이다.《장한몽》

구식밥 먹고 신식똥 싼다㉥ 형편에 걸맞지 않은 동떨어진 말이나 행동을 한다는 말. ¶"야 야, 같잖게시리 구식밥 먹구 신식똥 싸지 말어. 보면 모를 줄 아네? 니 흘목(손목)을 봐라야, 공장 소리가 나오겄나. 손구락 끝에서 팔꿈셍이까지 불그죽죽하니, 사시장철 구정물에 불린 손인가 아닌가. 터놓구 얘기하라구, 국밥집 부엌데기 노릇 했다구 말이여."《담배 한 대》

구실아치 관원 밑에서 일을 보던 사람. 이속(吏屬). ¶…고을에서 드나들던 육방의 구실아치며 빗아치들도《매월당 김시습》

구우구우 비둘기 우는 소리. ¶(시) 구우구우 산비둘기 우는/ 고개 너머로《집 보는 아이》

구유 마소의 먹이를 담아 주는 나무 그릇. ¶매월당은 사내가 구유를 파고도 남음 직한 칡뿌리 토막을 들고 돌아설 만하여 한 번 더 인기척을 하였다.《매월당 김시습》

구입 겨우 밥벌이만 하는 것. ¶"겨우 구입 질두 헐 똥 말 똥 헌 장사에 신경질 안 나게 됐수?"《생존허가원》

구저분하다 더럽고 지저분하다. ¶…천장 밑에서만 굼닐던 오뎅도 누기로 구저분해

진 옷가지며 이부자리를 내널고 나자 입
이 궁금하여 호주머니를 뒤졌다. 《야훼의
무곡》

구적 돌이나 질그릇 따위가 삭아서 겉에
일어나는 얇은 조각. ¶그는 평소에 보아
알다시피 날이 물어 톱니 같고 녹 위에 녹
이 슬어 구적이 더덕더덕한 식도를 들고
안방으로 기어들어 갔다. 《가을 소리》

구적구적 매우 더럽고 지저분한 모양. ¶“그
래두 좀 구적구적헌 디서 사는 고기가 하꾸
라이버덤은 맛이 낫어.”《유자소전》

구접스럽다 지저분하고 더럽다. ¶…자기
가 어쩌다 그런 망측스럽고도 구접스러운
잡념에 빠졌던가 자신이 되새겨 봐도 부
끄러워 견딜 수 없었다. 《추야장》

구죽죽이 구질구질하게. 〈방언〉¶비가
구죽죽이 내린 날, 유재필 씨의 시신은 영
구차에 실려 답십리 삼성병원 영안실을
떠났습니다. 《유자소전》

구지지하다 구지레하다. 〈방언〉지저분하
고 더럽다. ¶(젓퉁이)…강가에 벗고 사는
조무래기들 궁둥짝처럼 태깔 없이 구지지
한 것이 이상하였다. 《토정 이지함》

구질구질하다 깨끗하지 못하고 구저분하
다. ¶대강 해치워도 될 이 구질구질하고
심란한 일에 제 돈 안 들면 누가 까다롭고
짜게 굴려고 하겠는가 말이다. 《장한몽》

구질더분하다 구저분하다. 〈방언〉¶…어
지간히 우중충하고 구질더분한 널빤지 계
단의 구닥다리 삼층 건물 옥상에, 《다가오
는 소리》

국 내다 삼베옷을 자주 빨아 입어서 빛깔
이 바래거나 흐릿해지면 쌀겨를 푼 물에
담가 두어 쌀겨에서 우러난 누런 물이 삼

베옷에 들게 해서 본디의 색깔을 되살리
는 것. ¶여우내 입어 언제 국 내었더냐 싶
게 찌든 마포 등거리와 잠뱅이를 《이풍헌》
※국 : 쌀겨에서 우러난 누런 색깔의 겻물.

국 말아라 물 말아라 하다(속) (지난날의
농촌 풍속이 귀한 자식이나 귀한 손님일
수록 밥을 많이 먹이기 위해 밥을 반쯤 먹
은 밥그릇에 숭늉을 부어 준 데에 빗대어
서) 이것 저것 챙겨 먹인다는 말. ¶“…인
저 봉께 내가 연태까장 저런 굴타리먹은
오이꼬부리를 지집이라구, 국 말어라 물
말어라 허메 멕여 살렸네그려.”《우리 동
네 李氏》

국수(를) 먹다 결혼식을 올리다. ¶“이형,
언제 가우? 국수 좀 먹어 봅시다.”《무제②》

국 쏟고 치마 버리고 발등 덴다(속) 한 가
지 잘못이 빌미가 되어 연쇄적으로 딱한
일을 당하는 경우를 이르는 말. ¶“…하지
만 크게 밑진 것 같지 않아.” “밑질 것이나
있긴 있었다는 듯이?” “국 쏟고 치마 버리
고 발등 데지 않았으면 그만이지 뭐.”《엉
경퀴 잎새》

국에 덴 놈이 냉수를 불고 먹는다(속) 어떤
일에 한번 놀래어 겁을 먹은 사람은 그와
비슷한 것만 보아도 지레 겁을 먹는다는
말. ¶“…국에 데고 냉수 불어 마시는 사
람들이 쑥덕대는 소리 이루 여겨듣다가는
논에 든 맹꽁이냐, 밭에 든 개구리냐 하다
가 장 파하기 십상이야…”《산 너머 남촌》

국으로 자기가 생긴 그대로. 또는 자기 주
제에 맞게. ¶“…보리 반지기 문내 나는
쌀이래두 보상해 주면 황감해서라두 국으
로 있어라…드러.”《우리 동네 柳氏》

군것지다 없어도 좋은 것이 쓸데없이 있

다. ¶"봐허니 똑똑헌 일꾼이 썼는디 나 같은 판밖엣사람이야 군것지게 있어 봤자 지 뭘 그려…"《장이리 개암나무》

군계집 비도덕적으로 상관하고 있는 여자. ¶"…양주 고을이나 광주 고을 호방녀석의 군계집이라도 건져 보세요. 톡톡히 받아서 톱톱히 먹습니다요."《토정 이지함》

군데군데 여기저기 여러 군데. ¶…적삼이 희치희치하게 낡아서 군데군데 미어진 잔등을 데고 말았다.《김탁보전》

군둥내 군내. 제 본맛의 것이 아닌 좋지 않은 냄새. ¶…양념 없이 버무리는 김장은 지짐거리고 군둥내 나서 먹을 수 없다.《관촌수필 3》

군둥내 나는 총각김치 먹다가 혓바닥 물린 낯을 한다❀ 어이가 없어 하는 표정을 이르는 말. ¶"넘덜 다 믿는 예수도 안 믿구 사넌디 천상교를 믿으라구 허슈? 어림없는 소릴랑은 허지를 마유." 그때마다 그녀는 그렇게 응수했고 군둥내 나는 총각김치 먹다가 혓바닥 물린 낯을 하곤 했다.《추야장》

군시럽다 살갗에 벌레 따위가 기어가는 듯한 가려운 느낌이 있다. ¶뒤통수가 무럽고 군시러운 것이, 아내가 두 눈을 모들뜨고 노려보는 게 분명해 리는 견딜 수가 없었다.《우리 동네 李氏》

군실거리다 군시러운 느낌이 자꾸 나다. ¶순평은 애써 태연을 가장해 응대하면서도 밑이 졸밋대고 오금이 군실거려 진땀이 솟고 있었다.《장한몽》

군입거리 떡이나 과자와 같이 끼니 외에 더 먹는 음식. ¶…할아버지의 전용 벽장 속에는 노상 군입거리가 그치지 않았던 것이다.《관촌수필 1》 ※군입 : 끼니 이외에 짬짬이 조금씩 먹는 것.

군입정 때 없이 군음식으로 입을 다심. ¶"…집에서 잔뜩 먹구 나왔넌디 무슨 군입정이래유." 말을 해도 얄밉게 하며 얼른 받아 밀개떡과 번갈아 떼어 먹고 잘금거린다.《김탁보전》

군자 말년에 배추씨장사❀ 평생을 두고 남을 위하여 어질게 살아온 사람이 말년에 가서는 매우 곤란하게 살 때 이르는 말. ¶"…백수 모년에 배차씨장사를 해두 입은 지킬 줄 알으니께 구만두세야."《산너머 남촌》

군턱 살이 쪄서 턱 아래로 턱처럼 처진 살. ¶소동라는…안는 닭 멱부리 같은 군턱을 허옇게 쳐드는 거였다.《매월당 김시습》

굳음살 감정이 북받쳐서 숨이 막힐 때의 굳은 표정. 〈個語〉 ¶그러자 울근불근하던 유의 얼굴이 굳음살로 덮이며 뼛성 섞인 말로 발끈했다.《우리 동네 金氏》

굳잠 귀잠. 〈방언〉 아주 깊이 든 잠. ¶…낮잠이 굳잠이 되어 죽어 자느라고 그러는지 누구 하나 내다보는 기척이 없었고《토정이지함》

굴뚝 같다 무엇을 하고 싶은 마음이 몹시 간절하다. ¶…마도 마지못한 내흉을 떠나 내심으로 그런 소리 나오길 이제나저제나 기다려짐이 굴뚝 같던가 보았다.《장한몽》

굴러 들어온 복이다❀ 자신이 노력한 것이 아니고 저절로 얻게 된 복이라는 말. ¶"…무엇이 양에 안 차서 굴러오는 복을 차겠다는 거냐? 딱두 허다 딱두 해."

《변 사또의 약력》

굴레(를) 벗다 구속이나 통제에서 벗어나 자유롭게 되다. ¶서러운 건 왕식이 소견에 쫓아 굴레를 벗어나지 못할 형편에 얽매인 자기 신세였다. 《떠나야 할 사람》

굴리다 (차를) 운행하다. ¶…장터에서 택시 굴려 돈놀이하는 척굴 조충범이한테오 부 이잣돈 십이만 원을 썼다. 《우리 동네 金氏》

굴축스럽다 괴팍스럽다. 〈방언〉 ¶…아내가 물길 뚝셍이, 뺑쑥 덤불에 굴축스럽게 쭈그리고 앉아, 《우리 동네 金氏》

굴침스럽다 무엇을 억지로 하려고 애쓰는 듯하다. ¶딸 같은 양 마담 앞에서 굴침스러운 꼴을 거듭 드러내기도 점직한 노릇이었지만 아직 뜸이 덜 들어서 자칫하면 일을 그르치기가 십상이라고 판단을 했던 것이다. 《산 너머 남촌》

굴타리먹다 참외나 호박·수박 따위가 흙에 닿아 썩은 자리를 벌레가 파먹다. ¶"목화밭에 절로 난 개똥채민디, 굴타리먹었어두 맛은 요런 게 깜찍하다네." 하며 참외를 깎았다. 《백의》

굴품하다 궁금하다. 속이 출출하여 무엇이 먹고 싶다. ¶그녀는 그 뒤로 엿치기해서 딴 엿 말고도 캐러멜이나 콩과자 같은 싸구려 과자를 내게 사 주어 입이 굴품하지 않도록 신경을 썼다. 《관촌수필 3》

굵직굵직하다 여럿이 모두 굵다. ¶…식전 내 원고지 네 칸에 한 자 꼴로 굵직굵직하게 청서해 두었던 것을 호치키스로 찍어매어 건네며, 《인생은 즐겁게》

굶기를 밥 먹듯 한다֍ 자주 굶는다는 말. ¶그믐산이가 굶기를 밥 먹듯 하여 근근

이 보금자리랍시고 주려 근거 있는 살림하기를 비롯한 것은 면천되고 해를 넘겨이듬해 마른갈이철에 접어든 무렵이었다. 《오자룡》

굶다 한 부분이 푹 옹골차지 아니하고 푹 꺼지다. ¶아침 먹은 것이 자위 돌아서 속이 굶어진 데다 꽁초가 수북한 재떨이를 보니 갑갑증마저 더하여 어서 자리를 털고 싶은 생각뿐이었다. 《산 너머 남촌》

굼닐다 (몸을) 일으켰다 구부렸다 하다. ¶…천장 밑에서만 굼닐던 오뎅도 누기로 구저분해진 옷가지며 이부자리를 내널고 나자 입이 궁금하여 호주머니를 뒤졌다. 《야훼의 무곡》

굽격지 굽 달린 나막신. ¶…길바닥은 온통 얼음 구적이 더께져 일고 굽격지가 낮다하게 진창이던 사나운 날씨였다. 《오자룡》

굽깎기 마소의 굽통이나 굽갈래에 흠집이 난 부분을 깎아 주는 일. ¶…마침 상등마 한 필이 굽깎기에 늦어서 굽바탕이 물러난 것을 보고 《매월당 김시습》 ※굽통 : 마소의 발굽의 몸통. 굽갈래 : 마소의 굽이 갈라진 곳.

굽달이 굽이 달린 접시. ¶개암을 담는 그릇도 여느 굽달이 목기가 아니라, 《장이리 개암나무》

굽도리 방 안 벽의 밑부분. ¶어느새 찬바람이 났나, 굽도리 저쪽 귀뚜라미 소리에 머리가 그닐거리고 풀벌레 울음소리를 실은 강물이 귓가로 흐르는데, 판자벽 틈으로 강물에 미역 감고 나온 달이 발돋움해와 방 안을 엿본다. 《몽금포 타령》

굽도 젖도 할 수 없다 사정이나 형편이 막

다른 데 이르러 어떻게 하여 볼 방도가 없다는 것을 이르는 말. ¶문정이 왼쪽이 옳은지 바른쪽이 옳은지 몰라 굽도 젖도 못한 채 양 마담의 눈치를 보자 하양은 얼른 뒷동을 달았다.《산 너머 남촌》

굽바탕 굽의 바탕. ¶…마침 상등마 한 필이 굽깎기에 늦나서 굽바탕이 물러난 것을 보고 조계팽이가 늙숙한 역리에게 채찍을 휘둘러 아직은 살았다는 소리를 못하게 되었다는 것이었다.《매월당 김시습》

굽은 나무가 선산을 지킨다㊗ 쓸모없는 것처럼 보이는 물건이 도리어 소용이 된다는 말. ¶"굽은 나무가 선산 지킨다고 우리네같이 못난 백성 아니더면 오랑캐나 왜놈덜헌티 산천초목도 떠다 팔아먹을 도적늠덜이여."《오자룡》

굽이굽이 휘어져 굽은 곳마다. ¶그대 다시는 고향에 가지 못할진대, 가슴에 쌓인 노여움이 거듭 말가죽 부대에 갇혀 띄워졌기로, 굽이굽이 너울지는 강물엔들 어찌 다 씻겼으리오.《매월당 김시습》

굽죄이다 꿀리는 일이 있어 기를 펴지 못하다. ¶…금방 걷어찰 듯이 양수기를 노려보았다. 그러는 서슬에 남은 제 양수기 걱정이 앞서는지, 지레 굽죄어서 얼른 담배를 꺼내 유에게 내밀었다.《우리 동네 金氏》

굿 여러 사람이 모여서 벅적거리는 구경거리. 여기서는, '해 놓은 일이나 짓[소행(所行)]'의 뜻으로 쓰임. ¶"…지놈은 지놈대루 제값 허구 죽은 걸유. 그놈은 남이 죽인 것버덤두 나헌티 죽은 게 제 굿에 맞은 일 아니겠슈?"《장한몽》

굿(을) 보다 남의 일에 참견하지 않고 구경만 하다. ¶최는…굿만 보고 앉았기도 민둥하여 나무라는 투로 말했다.《우리 동네 崔氏》

굿이나 보고 떡이나 먹지㊗ 남의 일에 쓸데없는 간섭을 하지 말고 되어 가는 형편을 보고 있다가 이익이나 얻도록 하라는 말. ¶…그녀의 내심을 모르는 이상은 답답하지 않을 수 없던 거였다. 그러나 참는다. 굿이나 보고 떡이나 얻어먹으면 그만이란 심사임은 다시 말할 필요도 없다.《다가오는 소리》

굿일 뫼의 구덩이를 파는 일. ¶…굿일은 어떤 경우라도 보아서 유쾌할 것이 없는 데다 항간에서 금기하는 풍속도 여전하였다.《산 너머 남촌》

굿하다 여러 사람이 모여서 벅적거리다.〈個語〉¶…산에서 무슨 굿을 하건 아예 모른 척할 배짱만 있으면 맨입으로도 능히 견딜 수 있는 일이었다.《우리 동네 黃氏》

궁겁다 궁금하다.〈방언〉¶그는 멀거니 구경하는 강사람들을 둘러보며 궁거워하였으나 아는 소리를 하고 나대는 자가 없었다.《매월당 김시습》

궁따다 시치미를 떼고 딴소리를 하다. ¶궁따는 소리로 턱 밑을 싹 씻었더니, 김복생이는 민둥하게 깎인 낯에 그래도 심술은 살아서《토정 이지함》

궁싯거리다 누워서 이리저리 몸을 뒤척이다. ¶…저이는 주야장천 횃대 밑에서만 가로세로 궁싯거려도 생전 허구리에 담 들었다는 말이 없으니 참 용도 하고 장도 허우…《산 너머 남촌》

궁싯궁싯 어찌할 바를 몰라 이리저리 자꾸 머뭇거리는 모양. ¶…어른들이 겹겹으로

둘러서서 모두가 엉덩이를 궁싯궁싯 들썩
대며, 그러나 하나같이 군소리를 참고 눈
과 얼굴로만 흥거워하고 있었다.《관촌수
필 5》

궁즉통(窮則通) 궁하면 통한다. 어떤 것이
없으면 없는 대로 살아 나갈 수 있음을 이
르는 말. ¶세상사란 대저 궁즉통인지라,
곰곰이 생각해 보니 사나운 일은 그저 예
방이 제일이었다.《유자소전》

굿히다 ① 죽게 하다. ② (일을) 그르치게
하다. ¶"저런 자식은 혼꾸멍을 내줘야
해, 저런 놈이 사람 여럿 굿힐 놈이라구."
《장한몽》

권커니 잣거니 술 따위를 남에게 권하면서
자기도 마시며 계속하여 먹는 모양. ¶이
왕에 손님 대접으로 술까지 권커니 잣거
니 해 온 사이인데 새삼스럽게 술상을 걷
어차며 대거리를 하려 든다면 이미 경위
가 아닌 거였다.《유자소전》

귀가 닳다 여러 번 들어 지겹게 되다. ¶아
이로서는 귀가 닳게 들은 말이었으므로 이
미 이골이 나서 너 해라 나 듣지 하는 멀쩡
한 낯을 하고 있었다.《관촌수필 8》

귀가 따갑다 너무 여러 번 들어서 듣기가
싫다. ¶…학교를 운영하자면 그런 위법
쯤은 피할 수 없음도 주장하고 싶었다. 비
난하는 소리가 귀가 따가울 정도였으니
까.《해벽》

귀가 먹다 잘 들리지 않는다. ¶포수는 무슨
말을 지껄이는데, 귀도 먹었지만 몇 마디
들린 소리마저 새길 수가 없었다.《백의》

귀(가) 멀다 귀로 듣는 능력을 잃다. ¶"어
이, 드럽게두 고시랑그려쌓는다." 하는 소
리가 들리니 한산 댁 음성이었지만 노인

은 역시 귀가 멀어 듣지 못하고 자기 자랑
만 계속 해댔다.《매화 옛 등걸》

귀가 번쩍하다 갑자기 관심이 생기다. ¶화
면이 돈다발 헤아리는 장면으로 바뀌면서
금리가 올라도 너무 오른다는 말에 귀가 번
쩍한 거였다.《장평리 찔레나무》

귀가 솔깃하다 어떤 말이 그럴듯하게 여
겨져 마음이 쏠리다. ¶병시 어매가 말마
투리를 남기자 아내는 대번 귀가 솔깃하
여 의논성 있게 말했다.《우리 동네 趙氏》

귀(가) 여리다 속는 줄도 모르고 남의 말을
그대로 잘 믿다. ¶…촌간에서 판치는 쑥
덕공론은 본래 본적도 주소도 없는 장돌
뱅이라, 하루 반짝하면 그만인 법이야. 귀
가 여린 것도 약에 없는 우환이니 함부로
새겨듣지 말거라."《산 너머 남촌》

귀가 절벽이다 귀가 아주 들리지 않다.
¶"…얼굴이 핼쓱허니 휘청휘청 걸어오
며 기어드는 목소리로 날더러 뭐라군가
허는디, 입술만 달막달막허지 이 귀먹자
가리 절벽이가 당최 알어들을 수 있으야
지…"《백의》

귀구살머리스럽다 귀살스럽다. 〈방언〉
¶"이게 통만 커지지 않을 수 없는 게 말
입니다. 백 원짜리 한두 장을 돈으로 아
는 사내 알길 우습게 알거든요. 귀구살머
리스러워서 원."《장한몽》

귀글 한시 따위에서 두 마디가 한 덩이씩
되게 지은 글. 여기서는, '시'를 지칭함.
¶(산) 귀글을 쓰는 탓에 못다 한 말이 있
어 그런지 하여간에 줄글을 쓰는 축보다
말이 많은 것이다.《길을 아는 운전사》

귀꿈맞다 전혀 어울리지 아니하고 촌스럽
다. ¶그러나 아무리 잊은 지가 언젠지조

차 모르는 귀꿈맞은 방언이라고 해도, 그
것이 유자의 입에서 흘러나올 때는 그 말
이 지닌 본래의 숨결까지도 고스란히 살
아 있어서 생각지도 않은 신선한 느낌마
저 덤을 얹는 것이었다.《유자소전》

귀꿈스럽다 어딘가 어울리지 아니하고 촌
스럽다. ¶그가 때아닌 구식을 들추자…귀
꿈스럽고 신둥부려서 못 보겠다는 기미
였다.《산 너머 남촌》

귀농사 귀동냥을 이르는 말. 엿들은 말로
추이를 짐작한다는 말.〈個語〉¶…부엌
에서 비냐 눈이냐 하고 귀농사에 경황이
없었던 주인마누라는 그만하게 번개 없는
천둥으로 멎은 것만 고마워서, 집 앞까지
따라나가 조 순경을 바래다주고 들어오더
니《산 너머 남촌》

귀동냥 남의 말을 귀로 얻어듣는 것. ¶그
녀는 그 외에도 별의별 잡된 소문까지 묻
혀들었고, 밖에서는 사랑 마을꾼들이 또
한 그녀에게 뒤질세라 귀동냥을 해들였
다.《관촌수필 3》

귀둥대둥 말이나 행동을 가리지 않고 함부
로 하는 모양. ¶"…억울헌 일이 있거드면
관에 가서 처리헐 일이지 왜 이 댁으로 오
너설랑 본디없이 귀둥대둥 함부루 언사를
농헌단 말인가…"《오자룡》

**귀 떨어진 장종지가 기름종지 되어 미끈대
듯**⑱ 자기 주제를 생각하지 않고 나댄다
는 말. ¶빨아 다린 체를 말고 진솔로나 있
으면 일 보러 나가서 장 보고 오는 폭으로
들던 김에 마저 들어줄 수도 있으련만 귀
떨어진 장종지가 기름종지 되어 미끈대듯,
그녀의 잔뜩 남상지른 얼굴에 목통까지 있
어서 말도 약장수 맞잡이는 하게 제법 희

떱고 사풍스러웠다.《산 너머 남촌》

귀뚜라미 풍류한다⑱ 게을러빠져서 김이
우거지도록 논밭에 손을 대지 않는 사람
을 비꼬아 이르는 말. ¶"장터 가가에 가
면 유성기 소리판두 고루고루 쌨던디…심
연옥 소리, 장세정 소리, 박단마, 금사향,
이난영, 신카나리아 소리…" "알기는 똑
귀뚜리 풍월허듯기…"《관촌수필 3》

귀를 기울이다 주의 깊게 잘 듣다. ¶매월
당은 귀를 기울어 보았다. 여겨들어 보니
소리는 도끼 소리였다.《매월당 김시습》

귀먹은 욕⑱ 당사자가 듣지 못하는 데서
하는 욕. ¶"저녀리 색긔는 처먹은 게 곤
두스나, 조석으루 사까다찌만 해쌓구 저
지랄이여. 쫓어가서 손목쟁이를 열두 토
막으루 제겨놔 버릴라…" 하지만 그런 귀
먹은 험담은 오히려 약과였다.《명천유사》

귀먹자가리 귀머거리.〈방언〉¶"…입술
만 달막달막허지 이 귀먹자가리 절벽이가
당최 알어들을 수 있으야지…"《백의》

귀살머리스럽다 '귀살스럽다'의 낮춤말.
¶순이가 귀살머리스럽게 낯빛을 고쳐 가
며 싸가지 없는 소리만 재미없이 하고부터
는 말을 채뜯고 나서거나 물러앉아 비웃적
거린 사람도 없었다.《우리 동네 柳氏》

귀살스럽다 일이나 물건 따위가 마구 얼
크러져 정신이 뒤숭숭하거나 산란한 느낌
이 있다. ¶방 안이 그냥 아웅한 꼴을 보
면 바깥도 아직 어슬막이련만, 어서 내다
보라고 보채는 소리가 귀살스러워, 천장
만 물끄럼말끄럼 하며 내처 그러고 견딜
재간이 없던 것이다.《우리 동네 崔氏》

귀살이 바둑을 둘 때 귀에서 사는 일. ¶계
장과 황을 한자리에서 붙여 놓고 두 곤마를

몰되 패가 나면 삼삼에 뛰어들어 귀살이도 할 수 있겠던 것이다. 《우리 동네 黃氏》

귀신 듣는 데 떡 소리 한다(속) 사람이 늘 좋아하는 것을 이야기하면 그는 그것을 꼭 손에 가지고 싶어 한다는 말. ¶"야, 이 건 우리끼리 빠이(분배)하고…" 말문이 막힌 건 그 뒤에 안면 있는 본서 순경이 서 있은 까닭이다. 귀신 듣는 데 떡 말까지 한 꼴이다. 《야훼의 무곡》

귀얄 풀 따위를 칠할 때 쓰는 도구. ¶문정 은 몸소 돼지털로 매어 써 온 귀얄을 찾으 러 일어나려는 것도 잊고 《산 너머 남촌》

귀에 거슬리다 듣기 불쾌하다. ¶…TV 화 면에 대고 넉살 떨며 신칙하는 아내 목통 이 귀를 거스르기 시작했다. 《우리 동네 黃氏》

귀에 담다 (주의 깊게) 듣다. ¶어머니가 옹점이 아버지를 돌쪼시 또는 일문이라고 하던 것을 귀에 담아 두었던 나는, 《관촌 수필 3》

귀에 들어오다 듣고 이해하다. ¶…나머 지는 귀에 들어오지 않고 지루하기만 했 다. 《야훼의 무곡》

귀에 못이 박히다 같은 말을 여러 번 들어 싫은 느낌이 들다. ¶…그 별명도 계속 들 어 귀에 못이 박혔을지 몰랐다. 《장한몽》

귀에 익다 (많이 들어) 친숙하다. ¶목소 리는 귀에 익은 것 같았지만 누구인지 얼 핏 가늠을 할 수가 없었다. 《두더지》

귀 짧은 소리 귀가 여려서 솔깃해지는 말. ¶"대학생들이니까 어련할라구. 자기 같 은 무식꾼한테는 귀 짧은 소리만 들리다 말다 했겠지 뭐."《그리고 기타 여러분》

귀청에 가난이 들다 귀동냥도 드물어졌다

는 말. ¶…시집 못 간 나이 스물아홉이면 적은가? 이구 십팔 이놈 팔자엔 그런 것 도 안 걸려, 두만은 중얼거린 사이 침에 불어 터진 담배꽁초를 뱉고 나서, 하여간 오늘 밤은 귀청에 가난이 들어 잠 못 자진 않게 됐다고, 덕칠이 건너오기가 여간 기 다려지는 게 아니었다. 《몽금포 타령》

귀티 귀하게 보이는 모습. ¶비단잉어들은 화려하고 귀티 나는 맵시로 보는 사람마다 탄성을 자아내게 하였으나, 《유자소전》

귓등으로 듣다 듣는 둥 마는 둥 하다. ¶"팬 은 무슨 후라이팬여. 내가 시인이여 소설가 여. 게다가 여자씩이나?" 이립은 두말할 것 도 없이 귓등으로 들었다. 《더더대를 찾 아서》

귓전 귓바퀴의 가. ¶…떡부리 암탉 두 마 리가 안는 소리를 섞걸는 데엔 오히려 귓전 이 몸살을 할 판이었다. 《우리 동네 崔氏》

그 길로 나서다 그 방면으로 전념하다. ¶"그러니까 당신두 성남에 뻔질나게 다 니라구. 누가 말렸어야 말이지. 무드 좋 아하니까 그 길로 나서야지 별 수 있겠 어…"《엉겅퀴 잎새》

그끄러께 삼 년 전의 해. ¶…내가 지난 겨울 삼동을 굶지 않고 그러께나 그끄러 께 겨울처럼 감방에서 이나 잡고 지내지 않은 것만으로도 여간 고마운 일이 아니 었다. 《이 풍진 세상을》

그나저나 '그러나저러나'의 준말. ¶"…그 나저나 막상 팔게 됐다니 되게 섭섭헌 디…엄니, 아까워"《못난 돼지》

그날그날 하루하루. 또는 날마다. ¶그해 에 있은 일들을 회고하면 시방도 몸서리 가 나며 끔찍스럽기만 하다. 그날그날이

하루같이 징그러워 생지옥으로만 여겨지
던 해였으니까.《관촌수필 2》

그냥저냥　그럭저럭. ¶"워치기 된 심여?
그냥저냥 해결을 본 심인감?"《우리 동네
金氏》

그녁　거기.〈방언〉듣는 이를 조금 낮잡아
이르는 이인칭 대명사. ¶"그녁은 시방 안
전한테 뼈를 못 추려서 안달이라도 났더
란 겐가…"《매월당 김시습》

그느르다　돌보고 보살펴 주다. 잘못된 점
을 덮어 주다. ¶그들은 사건을 덮어 두기
로 작정했다. 서로 입만 잘 그느르면 그대
로 조용히 넘어갈 줄 안 거였다.《우리 동
네 柳氏》

그닐거리다　살갗이 근지럽고 자리자리한
느낌이 자꾸 나다. ¶나는 온몸이 그닐거
리고 쑤셔 잠은커녕 진드근히 누워 있을
수도 없었다.《관촌수필 5》

그들먹하다　일정한 범위 안에 거의 그득
하다. ¶…버스는 학교가 더디 파한 아이
들을 한마당 그들먹하게 부려 주고 서둘
러 모롱이로 돌아간다.《산 너머 남촌》

그때그때　그때마다. ¶"…우리는 그때그
때 우리 얼굴만 닦으면 구만이거든."《우
리 동네 鄭氏》

그래저래　그런저런 이유로. ¶그래저래
그녀가 빌붙어 비벼 볼 만한 곳은 오로지
우리 집 한 군데뿐일 수밖에 없었다.《관
촌수필 4》

그러고저러고　'그러하고 저러하고'의 준
말. 어찌 되었거나. ¶"그러고저러고 동봉
이나 사가정이나 머리에 이모작을 한 것
이 제법 장하게 되었으니…"《매월당 김
시습》

그러구러　그럭저럭 시간이 흐르는 모양.
¶(산) 그러구러 이광수가〈흙〉을 쓴 나이
를 넘긴 지도 20년이 다 돼 가건만 쓰기는
커녕 그 비슷한 것도 시늉하지 못하고 있
다.《나는 늘 남의 책이 커 보인다》그러
구러 삼동을 났다.《매월당 김시습》

그러께　재작년. ¶…내가 지난겨울 삼동을
굶지 않고 그러께나 그끄러께 겨울처럼
감방에서 이나 잡고 지내지 않은 것만으
로도 여간 고마운 일이 아니었다.《이 풍
진 세상을》

그러나저러나　'그러하나 저러하나'의 준
말. ¶"…그러나저러나 엊저녁에 나간 것
벌충한다고 안사람 몰래 간신히 꿍쳐 온
걸 엉뚱한 구멍에다 몽땅 옛수 하고 말았
으니…"《산 너머 남촌》

그러루하다　대개 비슷비슷하거나 웬만하
다. ¶…그러루한 작자들만이 꾀는 다방
난달에서 무슨 낭패를 못 보아 소매 걷고
안달을 할 것이냐.《산 너머 남촌》

그러묻다　(흩어진 것을) 한데 모아 묻다.
¶"묵 썩어라, 푹씬 썩어!" 마지막 대화였
을 것이다. 그 말을 내뱉으며 구는 흙을
그러묻기 시작했으니까.《장한몽》

그러잠　'그러재도(그러 하자 해도)'의 뜻.
〈방언〉¶물론 그러잠도 수월찮은 일이
긴 하나, 하여간 필성은 일모가 자꾸 찾아
오는 게 견딜 수 없이 두렵다.《이삭》

그러저러하다　여러 가지로 그러하고 저러
하다. ¶…한구석에 물러서서 그러저러한
모습들이나 건성으로 보고 서 있었다.《관
촌수필 5》

그럭저럭　뚜렷하게 이렇다 할 만한 것 없
이 되어 가는 대로. ¶…그럭저럭 해거름

이 다 돼서였다.《우리 동네 柳氏》

그런저런 그러하고 저러한. ¶그런저런 생각을 해 보니 맥이 빠졌다.《장난감 풍선》

그렁그렁 액체가 많이 고여 가장자리까지 찰 듯한 모양. ¶양 마담은 그새 눈이 그렁저렁해지면서 눈부처가 뚜렷하도록 맑아 마주 보기가 거북하게 눈이 부셨으나《산 너머 남촌》

그루갈이 한 해에 같은 땅에 두 번째 농사 짓는 일. 또는 그렇게 지은 농사. ¶엇갈이나 그루갈이나 권의 말을 좇아 심고 말고를 가름하였고《산 너머 남촌》

그루 그루 그루마다. ¶그루 그루 바둑판처럼 정연하게 자라고 있는 회양목이며,《해벽》

그루되다 사람이 늦되다. 〈個語〉 ¶"…저런 그루된 것을 지집이라구 밤이면 불 끄구 자니, 에라 이 불쌍헌 늠…"《우리 동네 鄭氏》

그루(를) 박다 사람을 기를 펴지 못하게 억누르다. ¶이봉은 쏙대머리가 다질러서 물은 말에 뒷갈망도 없이 그루박아 말하였다.《매월당 김시습》

그루밭 보리를 베어 내고 작물을 심은 밭. ¶김은 물꼬를 봐야 하고 손대어야 할 그루밭도 한두 군데 아닌데 웬 늑장인가 싶어 속이 상했다.《우리 동네 黃氏》

그릇 어떤 일을 해 나갈 도량이나 능력을 가진 사람. ¶그는 그러나 그러함을 능히 안다 하더라도 그 알음을 지킬 만한 그릇은 아니던 것 같았다.《엉겅퀴 잎새》

그릇그릇 있는 대로의 여러 그릇. ¶아이들이 독섬에 나가 그릇그릇에 담아 오는 건 대개가 반지라기였다.《추야장》

그리매 그림자. 〈방언〉 ¶아아, 육신의 그리매가 곁하시었음이라.《매월당 김시습》

그리워 그리워하다 몹시 그리워하다. ¶사람 냄새를 그리워 그리워하더니 겨우 죽은 사람 냄새나 호흡하며 살게 됐단 말인가.《장한몽》

그림의 떡(속) 아무리 마음에 든다 할지라도 이용할 수 없거나 차지할 수 없는 경우를 두고 이르는 말. ¶"…그림의 떡에 배불러 본 적 있었수? 꿈에 눈 맞은 미인 열두 명보다 생시에 배 맞은 추녀 하나가 열 번 낫다, 이 말입니다요."《그리고 기타 여러분》

그림자도 안 보이다 그림자도 없다. 아무것도 없다. ¶웬일일까. 그는 일손을 놓으며 뒤를 돌아보았다. 뒤에는 얼씬거리는 그림자 하나 보이지 않았다.《장한몽》

그림자도 얼씬하지 않는다 근접도 하지 않는다. ¶그 뒤론 두 번 다시 명신화학 근처엔 그림자도 얼씬하지 않을 결심이었다.《덤으로 주고받기》

그만그만하다 보통의 정도이다. ¶…그녀가 얻었던 사내는 모두 밑도 끝도 없이 그만그만한 허잘것없던 사내들이었다.《추야장》

그물이 삼천 코라도 벼리가 으뜸(속) 아무리 수가 많더라도 그것을 이끌어 가는 것이 없으면 소용없다는 말. ¶"쳇, 산 닭 주구 죽은 닭 사기두 심든다더니…" "그러매 그물이 삼천 코래도 베리가 으뜸이라구, 어채피 허는 더부사리면 진드근히 한군디서나 배겨야지, 오라는 디 읂이 돌어댕기먼 뭠이나 축가구 못쓰는규."《명천유사》

그믐에 달 지듯이(속) (그믐날 밤에는 달이

없어서 아무것도 보이지 않듯이) 자취나 흔적이 전혀 없다는 말. ¶(산) "…당취 결사 자체가 비밀이었으니 문헌이 남아 있을 리 없고, 당취들도 그믐에 달 지듯이 증빙을 두지 않았으니…"《사상기행①》

그믐 지나고 초승달 자라듯 한다㊏ (초승달이 하루가 다르게 자라듯이) 어떤 일을 하기로 마음이 점점 굳어 간다는 말. ¶ "요새는 사료백이 안 나오는 땅마지기에 사주팔자를 맞출 게 아니라, 있는 것 몽창 모개흥정해 버리구, 나가서 여관이나 채렸으면 싶은 생각이 그믐 지나구 초생달 자라듯 헌당께…"《우리 동네 姜氏》

그번 먼젓번. 지난번[거번(去番)]. 〈방언〉 ¶그번, 하루 동안의 밀월 행각을 애초 제 안해 온 건 그녀 쪽이었다.《그가 말했듯》

그 사람이 그 사람이다㊏ 그놈이 그놈이다. 똑같다는 말. ¶…무료 봉사에 무료 입장의 원칙은 개똥모자 비껴쓰고 사람을 돌려먹는 흥행업자나, 중절모자 제껴 쓰고 기계를 돌려먹는 흥행업자나 매양 그 사람이 그 사람이었던 모양이었다.《유자소전》

그신그신 기신기신. 〈방언〉 ¶"논 여나믄 마지기 고지 붙이게 됐다더라고 허걸래, 혼자 그신그신 호락질허면 그런대로 부황은 안 나겠다 했더니 제우 못 먹을 땅만 줬던가벼."《오자룡》

그 아비에 그 딸㊏ 그 어머니에 그 딸이다. 다 변변치 못하다는 말. ¶귀영은 거스름돈 삼 원과 뻥튀기 과자를 번갈아 들여다보고 앉은 채 대답이 없다. 그 애비에 그 딸이지, 하고 일모는 중얼거릴지도 모른다.《이삭》

그 아비에 그 자식이다㊏ 아비가 못되었으면 자식도 따라 못되게 된다는 말. ¶아이가 붙임성이 없어서 제 딴에는 늘 서슴거리는 눈치이거나 말거나 유달리 기특하게 여겨 왔던 것도, 흔히들 이르듯 그 아비에 그 자식이라는 뒷공론조차 보기 좋게 가위표를 친 아이가 바로 그 아이였기 때문이었다.《장이리 개암나무》

그악 모질고 사나움. ¶…가끔 돌개바람까지 곁들이며 그악을 떨어대는 것이었다.《매월당 김시습》

그악스럽다 몹시 모질고 사납다. ¶(여자는)…보기보다 앙팡지고 그악스러워 찬바람이 휘휘 도니 무슨 말을 비춰야 미끼가 되는지 당최 요령부득이었다.《산 너머 남촌》

그악을 떨다 사뭇 발악을 하다. ¶어머니도 여전해서 나 죽는 꼴을 눈깔로 봐야 네놈들 직성이 풀리겠느냐며 눈감기 전에 없어지라고 그악을 떨었다.《야훼의 무곡》

그앙없다 끝없다. 아득하다. 〈방언〉 ¶"님하, 비록 구천의 멀음이 그앙없이 멀기로서니…"《매월당 김시습》

그음하다 그치다. 〈古語〉 ¶…청승맞은 애 울음소리가 그음하더니《우리 동네 姜氏》

그 자리가 제자리다㊏ 자기도 모르게 자기 분수를 지키고 있다는 말. ¶"…녀석의 하는 수작인즉 그 자리가 제자리였다."《그리고 기타 여러분》

그참 그 자리에서 곧. 〈방언〉 ¶"이왕 해 묵어서 올 바에야 느직이 해나 보고 떠날 것이지, 이 세한에 청승이 무슨 정성이라고 그참 잔입으로 나섰더란 말이냐."《산 너머 남촌》 ※참 : 무엇을 할 예정을 나타 내기도 함(이따가 누구를 만날 참이다).

그 타령이 장타령이다(속) 나아지는 데가 없이 늘 그 모양이라는 말. ¶"얼절이나 겉절이나…" 그는 노상 그 타령이 장타령 인 것만 만만히 여겨 계제에 존조리 타이 를 셈으로 걸기 있는 어조를 누그리지 않 았다.《산 너머 남촌》

극젱이 쟁기와 비슷하게 생긴, 땅을 가는 데 쓰는 농기구의 하나. ¶최는 아내가 옥 수수를 묻으며 다가오자, 손땀이 밴 극젱 이 자루를 물리면서 처음으로 물었다.《우 리 동네 崔氏》

근디 그네. 〈방언〉 ¶"말만 헌 년이 근디 가 다 뭣이래유. 그냥 두면 못쓰겄네유. 혼 좀 내시지유."《관촌수필 3》

근심가마리 걱정스럽게 하는 사람.〈個語〉 ¶…업동이가 따로 없지 싶어 보노라면 틀 림없이 오는 날의 근심가마리가 분명하였 다.《우리 동네 趙氏》

근천맞다 주접스럽다. 〈방언〉 ¶(대복 어 매는)…근천맞게 걸터듬기 잘하고, 손 거 친 짓 하는 버릇 못 버려, 팔모로 봐도 속 에 거지 오장이 들어 있다던 거였다.《관 촌수필 4》

근천스럽다 궁상스럽다. 〈방언〉 ¶(이가 는)…남의 살이라면 근천스러 뵐 정도로 허발대신(걸신)이던 것이다.《임자수록》

근천(을) 떨다 주접(을) 떨다. 〈방언〉 주접 스러운 말이나 행동을 하다. ¶"…나는 원 래 비우가 약해서 바싹 군 즌기 통닭 아니 면 누려서 입에두 못 댑니다, 아 이 지랄 허구 근천을 떨데유…"《우리 동네 鄭氏》

글 잘하는 자식 낳지 말고 말 잘하는 자식 낳으랬다(속) 학문에 능한 사람보다는 구 변이 좋은 사람이 처세에 유리하다는 말. ¶"글 잘허는 자슥 낳지 말구 말 잘허는 자슥 낳으라더니 이제 봉께 여기 왔구먼." 《강동만필 2》

글초 원고. ¶수락산에 있을 때는…금오산 에서처럼 글초에 매달려 금강지동이나 찢 지는 않았으므로,《매월당 김시습》

긁는 소리 하다 궁상 떠는 말을 하다. 〈방 언〉 ¶"됩데 나더러 긁는 소리 허네, 그럼 안 그려?"《우리 동네 金氏》

긁어 부스럼(속) 아무렇지도 않은 일을 공 연히 자기가 건드러서 걱정을 일으켰을 때 쓰는 말. ¶순이는 듣기 좋은 말로 꾀 음질하느라고 준비해 온 말을 처음 써 보 았으나, 뜻밖에 긁어 부스럼이 되어 숫제 입을 다물고 있음만 같지 못하였다.《우리 동네 柳氏》

금 간 고추장 단지(속) [장류(醬類)는 매우 귀중히 여기는 것이므로] 오지그릇이나 질그릇이나 금이 가면 철사 따위로 테를 메우어 조심스럽게 쓰게 마련이라는 말. ¶"금 간 꼬치장 단지처럼 대가리 테미구 가만 들앉어 있으면 오빠가 가용대 줄라 비."《낚시터 큰애기》

금 간 요강 아쉬워하듯 한다(속) (요즘은 농 촌의 가정에서도 용도 폐기된 것이 요강이 지만 쓰다가 깨어지면 아쉽듯이) 보잘것없 는 사람도 아쉬울 때가 있다는 말. ¶여기 아낙네들은 날이 갈수록 자주 류그르트를 찾았다. 찾아서 없으면 금 간 요강 아쉬워 하듯 하고, 있는 날은 허드레 바가지 부리 듯 쓰려고 들었다.《우리 동네 柳氏》

금강산 그늘이 관동 팔십 리⊛ 어떤 한 사람이 크게 되면 친척이나 친구들까지도 그 덕을 입게 된다는 말. ¶(산) 헛된 욕심은 삼가기로 했다. 다만 금강산 그늘이 관동 팔십 리라 했으니 바라건대 그 덕이 내게 미친 바 있어 되도록 좀 더 곱게 살아가고 싶다.《금강산 기행》

금(을) 긋다 한계를 두다. ¶…중필은 그의 허우대를 다시 한번 살펴보더니 시험에 붙어야만 써 준다고 하나 마나 한 말로 금을 그었다.《두더지》

금(이) 가다 서로의 사이가 벌어지다. ¶…미선이를 낳고부터 금이 갔다던가, 전쟁 덕에 돈푼이나 만지게 됐던 아버지가 난봉을 피우자《야훼의 무곡》

금 잘 치는 서순동이라⊛ 물건의 값을 잘 정하는 사람을 두고 하는 말. ¶(산) '금 잘 치는 서순동이'라는 월단평은…장사꾼들 가운데 계산이 정확하기는 서순동이를 따를 자가 없으리라는 이야기이고,《옛날의 인물평》

급살 맞아 뒈질 놈의 새끼⊎ 당장에 죽을 놈이라고 저주하는 악담. ¶"이 육시럴 늠으 새끼, 이 급살 맞아 뒈질 늠으 새끼."《장한몽》 ※급살(急煞) : 보게 되면 운수가 아주 나빠진다고 하는 별. 급살(을) 맞다 : 갑자기 죽다.

급살 맞을 년 불상놈인지라 빨리 죽는 게 낫다는 저주의 말. ¶"저런 급살 맞을 년, 처먹었으면 싸게 핵교나 뒤질러 가. 귀살머리스럽게 새암까장 따라와서 곡을 허구 자빠졌어."《우리 동네 姜氏》

급살 맞을 놈⊎ 갑자기 죽어질 사람이라는 욕설. ¶"급살 맞을 놈, 그런 것도 밥 처먹고 사느라구 주뎅이는 살아서…그 육시랄녀리 자석이…" 하순은 한참 동네방네 돌아다니며 삼덕이를 험구에 올렸다.《담배 한 대》

급살(을) 맞다 갑자기 죽다. ¶"세자가 아야 소리 나게 한번 앓아 보지도 못하고 그냥 시름시름 시들어 버린 걸 보면, 살을 맞아도 아마 급살을 맞았던 겝죠."《매월당 김시습》

기가 꺾이다 용기나 기세가 갑자기 줄어들다. ¶키가 작다는 트집엔 꼼짝 못 하고 기가 꺾인다.《담배 한 대》

기가리가 막혀서 매가리가 안 돌아간다⊎ '하도 기막혀서 어이가 없다'를 에둘러서 비속하게 이르는 말. 〈충남 서해안 지방의 방언〉 ¶"…이게 사람이 짐승을 치는 동넨 겨, 짐승이 사램을 치는 동넨 겨? 나 원, 기가리가 맥혀서 매가리가 안 돌아가두 유분수지…"《장천리 소태나무》

기(가) 막히다 놀랍거나 언짢아서 어이없다. ¶작년에 정부에서 외국 마늘을 수입해 들인 것이 수십억 원에 달했음을 들어 알고 있던 그는 너무도 기가 막혀 말이 되어 나오지 않았다.《우리 동네 姜氏》

기가 질리다 겁이 나서 용기가 없어지다. ¶"포섭? 하하하…니가 그렇게 거물급이었어? 하핫…" 하고 냉소가 터뜨리는 데에 기가 질리고 말았다.《장난감 풍선》

기(가) 차다 하도 어이가 없어 말이 나오지 않다. ¶"…그 주제에 말은 또 얼마나 희떱게 하는지…아마 오빠가 들어도 기가 찰 거예요…"《엉겅퀴 잎새》

기껍다 마음에 기쁘다. ¶그해 팔월 십오일 광복절. 아침부터 마을은 온통 무슨 명

절을 맞은 기색으로 술렁거리며 기꺼운 표정이었다.《관촌수필 5》

기둥서방㊀ 기생이나 창녀에게 빌붙어 남편처럼 지내는 사내. ¶사정이 그런 사정이었음에도 그녀는 그 전세금을 몽땅 기둥서방 좋은 일 하고 말았다.《두더지》

기똥차다㊀ '기막히다'를 속되게 이르는 말. ¶"잘했네요. 그런디 알찬이 힘찬이는 그렇구, 그럼 기찬이의 기짜는 뭔 기짜래유?" "그거야 기똥찰 기짜지요."《장평리 찔레나무》

기(를) 쓰다 있는 힘을 다하다. ¶그때도 해방은 기를 쓰고 반대했었다.《담배 한 대》

기(를) 펴다 어려운 형편에서 벗어나 마음을 놓다. ¶선거는 끝나고 위원장은 낙선이었다. 기를 펴 볼 날이 갈수록 멀어지는 것이었다.《유자소전》

기름독에서 빠졌다 나오다㊙ 외모가 번지르르한 사람을 가리키는 말. ¶…점심 굶고 저녁 걸러 곤한 대로 곤하고 허기진 몸이, 기름독에 빠졌다 나온 사내가 버나(접시돌리기)를 한들 보이고, 쥐 잡아먹은 입술이 통 굴리기를 한들 보일 리가 없었다.《유자소전》

기름진 소리를 하다 흰소리를 한다는 말. ¶심은 난다 긴다 하던 문정까지 몇 조금 못 가서 부개비를 잡히게 한 자기의 말휘갑이 대견스러워서 그렇지 않게 기름진 소리를 하였다.《산 너머 남촌》

기름 짜다 말고 오줌 눌 년㊀ ['기름 짜다'는 방사(房事)의 은어이니] 하는 짓이 주책없는 여자라는 뜻의 욕설. ¶"지름 짜다 말구 오줌 눌 년, 주둥이 하나는 계통출하 해두 안 밑지겄네."《우리 동네 柳氏》

기름챗날 떡판에 올려놓은 기름떡을 덮어 눌러서 기름을 짜는 길고 두꺼운 널판. ¶기름챗날에 끼워진 들깨자루 모양 비지땀만이 등골을 스멀거리고 방황할 따름이었다.《장한몽》

기름하다 좀 긴 듯하다. ¶마늘 싹은 궐련보다 기름한 게 퇴비가 두꺼워 좀 웃자란 것 같았다.《우리 동네 崔氏》

기분이 넌출지고 덩굴지다㊙ 기분이 흐뭇하고 흔쾌하여 다른 일에도 두루 긍정적으로 미친다는 말.〈個語〉¶그렇지만 그 일로 하여 기분이 마냥 넌출지고 덩굴지고 했던 것만은 아니었다.《장평리 찔레나무》

기생 그릇되면 길바닥에 나앉아 탁주 장수 한다㊙ 한번 좋지 않은 길로 들어서면 나중에는 더 좋지 않게 된다는 말. ¶동네에서 이미 버린 자식으로 돌린 대복이를 새삼 나무라 봤자 아무 잇속도 없을 줄 잘 알았기 때문이었다. "기생 그릇되면 질바닥에 나앉아 탁주 장수 하더라구, 내버려 둬라, 어채피 개잡늠 됐는디…" 하면서 자기네 자식들 단속하기에만 소홀하지 않던 거였다.《관촌수필 4》

기스락 기슭의 가장자리. ¶…물이 물 위에서 바람살에 따라 설레지 않는 것은 산 그림자가 먹어들어 보이지 않는 기스락도 한 가지인 모양이었다.《장동리 싸리나무》

기신거리다 게으르거나 기운이 없어 동작을 자꾸 맥없이 느른하게 행동하다. ¶소동라는 과연 사흘 동안이나 갱신을 못하고 방 안에서만 기신거렸다.《매월당 김시습》

기신기신 게으르거나 기운이 없어 느릿느릿 자꾸 힘없이 행동하는 모양. ¶마가 녀석이 제공한 공사판은 마가 녀석의 늙은 홀어머니가 아직도 기신기신 못 죽어 살고 있는 충청도 보령 땅, 조그만 연읍(鉛邑)을 끼고 돌아앉은 산골이었는데, 《이 풍진 세상을》

기와깨미 기와의 부스러진 가루. ¶(산) 제사 때 짚수세미에 곱게 빻은 기와깨미 가루를 묻혀 힘껏 닦은 놋그릇처럼 《열쇠는 열린 생각이다》

기욱하다 기웃하다. 〈방언〉 한쪽으로 조금 기울어져 있다. ¶그새 해가 많이 기욱해진 모양. 훈김에 찌든 유리로 들어온 햇살도 자못 선명한 그림자가 그려지고 있었다. 《낙양산책》

기웃기웃 무엇을 보려고 고개나 몸 따위를 이쪽저쪽으로 조금씩 자꾸 기울이는 모양. 남의 것을 탐내는 마음으로 슬금슬금 자꾸 넘겨다보는 모양. ¶처음부터 따라다니며 기웃기웃 성묘를 지켜본, 열두서넛쯤 된 머슴애가 있었던 것이다. 《만고강산》

기음 김. 논밭에 난 잡풀. ¶영두는 냉이 개수염…같은 억센 기음에 뒤덮인 앞밭을 갈아엎는 것으로 일을 대강 매동그리고 나서 한갓지게 나섰다. 《산 너머 남촌》

긴가민가하다 그런지 그렇지 않은지 분명하게 알지 못하다. ¶…여기 사람들은 윤의 말을 긴가민가하다가 열에 일고여덟은 아주 때를 놓치고 말았다. 《우리 동네 柳氏》

긴긴 기나긴. ¶…소꿉장난으로 긴긴해를 저물리곤 했었다. 《관촌수필 1》

긴긴해 길고 긴 해. 또는 길고 긴 낮. ¶…햇살 긴 마른 봄날이면 얼굴을 새까맣게 태워 가며 소꿉장난으로 긴긴해를 저물리곤 했었다. 《관촌수필 1》

긴짜꾸맛ⓗ 여성의 생식기에 비유한 상말. ¶"하여간 지집년 보지는 속 내용이 복잡할수록 긴짜꾸맛이니까." 《장한몽》

긴찮다 '긴하지 아니하다'의 준말. ¶최응현은 긴찮은 한담으로 말밑천을 보태려고 하였다. 《매월당 김시습》

길굽턱 길이 굽어진 턱. ¶그는 어이가 없었으나 마지못해 길굽턱이 진 버덩으로 올라가면서 앉을 자리를 찾았다. 《산 너머 남촌》

길눈 한 번 가 본 길을 잘 익혀 두어 기억하는 눈썰미. ¶(산) 나는 남으로 돌아가지만 이미 길눈이 생겼으니 다시 찾아오는 거야 무엇이 어렵겠는가. 《금강산 기행》

길라잡이 길잡이. ¶…정은 작년 가을에 탄 상이 자기가 길라잡이로 나서서 두루 인사를 다닌 보람이매 자기가 책임지고 이쪽으로 돌려 놓으마고, 《강동만필 2》

길래 오래도록 길게. ¶고색창연한 이조인이었던 할아버지, 오직 그분 한 분만이 진실로 육친이요 조상의 얼이란 느낌을 지워 버릴 수 없는 거였고, 또 앞으로도 길래 그럴 것같이 여겨진다는 것이다. 《관촌수필 1》

길바닥쓸이 [토목 공사의 기층(基層) 공정에서] 길바닥을 비로 쓸어서 노면을 고르게 하는 인부. 〈個語〉 ¶"…서방 것이 오죽 지질하면 여편네를 길바닥쓸이로 내보내겠나…" 《변 사또의 약력》

길손 먼 길을 가는 나그네. ¶객, 객이었다. 손, 길에서 살아온 길손이었다. 《매월당 김시습》

길은 물음물음으로 가고 사람은 알음알음으로 만나야 한다ⓢ 일은 경험자의 조언이 중요하고, 대인 관계는 중간에서 소개하는 사람이 중요하다는 말. ¶ "되도록 길은 물음물음으로 가고 사람은 알음알음으로 만나야 중도에 되돌아보는 일이 감해지는 법이네."《산 너머 남촌》

길(을) 들이다 부리기 좋게 하거나 잘 따르게 만들다. ¶ …네댓 번쯤 가르쳐 길을 들여놓은 다음부터는 조카 녀석 스스로 그런 꾀를 부릴 줄 알게 되어 나는 그야말로 굿이나 보며 어부지리를 하게 되었지만, 《관촌수필 1》

길이길이 오랜 세월이 지나고 또 지나도록. ¶ 어쩌면 길이길이 변함이 없을는지도 모를 일이었고. 《장한몽》

길(이) 들다 익숙하게 되다. 버릇이 되다. ¶ 한 끼에 한 줌씩 읍쌀을 얹어 한 달은 먹어 봐야 길이 들 거였고, 일단 길만 들여놓으면 나중엔 보리죽을 끓여도 소리 없이 들게 될 것 같았다. 《그때는 옛날》

길쭉길쭉 여럿이 모두가 길쭉한 모양. ¶ 군식구 몰래 즐기던 그네들의 밤참은 으레 장독대 밑에 묻어 두었던 김장 동치미였다. 살얼음 간 독에서 동치미를 꺼내다가 쪼란히 둘러앉아 길쭉길쭉 쪼개어 먹던 것이다. 《관촌수필 5》

길쯤하다 꽤 기름하다. ¶ (그녀 아버지는) …늦깎이 땡추중처럼 삭발은 했으되 좀 길쯤한 머리였고, 베둥거리에 지까다비를 꿰고 있었다. 《관촌수필 3》

길처 가는 길의 근처. ¶ …개업을 한 '산천초목 가든'의 김광세가 길처에서 서성거리고 있다가 씨를 보고 말했다. 《장천리 소태나무》

길체 한쪽으로 치우친 구석 자리. ¶ 길

굼턱이나 길체는 쓰고 버린 스티로폼 그릇…등속에 쓰레기장이 되어 발을 디밀데가 없다.《강동만필 3》

길턱 길바닥의 가장자리. ¶ "시방 오시냐" 전풍식도 길턱으로 빗더서면서 스쳐 가는 소리를 하였다.《장이리 개암나무》

길호사(—豪奢) 시집갈 때에 겉치레로 호사스럽게 차려입고 가는 것. 또는 그러한 차림. ¶ 소동라의 길호사는 자못 분에 넘치는 바가 있었다.《매월당 김시습》

김(이) 새다 어떤 일이 기대한 대로 이루어지지 않아 실망스럽다. 낭패를 보다. ¶ 왼쪽으로 선 사내가 김샌다는 시늉인지 침을 뱉으며 천천히 성냥을 내주었다. 《장난감 풍선》

김치 속의 새우젓으로 안다(속) (김치를 담글 때 흔히 새우젓으로 간을 맞추니 새우젓이야말로 요긴한 존재건만 막상 김치가 익어서 먹을 때는 새우젓이 눈에 안 보이듯) 서울 사람들의 농민에 대한 인식은 형편없다는 말. ¶ "자, 여러분, 십 년 이십 년 손발에 흙 한번 안 묻히고, 농민을 김치 속의 새우젓으로 알면서도 반드르르하게 하고 사는 서울 것들이, 싸가지 읎이 밥맛 가려 재래종만 처먹는 꼴이 드러서라두, 우리 논두렁들은 다 같이 총화 단결하여 신품종으루 볍씨 갱신을 실천합시다."《우리 동네 李氏》

김치와 짠지 사이다 서로 약간의 차이만 있을 뿐 바탕은 한가지라는 말. ¶ "저 구나방은 또 왜 내게다 선손질인고. 옳거니, 저 만무방하고는 김치와 짠지 사이니 시어 터질 때 같이 시어 터지자 그말이것다?"《토정 이지함》

김칫국부터 마신다⑥ 상대편의 속도 모르고 제 짐작으로 지레 그렇게 될 것으로 믿고 행동함을 이르는 말. ¶“그런디 워떤워떤 것들이 출마를 허겄다는 겨?” 정이 물었다. “수두룩혀. 방구깨나 꿔던 늠은 다 못 참는 모냥이라. 돌어댕기는 소문은 여남은 가까이 된다나 보던디…합동 양조장 박동세, 천동약국 쥔 길명길이, 예비군 중대장 최병국이두 짐칫국을 마시는 모양이구…”《우리 동네 鄭氏》

깃광목 잿물에 삶아 바래지 아니한 광목. ¶그는 깃광목이나 무색 인조견 바탕에 ‘뉴—서울 써커쓰’ 따위가 쓰인 깃대를 들고《유자소전》

깃다 논밭에 어우러지게 잡풀이 많이 나다. ¶영두는…뚝새풀만 우북히 깃은 다랑논마다 마른갈이와 헛삶이를 하였다.《산 너머 남촌》

깃들이다 보금자리를 만들어 그 속에 들어 살다. ¶밭종다리와 뻐꾸기가 깃들이 하여 등성이마다 부산한 보리누름철이 되자,《우리 동네 姜氏》

깊직하다 깊숙하다.〈방언〉¶현실적으로 무능할 따름, 저마다 넓음한 안목과 깊직한 식견을 갖춘 훌륭한 사회인들이기 때문이었다.《임자수록》

까그매 까마귀.〈방언〉¶“까그매는 뭣 먹구 산댜?”《더더대를 찾아서》

까닭스럽다 까다롭다. ¶“…이 동네 아줌니들은 워째서 이리 까닭스럽다우?”《우리 동네 黃氏》

까락 ‘까끄라기’의 준말. 보리 등의 낟알 겉껍질에 붙은 수염. 또는 동강. ¶…팬 지 오래인 보리 이삭은 고스러지기 직전의 금빛 까락으로 별빛에 맺힌 이슬처럼 반짝거리는 들판이었다.《해벽》

까마귀가 까치집을 뺏는다⑥ 서로 비슷하게 생긴 것을 빙자하여 남의 것을 빼앗는다는 말. ¶“…평생을 두고 작인의 피를 빨어 살쩍머리가 세고, 등골을 우려 쳐먹어 상투가 세더니 인저는 그것도 싫증이 나더냐 이 찢어 죽일 늠…까그매(까마귀)가 까치집 뺏느니라 이늠—”《오자룡》

까마귀가 아저씨 하겠다⑥ 손발이나 몸에 때가 너무 올라서 시커멓고 더러운 것을 놀림조로 이르는 말. ¶“…나는 이 집 사장님이 어렸을 때, 동네 사람들이 이 집 사장님 보구 까그매가 보면 아줌니 아줌니 허겄다구 놀려댔던 것 같은디.” “얼라, 그건 내라 더더대더러 까그매가 보구 아저씨 아저씨 허겄다구 놀려댔던 말이었지?…”《더더대를 찾아서》

까마귀 고기를 먹었나⑥ 건망증이 있거나 잘 잊어버리는 사람을 조롱하여 이르는 말. ¶“까마귀 고길 잡수셨나 봐. 웬 정신이 그렇게 없으세요.”《더더대를 찾아서》

까마귀 대가리가 되다 기억력이 떨어졌음을 이르는 말. ¶그전엔 가정교사라는 게 유일한 활로였으나 보병 삼 년 만에 책상 앞에 앉으니 까마귀 대가리가 되어 있었다.《지혈》

까마귀 열두 가지 소리 하나도 고울 리 없다⑥ 미운 사람이 하는 일은 하나부터 열까지 다 밉다는 말. ¶“까마귀 열두 소리에 곤 게 한마딘들 있을까 봐. 갈 테니 입 다무슈.” 케쎄라쎄라다. 국물 없이 살자. 자원 입대하고도 탈영병이 됐다.《야훼의 무곡》

까맣다 잊은 정도가 아주 심하다. ¶ "이건 얼마짜리죠?" 그녀는 왔으면서도 엊그제 일은 까맣게 잊은 듯, 차디차게 종알거리며 좌판의 물건들만 훑어보는 거였다. 《장한몽》

까뭇 깜박. 〈방언〉 ¶ 자정이 이운 시간이니 그렇기도 하겠지만, 동네를 두루 휘둘러봤으나 끄려다 까뭇 잠든 등잔 불빛 한 점 남아 있지 않고 있었다. 《장한몽》

까불까불하다 자꾸 경솔하게 까불다. ¶ "…여자만 보면 곁에 서방이 있거나 말거나 손구락을 이렇게 까불까불허메 시비시비 오케이 헌다는규." 《관촌수필 3》

까붐질 키로 곡식 따위를 까부르는 일. ¶ …야물게 까붐질한 보리에도 간혹 돌이 들어 지끔거리던 경우가 없지 않았다. 《산 너머 남촌》

까스라기 까끄라기. 〈방언〉 ¶ …동네 마당 마당은 온통 보리 까스라기 모깃불 연기에 잠겨 있었다. 《초부》

까악까악 까마귀가 자꾸 우는 소리. ¶ (시) 저녁 나절/ 까악까악 우는/ 까마귀가 더 좋으니? 《까치니 까마귀니》

까옥까옥 까마귀가 계속 우는 소리. ¶ "…너 까그매 까옥까옥허는 소리가 무슨 소린 중 여적지 몰렀어?" 《더더를 찾아서》

까작거리다 까치가 깍깍거리다. 〈個語〉 ¶ …수채를 뒤던 햇내기 까치 까작거리는 소리에 지붕마다 물매가 늦었다. 《우리 동네 趙氏》

까작까작 까치가 우는 소리. ¶ (시) 아침 나절/ 까작까작 짖는/ 까치가 더 좋으니? 《까치니 까마귀니》

까치놀 석양을 받아, 멀리 바다의 수평선에서 벌겋게 번득거리는 노을. ¶ …배래 위에 일은 까치놀처럼 희번득여 눈부신 변차섭이네 비닐하우스에서는, 그새 고춧모가 북 주게 자랐는지 아까부터 사람 소리가 새어나오고 있었다. 《우리 동네 崔氏》

까치발 발뒤꿈치를 들고 서거나 걷는 발. ¶ 그는 간다고 나온 뒤에야 까치발을 하여 솔방울만 하게나마 간신히 뜯어낼 수가 있었다. 《우리 동네 張氏》

까탈 '가탈'의 센말. 일이 순조롭지 아니하게 방해하는 어떤 조건. ¶ 반드시 그의 손에 닿아야 까탈 없이 제대로 이루어진다는 것을, 우리 집은 물론 온 동네 사람들도 한가지로 믿고 있던 것이다. 《관촌수필 6》

깍둑거리다 '씩둑거리다'를 속되게 이르는 말. 〈個語〉 ¶ …풍신 사나운 아낙네들이 뭇으로 텔레비전에 나와서 노후 대책이라는 것을 깍둑거리고 있던 때였다. 《산 너머 남촌》

깎은 서방님 같다〔俗〕 훤칠하고 미끈하여 풍신 좋은 사람을 이르는 말. ¶ …맨드리가 깎은 서방 같아도 시원치 않을 터에 그렇게 투깔스러운 빈상을 쳐들고 있으니 서른 번은 약소한 편이 아닌가 싶었다. 《산 너머 남촌》

깐깐 오월 미끈 유월〔俗〕 오월은 해가 길어 더디 가고, 유월은 해가 짧고 해야 할 일은 많아 가는지 모르게 지나가 버린다는 말. 어정 칠월 동동 팔월. ¶ "…구신이 나오너 해꽂이나 헌다면 혹 모를까, 깐깐 오월 미끈 유월에 땀을 바가지루 쓰구, 신창을 덧대어 가며 다리가 떨어지게 댕겨 제우 모양이 잽히닝께 쩌개 버려?" 하면서 아내는 두 길이 넘게 뛰었다. 《우리

동네 趙氏》

깔깔 큰 목소리로 웃는 소리. ¶“방문 문고리만 튼튼허면 애 낳기두 어렵잖어유.” 하고 깔깔 웃었다. 《관촌수필 6》

깔뜨다 (눈을) 아래로 내리뜨다. ¶…최와 눈이 마주치자 멈칫하더니, 이내 눈을 깔뜨고 보리밭 가운데로 들어가며 다시 저만 알게 투덜거렸다. 《우리 동네 崔氏》

깔밋하다 모양이 아담하고 깔끔하다. ¶(나는)…돌멩이가 수북하게 쌓인 깔밋한 애장터가 거기거기 널려 있던 뒷산 뷩재(부엉이재) 허리를 떠올리곤 했다. 《관촌수필 6》

깜냥 일을 가늠 보아 해낼 만한 능력. ¶“…늬덜두 핵교 가서나 집이 오너서나 절대 넘으 장단에 덩달지 말구 늬덜 깜냥껏 줏대 있이 살란 말여.” 《우리 동네 李氏》

깜뭇 순간적으로 깊이 빠져들거나 멀리 사라지는 모양. ¶나는 좀 전의 칠성바위, 그중에서도 할아버지의 산소가 있었던 범바위 앞에서 깜뭇 고인을 만났었지만, 사랑마루 앞에 서 있으니 또다시 할아버지의 환영이 어른거려 눈시울을 적시지 않을 수 없었다. 《관촌수필 1》

깡뚱하다 ‘강동하다’의 센말. 속엣것이 드러날 만큼 좀 짧다. ¶어린 까치 꽁지처럼 깡뚱하게 올라간 단발머리, 까맣게 그을린 얼굴… 《엉겅퀴 잎새》

깡통을 차다 거지가 되다. 빌어먹는 신세가 되다. ¶강술 마시고 깡으로 사는 사람 치고 끝에 가서 깡통 안 차는 사람 드물더라구. 《강동만필 3》

깨끔찮다 깨끔하지 않다. ¶문정은 상이 들어오자 깨끔치 않은 기분을 씻기 위해 술을 들이부었다. 《산 너머 남촌》

깨끔하다 깨끗하고 아담하다. ¶“…허기는 승수 할아버지처럼 일삼아서 쉬고, 놀기 싫어서 일하고, 그렇게만 할 수 있으면 촌에서도 깨끔하게 살 수야 있지. 돈하고 쓰레기는 죄다 서울에 몰려 있으니.” 《산 너머 남촌》

깨묵셍이 깻묵덩어리. 〈방언〉 자조적인 허텅지거리임. ¶“선생 말씀이 그르다는 것이 아니라, 깨묵셍이나 뭘 보구 선생 말을 믿겠느냐 이거요…” 《우리 동네 李氏》

깨소금 단지 엎지른 시앗 같다㊦ (깨는 잘고 시앗은 미움받는 존재이므로) 달갑지 않은 사람이 성미까지 좀스럽다는 말. ¶“…잔나비들처럼 으른 앞혀 놓구 반토막짜리 농담이나 예서 찔끔 제서 찔끔…꽤소금 단지 엎지른 시앗같이, 사내들이 워째 그리 자디잘다나?…” 《우리 동네 黃氏》

깨어진 그릇 보듯 하다㊦ (그릇이 깨어지면 마음이 언짢고, 아깝지만 버리는 수밖에 없으니 볼수록 속이 상하므로) 안타깝고 마음이 무겁다는 말. ¶최는 다 큰 딸을 생각했음인지 여자들을 깨진 그릇 보듯 하며 안주만 걸터듬었다. 《우리 동네 柳氏》

깻묵 같은 소리 하다 아무짝에도 쓸데없는 말을 한다는 말. ¶“깻묵 같은 소리 되게 허구 있네…” 《장곡리 고욤나무》

깻묵에도 씨가 있다㊦ 언뜻 보면 없을 듯한 곳에서도 자세히 살펴보면 혹 있을 수 있다는 말. ¶“신고에는 불경기가 없다는 얘기도 못 들었나? 깻묵에도 씨가 있다고 얼굴 검은 사람 중에도 속 검은 사람이 동네마다 한둘은 으레 박혀 있으니 각별히

조심하게나."《산 너머 남촌》

꺼끄메 절구질할 때 께끼는 데에 쓰는 죽젓 광이나 주걱처럼 생긴, 나무로 만든 제구. ¶…딸은 또 시집 푸네기들의 입방아를 무슨 꺼끄메로 께끼어 주어야만 수긋해질 터인가.《산 너머 남촌》※께끼다 : 절구질할 때 확의 가장자리로 밀려 나오는 것을 밀어 넣다.

꺼끌꺼끌 껄끔껄끔. 껄끔거리는 모양. ¶맷돌에 밀을 삭갈아 얼레미를 친 가루 반죽 수제비여서 입 안이 꺼끌꺼끌은 했지만,《관촌수필 4》

꺼끔하다 좀 뜨음하다. ¶으악새 울음이 꺼끔해지면 틈틈이 여치가 울고 곁들여 베짱이도 울었다.《우리 동네 黃氏》

꺼끔해지다 좀 뜨음해지다. ¶…한내에도, 난리가 시나브로 꺼끔해진 뒤로는 가끔가다 활동사진도 들어오기 시작하였다.《유자소전》

꺼림칙하다 매우 꺼림하다. 께름칙하다. ¶(대복이를)…먼발로 보게 되더라도 어딘지 모르게 점점 더 떨떠름하고 꺼림칙하기만 했었으니까.《관촌수필 4》

꺼부렁하다 조금 꺼부러져 있다. ¶그녀는 여전 그 옷, 그 신발에 그 꺼부렁한 머리 매무새였다.《장한몽》

꺽지다 억세고 꿋꿋하다. ¶(산)…말이 꺽지지 않아야 하며,《내 작품 속의 주인공들》

껄껄 시원스럽고 우렁차게 웃는 소리. ¶정은 하늘을 쳐다보며 껄껄 웃었다.《우리 동네 鄭氏》

껄떡거리다 ① (약한 숨을) 끊어질 듯 말 듯 하게 겨우겨우 끌어가다. ¶"땀 옳이 껄떡거리고, 남의 몫 걸터듬는 걸태질 한

가지는 등수에 드는 것들이닝께."《우리 동네 金氏》② 음식을 탐하여 이것저것 닥치는 대로 걸터듬어 먹거나, 자꾸 더 먹고 싶어 하다. 재물, 지위, 이권 등을 탐하여 동분서주하다. ¶"공것이라면 있는 늠이 더 껄떡거리는 겨. 누가 왔다닝께 볼가심헐 거나 옰나 허구 뒤질러 오는 거지 뭐겄어…"《우리 동네 黃氏》

껄떡대다 껄떡거리다. 여기에서는, '더 먹고 싶어 하다'의 뜻으로 쓰임. ¶군대는 가면 숟가락도 놓기 전에 꺼지는 배로 하여 허천들린 듯이 껄떡대던 시대였지만,《유자소전》

껄떡지근하다 껄쩍지근하다. 〈방언〉¶"비용은 들 대로 들은 집이 예전부터 위해 온 터주 앉힐 자리도 안 남겨 놓고 지어 버려 내 대에서 끊기고 마니 영 껄떡지근하구먼."《산 너머 남촌》

껄쩍지근하다 꺼림하다. 〈방언〉¶야간 통행금지 시간이 다 되어 집집이 불을 끄고 찬바람만 횅하던 골목길은…왜 그렇게도 껄쩍지근하고 떨떠름하니 무서웠는지 몰랐다.《유자소전》

껍질 씹는 소리 알맹이가 없는 말. ¶"…듣다 못해서 한마디나 쓰게 해 주려구 허면 그저 워치게 해서든지 무식군 티를 내느라구 지껄이는 소리마다 껍질 씹는 소리뿐이니, 당최 같잖어서 참말루."《장이리 개암나무》

껑충껑충 긴 다리를 들면서 매우 힘 있게 솟구어 자꾸 뛰는 모양. ¶물속에 들어 있으면 흔히 등딱지를 반짝거리며 참새우나 보리새우가 껑충껑충 물 위를 뛰어온다.《관촌수필 4》

께끼다 (노래나 말을) 옆에서 거들어 잘 어울리게 하다. ¶이윽고 한참 꺼끔하던 슬기 어매도 참지 못해 어중간하게 께끼고 나섰다.《우리 동네 柳氏》

꼬느다 꼲다. 잘잘못을 가려 실적을 평가하다. ¶비록 남의 집 마당이긴 했지만 우리들의 놀이터라면 둘째로 꼬느기가 아까울 지경이던 만큼의 그리움이 아직도 남아 있다.《관촌수필 5》

꼬드기다 꾀어 부추기다. ¶"어쩌긴 뭘 어째, 아시다시피 내가 꼬드겨서 강제루 입가심했지."《엉겅퀴 잎새》

꼬리가 길면 밟힌다(송) 나쁜 짓을 아무리 남모르게 한다 해도 오래 두고 계속하면 끝내는 들키고 만다는 말. ¶…나로선 생활을 위한 생업에 직결된 심각한 문제련만, 녀석은 대수롭잖게 여기는 눈치였던 것이다. 그렇다고 꼬리가 길면 밟힙네 어쩝네 하는 소릴 덧붙여 주길 원한 바도 아니다.《이 풍진 세상을》

꼬리(를) 밟히다 행적을 들키다. ¶핸드백 속에는 아이 이름과 금액을 적는 수첩도 있다. 백이 불러오면 봉투를 사야 된다고 매점을 찾는 체하다 꺼져 버린다. 고궁마다 그러고 다녔는데도 꼬리가 밟히지 않은 건 학교 당국이 저희들 위신 문제라 쉬쉬하며 고발을 안 해서일 거라고 아줌마는 추측하고 있었다.《두더지》

꼬바리 꼴찌. ¶"…산주가 맨 꼬바리루 오면 워치기 허는 겨?"《우리 동네 黃氏》

꼬박꼬박 어기지 않고 고대로 계속하는 모양. ¶삼례도 매달 천 원씩은 꼬박꼬박 부쳐 왔다.《그대는 옛날》

꼬시다 꾀다. 그럴듯한 말이나 짓으로 남을 속이거나 부추겨서 자기가 생각하는 대로 무엇을 하게 되다. ¶엉큼하니 구렁이를 닮긴 마찬가지란대도 덕규는 최소한 '꼬시는' 시늉만이라도 낼 줄 알았다.《덤으로 주고받기》

꼬장꼬장하다 (사람의 성질이나 마음이) 곧고 꼿꼿하다. ¶…꼬장꼬장한 성품의 이해찬 편집장이 그러기를 할 것인가.《유자소전》

꼬쭝배기 '코쭝배기'의 잘못. '코'를 속되게 이르는 말. ¶넷째 딸 종애가 들고 있던 책받침으로 엄지발톱이 내다보고 있던 양말 꼬쭝배기를 얼른 가리며 대답했다.《우리 동네 崔氏》

꼬투리 일의 실마리. ¶"…무슨 일이나 꼬투리가 있으면 마투리도 있게 매조질 줄도 좀 알거라…"《산 너머 남촌》

꼬투리(를) 잡다 상대의 결점을 포착하다. ¶무슨 눈곱만한 꼬투리만 잡으면 몰인정하고 치졸한 방법으로 상배를 볶아대던 거였다.《장한몽》

꼭꼭 항상 어김없이. ¶그녀는 딸이 번 돈을 받을 때마다 꼭꼭 옹쳐 깊숙하게 숨겨 두었다.《그때는 옛날》

꼭지(비) 기(氣). 여기에서는 '기가 넘치다'의 뜻으로 쓰임. ¶(아내는)…한번 물고 늘어질 작정을 하면 열린 장독대에 소나기가 넘쳐나도 내다보는 법이 없는 꼭지 센 여자였다.《장한몽》

꼭하다 변통성이 없이 차분하고 정직하며 고지식하다. ¶(그는)…천성이 물썽하면서도 꼭한 데가 있어서…지닐성 있게 잇속을 챙겨 나갈 인물이 아니었다.《장동리 싸리나무》

꽃값하다ⓑ 격에 어울리지 않는 못난 행동을 하다. ¶이제는 가로세로로 들쑹날쑹, 꼴값하는 난봉난 집들이 들어서며 마을을 어질러 놓아, 겨우 초가 안채 용마루만이 그럴듯할 뿐이었으며,《관촌수필 1》

꼴도 보기 싫다 아주 보기 싫다. ¶회장은 기가 막혀 그 자리에서 얼굴을 닳아걸었다. 그리고 그로부터 꼴도 보기가 싫었다.《장평리 찔레나무》

꼴때말때 아이들이 소꿉질하며 놀 때 아궁이에 불을 지피는 시늉을 하며 밥이 빨리 끓으라고 반복적으로 중얼거리는 소리. ¶(산)…사금파리에 삘기 뽑아 얹고 꼴때말때 읊조리던,《지금은 꽃이 아니라도 좋아라》

꼴머슴 땔감이나 꼴을 베어 오는 나이 어린 머슴. ¶두렁을 거슬러다가 여물거리하는 꼴머슴들 발걸음조차 뜨막하여,《우리 동네 崔氏》

꼴 보고 이름 짓는다ⓢ 무슨 일이나 격에 맞게, 크기에 따라서 어울리게 하라는 말. ¶"맏선이 동생은 왜 그선이간? 꼴 보구 이름 지어서…."《야훼의 무곡》

꼴 뵈는 소리 속이 들여다보이는 소리. ¶"앗다 그 꼴 뵈는 소리 작으매 호구 이동이나 좀 내려 주…"《이풍헌》

꼽사리 끼다 남의 판에 거저 끼어들다. ¶"…열넷, 게다 꼽살이 낄 인간 둘쯤 더 잡으면 열여섯…"《장한몽》

꽁꽁 물체가 단단한 모양. ¶온몸이 이렇게 꽁꽁 얼어 고드래떡이 된 것도《장난감 풍선》

꽃구름 여러 가지 빛깔로 아롱진 아름다운 구름. ¶(산)그의 집이 바투 붙어 있는 도화담은 본래 냇가에 복사꽃이 꽃구름을 이룬다 하여 생긴 이름이지만,《들판에 흐르는 사민의 노래》

꽃그늘 꽃나무의 그늘. ¶…진달래가 무더기로 피고 꽃잎에서 핏방울이 뚝뚝 떨어지던 꽃그늘 밑으로 여우가 파헤쳐 관 대신 썼던 질항아리가 거우듬하게 튀어나오고,《관촌수필 6》

꽃빛 꽃의 빛깔. 〈방언〉 ¶희븐희븐 꽃빛이 달잎에 서리며 흐느끼는 소리였다.《그럴 수 없음》

꽃샘잎샘에 설늙은이 얼어 죽는다ⓢ 음력 삼사월, 꽃 피고 잎 날 때에 일기가 춥다 하여 이르는 말. ¶"꽃샘잎샘에 설늙은이 얼어 죽는다지만 근력들 좋으십니다."《백결》

꽃은 웃어도 소리가 없고 새는 울어도 눈물이 없다ⓢ 비록 겉으로 표현은 안 하더라도 마음속으로는 느끼고 있다는 뜻으로 이르는 말. ¶(산) 우는 새에 눈물 없고 웃는 새에 소리 없다는 고인의 말은 실로 그들을 두고 이른 것 같았습니다.《지금은 꽃이 아니라도 좋아라》

꽃잠 신랑 신부의 첫날밤의 잠. ¶시집와서 신랑허구 꽃잠 자는 새벽에두 툭허면 문짝 흔들어 가며 밤 늦게 핵교 지각허겄다구 심술부리던 인간이 이제라구 워디 가겄냐. 다 내 년이 미친년인 겨.《장평리 찔레나무》

꽃패집 모말집. 〈방언〉 ¶관촌 사람들은 신 서방네 집을 흔히 꽃패[花牌]집이라고 불렀는데, 집 얼개가 ㅁ자 모양이었기에 꽃잎에 빗대어 이름했던 것으로 알고 있다.《관촌수필 5》

꽈배기근이나 먹다(속) 비꼬인 말투를 조롱하여 이르는 말. ¶"명사십리 해당화는 명년 이때에 핀다고나 하지…벌써 졌어요." 꽈배기근이나 먹은 것처럼 영두는 잔뜩 비꼬인 말투로 배참하듯이 중얼거렸다.《산 너머 남촌》

꽝꽝 잇달아 꽝하는 소리. ¶(산) 에헤야 박달나무 꽝꽝 찍어서《지금은 꽃이 아니라도 좋아라》

꾀송거리다 달콤하거나 교묘한 말로 자꾸 꾀다. ¶"딴 애덜? 뉘 집 애가 크릿스마쓰 헌티 간다데?" 리는 자기 들어 보라고 부러 꾀송거리는 아내 속내를 이내 알아차렸다.《우리 동네 李氏》

꾀송꾀송 꾀음꾀음. 〈방언〉 달콤한 말이나 약삭빠른 말로 남을 자꾸 꾀는 모양. ¶"내가 얼씬거리면 쥔이 나왔다구 더 지랄들 헐 거라 이게여. 봉석이가 가서 좋은 얼굴 해갖구 꾀송꾀송 달래 봐…"《우리 동네 鄭氏》

꾀음질 교묘한 말로 남을 꾀는 짓. ¶…그렇잖아도 화냥기 꾀음질에 들앉아 있기 어려워하던 여편네들이, 계제 잘 만났다고 떼를 지어 몰려다닌다고 한다.《고추타령》

꾀음질하다 꾀어내는 짓을 하다. 〈個語〉 ¶순이는 듣기 좋은 말로 꾀음질하느라고 준비해 온 말을 써 보았으나, 뜻밖에 긁어 부스럼이 되어 숫제 입을 다물고 있음만 같지 못하였다.《우리 동네 柳氏》

꾸미 고명. ¶"…짐치가 있나 애호박 하나가 달렸나, 국수 꾸미는 뭘루 얹을 거여."《우리 동네 鄭氏》

꾸벅꾸벅 머리나 몸을 앞으로 자꾸 많이 숙였다가 드는 모양. ¶(시) (아기는)…꾸벅꾸벅 졸면서/ 함께 오지요.《장날》

꾸어다 놓은 보릿자루(속) 여럿이 모여 웃고 떠드는 축에서 그 자리에 혼자 묵묵히 앉아만 있어 서로 어울리지 못하는 사람을 놀림조로 이르는 말. ¶"채미 장수두 안 받는 곡식이 무슨 곡식여? 차라리 모이루 치는 게 한갓지지…꿔다 놓은 보릿자루 소리 들을 때만 해두 양반이었어."《우리 동네 姜氏》

꾸역꾸역 한군데로 많은 사람 또는 사물이 자꾸 몰리거나 생기거나 하는 모양. ¶모개흥정에 바가지를 쓴 소비자들은 질이 낮은 것을 따지러 꾸역꾸역 몰려와 속을 풀고 가고《우리 동네 黃氏》

꿀단지는 장단지보다 쉬이 깨지는 법이다(속) 대개 아끼는 것을 먼저 잃는다는 말. ¶"앙갚음을 혀? 권불십년이랬다…꿀단지는 장단지보담 쉬이 깨지는 뱁이니…" 그러나 요철이는 보복을 두려워했다.《해벽》

꿀붙다 교미하다. ¶"거시기, 저 교문 앞서 자즌 거포집 가이가 워떤 집 수캐허구 꿀붙었는디, 여적지 안 떨어져서 늦었슈."《유자소전》

꿀석꿀석 꾸역꾸역. 〈방언〉 ¶개펄에 괴었던 물은 게 구멍으로 잦아들며 자글거리고, 나문재 포기 밑마다 능쟁이들이 꿀석꿀석 기어 나와 바글거렸다.《관촌수필 6》

꿀썩꿀썩 벌레 같은 것이 한군데에 모여 우글거리는 모양. ¶"…고자리가 꿀썩꿀썩 끓는 송장을 움(염)허면서 나는 이를 갈어 마셨지유…"《장한몽》

꿈땜 꿈자리가 사나웠을 때에 그 꿈을 때우려고 언짢은 일을 당하는 일. ¶집 안에 들앉으면 엿값도 안 되는 일을 놓고 아내와 티각거린다든가, 어린애가 그릇을 메치며 다친다든가 하며 반드시 꿈땜을 하고 말던 것이다.《우리 동네 金氏》

꿈보다 해몽이 좋다㉑ 좋고 나쁨은 풀이하기에 달렸다는 말. ¶꿈보다 해몽이라고 했듯이, 수를 보는 술객은 괘사보다 술수였고, 술수보다는 말수가 많고 걸쭉해야 물어본 사람도 듣기가 괜찮은 법이었으니,《유자소전》

꿈에도 생각하지 못하다 전혀 예상하지 못하다. ¶"필례가 그렇게 유행에 민감할 줄은 정말 몰랐는데…꿈에도 생각지 못한 내용이야."《엉겅퀴 잎새》

꿈에 사위 보듯 한다㉑ 꿈에 사위 본 것같이 보나 마나 하다는 말. ¶(산) 하지만 나는 이 상식마저도 꿈에 사위 보듯 막연함을 느낀다. 꿈도 꿈 나름이며, 꿈이야말로 해석에 달린 줄로 알고 있기 때문이다.《지금은 꽃이 아니라도 좋아라》

꿈자리가 사납다 꿈을 꾼 사실이나 내용이 불쾌하고 좋지 못하다는 말. ¶김은 꿈자리가 사나웠다 하면 볼일이 없어도 집을 나서는 버릇이 있었다.《우리 동네 金氏》

꿉꿉하다 조금 축축하다. ¶그는 벌써 하초가 꿉꿉해진 눈치였다.《우리 동네 柳氏》

꿍꿍이속 도무지 모를 셈속. ¶문정은 영두가 생각지도 않게 되짚어 온 것이 무슨 꿍꿍이속인지 몰라서 처음에는 도리어 마음이 죄었다.《산 너머 남촌》

꿍치다 (돈이나 물건을) 저만 알게 숨겨 두는 것을 속되게 이르는 말. ¶수술비니 입원비니 하여 돈은 적잖이 들겠지만 그만한 비용쯤은 그녀 자신이 꿍쳐 둔 돈으로도

충당할 자신이 있었던 거였다.《추야장》

꿩 가는 데가 비둘기 가는 데다㉑ 여론(輿論)이 있는 곳에 민심(民心)이 있다는 말. ¶"…꿩 가는 데가 비둘기 가는 데라고 여겨 힘써 아우르심만 같지 못하기가 쉽소이다." 토정의 말에 율곡은 웃음기를 띠었으나 어조는 단호하고 절실하였다.《토정 이지함》

꿩 구워 먹은 소리㉑ 소식이 전혀 없음을 비유적으로 이르는 말. ¶"…아깨두 말했구면서두 장 오던 사람두 애덜 아배가 돌어간 뒤루는 죄다 꿩 구어 먹은 소리이닝께 워떤 때는 집 앞으루 엿장사만 지나가두 반갈 때가 다 있더라닝께유."《장석리 화살나무》

꿩 구워 먹은 소식㉑ 소식이 아주 없다는 말. ¶…들어갔으면 얼른 간장이나 한 양푼하고 입던 옷가지를 얻어 나와야 할 사람들이 담배 한 대를 다 털도록 꿩 구워 먹은 소식이었다.《우리 동네 黃氏》

꿩 구워 먹은 자리㉑ 어떤 일을 감쪽같이 처리하여 그 뒤가 깨끗하거나 흔적이 전혀 없음을 이르는 말. ¶(산) "또?" 하고 나가 보면 과연 한나절 내 괜찮던 닭 한 마리가 툇마루 밑이나 툇돌 옆에다가 미리 누울 자리라도 봐 뒀다는 듯이 식어 가고 있기 마련인데…남은 일은 어서 볶든지 삶든지 해서 꿩 구워 먹은 자리로 해놓는 일뿐이었다.《글밭을 일구는 사람들》

끄느름하다 ① (날이) 흐려 어둠침침하다. ¶길을 따라 이어진 들녘은 아직도 봄기운이 멀었는지 끄느름한 저녁볕에 얼비치니 보기가 한결 쓸쓸하였다.《산 너머 남촌》② 아궁이의 장작불이 약하다. ¶그

동안 아궁이를 가득 메웠던 장작은 끄느름한 숯등걸만 오스르하게 남겼을 뿐 거의 사위어 버린 거였다. 《추야장》

끄뎅이 끄덩이. 〈방언〉 머리털이나 실 따위의 뭉친 끝. ¶"빛깔이 불그족족허니 끄뎅이가 우거지고…넣었다 허면 곧바로 얼근허거든." 《장한몽》

끄먹거리다 (눈을) 가볍게 감았다 떴다 하다. 끄먹대다. ¶그러자 중년은 어이가 없는지, 불이 일고 있던 눈을 끄먹거려 끄면서 한탄하듯 중얼거렸다. 《우리 동네 金氏》

끄무러지다 구름이 끼어 날이 점점 흐려지다. ¶…하늘이 흐리마리하게 끄무러지는 것이 저물녘에는 빗낱을 던지거나 눈발을 하게 될 장단이었다. 《장곡리 고욤나무》

끄물거리다 '그물거리다'의 센말. 날이 개지 않고 자꾸 흐려지다. ¶새벽 내 도깨비불이 그토록 난동하더니, 과연 하늘이 끄물거리기 시작하던 것이다. 《김탁보전》

끄적끄적 일을 할 때 힘을 안 들이고 슬슬 하는 모양. ¶"…끄적끄적, 가로세로 두 서너 자씩 해서 두어 뼘 깊이만 파면 되는 거 아냐." 《장한몽》

끄지르다 주책없이 싸대다. ¶"숯점에 숯이 동나서 용산 쪽으로 더 뒤져 보고 나가더니 여태 어디를 끄지르고 다니는지 함흥차사예요…" 《토정 이지함》

끓탕 (라디오, 전축 등) 기기가 고장나거나 낡아서 나는 '잡음'을 비속하게 이르는 말. 〈방언〉 ¶…확성기가 끓탕이어서 차라리 벙어리 영화가 낫던 발성 영화도 들어오고 《유자소전》

끔하다 '뜸하다'의 잘못. 자주 있던 왕래나 소식 따위가 한동안 없다. ¶모진 풍파가

다소 끔해지고 한숨을 돌릴 만하자 석공댁이 농담처럼 하던 말이다. 《관촌수필 5》

끔끔하다 갑갑하다. 〈방언〉 ¶"…무엇이 끔끔해서 혼털뱅이 다이야 팔아 술 받어 마셔?' 《우리 동네 黃氏》

끗발 아주 당당한 권세나 기세. ¶…빈손이 큰손이요 끗발이 맨발인 따라지들 《유자소전》

끝발 '끗발'의 잘못. 여기서는, '어려운 일을 감당할 만한 뒷심'의 뜻으로 쓰임. ¶"위에서 시키는 일을 무슨 끝발루 말린다냐?" 이장은 한숨을 섞으며 뒤를 이었다. 《우리 동네 黃氏》

끝장(을) 보다 끝장이 나는 것을 보다. ¶"그러나저러나 해결은 건짐 되어 가남유, 싸게 끝장을 보얄 텐디" 《초부》

끼니 없는 놈에게 점심 의논㉡ 경우에 닿지 않는 일을 이르는 말. ¶"두구 봤자 볼 품읎어. 끼니 읎는 늠더러 즘심 의논허자는 꼴두 이만저만이지, 나는 하루 반나절두 아쉽네." 하며 돈부터 받아 챙긴 집이 없는 것도 아니었다. 《우리 동네 柳氏》

끼닛거리 끼니로 먹을거리. ¶매월당은 금오산 시절에 끼닛거리며 문방구며 불편한 것이 한두 가지가 아니었으나 《매월당 김시습》

끼리끼리 패를 지어 따로따로. ¶(시) 가늘고 조그만 고기라서/ 끼리끼리 떼 지어 노는지 몰라. 《개울에서 강에서》

낄낄 웃음을 억지로 참으면서 입속으로 웃는 소리. 또는 그 모양. ¶명우는 입을 허물어뜨리듯 낄낄 웃었다. 《두더지》

낌새(를) 맡다 낌새채다. 일이 되어 가는 형편을 알아채다. ¶자신이 서지 않았다.

겁이 났던 것이다. 그 낌새를 맡고 마가가
말했다. "조건입니다. 유조건으로 안 되는
일 보셨거든 내게 맡기란 말입니다…"《장
한몽》

ㄴ

나간 집 부엌 문짝 같다⊗ 제구실을 못하여 형편없이 초라해진 물건을 이르는 말. ¶(그는)…입을 나간 집 부엌 문짝처럼 열어젖히곤 했다. 《관촌수필 6》

나간 집이다 주인이 버리고 간 빈집이라는 말. ¶…문짝 없는 부엌이며 허물어진 굴뚝이 누가 봐도 나간 집이었다. 《김탁보전》

나귀만도 못한 놈⊕ (나귀는 고집이 세다 하여) 줏대 없는 사람이라는 말. ¶"저런 나귀만도 못한 놈이 있나…그래서…너는 충의와 절개를 아는 사대부라서…" 《곽산 기생 보름이》

나대다 나부대다. ¶"천첩은 어인 까닭에 축에도 안 쳐주시오니까. 섭섭하오니다." 일타홍이 귀염성 있게 나대는 것이었다. 《매월당 김시습》

나들잇벌 나들이할 때에만 착용하는 좋은 옷과 신 따위의 총칭. ¶"…다방에 있을 때 입던 것들은 그런 데서나 쓰지 나들잇벌은 아니잖아요." 《돌아다니던 여자》

나라미 줄. 〈방언〉 ¶영두는 한참이나 더 들어나가 나라미 끄트머리를 이으면서 곧 부나한 거리에 한눈을 팔기 시작했다. 《산 너머 남촌》

나라지다 피곤하여 온몸이 나른해지다. ¶"나는 삭신이 나라져서 한나절만 누워 봐도 등허리가 배기고 오금이 군시럽든데…" 《산 너머 남촌》

나래(를) 치다 힘차게 기세를 떨치다. 나래(를) 펴다. 〈북〉 ¶그새 서로 봄치레를 겨뤄 온 개나리와 철쭉이 연해 제 모양을 내더니 어느덧 영녕전의 동마루도 하늘 가운데에서 나래를 치고 있었다. 《두더지》 ※나래 : 날개.

나무 갔다가 버섯 따는 격⊗ 늘 하던 일을 해도 우연히 다른 이익을 볼 수 있다는 말. ¶(엄은)…소양을 살리거나 취미가 발전하여 나서게 된 것도 아니었다. 나무 갔다가 버섯 따는 격으로 우연히 그쪽에 눈을 뜨게 된 것이었다. 《산 너머 남촌》

나무새 여러 가지 땔나무의 총칭. ¶"접신님께서 시장해허실깨미 불나케 와 끓였넌디 나무새가 들 말르구 누겨 수제비가 아니라 풀이다야 풀이여…" 《추야장》

나부대다 얌전히 있지 못하고 철없이 출랑거리다. ¶(여편네는)…공신짝에 솔껍데기 비어지듯이 삐죽하고 불거지면서 누구보다도 자주 나부대는 것이었다. 《장곡리 고욤나무》

나붓이 나부죽이. 좀 작은 것이 천천히 엎드리는 모양. ¶…어린것이라도 쉬이 기어오를 수 있게 황소처럼 나붓이 엎드린 바위가 사철 아이들 신창에 닳아 번질거렸으니, 《관촌수필 5》

나비잠 갓난아이가 두 팔을 머리 위로 벌리고 자는 잠. ¶(산) 아기가 나비잠을 자며 배냇짓을 하는 옷이니 《배내옷》

나승개 냉이. 〈방언〉 ¶"나물이 연태껏 남

었데?" "나승개는 드물어유…"《우리 동
네 崔氏》

나우 정도가 조금 낫게. ¶"일 학년짜리 지
집애가 오재미루 찜뿌를 허다가 사리마다
끈이 째서 끊어져 흘렀는디, 그냥 보구 말
수가 읎어서 그것 좀 나우 이어 주다 보니
께 이냥 늦었번졌네유."《유자소전》

나지리 보다 남을 업신여겨 낮게 보다. ¶
아직도 망건 위에 갓 찾는 이 고을이라
섬 사람이라면 나지리 보아 온 습성을 버
리지 못하고 있었다.《그때는 옛날》 ※나
지리 : '자기보다 능력·품위 따위가 못하
게'의 뜻으로 쓰이는 말.

나지리하다 (키나 능력 따위가) 상대적으
로 낮은 듯하다. ¶키도 나지리한 졸토뱅
이로서, 입 싸고 발 재고 손 바르며, 남의
말 잘 엎지르고 자기 입으로 못 쓸어 담던
만큼은, 내 앞엔 입때껏 다시없을 만한 여
자였던 것이다.《관촌수필 4》

나직나직하다 위치가 다 꽤 낮다. ¶…원래
가 나직나직한 무덤들이 밀집되어 있을
뿐 아니라,《장한몽》

낙양의 지가를 올리다 어떤 책이 매우 잘
팔리는 것을 이르는 말. ¶박은 그를 깍듯
이 문 국장님으로 불렀다. 그래서 나도 잡
지가 한창 낙양의 지가를 올릴 즈음에 업
무국이나 광고국을 호령하다가 세 불리하
여 쉬고 있는 사람이거니 하고 그리 대수
롭지 않게 여겨 버릇하였다.《강동만필 1》

낙출 낙질(落帙). 〈방언〉 여기서는, '빈틈'
의 뜻으로 쓰임. ¶"…지저분한 일이긴 하
네마는 기왕 하자고 맘먹었으니 낙출 없
이 메지를 내주도록 하게나."《장한몽》

낚시에 걸리다 꾀어내기 위한 수단에 걸

리다. ¶…지금 상배 낚싯대에 걸려 오른
순평의 모습과는 많이 다른 순평으로 머
물렀을지도 모를 일이었다.《장한몽》

난거지 '겉보기에는 거지 신세'라는 뜻으로
이르는 말. 〈연〉 ¶…우리 집에서 먼저 살
고 떠난 집안도, 토지 개혁과 함께 완전히
볼 장 다 보아 난거지 꼴이었더라고 들었
다.《관촌수필 4》

난거지든부자 겉보기에는 거지처럼 보이
지만 실상은 살림이 부자처럼 넉넉한 사람
을 이르는 말. ¶산동네에서 살기는 해도
거의가 난거지든부자라 살림살이 하나는
규모 있게 하는 사람들이었다.《두더지》

난다긴다하다 재주나 행동이 매우 비상하
다. ¶심은 난다긴다하던 문정까지 몇 조
금 못 가서 부개비를 잡히게 한 자기의 말
휘갑이 대견스러워서 그렇지 않게 기름진
소리를 하였다.《산 너머 남촌》

난달 (비바람에 대비하여) 아무런 시설도
되어 있지 않은 한데. 〈방언〉 ¶마당 한켠
에는 해도 없이 차일을 쳐 놓고 있었지만
달걀 삶고 쥐치포 굽는 연탄 화덕이 그리
로만 몰려 있어, 오히려 난달보다도 그늘
이 더 찔 것 같았다.《우리 동네 姜氏》

난든집 손에 익은 재주. ¶…뼈 물러서부
터 몸에 밴 난든집이란 것이 농투산이 생
일 한 가지뿐이라 농민 축에 섞일 따름,
최야말로 알짜 날삯꾼임에도 부르기 좋은
이름이 있어 농업 노동자 소리를 들어 온
거였다.《우리 동네 崔氏》

난리통구리 난리 통에. 〈방언〉 ¶"이 난리
통구리에 환진갑 개 보름 쇠듯기 허기두
예사지 그게 그리 슬허…"《관촌수필 2》

난바다 육지에서 멀리 떨어진 바다. ¶(산)…

국토의 일부가 이렇듯이 난바다의 한 섬으로 나와 있어서 국토의 아름다움을 기리고 노래하는 문인들의 발길이 자못 드물었습니다. 《충청도표》

난봉난 계집 옷고름 여미기(속)　(바람이 나서 몸단속을 하지 않았던 여자가) 새삼스럽게 옷단속을 해 봤자 무슨 큰 의미가 있겠느냐는 말. ¶(리는)…아서라 말아라 신칙도 해 봤지만 이미 난봉난 계집 옷고름 여미기였다. 《우리 동네 李氏》

난봉 자식이 마음잡아야 사흘이다(속)　옳지 못한 일에 한번 빠지기만 하면 아무리 마음을 바로잡는대야 오래가지 못함을 이르는 말. ¶"…그나저나 난봉쟁이 맘잡아야 사흘이라니 사흘 되기 전에 다짐버텀 받으야겠구먼. 업식 아빠, 계약금 받거들랑 우리 옷이나 한 벌씩 헙시다." 《우리 동네 張氏》

난봉쟁이 거울 들여다보기다(속)　습관적인 일에 불과하므로 달리 여길 가치가 없다는 말. ¶"너 내 앞에서 대이구 사업 자금 사업 자금 해쌓는디, 그것두 내 보기에는 난봉쟁이 거울 들여다보기여…" 《장곡리 고욤나무》

난부자든거지(속)　흔히 겉으로 보기에는 떠벌하고 부자인 체하나 실상 형편은 매우 가난한 사람을 이르는 말. ¶"이놈의 집구석은 지붕만 눈빔으로 덩실했지, 아무리 두더지 사둔 찾듯이 파 봐도 쓰던 막치 사발 하나, 죽치 대접 하나가 없으니 순 난부자든거지가 아닌가…" 《산 너머 남촌》

난장 서자 개장 선다(속)　무슨 일이 생기면 그 비슷한 일이 뒤따른다는 말. ¶"…돌아오면 인에 들린 채 부어라 마셔라, 두드려

라 흔들어라 하고 난장 서자 개장 섰던 기억 하나에, 《강동만필 3》

난쟁이 턱 차기(속)　아주 쉬운 일이라는 말. ¶"하긴 뭐 온다는 사람 막지 않고 간다는 사람 붙들지 않는 게 서울이니까 얼바람 맞은 드난이로 왔다리 갔다리 하는 거야 난쟁이 턱 차기겠지…" 《산 너머 남촌》

난쟁이 허리춤 추키듯(속)　일마다 남을 자꾸 추어올려 줌을 이르는 말. ¶"누가 아니랴. 그 이쁜이게 얘기 좀 해 봐. 물건 갖다 먹는 집한테만 난쟁이 허리춤 추키듯 허지 말구. 이런 사람두 좀 알게…" 《우리 동네 柳氏》

난전 술장수 광대뼈 비어지듯(속)　(노점을 차려서 술장수를 할 정도면 살기가 어렵고 몸이 피곤해 살이 찔 수가 없으니 광대뼈가 불거질 수밖에 없다는 전제하에) 툭 불거지다, 두드러지게 나댄다는 말. ¶"난전 술장수 광대뼈 비어지듯이 초싹대구 나스기는…" 《우리 동네 李氏》

난질　여자가 정을 통한 남자와 도망하는 짓. ¶조가 살던 계집 난질하여 다 키운 자식 성 갈아 주고 난 무지렁이 구시렁대듯 하는 꼴이 딱하던지, 신은 더욱 어조를 누그러서 나직하게 말했다. 《우리 동네 趙氏》

난탕질　칼 따위로 함부로 치거나 베는 일을 낮잡아 이르는 말. ¶…작살과 죽창에 난탕질당한 뱃구레와 앞가슴의 선혈… 《관촌수필 5》

날고 뛰다　활동력이나 재주 같은 것이 남달리 아주 뛰어나다. ¶구순구순 서로 도우며 살아간대도 어려움 많은 사람, 이웃에서까지 따돌림받게 되면 제아무리 날고 뛴다기로 발 붙일 땅이 어디랴 싶던 것이

다.《장한몽》

날내 과일, 채소, 음식물 따위가 덜 익었을 때 나는 냄새. ¶…매만져진 봉급쟁이와 날내 나는 농투성이의 깊이가 달라서 그런지《산 너머 남촌》

날래다 움직임 등이 매우 빠르고 날쌔다. ¶…풀도 미국 풀은 여느 풀보다 더 질기고 더 억세고 더 날래게 나고 피고 퍼지는 모양이었다.《인생은 즐겁게》

날면 기는 것이 능하지 못하다㊀ 여러 가지 능한 재주가 겸하여 있기 어렵다는 말. ¶날면 기는 재주가 그만 못한 법이라는데 됩데 안팎으로 뛰는 아래위짝이 좌우에 자리하고 있으니 영두가 여기기에도 당연한 노릇이었다.《산 너머 남촌》

날삯꾼 날삯을 받는 일꾼. ¶…최야말로 알짜 날삯꾼임에도 부르기 좋은 이름이 있어 농업 노동자 소리를 들어 온 거였다.《우리 동네 崔氏》※날삯 : 날로 쳐주는 품삯.

날쌘하다 보동되다. 〈방언〉키가 작달만하고 통통하게 가로로 퍼져 있다. ¶…금호동 박 첨지 말대로 하자면 날씬의 반대로 날쌘한 년인 영옥이를 다시 불러들여 며칠 동안 질탕하게 몸을 내놨더니,《이 풍진 세상을》

날이날마다 매일. 〈방언〉날이면 날마다. ¶…마을 사람들에게 빚지시를 한 이장이 날이날마다 새벽 방송을 틀고,《우리 동네 李氏》

날 잡아 잡수 한다㊀ 어떻게든지 하고 싶은 대로 하려면 해 보라고 상대방에게 제 몸을 내놓는다는 말. ¶무허가 주민들이 자진 철거하고 옮겨가 줄 테니 최소한 사글셋방 값이라도 보태 달라며, 잡아 잡수 하고 버틸 것은 보지 않아도 알 만한 일이었다.《장한몽》

날탕 ① 무슨 일을 하는 데에 아무런 기구 없이 마구잡이로 함. 여기서는, 안주 없이 드는 것을 이름. ¶"…맑은 술을 날탕으루 먹으면 워치기 되는 겨?"《우리 동네 金氏》② 아무것도 없는 사람. ¶그들은 아무리 날탕이라 해도 맛이 흐린 막걸리는 맥주 무서워하듯 물어도 안 보다가, 영양제 탄 소주라면 횟국으로 쳤다.《우리 동네 李氏》

날포 하루 이상이 걸친 동안. ¶…그나마 날포를 못 넘기며 긋던 가랑비만 서너 물 한 뒤《우리 동네 金氏》

낡음낡음하다 낡아빠지다. 〈방언〉¶"춘자 아버지두, 우리가 시방 춘자 아버지 입던 빤쓰를 을으러 왔단 말유? 희치희치허구 낡음낡음헌 흔 빤쓰를…"《우리 동네 黃氏》

남끝동 옷소매의 끝에 남색 천으로 따로 이어서 댄 동강 자락. ¶순경은 치렁치렁 땋아 늘인 머리채 끝의, 깨끼저고리 남끝동 같은 댕기를 풀었다.《관촌수필 3》

남대문 입납㊀ 이름도 주소도 모르고 집을 찾는 것을 조롱하는 말. ¶"…남대문 입납도 남대문 근방에서 뒤져 봐야지 엉뚱하게 동대문 근처에서 헤맨다면 통반장이 백이란들 무슨 소용이 있겠나?"《산 너머 남촌》

남보매 남이 보기에. 〈방언〉¶(산) 단추 떨어진 여름살이에 검정 고무신을 꿰면 삼동네를 싸질러 다녀도 남보매가 없고,《지금은 꽃이 아니라도 좋아라》

남볼썽 남을 대하여 볼 면목. 체면. ¶…남볼 썽은 아예 아랑곳없이 온갖 악다구니를 다 떨며 싸우고 있었던 것이다.《관촌수필 3》

남볼썽스럽다 남볼썽사납다. 〈방언〉남을 대하여 볼 면목, 체면이 좋지 않다. ¶(그녀가)…검덕귀신이 다 된 채 대거리를 하려 드니 심은 남볼썽스러워서도 더 이상 그러고 있기가 어려웠다.《산 너머 남촌》

남북대가리 '장구머리'를 낮잡아 이르는 말. ¶서서 가는 사람 중에 이마는 이마대로 주먹 하나가 튀어나오고, 뒤통수는 뒤통 수대로 주먹 하나는 더 붙은 남북대가리가 그렇게 받아 주었다.《장평리 찔레나무》

남산 보고 청계천 보듯㊂ 둘이 아주 대조 적이라는 말. ¶옹점이의 일 솜씨는 이미 소문난 정도로 훌륭한 터였고, 걱실걱실 하여 오종종한 꼴은 꼴같잖아 못 보던 성 미 또한 대복 어매하고는 남산 보고 청계 천 보듯 정반대였던 것이다.《관촌수필 4》

남산에서 굽은 솔 찾기㊂ 대동강에서 모 래알 줍기. 아무리 애써도 보람이 없는 일 을 두고 이르는 말. ¶"얽배기면 어느 얽 배기? 장안만호에 절반은 얽배기네 집인 데, 그렇게 아뢰면 남산에서 굽은 솔 찾기 가 아닌가."《토정 이지함》

남상(을) 지르다 여자가 남자 얼굴처럼 생 기다. ¶…그녀는 잔뜩 남상 지른 얼굴에 목통까지 있어서 말도 약장수 맞잡이는 하게 제법 희떱고 사풍스러웠다.《산 너머 남촌》

남세스럽다 '남우세스럽다'의 준말. ¶(산) 나는 협협해서 웃다가 바로 그곳을 떠났 다. 남세스러워서 견딜 수가 없었다.《욕 된 시대의 고통과 희망》

남우세스럽다 남에게 조롱과 웃음을 받을 만큼 창피한 데가 있다. ¶그럼에도 밭 놀 리기를 남우세스러워하던 사람은 없었다. 《우리 동네 金氏》"…공중 넘우세스럽게시 리 이유 삼지 말구 얼릉 딴 디나 가 보유." 《우리 동네 黃氏》

남원 고을 청지기㊂ (〈춘향전〉에 의하여) 아는 것이 많다는 말. ¶"남원 고을 청지 기매루 찾는 것두 많여." 귀살머리스럽다 는 표정이다.《담배 한 대》

남을 물에 넣으려면 제가 먼저 물에 들어 간다㊂ 남을 해하려고 모함하면 도리어 자기가 먼저 그 같은 해를 당하는 것을 비 유하는 말. ¶(산) '남을 물에 넣으려면 제 가 먼저 물에 들어간다'는 속담을 생각하 면서 경기 북부 지방의 물난리를 보면 명 이 퍽 짧은 말이었음을 이내 실감할 수가 있다.《속담과 인생》

남의 그림자에 땀 들일 녀석㊐ (남의 그 림자를 이용해 더위를 식히듯) 염치없이 편할 대로 자기 잇속만 차릴 사람이란 말. ¶"쟤가 미숙이를 좋아헐 예정이래유." 하 며 저 뒷전에 앉아 얼굴도 잘 안 보이는 녀석이 덧거리질을 했다. "제우 엊그제 털 난 것들이 벌써버텀 제 마개 빼어 넘의 뚜 껑 헐 공상이나 허여? 넘의 그림자에 땀 들일 녀석 같으니…"《우리 동네 鄭氏》

남의 등짐에 갈비 휜다㊂ 남의 일에 나섰 다가 공연히 손해를 본다는 말. ¶"들으니 까 실수는 심 영감이 하시고 비용은 아버 님이 대셨든데요." "살다 보면 남의 등짐 에 갈비 휘기도 예사지. 그런데 그런 소문 은 다 누구한테서 들은 게냐?" "아버님도 아까 말씀하셨지만 시골 소문이란 게 원

래 풍편 아닙니까."《산 너머 남촌》

남의 똥에 주저앉을 년⑪ 미운 여자에 대한 욕설의 하나. ¶"저 작것 또 지랄헌다…저런 넘으 똥에 주저앉을 년…지 집이 여수니께 사내두 덩달아 저 지랄허는 겨. 저런 년은 그것 작두루 모감뎅이를 바짝 벼 쥑여야 쓰는디…"《우리 동네 黃氏》

남의 말 다 들으면 목에 칼 벗을 날 없다㊍ 남의 말을 액면 그대로 믿고 그대로 하려다가는 낭패 보는 일이 계속되게 된다는 말. ¶아서라. 어린것하고 놀면 하루에 세 번 거짓말하고, 남의 말 다 들어주면 목에 칼 벗을 날이 없다든, 하물며 그러루한 작자들만이 꾀는 다방 난달에서 무슨 낭패를 못 보아 소매 걷고 안달을 할 것이냐.《산 너머 남촌》

남의 말에 귀 여리면 심은 논도 잡혀 먹는다㊍ 줏대 없이 남의 말에 휘둘리다 보면 못하는 짓이 없게 된다는 말. ¶"…나 죽은 뒤 술 석 잔 부을 것으로 오늘 한 잔 사면 그날 가서 화투 서너 목 값은 아야 소리도 않고 벗어질 테니." "남의 말에 귀 여리면 심은 논도 잡혀 먹는다더니 그저 지나가는 소리로 쳐줌세."《산 너머 남촌》

남의 사정 보다가 갈보 난다㊍ 너무 남의 사정만 봐주어서는 안 된다는 말. ¶"…이 물이 아니면 우리게 사람들은 시방버팀 논밭을 내놔야 내년 양석 팔어 일 년 대게 생겼는디…사정 봐주다 갈보 되는 규. 마당 터지는디 솔뿌레기 걱정허게 생겼슈?"《우리 동네 金氏》

남의 염병이 내 고뿔만 못하다㊍ 남의 어려움이 아무리 크다 해도, 자기의 작은 어려움보다는 관심이나 걱정이 되지 않는다는, 자기 본위 생각을 이르는 말. ¶남의 염병이 내 고뿔만 하랴만 설령 그저 웃기 없는 말로 한마디 시늉해 본 소리다 할지라도 일컬어 참봉이란 자의 말주변치곤 너무도 오죽잖던 거였다.《오자룡》

남의 잔치에 설거지해 주다 내 배 곯는다㊍ 애써서 남 좋은 일만 해 주고 실속이 없다는 말. ¶"…나두 당신 말마따나 젊어. 넘으 잔치에 설거지해 주다 내 배 곯구, 동네서 소리 들어 가며 살구 싶지는 않더라 이게여…"《우리 동네 黃氏》

남의 장단에 덩달다㊍ 남의 장단에 춤춘다. 자기의 주견이 없이 남이 하는 대로 덩달아 행동함을 비웃어 이르는 말. ¶"그렇께 늬덜두 핵교 가서나 집이 오너서나 절대 넘으 장단에 덩달지 말구 늬덜 깜냥껏 줏대 있이 살란 말여."《우리 동네 李氏》

남의 제사에 닭다리나 밝히는 놈⑪ (제사는 경사가 아니며 닭다리는 닭고기 중에서 가장 맛이 좋으므로) 남의 좋지 않은 일로 덕을 보려고 하는 자를 이르는 말. ¶"남의 제사에 닭다리나 밝히는 늠덜 같으니. 그 논이 워째 노는 땅이냐. 그 논은 죽은 땅이여 이늠덜아…"《우리 동네 柳氏》

남의 제사에 생일 차려 먹는다㊍ (남의 집 제사 음식을 자기의 생일날 음식으로 여기고 먹으면 경위야 어찌 되었든) 불로소득이라는 말. ¶그러고 나니 그는 모처럼 남의 제사에 생일 차려 먹은 듯한 풍덩한 기분을 주체하기 어려웠다.《우리 동네 黃氏》

남의 제상에 배 놓거나 감 놓거나㊍ 자기에게는 아무런 이해관계가 없어 상관할 필요가 없는 경우를 이르는 말. ¶(산)…막상 선거판에 들어서면 남의 제상에 감을 놓거나 배를 놓거나 선거구마다 다수당의 하기 나름이라.《감투는 아무나 쓰나》

남의 짐작 팔십 리가 내 가늠 칠십 리다㊂ 남의 식견만 쓸모가 있는 것이 아니다. 내 식견은 오히려 그보다 한 수 위라는 말. ¶"냄의 짐작 팔십 리가 내 가늠 칠십 리여. 맨날 밥 먹는 늠이 떡 먹구, 죽 먹는 늠이 물 먹긴들 뭘 그러나."《우리 동네 趙氏》

남의 집 자식 과거에 급제하기㊂ 자기는 득될 것이 없는 일이라는 말. ¶…한 번 부러진 보상금은 바람난 과부에 난봉난 홀아비 다릿심 축가듯이 자고 나면 알아보게 축이 나서, 종당에는 논이 밭값에 나고 밭이 산값에 나도 한갓 남의 집 자식 과거에 급제하기였다.《강동만필 3》

남의 초상에 헌 명석 내주듯㊂ (남의 집에 문상을 가서도 다른 조문객이 오면 선선히 자리를 권하듯이) 이것저것 따지지 않고 너그럽다는 말. ¶"애아버지는 워째서 모르쇠만 허는 거여. 맘잡구 일 나가게끔 따끔허게 나무래든가, 우리 생각해서 딴 디루 가 보는 게 낫겠다구 싫은 소리를 허든가, 싸게 워치기 해서 무슨 규정을 내는 게 아니구, 워째 이런 때는 냄의 초상에 흔 명석 내주듯 속이 후허냔 말여?"《우리 동네 崔氏》

납신거리 '납신거리기'의 탈자(脫字). ¶떡이는…토정 앞에서는 그 타령이 장 타령으로 어리대며 납신거리를 어려워하지 않았다.《토정 이지함》※납신거리다 : ① 입을 재빠르고 경망하게 놀려 말하다. ② 윗몸을 재빠르고 가볍게 자꾸 굽신거리다.

납짝납짝 여럿이 다 납작한 모양. ¶(산) 전답은…새마을공장 지붕처럼 납짝납짝 누워 있었다.《아픈 사랑 이야기》

낫 놓고 기역 자도 모른다㊂ 아주 무식하기 짝이 없다는 말. ¶(산) 선거에 기호가 필요했던 것은 낫 놓고 기역 자도 모르는 까막눈이 워낙 많은 탓이었을 것이다.《소리 나는 쪽으로 돌아보다》

낫을 베고 누울 놈㊂ 무지하고 우둔한 사람이라는 욕설. ¶…아무리 하던 노가다 일망정 통성명도 없다니, 낫을 베고 누울 놈, 하긴 노가다 인사 따로 있었나, 무턱대고 서로 형씨 하면 그만이지, 그래도 두만은 마뜩찮아 담배를 다시 붙여 물었다.《몽금포 타령》

낭창거리다 (가는 막대기 같은 것이) 탄력성 있게 흔들리다. ¶…차일 너머에는 바람만 건듯해도 낭창거리도록 미끈하게 뻗은 고욤나무 우듬지가 멀쑥하게 솟아 있었다.《장곡리 고욤나무》

낮각다귀 토고숲모기. 파리목 모깃과의 곤충. ¶이따금 귓전을 건드린 갈매기 울음소리는 전혀 맥살이 없어 낮각다귀 울음소리에도 미치지 못하고 있었다.《낙양 산책》

낮거리하다㊟ 환한 대낮에 벌이는 정사를 이르는 말. ¶"…있는 것 몽창 모개흥정해 버리구, 나가서 여관이나 채렸으면 싶은 생각이 그믐 지나구 초생달 자라듯 헌당께. 살 만해지닝께 낮거리허러 오는 것들두 늘어서 낮에 자릿세만 받어두 애덜 가르칠 것은 나온다는 겨."《우리 동네 姜氏》

낮결 한낮부터 해 지기까지의 동안을 둘로 가른 그 앞의 절반. ¶그렇지만 낮결이 지

난 줄도 모르고 세 나절씩이나 청처짐하게 앉아서 해찰만 부려 온 것은 아니었다. 《장동리 싸리나무》

낯가죽(이) 두껍다 염치가 없고 뻔뻔하여 부끄러운 줄을 모른다. ¶"그러니까 대기업체에서 찾는 인재는 우선 낯가죽이 두껍고, 배짱이 두껍고, 비위가 두꺼워야 한다는 얘긴가요?"《산 너머 남촌》

낯바닥이 땅 두께 같다㊗ 잘못이 있어도 부끄러워할 줄 모르는 행동을 욕하는 말. ¶"그럼 개는 어떡하고?" 낯가죽이 땅 두께 같은 소리를 하기는 하였으나《토정 이지함》

낯박살 '낯을 박살내다'의 줄임말. 많은 사람 앞에서 대놓고 잘잘못을 지적하여 망신을 시키는 것. ¶닦아세우고 낯박살을 내기 좋은 구실이 된 것이다.《암소》

낯살 좋다 '낯짝 좋다'는 말. ¶"…낯살 좋은 놈, 언제부터 내가 네 에미냐…."《야훼의 무곡》

낯에 떫다 (자기 깐에는) 덜되고 떨떨해 보인다는 말. ¶오뎅은 그선이 낯에 떫다는 기색이 있어 보여 입을 서름서름 떼었다. 《야훼의 무곡》

낯을 깎다 체면을 손상시키다. ¶…목표물은 마가 녀석이나 그 집안 간하고는 아무런 유감도 없지만 할 수 있다면 한 번쯤 낯을 깎아 줘야 마땅한 신판 양반 댁이었다.《이 풍진 세상을》

낯을 못 들다 낯을 들지 못하다. 창피하여 남을 떳떳하게 대하지 못하다. ¶이윽고 연묘가 먹물옷을 입은 채 뒷문으로 돌아나와 뜰 한구석에 낯을 못 들고 섰다.《다 갈라 불망비》

낯(이) 간지럽다 말하거나 듣기에 거북하다. ¶"…석굴암이나 상감청자를 놓고 문화 민족이니 반만년 유구한 역사니 허구 뇌까리기엔 낯간지럽지 않우?…"《엉경퀴 잎새》

낯이 깎이다 체면을 세울 수 없게 되다. ¶낯이 깎이는 아픔이 가슴에서 웅성거리고 있었다.《장한몽》

낯(이) 설다 서로 알지 못하여 친숙한 맛이 없어 서먹하다. ¶누구던가. 매월당은 긴가민가하여 눈을 거듭 씀벅거리며 재어 보고 뜯어 보았지만 낯이 설었다.《매월당 김시습》

낯(이) 없다 마음에 너무 미안하고 부끄러워 남을 대하기에 떳떳하지 않다. ¶상배는 어째야 좋을지 몰라 땀만 흘리고 있었다. 우선 현장 책임자입네 하고 유족 앞에 들 낯이 없어서였다.《장한몽》

낯(이) 익다 친숙하거나 알아볼 만하다. ¶…그네들의 대부분은…송방 앞에서 장보고 가다 충그릴 때 봐서 이미 익은 낯들이었다.《관촌수필 5》

낯(이) 있다 면목이 있다. 〈북〉¶"셋째 올케도 그래요, 환장을 하려거든 곱게 실성을 해야 낯이 있지, 어쩌자고 하필이면 최가냐 말야…"《매화 옛 등걸》

낱되 따로따로인 한 되 한 되. ¶…품으로 받아들인 소금은 그의 늙은 홀어머니가 장으로 이어가 낱되질을 했거나《추야장》

내남직없이 내남없이. 즉, 나나 남이나 할 것 없이 다 마찬가지로. ¶"내남직없이 농약 안 쓰구 농사지을 수는 읎는 거니께…"《우리 동네 黃氏》

내내 처음부터 끝까지. 줄곧. ¶이제는 내

내 뒤가 허전하고 쓸쓸할 것 같은 것만 보아도 열 번 잘못한 짓이었다.《다갈라 불망비》

내년보살 하다 (시치미 떼고 딴전 본다는 뜻으로 쓰는) '내전보살(內殿菩薩) 노릇 하다'의 방언. 〈보령 지방〉 ¶"보리 오늘 안 쩧면 놓치구 말 껴. 그렇잖어두 씨가 갱기찮어 서루 손뜨거운 짓 헐 판인디, 준다고 했을 때 집어오야지 내년보살 허구 미룩거리다가는 천신두 못헐 텡께."《우리 동네 黃氏》

내다 연기나 불길이 아궁이로 되나오다. ¶아궁이가 내는지 연기가 밖으로 흩어지기 시작하자 나는 아궁에 무엇이 타고 있는지를 단박에 알아낼 수 있었다.《관촌수필 1》

내 더위 네 더위 한다 (정월 보름날 아침에 '내 더위' 하고 외쳐 저 먼저 더위팔기를 하려고 하듯이) 서로 앞을 다툰다는 말. ¶산은 내놓자마자 내 더위 네 더위 하고 덤비는 바람에 수나롭게 넘어갔다.《우리 동네 張氏》

내동 지금껏. 〈방언〉 ¶그 전날 새끼를 낳았던 보슬개가 느닷없이 마루 밑에서 튀어나오며 내동 안 그러던 순이의 정강이를 물어뗀 거였다.《관촌수필 8》

내둘거리다 이리저리 함부로 자꾸 내두르다. ¶용모는 꿩 날갯죽지를 쥐고 앞뒤로 내둘거리며 장꾼들 틈으로 들어갔다.《관촌수필 7》

내둥 내동. 즉, 지금껏. ¶"아침에 치울라면 성가시게 내둥 않던 짓 헐라네…"《우리 동네 黃氏》

내뜨리다 (물건을 들어) 힘껏 던져 버리다.

내트리다. ¶아버지는…신문을 두서너 번 뒤집어보다가 이내 저리 내뜨리면서 들 떼놓고 두런거렸다.《산 너머 남촌》

내림 혈통적으로 유전되어 내려오는 특성. ¶(산) 그들은 그 유언을 지금도 내림으로 지킨다.《자연산 형제》

내미룩네미룩하다 너미룩내미룩하다. ¶…사이가 서로 틀어지거나 서먹하게 된 쪽과 뒤섞이게 되어 은연중에 내미룩네미룩하고 미루적거린 것이었다.《토정 이지함》

내민손 '내미손'의 잘못. 물건을 흥정하러 온, 어수룩하고 만만한 사람. 또는 그렇게 보이는 사람. ¶"나는 내민손인감. 못 쓰시게. 투서 한 장이면 알어보는 겨…"《우리 동네 姜氏》

내발리다 (생각이나 태도를) 겉으로 드러나게 하다. ¶…물꼬에서 발을 씻으려는 기미를 내발렸더니《산 너머 남촌》

내웁다 냅다. 〈방언〉 연기가 눈이나 목구멍을 쓰라리게 하는 기운이 있다. ¶불을 한 부석 넣는 기척에 잇대어 굽도리 틈서리로 연기가 스미자 냇내가 내운지, 곤하던 아이들이 한 하품도 안 되어 굵은 것부터 부스대며 서름한 낯을 쳐들기 시작했다.《우리 동네 崔氏》

내일 죽어서 오늘 장사 지낸다는 격⑥ 사리에 맞지 않는 말을 함을 비겨 이르는 말. 오늘 죽어서 어제 장사 지낸다는 격. ¶"…저지난 것허구 지난달 것, 그러구 이달 것까장 깨끗이 안 해 주면, 참 니열 죽어서 오늘 장사 지내는 법이 있더라두 못해유. 개인 공장 봐주자구 동네 살림 거덜 낼 수는 읎읍쥐게유."《우리 동네 張氏》

내 집 드나들듯 하다 단골로 드나든다는 말. ¶"그럼 난 여관에 들 테니까 긴 밤 함께 얘기나 하십시다. 혼잣몸이라 심심도 하고, 저 청림여관에 짐을 맡겼으니…" "예예, 내 집 드나들듯 하는 덴데 뭘…" 《다갈라 불망비》

내처 하는 김에 잇달아 끝까지. ¶…천장만 물끄럼말끄럼 하며 내처 그러고 견딜 재간이 없던 것이다.《우리 동네 崔氏》

내친걸음 이왕에 시작한 일. ¶맏선이는 내친걸음에 뻗더라고 땀을 닦으며 형사실로 갔다. 낯익은 곳이다.《야훼의 무곡》

냄새 어떤 눈치나 낌새. ¶원정이라고 해도 뭐 아주 먼 곳으로 가서 냄새 안 날 짓을 한 게 아니라《관촌수필 4》

냅뜨다 일에 기운차게 앞질러 나서다. ¶…나대는 사람. 냅뜨는 사람. 의뭉한 사람…《달빛에 길을 물어》

냅뜰성 내뻗을성. 수줍어하거나 주저하지 않고 활발히 나서는 성질. ¶봉득이는 어려서부터 한자리에서 묵 새기기를 싫어하였고, 무슨 일에나 남 먼저 선수를 써야만 직성이 풀릴 정도로 냅뜰성이 강했다.《산 너머 남촌》

냇갈 냇가. 〈방언〉 ¶"…기우제는 용용짜가 들은 새암이나 냇갈이나 살말랭이에 가서 지내는 법인데…"《인생은 즐겁게》

냇내 연기의 냄새. ¶방문을 여니 줄담배를 피운 냇내와 자리보전해 온 자릿내가 한꺼번에 코를 쏘며 비위를 뒤집었다.《산 너머 남촌》

냇자갈 강자갈. 〈방언〉 하천에서 채취한 자갈. ¶…납작한 냇자갈로 목대기치기 하다 아무 데서나 통치마를 걷어올리고 마른

땅을 질펀하게 하던 소갈머리 없는 계집애일 따름이었던 것이다.《그가 말했듯》

냉수에 이 부러진다㈜ 너무 어이가 없어 기가 막힐 일이라는 말. ¶"찬물 마시다 이빨 부러진 소리도 분수가 있어야, 물음을 물어도 그 같을 수 있다나?"《오자룡》

너나들이 너니 나니 하면서 터놓고 지내는 사이. ¶장은 김과 매번 반이 달라 너나들이를 한 사이는 아니었으나 함께 졸업한 중학교 동기생이었고,《우리 동네 金氏》

너누룩하다 ① 떠들썩하던 것이 잠시 조용하다. ¶조는 어이가 없는지 아래위로 희번득이던 눈을 끄고 너누룩하게 문설주에 기댄 채 담배를 피우며, 변명이 얼마나 가는지 장난삼아 들어볼 작정인 것 같았다.《산 너머 남촌》 ② 심하던 증세가 잠시 가라앉아 있다. ¶토정이 말이 안 나와하니 성암은 그래도 요즘은 증세가 너누룩하여 이만만이나 하다고 호소하며 맥살 없이 웃었다.《토정 이지함》

너덜겅 돌이 많이 흩어져 있는 비탈. (준말) 너덜. ¶장윤이가 재빨리 달려들어 흙을 부둥켜안고 자갈 너덜겅으로 나뒹굴었던 것이다.《장한몽》

너덜너덜하다 여러 가닥이 자꾸 어지럽게 늘어져 흔들리다. ¶"그 너덜너덜한 걸 가위로 싹 도려내고 헝겊을 댔더라면 가쁜하니 좋았지, 그게 뭐야 뒤퉁스럽게."《백결》

너도나도 서로 뒤지거나 빠지지 않으려는 모양. ¶"…이런 기회에 독립기념관이나 짓자고 운을 떼니까 너도나도 옳다고 성금들을 내고…"《산 너머 남촌》

너럭바위 넓고 평평한 바위. ¶그 바위는 대복이네 집 뒷등성이 너럭바위를 두고

휘넘어가는 오솔길 가풀막 아래 길섶에 옆구리를 대고 누워 있고,《관촌수필 5》

너름새 떠벌려서 주선하는 솜씨. ¶"우리게서 조합에 진 빚이 이천이백만 원 돈이라구 안 허다? 그런디 연대 보증 슨 내가 그 지랄을 안 허면 어느 누가 너름새 좋아 설랑은이 제 발루 댕기메 해결허겄나?…"《우리 동네 李氏》

너름하다 널찍하다. ¶그 길섶은 내가 늘 대복이를 따라 물총새 구멍을 뒤지고 다닌 산골짜기가 내려 흐른 것으로 너름한 개울이었고,《관촌수필 5》

너리 잇몸이 헐어 헤지는 병. ¶너리가 났다고 서서 잇새로 바람을 들이켜며 깃고대 베적삼을 걸친 채 죽침을 베고 누웠던 노파는 짜증내어 두런대며 부엌으로 들어갔다.《백의》

너리너리 주절주절. 〈방언〉 ¶언뜻 푸줏간에 너리너리 걸렸던 고깃덩어리들이 떠오르고, 언젠가 돼지 잡을 때 자배기 속에서 솔고 엉겨 붙던 검붉은 선지피가 눈앞이 아찔하며 떠올랐다.《관촌수필 5》

너리먹다 잇몸이 헐어서 헤어지다. 〈방언〉 ¶어금니가 너리먹은 뒤로/ 연하고 단 것만 찾으면서/ 찐 마도 으깨어 먹고/ 약병아리도 삶고 고아야 했네《매월당 김시습》

너무너무 '너무'를 강조한 말. ¶"…머리 쓸 일이 너무너무 많아서 이런 것 저런 것 없는 데로 이민이나 갔으면 싶지만…"《우리 동네 柳氏》

너미룩내미룩(하다) 서로 상대편으로 책임을 떠넘기거나 미루는 모양. ¶"…즤가 급허면 쫓어와서 돼지 암내 난 소리를 해두 내가 아쉴 때는 말짱 헛게라구. 서루 니미룩내미룩허며 그것 하나를 안 들어주네, 드러워서 말여…"《관촌수필 7》

너벅지 '자배기'의 잘못. 둥글넓적하고 아가리가 넓게 벌어진 질그릇. ¶…너벅지에 쳇다리를 걸치고 앉힌 콩나물 시루만《산 너머 남촌》

너볏하다 남에게 드러내 보이기에 번듯하고 의젓하다. ¶(황소바위는)…칠성바위 가운데에서도 기중 능청스럽고 너볏하던 바위였다.《관촌수필 5》

너부데데하다 (얼굴이) 옆으로 퍼져 넓은 듯하다. ¶재빨리 훔쳐보니 키는 중간 키요, 두툼하고 너부데데한 얼굴에 눈은 까닭 없이 작고 코는 쓸데없이 크막한 옆 반 아이,…유자였다.《유자소전》

너부죽하다 약간 넓고 평평하다. ¶(산) 박대는 가자미처럼 너부죽하면서도 껍질이 여간 잘 벗겨지는 게 아니었다.《지금은 꽃이 아니라도 좋아라》

너스래기 너스래미. 〈방언〉 물건에 쓸데없이 너슬너슬 붙어 있는 거스러미나 털 따위. ¶처마 밑으로 알자리를 보러 와 마른 호박 넌출이 너스래기로 뒤엉킨 노간주나무 울타리며《우리 동네 崔氏》

너스레(를) 떨다 너스레를 늘어놓다. ¶(아내는)…마디마디 가장귀 치고 옹이를 박아가며 너스레를 떨었다.《우리 동네 李氏》 ※너스레 : 떠벌려 늘어놓는 말이나 짓.

너울 ① 바다의 사나운 큰 물결. ¶놀이라기보다 너울이라고 해야 좋을 만큼, 바다는…아름답고 눈부신 빛깔로 춤을 추고 있었다.《관촌수필 3》 ② 정체를 가리기 위한 거짓탈. 〈북〉 ¶"간단치가 않은디유." 마침내 부면장이 너울을 벗은 얼굴로

입을 열었다.《우리 동네 柳氏》

너울가지 남과 잘 사귀는 솜씨. 붙임성, 포용성 따위. ¶그는 보매보다 반죽이 무름하고 너울가지가 좋아 붙임성이 있었고《유자소전》

너울거리다 느릿느릿 부드럽게 자꾸 굽이쳐 움직이다. ¶이윽고 물너울이 너울거리면서 싸우는 소리가 귓결에서 일렁거리기 시작했다.《해벽》

너울너울 팔이나 날개 따위를 활짝 펴고 자꾸 위아래로 부드럽게 움직이는 모양. ¶…너울너울 춤을 추다가 정신이 돌아 버리던 허연 노파의 허연 눈동자…《관촌수필 4》

너울을 쓰다 속이나 진짜 내용은 그렇지 않으면서 그럴듯하게 좋은 명색을 내걸다. 〈북〉¶그녀는 어느새 필석의 심곡을 알아차리고 '젤 어려운 부탁'이란 너울을 씌워 말했다.《엉겅퀴 잎새》

너울지다 크게 움직이다. ¶그는 그런 투의 말로 조용한 인심이 너울지게 하는 데에 자신을 갖고 있던 것이다.《장한몽》

너울춤 (춤추듯이) 물결이 너울거리는 모양. ¶달빛이 뚫어지고 별이 새어 나오면 어둠을 얼비추며 너울춤이 칠칠하던 바다가,《관촌수필 6》

너저부레하다 너저분하다. ¶"…종만이더러도 장 이르는 말이지만 자네도 너저브레한 이야기책 따위는 이제 그만 놓을 때도 됐잖여?…"《그리고 기타 여러분》

너주레하다 조금 너절하다. ¶그는 엄천득이 가게 벌이듯 늘어놓은 붙박이장 속의 너주레한 내용을 훑어보다가 실없이 속심으로 웃었다.《산 너머 남촌》

너 죽고 나 죽자ⓑ 한 맺히고 독이 올라서 외치는 욕설. ¶"…병신 자식 길러 뭐 하니? 얘 너 죽고 나 죽고 그러자 응? 니가 자꾸 이러면…흐흐흑…" 방바닥을 치는 둔탁한 소리와 흐느낌이 밖에까지 들렸다.《생존허가원》

너테 얼음 위에 덧얼어붙은 얼음. ¶(산)성에 낀 갯벌 위로 갈꽃이 휘날릴 만하여 너테진 빈 들을 채우는 것은 두루미와 청둥오리였다.《지금은 꽃이 아니라도 좋아라》

너테지다 얼음 위에 덧얼다. 〈個語〉¶텔레비전극 녹화를 위한 논보리 파종 시범장으로 불지른 논을 지목한 이가 차철순이라는 말에, 류그르트는 앞이 없어져 너테진 입을 깰 수가 없었다.《우리 동네 柳氏》

너 해라 나 듣지 하다 (무슨 일을 부탁하려고) 남이 아무리 거듭 말해도 못 들은 척하다. 〈경기, 충청 지방의 결말〉¶"…아시다시피 왜정 때는 농업 기수가 암만 떠들어도 우리 농민들은 너 해라 나 듣지 허고 말았거든. 그럴 것 아녀. 몸뚱이 곰 과 가면서 직사허게 농사지어 봤자 왜놈들이 죄 뺏어 갔으닝께…"《우리 동네 李氏》 "위여 위—" 최는 염소 어릿간으로 다가가며 갯것전 초장머리처럼 시끄러운 참새 서리를 거듭 혼내 주려 했으나, 참새들은 이쪽 눈치만 엿보며 너 해라 나 듣지 할 뿐이었다.《우리 동네 崔氏》 아이로서는 귀가 닳게 들은 말이었으므로 이미 이골이 나서 너 해라 나 듣지 하는 멀쩡한 낯을 하고 있었다.《관촌수필 8》

넉걷이 오이, 호박 따위의 덩굴을 걷어치우는 일. ¶"일찍 근너오셨슈." 마당에 있던

안동삼이 아내가 넉걷이해 온 오이 덩굴에
서 지르된 노각과 오이꼬부리를 가리다 말
고 먼저 본 체를 했다.《우리 동네 姜氏》

넉동 나다 (넉동을 다 내어야 이기게 되는
윷놀이에서) 넉동을 다 내다. ¶"드러, 벌
써 넉동 난 판내기에서도 국물이 통하니,
엊저녁에 간조 보고 한잔 받더니 제꺽 그
티가 나는 것 봐…."《변 사또의 약력》

넉살(을) 떨다 야단스럽게 넉살을 부리다.
¶곧 TV 소리로 집 안이 떠나가면서, TV
화면에 대고 넉살 떨며 신칙하는 아내 목
통이 귀를 거스르기 시작했다.《우리 동네
黃氏》※넉살 : 부끄러운 기색 없이 비위
좋게 구는 짓.

넉살(이) 좋다 넉살 부리는 비위가 좋다.
¶…놓아먹인 아이처럼 조심성이며 어럼
성이라곤 없이 넉살 좋게 능청을 떨어대
었던 것이다.《유자소전》

넉장거리 네 활개를 벌리고 뒤로 벌렁 자빠
지는 일. ¶…삼사미 길목에 넉장거리로 쓰
러져 세상 모르고 코를 골기에 바쁜 아녀자
도 드문 편이 아니었다.《산 너머 남촌》

넋씨인 '넋이 씌인'의 잘못. ¶(산) 출토된
백골 무더기 틈틈이에서 소슬바람에 흔들
리던 넋씨인 들꽃들은 나를 무시로 감상
하게 했습니다.《지금은 꽃이 아니라도 좋
아라》※넋이 씌우다 : 넋이 옮다.

넋(이) 빠지다 정신을 잃다. ¶논밭에서 하
던 일도 멈추고 연장 자루를 쥔 채 허리
세워 지나가는 열차에 넋이 빠지는 아낙
네들은 지금도 기차 여행에서 흔히 보지
만, 옹점이는 그중에서도 유별났던 것으
로 기억한다.《관촌수필 3》

넌더리(가) 나다 몹시 싫어서 진저리가 나

다. ¶"…저늠으 것, 저 오도바이—저늠으
것은 인저 소리만 들어두 넌더리가 나우,
넌더리가…"《우리 동네 黃氏》

넌더리(를) 내다 몹시 싫어서 진저리를 내
다. ¶박 영감은 물론 처남까지도 거짓 반
공을 팔아먹는 단체라면 입에서 신물이
날 정도로 넌더리를 내고 있는 거였다.
《장한몽》

넌덕 너털웃음을 치며 재치 있게 말을 늘
어놓는 짓. ¶부면장은 계장에게 귀엣말
을 주어 내보내더니 넌덕 좋게 군내 나는
너스레를 떨었다.《우리 동네 柳氏》

넌덕스럽다 너털웃음을 치며 솜씨 있는 말
을 늘어놓는 재주가 있다. ¶그녀는 오자
마자 한바탕 연설을 했다. 육이오 때 혼자
됐다는데도 말하는 것이 넌덕스럽고 다부
진 데가 있었다.《우리 동네 張氏》

넌덕(을) 부리다 너털웃음을 치며 재치 있
게 행동하다. ¶가는 사람 오는 사람 태우
고 부리고 하는 동안에 다라질 대로 다라
진 팁석부리 사공 하나가 되바라지게 넌
덕을 부렸다.《매월당 김시습》

넌덜머리(가) 나다 넌더리가 나다. ¶웬 소
리는 그리도 요란하던지 됨말 댁 비위에
도 욕지기가 나 넌덜머리를 낼 정도였다.
《그때는 옛날》※넌덜머리 : '넌더리'를 속
되게 이르는 말.

넌덜미 넌더리. 〈방언〉 지긋지긋하게 몹
시 싫은 생각. ¶가난하고 답답한 모래미
동네에 넌덜미를 낸 것도 오래전부터였던
것이다.《추야장》

넌출 길게 뻗어 나가 너덜너덜 늘어진 식
물의 줄기. ¶…두 그루의 옻나무와 찔레
덩굴, 그리고 까치밥과 개다래 넌출이 어

우러져 여전히 멧새들을 부르고 있었다.
《관촌수필 1》

널벅 너부죽이. 〈방언〉 넓고 평평한 듯하
게. ¶…대복 어매는 얼른 간들간들 웃어
가며 내 앞에 등을 돌려대고 널벅 앉았다.
《관촌수필 4》

넓음하다 널찍하다. 〈방언〉 ¶현실적으로
무능할 따름, 저마다 넓음한 안목과 깊직
한 식견을 갖춘 훌륭한 사회인들이기 때
문이었다.《임자수록》

넓죽이 (무슨 일에) 어깨를 펴고 당당하게
한다는 말. ¶그저께도 넓죽이 해 먹었던
종묘가 가까이 있어 거푸 와진 거였다.《두
더지》

넓푸데기 넓적데기. 〈방언〉 ¶아내는 늙지
않게 토방에 몽당빗자루를 깔고 넓푸데기
주저앉아 저녁에 봐 먹을 강낭콩을 까다
말고《우리 동네 鄭氏》

넘나다 분수에 넘치는 짓을 하다. ¶…철
난 사위처럼 든직한 황소도 한 마리 어릿
간에 들여 보고 싶은 것이 이런 데 생일꾼
의 넘나지 않는 욕심이라면, 여기 이 최진
기도 그 이상으로 자기 주제를 잊어 본 적
이 없었던 것이다.《우리 동네 崔氏》

넘늘거리다 제멋대로 길게 휘늘어져 잇달
아 자꾸 흔들거리다. ¶고깃배는 늘 동네
길체에 있는 상엿집 모퉁이께에서 넘늘거
리는 갯버들가지를 헤쳐 가며 저어 나왔
다.《장동리 싸리나무》

넘성거리다 목을 길게 빼고 자꾸 넘어다보
다. 넘성대다. ¶…얼굴도 굴뚝새 못잖게
바짝 탄 것이, 까마귀가 지나다 보면 너나
들이하자고 넘성거릴 지경이었다.《우리
동네 崔氏》

넘어진 김에 쉬어 간다⟨俗⟩ 엎어진 김에 쉬
어 간다. 뜻하지 아니하던 기회를 만나 자
기가 하려고 하던 일을 이룬다는 말. ¶석
담도 넘어진 김에 쉬어 가기로 내처 차운
을 하였다. "그래서 물화물이라, 물욕이
성허면 물건의 노예가 된다구 했느니…"
《산 너머 남촌》

넛할매 움딸하고 사돈하다⟨俗⟩ [아버지의
외숙모(넛할미)가 낳은 딸이 시집가서 죽
은 후 다시 장가든 사위의 후실(움딸)과
사돈을 맺는다는 뜻이니] 만나서 인연을
맺기가 쉽지 않은 사이라는 말. ¶"…새
끼를 두더래두 그렇게 맞추려면 넛할매
움딸허구 사돈허기가 외려 더 수월헐레."
《우리 동네 趙氏》

넛할머니 아버지의 외숙모. ¶…선풍기 옆
에서 턱 떨어지고 있던 아내가 고뿔 뗀 넛
할미처럼 쪼르르 말대답을 했다.《우리 동
네 黃氏》

넝쿨지다 마음이 뒤틀려 비꼬인 상태에 있
다. ¶마침내 슬기 어매가 말꼬리를 잡아
늘였다. 이맛살이 으등그러지며 순이가
넝쿨진 말을 했다.《우리 동네 柳氏》

네뚜리 사람이나 물건을 업신여겨 대수롭
지 않게 보는 일. ¶그는 원래가 네뚜리로
친 사람이 많아 서른 안짝부터 보리 첨지
로 호를 낼 만큼 태생이 둔팍한 위인이었
다.《우리 동네 崔氏》

네미네미 송아지를 계속하여 부르는 소리.
¶(산)…송아지를 부르는 "네미네미"나.
《국제화 시대와 음식 미신》

넥타이에 힘주다 목에 힘주다. 잘난 체하
다. ¶"…지 서장이구 면장이구 내 말 한
마디면 무조건 노 아니면 예쓴디, 슨거가

몇 달 남았다구 내 앞에서 넥타이에 심주 겄나…《우리 동네 鄭氏》

노가다 삼 년이면 변호사 뺨친다ⓑ (막일 판은 막다른 사람들이 모여 일하는 곳이 므로) 막일판에서 막일꾼 노릇을 오래 하 면 궤변(詭辯)만 는다는 말. ¶"노가다 3년 변호사 뺨친다더니 말 못하는 귀신 없구 먼… 술 먹고 기운이 취해서 못 파면서 웬 말들이 많아."《장한몽》

노가리 경지 전면에 여기저기 흩어지게 씨를 뿌리는 일. ¶"…아욱 쑥갓 상치 나부 랭이는 당신이 아무 데나 호비작거리고 노가리로 뿌리면 되잖아."《산 너머 남촌》

노가리 풀다ⓑ ① '훈계하다'를 속되게 이르는 말. ② 거짓말 따위를 하다. 노가리 까다. ¶"저늠으 주둥이는 어른이 말할 때 마다 패를 건단 말이야. 싸가지 없는 새끼 같으니라구."…"싸가지 없으니까 노가리 를 풀죠."《장한몽》

노글노글하다 성질이나 태도가 좀 무르고 보드랍다. ¶그녀는 노글노글해진 몸을 추슬러 나갔다.《지혈》

노 꼬아 말하다 (노끈을 비틀어서 꼬듯이) 비꼬아서 말하다. 〈個語〉¶그것은 노 꼬 아 말해 나라에서 시킨 일이나 다름없었 고, 아울러 조상 뜻을 저버리는 짓도 물론 아니었다.《오자룡》

노느매기 여러 몫으로 갈라 나누는 일. 또 는 그렇게 나누어진 몫. ¶하지만 지구당 의 노느매기로 그에게 돌아온 몫은…군 행정 자문 위원이라는 겉치레 직위뿐이었 다.《그리고 기타 여러분》

노는 입에 염불하기ⓢ 하는 일 없이 그저 노느니 무엇이건 하는 것이 낫다는 말. ¶

"…노는 입에 염불을 했다는 거, 열이 나서 염병을 했다는 겨…"《장이리 개암나무》

노다지 노상. 〈방언〉¶"아니 벌써, 그 노 래만 노다지 불러유."《우리 동네 鄭氏》

노루잠에 개꿈이라ⓢ 제 격에 맞지 않는 말을 할 경우를 이르는 말. ¶"히힛…저늠 이 필시 노루잠에 가이(개)꿈을 꾸고 있것 다. 히힛"《오자룡》

노른자위 어떤 사물의 가장 중요한 부분. ¶아줌마가 떨어져 나가면 노른자위를 잃 는 꼴이지만 도리가 없었다.《두더지》

노리개첩 노리개로 데리고 노는 첩. ¶ (산)…노리개첩이 등글개첩으로 들어앉 거나 주사청루에 문전옥답 올려세우는 얘 기가 아니면 얘기가 아니 되고 있었으니, 《이야기책과 애늙은이》

노박이 붙박이. 〈방언〉¶병시 어매가 동 네 노박이들이나 귀꿈맞게 쓰는 오타 엄 니로 아내를 부른 것은 아마 그때가 처음 이었을 것이다.《우리 동네 趙氏》

노박이로 줄곧 한 가지에만 붙박이로. ¶…겉보리 한 종구라기를 떠내어 모이로 뿌렸다. 그러자 입때껏 노박이로 앉아 기 다리던 새들이 새까맣게 쏟아져 내렸다. 《우리 동네 崔氏》

노상 언제나 변함없이 한 모양으로 줄곧. ¶…어지간히 철이 들 무렵까지는 노상 그 를 친구로 생각하고 있었고,《관촌수필 4》

노적부리다 말, 표정, 몸짓 따위를 일부러 지어서 하다. ¶소동라는…사또의 눈에 고이도록 나부대거나 노적부릴 경황이 아 닌 탓에 시종 지루퉁하니 입이 무거웠다. 《매월당 김시습》

노타리 농기구를 이용한 애벌갈이. 〈전국

적인 새 농사 용어. 어원 불명〉[例] 경운기로 밭을 노타리치다. (주로 잡초 제거 목적으로) ¶"호박이랑 오이랑 놓으려면 구덩이도 파야 하고 거름도 넣어야 할 텐데 이렇게 골도 두둑도 없이 노타리만 쳐 놓고 훌쩍 나가 버리면 누구더러 죽어나라는 거야…"《산 너머 남촌》

녹쌀(을) 내다 ① 녹두 따위를 맷돌에 갈아서 쌀알이 되게 만들어 내다. ¶부랴부랴 맷돌에 녹쌀 낸 녹두가루를 밍근한 물에 타서 소 주둥이에 한 대야나 들어갔지만 워낙 의식불명인 판이라 시간이 가도 별 효과가 없었다.《암소》 ② 되게 혼을 내주다. ¶"실은…" "실은 너를 녹쌀을 내버릴 예정이었다는 것만 기억해 두어…가까이 대해 보니 까불고 날친 것쯤 철부지 탓에 한때 지랄한 거라 해서 지난 일로 감아 둘 수도 있겠고, 또…"《장난감 풍선》

녹자근하다 녹작지근하다. ¶선출이는 질펀하게 젖어 있는 한쪽 손을 그녀가 벗으면 가장 후텁지근하던 곳에서 거둬들이며 녹자근함에서 우러난 한숨을 들키지 않게 내쉬었다.《암소》

녹작지근하다 온몸에 힘이 없고 맥이 풀려 몹시 나른하다. ¶"일을 해…하긴 해야지만 좀 쉬었다 합시다. 먹는 것도 노동이라 사지가 녹작지근하군."《장한몽》

논두렁 메뚜기 다르고 밭두둑 땅개비 다르다㈜ 사람은 처지에 따라서 성품도 달라지고 모습도 달라진다는 말. ¶"…아무리 오뉴월 하루볕 것이라도 논두렁 메뚜기 다르고 밭두둑 땅개비 다르다. 자네들은 신식을 찾지만 천자문만 떼고 손위를 알아보던 시절이 그래도 좋았던 거라…"

《변 사또의 약력》

논두렁 벨 놈㉾ 행려병사할 놈. ¶"논두렁 벨 놈, 내가 내 딸을 새우 등진 놈에게 등글개첩으로 주건, 눈먼 쇠경놈에게 노리개첩으로 주건 그놈이 왜 지랄이란 말이냐…"《토정 이지함》

논두렁(을) 베다 처량하게 죽다. ¶"…죽어두 고이 못 죽구 영락없이 논두렁 비고 거울러질 텡께 두구 보라먼…"《명천유사》 "…그저 두더지처럼 그러구 평생 땅이나 뒤적거리다가 죽어두 논두렁이나 비구 죽어라, 아마 그런 취지루다 그런 법을 맹글은 모양인디…"《장곡리 고욤나무》

논배미에 자갈 밟히듯㈜ 없을수록 좋은 것을 비유한 말. ¶무전은 내용보다도 논배미에 자갈 밟히듯 한문 글자가 섞이지 않은 것이 마음에 들어서 얼굴을 폈다.《인생은 즐겁게》

논에 든 맹꽁이냐, 밭에 든 개구리냐 한다㈜ 이것저것 자꾸 따지고 망설이는 것을 이르는 말. ¶"…국에 데고 냉수 불어 마시는 사람들이 쑥덕대는 소리 여겨듣다가는 논에 든 맹꽁이냐, 밭에 든 개구리냐 하다가 장 파하기 십상이야. 경험도 재산인 줄 알겠거든 어서 작정하거라."《산 너머 남촌》

논틀밭틀 논두렁과 밭두둑을 따라 난 꼬불꼬불하고 소삽하고 좁은 길. ¶신우는…논틀밭틀 없이 더욱 힘들여 뛰어갔다.《매화 옛 등걸》

논 팔아 반지 할 년㉾ (논은 소중하고 가락지는 불요불급한 장식물이므로) 목적을 이루기 위해 방법을 가리지 않는 여자에 대한 욕설. ¶"여기 과일사라다하고 은행

한 사라 올리세요." "이런 논 팔어 반지 헐년 보게."《우리 동네 崔氏》

놀 바다에서 일어나는 사나운 큰 물결. ¶ 놀이라기보다 너울이라고 해야 좋을 만큼, 바다는…아름답고 눈부신 빛깔로 춤을 추고 있었다.《관촌수필 3》

놉 식사를 제공하고 날삯으로 일을 시키는 품팔이꾼. ¶ 논 임자가 비료와 농약을 대주기는 하지만 놉이 귀해 날 맞추어 사 쓰기도 힘들 뿐더러 품삯마저 이천 원으로 부쩍 뛰어 버렸으므로, 하루 다섯 끼의 먹매와 담뱃값을 합치면 허리가 휘청하던 것이다.《우리 동네 崔氏》

농군은 가을 부자다(속) 농부는 수확기인 가을 한철만 여유가 있다는 말. 〈화성 지방 속담〉¶ "자기 입으루두 장 농군은 가을 부자라고 책 읽듯 했잖여…"《우리 동네 李氏》

농땡이(를) 치다(비) 농땡이(를) 부리다. 꾀를 부리며 일을 게을리하다. ¶ "언제는 우덜이 농땡이럴 쳤간디, 날 일인감 해찰 부리게, 도급 맡어 늑장 부리고 품 멜 놈이 워디 있을 겨."《장한몽》

농사꾼 일 년이 고생 반년 걱정 반년이다(속) 농부의 일 년은, 농번기의 반년 동안 농사일로 고생하고, 농한기의 반년 동안은 빚을 갚고 다음 농사의 영농 자금과 다음 학기의 학자금 문제로 시름에 젖어 살기 마련이라는 말. ¶ "…반짝하다 말던 농한기가 이듬해 더울 때까장 가구, 줄창 부려먹어두 좁던 땅을 반년쓱이나 놀리게 됐으니, 아무리 농사꾼 일 년이 고생 반년 걱정 반년이라기루 이게 말이 되는 소리여?"《우리 동네 姜氏》

농사치(農事—) 농사짓는 사람이 부치는 땅. ¶ 아마 촌에서 농사치만 쳐다보고 사는 사람은 누구를 막론하고 비슷한 처지일 터이었다.《장평리 찔레나무》

농투산이 농투성이. 〈방언〉¶ …뼈 물러서부터 몸에 밴 난든집이란 것이 농투산이 생일 한 가지뿐이라 농민 축에 섞일 따름, 최야말로 알짜 날삯꾼임에도 부르기 좋은 이름이 있어 농업 노동자 소리를 들어 온 거였다.《우리 동네 崔氏》

농투성이 '농부'를 낮잡아 이르는 말. ¶ 영감은 본디가 생일밖에 배운 게 없는 농투성이던가 보았다.《관촌수필 2》

높나직하다 (여러 산이) 높기도 하고 낮기도 하다. ¶ 경원은 진달래꽃이 흐무지게 바라진 높나직한 야산들을 차창 밖에서 문득 발견할 때,《낙양산책》

높이높이 '높이'를 강조한 말. ¶ …종다리가 높이높이 솟구쳐 오르며 뽑는 노랫소리도 귓결에 닿지 않았다.《관촌수필 4》

놓아기른 망아지(속) 교육을 받지 못하고 막 자라서 버릇없이 마구 행동하거나 가르치기 어려운 사람을 이르는 말. ¶ (능애는)…배운 게 없고 뭘 만들 줄 아는 솜씨랄 것도 없이 놓아먹인 망아지처럼 난봉난 대로 자라긴 했지만 그 억척만은 어디에 내다 버린대도 절대 굶을 여자가 아니었다.《추야장》

뇌리끼하다 노르께하다. 〈방언〉생기 없이 엷게 노르스름하다. ¶ …창문마다 내다보고 있던 군인들은 우리 국방군이 아니었다. 모두 뇌리끼해 보이는 미군들이었다. 《관촌수필 3》

뇌작거리다 노닥거리다. 좀 수다스럽게 잔

말을 자꾸 늘어놓다. ¶ "환장헐 노릇이구면, 환장할 노릇이여." 소리만 곱삶이로 뇌작거릴 수밖에 도리가 없었다.《장한몽》

누가누가 어느 누가. ¶ (시) 바닷가 갈대밭엔/ 누가누가 노나.《바닷가에서》

누구누구 '누구'의 복수형. ¶ 그때 누구누구였는지 여겨보잖아 알 수 없게 됐지만 한 네댓 명이 박수를 쳤던 건 사실이었다.《해벽》

누구 코에 바르겠나 물건이 적어서 나누기에 심히 곤란한 경우를 두고 이르는 말. ¶ "…시루두 스 되 스 홉짜리루 찌면 경로당 으르신네덜두 지신디 누구 코에 붙여얄지 모르겠구, 스 말 스 되 스 홉짜리루다 찌면 그 뜨건 시루 져 올리다가 워떤 양반이 허리 먼저 익힐는지 모르겠구…"《장이리 개암나무》

누꿈하다 한동안 우쩍 심하다가 조금 누그러져 약해지다. ¶ "…게 공장 구만두면 주저앉혀 놓구 생일이나 가르치려 했더니, 접때버터는 집에두 안 들르구 저거 허는 게 좀 누꿈해진 것 같더란 말여…"《우리 동네 張氏》

누덕누덕 해지고 찢어진 곳을 여기저기 너저분하게 깁거나 덧붙인 모양. ¶ …회색 헝겊오라기로 누덕누덕 기운 검정 통치마《더더대를 찾아서》

누렁우물 물이 맑지 못하여 못 먹는 우물. ¶ 김두흡은 누렁우물 속 같은 입 안이 혓줄기까지 보이게 너털리면서 말했다.《장동리 싸리나무》

누르께하다 색깔이 약간 누르다. ¶ 윗도리는 누르께한 개가죽 등거리를 걸쳤으나 아랫도리는 누덕누덕한 맞불이(겹것)를 꿰었고,《매월당 김시습》

누르미 '화양누르미'의 준말. 삶은 도라지를 짤막하게 자르고 쇠고기, 버섯 따위를 그와 같이 썰어서 각각 양념하여 볶아서 꼬챙이에 꿰고 끝에 삼색 사지(三色絲紙)를 감은 음식. ¶ "아래부터 애호박 누르미가 생각 있어 해쌓는 걸 손이 안 닿아 못해 줬더니, 오늘은 친구도 오고 했는데 그냥 말 수 있수."《그리고 기타 여러분》

누릇누릇 군데군데 누르스름한 모양. ¶ 서녘 하늘이 보였다. 두어 뼘 남짓 남은 해가 누릇누릇하게 눌은 구름장을 열고 반짝하는 참이었다.《토정 이지함》

누리 세상.〈古語〉¶ (산) 무릇 누리를 누벼 천촌만락의 마방을 기웃거려 편자를 쉬었어도《지금은 꽃이 아니라도 좋아라》

누리끼하다 누르께하다. ¶ …기울이 섞인 듯 누리끼한 밀가루를 질음하게 반죽하여《관촌수필 4》

누린내가 나도록 때린다 코에서 단내가 나도록 몹시 때리다. ¶ 불순이를 덮치려는 자리에서 누린내가 나도록 반죽음시켜 일단 버리긴 했지만 그럴 순 없었다.《야훼의 무곡》

누울 자리 봐 가며 발을 뻗어라(속) 어떤 일을 함에는, 그 결과가 어떻게 되리라는 것을 생각하며 미리 살피고 일을 시작하라는 말. ¶ "누울 디 보구 가리쟁이 뻗으랬거든, 감히 수령을 속이구 관가를 속여 사서 양반헐 밑천을 장만허였다 허니 발칙허기가 만고에 없다 허겄게니와, 무엇이 양반인 중 모르는 몽매헌 백성인 성부르니 여북이나 측은헙닛가…"《오자룡》

누워서 떡 먹기(속) 매우 간단하고 쉬운 일

이라는 말. ¶무덤을 파헤치는 일은 누워 떡 먹기인 것이, 《장한몽》

누워서 침 뱉기⒮ 남을 해치려고 한 일이 오히려 자기에게 미침을 이르는 말. ¶"자네는 아까 내게서 배운 것이 있다고 했으나 나는 아직 누워서 침 뱉은 일이 없고 남을 싸잡아서 헐뜯은 일도 없네…"《토정 이지함》

누지다 ① 눅다. 〈방언〉값이 싸다. ¶…쌀은 쌀금이 챌 때나 누질 때나 통밀어 한 가마에 서 되였으니,《우리 동네 李氏》 ② (성미가) 꼿꼿하거나 급하지 않고 누그럽다. ¶나중 동네에 소문날 일을 생각해서라도 그들이 보는 앞에서 공갈 한마디에 누져 버려 그참 허탕이 될 수는 없겠던 것이다.《우리 동네 金氏》

눅신하다 무르고 부드럽다. ¶완력만 있다면 눅신하도록 두들겨 패고 싶을 정도로 분한 거였다.《장한몽》

눅진대다 물기가 약간 있어 눅눅하면서 끈적거리다. ¶…그 소녀가 습기 배어 눅진대는 널빤지 바닥에 엎드리며 절을 할 때 그것을 더욱 짙게 맡았던 거였다.《장한몽》

눅진하다 성질이 부드러우면서 끈기가 있다. ¶성질이 눅진한 장은 고개를 딴전으로 돌리며 숫기 없이 말했다.《우리 동네 黃氏》

눈 가리고 아웅한다⒮ 빤히 속이 다 들여다보이는 것을 숨겨 보려고 매우 얕은 수로 남을 속이려 한다는 말. ¶"…구식 말루 하자면 눈 가리고 아웅인데, 일테면 아전인수라는 말과도 가로 그을 수 있는 말이죠."《엉겅퀴 잎새》

눈감땡감하다 보이는 것이 없는 것처럼 행동하다. 〈個語〉¶"…눈감땡감허구 냄의 울안에 총을 대이구 놔제끼면 워쩌자는 겨?…"《우리 동네 崔氏》

눈곱만큼도 조금도. 전혀. ¶"나는 그늠을 죽이면서도 내 손으로 사람을 죽인다는 생각은 눈곱만치도 안 했이유…"《장한몽》

눈곱만하다 아주 보잘것없을 만큼 썩 적거나 작다. ¶무슨 눈곱만한 꼬투리만 잡으면 몰인정하고 치졸한 방법으로 상배를 볶아대던 거였다.《장한몽》

눈깔을 빼서 개 줄 놈⒝ 인신공격적인 상말. (눈알을 뽑아서 개에게 먹이로 줄 놈) ¶"…끈나풀을 삼어두 워째서 그런 들 익은 것이루 삼었으까. 그런 눈깔을 빼서 개 줄 늠 같으니."《관촌수필 3》

눈꼴(이) 시다 하는 짓이 비위에 거슬려 보기에 아니꼽다. ¶손에 호미자루 한번 쥐는 법 없이 식전 저녁으로 휩쓸 젖혀 가며, 남 허리 부러지는 논두렁 밭가리로 거드름을 피우며 산보 다니는 게 눈꼴이 시어서도, 죽으나 사나 황에겐 절대 손을 안 내밀기로 작정했던 것이다.《우리 동네 黃氏》

눈꼴틀리다 눈꼴시다. 하는 짓이 비위에 거슬려 보기에 아니꼽다. ¶CAT, NWA, JAL, KAL, 이런 글자가 든 여행용 가방만 봐도 눈꼴틀리더니 막상 이렇게 와 볼 일이 생겨선가 깨끗하고 아담하기만 하다. 《백결》

눈높이 어떤 사물을 보거나 상황을 인식하는 안목의 수준. ¶(산) 지금이야 아무리 이름이 있는 외제로만 뽑고 다녀도 눈높이 이상으로 보아주는 이가 없지만,《날개와 바퀴》

눈도 깜짝 안 한다 조금도 놀라지 않고 태

연하다. ¶"끙, 눈썰미 있는 여편네 같으면 눈 하나 깜짝 않구 벌써 지지구 볶구해냈을 텐디, 저런 그루된 것을 지집이라구 밤이면 불 끄구 자니, 에라 이 불쌍한 늠…"《우리 동네 鄭氏》

눈독(을) 들이다 욕심을 내어 눈여겨보다. ¶자금과 기동력이 우세한 그들이므로 한번 눈독 들인 물건이면 남은 천신도 해 보기 전에 매점을 하던 것이다.《우리 동네 黃氏》

눈뜬장님 물건을 보고도 알지 못하는 사람을 일컫는 말. ¶"…장님용 야광 지팡이가 있으니 그걸 장만하라는 거예요. 창피해서…" "눈뜬장님도 아닌데 왜 그래?"《아내의 먼저 남자》

눈 먹던 토끼, 얼음 먹던 토끼가 다 각각 ㉾ 사람은 자기가 겪어 온 환경이나 경우에 따라 그 능력을 각기 달리한다는 말. ¶"…내나 자네나 양인이기는 마찬가진디…거 듣기 장히 거북스럽웨." 하고 눙쳐 보았다. "무엄하다…이놈아 눈 먹은 퇴끼 다르고 얼음 먹은 퇴끼 다른 벱이다. 바닥에서 올러온 지 불과 얼마 되었다고 감히 여사모사 주접떨고 허투루 지껄이느냐."《오자룡》

눈먼 놈이 앞장선다 ㉾ '못난이가 남보다 먼저 나섬'을 빈정대는 말. ¶"…장이 달으야 된장도 맛난 법인디 눈먼 놈이 앞장서듯 날친다고 될 일인가, 게 정신 좀 차리게스리 잔채질을 허야 쓸라 보네그려."《오자룡》

눈먼 돈 공돈. 애쓰지 않고 공으로 얻은 돈. ¶"…오늘두 눈먼 돈 삼천 원 있던 것패 한번 제대루 못 쐬어 보구 홀라당 찔러

박구 가는 질이여."《장동리 싸리나무》

눈물 콧물에 치맛자락이 썩는다 ㉾ 아궁이에 불을 지필 때의 괴로움을 이르는 말. ¶멀리 왕대산 패주암에서 어둠을 쪼는 목탁이 그들에겐 시계였다. 역말 댁도 그 소리에 일어나곤 했다. 먼저 우물을 두어 동이 긷고 보리쌀을 한줌 안친다. 눅진거리는 톱밥을 한 손으로 풀무질하여 때노라면 눈물 콧물에 치맛자락이 썩는다.《김탁보전》

눈바래주다 눈으로만 바래다주다. 〈個語〉 ¶정이 귀숙 어매를 눈바래주다 말고 중얼거리니, 면도기를 찾아 든 백 순경이 거울 속에서 퉁명스럽게 지청구를 했다.《우리 동네 柳氏》

눈 밖에 나다 신임을 잃고 미움을 받게 되다. 눈에 나다. ¶그는 느티울 사람에게도 크든 적든 노상 오 부 이자를 놓았고, 그나마도 눈 밖에 난 사람은 아무리 목 타는 소리를 해도 빡빡하게 굴었다.《우리 동네 黃氏》

눈 밖으로 보다 눈에 나서 밉게 보다. 〈個語〉 ¶어린것이 소설책을 읽으면 어려서부터 사람 되기 다 틀린 줄로 알고 눈 밖으로 보던 어지간히 무식했던 시절의 일이었다.《유자소전》

눈비음 남의 눈에 좋게 보이도록 하기 위해 겉으로 꾸미는 일. ¶"그럼 인심 읊구 사정읊는 동네가 돼두, 눈비음허는 물건만 즐비허게 겉돌면 발전이구먼?"《우리 동네 姜氏》

눈사례 눈시울. 〈방언〉 ¶한바탕 거만스레 눈사례를 떨며 훑어보고 나서, "혹시나 서울애기씨헌티서 오시지 않으셨시유?" 눈

치가 빨랐다.《매화 옛 등걸》

눈살(을) 찌푸리다 마음에 못마땅한 뜻을 나타내어 양미간을 찡그리다. ¶(산)…《민족예술》지를 내는 민예총 회원이나 이 잡지의 애독자 가운데에 눈살을 찌푸릴 분이 적지 않으리란 것도 알고 있었다.《어떤 졸업》

눈석임물 쌓인 눈이 속에서 녹아 흐르는 물. ¶우는 골짜기의 눈석임물이 절간에까지 들리기 시작하자 길채비를 갖추면서 하직을 고하였다.《매월당 김시습》

눈심부름 남의 부탁으로 대신 가 보고 와서 실상을 전해 주는 일. ¶명우는 중필의 눈심부름을 해 주는 것이 내어 쓴 빚을 갚는 방법이었다.《두더지》

눈심지 돋우다 (무엇을 찾거나 조사하려고) 눈을 크게 뜨다. ¶"에이―저늠으 소리…" 이장은 고개를 외로 빼고 "아닌 밤중에 무엇이 나오는 겨?" 오 서기는 눈심지를 돋우었다.《우리 동네 黃氏》

눈썰미 한 번 본 것이라도 곧 그대로 흉내를 잘 내는 재주. ¶…하다못해 엿장수를 상대로 엿치기를 해도 따먹는 엿 토막이 앞에 수북할 정도로 눈썰미와 손속이 뛰어난 터수였다.《유자소전》

눈썹 하나 까딱 않는다 조금도 동요하지 않는다는 말. ¶"…군에서 왔나 면에서 왔나, 왜 함부루 들며 날며 집어내느냐 이 얘기여." 그러나 운동복은 눈썹 하나 달리하지 않고 먼저 나와 있던 여자만 건너다보며 "미스 김, 이놈이 떨어지면서 뭐라고 선언했는지 알겠어?" 하고, 부러 이쪽 말은 시세도 안 보려 했다.《우리 동네 崔氏》

눈 씻고 보려야 볼 수 없다 아무리 애를 쓰고 보아도 찾기 어렵다는 말. ¶"…그나마 사람도 남이고 광고도 남의 광고지, 양가집 규수가 자네를 찾는 광고는 눈 씻고 찾아봐도 없을 걸세."《산 너머 남촌》

눈안개 눈발이 자욱하여 안개가 낀 것처럼 사방이 뽀얀 것. 〈북〉 ¶어느결에 눈안개가 일고 눈발이 제법 잡힌다 싶더니 내리하염없이 쏟아지는 함박눈이었다.《그리고 기타 여러분》

눈앞이 아찔하다 눈앞이 캄캄하다. 절망적인 생각이 들다. ¶…셋이 한꺼번에 들이닥치는 거였다. 그 순간 끌려나왔던 피의자들은 모두가 눈앞이 아찔했다. 한꺼번에 셋이 들어와 취조한 일은 없었기에.《장한몽》

눈앞이 캄캄하다 어찌할 바를 모르다. ¶"피부가 긴장돼 있는 걸 보니 진짜 츠년가 봐." 들릴 둥 말 둥 하게 중얼거릴 땐 눈앞이 캄캄했고 등에선 소름이 끼쳐 부접을 못하고 있었다.《덤으로 주고받기》

눈에 거슬리다 불쾌한 느낌이 일다. 미움을 받다. ¶"…승질이 개떡 같으니게 눈에 거슬리지 마슈."《몽금포 타령》

눈(에) 들다 마음에 들다. ¶윤만이 그녀를 눈에 들인 것도 그렇듯 씨익씨익한 지악스러움과 건강한 몸뚱이에 홀딱했기 까닭이었다.《추야장》

눈에 밟히다 잊혀지지 않고 자꾸 생각나다. ¶이립은 스스로 생각해도 이상했지만 그러면 그럴수록 까마귀들만 자꾸 눈에 밟히니 더더욱 알 수 없는 일이었다.《더더대를 찾아서》

눈에 보이는 것이 없다 ① 겁 없다. ¶영

감은 무심중에 그 꼴을 당하게 되어 눈에 뵈는 것도 없었는데, 나중에 보니 같은 신촌 마부 최가가 그 앞에서 암내 난 나귀를 세워 둔 채 이삿짐을 풀고 있는 거였다. 《가을 소리》 ② 사리 분별을 못하다. ¶ "개수작 말라 그 말이야." "개수작? 이 자식 시방 눈깔에 아무것도 뵈는 게 없어? 야, 야." 《장한몽》

눈에 불을 켜다 몹시 화가 나서 눈을 크게 뜨다. ¶ "푸다닥—" 소리에 이어 시커먼 것이 치솟은 순간 두 눈에 불을 켠 것은 안방 쪽 들마루 끝에 서 있던 구본칠이었다. 《장한몽》

눈에서 불이 나다 감정이 격렬해지다. ¶ …길에서 턱하니 마주치니 눈에서 불이 나지 않을 수 없었다. 《매월당 김시습》

눈에 선하다 기억에 생생하다 ¶ (달이)…내 그림자를 쫓아 대문 앞까지 따라오던 것이 아직도 눈에 선하게 남아 있다. 《관촌수필 5》

눈에 익다 많이 보아 친근하다. ¶ …그 뒷모습이 너무도 눈에 익은, 그러나 이미 오래전에 잃어버린 바로 그 사람의 그것과 아주 닮은꼴이기 때문이었다. 《관촌수필 2》 …돌아보니 키가 작달막한 청년으로 눈에 익은 모습이었다. 《장난감 풍선》

눈에 차다 기대에 맞도록 마음에 들다. ¶ 운동장에서 선을 봤다는 것이다. 색시 동생이 그 학교에 다녀 구경 왔더라는 거였다. "눈에 꼬옥 차던개뷰?" "눈엔 안 차지만, 맘에 쪼금 들더만." 《담배 한 대》

눈에 흙이 들어가다 죽어 땅에 묻히다. ¶ …눈에 흙이 들어가기 전에는 굿만 보고 앉아 당할 일이 아니었다. 《오자룡》

눈엣가시 몹시 미워 눈에 거슬리는 사람을 이르는 말. ¶ …줄창 들앉아 있는 필석이나 눈엣가시 같던 필례뿐 아니라 《엉겅퀴 잎새》

눈(을) 감다 사람의 목숨이 끊어지다. ¶ 어머니도 여전해서 나 죽는 꼴을 눈깔로 봐야 네놈들 직성이 풀리겠느냐며 눈 감기 전에 없어지라고 그악을 떨었다. 《야훼의 무곡》

눈(을) 감아 주다 남의 허물이나 잘못을 알고도 모르는 체하다. ¶ "땅장수는 장사꾼이라 그런다구 허구, 그런 걸 번연히 알면서도 말리기는 고사허구 눈감아 주는 건 도대체 어떤 것들이야." 《엉겅퀴 잎새》

눈(을) 딱 감다 더 이상 다른 것을 생각하지 않다. ¶ "하여거나 시적부적 헐 사이는 아닌 모양이라…단짝이 저냥 됐에두 눈 딱 감구 그냥 댕기는 것 보면." 《우리 동네 崔氏》

눈(을) 뜨고 볼 수가 없다 (꼴불견의) 정도가 심하다. ¶ …눈 뜨고는 못 보게 난장판이 된 운동장에 정나미가 떨어져 이내 교문 밖으로 시선을 돌렸다. 《우리 동네 趙氏》

눈(을) 뜨다 이치를 깨닫거나 무지한 상태에서 벗어나다. ¶ 나무 갔다가 버섯 따는 격으로 우연히 그쪽에 눈을 뜨게 된 것이었다. 《산 너머 남촌》

눈(을) 맞추다 서로 눈을 마주 보다. ¶ 그녀가 장 보러 나와 어물전에 들를 때면, 순평이 좌판 가장자리를 스치지 않을 수 없어, 눈을 맞추기 시작했어도, 역시 첫째는 그 탐스러운 몸매가 바람봄 직했던 앞뒤에다 정신을 쏟기 시작한 동기는 있은 셈이었다. 《장한몽》

눈(을) 부라리다 눈을 부릅뜨고 보다. ¶ "이 씨펄게 시방 누구를…" 구는 삽자루를 쥔 채 멱살이라도 틀어쥘 기세로 눈을 부라리며 떠들었다. 《장한몽》

눈을 붙이다 잠을 자다. ¶ "그만 일어들 납시다. 니열 일헐라면 눈 좀 붙여야 허니께…" 《우리 동네 黃氏》

눈(을) 주다 ① 가만히 약속의 뜻을 보여 눈짓하다. ¶ 지나가던 해빈관 윤자란 년이 자러 오라는 눈을 줄 정도로 잘 되어 가다가 고무신 가게에서 잡치고 말았다. 《두더지》 ② (어떤 곳을) 보다. 시선을 보내다. ¶ 영두는 말로만 듣던 치맛바람 설레를 당장 놓고 보기가 거북하여 냉큼 맞은쪽의 붙박이장으로 눈을 주었다. 《산 너머 남촌》

눈을 째다 눈동자를 눈초리 쪽으로 몰아 뜨는 모양. ¶ "인저 댕겨오시는 질인개뷰, 발써버텀 워떤 쉰님이 오설라믄 지달리시넌디…" 하며 윗방 쪽에 대고 눈을 쨌다. 《이 풍진 세상》

눈(을) 팔다 정신을 다른 곳에 두다. ¶ 사방으로 늘어앉은 장사꾼들이 이쪽에 눈을 판다. 《생존허가원》

눈(이) 높다 수준이 높은 것에만 관심을 두고 여간한 것은 시시하게 여길 만큼 거만하다. ¶ "…대학이 생기면 딸내미들 눈만 높어지구, 머스매는 어려서버텀 데모허는 꼴이나 배우구…" 《우리 동네 張氏》

눈(이) 뒤집히다 충격적인 일을 당하거나 어떤 일에 집착하여 이성을 잃다. ¶ 김은 공것이라면 으레 눈이 뒤집히던 황과 섞여 앉은 게 마뜩찮아, 《우리 동네 黃氏》

눈이 많다 보는 사람이 많다. ¶ 선구점의

오 씨, 노조 급식소의 강 씨, 주유소의 최 씨 하여 보는 눈이 많은 데다 중필이의 운동 신경이 무섭긴 했지만 그녀의 설악산 여행에 비하면 아무것도 아니었다. 《두더지》

눈(이) 맞다 두 사람의 마음이나 눈치가 서로 통하다. ¶ "…수찬이란 늠이 그 집 큰딸 명실이허구 눈이 맞은 것 같어…" 《관촌수필 8》

눈(이) 멀다 (어떤 것에 욕심이 생기거나 매혹되어) 판단력을 잃다. ¶ "내가 미친년이지…뭣이 씨여대서 눈깔이 멀어설람 내 신세만 볶었는지…" 《추야장》

눈(이) 밝다 시력이 좋다. ¶ (복산이는)…개암을 주워도 나 같은 둔보는 따라갈 맘도 못 먹어 보게 눈이 밝았다. 《관촌수필 6》

눈이 번쩍 뜨이다 정신이 갑자기 들다. ¶ 나는 눈이 번쩍 뜨였다. 바로 저 위에 있는 선나암에서 공부하는 학생이라는데 저렇게 하루 한 차례씩 꼭 이맘때면 내려와서 쇠꼬챙이로 큰 바위를 파고 있다는 거였다. 《다갈라 불망비》

눈이 벌겋다 자기 잇속만 찾는 데에 몹시 열중해 있다. ¶ …국회의원이 돼 보겠다는 김 선생이나, 김 선생을 못 잡아먹어 눈이 벌건 B당의 요원인 긍식 자신이나, 결국은 자기의 취직 운동을 하는 입장에 섰을 따름이었다. 《장난감 풍선》

눈이 빠지게 기다리다 몹시 기다림을 이르는 말. ¶ 모두들 자리가 나기만 눈이 빠지게 기다리는 화상이었으나, 마치 은하철도로 우주여행이라도 떠나는 별나라 공주처럼 빛나는 눈동자를 반짝이고 있었다. 《강동만필 1》

눈(이) 삐다 욕심 따위로 눈이 어두워 그릇

된 판단을 하다. ¶"이렇게 된 건 애초에 우남이 정권에 눈이 삐어서 밑에 친일파들을 쓴 탓이야…"《산 너머 남촌》

눈이 시뻘겋다 혈안이 되다. ¶…자기를 잡아 의용군에 몰아넣지 못해 눈이 시뻘겋고, 그러고도 부족하여 남은 가족마저 해치고자 야습해 온 전과를 되새기니 단 한 초라도 살려 두는 게 여간 밑지지 않는 것 같았다.《장한몽》

눈이 없다 안목이 없다. ¶그녀는 분했다. 내가 이다지도 눈이 없나 싶어 며칠씩이나 고민을 하기도 했다.《장한몽》

눈이 있다 안목이 있다. ¶윤선철이같이 있는 사람도 내다보는 눈이 있어《우리 동네 柳氏》

눈이 팔리다 (정도가 심하게) 관심을 가지다. ¶…이벽문은 벽에 걸린 액자에 눈이 팔려서 미처 대꾸를 못하고 말았다.《산 너머 남촌》

눈이 화등잔 같다 눈이 똥그랗게 큰 모양을 비유적으로 이르는 말. 〈북〉 ¶나는 반가움이 벅차서 화등잔 같은 눈으로 그를 올려다보았다.《관촌수필 4》

눈주접 눈병. 〈방언〉 ¶옛 김 선달이나 정만서의 행적을 들춰 예를 삼게 되면 웃음이 안 따를 수 없고, 사람이란 너나없이 한참 웃다 보면 눈주접으로 식은 눈물이나 글썽거리게 되던 것처럼 결국 진지한 맛이 가시는 법이란 말이다.《이 풍진 세상을》

눈짓물이 눈시울이 짓무른 사람을 놀림조로 이르는 말. ¶영감은 눈짓물이처럼 대구 눈물을 흘리며 고마워하였다.《해벽》

눈총(을) 맞다 (남의) 미움을 받다. ¶…지

서 앞에서 보초를 서고 있던 방위병들의 눈총을 맞기는 했지만, 그들은 그런대로 모처럼 괜찮게 놀아 본 느낌이었다.《우리 동네 柳氏》

눈치(를) 채다 남의 태도를 알아채거나 짐작하다. ¶이모는 아무런 눈치도 못 챈 모양이었다.《다갈라 불망비》

눈치 빠르기는 도갓집 강아지㉑ 눈치가 빨라 말을 하지 않아도 남의 경우를 잘 알아차리는 사람을 보고 이르는 말. ¶(산)…진작에 '눈치가 빠르기는 도갓집 강아지'라는 속담이 나와서 널리 돌아다녔을 것은 누가 보더라도 당연한 일이었을 것이다.《속담과 인생》

눈칫밥(을) 먹다 다른 집에 얹혀 살다. 기를 펴지 못하고 살다. ¶(필성이는)…중동무이 멘 학교를 계속 다닐 수 있었다. 다만 큰외숙모의 눈칫밥을 먹는 게 좀 걸릴 뿐이었다.《이삭》

눈코 뜰 새가 없다㉑ 몹시 바빠서 조금도 여가가 없다는 말. ¶그녀는 아현이발관에 함께 있는 애송이 이발사 녀석의 친구에게 반해가지고 서너 달가량이나 눈코 못 뜨게 설쳤었다는 거였다.《장한몽》

눋내 무엇이 눌어서 나는 냄새. ¶(그녀는)…사정이 잉걸불에 통치마에서 눋내가 나는 줄도 모르고《관촌수필 3》

눋다 누른빛이 나도록 조금 타다. ¶…그녀는 부엌으로 들어갔다. 고구마 눋는 내가 났던 것이다.《담배 한 대》

눌눌하다 (빛깔이) 누르스름하다. ¶해꽃이 설핏하고 서녁 하늘이 눌눌함을 발견하면 모든 것들도 나그네 옷깃처럼 여며지지 않게 될 거였다.《장한몽》

눌러듣다 탓하지 않고 너그럽게 듣다. ¶ 안에서는 태생이 들보기장사 푸네기라고 했으니 셈에는 쇠천 반 푼을 샐닢으로 따져도 눌러듣고 허물하지 않겠으나 《산 너머 남촌》

눕다 (자꾸 밀려서) 원금처럼 묵은 이자를 이르는 말. ¶ 내일은 그믐. 칠 푼에서 일할까지 놓은 누운 이자를 받으러 다녀야 한다. 《생존허가원》

눙치다 좋은 말로 마음을 풀어 누그러지게 하다. ¶ "자네가 혼인할 걱정은 너무 늦고, 제사 지낼 걱정은 너무 이른 걸 보니, 아닌 게 아니라 유양양이 정히 보기는 보았던 모양일세그려." 하고 짐짓 눙을 치니, 그녀도 말귀는 있어서 슬며시 바로 누우며 스스로 비녀를 뽑는 것이었다. 《매월당 김시습》

뉘어 사다 (물건을) 싸게 사다. 〈방언〉 ¶ (명님은)…내종사촌 오빠가 과일 장사를 하여 그리 가면 뉘어 산다고 했고, 《장한몽》

뉘여끼리하다 누리게리하다. 〈방언〉 곱지도 짙지도 않게 누르다. ¶ 밀레의 광활한 평야와 가없는 하늘은 항상 뉘여끼리하니 놀 진 하늘이었고, 《만고강산》

뉘엿뉘엿하다 해가 곧 지려고 산이나 지평선 너머로 조금씩 차츰 넘어가는 상태에 있다. ¶ 해가 뉘엿뉘엿하는 저녁나절, 드디어 의사의 마지막 선고가 내려졌다. 《관촌수필 5》

느껍다 어떤 느낌이 북받쳐서 벅차다. ¶ 취하여 쓰러지면서 베개로 베거나, 읽다가 느꺼움이 복받쳐서 내던지곤 하여 구겨지고 뜯어지고 뒤틀린 것들이 전부였다. 《매월당 김시습》

느끼느끼하다 음식물을 먹은 뒤에 느끼한 맛이 자꾸 되살아나는 것. ¶ 경원은 담배를 붙여 물었다. 느끼느끼하고 답답할 적이면 저절로 담배가치와 성냥갑에 손이 가던 버릇 그대로였다. 《낙양산책》

느럭느럭하다 말이나 행동이 퍽 느리다. ¶ 김은 느럭느럭하며 지룡산 너머 천북면의 장승골 저수지 물을 겨냥하고 기다리기로 했다. 《우리 동네 金氏》

느런하다 줄느런하다. 〈방언〉 한 줄로 죽 벌여 있다. ¶ …그곳에는 진작부터 낚시꾼들이 느런하게 전을 벌인 채 갖은 고기로 그릇그릇을 채워 놓고 있었다. 《누구는 누구만 못해서 못허나》

느런히 죽 벌여서. ¶ 조가 아이들이 느런히 앉은 두리기상에 물그릇 하나 올라갈 틈도 없이 늘비하게 차려 낸 것에 좋지 않은 눈을 떴다 감았다 하며 나오자, 《우리 동네 趙氏》

느루 한꺼번에 몰아치지 않고 오래도록. ¶ "헐직허구 느루 가게 되들잇병으로 가져올까 허다가 이따 민방위 나가면 어채피 또 허겄길래 이냥 가져온 거." 《우리 동네 金氏》

느루 먹다 양식을 절약하여 예정보다 더 오래 먹다. ¶ 있는 것을 느루 먹어서 보릿고개까지 대어 볼 요량으로 기장가루 풀떼기를 쑤어서 조반을 떼운 뒤 학매가 달인 약을 마시는데, 《매월당 김시습》

느른하다 (몸이) 지쳐서 노곤하고 기운이 없다. ¶ 국내 굴지의 광활한 만경평야를 들러리 삼아 앉은 이리는 환경과는 정반대로 답답하고 느른하게 주저앉은 후미진

바닥인 듯했다.《낙양산책》

느리터분하다 느리고 답답하다. ¶내가 속 모르고 지껄여도 용모는 뾰족할 줄 모르던 옛 가락 그대로 느리터분하게 받아 주었다.《관촌수필 7》

느릿느릿 느릿느릿한 모양. ¶…안방에선 괘종이 느릿느릿 새벽을 깨우고 있었다.《해벽》

느슨거리다 긴장을 풀고 행동을 느릿느릿하게 하다.〈방언〉¶능애는 숨이 가빠지지 않도록 걸음새를 약간 느슨거리며 걸었다.《추야장》

느적거리다 끈질기다.〈방언〉끈기 있게 검질기다. ¶…김도 지라 심줄처럼 느적거렸다.《우리 동네 金氏》

느직하다 ① 조금 늦다. ¶"…그러면 다음 버팀은 아침 자시구 느직허게 오실 테니."《우리 동네 李氏》② 좀 느슨하다. ¶매월당은 베고 있던 목침을 느직하게 밀며 고개를 내놓았다.《매월당 김시습》

늑놀다 늑장을 부리면서 놀다. ¶거나하여 구들목에 늘어진 채 늑놀던 사람들이 방송도 꺼지기 전에 불 본 듯이 일어났다. "세무서에서 나온단다―"《우리 동네 李氏》

늑장 느릿느릿 꾸물거리는 짓. 늦장. ¶(그는)…남의 늑장과 꾀부름도 앉아서는 못 보던 성미였다.《관촌수필 5》

늑줄 능노는 배짱.〈방언〉¶진드근히 늑줄 좋게 이겨 내지 못해 안달하며, 스스로 내 속만 폭폭 끓여 성화대는 꼴 자체가 우습고 재미있는 것이었다.《다가오는 소리》

늑줄(을) 놓다 긴장을 풀거나 다그치지 않고 늦추다.〈북〉¶필석은 아예 늑줄을 놓고 능청맞게 판전 보듯 해 보기로 했다.

《엉경퀴 잎새》

늑줄(을) 주다 긴장을 풀어 늦추어 주다.〈북〉¶…오금과 쪽지에 가만히 늑줄을 주어 보는 데서 악몽이니 흉몽이니 해도 이번처럼 실감 있어 본 적이 없는 불안의 눈곱을 후벼 낼 바 없어 함에도, 그 한편으로 흐뭇함을 느끼지 않을 수 없던 것이다.《장한몽》

늑직하다 느직하다.〈방언〉¶"얼라, 유지께서두 이냥 늑직허게 나온다나?" 본 지 오랠세야."《우리 동네 趙氏》

는개 안개보다는 조금 굵고 이슬비보다는 가는 비. ¶"밤중에 는개래두 내리면 야중에 바심허기가 들 좋잖여."《못난 돼지》

는정는정 '는적는적'의 잘못. 물체가 힘없이 자꾸 축 처지거나 물러지는 모양. ¶"…는정는정, 과 놓은 족탕 모양 흐물거리는 놈의 살…"《장한몽》

늘앉다 (여럿이) 늘어앉다.〈방언〉¶김도 놀미 사람들이 고만고만하게 삽자루를 깔고 늘앉은 철봉대 옆구리로 갔다.《우리 동네 金氏》

늘옴치래기 늘었다 줄었다 하는 물건. ¶"…그러잖어두 올 디까장 온 늘옴치래기 살림에 슫달이 월매 남었다구 영농자금 대부받어 핵교에 기념품을 헌다나?…"《우리 동네 趙氏》

늘옴치래기 살림에 종구라기 마를 날 없듯㊂ 아무 대책 없이 되는대로 사는 가난한 살림이라 늘 죄 없는 아이들만 만만하게 부려먹는다는 말. ¶늘옴치래기 살림에 종구라기 마를 날 없듯 그는 겨를만 있으면 나를 더 좀 못 부려먹어 안달인 것 같았다.《변 사또의 약력》

늘잡다 '늘이어 잡다'의 준말. ¶하지만 그 돈으로 잃은 만큼의 농토를 장만하려면 거기서 늘잡고 시오 리는 산골로 들어가 하늘에 막힌 동네 아니면 밭도 디뎌 볼 수가 없었다. 《관촌수필 7》

늘채다 미리 생각한 수효보다 많이 늘다. ¶"아서라, 그마마해두 늘챘다."《우리 동네 崔氏》

늘편하다 (기운이 풀려) 바닥에 늘어진 모양. ¶나는 상을 물리고 나와 뜨락 사철나무 곁 잔디 위에 늘편히 주저앉았다. 《관촌수필 5》

늘품 앞으로 좋게 발전할 가능성. ¶(명순이는)…생긴 것도 복성스럽고 늘품이어서, 그만하면 남의 눈 밖에 난다거나 밉보일 성싶지는 않은 처녀였다. 《우리 동네 崔氏》

늙다리 '늙은이'를 속되게 이르는 말. ¶"…저이가 저냥 허랑헌 쭉젱이 믐(머슴)으루 늙다리가 된 게 무슨 쪼간인 중 알겄네?…"《명천유사》

늙마 '늘그막'의 준말. 늙어 가는 무렵. ¶"…시국이 이러니 늙마가 편칠 않구나…"《관촌수필 1》

늙바탕 늙어 버린 판. 노경(老境). ¶"허구 많은 것 중에 해필이면 여관여, 낮이나 밤이나 맨 허러 오는 것덜 천지라는디, 늙바탕에 무슨 심루 그 꼴을 당헐라구."《우리 동네 崔氏》

늙수그레하다 꽤 늙어 보이다. ¶늙수그레한 목수가 대팻밥을 쪼개어 이를 쑤시고 있었다. 《장한몽》

늙숙하다 약간 늙고 점잖은 태도가 있다. ¶백미러에 얼핏 스칠 때 보니 머리가 반백인 데다 얼굴도 늙숙한 영감이 있던 것이다. 《산 너머 남촌》

늙어 가며 살찌는 건 바람벽과 천장이다㊠ 도배를 거듭함에 따라 갈수록 두꺼워지는 것을 이르는 말. ¶늙어 가며 살찌는 건 바람벽과 천장이라더니, 헐 집 천장 뜯어 낸 게 여간 두껍고 질겨 뵈는 게 아니었다. 《이삭》

늙어 친구가 젊어 벼슬보다 낫다㊠ (사람은 늙을수록 외로워지므로) 늙으면 젊었을 때 대접받은 추억보다 함께 늙어 갈 친구가 더 필요하다는 말. ¶"그려, 늙어 친구가 젊어 벼슬보담 낫다니께. 사둔이 잘 난들 친구만 헌가, 육촌이 팔촌보담 가까워 친구만 헌가…"《우리 동네 張氏》

늙은이 근력은 못 믿는다㊠ 늙은이의 건강은 장담할 수 없다는 말. ¶"…늙은이는 못 믿는 거여. 누가 아나, 영감보다 내가 먼저 떠날는지. 다리 성할 때 누울 자리 미리 보는 것도 그리 나쁘지 않아."《하얀 색깔의 들꽃》

늙은이 망령에는 고기가 약, 아전 망령에는 돈이 약이다㊠ 노인은 맛있는 음식으로 달래야 좋아하고, 관리가 생트집 잡는 건 뇌물을 쥐어야만 더 이상 괴롭히지 않게 된다는 말. ¶"…늙은이 망령은 곰국으로 고친다더면 이 냥반 망령은 당최나…"《매화 옛 등걸》

늙처녀 노처녀. 〈방언〉 ¶"애 두만아, 저 근너 늙처녀 말여, 그 작것을 뵌 봤는디…"《몽금포 타령》

늡늡하다 너그럽고 활달하다. ¶"그새 나물루 월매씩이나 했데?" 최는 뜨거나 찌들지 않은 두 아이의 늡늡한 기색만 대견

스러워하며 에멜무지로 물었다.《우리 동네 崔氏》

늣늣하다 느끼하다. 〈방언〉맛이나 냄새 따위가 비위에 맞지 아니하다. ¶문득 내 이마에 보드라운 오뉴월 이슬이 맺히는 느낌이 있더니 늣늣한 아주까리 기름내가 코를 가리는 거였다.《관촌수필 5》

능갈치다 교묘한 방법으로 잘 둘러대는 재주가 있다. ¶"누가 그려, 장개가면 잠 잘 온다구." 그는 혼자 김매게 하는 것이 껄쩍지근하던 판이라 얼른 딴소리로 능갈치고 나섰다. 그러나 역시 본전도 못 건지고 말았다.《장이리 개암나무》

능글능글 행동이 능청스럽고 능갈진 모양. ¶"누가 뭐라간디, 쇠금만 내면 된당께그려…" 대복이는 능글능글 물고 늘어질 작정을 한다.《관촌수필 4》

능놀다 늑놀다. ¶오나가나 뒷짐을 지고 능놀던 사내들이 해묵은 버릇으로 어슴새벽에 일어나 장화를 챙겨 신기 시작하자《산 너머 남촌》

능청(을) 떨다 능청맞게 굴다. ¶심은 수원에 닿기 전에 그녀를 데리고 내리는 것이 수였으므로 그녀 곁의 빈자리에 앉자마자 능청을 떨었다. "여비도 넉넉지 않게 떠나면 솔직히 내가 섭섭해서 쓰겠나…"《산 너머 남촌》

능청을 부리다 능청맞은 짓을 하다. ¶"저의를 알아야 나도 본색을 드러낼 텐데" 나는 여전 능청을 부렸으나《그가 말했듯》

늦게 배운 도둑이 날 새는 줄 모른다㊍ 뒤늦게 시작한 일이 일찍 시작한 일보다 더 몰두하게 된다는 말. ¶…신석삼, 권오웅, 박건환 같은 이들은, 늦게 배운 도둑이 날

새는 줄 모른다던 속담 그대로, 하루만 빠져도 무슨 일이 나는 양 한 달 육장에 거의 개근을 하다시피 하고 있었다.《누워서 연구하는 사내》

늦깎이 나이 들어서 승려가 된 사람. ¶(그녀 아버지는)…늦깎이 땡추중처럼 삭발은 했으되 좀 길쯤한 머리였고, 베등거리에 지까다비를 꿰고 있었다.《관촌수필 3》

늦둥이 ① 늘그막에 낳은 자식 ② 박력이 없고 똑똑하지 못한 사람. ¶서 씨는 나를 늦둥이로 보고 중동무이했던 신세 타령을 다시 남 씨 앞에 늘어놓았다.《강동만필 3》

늦마 '늦장마'의 준말. ¶그날도 늦마가 궂지 않아 새벽부터 으등그러진 이런 날씨였다.《우리 동네 姜氏》

늦마에 담 무너진다㊍ ('늦마'는 '늦장마'의 농촌 용어. 담장이 무너진다는 것은 생각지도 않은 일이 가외로 생겨서 그렇잖아도 바쁜 농촌의 일손을 더욱 바쁘게 하는 일이므로) 성가신 일은 때아니게 발생한다는 말. ¶"늦마에 담 무너지는 거요. 내 앞으루 등기 난 여편네두 툭하면 내 생활이냐 니 생활이냐 허는 세상인디. 쓸개 읎이 저런 번지 읎은 주막허구 그게 무슨 짝이유. 딱두 허지."《우리 동네 柳氏》

늦사리 철 늦게 농작물을 거두어들이는 일. 또는 그 농작물. ¶"철 드는 데 반세기씩 걸리니 인간만 한 늦사리도 드물어."《산 너머 남촌》

늦사리 막것㊍ 지능이 낮은 사람은 일을 잘 저지른다는 말. ¶…소일 이전에 오락이라야 하는데, 오사리 작것이나 늦사리 막것이나 돈 놓고 돈 먹기로 취직을 삼은

것들은 무조건 지랄을 저축한 것들로 봐야 하니까. 《산 너머 남촌》

늦잎 제철이 지나도록 지지 않는 잎. ¶…발치께로 야윈 바람이 다가와 늙은 패랭이 허리나 검버섯 간 진달래 늦잎이 성가시도록 집적거려 대는 《장한몽》

늦잡다 (날짜나 시간을) 늦게 예정하여 잡다. ¶그러는 데엔 많은 시일이 걸리는 것도 아니었다. 가는 날 오는 날까지 쳐서 늦잡고 네댓새면 충분할 것만 같았으니까. 《이 풍진 세상을》

늦처녀 노처녀. 〈방언〉 ¶늦처녀로 알려진 그녀의 이름은 최미실. 스물아홉 살. 《장한몽》

늦풀 제철보다 늦게 자라는 풀. ¶…자고 나면 허옇게 된내기를 하여 섬돌 밑으로나 남아 있던 늦풀 몇 포기까지 아주 못쓰게 얼데쳐 놓곤 하던 시월 하순께의 일이었다. 《매월당 김시습》

늪빛 늪의 빛깔. 〈個語〉 여기서는, 가물어서 바닥이 말라붙은 웅덩이의 황량한 풍경을 비유한 말. ¶(산)…논바닥은 흙빛이 아니라 가물 든 늪빛이었다. 《지금은 꽃이 아니라도 좋아라》

니기미 씨발(卑) 말의 뜻과 상관없이 남자들이 가장 흔히 하는 상말의 하나. ¶그는 혼자 넋두리로, "니기미 씨발." 하고 씨부리고 만 거였다. 《장한몽》

니기미 씹이다(卑) 남의 어머니의 국부를 들먹이는 아주 야비한 상말. ¶그는 부쩌지 못해 하면서도 속으로만 '오그라질 놈들…' '니기미 씹이다…' 하고 욕이나 할 뿐이다. 《장한몽》

니나노(卑) 흔히 술집에서 젓가락 장단을 치면서 부르는 노랫가락이나 대중가요. ¶요즘도 술집 술상머리나 라디오에서 니나노가 흘러나오면 잃어버린 지 오래인 동심이 불현듯 되살아나곤 한다. 《관촌수필 3》

니나노집(卑) 작부가 있는 술집. 〈방언〉 ¶"이 바닥에 있는 니나노집치고 요새 그런 거 안 돌리는 집이 어디 있어…"《산 너머 남촌》

닝닝하다 느끼하다. 〈방언〉 ¶더 영글 눈발이 소나기지면서 잠 씻은 밤이 이우는 섣달이라 기댈 건 화로하고 다시없으련만, 또 무슨 추위던가 횃대 밑에선 벌써 닝닝한 화로 냄새가 돈다. 《암소》

ㄷ

다갈솥 작고 오목한 솥. ¶…큰 당질녀가 한데에 걸린 다갈솥에서 동태찌개를 뜨다 말고, 《장곡리 고욤나무》

다그다 (시간이나 날짜를) 앞당기다. ¶겨우내 일체 소식이 없던 들녘도 청명을 며칠 안으로 다그면서부터는 가는 데마다 제각기 부산을 떨었다. 《산 너머 남촌》

다다 아무쪼록 힘 미치는 데까지. 되도록. ¶"우리나 서울 것들이나 서루 저기허기는 매일반인 겨. 서루 다다 섞여 먹잖으면 못 살게 마련된 세상인디, 촌사람만 독약 쓰지 말라는 법이 있담?…"《우리 동네 黃氏》

다다귀 '다다귀다다귀'의 줄임말. 〈방언〉 ¶느릅나무 옆에는 해거리도 없이 연년이 다다귀로 열려서 매실주를 서너 말씩 담그게 하는 매화나무가 있고, 《장척리 으름나무》※다다귀다다귀 : 자그마한 것들이 곳곳에 많이 붙어 있는 모양.

다다귀지다 다다귀다다귀하다. 〈방언〉 ¶…다다귀진 차잎을 앞에 두고 이리저리 손을 훔척거리지 않아도 좋게끔 사방으로 훨썩 되바라지지도 않은 데다 《매월당 김시습》

다다분하다 (초목의 우듬지나 뿌리가) 다닥다닥 나서 자질구레하고 지저분하다. 〈방언〉 ¶"…보니께 나무가 미끈허질 않구 다다분허니 영 개갈 안 나게 생겼유…"《장이리 개암나무》

다닥다닥 곳곳에 조그만 물건이 많이 달라 붙은 모양. ¶…미루나무에는 가지가 휘어지게 참새 떼가 다닥다닥 열려 짜그락거리고, 《관촌수필 7》

다당부리지다 (기를 때 물을 때맞추어서 주지 않아) 콩나물에 잔뿌리가 다다귀다다귀 나다. 〈방언〉 ¶"…필례 엄니는 다당부리진 콩나물만 한 시루 내놓구 새 올케 반살미 받어 가서 틀렸구…"《우리 동네 柳氏》

다따부따 따따부따. 딱딱한 말씨로 시비하는 모양. ¶총수는 우악스럽고 무식하기 짝이 없는 아랫것들하고 다따부따 해봤자 공연히 위신이나 흠이 가고 득 될 것이 없다고 판단했는지, 《유자소전》

다따위다 다떠위다. 사람들이 한곳에 많이 모여 시끄럽게 떠들고 들이덤비다. ¶응원에 눈이 삐어 발을 밟고 밟힌 아귀다툼은 조금도 수그러들지 않고 서로 다따위였다. 《우리 동네 趙氏》

다라지다 사람됨이 야무져 여간한 일에는 겁내지 않는다. ¶세상이 시킨 대로 다라진 탓도 있겠지만 그보다는 소금 한 줌도 느루 먹고 우물물도 마디게 써 온 근천스러움에 다름이 아니었고, 바르집어 말하면 아낙의 규모가 아니라 족보 있는 가난의 장난임에 의심할 바가 없었다. 《우리 동네 張氏》

다랑논 다랑이로 된 논. ¶봉출 씨는…다랑논 서너 배미 건너에 있는 사촌 아우 용

출이네 집을 건너다보았다. 《장곡리 고욤나무》

다랑이 (비탈진 산골짜기에 있는) 층층으로 된 좁고 작은 논배미. ¶ "한 다랭이 밭는 디 시간이 월마나 걸리디?" 《우리 동네 金氏》

다르르하다 어떤 일에 익숙하여 막힘이 없다. ¶ 어느 전봇대 밑엔 무슨 돌이 박혀 있고, 어떤 집 담 밑이 오줌 누기 맞춤인 것도, 밝은 눈 되어 다르르했지만 피곤했다. 《야훼의 무곡》

다리를 놓다 상대자와의 관련을 짓기 위하여 사이에 딴 사람을 넣다. ¶ "…사또 마님께서 이미 다리를 놓으셨으니 나리께서는 그저 오르락내리락 노니실 일만 남았사와요." 《매월당 김시습》

다리쉼 다리를 쉬는 일. ¶ "지나가는 산인일세. 다리품을 했더니 돼서 잠깐 다리쉼 좀 하고 있다네." 《매월당 김시습》

다리품 길을 걷는 노력. ¶ 무전은 인적이 드문 시루봉 골짜기뿐 아니라 제법 다리품이 드는 형제봉 골짜기까지 다니면서 개구리를 잡아들였다. 《인생은 즐겁게》

다복다복하다 여기저기 아주 탐스럽게 소복하다. ¶ 정희 엄마는 낭자를 자르고 다복다복하게 신식으로 지졌고, 까만 벨벳 치마를 해 입은 것도 두 번인가 보았다. 《관촌수필 5》

다복솔 가지가 탐스럽고 소복하게 많이 퍼진 어린 소나무. ¶ …해마다 전교생이 다복솔에 매달려 송충이를 잡아 준 그 아래 종축장 언저리처럼 《명천유사》

다붓다붓하다 여럿이 다 매우 가깝게 붙어 있다. ¶ "…길가에 송방이며, 점방이며, 마방이며, 어막이며, 주막이며, 농막이며가 다붓다붓하게 모여 있어서…" 《매월당 김시습》

다붓하다 매우 가깝게 붙어 있다. ¶ …어구점 옆의 길갓집에 간판이 다붓하게 붙어 있었다. 《달빛에 길을 물어》

다잡다 엄하게 단속을 하거나 통제하다. ¶ 맨 처음 그녀를 다잡아 가면서 안팎 범절과 행실을 가르치고 다스린 이도 할아버지였다. 《관촌수필 1》

다잡이 늦추어진 것을 바싹 잡아 죄는 일. ¶ 나는 건성으로 다잡이를 하였다. 《강동만필 2》

다조지다 말이나 일을 바짝 재촉하다. ¶ …그녀는 그 뒤웅스러운 몸을 은근히 사리면서 사뭇 다조지듯이 묻는 것이었다. 《매월당 김시습》

다죄다 다잡아 죄다. ¶ 유자한은 앉은자리에서 판갈이라도 하려는 듯이 다죄어 들기 시작하였다. 《매월당 김시습》

다지르다 다짐받을 만한 일을 알아내려고 다지다. ¶ 이봉은 쑥대머리가 다질러서 물은 말에 뒷갈망도 없이 그루박아 말하였다. 《매월당 김시습》

다짜고짜 앞뒤 상황을 가리지 않고 단박에 들이덤벼서. 불문곡직하고. ¶ 한밤중이 되니 정말 비가 쏟아졌다. 다짜고짜로 퍼부으니 억수였다. 《김탁보전》

다 퍼먹은 김칫독(속) 쓸모가 없게 된 물건을 비유하여 이르는 말. ¶ "고독이 뭔데 그러셔?" 양 마담이 차를 한 모금 하면서 눈웃음을 쳤다. "그야 다 파먹고 저리 돌려놓은 김장독 같은 거겠지." 《산 너머 남촌》

닥작닥작 먼지, 때 따위가 두껍게 끼어 있

는 모양. ¶그러모으면 홉 것은 될 만큼 주근깨가 닥작닥작한 여편네가 창고지기와 수작하는 동안,《우리 동네 姜氏》

닭달하다 남을 단단히 윽박질러서 혼을 내다. ¶그 다음날은 그 꼴 더 두고 못 보겠어 작대기로 닭달해 내쫓아 버렸더니, 한 시간도 못 되어 시키지도 안 한 철사 꿰미에 개구리를 두 두름이나 잡아 꿰들고 들어왔다.《이풍헌》

단사는 갈아서 가루로 만들 수 있지만 그 붉은 빛깔은 빼앗을 수 없다㊂ 사람을 죽일 수는 있지만 그 사상은 뺏을 수 없다는 말. ¶옛글에도 "단사(丹砂)를 갈더라도 그 붉은빛은 빼앗을 수 없고, 돌을 깨뜨려도 그 굳음은 빼앗을 수 없다"고 일렀음을 알고 있다.《관촌수필 5》

단작스럽다 하는 짓이 보기에 매우 치사스럽고 다라운 데가 있다. ¶단작스러움을 무릅쓰고 간신히 새치기하여 차에 오르고 나니 라디오의 야구 중계 소리가 정신을 있는 대로 빼었다.《산 너머 남촌》

달각달각 '달가닥달가닥'의 준말. 물건이 맞부딪치는 소리. ¶(시) 맞으며 젖으며 바쁜 언덕에/ 발 맞춰 필통소리 달각달각/ 달아나는 산토끼 허둥지둥.《하학길》

달개우리 둥우리.〈방언〉¶안은 달개우리에 있던 목매아지를 끌어내어 마당 구석의 울짱에 비끄러매며,《우리 동네 姜氏》

달개집 원채에서 달아낸 달개로 된 집. ¶…전에 생물 장수들이 소금 창고로 썼던 달개집 앞에 이르러《더더대를 찾아서》 ※달개 : 처마 끝에 잇대어 늘여 짓거나 차양을 달아 원채에 잇대어 지은 의지간.

달걀이 계란이다 그것이 그것이라는 말.

¶"…저같은 생무지가 뭘 알겠습니까, 알아봤자 달걀이 계란입니다마는…"《토정 이지함》

달골에 찬바람이 들도록 '달골'은 '등골'의 잘못. 골병이 들도록. ¶"…사람을 종그라기 부려먹듯 달골에 찬바람이 들도록 부려먹고…"《오자룡》

달구리 이른 새벽의 닭이 울 때. ¶그러자 달구리에 나서서 여태껏 하무를 물었던 일행이 저마다 밭은기침으로 입을 떼기 시작한다. "업세나, 저기 좀 봐유. 도깨비불이 벌겋게 장 섰슈."《김탁보전》

달근거리다 (상대방이) 재미있고 마음에 들도록 붙임성 있게 굴다. ¶간혹 우물가에서나 칠성바위에 올라갔다가 그를 얼핏 발견할 때도 없진 않았다. 그때마다 나는 그에게 다가가 달근거리든가 이야기를 시켜 듣고 싶던 마음이 가셔지곤 했다.《관촌수필 4》

달달 ① 사람을 못 견디게 들볶는 모양. ¶"…내 딸만 달달 볶어 먹구 너는 잘 간다…"《관촌수필 6》② 콩, 깨 따위를 휘저으며 볶거나, 맷돌에 가는 모양. ¶…달달 볶아 라면머리를 한 새파란 것이《우리 동네 柳氏》

달뜨다 마음이 달아올라 들썽한 기분이 생기다. ¶나는 갑자기 가슴이 설레면서 마음이 달뜨기 시작했다.《관촌수필 5》

달랑달랑하다 양식 따위가 거의 다 소비되어 얼마 남지 않아 곧 떨어질 듯하다. ¶"…샌님 댁엔 끼니거리가 달랑달랑했으니…"《토정 이지함》

달막거리다 말하려는 듯이 입술이 자꾸 가볍게 열렸다 닫혔다 하다. ¶사내는 입

술만 달막거리지 말대꾸를 못했다.《이 풍
진 세상을》

달막달막 달막거리는 모양. ¶"해가 설핏
헌 저녁나절 토방에 앉었을라니께, 얼굴
이 핼쑥허니 휘청휘청 걸어오며 기어드는
목소리로 날더러 뭐라군가 허는디, 입술
만 달막달막허지 이 귀먹자가리 절벽이가
당최 알어들을 수 있으야지…"《백의》

**달무리나 햇무리나 사흘거리에 날 궂기는
마찬가지다**㊈ (대체로 달무리나 햇무
리를 한 지 사흘이면 비가 왔듯이) 사람은
유유상종(類類相從)이므로 이 사람이나
저 사람이나 좋지 않은 결과를 빚는 데는
차이가 없다는 말. ¶"…저런 말종들을 보
통으로 대해 봐라, 당장 벗하자고 든다."
"달무리나 햇무리나 사흘거리에 날 궂기
는 마찬가집니다." "시끄러운 소리 치워
라…"《변 사또의 약력》

달밭 달풀이 많이 난 곳. 여기서는, 작은
마을의 이름[소지명(小地名)]으로 쓰임.
¶귀대네가 살던 곳은 느랏에서도 한참을
더 들어간 달밭뜸이었고《장한몽》※달풀
: 달뿌리풀. 볏과에 딸린 여러해살이풀.

달싹하다 '달쌍하다'의 잘못. 〈방언〉 보름
달처럼 둥글고 환하다. ¶"큰 것버텀 밑잇
것이 낫어. 얼굴두 달싹허구 승질두 고분
허구."《관촌수필 3》

달잎 '달빛'을 비유적으로 이른 말. 〈個語〉
¶희븐희븐 꽃빛이 달잎에 서리어지며 흐느
끼는 소리였다.《그럴 수 없음》

달짝지근하다 좀 엷게 달콤한 맛이 있다.
¶…할아버지의 헛묘 묘갈과 봉분에는 달
짝지근하게 배동 오른 삘기가 많아,《관촌
수필 1》

달창 닳거나 해진 밑창. ¶…꺼먹고무신이
달창이 되도록 들락거리고 다닌 보람이었
다.《유자소전》

달창나다 물건을 오래 써서 닳아 해지거나
구멍이 뚫리다. ¶바야흐로 동지팥죽을
쑤어야 할 참인데, 하나뿐인 낡은 솥을 닦
으려니 솥 밑에 달창이 나버리고 말았다
는 것이었다.《매월당 김시습》

달치근하다 달착지근하다. 〈방언〉 ¶아늑
하고도 달치근한 그녀의 콧김이 눈에 엉
길 때마다, 그는 두 허벅지가 씰룩이는 흥
분으로 하반신을 경련했고《장한몽》

달치다 ① 지나칠 정도로 뜨겁게 달다. ②
졸아들도록 바싹 끓이다. ¶소나기 삼 형
제라고 이르는 말 그대로 이 가물이 더위
에 겨우 소나기 서너 축으로 벌써 장마가
다 갔다고 하니 무엇보다도 속이 달쳐서
못 견딜 지경이었다.《장척리 으름나무》

닭 잡는 데 소 잡는 칼을 쓴다㊈ 어떤 일
에 알맞은 대책을 수립하지 못한다는 말.
¶"내 돈은 울리는데 네 돈은 웃긴다니 다
행이구나." "임진왜란도 아니고…닭 잡
는 데 소 잡는 칼을 뺄 순 없다 그겁니다."
"임마, 사랑도 전쟁이라더라."《장한몽》

닭 잡는데 움딸 온 집 며느리㊈ (움딸은
시집간 딸이 죽은 뒤에 사위가 재취한 여
자이니 반가울 것이 없는 손님이다. 닭을
잡아먹어도 고기 맛보기가 어려운 터에
손님 같지 않은 손님이 와서 입만 늘으니
며느리에게는) 일만 번거롭고 먹잘 것이
없다는 말. ¶"손바닥만 헌 것 다섯 다랭
인디 뭘. 삼칠은 이십일, 여섯 시버텀 폈
으니께, 예서 이슬 덮어 가메 한두허구 밤
새 굿해야 니열 새벽 두서너 시…집은 닭

울 만해서 내다보면 영낙읎겄구먼그려." 하고는, 닭 잡는데 움딸 온 집 며느리, 뜨물 받다가 바가지에 금 낸 말투로 속 있는 소리를 덧붙였다.《우리 동네 金氏》

닭 잡을 데에 개 잡고 장리쌀로 떡 해서 도른 꼴(속) 체면치레로 과소비한다는 말. ¶"…이건 북향이 됐든 서향이 됐든 무조건 차 타고 한번 지나가는 사람들 보기 좋으라고 짓다가 그 지경이 났으니 닭 잡을 데에 개 잡고 장리쌀로 떡 해서 도른 꼴이 아니면 뭣이라나?"《산 너머 남촌》

담 결린 사내 헛기침만도 못하다(속) (담이 든 사내의 헛기침도 위엄을 잃은 터이니) 더욱이 무게가 없다는 말. ¶"도시 지집년 연설이란 건 백날 떠들어 봤자 담 결린 사내 헛기침만도 못한 거여…"《금모랫빛》

담배는 과부 친구다(속) 담배는 신세 따분하거나 외로운 사람에게 친구가 된다는 말. ¶(산) '담배는 과부 친구'라는 속담이 말해 주듯이, 가만히 앉아 있어도 화가 치밀어서 생긴 과부댁의 화병을 다스리는 데는 담배만 한 약이 없었다는 뜻이다.《담배는 필요악이다》

담(을) 쌓다 서로 사귀던 사이를 끊다. ¶스승과 선후배, 동네 친구와 학교 동기생들, 일가친척과도 완전히 담을 쌓았던 것이다.《장한몽》

답답선 답답이. 〈방언〉 ¶"…나는 중국집 근처도 못 가 봐서 자장면에 된장을 푸는지 꼬치장을 푸는지, 열 번 죅인대두 모르는 답답선이니께."《우리 동네 鄭氏》

답쌓이다 한군데로 들이덮쳐서 쌓이다. ¶잡지사 편집실에는 사시장철 기증본으로 들어오는 책만 해도 이루 주체를 못하도록 더미로 답쌓이기 마련이었다.《유자소전》

답쌔기 사물이 한군데 많이 모여 있는 것. ¶…구경꾼이 두고 간 쓰레기와 썩음썩음한 멍석에 쌓인 답쌔기를 쓸던 단원이《유자소전》

닷 돈 추렴에 두 돈 오 푼을 내었다(속) 여러 사람이 모인 자리에서 남에게 업신여김을 당하거나 제 권리를 제대로 누리지 못하게 될 때 못마땅하여 반박하는 말. ¶"저이는 어디서 닷 돈 추렴하는 데 두 돈 오 푼을 내고 왔나, 요새는 더운밥 뜨건 국에도 찬밥 먹은 입맛을 다셔쌓니 대관절 무슨 조홧속인지…"《산 너머 남촌》

당그랑그랑 당그랑그랑 얇은 쇠붙이 따위가 흔들거릴 때 잇따라 나는 소리. ¶"당그랑그랑 당그랑그랑…" 나는 혀끝으로 장단을 흉내 내고 있었다.《관촌수필 5》

당그래 고무래. 〈방언〉 ¶…곡식을 멍석 없이 그냥 쏟아 말려 당그래나 넉가래로 긁어 모아 담더라도《관촌수필 5》

당나귀 귀 떼고 좆 떼고 하면 먹잘 것 없다(속) 여기저기서 큰 것을 다 가지고 가면 자기가 차지할 것은 없다는 말. ¶"노새?" "귀 떼고 좆 떼면 남는 것 없는 나귀가 암말하고 붙었으니 노새밖에 더 남겠우?"《곽산 기생 보름이》

당나귀 끌고 말죽거리서 왔더라도 갓만 쓰면 선비라 한다(속) 말솜씨와 외양이 번드레하면 능히 신분을 속일 수가 있다는 말. ¶"당나귀 끌구 말죽거리서 왔더라두 갓만 쓰면 선비라지만, 영등포 구석쟁이서 날품을 팔어두 내려오면 죄다 중앙에 가 있다구 흰소리허니, 워느 늠이 거름 내

두엄 내 좋다구 지게 지려 허겄나."《누워서 연구하는 사내》 ※당나귀를 끌다 : (당나귀나) 말고삐를 잡다. 즉, 상전을 모시고 다니는 하인[구종(驅從)]. ※말죽거리 : 조선조의 큰 역참이었던 양재역(良才驛) 일대를 이르는 말.

당나귀 배 보고 팬츠 적실 년⓫ 짐승의 생식기에 빗댄 상말. (당나귀 수컷의 생식기를 보고 욕정을 느낄 년) ¶"커피루 올릴까요?" "구만 올리구 내려…그 왜 촌늠 설탕 맛으로 마시는 거 있잖어? 웃기는, 당나귀 배 보구 빤쓰 적실 년…"《관촌수필 7》

당나귀 찬물 건너듯 하다㊦ 거침없이 잘 건너가는 것을 이르는 말. ¶"작자가…수틀리면 천둥인지 지둥인지 모르쇠로 당나귀 찬물 건너듯 제끼고 나대는 게 탈이에요."《토정 이지함》

당나발 같다㊦ 입을 크게 벌린다는 말. ¶문정이 고개를 끄덕이자 양 마담은 메모지를 구겨 없애면서 입을 당나발같이 헤벌리고 웃었다.《산 너머 남촌》

당장 먹기엔 곶감이 달다㊦ 당장 먹기 좋고 하기 좋은 것은 그때뿐이지 참으로 좋고 이로운 것이 못 된다는 말. ¶"당장 먹기는 곶감이 제일인 줄 누구는 모르나, 허지만 사람들이 늘 겁먹고 살아온 생각을 해 보게. 좋기도 하겠네."《산 너머 남촌》

대가리가 굵어지다⓫ 아이들이 자라나다. ¶…아이들은 돌나낫적부터 헐벗기며 푸성가리로만 기르지 않으면 안 되었고, 대가리가 굵어지는 대로 어디 들여보내어 가르치기보다는 서둘러 아무 데로나 내몰아 입벌이부터 하기를 바라지 않을 수 없는 것이다.《우리 동네 崔氏》

대가리 검은 짐승이라니㊦ 사람을 가리키는 말. 또는 인간 된 도리를 모르고 사는 짐승 같은 위인이라는 말. 머리 검은 짐승이라니. ¶"여편네 읎다구 그 잘나 터진 지랑 한 종재기 안 떠 주다니…대가리 검은 짐승이래두, 그런 새끼 붙어 지집 낳는 늠은 쳐다두 보지 말어야 헌당께."《우리 동네 黃氏》

대가리 도끼 삼아 배참하러 덤빈다㊦ (도끼는 무기가 될 경우도 있다는 데서) 남의 일을 훼방하려고 부지런히 돌아다니는 자를 두고 하는 말. ¶"월마나 마나 이 늘읍 치래기 살림에 아쉬운 대루 읃어 쓰야지. 이런 헹펜에 야리니 하리니 헐 수나 있다나. 그나마두 대가리 도끼 삼어 배참허러 뎀비는 작것두 있다닝께, 내라 먼저 죽어 쥐야지 도리 있겄나 이 얘기여."《우리 동네 崔氏》

대가리를 끄실러 포를 뜰 놈⓫ (개를 잡아먹을 때처럼) 짐승 취급을 하는 것이 마땅하다는 상말. ¶"…늬 도적늠들 장단에 호박국 끓일 낸 줄 알았더냐. 이 대가리를 끄실러 포를 뜰 늠들아."《오자룡》

대가 세다 자기 주장이나 뜻을 굽힘이 없이 관철하려는 의지가 강하다. ¶주변에서 대가 세기로 알아주었던 어머니가 신음소리를 내기 시작했다.《야훼의 무곡》

대갓집 송아지 관쇠 무서운 줄 모른다㊦ 대신 댁 송아지 백정 무서운 줄 모른다. 남의 권력만 믿고 거만을 부림을 비유적으로 이르는 말. ¶"그야 아다 뿐일깝쇼. 쇤네야말루 서방님 덕분에 대갓집 송아지 관쇠 무서운 줄 모르는 짝으루다 매양 번놓았습죠…"《매월당 김시습》

대거리 상대방에 맞서서 대드는 것. 또는 그러한 언행. ¶김이 부아를 질러 주자 유는 대번 오금탱이가 들썩하며 대거리할 짓둥이를 하고 나섰다.《우리 동네 金氏》

대공 대궁. 〈방언〉 ¶…그래도 끼니 때면 늘 웁쌀을 한 줌씩 얹었다가 퍼 주는 부친 밥그릇에서 대공이 나기를 기다리며 젓가락이 반찬 그릇에서만 배회하기 일쑤곤 했던 것이다.《장한몽》

대구 자꾸. 〈방언〉 ¶영감은 눈짓물이처럼 대구 눈물을 흘리며 고마워하였다. 《해벽》

대궁 먹다가 그릇 안에 남긴 밥. ¶…그의 수염 끝이 스쳐 깨끔치 않은 대궁도 아무 스스럼없이 먹어 버릇할 정도였다.《명천유사》

대끼다 (애벌 찧은 보리 따위를) 물을 부어 마지막으로 깨끗이 찧다. ¶가끔 귀에 들리던 것은…곱삶을 보리쌀 대끼는 절구 소리 말곤 더 없었다.《이풍헌》

대두리 큰 다툼. 일이 크게 벌어진 판. ¶옹점이는 매번 이악스럽게 부집을 해대며 대두리로 한바탕씩 하였는데,《명천유사》

대무하다 크다. 〈방언〉 ¶"이 일버틈 더 대무헌 일이 또 있다나…"《우리 동네 金氏》

대문이 가문 ⓒ 얼마나 위세 있는 가문인가 하는 것은 결국 얼마나 큰 집을 가지고 있으며 대문이 얼마나 버젓하게 큰가 하는 데 달렸다는 말. ¶"…스산 가서 갯일두 해 보구 했는디, 대문이 가문이라구 암만 해두 여기만 못허더먼그류…"《명천유사》

대물림 대를 물리어 잇는 일. ¶바람과 파도와 한숨까지도 대물림을 하고 있는 것이었다.《매월당 김시습》

대어가 중어식하고 중어는 소어식한다 ⓒ 힘 센 것이 자기보다 작고 약한 것을 희생시켜 살아간다는 것을 비유하여 이르는 말. ¶"헐 수 없다니요?" "헐 수 없지유. 어채피 대어는 중어식이구 중어는 소어식이구, 인간은 금수어충에 잡동식이니께 헐 수 없잖나베유."《장동리 싸리나무》

대이구 자꾸. 〈방언〉 ¶…부득부득 이십사일날 오후로 대이구 지불을 미루며 버티었다.《덤으로 주고받기》

대전 가느니 서울 가겠다 ⓒ (서울은 대도시의 대명사이므로) 농부에게 뜻밖에 도회지에 다녀올 일이 생길 경우 이왕이면 서울을 택할 것이라는 말. ¶"비행기 뜬값까장 죄 쳐서 내야 될 판인디, 그 잘난 약 뿌리는 시늉허구 비행기 뜨는 비용할래 물면…네미 대전 가느니 서울 가겠네."《우리 동네 黃氏》

대접젖 아래로 처지지 않고 대접을 엎어 놓은 것처럼 생긴 여자의 젖무덤. ¶…치맛말기가 적삼도련을 들쳐 차양을 한 것은 아직도 젖퉁이가 대접젖으로 숨어 있다는 증거이니, 그 또한 청상에 쓸쓸해진 홀어미의 젊고 야무진 몸매였다.《토정이지함》

대천장 수청거리 엿장수 가윗밥이다 ⓒ [엿장수가 목판의 엿을 가위로 떼어서 팔면 부스러기가 생기기 마련이다. 대천 읍내(보령 지방)의 수청거리란 동네는 고물상이 많아서 엿장수도 많았다] 부스러기 같은 존재라는 말. ¶"그 돈으루 쌀 팔면 뒤집어쓰구두 남을 텐디 왜 사십 원을 더 낸단 말유. 이 황 아무개 돈 사십 원은 대천장 수청거리 엿장수 가윗밥이간디?"《우

리 동네 黃氏》 ※대천장 수청거리 : 충남
보령시 대신동에 있는 거리명.

대추나무 방망이다⑥　모질고 단단하게 생
긴 사람을 비유하는 말. ¶"그 어르신네가
워낙에 대추 방맹이셔서…"…"야, 대추 방
맹이만 같아두 괜찮겠다. 말 말어. 그 노
인네는 나무루 치면 으름나무여 으름나
무…"《장척리 으름나무》

대추나무에 연 걸리듯⑥　여기저기 빚이
많다는 말. ¶"…이루 셀 수도 읎이 대추
나무 연 걸리듯 헌 게 곈디, 한 달 육장에
메칠이나 비었간디 계를 새루 해서 에워?
있는 계만 따러 가는디두 버렁 빠져 죽겄
는디…"《우리 동네 趙氏》

대추 먹으며 밤 털기⑥　좋은 일이 거푸 있
는 모양. ¶…조패랭이가 어쩌다 날 굳어
집에 누워 하루 쉬어 볼 날이 있어도 있으
나 마나 한 존재였으므로, 그 집을 놀이터
로 알았던 우리들로선 대추 먹으며 밤 털
기나 다름없는 셈이었다.《관촌수필 4》

대충대충　일이나 행동을 적당히 하는 모양.
¶…갯물도 민물 쓰듯 해 온 버릇이 있어
대충대충 진펄만 씻어 내는 데서 그치고 말
았다.《추야장》

대판거리　크게 차리거나 벌어진 판국.
¶…출입구 쪽에는 대판거리 싸개질이라
도 벌어진 듯이 여전히 사람으로 엔담을
쌓고 있었다.《산 너머 남촌》

대한이 소한의 집에 가서 얼어 죽는다⑥　대
한 때보다도 소한 무렵이 더 춥다는 것
을 비유하여 이르는 말. ¶"입춘 추위 하
는 걸 보니 대한이 소한의 집에서 얼어 죽
었다던 옛말도 말짱 유언비어였다니까…"
《그리고 기타 여러분》

댓바람　지체하지 않고 당장. ¶"새벽 댓바
람에 나서 놓으니 문 연 집이 있어야지…"
《산 너머 남촌》

댓진　담뱃대 속에 낀 진. ¶"으른은 네미
―이 자리에 으른은 뉘구 애는 뉘여. 댓
진 바를 디다 곤지 찍구 있네…"《우리 동
네 黃氏》

더그레　각 영문의 군사, 마상재군들이 입
던 세 자락의 웃옷. ¶매월당은…더그레
를 입은 군졸들이 잔뜩 노려보는 가운데,
《매월당 김시습》

더그매　지붕과 천장 사이의 빈 공간. ¶더
그매 천장이라 거미줄이 먼저 보이는 보
꾹 가운데서도 서까래와 수수깡 산자발을
그대로 드러낸 채 가로누워 있는 대들보
가 그 장본이었다.《해벽》

더껑이　걸쭉한 액체의 거죽에 엉겨 굳거
나 말라서 생긴 꺼풀. ¶(산) 보수는 기질
에 걸맞지 않고 수구는 생리적으로 거부
반응을 일으키는 것이 콜레스테롤이 더껑
이 지지 않은 젊은 혈관이며 미래 지향적
인 민도라고 할 수가 있을 것이다.《서른
한 살의 자화상》

더께지다　몹시 찌든 물건에 때가 잔뜩 끼
어 더뎅이다. 〈방언〉 ¶낙동강의 드높
은 모래톱은 온통 붉은 황토가 더께져 뒤
덮고 있었다.《그가 말했듯》

더덕더덕　자그마한 것이 많이 붙은 모양.
¶먹는 그릇들은 죄 모래알이 더덕더덕
붙어 있는 채여서 늘 밥풀이 더덕져 붙어
있는 것만 같았으며, 그 틈에 낀 때는 온
종일 씻어도 벗겨지지 않았다.《그가 말
했듯》

더덜뭇하다　결단성이나 다잡는 힘이 모자

라다. ¶매월당이 물신선처럼 말수를 줄이고 더덜뭇하게 앉아서 술만 축내고 있으니《매월당 김시습》

더뎅이 부스럼 딱지나 때 같은 것이 거듭 붙어서 된 조각. ¶"에, 씨연허다. 주리헐 놈으 것…" 큰 모가는 투덜거리며 돌멩이로 발뒤꿈치의 더뎅이를 갉아 내고 있었다.《장한몽》

더뎅이지다 때나 부스럼 딱지가 더덕더덕 엉겨 붙다. ¶…그새 볼때기며 관자놀이가 그슬려 마치 버짐이라도 더뎅이진 듯 여간 거칠지 않던 것이다.《우리 동네 崔氏》

더도 말고 덜도 말고 늘 가윗날만 같아라 ㉠ 가윗날처럼 잘 먹고 잘 입고 잘 놀고만 살았으면 하는 것을 원하는 말. ¶(산) (추석은)…'더도 덜도 말고 가윗날만 같아라'는 속담도 있듯이, 지난 2천 년 동안 한 번도 거르거나 바뀌지 않고 가장 잘 차려 가면서 쇠어 온 명절 중의 명절이었다.《2천 년 동안 차린 명절》

더듬적거리다 느릿느릿하게 자꾸 더듬거리다. ¶문정이 바이없이 망연자실하고 있자 사돈 쪽에서 먼저 더듬적거리며 말했다. "사장 어르신께서 내려오신 줄도 모르고서는…이거 참, 이럴 법이 없는데…자리가 이래서 죄송스럽습니다."《산 너머 남촌》

더듬질 '더듬이질'의 준말. 자꾸 더듬는 짓. ¶"꼴값 상승하네, 이 손 치워. 그 더러운 손으로 어딜 만져." 그녀는 매몰스런 몸짓으로 더듬질을 뿌리치는 것 같았다.《엉겅퀴 잎새》

더러더러 '더러'의 힘줌말. 이따금. ¶가짓수도 기억 못하게 고루고루 팔며 더러더러 재미를 벌어들였던 것이다.《장한몽》

더럭더럭 어떤 행동을 자꾸 계속하는 모양. ¶"…허는 소리마두 앓는 늠 굿힐 소리만 더럭더럭 씨부렁대여."《우리 동네 崔氏》

더미더미 여러 개의 더미. ¶나는…땟물 좋게 무르익어 더미더미 쌓여 지천으로 흔한 햇과일들이 볼수록 먹음직스럽던 입맛을 새삼스럽게 되새겼다.《관촌수필 5》

더욱더욱 갈수록 더욱. ¶그쪽 불은 더욱더욱 짙고 밝고 괄게 타오르고 있었다.《매화 옛 등걸》

더운갈이 날이 몹시 가물다가 소나기가 왔을 때 그 물을 이용하여 논을 가는 일. ¶게다가 곁에 붙은 서 말 가웃지기 더운갈이 논만 해도 남병만이가 단위 조합 돈을 얻어 대가며 일곱 군데나 아흔여덟 자씩 뚫어 봤지만, 지하수는 고사하고 겉물 한 모금 뽑아 보지 못했던 것이다.《우리 동네 金氏》

더워 더워 자꾸 덥다 덥다 하며 더워하는 모양. ¶이가 시린 냉장 음료를 수없이 들이켜고도 더워 더워 하며 여름을 원수 삼았던 내 자신이 부끄럽기도 했다.《관촌수필 5》

더위잡다 ① 높은 데에 오르려고 무엇을 끌어 잡다. ¶거친 산길을 더위잡아 찾아온 빈객에게 성질나는 대로 울뚝불뚝 한다는 것도 대접이 아닐 터이므로,《매월당 김시습》 ② 든든하고 굳은 지반을 잡다. ¶"…진드근히 이태구 삼 년이구 착실히 일해서 기반을 더위잡으야 헐 것 아니냐…"《우리 동네 趙氏》

더펄머리 더펄더펄 날리는 더부룩한 머리

털. ¶(시) 거룻배 젓는/ 더펄머리 뱃사
공/ 얼굴이 검네.《영춘》

더푼더푼 옷자락이나 머리채 따위가 흔들
거리도록 거침없이 걷는 모양. ¶그녀는
그참 허가 내려갔던 산기슭을 향해 더푼
더푼 뛰어내려갔다.《장한몽》

덕살머리 덕(德). 〈방언〉 ¶어딘지 덕살머
리라곤 없어 뵈던 젊은 사내가 초대면 적
부터 마뜩찮던 것이다.《장한몽》

덕석 추울 때 소의 등을 덮어 주는 멍석.
¶"…가려면 후듯하게 잠바라도 덕석을
하든지…"《그리고 기타 여러분》

덕지덕지 때나 먼지 같은 것이 많이 끼거
나 묻어 더러운 모양. ¶…그의 뒤통수에
는 여러 가지 별명이 덕지덕지 더뎅이져
있었는데,《관촌수필 7》

덜덜 무섭거나 추워서 몸을 몹시 떠는 모
양. ¶모두들 자다 말고 빠져나와 동구 앞
빈 대장간에 모여 덜덜 떨고 있었다.《담
배 한 대》

덜떨어지다 언행이 어리고 미련하다. ¶…푸
성귀 잎새의 벌레 먹은 자리는 불결하게
여겨 황토가 묻은 채소만을 찾는 덜떨
어진 위인들도 아닐 것이었다.《산 너머
남촌》

덜렁쇠 성질이 침착하지 못하고 덤벙거리
는 사람. 덜렁이. ¶(옹점이는)…그릇을
잘 깨는 덜렁쇠였고, 참새 못잖던 수다쟁
이이기도 했다.《관촌수필 1》

덜 물다 덜 여물다. 〈방언〉 ¶부면장은 그
봉투를 순이 앞으로 들이대며 부러 그러
는지 덜 물은 얼굴로 말했다.《우리 동네
柳氏》

덤받이 여자가 전남편에게서 배거나 낳아

서 데리고 들어온 자식. ¶(천석이는)…홀
어미가 외증조의 천첩으로 들어와서 덤받
이로 낳는 바람에 저절로 외가에 매이게
된 것이었다.《매월당 김시습》

덤부서리 덤불. 〈방언〉 ¶…덤부서리의 참
새나 까치 같은 미물들도 토박이가 아닌 것
이 드물 정도로 집터서리가 넉넉하고 훗훗
하기로 일러 온 동네였다.《산 너머 남촌》

덤터기(를) 씌우다 남에게 걱정거리를 넘
겨 맡게 하다. ¶…이 씨가 낙선할 경우,
오늘 벌인 일에 착오와 무리가 있어 역효
과를 빚었다고, 패배의 책임과 덤터기를
씌우려 들면 마땅한 방패막이가 없는 셈
이었다.《장난감 풍선》 ※덤터기 : 남에게
넘겨씌우거나 넘겨받은 걱정거리.

덤턱스럽다 매우 크고 푸지다. ¶…바지
를 너무 째게 입어서 아랫도리가 물퉁보
리처럼 덤턱스럽게 생긴 사십 줄의 여편
네가《장곡리 고욤나무》

덤푸서리 덤불. 〈방언〉 ¶…그믐산이에게
넘어온 것은 새웃등 저쪽 기슭으로 덤푸
서리나 다름없는 하늘받이 논이었다.《오
자룡》

덤하다 덧붙이다. 〈방언〉 군더더기로 딸
리게 하다. ¶"…" 누구도 덤하는 말이 없
었다.《매월당 김시습》

덧거름 뒷거름. 농작물이 자라는 도중에
밑거름을 보충하려고 더 주는 거름. ¶
(산) 생전 덧거름 한번 주어 본 적이 없어
도 때만 되면 거두는 텃밭에서까지 물갈
이를 하는 냉랭한 동네에서《문학의 해에》

덧거리 사실보다 지나치게 보태어 하는
말. ¶까마귀를 훑닦는 험구는 덧거리를
좋아하는 사람들의 터무니없는 오해에서

비롯된 것이었다. 《더더대를 찾아서》

덧게비 다른 것 위에 다시 덧엎어 대는 일. ¶…다 그만두고 온 동네가 고루 나서서 거들 수 있도록 매흙바닥 운동장에 모래를 하루 실어다가 덧게비로 깔아 주자는 것이었다. 《우리 동네 趙氏》

덧게비치다 다른 것 위에 다시 덧엎어 대다. ¶"그러고 보니 낮것 수라상이라도 받으셨는지 모르겠네그려." 그 옆에 있던 사내 하나가 문득 덧게비치는 말이었다. 《매월당 김시습》

덧두리 ① 덧거리. 〈방언〉¶조가 우스갯소리를 하자 권도 먼저 꺼낸 말의 덧두리로 거듭 실없는 말을 먹였다. 《우리 동네 趙氏》② 물건을 교환할 때, 그 값을 쳐서 서로 셈하고 모자라는 액수를 채워 내는 돈. ¶…심지어 지르된 밀따리 쭉정이까지 덧두리로 얹어서 후리질해 가던 시대는 지푸라기라도 얻어먹었지만… 《산 너머 남촌》

덧들다 깊이 들지 아니한 잠이 깨어서 다시 잘 들지 아니하다. ¶…소동라가 덧들었던 잠을 떨쳐 버리고 빈속에 출행을 한다면 가다가 반도 못 가서 허기가 지기 십상이니 딱하지 않을 수가 없었다. 《매월당 김시습》

덧들이 덧들이다. 〈방언〉 여기서는, '심술'의 뜻으로 쓰임. ¶그렇듯 구차하고 심란한 풍경도 셈이 안 차는지 덧들이로 길할래 사나우니 나는 더욱 걷기가 고되었다. 《명천유사》

덧들이다 남을 건드려서 언짢은 감정을 일으키다. ¶매월당은 노새의 성질을 덧들이지 않도록 슬슬 구슬려 가면서 삼척으로 향했다. 《매월당 김시습》

덧말 군말. 〈個語〉¶역시 그 말의 효험은 컸다. 아무에게서도 덧말이 없는 것이다. 《장한몽》

덧보이다 보이는 위에 무엇이 겹쳐 보이다. 〈북〉¶(산)…임자가 다른 세월에 치어 기울어진 옛집 담모롱이가 덧보이고, 《지금은 꽃이 아니라도 좋아라》

덧잠 잘 만큼 잔 위에 또 더 자는 잠. ¶원은 찻소리에 소스라치며 덧잠을 깨었다. 《그리고 기타 여러분》

덧정 끌리는 마음. ¶"…자긔도 사람이면 덧정은 읈어두 인정은 있어야 헐 거 아녀…"《명천유사》

덩달다 속내도 모르고 남이 하는 대로 좇아서 하다. ¶"…그렇께 늬덜두 핵교 가서나 집에 오너서나 절대 넘으 장단에 덩달지 말구 늬덜 깜냥껏 줏대 있이 살으란 말여."《우리 동네 李氏》

덩덕새머리 빗지 않아 더부룩한 머리. ¶"쵀, 시여 터진 것이 덩덕새머리에 지름만 뒤발허구 나서면 워디서 부를 중 아나베." 하고 고개를 돌렸다. 《명천유사》

덩두렷하다 매우 덩실하고 두렷하다. ¶매월당은 죽서루에서 내려와 그 옆의 연근당을 둘러보았다. 전에 왔을 때는 보지 못한 덩두렷하게 세워 놓은 별당이기 때문이었다. 《매월당 김시습》

덩둘하다 ① 매우 둔하고 어리석다. ② 어리둥절하여 멍하다. ¶영두는 아버지의 말이 너무 덩둘해서 시부정섭적 귀넘어로 들었으나 종내에는 제 성질에 못 이겨 아무 어렴성도 없이 모집어서 말했다. 《산 너머 남촌》

덩실덩실 춤을 추거나 할 때 신이 나서 팔과 다리를 계속 너울거리는 모양. ¶신 서방은 덩실덩실 춤을 추었고, 《관촌수필 5》

덩실하다 (건물 따위가) 웅장하게 높다. ¶(그 집은)…덩실하고 우아한 옛날의 풍모를 조금쯤은 간직하고 있는 듯도 했다. 《관촌수필 1》

덩얼덩얼 여러 갈래로 엉기면서 덩어리가 되어 가는 모양. ¶황을 처리하던 동작이며 주고받은 말들이 엊그제 일인 양 덩얼덩얼 무거리지며 되살아나고 있었다. 《장한몽》

덩이지다 덩이가 되다. ¶상배가 대들고 뜯어말리는 바람에 덩이졌던 두 남녀 사이가 풀어지긴 했지만, 《장한몽》

덩지 몸의 부피. 몸집. ¶…책에 아비만 한 자식 없더라더니 덩지만 있지 앉아서도 물끄러미 천상바라기로 몸 두는 것이 당최 눈에 안 들 뿐더러 《산 너머 남촌》

데굴데굴 크고 단단한 물건이 잇대어 굴러가는 모양. ¶땅바닥에 데굴데굴 구르며 머리칼을 쥐어뜯어 대는 아낙네 《관촌수필 4》

데림추 주견이 없이 남에게 딸려 다니는 사람. ¶"술판 한번 오붓허다 싶어 고시레 헐 게라두 있나 보러 왔더니 제우 농사짓구 있네그려." 그러자 장도 유의 데림추는 아니란 듯이 덩달아 말전을 벌였다. "암캐 잡었으면 음찜이나 한 가닥 맛보까 허구 오니께…" 《우리 동네 金氏》

데면데면하다 대하는 태도가 친숙성이 없고 범상하다. ¶상배가 손가락질하자 채씨는 짐짓 어리둥절한 표정이더니 데면데면해진 음성으로, 《장한몽》

데면스럽다 보기에 데면데면하다. ¶…"어메, 지침후 읎이 누구신가 했유… 저무셨구먼유." 명길이 안은 징검돌을 디뎌 보고 밟아 건너며 데면스럽게 말했다. 《초부》
※데면데면하다 : 성질이 꼼꼼하지 않아서 행동에 조심성이 없다.

데설궂다 (성질이) 털털하여 꼼꼼하지 못하다. ¶복가는 평소 데설궂던 성질과 딴판으로 손가락을 꼽아가며 조목조목 정신 좋게 주워섬겼다. 《오자룡》

데시기다 먹고 싶지 않은 음식을 억지로 먹다. ¶집에서는 차릴 대로 차려 먹으면서도 데시기던 나였지만 칼큼한 열무짠지며 노각무침이 맛깔스러워 한 자밤씩 욱여넣었다. 《백의》

뎀마 거룻배. ¶"…쬐그만 뎀마두 있구 중선두 부린다당께 웬만큼 사는 집 딸인 모양이데유…" 《관촌수필 5》

뎁세 도리어. 〈방언〉 ¶"이 뭣 같은 게 뎁세 지랄허구 자빠졌네. 포악만 떨면 젤인 중 알어, 이게—" 《관촌수필 4》

뎌지다 뒈지다. 즉, '죽다'를 비속하게 이르는 말. ¶"네밋—그 속에 뎌진 니미가 살어오네, 늬 할애비가 저기허네?…" 《우리 동네 黃氏》

도(가) 트다 수단이 좋다. ¶윤사로는…제 존재를 새로이 가다듬는 데에도 도가 튼 인물이었다. 《매월당 김시습》

도거리 따로따로 나누지 않고 한데 합쳐서 몰아치는 일. ¶"…얼마 안 가서 영감이 먼저 저를 불러 쟁여 둔 걸 몽땅 도거리 해가라고 사정헌는지도 모를 일입니다요." 《산 너머 남촌》

도깨비 기왓장 뒤듯㊌ 남 보기에 쓸데없

이 분주하기만 하고 자기로도 별 목적 없이 공연히 뒤지기만 함을 이르는 말. ¶ "새끼라구 하나 있는 게 뒈진 즤 에미 타기서 도깨비 기왓장 뒤듯 귀꿈맞기만 해가지구 당최 냉겨 두는 게 있으야지." 《이모연의》

도깨비 살림하듯 한다㊌ (그릇을 덜그럭거리며) 한밤중에 부엌일을 하는 모양. ¶ "…돈두 돈이지만 이게 뭐야. 맨날 자다 말구 일어나서 도깨비 살림허듯 남 다 자는디 덜그럭대가며…지겨워 못 살어." 《관촌수필 6》

도끼눈 분하거나 미워서 쏘아 노려보는 눈. ¶ 윤 양은…눈을 거적눈으로 깔떴다 도끼눈으로 치떴다 하면서 어깨를 옹송그렸다. 《산 너머 남촌》

도끼총 나간 왕새기 물러나듯㊌ (도끼총은 짚신이나 미투리의 중턱 양편에 앞총을 당겨 맨 굵은 총. 왕새기는 총이 없이 도끼총만 띄엄띄엄 여덟 개를 세운 짚신) 의지하던 것을 잃으면 모든 것을 잃는다는 말. ¶ …구두 뒤축이 바짝 닳도록 신어 구두볼이 도끼총 나간 왕새기 물러나듯 여물 주걱보다 넓게 가로퍼져 있어, 앞뒤는 물론이요 좌우로 보아도 큰소리하며 사는 주제가 못 될 것 같았다. 《장한몽》

도나 개나 이 사람 저 사람이라는 말. 〈個語〉 ¶ "이전에는 미국 사람 말이라면 도나 개나 들입다 오케이 오케이 하다가 멀쩡한 사람이 상한 적도 있었으니…" 《산 너머 남촌》

도두 위로 돌아서 높게. ¶ 아무 생각 없이 구들목에 누워 베개를 도두 베었으나 졸음증은 없었다. 《매월당 김시습》

도두앉다 퍼더앉지 않고 궁둥이에 발을 괴고 높이 앉다. ¶ …봉득이 마누라가 촉새처럼 뾰똑하게 도두앉으면서 아는 소리를 하였다. 《산 너머 남촌》

도둑이 매를 든다㊌ 잘못한 사람이 도리어 잘한 사람에게 나무라거나 트집이나 시비를 걸 경우에 쓰는 말. 방귀 뀐 놈이 성낸다. ¶ "도둑늠이 뒙세 호령허구 자빠졌네. 아주 떼처먹구 욹어진 중 알었더니 제우 여기 오너 지집질이여? 도둑늠. 얼른 내 돈 내놔. 봄에 가져간 삼만오천…" 《우리 동네 柳氏》

도둑이 제 발 저리다㊌ 죄 지은 자가 그것이 폭로될까 두려워하는 나머지 알지 못하는 가운데 그것을 나타내고야 만다는 말. ¶ 도둑이 제 발 저려 한다고, 오타 어매는 캥기는 데를 못 가려 지레 무슨 말을 하려다가 말중동을 놓치고는, 도리어 남편에게 애매한 멍덕을 씌우려 들었다. 《우리 동네 趙氏》

도란도란 여럿이 나직한 목소리로 서로 정답게 이야기하는 소리. 또는 그 모양. ¶ 귀에 익은 듯한 앳된 여자 음성이 도란도란 왕래하고 있는 거였다. 《가을 소리》

도랑 치고 가재 잡는다㊌ 한 가지 일로 두 가지 이득을 얻음을 이르는 말. 꿩 먹고 알 먹기. ¶ "…이건 안 할 소리지만 넌 홍사필인가 그 네 꼬붕만도 못해! 그놈은 두렁 치구 가재 게 잡구 했단 말야." 《야훼의 무곡》

도래도래 도리도리. 〈방언〉 어린아이가 머리를 좌우로 흔드는 동작. ¶ 희찬은 쓰레질을 마치자 고개를 도래도래 내두르며 평상에 두 다리를 뻗고 앉았다. 《관촌수필 8》

도로 아미타불이라㈜ 애써 한 일이 허사가 되고 말았다는 말. ¶ "무슨 일이나 다 연때가 따로 있는 것 같데요. 저도 실은 벌써 언제부터 펜팔로 사귀는 여자가 서이나 있는데, 막상 어떻게 해 보려고 하면 으레 될 듯 될 듯 하다가도 이리저리 틀려 가지고 도로 아미타불이 되고 말더라구요." 《산 너머 남촌》

도루묵으로 알다 [임진왜란 때 선조가 '묵'이라는 생선을 은어(銀魚)로 격상시켜서 불렀다가 뒤에 도로 '묵'으로 부르면서 그때부터 '도루묵'이 되었다] 하찮은 사람으로 여기다. 〈은어〉 ¶ "산소를 옮기는 것도 억울한데 사례금을 내라? 이 사람 시방 누구를 도루묵으로 아는 모양이구만." 《장한몽》

도루묵이 되다 원상태로 돌아가다. 〈곁말〉 ¶ 남의 땅 고지 내어 일 년 내내 뼈품을 팔았다지만, 갖다줄 것 다 갖다주고 그날로 도루묵이 되었으니, 빈손 털고 나선 최의 마음은 묻지 않아도 알 만한 일이었다. 《우리 동네 柳氏》

도리게 '도지게'의 잘못. ¶ (홍은)…양이 덜 간 눈치였고, 도리게 조져 잡도리하자는 눈짓을 거듭 좌중에 돌렸다. 《우리 동네 黃氏》 ※도지게 : '되다'의 방언. 되다 : 호되다.

도리기 여러 사람이 추렴한 돈으로 음식을 마련하여 나누어 먹는 일. ¶ "…물 다 대걸랑 둘이 반반씩 개나 한 마리 도리기해서 끄실르세." 《우리 동네 金氏》

도리하다 '통째로', '몽땅' 등의 뜻으로 쓰이는, 일어식의 속된 말. ¶ "…의 물건만 치워 주면 내년 선거에 표를 도리해 주겠

다, 이거라." 《우리 동네 黃氏》

도린곁 사람이 별로 가지 않는 외진 곳. ¶ 그것은 말할 나위 없이 신작로 가의 송방 앞 마실꾼이나 서낭당 쪽의 도린곁에 외오 서 있던 왕소나무 밑의 마실 마당이었다. 《관촌수필 6》

도부(到付)(를) 치다 장사치가 물건을 가지고 이곳저곳으로 팔러 돌아다니다. ¶ …품으로 받아들인 소금은 그의 늙은 홀어머니가…산골로 들어가 도부 쳐 잡곡으로 갈아다 먹곤 했다. 《추야장》

도스르다 ① (머리털, 손톱, 초가지붕의 처마, 나무로 만든 물건 따위의) 거죽이나 면의 거칠거칠한 부분을 가지런하게 가다듬다. ¶ …손바닥만 하던 명색 마당 귀퉁이는 이발 기계와 면도 하나로 깎고 도스르던, 장에 가는 장꾼들만 바라보던 무허가 노천 이발소였다. 《관촌수필 1》 ② 무슨 일을 하려고 별러서 마음을 긴장하게 다잡아 가지다. ¶ 면장이 뒷짐을 지고 몸을 도스리며 말했다. "이 사람들이 살 만해져 여유가 생기니께 해장술루 파장술 삼네그려." 《우리 동네 姜氏》

도지기 논다니와 세 번째로 관계를 맺는 일. 또는 그러한 사람. ¶ "이놈 만근아…도지기 조심하고, 낮거리 조심하고, 빗장거리 조심하고, 감투거리 조심하고, 조심할 것 조심하면 너도 장수한다더라, 부디 조심하거라." 《토정 이지함》

도지다 ① 매우 심하고 호되다. ¶ "…언내는 쬘일 잠만 잔다데. 깼으면 도지게 울어패겠다." 《우리 동네 金氏》 ② (가라앉았던 노여움이) 다시 생기다. ¶ 문정은…영두의 흐리터분한 성질에 새삼 울뚝성이

도지어 냅다 야단부터 하였다.《산 너머
남촌》

도치 도끼.〈방언〉¶"그늠으 테레비를 도
치루 뻐개 내삐리든지 허야지 시끄러 살
겄네?"《우리 동네 黃氏》

**도토리는 여름 농사 되는 꼴 보아 가면서
영근다**㊦ (도토리가 구황식품임을 강조
하여) 벼농사가 흉년 든 해는 도토리가 많
이 열린다는 말. ¶(산) '도토리는 여름 농
사 되는 꼴 보아 가면서 영근다'는 속담이
아니더라도 도토리는 피 쑥 메밀 기장 무
릇 뚱딴지 둥굴레와 함께 옛날부터 쳐준
구황식품이었다.《몸에 좋다는 것》

도토리묵에 토마토 케첩 얹을 녀석㊝ 어
울리지 않는 일도 멋대로 할 수 있을 만큼
경위를 모르는 사람이라는 말. ¶"시거든
뜲지나 말아야지…도토리묵에 도마도 케
첩 얹을 녀석." 그녀도 처음에는 그런 말
을 했었다.《엉겅퀴 잎새》

도토리에 상수리다㊦ (도토리와 상수리는
쓰임새가 같지만 모양은 상수리가 더 굵
고 탐스럽다는 데서) 한 수 위라는 말. ¶
"…최 순경허구 민 선생이 딸라루 두어 장
씩 도리했는디, 그이는 최 순경헌터 대닝
께 도토리에 상수리데. 찍었다 허면 오륙
구 짓구 이칠루 뽑는디 아무두 못 말리겠
더면."《우리 동네 李氏》

독메(獨—) 외따로 떨어져 있는 조그만 산.
¶갈림목에서 나지막한 독메를 돌아야 신
우의 처가가 있다고 했다.《매화 옛 등걸》

독 안에 든 쥐㊦ 둘레가 막혀 아무리 애써
서 도망할래야 도망할 수 없게 된, 궁지에
빠졌을 때를 비유하여 이르는 말. ¶"태연
한 체 말어, 넌 독 안에 든 쥐야."《생존허

가원》

독이 오르다 독살이 치밀다. ¶그녀는 독
이 시퍼렇게 오른 눈으로 순경을 찢어 보
며 화통 삶아 먹은 소리를 지르고 있었다.
《관촌수필 3》

독장수구구 독장수셈. '쓸데없이 희망적 타
산만을 하거나 또는 헛수고로 애만 씀'을 비
유하여 이르는 말. ¶…조 마름의 속셈이
따로 있을진대, 독장수구굿셈으로 얕잡아
볼 일이 아니던 것이다.《오자룡》

돈값 돈의 값어치. ¶"정에 겨워서 동네 마
당이 떠나가는 것이, 기껏 나가서 돈값 하
다가 멍들어 오는 것과 어디가 어떻게 같
으냐?"《산 너머 남촌》

돈거리 팔면 약간의 돈을 받을 수 있는 물
건. ¶…돈거리로 심을 만한 것이 없어 텃
밭까지 묵밭을 만들기 십상이라고 불뚝거
리는 바람에 한필만이에게도 똑같이 귀띔
을 했던 것이다.《장천리 소태나무》

돈내기하다 도급하다. ¶번역료는 원고지
한 장에 고작 삼십 원이었는데 대개 오십
원 정도로 돈내기한 사람에게 삼십 원으
로 깎아 하청하지 않으면 그나마도 얻어
걸리기 수월찮게 경쟁이 심했다.《관촌수
필 8》

돈놀이 남에게 돈을 빌려 주고 이자를 받
는 것을 업으로 하는 일. ¶회장은…시가
대로 쳐서 계좌에 넣어 준 돈을 톡톡 털어
서 당초에 계획했던 돈놀이를 하였다.《장
평리 찔레나무》

돈 놓고 돈 먹기다㊦ 돈을 떼일 염려가 없
이 안심하고 돈벌이를 할 수 있다는 말.
¶…돈 놓고 돈 먹기 수작에 이골이 난 무
리들의 거추꾼으로 묻어다니며 비나리를

치고 개평이나 떼서 살아가는 주제와 그
렇게 아삼륙일 수가 없어 보이는 것이었
다.《산 너머 남촌》

돈독　돈을 지나치게 밝히는 경향. ¶“계집
이 돈독이 오르면 다 저 지경이 되는 겐
가…서방이구 새끼구 도무지 뵈는 게 없
으니.”《엉겅퀴 잎새》

돈만 있으면 개도 멍첨지라(속)　천한 사람
도 돈만 있으면 남들이 귀하게 대접해 줌
을 이르는 말. ¶출어하는 어선도 만선을
보장해서 풍랑과 싸우는 게 아니듯 김우
길도 걸어야 했다. 돈. 그것만 있으면 개
도 멍첨지랬으니 말이다.《생존허가원》

돈몫　각자의 몫으로 배당되는 돈. 생산량
을 돈으로 계산해 부르는 것. ¶“우리가
언제는 돈몫으로 푸성귀를 갈았나…”《산
너머 남촌》

돈복(一福)　별다른 노력이 없이 많은 돈을
가지게 되는 복. ¶“돈복을 못 탔으면 인
복이래두 있으야. 넘덜은 행복두 있구
만복두 있다더면서두, 무슨 년의 팔자가
있다는 게 박복 하나뿐이니…”《장평리
찔레나무》

돈사다　팔다.〈방언〉¶쌀이 쏟아져 나오
는 무리 때면 금새가 내릴 줄 다 알면서 방
아를 찧고 돈사는 것도 정부 수매 쪽보다
유리함이 있어서였다.《우리 동네 姜氏》

돈 삼다　‘돈벌이 삼아서’ 또는 ‘돈거리 삼아
서’의 줄임말. ¶…미군정 시대를 전후하
여 이름을 얻은 해수욕장도 바캉스란 말
이 수입되기 전이므로 돈 삼아서 해 볼 만
한 사업이 없었으며,《인생살이 한 자락만
머무는 관촌》

돈은 국적이 없다　돈이면 통하지 않는 곳

이 없다는 말. ¶“돈은 국적이 없다메?”
하고 모가가 불쑥 말했다.《장한몽》

돈이 말한다(속)　돈이 많아야 용기도 나고
발언권도 크게 된다는 말. ¶“…아닌 게
아니라 돈이 말하지 않았으면 자네나 내
나 영축없이 불려다니다가 판날 뻔했으니
까.”《산 너머 남촌》

돈이 미국이다　돈이 제일이라는 속된 말.
¶본디 그년과 창기와는 주고받는 사이란
풍문이 파다하긴 했지만, 돈이 미국이지.
리어카라도 사서 김장철 한때 부지런히만
끌어다 팔면 창기 머슴살이 한 해 새경에
비기랴는 계산도 해 본다.《몽금포 타령》

돈이 싹 나다　돈이 많아 못다 써서 묵히
다.〈個語〉¶“돈이 싹 나던 게다.”《우리
동네 金氏》

돈이 양반이라　돈이 있어야 의젓하게 양
반 행세를 할 수 있다는 말. ¶“예전에야
양반 상놈 찾아가며 지체대로 뫼를 썼구,
봉분 크기도 지체에 따라 크고 작았지만
시방이야 돈이 양반 아닙네까. 돈만 있으
면 무덤도 을마든지 잘 해 놓을 수 있으니
까.”《장한몽》

돈이 조상이다(속)　돈 앞에서는 누구나 맥
을 못춘다는 말. ¶“돈이 조상이다, 돈이
조상.” 상필은 놓았던 손으로 곡괭이를
갈아잡으며 손바닥에 침을 뱉었다.《장
한몽》

돈표　현금으로 바꿀 수 있는 표. 수표, 어
음 따위를 이름. ¶(산) 작가라는 직업
이…어음이니 채권이니 증권이니 당좌수
표니 양도성 예금증서니 하는 돈표를 써
보기는 고사하고 만져 본 적도 없었으니
《서민의 허리띠》

돋을볕 아침 해가 솟아오를 때의 첫 햇볕. ¶…돋을볕에 생기를 얻어 알알이 되살아나 움직이며 금빛으로 반짝이던 광채는 덧없고《금모랫빛》

돌개바람 ① 갑자기 세게 부는 바람. ② 회오리바람. ¶…이경에 들고부터는 마파람을 앞세우고 삿갓을 벗기는 말바람으로 바뀌면서, 가끔 돌개바람까지 곁들이며 그악을 떨어대는 것이었다.《매월당 김시습》

돌너덜 너덜겅. 돌이 많이 있는 비탈. ¶매월당은 사내가 돌너덜을 헤집는 것이 아니라 자신의 앙상한 가슴을 파헤치고 있는 것 같은 느낌이 들어서 심기가 그지없이 스산하였다.《매월당 김시습》

돌너설 바위너설. ¶그녀는 두어 길 깊이의 계곡 바닥에 돌너설이 험하게 도사리고 있는 절벽을 향해 뛰었던 거다.《다갈라 불망비》

돌너설덜 '돌너덜'의 잘못. ¶허는 고구마 밭에서 사살되었고, 성순집은 등성이 너머로 뛰어가다 실족, 돌너설덜 심한 개울창에 떨어져 숨졌다는 것이다.《장한몽》

돌다 유통되다. ¶여름장은 초장부터 돈이 돈다. 장마에 묶였던 하곡이 쏟아져 나오는 참이라 대목장 못지않게 장꾼들이 흥청거린다.《김탁보전》

돌담 배 부른 것⑧ 쓸모가 없고 도리어 해로운 존재를 비유적으로 이르는 말. ¶ "…저희 강놈들은 원체 막된 것들이라 요즘 장안에 나도는 속담 그대로 돌담 배 부른 것, 사발 귀떨어진 것, 어린애 입빠른 것 못지않게 쓰잘데없는 것이오니, 선생님께서는 아무쪼록 참작하시지 않으심이 옳을까 합니다."《토정 이지함》

돌림부리 돌림감기. 〈방언〉 여기서는, '유행병'의 뜻으로 쓰임. ¶그것의 일부가 사춘기 무렵이면 누구나 돌림부리로 가져볼, 근거 없는 포부, 혹은 꿈에 지나지 않았달지라도 앞날에의 기대와 희망이 뚜렷했음은 강조할 수 있는 것이다.《다가오는 소리》

돌마낫적 첫돌이 될락말락한 때. ¶…아이들은 돌마낫적부터 헐벗기며 푸성가리로만 기르지 않으면 안 되었고,《우리 동네 崔氏》

돌모루 돌이 무더기로 쌓여 있는 길모퉁이를 이르는 말. 한자로는 석우리(石隅里). 충남 지방에 흔히 있는 지명이기도 함. ¶…돌모루 너덜겅이에 상여집 같은 곤두막을 얽어 살더라도《산 너머 남촌》

돌반지기 잔돌이 많이 섞인 쌀. ¶ "…이 변차셉이, 이장 노릇 허는 죄루다가 요새 하루 시 끄니씩, 돌반지기 모이 먹느라구 송곳니가 다 왔다 갔다 헙니다…"《우리 동네 李氏》

돌배와 아그배의 사이다 둘 다 별로 다를 것이 없다는 말. ¶그들은 만나면 있고 없고 간에 술상을 보게 하여 시작이 소주였으며, 권커니 잣거니 마시고 취하고 떠들고, 그러다가 지치면 아무렇게나 곯아떨어지는 것까지도 매월당하고 돌배와 아그배의 사이였다.《매월당 김시습》

돌부처 피리 부는 소리 한다 터무니 없는 소리라는 말. ¶ "…난 부영일 사랑하고 있지만, 그대는 그렇잖은 것 같어, 어째, 내가 싫어진 거지?" 하며 기죽은 음성으로 물어보기 한두 번 아니었다. 그럴 때마다 부영은 서슴잖고 공박해 오곤 했다. 아니

공박이라기보다도 모욕이었고 묵살이었다. "또 돌부처 피리 부는 소리 헌다…" 나는 참긴커녕 벌떡증을 못 이겨 발끈해 버리고 만다.《다가오는 소리》

돌성바지 '돌성받이'의 잘못. ¶그녀는 돌성바지요 근본이 없었지만 성은 이가였다.《관촌수필 2》※돌성받이 : 부계(父系)의 혈통이나 내력이 분명치 않은 채 스스로 주장하는 성씨(姓氏)의 집안에서 태어난 아이.

돌우물 벽을 돌로 쌓아 올린 우물. ¶…두 타산의 중턱에 돌우물이 쉰 곳이나 있어서 보통 오십정이라 부르는데,《매월당 김시습》

돌을 깰 수는 있어도 그 굳은 성질은 뺏을 수 없다(속) 사람을 죽일 수는 있어도 그의 의지는 뺏을 수 없다는 말. ¶옛글에도 "단사(丹砂)를 갈더라도 그 붉은빛을 빼앗을 수 없고, 돌을 깨뜨려도 그 굳음은 빼앗을 수 없다"고 일렀음을 알고 있다.《관촌수필 5》

돌쪼시 돌장이. 〈방언〉 석수(石手). ¶"옹 잼이 애빅, 큰 머스매허구 갱갱이 가서 돌쪼시 헌다더라."《관촌수필 3》

돌팍 돌멩이. 〈방언〉 ¶"보태 주는 것 같은 소리 허구 있네. 돌팍 하나, 나무 뿌래기 하나래두 뒤져 갔으면 뒤져 갔지 이런 촌에 뭘 보태 줬어? 자네덜은 여기 와야 색유 냄새뱎이 냉기는 게 읋으."《우리 동네 崔氏》

동귀틀 마루의 장귀틀과 장귀틀 사이에 가로질러서 청널의 잇몸을 받은 짧은 귀틀. ¶성은 사랑 툇마루 끝에 걸터앉으며 벗어둔 면장갑과 전정가위를 동귀틀 쪽으로 밀어 놓았다.《우리 동네 崔氏》

동글동글 여러 것이 매우 동글거나 둥근 모양. ¶유리구슬같이 여물고 동글동글한 소리였다.《이모연의》

동냥풍월 귀동냥으로 아는 글월과 지식. 〈個語〉¶묵집의 말을 들으면, 유천만이가 말 한가운데에 더러 문자를 섞어 쓰고, 글을 모르면서 문장을 쓰던 것도 이남포의 잔시중을 들다가 귀로 익힌 동냥풍월이라는 거였다.《관촌수필 6》

동네방네(洞—坊—) 온 동네. 또는 이 동네 저 동네. ¶그러는 동안 동네방네 학생을 비롯, 총각과 젊은 홀아비치고 지서에 다녀오지 않은 이가 없었다.《관촌수필 8》

동네 인심도 아니고 거리 인심도 아니다(속) 있을 수 없는 일이라는 말. ¶"직나 내나 집에 가면 아버지, 장에 가면 아버지긴 일반인데 저물도록 얼굴 한번을 뵈는 법이 없으니 동네 인심도 아니고 거리 인심도 아니고, 부애가 나서 일 못하겠네."《산 너머 남촌》

동동 발을 자꾸 구르는 모양. ¶(시) 장에 가려던 옆집 할머니/ 장닭 놓치고/ 흰 고무신 두 발만/ 동동 구르네.《옆집 장닭》

동살 새벽에 동이 트면서 훤히 비치는 햇살. ¶소스라쳐 눈을 뜨니 뙤창에 동살이 비치는 어슴새벽이었다.《우리 동네 金氏》

동살(이) 잡히다 동이 터서 환한 햇살이 비치기 시작하다. ¶어느덧 동살이 잡히자 물김이 피어오르고 있었다.《장동리 싸리나무》

동(을) 달다 (앞서 한 말에) 말을 덧붙여 하다. ¶"그 형님이야 늘 앉은 자리에 풀도 안 나는 사람이니 어련하겠습니까." 증의 대답에 산해가 동을 달았다.《토정

이지함》

동(이) 나다 계속 잇대지 못하고 도중에 떨어지다. ¶봉득이는 달래술이 동나자 먹다 두었던 국산 양주를 내오게 하고 뒤미쳐서 뒷동을 달았다.《산 너머 남촌》

동자아치 밥 짓는 일을 하는 여자 하인. ¶어머니가 친정에 갔다가, 외가 부엌에서 아기 동자아치로 자라던 것을 안저지 겸 허드레 심부름용으로 데려와서 길렀다는 거였다.《관촌수필 1》

동지섣달 눈서리에 썩은 돌멩이 없다⊛ 당연하고도 당연한 일이라는 말. ¶"어떤 사람은 어떨지 몰라도 우리네는 괜찮아요. 동지섣달 눈서리에 썩은 돌멩이 없더라고 말여, 제 땅에 제가 뿌려 거둬먹고 산 것도 죄라고 쥐여? 염려들 마시라구요."《장한몽》

동짓달에 개떡 찧는 소리 한다⊛ (농촌에서는 동짓달에 좋은 쌀로 떡을 해서 추수감사제 격의 고사를 지내는 풍속이 있는데 그 떡을 '가을떡'이라 한다. 개떡은 춘궁기의 구황식이니) 말이 안 되는 소리는 하지도 말라는 말. ¶"도둑늠. 초약 풍약 다 해처먹더니 오관 떼구 자빠졌네. 동짓달에 개떡 찧는 소리 구만허구 갚어, 못 떼먹는다, 일곱 매 묶구 하늘 관광 가기 전에는…"《우리 동네 柳氏》

동쪽에서 천둥 일면 서에선 번개였다⊛ 비슷한 처지에 서로 돕는다는 말. ¶노가다 치고 술집 외상 거래 못 트는 놈 없듯, 으레 동쪽에서 천둥 일면 서에선 번개였다.《금모랫빛》

동치미 맛본다고 이빨 흔들린 늙은이 암상 떨 듯⊛ (늙은이는 동치미를 먹다가 이가 빠지기도 한다. 하찮은 동치미에 이가 상하고는 동치미 탓만 하듯이) 자기 탓을 남에게 화풀이한다는 말. ¶아내는 동치미 맛본다고 이빨 흔들린 늙은이 암상떨 듯 내흉스럽게 아이만 구박했다.《우리 동네 李氏》

동투(가) 나다 동티(가) 나다. 〈방언〉잘못 건드려 재앙을 받는 일. ¶"왜 안 낳유? 주막집 오과순가 그인 과분디두 접때 낳잖유?" "뭐? 음 그 그건 거시다, 그 거시기여, 부정타서 동투 난 애여…" "그럼 이 알두 동투 난 알이란 말유?"《이풍헌》

동티 건드려서는 안 될 것을 건드려서 공연히 생기게 되는 걱정이나 피해. ¶…나무를 벤 즉시 그 그루터기에다 낫이나 칼을 꽂아 둠이 동티를 예방하는 방법이라고도 했다.《관촌수필 1》

동풍에 으등그러진 구름 꼴이다⊛ 금방 비가 올 듯한 비구름처럼 어둡고 잔뜩 찌푸려졌다는 말. ¶구본칠이가 기껏 젓가락으로 먹고 나서 턱을 받치던 손바닥에 고물이 떨어지자, 자기도 모른 새 입에 털어 넣으며 말참견을 한 것이다. 그렇게 말한 구의 안색은 마치 동풍에 으등그러진 구름 꼴이다.《장한몽》

돼지 먹일 것으로 송아지 먹인다⊛ 적은 밑천으로 큰 이익을 낸다는 말. ¶"도야지 멕일 것으로 송아지 멕이더라고 서운찮게 득 볼라면 푸닥거리를 해도 서너 마당 착실히 허야 헐레."《오자룡》

돼지 암내 난 소리⊞ 어떤 일에 도움을 청하여 몹시 재촉하는 모양을 짐승의 생태에 빗댄 상말. (암퇘지가 발정하면 자꾸 소리를 지름) ¶"…즤가 급허면 챚어와서

돼지 암내 난 소리를 해두 내가 아쉴 때는 말짱 헛게라구…"《관촌수필 7》

돼지 얼굴 보고 잡아먹나⑪　겉모습보다는 속 내용이 더 중요하다는 말. ¶"새끼, 동티잡이 허구 와. 알지헌테 뜨물 주면 재수 없는 줄 몰랐어?" "언젠 돼지 낯짝 보구 잡아먹었나? 살만 쪘으면 됐지…."《야훼의 무곡》

돼짓값은 칠 푼이요, 나뭇값은 서 돈이라㊙　주(主)로 하는 일보다 그것을 하기 위한 부분적인 일에 더 비용이나 힘이 많이 들 때 이르는 말. ¶"자기 품삯은 빼구 계산했구먼그려. 예전부터 돼짓값 칠 푼에 나뭇값이 서 돈이더라구, 자가 노력비를 넣었으면 배도 더 들었을 텐데 말야."《산 너머 남촌》

되곱쳐　도로 또는 다시. ¶…아내는 뎀세 찍자 붙을 가마리가 제대로 걸렸다 싶은지 되곱쳐 턱살을 쳐들며 무람없이 대들었다.《우리 동네 李氏》

되곱치다　'되곱치다'의 센말. ¶자식은 몽땅 방짜로 두었지…하며, 문정이 허전한 심사를 속으로 되곱치는 줄도 모르고, 응두는 마냥 소갈머리 없이 너스레를 떨었다.《산 너머 남촌》 ※되곱치다 : 다시 곱치다. 곱치다 : 반으로 접어 한데 합치다. (센말) 꼽치다.

되내기　나무단을 크게 보이거나 볼품 있게 보이도록 풀어서 다시 묶던 땔나무. ¶부피에 비해 실속이 없기로는 짚도 일반이었다. 성은 되내기 하여 돈사라고 했지만 몰라서 한 말이었다.《우리 동네 崔氏》

되넘기　물건을 사서 즉시 넘겨 파는 일. ¶재식이 처는 그런 되넘기 장사 속에 어

지간히 밝은 편이기도 했던가 보았다.《해벽》

되는 집안 추수에 기우는 집의 낫자루가 먼저 나간다㊙　강자의 이익에 약자가 먼저 희생된다는 말. ¶되는 집안 추수에 기우는 집의 낫자루가 먼저 나가듯이 응두도 두름성 없이 나대었다.《산 너머 남촌》

되들이하다　다시 들이대다. 〈個語〉 ¶안은 대번 얼굴을 되들이하며 부르튼 소리로 내댔다.《우리 동네 姜氏》

되로 주고 말로 받는다㊙　남에게 조그마한 도움이나 해를 주고 그 갚음으로 몇 배나 되는 것을 받는 경우를 이르는 말. ¶동네 청년들은 기껏 섣달 그믐께 한철로 그치지만, 계산으로 먹고사는 장사꾼들은 경칩 안짝부터 동지 대목까지 흰목 젖혀 가며 농민들을 주무르고 알겨먹을 수 있으니, 어느 쪽이 되로 주고 말로 받는지는 따져 보나 마나던 것이다.《우리 동네 李氏》

되먹이　되넘기. 〈방언〉 ¶"…되멕이 금으루 쳐서 디리면 맞지 틀리기는 무슨 심이 틀려?"《우리 동네 黃氏》

되먹이장수　되넘기장사. 물건을 여기서 사서 저기다가 곧바로 넘겨 파는 장사꾼. ¶좀 낫게 받을까 싶어, 잡살전에서 조아 팔려고 장에 가다가 길목 되먹이장수한테 뺏기다시피 하고 겨우 삼백 원을 받았다.《담배 한 대》

되면 더 되고 싶다㊙　되면 될수록 부족하게 여겨지고 더 잘되고 싶어지는 것이 사람의 마음이라는 말. ¶(산) '되면 더 되고 싶다'지만 더 되고 싶은 것이 있어서가 아니라 '술덤벙물덤벙'으로 실없이 '남 떡 먹

는데 팥고물 떨어지는 걱정을 한' 것이 시비가 됐던 것이다.《속담과 인생》

되모시 결혼한 일이 있는 여자로서 처녀 행세를 하고 있는 여자. 거짓처녀. ¶"저런 부엌에서 잘 놈이 있나. 깽짜라니. 그럼 우리 애어미가 되모시였더란 말이냐?"《토정 이지함》

되바라지다 어수룩한 구석이 없고 얄밉도록 지나치게 똑똑하다. ¶명물은 되잖게 입만 되바라졌다고 해서 아무나 되는 것도 아니었다.《유자소전》

되받이하다 얻어들은 말을 또다시 써먹는 일. ¶"땅에도 사람에 필요한 땅이 따로 있고, 사람에도 땅에 필요한 사람이 따로 있다…는 이야기유?" 영두는 문정이 하던 말을 되받이하여 말막음을 하려고 하였다.《산 너머 남촌》

되사 말로 되고 남은 한 되가량. ¶통일찹쌀이 밭벼찹쌀보다 되사 값 정도는 더 나가므로 그것도 한 가지 방법임에는 틀림없었다.《우리 동네 崔氏》

되새기다 (음식을) 자꾸 내씹다. ¶명절에 와서도 촌 음식에 집을 것 없다고 라면이나 끓여 되새기다가 뒤도 안 돌아보고 떠나는 색시 같으면 설혹 암만이 있다고 하더라도 본디 없느니만 같지 못한 것이었다.《산 너머 남촌》

되알지다 매우 야무지다. ¶"누울 자리가 워떤 자리간디?" "워떤 자리? 뻗치는 자리! 왜?" 아내도 되알지게 대꾸했다.《장이리 개암나무》

되우 아주 몹시. ¶"…좋은 되우 칠수록 제 구실은 헌다 그 말인디…"《오자룡》

되작거리다 무엇을 찾느라고 이리저리 자꾸 뒤지다. ¶"저런 걸 낳느니 방바닥에다 싸구 파리새끼 존 일이나 시키지…" 무슨 뜻인지 모를 말을 하면서 자식 못되게 둔 조패랭이가 측은하다는 말을 되작거리던 터였다.《관촌수필 4》

되작되작 되작거리는 모양. ¶"암만, 벌써버텀 되작되작허니 소금이 엥기잖어." "잘도 끓어쌓는다."《추야장》

되작이다 (물건을) 이리저리 들추어가며 뒤지다. ¶"…뒷전에서 실없이 공리공론이나 되작이며 이 눈치 저 눈치 찾다가 결국은 사회의 낙오자가 되는 데에 문제가 있더라 이거지…"《그리고 기타 여러분》

되지기 ① 씨 한 되를 뿌릴 만한 논밭의 넓이. ¶(복산이는)…본디 땅뙈기라곤 되지기거리조차 없었건만 이젠 어엿한 섬지기 농군으로 자라 대강 셈평이 펴이고 있었다.《관촌수필 6》 ② 찬밥을 더운밥 위에 얹어 찌거나 데운 밥. ¶"더운밥에 얹어 찐 찬밥 되지기루 앉어 있으니께 가관이 장관이구먼…"《우리 동네 趙氏》

되직하다 조금 되다. ¶마당 바닥의 매흙이 묵처럼 솔았다가 송편이나 수제비 모태처럼 되직해지면《관촌수필 5》

되질은 할수록 줄고 마까질은 달수록 는다⑧ (되질은 되로 곡식을 되어서 수량을 헤아리고, 마까질은 저울로 물건의 무게를 달아서 중량을 헤아리는 일인데) 곡식은 되로 될수록 양이 줄어들어 손해를 보고, 저울질은 할수록 솜씨가 늘어서 저울눈을 속이므로 손해를 본다는 말. ¶"되질은 될수록 줄어두 마까질은 달수록 는다니께, 어채피 있는 말 놔두구 옳는 말이 더 요란허겄지만, 그래두 그러면 못쓰느니…" "칠어계두 칠아계라니? 듣다 츰 듣는 소리 같은디." 조는 워낙 생무지였으므로 의연히 되짚어 물은 거였다. 《우리 동네 趙氏》

된내기 된서리. 〈방언〉 ¶된내기 빛에 두엄이 허옇게 센 위로 난초 치던 붓끝 같은 마늘싹이 솟고, 《관촌수필 6》

된비알 매우 험한 비탈. ¶…원래 된비알이라 올라오는 물은 시원치 않았다. 《우리 동네 金氏》

된장 쉰 것은 일 년 원수요, 아전 못된 건 평생 원수다㊈ (아전은 조선조의 관청에서 실무를 맡아보던 하급 관리. 세습제이며 신분이 보장된 장기 근속자로, 한번 밉보인 백성은 두고두고 불이익을 당했던 데에서) 다른 잘못된 일들은 다 개선될 수 있어도 말단 기관의 관료주의는 끝이 없다는 말. ¶된장 쉰 것은 일 년 원수로되 아전 못된 건 평생 원수라는 것을 모른 사람이 없었지만, 그러나 달리 수가 없었다. 《오자룡》

된장에 간장 치는 소리 느닷없는 소리. ¶"그건 또 무슨 된장에 간장 치는 소리여?" 《그리고 기타 여러분》

될 듯 될 듯 곧 이루어질 듯한 기미가 거듭되는 모양. ¶"…막상 어떻게 해 보려고 하면 으레 될 듯 될 듯 하다가도 이리저리 틀려가지고 도로 아미타불이 되고 말더라구요." 《산 너머 남촌》

될락말락하다 일 따위가 어떤 수준이나 정도에 이를 듯 말 듯 하다. ¶…수찬이 곁에는 스무남은이 될락말락한 가무잡잡한 긴 머리 처녀가 붙어 있었다. 《관촌수필 8》

될랑말랑하다 될동말동하다. 〈방언〉 ¶잘

됐어야 올 들며 스무남은이 될랑말랑한 두 청년이 《우리 동네 崔氏》

됨데 '됩데'의 잘못. ¶서울에서 대학을 나왔으면 투깔스러운 사투리도 약간 덜할 법한데 됨데 바닥보다 더한 까닭이 웬일이냐고 《강동만필 2》

됨새 일이 되어 가는 모양새. ¶"…저니 말 뫼났다가 거름허면 비료 안 사두 베 됨새가 보기 좋을 겨." 《우리 동네 金氏》

됩데 도리어. 〈방언〉 ¶김은 술이 아쉬웠다. 조금만 더 있었으면 그런대로 무던하게 수작하겠는데, 맛뵈기로 그쳤으니 됩데 비위만 거슬려 놓은 게 아닌가 싶던 것이다. 《우리 동네 金氏》

됩세 도리어. 〈방언〉 ¶"…불법적으루 쓰다 들켰으면 사꽛적으루 나오는 게 아니구, 됩세 큰소리쳐?…" 《우리 동네 金氏》

두고두고 오랜 시간을 두고 여러 번에 걸쳐서. ¶…내 것이라 하여 쥐 소금 먹듯이 두고두고 갉작거려 마침내 자리가 날 만큼 축낸 것도 없었다. 《산 너머 남촌》

두꺼비눈 눈알이 두꺼비처럼 불뚝 나와 보기가 흉하게 생긴 눈. ¶명우는 고개를 끄덕이며 두꺼비눈을 했다. 《두더지》

두대박이 두 개의 돛대를 세운 큰 배. ¶…두대박이 두 척에 수십 명의 군졸과 마필이 나뉘어 뒤따르면서도 마치 물밑으로 흐르는 듯이 잠잠한 것이 그러하였다. 《매월당 김시습》

두더지 사돈 찾듯㊈ 분수에 넘치는 짓을 한다는 말. ¶"…아무리 두더지 사돈 찾듯이 파 봐도 쓰던 막치 사발 하나, 죽치 대접 하나가 없으니 순 난부자든거지가 아닌가…" 《산 너머 남촌》

두더지 혼인(혼) 분에 넘치는 엉뚱한 소망을 품거나 또는 공연히 애만 쓰다가 결국은 실패함을 비유한 말. ¶ "…이미 공론이 나온 다음이고 어차피 두더지 혼인을 넘지 못할 터수에 뭣이 억혼이란 말인가?" 《토정 이지함》

두동지다 앞뒤가 모순되어 서로 맞지 않다. ¶ 사람을 피하고 싶어서 낙향을 서둘렀던 이립으로서는 누가 보더라도 앞뒷동이 두동지는 일로 비치기가 십상이기도 하였다. 《더더대를 찾아서》

두둑 ① 밭과 밭 사이의 두두룩한 부분. ② 논이나 밭을 갈아 골을 타서 만든 두두룩한 바닥. ¶ 바랭이와 뚝새풀이 깃기 전에 두둑이나 아우거리해 두자고 이틀 한나절을 보리밭에서 살았더니 《우리 동네 崔氏》

두런거리다 여럿이 나직한 목소리로 서로 조용히 이야기하다. ¶ 문정이 더러 속에 있던 말로 두런거리면 마누라는 말속도 모르고 번번이 말추렴을 드는데 그것도 말끝마다 엇조였다. 《산 너머 남촌》

두런두런 여럿이 나직한 목소리로 서로 조용히 이야기하는 소리. 또는 그 모양. ¶ (시) 두런두런/ 가는/ 구름장,/ 집집마다/ 오는/ 가랑비.《가랑비》

두렁풀 논두렁이나 밭둑에 난 풀. ¶ "…비행기루 뿌려 봤자 위서는 바람허구 땡볕이 먹구, 밑에서는 질바닥에 두렁풀허구 반타작허다가 마니, 폼 가지구 농사짓잖는 이상 그게 짝이 무슨 짝이냐 이게여." 《우리 동네 黃氏》

두렷거리다 두리번거리다. 〈방언〉 ¶ …대복이는 열심히 안개 속만 두렷거리며 여

우 있을 만한 곳을 가늠하고 있었다. 《관촌수필 6》

두렷두렷하다 ① 여럿이 다 엉클어지거나 흐리지 않고 아주 분명하다. ② 눈을 굴리며 여기저기 살피다. ¶ 두렷두렷하던 김이 어리둥절한 눈으로 한 말이 있고서야 알았지만,《그럴 수 없음》

두루두루 '빠짐없이 골고루'를 강조하는 말. ¶ 두루두루 빌어먹자는 잔꾀로 봐도 할 말이 없을 것 같았다. 《장한몽》

두루먹이 두루메기쌀. ¶ "쭉젱이 한 삼태기가 두루먹이 쌀 한 말이라는데, 마당 풍년 덕에 새들부터 겨우살이 걱정을 벗었구먼." 《그리고 기타 여러분》

두루메기쌀 쭉정이 쌀. 〈경기도 화성 지방 방언〉 ¶ "…닭 오리 모이 허던 두루메기쌀…"《우리 동네 李氏》

두루메기하다 가축의 사료로 쓰다. 〈경기도 화성 지방 방언〉 ¶ "…소 돼지 여물루 두루메기헐 테면 통보리루 삶어 멕여두 되잖여. 꼭 기계에 늫서 매조미쌀처럼 대껴 멕여야 맛이간디."《우리 동네 姜氏》

두루춘풍(一春風) 누구에게나 좋은 얼굴로 대하는 일. 또는 그러한 사람. ¶ (나는)…아무 데서나 두루춘풍으로 홍이야 홍이야 해 온 맨탕이었다.《강동만필 3》

두루치기 한 가지 물건을 여기저기 둘러 쓰는 것. 또는 그러한 물건. ¶ "동네 전체가 티뷔에 나가면 동네 피아르 돼서 땅금 오르고, 협조 잘해 주셨다고 방송국에서 감사장도 드리고 하면, 안팎 두루치기니까 한턱은 이장님이 내셔야지 무슨 말씀이세요."《우리 동네 柳氏》

두룸길 두름길. ¶ …이 양이 있을 동안에

는 거어리를 피하여 두룸길로 둘러다니지 않을 수가 없었다. 《토정 이지함》

두룸성 두름성. 〈방언〉 ¶두룸성 한 가지로 내리 삼 년째 이장을 보는 사람답게, 《우리 동네 柳氏》

두름 나물 따위를 짚 따위로 길게 엮은 것. ¶처마 밑에 매달린 시래기 몇 두름《관촌수필 2》

두름길 둘러서 가는 길. 우회로. ¶다녀도 사잇길로 다니되 오히려 에움길로 접어들거나 부러 두름길을 택하기가 일쑤였다. 《매월당 김시습》

두름성 주변성이 좋아서 일을 잘 변통하는 재주. ¶되는 집안 추수에 기우는 집의 낫자루가 먼저 나가듯이 응두도 두름성 없이 나대었다. 《산 너머 남촌》

두릅 두습. 〈방언〉 말이나 소의 나이를 셀 때, 두 살을 이르는 말. ¶나 없는 새 두 양주가 기신기신 거둬 기른 두릅 난 황소를 팔려고 장날을 기다려 내가 직접 쇠전으로 소를 내갔던 거였다. 《다가오는 소리》

두리기상 여러 사람이 격을 차리지 않고 둘러앉아서 한데 먹게 차린 음식상. ¶…잔칫집에 가서도 차일 밑의 두리기상을 등지고 앉아서 자작으로 마시고 일어나던 천성에 일찍이 물려 버린 탓이었다. 《명천유사》

두리두리 둥글고 커서 시원하고 보기 좋은 모양. ¶"…짐충렬 씨는 두리두리헌 얼굴에 반은 구레나룻이 뒤덮어 겨우내 목도리 없이 지내두 목덜미 시린 중은 모르구 지낼 양반이더면그려…"《장석리 화살나무》

두릿거리다 두리번거리다. 〈방언〉 ¶…구

본칠은 미던 가슴에도 여유를 주며, 주위부터 한 바퀴 두릿거려 보았다. 《장한몽》

두말하면 잔소리㈜ 다시 더 말할 필요가 없다는 것을 이르는 말. ¶"암만, 두말허면 잔소리구 시말허면 헛소리지."《장이리 개암나무》

두멍 독만 한 큰 동이나 통. ¶그는 이미 떨리는 음성이었고 두 눈시울에는 벌써 삼수갑산 저문 산자락에 붐비던 눈송이가 녹으며 모여 토담 부엌 두멍처럼 넘실거리고 있었다. 《관촌수필 5》

두메 고뿔이 서울 몸살더러 환약 써라 탕약 써라 한다㈜ 주제넘은 짓이라는 말. ¶지게를 져도 서울 지게가 가볍다고 기어 올라갔으니 일어서나 자빠지나 다 제할 탓인즉, 두메 고뿔이 서울 몸살더러 환약 써라 탕약 써라 하고 신칙할 일은 아니었던 것이다. 《산 너머 남촌》

두부도 아니고 묵도 아니게 떠든다㈜ 뭐가 뭔지 모를 소리로 떠든다는 말. ¶"…그 풍신에 뭐라고 두부도 아니고 묵도 아니게 떠든지 아세요. 지전으로 내건 동전으로 내건, 자기는 직접 신문사로 가서 따로 내겠다는 거예요."《그리고 기타 여러분》

두 손(을) 들다 포기하다. ¶씨는 들깨를 닷 말이나 팔다가 갈았으나 돈값 품값은커녕 장아찌 담그는 데에 들어간 소금값도 못한 채 두 손을 들고 말았다. 《장천리 소태나무》

두 손 털고 나서다 가지고 있던 것을 다 잃어 남은 것이 없게 되다. ¶…택시를 끌다가 뒤집혀서 죽었다 살기도 한 사람이, 어느 날 두 손 탁 털고 들어와 다시 지게를 지고 나선 것이 신통해서, 종구가 하는

일이라면 덮어놓고 두둔부터 하고 싶기 때문이었다. 《장척리 으름나무》

두엄더미 두엄을 쌓은 더미. ¶ "저니는…말을 해두 꼭 두엄데미에서 고리삭은 말만 입에 바르더라…" 《우리 동네 金氏》 ※두엄 : 풀·짚·낙엽 등을 쌓아서 썩힌 거름. 퇴비.

두엄에다 집장 띄워 먹고 훔친 떡 뒷간에 가 먹기다 좋은 일을 격에 맞지 않게 엉뚱한 장소에서 한다는 말. ¶ "두엄에다 집장 띄워 먹구 훔친 떡 뒷간에 가 먹기지. 지집 사내 붙는디 무슨 공부 무슨 학문이 필요혀?" 《관촌수필 4》 ※집장(汁醬) : 여름에 띄워 말린 메주를 곱게 빻아서 고춧가루와 함께 찰밥에 버무려 장아찌를 박고 띄운 고추장 비슷한 음식. 흔히 오지 항아리에 담가 초가을에 퇴비를 썩힐 때 퇴비더미 속에 항아리를 묻고, 퇴비가 발효할 때 나는 열을 이용하여 띄운 것이라야 맛이 좋음.

두턱지다 턱에 살이 찌다. 〈방언〉 ¶ …작년 섣달부터 안방 벽뙈기에서 달력으로 살아온 그 두턱진 얼굴이, 어느새 책받침 위로 잦혀지며 종애를 올려다보고 빙글거렸다. 《우리 동네 崔氏》

두투레 뒤트레방석. 〈방언〉 ¶ 나는 물론 쌀주머니 부대였고 그나마도 골방에다 두투레 덮어 뒀던, 쑥 내려간 쌀독을 떠내어 훔쳐가지고 나온 것이었다. 《그가 말했듯》

두툴두툴 거죽이 울룩불룩하여 고르지 않은 모양. ¶ 두툴두툴한 자갈길에 멍든 낡은 엔진의 소음과 그늘처럼 창문을 가리는 뿌이연 먼지. 《매화 옛 등걸》

둑가다 윷놀이에서, 두동째 가다. ¶ …동네 윷판만 해두 둑갈 적에 다르구 석갈 적에 다른 게 말판 쓰는 공기니께. 《강동만필 3》

둔발이 행동이 굼뜨고 느린 사람을 조롱하여 이르는 말. 〈방언〉 ¶ 그는 운동신경이 젬병이어서 아이들과 툭탁거리는 일 따위는 애초에 엄두도 내지 못하던 둔발이였다. 《유자소전》

둔치 물가의 언덕. 또는 강·호수 따위의 물이 있는 곳의 가장자리. ¶ …저수지도 가장자리에 둔치 기어 올라오는 것이 시간마다 다르게 물을 빼기 시작한 뒤로 낚시꾼들의 차가 쑥 들어가 버려 길에 흙먼지가 일어나지 않는 것 하나는 살 만하였다. 《장척리 으름나무》

둔팍하다 미련하고 투미하다. ¶ 그는…보리 첨지로 호를 낼 만큼 태생이 둔팍한 위인이었다. 《우리 동네 崔氏》

둘둘 물건을 여러 겹으로 마는 모양. ¶ 둘은 서로 사지를 얽고 방구들을 둘둘 말기 시작했다. 《지혈》

둘러방치다 무엇을 빼돌리고 그 자리에 다른 것을 대신 바꾸어 넣다. ¶ 매월당은 웃었다. 수습을 하려고 얼김에 둘러방치기한 말이 해 놓고 보니 또 언중유골을 면치 못했기 때문이었다. 《매월당 김시습》

둘러치나 메어치나 이러나저러나 마찬가지인 경우를 비유적으로 이르는 말. ¶ "저 늙은이도 얼른 죽어야 된다구요, 죽어 봤자 자기 직장으로 돌아가는 거…하긴 죽으나 사나 마찬가지겠군, 직장이 공동묘지니 둘러치나 메치나 마찬가지야." 《장한몽》

둘째가라면 서럽다 자타가 공인하는 첫째다. ¶ (산)…인구밀도 조밀하기로는 둘째

가기 서러운 나라에서 인력마저 부족하다면 이만저만한 모순이 아닌 것이다. 《아픈 사랑 이야기》

둠벙 웅덩이. 〈방언〉 ¶ "…그 옆댕이 둠벙 뚝셍이루 먼저 가 지셔." 《우리 동네 黃氏》

둥굴레 죽대. 〈방언〉 백합과의 여러해살이풀. ¶ 이튿날부터는 마와 둥굴레를 캐고 도토리와 밤을 주워 들었다. 《매월당 김시습》

둥글너부죽하다 둥글넓죽하다. 생김새가 둥글고 면이 넓적하다. ¶ (산) 그는 모나고 맺힌 데라곤 없는 둥글너부죽하고 거무튀튀한 안면을 가지고 있다. 《아픈 사랑 이야기》

둥글둥글 매우 둥그런 모양. ¶ (시) 둥글둥글 눈사람. 《눈 온 날》

둥두렷하다 '덩두렷하다'의 잘못. ¶ (산) 달덩이 같은 박이 둥두렷하게 세어 가는 초가지붕에 붉은 고추를 널어 말리는 풍경이 보기만 해도 아늑하다. 《내 작품 속의 주인공들》

둥실둥실 둥둥 떠서 움직이는 모양. ¶ (시) 파도를 타고/ 둥실둥실 엊저녁에 떨어진/ 별똥별일까. 《불가사리》

둥실하다 ① 둥그스름하다. ¶ 그러다가 내가 본 것은, 해 넘기 전으로 지나야 할 재빼기 바로 고섶에 송림이 시퍼렇게 일어난 둥실한 안산이었다. 《백의》 ② 살이 올라서 통통하다. 〈個語〉 ¶ …논두렁 위로 싸게 내닫던 것들은 얼핏 보아도 햇곡에 살이 올라 둥실해진 메추리들이었다. 《우리 동네 趙氏》

뒝 가루좀. 〈방언〉 삭은 나무나 메주 또는 콩이나 팥 따위에 구멍을 뚫어 가루를 내는 벌레. ¶ 콩에 뒝 먹은 자리만큼 구멍을 내고 그 속에 극약을 넣어 촛농으로 땜질한 것이 사단인 모양이었다. 《그리고 기타 여러분》

뒤나다 뒤내다. 〈방언〉 일을 하는 도중에 싫증을 내다. ¶ "…뒤난 머슴처럼 툭하면 삽이 이러니 쇠스랑이 저러니 하고 연장 타박은…" 《산 너머 남촌》

뒤대다 빈정거리는 태도로 비뚜로 말하다. ¶ 먹다 남은 메떡 동고리처럼 뒷전에 어슷하게 내켜앉아 홍단 백오십이 깨진 상판을 짓고 있던 종미 어매가 뒤대는 투로 나섰다. 《우리 동네 柳氏》

뒤듬바리 투미하고 거친 사람. ¶ 그녀는 삽을 든 다른 손에 노란색 민방위 완장과 초록색 민방위 모자를 쥔 채 뒤듬바리 걸음으로 다가오고 있었다. 《우리 동네 金氏》

뒤떠들다 왁자하게 마구 떠들다. ¶ 라디오는 여전히 야구 중계로 시끄러웠다. 올 들어 처음으로 도루가 나왔다고 뒤떠들고 있었다. 《산 너머 남촌》

뒤란 집 뒤 울타리의 안. ¶ …정원이며 뒤란, 서너 칸이 넘던 대청마루와 사랑 툇마루들, 《관촌수필 1》

뒤로 박을 년 〈비〉 여성에 대한 음탕한 상말. ¶ 여인이 인사도 없이 저만치로 내려가자 그는 정말 못 해 먹겠다는 낯이 되어, "저, 뒤로 박을 년 땜에 세수 못 한 체면이 됐구먼. 에이 재수 없어, 최소한 삼 년은 재수 없게 됐어." 《장한몽》

뒤(를) 달다 앞에서 한 말에 뒤를 이어서 보충하여 말하다. ¶ "아 기수 엄니 봐. 혼자된 몸에 핵교 가는 애가 여럿이래두 외려 두 되 가웃 것이나 안 퍼 주던감…" 하

고 홍은 뒤를 달았다.《우리 동네 黃氏》

뒤를 대다　말이 끊어져 동안을 두지 않게 이내 잇대다. ¶박창돈이 뒤를 대고 오갑성이 겉으로 낸《해벽》

뒤를 밟다　몰래 따라가다. ¶"젊은것이 밝히기는…술 가져오는 건 워디서 보구 뒤밟어 오는 겨."《우리 동네 金氏》

뒤(를) 보다　대변을 보다. ¶"게 오는 게 거시킨감?" 하여 둘러보니, 삼덕이가 왕소나무 뒤에 앉아서 뒤를 보고 있었다.《담배 한 대》

뒤발하다　온몸에 뒤집어써서 바르다. ¶…왕소나무는 흔적도 없어지고, 대신 그 자리에는 오죽잖은 블록집이 노란 페인트로 뒤발한 '접도 구역'이란 돌말뚝과 함께 썰렁하고도 음산하게 도사리고 있었다.《관촌수필 1》

뒤설레　서두르며 수선스럽게 구는 일. ¶그녀도 노인네 방하고 나누려고 식어서 엉겁이 된 탕수육을 접시에 덜면서 수다스럽게 뒤설레를 쳤다.《산 너머 남촌》※뒤설레를 치다 : 서두르며 수선을 부리다.

뒤설레다　몹시 설레다. ¶…때가 되면 짜장면과 신문 배달을 하는 발걸음이나 뒤설레며 기웃거릴 뿐이었다.《강동만필 1》

뒤스럭거리다　① 무엇을 자꾸 이리저리 뒤적이다. ¶…까마귀 서너 마리가 천연스런 뒤듬바리 걸음새로 밭두둑을 뒤스럭거리고 있었다.《산 너머 남촌》② 변덕을 부리며 부산하게 굴다. ¶강이 헛걸음한 것을 알자 아내는 금방 입이 석 자나 나오며 부사리 우격뿔 내두르듯 집 안을 뒤스럭거렸다.《우리 동네 姜氏》

뒤슬뒤슬　되지 못하게 건방진 태도로 행동하는 모양을 나타내는 말. ¶"물꼬 쌈에두 살인나는디 양수기로 퍼먹으니, 이건 횡령쪼루 형사 문제라구." 뒤슬뒤슬하며 짝 안 맞게 배운 소리를 입에 바르는데, 느낌이 달라서 보니 전에 보던 얼굴이 아니었다.《우리 동네 金氏》

뒤어보다　뒤져보다. 〈방언〉 ¶영두는 불을 켜도 짯짯이 뒤어보았다.《산 너머 남촌》

뒤웅스럽다　뒤웅박처럼 생겨 미련스럽다. ¶내놓고 보니 소녀도 생각보다 훨씬 모착하고 뒤웅스러운 외모였다.《산 너머 남촌》

뒤재주치다　함부로 뒤집어 놓다. ¶느릅나무집 골방에서 몸부림을 한 뒤로 손이 안 간 데다가 스산한 바람으로 연방 뒤재주치는 덩덕새머리에《산 너머 남촌》

뒤적뒤적　물건을 이리저리 들추어 가며 자꾸 뒤지는 모양. ¶(순평은)…담배와 성냥갑을 뒤적뒤적 찾아내긴 하면서도《장한몽》

뒤죽박죽　여럿이 함부로 섞여 엉망이 된 모양. ¶떠도는 홀아비 생활에 아쉽지 않을 만큼은 살림붙이가 뒤죽박죽인 채 담겨 있었다.《몽금포 타령》

뒤질러오다　'오다'의 낮춤말. 〈방언〉 ¶"공것이라면 있는 늠이 더 껄덕거리는 겨. 누가 왔다니께 볼가심헐 거나 읎나 허구 뒤질러오는 거지 뭐겠어…"《우리 동네 黃氏》

뒤춤뒤춤　자꾸 무르춤하는 모양. ¶순사는 어쩔 바 몰라 뒤춤뒤춤하고 대복 어매는 더욱 기승하여 물어뜯을 양으로 대들며 발악했다. "오냐 새끼 잘못 둔 이 에미를 잡어가거라, 나를 잡어가…"《관촌수필 4》※무르춤 : 뜻밖의 일에 가볍게 놀라 갑자기 물러서듯이 행동을 멈추다.

뒤치락자치락 엎치락뒤치락. ¶그런저런 생각으로 뒤치락자치락하며 해돋이를 기다리던 구는 문득 그렇다 하고 짚이는 게 있었다.《장한몽》

뒤퉁스럽다 미련하거나 찬찬하지 못하여 일을 잘 저지르다. ¶매월당은 오망부러진 목을 비짓자루 비틀듯 하며 뒤퉁스럽게 앵도라지는 꼴이 가관스러워서 한 번 더 집적거려 보았다.《매월당 김시습》

뒤트레방석 똬리처럼 새끼를 둘둘 감아서 만든 방석. ¶최는 닭장을 따고, 쥐 안 닿게 뒤트레방석으로 눌러놨던 새우젓 조쟁이에서 겉보리 한 종구라기를 떠내어 모이로 뿌렸다.《우리 동네 崔氏》

뒵들다 남의 말에 뒤를 이어 동조하여 남의 말을 거들어 주는 것. ¶…(그녀는) 남의 억울한 일에는 팔뚝을 걷어붙이고 나서서 뒵들어 싸워 주며, 부지런하려 들기로도 남보다 뒤처짐이 없었던 것이다.《관촌수필 3》

뒵들이 뒤에서 거들어 도와주는 일. 또는 그런 사람. ¶"도대체 당신 워디 사는 누구여? 뭣허는 사람여?" 그러자 누군가가 뒤에서 큰소리로 대답했다. "그 사람두 높어유" 그 말이 떨어지기 전에 또 다른 목소리가 곁들여졌다. "놀미부락 개발 위원이구, 마을문고 후원 회원이구…" 그러자 여기저기서 우르르 하고 아무나 한마디씩 뒵들이를 했다. "부랄 조심(가족계획) 추진 위원이구…"《우리 동네 金氏》

뒷갈망 뒷감당. ¶그래도 할 수 있는 노력이라면 뒷갈망이야 어찌하든 양수기부터 세내어 쪄다 놓고, 물이 된 비알을 기어오르도록 힘껏 해 볼 셈이었다.《우리 동네 金氏》

뒷갱기 짚신이나 미투리의 도갱이를 감아서 싼 물건. ¶…검정 수실로 뒷갱기를 야무지게 감친 크막한 짚세기 한 짝이 발밑으로 떨어지고 있었다.《우리 동네 金氏》

뒷그루 이모작에서 나중 그루의 농사. 뒷갈이. ¶…그새 소나기 한 죽만 있었더라도 봄것 거둔 터에 뒷그루로 푸성가리를 부쳐, 벌써 여러 뭇 솎아 가용푼이나 했을 거였다.《우리 동네 金氏》

뒷동 일의 뒷부분. ¶…매양 마음만 있고 이미룩저미룩하다 으레 손이 안 가 저녁마다 뒷동을 못 보니 뉘더러 지청구를 할 수 없는 노릇이었다.《우리 동네 黃氏》

뒷동을 달다 뒤를 달다. ¶봉득이는 달래술이 동나자 먹다 두었던 국산 양주를 내오게 하고 뒤미처서 뒷동을 달았다. "시골 사람도 고무신 끌고 장에 다니던 때는 주름살이 명함 구실을 했지만, 지금은 얼마나 뛰느냐에 따라서 인사를 하면서 사는 사람이 되느냐, 받으면서 사는 사람이 되느냐로 갈라지더라구…"《산 너머 남촌》

뒷목 타작할 때에 벼를 되고 마당에 처진 찌꺼기 곡식. ¶"…까놓구 말해서 뒷목까장 싹 쓸어 담은 게 쌀 스무 가마여…"《우리 동네 李氏》

뒷뫃 '뒷목'의 잘못. 여기서는, '뒷맛'의 뜻으로 쓰임. ¶운전사는 운수업계에서 곰삭은 위인답게 말이 서부렁하면서도 뒷뫃으로 신선한 느낌을 끼쳐서 좋았다.《산 너머 남촌》

뒷밀이 남의 뒤를 밀어주는 사람(후원자)을 속되게 이르는 말.〈個語〉¶이어서 이의 맞은편에 앉았던 정승화가 남의 뒷밀이로

나섰다.《우리 동네 李氏》

뒷배(를) 보다 드러나지 않게 뒤에서 일을 보살펴주다. ¶…동네의 어른은 그곳을 터전으로 하여 살아온 사람들의 신원을 보증해 주는 증인이나, 뒷배를 보아주는 후견인에 견줄 만한 존재였다.《산 너머 남촌》

뒷장에 쇠다리 먹자고 오늘 장에 개다리 안 먹으랴(속) 다음에 더 좋은 기회가 있다 하여 이번 기회를 그대로 보낼 수는 없다는 말. ¶뒷장에 소다리 먹자고 오늘 장에 개다리 안 먹으랴 싶어 일신의 호사만을 도모하자니, 끼니 젖혀 놓고 먼저 터득해야 할 일이 사내 후리는 법이었다.《곽산 기생 보름이》※뒷장 : 돌아오는 장날.

뒷장질 '뒨장질'의 잘못. 사람이나 짐승, 물건 따위를 뒤져내는 일. ¶"어린것이 뒷장질이 여간 번거허야지. 눈만 뜨면 뒤구, 하루에도 뒤집개질이 열두 번이더니 그예 사건을 내구 마네그려."《이모연의》

뒷전어리 뒤편 어디쯤. 〈個語〉¶김은 슬며시 옆댕이와 뒷전어리를 사려보았다.《우리 동네 金氏》※뒷전 : 뒤쪽이 되는 부분.

뒷전풀이 무당이 뒷전 노는 일. 여기서는, '뒤로 슬며시 딴짓하다'의 뜻으로 쓰임. ¶(행인들이)…저마다 저 닮은 소리로 씩둑씩둑 뒷전풀이들을 하고 있었다.《매월당 김시습》

뒹굴뒹굴 누워서 몸을 자꾸 이리저리 구르는 모양. ¶(시) 강아지는 우리 아기랑/ 뒹굴뒹굴 놀지요.《누구 누가 노나요》

드나나나 들어가거나 나오거나 늘. ¶드나나나 물것 풍년이니 한데로 나서도 그

렇지만, 밖에 나와 혼자 우두커니 그러고 있기도 청승이라, 천상 일찌감치 벗어던지고 세상사 베개에 묻는 게 고작이었던 것이다.《우리 동네 黃氏》

드난 임시로 남의 집 행랑에 붙어 지내며 그 집의 일을 도와줌. 또는 그런 사람. ¶"…얼바람 맞는 드난으로 왔다리 갔다리 하는 거야 난쟁이 턱 차기겠지…"《산 너머 남촌》

드난살이 남의 집에서 드난으로 사는 생활. ¶(조는)…드난살이로 여일이 없던 뜨내기 아닌 다음엔 모를 이치가 없도록 터를 닦으며 살아왔던 것이다.《해벽》

드난이하다 드난살이하다. ¶동네 사람들은 그녀가 우리 집을 어렴성 없이 무시로 드난이하는 게 부러운 모양이더니 "들병 장수가 술짐 졌다 뭘 그려…" 하며 이죽거렸다.《관촌수필 ④》

드는 삼재는 조용해도 나는 삼재는 소리치고 난다(속) 흉한 일은 시작보다 끝이 더 흉하다는 말. ¶"드는 삼재는 조용해도 나는 삼재는 소리치고 난다는 속담이 있는데…봤더니 어르신네는 금년이 바로 삼재가 나는 해라서…이 고비를 잘 넘기셔야지 그렇잖으면 좀 어렵지 않을까 싶더군요."《산 너머 남촌》

드런 자식(비) 더러운 자식. ¶"드런 자식. 여러 말 허면 입 버리구, 그 돈 당장 도루 갖다줘…"《우리 동네 黃氏》

드렁조(一調) 판소리에서, 처음에 높은 소리로 호령하듯 질러 내다가 차차 내려오는 가락의 창법. 설렁제. ¶…남 씨는 들은 대꾸도 않고 내 옆으로 어슷하게 앉은서 씨를 빗보면서 드렁조로 말했다.《강동

만필 3》

드레 사람의 됨됨이로써의 점잖음과 무게. ¶유는 층층다랑이 개뚝배미를 위아래로 훑어보며 드레 없이 이기죽거렸다.《우리 동네 金氏》

드레나다 기계 같은 것의 바퀴나 나사못 따위가 헐거워져서 흔들거리다. 여기서는, 비유적 의미로 쓰임. ¶(의곤이가)…어금니를 옥물고 그러는 것이 그동안에 담배를 못 피워서 삭신이 드레가 난 모양이었다.《산 너머 남촌》

드레드레 물건이 많이 매달리거나 늘어져 있는 모양. ¶마루 반자엔 쥐 오줌 자국이 구석구석으로 얼룩져 있고, 처마 밑 서까래와 도리 안의 제비집 터에도 거미줄이 드레드레 늘어져 주인 잃은 지 오래임을 스스로 말하고 있었다.《관촌수필 1》

드레지다 사람됨이 가볍지 아니하고 점잖아서 무게가 있다. ¶윤이 가다듬은 목청으로 드레지게 말했다.《우리 동네 柳氏》

드리없다 경우에 따라 변하여 일정하지 않다. ¶"…절기와 이기는 본래 시령이 나란한 법인데, 근래엔 하늘도 망녕인지 시시각 때각각으로 드리없이 늦고 이르니…"《산 너머 남촌》

드림흥정 물건을 사고팔 때 여러 번에 나누어 값을 치르기로 하고 하는 흥정. ¶남들이 받는 이자로 돌려주면 더욱 좋고, 정 힘이 부친다면 드림흥정으로 땅값을 나눠 치르면서라도, 있는 연장 죄 스루어다가 메밀이나 갈아먹을 작정이었다.《우리 동네 張氏》

드먹드먹 '드문드문'을 달리 이르는 말. ¶…초여는, 두어 모금 깊은 연기를 뿜어 낸 다음에야 먼저와 같은 말투로 드먹드먹 말을 이었다.《오자룡》

드문드문 시간적으로 잦지 않게 이따금. ¶돌아누우니 열어패 두었던 뙤창 너머로 초저녁별이 드문드문 떨어져 있는데《우리 동네 金氏》

드뭇닥 드뭇닥 가끔씩 가끔씩. ¶"…드뭇닥 드뭇닥 찾아오는 질손덜 재워 주구 질양석 여투어 은어먹으메 갈 날 지다리는 판이세…"《오자룡》

드새다 더새다. 길을 가다가 어느 곳에 들어가서 밤을 지내다. ¶매월당은 과객질을 하여 이날 밤을 드새었다.《매월당 김시습》

드잡이 서로 머리나 멱살을 움켜잡고 싸우는 짓. ¶수틀리면 드잡이라도 하겠다는 투로 막말을 하는 것이 어려서부터 거친 먹이만 먹고 배운 언사였다.《산 너머 남촌》

드티다 짐짓 어기대는 행동을 하다. 〈방언〉 ¶그는 아이들 일이라면 대책이 막연했다. 설령 벋나가고 드티는 자식이 생기더라도 떳떳이 타이르거나 되게 잡도리하여 다스릴 자신이 없던 것이다.《우리 동네 崔氏》

드티어나오다 섞이지 않고 비켜나다. 〈방언〉 ¶나는 그럴 때마다 스스로 드티어나와 어중간에 들어섰고, 그를 말리거나 역성들어 젊은것들을 닦아세움으로써 그로 하여금 위안이 되도록 하였다.《변 사또의 약력》

드티없다 '드티었다'의 잘못. ¶주인마누라가 지글거리는 석쇠를 뒤집으며 발칙한 언사로 드티없으나 문정은 역시 귓등으로 들어 넘기고 말았다.《산 너머 남촌》

드팀새 비키거나 밀려 생긴 조그만 틈. ¶"글쎄유, 나두 댕기러 온 사람인디 워째 문이 죄 잼겼네유." 하며 그들의 드팀새를 가로질러 대문 밖으로 나왔다.《우리 동네 李氏》

드팀전 예전에, 온갖 피륙을 팔던 가게. ¶(그녀는)…어리전이나 드팀전을 보아 제 몫은 하던 장돌뱅이 총각들의 눈독을 한 몸에 받고 있었음은 당연한 일이었다. 《관촌수필 3》

든벌 집 안에서만 입는 옷이나 신발 따위의 총칭. ¶(산)…든벌을 그대로 걸친 채 나는 밖으로 나왔다.《지금은 꽃이 아니라도 좋아라》

든부자 든부자난거지. 집안 살림은 아주 넉넉하면서도 남 보기에는 가난해 보이는 사람을 이르는 말. ¶"하필이면 시골 구실아치인고?" "그것들이 알로 먹는 든부자거든요."《토정 이지함》

든직하다 사람됨이 경솔하지 않고 무게가 있다. ¶과연 이장 변차섭이를 가운데에 두고 오치균, 유승팔, 배경춘이가 든직하게 앉아 담배를 나누고 있었다.《우리 동네 趙氏》

듣다 (빗물 따위의 액체가) 방울져 떨어지다. ¶점심 때쯤부터는 성깃하게 빗방울이 들어 개오동 잎새마다 얼룩무늬를 두었고,《관촌수필 5》

듣보기장사 한군데에 터를 잡고 하는 장사가 아니라 시세를 듣보아 가며 요행으로 돈 벌기를 꾀하는 장사. ¶…애초에 시작이 듣보기장사로 행상을 이어 온 차성복 자신이 누구보다도 널리 듣고 깊이 슬퍼해 온 터였다.《매월당 김시습》

듣자듣자 (싫은 것을 참고) 들어주고 또 들어주노라니. ¶"듣자듣자 허니께 잘헌다, 잘혀."《그때는 옛날》

들그서내다 안에 든 물건을 함부로 들쑤시며 뒤져 끄집어내다. ¶…공론은 마침내 류그르트가 떠들던 계 이야기를 들그서내기에 이르렀다.《우리 동네 柳氏》

들낚 오구. 〈방언〉용수 모양의 그물 아가리에 둥근 테를 메우고 '十'자 모양으로 긴 자루를 맨 어구(漁具).《個語》¶"모츠름 찾으셨는디, 좀 들앉았다 가서야지유." 털부리가 들고 들어온 들낚을 한켠으로 치우며 공손하게 말했다. …(조는) 뱃길에 들어가 들낚질을 하고 오는 참인가 보았다.《해벽》

들대 가까운 들녘. ¶동살이 퍼지자 들대도 더불어 들썩거렸다.《우리 동네 崔氏》

들들 ① 물건을 이리저리 들쑤셔 가며 뒤지는 모양. ¶"찬장이구 살강이구 즈이 집 벽장 뒤지듯 들들 뒤져 가메…"《관촌수필 4》 ② 남을 몹시 못살게 구는 모양. ¶"…들들 볶지나 말었으면 활인적덕허겄어."《관촌수필 6》

들떼놓고 사물을 꼭 집어내어 바로 말하지 않고. ¶아버지는 우체부가 툇마루에 던지고 달아난 신문을 두서너 번 뒤집어 보다가 이내 저리 내뜨리면서 들떼놓고 두런거렸다.《산 너머 남촌》

들뜨리다 곁들이다.〈방언〉¶"이런 날은 화롯전에 막걸리나 거냉해서 서너 잔 들뜨리는 게 되려 살로 가는 법인데…"《산 너머 남촌》

들락날락 자꾸 들어왔다 나왔다 하는 모양. ¶…아낙네와 처녀들은 하얀 버선목

을 내보이며 발바닥이 묻어나도록 들락날
락 부산이었다.《관촌수필 5》

들랑달랑　들락날락.〈방언〉¶“…애 아빠
는 정신이 들랑달랑 시렁시렁허지…”《우
리 동네 柳氏》

들랑대다　들랑거리다. 자꾸 들어왔다 나
갔다 하다. 들락거리다. ¶종남이만 학교
에서 돌아오면 자연 동네 조무래기들도
무시로 들랑대기 마련이라.《우리 동네
崔氏》

들머리　들녘.〈방언〉산에서 조금 떨어져
들판이 있는 곳. ¶…주리다 못해 배를 졸
라매며 들머리를 둘러보면 보리밭은 겨우
오월 그믐께 못자리 꼴,《관촌수필 2》

들머슴　선머슴.〈방언〉¶주인이 그러니
양계장 육추부나 방앗간 들머슴도 덩달아
그러던 것이다. “그 재수없는 계집애 땜
에…”《장한몽》

들먹다　못나고 마음도 올바르지 못하다.
¶“무슨 팔자루 저런 들먹은 사내를 서방
해서 폭폭하게 사는지 몰러…”《우리 동
네 崔氏》

들며날며　드나들면서.〈방언〉¶“…군에
서 왔나 면에서 왔나. 왜 함부루 들며날며
집어내느냐 이 얘기여.”《우리 동네 崔氏》

들면날면하다　들어갔다 나갔다 하다.〈個
語〉¶그녀가 내 책상 위의 전화번호를
몸속에 접어 넣고 있었던 것도 그만큼 자
주 들면날면한 까닭일 거였다.《돌아다니
던 여자》

들명날명하다　들락날락하다.〈방언〉¶“이
래봬두 예가 동네 마실 터라, 사람 뫼면 일
을 출 수 읎구, 그렇다구 저 좋아서 들명날
명허는 걸 막을 수도 읎구.”《관촌수필 8》

들무새　남의 막일을 힘껏 도와주는 것. ¶
영감은 구레나룻이 태모시처럼 센 노인이
었지만 그런대로 강단이 있어 보였으며,
노파도 마찬가지로 들무새 일에는 몸을
사리지 않을 만큼 정정한 편이었다.《관
촌수필 2》

들바라지　농번기의 농사 뒷바라지.〈경기
도 화성 지방 방언〉¶매번 석 장씩 쳐내
어 봄누에로 여름 들바라지 하고, 가을누
에 공판하여 추수 옆들이를 해 온 터였음
에도 리는 마침내…뽕밭을 떠엎기에 이르
른 거였다.《우리 동네 李氏》

들바람　들에서 불어오는 바람. ¶…들바람
에 세지 않고 맷물 있게 닦인 살결로 보아
그 먼 시에서 여기까지 놀러 온 꼴이었다.
《우리 동네 崔氏》

들벅거리다　북적거리다.〈방언〉¶이 집
저 집의 사돈네 식구까지 곁들여져 스무
명 가까운 낯선 사람들이 들벅거리기 시
작하자 초동부터 그 집에 머물고 있던 나
는 자연 초상집에 부고 전하러 온 신세나
다름없는 처지가 되어 눈 밖에 나야 했고,
《관촌수필 5》

들벅대다　북적대다.〈방언〉¶안방은 노
부모와 두 여동생들로 들벅댔고 윗방은
윤만이 삼 형제가 베개 벨 자리도 없게 쓰
고 있었는데, 뉘 집 골방 한 칸 빌려 쓸 수
있을 힘이 없는 처지던 거였다.《추야장》

들병장수가 술짐 진다(俗)　(말이나 행동이)
격에 맞음을 조롱하여 이르는 말. ¶동네
사람들은 그녀가 우리 집을 어렵성 없이
무시로 드난이하는 게 부러운 모양이더니
“들병장수가 술짐 겼지 뭘 그려…” 하며 이
죽거렸다.《관촌수필 4》※들병장수 : 병술

을 가지고 다니면서 파는 장수.

들볕 나무말미. 〈방언〉 장마 중에 날이 잠깐 들어서 풋나무를 말릴 만한 짬. ¶…누진 나무 그슬려 때게 사나흘거리 들볕 구경은 있는 법이랬건만,《금모랫빛》

들봇감 들보가 될 만한 재료. 〈북〉 여기서는, 집안의 대들봇감이란 뜻으로 쓰임. ¶배순이가 맏이였고, 다섯 살이나 터울져 낳은 배호가 들봇감 아들인데 이웃이 일러 말하듯 아늑한 집안이었다.《못난 돼지》

들붙다 들러붙다. 아주 끈덕지게 어떤 일에 열중하다. ¶…요즘은 모두 무덤 파는 일에 들붙어 있어서 밤만 되면 눕고 까부라져 죽어 자기 때문에,《장한몽》

들새 살찐 걸 보니 산새도 먹을 만하겠다㊂ 한 가지 일을 보면 그다음의 일도 알만 하다는 말. ¶"들새 살찐 걸 보니 산새도 먹을 만하겠다는 소리구먼. 그런데 그렇게 앉아서 천 리가 어째 늬 애비 한치 속에는 깜깜절벽이냐?"《산 너머 남촌》

들솟다 들입다 솟다. ¶…수심이 일면 그 그늘이 양쪽 귓불에 이르고도 남도록 들솟은 콧날이며,《매월당 김시습》

들썩들썩 들썩거리는 모양. ¶…저도 모르게 고의춤에 손을 넣어 두어 번 들썩들썩하다 손을 빼었다.《오자룡》

들썽대다 들썽거리다. 마음이 가라앉지 못하고 계속 들떠서 움직이다. ¶나도 허펍하고 들썽대어 부접 못 할 마음이긴 마찬가지였으니까.《그가 말했듯》

들썽이다 마음이 흔들려 움직이다. ¶그녀는 내일모레 새에 냉장고가 들어오게 되기라도 한 것처럼 들썽이는 가슴을 자못 다독거리지 못해했다.《우리 동네 姜氏》

들썽하다 들뜬 마음이 가라앉지 않다. ¶그 소리는 귓전만 어수선하게 하는 것이 아니라 그만하던 마음까지 들썽하게 부추기고 있었다.《산 너머 남촌》

들쑹거리다 들썽거리다. 〈방언〉 ¶"…고연히 마음 들쑹거리지 말고 니열부터 풀 뿌레기 하나라도 캐야 허리…"《오자룡》

들쑹날쑹 들쭉날쭉. 〈방언〉 좀 들어가기도 하고 나오기도 하여 가지런하지 아니하다. ¶…붉은 기와나 슬레이트로 다시 이은 허름한 집들이 들쑹날쑹 제멋대로 들어차 있었다.《관촌수필 1》

들앉다 '들어앉다'의 준말. ¶먼저 취직을 하겠다는 거였다. 이 좋은 기회를 두고 들앉아 낮잠만 잘 순 없다는 거였다.《장한몽》

들어단짝 들어오자마자 대뜸. 〈방언〉 ¶"즤 아베 부고 받구 온 것덜이 들어단짝으로 넝이구 서랍이구 들들 뒤며 논문서 밭문서버팀 밝히러 드니…"《장곡리 고욤나무》

들어도 태산 안 들어도 태산이다㊂ ('갈수록 태산'이라는 데에서) 말을 들어도 모르고 안 들어도 모르고, 모르기는 마찬가지라는 말. ¶(산) 일행은 공자 왈이 맹자 왈 같고 노자 왈이 장자 왈 같아 들어도 태산 안 들어도 태산인지라, 연보돈도 없이 예배 보러 온 화상을 그린 채로 덜 삭은 돔베젓 곰삭은 갈창젓을 번갈아 걸쳐가며 홍어 내장탕에 고들빼기 김치에 물명태저냐 돼지다리 수육해서 눈치껏 걸터듬느라고 쉬쉬하며 부산한데,《사상기행①》

들었다 놓다 소리가 굉장히 힘 있고 요란하게 울리다. ¶부면장이 한바탕 들었다 놓은 뒤에야 겨우 뭘 좀 하는 곳 같아졌

다.《우리 동네 金氏》

들었다 놨다 하다　사람을 함부로 추켜세
웠다 깎아내렸다 한다는 말. 〈個語〉 ¶
"촌에서 아무것도 아닌 것이 인물값을 들
었다 놨다 허는 게 뭔지나 아우?"《산 너
머 남촌》

들오다　'들어오다'의 준말. 밖에서 안으로
오다. ¶…들오는 길은 별밭만이 적막에
가득했다.《초부》

들으매　(귀로) 들으니. 〈방언〉 ¶"들으매
있이 사는 집 만나서 선머슴 밑에 부리메
잘 있다더니유."《명천유사》

들은귀　들은 경험. ¶물론 송장을 보면 여
간만 무섭지 않으리라는 어림은 있었지
만, 그러나 두고두고 들은귀로 자란 짐작
에 지나지 않아 어디가 어떻게 생겨서 무
서울 것이라는 것은 대중조차도 할 수가
없었다.《더더대를 찾아서》

**들은 말 들은 데 버리고 본 말 본 데 버리
랬다**(속)　남의 말과 남의 잘못을 보거든
그 자리에서 버리고 남에게 옮기지 말라
는 말. ¶"…들은 말은 들은 데다 버리고
본 말은 본 데다 버리랬다고, 오늘 나를
찾아온 건 자네의 잠깐 실수로 여길 테니
까, 여태 노닥거린 말은 없었던 걸로 묻어
두세."《그리고 기타 여러분》

들은 숭 만 숭 하다　들은 체 만 체 하다.
〈방언〉 ¶" 아녀, 마루보시 댕기는 이 뭣
이 아들이랴…" 어른들은 그런 소리를 하
며 나를 놀려댔지만 나는 들은 숭 만 숭
한 채 열심히 걷고 있었다.《그가 말했듯》

들은 풍월　남에게서 얻어들어 알게 된 변
변치 않은 지식. ¶"먹는장사치구 허리 들
어간 늠 읎구, 물장수치구 물렁한 늠 읎더

면. 워디 가서 개장국을 끓이면 이만 못헐
깨미." 그녀는 다시 들은 풍월로 말밑을
두었다.《우리 동네 張氏》

들은 풍월, 얻은 문자(속)　두루 얻어들어 알
게 된 변변치 않은 지식을 이르는 말. ¶그
금산이는 들은 풍월에 반토막 문자를 써
가며 희떠운 소리만 예사 지껄이고 있었
다.《오자룡》

들음들음　귀동냥. 〈個語〉 ¶이번 가뭄에
다루기가 까닭스러워진 것이 농촌 봉사대
로 나온 고등학생들이라는 것은 정도 들
음들음으로 짐작해 온 터였다.《우리 동네
鄭氏》

들이굽다　안쪽으로 꾸부러지다. ¶이쪽이
듬쑥하고 낯이 있어서가 아니라 경위로
보아 그럼직도 하겠다고 느낌이 들이굽은
눈치였다.《우리 동네 柳氏》

들이단짝　들어오자마자 대뜸. 〈방언〉 ¶그
녀는 들이단짝 대청마루 장귀틀에 허리 한
도막을 걸치고 엎드리며, 북받쳐 오른 설
움을 한꺼번에 쏟아 놓듯 울음 속에서 외쳤
다. "나 저이를 영영 잃는개벼…사람 되기
는 다 틀린 것 같다닝께…"《관촌수필 5》

들입다　마구 무리하게. 세차게. ¶응두도
부루퉁한 채로 들입다 퉁명을 부렸다.《산
너머 남촌》

들쭉날쭉　들어가고 나오고 하여 고르지 않
은 모양. ¶그러자 제멋대로 들쭉날쭉하던
잡음이 가뭇 잦아들었다.《산 너머 남촌》

들쳐입다　아무렇게나 대충 입다. 〈방언〉
¶그녀는 언제 보나 몽당비같이 볼품없는
포플린 통치마에 분홍색 티셔츠를 들쳐
입었고 양말 구경이라곤 못 해 봤음 직한
낡은 고무신을 꿰고 있었다.《장한몽》

들치근하다 '들척지근하다'의 준말. ¶"새 우젓 구경 다 헐라닝께 그런가 오늘은 소주 맛도 소주구, 선 채미두 들치근헌 게 괜찮네그려."《우리 동네 黃氏》

들통나다 (감추거나 숨겼던 것이) 드러나다. 들키다. ¶가짜 이재민으로 낀 것이 들통났다.《두더지》

들풍년에 마당흉년이다⑥ 보기에만 그럴듯하고 실속은 없다는 말. ¶"꼭 작년 가을 짝으로 들풍년에 마당흉년이로구나."《산 너머 남촌》

들피지다 굶주려서 몸이 야위고 기운이 쇠약해지다. ¶구부정한 허리며 깡마른 몸이며 누렇게 뜨고 들피진 얼굴까지도, 유난히 빈대가 들끓는 보잘것없는 암자의 이 많은 중에 불과할 뿐이었다.《매월당 김시습》

듬듬이 '들음들음'의 줄임말. 돈이나 물건 따위가 조금씩 자꾸 드는 모양. 〈個語〉 ¶ "…이렇게 구멍이 여럿이면 마개가 여럿일 터, 먹성이 크면 입성이 클 터, 씀씀이가 크면 듬듬이가 클 터…자 형국이 이 지경이니 주는 것만 갖고 어떻게 지탱하겠소…"《토정 이지함》

듬듬하다 덤덤하다. 〈방언〉 ¶번드름한 외양으론 헌다 하는 신사면서도 그의 얼굴 인상이나 눈동자로 봐선 어쩐지 듬듬하니 기품이라곤 없어 보이던 것이다.《낙양산책》

듬성거뭇하다 '듬성듬성 거뭇거뭇'의 줄임말. ¶어느새 안개가 걷히고 듬성거뭇한 갈퉁 아가리들이 솟아나더니, 이내 눈부신 햇살이 퍼지며 개펄을 말끔히 씻어 내었다.《관촌수필 6》

듬성드뭇하다 꽤 성기거나 드문드문하다. ¶여객도 듬성드뭇하게 널리 앉은 특실 찻간에 맞바로 앉아 있으면서도, 얼마 동안 우리는 서로 할 말을 몰라 했다.《만고강산》

듬성듬성 (촘촘하지 않고) 드물고 성긴 모양. ¶"수염이 듬성듬성 난 거 보면 뻔해요."《산 너머 남촌》

듬쑥하다 사람의 됨됨이가 가볍지 않고 속이 깊고 차 있다. ¶최는 그런대로 흐뭇했다. 듬쑥하게 공장에 나가는 견딤성이며, 넉넉잖은 형편임에도 어려운 친구를 불러들여 돕는 인정이며, 설령 내 딸이 아니라 해도 나무랄 데가 없었다.《우리 동네 崔氏》

등걸불 나무등걸을 태우는 불. 타다가 남은 불. ¶고주배기 등걸불이 청솔가지 쪄다 땐 재보다 쉬 자는 건 알지만 여태껏 부손이 달창나게 쑤석거리댄 탓일 터였다.《암소》

등골(을) 빨아먹다 남의 재물을 착취하거나 농락하여 빼앗아 먹다. ¶김돈섭이의 태도는 흥정이 아니라 압력이었고, 농민의 등골을 빠는 수탈 행위나 마찬가지였다.《다가오는 소리》

등골을 뽑다 등골을 빨아먹다. 일을 하지 않고 남의 도움으로 생활하다. ¶"…짐장밭두 무수 한 뿌래기 배차 한 잎새귀, 안 냉기구 죄 압수당했는디 뭣 먹구 여적 살겄슈. 대복이 등골 뽑어 연명허는 게 분명치."《관촌수필 4》

등골이 오싹하다 (두려움이나 무서움으로) 섬뜩하고 으스스하다. ¶만약 나중 이 씨 측에서 책임 추궁을 하러 덤빌 경우를 예

상하니 등골이 오싹했다.《장난감 풍선》

등글개첩 등의 가려운 데를 긁어 준다는 뜻으로, 늙은이가 데리고 있는 젊은 첩. ¶(산)…노리개첩이 등글개첩으로 들어앉거나《이야기책과 애늙은이》

등멱 주로 허리 윗부분에 물을 끼얹으면서 감는 미역. 등물. ¶오늘도 들어오며 일변 등멱부터 서둘렀지만《우리 동네 黃氏》

등바람 (가난한 사람의) 등이 시린 찬바람. 〈個語〉 ¶…심부름을 피해 나와 외오앉은 집 짚누리 앞에 떼로 모여 등바람을 가린 조무래기들은,《이모연의》

등심대 척추. ¶보리방아가 무엇보다도 바쁜 아내의 속을 번연히 가늠하면서도 그렇지 않은 시늉을 할 만큼 그의 등심대는 억세지가 않았던 것이다.《우리 동네 姜氏》

등(이) 달다 마음대로 되지 아니하며 몹시 안타까워하다. 〈북〉 ¶만약 내가 누구의 누구인지 저 애가 알기만 했다가는…생각하기도 싫은 필성이어서 일모를 볼 때마다 등이 달곤 했다.《이삭》

등잔 밑이 어둡다송 가까이 있는 것이 도리어 알기 어렵다는 말. ¶(산) 우국충정이 넘쳐나지 않는 사람만 등잔 밑이 어두운 모양이다.《순박한 동네와 사람 안 사는 동네》

등지다 관계를 끊고 멀리하다. ¶(그는)…나보다 십여 년이나 앞질러 관촌 부락을 등졌고,《관촌수필 2》

등창에 댓진 바른 사람송 (등에 난 종기에 담뱃진을 바른 사람) 어리석어서 엉뚱한 짓을 하는 사람을 이르는 말. ¶"그 오백 원 같은 소리 작작 해 둬라. 돈은 왜 나버러 달라네? 등창에 댓진 바른 사람 니 옆

댕이 누워 있는디…"《우리 동네 李氏》

디죽거리다 '뒤룩거리다'의 잘못. ¶오리 두 마리는 살이 통통하게 쪄 더 디죽거렸고, 그중 한 마리가 알을 낳기 시작하여 어느덧 다섯 개나 모아 놓게 되었다.《이풍헌》

따개꾼 소매치기. ¶더구나 쇠전이나 어리전에는 따개꾼이 들끓어 장날이면 반드시 형사가 잠복하고 있다는 것도 미리 생각했어야 옳았다.《관촌수필 7》

따따부따 딱딱한 말씨로 시비하는 모양. ¶"식—저런 것들허구 따따부따허면 위신 문제라니께."《우리 동네 柳氏》

따라지 보잘것없거나 하찮은 사람을 이르는 말. ¶…가령 벌면 먹고 놀면 굶는 뜨내기들, 빈손이 큰손이요 끗발이 맨발인 따라지들《유자소전》

따래머리 길게 땋은 머리. 〈個語〉 ¶따래머리를 한 햇내기 하나가《매월당 김시습》

따로따로 제각기 따로. ¶(시) 넓적하고 묵직한 고기라서/ 따로따로 흩어져 노는지 몰라.《개울에서 강에서》

따리(를) 붙이다 아첨하다. 살살 꾀다. ¶"저 황 선주가 와서 내게 따리 붙걸랑 이 장도 한마디 거들었으면 해서그려. 공연히 남춘옥에 가 저녁 은어먹구 성가셔 못 견디겠당께."《우리 동네 黃氏》

따먹다 여자의 정조를 빼앗는 것을 속되게 이르는 말. ¶"…옥화는 아무것도 모른 채 딴 녀석이 불러서 간다 그거야." "네가 따먹은 뒤로 그렇게 됐다구?"《백결》

따비밭 따비로나 갈 만한 좁은 밭. ¶…별 똥지기와 따비밭이 엇섞인 서울 사람네 메갓 기슭에 치우친 무솔이.《우리 동네 柳氏》 ※따비 : 풀뿌리를 뽑거나 밭을 가

는 농기구.

따지기때 이른 봄에 얼었던 흙이 풀리려고 할 즈음. ¶땅이 서너 자씩이나 어느 바람에 매년 따지기때보다 호락질로 두어 배미 좋이 덮였던 객토마저도 이번에는 경칩이 지나도록 엄두를 내지 못하였다. 《산 너머 남촌》

딱선 철이 안 들어 딱한 사람을 조롱하여 이르는 말. ¶…집에서 물을 데워 몸뚱이의 삼분지 일가량은 아시로 닦고 가곤 했다. 까닭을 물을 때마다 이 딱선 씨의 대답은 한결같았다. "목욕탕에 목욕하러 가기엔 때가 너무 많은 것 같단 말씀야." 《장한몽》

딴전을 보다 어떤 일을 하는 데, 그 일과는 상관이 없는 딴짓을 하다. ¶…여선생님이 쉬는 시간에 교문 밖에 나가서 딴전을 보다 늦게 들어온 그를 불러세우고 왜 늦었느냐고 다잡으며 따끔하게 혼내 줄 기미를 보이면, 《유자소전》

딸 없는 사위(속) 출가한 딸이 죽으면 사위도 남이나 다름없이 된다는 말. ¶…"내 몫 챙겨 둔 것 옳으면 내 자식두 딸 옳는 사위나 한가지여." 《우리 동네 張氏》

땀막음 땀들이다. 여기서는, '힘든 일을 마치다'의 뜻으로 쓰임. 〈個語〉 ¶(산)…그날을 고비로 하여 땀막음을 하던 것이 전해 오던 풍속이었소. 《지금은 꽃이 아니라도 좋아라》

땀으로 미역을 감다 땀을 매우 많이 흘려 몸 전체가 젖다. ¶…제 몸뚱이조차 고루 잡기에도 힘이 부쳐 엎드러질지 곱드러질지 모르게 비칠거리면서 땀으로 미역을 감게 마련이었다. 《유자소전》

땀을 들이다 ① 몸을 시원하게 하여 땀을 없애다. ② 잠시 휴식하다. ¶우리들은 어쭈어쭈 춤을 추는 옹점이의 자주 댕기를 따라 신작로에 이르고, 미루나무 그늘에 들어서서 잠시 땀을 들이고 있었던 것이다. 《관촌수필 3》

땀을 못 낼 놈(비) '염병에 땀도 못 내고 죽을 놈'이라는 뜻으로, 남을 욕하여 이르는 말. ¶"…전생에 무슨 못할 죄를 짓고 와서 남의 산소를 칡뿌리 캐듯 파놓고, 그래 무슨 억하심정으로 짓밟아 비렁뱅이 쪽박 깨듯 했더냐. 이 땀을 못 낼 놈아." 《장한몽》

땅거미 해가 진 뒤로 껌껌하기 전까지의 어둑어둑하여지는 어둠. ¶나는 해거름녘에 들른 길손처럼, 땅거미가 깃들이는 추녀 밑에 하염없이 서 있을 뿐이었다. 《관촌수필 1》

땅띔(도) 못하다 '엄두도 못내다'의 속된 말. ¶…웬만한 운전 기술로는 그 앞에서 땅띔도 할 수 없는 처지였다. 《유자소전》

땅심 토지의 생산력. 지력(地力). 〈농사 용어〉 ¶(산) 빈손으로 온 사람도 돌아갈 때는 빈손으로 가게 하지 않았던 것이 농촌의 땅심 같은 온기와 여유였고 《보름달의 임자》

땅에 앉아 따짓재[地] **암클도 모른다**(속) 낫 놓고 기역 자도 모른다. ¶"…땅에 앉아 따짓재[地] 암클[諺文]도 모르메 문장 쓰지 말고 조목조목 토막 쳐서 귀 멀지 않은 소리로 한 번 더 해 보지." 《오자룡》

땅을 파먹다 '농사를 지어서 살아가는 것'을 속되게 이르는 말. ¶대목대목이 땅을 뒤져 먹던 사람들에겐 구미가 짭짤하게 당기지 않을 도리가 없는 푸짐한 말이었

다.《해벽》

땅이 꺼지게 (한숨을 쉴 때) 몹시 깊고도 크게. ¶"애야…부디 조심하거라." 어머니는 목이 멘 채 귓속말을 했고 땅이 꺼질 한숨만 거푸 내쉬고 있었다.《장한몽》

때꾼하다 '대꾼하다'의 센말. 기운이 빠져 눈이 쏙 들어가고 정기가 없다. ¶…때꾼하던 눈을 미음종발처럼 허옇게 뒤집어 쓰고 주저앉던 아이들은, 보나 마나 서너너덧 끼도 넘게 곡기를 못한 아이들이었다.《버드나무가 있는 풍경》

때때중 나이가 어린 중. ¶…행자라는 어린 올깎이 때때중이《해벽》

땟물 겉으로 드러나는 자태나 맵시. ¶…가게 앞에 열두 가지 색깔을 자랑하며 땟물 좋게 무르익어 더미더미 쌓여 지천으로 흔한 햇과일들《관촌수필 5》

땡잡다 뜻밖의 횡재를 하다. ¶"이런 건 현금이나 한가지 아냐?" 수선 떠는 일모가 똑 아이 같다. "땡잡았어. 근 이십 년이나 묻혀 있던 게 여태 살아 있을라구?" "…"《이삭》

땡추중 중답지 아니한 중. (준말) 땡추. ¶(그녀 아버지는)…늦깎이 땡추중처럼 삭발은 했으되 좀 길쯤한 머리였고, 베등거리에 지까다비를 꿰고 있었다.《관촌수필 3》

떠들떠들하다 계속 떠들다. 〈방언〉 ¶최가 낭패를 본 것은 떠들떠들하던 그들이 오토바이를 몰고 장길로 사라진 바로 뒤였다.《우리 동네 催氏》

떠름하다 (마음에) 썩 내키지 않거나 달갑지 않다. ¶…어린것들에게만 내맡기기에는 자못 뜨악하고 떠름한 곳이었다.《우리 동네 催氏》

떠버리 늘 시끄럽게 떠드는 사람을 낮추어 이르는 말. ¶(시) 까작까작 수다스런/ 개구쟁이./ 까악까악 퉁명스런/ 고집쟁이./ 둘이 서로 비슷한/ 동네 떠버리.《까치니 까마귀니》

떡국이 농간한다 〈속〉 본래 재질은 부족하되 오랜 경험으로 잘 감당해 나감을 이르는 말. ¶"이런 데 와서두 나잇값인지 떡국 농간인지를 해 보겠다 그거셔?…"《산 너머 남촌》

떡 다 건지는 며느리 없다 〈속〉 사람은 누구나 남의 눈을 속여 자기의 실속을 차리는 성향이 있음을 지적한 말. ¶(산) '떡 다 건지는 며느리 없다'고 했듯이, 서울시의 어느 6급짜리 공무원이 백억 원대의 재산을 쌓게 된 것도 고물값이 그만큼 높았던 덕이었다.《속담과 인생》

떡 먹듯 '예사로 쉽게 함'을 이르는 말. ¶"내가 무슨 왼손잡이 링고라구 떡 먹듯이 번의하겠어…"《엉겅퀴 잎새》

떡벌어지다 잔치가 크게 열리다. ¶방이 나면 문무과를 막론하고 우선 장원을 한 집에서 떡벌어지게 잔치를 베풀게 마련이었다.《매월당 김시습》

떡 본 김에 제사 지낸다 〈속〉 우연히 운 좋은 기회에 하려던 일을 해치운다는 말. ¶"이왕, 온 김에 그냥 있는 것 가지고 화장해 모실까?" 잠바터러 묻고 있었다. "떡 본 김에 제사 지낸다지만 아무 준비 없어도 되우?"《장한몽》

떡살 여성 생식기의 두두룩한 부분을 이르는 상말. ¶"거 다리가 쭉 빠진 게 떡살두 토실토실하니 좋겠더구먼…"《덤으로 주

고받기》

떡심 억세고 질긴 근육. ¶그믐산이는 모질지를 못했다. 떡심도 없었다. 관가에서 시키는 일을 거역할 수가 없었다.《오자룡》

떡이 별 떡 있지, 사람은 별사람 없다⑳ 떡의 종류는 많으나 사람은 대차 없다는 말. ¶(산)…전직 경호실장은 떡보다도 떡고물에 마음을 비우지 않았던 것이 밝혀지면서 별명이 '각하의 그림자'에서 '뇌물 청지기'로 바뀌었지만, '이 믿었던 도끼'를 보면 '떡에 별 떡이 있지 사람은 별사람 없다'는 속담도 이제는 시효가 다 된 것을 알 수가 있다.《떡값 시대와 개떡》

떡잎도 안 떨어진 소리 가장 원론적인 소리. ¶"그러니까 애당초 그런 무지막지한 일거리는 준비하는 게 아니야." 그 자리에서 필석이 한 말은 고작 그런 정도의 떡잎도 안 떨어진 소리였다.《엉겅퀴 잎새》

떡 주무르듯 한다⑳ 이랬다 저랬다 저 하고 싶은 대로 다룬다는 말. ¶오늘내일하고 몸풀 날만 기다리는 판에 송장을 떡 주무르듯 한 손으로 어떻게 들어오느냐는 것이었다.《장한몽》

떡하니 보란 듯이. ¶…학생들을 피해 이리저리 밀려다니다가 떡하니 앞줄에 서게 되고 말았어요.《두더지》

떨거지 제 붙이에 딸리는 무리를 낮추어 이르는 말. ¶…시누이, 동서만 그러는 것이 아니라 시사촌 따위 일가 떨거지들마저 그녀를 못 먹어 안달이라는 거였다.《관촌수필 3》

떨떠름하다 마음이 내키지 않는 데가 있다. ¶야간 통행 금지 시간이 다 되어 집집이 불을 끄고 찬바람만 휭하던 골목길은…왜 그렇게도 껄쩍지근하고 떨떠름하니 무서웠는지 몰랐다.《유자소전》

떨이 오한(惡寒). 〈방언〉 ¶으시싯─온몸에 떨이가 지나가고 있었다. 두려움, 공포에 휩싸여 정신을 가눌 수 없는 거였다.《해벽》

떨켜 낙엽이 질 무렵 잎자루와 가지가 붙은 곳에 생기는 특수한 세포층. ¶(산) 가랑잎을 떨구는 동안에도 한편으로는 떨켜를 아무리고 잎눈을 채비한다.《가을비 속의 가을 물소리》

떼전 한 동아리가 되어 떼를 이룬 사람들. ¶…제 상판에 그려진 갖은 화상은 생각 않고 예닐곱씩 떼전으로 서서.《우리 동네 趙氏》

또려지다 흐릿하지 않고 또렷하다. ¶(대복이는)…진일 마른일 없이 한번 손댔다 하면 또려지게 마무리를 낼 줄 알아. 장가 안 들어 아이였을 뿐 내 친구는 될 수가 없는 처지였다.《관촌수필 4》

또바기 언제나 한결같이 꼭 그렇게. ¶"새끼가 아니라 웬술세야. 농짝 밑에 또바기 있던 집문서를 뒤여내다 찢어 제깃종이 헐 중 뉘라 짐작이나 했겄나…"《이모연의》

또박또박 어떤 규칙 따위를 어기지 아니하고 하나하나 그대로 따르는 모양. ¶"도시에서 내 집 한 칸이 없이 세금이나 또박또박 때맞추어 내며 사는 사람들…"《산 너머 남촌》

똘똘 '돌돌'의 센말. ¶"…다른 사람들은 몰라두 동창들 표는 똘똘 뭉뚱그려 디리겄다 이겝니다유."《우리 동네 鄭氏》

똘똘성 (아이의) 똑똑하고 영리한 기질. 〈個

語〉 ¶(산) 그는…똘똘성을 인정받아 현장 실기 수업을 받기 위해 강사와 함께 중앙선에 올랐던 것이다.《지금은 꽃이 아니라도 좋아라》

똥구멍이 찢어지게 가난하다(속) 매우 가난하다는 말. ¶조가네는 가난에 찢어지는 살림을 하고 있었다.《관촌수필 4》

똥에 주저앉을 년(비) 칠칠하지 못한 여자에 대한 욕설. ¶"저 작것 또 지릴헌다…저런 넘으 똥에 주저앉을 년…"《우리 동네 黃氏》

똥이 무서워서 피하나 더러워서 피하지(속) 상종 못 할 인간이라고 매도하는 말. ¶"당신 인저 보니께 안 되겠구먼. 요새 슨거 관계 유언비어를 떠들면 워치기 되는 중 몰러서 이러는 겨?" "…" 정은 그 소리를 듣고 나온 뒤로 김을 만나 본 적이 없다. 무서워서가 아니라 더러워서 피해 온 거였다.《우리 동네 鄭氏》

뙤똑하다 작은 물건이 좀 위태롭게 기울어지다. ¶그는 뙤똑하게 솟은 어느 무덤 위에 주저앉아 김포 쪽으로 기운 하늘 한 자락을 바라보고 있었다.《장한몽》

뙤똥하다 뙤똑하다. 〈방언〉 ¶"게 뙤똥허게 앉았지만 말구 생각 있으면 적셔 보지 그려."《우리 동네 金氏》

뙤창 '뙤창문'의 준말. 작은 창문. ¶소스라쳐 눈을 뜨니 뙤창에 동살이 비치는 어슴새벽이었다.《우리 동네 金氏》

뚝뚝 큰 것이 계속 떨어지는 모양. ¶진달래가 무더기로 피고 꽃잎에서 핏방울이 뚝뚝 떨어지던 꽃그늘 밑으로《관촌수필 6》

뚝셍이 둑. 〈방언〉 ¶"…아내가 물길 뚝셍이, 뺑쑥 덤불에 굴축스럽게 쭈그리고 앉아,《우리 동네 金氏》

똥딴지 같다 말이나 행동이 엉뚱하다. ¶(장모는)…그것도 훈계라고 똥딴지 같은 소리를 덧들였다.《장한몽》

뛰는 놈 위에 나는 놈이 있다(속) 아무리 재주가 뛰어나다 하더라도, 그보다 더 뛰어난 사람이 있다는 말. ¶"뛰는 놈 위에 나는 놈이 있는데도 악착같이 안 뛰어? 인구밀도가 세계에서 셋째라 경쟁률도 세계에서 셋째라는 걸 알아야지."《산 너머 남촌》

뜨거운 국에 맛 모른다(속) 사리를 알지 못하고 날뛰거나 또는 무턱대고 행동한다는 말. ¶"…시대적으루 볼 것 같으면 안보적인 문젠 겨. 뜨건 국에 맛을 몰라두 한도가 있는 게지, 되지못허게 워따 대구 큰소리여, 큰소리가…"《우리 동네 金氏》

뜨게부부 오다가다 우연히 만나 함께 사는 남녀. ¶오다가다 만나 살림을 하는 뜨게부부라도 탈없이 사는 쌍이 많기 때문이었다.《토정 이지함》

뜨끈뜨끈하다 매우 뜨뜻하고 덥다. ¶"…이리꼬 좀 넣어서 오뎅 국물이나 뜨끈뜨끈하게 끓이면…"《장한몽》

뜨내기 일정한 거처가 없이 떠돌아다니는 사람. ¶"…가령 벌면 먹고 놀면 굶는 뜨내기들,《유자소전》

뜨다 만 메줏덩이 내던지는 소리 거칠고 투박한 말씨라는 말. ¶"얘기허슈." 이상필이도 먼저처럼 뜨다 만 메줏덩이 내던지는 소리로 두 번째 응구를 했고,《장한몽》

뜨르르 어떤 일에 능통하여 전혀 막힘이 없이 잘하는 모양. ¶흥은 이 근방의 갯벌이라면…갯것 장수들 못지않게 뜨르르하였다.《장석리 화살나무》

뜨막하다 사람의 왕래나 소식 따위가 자주 있지 않다. ¶"요새 메칠 뜨막허더니, 워디가 션찮었담?"《우리 동네 崔氏》

뜨물 농사 짓다(비) (뜨물은 남성의 정액) 성욕을 채우는 데에만 힘쓴다는 말. ¶"…양반골이 살인 낸다는 소리 모르는 것 보니 천상 비부쟁이로 넘으 집 종년 밑구녕에 뜨물 농사나 짓다 말 신세로세."《오자룡》

뜨물 받다가 바가지에 금 낸다(속) (뜨물은 쌀 씻은 물이니 국이나 찌개를 끓이는 데에 쓰이고, 바가지는 값싼 물건 같아도 부엌에서는 매우 요긴하게 쓰이는 물건이니 금이 가서 물이 새면 못 쓰므로) 하찮은 것을 챙기다가 소중한 것을 잃는 꼴이란 말. ¶…닭 잡는데 움딸 온 집 며느리, 뜨물 받다가 바가지에 금 낸 말투로 속 있는 소리를 덧붙였다.《우리 동네 金氏》

뜨물에도 아이가 뜬다(속) 하찮은 일이 뜻밖에 성공할 수도 있다는 말. ¶"…왜 뜨물에 애 밴다는 말도 있잖아요. 보시다시피 우리가 이렇게 중산층으로 일어선 것도 아빠나 내나 우리도 잘살 수 있다는 신념 하나로 악착같이 뛴 덕분이라구요…"《산 너머 남촌》

뜨벵이 촌뜨기. 〈방언〉'촌사람'을 낮잡아 이르는 말. ¶"야 이 긔 그지들아…" "이 뜨벵이 촌것들아…" 우리들은 약을 올리며 기를 꺾었다.《관촌수필 4》

뜨악하다 마음이 당기지 않아 꺼림칙하고 싫다. ¶…유는 중고등학교를 공주에서 다녔으므로 졸업하고 온 뒤에야 알며 지내게 되어, 서로 오면가면 하며 밥 먹는 사정을 의논하기엔 아직도 뜨악한 사이였다.《우리 동네 金氏》

뜬것 떠돌아다니는 못된 귀신. ¶"…그렇게 해서 얻은 기름으로 네 오장의 트림을 돕더니 급기야 이제는 뜬것이 되고 말았구나…"《매월당 김시습》

뜬눈 뜨고 있는 눈. 〈個語〉¶최는 그러면 그럴수록 더욱 안쓰러워 뜬눈으로 보기가 거북했다.《우리 동네 崔氏》

뜬 메주 떼어먹다 입맛 버린 며느리 간장 찍어 넣고 볼가심하듯(속) (이미 뜬 메주는 곰팡이가 피어 개도 먹지 않을 만큼 뒷맛이 좋지 않으므로 간장 등 짭짤한 조미료로 입가심을 해야만 개운하듯이) 떨떠름하여 말없이 입맛만 다신다는 말. ¶두립은 아직도 얼거리가 요량되지 않는지 뜬 메주 떼어먹다 입맛 버린 며느리 간장 찍어 넣고 볼가심하듯 입술만 옴질거릴 뿐 대꾸를 못 했다.《오자룡》

뜬벌이 일정한 벌이가 아닌, 어쩌다 생긴 일자리에서 닥치는 대로 하는 벌이. ¶"시끄러…맞벌이도 좋고 뜬벌이도 좋으니까…난 그저 서울 근처만이라도 한번 가서 살아 봤으면 원이 없겠더라."《산 너머 남촌》

뜬살이 떠돌이 생활. 〈個語〉¶"예이 여보, 이 추위에, 그래 제우 그런 뜬살이 허는 허릅숭이 애덜이나 구경하러 게까지 가더란 말여 시방?…"《달빛에 길을 물어》

뜬소리도 석 달(속) 남의 말도 석 달. 소문은 시일이 지나면 흐지부지 다 없어진다는 말. ¶뜬소리는 역시 길어야 석 달이라구. 문정은 아무것도 기다리지 않는 듯한 가겟문들을 둘러보며 혼잣소리로 되새겼다.《산 너머 남촌》

뜬이름 헛된 명성. 〈個語〉¶오 세 신동.

이제는 그것도 한갓 뜬이름에 지나지 않을 뿐이었다. 《매월당 김시습》

뜰팡 토방. 〈방언〉 마루를 놓을 수 있는 처마 밑의 땅. ¶그는 그런 장황한 인사를 하며 벗어 든 찌든 벙거지를 뜰팡에 던지고 엉거주춤하니 서 있었다. 《관촌수필 3》

뜸 한 동네 안에서 몇 집씩 따로 한데 모여 있는 구역. 큰 마을 가까이에 따로 몇 집씩으로 이루어진 작은 동네. ¶눈이 멀었거나 절름발이 처녀라면 혹시 모를 일이겠으나 손바닥만 한 안팍 뜸에 그만한 집안도 찾아낼 길이 없었던 것이다. 《추야장》

뜸뜨다 약쑥을 비벼 살의 어느 혈에 놓고 불을 붙이다. ¶유가네 집은 공동묘지 단지 한구석 뜸뜬 자리에 옴팍하게 들앉아 있었다. 《장한몽》

뜸뜸거리다 (뜸부기가) '뜸북뜸북 울다'를 달리 이른 말. 〈個語〉¶황오리 대신 뜸부기가 뜸뜸거릴 터이고 《해벽》

뜸(을) 들이다 하던 말을 한동안 멈추다. ¶용모는 그러나 그 이상은 말하기가 거북한지 한동안 뜸을 들였다. 《관촌수필 7》

뜸(이) 들다 일정한 상태가 한동안 무르익게 되다. ¶제물에 부루퉁하여 말휘갑을 못 치던 의곤이가 한참만에 뜸 들은 소리로 말했다. 《산 너머 남촌》

뜸적뜸적 뜸을 들이면서 짭짭거리는 모양. ¶대복 어매가…수다 떨고, 들었다 놓을 기세로 볶아대어도, 그는 멀뚱한 왕눈을 씀벅거리며 뜸적뜸적 입맛이나 다시고 말던 것이다. 《관촌수필 4》 ※짭짭거리다 : 마음에 못마땅하여 입맛을 자꾸 다시다.

뜸집 뜸으로 지붕을 인 작은 집. ¶원체 후미진 도린결이라 굴뚝에 연기 있는 뜸집 한 채 안 보이고, 《우리 동네 崔氏》 ※뜸 : 짚·띠·부들 따위의 풀로 거적처럼 엮어서 만든 물건.

뚱금없다 뜬금없다. 〈방언〉 갑작스럽고도 엉뚱하다. ¶"놔두씨요, 그 아는 뚱금읎는 일을 못 허는 비우요." 《장한몽》

띄엄띄엄 사이가 멀거나 드문 모양. ¶…다 다 띄엄띄엄 건성으로 읽어 가며 마음내키는 대로 변조하는 것이 일이었다. 《관촌수필 8》

띠앗 형제나 자매 사이의 우애심. ¶"그게 아니라요, 실은 할머니 띠앗이 세다고 영감님께서 꺼리신다나 봐요. 합장을 안 해야 후손에게 좋다고…"《하얀 색깔의 들꽃》

띠앗머리 '띠앗'을 속되게 이르는 말. ¶"다만 금상의 띠앗머리 없음이 가위 난세의 모범인지라, 저 영월의 어소인들 과연 얼마나 지탱할는지. 애오라지 그 하나가 걱정입지요."《매월당 김시습》

띠엄띠엄 '띄엄띄엄'의 잘못. ¶그네들이 느티울을 돌고 갯비네로, 늦들잇들로, 띠엄띠엄 나뉘어 있는 부락을 《우리 동네 黃氏》

ㄹ

～ㄹ섰에 마땅히 그렇게 해야 할 터에 그렇지는 못할망정 도리어. ¶(산)…인구가 늘수록 의식이 흔들리더니 하다못해 개갈 안 나다…～은사리, ～ㄹ섰에 등과 같은 고유의 언어문화조차 줏대 없이 남에게 뒤진 것으로 믿어내 버리고,《어설픈 애향심》

ㅁ

마개할 말이 없다 (불평, 항의, 의문 등에) 입막음이 될 만한 말이 마땅치가 않다. ¶…그 죽은 새경이 살아 있는 새경이 되고, 그것을 밑천으로 출향한들 만사에 떳떳하여 굽죄임이 없을까 하는 의문에도 마개할 말이 없었다. 《떠나야 할 사람》 ※마개 : 그릇의 아가리나 구멍에 끼워 막는 물건.

마까질 물건의 무게를 달아 보는 것. ¶ "내가 자네들 나이를 물은 것은, 자네들도 이미 중신에 다가섰으니만큼 스스로 무게를 마까질하여 고깃값을 느끼게끔 일깨워 주려는 것이었네…" 《토정 이지함》

마냥모 제철보다 늦게 내는 모. ¶가물이 들어도 뒷짐 지고 기다리다가 마냥모나 내었고, 장마가 지면 장마 속에 탈이 나는 병충해에 손을 못 써 먼저 당하고 뒤처져 허둥대기 일쑤였다. 《우리 동네 姜氏》

마누라 엉덩이는 묵힐수록 익는다(비) 부부 관계는 아내가 먼저 원할 때까지 기다려서 행하는 것이 낫다는 말. ¶ "마누라 엉덩이는 묵힐수록 익는 법이야. 초저녁부터 덤비지 말구 간단히 한잔 하자구." 《생각하면 언제나 타향》

마당귀 마당의 한쪽 귀퉁이. ¶윤만은 그 집 그 마당귀를 가로 건너며 거적문을 걷어 얹어 여우굴처럼 휑하게 뚫린 움막 안을 잠시 기웃하다가, 《추야장》

마당돌이 마당쇠, 장쇠 등과 비슷한 사람의 이름. ¶온 데 없이 뛰어든 행랑채 마당돌이가 뜰팡 섬돌에 정강이를 걷어채며 고꾸라져 눈을 뜨니 피로 대가리를 감은 채 넘어가는 소리인데 《매화 옛 등걸》

마당 마당 마당마다. ¶…동네 마당 마당은 온통 보리 까스라기 모깃불 연기에 잠겨 있었다. 《초부》

마당식구 '가축(家畜)'을 달리 이르는 말. 〈個語〉 ¶(산) 소를 마당식구로 데려다가 먹일 사람, 부릴 사람은 더 이를 나위 없고, 《지금은 꽃이 아니라도 좋아라》

마당질 곡식의 이삭을 털어 알곡을 거두는 일. ¶ "작인 노릇을 해 먹어도 마름이 출동하여 새벽부터 마당질을 지켜보고 마질할 때…" 《산 너머 남촌》

마당 터진 데 솔뿌리 걱정한다(속) 그 용도를 잘못 알거나 당치 않은 공론으로 수습하려 한다는 말. ¶ "주리헐 년, 마당 터지는 디 솔뿌레기 걱정허구 자빠졌네. 요샛 시상은 자식을 두서넛씩 낳구 혼인해두 숭 안 되더라. 올 갈이라두 대사 치르면 될 것을 왜 니런 년이 팔뚝 걷구 지랄허여." 《관촌수필 8》

마당통 소작료를 받을 때, 마름이 수북하게 되어 받는 섬. ¶ "작인 노릇을 해 먹어도 마름이 출동하여 새벽부터 마당질을 지켜보고 마질할 때 수북수북하게 마당통으로 되고도 모자라서…" 《산 너머 남촌》

마당 하나 사이로 십 촌 넘어간다(속) 세월

이 흐르는 줄 모르는 사이에 자손이 늘어난다는 말. ¶"마당 하나 사이로 십 촌 넘어간다더니 맞는 말이여. 즉가 급허면 쳇어와서 돼지 암내 난 소리를 해두 내가 아 쉴 때는 말짱 헛게라구…"《관촌수필 7》

마들가리 ① 새끼·실 등이 홅어 맺힌 마디. ¶윤의 손은 함께 4H 운동을 하며 쟁기질을 배웠던 삼십 년 전의 마들가리진 손가락이 아니었고,《인생은 즐겁게》② 잔가지나 줄거리의 토막으로 된 땔나무 ¶솔은 제물에 삭아서 떨어진 삭정이의 마들가리에 곰이 피도록 늙더라도 머리는 언제나 청솔이어서,《매월당 김시습》

마디가다 잘 닳거나 없어지지 않고 오래 가다. 〈방언〉¶보리는 밥밑이나 하므로 마디갈 뿐 아니라 사료를 하더라도 헤프지 않아 급한 집이 없었던 것이다.《우리 동네 姜氏》

마디다 ① (자라는 정도가) 더디다. ¶"모판에서 붙박이로 굵은 싹하고 모종 내어 새 뿌리로 마디게 자란 싹하고 같수?…"《산 너머 남촌》② 잘 닳거나 없어지지 않다. ¶(자동차 타이어는)…불꽃도 화려하지만 장작보다 훨씬 마디게 탈 뿐 아니라 불길이 두서너 길씩 치솟아 산골짜기에 붙은 나방까지도 유도할 수 있는 까닭이었다.《우리 동네 黃氏》

마디마디 마디마다. ¶…마디마디 가장귀치고 옹이를 박아 가며 너스레를 떨었다.《우리 동네 李氏》

마뜩찮다 마음에 썩 내키지 않고 께름칙하다. 현대 표준어 표기로는 '마뜩잖다'. ¶그는 그녀의 다듬어지지 않은 말버릇이 마뜩찮았지만 구태여 허물하지 않았다.《엉겅퀴 잎새》※마뜩하다 : 제법 마음에 들다.

마른갈이 건답(乾畓)을 가는 것. ¶그는…하늘받이 마른갈이 서너 배미와 천둥지기 남의 땅 두어 뙈기 고지 지어 가난에 찌들린 살림을 하고 있었다.《관촌수필 3》

마른기침 가래가 나오지 않는 기침. ¶할아버지는 마른기침을 두서너 번 거듭하거나《관촌수필 1》

마른봄 보릿고개. 〈방언〉¶마른봄에 골채 두 배미를 갈바래질하던 날부터 있던 놈이니《우리 동네 張氏》

마른침을 삼키다 긴장하거나 초조해하다. ¶긍식은 마른침을 삼키며 하늘을 보았다. 구름 한 점 없는 순진한 하늘이었다. 이것들을 몽땅…그는 시선을 낮추며 들리게 투덜거렸다.《장난감 풍선》

마른 확에 가물태 쭉정이 빻는 소리 (확은 방앗공이로 물건을 찧는 절구의 우묵한 부분. 마른 확은 수분이 없는 물건을 찧는 절구. 가물태는 날씨가 가물 때 열린 콩을 일컫는 농촌 용어. 가물에 열린 콩은 잘고 쭉정이가 많은데 절구에 쭉정이 콩을 빻는 소리이므로) 듣기가 좋지 않다는 말. ¶"…자네들은 그게 무슨 노리갠나 된다구 씩둑깍둑허메, 마른 확에 가물태 쭉정이 빻는 소리나 농헌다나…"《우리 동네 黃氏》

마름 이엉을 말아 놓은 단. 세는 단위로 이르는 말. ¶…저무니 윗말 인삼밭으로 한 마름에 사십 원짜리 인삼밭 덮개 이엉을 엮으러 다녀 하루벌이가 돈 천 원 남짓하다던 김승두 여편네가《우리 동네 柳氏》

마름되다 '말림되다'의 변음. ¶…그 지방

에선 유일한 도유림으로 산림이 잘 마름된 잿마루가 있고 《매화 옛등길》 ※말림 : 산의 나무나 풀을 함부로 베지 못하게 하여 가꾸는 것.

마무르다 일의 끝을 맺다. ¶…대복 어매는 해 있어 일을 대강 마물러 놓고,《관촌수필 6》

마바리 한 마지기에 두 섬 꼴로 곡식이 나는 것을 일컫는 말. ¶영두가 지어 온 봉득이네 닷 마지기는 통일벼가 나오기 전만 해도 마바리라고 하여 한 마지기에 두 섬 먹기도 수월치 않았던 찬물받이 곤죽배미로, 팔자면 평당 쌀 일곱 되 금도 놓기가 어려운 핫길이었다. 《산 너머 남촌》

마상이 거룻배처럼 노를 젓는 작은 배. ¶"지금처럼 이스랭이나 내리구 바람만 안 일면, 야거리 아니라 마상이를 띄워두 화를 치지 않아 강을 째는 것쯤은 짠지에 물 말은 밥일 텐뎁쇼."《매월당 김시습》

마수걸이 가게에서 하루에 첫 번째로 물건을 파는 일. ¶"거시기, 마수걸이부터 끗발 좀 세게 이 지하실 문짝 한번만 만져 보자구." "제사도 안 지내고 손부터 대는 법이 어디 있어요." "이런…제사를 지내려면 간부터 봐야지."《산 너머 남촌》

마을 가다 시골에서 저녁 때에 이웃으로 놀러 가다. ¶역말 댁이 동네에 마을 가 〈낙화유수〉, 〈순정의 명사십리〉, 〈옥단춘전〉 등을 눈으로 본 듯이 옮겨, 《김탁보전》

마을 다니다 시골에서 이웃에 놀러 다니다. ¶그가 마을 다니는 것은 단위 조합 옆골목의 싸리다방이었다.《산 너머 남촌》

마을돌이 이웃으로 놀러 돌아다니는 것. ¶"…여태껏 비렁뱅이로 장안 오부를 마

을돌이해 왔고요."《토정 이지함》

마음결 마음의 바탕. ¶그렇듯 여리고 가냘픈 마음결의 그녀였지만, 그러나 경우에 따라서는 그 누구보다도 억세고 굳은 의지를 보이는, 정말 그녀다운 면목 그대로를 드러내기도 했다. 《관촌수필 3》

마음씀새 인심 쓰는 정도. 〈방언〉 ¶…선생은 내 됨됨이며 마음씀새 알기를 남보다 넉넉한 그릇인 줄로 알던 터였으며, 《그가 말했듯이》

마음씨갈 마음을 쓰는 태도나 바탕. ¶마음씨갈은 비단결같이 고운 데다 손속이 좋고 눈썰미가 뛰어나며, 인정과 동정심이 많은 점에서 어머니는 노상 쓸 만한 아이라고 추어주었다. 《관촌수필 1》

마음에 걸리다 마음에 편하지 않고 걱정이 된다. ¶매월당은 그녀의 그러한 태도가 마음에 걸려서 술맛이 이 맛이던가 싶게 혀끝에 감치는 것이 없었다. 《매월당 김시습》

마음은 굴뚝 같다(속) 마음속으로 몹시 하고 싶다는 말. ¶아주 헤어져 버리고픈 맘이 굴뚝 같아 보기도 한두 번 아니던 것을, 최소한 이혼이라는 극단적인 파탄으로까지 몰아가선 안 되리라고 마음을 다잡아 왔던 것이다. 《다가오는 소리》

마음잡아 개장사(속) 방탕하던 사람이 마음을 다잡는다고 하지만, 결국 오래가지 못해 헛일이라는 말. ¶"둘째는 맘잡고 조용히 지게 진다더니…" "남의 집 자식들하고 내장이 같으니 맘잡아 개장사지. 좌우간 나가서 목이나 축이세"《산 너머 남촌》

마질 곡식을 말로 되는 일. ¶"작인 노릇을 해 먹어도 마름이 출동하여 새벽부터 마당

질을 지켜보고 마질할 때…"《산 너머 남촌》

마차를 태우다　떠나 보냈다는 말.〈곁말〉
¶…안양 사람이 평당 쌀 말 두 되 꼴로 가
서 서울 사람에게 십만 원씩 바가지를 씌
워 마차 태웠다는 함 서방네 못미처의 보
리밭에서는《산 너머 남촌》

마침맞다　꼭 알맞다. ¶당일치기가 되던
도시는 환물 심리로 눈이 바뀐 그들을 꾀
송거리기에 마침맞았고,《우리 동네 張氏》

마투리　곡식의 양을 섬이나 가마로 잴 때,
한 섬에 차지 못하고 남은 양. ¶"…무슨
일이나 꼬투리가 있으면 마투리도 있게 매
조질 줄도 좀 알거라…"《산 너머 남촌》

마파람　남쪽에서 불어오는 바람. ¶"집터
서리에 달린 호박은 마파람에도 떨어지고
하늬바람에도 떨어지기 마련이여, 걔도
보나 마나 아마…"《산 너머 남촌》

마파람에 게눈 감기듯㉃　〈충남 서해안 지
방 특유의 속담〉순간적인 은폐를 비유한
말. ¶그보다 몇 갑절이 넘는 부정행위와
잔혹한 백성 침학도 마파람에 게눈 감기
듯 묻히던 세상이었건만 유독 박궁산이하
고만은 살이 끼었던가 보았다.《오자룡》

마파람에 곡식이 혀를 빼물고 자란다㉃　가
을이 오려고 남풍이 불기 시작하면 모든
곡식들은 놀랄 만큼 빨리 자라서 익어 간
다는 말. ¶"마파람에는 곡식두 혀를 빼
물구 자란다구. 전버텀 내려온 소리가 있
었는디, 까치 둥지 트는 걸 보니 서향으루
구멍을 낸 게, 올해는 태풍두 옰을 모양이
라 땅마지기나 가진 사람은 한시름 끈 심
인디…"《우리 동네 崔氏》

마파람에 호박 꼭지 떨어진다㉃　무슨 일
이 그 첫 시작서부터 방해를 받고 그릇된

다는 말. ¶말이 어렵게 나오는 싹이, 설
보고 쉽게 대꾸하다가는 마파람에 호박
떨어지듯 옴나위도 못하고 넘어갈 판이었
다.《산 너머 남촌》

막걸리갈보㉆　막걸리를 전문으로 파는 대
포집의 작부를 속되게 이르는 말. ¶"…역
시나 시금뚧쓸헌 막걸리갈보가 일통삼반
이더먼."《장한몽》

막걸리 마신 오줌 한 차례 동안㉆　(막걸
리를 마시면 소변의 양이 많아져서 그것
을 배설하는 시간도 길어지므로) 잠깐이
아니라는 말. ¶…그는 막걸리 마신 오줌
한 차례 동안이나 뒤꼍을 건성으로 둘러
보았던 것이다.《우리 동네 崔氏》

막고지　논 한 마지기에 값을 정하여 모내기
로부터 김매기까지의 일을 해 주기로 하고
미리 받아 쓰는 삯. 또는 그 일. ¶…어머
니가 모시를 수내 얻어 삼아 짜고, 아버지
는 막고지 지어 주기로 하여 품삯을 선대
하고 해, 코뚜레를 사들여다가 이태나 정
성을 먹여 기른 소였다.《다가오는 소리》

막깎이하다　머리를 막깎다. ¶…쪽진 안
노인네와 막깎이하는 바깥노인이 새벽잠
이 없어 하는 집안도 아닐 뿐더러《산 너
머 남촌》

막다른 골목　더는 어떻게 할 수 없는 절박
한 경우를 이르는 말. ¶"…내가 듣기로
자네 형편이 다급해서 막다른 골목에 처
해 있다기에 한번 써 본 건데 그렇지도 않
아. 아직도 정신적인 여유가 웬만큼 있나
보지?"《지혈》

막담배　품질이 좋지 않은 담배. ¶한나절
참때가 되어 맨입에 막담배로 곁두리를
대신하며 늘어져 있던 내게 그가 와서 그

런 말을 하자.《변 사또의 약력》

**막동이 장가 보내느니 대신 가는 것이 낫
겠다㊜** 하도 미덥지 못하기 때문에 시
키는 것보다 자신이 하는 것이 낫다는 말.
¶문정은 그녀의 태도가 마뜩찮아서 막둥
이 보내느니 내가 가지 하는 심정으로 그
만 자리를 털고 싶었으나《산 너머 남촌》

막물태 맨 끝물로 잡은 명태. 여기서는, 말
과 행동이 좀 모자란 듯이 보이는 사람을
비유적으로 이름. ¶…큰것이나 그다음
것이나 서로가 **빼**다박은 것처럼 가지런히
무너리요 막물태였다.《산 너머 남촌》

막보기 다시는 안 볼 듯이 대한다는 말.
〈個語〉¶(영두는)…부치는 땅이 남의
것이라고 해서 막보기로 다루거나 땅심
만 우려먹이려고 든 적이란 없었다.《산
너머 남촌》

막살이 되는대로 아무렇게나 사는 살림살
이. ¶…심지어는 보다 보다 볼 장 다 본
막살이들의 헙헙한 허텅지거리와 종작없
는 곁말들까지도 나는 거의가 그를 통하
여 얻어들었으며《유자소전》

막차에 종점이다 (마지막 차가 종착역에 이
르렀으니) 갈 데까지 간 셈이란 말. ¶"오죽
허면 발바닥이 됩데 손바닥더러 딱허다구
허겄나. 작인이 지주헌티 병작 주는 세상이
면 막차에 종점이여."《우리 동네 姜氏》

막참 마지막 참. ¶…막참 무렵에 나왔다
가 해거름만 되면 떨어지기 마련인 하루
살이《산 너머 남촌》

막초 품질이 썩 낮은 썬 담배. ¶절구통 옆댕
이에 웅송그리고 앉아 모지라진 백통대에
막초를 부스려 담던 최 서방이《명천유사》

막치 되는대로 만들어, 품질이 낮은 물건.

¶"…아무리 두더지 사둔 찾듯이 파 봐도
쓰던 마치 사발 하나, 죽치 대접 하나가
없으니 순 난부자든거지가 아닌가…"《산
너머 남촌》

만날 언제나. ¶…만날 들면날면 물건을
놓는 집 사람들은 숫제 두말할 나위도 없
었다.《우리 동네 柳氏》

만도리 볏논의 마지막 김매기. ¶논에서는
김매기가 한창이었다. 애벌 맬 때는 벌써
지났으리라. 세 번째인 만도리를 하고 있
을 거였다.《백의》

만만한 게 꼴뚜기다㊜ 생선 망신은 꼴뚜
기가 시킨다는 속담도 있듯이, 항상 천대
를 하면서도 다른 생선이 없을 때는 생선
대접을 하려고 한다는 말.〈경기도, 충청
도 서해안 지방의 속담〉¶"…테레비 찍
으러 왔다 허면 군에서 영감은 안 나와 보
더래두 면이나 조합에서는 하루에 서너
너덧씩 나와설랑은이 지켜보구 있을 텐
디, 술에 밥에 그 사람들은 뉘더러 대접
허라는 겨? 만만헌 게 꼴뚜기라구 천상
지도자와 내가 뛰구 반장들이나 볶을 텐
디, 무슨 출세를 허겄다구 그 노릇을 헌다
나…"《우리 동네 柳氏》

만만한 데 말뚝 박는다㊜ 일하기가 매우
쉽다는 말. ¶"나도 서울 와서 맨손 하나
로 밤송이 우엉송이 다 까 봤지만, 결국
만만한 데다 말뚝 박는다고 직업은 역시
제 직업이 젤이라구."《산 너머 남촌》

만물 그해의 벼농사에서 끝막음으로 하는
논매기. ¶…논김을 매도 반드시 초복 두
고 애벌, 중복 전에 두 벌, 말복 앞에 만
물을 해 백중날 호미씻이 해 온 전례를 한
번도 어그린 적이 없었다.《명천유사》

만작만작하다 '만지작만지작하다'의 줄임 말. 자꾸 가볍게 주무르듯이 만지다. ¶여 태껏 담뱃갑만 만작만작하고 있었던 것도 생각없이 앉아 있기가 따분해서 그랬던 모 양이었다. 《달빛에 길을 물어》

맏물 그해에 맨 처음 생산된 것. ¶고추를 추슬러 모래 굴러다니는 소리가 요란할수 록 사람들은 고추씨 여문 것 하나만 봐도 맏물 고추가 틀림없다면서 불티나게 나가 더라는 것이었다. 《두더지》

말 가는 데 소도 간다㊌ 남이 할 수 있으 면 나도 할 수 있다는 말. ¶"묘상헌 일이 로고. 노성 사람헌티 우리게 사람 기별을 듣네그려. 그런디 워치게 그런 디서 만났 더라나?" "말 가는 디 소 가더라구 주인나 리 행자 몫으로 따러댕기다 보면 황천인 들 못 간다우." 《오자룡》

말 갈 데 소 갈 데 가리지 않는다㊌ 어떤 목적을 위하여 몸을 아끼지 않고 궂은 데 도, 그 어떤 험한 곳도 가리지 않고 다 돌 아다님을 비유하여 이르는 말. ¶(산)…문 장을 겸비한 이 빼어난 미모의 여기자 또 한 소설 속의 이라처럼 미래에서의 도전 으로 두만강을 건너, 영하 30도의 겨울이 연중 8개월이나 이어지면서 도처에 마적 떼가 출몰하고 일제의 밀정들이 활개치는 만주 벌판에서 말 갈 데 소 갈 데 안 가는 데가 없이 마차를 휘몰기 장근 6년에 이르 렀던 것이다. 《글밭을 일구는 사람들》

말값 한 말에 대하여 나름의 근거나 책임 을 이르는 말. 〈個語〉 ¶의곤이는 미처 말 값을 둘러대지 못했다. 《산 너머 남촌》

말겨룸 말질. 이러니저러니 하고 말로 다 투는 짓. 〈個語〉 ¶얼핏 보아 짐작컨대 사

남매인 듯했으나 말겨룸이 어우러지는 꼴 로 보면 그중 앳된 여자가 남자의 아내요, 다른 두 여인과는 시누이 올케 사이인 듯 했다. 《장한몽》

말곁(을) 달다 옆에서 덩달아 말하다. ¶ 문정은 얼른 말곁을 달기가 무색하여 애 꿎은 담배만 붙여 물었다. 《산 너머 남촌》 ※말곁 : 남이 말하는 옆에서 덩달아 참견 하는 말.

말길 말하는 실마리. 또는 기회. ¶"…되 도록 찻길에서 안 보이는 우묵한 동네로 골라 말길을 터 볼 테니까 걱정하지 말란 얘길세." 《산 너머 남촌》

말길(이) 되다 남에게 소개하는 의논의 길 이 트이다. ¶그와 김두홉은 노파의 소개 로 그 자리에서 말길이 되었고, 그로부터 길에서 만나면 서로 먼저 인사를 챙겨 온 터수였다. 《장동리 싸리나무》

말꼬리에 파리가 천 리 간다㊌ 보잘것없 는 것이 남의 세력에 기운을 폄을 이르는 말. ¶"말꼬랑지 파리가 천 리 가더라구 옹젬이가 그렇당께." 부락 사람들은 그녀 의 억척과 솜씨를 그렇게 비유하였고 그 녀는 그녀대로 그런 말 듣게 된 자신을 대 견스레 여기는 것 같았다. 《관촌수필 3》

말꼬투리를 잡다 말꼬리를 잡다. 남의 말 의 약점을 문제 삼다. ¶두 사람은 아까 생짜를 놓고 대립했던 의견들을 참지 못 했고, 여태껏 미지근했던 모양으로 공연 한 말꼬투리를 잡아 진집내고 있었다. 《장 한몽》

말끝 말의 마무리. ¶사실이 그러함을 알 만한 사람이면 다 이르고 난 말끝이던 것 이다. 《해벽》

말농사 말치레. 〈個語〉 ¶(산)…콩으로 메주를 쑨다고 해도 곧이들리지 않는 것이 정치인의 말농사였지만, 《복된 직업》

말늦 씨가 된 말. 〈個語〉 ¶…그것이 놀미에서 학교에 교육 기재를 기증하자는 말늦이 된 것만은 아니라고 할 수가 없었다. 《우리 동네 趙氏》

말 달리다 요란하게 들리는 바람소리를 이르는 말. 정지용의 〈향수〉에 '…뷔인 밭에 밤바람 소리 말을 달리고'라는 내용이 나온다. ¶벌판으로 들어서니 바람결은 더욱 말 달리고 갈기 억센 짐승 울음소리로 눈을 불어 날리며 발 디딜 곳이 넉넉지 않게 했다. 《오자룡》

말대접 상대편의 말을 존중하여 하는 대접. ¶조는 말대접을 하지 않았다. 핑계를 댈수록 아내에게 쥐어 내주장(內主張)대로 되어 가는 집구석 꼴이나 광고하는 셈일 따름이었다. 《우리 동네 趙氏》

말뚝 빠진 허수아비 신세가 되다㊂ 용도 폐기당한 신세가 되다. ¶"…근근이 부쳐 먹던 산전 몇 뙈기가 있더니, 그나마도 어디가 미운털이 박혔던지 도로 가져가 버리고 마니, 그날로 말뚝 빠진 허수아비 신세가 되고 말았습지요." 《매월당 김시습》

말뚝을 박아 둘 년㊚ 여성의 생식기에 빗댄 욕설. ¶말뚝을 박아 둘 년. 솜털이 가시면서 짝사랑해 온 순금이를 창기 녀석한테 빼앗긴 생각은, 하면 할수록 지금도 속이 끓는다. 《몽금포 타령》

말랭이 마루. 〈방언〉 등성이를 이루는 지붕이나 산의 꼭대기. ¶"…아 저 봉수대 큰 말랭이를 원제 넘을 텨?…" 《백의》

말로는 못 할 말이 없다㊂ 실지의 행동이나 실천은 없이 그저 말로만 하는 것이야 무슨 말이든 못 하겠는가 하는 뜻으로 이르는 말. ¶(산) 말은 앵무새라, 말로는 못 할 말이 없으므로. 《지금도 많다》

말로 온 동네 다 겪는다㊂ 말로만 남을 대접하는 체한다는 말. ¶(산) 말은 앵무새라, 말로는 못 할 말이 없으므로, 말이 말을 만들되, 말은 보태고 떡은 떼면서, 말 같잖은 말로 온 동네를 다 겪다가. 《지금도 많다》

말롱질㊚ 남녀가 말의 교미를 흉내 내어 하는 장난. ¶그녀는…늙은 뚜쟁이로부터, 감투거리도 배우고 빗장거리도 배우고 말롱질도 배웠다. 《곽산 기생 보름이》

말림갓 나무나 풀을 함부로 베지 못하게 하여 가꾸는 땅이나 산. ¶…장돌뱅이 이십 년에 근근이 장만한 것이 그 늦들잇들 말림갓의 손바닥만 한 자투리산이었다. 《우리 동네 張氏》

말마중 상대방의 말을 듣기 위해서 먼저 꺼내는 말. 〈個語〉 ¶미스 구가 암내 난 까치처럼 웃어 가며 말마중을 하는 바람에, 지서 앞에서 보초를 서고 있던 방위병들의 눈총을 맞기는 했지만, 《우리 동네 柳氏》

말마투리 말을 하다가 마저 하지 않고 남기는 말. 〈個語〉 ¶병시 어매가 말마투리를 남기자 아내는 대번 귀가 솔깃하여 의논성 있게 말했다. 《우리 동네 趙氏》

말막음 자기에게 불리하거나 성가신 말이 남의 입에서 나오지 않도록 미리 막는 일. ¶그는 한마디로 말막음을 해 보려고 순식간에 머릿속을 헤매고 나서 예사롭게 말했다. 《산 너머 남촌》

말만 귀양 보낸다㊂ 기껏 한 말이 소용없

이 됨을 이르는 말. ¶(산) 말은 앵무새라, 말로는 못할 말이 없으므로, 말이 말을 만들되, 말은 보태고 떡은 떼면서, 말 같지 않은 말로 온 동네를 다 겪다가, 일쑤 말만 귀양 보내고 마는 사람도 그네들이다. 《지금도 많다》

말만도 못한 년⒝ 의리가 없음을 꾸짖는 상말. ¶“…네 이 말만도 못한 년. 지금 하늘이 굽어보고 있다 이년…”《곽산 기생 보름이》

말만 하다 (나이나 몸매로 보아서) 다 자란 처녀를 이르는 말. ¶“…말만 헌 년이 벅다리 내놓고 괴구멍이나 쑤셔대면 먹구 산다데? 허는 소리마다 싸가지 읇는 소리만 헌단 말여…”《떠나야 할 사람》

말 많은 집은 장맛도 쓰다⒮ 입으로만 그럴듯하게 말하고 실상은 좋지 못하다는 말. ¶(산)…각 당에서 영입한 선대위 대변인들의 말 잔치는 말 많은 집 장맛이야 쓰거나 말거나 그냥 말전주꾼들의 말품앗이려니 하고 귓등으로 들어넘기는 쪽이 차라리 나을지도 모를 일이다. 《충청도표》

말말 끝에 이런 말 저런 말을 하던 끝에. ¶영감은 말말 끝에 덧붙여, “아즈마니 금년에는 복 받으셔서 풍년이 들 게라오…”라는 말도 했다.《관촌수필 2》

말맛 말이 주는 느낌. ¶…이번은 남의 일이 아닐 뿐 아니라 그 말맛이 성하지 못한 게 밉살맞아서도 부러 짚고 넘어가기로 하였다.《그리고 기타 여러분》

말매듭 결론. 〈個語〉 ¶…은연중에 경쟁심을 자극하여 학력 향상에도 크게 효과를 낸다는 것이 병시 어매의 말매듭이었다.《우리 동네 趙氏》

말맥 이야기의 줄기. 〈個語〉 ¶아내는 한마디로 일매지어 버리려고 말맥을 되짚었다.《우리 동네 趙氏》

말머리아이 혼인한 뒤에 바로 배서 낳은 아이. ¶“…개구녕받이가 말머리아이버덤 손위루 가는 수두 있던디 뭘 그려.”《달빛에 길을 물어》

말몫 지주와 소작인이 타작한 곡식을 나눌 때, 마당에 처져서 소작인의 차지가 되는 곡식. ¶…마질할 때 수북수북하게 마당통으로 되고도 모자라서 말몫이며 말밑이며 심지어 지르된 밀따리 쭉정이까지《산 너머 남촌》

말 못하고 죽은 귀신 없다⒮ 누구나 한마디씩은 할 줄 안다는 말. ¶“팔일오 해방 이후 말 못허구 뒈진 구신 봤남?”《우리 동네 柳氏》

말문을 열다 말을 하기 시작하다. ¶…누구든 실수로 말문이 열리고 말대꾸를 하다 보면 상관없지만, 처음엔 누구나 먼저 입을 열려고 하지 않는다.《김탁보전》

말문이 막히다 하려고 하던 말이 나오지 않게 되다. ¶“…말이야 바른 말이지 승수 아버지도 남들처럼 첫째는 애들 교육상 서울로 올라오려고 하는 거 아니에요?” “…” 영두는 모처럼 말문이 막히고 말았다.《산 너머 남촌》

말미 받다 말미를 얻다. ¶“죽서루라…게는 나도 말미 받아서 한번 가 본 지가 하마 오랠세그려.”《매월당 김시습》

말미하다 여가(餘暇)를 내다. 〈방언〉 ¶…목적은 농한기를 말미하여 관광 여행에 쓰려는 유흥비 저축에 지나지 않았다.《우리 동네 李氏》

말밑　① '말밑천'의 준말. ¶두 여자는 입이 모자라 말밑을 못 대는지 잠잠했으나, 그냥 두면 나중엔 별 못할 소리가 없을 것 같았다.《우리 동네 黃氏》② 어떤 분량의 곡식을 말로 되고 남은 부분. ¶…마질할 때 수북수북하게 마당통으로 되고도 모자라서 말몫이며 말밑이며 심지어 지르된 밀따리 쭉정이까지 덧두리로 얹어서《산 너머 남촌》

말밑천　말할 재료. ¶최응현은 긴찮은 한담으로 말밑천을 보태려고 하였다.《매월당 김시습》

말바람　큰바람. 〈個語〉 ¶…이경에 들고부터는 마파람을 앞세우고 삿갓을 벗기는 말바람으로 바뀌면서,《매월당 김시습》 ※말 : 일부 명사에 붙어 큰 것임을 나타내는 말.

말반찬　말거리. 이야기의 재료. 〈個語〉 ¶막대는 얼른 말반찬을 대었다.《오자룡》

말발(이) 서다　말하는 대로 일이 잘되어 가다. ¶그러는 동안 잘 안 풀리던 매듭도 많았고 반드시 말발이 서는 사내가 나서야 해결되던 문제도 적지 않았는데, 그녀는 그럴 적마다 남편을 팖으로써 훨씬 수월하게 마무릴 수가 있었다.《엉겅퀴 잎새》

말발이 세다　언변이 좌중을 휘어잡는다. 〈곁말〉 ¶"웬일여. 오늘은 우램 아버지 말발이 젤 쎄니, 사개가 척척 맞아 들어가…"《우리 동네 黃氏》

말밥　좋지 못한 이야깃거리의 대상. ¶그는 자로 재고 뼘으로 재고 하다가 들은 말을 말밥 삼아서 하양의 실연에 혐의를 두었다.《산 너머 남촌》

말볏　군말. 〈방언〉 하지 않아도 좋을 쓸데없는 군더더기 말. ¶희찬은 말이 싱겁던지 이내 말볏을 했다.《관촌수필 8》

말본새　말하는 태도나 모양새. ¶리는 지의 말본새가 거슬려 듣고만 있기가 거북했다.《우리 동네 李氏》

말불　수말의 생식기. ¶아전들이 그렇게 억지로 말을 끌어 오면, 원은 그날로 잡게 하고 말불을 도려내어 다려 먹었다.《곽산 기생 보름이》

말비침　상대방이 알아챌 수 있도록 넌지시 말로 하는 암시. ¶두룸성 한 가지로 내리 삼 년째 이장을 보는 사람답게, 변은 들어오라는 말도 없이 문 닫고 들어오며 이동화와 함께 부면장에게 불려 가고, 거기서 막걸리 말값이 나온 것까지 말비침을 했다.《우리 동네 柳氏》

말빚　말로 진 빚. ¶그믐산이가 있는 땅을 다 내놓고서라도 양반이 되기로 작정한 것도 마누라 넋두리에 부대끼다가 부아 김에 장담했던 그 말빚 때문이었다.《오자룡》

말뺌　서로 이야기하다가 제 말에 약점이 있어 그 이야기에서 빠져나오는 짓. ¶천석이는 더 켤 수가 있어도 생기기를 그렇게 생겨서 더 켜지 못하는 눈으로 매월당을 올려다보고 있었다. 매월당은 말뺌을 하지 않았다.《매월당 김시습》

말뽄새　말본새. 말하는 태도나 모양새. ¶"저 싸가지 읊는 것 말뽄새 보게. 언내들 듣는 디서는 말을 해두 다다 그러큼 쓰게 허야 쓰느니."《관촌수필 6》

말살스럽다　인정이 없이 모질고 쌀쌀하다. ¶"말살스럽게 하필이면 악착같이유? 그러니 그 등쌀에 순리껏 사는 사람들만 호소무처로 죽살이를 치는 거 아니우."

《산 너머 남촌》

말속 말의 깊은 속뜻. ¶문정이 더러 속에 있던 말로 두런거리면 마누라는 말속도 모르고 번번이 말추렴을 드는데 그것도 말끝마다 엇조였다.《산 너머 남촌》

말싸래기 (말소리가 작거나 멀거나 하여) 제대로 알아들을 수 없는 토막말. ¶한산 댁이 들어간 뒤에도 봉사 부인의 아기 재우는 시늉은 계속 들려왔다. 말싸래기는 내방가사 같아도 들리기는 염불이나 선소리 가락이었다.《매화 옛 등걸》

말씹단추 개씹단추.〈방언〉헝겊 조각을 곱게 접거나 둥글게 오려서 감친 다음 쪽 찐 머리 모양으로 만든 단추. 흔히 적삼에 사용함. ¶…고랏댁도 말씹단추 호던 바늘을 낭자에 찌르고 일어서며 한마디 보탠다.《암소》

말은 보태고 떡은 뗀다송 말은 전해 갈수록 더 보태어지고, 먹을 떡은 이 손 저 손으로 돌아가는 동안에 없어지는 것이라는 말. ¶(산) 말은 앵무새라, 말로는 못할 말이 없으므로, 말이 말을 만들되, 말은 보태고 떡은 뗴면서,《지금도 많다》

말은 앵무새송 말은 거침없이 유창하게 엮어 내려가나 실천은 그에 따라가지 못한다는 것을 비유하여 이르는 말. ¶(산) 말은 앵무새라, 말로는 못할 말이 없으므로,《지금도 많다》

말은 청산유수 같다송 거침없이 유창하게 하는 말씨를 이르는 말. ¶"머리에 든 것보다 배에 든 것이 더 많은 위인이 말은 뭘 먹구 저리 청산유수루 늘었는지 몰라."《인생은 즐겁게》

말을 놓다 반말로 이야기하다. ¶"장사 다

했다는 거지?" 대뜸 말을 놓으며 시비를 걸었다.《두더지》

말이 고마우면 비지 사러 갔다 두부 사 온다송 말하는 상대방의 태도가 마음에 들고 뜻이 고마우면 제가 예정했던 것보다 훨씬 후하게 해 준다는 말. ¶"그렇게 잘 먹혀들어가서 아직 임자를 못 만난 모양이구먼. 말이 좋으면 비지를 사러 갔다가도 두부를 사 온다는데…알 만하네."《산 너머 남촌》

말이나 않으면 중간이나 가지 젠체하는 사람은 대접을 못 받는다는 말. ¶"…우리네 조상들의 영고성쇠도 반은 청주, 반은 탁주가 지배한 사실을 알아야 한다구." "말이나 않으면 중간이나 가지." 하고 조는 귀살머리스럽다는 듯이 고개를 돌렸다.《산 너머 남촌》

말이 많으면 쓸 말이 적다송 말 많이 하는 것을 삼가라는 말. ¶말이 많으면 쓸 말이 적다던 속담을 안다.《무제②》

말이 말을 만든다송 말은 옮겨지는 과정에 점점 보태진다는 말. ¶(산) 말은 앵무새라, 말로는 못할 말이 없으므로, 말이 말을 만들되,《지금도 많다》

말이삭 어떤 말끝에 숨은 말 속의 말. 또는 여운.〈個語〉¶냉수를 떠 온 주인마누라가 말이삭을 주워듣고 그나마 그만하기를 다행이란 듯이 덩달아 웃었다.《산 너머 남촌》

말이 씨 된다송 늘 말하던 것이 마침내는 어떤 사실을 가져오게 하는 결과가 되었을 때 이르는 말. ¶"네끼 이 사람, 말이 씨 된다고 객담을 해도 정도껏 하게."《산 너머 남촌》

말 잘하고 징역 가랴㊂ 말만 잘하면 징역 갈 것도 면할 수 있다는 뜻이니, 말 잘하는 것이 사회생활에 있어 매우 중요함을 일컫는 말. ¶"말 잘해서 징역 가는 사람 없다더니, 문자 쓰는 어른 앞에서는 힘 가진 사람도 쑥 들어가고 마네요." 하며 추어주는 소리부터 하였다.《산 너머 남촌》

말전을 벌이다 [전(廛)을 벌이듯이] 이 말 저 말 늘어놓다.〈個語〉¶그러자 장도 유의 데림추는 아니란 듯이 덩달아 말전을 벌였다.《우리 동네 金氏》

말전주 이 사람 저 사람의 말을 좋지 않게 전하여 이간질하는 짓. ¶그 츱츱한 무녀리가 다니면서 말전주라도 한다면 딸은 또 시집 푸네기들의 입방아를 무슨 꺼끄메로 께끼어 주어야만 수굿해질 터인가.《산 너머 남촌》

말짜 가장 나쁜 물건. 버릇없이 구는 사람들을 일컫는 말. ¶(봉득이네는)…무슨 계층을 논하는 일부터가 과분할 지경으로 그저 말짜일 따름이었다.《산 너머 남촌》

말추렴 여러 사람이 모여 말을 하는데 한 몫 끼어들어 말을 거드는 일. ¶문정이 더러 속에 있던 말로 두런거리면 마누라는 말속도 모르고 번번이 말추렴을 드는데 그것도 말끝마다 엇조였다.《산 너머 남촌》

말치레 실속없이 말로만 꾸미는 일. ¶"너는 살기가 어떠냐?" 하고 웅두가 건성으로 말치레를 한 것이 불찰이었다.《산 너머 남촌》 그녀는…말치레 삼아서 심드렁하게 우물거렸다.《산 너머 남촌》

말 타면 종 두고 싶다㊂ 한 가지를 이루면 다음에는 더 큰 욕심을 갖게 된다는 말. 말 타면 경마 잡히고 싶다. ¶"그건 그럴 겨. 남로댕이구 북로댕이구 간에 말 탄 짐에 종 부리구 싶더라구 나두 실은 배 탄 짐에 워디루 멀리 좀 나가 봤으면 싶데나."《장석리 화살나무》

말푸대 말보.〈방언〉 항상 이야깃거리가 많아 말을 많이 하는 사람을 놀림조로 이르는 말. ¶막대는 그 애만 한 말푸대가 못 되었으므로 그 이상은 켜를 더 얹고 보지 못하게 된 판에다《오자룡》

말품앗이 한 사람이 어떤 일에 대하여 말을 하면, 상대자가 그 말을 받는 식으로 서로 말을 주고받고 하는 일. ¶"들풀도 꽃이 피기 전엔 나물로 먹는 것이야 어찌 모를 리 있으리까마는…" 매월당은 그렇게 말품앗이를 하면서도 한편으로는 씁쓸한 입맛을 다시지 않을 수가 없었다.《매월당 김시습》

말품을 팔다 일정한 품을 들여 상대방에게 말을 하다.〈북〉 ¶효근이가 뻗더듬하게 말대꾸를 하는 데에 놀라 봉출 씨는 생기는 것도 없이 다시 말품을 팔았다.《장곡리 고욤나무》

말 한마디에 천금이 오르내린다㊂ 한 마디 한 마디의 말이 중요함을 이르는 말. ¶말 한마디에 천금이 오르내린다고 일러 온 터에 떳떳지 않게 나간 쌈짓돈 몇 푼을 얼굴에 그린대서야 나이가 아깝지 않겠는가.《산 너머 남촌》

말 한마디에 천 냥 빚도 갚는다㊂ 말만 잘하면 어려운 일도 해결된다는 말. ¶(산)…그들은 '말 한마디로 천 냥 빚을 갚는다'는 옛말마따나 몇 십 억에 달하는 헌금액을 순전히 말로 꺼나가야 할 사람들이었다.《충청도표》

말휘갑 딴말이 없도록 다짐을 두면서 하는 말솜씨. 〈個語〉¶문이나 염이 아무 소리도 못한 것은 그녀의 말휘갑에 넘어가서가 아니라 그에 맞설 염치가 없어서였다. 《우리 동네 張氏》

맑은술 막 거르지 않고 술독에 용수를 박고 떠낸 술. 약주·청주 등. ¶"…맑은술을 날탕으루 먹으면 워치기 되는 겨?"《우리 동네 金氏》

맛깔 음식 맛의 느낌이나 성질. 〈북〉¶(그녀의)…음식 맛깔과 바느질 솜씨는 어머니도 나무랄 수 없음을 진작에 선언한 정도였다.《관촌수필 3》

맛깔스럽다 맛이 입에 당길 만큼 먹음직스럽다. ¶술도 얼마 만에 맥주가 흔전인지 모르건만 서먹하고 뜨악한 공기 탓으로 그전같이 맛깔스럽지가 않았다.《산 너머 남촌》

맛대가리⒣ '맛'을 속되게 이르는 말. ¶"…좌우지간 맛대가리 옰는 서양 물고기 한 사발에 국산 욕을 두 사발이나 먹구 났더니…"《유자소전》

맛맛으로 ① 맛보기로. ② 여러 가지 음식을 바꾸어 가며 조금씩 색다른 맛으로. ¶"고기는 맛맛으로 먹어야 제맛이 나는 법이니 차돌박이하고 아롱사태로 반반씩 해서 한 근이 어떻소?"《강동만필 1》

맛뵈기 맛보기. 〈방언〉 맛맛으로 먹기 위하여 양을 적게 하고 바특하게 차린 음식. ¶김은 술이 아쉬웠다. 조금만 더 있었으면 그런대로 무던하게 수작하겠는데, 맛뵈기로 그쳤으니 됩데 비위만 거슬려 놓은 게 아닌가 싶던 것이다.《우리 동네 金氏》

맛을 들이다 어떠한 것에 재미를 붙이다.

¶어느덧 관공서의 무슨 과장급 수준에 못잖을 부수입이 되자, 이가도 이젠 맛을 들인 셈이었다.《임자수록》

맛조이 마중하는 사람. 영접하는 사람. 〈古語〉¶…주일마다 건물의 입구와 층계와 복도에 맛조이들을 늘비하게 내세워 다른 곳의 신도들까지 미당기기 마련이었는데《산 너머 남촌》

망건 쓰나 탕건 쓰나㊚ [망건(網巾)은 상투를 틀 때 머리카락이 내려오지 않도록 이마에 쓰는 물건. 탕건(宕巾)은 벼슬아치가 갓 아래 받쳐 쓰던 관. 모두가 의관을 중시했던 시대의 남성 장신구이다] 이러나저러나 마음이 쓰이기는 매일반이라는 말. ¶"아따, 망건 쓰나 탕건 쓰나 살짝 밀기는 일반이랍디다. 은어 가는 사람이 찬밥 더운밥 가릴 져를 있겠수. 이 동네 아줌니들은 워째서 이리 까닭스럽다우?"《우리 동네 黃氏》

망건 쓰자 파장㊚ 일이 늦어져서 소기의 목적을 이루지 못하게 됨을 이르는 말. ¶"…짧은 해에 오고 가고 하면 한나절인데, 망건 쓰다 장 파하는 것도 그렇지만 해 봤자 배보다 배꼽이 더 크겠다구요. 집어치울 수 있으면 집어치우세요."《장한몽》

망상스럽다 요망하고 깜찍하다. ¶그가 남의 일 같지 않아 시름없이 앉아 있으니, 무슨 소관인지 영두는 또 그 망상스러운 입버릇으로 느물거리면서 마냥 성가시게 굴었다.《산 너머 남촌》

망설거리다 자꾸 이리저리 생각만 하고 좀처럼 태도를 정하지 못하다. 망설대다. ¶신우는 서원말로 접어드는 길목에서 차를 세워 달랠까, 아니면 승객한테 미리 이

러고 얼마를 더 가다 내려야 하나를 물어 둘까 망설거린다.《매화 옛 등걸》

망신살이 뻗치다 뜻밖에 아주 창피스러운 일을 당하다. ¶빌린 돈일망정 안주머니가 두둑하고 보니 저절로 그런 객기가 인 거였다. 아니 어쩌면 망신살이 뻗치느라고 그리되었는지도 모를 일이었다.《산 너머 남촌》

망치가 가벼우면 못이 솟는다(송) 위엄이 없으면 아랫사람이 순종하지 않고 반항하게 된다는 말. ¶(산)…망치가 가벼워 못이 솟는다고 생각하는 불의에 맞서 평온한 마음으로 의연하게 대결하는 종수와 같이 살아 있는 인물이 어느 작품에나 변성명을 하고 등장한다는 것뿐이다.《지금은 꽃이 아니라도 좋아라》

맞갖잖다 맞갖지 않다. ¶문정은…음식에만 허발들려서 주접을 떠는 종인들의 식탐이 맞갖지 않은 데다《산 너머 남촌》 ※맞갖다 : 마음이나 입맛이 바로 맞다.

맞대거리 '대거리'를 강조한 말. 상대편에게 맞서서 대듦.〈個語〉 ¶"그럼 그렇다구 우리 애까장 명순이 패에 얼며 회사구루 맞대거리 허라는 겨? 십 원 한 장이 아쉬운 판인디 공장을 구만두면 워칙혀."《우리 동네 崔氏》

맞대매 단 두 사람이 마지막으로 승리를 결정하는 일. ¶소동라는 당장에 맞대매를 하려는 듯이 오목눈을 박아뜨면서, 안는 닭 멱부리 같은 군턱을 허옇게 쳐드는 거였다.《매월당 김시습》

맞돈 물건을 사고팔 때에 그 자리에서 값으로 치르는 돈. 현금. ¶아내는 맞돈이 들더라도 읍내에 가서 비닐봉지에 든 빵을 사다 먹이겠다고 했다.《우리 동네 鄭氏》

맞맞 '맞상대'의 비유적인 말.〈個語〉 ¶상월도 맞맞으로 금방 골을 내면서 메다붙이는 소리로 응수하였다.《매월당 김시습》

맞모지르다 대각선으로 금을 긋거나 물건을 놓는다는 말. ¶봉득이 마누라가 간장 종지와 먹던 김치에 젓가락만 맞모질러 놓은 시서늘한 상을 보아 오면서 옆들이로 나섰다.《산 너머 남촌》

맞바래기 '맞은바래기'의 준말. ¶명산이는 배순이의 약혼자였다. 이 여울둑을 가운데로 두고 배순이 사는 솔이께동네와 맞바래기인 곰뫼마을에서 그는 살고 있다.《못난 돼지》

맞바리 남이 팔러 가는 땔나무를 중간에서 사서 시장에다 파는 일. ¶"…뜬것이 씌여 대는지 당최 맴 맽길 디가 읎어 체냥 가서 장작 맞바리두 해 보구, 스산 가서 갯일두 해 보구 했는디…"《명천유사》

맞보기눈 상대방의 눈을 정면으로 마주 보는 눈.〈個語〉 ¶"아저씨는 뭘 하세요?" 처녀가 당돌한 줄도 모르고 맞보기눈을 뜨면서 물었다.《산 너머 남촌》

맞불(을) 놓다 서로 마주 싸우게 하다. ¶…이 계제에 유족과 업주(상배)를 두고 맞불을 놓아, 상배 당하는 꼴이나 구경하는 것으로 몸살풀이를 하고자 한 기대가 이만저만 아니게 무너져 버린 데에 대한 서운함이며 허탈이었던 것이다.《장한몽》

맞은바라기 앞으로 마주 바라보이는 곳. ¶…그녀 맞은바라기 최 옆의 수박색 저고리가 최에게 담배를 붙여 주고 나서《우리 동네 柳氏》

맞을말 누가 들어도 옳게 여길 말.〈방언〉 ¶"조 순경의 맞을말로는 아무가 수수방관

을 해도 경우는 아니지. 그러나 이건 추행도 선행도 아니고 그저 술이 시킨 일이여…"《산 너머 남촌》

맞입 맞적수. 〈방언〉 ¶"오머머, 그건 실례란 말예요." 그렇게 맞입을 한 그녀는 금방 살 것 같은 얼굴이 되어 있었다.《장한몽》

맞잡이 서로 힘이나 가치가 대등한 것으로 여겨지는 사람이나 사물. ¶…그녀는 잔뜩 남상지른 얼굴에 목통까지 있어서 말도 약장수 맞잡이는 하게 제법 희떱고 사풍스러웠다.《산 너머 남촌》

맞장구를 치다 동조하다. ¶모처럼 말벗이라도 만났다는 듯이 운전사는 신명이 나서 맞장구를 쳤다.《산 너머 남촌》

맞전 맞돈. 〈방언〉 ¶"맞전이라 괜찮구먼 뭐."《몽금포 타령》

맞창 내다 두 구멍을 마주 뚫다. 〈방언〉 ¶오늘도 대한 추위에 물두멍 얼어 터지는 소리로 남의 고막을 맞창 내면서 이장네 사랑의 새마을방송이 시작되었다.《우리 동네 李氏》

맞춤하다 비슷한 정도로 알맞다. ¶주변머리 없고, 어느 한 군데 트인 데 없이 없으면 앉은 채 굶기나 맞춤한 아내긴 하되, 일이 일같이 여겨지기만 한다면 못할 것도 없으리라 싶었다.《장한몽》

매갈잇간 벼를 매통에 갈아서 왕겨만 벗기고 속겨는 벗기지 아니한 쌀을 만드는 곳. ¶밀기울은 애당초 구해 볼 마음도 먹을 수 없었다. 하릴없이 매갈잇간으로 달려가 겨를 사 와야 했다.

매끼 묶는 데 쓰는 새끼나 끈. ¶…어떤 날은 빈 지게에 작대기와 갈퀴자루가 바

랑대처럼 뻗쳐 있을 뿐 고다리에 매끼만 감겨 있기도 했다.《관촌수필 4》

매나니 반찬 없는 맨밥. ¶십 원짜리 동전 한 닢에도 부르르하면서 노상 매나니만 먹었던 노인네의 얼굴이 다시 쳐다보여서가 아니라, 봉득이 마누라의 말이 그참 뒤를 이었기 때문이었다.《산 너머 남촌》

매대기 진흙 따위를 아무 데나 뒤바르는 것. ¶아내는 승수가 볏밥에 나뒹굴어 온통 흙으로 매대기를 치는 것도 아랑곳없이《산 너머 남촌》 ※매대기(를) 치다 : 진흙 따위를 함부로 아무 데나 뒤바르다.

매동그리다 매만져서 뭉쳐 싸다. ¶영두는…일을 대강 매동그리고 나서 한갓지게 나섰다.《산 너머 남촌》

매듭(을) 짓다 (어떠한 일을) 끝내거나 마무리하다. ¶돈식 아버지가 하던 얘기를 매듭 지을 때 그들은 벌써 할미바위에 와 있었고, 도깨비불은 하나도 보이지 않았다.《김탁보전》

매듭지다 순조롭지 못하게 맺히어 있다. ¶…달착지근하게 풍기던 엿 고는 냄새만은 다시 한번 실컷 맛보고 싶은 뼈끝에 매듭진 추억이었다.《관촌수필 1》

매몰스럽다 보기에 인정이나 싹싹한 맛이 없고 쌀쌀맞은 데가 있다. ¶…마치 말만한 딸을 서울 가게 하는 데에 힘입어 그날로 이잣돈을 놓는 매몰스런 구두쇠를 보듯이《유자소전》

매 위에 장사 있나(송) 매로 때리는 데는 견딜 사람이 없다는 말. ¶들창눈은 감때가 사나워서 휘어잡기가 어렵다고 들었다. 그러나 매 앞에는 장사가 없다. 제아무리 감때가 세기로서니 포졸들이 억센 꺽짓손

으로 휘두르는 그 매를 어떻게 이겨 낼 수 있단 말인가.《토정 이지함》

매장치기(每場—) 장날마다 장 보러 다니는 일. 또는 그런 사람. ¶대전, 광천, 홍성, 화성, 청라, 남포, 웅천…인근에 장이 서는 대로 매장치기를 했다.《암소》

매조지다 일의 끝을 단단히 단속하여 마무리하다. ¶…그 애옥살림이나마 더 어렵게 되지 않도록, 내외간에 매조져 둘 마련만은 해 주어야 한 부조하는 셈이 될 성싶던 것이다.《우리 동네 柳氏》

매초롬하다 젊고 건강하며 아름다운 태가 있다. ¶이발사같이 매초롬한 젊은 사내가 대신 들어서며 잔가락으로 기타를 켜기 시작하는데, 바로 그때 나는 처음으로 그녀를 본 거였다.《관촌수필 3》

매품(을) 팔다 삯을 받고 남을 대신하여 매를 맞다. ¶"야, 너, 흥부는 놀부같이 잘사는 형이라도 있어서 매품을 팔고 살았다지만, 너는 뭐냐, 뭐여…"《유자소전》

매흙 벽 따위에 바르는 보드라운 잿빛의 흙. ¶논흙에서 희읍스름한 매흙 빛깔이 나듯이《산 너머 남촌》

맥도 모르고 침통 흔든다(속) 사리나 내용도 모르고 덤빈다는 말. ¶"그렇다고 서울 사람들이 비만 오면 풍년이래듯이, 아무 물정 모르고 집구석에 맥도 모르고 침통 흔들었다가 아야 소리도 못하고 봉변할 수도 없잖은가."《산 너머 남촌》

맥살없다 맥없다. 〈방언〉 매가리 없다. ¶…성암은 그래도 요즘은 증세가 너누룩하여 이만만이나 하다고 호소하며 맥살없이 웃었다.《토정 이지함》

맥살(이) 풀리다 맥이 풀리다. ¶…젊은

과부의 그 의기양양한 모습을 볼 때처럼 맥살이 풀리고 마음이 언짢을 때가 없던 것이다.《유자소전》

맥이 빠지다 실망하거나 의욕이 상실되다. ¶그런저런 생각을 해 보니 맥이 빠졌다.《장난감 풍선》

맥이 풀리다 기운이 빠지다. ¶나는 웬일인지 맥이 풀렸고 그 하루를 우울하게 보냈다.《다갈라 불망비》

맥주갈보(비) 맥줏집의 작부를 속되게 이르는 말. ¶"맥주갈보가 가히바시맛인 줄 몰라서 하는 소릴 테지."《장한몽》

맥질 매흙질. 여기서는, 매흙 바르듯 페인트를 칠한 것을 뜻함. ¶페인트 색깔은 여러 가지련만 유독 원색만으로 골라 맥질한 까닭은 알 수 없는 노릇이었다.《그가 말했듯》※매흙질 : 벽 거죽에 매흙을 바르는 일. 매흙 : 벽 따위에 바르는 보드라운 잿빛의 흙.

맥쩍다 심심하고 무료하다. ¶문정은 구들 더께처럼 하릴없이 앉았다 누웠다 하기가 여간 맥쩍고 갑갑하지 않은 데다, 바깥소식이 궁금해서도 진드근히 배겨 낼 도리가 없었다.《산 너머 남촌》

맨 생(아무런 가공을 하지 않은). 〈방언〉 ¶그는 이내 건넌방 군불 아궁이에 삭정이를 제겨 넣어 가며 맨으로 털을 뜯고 있었다.《우리 동네 崔氏》

맨날맨날 매일매일. ¶…인저 나는 맨날맨날 너허구만 놀으야겄다《관촌수필 4》

맨도름하다 반드레하다. 〈방언〉 ¶…고로큼 맨도름헌 작자들만 한 다리 겪는 세상이니 이 평생 살었어두 얼큰헌 일이 없구만이라."《만고강산》

맨드롬하다 반드레하다.〈방언〉¶"…직에미는 한 푼 놓고 보라면 두 푼 놓고 달아나게 생긴 만물전(곰보)인데 딸년은 맨드롬한 상판에 키가 있어서 크면 볼 데가 있게 생긴 데다가…"《토정 이지함》

맨드리 물건이 이루어진 모양새. ¶초동에는 맨드리가 그중 낫다는 것으로 추리고 골라 에멜무지로 장에 나가보기도 했으나, 몇 파수를 그래 보아도 누구 하나 쳐다보려고조차 않았다.《우리 동네 柳氏》

맨몸에 땀낸다ⓢ 하지 않아도 되는 일에 사서 고생한다는 말. ¶"화로를 엎었나 요강을 뼈갰나, 무슨 장난을 했길래 본병 도질 새두 읎이 맨몸에 땀내려 든다냐?"《이모연의》

맨발 끗발이 형편없다는 뜻의 속된 말.〈방언〉¶…빈손이 큰손이요 끗발이 맨발인 따라지들《유자소전》

맨송맨송 술을 마시고도 취하지 않고 정신이 말짱한 모양. ¶"말로는 안 되네." 심도 술이 깨어 맨송맨송한 것이 엔간히 시달린 모양이었다.《산 너머 남촌》

맨송맨숭하다 맨송맨송하다. 술을 마시고도 취하지 않고 정신이 말짱하다. ¶영문을 몰라 맨숭맨숭하게 앉아 있던 계장과 오 서기도《우리 동네 黃氏》

맨입 아무것도 먹지 않은 입. ¶용모는 그냥 맨입으로 돌려보내면 걸려서 쓰겠냐면서 역전 다방 옆의 간판 없는 집에 들어가 장국밥과 소주를 샀다.《관촌수필 7》

맴맴 아이들이 맴을 돌 때에 부르는 소리. ¶(시) 담배 먹고 맴맴/ 담배 한 대 먹었지.《호랑이》

맵다 매우 사납거나 독하다. ¶손도 여간 맵지가 않았다. 한 대만 맞아도 눈에 불티가 일면서 머리가 휘둘리어 어질어질하였다.《유자소전》

맵자하다 모양이 제격에 어울려 맵시가 있다. ¶최는 얼른 건넌방 댓돌을 돌아다보았다. 맵자한 좌리색 여자 구두 두 켤레가 엊저녁에 본 대로 나란히 잠들어 있었다.《우리 동네 崔氏》

맵짤하다 ① (음식의 간과 맛이) 맵고도 짭짤하다.〈個語〉¶…약 오른 풋고추를 어슷어슷 쏭덩거려 맵짤하게 졸인 생갈치《越夏抄》② 매섭고 사납다.〈방언〉¶"주면 뭘 혀. 그 자리서 까먹으며…" 종순이는 머슴애를 겨냥하여 두 눈을 모들뜨며 당장 일낼 짓둥이로 맵짤하게 쏘아붙이는데《우리 동네 崔氏》

맹꽁맹꽁 맹꽁이가 우는 소리. ¶(시) 맹꽁맹꽁 맹꽁이/ 비만 오면 울새.《두꺼비》

맹문이 일의 옳고 그름이나 경위도 모르는 사람을 낮잡아 이르는 말. ¶"그이는 대감자리에서 늙다시피 했지만 일은 영감자리만큼도 해 놓은 것이 없는 맹문이올시다…"《토정 이지함》

맹물에 찬밥이다 사람 축에 못 드는 무지렁이라는 말. ¶"…늬도 맹물에 찬밥이 아닐진대 주저함이 어찌 이같단 말이냐…"《오자룡》

맹숭맹숭하다 맨숭맨숭하다. ¶…모두가 한결같게 정신이 맹숭맹숭한 꼴이었다.《오자룡》

맺고 끊다 사리가 분명하고 빈틈없다. ¶직업의식이 철저하여 맺고 끊는 맛이 분명한 데다,《유자소전》

머다랗다 꽤 멀다. ¶…길이, 달빛에 눈이

하얗게 온 것처럼 두드러져서 서낭댕이 돌아로 머다랗게 이어져 있었다. 《장동리 싸리나무》

머뜩찮다 마뜩잖다. 〈방언〉 ¶옹은 사위가 오는 거시 머뜩찮아서 지레 이맛살을 찌푸렸다. 《장척리 으름나무》

머리가 굵다 다 자라서 성인이 된다. ¶나는 이미 진여암 머슴살이를 그만두고 이 추성면 지서의 담무사 경비소 사환으로 일하고 있었다. 내 머리가 굵어지니 성초 스님이 혹시나 하는 기우로 그나마 권고사직을 당한 셈이었다. 《다갈라 불망비》

머리 검은 짐승 사람을 가리키는 말. ¶머리 검은 짐승들이 걸핏하면 위호를 더하고 더한 위에 또 더하고 다시 더하여. 《매월당 김시습》

머리 검은 짐승이라니 인간된 도리를 모르고 사는 짐승 같은 위인이라는 말. ¶"…제가 불초해서 진충 보국은 못하나마 우리 고을 얼굴 한 분을 못 모신다면 종내 머리 검은 짐승밖에 더 되겠습니까…" 《그리고 기타 여러분》

머리를 얹다 ① 어린 기생이 정식으로 기생이 되어 머리를 쪽 찐다. ② 처녀가 혼인을 하다. ¶"네가 이날토록 머리를 얹어 준 낭군이 없어 외대머리(혼례를 않고 쪽 진 기생)를 면치 못하더니 실상은 이날이 있기를 기다린 것이로다. 이르거니와 너는 이로부터 이 벗님의 시비임을 잊지 말렷다." 《매월당 김시습》

머리(를) 풀다 상제가 되다. ¶고향에 머리 풀어 준 여편네가 있고 사립문 지킬 자식 보아 땅뙈기라도 두어, 농약대나 비료 값이 아쉬워 며칠씩 머물다 푼전이라도

집어넣게 되자 떠나는 사람들이야… 《몽금포 타령》

머슴방에서 춘향전 읽듯 알아듣기 쉽게 이야기를 되풀이한다는 말. ¶"생각이 요모조모라 먹고 싶은 것도 이것저것 많겠다. 제기랄." "차근차근히 다시 한번 얘기해 봐." "그래, 머슴방에서 춘향전 읽듯." 《백결》

머슴은 호미 쥐고 울고 아낙네는 부엌문 잡고 운다 음력 2월이 되어 농번기가 시작되면 머슴이나 아낙네들이 일할 것을 생각하고 운다는 말. ¶…다시 농사가 시작되어 며느리는 부엌문 잡고 울고 머슴은 지게목발 잡고 운다던 이듬해 음력 이월 초하루 머슴날이 지나도록 아무 기별도 없이 감감하던 끝에. 《명천유사》

먹거리 먹을거리. 사람이 먹고 살 수 있는 온갖 것. ¶…하숙은 어림도 없어 천상 방을 얻어 자취를 시켜야 할 텐데 먹거리는 집에서 대어다 먹는다고 해도 어차피 두 집 살림이 불가피하매 《산 너머 남촌》

먹고 대학생이다 직업 없이 놀고 있는 실업자 신세이다. ¶선거는 졌다. 나는 하릴없이 먹고 대학생이 되었다. 《강동만필 2》 시골에선 여전히 돈을 부쳐 왔던 것이다. 신학기가 되어도 놀기만 했다. 먹고 대학생이었다. 《담배 한 대》

먹고 보는 농사꾼 팔고 보는 장사꾼 (외상이면 소도 잡아먹는다는 속담이 있고, 장사꾼은 이문이 박하더라도 파는 것이 목적이니) 현금에 여유가 없는 농부로서는 자조적인 심정으로라도 능히 할 수 있는 말이다. ¶"먹구 보는 농사꾼 팔구 보는 장사꾼인디 오 이상헙시다." 조가 멍석 주인

에게 수작을 건넸다.《우리 동네 姜氏》

먹고 죽은 놈이 때깔도 좋다(비) 세상살이는 먹고사는 게 가장 중요한 일이란 말. ¶ "…농약이 있어두 딴 일에 치어 바뻐서 못 찌었은 게니 그런 늠만 골라서 사 먹으라구 이르는디. 그래두 말 안 듣데. 송장두 먹구 죽은 송장은 빛깔이 좋다나 워떻다나 허면서. 뵈기 좋은 게 먹기두 좋다는 디는 못 말리겠더라구…"《우리 동네 黃氏》

먹는 죄는 없단다(속) 배가 고파서 남의 음식을 훔쳐먹는 죄는 그리 대단하지 않다는 말. ¶ "그래서 야생이면 무조건 총을 놔 버리신다?" "물론이지유. 옛말에두 먹은 죄는 없다구 했잖었남유." "먹은 죄는 없는지 몰라도 잡은 죄는 있을 텐데요."《장동리 싸리나무》

먹다 (여자의) 정조를 유린하는 것을 속되게 이르는 말. ¶ 우선 그녀부터 먹어 놔야만 뭘 해도 한 것같이 여겨지고 살맛이 날 것 같았다.《덤으로 주고받기》

먹다 연장에 물건이 깎이거나 잘리다. ¶ 추깃물에 퉁퉁 불은 관 뚜껑도 아직 멀쩡했지만 삼득이의 곡괭이를 먹어 반으로 쪼개져 있었다.《장한몽》

먹다 남긴 사이다병 같다 (사이다 같은 발포성 음료는 진공 포장이 생명이라는 데서) 맹물 같은 사람이란 말. ¶ "우리가 시방 놀기 힘힘해서 예까장 와가지구 먹다 냉긴 사이닷병 같은 집이허구 앉어서, 오늘 죽어 어제 장사 지냈다는 소리나 씨부렁대구 있는 중 아남…?"《우리 동네 金氏》

먹다 남은 된장 뚝배기 보듯(비) 달갑지 않게 여긴다는 말. ¶ "뜨건디 웬일루 왔다나?" 옹은 사위를 먹다 남은 된장 뚝배기

보듯 하면서 빈말로 맞았다.《장척리 으름나무》

먹다 남은 메떡 동고리 같다(속) (메떡은 멥쌀로 빚은 떡이니 그렇지 않아도 맛이 찰떡만 같지 못한 터에, 먹고 남은 것이라면 더욱 맛이 없기 마련. 동고리는 동글납짝한 작은 버들고리) 남의 시선을 끌지 못하는 존재를 이르는 말. ¶ "그런디…" 먹다 남은 메떡 동고리처럼 뒷전에 어슷하게 내켜앉아 홍단 백오십이 깨진 상판을 짓고 있던 종미 어매가 뒤대는 투로 나섰다. "싼거리루 팔 것두 아닌디 흔 집에 손을 대서 뭘 헌다는 겨? 돈만 처들었지 표두 안 날 텐디."《우리 동네 柳氏》

먹다 뱉을 놈(비) 씹어 먹다가 뱉어 버릴 만큼 더러운 놈이라는 상말. ¶ "먹다 뱉을 놈, 제 딸년이 뭐 능금 반쪽 같아서 보게 된 줄 알았던가 봐…"《토정 이지함》

먹매 음식을 먹는 정도나 태도. ¶ 먹매가 크면 구정물 찌꺼기로도 돼지 한 마리는 너끈히 기를 수 있으련만, 워낙 먹는 게 없어 병아리 한 마리 욕심내지 못하는 것 같았다.《관촌수필 8》

먹물옷 승려의 장삼. ¶ 이윽고 연묘가 먹물옷을 입은 채 뒷문으로 돌아 나와 뜰 한구석에 낯을 못 들고 섰다.《다갈라 불망비》

먹성 음식을 먹는 분량. ¶ (나는)…양식과 김장 절약이라는 월동 대책이 세워지게 된 이후로는 먹성만 셀 뿐 쓰잘머리 없는 군식구로 치부되어 누구의 눈에나 걸리적거리는 존재가 되지 않을 수 없었다.《관촌수필 5》

먹소경 까막눈. 〈방언〉 ¶ "…나는 먹소경이라 간신히 일리삼사(아라비아숫자)나

알아보고…"《변 사또의 약력》

먹소용 먹병. ¶매월당은…허리춤에 차고 다니는 먹소용을 열어, 가슴속에 뭉클하게 괴어 있던 시를 구부정하게 선 채로 받아썼다.《매월당 김시습》

먹어서 맛이 아니다 마땅히 받아야 할 예우는 받아야 한다는 말. ¶…아저씨, 문 여는 날 꼭 오세유. 지가 모시러 오든지. 암. 그럼 그때 뵈유. 그러나 그것으로 그만이었다. 꼭 먹어서 맛이 아니라 돈냥이나 좋이 쥐어면서부터는 얼굴도 보기 어렵게 된 것이 고까울 뿐이었다.《장척리 으름나무》

먹을감으로 알다 먹잇감으로 여기다.〈個語〉¶그러나 지나서 보면 무턱대고 그네들의 비위를 맞춰 주어 그들이 대뜸 만만히 보고 먹을감으로 여겼을 때가 오히려 이로웠다.《달빛에 길을 물어》(산) 찾아오는 손님을 먹을감으로 아는 듯한 무람없고 당돌한 태도.《삶의 대답》※먹이 : 동물이 살기 위해 먹어야 할 거리. 감 : 어떤 일의 대상이 되는 사물이나 도구 또는 사람임을 나타내는 말.

먹을수록 냠냠한다🅢 먹을수록 욕심이 나서 더욱더 먹고 싶어 함을 이르는 말. ¶…나대고 설치고 하기는 대궐의 종친과 외빈들도 참모들의 술수에 뒤지지 않았다. 뒤지기는커녕 도리어 한술 더 뜨지 못해서 사뭇 안달이었다. 먹으면 먹을수록 냠냠거리는 제 욕심 탓이었다.《매월당 김시습》

먹잘 것 없는 밴댕이 가시 많은 격이다🅢 변변치 못한 사람이 까다롭다는 말. ¶"먹잘 것 없는 밴댕이 가시 많은 격이지만, 그래

도 그 정도로 그쳤으니 소가지는 무던한 편이구먼."《산 너머 남촌》

먼개 썰물 때 멀리까지 드러나는 개펄.〈個語〉¶…참굴이며 반지락 따위…들은 물 때를 따라 먼개로 나가야 됐었고.《해벽》

먼눈 먼 곳을 바라보는 눈. ¶…바다 건너 불을 먼눈으로 지켜보고 있었다.《관촌수필 6》

먼 데 있는 단 장보다 가까이 있는 쓴 장🅢 먼 데 단 냉이보다 가까운 데 쓴 냉이가 더 낫다. 말로만 좋다고 하고 먼 데 있는 것보다는 그만 못더라도 가까이 있는 것이 손에 넣을 수 있기 때문에 낫다는 말. ¶"먼 디 있는 단 장보다 가까이 있는 쓴 장을 쓰더라고, 그래도 한 고을에서 살아온 인연을 봐서라도 가르쳐서 사람답게 맨들어 주는 거시 인정입지유."《오자룡》

먼바라기 먼산바라기.〈방언〉¶그는…너저분한 꼴을 다듬지 못한 두렁들은 허전하게 하늘만 먼바라기하고 누워 있었다.《해벽》

먼발 먼발치. 조금 멀리 떨어진 곳. ¶황혼에 잠긴 옛집을 먼발로만 기웃거리다 말기는 너무도 서운했던 것이다.《관촌수필 1》

먼발치기 먼발치. 조금 멀리 떨어진 곳. ¶그는 먼발치기로 그녀가 하는 짓둥이를 엿보다 말고 다시 발자국을 두어 갔다.《장한몽》

먼산바라기 한눈을 팔며 다른 곳을 바라보는 짓. ¶…영감이 선술 한잔 생각에 발이 안 돌아서 물꼬 보고 가던 삽 자루를 깔고 앉아 먼산바라기나 하고 있기가 십상이다.《관촌수필 7》

먼지솜 먼지뭉치. 〈방언〉 ¶…방생원 병거지를 챙겨 들고 먼지솜을 쓸어내리던 마누라가《이풍헌》

멀국 국물. 〈방언〉 ¶그 이튿날은 온종일 기다려도 멀국이었다.《장한몽》

멀대 멀쑥하게 길기만 한 장대. 〈방언〉 ¶…키는 멀대같이 설명해도 밀알진 상판에 나이답지 않게 허리까지 난 것이《강동만필 2》

멋다리 없다 멋거리지지 않다. 〈방언〉 ¶(산) 그의 40 평생의 희극이라 할 3개월간의 여난도 그 시절의 일화로 남아 있지만 그러나 대체로 멋다리 없고 재미 적은 나날이었음을 아무나 추측할 만한 것이었다.《지금은 꽃이 아니라도 좋아라》※멋거리지다 : 멋이 깊숙이 들어 있다.

멋멋하다 맨송맨송하다. ¶봉출 씨가 입이 멋멋해서 안 넘어가는 마른침을 힘주어 넘기고 있을 때였다.《장곡리 고욤나무》

멍덕을 씌우다 (멍덕은 짚으로 바구니처럼 엮어 토종벌의 벌통에 뚜껑처럼 씌우는 재래식 양봉 기구) 어떤 사건이 발생했을 때 증거도 없이 애매하게 의심을 하거나 혐의를 씌운다는 말. 〈보령 지방 곁말〉 ¶염은 라디오를 들고 나가 빵과 바꿔 먹었다고 멍덕을 씌웠으나, 물건이 없고 보니 평석이의 발명은 씨가 먹히지 않았다.《우리 동네 張氏》

멍둥하다 싱겁다. 〈個語〉 ¶오 서기가 달래는 동안 홍은 그저 있기가 멍둥하여 얼른 남의 술잔으로 제 입을 틀어막았다.《우리 동네 黃氏》

멍석에 고양이 오줌싸기(속) 곧 흔적도 없이 사라진다는 말. ¶"…으만무지로 말

한마디 했다가 보리 두 가마 읃었는디, 그것으로 가구나 닳간디, 멍석에 고양이 오줌싸기지…이것저것 섞어 근근이 에워가며 마디게 먹어도 백중 지나면 곡기 끊길 판이네나."《오자룡》

멍석(을) 펴다 멍석을 깔다. 즉, 기회를 주다. 자리를 마련하다. ¶이왕 멍석 펴놓은 김에 푸닥거리를 마무리해야 개운하겠던 것이다.《우리 동네 黃氏》

멍울 어떤 충격으로 인해서 생긴 마음의 상처나 고충을 비유적으로 이르는 말. ¶…가슴에 서려 멍울졌던 회포와 더불어 그리움이 움튼 추억이었을지도 몰랐다.《관촌수필 3》

멍울(이) 서다 몸에 멍울이 생기다. ¶심의 참나무보굿 같은 손바닥에 쏠리고 긁힌 상처와 손아귀에 우악스레 옥죄었던 자리에 멍울이 선 것이었다.《산 너머 남촌》

메갓 멧갓. 〈방언〉 나무를 함부로 베지 못하게 가꾸는 산. ¶…별똥지기와 따비밭이 엇섞인 서울 사람네 메갓 기슭에 치우친 무솔이,《우리 동네 鄭氏》

메나리 농부들이 논밭에서 일하면서 부르는 농부가의 하나. ¶"알 수 없는 일이군." 심이 중얼거리자, 주인마누라가 찌개 그릇을 들고 데우러 나가면서 메나리조인지 굿거리조인지도 모른 채 제법 아는 소리를 하였다. "뭘 알 수 없어요 알(卵) 수가 병아리 수인데…"《산 너머 남촌》

메떨어지다 멋없고 퉁명스럽다. ¶문정이 새물내 나는 핫옷으로 차려입자 마누라가 대뜸 메떨어진 소리로 이죽거렸다. "무싯날 장에 가는 사람은 이 집 문패밖에 없을 거야…"《산 너머 남촌》

메뚜기도 유월이 한철이라㉪ 모든 것이 전성기는 매우 짧다는 말. ¶물론 영세민들이 맞이한 시세는 오뉴월 메뚜기가 그렇듯 한때일 따름, 얼마 못 가 볼 장 다 보게 될 게 분명한 일이긴 했지만《해벽》

메뚜기 마빡만 하다㉪ ('마빡'은 '이마'의 속어. 메뚜기의 이마는 작다) 지역, 공간 등이 매우 좁다는 말. 〈보령, 화성 지방 곁말〉¶"메뚜기 마빡만 헌 동네서 이재민 구호물자 한 볼텡이 것 은으러 댕기는 디 패를 가를 건 뭐여. 오는 사람 성가시구 주는 사람 구찮으니께 온 짐에 아주 받어 가슈."《우리 동네 黃氏》

메밀 갈 때 유산(遊山)한 농부 밭두렁에 시루 쪄다 놓아도 보릿고개 높다㉪ 여름에 덥다고 그늘을 찾으면 이듬해 긴긴 해에 춘궁을 면치 못한다는 말. ¶"메밀 갈 때 유산(遊山)한 농부 밭두렁에 시루 쪄다 놓아도 보릿고개 높느니라."《매월당 김시습》

메숲 산에 나무가 우거진 숲. ¶그 이유 가운데의 하나는 종묘 안의 메숲에서 솔소리를 가르던 까치 소리에 깨어 식전 잠이 달아났을 때 생겼다.《두더지》

메숲지다 산에 나무가 울창하다. ¶아가위 배나무와 참나무, 이탈리아 포플러 등 잡목에 메숲진 등성이였고,《매화 옛 등걸》

메아리가 안 돌아오다 기막혀서 어이없어 하는 모양을 조롱하여 이르는 말. ¶"허헛, 참." "왜? 기가 막혀 메아리가 안 돌아와?"《백결》

메주대가리 미련하고 우둔한 아이를 조롱하여 이르는 말. (변하여 돌대가리) ¶인연을 찾자면, 고교 졸업반의 메주대가리들도 기억하기 힘든 삼류 초급 대학의 행정 실무과라는 용도가 지극히 애매한 졸업장을 받은 과오에 시작의 반은 있었다.《덤으로 주고받기》

메주 멍석 벌여 널 듯 (메주 도둑은 없으므로) 믿으라 한다는 말. ¶…마감록이라고 과대평가한 일도 없고, 메주 멍석 벌여 널 듯 신용해 본 적도 없었으나 배신자란 낙인을 찍지 않고 못 보겠던 것이다.《장한몽》

메주볼 살이 두둑하게 찐 볼. 〈곁말〉¶…이번에는 시키지 않은 종남이가 지루퉁하고 외오앉으며 메주볼이 미어지게 심술을 물었다.《우리 동네 崔氏》

메주볼지르다 (미련하고 욕심 사납게 보일 만큼) 두 볼에 살이 통통하게 찌다. 〈방언〉¶미욱스럽게 메주볼지른 위에 구레나룻까지 다다분하여,《달빛에 길을 물어》

메지 일의 끝난 한 단락. ¶최는 올해도 성낙근이네 다랑이논 서른 마지기를 고지낼 수밖에 없어 이미 여러 날 전부터 말이 오가는 중이었으나, 이리저리 삐꺗거리기만 하고 쉽사리 메지가 나지 않았다.《우리 동네 崔氏》 ※메지(가) 나다 : 한 가지 일이 끝나다.

매지구름 비를 머금은 검은 조각구름. ¶유가 매지구름으로 으등그러진 하늘 자락을 보며 중정 뜨는 소리를 하자 변이 들던 잔을 놓고 일어섰다.《우리 동네 姜氏》

메지다 건조하고 끈기가 없다. ¶차지던 바람이 메져지고 개펄에 성에 엉기듯 허옇게 소금기가 끼는 철이 되면,《관촌수필 6》 원래 놀미만큼 메지고 지대 높은 부락도 드문 데다,《우리 동네 金氏》

멱부리 턱 밑에 털이 많이 난 닭. ¶…닭장

에서 멱부리 암탉 두 마리가 안는 소리를
섞겼는 데엔 오히려 귓전이 몸살을 할 판
이었다.《우리 동네 崔氏》

멱서리 짚으로 총총히 결어서 만든, 곡식
따위를 담는 그릇. ¶윤만이도 능애와의
시간을 갖느라고 자주 드나들어 알지만
멱서리 두어 개만 들여놓아도 다리 한 짝
뻗고 누울 자리가 없는 방구석이었다.《추
야장》

멱(을) 따다 칼 따위로 짐승의 멱을 찌르거
나 자르다. ¶“…이 칼로 멱을 따서 더러
운 피를 저 요강에 받아 수챗구멍에 쏟을
란다…”《생존허가원》

멱(이) 차다 그 이상 더 할 수 없는 한도에
이르다. ¶애초 자기 앞으로 마련된 문서
하나 지녀 보지 못한 채 맨손으로 버텨 온
그는, 그러므로 매양 멱이 차고 부치던 것
이 여섯 아이를 갈무리하는 일이었다.《우
리 동네 崔氏》

명개 갯가나 흙탕물이 지나간 자리에 앉
은 검고 보드라운 흙. ¶…명개 바닥이 벌
거우리하게 드러나기 시작한 것도 지룡산
개울이 죄다 장승저수지에 갇힌 탓이었
다.《우리 동네 金氏》

명매기 칼샛과의 하나. ¶어느 해인가는
제비하고 비슷한 칼새가 먼저 와서 묵은
제비집을 고치기도 하였다. 그러자 보는
사람마다 명매기가 와서 살면 좋지 않은
일이 생긴다며 어서 헐어 버리라고 성화
였다.《장이리 개암나무》

명주 바지에 삼베 버선이다(속) 어울리지 않
아 어색하다는 말. ¶“이름이 한때를 독차
지했던 그 반궁동(명륜동)의 오 세 신동을
여지껏 몰랐으니…. 자네 이제 보니 명주 바

지에 삼베 버선일세그려.”《매월당 김시습》

명지바람 보드랍고 화창한 바람. 명주바람.
¶매월당은 하염없이 뜰을 거닐었다. 명지
바람이 수염을 쓰다듬었다. 명지바람은 온
기를 전하고 있었다.《매월당 김시습》

명질 음력으로 해마다 일정하게 지켜 민속
적으로 즐기는 날. 설·대보름·단오·추석
등. ¶(산) 잗젊은이건 늙숙한이건 명질날
임을 핑계하며 힘힘해하는 이도 구경할 수
가 없었다.《지금은 꽃이 아니라도 좋아라》

명토(를) 박다 누구 또는 무엇이라고 지목
하다. ¶“자네가 일곱 번 쉬마고 명토 박
아 놓고는 아직 한 번을 못 쉬었기에 그
노고가 걱정되어서 해 본 말일세.”《매월
당 김시습》

명함도 못 내밀다 도저히 상대가 되지 않
아 엄두도 못 낸다. ¶“실비 제공에다 시
간 절약되고…홍제동까지 가셨더라면 돈
천오백 원 가지고 명함이나 내볼 것이
오? 길바닥에다 깔기도 모자라제잉.”《장
한몽》

몇몇 ‘몇’을 강조하여 이르는 말. ¶“…오
늘날까지 몇몇 해를 어협을 위혀서 일해
왔구…”《해벽》

모가비 (막벌이꾼, 광대 등과 같은) 낮은
패의 우두머리. ¶…그녀는 안팎 모가비
총각들에게 선망의 대상이었다.《관촌수
필 3》

모가지에 거북선 뚜껑 두르다 철갑(鐵甲)
을 한 것처럼 단단하다는 말. ¶“허기는
피해 보고두 할지 말지 한다데. 보고가 올
러가면 영농 지도가 션찮은 탓이라구 명
덕 씨워 드립다 밑엣것덜만 닦달허구 잡
도리헐 판이니, 늘잡은 것두 줄잡으려구

하지, 어느 놈이 모가지에 거북선 뚜껑 둘렀다구 제대루 시늉해 보겠나. 드러."《우리 동네 柳氏》

모가지에 찬바람이 돌다 먹고사는 일이라면 범법도 마다하지 않는다는 말. ¶그것은 어쩌면 상상도 할 수 없을 일인 것 같지만, 모가지에 찬바람이 도는 사람들만 모인 막된 자리고 보니 걱정이 안 될래야 안 될 수가 없었다.《장한몽》

모감뎅이 '모가지'의 낮춤말.〈방언〉¶"…저런 년은 그것 작두루 모감뎅이를 바짝 벼 줘여야 쓰는다…"《우리 동네 黃氏》

모개 이삭.〈방언〉¶한 떨기로 피고 진 나리꽃 모개였다.《장한몽》※이삭 : 곡식의 꽃이 피고 열매가 달리는 부분. 여기서는, '꽃자루'의 뜻으로 쓰임.

모개로 한데 몰아서. ¶아무리 천성이 그런 위인이라기로, 천성을 모개로 셈해 말하기엔 너무 무모하다는 각성을 스스로 하게 되었다.《관촌수필 5》

모개지다 흩어지지 않고 한 무더기로 모아져 있다. ¶나는 산업도 없으려니와 모개진 저축도 없었다.《강동만필 1》

모개흥정 모개로 하는 흥정. ¶황은…김장에 쓸 소금을 모개흥정하다 나누자느니, 하며 제 배 불릴 소리만 지껄였던 것이다.《우리 동네 黃氏》

모갯돈 액수가 많은 돈. 목돈. ¶…그나마도 일 년이나 질질 끌며 세 차례로 나누어 받았으니 모갯돈이 들어와도 션찮은 판에 푼돈을 쥐게 된 거였다.《관촌수필 7》

모기서리가 되다 모기 떼의 터전이 되다.〈방언〉¶아내는 그제 저녁에도 가물 탓에 집 안이 온통 모기서리가 되었다는 구

실로 건너왔다가,《인생은 즐겁게》

모꼬지 놀이·잔치 그 밖의 다른 일로 여러 사람이 모이는 것. ¶최 서방이…애건 어른이건 사람을 싫어하여 모꼬지판이나 잔칫집에 가서도 차일 밑의 두리기상을 등지고 앉아서 자작으로 마시고 일어나던 천성에 일찍이 물려 버린 탓이었다.《명천유사》

모도리 빈틈없이 아주 여무진 사람. ¶(사내는)…생때 같은 육장이 분명하면서도 모도리에 가까운 듯한 인상이었다.《강동만필 2》

모든 별빛 다 합쳐도 달빛 하나만 못하다㊿ 여럿 가운데에 가장 뛰어나다는 말. ¶(산) 옛사람 가라사대 모든 별빛 다 합쳐도 달빛 하나만 못하더라 일렀거늘, 늘 그 말씀을 여성에 비유컨대 그 적실함이 실로 달리 없다 하겠다.《아픈 사랑 이야기》

모들뜨다 두 눈동자를 안쪽으로 몰아 뜨다. ¶뒤통수가 무럽고 군시러운 것이 아내가 두 눈을 모들뜨고 노려보는 게 분명해 리는 견딜 수가 없었다.《우리 동네 李氏》

모로 가도 서울만 가면 된다㊿ 무슨 수단이나 방법으로라도 처음의 목적을 이루면 된다는 말. ¶"…깊이 골몰하고 연구해도 션찮을 판에 뛰면서 생각해 봐라. 모로 가도 서울만 가면 장땡이란 결론밖에 더 나오겠나…"《산 너머 남촌》

모롱이 산모퉁이의 휘어 둘린 곳. ¶…버스는 학교가 더디 파한 아이들을 한마당 그들먹하게 부려 주고 서둘러 모롱이로 돌아간다.《산 너머 남촌》

모르는 것이 보살㊿ 모르는 것이 부처. 모

르면 약이요, 아는 것이 병. ¶야간부라니오? 모르는 것이 보살인데 나는 표로 치면 바닥표인데도 어디를 가나 그렇게 무식한 티를 곧잘 내었다.《강동만필 3》

모르는 것이 약이다㈜ 알면 근심 걱정이 되기 때문에 모르는 것이 약이라는 말. ¶"그러면은 김 선상은 말유, 모르는 것이 약이라는 말을 먼저 헌 것이 난디, 그게 무슨 말인 중 몰르는 분두 아니면서…역부러 알어야 약이라구 뎀비는 것은 무슨 까닭이지유?"《장한몽》

모르면 죄가 아니다㈜ 알고서 저지른 일은 죄가 되지만 모르고 잘못한 것은 죄가 아니라는 말. ¶(산) 모르는 것은 죄가 아니라는 말도 있긴 합니다. 그러나 '이름 모를 무엇'이라는 지식은 대단한 사기입니다.《지금은 꽃이 아니라도 좋아라》

모르쇠 덮어놓고 모르는 체하거나 또는 모른다고 밀막는 것. ¶…면직원은 면직원대로 아이들이 섭섭지 않게 공책을 오십권이나 들고 왔었다. 그렇게 되니 김도 모르쇠 할 수가 없었다.《우리 동네 黃氏》

모(를) 붓다 못자리를 만들고 씨를 뿌리다. ¶사람을 모 부어 놓은 듯한 서울에서 겨우 늙은이 하나밖에 보지 못한 것은 생각할수록 서글픈 일이었다.《산 너머 남촌》

모숨 한줌 안에 드는 가늘고 긴 물건의 수량. ¶쓴 입맛이 돌 때마다 길섶의 풀이나 남의 집 마당가의 꽃이나 가리지 않고 우두둑 소리가 나게 한 모숨씩 뜯어서 담배꽁초 버리듯이 팽개치는 게 버릇이었다.《인생은 즐겁게》

모제비 모퉁이. 〈방언〉 ¶양 마담이 커피 두 잔을 모제비로 놓고 비껴 앉으면서 허

텅지거리를 했다.《산 너머 남촌》

모조 받다 (이장과 반장이) 농촌에서 집집마다 상반기에 보리쌀 한 말, 하반기에 쌀 한 말 값씩 추렴하여 주는 수고비를 받다. 모조(耗租). ¶"…보리 때 지났다구 보리쌀 한 말 모조 받으러 댕길 텨?"《우리 동네 黃氏》

모지라지다 물건의 끝이 닳아서 없어지다. ¶…절구통 옆댕이에 옹송그리고 앉아 모지라진 백통대에 막초를 부스려 담던 최 서방이《명천유사》

모지락스럽다 보기에 억세고 모질다. ¶리는 어처구니가 없어 절로 벌어진 입을 못 다물다가 모지락스럽게 꾸짖었다.《우리 동네 李氏》

모진 년의 시어미 밥내 맡고 들어온다㈜ 자기가 싫어하고 미워하는 사람이 자기 비위에 거슬리는 일만 함을 가리키는 말. ¶"모진 시에미 밥내 맡고 들어온다더니, 다방 마담 앉을 손님 알아보듯 이물스럽게 아는 체는…핵교 옆댕이 비밀 댄스홀 댕겨 디스코만 안 배우면 되잖여."《우리 동네 張氏》

모진 놈㉯ 성질이 독한 사람을 나무라는 상말. ¶"모진 놈…그놈이나 평생 고자루 살다 뎌졌으면 좋겠네." 그녀는 소대장을 두고두고 저주해 왔다.《떠나야 할 사람》

모진 놈 옆에 있다가 벼락 맞는다㈜ 악한 사람을 가까이하여 그 사람에게 내린 화를 같이 입게 된다는 말. ¶형씨, 모진 놈 옆에 있다가 벼락 맞는다는 속담 아시지? 정작 모진 놈은 멀쩡하구 그 옆에 있던 놈이 애매하게 당한다는 속담 말야.《강동만필 3》

모질음(을) 쓰다 모질게 힘을 쓰다. ¶두

처녀가 모질음을 쓰며 극기 훈련에 열성인 출입구 쪽에는 대판거리 싸개질이라도 벌어진 듯이 여전히 사람으로 엔담을 쌓고 있었다. 《산 너머 남촌》 ※모질음 : 어떠한 고통을 견뎌 내려고 모질게 쓰는 힘.

모집다 (허물이나 과실을) 명백히 지적하다. 모조리 집다. ¶(영두는)…제 성질에 못 이겨 아무 어렴성도 없이 모집어서 말했다. 《산 너머 남촌》

모착하다 위아래를 찍어 낸 듯 짤막하고 뚱뚱하다. ¶내놓고 보니 소녀도 생각보다 훨씬 모착하고 뒤웅스러운 외모였다. 《산 너머 남촌》

모태 안반에 놓고 한 번에 칠 만한 분량의 떡 덩이를 세는 단위. ¶…기울이 섞인 듯 누리끼한 밀가루를 질음하게 반죽하여 주걱 위에 한 모태씩 얹어 놓고 숟갈 자루로 손가락만씩 하게 떼어, 《관촌수필 4》

모테 벼슬아치가 비 올 때 머리에 쓰던 우장. ¶쇠갓인즉…우장으로 쓰는 모테치고는 더할 수 없이 그럴듯한 방짜 모테였던 것이다. 《토정 이지함》

목구멍에 거미줄 쓴다㊠ 살림이 너무도 구차하여 며칠씩 끼니를 잇지 못함을 이르는 말. ¶그녀와의 관계가 현상 유지되는 동안은 목구멍에 거미줄 칠 위험이 없겠기 때문이었다. 《금모랫빛》

목구멍에 풀칠한다㊠ 굶지 않고 겨우 먹고 살아 나간다는 말. ¶…초동부터 아침 끓이고 나면 저녁거리가 간데없어, 무엇으로 목구멍을 풀칠하기에 부황이 안 나고 배기는가 싶도록 쩨지는 집에, 군불 나무나 해 주러 머슴이 된 속셈을 가늠할 수 없기 때문이었다. 《관촌수필 4》

목구멍의 때를 벗긴다 여기서는, '목구멍에 풀칠한다'는 뜻으로 쓰임. ¶영감에게 지급된 노임은 평상시 일급의 반액인 백오십 원이었다. 그것은 내외와 겨우 목구멍 때를 벗겨 낼 수 있는 금액이었다. 《금모래빛》

목구멍의 때를 씻는다 오랜만에 좋은 음식을 잘 먹는다는 말. 목구멍의 때를 벗긴다. ¶"…약을 났으면 고이 지켜 있다가 꿩이 되건 퇴끼가 되건 싸게 걷어 오너야 목구녕 때라두 씻어 볼 것 아녀…"《이모연의》

목구멍이 원수다㊠ 구복이 원수. ¶"…목구녕이 웬수라 비록 최가늠 앞이서는 더러 얼러발을 칠 도리는 있을지언정, 이런 디 나와설랑은 그리 말게…"《오자룡》

목대기치기 '목대치기'의 잘못. ¶…납작한 냇자갈로 목대기치기 하다 아무 데서나 통치마를 걷어올리고 마른 땅을 질펀하게 하던 소갈머리 없는 계집애일 따름이었던 것이다. 《그가 말했듯》

목대(를) 잡다 여러 사람을 데리고 일을 시키다. ¶"진작 오셔서 목대 잡구 일을 추어주시는 게 아니구, 워디서 충그리다가 제우 두 나절 만이나 해서야 슬슬 올러오신대유."《장곡리 고욤나무》

목대잡이 목대잡아 일을 시키는 사람. ¶뒤에서 건잠머리를 해 놓은 이낙만이나 목대잡이로 나선 황선평이를 탄할 것도 없었다. 《우리 동네 趙氏》

목대치기 돈치기. 〈방언〉 ¶아이들을 꾀음질하거나 억지로 알겨내는 것이 아니라 목대치기를 하여 따 모았던 것이다. 《이모연의》 ※목대 : 돈치기할 때 돈을 맞히는 데에 쓰는 물건.

목마른 자가 우물 판다㉦ 자기가 급하고 요긴하여야 서둘러서 일을 시작한다는 말. ¶"파업—아시지? 일치단결해서 일을 안 해 버리면 발등에 불 떨어지는 게 누구 겠수. 누군데 우리 말을 안 듣겠느냐 말야. 목마르면 샘 파고 아쉬우면 반장 찾게 마련이여."《장한몽》

목매기 '목매기송아지'의 준말. 아직 코뚜레를 꿰지 않고 목에 고삐를 맨 송아지. ¶(산) 장날 쇠전을 가보면 목매기, 코뚜리, 어스럭송아지…할 것 없이 소가 보통 수백 마리가량 나 있다.《지금은 꽃이 아니라도 좋아라》

목매아지 아직 굴레를 씌우지 않고 목을 고삐로 맨 망아지. 준말은 목매지. ¶안은 달개 우리에 있던 목매아지를 끌어내어 마당 구석의 울짱에 비끄러매며,《우리 동네 姜氏》

목비 모낼 무렵에 한목 오는 비. ¶…한 부조 하느라고 때맞추어 목비만 두어 보지락 내려 준다면《산 너머 남촌》

목사리 소·개 따위의 짐승의 목에 두르는, 가죽으로 만든 띠나 줄. ¶…작은아들네 집에 다니러 가서 묵어 오는 틈에 뒤꼍의 고욤나무에다 송아지 목사리를 걸어 일을 냈다는 것이었다.《장곡리 고욤나무》

목새 물결에 밀려 한곳에 쌓인 보드라운 모래. ¶동네 기슭을 스쳐 나가는 괴내가 작달비로 지고 새는 장마철이 아니면 매양 목새가 풀로 덮이고《우리 동네 金氏》

목에 힘을 주다 거만하게 굴다. 뻐기다. ¶속된 말로 목에 힘주어 가며 뒤집어씌우려 들었지만 그렇게 넘어갈 아버지도

아니었다.《엉겅퀴 잎새》

목(이) 메이다 감정이 복받치다. ¶솔이 할머니는 목이 메어 간신히 말을 이어 가고 있었다.《관촌수필 2》

목이 타다 갈증을 느끼다. ¶아, 목이 말라. 긍식은 침을 삼켰다. 목이 타고 있었다. 어디 물 좀 없나, 물…《장난감 풍선》

목중하다 '묵중하다'의 잘못. 무게가 있다. ¶자전거를 저으려면 목중한 외투가 제격이었다.《산 너머 남촌》

몰래몰래 아주 몰래. ¶(시) 모기는 겁이 많아 몰래몰래 놀고《허풍쟁이 풍뎅이》

몰풍스럽다 정나미 없고 멋쩍게 들리거나 보이다. ¶마누라가 몰풍스럽게 퉁바리를 주자 문정도 걸김에 생각난 것이 있어서 실없이 너털웃음을 웃었다.《산 너머 남촌》

몸대기 먼지. 〈방언〉 ¶…가는 차 오는 차에 그 몸대기를 죄다 뒤집어쓰구 사시니 아녈 말루다가 잘코사니네유 잘코사니…안 그류?《장척리 으름나무》

몸도둑년㉥ 남의 사내와 사통한 여자라는 상말. ¶"머라카노, 백줴 이런 몸도둑년 보래이. 오냐 이 문디이년, 오늘 니년 장사 지내구 내년 이날 제사 지내 주꾸마…"《고추 타령》

몸살(이) 나다 어떤 일을 하고 싶어 안달이 나서 못 견디다. ¶싫어하는 줄도 모르고 예사 지껄여대니 됨말 댁으로서는 몸살이 날 지경일 수밖에 없는 거였다.《그때는 옛날》

몸서리나다 지긋지긋하거나 무섭거나 싫증이 나다. 몸서리치다. ¶그해에 있은 일들을 회고하면 시방도 몸서리가 나며 끔찍스럽기만 하다.《관촌수필 2》

몸서리치다 싫증이 나거나 무서워 몸을 떨다. ¶나는 석공의 병상을 지킬 적이면 하루 한 번 꼴로 찾아오는 끔찍한 생각에 몸서리를 치곤 했다.《관촌수필 5》

몸에 배다 (일이나 생활에) 습관이 될 만큼 익숙해지다. ¶그는 보통학교만을 겨우 마친 뒤 어려서부터 생일이 몸에 배었던 한갓 농투성이였으니까.《관촌수필 5》

몸(을) 거두다 '죽다'를 달리 이르는 말. ¶…가느실부락의 작인 최을축이 젊은 여편네를 두고 시난고난하여, 최가가 몸 거두기를 기다렸기 때문이란 것이 전해 온 말이었다.《관촌수필 4》

몸을 풀다 아이를 낳다. ¶이듬해, 보리 배동 오른 밭고랑에서 몸을 풀어, 애를 양가한테 떼어 맡긴 날까지,《가을 소리》

몸이 달다 ① 어떤 일을 하고 싶어 안달이 나다. ② 마음이 조급하여 안타까워하다. ¶…창근 어매는 매몰스럽게도 막무가내였다. 그럴수록 류그르트는 몸이 달았다.《우리 동네 柳氏》

몸태질 악에 받치거나 감정이 몹시 격해지거나 할 때에 기를 쓰면서 제 몸을 부딪거나 내어던지거나 하는 짓. ¶…움버들가지가 가리가리 휘둘리며 몸태질하는 소리도 금방 무슨 일이 일어나는 양으로 요란하였다.《매월당 김시습》

못난 것이 자식 많이 두고, 병신이 명이 길다ⓢ 보잘것없는 신세를 스스로 자위하는 말. ¶"못난 것이 자슥 많이 두구, 병신이 명 긴 벱이여. 우리네 같은 무녀리를 누가 건드린다나…"《지둥 치는 소리》

못된 송아지 엉덩이에 뿔 난다ⓢ 되지 못한 사람이 건방지고 좋지 못한 짓을 한다는 말. ¶중학교를 중퇴했다는 외엔 남다른 게 없었으나 촌간에선 드물게 신식물이 든 여자란다고 듣고 있었다. 좋게 말해 신식 여자였고 헐뜯자면 엉덩이에 뿔 난 송아지라고 했다.《장한몽》

못된 수캐 동네 다니며 일만 저지른다ⓢ (집을 지켜 주기보다 나돌아다니기를 좋아하는 수캐는 동네의 아무 암캐하고나 교미를 하여 보기가 거북스럽다는 데서) 못난 사람은 동네 사람들에게 폐만 끼친다는 말. 〈화성 지방 곁말〉 ¶"못된 수캐 동네 댕기메 일만 저지른다고, 관광 다녀 은은 게 인심 버릴 가마리뿐이니…"《우리 동네 李氏》

못(을) 박다 확실하게 다짐을 하다. ¶왜냐하면 네가 하는 짓은 하나에서 열까지 최선의 방법이라고 못 박아 두고 있으니까.《부동행》

못 입어 잘난 놈 없고, 잘 입어 못난 놈 없다.ⓢ 옷이 좋으면 인물이 한층 더 훌륭하게 보인다는 말. 옷이 날개라. ¶"못 입어 잘난 늠 읎구 잘 입어 못난 늠 읎단 말이 냄으 얘기가 아닙디다. 당신두 집 보러 서울 댕길라면 잠바때기는 벗으야 헐 것 아뉴.《우리 동네 張氏》

몽구리 '중'을 속되게 이르는 말. ¶"상제가 스님이셨수?" 사내가 다가와서 물었다. 비로소 검정 옷이 보인 모양이었다. "보다시피 몽구리올시다." 매월당은 삿갓을 제껴 썼다.《매월당 김시습》

몽글다 낟알이 까끄라기나 허섭스레기가 붙지 않아 깨끗하다. ¶"언제는 그 입에서 몽근 말이 나왔나요. 친일파하고는 함께 묻어가기가 싫다는 얘기지요."《그리

고 기타 여러분》

몽글리다 '몽글다'의 사역형. ¶아버지는 볍씨를 몽글릴 채비로 시렁에서 어레미를 내려오면서 일매지어 말했다. 《산 너머 남촌》

몽깃돌 낚싯봉. ¶(박은)…두 무릎팍에 낚싯줄 하나씩을 감아 매어 몽깃돌과 낚시를 물속에 내려뜨리고, 놀잇배들이 일 난 현장이리라 어림하여 맴돌고 있는 복판에 들어가, 이리저리 물결을 가르며 개헤엄으로 뒤지기 시작한다. 《몽금포 타령》

몽니(를) 부리다 몽니를 내어 떼를 쓰다. ¶…야, 너두 그렇게 몽니 부리는 게 재미있어서 추썩대구 댕기는 거 아녀? 《장척리 으름나무》…내가 가로세로 뒹굴면서 뭐 헐 년, 뭣 깔 년, 하고 고래고래 욕을 퍼붓고 몽니를 부리면 그치게 할 장사가 없기 때문이었다. 《관촌수필 6》 ※몽니 : 음흉하고 심술궂게 욕심 부리는 성질.

몽달귀신 몽달귀. 총각이 죽어 되었다는 귀신. 도령귀신. ¶"지랄…암만허면 호래비루 늙어 죽을 텐감, 몽달구신이나 돼 봐라, 뉘라 찬물 한 모금 떠 놔 줄 사람 있을깨미." 《추야장》

묏갓 멧갓. 〈방언〉 ¶(산)…놀이 일어 들어온 물이 갯둑을 넘성거리는 바다에 차령산맥이 묏갓을 적시던 포구 관촌이 생각나면, 《지금은 꽃이 아니라도 좋아라》

무가내기 무가내하(無可奈何). 〈방언〉 어찌할 수 없이 됨. ¶누가 알면 미쳤다 하게 이 무슨 쓸데없는 망령이냐며 자신을 타일러 봐도 무가내기였다. 《가을 소리》

무거리 ① 곡식 따위를 빻아 체에 쳐서 가루를 내고 남은 찌꺼기. ¶(대복이는)…옹솥에 든 고물팥이 삶아지기 전에 돌메공이로 두 말 떡쌀을 무거리 없이 빻아 낼 만큼 기운이 장사였고, 《관촌수필 4》 ② 어떤 일을 한 자취나 결과. ¶…사람 한평생의 무거리가 말짱 덧없고 부질없는 헛된 놀이판의 작은 자취에 불과하다는, 처음으로 깊고 어두운 허무 속에 빠져들어 헤어나지 못하고 있었다. 《관촌수필 5》

무거리지다 '응어리지다'를 비유적으로 이른 말. 〈個語〉 ¶"뭐요?" 이상필은 무거리져 툽상스러운 어조로 응대하며 그녀를 지릅떠 보았다. 《장한몽》

무궁화 삼천리다 (애국가의 일부) 거침없이 내뱉는 입에 발린 말이란 말. ¶"흰소리는 무궁화 삼천릴세." "못 믿겠지? 그럼 이따라두 구판장을 가 보셔. 뭣뭣이 쌓였나." 《우리 동네 李氏》

무끈하다 묵직하다. 〈방언〉 ¶…마당만 벗어나면 바짓가랑이가 이슬에 후질려 무끈하게 휘감겼다. 《우리 동네 姜氏》

무나리 소매치기. ¶넉필이. 양동에 본거지를 두고 무나리로 놀 때 우연히 만나서 한 식구 된 지 일 년도 채 안 된 놈이다. 《야훼의 무곡》

무녀리 '말이나 행동이 보통 사람보다 좀 덜 떨어진 사람'을 낮추어 이르는 말. ¶그러나 개뚝배기 층층다랑이가 생계의 전부인 김으로서는 혼꾸멍이 난 무녀리처럼 먼산바라기만 하고 앉아 있을 수만도 없었다. 《우리 동네 金氏》

무녀리가 앞이더냐 열중이가 앞이더냐♠ 도토리 키재기를 한다는 말. ¶"…하는 꼴이 무녀리가 앞이더냐 열중이가 앞이더냐 하게 생겼으니, 지푸라기 잡는다고 검불 잡

은 짝이 되고 말았구나."《매월당 김시습》
※열중이 : '열쭝이'의 잘못. 겁이 많고 나
약한 사람을 비유적으로 이르는 말.

무논　물이 있는 수답(水畓). 쉽게 물을 댈
수 있는 논. ¶…소금쟁이와 방개가 무논
에서 사라진 동안이 여러 해 된 것과 다를
바가 없었다. 《우리 동네 黃氏》

무당집에서 돌림병 얻어 온다⊛　혹 떼러
갔다가 혹 붙인다는 말. ¶"무당집이서 돌
림병 을어 온다더니…한참 발양 머리에
재수읎게스리 덥데 쌍것들이 더 지랄일
세…"《오자룡》

무더기무더기　무더기가 여기저기 많이 있
는 모양. ¶…시뻘건 황토 더미가 무더기
무더기 쌓여 있어 황량하기 이를 데 없었
다. 《관촌수필 5》

무덕지다　'무드럭지다'의 준말. ¶문정
은…그녀의 무덕지고 뒤웅스런 통바지 뒷
맵시가 눈길을 어지럽히자 오늘은 물 좀
물 쓰듯이 해 보라고 자발머리없이 참견
부터 하고 말았다. 《산 너머 남촌》

무드럭지다　한데 수북이 쌓여 있거나 뭉
쳐 있다. ¶…누가 지나다 보니 다 저녁
때가 됐는데도 사람은 없이 꼴은 꼴대로
무드럭지게 쌓인 채 둔치에 버려져 있고,
《장이리 개암나무》

무람없다　예의를 지키지 않아 버릇없다.
¶…아내는 뎁세 찍자 붙을 가마리가 제
대로 걸렸다 싶은지 되곱쳐 턱살을 쳐들
며 무람없이 대들었다. 《우리 동네 李氏》

무럭거리다　(연기나 김이) 무럭무럭 나다.
〈個語〉 ¶춥긴커녕 소금솥에서 무럭거리
는 김으로 하여 이마에선 땀이 흐를 지경
이었다. 《추야장》

무럭무럭　순조롭고 힘차게 잘 자라는 모
양. ¶무럭무럭 자라는 해가 솟으면서부
터 천지도 온통 살아 움직이기 시작했다.
《만고강산》

무럽다　조그만 해충에 물려서 가렵다. ¶
뒤통수가 무럽고 군시러운 것이, 아내가
두 눈을 모들뜨고 노려보는 게 분명해 리
는 견딜 수가 없었다. 《우리 동네 李氏》

무롸　마소에게 뒷걸음치라고 명령하는 말.
〈농부, 마부 용어〉 ¶"무롸두 못 허는 소,
소끔 괜찮을 적에 팔어 치셔. 성님네 소는
아마 일곱 장 이상 받을걸."《우리 동네
李氏》

무룸무룸　뭉긋뭉긋. 〈방언〉 나아가는 시
늉만 하면서 앉은 자리에서 몸이나 몸의
일부를 자꾸 비비대는 모양. ¶…복산 아
버지는 초상집 가서 문상하다 상제 앞에
서 실언한 낯으로 무룸무룸 앉은 자리에
서 뭉개며,《관촌수필 6》

무르닫다　물러가다. 〈個語〉 ¶중년은 무
르닫지 않을 짓둥이로, 오히려 한걸음 다
가서며 말했다. 《우리 동네 金氏》

무르춤하다　뜻밖의 사실에 가볍게 놀라 갑
자기 물러서려는 듯이 행동을 멈추다. ¶
모두 무르춤하고 있는 사이 그녀가 손엣것
들을 내밀며 말했다. "새루 한 시가 거진
됐을 텐데, 안 갈류?…"《우리 동네 金氏》

무른내　단내. 〈방언〉 몸의 열이 높을 때
입이나 코에서 나는 냄새. ¶입에서 무른
내가 나도록 말벗 하나 없이 들판에 외돌
토리로 엎어져서 허덕이는 호락질은 그렇
잖아도 힘겨운 생일에 한결 고되게 마련
이었다. 《명천유사》

무름하다　마음이 약하여 꺾이다. 〈個語〉

¶리는 할 말이 없었으나 그렇다고 무름하니 지레 숙어들기도 멍둥하여 부질없이 응수했다.《우리 동네 李氏》

무릎걸음 다리를 굽혀 무릎으로 걷는 걸음. ¶도의는 무릎걸음으로 다가와서 화상을 거두어 나갔다.《매월당 김시습》

무리 생산물이 한꺼번에 많이 쏟아져 나오는 시기. ¶그녀는 본서방이 있을 때부터 전에 살던 집 처마 끝에서 푸성귀로 시작하여 무리 때 쏟아져 나오는 잡살뱅이 밭걷이들을 받아 되넘이한 관계로, 열무단이라도 솎아 쏨쏨이 해 본 이면 대개 모를 수가 없는 처지였다.《우리 동네 鄭氏》

무 밑동 같다㊵ 곁에 도와줄 사람이 없어서 홀로 외로움을 비유한 말. ¶어쩌지 못할 건 팔자소관, 무 밑동 같은 신세 탓할 것 없이 내 한 목구멍이나 걸우며 홀가분히 살자고 정말 앉은 자리에서 풀도 안 나게 세상살이에 나만 아는 구두쇠도 되어 봤지만 그게 아니었다.《백결》

무삶이 논에 물을 대어 써레질을 하고 나래로 고르는 일. ¶…매년 재래식 농사로만 만족해 온 문정은, 그새 무삶이로 뚝새풀을 잡고 두렁도 말짱 다독여 놓은 터여서《산 너머 남촌》

무서리 (늦가을에) 처음 내리는 묽은 서리. ¶접때 기러기를 몰아온 바람이 여태 수수깡 울타리에 머물며 가랑잎을 줍는 게, 오늘 밤도 무서리가 내릴 모양이다.《담배 한 대》

무소식이 희소식㊵ 혹시 궂은 일이 있었다면 으레 기별을 해 올 텐데, 아무 소식이 없는 것은 상대방에게 아무 탈이 없다는 징조이니, 곧 기쁜 소식이나 다름없다

는 말. ¶무소식을 희소식으로 치고 내동 뜨막하게 지내던 보통학교 중학교 동창들을 새퉁스럽게 날 잡아 찾아다니며 거추없이 술 인심을 쓴 것이 시초였다. 무턱대고 흥청거리며 있는 대로 흔전만전 쓰고, 쓴 만큼 빚을 진 거였다.《우리 동네 鄭氏》

무수기 조수의 간만의 차. ¶(산) 무수기를 지나 다섯물이 가까워지면 수스러진 돛폭을 밀며 들어오는 고깃배에서 거나한 뱃노래가 그치지 않고,《지금은 꽃이 아니라도 좋아라》

무슨무슨 특정한 종류의 것들을 구체적인 내용을 밝히지 않고 나타내기 위해 쓰는 말. ¶…유명무실하면서도 술값은 생길 무슨무슨 공공단체 군 지부의 떨거지로 한몫하며,《매화 옛 등걸》

무슨 바람이 불어서 '무슨 마음이 내켜서' 또는 '무슨 일이 있어서'의 뜻으로 쓰이는 말. ¶(산) 내가 초면인 유 씨·이 씨를 인사시키자 박 시인은 무슨 바람이 불어 옥천같이 빼어난 고장을 다 둘러보게 되었더냐고 여간 기특해하여 마지않았다.《글밭을 일구는 사람들》

무시무시하다 몹시 무서운 느낌이 있다. ¶서운했던 건 탱크, 그 무시무시한 힘을 가졌다던 탱크가 보이지 않는 것이었지만,《장한몽》

무싯날(無市一) 정기적으로 장이 서는 곳에서 장이 서지 않는 날. 예삿날. ¶그녀는 무싯날이면 여간해서 우리 집을 방문하지 않았다.《관촌수필 3》

무엇무엇 모르는 둘 이상의 대상에 관해 물을 때, 그 대상을 가리키는 말. ¶(시) 옛날에 옛날에/ 고조할아버지 때/ 그림 속

의 호랑이는/ 무엇무엇 했을까.《호랑이》

무자식 상팔자㊑　자식이 없는 것이 도리어 걱정됨이 없어 편하다는 말. ¶…영감하고 의가 있게 지내는 이웃이라곤, 아들 하나 두었던 것 어려서 호역으로 보내고 없다며, 늘 무자식 상팔자 타령이나 하는 뻥튀기 장수 염 씨 외엔 없게까지 되어 버린 거였다.《백결》

무저지　바닷가에 늘 물이 고여 있고 갈대 따위가 자라는 우묵한 개흙바탕. ¶…그 많은 도깨비들이 저녁마다 논다니패의 난장을 이루던 왕대뫼 곱은탱이의 개펄과 무저지를 자주 뒤져 먹던 사람들도《관촌수필 6》

무저지논　바닥이 깊어서 늘 물이 고여 있는 기름진 논. ¶"그 널팍헌 비짓들에 그림자 없는 무저지논이 즐비허련만 해필 그런 땅을 줄 것은 무슨 심보일다…"《오자룡》

무지각이 상팔자㊑　아예 무식한 편이 오히려 마음이 편하고 행복하다는 말. ¶문 씨의 전 같지 않다던 호소가 있은 뒤로 나는 무지각이 상팔자라던 결말의 절실함을 새삼 깨달았고, 문 씨의 그것이 생활의 여유와 무소속감에서 빚어진 병통임도 아울러 짐작할 수가 있었다.《강동만필 1》

무지근하다　머리가 띵하고 가슴이 무엇에 눌린 듯 무겁다. ¶메주를 두 덩이나 던졌는데 하필 엉치를 맞아 그쪽이 아직도 무지근하다면서, 윤선철이 아내는 싸운 이야기를 걸찍하게 늘어놓았다.《우리 동네 柳氏》

무지렁이　일이나 이치에 어둡고 어리석은 사람. ¶"…못나고 못 배운 무지렁이일

수록 굴러들온 밥도 못 찾아 먹는다고…"《장한몽》

무지무지하다　몹시 놀랄 정도로 대단하다. ¶"…야, 너 무지무지허게 많이 잡았구나야."《관촌수필 5》

무직하다　어지간히 무거운 듯하다. ¶그러자 무직하게 늘어붙어 해찰 부리던 아내가 무릎을 털고 일어서며《우리 동네 金氏》

무추룸하다　찌무룩하다. 〈방언〉 마음에 못마땅하게 여기는 빛이 얼굴에 드러나다. ¶"덜 식은 송장이라구 한다구요." "허허…" 상배는 그에게 맞서볼 만한 '문장'이 떠오르지 않아 무추룸해질 수밖에 없었다.《장한몽》

묵근하다　묵직하다. 〈방언〉 ¶발걸음도 전 같지 않게 묵근하고 살갑지 않았다.《관촌수필 6》

묵밭　오래 내버려 두어 거칠어진 밭. ¶…돈거리로 심을 만한 것이 없어 텃밭까지 묵밭을 만들기 십상이라고 불뚝거리는 바람에《장천리 소태나무》

묵사발(이) 되다　맞아서 얼굴이 흉하게 되다. ¶그건 비겁한 짓이 아닐까. 비겁하긴, 얻어터져 묵사발이 돼 두고두고 창피스러워하느니보다는 낫지…그렇게 망설이기를 한참 만에야 그는 결정을 지어 버렸다.《장한몽》

묵새기다　별로 하는 일 없이 한곳에 오래 머무르며 날을 보내다. ¶봉득이는 어려서부터 한자리에서 묵새기기를 싫어하였고 무슨 일에나 남 먼저 선수를 써야만 직성이 풀릴 정도로 냅뜰성이 강했다.《산 너머 남촌》

묵 쑤는 데 비지 찾는 소리 한다㊑　(묵과

두부는 제조 과정이 비슷하지만 내용, 성질, 조리법이 판이하다는 데서) 일이나 장소에 어울리지 않는 엉뚱한 말이란 말. ¶유가 본심을 내보이며 공갈했다. 김은 역시 묵 쑤는 데 비지 찾는 소리로만 에워나가야 될 것 같아 딴전 보듯 응수했다.《우리 동네 金氏》

묵어나다 제때에 처리되지 못하고 묵어서 남아 있다. ¶문정은 마누라가 핀잔을 입에 달고 있어도 싸게끔 막판 놀아 세월을 하였지만 그렇다고 맥살없이 그저 묵어난 것은 아니었다.《산 너머 남촌》

묵은 장이 약 된다(俗) 노인의 말은 참고가 된다는 말. ¶아버지는 동네일이라면 몸소 나서지 않은 적이 없었고, 동네에서도 묵은 장이 약 된다고 으레 옳게 새겨들어 엇나간 적이 드물었으며, 아버지의 분별대로 매듭이 나고 마무리가 되어 표나게 낭패를 본 일이 없었다.《산 너머 남촌》

묵정밭 곡식을 짓지 않고 묵혀 두어 거칠어진 밭. ¶…손이 안 가서 겨우 씨나 건질 둥 말 둥 한 묵정밭이 생겨도, 그는 손톱 하나 까딱하려 하지 않았던 것이다.《관촌수필 6》

묵정배미 묵정밭.〈방언〉¶불러 버릇한 대로 명색이 논이라서 논이려니 했을 따름, 개간하고 두서너 해가량 종자나 뿌려 보다 버려 묵은 듯한 묵정배미뿐이었다.《오자룡》

묵정이 오래 묵은 물건. 여기서는, 오래 묵은 밭을 뜻함. ¶…설령 노는 과부 돈이 있다 해도 문서 맡길 만한 묵정이 한 자락이 그에게는 없었다.《우리 동네 趙氏》

묵힐 땅은 있어도 놀릴 터는 없다(俗) (일손이 부족하여 묵히는 논밭은 있어도 일하기 싫어서 버려두는 논밭은 없다는 뜻이니) 사람들이 부지런하다는 말. ¶전부터 묵힐 땅은 있어도 놀릴 터는 없다던 동네가 놀미라고 일렀으니,《우리 동네 金氏》

문경새재 걷어차게 크다(俗) 넘겨야 할 고비가 만만치 않게 짐스럽다는 말. ¶"…입새 먹새는 넨장헐 문경새재 걷어차게 큰 놈으 집구석…"《추야장》

문내 오래 보거나 겪어서 나는 싫증. ¶…신실이한테만은 달리 그녀를 처음 눈에 들여놓던 사 년 전이나 지금이나 그에겐 조금도 묵어 보이거나 문내가 나지 않았고, 아니 보면 볼수록 귀여워 안타까우며 온몸이 그닐거려 견디자니 고통스러운 것이었다.《암소》

문득문득 생각이나 느낌 같은 것이 갑작스럽게 자꾸 떠오르는 모양. ¶순평은 문득문득 초순이 하던 말을 자기 입으로 되풀이해 보곤 하였다.《장한몽》

문서 엮은 상전 있나(俗) 얽매어서 살아야 할 이유가 없다는 말. ¶"그놈의 집 사람 살 디가디?…주야장철 요것 해라 조것 해라, 워디 뭐 문서 엮은 상전 있간디? 다 아 밥술이나 뜨니께시리 유세헌다지만 말여…"《이풍헌》 ※문서 없는 상전 : 까닭 없이 남에게 몹시 까다롭게 굴거나 위세를 부리는 사람을 가리키는 말.

문어리 문얼굴.〈방언〉문짝의 양옆과 위아래에 이어 댄 테두리 나무. ¶그는 올해도 외양간의 문어리에 붙일 우경백묘·마행천리를 쓸 때는 붓끝이 떨렸다.《산 너머 남촌》

문 연 놈이 문 닫는다(俗) 시작한 사람이 끝

마무리도 해야 한다는 말. ¶…문 여는 사람이 문 닫을 사람이라는 말이 있으니, 자네 일은 어디까지나 자네가 거두어야 할 따름인즉,《토정 이지함》

문자(를) 쓰다　어려운 한자 숙어나 성구를 섞어 말하다. ¶"말 잘해서 징역 가는 사람 없다더니, 문자 쓰는 어른 앞에서는 힘 가진 사람도 쑥 들어가고 마네요."《산 너머 남촌》

문채 좋은 차복성이라ⓢ　의복과 용모가 뛰어나게 아름다운 사람을 이르는 말. ¶"빚 얘기는 후제 나 죽어서 문상 오거든 그때나 우리 맏상주더러 묻든지 말든지 하게." "문채 좋은 차복성이가 따로 없구먼그려."《산 너머 남촌》

문턱이 닳도록 드나들다ⓢ　찾아오는 사람이 많거나 사람이 계속 쉴 새 없이 드나드는 것을 이르는 말. ¶실지 순심이 행방을 아는 사람은 아무도 없었다. 경찰에서는 문턱이 닳게 드나들며 가족을 들볶아댔지만 냄새조차 못 맡는다던 거였다.《관촌수필 4》

묻어 줄 년ⓑ　죽여 줄 년. ¶"묻어 줄 년, 고소 좋아허네."《장한몽》

물감 장수 남의 집 드나들 듯ⓢ　바쁘게 돌아다닌다는 말. ¶"물감 장수 넘의 집 드나들 듯 집은 워디를 그렇게 바삐 싸댕기다?"《오자룡》

물거리　도끼로 팰 것이 없이 부러뜨려서 땔 수 있는 잡목의 우죽으로 된 땔나무. ¶매월당은 물거리 나무로 술밥 한 시루를 찌고 남을 동안이나 일어나지 못하고 있었다.《매월당 김시습》

물 건너 산이요, 산 넘어 물천지로다ⓢ　단

종 임금의 유배지인 영월 청령포의 허막한 환경에 비유한 말. ¶실상이 그러하여 물 건너 산이요, 산 넘어 물천지로, 촉도보다 험하고 유리보다 궁벽한 영월 땅에 계신들 그들의 마지막 발악이 언제 닥칠는지 알 수 없는 터에,《매월당 김시습》

물꼬　논에 물이 넘나들도록 만든 좁은 어귀. ¶그녀 어머니는 물꼬 보러 나가 없었고,《관촌수필 4》

물꼬받이 올챙이 봇물에 논다고 두꺼비 되랴ⓢ　[물꼬는 논에 물이 들어오고 나가는 물목이며, 보(洑)는 저수지이다. 개구리는 흔해도 두꺼비는 드물어서 개구리처럼 무시당하지 않는다] 활동 범위가 넓어졌다고 해서 본성이 변하는 것은 아니라는 말. ¶리는 소리 들을 말인 줄 번연히 알면서도 꼴도 보기가 딱해 잊을 만하면 한두 마디 보태어 "물꼬받이 올챙이 봇물에 논다구 두꺼비 된다냐? 논두렁 근너루 고속도로가 나면 새경 밀린 머슴 가욋일만 고달픈 겨." 하며 아서라 말아라 신칙도 해 봤지만 이미 난봉난 계집 옷고름 여미기였다.《우리 동네 李氏》

물 끓듯 하다ⓢ　여러 사람이 몹시 술렁거리는 모양을 이르는 말. ¶"집어치워." "너 혼자 애국하냐?" 전구들이 집중해서 날아가고 있었다. 청중들이, 장바닥이 물 끓듯 한다.《장난감 풍선》

물 나다　(옷 따위를) 삶아 빨아서 제 빛깔이 나다.〈個語〉¶(으름내는)…홑이불 한 가지 물에서 물 나게 빨아 낼 수 없을 정도로 메말라 버린 한갓 장터의 하수구 구실밖에 하지 못하고 있었다.《해벽》

물너미　물이 넘쳐 흐르는 물목.〈個語〉¶온

다 하면 집터서리에 물마가 지고 쏟아진
다 하면 물너미로 논밭이 떠내려가도 줄
창 그을 줄을 모르던 장마 속에《매월당
김시습》

물너울 바다 등의 넓은 물에서 크게 움직
이는 물결. ¶어느덧 그의 양어깨에 두만
강 물너울이 실리면서 두 볼에는 강이 흐
르고 있었다. 식민지 시대의 두만강이 흐
르고 있었다.《관촌수필 5》

물녘 물가. ¶그는 그날도 늘 하던 대로 창
가에 넋 놓고 앉아서 하염없이 물녘을 내
다보다가,《장동리 싸리나무》

물두멍 물을 길어 붓고 쓰는 두멍. ¶오늘
도 대한 추위에 물두멍 얼어 터지는 소리
로 남의 고막을 맞창 내면서 이장네 사랑
의 새마을방송이 시작되었다.《우리 동네
李氏》

물들이 여러 갈래의 물줄기들이 한데 합쳐
지는 곳. ¶…평섭이가 앉았다던 자리는
이 골짜기 저 골짜기의 물이 물들이를 하
고 흘러드는 물목이어서 원래부터 저수지
가 풀밭이 되더라도 마른 적이 없었거니
와,《장이리 개암나무》

물때 아침저녁으로 조수가 들어오고 나가
는 때. ¶조개껍데기 가루가 십 리도 넘게
백사장을 이룬 물때 좋은 터를 영영 아주
그네들 손에 잃게 됐다던 거였다.《관촌수
필 3》

물렁뼈 마음이 야무지지 못하고 썩 약한
사람을 조롱하여 이르는 말. ¶답답해. 이
십칠 세, 평생을 두고 기억해 갈 수 있을
좋은 나이가 아까울 만큼 용갑이는 물렁
뼈인 거였다.《덤으로 주고받기》

물렁쇠 성질이나 몸이 야무지지 못하고 썩

약한 사람을 놀림조로 이르는 말. ¶(산)
나야말로 십 대에는 고작 교실의 줄반장
을 넘지 못하고 이십 대에는 토목 공사장
의 십장 노릇도 딱 부러지게 못한 물렁쇠
였다.《무대책 하팔자》

물렁하다 맺힌 데가 없이 무르고 약하다.
¶"…물 다 대걸랑 둘이 반반씩 개나 한
마리 도리기해서 끄실르세." 하며 물렁하
더니 이내 "가서 보리 멍석 채널으야 헐
텐디 이러구 있네."《우리 동네 金氏》

물렁헛이 '물렁켕이'의 잘못. ¶(산) 피부
는 상어 가죽과 관계가 없었고, 새우처럼
급하긴 해도 성질 또한 문래에 없이 물렁
헛이였다.《지금은 꽃이 아니라도 좋아
라》※물렁켕이 : 물컹이의 방언. 물컹이
: 몸이 약하거나 의지가 굳지 못한 사람
을 놀림조로 이르는 말.

물마루 바다와 하늘이 맞닿은 것처럼 보이
는 바닷물의 두두룩하게 나타나는 부분.
¶바다 가운데서 바라보는 물마루는 해벽
이었다.《달빛에 길을 물어》

물 마신 입으로 술 마신 소리나 흘린다⊛ 분
수없이 흰소리를 한다는 말. ¶옹은 농민
운동가라나 농촌 운동가라나 하면서도 아
무 하는 일 없이 껍죽대고 다니며 가는 데
마다 물 마신 입으로 술 마신 소리나 흘린
다는 소문에 정나미가 십 리 밖으로 달아
난 지 오래인 은산이가《장척리 으름나무》

물마지다 비가 많이 와서 물에 잠기거나
휩쓸리다. 〈방언〉 ¶그는 큰비에 청령포
가 물마져서 상왕이 고을의 객관으로 이어
할 때까지 어선을 강물에 띄워서 진봉했던
것이다.《매월당 김시습》※물마 : 비가 많
이 와서 땅 위에 넘치는 물.

물 말아 놓고 국 처먹는 소리 한다ⓑ (식사 관습상 밥을 물에 말아서 먹을 경우 국을 먹을 이유가 없다는 데서) 걸맞지 않은 말을 하는 여자에 대한 욕설. ¶"드런 년. 물 말어 놓구 국 처먹는 소리 허구 자빠졌네. 돈 가져갔으면 그저 가져가데? 물 나는 아궁이 불 때 줬으면 구만이지 무슨 쌍소리여, 아가리를 짓찧어 놀라."《우리 동네 柳氏》

물 말아 놓다 (지난날 손님이 밥을 남기지 않고 다 먹도록 하기 위하여 손님의 밥그릇에 물을 부어 주었던 데에서) 어떠한 일을 기정사실화하기 위하여 미리 손쓴 것을 비유적으로 이른 말. ¶"…애비가 죽으면 일 대 일씩 쩌개서 아파트두 늘리구 차두 바꾸구 허야 헐 텐디. 야중에 계산허기 복잡허게 니가 왜 먼저 물 말어 놓려구 수작을 부리느냐, 그래 그런 겨."《장곡리 고욤나무》

물매 수평을 기준으로 한 경사도. ¶"…비한 보지락 가지고는 엇갈이도 못 부치게 물매가 싸고 메진 비탈이어서 값을 매기려고 대중하자면 여간 거북스럽지 않은 땅이었다.《우리 동네 張氏》

물목 물이 흘러나가거나 들어오는 어귀. ¶…평섭이가 앉았던 자리는 이 골짜기 저 골짜기의 물이 물들이를 하고 흘러드는 물목이어서 원래부터 저수지가 풀밭이 되더라도 마른 적이 없었거니와,《장이리 개암나무》

물물이 무리무리. 〈북〉 ¶장날은 촌놈들 생일. 신작로에 장꾼들이 물물이 밀려간다. 장꾼들이 모두 친구처럼 반갑다. 탁보는 이제 바쁘다.《김탁보전》

물뭍 물과 뭍. 바다와 육지. ¶(산) 물뭍 것을 가리기 전에, 먹고 못 먹는 것을 따지기 전에,《지금은 꽃이 아니라도 좋아라》

물바람 강이나 바다 같은 물 위에서 불어오는 바람. ¶…파도, 파도…그 물바람 속에 사철 깃을 갈며 나비처럼 나부끼던 그 여러 물새들…《해벽》

물 받아 새끼혈래 배 놨다ⓑ 관계하여 임신했다는 상말. ¶"저런 밍충이헌티 물 받어 새끼혈래 배 놨으니 아서라 아서 이년아…"《추야장》

물발 물살. ¶물발을 가려 가며 징검징검 걷노라니 저 앞에 웬 장교 차림 하나가 말을 불나케 몰아오는 것이 눈결에 얼핏 띄었다.《토정 이지함》

물색없다 말이나 하는 짓이 형편에 어울리지 않다. ¶추석을 마중 가는 길이라서 반달은 물색없이 밝기만 했다.《관촌수필 5》

물썽하다 몸이나 성질이 물러서 만만하게 보이다. ¶(그는)…천성이 물썽하면서도 꼭한 데가 있어서 주변성 있게 인사를 차린다거나, 죄임성 있게 관계를 지탱하거나, 지닐성 있게 잇속을 챙겨 나갈 인물이 아니었다.《장동리 싸리나무》

물 쓰듯 한다ⓢ 매우 흔하게 함부로 쓴다는 말. ¶"…물장수는 다다 물을 물 쓰듯 해야 돈도 물 솟듯 할 텐데 통 물을 안 쓰니 대관절 무슨 조건이우?"《산 너머 남촌》

물알 덜 여물어서 물기가 많고 말랑한 곡식알. ¶최가 여러 해째 고지를 써 온 성낙근이네 논은 원래가 물알 드는 고논이라,《우리 동네 崔氏》 ※물알(이) 들다 : 햇곡식에 물알이 생기다.

물어물어 묻고 또 물어. ¶"아무리 아는

길도 물어 가라지만, 그래 걔를 놓고 한나절 내 물어물어 삼천리였어?"《연애는 아무나 하나》

물에 빠져도 주머니밖에 뜰 것이 없다(속) 몸에 돈이 한 푼 없음을 비유하는 말. ¶"네기랄, 한강에 빠져두 주머니밖에 뜰 게 없는 인생이지만, 하늘이 모질기로 요렇단 말이냐…." 이판개 영감은 밤잠마저 잃고 중얼대며 쓴 입맛을 다셨다.《금모랫빛》

물에 빠지면 주머니부터 뜰 처지(속) 몸에 돈이 한 푼 없음을 비유하는 말. ¶"물에 빠지면 주먼지버텀 뜰 판국에 먹매 투정허게 생겼더라."《우리 동네 金氏》

물에 빠지면 지푸라기라도 움켜쥔다(속) 사람이 위급한 때를 당하면 무엇이나 별로 도움이 되지 않는 것까지도 닥치는 대로 잡고 늘어지고 본다는 말. ¶(산) 물에 빠진 사람이 지푸라기라도 붙잡는 심정이었겠지만, 어머니는 최후의 수단으로 그 말을 따랐다.《아픈 사랑 이야기》

물여울 (강이나 바다에서) 경사지고 좁아져서 물살이 세게 흐르는 곳. 〈북〉 ¶(시) 산골 마을/ 한밤중에/ 들리는 것은/ 솔바람 소리일까/ 물여울 소리일까.《꿈이 오는 소리》

물은 건너 보아야 알고, 사람은 지내보아야 안다(속) 사람은 겉모양만 보아서는 모르고 서로 같이 오래 지내면서 겪어 보아야 바로 안다는 말. ¶물은 건너 보아야 알고 사람은 지내보아야 안다는 속담도 있지만 이 운전사는 더 이상 지내볼 것도 없이 결곡하고 무던한 사람으로 믿어야 마땅할 것 같았다.《산 너머 남촌》

물은 흘러도 여울은 여울대로 있다(속) 세상의 모든 것은 돌고 변하여도 개중에는 변하지 않는 것이 있다는 말. ¶물은 흘러도 여울은 여울대로 남듯이 석담의 노후를 보면 매사에 고풍스러움을 느낄 수가 있었다.《산 너머 남촌》(산) 옹점 씨. 가끔가다가 물은 흘러도 여울은 여울대로 있다는 옛말이 문득 가슴에 얹힐 때가 있습니다.《작가의 편지》

물(을) 내다 (옷 따위가) 삶아 빨아서 제 빛깔을 내다. 〈個語〉 ¶오늘은 웬 여편네들이 사시 풍년이냐고 엉뚱한 짜증이 벌떡했지만, 보이게 물 내어 입은 소복이 돋보여 이상필은 눈 딱 감고 참는다.《장한몽》

물(을) 먹다 특정 환경을 거친 경험이 있다. ¶"…누가 알어. 사위라도 대학 물 먹은 늠이 차례 올는지…"《우리 동네 張氏》

물(을) 쓰다 밀물이 썰물이 되어 나가는 모양. ¶물을 쓴 조금 때면 삼사십 리 밖의 수평선이 하늘과 한 빛깔로 아물거리고.《관촌수필 1》

물을 타다 긴장이 풀리도록 분위기를 바꾸다. 〈個語〉 ¶이장이 가운데로 들어서며 물을 탔다.《우리 동네 黃氏》

물음물음 묻고 물어서. ¶낯선 도시에서 저만 아는 듯한 사람들을 붙들고 물음물음으로 찾아다니는 번거로움보다, 처음부터 택시를 이용하는 편이 다소 간편하고 수나롭기 때문이었다.《산 너머 남촌》

물이 가다 (생선이) 신선하지 못하고 조금 상하다. ¶눈이 물 간 생태 모양 우묵한 데다 생채가 사위고 흐무러진 까닭이었다.《산 너머 남촌》 차성복은 물고기가 물이 가거나 떡이 식기 전에 진봉할 수 있도록 꾀를 썼다.《매월당 김시습》

물(이) 들다 사상, 행동, 버릇 등이 닮아가거나 그 영향을 받다. ¶어머니는 그녀 집안에 언제부터 그런 붉은 물이 들어 있었으며 또한 쥐도 새도 모르게 위장할 수 있었는지가 놀라웠다고 했다.《장한몽》

물(이) 좋다 (어떤 일에) 판세가 좋음을 이르는 속된 말. ¶나 이런 사람이란 위조 신분증이라도 있으면, 운전수, 하청업자, 현장 감독, 배차계원, 도로사업소장 등 여러분을 두루 만나 걸게 먹게끔 물 좋은 판이었던 것이다.《야훼의 무곡》

물장수 삼 년에 궁둥잇짓만 남았다㊍ 오랫동안 애쓰고 한 일에 소득이 없이 남은 것도 변변치 않다는 뜻으로 하는 말. ¶"물장수 삼 년에 엉뎅잇짓만 남더라고, 함바집 허다 건이 없인 못 먹는 입맛만 알게 되었으니…"《금모랫빛》

물 좋고 정자 좋은 데 없다㊍ 모든 조건이 두루 갖추어진 데가 있기 힘들다는 말. 산 좋고 물 좋고 정자 좋은 데 없다. ¶속담에 물 좋고 정자 좋은 데가 없다지만 질뜸은 예외였다.《장동리 싸리나무》

물태 바로 잡은 명태. '생태'라고도 함. ¶사람들은…동태찌개도 물태로 끓인 게 아니면 쳐다보기를 꺼렸으며, 반드시 울긋불긋한 과일 접시가 보여야만 남을 부르려고 차린 줄로 여겼다.《우리 동네 李氏》

물퉁보리 채 여물지 않았거나 마르지 않아 물기가 많은 보리. ¶아낙이 물퉁보리처럼 잔뜩 불어 터진 소리로 늙은이의 말을 깨쳤다.《달빛에 길을 물어》

물퉁이 물을 먹어 퉁퉁 불은 물건. ¶걸레질이 잦으니 삿자리가 물퉁이처럼 불어 터지고 들솟았다.《매월당 김시습》

물퉁짚세기 물퉁이가 된 짚신. 〈個語〉 ¶…대저울에 꿰면 한짝에 닷 근도 넘어가게 큰 물퉁짚세기 하며《토정 이지함》

뭇 '뭉텅이'라는 말. 〈個語〉 ¶…덤불과 마른 푸서리에서 멧새인지 굴뚝새인지가 소스라쳐 뭇으로 날아오르고《산 너머 남촌》

뭇 생선 열 마리를 이르는 단위. ¶"대복이는 엮웅께 아홉 두름 나더랴. 언니는 몇 마리야?" "여든시 마리, 대복이가 한 뭇은 더 잡았구나. 일곱 마리 더 잡았어."《관촌수필 5》

뭇 채소 따위의 작은 묶음을 세는 단위. ¶…뒷그루로 푸성귀를 부쳐, 벌써 여러 뭇 솎아 가용푼이나 해 썼을 거였다.《우리 동네 金氏》

뭇가름 묶음으로 된 물건의 수를 늘리려고 더 잘게 갈라 묶는 일. ¶…차돌과 썩돌을 뭇가름하지 않고 갓 쓴 자라고 하여 모조리 원수를 삼기로 한다면 큰일도 그런 큰일이 없는 것이다.《산 너머 남촌》

뭉게뭉게 구름이나 연기 따위가 계속 뭉키어 나오는 모양. ¶(시) 닥나무집 그은 굴뚝에/ 구름색 연기 뭉게뭉게《저녁 연기》

뭉구리 바싹 깎은 머리. ¶뭉구리로 막깎은 머리에 살품을 가리던 긴 수염은 전에 있던 그대로였으나,《명천유사》

뭉그적거리다 제자리에서 나아가지 못하고 느리게 자꾸 비비대다. ¶"…가며 오며 하라고 신신당부하셨는데 며칠만 뭉그적거려 보슈. 아주 내뺀 줄 아시지 않겠나."《산 너머 남촌》

뭉깃거리다 뭉깃거리다. 나아가는 시늉으로 제자리에서 비비대다. ¶"그럼 가서 귀경이나 허까나…" 구가 중얼거리며 앉은

자리를 뭉깃거렸다.《장한몽》

뭐니 뭐니 이러쿵저러쿵. ¶"그대는 여겨 들으시게. 뭐니 뭐니 해도 시는 시일세…" 《매월당 김시습》

뭐라 뭐라 '무어라고 무어라고'의 줄임말. ¶(시) 토끼가 어른 할 때/ 뭐라 뭐라 했을 까.《호랑이》

뭐 말라 비틀어진 거야㊞ 아주 경멸적인 태도로 대상을 가리켜 말할 때 이르는 말. ¶"…사채할래 사천만 원을 칠십두 가구루 쩌개 봐. 가구당 평균 얼마 꼴인지…그런 것덜이 크릿스맛쓰는 뭬며 관광계는 뭣 말러 비틀어진 겨?"《우리 동네 李氏》

뭣뭣 '무엇무엇'의 줄임말. ¶"…뭣뭣 살 거냐길래 이것저것 줏어셈겼더니…"《우리 동네 柳氏》

믈믈하다 기억이 뒤엉켜서 아리송하다.〈個語〉¶곰곰 기억을 뒤적여 봐도 믈믈하기만 할 따름 알아낼 순 없었다.《낙양산책》

믐 머슴. ¶"…그러면 믐 주제에 칠첩반상 이래두 받을 줄 알았담…"《명천유사》

미깔맞은 년㊞ 밉살스러운 년. 〈방언〉¶"미깔맞은 년, 쓸개를 뽑아다 소금에 절였으면 쓰겠단께는…"《떠나야 할 사람》

미나리꽝 우물의 기름진 물이 괴거나 흐르는 곳에 만든, 미나리를 심는 논. ¶미나리꽝으로 쓴 마당 밑 박우물 아래 초입 논 배미부터,《관촌수필 1》

미당기다 밀었다 당겼다 하다. ¶영두는 아무 득볼 것도 없이 기니 아니니 하고 미당기면서 승강이질로 해를 보내 봤자 노상 망상스러운 소리밖에 들은 것이 없겠다는 생각이 불현듯 하여 그대로 돌아서 버리고 말았다.《산 너머 남촌》

미련퉁이가 모퉁이를 돌아가다 왕퉁이한테 쏘이다㊞ '어리석은 자가 곧지 않은 길로 들어섰다가 말벌에게 쏘이다'를 말장난으로 이르는 말. ¶(산)…다시 그런 막막한 나날 속에서 얼마를 더 미루적거린 뒤에야, 마침내 미련퉁이가 모퉁이를 돌아가다 왕퉁이한테 쏘이는 격으로 헐수할수없이 붓을 들게 되었다.《글밭을 일구는 사람들》

미렷하다 ① 살이 쪄서 군턱이 져 있다. ② 턱이 뾰족하지 않고 두툼하다. ¶유자한은 군턱이 미렷하도록 조아리는 소동라의 머리에 대고 위엄으로 다지르면서 다시금 밑말을 심어 두는 것이었다.《매월당 김시습》

미루미루하다 '미루적미루적하다'의 잘못. 해야 할 일이나 날짜 따위를 미루어 자꾸 시간을 끌다. ¶…이윽고 그녀에게 들려주어 함께 웃으면 좀 더 후련하지 않을까 해 계제를 타고자 한창 미루미루하고 있을 참이었던 것이다.《그가 말했듯》

미루적거리다 일을 자꾸 미루어 시간을 끌다. ¶입대할 나이가 되었으나 생각이 없어서 미루적거렸더니 시나브로 병역 기피자가 되어 있었다.《유자소전》

미룩거리다 미루적거리다.〈방언〉¶리는 노인네 생일을 찾아 해마다 동네 사람들을 부르는 윤이 갸륵하여 미룩거리지 않고 나섰지만, 그렇다고 마냥 기특하게만 쳐줄 일도 아니라는 느낌 또한 그전보다 덜하지 않았다.《우리 동네 李氏》

미룩미룩 '미루적미루적'의 잘못. 해야 할 일이나 날짜 따위를 미루어 자꾸 시간을 끄는 모양. ¶황 씨로선 소를 놓치지 않으

려고 선출이의 금년 새경 줄 것까지도 미룩미룩 끌어오는 판이었으니 뛸 만도 했을 거였다. 《암소》

미룸 추측. 이미 알려진 사실로써 다른 것을 비추어 헤아림. ¶…저무는 날 두려워해 버릇된 지도 여러 날로 미룸된다. 《그가 말했듯이》

미리미리 충분한 여유가 있게 미리. ¶“추수 끝나면 으레 나올 줄 알구설랑은이 미리미리 이럭저럭 해 놓지덜 않구 인지서 서둘러?” 《우리 동네 李氏》

미립나다 경험에 의하여 묘한 이치나 요령이 생기다. ¶하지만 그는 무슨 일에나 혼자 이리왈 저리왈 해 온 데에 미립이 나서 백날 가도 뒷말을 하는 법이 없었다. 《명천유사》

미쁘다 믿음성이 있다. ¶(까마귀는)…어느 놈 하나 미쁜 구석이 없었던 것이다. 《더더대를 찾아서》

미섭다 무섭다. 〈방언〉 ¶“끙—뭘 아는 사람이래야 말 같은 소리를 듣지…내 새끼두 야중에 이런 사람 될라 미서서 이 노릇 못 집어친다니께. 끙—” 《우리 동네 金氏》

미슥거리다 메슥거리다. 〈방언〉 ¶입이 짧아서가 아니라 미슥거리고 느끼한 화학조미료 맛에 비위가 상하기 때문이었다. 《우리 동네 李氏》

미욱스럽다 매우 어리석고 미련한 데가 있다. ¶미욱스럽게 메주볼지른 위에 구레나룻까지 다다분하여, 《달빛에 길을 물어》 ※미욱하다 : 어리석고 미련하다.

미운 벌레가 모로 긴다㈜ 미운 사람이 유난히 보기 싫고 미운 짓만 한다는 뜻으로 이르는 말. ¶“요새도 싸리다방 자주 들르시고 약주도 여전하시죠?” 미운 벌레 모로 긴다고 말본새까지 번듯하지 못한 꼴에 문정은 거듭 심기가 심란하였다. 《산 너머 남촌》

미운 사람 고운 데 없고, 고운 사람 미운 데 없다㈜ 한번 좋게 보면 그 사람이 하는 일은 다 옳게만 보이고, 한번 나쁘게 보면 그 사람이 하는 일은 무엇이나 다 궂게만 보인다는 말. ¶장가 못 간 까닭이 어디에 있는지도 그것으로 반은 알 듯하였다. 미운 사람 고운 데 없다더니 볼수록 좀상스럽고 의젓지 않았다. 《산 너머 남촌》

미운 일곱 살㈜ 어린아이가 일곱 살쯤 되면 미운 짓을 많이 한다는 말. ¶“그야 미운 일곱 살이니까. 한 살부터 일곱 살까지는 같이 놀게 하면 못쓴다는 얘길 테지 뭐…” 《토정 이지함》

미운 털이 박히다㈜ 이유 없이 부당한 대우를 받는 경우 불만을 나타내는 곁말. ¶“…대관절 놀미 강만셍이는 워디가 미운 털이 백혔길래 사백만 섬 수매에 두 가마 공판이여?” 강은 얼굴을 붉히고 종주먹을 들이대며 잡도리할 기세로 내댔다. 《우리 동네 姜氏》

미적미적 자꾸 꾸물대거나 망설이는 모양. ¶홍은 어쩔 수 없이 흰 광목으로 지어 입은 반소매 교복을 미적미적 벗어야 했다. 《장한몽》

미주알을 쌀 년㈖ 인체에 빗댄 상말. (밑살이 빠질 년) ¶고 미주알을 쌀 년은 급살두 안 맞는단 말이여. 《이 풍진 세상을》

미친년㈖ 말과 행동이 바르지 못한 여자에 대한 욕. ¶“허기사 인정 많은 년 속곳 마를 날 없지. 다 내가 못나 터져서 그런디 누구 탓을 혀. 내가 미친년이지. 처먹으면 뱉을 줄 모르는 위인을 시동생이라고 받자받자했던 내가 미친년이여." 《장평리 찔레나무》

민낯 여자의 화장하지 않은 얼굴. ¶선을 보러 온 처녀답지 않게 얼굴에 찍어 바른 것이 없는 민낯이어서 볼수록 잡티가 없고 수더분해 보여 다행이었다. 《산 너머 남촌》

민둥하다 싱겁고 민망스럽다. 〈個語〉¶최는 어린것들이 몸을 축내 가며 만든 돈까지 홀랑 알겨내어 남의 돈을 갚은 터라 아이들 의논에 신칙할 염치가 없었으나, 그렇다고 굿만 보고 앉았기도 민둥하여 나무라는 투로 말했다. "아서라, 그마마해두 늘했다. 《우리 동네 崔氏》

민머리 벼슬하지 못한 사람을 이르는 말. ¶"…창피한 말씀이지만 우리는 역대로 능참봉 하나 해 본 조상이 없는 민머리 집안이외다." 《강동만필 1》

민며느리가 몸하기 시작하면 시아비 좆 죽을 새 없다⒝ '장차 며느리를 삼으려고 데려다 기르는 여자아이가 초경을 치를 나이가 되면 시아비가 딴마음을 먹는다'는 뜻의 패륜적인 상말. ¶"민며느리가 몸허기 시작허면 시애비도 좆 죽을 새 읎다더니 한번 오면 여러 날 먹어 조지나 보네 그려." 《오자룡》

민물 복쟁이 잡듯⒮ (복쟁이는 흰점복의 딴 이름. 복어는 바닷물고기이므로 민물에서는 잡을 수 없다는 데에서) 이루어질 수 없는 일인데도 불구하고 기어이 끝장을 보려고 줄기차게 조르거나 캐어 묻거나 닦달하는 모양. 〈충남 서해안 지방의 방언〉¶수술비니 입원비니 하여 돈은 적잖이 들겠지만 그만한 비용쯤은 그녀 자신이 꿍쳐 둔 돈으로도 충당할 자신이 있었던 거였다. 다만 그렇게 민물 복쟁이 잡듯 종조목을 대며 볶아대어야 몇 푼이라도 뜯어 쓸 수 있겠기에 그래 왔던 거였다. 《추야장》

민물새우 끓어 넘는 토방 툇마루 신경림의 시 〈목계장터〉의 한 구절을 인용한 내용으로, 한갓진 동네의 허름한 주막을 이르는 말. ¶(산)…다른 사람도 아니고 '민물새우 끓어 넘는 토방 툇마루'의 길손이 하소하는 갑갑증은 또 다른 속내가 덤으로 얹힌 것이었다. 《우리 동네 시대》

민물새우 튀듯 하다⒮ (사람의 생리에 빗대어) 깜짝깜짝 놀란 듯이 몸의 일부를 자꾸 들썩이는 모양. ¶민물새우 튀듯 하는 즘촌 댁의 등심이나 힘껏 당겨 잰 활시위보다 더 팽팽하게 엉버틈한 방개의 어깨는 사철 가시지 않던 방구석의 메주 띄운 냄새마저 눌러놓고 있었다. 《암소》

민물에 빗물 들어간 화상⒮ 아무렇지도 않은 표정의 얼굴이라는 말. ¶"그럼 자네가 이런 헌 일 없이 수염만 기른 사람한테까지 속 뵈는 소리만 골라 가며 세월하는데도 민물에 빗물 들어간 화상으로 자네하고 안팎이 되어 줘야 쓰겠구먼?" 《그리고 기타 여러분》

민화투 쳐서 시에미 비녀 잡혀먹을 년⒝ (화투에 고스톱이 보급된 이후로 승부가 단순한 민화투는 인기가 사라졌다. 시어머니의 비녀는 며느리가 손댈 수 없는 권위적인 장식물이다) 시대착오적인 어리숙한 여자에 대한 욕설. ¶"소 닭 잡어 사자 호

랭이 멕여 지르는 디가 자연농원인감? 찬
장에 골동품 진열해 놓구 궁중 요리나 파
는 디가 민속촌이여? 예라이 순, 민화투
쳐서 시에미 비녀 잡혀먹을 년덜…"《우
리 동네 李氏》

믿는 나무에 곰이 핀다◈　잘되리라고 믿
고 있던 일에 생각지 못한 변화가 생김을
비유적으로 이르는 말. ¶(산)…'믿는 나
무에 곰이 핀다'는 속담을 잊고 출입 기자
들에게 '술이 사람을 먹는' 소리를 했다가
'아는 도끼에 발등 찍힌' 셈이 된 거였다.
《속담과 인생》

**믿다 말 것이 동창 많은 여편네하고 칠월
구름이다**◈　(주부도 학창 시절의 동창
모임이 많지만, 남편과 자식의 사회적 위
치나 살림살이의 규모와 수준 차이로 하
여 학창 시절의 우정 회복이 쉽지 않은데
도 동창 모임을 빙자해 자주 외출하는 주
부가 있다. 한여름의 구름 역시 어느 구름
에 비가 올지 알 수 없다) 신빙성이 약하
다는 말. ¶"…믿다 말 것이 동창 많은 여
편네허구 칠월 구름인디, 이러다가 비라
두 한줄금 해서 보리 붙으면, 겉보리니 엿
지름을 지르겠나 밀 갈어 누룩을 디디겠
나…"《우리 동네 姜氏》

밀따리　꺼끄러기가 없고 빛이 붉은 늦벼의
하나. ¶…그내 방축에 기대어 둔치와 작
벼리를 뒤집고 다듬어 밀따리나 꽂아 근
근이 세안 양식이나 하는 내 땅 서너 마지
기《우리 동네 趙氏》

밀알지다　얼굴이 패둥패둥하게 생기다.
빤빤하게 생기다. ¶검사원은 밀알진 얼
굴에 잔뜩 지르숙은 것이 먼 빛으로 봐도
유의 귀띔대로 만만해 보이지가 않았다.

《우리 동네 姜氏》

밈밈하다　'밍밍하다'의 잘못. 몹시 허전하
고 싱겁다. ¶…"어제 오늘, 여러 가지로
미안했어요" 하고 이영은 밈밈한 미소로
돌아섰고,《그가 말했듯》

밉광스럽다　매우 밉살스럽다. ¶강은 옆
에 붙어 서서 음담패설에 즐거워하는 여
편네들이 밉광스러워 한마디 이죽거린 다
음 발길을 돌리려 했다.《우리 동네 姜氏》

밉보이다　밉게 보아지다. ¶새 중에서도
유독 밉보인 새는 옛날에도 없었던 것이
아닌 것 같았다.《더더대를 찾아서》

밉살맞다　몹시 밉다. ¶어린 내가 생각하
기에도 밉살맞지 않을 수 없었다.《관촌수
필 2》

밉살스럽다　언행이 남에게 몹시 미움을
받을 만한 데가 있다. ¶…그녀가 밉살스
럽기도 하고 야속하기도 했지만 다시 한
번 자신의 무능함을 /깨닫지 않을 수 없었
다.《장한몽》

밋밋하다　민틋하다. 〈방언〉 여기서는, '덤
덤하게 있기가 싱겁고 따분한' 경우를 뜻
하는 말로 쓰임. ¶씨도 듣기만 하고 있기
가 밋밋하여 덩달아서 중얼거렸다.《장천
리 소태나무》

밍그적대다　뭉그적대다. ¶"삭신이 바근
바근허게 처맞은 꼴이더먼유, 굴신을 못
허고 밍그적대더라닝께유."《관촌수필 4》

밍근하다　좀 미지근하다. ¶"날이 워낙 이
러닝께 흐르는 물두 밍근헌 게, 홀랑 벗구
뒤집어쓰면 때는 잘 밀리겄다."《우리 동
네 金氏》

밍글거리다　밉살맞게 능글능글한 모양.
〈個語〉 ¶신아불이의 밍글거리며 웃는

입은 기어가는 송충이 등어리가 연상되리만큼 징그러운 것이 있었다.《추야장》

밍긋거리다 뭉긋거리다. 〈방언〉 ¶일 년 가까이 눈치만 보며 밍긋거리는 용갑이를 대할 때마다 그녀는 안타까워해 온 만큼이나 신경이 가외로 더 쓰였으며, 때문에 스스로 자기의 젊음을 조금씩 잃어 온 셈인지도 몰랐다.《덤으로 주고받기》

밍긋밍긋 해야 할 일이나 지켜야 할 날짜를 자꾸 뒤로 미루는 모양. ¶그 겪음 중의 한번쯤은 그 무렵에 주어질는지도 모르고, 밍긋밍긋거리며 하루에 이틀을 얹어 무심히 사흘씩이나 보내기를 당연한 짓으로 알고 있는 셈이지만《장한몽》

밍충이 빙충이. 〈방언〉 빙충맞은 사람. ¶"저런 밍충이헌티 물 받어 새끼헐래 배 났으니 아서라 아서 이년아…"《추야장》

밑구녕 동냥⑪ 자식을 두기 위해 하는 오입질을 뜻하는 상말. 〈個語〉 ¶(은돈이는)…아들 낳은 유세만 떤 것이 아니라 '오 년씩이나 지둘러두 아들을 못 보면 나가서 밑구녕 동냥을 해서래두 봐 봤으면 허는 게 남자덜 맴이 아니오' 운운하면서 남편더러 난봉을 피우라고 충동질까지 했던 것이다.《장평리 찔레나무》

밑도 끝도 없다⑳ 까닭 모를 말을 불쑥 꺼낸다는 말. ¶"아주머니요, 어려우실 텐디 제가 저만침까지만 업어다 디릴까요?" 밑도 끝도 없이 대뜸 그렇게 말하고 나니 묵은 체증이 뚫리듯, 새삼 사지에 맥이 살아나는 것 같았다.《장한몽》

밑돌 빼서 윗돌 고인다⑳ 일한 보람이 없이 어리석은 짓을 하는 경우를 비유적으로 이르는 말. ¶(산) 재벌들이 주머닛돈이 쌈짓돈이라 밑돌 빼어 윗돌 고여 가며 식당에서 첨단 제품까지 족벌 경영이 전문 경영을 압도하고,《거품과 앙금》

밑동 없는 말 이야기 도중에 문득 화제가 바뀌면서 튀어나온 다른 이야기의 말머리. ¶…씨는 불쑥 밑동 없는 말을 내놓았다. "왜정 때, 내가 조선은행(한국은행)에 댕길 적에 말여…"《관촌수필 5》

밑뜸 아래뜸. 〈방언〉 아래쪽에 위치한 마을. ¶밭마당 밑뜸, 행랑채로 남아 대복이네가 살았단 초가는 그새 주인 또한 몇 차례나 갈리었을까.《관촌수필 1》

밑마음 본심. 〈個語〉 ¶읍내의 호별 배달은 걸어야 더 편하고 빠르다며 굳이 빼기는 했지만, 그것도 그녀의 밑마음은 아니었던 것이다.《우리 동네 柳氏》

밑말 남에게 부탁을 할 때에 미리 다짐하여 일러두는 말. ¶유자한은 군턱이 미련하도록 조아리는 소동라의 머리에 대고 위엄으로 다지르면서 다시금 밑말을 심어 두는 것이었다.《매월당 김시습》

밑바대 여성의 속곳을 이르는 속된 말. 〈個語〉 ¶"…산부인과를 댕겨와서 밑바대 열구 무주 구천동 관광시켰다구 씩뚝거리는 판에 더더구나 성형외과를 보내여?…"《우리 동네 柳氏》

밑밥 물고기나 새가 모이게 하기 위하여 미끼로 던져 주는 먹이. ¶김도 황의 입질이 잦으리라 기대하며 슬며시 밑밥을 던져 보았다.《우리 동네 黃氏》

밑 빠진 독에 물 붓기⑳ 힘이나 비용을 아무리 들여도, 들인 보람 없이 헛됨을 비유하여 이르는 말. ¶"야 늬들 내장은 도대체 어떤 즘생 곱창을 이식해 넣었게 노상

처멕여두 밑 빠진 독처럼 그리 껄떡대쌓
네?"《임자수록》

밑을 닦다 '뿌리를 뽑다'를 비유적으로 이른
말. 〈個語〉 ¶…저런 배신자야말로 누굴
위해서랄 것도 없이 본때 있게 응징함으로
써 다시는 이런 뒤탈이 없도록 밑을 닦아
야 되리라고 벼르기 시작했다.《장한몽》

밑이 질기다 한곳에 오랫동안 앉아 있을
정도로 버티는 힘이 있다. 엉덩이가 무겁
다. ¶…김봉모는 밑이 질겨 줄담배를 태
워 문 채 툇마루 장귀틀 끝에 쭈그리고 앉
아 속을 끓이고 있었다.《우리 동네 黃氏》

밑절미 사물의 기초가 되는, 본디부터 있
던 바탕. ¶고맙게 한 백 순경에게 저녁
이라도 한 끼 대접하는 게 인사였고, 두고
볼 낯을 생각하면 여관 하는 함가에게도
대폿잔이나 있어야 나중에 무슨 일이 생
겨도 밑절미가 되겠던 것이다.《우리 동네
柳氏》

밑져야 본전ⓢ 어떤 일을 하다가 혹시 일
이 잘못되어 손해를 본다고 하여도 본전
은 남는다는 말. ¶…나는 지금 먹구 이따
가 뱉더래두 밑져야 본전인 겨.《장천리
소태나무》

밑짝으로 딴짝 괼 놈ⓑ 아내로 새서방 모
시게 할 놈. ¶"저런 밑짝으로 딴짝 괼 놈,
이 동네 강놈 중에 홑잠방이 안 입은 놈은
어디 있어."《토정 이지함》

ㅂ

바가지(를) 쓰다 억울한 손해를 보다. ¶모 개흥정에 바가지를 쓴 소비자들은 질이 낮은 것을 따지러 꾸역꾸역 몰려와 속을 풀고 가고《우리 동네 黃氏》

바가지(를) 씌우다 억울한 손해를 보게 하다. ¶…안양 사람이 평당 쌀 말 두 되 꼴로 가서 서울 사람에게 십만 원씩 바가지를 씌워 마차 태웠다는 함 서방네 못미처의 보리밭에서는《산 너머 남촌》

바가지(를) 차다 재산이 거덜이 나서 거지 신세가 되다. 쪽박을 차다. ¶"사포곶에서 못살게 된 건 우리뿐인개벼, 다덜 돈다발 깨나 꿍치메 사는 모양인디 우리만 바가지 차구 나스게 돼았단 말유."《해벽》

바각바각 바각거리다. ¶그때 당한 고문의 여파로 춘덕이 몸은 바각바각 부서져 있었고《장한몽》

바구미 쌀, 보리 등을 갉아먹는 해충. ¶가마니 겉에 흑임자를 뿌린 것처럼 바구미가 까맣게 기어 나오고《장한몽》

바그락바그락 물건의 낡은 모양이나 그 물건에서 나는 잡음을 이르는 말. ¶신촌 시장에서 벌전을 볼 때, 일수쟁이에게 약 조금만 걸고 월부로 내 것 만든, 바그락바그락 끌탕만 하는 라디오였다.《장한몽》

바근바근 (함부로 휘두르는 매를 많이 맞아서) 몸속의 뼈 마디마디에서 소리가 나는 듯한 느낌. ¶"삭신이 바근바근허게 처맞은 꼴이더먼유. 굴신을 뭇허고 밍그적

대더라닝께유."《관촌수필 4》

바글바글 액체가 끓거나 솟아오르는 소리 또는 그 모양. ¶우리들 손바닥만 한 빨간 등딱지의 꽃게 새끼들은 일단 그릇 속에 들어가면 기어 나올 줄을 모른 채 밥 짓는 거품만 바글바글 끓여대었다.《관촌수필 8》

바다놀 바다의 크고 사나운 물결. ¶…다랑이 잦은 논이…바다놀 같은 바람켜를 만들며 흘러가고 있었다.《관촌수필 8》

바닥쇠 그 지방에 오래전부터 사는 사람. ¶…하루에도 열두 번은 칼을 문지르던 농소 정육점의 민 영감만 해도 영두가 취학하기 전부터 여태껏 그 자리를 지켜 온 바닥쇠였고,《산 너머 남촌》

바닥(이) 나다 다 소비되어 없어지다. ¶…그녀의 묵 판은 장터까지 차례 갈 겨를도 없이 으레껀 동네에서 바닥이 났다.《관촌수필 6》

바닥이 얕은 실개천은 진주를 키우지 못한다⚞속⚟ 사람됨이 커야 품은 포부나 생각도 크다는 말. ¶(산) 바닥이 얕은 실개천은 진주를 키우지 못한다는 낚시꾼의 터득이 동갑을 해 왔던 것입니다.《지금은 꽃이 아니라도 좋아라》

바대 홑적삼·고의 등의 잘 해지는 부분에 안으로 덧대는 헝겊 조각. ¶잠뱅이 바대를 건드리는 바람마저, 여물 솥에서 새어 나오는 김처럼 살에 엉겨, 후덥지근하니

불쾌했다.《가을 소리》

바더리 쫓다가 왕퉁이한테 쏘인 꼴⑤ (바더리는 말총벌, 왕퉁이는 호박벌의 속칭으로 공격성이 있다) 작은 손해를 피하다가 큰 손해를 당했다는 말. ¶최는 부끄러웠다. 도시 사람 열이 촌 엿장수 하나만 같지 못하다고 흰소리 치고서도 코앞의 하찮은 잇속에 눈이 가려 바더리 쫓다가 왕퉁이에게 쏜 꼴을 당한 것이 못내 부끄럽던 것이다.《우리 동네 崔氏》

바둑 두다 말고 장기 벌린다⑤ (바둑과 장기는 전문가 외엔 취미와 유기의 하나지만, 진행자의 태도는 바둑 선호자가 점잖다는 것이 일반적인 인식일 터이다) 갑자기 격을 낮춘다는 말. ¶"…낚시꾼이나 수석 채집꾼보다는 우리가 나아도 열 배나 낫지 무슨 소리여." 면장갑의 말휘갑에 최는 한참이나 입 안을 더듬고 나서 시르죽은 목소리로 중얼거렸다. "바둑 두다 말구 장기 벌리네…도싯늠 열이 엿장수 하나만 못혀…"《우리 동네 崔氏》

바드득바드득 단단하고 질기거나 반드러운 물건을 자꾸 문지를 때 잇따라 되바라지게 나는 소리. 또는 그 모양. ¶(산) 복쟁이 새끼는…허연 이빨을 드러내어 앙다물고 바드득바드득 갈아 부치는 버릇이 있었다.《지금은 꽃이 아니라도 좋아라》

바득바득 어쩔 수 없도록 억지스럽게 자꾸. ¶"…받어 논 날은 바득바득 다가오구…"《못난 돼지》

바들바들 몸을 좀 작게 떠는 모양. ¶…그의 팔뚝에 튀어나온 힘줄이 새파랗게 되어 바들바들 경련하고 있었다.《생존허가원》

바듯바듯 '바듯하다'를 강조하는 말. ¶그는 그 짓으로 십여 년째나 바듯바듯 살아왔던 것이다.《장한몽》

바라지다 맞닿아 있거나 오므라져 있던 것이 갈라져서 틈이 생기다. 활짝 퍼져서 넓게 열리다. ¶경원은 진달래꽃이 흐무지게 바라진 높나직한 야산들을 차창 밖에서 문득 발견할 때,《낙양산책》

바락바락 성이 나거나 하여 자꾸 기를 쓰는 모양. ¶씻겨 주지 않아 눈을 못 뜨는 갓난것은 바락바락 울어대고 있었다.《부동행》

바람 계기나 원인이 됨을 나타내는 말. ¶아산만에 조력 발전소가 건설된다는 바람에 한때는 평택에서도 세월을 보냈으며,《엉겅퀴 잎새》

바람 발. 〈방언〉 길이를 잴 때, 두 팔을 펴서 벌린 길이. ¶"귀찮지만 미어지는 즉시 꿰매야지 내버려 뒀자 실 한 바람이라도 더 들구, 벗고 입을 게 없는 단벌 신세가…"《백결》

바람 가시 세다 '바람결이 차다'는 말. ¶"이왕 이리 되었거든, 아무런든 가리시료. 어서 이리 드우. 바람 가시 센디 우연찮이 고뿔허리라."《오자룡》

바람꽃 큰 바람이 일어나려고 할 때에 먼 산에 구름같이 끼는 뽀얀 기운. ¶하긴 근두어 파수째나 시루봉 줄기의 건넛산이 바람꽃에 흐려 보인 적이 한 번도 없었지 않았던가.《장동리 싸리나무》

바람맞이 바람을 잘 받을 수 있는 곳. ¶…사방이 싹 쓸리어 바람맞이 난달로 바뀌어 있었다.《명천유사》

바람받이 바람을 맞받거나 몹시 받는 곳. ¶(산) 들판은 어디에서 있더라도 바람받이를 면하지 못한다. 그의 시편에 바람이 그치지 않는 것도 그 때문인지 모를 일이다.《들판에 흐르는 사민의 노래》

바람 불고 자는 데 없다(속) 좋거나 좋지 않은 일이 생기는 것은 어느 곳이나 마찬가지라는 말. ¶"바람 불구 자는 디 읎다더니, 꽤구락지 보지 털 난 걸 봤나, 집은 워째서 빙깃거리메 쌩이질만 헌다나."《관촌수필 6》

바람살 바람이 부는 흐름 또는 그 기운. 〈북〉 ¶…물이 물 위에서 바람살에 따라 설레지 않는 것은 산 그림자가 먹어들어 보이지 않는 기스락도 한가지인 모양이었다.《장동리 싸리나무》

바람에 기운 산 없다(속) 의지가 굳은 사람은 세태에 흔들리지 않는다는 말. ¶"바람에 기운 산 없더라고. 난리가 얼마나 나건 우리네가 무슨 상관이여."《장한몽》

바람(이) 들다 허황한 생각이 마음에 차다. ¶…바람 든 소리를 한바탕 늘어놓고 나서 다시 노래를 불러제낀다.《관촌수필 3》

바람켜 바람결의 강하고 약함을 가늠할 수 있게 일렁이는 물결. ¶과수원 아래는 다랑이 잦은 논이 두렁마다 층지면서 물꼬가 그 아래 조무래기들이 멱 감는 개울로 모여 바다놀 같은 바람켜를 만들며 흘러가고 있었다.《관촌수필 8》

바람 핑계 구름 핑계 한다(속) 당치 않은 여러 이유를 대면서 기피한다는 말. ¶"…여적지 이리역 폭발물 사고 이재민 돕기와 연례적인 불우 이웃 돕기 성금을, 바람 핑계 구름 핑계 허구, 핑계 핑계루 밀린 분이 여간 많지 않습니다…"《우리 동네 李氏》

바래기 바라기. 음식을 담는 조그마한 사기그릇. ¶…바래기에 시래기 무쳐 장아찌 앞에 올린 상을 받더라도 허물한 적이 없었으나,《우리 동네 李氏》

바랭이 볏과의 한해살이풀. ¶…호랑이 새끼 쳐도 모르게 깃고 욱은 바랭이 개비름 따위나《우리 동네 金氏》

바르집다 숨은 일을 들추어내다. 작은 일을 크게 떠벌리다. ¶"난 어딜 가도 바른 말만 바르집는 입 땜에 사고지만, 사실 이런 데 고생은 고생이랄 것도 없는 거예요…"《우리 동네 柳氏》

바리바리 짐 따위를 잔뜩 꾸려 놓은 모양. ¶…무기와 전리품이 바리바리 실린 달구지들이 신작로로 미어지게 남녘으로 흘러가고 있었다.《관촌수필 4》

바리전 예전에 서울의 종로에서 놋그릇을 팔던 가게. ¶서는 뼈도 여물기 전에 바리전이 없는 장마다 등짐으로 다니며 노갓점을 벌여 자식 노릇을 하였는데,《우리 동네 張氏》

바빠바빠 매우 바빠. ¶…상부는 마치 귀대와 경쟁이라도 하는 양 바빠바빠 했다.《장한몽》

바심 타작. ¶"아씨, 올갈에 바심허면 오와싯쓰표 유성기 한 대만 사유. 라지요버덤 쬐끔만 더 주면 산대유."《관촌수필 3》

바심마당 타작마당. ¶그날의 그 더위는 바심마당이 패이게 쏟아지기 전에 후련할 성싶지 않게 찌고 있었다.《장한몽》

바위너설 바위가 삐죽삐죽 내민 험한 곳. ¶가끔 낚시가 바위너설이나 공사판에서 흘러들어 묻힌 철사 따위에 물려 그때마다 물속에 거꾸로 박혀 풀어내야 했는데, 밑에서 무엇이 무릎을 잡아당길 때마다, 몇 차례의 경험으로 그것이 바위너설 혹은 다른 물건인 줄 번연히 알면서도 가슴이 섬뜩하며 굳어지곤 했다.《몽금포 타령》

바위서리 바위들이 많이 모여 있는 무더기. ¶…개장지는 생땅일 뿐 아니라 그나마도 오등지면 최하질인 바위서리 비탈이요, 그야말로 쓸모라곤 없을 땅인데《장한몽》

바위츠렁 바위가 츠렁츠렁 많이 있는 험한 곳. 또는 험하게 겹겹으로 쌓인 큰 바위. ¶풍광이란 것이야말로 민생이 피폐하고 암담한 다음에는 비록 금강산의 만물상이라고 하더라도 천하제일 강산은커녕 한갓 꿈자리 사나운 바위츠렁에 지나지 않는 것이었다.《매월당 김시습》

바이없다 견줄 데 없이 매우 심하다. 어찌할 도리가 없다. ¶(인부 합숙소는)…바이없이 허접스럽고 지질한 옴팡간이었다.《금모랫빛》

바작 발채.〈방언〉짐을 싣기 위해 지게에 얹는 물건. 싸리나 대오리로 접었다 폈다할 수 있게 조개 모양으로 결어서 만듦. ¶그녀는 툭하면 입을 바작만 하게 벌려가며 요란하게 웃었는데《관촌수필 3》

바작바작 잘 마른 물건이 타는 소리. ¶(산)…양초는 눈물을 흘리면서 심지가 바작바작 타들어 가는 것이,《지금은 꽃이 아니라도 좋아라》

바장이다 부질없이 짧은 거리를 오락가락 거닐다. ¶뜰을 바장이며 봄기운을 되새기던 매월당은 문득 한 구절을 얻었다.《매월당 김시습》

바지게 발채를 얹은 지게. ¶오죽했으면 이번 장마 중 이웃 윤범이네 헛간 보릿짚을 두 바지게나 꾸어다 때어 갈자리 방바닥의 곰팡이를 막았겠는가 말이다.《그때는 옛날》

바지게 만들다 (바래를 지게에 얹으면 발채가 'V' 자처럼 벌어져서 입을 크게 벌린 모양과 비슷한 데서) 웃느라고 '입이 바지게처럼 된다'는 말. ¶"아, 송장 백정?" 마가는 입을 바지게 만들며 반갑게 받았다.《장한몽》

바탕 사물이나 현상의 근본을 이루는 것. ¶…좌절하지 않고 끈질기게 때를 기다려 온 참을성도, 바로 그때를 바탕으로 하여 쌓고 다진 의지라고 믿는다.《관촌수필 5》

바탱이 중두리와 비슷하되 아가리가 좁고 배가 더 나온, 오지그릇의 한 가지. ¶리도 걸음을 서둘렀다. 그도 찹쌀 닷 되를 식구만 알게 비벼 퇴비 속에 묻어 둔 거였다. 그러므로 바탱이는 들킬 염려가 없었다.《우리 동네 李氏》

바투 두 물체의 사이가 썩 가깝게. ¶…삭발하듯 내리 발매를 해 버려 읍내가 턱밑으로 바투 다가들 뿐 아니라,《명천유사》

바특하다 (음식의) 국물이 적어 톡톡하다. ¶…투기꾼들만 놓치지 않았더라도 바특하고 톱톱한 국물을 한 번쯤은 맛보았을 터였다.《우리 동네 柳氏》

박색이 용색(用色)이다㈜ '일색(一色) 소박은 있어도 박색 소박은 없다'는 말도 있듯이, 여자는 얼굴값을 하느라고 남자를 밝히는 것이 아니라는 말. ¶"(천문이 여편네는)…가시덤불 밑(국부)은 개구멍인데다가 한번 붙으면 열두 마당거리를 다 치러야 떨어져서 박색이 용색이라는 걸 광흥창 고지기놈들까지 죄 알게 해 줬다는 잡년 아닙니까요."《토정 이지함》

박아뜨다 똑바로 쳐다보다. 〈방언〉 ¶그
가 눈을 박아뜨면서 핀잔을 하자 그동안
용케도 참는다 싶던 고대성이가 밭은기침
으로 입을 열고 어깃장을 놓기 시작했다.
《장난감 풍선》

박우물 바가지로 물을 뜰 수 있는 얕은 우
물. ¶그는…마당 발치에 있는 박우물가
로 갔다.《장난감 풍선》

박쥐 같은 놈Ⓑ 기회주의자를 비난하는
상말. ¶"너 같은 배신자부터 없어져야 남
북통일 돼, 이 박쥐 같은 놈—."《장한몽》

반거들충이 배우던 것을 못다 이룬 사람.
¶(황은)…지금은 형제간에 의가 나서 갈
라질 때 느러니 못미처에 마련한 농사처
나 바라보며 놀미로 들어와 사는 반거들
충이였다.《우리 동네 趙氏》

반달음질 거의 뛰다시피 빨리 걷는 것. ¶
그녀는…해거름에 중 내빼듯 네 활개를
휘저어가며 맵시네로 반달음질을 했다.
《우리 동네 李氏》

반드럽다 윤기가 나고 매끄럽다. 사람됨
이 약삭빨라 어수룩한 맛이 없다. ¶사내
는 예측했던 대로 서른 안팎의 반드러운
상판이었으나, 그 옆의 여자는 잘해야 고
등학교 졸업반이나 됐을까 한 나이 어린
소녀였던 것이다.《산 너머 남촌》

반듯반듯하다 여럿이 모두 반듯하다. ¶(산)
경지 정리가 자로 잰 듯이 잘돼 반듯반듯
한 들판은 시가지를 에워싸고 있었고,《아
픈 사랑 이야기》

반면식이 과객질하러 오듯Ⓢ 떳떳하지
않은 일에는 아는 사이가 더 어렵다는 말.
¶(최 서방은)…여름도 거우듬하게 이울
어 고추가 약이 오를 만하여 반면식이 과

객질하러 오듯 해거름에 쭈뼛거리며 나타
난 적도 있었다.《명천유사》

반물색 반물. 검은빛을 띤 남빛. ¶…뒤미
쳐 총을 뻗질러 든 반물색 운동복 차림의
청년이《우리 동네 崔氏》

반미주룩하다 뱌미주룩하다. 〈방언〉 물건
의 끝이 비어져 나오려고 조금 내밀어져
있다. ¶"저 냥반이 시방 시비를 허자는
겐가 뭐여?" 오 서기가 눈을 부라렸다. 고
도 끝내 소주 두어 잔 들어간 표를 낼 셈
인지 거듭 말끝을 반미주룩하게 꼬부렸
다.《우리 동네 黃氏》

반불 원래의 절반 정도로 낮추어서 켜는
등불. ¶방 안이 어두웠다. 기름을 느루
쓰려고 심지를 바짝 줄여 반불로 켜 놓은
탓이었다.《토정 이지함》

반빗사리지다 반비알지다. 〈방언〉 땅이
약간 비탈지다. ¶꾸지뽕나무는 무쇠 막
골로 넘어가는 반빗사리진 등성이에 있어
서 토정이 처가살이를 할 때부터 눈에 익
은 고목이었지만,《토정 이지함》

반살미 신랑이나 신부를 혼인 뒤에 일갓
집에서 처음으로 초대하는 일. ¶"…필례
엄니는 다당부리진 콩나물만 한 시루 내
놓구 새 올케 반살미 받어 가서 틀렸구…"
《우리 동네 柳氏》

**반자불성(半字不城)에 일점성(一點成)이
라**Ⓢ 글자는 쓰다가 말면 아무것도 안
되지만 점은 아무리 작은 점이라도 제구
실을 한다는 말. ¶"이왕 그르친 일이지만
반자불성에 일점성이란 말두 있으니 취하
는 않갔시다. 그러나 치료비는 본인 부담
으루 헐 테니 나머지는 법적으루 허십시
오."《우리 동네 柳氏》

반주그레하다 생김새가 겉으로 보기에 반반하다. ¶"츠녀 쩍에 넘덜이 보구 반주그레허니 괜찮게 빠졌다구 허면 철읗이 좋아했더니…"《관촌수필 5》

반죽(이) 좋다 노여움이나 부끄러움을 타는 일이 없다. ¶명함은 숫기 좋고, 반죽 좋고, 붙임성 있고, 두룸성 있는 외에, 입담과 장난기와 호기심을 겸비했던 그에게 두 발에는 발동기가 되고, 두 팔에는 팔랑개비가 되어 주기에 부족함이 없었다.《유자소전》

반지기 쌀이나 어떠한 물건에 다른 잡것이 섞이어 순수하지 못한 것을 나타낼 때 쓰는 말. ¶"…보리 반지기 문내 나는 쌀이래두 보상해 주면 황감해서라두 국으로 있어라…드러."《우리 동네 柳氏》

반지레 매끄럽고 윤이 나서 반지르르한 모양. ¶그를 막아선 것은 맨드리가 반지레한 같은 또래인데《산 너머 남촌》

반질반질 윤기가 흐르고 매끄러운 모양. ¶(시) 손에는 땟국이/ 반질반질《개구쟁이 산복이》

반짝걸음 오자마자 되돌아가는 형식적인 방문이라는 말. 〈個語〉 ¶그가 보기에도 일 년에 한두 번 명절 때에나 있던 반짝걸음은, 마치 투표를 며칠 앞두고 향리에 출장 나와서 기껏 젠체하는 거드름을 피우며 저 잘났다는 자세나 실컷 하다가 훌쩍 떠나면 그만이던 공무원을 같아 아무짝에도 쓸모가 없었다.《산 너머 남촌》

반짝경기 일시적으로 매매나 거래 등의 경제 활동에서 호황 상태가 나타나는 일. ¶(산) 그런 와중에도 반짝경기가 전혀 없었던 것은 물론 아니었다.《인생살이 한 자

락만 머무는 관촌》

받걸음 '발걸음'의 잘못. ¶…그네들의 받걸음을 내남직없이 꺼렸던 것은, 농사처가 크나 적으나 양식거리가 간당거려, 난리에 죽고 반만 남은 식구나마도 살아갈 걱정이 산더미 같았기 때문이었다.《버드나무가 있는 풍경》

받자 남이 괴롭게 굴거나 부탁하는 것을 잘 받아 주는 것. ¶김은 너무 받자를 해 주면 나중에 무슨 막말을 듣게 될지 모르겠어, 애초에 다짐한 작정을 풀고 번나가 보기로 했다.《우리 동네 金氏》

발기발기 여러 조각으로 막 발기어 찢는 모양. ¶(그 완문을)…발기발기 찢어발겨 시궁창에 던져 버리고 말았다.《매월당 김시습》

발길을 끊다 발(을) 끊다. 오가지 않거나 관계를 끊다. ¶그녀는 그런 소문이 있고부터 우리 집에도 아예 발길을 끊었던 것인데, 그것은 어머니를 뵐 낯이 없다는 것이 핑계였다.《관촌수필 3》

발도 못 붙이다 '얼씬도 못 하다'를 이르는 말. ¶만약 중필이가 할 일을 다른 누가 대행한다면, 그날 밤엔 중필의 주먹에 염라국 몇 행보를 맡아 할 각오가 서 있어야 할 뿐 아니라, 다시는 선창 근처에 발도 못 붙이게 마련이었던 것이다.《두더지》

발등에 불이 떨어진다(속) 일이 몹시 절박하게 닥쳤다는 말. ¶농사처가 크나 적으나 닷새 한 파수 장날마다 돈 살 것을 목이 휘도록 가지고 나가도 발등에 불만 떨어지면 이삼백 원 아쉬워 이리저리 헛걸음질하기가 일쑤였다.《너무 밝은 달》

발떠퀴 사람이 가는 곳을 따라서 화복이

생기는 운수. ¶발떠퀴가 사나우면 가는 데마다 먹고 난 자리뿐이듯이.《산 너머 남촌》

발떠퀴가 사나우면 가는 데마다 먹고 난 자리뿐이다 마음이 불편할 때는 만나는 사람마다 불편한 사람들이라는 말. ¶발떠퀴가 사나우면 가는 데마다 먹고 난 자리뿐이듯이, 거위침을 뱉으려고 짐짓 돌아서는 순간 얼핏 영두의 시선을 끊어 간 것은 아까 버스에서 별 움둑가지 소리로 소녀한테 따리 붙이기에 바쁘던 바로 그 사내였다.《산 너머 남촌》

발목(을) 잡다 (단서나 약점 등을 이용해) 벗어나지 못하게 하다. ¶…아내는 굳이 그가 꺼리던 말만 퍼대면서 발목을 잡았다.《인생은 즐겁게》

발문 바자를 엮어서 달은 문. ¶"구우 구구…쭈우 쫏쫏 쭈…" 발문 여잡고 닭 오리를 불러내며 세어 본다.《이풍헌》 ※바자 : 대, 갈대, 싸리, 수수깡 따위로 발처럼 엮은 것.

발바닥이 안 보이게 뛴다 뜻을 이루기 위해 부지런히 행동한다는 말. 〈곁말〉 ¶"그래두 그렇지. 옆댕이서 발바닥이 안 보이게 뛰어댕긴 사람두 있는디…다들 섭섭허다구 협다구…"《우리 동네 鄭氏》

발밤발밤 한 걸음 한 걸음 천천히 걷는 모양. ¶그는 2월 초승께 볕이 하도 좋아 마당과 뜨락을 번갈아 발밤발밤 거닐면서 해바라기를 하다가 우연히 꾸지뽕나무에 눈길이 멎었다.《장이리 개암나무》

발 벗고 나서다 적극적으로 나서서 하다. ¶공원들을 대표하여 발 벗고 나선 몇 사람은 먼저 노조 집행부에 반발하였고,《우리 동네 崔氏》

발뺌 책임을 면하려고 슬슬 피하려는 짓, 또는 그 변명. ¶…사생활이 유린당하는 줄 번연히 알면서도 남의 일이나 공식적인 일에 발뺌할 줄 모른 소심함이며,《관촌수필 5》

발 뻗고 자다 곤란한 일에서 벗어나 마음 놓고 편히 자다. ¶자기 한 가정의 무사함만을 바란 것도 우스웠지만 사포곶이 이럴 바에야 어느 곳으로 간들 발 뻗고 잠자겠느냐 싶었던 것이다.《해벽》

발쇠꾼 남의 비밀을 캐내어 다른 사람에게 넌지시 알려 주는 짓을 습관적으로 하는 사람. ¶(산) 그런데 그들이 더러 발쇠꾼이나 말전주를 하여 가끔 낭패까지 보는 수가 있었음에도 오히려 의지가지 없이 된 그들의 운명적인 비극성에 관심을 갖거나,《사상기행①》

발 없는 말이 천 리 간다 말은 한번 하기만 하면 비밀로 한 말도 얼마든지 잘 퍼진다는 말. ¶동네 눈은 한마당 있고, 말은 발 없이 천 리 감을 아는 터라 구장에서 져 주기로 작정했다.《이풍헌》

발은 밟아도 신발은 밟지 마라 말이 안 되는 말이란 말. ¶"그게 바루 발은 밟아두 신발은 밟지 말라는 소리여. 웃느라구 보릿나 떠내어 도부쟁이 갈치꽁댕이래두 들여놨더라면 지관(地官) 부를 뻔했네."《우리 동네 金氏》

발을 달다 끝난 말이나 이미 있는 말에 말을 덧붙이다. ¶옹은 식성대로 음식을 시킨 뒤에 발을 달았다. "좌우간 이 집에서 비장헌 물건이 공장 출신이 아닌 건 분명협다."《산 너머 남촌》

발(을) 들여놓다 어떤 일에 관여하다. ¶…그 자신의 생활에 몰려 비록 송장 다루는 일에 발을 들였지만 그것은 결코 지난날의 업보가 아니라고 했다.《장한몽》

발(을) 디디다 어떤 장소에 처음 들어서거나 새로운 경험을 하다. ¶취직이 문제일까. 아직 막연하나마 엄청난 일에 발을 디딘 것을. 정치를, 정치가를 꿈꾸고 있으니 말이다.《장난감 풍선》

발(을) 붙이다 (일정한 곳에) 안착하여 자리잡거나 살아 나가다. 〈북〉 "…우리 같은 중산층이 많아져야 불순분자들이 사회에 발을 못 붙인다고들 하던데…"《산 너머 남촌》

발(을) 붙일 곳이 없다 발(을) 디딜 틈이 없다. 즉, 빽빽하다. ¶장마로 갇혔던 전실 자식 다섯에다 어머니가 보탠 두 애까지 올망졸망한 것들 일곱으로 문턱이 닳는 북새통이라 발붙일 곳도 없었다.《야훼의 무곡》

발(을) 빼다 (어떤 일에서) 관계를 끊고 물러나다. ¶강은 심줄이 가늘었다. 발을 빼라고 빌었다. 발을 빼지 않으면 실직 정도가 아니라, 회사를 나와 결혼을 하더라도 부모 형제는 물론 자식들에게까지 영향이 있다며 들은 대로 말했다.《우리 동네 崔氏》

발(을) 씻다 관계하던 일에서 완전히 물러나다. ¶남들처럼 생기는 것이 있는 지도 자나 한 이태 맡다가 바로 발을 씻었어도 이렇게는 아니 되었을 거였다.《그리고 기타 여러분》

발(이) 길다 먹을 복이 있다. ¶"무슨 연줄인가 했더니만 그렇게 돼서 그 노가하고 손을 잡았었구먼" "손을 잡은 게 아니라 내 발이 길었던 거지."《산 너머 남촌》

발(이) 넓다 교제 관계가 넓다. ¶생기는 것 없이 야당붙이가 되고, 따라다니다 보니 발이 넓어지고, 그렇게 지내고 있으니 씀씀이만 커지고 하여,《유자소전》

발이 익다 여러 번 다니어서 길이 익숙하다. ¶그래도 십 년을 두고 발 익은 길이라,…잘들 내닫는다.《김탁보전》

발이 효자보다 낫다俗 남이 아무리 잘 돌보아 주더라도 제 발로 직접 걸어다니면서 처리하는 것이 낫다는 말. 발이 맏아들보다 낫다. ¶"게는 그새 잠을 내났나?"라는 유가 먹고 난 자리를 훑어보며 틈서리에 끼어 앉았다. "나는 발이 효자닝께." 유가 식혜 한 모금으로 입을 가시며 대꾸했다.《우리 동네 李氏》

밝히다 ① 자지 않고 밤을 새우다. ¶김은…문득 간밤에 꿈자리가 어지러워 선잠으로 날 밝힌 일에 무르춤했다.《우리 동네 金氏》 ② 주접스러울 정도로 욕심을 내고 또 즐기다. 바치다. ¶(그선이는)…계집을 너무 밝혀서 마땅찮으나 아직은 실수가 없었다.《야훼의 무곡》

밤 삶거나 구운 고구마 가운데에서 군밤이나 삶은 밤처럼, 녹말 성질이 밀집되어 있는 부분을 이르는 속어. ¶(고구마)…자잘한 놈은 밤도 없고 질컥하며 지린 맛이지만, 지치러기는 으레 제 몫인 줄 알고 있다.《담배 한 대》

밤느정이 밤나무의 꽃. 밤꽃. ¶염소 우리 슬레이트 지붕 위에는 밤느정이가 지면서 볕에 타 송충이처럼 까칠하게 오그라든 채 시커멓게 뒤덮여 있었다.《관촌수필 8》

밤 도와 밤 동안을 이용하여. ¶…읍내에 상주했던 공작 대원들이 출장이니, 파견이니 하는 명목으로 슬금슬금 밤 도와 북행한 건 사나흘 전이었다.《장한몽》

밤물잡이 밤에 물고기 따위를 잡는 일. ¶…마치 후풍을 지고 밤물잡이 가는 낚싯배처럼 강심을 가로 긋고 있었다.《매월당 김시습》

밤송이 우엉송이 다 까 본다㊂ 안 해 본 일이 없이 다 해 보았다는 말. ¶"나도 서울 와서 맨손 하나로 밤송이 우엉송이 다 까 봤지만, 결국 만만한 데다 말뚝 박는다고 직업은 역시 제 직업이 젤이라구."《산 너머 남촌》

밤이 길면 꿈도 길다㊂ 어려운 처지에 놓일수록 바라는 바가 많다는 말. ¶밤이 길면 꿈도 길다지만, 꿈이란 것도 잠을 자는 것으로서 시작의 유무가 있는 것이고 보면, 그들은 꿈을 꿀 수 있는 소지마저도 마련된 처지가 아니었다.《매월당 김시습》

밤저녁 잠자리에 들기 전의 그다지 늦지 않은 밤. ¶단오 무렵에는 동네 사람들이 밤저녁에 떼 지어 몰려가 화래질을 해서 반찬을 장만하는 것이 큰 행사였는데《장석리 화살나무》

밥 굶느니보다 떡 굶는 게 낫다㊂ (여자 관계의 경우) 연인과의 관계가 여의치 않은 것보다, 뜨내기 여자와의 관계가 여의치 않은 것이 낫다는 뜻의 상말. ¶"다행이구 요행이구만그랴, 한 번 먹구 나면 두 번 입맛 없을 텐데…밥 굶느니보다 떡 굶는 게 낫잖여…" 했다.《금모랫빛》

밥도 아니고 죽도 아니다㊂ 이것도 아니고 저것도 아닌 얼간이라는 말. ¶…남의 집 자식들처럼 그런 걱정은 덜어 준 대신 밥도 아니고 죽도 아니고, 아니기로 말하면 그야말로 아무것도 아닌 일에 미쳐 돌아가는 것이 사람을 환장하게 하는 것이었다.《그리고 기타 여러분》

밥 먹는 놈이 떡 먹고 죽 먹는 놈이 물 먹는다㊂ 가진 사람은 더욱 부자가 되고 못 가진 사람은 더욱 가난해진다는 말. ¶"냄의 짐작 팔십 리가 내 가늠 칠십 리여. 맨날 밥 먹는 늠이 떡 먹구, 죽 먹는 늠이 물 먹긴디 뭘 그러나."《우리 동네 趙氏》

밥 먹다가 돌 고르는 시늉을 한다㊂ 곤경에 처하면 짐짓 판전을 보아 정면 충돌을 피하라는 말. ¶매월당은 손순효만을 겨누어서 한 말이 아니었으나 손순효는 금방 수긋해지면서 밥 먹다가 돌 고르는 시늉을 하는 것이었다.《매월당 김시습》

밥 먹듯 하다 예사로 자주 하다. ¶그는 현역으로 있을 때도 일쑤 밥 먹듯이 읊조려 온 말이 두 마디 있었다.《엉겅퀴 잎새》

밥 먹을 때에는 개도 아니 때린다㊂ 아무리 큰 잘못이 있더라도 밥을 먹거나 무엇을 먹고 있을 때는 때리지 말고 꾸짖지도 말라는 말. ¶상배는 욱하려는 성미를 참았다. 개라도 밥 먹을 땐 건드리지 않는다던데 이럴 순 없다 싶어 내지르려 한 성미였다.《장한몽》

밥 빌어다가 죽 쑤어 먹을 놈㊖ 성질이 게으른 데다가 지견마저 없는 어리석은 사람을 두고 이르는 말. ¶"…어이구 복장 터져. 도대체 워느 모이를 잘못 써서 저런 밥 빌어다가 죽 끓일 물건이 나왔는지 몰러."《장곡리 고욤나무》

밥술이나 먹다 경제적으로 안정되다. 사는 형세가 그런대로 여유가 있다. ¶“저런 거라도 하나 있으면…하나 마련해 보지 그래? 값이 어떤진 모르지만 요샌 나도 밥술이나 먹으니까…” 도와주겠다는 투다. 《이삭》

밥 얻어다 죽 쑤어 먹는다(속) 게으른 데다가 소견마저 없는 어리석은 사람. 여기서는, 게으르고 어리석어서 제 것도 못다 챙기고 큰 손해를 보았다는 뜻으로 쓰임. ¶“소 쪼간에 밥 읃어다 죽 쒀 먹게 생겼유.” 《초부》

밥을 먹다 수입원을 통해 생활하다. ¶“…그러니까 벌써 사 년 만이군. 김 형도 어떻게 밥을 먹고 살아얄 텐데…미안해. 내가 도움이 못 돼서.” 《생존허가원》

밥 찾다가 죽 대접을 본 상판(속) 기대만 못한 결과에 실망한다는 말. ¶문정의 말에 의곤이는 밥 찾다가 죽 대접을 본 상판으로 이맛전부터 으등그렸다. 《산 너머 남촌》

밥통가리 ‘밥통’을 속되게 이르는 말. 〈방언〉밥만 축내고 제구실도 못 하는 사람을 비난조로 이르는 말. ¶“…그 밥통가리두 제 놈의 죄가 있어 노니께 시초 살어 볼 맴두 안 처먹었던개비데유…” 《장한몽》

밥풀눈 눈꺼풀에 밥알 같은 군살이 붙어 있는 눈. ¶“…아내의 질척해진 밥풀눈이 곁눈으로 보이자 황 씨의 버럭, 《암소》

방귀깨나 뀌고 산다(비) 행세하고 사는 것을 속되게 이르는 말. ¶“그런디 워떤워떤 것들이 출마를 허겠다는 겨?” 정이 물었다. “수두룩혀. 방구깨나 뀌던 늠은 다 못 참는 모냥이라. 돌어댕기는 소문은 여남은 가까이 된다나 보던디…” 《우리 동네 鄭氏》

방울방울 방울마다 모두. ¶(산)…밤마다 별들은 눈물처럼 쏟아져 내리고 고개 들며 머리 숙여 들이쉬고 내쉬는 한숨에 방울방울 꺼져 가던 수많은 이슬…《아픈 사랑 이야기》

방짜 아주 좋은 사람을 속되게 이르는 말. ¶“…인물두, 번번허구, 그 살림에 메누리 하나는 방짜루 은었던디.” 《관촌수필 2》

밭가리 밭둑. ¶홍은 그러면서 회관 마당을 스쳐 가는 마을 초입 진근네 밭가리를 턱으로 가리켰다. 《우리 동네 黃氏》

밭걷이 밭에 심었던 작물을 거두어들이는 일. ¶(그녀는)…무리 때 쏟아져 나오는 잡살뱅이 밭걷이들을 받아 되넘이한 관계로, 열무단이라도 솎아 씀씀이해 본 이면 대개 모를 수가 없는 처지였다. 《우리 동네 鄭氏》

밭곡 밭에서 나는 온갖 곡식. ¶“거칠게 두 번 매 주며 먹어두 곱게 한 번 매 주면 못 먹는 게 밭곡이라는 걸 모르는 사람 말허듯기 허네그랴…”《장이리 개암나무》

밭다 (길이가) 짧다. ¶(시) 키다리 수수이삭/ 긴 목을 숙였다./ 난쟁이 밭벼이삭/ 밭은 목을 숙였다.《가을하늘》

밭은기침 소리도 크지 않고 힘도 과히 들지 않으며 자주하는 기침. ¶잠깐 말이 틈난 사이 희찬은 밭은기침으로 인기척을 냈다.《관촌수필 8》

밭은숨 헐떡이는 숨. ¶문정은 등성이 마루를 허위넘자 밭은숨을 대강 끄고 자전거에 올라앉았다.《산 너머 남촌》

밭(이) 다르다 배(가) 다르다. 즉 아버지는 같고 어머니가 다르다. ¶상배는 초순이를 볼 적마다 매양 같은 생각을 했다. 한

득이 삼 형제와는 밭이 다른 이복 동기간
이라고는 하지만 그렇게 다를 수가 없었
다.《장한몽》

배가 남산만 하다⊛ 배가 부르다는 말이
니, 즉 임신한 여자의 배를 두고 이르는
말. ¶"츠녀 배가 남산만 헌 것 보구두 모
르쇠 허란 말이냐? 넘은 다 아는디 니년
만 모르는 게 딱해서 니년한테 들어가라
구 그랬다."《관촌수필 8》

배(가) 맞다 남녀가 남모르게 서로 정을 통
하다. ¶애 없다고 소박맞아 온 역말 댁이
탁보와 배가 맞은 건, 같은 처지로 불쌍해
진 사람끼리 서로 의지해 가며 살아 보자
는 데에 있었다.《김탁보전》

배(가) 아프다 남이 잘되는 것에 심술이 나
고 속이 상하다. ¶(남병만은)⋯쓰잘 것
없는 돈 몇 푼에 양수기를 세운 것이 배
아파서, 머리가 벗어지는 땡볕도 아랑곳
없이 지켜 앉아 양수기 곁을 떠나려 하지
않고 있었다.《우리 동네 金氏》

배급쌀로 개떡 쪄 끼니 에듯 한다⊛ 절박
한 때에 어렵게 얻은 도움조차도 제대로
활용하지 못하고 흐지부지 처리하는 모양.
¶"일을 했어? 배급쌀루 개떡 쪄 끼니 에
듯 허다 만 것두 일헌 게라는 거여? 돈 달
랠 염치 있는 게 용혀다."《금모랫빛》

배꼽장단⊞ 방사(房事).〈個語〉¶"쳇, 퍼
내질러 놓은 것두 고작 걸레 쪼가리나 줏
어다 입히는 겟덜이 그 난리통구리에두 배
꼽장단은 처가지구설래미⋯"《명천유사》

배내털도 덜 벗었다⊛ 아주 어린 사람이
란 말. ¶잘됐어야 올 들며 스무남은이 될
랑말랑한 두 청년이 새 오토바이 두 대에
미처 배내털도 덜 벗은 처녀를 하나씩 달

고 들이닥친 것은⋯저녁 술참 때였다.《우
리 동네 崔氏》※배내털 : 뱃속에서 아이
가 자라날 때 돋은 털.

배냇적에 간수 먹을 놈의 자식⊞ [간수
는 염전에서 소금을 구워 습기를 제거하
는 과정에서 생기는 쓰고 짠 검은색의 물
(염전 용어). 예전에는 이 물을 마시고 자
살을 꾀하거나, 태아의 낙태를 노렸으므
로] 태어나지 않았어야 할 사람이라는 뜻
의 욕설. ¶"뭣이 워쩌? 이런 배냇적에 간
수 먹을 늠의 자식—"하며 황이 박차고
일어서는 것을 계장이 잽싸게 끌어 앉혔
다.《우리 동네 黃氏》

배돌다 한데 어울리지 않고 동떨어져 행동
하다. ¶영두는 여전히 아닌 보살 하고 금
밖으로만 배돌았다.《산 너머 남촌》

배동 벼가 알을 배어 이삭이 나오려고 대
가 불룩하여지는 현상. ¶가물 타지 않던
가뭄에도 대를 세우고 배동이 설 잡곡이
나 갈아먹도록 돼 있었다.《해벽》

배동 오르다 이삭이 패려고 대가 볼록해
지다. ¶⋯어느 세월에 배동 오르고 패어
풋보리죽이나마 양을 채우게 되는지 막연
한 판이었다.《관촌수필 2》

배라먹을 년⊞ 빌어먹을 년.〈방언〉¶"동
생이라뇨?""동생이라뇨? 명님인가 뭔가
그 배라먹을 년 말야."《장한몽》

배래 육지에서 멀리 떨어진 바다 위. ¶⋯
배래 위에 일은 까치놀처럼 희번득여 눈부
신 변차섭이네 비닐하우스에서는,《우리
동네 崔氏》

배를 채우다 배를 불리다. 배가 부르게 하
다. ¶진잎에 된장기 하여 국물로 배를 채
우고, 밀기울로 개떡을 쪄서 요기해서라

도 주려 죽었다던 사람은 없었던 것이다. 《관촌수필 2》

배리배리하다 배틀어질 정도로 야위고 연약하다. ¶그는 잔주접까지 떨어 배리배리한 귀영의 팔뚝을 쓸어내리며 자랑스럽게 지껄인다. 《이삭》

배맡 뱃도랑. 〈방언〉 선박의 건조나 수리 또는 짐을 싣고 부리기 위한 설비. ¶(진동항아리를)…갖은 나무새와 함께 솥단지째 배맡으로 지고 나가 갯물에 쏟으며 액운이 물러서길 정성껏 축수하곤 했던 것이다. 《해벽》

배메기 지주가 소작인에게 소작료를 수확량의 절반으로 매기는 일. ¶남의 농사를 얻어 짓지 않으면 양식도 못 하던 영세 농민들이 이제는 오히려 대농에게 배메기로 땅뙈기를 내주고 있었다. 없는 집이 있는 집에 땅을 빌려주고 반타작을 하면 그만큼 이로움이 있기 때문이었다. 《우리 동네 姜氏》

배보다 배꼽이 더 크다㈑ 기본이 되는 것보다 덧붙이는 것이 더 많거나 큰 경우를 비유적으로 이르는 말. ¶"…짧은 해에 오고 가고 하면 한나절인데, 망건 쓰다 장파하는 것도 그렇지만 해 봤자 배보다 배꼽이 더 크겠다구요. 집어치울 수 있으면 집어치우세요." 《장한몽》

배부른 소리(를) 하다 부족함이 없는 관계로 남의 사정을 잘 모르고 이야기를 하다. ¶"…사위 딸내미가 죽을 채워도 남만 못해 의 상한 집이 지천인데, 그런 사람들은 다 어디 두고 내가 쓸쓸해? 나는 그런 배부른 소리 모른다." 《변 사또의 약력》

배부른 흥정㈑ 아쉬움이 없어 급히 서두르지 아니하고 배짱을 튕겨 가며 마음에 차면 하고, 싫으면 아니하는 흥정. 또 이런 식으로 일을 처리하는 것을 말함. ¶김은 배부른 흥정하듯 시부정찮은 내색을 하며 남의 일처럼 건성으로 중얼거렸다. 《우리 동네 金氏》

배쑥 '배슥'의 거센말. 〈방언〉 어떤 일에 대하여 탐탁하게 여기지 않고 자꾸 베돌다. ¶…그래도 만선이가 된 놈 같아 지낼 만했다. 배반하고 배쑥 돌아선 넉필이놈을 건지러 발 벗고 나선 것 한 가지를 봐도 그렇다. 《야훼의 무곡》

배 아파하다 샘, 질투 따위를 내다. ¶그래도 흥, 내가 된 걸 배 아파할 놈이 있거든 실컷 하래라, 최 노인은 콧방귀를 뀌었다. 《이 풍진 세상을》

배알도 없다㈑ 오기가 없다. ¶"봐라, 자네 그러다가 다칠라. 누구는 밸이 없어 참는 줄 아나?…"《변 사또의 약력》

배알이 뒤틀리다㈑ 배알이 꼬이다. 비위가 거슬려 아니꼽다는 말을 속되게 이르는 말. ¶선출이는 밸이 틀려 더 이상 누워 있을 수가 없었다. 《암소》

배운 도둑질이다㈑ 한번 든 버릇은 버리기가 매우 어렵다는 말. ¶"요새두 글 많이 쓰남?" 친구는 건성으로 해 보는 소리처럼 목소리가 묽었다. "배운 도둑질이 그게니께…그런디 요새는 쓸 거리가 옰어서 골치여." 《부끄러운 이야기》

배지 '배'를 비속하게 이르는 말. ¶"…우리가 한두 늠 배지 불리자구 출자헌 게 아녀…"《우리 동네 黃氏》

배짱(이) 맞다 서로 뜻과 마음이 맞다. ¶저나 내나 돈 보고 하는 일인데 하는 전제

아래, 조금만 비위가 거슬리고 배짱이 안 맞아도 벌써 몇 차례의 태업은 치렀을 일이던 것이다.《장한몽》

배차기 배참.〈방언〉¶…그녀는 오기와 배차기로 장날이면 일부러 장에 나와 젓갈치 꽁댕이나 꽁치 뭇을 사들고 들어가고 더러는 고깃칼도 들여다 먹었다.《관촌수필 3》

배참 꾸지람을 들은 화풀이를 다른 데다 하는 일.¶"명사십리 해당화는 명년 이때에 핀다고나 하지…벌써 졸렸어요." 꽈배기근이나 먹은 것처럼 영두는 잔뜩 비꼬인 말투로 배참하듯이 중얼거렸다.《산 너머 남촌》

배추밑 도리듯 한다 정이나 인연을 미련없이 떨쳐 버리는 모양.¶그는 내려가고 얼마 안 있어 관촌부락도 배추밑 도리듯 하고 떴는데, 그가 옮겨가 똬리를 틀고 눌러앉은 곳은 관촌에서도 이십 리나 나간 월곡면 알바다였다.《관촌수필 8》

백년 천년 못 썩을 놈 죽은 뒤에도 흙으로 돌아가지 못할 만큼 불행이 이어지리라는 상말.¶"…이 백년 천년 못 썩을 늠아. 이렇게 갈라면 진작이나 가지—"《관촌수필 6》

백성의 마음이 하늘의 뜻이다 인심이 천심이다.¶…백성의 마음이 하늘의 뜻이라는 옛말이 아직도 여항에 살아 있음을 보면, 곽산 박신검이의 막장도 머지않았음을 아울러 짐작할 수 있었다.《곽산 기생 보름이》

백약이 무효 되지도 않을 일에는 아무리 좋은 것을 다해도 소용이 없다는 것을 한문투로 이르는 말.¶신경정신과 전문의도 좀체로 병명을 잡아내기 힘든 거였

다. 의과대학에 다니며 김외과에 조수로 있을 때 같은 환자가 둘인가 왔었지만 되돌려 보내는 수밖에 없었다. "집구석 한번 우습게 망했어. 백약이 무효라구." 우길은 진달래 담배를 피우면서 최의 탄식을 들어주었다.《생존허가원》

백지장도 맞들면 낫다 아무리 쉬운 일이라도 서로 힘을 합쳐 하면 더 쉽게 할 수 있다는 말.¶"그럴수록이 혼자 힘으론 개집 짓다 토끼장 만드는 꼴이 될 테니까. 있는 힘은 서로 모아가지고 추진합시다." "백지장도 맞들면 낫다니까."《장한몽》

백차일 치듯 흰옷 입은 사람들이 매우 많이 모인 모양을 이르는 말.¶절 밖으로 나오니 나이가 있는 아낙네들이 사방에 백차일 치듯 퍼져 있는데《산 너머 남촌》

밴대보지하고 씹을 하면 삼 년간 재수가 없다 음문에 털이 없으면 성감이 좋지 않대서 나온 말.¶"…저늠의 지집이 백판이던가베…쯧쯧쯧…거 한번 보면 삼 년 재수 없는 것을 사다 뭣에 쓰는고, 어험, 험—"《오자룡》

밴대질 여자끼리 성교를 흉내내는 짓.¶"면장 쳇것이면 면민들 앞에서 위신 좀 지키셔. 서른 과부에 밴대질루 늙은 년들 시켜서 관광 회원권 팔어먹는 게 대관절 누구여?…"《우리 동네 姜氏》

밴댕이 창사구 같은 소가지 소견이 좁고 옹졸한 사람이라는 말.¶"…저이는 개지랄 같은 승질머리허구 밴댕이 창사구 같은 소가지 빼면 암껏두 읊는 지랄 창고여…"《명천유사》※창사구 : 창자.〈방언〉

밴댕이 창새기만 하다 속이 좁고 못나다.〈個語〉¶"…밴댕이 창새기만 헌 소갈머

리두 옳어가지구, 보리때 지났다구 보리 쌀 한 말 모조 받으러 댕길 텨?"《우리 동네 黃氏》 ※창새기 : 창자. 〈방언〉 밴댕이 소갈머리 : 아주 좁고 얕은 심지(心地).

밴 아이 사내 아니면 계집이지 송　앞으로 결정될 일이 둘 중에 하나일 때 이르는 말. ¶"모르겠네. 아무케나 자네가 두루 분별해서 허게." "반심하기는 늦었으니 밴 아이 머스매 아니면 계집애겠지."《산 너머 남촌》

밸이 곤두서다 비　속이 뒤집히다. 〈방언〉 ¶이웃 간에 그러면 안 되는 줄 알면서도 강은 밸이 곤두서는 바람에 비웃음을 조심하지 못했다.《우리 동네 姜氏》 ※밸 : '배알'의 준말. 속이 뒤집히다 : 비위가 상해서 구역이 날 듯하게 되다. 몹시 아니꼽게 느껴지다. 〈연〉

밸이 꼬이다 비　비위에 거슬려 몹시 아니꼽게 느껴지다. ¶…긍식은 불쾌감을 받았다. 밸이 꼬여 그대로 있을 수가 없었다.《장난감 풍선》

밸이 뒤틀리다 비　비위에 거슬려 아니꼽다. ¶최는 더욱 밸이 뒤틀려 그냥 성질을 내었다.《우리 동네 崔氏》

뱃구레 (사람이나 짐승의) 배의 통. 또는 그 안.¶턱을 맞고도 마가는 상필의 뱃구레를 발로 힘껏 내질렀고, 상필은 뱃구레를 되게 질린 대신 마가의 왼쪽 눈자위와 오른쪽 관자놀이를 연거푸 두 대 갈겼다.《장한몽》

뱃사람이 섬사람더러 상스럽다 한다 송　서로 비슷한 처지끼리 상대방을 자기만 못하게 여긴다는 말. ¶…그녀가 남을 험구하면 듣던 사람들은 "뱃것이 슴것더러 상것이란다더니면…" 뱃사람이 섬사람더러 상스럽다 한다는 뜻으로 씩둑깍둑해 가며 말 같잖아 하였다.《관촌수필 4》

뱅뱅 요리조리 자꾸 돌아다니는 모양. ¶별똥별이 길을 잃어 허공에서 뱅뱅 돈다.《야훼의 무곡》

버겁다 물건이나 세력 따위가 다루기에 힘에 겹거나 거북하다. ¶언덕은 썩 가파랐으나 마루까지 기어오르는 데는 그리 버거울 것이 없었다.《매월당 김시습》

버그러지다 ① 일이 틀어지다. ¶함께 모를 심기로 한 김승두네 일이 갑자기 버그러지는 바람에 그리로 갔다가 품 멘 학생들이 모두 이리로 넘어와 합솔된 거였다.《우리 동네 鄭氏》 ② 짜임새가 물러나서 틈이 벌어지다. ¶…마을의 곳집을 고친다거나 봇둑 보수가 있게 되면 으레 석공이 앞장서 나서야만 버그러지고 뒤틀림이 없었다.《관촌수필 5》

버금 다음 되는 차례. ¶그것은 왕소나무의 비운 버금으로 가슴을 저미는 아픔이었다.《관촌수필 1》

버긋하다 맞붙인 틈이 조금 벌어져 있다. ¶…나는 버긋하게 지쳐 놓은 대문을 돌쩌귀 소리 안 나도록 조용히 여닫으며 들어가 이내 곤한 잠에 떨어져 버렸다.《관촌수필 5》

버네버네 '돈을 계속 벌어들인다'는 말의 변어. ¶"버네버네 해싸메, 벌어서 다 뭣하구 지름 한 병 못 사 두네?"《김탁보전》

버덩 높고 평평하여 나무는 없이 풀만 우거진 거친 들. ¶…그 왕소나무는 철로와 신작로가 가장 가까이로 다가선, 잡목 한 그루 없이 잔디만 펼쳐진 펑퍼짐한 버덩

위에서 사백여 년이나 버티어 왔던 것이다.《관촌수필 1》

버드름하다 밖으로 조금 벋은 듯하다. ¶…까마귀가 상엿집이 건너다보이는 서낭 모퉁이께의 버드름하게 쓸린 꾸지나무에 앉아서 까옥까옥하고 짖어댈 때마다.《더더대를 찾아서》

버렁 빠지다 크게 손해 보다. 〈방언/곁말〉 ¶"…동넷일 본다구 네미 부녀회에 술빚만 한 삼태기 지구, 나만 버렁 빠지네…"《우리 동네 黃氏》

버력 광산이나 탄광에서 광물을 캘 때 나오는 쓸모없는 잡돌이나 잡것. 〈북〉 ¶(그는)…골재로 들여온 것이면 자갈 한 개 버력 한 줌도 허실이 되는 것을 용납하지 않았다.《변 사또의 약력》

버르장머리 '버릇'을 속되게 이르는 말. ¶"…그것덜은 위짝 밑짝이 타겨두 워쩌면 주뎅이 버르장머리 없이 놀리는 것까장 빼다박었는지 물러…"《장평리 찔레나무》

버르적거리다 어려운 일이나 고통스러운 고비를 헤어나려고 팔다리를 내저으며 몸을 자꾸 움직이다. ¶문정은 고통으로 버르적거리는 그녀의 아래를 보자 눈앞이 천길 낭떠러지였다.《산 너머 남촌》

버리적거리다 버르적거리다.〈방언〉 ¶(용모는)…손에 쥐고 있던 꿩보다도 바닥에 묶여 버리적거리는 것들에게 정신을 팔고 있었다.《관촌수필 7》

버림치 못 쓰게 되어 버려 둔 물건. ¶황 선주라면 느티울에선 버림치로 치부하여 진작 제쳐 둔 인간이었지만 이재에 밝고 돈푼이나 만지기로는 면내에서도 엄지손가락에 꼽힌다는 작자였다.《우리 동네 黃氏》

버성기다 두 사람의 사이가 탐탁하지 않다. ¶그와는 그길로 반년 남짓 버성긴 사이로 지냈으나 본래가 구순하던 처지도 아니고 보니 아쉬울 것은 별반 없었다.《강동만필 2》

버적버적 버적거리는 소리. ¶…버적버적하며 난데없이 장화 발자국 소리가 가로막는 바람에《금모랫빛》

벅굴 굴조개의 하나. ¶…어느 바위 밑엔 벅굴이 많이 돋으며.《추야장》

벅벅 세게 자주 긁거나 문대는 소리. ¶"원체 논바닥에 들앉어서 게 좀 벅벅 닦구가…"《우리 동네 金氏》

번개 없는 천둥 (속) 생각보다 쉽다는 말. ¶…주인마누라는 그만하게 번개 없는 천둥으로 멎은 것만 고마워서, 집 앞까지 따라나가 조 순경을 바래다주고 들어오더니《산 너머 남촌》

번갯불에 바늘귀 꿰듯 (속) 행동이 매우 민첩하다는 말. ¶그네들은 담요 한 장을 말아 옆구리에 낀 채 솔푸데기나 귀리밭 두덩에서 어정대다가는, 작업 나온 군인들을 호려, 마치 번갯불에 바늘귀 꿰듯 무시로 '울릉굴'을 여닫고 몇 푼씩 받아 연명하던, 악마구리 같긴 하되 측은한 무리들이었다.《다가오는 소리》

번거들리다 '번들거리다'의 잘못. ¶…늪이 뒤척여 잔너울이 번거들리는 눈치가 보이면, 덩달아 한 송이 두 송이씩 흰 눈은 부서져 희끔거리며 내려앉고 있었다.《오자룡》

번놓다 벋놓다. ¶번놓고 있던 그가 아내에게서 들은 말을 무심히 옮기자 아버지는 섭섭하게 들릴 지경으로 냅다 퉁바리

를 놓았다. 《산 너머 남촌》

번드름하다 번드레하다. 〈방언〉 ¶ 번드름한 외양으론 헌다는 신사면서도 그의 얼굴 인상이나 눈동자로 봐선 어쩐지 듬듬하니 기품이라곤 없어 보이던 것이다. 《낙양산책》

번드시 '번듯이'의 잘못. 여기서는, 비뚤어지거나 기울기가 굽지 않고 바르게의 뜻으로 쓰임. ¶ "너는 뭣이 틀려서 그러고 잔뜩 부르터 있니? 번드시 비껴 앉았지 말고 자세나 바로 하려무나." 《그리고 기타 여러분》

번들이다 번서게 하다. 번차례로 지키게 하다. ¶ 요상이와 요명이를 번들여 놓고부터 계속됐으니 밤과 낮을 거꾸로 세기 시작한 지도 퍽 오래된 셈이었다. 《해벽》

번을 들다 번차례로 한다는 말. 〈個語〉 ¶ 봉득이가 번을 들자 그녀는 거듭 외제를 추어대었다. "승수 아버지는 수입 자체 트집을 하고 싶으신 모양인데, 그럴 것도 아니에요…" 《산 너머 남촌》

번주그레하다 생김새가 겉으로 보기에 반반하다. ¶ "…땅이 묵혀서 묵기는 해도 번주그레헌 바닥 내놓고 놀던 땅은 읍데나." 《오자룡》

번쩍번쩍 ① 여러 번 번쩍 드는 모양. ¶ "커다란 집채도 번쩍번쩍 들어엎는다고 합디다." 《장한몽》 ② 번쩍거리는 모양. ¶ 십자가는…번쩍번쩍 눈을 부셔가며 나가다가 저만치 아카시아 숲속에 처박혔다. 《장한몽》

번하다 ① 병세가 조금 가라앉다. ¶ …찜질을 한다. 침을 맞는다 혼자 애말랐고, 번한 듯하여 리어카를 잡을라치면 다시

도지곤 해서, 소대설 그 추위에도 아랫목에 허리 한번 편히 지져 보지 못했던 것이다. 《백결》 ② 어두운 가운데 조금 훤하다. ¶ …빈속임에도 더러 눈이 번한 날은 가재 잡기와 칡뿌리 캐기로 해동갑을 해 가며 견디어 냈던 것이다. 《우리 동네 張氏》

벋나가다 옳은 길에서 벗어나 잘못된 행동을 하다. ¶ 그는 아이들 일이라면 대책이 막연했다. 설령 벋나가고 드티는 자식이 생기더라도 떳떳이 타이르거나 되게 잡도리하여 다스릴 자신이 없던 것이다. 《우리 동네 崔氏》

벋놀다 따로 벗어나서 행동하다. ¶ "저 애가 왜 저렇게 점점 벋놀까. 점점 잘돼 간다니까." 《장한몽》

벋놓다 다잡아 기르거나 가르치지 아니하고, 제멋대로 올바른 길에서 벗어나게 내버려 두다. ¶ 정이 벋놓인 것을 두고 속내 모르는 사람들은…분수를 잊고 허황한 망상과 겉멋에 들떠 갈피 없이 허둥대는 건달로 여기려 들었다. 《우리 동네 鄭氏》

벋버듬하다 말이나 행동이 좀 거만하다. ¶ 안은…벋버듬하게 벋나간 쪽을 흑보기 눈으로 어루더듬으려 했다. 《우리 동네 姜氏》

벋장대다 벋대다. 순종하지 아니하고 고집스럽게 버티다. ¶ 고봉은 여전히 벋장대는 말을 서슴없이 하였다. 《토정 이지함》

벌거우리하다 은은히 도는 빛깔이 벌겋다. ¶ …명개 바닥이 벌거우리하게 드러나기 시작한 것도 지룡산 개울이 죄다 장승저수지에 갇힌 탓이었다. 《우리 동네 金氏》

벌떠구니 벌판. ¶ …자고 새면 어제가 옛말이 땅값이었고, 그중에서도 읍내를 에

워싼 벌떠구니의 깊드리 논밭들은 정신
나간 사람이 귓결로 들어도 하품이 나올
만큼이나 대중을 못하게 뜀박질이 심했
다.《우리 동네 張氏》

벌떡증 화가 벌떡벌떡 일어나는 증세. ¶
때때로 부아가 치밀고 벌떡증이 도지면
새삼스럽게, 이게 다 누구 탓이냐 하는 신
경질이 일지 않는 것도 아니었지만,《우리
동네 鄭氏》

벌벌 재물 따위를 몹시 아끼는 모양. ¶"…고
리대금 해서 해포에 논 댓 마지기씩 늘이는
이가 이재민 돕기 쌀 두 됫박이 저기해설랑
벌벌 떨구…"《우리 동네 黃氏》

벌씬벌씬 (남의 눈치를 보지 않고) 액체를
시원스럽게 들이마시는 모양. ¶옹점이
는…자리끼 숭늉 대접을 벌씬벌씬 들이마
시고 있었다.《관촌수필 5》

벌전 난전. 허가 없이 길에 함부로 벌여 놓
은 가게. ¶벌전이 그 지경이면 싸전이나
쇠전은 더욱 한심한 법이었다.《다가오는
소리》

벌집 내다 (집중 사격을 하여) 벌집같이 만
들다.〈個語〉¶구는 마음만 같았어도 그
자리에서 쏘아 버렸을 거였다. 묵직한 탄
창이 껍질만 남도록 퍼부어 황의 몸뚱이
를 벌집 내주고 싶었다.《장한몽》

벌집을 쑤셔 놓은 것 같다㊂ 큰 소동을 일
으켰다는 말. ¶"국방군이 밀고 올라온답디
다. 벌써 천안을 떠났다드만요." 상배가 그
말을 듣고 집으로 달려왔을 때 집 안도 온
통 쑤셔 놓은 벌집이 돼 있었다.《장한몽》

벌창 물이 넘쳐흐르는 것. ¶장마철만 돌
아오면 으레껀 물마져서 벌창 나던 진퍼
리 수렁 바닥을 두렁하여 논으로 바꾸기

도 하고,《오자룡》강물이 벌창하여 진펄
을 삼킨 탓이었다.《매월당 김시습》

벌컥벌컥 자꾸 급작스럽게 화를 내거나 기
운을 쓰는 모양. ¶찬섭은 냉수를 벌컥벌
컥 들이켰다.《지혈》

범장대다 '벋장대다'의 잘못. 쉬이 따르지
않고 고집스럽게 버티다. ¶천문이는 전
에 없이 어깃장을 놓아가며 범장대었다.
《토정 이지함》

법석(을) 떨다 무질서하게 굴다. ¶우리들
처럼 철딱서니 없는 어린것들만이 큰 구
경거리로 알아 시시덕대며 법석 떨었을
뿐, 출정하는 날은 읍내가 온통 초상집이
었다.《관촌수필 4》

법 없어도 산다㊂ 곧고 착하여 법의 규제
가 없어도 나쁜 짓을 하지 않다. ¶그는
생전 말이 없는 데다 경위가 밝고 행실이
쓸 만하여 안팎으로 신용이 두터웠으므
로, 법이 없어도 살 사람이라는 촌스러운
칭찬을 독차지하고 있었다.《고추 타령》
(산) '법이 없어도 살 사람'이란 말이 너무
흔해서 그렇게 말하기가 어려울 정도로
김 씨야말로 '진국 인간'이 아닌가 한다.
《아픈 사랑 이야기》

벗바리 뒷배를 보아주는 사람. ¶…그중에
서도 사내의 벗바리가 되어 준 것은 나이가
동갑인 어질동이었다.《매월당 김시습》

벙그리다 조금 열다.〈방언〉¶정이 앉은
채로 문짝을 열어패며 년짜를 놓자, 옆방
에서도 걸어 닫은 미닫이를 따서 벙그리
는 기척과 함께 귀숙 어매가 악매를 퍼부
었다.《우리 동네 柳氏》

벙글벙글 입을 조금 크게 벌리고 자꾸 소
리 없이 부드럽게 웃는 모양. ¶…자던 꼬

마 녀석이 깨어 앉아 벙글벙글 웃고 있다.
《야훼의 무곡》

벙어리 냉가슴 앓듯㊠　답답한 사정이 있
어도 남에게 말하지 못하고 혼자만 괴로
워하며 걱정한다는 말. ¶그래야만 도난
신고도 하는 둥 마는 둥 벙어리 냉가슴을
앓게 된다.《야훼의 무곡》

벙어리도 석 달만 지나면 입이 터진다㊠　(흥
행업계는 말이 많아서) 제아무리 입이 무
거운 사람도 말수가 많아지기 마련이라는
말. ¶(산) 하지만 벙어리도 석 달만 지나
면 입이 터진다던 영화관 출신다운 냄새
가 전혀 없는 것만 보더라도 그가 얼마나
무딘 사람인가를 짐작하기엔 어렵지 않
은 터이다.《아픈 사랑 이야기》

벙어리 사돈 따로 없이 산다㊠　(형편이 비
슷한 사람끼리 혼인하기가 쉽다는 전제하
에) 하고 싶은 말이 있어도 참아가면서 살
아간다는 말. ¶"…대사리구 흑싸리구 줄
초상에 과부 사태 안 난 담에야 벙어리 사
둔 따루 읎이 사는걸…"《우리 동네 黃氏》

벙어리 술맛 본 듯㊠　속에 있는 생각을 제
대로 나타내지 못하는 모양. ¶기껏하면
박원달 영감이 집사질하던 가락은 있어
벙어리 술맛 본 듯 몇 마디 토 없는 말만
대중없이 지껄이긴 하겠지만, 예수나 예
배당하곤 거리가 천 리 상거한 이 판에 한
들 무슨 소리가 나오랴 싶다.《장한몽》

벙어리 욕을 한다㊠　입 안의 소리로 욕
을 한다는 말. ¶"늙어도 더럽게 늙은 작
자…" 그녀는 송아지 덕석처럼 땟국에 절
어 가죽처럼 유들거리는 박 영감의 작업
복 등어리에 대고 거듭 벙어리 욕을 한다.
《장한몽》

베갯머리 송사㊠　잠자리에서 아내가 남편
에게 바라는 바를 속살거리며 청하는 일.
¶작은며느리의 베갯머리 송사만 한풀 숙
어 든다면 가재 장토를 문서째 넘겨주어
도 능히 문패를 이어갈 조짐으로 그는 여
겼던 것이다.《산 너머 남촌》

베거리　꾀를 써서 남의 속마음을 떠보는
짓. ¶양도할 의향이 있는지 베거리를 해
보되, 짐작대로 그럴 눈치가 보이면 우선
계약금부터 치르도록 단단히 일러 보냈던
것이다.《산 너머 남촌》

베돌다　한데 어울리지 않고 따로 떨어져
밖으로 돌다. ¶그는 매일같이 기어나왔
으나 이리 빙글 저리 빙글 베돌기만 하지
태도를 보이려 하지 않았다.《강동만필 2》

베랑　별반. 〈방언〉¶"…지 자신이 교육에
대비하여 학습해 둔 게 있는 것두 아니구
해서 베랑 헐 말두 읎습니다…"《우리 동
네 金氏》

베물다　(낫이나 칼 따위의 날붙이가) 돌이
나 쇠에 부딪쳐 날의 일부가 이지러지거
나 떨어져 나가다. 뻐물다. ¶낫마저 베물
려 다른 어느 때보다도 힘들었지만 그녀
는 이를 악물며 그대로 버티었다.《그때는
옛날》

베옷인지 모시옷인지도 모른다㊠　사리
판단에 어둡다는 말. ¶"…철딱서니가 없
어서 베옷인지 모시옷인지 모르고 놀이
삼아 따라왔을 터인즉, 당일로 돌아서든
하루 참고 돌아서든 울고 넘는 박달재 하
나는 봉득이의 주제가로 확실하다면서,
그녀를 덮어놓고 손톱의 티눈처럼 치던
이도 적지 않았다.《산 너머 남촌》

벼락 맞아 거울러질 년㊡　벼락에 맞아 죽

을 년. ¶ "니 아무리 사내헌티 상성들렸기루서니, 그래 시햘미 열녀문 앞이서 서방 쥑인 웬수늠 허궁을 허여, 베락을 맞어 거울러질 년 같으니라구, 에엥." 《매화 옛 등걸》

벼락 맞아 거울러질 놈ⓑ 천벌을 받아 죽을 놈이라는 상말. ¶ "이 베락을 맞어 거울러질 늠아. 무슨 대천지 웬수가 졌다고 이 몹쓸 짓이냐?" 《장한몽》

벼락을 맞아 급살할 놈ⓑ 천벌을 받아 즉사할 놈이라는 상말. ¶ "작것아, 땅이 탐나거드면 고이 탐내거라. 이 베락을 맞어 급살헐 늠아" 《오자룡》

벼락 치는 하늘도 속인다ⓢ 악한 사람에게 벼락을 내리는 하늘도 속이는 수가 있으니, 속이려면 못 속일 것도 없다는 말. ¶ "…벼락 치는 하늘도 속일 때가 있으니, 저것이 길내 속이려고 든다면 저야 연방 속는 수밖에 더 있겠습니까" 《토정 이지함》

벼룩도 낯짝이 있다ⓢ 너무나도 뻔뻔스러운 사람을 두고 이르는 말. ¶ "자식새끼만 퍼내질러 놓면 에미간디, 낳 낳으면 질러야 에미지, 베룩도 낯짝 있다구 그러면 못 쓰는 겨." 《떠나야 할 사람》

벼룩도 이마가 있고 날파리도 뒤통수가 있다ⓢ 벼룩도 낯짝이 있다. ¶ 벼룩도 이마가 있고 날파리도 뒤통수가 있는 거야. 양심이 아직 남았거든 솔직히 얘기허슈. 뭐는 또 뭐야. 《장한몽》

벼룻길 강가나 바닷가 따위의 위태한 벼랑에 난 길. ¶ "…길을 가되 지름길이 있음을 알면서도 좁고 굽은 에움길로 들거나, 비탈지고 가파른 벼룻길로 들거나… 《매월당 김시습》

벽뙈기 '벽'의 낮춤말. 〈방언〉 ¶ …작년 섣달부터 안방 벽뙈기에서 달력으로 살아온 그 두툼진 얼굴이, 어느새 책받침 위로 잦혀지며 종애를 올려다보고 빙글거렸다. 《우리 동네 崔氏》

벽창호다ⓢ 고집이 세고 성질이 무뚝뚝한 사람을 이르는 말. ¶ "…나, 이 달식이 어매, 그런 사람 아녀. 집의 말을 나삐 들을 벽창호두 아니거니와. 걸낀이냐 개낀이냐 따져 가며 두 동무니니 슥 동무니니 허구 떠들썩헐 내가 아니란 말여." 《우리 동네 柳氏》

변강쇠 계집 보듯ⓢ 바라던 바를 이루어 득의양양한다는 말. ¶ (산) 하지만 그 문제의 '청운의 뜻'은 마치 이춘풍 돈맛 알듯, 변강쇠 계집 보듯, 월매 향단이 볶아제 신세 잡기로, 언제나 난봉을 피웠다. 《아픈 사랑 이야기》

변강쇠 볼텡이 쥐어지르듯ⓢ 누구 못지않게 전문가라는 말. ¶ (산) 변강쇠 볼텡이 쮜지르듯 울타리를 뜯어 때다 보면 어린 나무들이 자라 키를 겨루며 자연 생울타리로 욱을 테니까. 《지금은 꽃이 아니라도 좋아라》

변덕이 죽 끓듯 한다ⓢ 몹시 변덕 부림을 이르는 말. ¶ 뺑덕어매처럼 변덕이 죽 끓듯 해서, 서로 틀린 일도 없이 벌써 언제부터 비슥도 않던 강충성이 여편네까지 마뜩찮게 끼어 있었다. 《우리 동네 柳氏》

별꼴이 내년까지 간다 (별꼴이 반쪽이다, 등과 같은) 속된 말장난의 하나로, 가당치 않은 일이나 행동을 비꼬아 이르는 말. ¶ "나 원 참. 별꼴이 내년까지 간다더니 진짜 사람 웃기는 순사두 다 있네." "어라,

내가 원제 웃겼어?" "그럼 순사는 넘의 사생활까장 시비 걸게 되어 있슈?" 《우리 동네 柳氏》

별꼴이 이꼴이다 자기의 꼬락서니가 말이 아니라는 말. ¶ "…이 동네 예비군 중대본부 기간병으로 묶인 게 불씨였다. 그 말이야…두통약을 먹게 될려니까 별꼴이 이꼴이야." 《엉겅퀴 잎새》

별뚱지기 천둥지기. 〈방언〉 오직 빗물에 의해서만 경작할 수 있는 논. ¶ "…별뚱지기와 따비밭이 엇섞인 서울 사람네 메갓 기슭에 치우친 무솔이. 《우리 동네 柳氏》

별발 별빛. 〈방언〉 ¶ 하늘이 많이 내려앉아 별발 하나 보이지 않았으나, 천둥 따라 번개가 잦은 것이 길을 더듬는 데에는 오히려 한 부조가 되었다. 《매월당 김시습》

별밭 '밤하늘에 별이 총총히 뜬 모양'을 밭에 비유하는 말. ¶ 대복이와 어울림으로써 누릴 수 있었던, 동짓날 밤 별밭같이 아름다운 시절의 추억들도 그 겨울을 마지막으로 영원히 그쳐 버렸다. 《관촌수필 4》 어느 구름이 그 너른 별밭을 쓸고 갔는지 하늘 기슭 어디에도 쭉정별 하나가 보이지 않는 중에 얼레빗을 본뜬 것 같은 하현달이 세상을 혼자 독차지하고 있었다. 《장동리 싸리나무》

별쭝떨다 '유난(을) 떨다'의 잘못. 언행이나 상태가 보통과 아주 다름. 또는 언행이 두드러지게 남과 달라 예측할 수 없는 데가 있음. ¶ "…유독 그믐산이 혼자서만 지주 노릇 해 보고 별쭝떠는 꼴. 그 속셈을 알지 못하겠으면서도 마뜩찮게 여겨지던 모양이었다. 《오자룡》

별쭝맞다 몹시 별쭝나다. ¶ "나는 갈려 온 지 얼마 안 되어 이 근방 풍속에 어둡기두 허지만, 있어 보니 되게 별쭝맞은 동네라…" 《우리 동네 金氏》 ※별쭝나다 : 말이나 하는 짓이 아주 별스럽다.

별쭝스럽다 별쭝난 데가 있다. ¶ "…그러나 대인 관계만은 다소 별쭝스러웠으니 《관촌수필 5》

볌 반지나 병마개 따위가 헐거워 잘 맞지 않을 때에 꼭 맞도록 사이에 끼우는 헝겊이나 종이. ¶ 집에 와서 비닐봉지를 뜯고 신어 보니 약간 컸지만 코숭이에 헝겊으로 볌을 해 끼우면 맞겠었다. 《담배 한 대》

볏모개 벼이삭. 〈방언〉 ¶ "…아무리 수확이 늘챈다 해도 볏모개가 선 채로 아스라지는 통일벼나. 《우리 동네 崔氏》

볏밥 (논밭을 보습으로 갈 때) 볏으로 받아 넘긴 흙덩이. ¶ 비록 양식거리에 그칠망정 쟁기 볏밥이라도 갈바래질할 땅뙈기나 내 것 만들고. 《우리 동네 崔氏》

병나발(을) 불다 나발을 부는 식으로, 병을 입에 거꾸로 대고 속에 들어 있는 액체를 들이키다. ¶ 상배는 결국 술이나 마실 일밖에 없었다. 연방 병나발을 불며 그녀의 기운이 꺾이길 기다려야 하겠던 것이다. 《장한몽》

병든 솔개 죽으니까 대신 까그매 날치는 꼴 솚 [솔개는 육식의 맹금류. 까그매는 까마귀의 방언(충남)이며 동물의 시체를 먹는다. 날치다는 '설치다'의 방언] 권위자가 사라지면 엉뚱한 자가 사이비 권위자로 등장한다는 말. ¶ "…병든 소리개 죽으니께 대신 까그매 날치는 꼴이여. 워디 가서 안 물어보더라두 다 알쪼니 헐 수 읎어, 다리 심 있을 때 걸음품이나 허는 수

뱆이는…"《우리 동네 張氏》

병든 주인이 열 일꾼보다 낫다(속) 자기 일
은 자기가 해야 마음에 든다는 말. ¶"병
든 주인이 열 일꾼보다 낫도다." 매월당의
결론이었다.《매월당 김시습》

병신 고운 데 없다(속) 몸이 병신이면 마음
까지도 바르지 못하다는 말. 병신에 맘 좋
은 사람 없다. ¶"흥." "흐응? 병신 맘 곤
데 없는 줄 잘 아시지?" "여편네 욕 한마
디에 삼 년 재수 없는 줄도 아시지?" "많
이 허슈. 비쌀 거 없슈."《생존허가원》

**병신이 육갑하면 갑자 을축 해중금이 동풍
닷 냥이다**(속) 되지 못한 자가 엉뚱한 짓
을 하기 시작하면 못하는 짓이 없다는 말.
¶마누라는 혀끝을 털며 "병신이 육갑허
면 갑자 을축 해중금이 동풍 닷 냥이라더
니 쯧." 뒤꼭지에 알밤을 박았고, 풍헌은
한 대 더 갈기려던 매를 도로 들고 나왔
다.《이풍헌》

병신이 육갑한다(속) 되지 못한 사람이 격
에 어울리지 않는 엉뚱한 짓을 함을 얕잡
아 이르는 말. ¶"이게 사람을 쳐, 왜 때
려, 야 왜 때리니? 병신 육갑한다더니 사
람을 쳐! 쳐라, 또 쳐!" 악을 썼고, 시퍼렇
게 독 오른 두 눈을 부릅뜨며, 당장 덤벼
물어뜯을 듯이 대들었다.《장한몽》

병(을) 얻다 병(이) 들다. 〈북〉¶신사년의
호남 여행은 중도에서 병을 얻어 태인현
의 거산역에 처진 채 여름내 자리보전을
하다가《매월당 김시습》

병 주고 약 준다(속) 해를 입힌 후에 어루만
지거나 도와준다는 말. ¶(산) 병 주고 약
준다는 말은 전부터 있던 속담이지만 이
것은 거꾸로 약 주고 병 주는 셈이 된다.

《지금은 꽃이 아니라도 좋아라》

볕가리개 차양. 〈방언〉햇볕을 가리기
위하여 처마 끝에 덧붙이는 좁은 지붕.
¶…그것들은 애초에 황토골의 사태막이
나 논두렁의 버팀목, 그리고 길손들의 볕
가리개 구실을 하도록 했던 공사에 의해
되는대로 터를 잡았음에도, 어느 자생한
나무보다 훨씬 물건스러운 데가 있었다.
《버드나무가 있는 풍경》

볕꽃 물결이 되쏘는 햇빛.〈個語〉¶일렁
거리는 물결에 볕꽃이 피어 눈부실 때마
다 물이 바싹 졸도록 저수지를 달이는 것
처럼 착각하는 탓인지도 모를 일이었다.
《장척리 으름나무》

볕살 부채꼴로 넓게 퍼지는 햇빛. ¶…대
낮에도 볕살이 추녀 끝에서만 맴돌다가
어둡던 옴팡집은 장중철이네가 차린 주막
이었다.《관촌수필 1》

보고리 채다 (미신적으로) 불길하게 남이
찌그렝이를 부리거나 일이 어긋나다. 〈방
언/곁말〉거들어 주어야 할 처지에 오히
려 불길한 말로 비아냥거리다. ¶"오늘 같
은 날은 츰버텀 부락 대항 축구 시합이나
허라면 기특허겄구면서두, 보고리 채느라
고 연장 들구 나오랜다며?…"《우리 동네
金氏》"나 원, 재수 읎으면 송사리헌티 좇
물린다더니 멀쩡허니 병신 될라닝께 별
우스운 것이 다 생겨 보고리 챈단 말여."
《관촌수필 7》

보굿 굵은 나무줄기에 비늘 모양으로 덮여
있는 겉껍질. ¶보굿이 저절로 벗겨지는
늙은 소나무들은 바위를 버티기에 힘이
부쳐서 한소끔 건들바람에도 이슬을 우수
수 찬비처럼 들뜨렸고《토정 이지함》

보기 좋은 떡이 먹기도 좋다⑥　겉모양
이 좋아야 내용도 좋다는 말. ¶"…송장
도 먹구 죽은 송장은 빛깔이 좋다나 워뜷
다나 허면서, 뵈기 좋은 게 먹기두 좋다는
디는 못 말리겄더라구"…《우리 동네 黃
氏》"보기 좋은 떡이 먹기도 좋다는데 금
붕어는 왜 안 먹고 아끼나?"《그리고 기
타 여러분》

보다보다　죽 보아 오다가. ¶"좌우간 내
가 오래 살고 있다는 증거야. 보다보다
별 괴상한 연애 구경도 다 하니."《다갈
라 불망비》

보닥지다　알차다. 〈방언〉 속이 꽉 차 있거
나 내용이 아주 실속이 있다. ¶최 마름네
뒤꼍의 대밭은 겉보기보다 훨씬 보닥진
것 같았고 오솔했다.《오자룡》

보동되다　길이가 짧고 통통하다. ¶혈압
이 어떤가 싶을 정도로 얼굴에 굶은 데가
없이 꽉 찬 데다 몸매마저 보동되어, 한창
먹을 때 주려서 노랑 물이 흐르는 얼굴에
주름살이 먼저 이마로 앞질러 가던 언년
이의 모습이라고는 조금도 남아 있지 않
았다.《더더대를 찾아서》

보동되다　보동되다. 〈방언〉 ¶바랑이 찬
동냥중처럼 몸피가 보동되고 뒤웅스러워
보이는 차림이었다.《달빛에 길을 물어》

보따리(를) 싸다　관계하거나 다니던 일을
그만두고 떠나다. ¶…스스로 수원수구
하면서 상처를 핥아 아물리고 신명보전을
하기 위하여 대도시의 익명서에 한가닥의
기대를 걸고 서둘러서 보따리를 싸게 되
었다는 거였다.《산 너머 남촌》

보따리(를) 풀다　숨은 사실을 폭로하다.
¶홍이 슬그머니 불만 보따리를 풀 기

세로 나왔다.《장한몽》

보름달에 좀생이 들어가듯⑥　주위 환경
에 치어서 기를 못 편다는 말. ¶"그러들
말어. 내 비록 보름달에 좀생이 들어가듯
살아온 인생이지만 그래도 운상의상화상
용으로, 구름을 보면 양 마담 치마가 생
각나고 꽃을 보면 양 마담 얼굴이 생각나
고…"《산 너머 남촌》

보리개　털이 길고 더부룩한 개. ¶뜻밖에
도 송림 속에서 개 한 마리가 내리닫으면
서 극성맞게 짖어대기 시작했다. 목덜미
가 투실거리는, 토종 보리개였다.《백의》

보리개떡　보릿가루를 반죽하여 둥글넓적
하게 대강 반대기를 지어 찐 떡. ¶"이건
뉘 집 꼬치장인디 이 모냥다리여…묵은
된장 푸레미에 들 익은 보리개떡 갈어 놓
은 것처럼 묽으주룩허니, 똑 입맛 버리기
십상일세그려."《우리 동네 黃氏》

보리까락　보리의 까끄라기. ¶"보리까락
은 넨장—무슨 효자 난다구 그 탑세기를
퍼오래는 겨."《우리 동네 黃氏》

보리누름　보리가 누렇게 익는 철. ¶최 서
방은 윤 서방이 대신 들어서고 반년이 다
된 보리누름철에야 나타났다.《명천유사》

보리동지　곡식을 바치고 벼슬을 얻은 사람
을 놀림조로 이르는 말. ¶(산) 보리는 옛
날에도 가난하고 보잘것없는 것들의 대명
사였다. 곡식을 바치고 벼슬을 얻는 이를
'보리동지'로.《그리운 보리밭》

보리떡도 떡인가⑥　하찮은 역할을 하는
사람은 대접을 받지 못한다는 말. ¶"테
레비에 몇 번 비치는 시늉이나 허구 만 모
양인디 보리떡두 떡이간디. 그까짓 애들
시간에나 잠깐 나왔다 들어가는 것두 예

술가면 학예회 나가는 애들두 죄 예술가게?"《우리 동네 柳氏》

보리 멍석에 둥구미 삼태미로 붙어서 산다㊁ 서로의 필요에 따라서 사이좋게 지낸다는 말. ¶그로부터 우리는…하고한 날 보리 멍석에 둥구미 삼태미로 붙어서 옴살처럼 살았다.《강동만필 3》

보리밥 먹고 쌀방귀 뀌다㊇ 인격이나 분수에 넘치는 언동을 뜻하는 상말.〈個語〉¶나야마(과연), 그 개 잡은 디에 가서 조상(弔喪)이나 헐 늠이 워쩐 일루 보리밥 먹구 쌀방구를 꾸나 했더라.《장평리 찔레나무》

보리밥알로 잉어 낚는다㊁ 작은 것을 주고 큰 것을 받거나, 적은 밑천으로 큰 이익을 볼 때가 있다는 말. ¶"…보리밥풀루 잉어를 낚자는 심뽀지, 츤헌 짐승일수록 새끼버텀 깐다더니 되다 만 것이 인저 사람 도둑질루 들어섰단 말여."《관촌수필 4》

보리밥으로 알다 하찮은 존재로 여기다. ¶…이 세 숙녀 또한 형부 알기를 보리밥으로 알고 있었다.《장한몽》

보리밥이 건건이는 더 든다㊁ 하찮은 일을 다루기가 더 힘들다는 말. ¶"그러니까 요즘엔 그런 구식 놀음 대신에 관광이라는 신식 놀음이 전국적으로 성하고 있는 거 아니에요." "보리밥이 건건이는 더 들더라니까…" 문정은 은연중에 성질을 더럭 내었다.《산 너머 남촌》

보리보지㊇ 여성의 인체에 비유한 상말. ¶"알게 뭐야, 그 당신 친구라는 것들 중에 촉새 안 같은 것이 하나나 있어야 어느게 쌀보지구 어느 게 보리보진지 알지."《엉경퀴 잎새》

보리 안 패는 3월 없고 나락 안 패는 6월 없다㊁ 모든 일에는 때가 있다는 말. ¶(산) 농사 속담에 '보리 안 패는 3월 없고 나락 안 패는 6월 없다'는 말이 있다.《그리운 보리밭》

보리 첨지 나잇값 못하는 사람을 조롱하여 이르는 말.〈個語〉¶그는 원래가 네뚜리로 친 사람이 많아 서른 안짝부터 보리 첨지로 호를 낼 만큼 태생이 둔팍한 위인이었다.《우리 동네 崔氏》

보릿꼬생이 보리의 까끄라기.〈방언〉¶"복셍아, 다 먹었걸랑 게 붙어 앉어 저기 허지 말구, 저기네 오양 옆댕이 가서 보릿꼬생이나 한 삼태미 퍼오너라. 예 앉어 보니께 모기가 상여 메는 소리 헌다. 얼름…."《우리 동네 黃氏》

보릿대춤 발동작 없이 양팔을 굽히고 손목을 젖혔다 뒤집었다 하며 좌우로 흔들며 추는 허튼춤의 하나. ¶(산)…발동작이 없이 손만 흔드는 허튼춤을 '보릿대춤'으로 일러온 것도 다 보리를 가볍게 여겼기 때문이었다.《그리운 보리밭》

보릿동 햇보리가 날 때까지의 보릿고개를 넘기는 동안. ¶…말이 그렇지 요새같이 밭곡식으로 반양식 하여 해톨을 대는 보릿동이고 보면, 옴니암니 나가는 씀씀이조차도 기워 낼 도리가 없던 것이다.《우리 동네 崔氏》

보매 겉으로 보기에. 또는 겉으로 보건대. ¶들일이 한창일 때면 아무리 고단해도 남 보매엔 빈둥대며 노는 것 같아서 마음이 한갓지지 않아 못 쉬는 동네였다.《관촌수필 8》

보자 보자 하다 마음에 들지 않지만 참고

또 참다. ¶"이놈이 보자 보자 하니 이제 삼가는 말이란 없구나…"《매월당 김시습》

보지락 농촌에서 비가 내린 분량을 헤아리는 분량. 곧 빗물이 땅속에 스며들어간 깊이가 땅을 가는 데 보습이 들어갈 만큼 된 정도. ¶…비 한 보지락 가지고는 엇갈이도 못 부치게 물매가 싸고 메진 비탈이어서 값을 매기려고 대중하자면 여간 거북스럽지 않은 땅이었다.《우리 동네 張氏》

보짱 꿋꿋하게 가지는 생각. 속으로 품은 요량. ¶…오다가다 만난 여자라 하니 과연 얼마나 갈 것인지, 행여 계 타고 논문서 잡히는 짝이나 아니 나는지 하여 봉득이의 보짱을 다시 보았고《산 너머 남촌》

보푸라기 보풀의 낱개. ¶…손바닥이 얼마나 거친지 치마에서 보푸라기 이는 소리가 불똥 튀는 참숯 풍로를 들여온 것 같았다.《우리 동네 柳氏》

보풀 헝겊 등의 거죽에서 가늘게 부풀어 일어나는 털. ¶…뒷주머니를 뜯어 댄 조각이라서 보풀이 거칠고 흐르르하여 가면 며칠이나 가랴 싶다.《백결》

복달임 복날에 더위를 물리치는 뜻으로 고깃국을 끓여 먹는 일. ¶…삼복에 노인 복달임으로 개가 쓰일 경우 그 개를 잡아 주던 것도 유천만이었다.《관촌수필 6》

복대기치다 몹시 복잡하게 떠들어대거나 수선스럽게 움직이다. ¶…유가 몰고 온 경운기는 가장 붐비고 복대기치는 마당 초입에 있었다.《우리 동네 姜氏》

복사꽃 필 무렵에 낮잠 잔 농부 대추꽃 필 즈음부터 맨밥 먹는다(속) 봄붙이(봄채소)에 게으르면 나물도 못 해 먹는다는 말. ¶"복사꽃 필 무렵에 낮잠 잔 농부 대추꽃 필 즈음부터 맨밥 먹느니라."《매월당 김시습》

복살머리 '복(福)'의 낮춤말. 〈방언〉¶한숨 자고 나 갈증에 깨어 보니 곁에 구적구적하게 생긴 데다 복살머리라곤 없는…젊은 여자가 코를 골아대고 있었다.《낙양산책》

복슬복슬 복스럽게 토실토실 살이 찌고 털이 많은 모양. ¶(시) 까만 털 복슬복슬/이름은 복슬이.《우리 집 강아지》

복은 쌍으로 안 오고 화는 홀로 안 온다(속) 복을 받기는 매우 어렵고, 화는 연거푸 겹쳐 온다는 말. ¶자고로 복은 쌍으루 안 오구 화는 홀루 안 온다구 일렀는디, 그게 맞는 말일 겨. 세상은 공평헌 것이 원칙이니께.《장이리 개암나무》

복장(이) 터지다 화가 치밀다. 몹시 화가 나다. ¶그녀는 그 꼴이 보일락만 해도 복장이 터져 자지러질 것 같았다.《우리 동네 柳氏》

복찻다리 큰길을 가로질러 흐르는 작은 개천에 놓은 다리. ¶도랑과 징검돌과 수명과 복찻다리가 있는 들판이 더 보고 싶지 않았던가.《더더대를 찾아서》

본데없다 보고 배운 것이 없다. ¶영두는 다시금 얼굴이 화끈했다. 본데없이 서방을 아빠라고 부르는 그녀의 천덕스럽고도 패륜적인 말버릇에 몸둘 바를 모르겠기 때문이었다.《산 너머 남촌》

본때(가) 있다 본보기로 할 만한 데가 있다. ¶…저런 배신자야말로 누굴 위해서랄 것도 없이 본때 있게 응징함으로써 다시는 이런 뒤탈이 없도록 밑을 닦아야 되리라고 벼르기 시작했다.《장한몽》

본때를 보이다 잘못을 뉘우치거나 교훈이

되도록 본보기로 따끔한 맛을 보이다. ¶
무슨 계기가 있어야 한다. 계기는 만들어
야 있다. 만들어야지. 오늘도 용서할 수는
없잖은가. 기어이 본때를 뵈 줄 참이다….
《장한몽》

본보다(本—) 무엇을 모범으로 삼아 따라
하다. ¶…그녀도 변 사또를 본보는지 나
한테는 남달리 대하려고 하였다.《변 사또
의 약력》

본뵘 '본보임'의 줄임말. ¶(그녀는)…마음
가짐이 죽순 같았다거나 생활의 갈피가
증보판 오류행실도였다든가 하는 따위의
본새나 본뵘은 없었다.《다가오는 소리》

본새(本—) (동작이나 버릇의) 됨됨이.
¶…그것은 분명 도둑의, 그것도 좀도둑
의 본새에 지나지 않던 것이다.《장한몽》

본색을 드러내다 원래의 속성을 나타내
다. ¶가면 놈이 또 본색을 드러냈다.
시비만 걸어와라. 지체 없이 찔러 버릴 테
다.《가을 소리》

본숭만숭하다 건성으로 보는 체만 하고
주의 깊게 보지 않다. ¶밥하고 난 아궁이
잉걸불에 갈비를 굽고, 밤 대추며 잣과 은
행을 고명으로 치장한 것까지는 본숭만숭
할 수도 있었다.《우리 동네 趙氏》

본(을) 따다 무엇을 본보기로 하여 그것을
그대로 따라하다. 〈북〉¶내가 대복이 본
을 딴 못된 장난을 가졌던 것은 다른 게
아니었다.《관촌수필 4》

본전도 못 찾다 어떤 일을 하지 않은 것만
못하게 되다. ¶"누가 그려, 장개가면 잠
잘 온다구." 그는 혼자 김매게 하는 것이
껄쩍지근하던 판이라 얼른 딴소리로 능갈
치고 나섰다. 그러나 역시 본전도 못 건지

고 말았다. "시끄러. 자긔처럼 한 달에 한
번짜리 월부 체질은, 들어두 들은 척두 않
구 사는 게 죄용죄용히 사는 질이여."《장
이리 개암나무》

볼가심 아주 적은 음식으로 시장기를 면
하는 일. ¶"공것이라면 있는 늠이 더 껄
떡거리는 겨. 누가 왔다니께 볼가심헐 거
나 읆나 허구 뒤질러 오는 거지 뭐겠어…"
《우리 동네 黃氏》

볼문 소리 볼멘소리. 〈방언〉¶(이장은)…면
에서 아직 안 나와 보는 게 마뜩찮아 볼문
소리로 구시렁거렸다.《우리 동네 黃氏》

볼물다 볼메다. 〈방언〉성난 기색이 있다.
¶"그나저나 상제덜이 워째 잔뜩 볼물어
가지구 서루 어근버근허는 것 같으니 웬
일이래유…"《장곡리 고욤나무》

볼썽사납다 체면 또는 예모가 없어서 남
이 보기에 언짢다. ¶갯가나 산기슭에 잔
뜩 옹송그리고 있는 인가들의 꼴이 그만
큼 볼썽사납고 너절한 탓이었다.《매월당
김시습》

볼 장 다 보다 일이 다 틀려 버리다. 일이
아주 끝장이 나다. ¶조금이라도 굽죄임
이나 처분만 바라는 미약한 태도를 보였
다간 볼 장 다 보는 것이다.《장난감 풍선》

볼 쥐어지르다 빰치다. 능가하다. ¶그녀
는 별쫑맞게도 눈치가 빨라 무슨 일에건 사
내 볼 쥐어지르게 빤드름했고 귀뚜라미 알
듯 잘도 씨월거리곤 했는데,《관촌수필 4》

볼텡이 볼때기. 〈방언〉'볼'의 낮춤말. ¶동
네 사람들은 볼텡이가 미어질까 봐 얼굴을
저리 돌리며 웃어제끼고,《우리 동네 金氏》

봄가물에 홍역 돌듯㊱ 어렵거나 불행한
일이 겹쳐 닥친다는 말. ¶전왕이 세상을

놓기 이태 전인 을축년에는 장안에 화류병이 봄가물에 홍역 돌듯이 돌아다녔다. 《토정 이지함》

봄낳이 봄에 짠 무명. ¶봄낳이 한 모시는 말할 나위 없고 쓰다 남은 무명 자투리 조각도 부엌 바닥에 묻은 항아리 속을 채웠다. 《만세 소리》

봄 도다리 가을 전어(속) 봄에는 도다리가, 가을에는 전어가 맛이 있다는 말. ¶…여편네가 도다리찌개를 해 놓았으면 서방은 상머리에 붙어 앉아서 예전부터 봄 도다리 가을 전어랬다면서 넌덕스럽게 너스레를 떨어야 숟가락을 대었고, 《장척리 으름나무》

봄 도둑 모셔다 놓고 가을 도둑 쫓기가 더 급하다(속) ('봄 도둑'은 농촌에서 춘궁기의 식객을 이르는 곁말, '가을 도둑'은 형편이 여유가 있을 때를 노려서 돈을 요구하거나 일을 벌이는 자식의 곁말) 남보다 내 자식을 더 경계하게 되었다는 말. ¶그러자 문어리만 남기고 열어젖뜨렸어도 내운 연기가 자욱하여 살강 밑이 안 보이는 부엌에서 "봄 도둑 모셔다 놓구 가을 도둑 쫓기가 더 급허던가 뵈." 하는 소리와 함께 부등가리가 마당으로 튀어나왔다. 화로에 불을 담다가 부등가리가 뜨거워진 모양이었다. 《우리 동네 崔氏》

봄 돈 십 원이 가을 돈 백 원을 당한다(속) 불경기 때의 푼돈은 호경기 때의 목돈에 못지않게 요긴하다는 말. ¶"봄 돈 십 원이 가을 돈 백 원을 당하는데, 괜히 남대문 김 무엇이 서대문 박 무엇이 하고 오죽잖은 친구 찾아다니면서 허청대고 헤픈거리지 않은 것만도 싸가지가 있다는 얘길세." 《산 너머 남촌》

봄붙이 봄에 밭에 부치는 푸성귀. 〈방언〉 ¶이동화는 지난 장에 고쳐 온 경운기로 봄부치 터앝을 가는 중이요. 《우리 동네 崔氏》

봄 사돈은 꿈에도 보기 무섭다(속) 생활이 어려울 때 귀한 손님이 오는 것은 매우 난처한 일이라는 것을 이르는 말. ¶"봄 사돈은 꿈에도 보기 무섭다는 말이야 언젠 없었나. 예전부터 불근삼대지좌라고 일렀는데 그때하고 별반 나아진 게 없으니 그것만 피하면 그만 아닌가…"《산 너머 남촌》

봄살이 봄철에 먹고 입고 지내기 위한 식량이나 옷가지. ¶…얼갈이로 봄살이를 보탤 뿐 아니라 여름내 솎음해서 밑천을 뽑고, 《우리 동네 柳氏》

봄(을) 타다 봄철에 입맛이 없고 몸이 나른하고 파리해지다. ¶"아씨, 나리마님두 봄을 타셔서 심란허신개비데유."《관촌수필 1》

봄 조기 가을 낙지(속) 봄에는 조개, 가을에는 낙지가 제철이라는 뜻으로, 제때를 만나야 제구실을 한다는 말. ¶…서방은 또 광주릿전에 붙어 앉아서 옛날부터 봄 조기 가을 낙지랬노라며 칙살맞게 엉너리를 쳐대야만 마지못해서 젓가락을 가져가는 형편에 이르지 않았던가. 《장척리 으름나무》

봄치레 봄빛. 즉 봄의 기운. 춘색(春色). ¶그새 서로 봄치레를 겨뤄 온 개나리와 철쭉이 연해 제 모양을 내더니 어느덧 영녕전의 동마루도 하늘 가운데에서 나래를 치고 있었다. 《두더지》

봄판 봄날. 〈방언〉 봄철의 날. 또는 그날의 날씨. ¶…먹잘 것이라고는 사방을 휘둘러보아도 세월 없이 괴어 흐르던 동네 우물물뿐인 마른 봄판이었다. 《관촌수필 2》

봇도랑 봇물을 대거나 빼게 만든 도랑. (준말) 봇돌. ¶…수명이랑 봇도랑 곁에 설명하게 키만 있는 미루나무 꼭대기의 까치둥지에는 익다 만 치자빛 노을이 설핏하니 비껴 있다.《산 너머 남촌》

봉글봉싯하다 '봉긋하다'의 잘못. 꽤 도도록하게 나오거나 소복하게 솟아 있는 상태이다. ¶그런 판에, 여고 삼년생을, 그것도 충청도 말이 창피해지게 사근사근한 서울 말씨인, 우리 고장에서는 백중장이라도 보기 어려운 토실토실한 엉덩이와 봉글봉싯한 가슴을 가진 그네들을 봤으니 두 눈이 시근하며 갑자기 영글어 버린 건 당연한 일이었던 것이다.《그가 말했듯》

봉충다리 한쪽이 짧은 다리. 여기서는, 사람(별명)을 이름. ¶"저 봉충다리가 그래도 돈은 있대."《생존허가원》

부개비(를) 잡히다 남에게 발목을 잡히거나 남이 하도 조르는 것을 이기지 못하여 자기의 본의가 아닌 일을 마지못하여 하게 되다. ¶(최는)…성의 말휘갑에 넘어가 마지못해 부개비 잡히는 척하며 허부렁하게 받아 주었다.《우리 동네 崔氏》

부나하다 분주하다. 〈방언〉¶영두는 한참이나 더듬어나가 나라미 끄트머리를 이으면서 곧 부나한 거리에 한눈을 팔기 시작했다.《산 너머 남촌》

부닐다 붙임성 있게 굴다. ¶"아저씨덜두 저 너머 초상집에 가시는 개비네유." 하고 어렴성 없이 부닐면서 묻는 것이었다.《장곡리 고욤나무》

부덕부덕하다 부대하다. 〈방언〉 몸뚱이가 뚱뚱하고 크다. ¶…부덕부덕하게 생긴 중늙은 여편네의 사위《장한몽》

부득부득 어쩔 수 없이 자꾸. 〈방언〉¶"…서른 가마짜리 두 머리, 곗쌀만 해두 일곱 가만디 곗날은 부득부득 다가오구…"《우리 동네 李氏》

부들부들 몸을 잇달아 크게 떠는 모양. ¶…성초 스님의 입술은 부들부들 떨리고 있었다.《다갈라 불망비》

부들접사리 부들로 만든 접사리. ¶(산)…빗속에서 모내기를 하더라도 머리부터 둘러쓰게 만든 부들접사리와, 밀짚으로 덕석처럼 엮어서 어깨에 걸쳤던 도롱이가 사라진 지도 오래려니와,《들바라지의 문화》※부들 : 부들과의 여러해살이풀.

부등가리 오지그릇이나 질그릇 깨진 것으로 만들어, 부삽 대신으로 쓰는 기구. ¶…부등가리가 마당으로 튀어나왔다. 화로에 불을 담다가 부등가리가 뜨거워진 모양이었다.《우리 동네 崔氏》

부등깃 갓 태어난 어린 새의 다 자라지 못한 약한 깃. ¶…닭장 둘레에 쏟아졌던 맷방석만 한 참새 떼가 번쩍하며 울타리에 더뎅이져 엉기는데, 작은 부리마다에는 부등깃이 물리어 있었다.《우리 동네 崔氏》

부뚜막에 오른 강아지 보듯 한다㉛ 더할 나위 없이 미워한다는 말. ¶영감이 사내구실을 제대로 못 해 줘선지, 그녀가 천성적으로 음탕한 까닭인지 그 근본을 밝히긴 어렵겠지만, 영감 알기를 부뚜막에 오른 강아지 보듯 해 온 건 누구나 확인할 수 있는 일이었다.《금모랫빛》

부뚜질 곡식의 티끌을 없애려고 부뚜를 펴서 바람을 일으키는 짓. ¶그는 멍석에 끌어낸 선풍기로 부뚜질을 하고,《우리 동네 姜氏》※부뚜 : 타작마당에서 티끌을 날리기 위하여 바람을 일으키는 데 쓰는 돗자리. 풍석.

부라질 몸을 좌우로 흔드는 짓. ¶문정은 자기도 모르게 기가 나서 부러 허리를 저어 부라질로 거드럭거리며 나잇값도 없이 희떠운 소리를 하였다. 《산 너머 남촌》

부라퀴 같다㉓ 야물고도 암팡져 이익에만 급급한 사람을 두고 이르는 말. ¶마음 여린 종진이가 명순이 용돈 대느라고 월급을 축낼까 봐 조바심이었고, 저렇게 한 이불 속에서 어겹되어 옴살로 지내다가 부라퀴 같은 명순이한테 물이 들어 애매하게 얼을 쓰리라고 지레 몸살을 하기도 했다. 《우리 동네 崔氏》 ※부라퀴 : 몹시 악착스러운 악귀.

부랴사랴 매우 부산하고 황급히 서두르는 모양. ¶이튿날 아침, 이가는 부랴사랴 상경할 채비를 했다. 《임자수록》

부러 실없는 거짓으로. ¶말꼬랑지에 파리가 붙었던 것은 부러 할래서 그런 게 아니라 말버릇따라 무심중에 입 밖에서 묻어 온 거였다. 《우리 동네 黃氏》

부레(가) 끓다 몹시 성나다. 〈곁말〉 ¶…이장의 인감증명을 넉 장이나 얻어대가며 빌려 쓴 영농 자금을 고대 상환하지 않으면 안 되게 된 판에 이르니 부레가 끓어 견딜 수가 없었다. 《우리 동네 李氏》

부루 한꺼번에 없애지 않고 오래가도록 늘여서. ¶이모의 모친은 치자를 늘 눈에 띄게 매달아 놓고 계피나 석이버섯 아끼듯 되도록 부루 쓰려고 애썼다. 《이모연의》

부루말 백마(白馬). ¶…명주필같이 고운 부루말의 살찐 뱃구레에 슬며시 박차를 가하는 것이 얼핏 눈결에 비쳤을 따름이

었다. 《매월당 김시습》

부루퉁하다 못마땅하여 성난 빛이 얼굴에 나타나 있다. ¶나는 사진을 뜯어보다 말고 퉁바리를 놓듯이 부루퉁한 어조로 물었다. 《강동만필 2》

부룩 곡식이나 채소를 심은 밭두둑 사이나 빈틈에 다른 농작물을 듬성듬성 심는 일. ¶그녀는 보리밭 가장자리 두둑에 부룩으로 상추와 쑥갓을 부치고 틈틈이 강낭콩도 묻었다. 《우리 동네 崔氏》

부룩소 작은 수소. ¶(산) 장날 쇠전을 가 보면 목매기, 코뚜리, 어스럭송아지, 엇부루기에다, 부룩소, 암소, 황소 할 것 없이 소가 보통 수백 마리가량 나 있다. 《지금은 꽃이 아니라도 좋아라》

부룩(을) 박다 곡식이나 채소를 심은 사이사이에 다른 농작물을 심다. ¶(산)…이미 부룩 박은 푸성귀도 대가 안 서고 밑이 들지 않습니다. 《지금은 꽃이 아니라도 좋아라》

부룻 무더기로 놓은 물건의 부피. ¶보통 무쇠 시우쇠 종류와 양은 놋쇠 구리 따위로 나누어 한 부룻씩 쌓아 놓는다. 《이삭》

부르는 것이 값이다㉓ 파는 사람이 마음대로 값을 매겨 매우 비싸다는 말. ¶산삼은 심메마니로 늙은이의 감정에 따라 60년생으로 일컬어진 터여서 더불어 부르는 게 제값이기 마련이 된 판이기도 했다. 《오자룡》

부르대다 거친 말로 남을 나무라다시피 떠들어대다. ¶…가끔씩 속에 있던 말을 할라치면 말귀가 어두운 것이 답답하여 뼛성이 난 소리로 부르대게 마련이었다. 《장이리 개암나무》

부르쥐다 (주먹을) 힘들여 쥐다. ¶한 처

녀가 무슨 궐기 대장의 구호 선창자처럼
주먹을 부르쥐고 하늘에 삿대질을 하며
외쳤다.《산 너머 남촌》

부모가 반팔자㊇ 어떤 부모 아래 태어나
느냐 하는 것이 사람의 운명을 결정하는
가장 중요한 요소라 하여 이르는 말. ¶
"자식은 부모가 반팔짜랴. 햅격을 허구 안
허구는 지 팔짜구. 부모가 됐으면 입학금
은 마련을 해 놓구서 시엄을 치게 허든지
보게 허든지 해두 해야 헐 거 아녀."《장
이리 개암나무》

부모는 차례 걸음이라㊇ 부모의 죽음을
슬퍼하는 이에게 나이 많은 부모가 으레
먼저 돌아가시는 것이라고 하며 위로하는
말. ¶"부모는 차례 걸음이라고 했네. 늙
은이가 먼저 간다는 얘기여. 혼정신성은
못더라도 몸 불편한 사람 맘이라도 놓
게 해 드리게나."《산 너머 남촌》

부사리 우격뿔 내두르듯㊇ (부사리는 머
리로 잘 받는 성질이 있는 황소. 우격뿔은
안으로 굽은 쇠뿔) 자기 성질을 못 이겨서
함부로 공격성을 띠는 모습을 이르는 말.
¶강이 헛걸음한 것을 알자 아내는 금방 입
이 석 자나 나오며 부사리 우격뿔 내두르듯
집 안을 뒤스럭거렸다.《우리 동네 姜氏》

부산(을) 떨다 좀 경망하게 부산한 행동을
하다. 〈북〉 ¶겨우내 일체 소식이 없던 들
녘도 청명을 며칠 안으로 다그면서부터는
가는 데마다 제각기 부산을 떨었다.《산
너머 남촌》

부살같다 쏜살같다. 〈방언〉 ¶(석공은)…
중간에 점심 들 새도 없이 부살같이 왕복
하던 거였다.《관촌수필 5》※부살 : 불화
살. 불을 붙여 쏘던 화살.

부살나게 뻔질나게. 〈방언〉 ¶따분한 얼
굴에 담배들이나 부살나게 피워댈 뿐 들
은 체를 하는 자가 없었다.《해벽》

부석 아궁이. 〈방언〉 ¶불을 한 부석 넣는
기척에 잇대어 굽도리 틈서리로 연기가
스미자 냇내가 내운지.《우리 동네 崔氏》

부석부석하다 살이 핏기가 없어 부어오른
데가 있다. ¶윤 양은 문정의 오금박는 소
리가 아니꼬운지 부석부석한 눈을 거적
눈으로 깔떴다 도끼눈으로 치떴다 하면서
어깨를 옹송그렸다.《산 너머 남촌》

부손 호로에 꽂아 두고 쓰는 작은 부삽. ¶
고주배기 등걸불이 청솔가지 쪄다 땐 재
보다 쉬 자는 건 알지만 여태껏 부손이 닳
창나게 쑤석거려댄 탓일 터였다.《암소》

부숭부숭하다 핏기 없이 조금 부은 듯하
다. ¶…셋째 한산 댁이다 싶은, 낮잠이
설익어 부숭부숭한 눈두덩을 하고 있었
다.《매화 옛 등걸》

부스대다 ① 가만히 있지 못하고 몸을 자
꾸 움죽거리다. ② 부스럭거리다. ¶차 안
은 서서 부스대는 사람이 많아 앉아 가던
사람도 짜증이 날 만큼 복잡하기 그지없
었다.《산 너머 남촌》

부스럭부스럭 자꾸 밟거나 건드릴 때 나
는 소리. ¶저녁 식사 후 여름 과일로 후
식을 마치자 석공 내외는 부스럭부스럭
일어났다.《관촌수필 5》

부스럼이 살 될까㊇ 이미 다 그릇된 것
이 좋아질 수는 없다는 말. ¶나는 부스럼
이 살 되랴 싶어 아예 포기하기로 하였다.
《강동만필 2》

부스럼이 커야 고름도 많다㊇ 근원이 커
야 그 발생물도 많게 된다는 말. ¶"…이

왕 마련된 일이 있는 모냥이니 그냥저냥 견디어 보겨. 부스럼이 커야 고름두 많더 라니 얼근허게 맞은 짐에 치질이나 덧내 보라먼."《오자룡》

부슬부슬 비가 가늘고도 성기게 조용히 날려 내리는 모양. ¶…이런 밤에는 부슬부슬 가랑비라도 내려 줬으면…《장한몽》

부시 부싯돌을 쳐서 불이 일어나게 하는 쇳조각. ¶한쪽 귀퉁이에서는 무덤 봉분을 까뭉개는 삽날과 곡괭이 코가 부시를 친다.《장한몽》 ※부시(를) 치다 : 부싯돌에 부싯깃을 놓고 부시로 쳐서 불을 일으키다.

부시럭부시럭 '부스럭부스럭'의 잘못. ¶부시럭부시럭 일어나며 주위를 둘러본다.《김탁보전》

부실거리다 몇 줄기 연기가 꽤 성기게 자꾸 피어오르다. ¶이발관 유리창을 뚫고 나온 난로 함석 연통에서는 보양 연탄 가스가, 끓는 소댕에 김 서리듯 부실거리고, 낯선 얼굴 두엇이 무심찮은 눈으로 나를 살펴보며 서성거리고 있었으나,《관촌수필 1》

부아(가) 끓다 분한 감정으로 속이 뒤집히듯 상하다. ¶집에 닿아 잠을 청하며 누워 있자니 부아가 점점 더 끓어올라 잠이 오지 않았다.《장한몽》

부아(가) 나다 분한 마음이 일어나다. ¶"직나 내나 집에 가면 아버지, 장에 가면 아저씨이긴 일반인데 저물도록 얼굴 한번을 뵈는 법이 없으니 동네 인심도 아니고 거리 인심도 아니고, 부애가 나서 일 못 하겠네."《산 너머 남촌》

부아(가) 치밀다 분한 마음이 울컥 솟아

일어나다. ¶귀찮게? 순평은 불근 부아가 치밀었으나 이를 악물고 참기로 했다.《장한몽》

부아덩어리 부아를 돋구는 장본인을 속되게 이르는 말. ¶"보름사리라 물두 오달지게 들었는디." 옹점이는 느낀 바를 중얼거리고 있었지만 우리들에게는 심통을 줴지르는 부아덩어리였다.《관촌수필 3》

부아풀이 화풀이. 〈방언〉 ¶…필진 어매는 기대가 가신 부아풀이를 차마 류그르트러러는 못하고 애매한 순이만 헐뜯고 있었다.《우리 동네 柳氏》

부앗가심 부아가 가시게 하는 일. 곧 화를 누그러뜨리는 일. ¶…장은 속절없이 군소리만 씨월거려 부앗가심이나 도모할 수밖에 없었다.《우리 동네 張氏》

부앗김 노엽고 분한 마음이 일어난 김. ¶매월당이 양주읍네 저잣거리에서 협협한 너털웃음과 함께 땅문서를 찢어 버린 것은 문득 부앗김에 성질대로 하느라고 한 일이 아니었다.《매월당 김시습》

부앗김에 보리방아 찧는다㈜ (어깃장을 지르느라고) 화난 김에 하기 어려운 일을 한다는 말. 홧김에 서방질한다. ¶(산) (개성 사람들은)…마치 '부앗김에 보리방아 찧는다'는 격으로 오히려 천시되던 상업에 종사하여 경제의 축적으로 한풀이를 하는 등,《사상기행①》

부얼거리다 부어오르다. 〈방언〉 살갗 따위가 부어서 부풀어오르다. ¶석공 새댁은 울며 날을 지새워 눈두덩이가 부얼거리며 밤톨처럼 솟아 있지 않은 날이 없었다.《관촌수필 5》

부얼부얼하다 살이 찌거나 털이 복슬복슬

하여 탐스럽고 복스럽다. ¶ "부희…부얼 부얼하고 오동포동한 여자 같은데요…" 《그럴 수 없음》

부엉부엉 부엉이가 잇따라 우는 소리. ¶ (시) 부엉부엉 부엉이 울던/ 솔밭 너머로 《집 보는 아이》

부엉이방귀 옹두리. 〈방언〉 나뭇가지가 병이 들거나 벌레가 파서 결이 맺혀 혹처럼 불퉁해진 것. ¶ 아이는 자꾸 팽이를 쳤다. 부엉이방귀가 호두알만 하게 혹으로 나온 마들가리에《이모연의》

부여하다 (동이 터서) 부옇다. 〈방언〉 ¶ 필상을 밀어 놓고 촛불을 껐다. 문짝이 부여했다. 그새 먼동이 트나 싶어 문짝을 미니 달이 기다리고 있었다. 《매월당 김시습》

부엿하다 부잇하다. 〈방언〉 빛이 좀 부옇다. ¶ 시간이 갈수록 점점 더 거칠게 위력을 보이던 바다는, 이윽고 부엿하던 하늘마저 남김없이 핥아먹어 천지를 무색으로 만들어 놓았다. 《해벽》

부윰하다 빛이 좀 부옇다. ¶ 관 뚜껑을 들어 보니 곱게 부패된 유골은 부윰한 빛깔로 손거둠이나, 소렴할 때 횡포로 일곱 매 묶이를 잘했던가 잔뼈 하나 흩어져 있지 않은 채였고《장한몽》

부자 삼대 없고 빈자 삼대 없다(속) 재산이 삼대를 안 간다는 말. ¶ "말은 부자 삼대 옰구 빈자 삼대 옰다더면서두, 이 모냥다리루다 근근이 사는 건 우리만 사대쨌개빌레." 《장곡리 고욤나무》

부잣집 가운뎃딸(속) 복스럽고 예쁘게 생겼다는 말. ¶ "그 모본단치마는 어떤 유지께서 해 줬는구?" "시집올 때 해 입은 거예요." "부잣집 가운뎃딸 같구먼." "아저씨

한복도 점잖은데요." 《산 너머 남촌》

부잣집 가운뎃자식(속) 부잣집 둘째 아들은 흔히 무위도식하며 방탕하다는 뜻에서 일은 하지 아니하고 놀고먹는 사람을 비유하여 이르는 말. ¶ (산) 선생은 4권짜리 체호프 선집을 냉큼 집어들었다. 한 권의 값이 이북의 송아지 한 마리 값이었지만 선생은 부잣집 가운뎃자식처럼 선뜻 나머지를 털어서 그 4권을 샀다. 《글밭을 일구는 사람들》

부잣집 별식 먹듯(속) 이따금 먹는다는 말. ¶ 해마다 양식은 세안에 떨어졌고, 풋보리 잡아 찧고 말려, 가루 내어 죽 쑤어 먹을 때까지는 산나물, 들나물로만 연명을 해댔던 것이다. 보릿고개가 아닐 때도 점심은 부잣집 별식 먹듯, 이름을 모르고 살았지마는. 《담배 한 대》

부접(을) 못 하다 한곳에 붙어 배기지 못하다. 가까이 사귀거나 접근하지 못하다. ¶ 겨울비를 맞으며 고향을 찾아보기도 난생 처음인 데다 정 두고 떠났던 옛 산천들이 돌아보이자, 나는 설레기 시작한 가슴을 부접할 길이 없었다. 《관촌수필 1》

부지런을 떨다 지나치게 부지런하게 행동하다. ¶ 유자는 영화가 들어올 때에도 남에 없는 부지런을 떨어서 이른바 샌드위치맨이 되기를 자원하고 나섰다. 《유자소전》

부지런이 부지런스러운 사람을 이르는 말. ¶ (상하는)…공일날도 빈지문을 새벽에 여는 부지런이이다. 《이 풍진 세상을》

부지런한 물방아는 얼 새도 없다(속) 무슨 일이고 쉬지 않고 부지런히 하면 일이 순조롭게 이루어진다는 말. ¶ "네가 몰라서 지껄이는 소리니라. 부지런한 물방아 얼

사이 없더란 말도 못 들었데? 해행 조대를 들먹이네. 사략 초권으로 조석간의 양식을 허는 것이 선비니라."《오자룡》

부집 화를 돋우어 말다툼을 하는 것. 또는 그 말다툼. ¶옹점이는 매번 이악스럽게 부집을 해대며 대두리로 한바탕씩 하였는데, 《명천유사》

부쩌지 못하다 안절부절못하다. 〈방언〉 ¶…그렇다고 남의 집 안에 들어가 사내 여편네가 남남끼리 하필 팬츠를 놓고 가 가겨거 하는 옆에서 옆들이 하잠도 아닌 듯하여 부쩌지 못하고 있었다. 《우리 동네 黃氏》 ※부쩌지 : 붙접지(붙접하지). 붙접 : 가까이하거나 붙따라 기대는 일.

부처님이 살찌고 파리하기는 석수에게 달렸다⑥ 일의 진행 성과 여부는 그것을 하는 사람의 의지 여하에 달렸다는 말. ¶ "…부처님 살찌고 마르기도 석수 목수 손에 달렸듯, 백성이 살고 못살고도 군수 아전이 헐 탓인디, 우리게 군수 아전늠덜은 군민을 고을의 근본으로 보는 게 아니라 죄다 관노비로 치부허는 모양이라…"《오자룡》

북감자 이삭 주워 들이듯 하다⑥ 예사로 쉽게 얻는다는 말. ¶"뚝셍잇댁인가 그 여편네는 시상이 부끄럽지두 않으까, 사내를 북감자 이삭 줏어 들이듯 허구 있으니, 다 큰 딸년이 챙피시럽두 않은 모냥이데." 《추야장》

북더기 '북데기'의 잘못. 짚이나 풀 따위가 함부로 뒤섞여서 엉클어진 뭉텅이. ¶그 연기 빛깔은 검불이나 등성이에서 갈퀴밥으로 모아진 북더기 타는 빛깔이었다. 《관촌수필 1》

북새 아주 야단스럽게 부산을 떨며 법석이는 일. ¶어른 아이 할 것 없이 모여들어 북새를 피우고 있었다. 《관촌수필 3》

북실북실하다 북슬북슬하다. 〈방언〉 살이 찌고 털이 많아서 매우 탐스럽다. ¶사십대의 중년 사내로 구레나룻이 북실북실하고 장딴지만 한 굵은 팔뚝에 해골 문신을 박았던, 《두더지》

북(을) 주다 흙으로 식물의 뿌리를 덮어 주다. ¶…변차섭이네 비닐하우스에서는, 그새 고춧모가 북 주게 자랐는지 아까부터 사람 소리가 새어 나오고 있었다. 《우리 동네 崔氏》

북을 치건 장구를 치건 어떤 일을 하든지. ¶"참으세요. 조금만 더 기다리세요." 그러나 이제 어머니는 참는 것도 기다리는 데에도 흥미가 없어 보인다. 북을 치건 장구를 치건 아예 관심이 없는 것 같았다. 《장난감 풍선》

북 치고 장구 친다⑥ 혼자서 여러 가지 일을 도맡아서 한다는 말. ¶…전업농의 농지 확대를 돕기 위해서는 무슨 수를 써서라도 농짓값이 묶이도록 누르는 것이라고 뒤떠들고 부추기고 덩달아서 북 치고 장구 쳤던 정부 당국자와, 《장곡리 고욤나무》

불감청이언정 고소원이라⑥ 감히 청하지는 못하였으나 본디 바라고 있던 바를 뜻하는 말. ¶(산) 이야말로 '불감청이언정 고소원'이라던 바로 그것이 아닌가. 더욱더 고마운 것은 이 행사를 '최선의 고객맞이 준비'로서 보령시의 연례행사로 정착시킨다는 것이었다. 《어떤 졸업》

불고 쓴 듯하다 '아무것도 남은 것이 없이 반반하게 된 모양'을 이르는 말. 〈북〉 ¶

밤마다 무슨 굿을 하느라고 그리 짖는지 모르게 짖어대던 청둥오리들은 다 언제 어떻게 됐기에 이냥 불고 쓸은 듯이 조용하단 말인가.《장동리 싸리나무》

불그누름하다　'불그스름하고 누르스름하다'의 줄임말. ¶그때는 점심이란 음식은 이름도 없었고, 조석으로 입가심하던 것은 불그누름한 밀기울밥 한 보시기가 고작이었다.《관촌수필 5》

불그족족하다　빛깔이 고르지 못하고 칙칙하게 불그스름하다. ¶"빛깔이 불그족족허니 끄뎅이가 우거지고…넣었다 허면 곧바로 얼근허거든."《장한몽》

불긋불긋　전체가 붉지 아니하고 군데군데 붉은 모양. ¶…여름내 패랭이꽃들로 불긋불긋 수놓였던 산등성이 푸새 틈틈이에서,《관촌수필 5》

불땀　불기운의 세고 약한 정도. ¶…베어다 말린대도 불땀이 없어 물거리밖에 되지 않아 아무도 낫을 대지 않는 나무들이 그루마다 덤불을 이루며 뒤엉켜서 웬만한 사냥꾼은 발도 들이밀 수가 없는 형편인데도,《장동리 싸리나무》

불뚝성　갑자기 불끈하고 내는 성. ¶매월당은 욱하고 불뚝성이 이는 것을 억지로 참았다.《매월당 김시습》

불쑥불쑥　자꾸 앞뒤 생각 없이 잇따라 말을 함부로 하는 모양. ¶…희연이 이르던 말마디가 불쑥불쑥 참견을 하려 드는 것은 무슨 까닭인지 알 수가 없었다.《매화 옛 등걸》

불알 두 쪽밖에는 없다⑬　가진 것이라곤 알몸 하나뿐이라는 말. ¶"니가 윤맨인가 뭣인가 고늠 때미 그러는 중 내가 물러서

그러는 중 아네? 다 안다고, 허지만 제우 부랄 두 쪽밖이 안 가진 늠을 워치기 헐라구 그러네? 그늠만 쳐다보면 밥이 들오구 떡이 들온다데?"《추야장》

불에 덴 강아지 앓는 소리⑬　기운이 지쳐서 흥얼거리는 소리를 일컫는 말. ¶(산) 어떤 놈은 아궁이 앞에서 자다가 털을 구워 먹어서…'불에 덴 강아지 앓는 소리'라느니 하고 사람으로 하여금 탄식을 자아내게 하기도 했던 것이다.《개장과 개집》

불카하다　'불콰하다'의 잘못. ¶얼굴이 불카한 것이 초순이를 불러 소주를 마신 꼴이었다.《장한몽》

불콰하다　얼굴빛이 술기운을 띠거나 혈기가 좋아 불그레하다. ¶이제민 씨 정견 발표장에서와 다름없이 막걸리로 낮이 불콰해진 얼굴들도 부지기수였다.《장난감 풍선》

불탄 강아지 앓는 소리⑬　기진하여 소리도 제대로 내지 못하면서 신음하는 소리를 비유하여 이르는 말. ¶(산)…눈치가 빠르기는 도갓집 강아지에 못지않은 것이 주막집 강아지였다. 따라서 어디가 어떻더라도 여간해서 '불탄 강아지 앓는 소리'는 하지 않았다.《속담과 인생》

불퉁거리다　자꾸 부루퉁한 얼굴로 퉁명스럽게 말하다. ¶장지에 따라다니다 보니 묏자리가 좋으니 나쁘니 하고 상제나 친척들 간에 불퉁거리고,《유자소전》

불퉁스럽다　불퉁한 데가 있다. ¶"나 아닌 디유." 라는 짐짓 마주 걸어가면서 불퉁스럽게 대꾸했다.《우리 동네 李氏》

불퉁하다　(둥근 것이) 툭 비어져 있다. ¶"맞선이요?" 의곤이는…누구 배참하듯이 불퉁하게 말했다.《산 너머 남촌》

불티(가) 나다 물건을 내놓기가 무섭게 금방 팔리다. ¶고추를 추슬러 모래 굴러다니는 소리가 요란할수록 사람들은 고추씨 여문 것 하나만 봐도 맏물 고추가 틀림없다면서 불티나게 나가더라는 것이었다.《두더지》

붉덩물 붉은 황토가 섞이어 탁하게 흐르는 큰물. ¶…허벅지고 종아리고 김치국물 같은 붉덩물이 튀어올라 미관상으로도 그런 젬병이 없었다.《산 너머 남촌》

붉으락푸르락하다 몹시 흥분하거나 노하여 안색이 붉게 또는 푸르게 변한다. ¶나이가 어린 급사는 덤벼드는 노파를 떼밀 수도 없고 욕할 수도 없어 붉으락푸르락하더니, 노파의 소금 광주리를 들고 뺑소니쳐 버리려 한다.《김탁보전》

붓두껍 붓대보다 조금 굵은 대나 얇은 쇠붙이로 만들어 붓의 촉을 씌워 두는 물건. ¶매월당은 붓두껍을 열었다.《매월당 김시습》

붓(을) 들다 글쓰기를 시작하다. ¶(산)…마침내 미련퉁이가 모퉁이를 돌아가다 왕동이한테 쏘이는 격으로 혈수할수없이 붓을 들게 되었다.《글밭을 일구는 사람들》

붙동이다 붙들어서 동이다. ¶…음료수 가방이 붙동여진 손수레만 끌고 나서도 그냥 지나갈 사람까지 으레 무르춤하면서 뒤를 돌아보기가 예사였으니.《우리 동네 柳氏》

붙박이 한자리에 박혀 있듯이 머물러 있는 사람. 〈북〉 ¶이 동네를 다시없는 삶의 터전으로 믿어 붙박이로 살면서《산 너머 남촌》

붙을 년⑪ (아무하고나 교접을 할) 상년. ¶"붙을 년덜…무식허면 주뎅이나 닫구

있으래라야…"《이 풍진 세상을》

비각 (물과 불처럼) 두 물건이 서로 용납되지 못하는 일. ¶그는 옹점이 또래의 처녀라면 덮어놓고 비각으로 알아 무슨 일에나 쫓아다니면서 그예 해찰을 부렸다.《명천유사》

비거스렁이 비가 갠 끝에 바람이 불고 기온이 낮아지는 현상. ¶빗낱은 계속 성깃성깃하게 흩뿌리며 비닐우산을 투덕거렸고, 암컷처럼 패인 부엉재 고랑 아래 잔솔밭 밑 두어 채 초가 굴뚝에서는 저녁 청솔가지 연기가 비거스렁이에 눌려 안개처럼 번져 나가고 있었다.《관촌수필 1》

비그이 비를 잠시 피하여 그치기를 기다리는 일. ¶마침 소나기를 한줄금 하던 참이라 장은 당장 비그이를 할 곳부터 고르지 않으면 안 되었다.《우리 동네 張氏》

비긋하다 버긋하다. 〈방언〉 ¶술집마다 빈지문짝은 비긋하게 틈만 내고 닫혀졌고 연기 내는 굴뚝은 한 군데서도 구경할 수가 없었다.《해벽》

비나리 치다 아첨하여 환심을 사다. ¶…돈 놓고 돈 먹기 수작에 이골이 난 무리들의 거추꾼으로 묻어다니며 비나리를 치고 개평이나 떼어 살아가는 주제《산 너머 남촌》

비나무 섶나무. 〈방언〉 잎나무, 물거리, 풋나무 등 낫으로 베어 장만할 수 있는 땔나무의 총칭. ¶그녀는 산나물을 뜯으러 간 길이었고 왕식이는 비나무를 하러 왔던 참이라 했다.《떠나야 할 사람》

비닭이 비둘기. 〈방언〉 ¶"…생치는 양반 반찬이구 비닭이는 상것들이나 입에 대는 벱이니라."《관촌수필 1》

비뚜름하다 좀 비뚤다. ¶…비뚜름하게

모로 제껴 쓴 패랭이와《매월당 김시습》

비뚤어진 나무는 그림자도 비뚤어진다⊕ 시초부터 좋아야 결과도 좋다는 말. ¶"…비뚤어진 나무는 그림자도 비뚤어지듯이 어려서부터 약 없는 병으로 자란 인간인데, 이제 와서 삼을 쓴들 덜하겠나 용을 댄들 덜하겠나…"《그리고 기타 여러분》

비라리(를) 치다 구구한 말을 하여 가며 남에게 무엇을 청하다. ¶봉출 씨는 그것도 덕담이라고 애써 비라리를 쳤으나《장곡리 고욤나무》

비라리하다 많은 사람에게서 조금씩 얻어 모아 만든 제물로 귀신에게 빌다. ¶"…이젠 바위츠렁에 비라리하실 일도 없으실 터에, 구태여 이런 반벽강산의 오리무중에서 귀양살이를 하실 법도 없으리라."《매월당 김시습》

비력질 부역(賦役). 〈방언〉 ¶…매년 봄가을에 겪는 신작로 비력질이나 보막이 울력에 나가서도 옆 사람과 비쌔기를 잘하여《명천유사》

비렁뱅이끼리 자루 찢기⊕ '서로 동정해야 할 형편에 있는 사람들끼리 서로 아웅다웅하는 사람'을 이르는 말. ¶"최가두 그류, 종기네허구 박은 구원 때미 저 지랄 덜이지만 그깻거야 즈이네가 못 씻은 탓이지 알구 보면 다 지집 한 년 놓구 비렝이찌리 자루 찢다 저리 된 게거던유."《매화 옛 등걸》

비렁뱅이 모닥불에 살찐다⊕ 아무리 어려운 사람이라도 무엇이나 한 가지는 사는 재미가 있다는 말. 거지는 모닥불에 살찐다. ¶(산) "…속담에 비렁뱅이 모닥불에 살찐다는 말이 있어. 열로써 건강을 유지한다는 뜻이겠지."《사상기행①》

비렁뱅이 쪽박 깨듯⊕ 동냥은 아니 주고 쪽박만 깬다. 남의 애원하는 일은 들어주기는커녕 오히려 해를 끼치거나 방해만 논다는 말. ¶"이 개만도 못한 놈아, 전생에 무슨 못할 죄를 짓고 와서 남의 산소를 칡뿌리 캐듯 파 놓고, 그래 무슨 억하심정으로 짓밟아 비렁뱅이 쪽박 깨듯 했더냐. 이 땀을 못 낼 놈아."《장한몽》

비루먹다 (개나 말, 나귀 등이) 비루에 걸리다. ¶…상필이 혼자 나서서 그러는 것도 비루먹고 중뿔난 송아지 모양 비위에 거슬린다거나 하지 않았으며,《장한몽》 ※비루 : 개나 말, 나귀 등이 피부가 헐고 털이 빠지는 병.

비루비루하다 차림새가 비루먹은 가축의 겉모습처럼 꾀죄죄하고 꼴사납다. 〈個語〉 ¶엿장수는 거푸 말받침을 놓았을 뿐 아니라 털썩 주저앉아 비루비루한 주제꼴에 걸맞지 않게 금관 담배를 꺼내 들고 있었다.《장한몽》

비리비리하다 ① 몸이 비틀어질 정도로 여위고 가냘프다. ¶(산) 상용은 체구가 작은 데다가 잔병이 끊어 매양 비리비리하며 이틀이 멀다 하고 학질을 했고,《아픈 사랑 이야기》② 비릿비릿하다. ¶…석이버섯과 바위이끼로 하여 언제나 비리비리한 냄새가 몸으로 젖어 들고 있었다.《장한몽》

비리치근하다 '비리척지근하다'의 준말. 비린 맛이나 냄새가 조금 나는 듯하다. ¶명천은 문득 자신의 옷깃에 코를 가까이 해 보았다. 역시 냄새가 있었다. 그러니 그것은 건건하거나 비리치근한 냄새가 아니었

다.《달빛에 길을 물어》

비리칙하다 비리치근하다. 〈방언〉 ¶참게를 잡으면 그 자리서 배꼽만 떼어 내고 그 참 어적어적 씹어 먹었다. 그 비리칙한 맛은 날로 먹어야 제맛인 쌀새우 맛에 진배없었다.《해벽》

비릿비릿하다 냄새나 맛이 몹시 비릿하다. ¶…단단하게 약오른 고추를 통째로 죽여도 혀끝이 얼얼하긴커녕 비릿비릿하여 비위가 상했다.《우리 동네 黃氏》

비 맞은 지푸라기⦿ 한번 타격을 받으면 재기 불능이 된다는 말. ¶"노인네들, 기운 한번 풀리면 당장 비 맞은 지푸라기지 뭐. 어서 모시구 가요."《산 너머 남촌》

비비적거리다 비비는 동작을 자꾸 하다. ¶…부엌에 있는 딸들이 서로 비비적거리는 소리도 엿들을 수 있었다.《장곡리 고욤나무》

비빗비빗 '비비적비비적'의 준말. ¶우리가 마음 놓고 비빗비빗 비비적거릴 곳이라곤…이동식 포장마차가 고작이었다.《강동만필 3》

비사치기 아이들의 놀이의 하나. 돌치기. ¶이십여 년 전의 아이들처럼 비사치기를 하는 패도 있었다.《이모연의》

비사치다 에둘러서 말해 은근히 깨우치다. ¶조는 부러 비사쳐서 말했다.《우리 동네 趙氏》

비상구를 땜질해 놓을 년⦿ 여성의 생식기에 빗댄 욕설. ¶그녀가 웃음을 거두니 춘희 낯짝이 돼 버린다. 알지. 재수 드러워. 뭘 봐 요년, 그선이 오뎅까지도 다 네 년 탓으로 갔다 말야. 비상구를 땜질해 놓을 년.《야훼의 무곡》

비설거지 비가 오려 하거나 올 때에 비를 맞혀서는 안 될 물건을 거두거나 덮는 일. ¶…빗발이 조금만 처음 같지 않아도 소나기는 삼 형제라면서 오직 비설거지에만 매달려 부산을 떨곤 하였다.《변 사또의 약력》

비손 손을 비비면서 신에게 소원을 비는 일. ¶…성임은 장단의 덕진과, 양주의 광나루와, 남양의 덕적도를 차례로 돌면서 천지신명과 일월성신에게 비손을 하도록 파견하였다는 거였다.《매월당 김시습》

비스름하다 거의 비슷하다. ¶먹매나 마찬가지로 농약과 비료는 매년 비스름하게 들은 터였으니, 한 해 영농 빚이 팔만여 원 돈이 났다면 남들에 비해 그리 많다 할 것이 아니었다.《우리 동네 李氏》

비슥 눈을 곁눈으로 내리떠서 시선이 비낀 모양. ¶넋이 나가 장승처럼 서 있는 우리를 비슥 돌아보며 의사는 다시 중얼거렸다.《관촌수필 5》

비슥도 않다 비치지도 않다. 얼씬도 않다. 〈방언〉 ¶뺑덕어매처럼 변덕이 죽 끓듯해서, 서로 틀린 일도 없이 벌써 언제부터 비슥도 않던 강충성이 여편네까지 마뜩찮게 끼어 있었다.《우리 동네 柳氏》

비슥비슥 비슥거리는 모양. ¶선출이 충혈된 눈으로 비슥비슥 들어선 것도 그와 함께였다.《암소》

비슬비슬 매우 힘없이 걸음을 온전히 걷지 못하고 비슥듬히 걷는 모양. ¶한동안 주뼛주뼛한 뒤에 사랑으로 비슬비슬 들어가면《관촌수필 1》

비쌔다 ① 무슨 일에나 어울리기를 싫어하다. ② 마음은 있으면서도 안 그런 체하다. ¶권은 장삿속에 부러 비쌔면서 유세를 부려 봄 직도 하건만, 천성이 능준하여 그러는지 그저 고지식하게 말하는 데에만 서슴이 없을 따름이었다.《산 너머 남촌》

비쓱하다 비치다.〈방언〉얼굴이나 눈치 따위를 잠시 또는 약간 나타내다. ¶"…아저씨 안 보이지, 탑골 심 씨 안 보이지… 장마에 소금 장수 지나가듯 언젠가 한번 비쓱하고는 그만이니 문을 열어도 재미가 없더라구요."《산 너머 남촌》

비안개 비가 쏟아질 때 안개가 낀 것처럼 흐려 보이는 현상. ¶(우리는)…비안개 속을 걸으면서 어디선가 혼자 우는 개구리 울음소리도 들었다.《관촌수필 5》

비알 비탈.〈방언〉¶그는 두둑마다 다른 씨를 묻어 근근이 먹을 것이나 건지는 비알밭 서 마지기도 서울 사는 땅임자에게 김장 고추 스무 근으로 도지를 무는 판이었다.《우리 동네 崔氏》

비어지다 속에서 겉으로 쑥 내밀다. ¶검정 외투 밖으로 안경만 내놓은 듯하던 사내가 뒤에서 옆으로 비어지며 따졌다.《우리 동네 李氏》

비웃적거리다 비웃는 태도로 자꾸 빈정거리다. ¶은산이는 종구가 비위를 덧들이지 못하여 지부럭거리는 심보가 마뜩찮아서 맞불을 놓는 셈으로 비웃적거렸다.《장척리 으름나무》

비위(가) 뒤집히다 (무엇에) 비위가 몹시 상하다.〈個語〉¶정은 김형각이라는 이름만 들어도 비위가 뒤집혔다.《우리 동네 鄭氏》

비위(가) 뒤틀리다 (무엇이) 비위에 맞지 않아 기분이 틀어지다. ¶눈뜨면서부터 비위가 뒤틀린 리는 만만한 아내와 전기밥솥을 번갈아 흘겨보며 부아를 내뱉었다.《우리 동네 李氏》

비위(가) 상하다 마음이 상하다. ¶…공사를 감독한 자는 아전 김 아무개하고 이름을 두고두고 남겨 주려고 애쓴 흔적이 뚜렷하여 비위가 상한 것이 아니었다.《매월당 김시습》

비위(가) 틀리다 마음에 맞지 않아 기분이 틀어지다. ¶"추깃물도 약이란 사람이 있으니까 혹 몸에 좋을지도 모르지." 건너편에서 마가가 무심히 신칙했다. 그 말을 들은 순간 상필은 비위가 뒤틀렸다.《장한몽》

비위를 거슬리다 마음을 상하게 하다. ¶김은 술이 아쉬웠다. 조금만 더 있었으면 그런대로 무던하게 수작하겠는데, 맛뵈기로 그쳤으니 됩데 비위만 거슬려 놓은 게 아닌가 싶던 것이다.《우리 동네 金氏》

비위(를) 맞추다 만족스럽게 하다. ¶…그도 가끔씩 그녀의 비위를 맞추었다.《산 너머 남촌》

비젓하다 비슷하다.〈방언〉¶"…살이라고 허벅허벅헌 것이, 똑 반반헌 화류곗년 별맛 읎는 거나 비젓허더먼그려."《유자소전》

비젓비젓하다 '비젓비젓하다'의 잘못. 여럿이 비슷하다. ¶"대저 우리게 사람들은 자살을 해두 비젓비젓한 방법을 쓰던디, 그것두 다 무슨 조홧속이던겔레."《오자룡》

비죽비죽 언짢거나 비웃거나 울려고 할 때 소리 없이 입을 내밀고 실룩거리는 모양. ¶구 형사는 인기척을 모를 만큼 취조에 열중하던 황의 뒷전에 서서 비죽비죽 웃고 있었다.《장한몽》

비질거리다 비칠거리다. 〈방언〉 ¶(그녀
가)…언제나 힘이 부쳐 비질거리는 걸음
새로 내려오곤 했지만 오늘은 유난히 다
리 힘이 달리나 보았다. 《그때는 옛날》

비척비척 '비치적비치적'의 준말. 몸을 한
쪽으로 약간 비틀거리거나 가볍게 절룩거
리며 걷는 모양. ¶…조패랭이가 텁석부
리 구레나룻을 쓰다듬으며 비척비척 일어
나다 주저앉아 중얼거리고 있었다. 《관촌
수필 5》

비치다 띄다. ¶"…원산역을 지날 때 눈
발이 비치더니, 청진을 지나니께 정신없
이 쏟아지는디, 아—그런 눈은 처음이었
어…"《관촌수필 5》

비치적거리다 (한쪽으로 넘어질 듯) 비틀
거리다. ¶(기출 씨는)…겨우 비치적거리고
일어서면서 "이 나쁜 늠덜" 하고 주먹으로
테이블을 내리쳤다. 《장곡리 고욤나무》

비칠거리다 몸을 이리저리 어지럽게 비틀
거리다. ¶…제 몸뚱이조차 고루잡기에
도 힘이 부쳐 엎드러질지 곱드러질지 모
르게 비칠거리면서 땀으로 미역을 감게
마련이었다. 《유자소전》

비틀비틀 비틀거리는 모양. ¶(시) 비틀비
틀/ 술 취한 사람 《장날》

비행기(를) 태운다 남을 칭찬해서 한껏 추
켜올리다. ¶섣불리 순이를 추썩거려 비
행기 태워 가며, 내동 죽어 살아온 동네에
오죽잖은 물을 들이기 시작한 이는…류상
범이 여편네였다. 《우리 동네 柳氏》

빈대 볼기짝만 하다㈜ 바닥이 이루 말
할 수 없이 좁다는 말. ¶"그새는 그럭저
럭 참았지마는 이 빈대 볼기짝만밖에 안
한 일판에다 일꾼을 다섯이나 더 쓴다면,

결국 우리가 다 먹어도 간에 기별이 갈
둥 말 둥 한 것을 나눠 먹으란 얘기라구."
《장한몽》

빈들빈들 게으름을 피우며 부끄러운 줄 모
르고 뻔뻔스럽게 놀기만 하는 모양. ¶조
형사가 빈들빈들 웃으며 말하자, 《장한몽》

빈말하다 실속 없이 헛된 말을 하다. ¶변
사또는 그날 손 영감을 빈말로 돌려보내고
와서 허탈감에 주저앉으며 나오는 대로 떠
들었다. 《변 사또의 약력》 "알고 와선 내민
손에 빈말하겠나.《산 너머 남촌》

빈손(을) 털다 헛일이 되어 아무런 소득이
없다. ¶"…누가 원두를 놔서 괜찮았다 하
면 우루루 하고 죄다 그리 덤벼들어 참외
가 오잇값이 되고 수박이 호박값으로 딩
굴어 다니니 결국은 서로가 빈손 털고 주
저앉을 수밖에…"《산 너머 남촌》

빈손이 큰 손이요 끗발이 맨발이다㈲ 힘
이 없는 사람은 힘이 없는 것이 바로 힘이
라는 말. ¶…가령 벌면 먹고 놀면 굶는
뜨내기들, 빈손이 큰 손이요 끗발이 맨발
인 따라지들, 《유자소전》

빈자문 빈지문. 〈방언〉 비바람을 막기 위
하여 덧댄 문. ¶수챗다리를 건너서니 빈
자문이 잠긴 채 대문을 지치어 놓은 귀숙
이네 집이 먼저 다가오는데, 다리 건너 그
쪽 가게들은 일제히 정기휴업일인 것 같
았다. 《우리 동네 鄭氏》

빌미 불행이나 탈이 생기는 원인. ¶…비단
잉어 회식 사건을 빌미로 인사이동을 단행
할 의향까지는 없는 것 같았다. 《유자소전》

빌미하다 빌미로 삼다. ¶…시절이 이러매
신정 연휴를 빌미할 수밖에 없음을 달리
어쩌랴 하며 견딘 거였다. 《관촌수필 1》

빌어먹다 급살 맞아 뒈질 것(비) 거지로 살다가 문득 죽으라는 상말. ¶"어메…그런 빌어를 먹다 급살 맞아 뎌질 것 봐…" 《관촌수필 3》

빌어처먹을 년(비) (거지가 되어) 빌어먹고 살 년. ¶"빌어처먹을 년…" 됨말 댁은 며느리 푸념이 절로 나옴을 참지 못해 하며 걷고 있었다.《그때는 옛날》

빕더서다 비켜서다. ¶이장 된 체면에 보고만 있기가 딱하던가 변차섭이 어중간에 들어서며 말리는 시늉을 했다. 면장은 계제 잘됐다고 자리에서 빕더설 기미를 보였다.《우리 동네 姜氏》

빗낱 빗방울. 〈방언〉¶우두둑우두둑 우산 위에서 들린 빗낱 듣던 소리는, 점심마저 굶어 허당이 된 가슴속을, 시간이 가면 갈수록 더욱더 분명한 가락으로 두들겨 주고 있었다.《관촌수필 1》

빗더서다 방향을 조금 틀어서 서다. ¶문정은 작은며느리가 게정을 부릴 때마다 돌아앉아 허희탄식으로 빗더서기나 했을 따름 아무 대책이 없었다.《산 너머 남촌》

빗뜨다 (눈을) 옆으로 흘겨 뜨다. ¶그가 때아닌 구식을 들추자 안암팎 삼동네는 그만두고 이웃이 먼저 눈을 빗떴다.《산 너머 남촌》

빗물 퍼 쓰듯 (지출을) 헤프게 하는 모양. 〈個語〉¶나이 삼십 넘도록 돈을 빗물 퍼 쓰듯 흔전만전 뿌려 본 일은 꿈으로도 못 꾸어 본 게 사실이긴 했다.《장한몽》

빗밑 오던 비가 그쳐 날이 개는 속도. ¶…이렇게 비바람에도 후텁지근한 더위에 굳이 쇠갓을 챙겨 나온 것은 장차 날이 언제 들지 모르게 빗밑이 무진 질긴 탓이었다.《토정 이지함》

빗발 ('~도 않다'와 함께 쓰이어) 얼씬. 〈방언〉¶동지가 지나고부터는 고을에서 드나들던 육방의 구실아치며 빗아치들도 믿지 못할 눈길을 두려워하여 빗발을 하지 않았다.《매월당 김시습》

빗발무늬 (창문 등에) 빗방울이 흘러내리며 나타내는 물무늬. ¶나는 한동안 두 눈을 지릅뜨고 빗발무늬가 잦아가던 창가에 서서, 뒷동산 부엉재를 감싸며 돌아가는 갈머리부락을 지켜보고 있었다.《관촌수필 1》

빗발치다 어떤 의사를 나타내는 말이 끊이지 않고 세차게 닥치다. ¶유자빈의 장원은 형제가 연달아서 용두를 한 것이 전에 없던 일이라 하여 잔치를 더욱 크게 차리라는 주문이 빗발치듯 하였으며,《매월당 김시습》

빗보다 바로 보지 못하고 잘못 보다. ¶…남씨는 듣은 대꾸도 않고 내 옆으로 어슷하게 앉은 서 씨를 빗보면서 드렁조로 말했다.《강동만필 3》

빗슥하다 얼씬하다. 〈방언〉¶신랑이란 게 그녀보다 세 살이나 어려 열다섯이었지만, 족두리를 벗기다 냄새를 알고 나가더니, 두 번 다시 얼굴도 빗슥하지 않더랬다.《가을 소리》

빗아치 관아의 어떤 빗에서 일을 하는 사람. ¶…고을에서 드나들던 육방의 구실아치며 빗아치들도《매월당 김시습》

빗장거리(비) 남녀가 '十' 모양으로 눕거나 혹은 기대서서 하는 성교. ¶"이놈 만근아, 이빨 성하고 머리터럭 성한 놈도 갱짜 조심하고, 도지기 조심하고, 낮거리 조심

하고, 빗장거리 조심하고, 감투거리 조심
하고, 조심할 것 조심하면 너도 장수한다
더라, 부디 조심하거라.《토정 이지함》

빙깃거리다 빙긋거리다. 〈방언〉입을 슬
쩍 벌릴 듯하면서 소리 없이 거볍게 자꾸
웃다. ¶"…집은 위째서 빙깃거리메 쌩이
질만 헌다냐."《관촌수필 6》

빙빙 잇달아 슬슬 도는 모양. ¶"…까그매
가 지붕 위루다 빙빙 돌구 간 집은 얼마
안 이따가 꼭 우환이 생기구 초상이 나는
거…"《더더대를 찾아서》

빙충맞다 똘똘하지 못하고 어리석고 수줍
기만 하다. ¶"빙충맞기는…상식을 터득
하는 데는 선생이 따로 있는 것도 아닌데,
넌 언제까지나 그렇게 매사를 어섯만 보
고 징겁댈 참이냐…"《산 너머 남촌》

빚가림 빚을 따져서 갚음. ¶리는 빚가림
을 하려 해도 워낙 터무니가 없어 내동 사
돈네 초상에 외갓집 제사 잊듯 해 온 지가
오래라.《우리 동네 李氏》

빚구럭 빚을 많이 지고 헤어나지 못하는
어려운 상태를 이르는 말. ¶"그러면, 빚
구럭에 처백힌 것덜이 갈망 읎이 테레비
나 본떠서, 애덜 앞혀 놓구 크릿스마쓰나
챘으야 애비 노릇 헌다는 겨?" "빚구럭에
백혔건 빚데미에 치였건, 있네 읎네 해두
논 얼 때 엿 고구, 밭 얼 때 술 담는 게 농
촌 풍속인디…"《우리 동네 李氏》

빚도 재산이다〈속〉대차대조표에서는 부채
도 자산과 동격으로 다룬다. 〈곁말〉¶빚
도 재산일진대 방앗간이 부락에 재산을
보탠 것은 틀림없는 사실이었다. 해가 묵
을수록 부락의 눈총을 그러모아 탈이었지
만.《우리 동네 姜氏》

빚보인하는 자식은 낳지도 말라〈속〉남의
빚돈 쓰는 데 제 이름으로 담보하다가는
까딱하면 패가망신하기가 쉬우므로, 빚보
증 서는 것을 극력 경계하는 말. ¶"…그
러구 지난번 반상회 석상에서두 대략적인
측면으루다가 말씀드린 바와 같이, 빚보
인 스는 자식일랑 두지두 말라는 옛말까
장 무시해 버리구설랑은이, 나는 주민 여
러분들의 원활한 영농을 위해설랑은이 연
대보증을 스느라구, 금년 칠칠 년도만 해
두 인감증명을 여든두 통이나 떼었던 것
입니다…"《우리 동네 李氏》

빚잔치 빚을 갚을 능력이 없을 때, 돈을 받
을 사람에게 남아 있는 재산을 빚돈 대신
내놓고 빚을 청산하는 일. ¶"그게 싫어서
벌써 팔아 빚잔치하고 말아 버린 집도 그
새 여러 가구라네. 평균 사오백씩은 뉘어
놓았으니 뭘 해서 그걸 꺼 나가겠나."《산
너머 남촌》

빚지시 빚을 주고 쓰고 할 때에 중간에서
소개하는 일. ¶"누구 스 되 안짝에 겟쌀
놓을 사람 있다거든 빚지시 좀 해 주게.
쌀만 읃어 주면 손씻이는 섭섭잖게 헐 테
니."《우리 동네 李氏》

빠구리〈비〉'성교'를 속되게 이르는 말. ¶
"늙었어두 우리는 한 달에 한 번 꼴로 빠
구리를 해야 했단 말야, 자네들 쩍만은 못
허드락두 역시 고건 참어지는 게 아니걸
랑." 영감은 입맛을 다셔가며 얘기했다.
《금모랫빛》

빠드름하다 훤하다. 〈방언〉¶"…산술 선
찮여 돈은 못 벌었지만, 먹은 그릇 심은 빠
드름허니께. 자 봐들…"《우리 동네 黃氏》

빤드름하다 빤드럽다. '반드럽다'의 센말.

¶그녀는 별쭝맞게도 눈치가 빨라 무슨
일에건 사내 볼 쥐어지르게 빤드름했고
귀뚜라미 알듯 잘도 씨월거리곤 했는데,
《관촌수필 4》 ※반드럽다 : 사람됨이 약삭
빨라 어수룩한 맛이 없다.

빤지름하다 반지르르하다. 〈방언〉 ¶ "…가
께쓰봉에 군대 굿수를 신구유, 대가리는
찍구를 빤지름허게 처발르구유…"《관촌수
필 ④》

빨아 다린 체 말고 진솔로 있거라ⓢ 잘
난 체 허식을 하지 말고 본래의 면목을 유
지하여 순수성을 지니라는 말. ¶빨아 다
린 체를 말고 진솔로나 있으면 일 보러 나
가서 장 보고 오는 폭으로 듣던 김에 마
저 들어줄 수도 있으련만 귀 떨어진 장종
지가 기름 종지 되어 미끈대듯, 그녀는 잔
뜩 남상지른 얼굴에 목통까지 있어서 말
도 약장수 맞잡이는 하게 제법 희떱고 사
풍스러웠다.《산 너머 남촌》

빼다박다 매우 닮다. ¶…큰것이나 그다음
것이나 서로가 빼다박은 것처럼 가지런히
무녀리요 막물태였다.《산 너머 남촌》

백(이) 없다ⓑ 뒷배경이 없다. ¶그 무렵
만 해도 전쟁이 한창 치열하던 판이라 장
정들이 싸우다 죽을 때는 백이 없어 죽는
다고 "백―" 소리를 지르며 죽어 간다던
시절이었다.《관촌수필 5》

뺑덕어멈 같다ⓢ 수다스럽고 못생긴 여편
네를 뜻하는 말. ¶뺑덕어매처럼 변덕이
죽 끓듯 해서, 서로 틀린 일도 없이 벌써
언제부터 비슷도 않던 강충성이 여편네
까지 마뜩찮게 끼어 있었다.《우리 동네
柳氏》

뺑덕어멈 화상이 되다 심통이 나서 표정

이 일그러지다. 〈個語〉 ¶…김학자 회장
은, 오늘도 식전부터 전화를 받자마자 얼
굴이 뺑덕어멈 화상이 됐다가 장쇠어멈
화상이 됐다가 해쌓더니《장평리 찔레나
무》 ※뺑덕어멈 : 〈심청전〉에 등장하는
심청의 계모.

뺑소니(를) 치다 몸을 빼쳐 급히 도망하
다. ¶최는 재빨리 일어섰다. 그렇지만 그
가 그러는 동안 차는 이미 동구 밖으로 한
창 뺑소니를 치는 중이었다.《우리 동네
崔氏》

뺑쑥 '뺑대쑥'의 준말. 국화과의 여러해살
이풀. ¶…아내가 물길 뚝셍이, 뺑쑥 덤불
에 굴축스럽게 쭈그리고 앉아,《우리 동네
金氏》

뺨치다 '능가하다'의 낮은말. ¶…얼굴엔
온통 굴왕신 뺨치게 검댕 천지를 해서는,
달이 서쪽으로 바삐 내달은 줄도 모른 채
뛰놀고 있었다.《관촌수필 5》

뻐그리다 (약속을) 어기다. 〈방언〉 ¶…일
이 끝나면 노래방으로 모시고 가서 묵은
스트레스까지 몽땅 풀어 드리지 않으면,
나 오늘 컨디션이 안 좋아서 일 못 하겠다
다―하고 나자빠져서 일을 뻐그리지 않
는다는 보장이 없으니, 대체 어느 시러베
가 욱하지 않고 견딜 수 있단 말인가.《장
척리 으름나무》

뻐꾹뻐꾹 잇달아 뻐국 우는 소리. ¶(시)
뻐꾹뻐꾹 뻐꾸기 한나절내 울었어요.《모
내던 날》

뻐드름하다 '버드름하다'의 센말. 조금 큰
물체 따위가 밖으로 조금 벋은 듯하다. ¶
"그래서? 그래서 당신들은 농사꾼 심정을
뻐드름허게 잘 아닝게 이 사람 붙잡구 한

나절 내내 실겡이했구먼?…"《우리 동네 金氏》

뻗버드름하다 뻗버듬하다. 〈방언〉 말이나 행동이 좀 거만하다. ¶"집구석에서 새는 바가지 들에 나가서도 새더라고 뻗버드름하기는…"《산 너머 남촌》

뻗버듬하다 뻗버듬하다. 〈방언〉 ¶매월당은 언제 무슨 일이 있었더냐 하고 고개를 뻗버듬하게 젖히고 있었다.《매월당 김시습》

뻗서다 '뻗서다'의 센말. 버티어 맞서서 겨루다. ¶…영구 누나는 뻗세어졌던 음성을 좀 낮추며, "이리 와요. 이거 다 먹고 없지만…" 하고는 신문지를 털어 다시 깔았다.《두더지》

뻥㉥ '허풍'이나 '거짓말'을 속되게 이르는 말. ¶풍근이는 '뻥이 세다' 하여 군에서 제대한 뒤부터 별명이 대포였다.《장이리 개암나무》

뼈가 굵어지다 '성장하다'의 속된 표현. ¶(황승로는)…철딱서니 없고 통 좁은 좀도둑으로 뼈가 굵었으되 나이 스무남은밖에 안 된 새파란 녀석이었다.《장한몽》

뼈(가) 빠지다 매우 힘들다. ¶…장윤이가 마지막 기회란 듯 뼈가 빠지도록 지게질한 덕택이었으며,《장한몽》

뼈끝을 갉다 '뼈아픈 고통'을 비유적으로 이르는 말. 〈個語〉 ¶그런 사항을 알고부터 나는 뼈끝을 갉는 아픔에 몸부림쳤고, 그녀를 가로챌 수 있는 수단과 방법을 짜내고자 하고한 나날을 지새우곤 했었다.《그가 말했듯》

뼈도 못 추리다 호되게 당하다. ¶"그녁은 시방 안전한테 뼈를 못 추려서 안달이라

도 났더라 게가…"《매월당 김시습》

뼈땀 뼛골에서 배어나오는 땀. 〈個語〉 ¶"…반년 동안 뼛땀 우려가며 지은 곡식 한 되보다 열흘도 못 가는 꽃 한 송이가 더 비싼 데니까 사는 것도 그만큼 멋지겠지 뭐."《산 너머 남촌》

뼈에 사무치다 어떤 감정, 느낌이 아주 절실하게 느껴지다. ¶그렇게 단숨에 간단히 죽이기엔 너무도 아까운 존재였고, 그만큼 뼈에 사무친 원한의 덩어리였던 것이다.《장한몽》

뼈지다 하는 말이 매우 여무지고 마디가 있다. ¶"온천장호텔은 워디 두고 여기 계셨어? 모셔다 주겠다는 자가용이 읎었구먼?" 장의 뼈진 말에도 아내는 커피잔에 설탕을 퍼붓느라고 다른 정신이 없고, 대신 슬기 어매가 웃으며 대꾸했다.《우리 동네 張氏》

뼈품 뼈가 휘어지도록 들이는 품. ¶남의 땅 고지 내어 일 년 내내 뼈품을 팔았다지만, 갖다줄 것 다 갖다주고 그날로 도루묵이 되었으니, 빈손 털고 나선 최의 마음은 묻지 않아도 알 만한 일이었다.《우리 동네 柳氏》

뼛성 갑자기 발칵 일어나는 짜증. ¶"실…저 놈의 자식은 또 왜 지각이여?" 실업 선생은 성깔을 있는 대로 얼굴에 모으면서 뼛성 있는 억양으로 물었다.《유자소전》

뽀고르르하다 물이나 거품이 좁은 범위 안에서 끓어오르거나 일어나다. 여기서는, '질식하다'의 뜻으로 쓰임. ¶"그래도 그때 손을 안 잡아 줬으면 아주 뽀고르르했다구. 그게 세 번째로 떠오른 때였거든."《변 사또의 약력》

뽀송뽀송하다 '보송보송하다'의 센말. (살결, 얼굴이) 곱고 보드랍다. ¶"…들어가서 니열 아침 것까장 밥이나 안쳐 놓구 뽀송뽀송허게 씻처 놔…"《장이리 개암나무》

뽄때(가) 없다 본때(가) 없다. 멋이 없다. ¶"그게 판탈롱이라는 거니?" "응, 가부라를 한 게 뽄때가 없어."《덤으로 주고받기》

뽕꼬ⓑ 아이들의 은어로, 성교(性交)를 이르는 말. ¶"왜 못써. 〈비바람 찬이슬〉(TV극)처럼 여자허구 뽕꼬만 안 허면 되여. 씽―"《우리 동네 李氏》

뽕 빠지다 소득은 없이 손실만 많다. ¶"…누에 쳐 봤자 왜놈들 변덕에 꼬칫값이 있나, 조합에서 단돈 한 푼 보태 주는 게 있나, 네미 뽕 따다가 뽕 빠지게 생겼으니…"《우리 동네 黃氏》

뾰롱뾰롱 (성질이 부드럽지 못하여) 남을 대하는 것이 몹시 까다롭고 톡톡 쏘기를 잘하는 모양. ¶"뾰롱뾰롱 아갈대기는…"《우리 동네 崔氏》

뿌래기 뿌리. 〈방언〉 ¶먹기는 고사하고 코끝에 붙이기도 션찮을 그 월급에, 파 한 뿌래기 묻을 터 한 자락 없이, 여러 아이 학교는 무엇으로 보내며,《우리 동네 黃氏》

뿌리(를) 내리다 자리를 잡다. ¶그녀에게 고혈압 증세가 나타나 그것이 지병으로 뿌리 내린 것도 그 일로 말미암은 거였다.《엉경퀴 잎새》

삐다 뿌리다. 〈방언〉 ¶그는 가외로 웃돈을 얹어 주어 가며 뒤늦게 사 온 신품종 볍씨를 삐었다.《우리 동네 柳氏》

삘기 띠의 새로 돋아나는 어린 이삭. 아이들이 뽑아서 먹음. ¶찬 이슬 받아 삘기 꽃피는 소리가 미풍결에 들리는 신새벽이었다.《담배 한 대》

뻽다 뿌리다. 〈방언〉 ¶보리누름철에 가뭇없어졌다가 가을걷이한 밭에 보리씨를 뻽고 난 뒤에야 찾아온 적도 한두 번이 아니었다.《우리 동네 鄭氏》

ㅅ

사개(가) 맞다 말이나 사리의 앞뒤 관계가 빈틈없이 딱 들어맞다. ¶"웬일여. 오늘은 우램 아버지 말발이 젤 쎄니, 사개가 척척 맞아 들어가…"《우리 동네 黃氏》

사공이 많으면 배가 산으로 올라간다ⓢ 지시하고 간섭하는 사람이 많으면 일이 뜻밖의 방향으로 진행되는 수가 있다는 말. ¶"사공이 많으면 배가 산으로 올라간다고 일렀는데 아직 산까지는 안 갔으니 그나마 다행입죠."《매월당 김시습》

사그리 깡그리. ¶"벌써 사그리 긁어 뫘구나?"《두더지》

사근사근하다 붙임성이 있어 상냥하고 시원스럽다. ¶그런 판에, 여고 삼년생을, 그것도 충청도 말이 창피해지게 사근사근한 서울 말씨인,《그가 말했듯》

사나운 개 콧등 아물 틈이 없다ⓢ 성질이 사나운 사람은 늘 싸움만 하여 상처가 미처 나을 사이가 없음을 비유적으로 이르는 말. ¶(산) 골목강아지가 들으면 깔보는 탓에 자칫하면 사람들에게 '사나운 개 콧등 아물 틈이 없다'는 싫은 소리나 듣기가 십상이기 때문이다.《속담과 인생》

사날좋다 넉살스럽다. 〈방언〉 ¶"말이나 마나 무슨 말을 그리 사날좋게 읊는다나. 전보담 낫게 살자는 운동이 그게라면서 그런 하찮은 편의두 못 본다면 그게 무슨 쇠용인 겨."《우리 동네 姜氏》

사내꼭지ⓗ 사내놈. ¶"저 작것 또 육갑헌 다. 저런 것두 사내꼭지라구 새암헌다닝께."《관촌수필 3》

사돈네 김치 쉰 이야기를 한다ⓢ 쓸데없는 이야기를 이르는 말. ¶"작년 여름인가벼, 서울서 해수욕허러 온 고등과 학상인디…" 돈식이 아버지가 사돈네 김치 쉰 이야기를 하려나 보다.《김탁보전》

사돈네 시룻밑 빠진 소리 한다ⓢ 쓸데없이 엉뚱한 말을 한다. ¶"듣자 듣자 허니께 잘헌다, 잘혀." "왜 내 말이 글러유?" "그 사둔네 시룻밑 빠진 소리 자그매 허구 얼릉 들어가자."《그때는 옛날》

사돈네 초상에 외갓집 제사 잊듯ⓢ (사돈댁보다 외가댁이 상대하기가 쉽다는 데서) 대상 가운데서도 상대적으로 경중이 있다는 말. ¶리는 빚가림을 하려 해도 워낙 터무니가 없어 내동 사돈네 초상에 외갓집 제사 잊듯 해 온 지가 오래라, 옹알이하는 아이 배냇짓 시늉으로 감은 눈만 끄먹거리고 있는데, 바깥이 시끄러워 일러 깼는지, 밤새 옆댕이에서 가로 뻗고 자며 거리적거리던 막내 만근이가, 즤 어매 쭉은 젖을 집적거리며 보챌 채비를 했다.《우리 동네 李氏》

사돈도 이럴 사돈 저럴 사돈 있다ⓢ 같은 경우라도 사람에 따라 대하는 태도가 달라야 한다는 말. ¶"아는 처지에 신고까지 한 걸 보니 어지간하셨던 모양이군. 영감, 뭘 어떻게 했나 얘기 좀 해 보셔." "사둔도 이럴 사둔 있고 저럴 사둔이 있다더니 사둔 봉변 주느라고 신고하는 사돈도 있구먼그려. 대관절 뭐라고 신고합디까?" "이 영감 말하는 거 봐. 그럼 신고 정신이 잘못됐다는 거요?"《산 너머 남촌》

사돈집과 뒷간은 멀수록 좋다㊂ 사돈집 사이에는 말이 나돌기 쉽고 뒷간은 고약한 냄새가 나므로 멀수록 좋다는 말. ¶…이래서 사돈집과 뒷간은 멀수록 좋다고 했것다…문정은 푸념을 뇌다 말고 갈피없이 우물거렸다.《산 너머 남촌》

사락사락 서로 자꾸 가볍게 마찰되는 소리. ¶(시) 사락사락 내리는/ 싸라기눈,/ 알알이 여물었네/ 싸라기눈.《싸라기눈》

사람 겉 보지 속 못 본다㊂ 열 길 물 속은 알아도 한 길 사람 속은 모른다. ¶"늬 이늠―내 시방 와서 후회헌들 무슨 소용이랴마는, 사람 겉 보지 속 못 본단 옛말이 이러크름 바로 맞을 줄은 몰랐더니라." "…"《오자룡》

사람사람이 사람마다 모두. ¶"…시방은 사람사람이 먹구 쓰는 게 죄 약이 아니면 독으루 알구 살어두 저기헌 세상인디…"《우리 동네 黃氏》

사람 여럿 잡아먹을 놈㊫ 여러 사람을 해칠 만큼 모진 사람이라는 상말. ¶"오냐, 워너니 그렇겄다. 이 사람 여럿 잡아먹을 늠아, 내 새끼가 도적질허는 거 니 눈구녕으루 봤으면 왜 진작 못 잡어놓웃데?"《관촌수필 4》

사람은 열 번 된다㊂ 사람은 자라면서 자꾸 달라진다는 말. 사람은 열 번 다시 된다. ¶(산) 사람은 열 번 된다는 말도 있거니와, 그 무렵의 내 나이가 19세에서 25세

사이였으니 그 시절에 생긴 '사람 보는 눈'을 두고두고 길래 써 먹을 생각은 없다.《내 작품 속의 주인공들》

사람은 죽어서 이름을 남기고, 범은 죽어서 가죽을 남긴다㊂ 인생의 목적은 좋은 일을 해서 이름을 후세에 남기는 데 있다는 말. ¶"사람은 죽어도 이름을 남긴다지만, 녀석, 이름을 졸업한 뒤 사회에 나가서 남겨야지 학교 책상 위에 남겨서 뭣에 쓸 테냐?" "후배를 위해섭니다."《그가 말했듯》

사람은 집안에서 만들고 인물은 바깥에서 만든다㊂ 인간의 기본적인 인격은 가정 교육으로 이루어지고, 인재는 주변 사람들의 도움으로 성장한다는 말. ¶"…아무 컨 사람은 집안서 맹글구 인물은 바깥서 맹그는 것잉께 성님이 밀어 주셔야 이만엡이가 크겄다 이겁니다유."《강동만필 2》

사람은 키 큰 덕을 입어도 나무는 키 큰 덕을 못 입는다㊂ 나무는 키 큰 나무가 있으면 작은 나무는 자라지 아니하나, 사람은 큰 사람이 나면 그 덕을 입는다는 말. ¶내가 무슨 우승기라도 받는 선수처럼 엄숙하고도 수줍은 낯으로 깃대를 받아들며 일곱 살이라고 말하자 "어머 꽤 숙성해. 나무는 키 큰 덕을 못 봐도 사람은 덕을 입는다더니 니가 그렇구나…" 그녀는 나를 무슨 신기한 물건 여겨보듯 위아래로 톺아보며 말했다.《그가 말했듯》

사람의 마음은 조석변이라㊂ 사람의 마음이란 조건과 환경, 때와 장소에 따라 변하기 쉽다는 것을 비유하여 이르는 말. ¶그러게 인심은 조석변이라구 허지 않던가베. 옹은 스스로 달래듯이 두런거렸다.《장척리

으름나무》

사람탈(을) 쓰다 사람의 됨됨이가 바르게 되어 감을 비유적으로 이르는 말. ¶(조중 찌는)…술고래인 데다 투전꾼으로도 소문 난 막된 사내였으나, 대복이를 얻고부터 비로소 사람탈 썼다는 소리를 듣게 된 터라고 했다.《관촌수필 4》

사람 팔자는 알 수가 없다⑥ 사람의 팔자는 어떻게 될 것인지 아무도 모른다는 말. ¶(산) 사람 팔자는 알 수 없듯이 말의 팔자 또한 알 수가 없어서 어떤 말은 말도 안 되는 말로 잘못 쓰이기도 한다.《말과 환경보호》

사람 팔자 시간 문제⑥ 사람의 팔자는 몇 시간도 안 되는 짧은 사이에 싹 달라질 수도 있다는 말. ¶(산) '사람 팔자 시간 문제'라고도 하고 '사람 한평생이 물레바퀴 돌듯 한다.'고도 한다.《속담과 인생》

사람 한평생이 물레바퀴 돌듯 한다⑥ 사람의 인생이란 유전무상(流轉無常)하다는 말. ¶(산) '사람 팔자 시간 문제'라고도 하고 '사람 한평생이 물레바퀴 돌듯 한다'고도 한다.《속담과 인생》

사려보다 조심스럽게 살펴보다. 〈個語〉 ¶김은 슬며시 옆댕이와 뒷전머리를 사려보았다.《우리 동네 金氏》

사려쥐다 (새끼, 노끈 등과 같은 긴 물건을) 빙빙 돌려 포개어 감아 틀어쥐다. ¶그가 장가갈 때 도리깨 자루와 새끼 타래를 사려쥐고 달아 먹기로 별러댔던 그 사람들, 상례 아배 조패랭이 복산 아배도 그틈에 뒤섞여 있었다.《관촌수필 5》

사모 쓴 도둑놈⑥ 남의 재물을 탐하는 벼슬아치를 욕으로 하는 말. ¶(산)…그래도 슬아치들을 질타하는 '사모 쓴 도둑'이나《옛날의 인물평》

사물사물하다 자꾸 아리송한 것이 눈앞에 자꾸 떠올라 아른거리다. ¶…나는 고개를 저어 아릿아릿하고 사물사물한 그녀의 영상을 겨우 지우며,《만고강산》

사발고누 아래위 두 줄 사이의 동그라미를 열십자로 연결한 말밭에서, 각각 3개의 말을 놓고 노는 놀이. ¶방학이 길어 갈 데 없는 아이 셋이 두꺼운 그늘을 독차지하고 앉아 사발고누를 두고 있었다.《버드나무가 있는 풍경》

사발 이 빠진 것⑥ 아무 데에도 쓸데없고 두어 두면 오히려 해로운 물건이란 말. ¶"…저희 강놈들은 원체 막된 것들이라 요즘 장안에 나도는 속담 그대로 돌담 배부른 것, 사발 귀 떨어진 것, 어린애 입빠른 것 못지않게 쓰잘데없는 것이오니, 선생님께서는 아무쪼록 참작하시지 않으심이 옳을까 합니다."《토정 이지함》

사블사블 (매우 재미가 있어서) 자꾸 가볍게 웃는 모양. ¶"하루거리 허나뵈. 영락읎어. 이 도령이 메누리고금을 허서…" 하고 서성거리며 사블사블 웃었는데 그녀의 그 웃음은 내가 그녀 품에 안겨 웃던 그대로를 흉내 낸 거였다.《관촌수필 6》

사시나무 떨듯⑥ 몸을 몹시 와들와들 떠는 모양을 이르는 말. ¶"꼭 말을 허야 알간. 사시나무 떨듯이 떨더라구 허는 늠치구 사시나무 본 늠 없구…"《장동리 싸리나무》

사십에 첫 버선⑥ 나이 들어 처음으로 일을 하여 보는 것을 비유하는 말. ¶"산 팔구 논 내놓더니 죄 입치레로 조지누먼,"

하고 비웃적거리기를 서슴지 않았다. 장은 짐짓 너스레를 떨며 "말허구 말씀허구 다르네유. 사십에 첫 버선인디, 돈 얼굴 사귈 때 이름 긴 음식을 알어둬야 늙어서 두 생각이 나지유."《우리 동네 張氏》

사욱 사욱 (기러기 등의 철새가) 하늘 높이 날아가는 활갯짓 소리. ¶사욱, 사욱, 사욱…하늘에다 자취 없는 무늬를 그리며 아래로 내려가는 기러기 활개질하는 소리가 그녀의 가슴을 한결 더 허전하게 만든다. 《추야장》

사위다 ① 불이 다 타서 재가 되다. ¶그동안 아궁이를 가득 메웠던 장작은 끄느름한 숯등걸만 오스르하게 남겼을 뿐 거의 사위어 버린 거였다. 《추야장》 ② 빛이 사그라져 사라지다. 〈북〉 ¶…저만치에 심야 다방의 불빛이 허옇게 사위어 가는 것이 보였다. 《산 너머 남촌》

사위도 반자식이라㊌ 사위도 때로는 자식 노릇을 할 때는 한다는 말. ¶사위도 자식이라 무심할 수 없어 그러나 보다 하고 새겨들으면 그만이니까. 《장한몽》

사위스럽다 미신적으로 어쩐지 불길하고 마음에 꺼림칙하다. ¶문정은 사내의 되지못한 행짜보다도 그녀의 음충맞은 웃음소리가 어쩐지 사위스러워 짐짓 주춤하였다. 《산 너머 남촌》

사이사이 사이와 사이. ¶…우람하게 살찐 무 밑동 사이사이로 간직한 몇 뿌리로 한 다발이 넘을 골파 무더기들. 《장한몽》

사잇길 샛길. 큰길에서 갈린, 또는 큰길로 통하는 작은 길. ¶다녀도 사잇길로 다니되 오히려 에움길로 접어들거나 부러 두름길을 택하기가 일쑤였다. 《매월당 김시습》

사잣밥(을) 짓다 사람이 죽다. ¶"아니 이게 누구한테 훈계야 훈계가…사잣밥 짓고 싶나?"《장한몽》 "발구락으루 어떻게 했다는디두 귀가 진집났으니 손구락이 활동했으면 아닌 밤중에 사잣밥 지을 뻔했잖어."《우리 동네 柳氏》

사족을 못 쓰다 무엇에 반하거나 혹하여 꼼짝을 못 하다. ¶어우동은…얼굴이 개가 핥은 죽사발 같고 허우대가 사복시 뒷마당의 말궁둥이 같은 사내만 보면 사족을 못 쓰고《토정 이지함》

사철하다 무슨 일이나 스스로 나서서 사리에 맞게 부지런히 처리하는 모양. ¶그의 아내는 사철하고 억척이어서 조석으로 드나드는 버스 편에 출퇴근을 하며 무난하게 해낸다던 것이 공론이었다. 《관촌수필 8》

사촌이 논을 사면 배가 아프다㊌ 남이 잘 되는 것을 기뻐해 주는 대신 질투하고 시기함을 이르는 말. ¶"…사촌이 논 사는 건 고사하고 이젠 제 애비가 밭 사는 것도 맹장이 아파 못 산다니까…"《그리고 기타 여러분》

사품 어떠한 동작·일 등이 진행되는 바람이나 기회. ¶…산줄기 타고 산업도로요, 등성이 깎아 초지 조성이고 하니, 그 사품에 헐린 무덤이 몇 백이며 옮긴 무덤은 또 몇 백인데 겨우 애매한 청소부나 데리고 씨양이질인가 싶기도 하였다. 《산 너머 남촌》

사흘 굶어 담 아니 넘을 놈 없다㊌ 아무리 착한 사람이라도 빈곤이 극도에 이르면 마음이 변하여 옳지 못한 짓을 하게 된다는 말. ¶"사흘 굶고 남의 담 안 뛰어넘는 놈 없더란 옛말두 있잖어…" 설거지댁은 대낮인데도 내놓고 도둑질을 권유했

다. 《금모랫빛》

삭갈다 (보리나 밀 따위를) 맷돌에 갈 때 껍질째 가는 것. ¶밀을 맷돌에 삭갈이하여 어레미로 가루를 쳐낸 밀기울은 쌀이 눋지 않도록 밥밑을 했던 것인데, 그것은 그러나 부엌아이 판순이와 나, 그리고 북데기라는 이름의 개를 먹이기 위해 부러 그렇게 하던 거였다. 《관촌수필 5》

삭갈이 논을 삭가는 일. ¶…한 부조 하느라고 때맞추어 목비만 두어 보지락 내려준다면 뒤에 모내기를 해도 삭갈이를 하기보다 한결 수월한 터이었다. 《산 너머 남촌》 ※삭갈다 : 논을 미리 갈아 두지 못하고 모낼 때에 한 번만 갈다.

삭신 몸의 근육과 뼈마디. ¶찬바람을 쐬어도 개운하지 않던 머리가 당장에 맑아지는 것 같고 무지근하던 삭신도 어느덧 살가워지는 느낌이었다. 《산 너머 남촌》

삯메기 끼니는 제공받지 않고 품삯만 받고 하는 농사일. ¶"품앗이허구 오남?" "삯메기여, 저번에 호로도루 사느라고 껄보리 가마나 얻어다 썼거든." 《담배 한 대》

산(山) 놈의 계집은 범도 안 물어간다㊁ 외딴 산속에서 사는 여자는 몹시 드세고 담이 큼을 비유하여 이르는 말. ¶(산) '산 놈의 계집은 범도 안 물어간다'는 속담도 있지만 이 작품에 등장하는 여성들도 한결같이 임꺽정이의 겨레붙이가 아닌가 싶게 드세고도 굳세다. 《산악문학의 시작》

산 닭 주고 죽은 닭 바꾸기도 어렵다㊁ 별 것 아닌 것도 정작 필요해서 구하려고 나서면 구하기 어렵다는 말. ¶"오다가다 주저앉었는디, 자기가 살어지라고 청해서 들온 사람치구는 웬만헙디다." "쳇, 산 닭

주구 죽은 닭 사기두 심든다더니…" 《명천유사》

산돌림 산기슭을 따라 여기저기 옮기면서 오는 소나기. ¶가랑비는…어느새 웃비를 걷었다가 여우비로 바뀌는가 하면 갑자기 소나기를 휘몰아 산돌림을 하여 걷던 사람 뛰게 하고 뛰던 사람 쉬게 하는 변덕이 죽이었다. 《토정 이지함》

산돌이 산속에 살면서 사냥과 약 캐는 일로 업을 삼는 사람. 산척(山尺). ¶"떠들어 온 산돌이가 아닌가 했더니 유민(流民)이었구려…" 《매월당 김시습》

산말랭이 산마루. 〈방언〉 산등성이의 가장 높은 곳. ¶"…기우제는 용용짜가 들은 새암이나 냇갈이나 산말랭이에 가서 지내는 법인데…" 《인생은 즐겁게》

산은 먼 데서 쳐다보아야 아름답다㊁ 경치는 먼발치에서 바라보는 것이 가까이 다가가서 보는 것보다 더 좋다는 말. ¶"산은 먼 데서 쳐다봐야 아름다운 거야. 산에 올라가 봤자 살 빼는 사람하고 빈 라면 봉지밖에 없어." 《아내의 먼저 남자》

산이 높으면 달이 작게 보인다㊁ 인품이 훌륭한 사람도 여건이 좋지 않으면 돋보이지 않는다는 말. ¶석공이 그렇듯 돌과 같았던 줄로 생각하기를 나는 서슴지 않는다. 산이 높으면 달이 작게 보이듯, 워낙 거친 세상에 섞여 있기로 더러는 잊으며 살긴 했지마는. 《관촌수필 5》

산자락 산의 기슭진 부분. ¶(여치는)…울너머 산자락 버덩에 씨가 떨어졌기에 근근이 살아남은 놈인 듯했다. 《우리 동네 黃氏》

산 좋고 물 좋고 정자 좋은 데 없다㊁ 자

연의 경치와 인공의 운치가 모두 갖추어진 데는 없다는 말. ¶(산) 산 좋고 물 좋고 정자 좋은 데 없다는 옛말이 있거니와 그는 그 옛말까지도 옛말로 돌려놓은 장본인이다. 《산악문학의 시작》

산중 놈은 도끼질, 야지 놈은 괭이질㊍ 사람은 각각 그 환경에 따라 하는 일이 다르게 마련이라는 말. ¶의곤이는 도리어 보거리 채는 소리를 하였다. 산지 사람은 도끼질, 야지 사람은 괭이질이란 말도 있지만 그런 축에도 못 들면서 어른들 말길에 어깃장을 놓는 데에만 이력이 난 것이 의곤이었다. 《산 너머 남촌》

산천도 사람을 만나야 한다㊍ (고향이나 마을이나) 자기가 난 곳을 아낄 줄 아는 사람이 태어나야 좋아진다는 말. ¶산천도 사람을 만나야 한다는데, 개력한 자리 한구석 없이 생긴 채로 남아 있는 폭을 보면, 그동안 속곳 한 가지 달리 입게 된 사람이 나온 것도 분명 아니었다. 《우리 동네 趙氏》

산통(을) 깨다 다 된 일을 이루지 못하게 뒤틀다. 망치다. 그르치다. ¶"아저씨, 중매 서신다고 괜히 색시 자리더러 공자 왈 맹자 왈이나 하시다가 산통 다 깨시는 거 아니세요?" 《산 너머 남촌》

살가지 살쾡이. 〈방언〉 ¶…살가지가 드나들고 족제비에 물려 보내 반나마 축난 닭장에서 《우리 동네 崔氏》

살갑다 (마음이) 상냥하고 부드럽다. ¶처녀가 살갑게 웃었다. 피씩 웃는 나이 찬 웃음이 아니라 영글려면 아직은 더 있어야 할 아이들 웃음이었다. 《산 너머 남촌》

살강 부엌의 벽 중턱에 드린 선반으로 그릇을 얹어 두는 곳. ¶(아내가)…조석으로 선선할 때 살강 밑에서 해찰 부리는 대신, 《우리 동네 李氏》

살거리 몸에 붙은 살의 정도와 모양. ¶"약을 자시면 약기운이 골수에 미치고 혈관에 미치고 살거리에도 미치는 바가 있어야 효험을 보실 텐데…" 《매월당 김시습》

살금살금 남이 모르게 눈치를 보아 가며 가만가만 하는 모양. ¶그래 살금살금 다가가 한데 얼러붙은 두 놈을 작살로 냅다 찍어 버렸다. 《김탁보전》

살금살짝 '살금살금 살짝살짝'의 줄임말. ¶"살금살짝 이쁜 듯한 아가씨하고 같이 갔었죠." 《만고강산》

살깃 화살의 뒤끝에 붙인 새의 깃. ¶…정작 비슷하기로 말하면 영락없이 화살의 살깃이었다. 《장척리 으름나무》

살로 가다 먹은 것이 살이 되다. ¶잠이 달게 올 리 없고 먹으니 살로 갈 이치도 없었다. 《암소》

살림 못하는 며느리 말만 많다㊍ 제구실을 못하는 사람일수록 핑계가 많다는 말. ¶(산) 12년 동안 되잖은 것만 썼음에도, 살림 못하는 며느리 말만 많은 짝으로, 나는 글줄이나 써 보려면 같잖게도 여러 가지를 가져 버릇해 왔다. 《아픈 사랑 이야기》

살맛(이) 나다 사는 보람과 재미를 느끼다. ¶우선 그녀부터 먹어 놔야만 뭘 해도 한 것같이 여겨지고 살맛이 날 것 같았다. 《덤으로 주고받기》

살보시 여자가 중에게 몸을 허락하는 일을 놀림조로 이르는 말. ¶(그녀는)…팔자에 없이 절집에 부뚜막 보살로 들어가서 불목화상에게 살보시나 하다가 말기에는 억

울하다고 앙알거리는 꼴이었다.《매월당
김시습》

살살 ① 남을 살그머니 달래거나 꾀는 모
양. ¶"…양반 쌍늠 찾던 예전에두 고을
살이 가는 늠더러 농사꾼은 생선 삶듯 살
살 다스리라구 했다는디…"《우리 동네
張氏》 ② 심하지 아니하게 가만가만 움직
이는 모양. ¶"추야장 진진 밤에 이건 대
이구 섯쌓구 워칙혀, 꼭 한 번만…" "애가
욕허겄어." "살살 헐 텡께." "진짜 한 번만
여?" "그려, 진진짜여."《추야장》

살성 피부. ¶영두는 적막한 공기를 살성
으로 느꼈다.《산 너머 남촌》

살얼음을 밟는 것 같다솝 위태위태하여
마음이 몹시 불안함을 이르는 말. ¶(산)
일은 주간을 비롯하여 여러 실무자들이
하였으나 시국이 시국인지라 하루하루가
살얼음판을 딛는 것 같아서 일 년 열두 달
마음이 놓이는 날이 없었다.《내 작품 속
의 주인공들》

살을 섞다 남녀 간에 육정을 통했다는 말.
¶비록 여필종부라 일러 온 말이 있고 살
을 섞으며 지낸 아이였다지만, 그녀가 그
렇게 하기란 그리 쉬운 일이 아니던 것이
다.《오자룡》

살(이) 끼다 살이 서다. 좋지 못한 일이 생
기도록 불길한 기운이 있다. ¶집안에 무
슨 살이 끼었거나 업 덩어리가 있어 그런
화가 잇따랐고, 앞으로도 계속되지 않을
까 하는 의혹의 노예로 변해 간 것이다.
《장한몽》

살쩍 '살쩍밀이'의 준말. 망건을 쓸 때에,
살쩍을 밑으로 밀어 넣는, 대나무로 만든
물건. ¶"아따, 망건 쓰나 탕건 쓰나 살쩍

밀기는 일반이랍디다…"《우리 동네 黃氏》

살쩍머리 '살쩍'의 잘못. ¶살쩍머리처럼
서릿발이 앉은 수염으로 하여 그전의 자
사진보다 낡고 으등그러져서 풍신이 그
지없이 하찮은 화상이었다.《매월당 김시
습》 ※살쩍 : 뺨 위 귀 앞쪽에 난 머리털.

살찐 놈 따라 붓는다솝 남이 하는 짓을 무
리하게 억지로 흉내 내는 어리석음을 비
유하는 말. ¶"지금도 당은 안 하시는 모
양이군요." "이 사람까지 살찐 사람 따라
부을 수는 없지 않겠소."《강동만필 1》

살포 논에 물꼬를 트거나 막을 때에 쓰는
농기구. ¶물꼬 트려다 살포 싸움 나는 일
없고,《이풍헌》

살품 옷과 가슴 사이에 있는 빈틈. ¶"…허
리깨나 난 몸에 살품도 없이 청바지를 욱
여 입은 한 떼의 중년 아낙들이《산 너머
남촌》

삶다 ① 논밭의 흙을 써레로 썰고 나래로
골라 부드럽게 만든다. ¶"…최 서방은 해
매다 철철이 그 바쁜 농사를 거의 다 홀앗
이로 삶아 내었다.《명천유사》 ② 달래거
나 꾀어서 고분고분하게 만든다. ¶"…가
면서 종우를 푹 삶을 것, 그게 젤 중요하
다구. 꼭 종우라고 불러야 돼."《백결》

삼사미 세 갈래로 갈라진 곳. ¶"…개맹이
가 풀어져서 치맛말기가 어떻게 되는지도
모른 채 삼사미 길목에 넉장거리로 쓰러
져 세상 모르고 코를 골기에 바쁜 아녀자
도 드문 편이 아니었다.《산 너머 남촌》

**삼정승을 사귀지 말고 내 한 몸을 조심하
여라**솝 헛된 욕심을 갖지 말고 제 몸의
건강이나 바른 행실을 위해 힘쓰라는 말.
¶"삼정승 사귀느니보다 제 한 몸 건사하

는 게 상수라는 속담도 있습니다만, 제발 덕분 그 쌀밥 자시고 보리숭늉 찾는 소리 좀 작작 하셔."《그리고 기타 여러분》

삼촌 사촌이다㊱ 둘 다 큰 차이가 없다는 말. ¶"그 얘기나 내 얘기나 삼촌 사촌인데, 요는 실력 행사란 게 문제 아니겠소. 실력 행사란 건 우리들만 할 수 있도록 전매특허 난 게 아니니까…"《장한몽》

삽밥 삽으로 파 넘긴 흙덩이.〈個語〉¶"…점점 서적거려지는 삽밥으로 보아 필경 초순이 보기가 민둥하여 냉큼 건너와 달라붙어 먹지 못하고 미룩거리는 눈치였다.《장한몽》

삽볼 삽날의 한복판.〈방언〉¶삽을 들어내려니 삽볼께가 묵근하다.《이삭》

삿자리 갈대로 엮은 자리. ¶걸레질이 잦으니 삿자리가 물퉁이처럼 불어 터지고 들솟았다.《매월당 김시습》

상(象) 가는 멱길이 마(馬) 가는 멱길이다㊱ (멱은 장기에서 마와 상이 다닐 수 있는 길목) 이렇게 말하나 저렇게 말하나 결론은 같다는 말. ¶"사이구 자시구, 말 허자면 우리는 여사 냄편이 아니라 여인 냄편이란 얘긴디, 허기사 상(象) 가는 멱길이 마(馬) 가는 멱길이니께…"《강동만필 3》

상놈의 발 덕, 양반의 글 덕㊱ 양반은 학식 덕으로 살아가고 학식 없는 상놈은 발로 걷고 노동을 하여 살아간다는 말. ¶"그러게 이전부터 상놈은 발 덕을 보고 양반네는 글 덕에 산다고 일러 오지 않데? 천지간에 이치 속인디 워쩌겠네…"《오자룡》

상놈의 살림이 양반의 양식이라㊱ 양반이란 결국 상놈이 일한 것을 가지고 잘산

다는 말. ¶"…이전 말에도 상늠 살림이 양반 양식이라고 있네만, 우리것들이야 조상 적부터 연태 양반 건건이 노릇 헌 것밖에 더헌 것이 읍는디, 그래도 상것 신세가 자랑스러서 나를 이리 구박헐라?"《오자룡》

상다리가 휘어지다 상에 음식을 굉장히 많이 차려 놓다. 상다리가 부러지다. ¶술을 마시다 보면 안주가 보잘것없더라도 술맛은 따로 있는 경우가 있고, 기름진 안주로 상다리가 휘어지더라도 술이 안 받던 경우를 수없이 겪어 보기도 했다.《관촌수필 5》

상없다 보통의 이치에서 벗어나다. ¶영두가 상없이 퉁바리를 주자 봉득이는 마누라 역성으로 얼른 구새먹은 들뽕나무 옹두리처럼 드티면서 사뭇 눈치를 하였다.《산 너머 남촌》

상제더러 술 사란다㊱ 인정도 없고 경위도 없다는 말. ¶"아따 이 양반, 듣자 보자 하니까 나중엔 상제더러 술 사라겠네."《장한몽》

새곰새곰하다 여럿이 다 조금 신맛이 있다. ¶"하이 작것, 신 건 지가 달구 댕기메 그러네. 얼릉 가서 홀라당 벗구, 그 물건 내밀어 줘라. 새곰새곰헐리라."《담배 한 대》

새근새근 어린아이가 곤히 잠들어 조용하게 자꾸 숨 쉬는 소리. ¶(시) 아기는 밤에만/ 자라는지 몰라/ 새근새근 숨소리/ 아기 자라는 소리.《아기는 밤에만》

새꼽맞다 새삼스럽다.〈방언〉¶"그냥 두게. 어차피 어제가 오늘이구 오늘이 니열인디 새꼽맞게 시간은 재어 뭣에 쓰나. 예서 이냥 갈라지자구."《산 너머 남촌》

새꼽빠지다 새삼스럽다. 〈방언〉 ¶"초목과 하냥 늙자 헌 사람더러 새꼽빠지게 뭘 묻구 있는 겨?…"《산 너머 남촌》

새꽤기 억새·갈대·띠 따위의 껍질을 벗긴 가는 줄기. ¶이런 자리에서 짚 새꽤기로 이를 쑤시며 하는 말이면서도《장한몽》

새끼 붙어 지집 낳을 놈(비) (딸과 관계하여 낳은 딸을 다시 계집으로 삼을 놈이라는 뜻이니) 사람이 아니라는 말. ¶"…대가리 검은 짐승이래두, 그런 새끼 붙어 지집 낳을 늠은 쳐다두 보지 말으야 헌당께."《우리 동네 黃氏》

새들새들 ① 몸의 한 부분을 잇달아 힘없이 흔드는 모양. ¶(보랏빛 들국화는)…새들새들 쉴새없이 고갯짓을 하고 있었다. 《관촌수필 5》 ② 자꾸 까불며 시실거리다. ¶"노력해 보세요. 자기 꿈은 자기만이 꿀 수 있는, 결코 남의 것이 아니란 걸 늘 기억하실 수만 있다면." "누가 한 말이더라?" "내가 한 말" 하고 나서 그녀는 새들새들 웃었다.《장난감 풍선》

새록새록 거듭 새로움을 느끼는 모양. ¶…모처럼 묵은 때를 벗긴 듯이 새록새록 개운하였다.《산 너머 남촌》

새물내 빨래하여 갓 입은 옷에서 나는 냄새. ¶"…이게 왜 흔 게유. 남대문표는 삼 년을 입어두 새물내만 납디다유…"《우리 동네 黃氏》

새벽박동 새벽동자. 새벽에 밥을 지음. ¶그들의 수령이 알면 냉큼 저희 소굴로 안동하여 새벽박동에 요기를 시켜서 보내거나,《매월당 김시습》

새살거리다 샐샐 웃으면서 재미있게 자꾸 지껄이다. ¶"그런데 어떻게 무역 계통으로 뛰시게 됐죠?" 하고 여자가 한창 새살거리던 사내의 말을 채뜨렸다.《산 너머 남촌》

새살(을) 떨다 성질이 차분하지 못하고 가벼워 실없이 수선을 부리다. ¶그녀는 부영이 나와 살림을 가진 다음부터 팥 바구니에 쥐 드나들듯 부살같이 쏠락거리며 갖은 새살을 떨어대곤 했다.《다가오는 소리》

새알꼽재기만 하다(속) [새알은 쉬(파리의 알)의 방언. 꼽재기는 곱쟁이의 방언] 하찮은 일이나 분량이 아주 적음을 뜻하는 말. ¶…그녀의 월급은 생활비라기보다 죽지 않고 도둑질 않고 화냥질하지 않도록 달래는, 새알꼽재기만 한 미끼에 지나지 않았음을 알 수 있었다.《우리 동네 崔氏》

새우등지다 등이 새우처럼 구부러지다. ¶휘우듬하게 새우등진 방조제 위로 갈매기가 날았다.《달빛에 길을 물어》

새우름하다 새그무레하다. 〈방언〉 조금 신 맛이 있는 듯하다. ¶몇 개나 으깨졌는지 코끝에서는 이미 새우름한 능금내가 스멀거리고 있었다.《오자룡》

새우잠에 용꿈 꾸기를 기다린다(속) 바라는 것도 분수껏 바라야 한다는 말. ¶…기를 쓰고 건져 봤자 붕어가 한 마리면 피라미가 열 마리는 되어 마치 새우잠에 용꿈 꾸기를 기다림과 진배없어서 그 노릇도 팔자소관이 아니면 아무나 양말 벗고 나설 일이 아니었다.《강동만필 3》

새우젓 같은 소리를 한다(속) 격에 어울리지 않게 시시한 말을 한다. ¶"도대체 말야, 불갈비에 술을 걸치고 앉아서 말야,

무슨 새우젓 같은 소릴 허구 있는 거야." 하고 한 씨는 말했다.《관촌수필 5》

새우젓눈 눈초리가 아래로 처지고 작은 눈.〈곁말〉¶"…나두 낫이 있구 도끼가 있는 사람이니께, 그 새우젓눈만 깜작그리지 말구 워디 집이 으견 좀 들어 보자 이 얘기여."《우리 동네 崔氏》

새 집 짓고 삼 년 무사하기 힘들다㊪ 새로 역사를 하여 집을 짓고 들어 사노라면 그로 인하여 집안에 재앙이 생긴다고 하여 내려오는 말. ¶문정은 그러께 세모에 석담의 부음을 들었다. "새 집 짓고 삼 년 나기 어렵다더니 그 말이 참말이던가베." 문정은 그렇게 중얼거렸으나 조상하러 가는 걸음은 어느 때보다도 가벼웠다.《산 너머 남촌》

새참 '사이참'의 준말. 일을 하다가 잠시 쉬는 동안. 또는 그때에 먹는 음식. ¶새참이 되어 일꾼들은 모두 논에서 나왔다. 《관촌수필 3》

새채비 새롭게 갖추어 차리는 일. ¶…발악하듯 한 번 더 살아 보기를 도모하여 다시 허리띠를 졸라매고 새채비로 버리적거리기 시작했으리라고 여겨졌다.《엉겅퀴 잎새》

새치름하다 시치미를 떼고 태연하거나 얌전한 기색을 꾸미다. ¶"맞선이요?" 의곤이는 새치름하게 되받아 묻더니 개살구지레 터진다고 누구 배참하듯이 불퉁하게 말했다.《산 너머 남촌》

새타령이 장타령이다㊪ 재주가 없는 사람은 무엇을 해도 신통치 않다는 말. ¶(산)…작품을 더 써도 그만 안 써도 그만일, 새타령이 장타령인 사람 또한 적지않

은 수이기 때문이다.《아픈 사랑 이야기》

새퉁스럽다 어처구니 없이 새삼스럽다. ¶…개인이 하는 읍내 정미소도 어디나 같아 새퉁스럽게 샀을 이야기할 것은 없었다.《우리 동네 姜氏》

색대 섬이나 가마니 속에 든 곡식 따위를 거죽으로부터 찔러서 빼내어 보는 데 쓰는 제구. ¶검사원은 색대를 든 채, 어느 동네 사람인지 둘이나 따로 불러 쑥덕거리는 것이 점심 먹으러 갈 의논인 것 같았다.《우리 동네 姜氏》

색소경(色—) 색맹. ¶"…저것들은 색소경에 근근이 가갸 뜯었을 테니 여북하겠나…"《변 사또의 약력》

색을 쓰다 '용쓰다'의 속된 표현. ¶눈길이 마주치자마자 한나절 내 궁리해 둔, 막말로 '색'을 써 본 것이다. "그 가고(바구니), 되게 이쁜걸…" "예?" 하며 웃는다《장한몽》

샐닢 매우 적은 액수의 돈. ¶안에서는 태생이 듣보기장사 푸네기라고 했으니 셈에는 쇠천 반푼을 샐닢으로 따져도 눌러듣고 허물하지 않겠으나《산 너머 남촌》

샘물을 냇물 쓰듯 한다㊪ 경제적으로 풍족하다는 말. ¶"…문제는 샘물을 냇물 쓰듯 하던 사람이 근근이 기어 올라와서 밤물에 머리 감으며 산들, 서기 몇 년경에나 가야 옛말하며 살아 보겠느냐 이거야…" 《산 너머 남촌》

샛것 새참.〈방언〉¶"즘심 않는 것두 한부주니께, 어채피 샛것 한때루 에끼구 말 바이면 착실히 장만해설랑은이…"《우리 동네 鄭氏》

생각생각하다 생각해 보고 또 생각해 보다. ¶"…나두 생각생각해서 드문 걸음 했

으니 나가서 목이나 축여 가며 얘기허세." 《산 너머 남촌》

생계망게하다 하는 행동이나 말이 갑작스럽고 터무니없다. ¶"…그런 생계망게헌 소리 헐 새 있으면 책이래두 한 자나 더 들여다보거라."《명천유사》

생긴 꼴이 노는 꼴이다 생김새처럼 행동한다는 말. ¶두만은 잠실리 소식 궁금하여 잠이 오겠느냐고 되묻고 나서 실은 방에 새 식구가 들었다고, 한데 생긴 꼴이 노는 꼴이더라고 어딘지 탐탁잖다며 떫은 입술을 해 보였다.《몽금포 타령》

생낯 선낯. 낯이 선 얼굴. ¶사람들은 당연하게도 생낯이었다. 그런데도 모두가 익낯처럼 보였다.《달빛에 길을 물어》

생돈(을) 쓰다 예산에 없는 지출을 하다. ¶그는 작년 봄에도…경화살제가 배급 나와 그것을 솔가지에 매다느라고 품깃이나 들였지만, 달포 전에도 생각잖던 생돈을 썼다.《우리 동네 黃氏》

생때같다 몸이 튼튼하고 아무 병이 없다. ¶"전생에 무슨 업을 지어 생때같은 자식을 앞세우구두 이러구 사는지, 어이구 모진느므 팔자…"《명천유사》

생뚱하다 얼토당토않게 엉뚱하다. ¶(산)…나는 지리산을 내려오는 도중에서 한 가지 생뚱한 의문을 지니게 되었으니,《아픈 사랑 이야기》

생먹다 (남이 이르는 말을) 듣지 않다. ¶…남의 말이라면 누가 뭐라거나 생먹으러 들면서 괜히 구두 신고 갈 데 운동화 신고 갈 데 가리지 않고 싸질러다니는 것이 딱해서 시원한 청량음료라도 한 모금 들고 가게 하려는 것이었다.《장척리 으름나무》

생무지(生一) 어떠한 일에 익숙하지 못한 사람. ¶"…생무지라서 서툴긴 해도 가르쳐 가며 부리면 뜨내기 판박이보다 낫겠더라."《변 사또의 약력》

생물 장수 만난 고양이 널뛰듯㈜ ('널뛰듯'은 '날뛰듯'의 잘못. '생물 장수'는 '생선 장수'의 방언. 생선은 고양이가 좋아하는 먹이) 신이 났다는 말. ¶귀숙 어매는 생물 장수 만난 고양이 널뛰듯 금방 어떻게 되는 소리로 악매를 퍼대더니, 날이 밝고 남의 눈이 잦아지자 말투가 숙어들며 구석으로 얼굴을 치우기도 했다.《우리 동네 柳氏》

생사람(을) 잡다 애매한 사람에게 피해를 입히다. ¶"우리가 언제 금품을 요구해? 이 사람 생사람 잡을 사람일세."《장한몽》

생일날 잘 먹으려고 이레를 굶으랴㈜ 어떤 일이나 미리부터 지나치게 기대함을 이르는 말. ¶"…생각해 보면 물러? 연습 삼어 헐 게 따루 있지, 생일 하루 잘 먹자구 이레 굶자는 얘기버텀 더 우스운 소리 아녀?"《우리 동네 崔氏》

생일에 미역국이다㈜ (생일날 아침에는 흔히 미역국을 끓여 먹으므로) 대접을 별로 못 받는다는 말. ¶"…제삿날 맨밥 올린 늠은 용꿈 꿔 봤자 생일에 미역국이여."《우리 동네 崔氏》

생쥐 볼가심할 것도 없다㈜ 아무것도 먹을 것이 없고 살림이 몹시 가난하다는 말. ¶…순심은 행방불명이요 서발 장대 휘둘러야 생쥐 볼가심하던 감자 한쪽 걸릴 게 없고, 초동부터 아침 굶고 나면 저녁거리가 간데없어…《관촌수필 4》

생쥐 팥 바구니 드나들듯 한다㊌ (생쥐처럼) 자주 들락거리면서 어떤 물건을 자꾸 축낸다는 말. ¶대복 어매가 무엇이든 야금야금 축이 나게 가져다 먹는다던 거였다. 어디에 어떻게 꾸리고 가는지 모르지만 생쥐 팥 바구니 드나들듯 하며 훔쳐 간다는 거였다.《관촌수필 4》

생짜 아무런 근거나 조건도 없이 억지를 부리거나 강다짐을 하는 것을 낮잡아 이르는 말. ¶두 사람은 아까 생짜를 놓고 대립했던 의견들을 참지 못했고,《장한몽》

생청스럽다 생청붙이는 성질이 있다. ¶생청스럽게 따따부따를 하면 그녀 성질에 언제 줄밑을 걷으며 찌그렁이 붙을지 몰라 겁이 더럭 났던 것이다.《산 너머 남촌》※생청붙이다 : 억지스럽게 모순되는 말을 하다.

서걱서걱하다 연하고 시원시원한 느낌이 있다. ¶(그녀는)…속말로 갑오경장쯤은 치렀을 듯한 서걱서걱한 성격이던 것이다.《다가오는 소리》

서까래 빼다 바지랑대 깎는 심판이다㊌ 하지 않느니만 못한 일이라는 말. ¶"일감은 워디 맨날 쌓였간? 서까래 빼다 바지랑대 깎는 심판이디."《몽금포 타령》

서낭치레하다가 떡 개 물려 보낸다㊌ 겉만 지나치게 꾸미다가, 그만 중요한 실질을 잃어버린다는 말. ¶"사긴 뭘 사. 가보니께 벌써 다른 나까마한테 헐값에 넘기고 없더랴." "서낭치레하다가 떡 개 물려 보냈구먼." "재주는 양복 입은 늠이 넘구 재미는 잠바 입은 늠이 본 셈이지요."《산 너머 남촌》

서대문학교를 수료하다㊌ (교도소가 서대문구 관내에 있다는 데서) 전과자라는 말. ¶어머니의 고발로 서대문학교를 수료하고 나온 뒤에도 두 몸뚱이를 둘 곳은 여전히 없었다.《야훼의 무곡》

서로서로 '서로'를 강조한 말. ¶"서로서로 도우며 사이좋게 지냅시다요."《이삭》

서름서름하다 매우 서름하다. ¶오뎅은 그선이 낯에 떫다는 기색이 있어 보여 입을 서름서름 떼었다.《야훼의 무곡》

서름하다 ① 남과 가깝지 못하다. ② 사물에 익숙하지 못하다. ¶…곤하던 아이들이 한 하품도 안 되어 굵은 것부터 부스대며 서름한 낯을 쳐들기 시작했다.《우리 동네 崔氏》

서리 무엇이 많이 모여 있는 무더기의 가운데. ¶그들은 참새서리를 찾아 두릿거리는 모양이었고,《우리 동네 崔氏》

서리(를) 맞다 타격이나 피해를 입고 힘을 잃다. ¶"그러니까 좀 기다려 보라구, 지금 한창 서정쇄신을 허구 있는 중이니까 그따위 모리배들도 서리 맞을 때가 머지 않아 온다구."《엉겅퀴 잎새》

서리 맞은 호박㊌ (서리를 맞은 호박은 쓸모가 없다는 데서) 쓸모없는 사람이란 말. ¶"여러 말 씨부렁그릴 것 읎이, 그 사람덜 말은 장 서리 맞은 호박이니라 여기면 그뿐인 겨…"《우리 동네 柳氏》

서리병아리 이른 가을에 깬 병아리. ¶세 안에 새로 이은 초가의 이엉은 축담 밑의 서리병아리 깃털에 내린 햇살만큼 안온해 보였으며,《이모연의》

서리서리 어떤 감정이 복잡하게 서리어 얽힌 모양. ¶가슴 가득히 서리서리 쌓인 것들을 남김없이 풀어 버려야 견딜 수 있겠

던 것이다. 《해벽》

서릿쌀 (찐쌀에 빗대어) 제대로 여물어서 찧은 햅쌀. 〈방언〉 ¶ 그러자 초련 먹으려고 풋바심한 서릿쌀을 아시 찧어 놓고 《명천유사》

서먹서먹하다 매우 서먹하다. ¶ …이미 한방에 든 이상, 서먹서먹하니 아래웃물 지어 지내느니보다야 한결 낫잖나 싶고, 《몽금포 타령》

서먹하다 익숙하지 않아 어색하다. ¶ 술도 얼마만에 맥주가 흔전인지 모르건만 서먹하고 뜨악한 공기 탓으로 그전같이 맛깔스럽지가 않았다. 《산 너머 남촌》

서 발 막대 휘둘러야 가루 거칠 것 없다(속) 가난하여 아무런 세간이 없음을 이르는 말. ¶ "오죽하면 빚이 없는 것도 다 자랑이람. 그게 농촌 사람들이 서 발 장대 내둘러도 깨묵셍이나 내보일 게 없으니까 괜히 남들이 하는 대로, 농촌은 공기 하나가 좋아서 좋다, 하고 입만 뺑긋하는 것과 무엇이 다르우?" 《강동만필 1》

서방질하는 년 족보 따로 없다(비) [왕후장상(王侯將相)도 씨가 따로 없듯] 바람피우는 여자가 따로 있지 않다는 말. ¶ 리는 불두덩이와 자개미께만 더듬적대던 손을 슬머시 뽑아내며, 서방질허는 년 족보 따루 옳다더니, 한다는 것을 무심히 이렇게 씨부렁거렸다. 《우리 동네 李氏》

서방 해 간 초년 과부 뒷물할 새 없다(비) (초년 과부는 젊은 과부. 서방을 해 갔다는 말은 외간 남자와 살림을 차렸다는 뜻) 방사(房事)가 잦다는 말. ¶ "…서방 해 간 초년 과부 뒷물헐 새 옳다더니 요새는 개 한 마리 해 먹을 틈두 옳데." 고와 마주 앉아

이장 처분만 기다리고 있던 홍이 말했다. 《우리 동네 黃氏》

서부렁섭적 선뜻 건너뛰는 모양. ¶ 문정은 의곤이가 막중한 인간대사를 두고 매번 돼짓값에 빗대어 말하는 것이 또한 탐탁지 않았으나 몰풍정스럽게 대놓고 타박을 할 자리도 아니고 하여 그 자신도 내처 서부렁섭적 받아넘겼다. 《산 너머 남촌》

서부렁하다 묶거나 쌓은 것이 든든하게 다붙지 않고 느슨하다. ¶ 커날 적부터 지르되더니 설 쇠어 삼십인데도 슴베 노는 낫자루 모양 늘 서부렁하여 탈이었다. 《산 너머 남촌》

서산 엿가래가 부러진 대답을 한다 (행동이 느려서) 서산 엿가래라는 별명이 붙은 사람이 반말로 대답한다는 말. ¶ "알구서 와설랑은 뭐슬 그런디야?" 서산 엿가래가 부러진 대답을 하자, 일은 아무나 할 수 있다더냐고 청년이 재차 물었다. 《몽금포 타령》

서성서성 한곳에 서 있지 않고 자꾸 주위를 왔다 갔다 하는 모양. ¶ 앉았다 일어섰다, 서성서성, 들락날락하다가 한 차례 다시 뒤져 보기로 했다. 《담배 한 대》

서슬이 푸르다(속) 기세가 무섭고 등등함을 이르는 말. ¶ (아버지는)…자식들에 대한 훈육만은 서슬이 퍼렇게 냉엄했다.

서슴거리다 말이나 행동을 선뜻 결정하지 못하고 자꾸 머뭇거리며 망설이다. ¶ 리도 집 앞에서 그러고 서슴거릴 형편이 아니었으나 일단 울안으로 들어갔다. 《우리 동네 李氏》

서슴대다 서슴거리다. ¶ 그 사내는 한참

이나 서슴대더니 마침내 작정이 섰는지 마당가에 치워 뒀던 검부러기를 안아다가 군불부터 때기 시작했다.《명천유사》

서슴서슴하다 말이나 행동을 선뜻 결정하지 못하고 자꾸 머뭇거리다. ¶"가볼 테면 어둡잖여 싸게 가 보든지…내 집이 거시기해두 그냥저냥 하룻밤 참어 볼 테면 고상스러두 참구, 암만해두 못 갈 테닝게는." 했다. 그래도 서슴서슴하고 있으니까, "저 질은 내게 묻질 말어, 요 바닥에서만 늙은 나니께…"《백의》

서울 가서 한양을 찾는다(속) 엉뚱한 실수라는 말. ¶"…서울 가서 한양을 찾아도 네가 할 일이고, 여의도에 가서 섬사람을 찾아도 다 네가 할 일이야."《산 너머 남촌》

서울 겉에 시골내기라(속) 본래부터 서울에 사는 사람이 아니어서 가끔 시골 티를 내는 사람을 이르는 말. ¶"서울 겉에 시골내기라고, 난 시골 체질이라서 여느 술이 아니면 속에서 안 받으니까, 있으면 시골 사람이 마셔도 괜찮은 술로 주슈."《산 너머 남촌》

서울물을 먹다 (시골내기가) 서울에서 까다롭고 인색한 서울 인심에 부대끼어 어수룩한 촌티를 벗다. ¶"그것 봐. 그 정도로 나간 것도 그동안 서울물을 먹은 덕분이여. 그러니 절대로 귀농할 생각을 말어…"《그리고 기타 여러분》

서울 사람은 비만 오면 풍년이란다(속) 서울 사람이 농사일에 대하여 전혀 모름을 비웃는 말. ¶"그렇다고 서울 사람들이 비만 오면 풍년이래듯이, 아무 물정 모르는 집구석에 맥도 모르고 침통 흔들었다가 아야 소리도 못하고 봉변할 수도 없잖은

가."《산 너머 남촌》

서울서 시골이다(속) 거리가 멀다는 말. ¶"형씨, 요새 신문 한 장을 보더래두 안 그럽디까. 같은 김이쁜 남편이래두 김이쁜 여사 남편하고 김이쁜 여인 남편하고 글자 하나 사이가 어딥디까, 서울서 시골 아니더냐구."《강동만필 3》

서울 아니면 부산 아니겠느냐(속) 그게 그거라는 말. ¶윤 양은 들으나 마나 서울 아니면 부산 아니겠느냐는 듯이 시큰둥한 표정이었다.《산 너머 남촌》

서적거리다 '시적거리다'의 잘못. 힘들이지 아니하고 느릿느릿 행동하거나 말하다. ¶…점점 서적거려지는 삽밥으로 보아 필경 초순이 보기가 민둥하여 냉큼 건너와 달라붙어 먹지 못하고 미룩거리는 눈치였다.《장한몽》

서천 목수의 품삯. ¶관을 짤 목수 두 사람의 서천과 못값이 팔천 원.《장한몽》

서캐를 잡아 젓 담아 먹는다(비) (야비해서) 못 할 짓이 없다는 말. ¶"…야아, 차라리 서캐를 잡어 젓 담어 먹어 이 악질 놈아."《다가오는 소리》

서캐 훑듯 한다(속) 하나도 빠뜨리지 않고 샅샅이 뒤지어 조사함을 비유하여 이르는 말. ¶식모로 가장한 연락원으로 알았는지, 순경은 자기 호주머니에서 빗을 꺼내더니 머리끄덩이를 잡아채가며 동짓달 서캐 훑듯 짯짯이 빗겨 보는 거였다. 그러나 그녀 머릿속에서 순경이 바랐던 암호문이나 지령문 쪽지가 나올 리는 만무한 노릇이었다.《관촌수필 3》

석가다 윷놀이에서, 석동째 가다. ¶…동네 윷판만 해두 둑갈 적에 다르구 석갈 적에 다

른 게 말판 쓰는 공기니께.《강동만필 3》

석 달 장마에도 푸나무 말릴 볕은 난다㊗ 아무리 악조건의 연속이라고 하더라도 기회는 반드시 있다는 말. ¶(산) 석 달 장마에도 푸나무 말릴 볕은 난다고, 그런 우여곡절 속에서도 자기 시간이 반짝할 때마다 그는 원고지에 매달렸다.《글밭을 일구는 사람들》

석수장이 눈깜짝이부터 배운다㊗ 일의 내용보다도 형식부터 배우는 사람을 비웃는 말. ¶석수장이 눈깜짝이부터 배운다고, 기중 것이 겉멋은 알아서 귀걸이 목걸이에 가락지까지 차리고 나설 장본인이었다.《강동만필 2》

섞갈리다 갈피를 잡기가 어렵도록 여러 가지가 뒤섞이다. ¶이야기를 너무 장황하게 늘어놓아 섞갈려서 그랬는지, 내용이 짐작했던 바와 동떨어지게 흐르는 데에 질려 버려서 그랬는지,《장곡리 고욤나무》

섞겯다 서로가 겨루고 버티면서 뒤섞이고 어긋나다.〈個語〉¶리가 영농 교육장에 들어서니 벌써 개비에 대한 강의가 끝났는지, 그에 따른 질문과 답변이 한창 섞겯고 있었다.《우리 동네 李氏》

섞박지 절인 배추와 무·오이를 넓적하게 썰고 고명에 젓국을 쳐서 한데 버무려 담은 뒤에, 조기젓 국물을 약간 부어서 익힌 김치. 여기서는, 김치를 담그듯 섞어서 말한다는 뜻으로 쓰임. ¶…이장이 날이날마다 새벽 방송을 틀고, 연말연시란 말로 섞박지를 담아 가며 성화같이 빚단련을 해 온 까닭도 비로소 알 만한 것 같았다.《우리 동네 李氏》

섞음섞음하다 여기저기 뒤섞여 있다.〈個語〉¶바깥노인네와 젊은 사내들이 섞음섞음하여 한 무더기의 무리를 짓고 있던 것이다.《우리 동네 李氏》

섞 물가에 배를 매어 두기 좋은 곳. ¶섞으로 돌아가는 배가 자욱한 물김에 싸여 흐릿하게 보였다.《장동리 싸리나무》

선걸음 이미 내디뎌 걷고 있는 그대로의 걸음. 이왕 내디딘 걸음. ¶매월당은 김세준 일행이 냉수만 한 바가지씩 마시고 선걸음에 되돌아간 다음에야 비로소 소동라와 마주 앉아 현실을 실감할 수가 있었다.《매월당 김시습》

선꿈 내용이 기억나지 않는 어설픈 꿈자리.〈방언〉¶"…나는 밤마두 꿈자리가 뒤숭숭허니 워쩐 일이지유? 선꿈 한번 깼다 허면 워찌 기분이 드러운지."《장한몽》

선눈 (처음 보아서) 익숙하지 않은 눈. ¶(최가는)…선눈에도 썩 구더워 뵈는 사내였다.《매화 옛 등걸》

선머슴 차분하지 못하고 거칠게 덜렁거리는 아이. ¶…이듬해 농사를 짓기 위해서는 선머슴이라도 두지 않으면 안 될 판이던 것이다.《관촌수필 2》

선보름에 선보고 후보름에 맛보다㊗ 그 달 초순에 선을 보고 그 달 하순에 혼인한다는 말의 속된 표현. ¶득종이는 선보름에 선보고 후보름에 맛보려면 오직 땅 중개인으로 들어서는 길 하나라는 듯이《우리 동네 張氏》

선손(을) 쓰다 선수(를) 쓰다. ¶영두는…그 참 맞대매를 하기로 작정하고 먼저 선손을 썼다.《산 너머 남촌》

선수(를) 쓰다 남보다 먼저 손을 대어 시작하다. ¶(봉득이는)…무슨 일에나 남 먼저

선수를 써야만 직성이 풀릴 정도로 냅뜰
성이 강했다.《산 너머 남촌》

선수(를) 치다 상대방보다 먼저 수를 쓰
다. ¶그가 찾아낸 예방책은 그가 먼저 선
수를 쳐서 저쪽의 예봉을 피하자는 것이
었다.《유자소전》

선술 술청 앞에 서서 마시는 술. ¶…영
감이 선술 한잔 생각에 발이 안 돌아서서
《관촌수필 7》

선잠 깊이 들지 못하거나 흡족하게 이루지
못한 잠. ¶김은…문득 간밤에 꿈자리가
어지러워 선잠으로 날 밝힌 일에 무르춤
했다.《우리 동네 金氏》

선하품 흥미 없는 일을 할 때 나오는 하품.
¶“끙—” 김은 피우던 담배를 논두렁에
주고 선하품을 했다.《우리 동네 金氏》

설때리다 설치다. ¶할미바위에 앉아 제
각기 꾸려 온 걸 풀어놓고 먹기 시작이다.
입맛 없어 설때린 터라 십 리 길을 걷고
나면 새벽밥 먹은 게 다 내려가게 마련이
다.《김탁보전》

설렁거리다 좀 서늘한 느낌이 들 만큼 바
람이 자꾸 거볍게 불다. ¶가슴에 설렁거
리고 있었다.《추야장》

설레 설레는 짓이나 형상. ¶영두는 말로
만 듣던 치맛바람 설레를 당장 놓고 보기
가 거북하여 냉큼 맞은쪽의 붙박이장으로
눈을 주었다.《산 너머 남촌》

설레설레 몸의 한 부분을 크게 잇달아 흔
드는 모양. ¶(낙지는)…접시에 담겨지기
무섭게 여덟 발을 설레설레 휘저으며 술
상 바닥으로 기어 나왔고,《낙양산책》

설마가 사람 죽인다㊌ 설마 그리 되지 않
겠지 하고 마음을 놓는 데서 탈이 난다는

말. ¶(산) 설마가 사람 잡는다고, 설마설
마하며 주고받은 사람들이야 황금 행운의
열쇠가 나중에 불의의 열쇠처럼 스테인레
스 은팔찌(수갑)로 변했거나 말았거나《감
투는 아무나 쓰나》

설마설마하다 아무리 그러하기로서니 하
고 계속하여 망설거리다. ¶(산) 설마가
사람 잡는다고, 설마설마하며 주고받은
사람들이야《감투는 아무나 쓰나》

설명하다 아랫도리가 가늘고 어울리지 않
게 길다. ¶…수멍이랑 봇도랑 곁에 설명
하게 키만 있는 미루나무 꼭대기의 까치
둥지에는 익다 만 치자빛 노을이 설핏하
니 비껴 있다.《산 너머 남촌》

설보다 섣불리 또는 불충분하게 보다. ¶
말이 어렵게 나오는 싹이, 설보고 쉽게 대
꾸하다가는 마파람에 호박 떨어지듯 옴나
위도 못하고 넘어갈 판이었다.《산 너머
남촌》

설설 ① 남의 앞에서 두려워 행동을 자유
로이 못하다. ¶어머니 앞이라면 굽죄는
일이 없이 파리 발 드리듯 빌며 설설 매
야 함도 못 견딜 짓이기에 돈 될 것 한 보
따리를 훔쳐 들고 나왔던 것이다.《야훼의
무곡》 ② 머리를 연하여 가볍게 젓다. ¶
헤롤드는 고개를 설설 내저으며 뒷걸음질
했다.《지혈》

설 쇤 무㊌ 때가 지나 볼 것 없이 된 것을
이르는 말. ¶기생 나이 서른이면 설 쇤
무라는데 그 둘은 짝으로 나이가 지나 버
려 화상하고는 쳐다볼 데가 마땅치 않은
화상이었다.《토정 이지함》 삼십 넘은 계
집 설 쇤 무라고 했으니 젊은 것들 나무랄
수가 있나.《산 너머 남촌》

설은 채미 오이만 못하다㈜ (익지 않은 참
외는 맛이 오이보다 못하다는 데서) 바탕
이 부실하면 기대할 것이 없다는 말. ¶"고
욤낭구에 감 열리깄남유, 설은 채미 오이만
못허지유."《관촌수필 4》

설컹거리다 '설겅거리다'의 거센말. 설익
은 밤이나 콩이 씹히는 소리가 자꾸 나다.
¶…나는 설컹거리고 느끼해서 쉽게 넘어
가지 않았다.《강동만필 3》

설피다 ① 배지 아니하고 성기다. ¶…아직
뇌문과 발이 설피지 않은 행보석 위에 두
다리를 뻗어 허리로 앉았다.《매화 옛 등걸》
② (햇빛, 햇볕 따위가) 세지 않고 약하다.
¶ 내가 일곱 살 나 천자문을 떼고 책씻이
도 마친 어느 여름날 해 설핀 석양으로 잊
지 않고 있지만, 나는…온 마을을 쓸어 삼
킬 듯이 쳐들어오던 바다 밀물을 구경한
적이 있었다.《관촌수필 1》

설핏 정도가 심하지 않고 약하게. ¶…그
녀는 젖 뗀 강아지 눈으로 설핏 흘겨보더
니《장한몽》

설핏하다 해가 져서 밝은 빛이 약하다.
¶소쩍새는 해가 설핏하면 울음으로 나
타나서 밤을 밝히다가, 다음 날 동이 트
는 것을 보아야만 울음소리로 들어가는
울음뿐인 울새였다.《매월당 김시습》

섬겨주다 순서대로 대어 주다. ¶(산) 인
구가 늘수록 의식이 흔들려 하다못해 개
갈 안 나다…섬겨 주다… 등과 같은 고유
의 언어문화조차 줏대 없이 남에게 뒤진
것으로 믿어 내버리고,《어설픈 애향심》

섬마섬마 어린아이가 따로서기를 익힐
때, 어른이 붙들었던 손을 떼려고 하면서
부르는 소리. 따로따로 따따로. ¶(시) 엉
금엉금 기다가/ 섬마섬마 하더니/ 돌 전
에 걸음마 배운/ 돌 지난 아기《돌 지난
아기》

섬 못된 거적㈜ (곡식을 담아서 갈무리하
는 섬은 거적으로 만들므로 섬이 못된 거
적은 허드레로 쓰이기 마련이니) 딱하고
한심한 신세라는 말. ¶"…노루 꼬리는 알
어두 개 꼬랑지 몰라보면 섬 못된 거적 아
니담?"《우리 동네 趙氏》

섬지기 한 섬의 씨앗을 심을 만한 넓이를
뜻하며, 한 마지기의 스무 곱절임. ¶…그
의 애옥살림은 농지개혁으로 섬지기거리
가 차례 온 뒤에도 상환곡을 마치기까지는
여간해서 셈평이 펴이지 않았다.《산 너머
남촌》

성균관 개구리㈜ 자나깨나 글만 읽는 사
람을 농으로 이르는 말. ¶(산) '성균관 개
구리' 모양 공자 왈 맹자 왈이 입에 발려
있어야 옳으련만,《훈수꾼의 육두문자》

성깃대다 뜨음하다. 〈個語〉(잦거나 심하
던 것이) 한동안 머춤하다. ¶하루 이틀
건너 어쩌다 빗발이 얼결에 지린 듯 성깃
대며 짐짓 건듯한 적이 아주 없는 건 아니
지만,《금모랫빛》

성깃성깃 여러 군데가 모두 사이나 간격이
꽤 뜬 듯한 모양. ¶빗낱은 계속 성깃성깃
하게 흩뿌리며 비닐우산을 투덕거렸고,
《관촌수필 1》

성깃하다 사이나 간격이 꽤 뜬 듯하다. ¶
점심때쯤부터는 성깃하게 빗방울이 들어
개오동 잎새마다 얼룩무늬를 두었고,《관
촌수필 5》

성냥개비로 귓속 뒤지기다㈜ 익히 아는
손쉬운 일이라는 말. ¶"내야 글방글이나

마두 헹편이 어려워서 백수문이나 깨치고
말았지만 거기는 그래두 책권이나 차분히
봤으니께 내게 별호 하나 지어 주는 거야
성냥개비루 귓속 뒤지기 아녀."《산 너머
남촌》

성부르다 성싶다. 앞말이 뜻하는 상태를 어
느 정도 느끼고 있거나 짐작함을 나타내는
말. ¶삼천만 원짜리 같은디 이상허다는
거요, 그게 아닌 성불러서 이상허다는 거
요.《달빛에 길을 물어》

성애술 흥정을 도와준 대가로 대접하는
술. ¶…권이 대우를 받아 온 것을…흥정
뒤에 성애술을 사도 활수처럼 손이 크던
맛에 사내다움을 느껴 온 까닭이었다.《산
너머 남촌》

섶다리 말뚝을 박아 세운 교각 위에 장대로
얼기설기 얽은 다음 물거리, 풋나무 따위
를 덮어 사람이 다니게 만든 다리.[例 : 섶
다리―삽다리―삽교(揷橋)] ¶…가다가
내를 만나면 부드럽고 판판한 섶다리 대
신에 고르지 않은 징검다리에서 발이 빠
지기도 하고,《매월당 김시습》

세모니 네모니 하다 이러니 저러니 하다.
¶최가 일찍감치 물러난 그들에게 불뚝성
부터 내며 세모니 네모니 하면 너무하는
것 같아 이러지도 저러지도 못하고 있을
때였다.《우리 동네 崔氏》

세밑 한 해의 마지막 무렵. 섣달 그믐께.
¶(〈징글벨〉)…소리를 거듭 듣고 나서야
마침내 세밑에 이르렀다는 것을 리는 새
삼스럽게 깨달았다.《우리 동네 李氏》

세 살 적 버릇이 여든까지 간다⑯ 어린
때의 몸에 밴 버릇이 나이를 먹어도 고치
기 어렵다는 말. ¶"세 살 적 버릇 여든까

지 가듯이 문자를 쓰자면 반백지채 지우
망백이 요새 새로 나온 유행 같더구먼."
《산 너머 남촌》

세상없는 세상에 다시없는. 또는 비할 데
없는. ¶김봉모는 누가 세상없는 소리를
해도 잇긋 않고 말 안 타는 아이인 줄 번
연히 알면서도 참다못해 에멜무지로 일러
보았다.《우리 동네 黃氏》

세상없어도 무슨 일이 있더라도 꼭. ¶
(산) 그는 그 시집을 밤새워 읽고 밤새워
울었다. 그리고 세상없어도 반드시 시인
이 될 것을 거듭거듭 결심하였다.《글밭을
일구는 사람들》

세안(歲─) 새해가 되기 전. ¶"…농사지었
다는 집구석에 초련 먹구 나니 세안 댈 일
이 막연허지…"《우리 동네 柳氏》

세월아 네월아 한다 한가롭게 지내다.
¶졸며 먹고 배불러 자는 역말 댁이 살
못 찌는 까닭도 자식이 없는 고민으로였
다. "이러다 뒈지면 누구 존 일 허게 돈
을 뫼고 일을 허겄네…" 하며 술타령으
로 세월아 네월아 하는 영감이 그르달 게
없다는 심정이기도 했다.《김탁보전》…
자발머리 없이 집에서 싸 온 것을 벌써
끌러 놓고 술잔을 권커니 잣거니 하면서,
세월아 네월아 하고 이미 풀어져 버린 사
람도 있었다.《달빛에 길을 물어》

세월이 약⑯ 크게 마음을 상하여 애통해하
던 일도 세월이 가고 오랜 시간이 지나고
나면 잊혀진다 하여 이르는 말. ¶세월이
약이라더니 과연 그런 것일까. 아니면 풍
우에 부대끼고 걷기에 지쳐서 의지마저 금
이 가고 무디어진 탓일까.《매월당 김시습》

세월이 좀먹냐⑯ 시간은 얼마든지 있으니

서둘지 말라는 말. ¶아버지는 여전히 안경알만 번쩍거리면서 세월이 좀먹더냐는 듯이 앉아 있었다.《엉겅퀴 잎새》

센 둥 만 둥 '쇤 둥 만 둥'의 잘못. 명절이나 생일 따위를 쇠나 마나 하게 쇠다. ¶난리 속의 명절이라 추석을 센 둥 만 둥 하고 며칠 안 간 어느 날《장한몽》

셈속 속셈의 실속. ¶"통장에 남었던 것허구 합칭께 오천이백팔십 원이데유." 종애는 제법 셈속 있게 대답했다.《우리 동네 崔氏》

셈판 사실의 형편. 또는 그 원인이나 까닭. ¶셈판 없이 올무나 덫을 놓아 한두 마리 축낸다 하여 효과가 있을 리도 없으려니와 무릇 내남없이 일에 묻히어 살려니 그럴 틈도 없었던 것이다.《관촌수필 7》

셈판 없는 인간⦿ 무절제하고 무책임한 사람이라는 말. ¶"야, 이 셈판 없는 인간아."《변 사또의 약력》

셈 펴이다 셈평(이) 펴이다. ¶…세상은 무엇인가를 앙갚음하듯 그녀에겐 고생 보따리만을 바리로 실어다 부려 준 셈이며 또 앞으로도 그 셈이 펴일 기미란 보이질 않던 것이다.《그때는 옛날》

셈평(이) 펴이다 생활이 좀 넉넉하여져서 부족을 별로 느끼지 않게 되다. ¶솔이 엄마 손에도 제법 살림이 잡히어가고, 그럭저럭 영감네 셈평도 펴이는 것 같았다.《관촌수필 2》

소가지 '심성'을 속되게 이르는 말. ¶"먹잘 것 없는 밴댕이 가시 많은 격이지만, 그래도 그 정도로 그쳤으니 소가지는 무던한 편이구먼."《산 너머 남촌》

소가지를 부리다 소가지를 내다. '성을 내다'를 속되게 이르는 말. ¶어디선가 했던 것처럼, 제 기분에 혼자 소가지 부리다 말고 학생들이 과로한다는 핑계로, 바야흐로 논이 보기 좋을 만하여 학생들을 거두어 가 버리면 그런 낭패가 다시없을 거였다.《우리 동네 鄭氏》

소갈머리 마음 또는 속에 가진 생각을 얕잡아 이르는 말. ¶…납작한 냇자갈로 목대기치기하다 아무 데서나 통치마를 걷어 올리고 마른 땅을 질펀하게 하던 소갈머리 없는 계집애일 따름이었던 것이다.《그가 말했듯》

소갈머리가 옴파리 발탕기만 하다⦿ 생각이 얕고 오종종하다는 말. ¶그는 혼자 넋두리로, "니기미 씨발." 하고 씨부리고만 거였다. 사내들끼리라면 언제 어디서건 흔히 무심코 내뱉을 수 있는 그런 군소리건만, 그 소갈머리 옹색하기 옴파리 발탕기만 한 야경꾼 한 녀석이 대뜸, "뭐가 어쨌어?" 하며 턱밑으로 대들던 거였다.《장한몽》※옴파리 : 사기로 만든 오목한 바리. 발탕기 : 보통 사발보다 아가리가 조금 오긋한 사발.

소갈머리 없는 년⦿ 생각 없는 여자라는 상말. ¶"그럼 뭐여, 뒷이냔 말여, 이 소갈머리 읊는 년아."《추야장》

소같이 벌어서 쥐같이 먹어라⦿ 일은 열심히 하여서 돈은 많이 벌고 생활은 아껴서 검소하게 하라는 말. ¶(산) 옛날에도…소같이 벌어서 쥐같이 먹는다느니 하고 사람을 동물에 빗대어서 비야냥거린 말이 있지 않았던가.《말과 환경보호》

소경이 이 잡듯⦿ 어림쳐서 헤아린다는 말. ¶쑥덕공론은 종잡을 수가 없었고 전하는 말마다 소경 이 잡듯 더듬어보는 어

림짐작이어서 갈피를 가리지 못했던 걸 상배는 기억한다.《장한몽》

소곤소곤 작은 목소리로 가만가만 이야기 하는 소리. 또는 그 모양. ¶"…정이 있으 시거든 발등을 살짝 밟지 마시구, 요 내 귀에 대고 소곤소곤 웅? 어디서 만나자구 허실 일이지."《야훼의 무곡》

소금 먹은 소 굴우물 들여다보듯 한다㊌ 보 기만 하고 못하는 일은 안타깝기만 하다 는 말. ¶그믐산이는 소금 먹은 소 두레박 우물 들여다보듯, 고개를 깊이 숙여 제 무 릎 밑만 내려다보고 있었다.《오자룡》

소금 없이 젓갈 담는 소리 전혀 이치에 닿 지 않는 말이라는 말. ¶"소굼 읎시 젓갈 담는 소리 우연(웬)만침 했걸랑 아까 허다 끊어진 소리나 잇어 보겨…"《오자룡》

소금이 쉰다㊌ 무슨 일이고 절대로 탈이 생기지 않는다고 단언할 수는 없다는 말. ¶"…소금이 시면 셨지 당신 팔이 내굽을 수 있슈? 흥정두 필요찮은께 저리 비큐, 비키란 말유."《다가오는 소리》

소나기 삼 형제㊌ 소나기는 반드시 세 줄 기로 쏟아진다는 말. ¶소나기 삼 형제라 고 이르는 말 그대로 이 가물 이 더위에 겨우 소나기 서너 축으로 벌써 장마가 다 갔다고 하니 무엇보다도 속이 달쳐서 못 견딜 지경이었다.《장척리 으름나무》

소나기지다 (소나기 줄기처럼) 갑자기 많 이 쏟아지는 모양. ¶더 영글 눈발이 소나 기지면서 잠 씻은 밤이 이우는 섣달이라 기댈 건 화로하고 다시없으련만, 또 무슨 추위던가 횃대 밑에선 벌써 닝닝한 화로 냄새가 돈다.《암소》

소남풍에 개밥그릇 굴러다니는 소리를 하 다㊌ 달갑지 않은 말을 하다. 〈個語〉 ¶…은돈이는 "반갑잖은 사람이 먼저 와 있었슈." 소남풍에 개밥그릇 굴러다니는 소리를 하며 대청에서 일어나 앉고《장평 리 찔레나무》 ※소남풍(小男風) : 비가 오 기 전에 급하게 불어오는 사나운 바람.

소 닭 보듯㊌ 서로 아무런 관심도 두지 않 고 있는 사이임을 비유적으로 이르는 말. ¶"…이 애들이 만날 봐도 소 닭 보듯 하는 건 고사하고 슬슬 피하기까지 하더라 이거 여…"《그리고 기타 여러분》

소도 언덕이 있어야 비빈다㊌ 사람도 의 지할 곳이 있어야 무슨 일을 시작하거나 성취할 수 있다는 말. ¶이젠 비벼 볼 말 뚝이나 기댈 만한 언덕도 없는 몸이 됐다. 《다가오는 소리》

소래기 굽 없는 접시 모양의 넓은 질그릇. ¶장독 소래기에 이슬이 고일 철에도 여 치 소리 못 들어본 지가 한두 해 아니던 것이다.《우리 동네 黃氏》

소름(이) 끼치다 섬찍하다. ¶그는 무심코 설창문을 밀어 본 순간 소름이 쫙 끼쳐짐 을 느껴야 했는데, 손바닥만큼 부옇한 마 당 한가운데에 우뚝 선 손님이 분명 사람 은 아니던 것이다.《장한몽》

소리깔 음색(音色). 〈個語〉 ¶"아닌 밤중에 고연헌 사람 놀래리다." 주인은 마뜩찮다 는 소리깔로 뒷맛 다시듯 하더니《오자룡》

소리소리 자꾸 크게 소리를 지르는 모양. ¶…여 순경이 낌새를 알아차리고 돌아보 며 뭐라고 소리소리 지른 끝에 무엇으로 뺨 을 냅다 갈겨 살펴보니,《우리 동네 金氏》

소리 없는 총이 있으면 놓겠다㊌ 상대방 을 몹시 시기하고 미워할 때에 하는 말.

¶아이가 섰음을 깨달은 날부터 최덕환 씨 부부는 더욱 미실이를 두고 고민했다. "소리 없는 총이라도 있었으면 당장 쏴 죽이겠는데…" 최덕환 씨가 부른 노래였다. 《장한몽》

소릿길 소로(小路). 〈방언〉 ¶…나물 캐는 사람, 도토리 줏는 사람이 죄 발을 끊어서 소릿길마저 파묻힌다 그 위에 갖은 잡목이 제멋대루 우거져서《장이리 개암나무》

소매 긴 김에 춤춘다㊦ 별로 생각 없던 일이라도 그 일을 할 조건이 갖추어졌기 때문에 하게 됨을 비유하여 이르는 말. ¶소매 긴 김에 춤춘다고 문정은 다시 말머리를 되돌렸다. "김탁영이 한 말이 있습지요…"《산 너머 남촌》

소문이 말문이라㊦ [우마(牛馬)에 빗대어] 소문을 낸 것은 말문(입)이라는 말. ¶염 서방을 찾아간 탁보는 대뜸 "소문이 말문이라구, 자네가 우리집것(아내)허구 진 버개를 벼두 상관이 읊기는 허네…헌대 내가 서운해서 쓰겠다나? 생각 좀 달리 해보란 말여…" "달리 생각허다니?" 염 서방도 몰라서 물은 소리는 아니었것다. 《김탁보전》

소박데기 묵은 무덤 들먹이듯㊦ (소박맞은 여자가 걸핏하면 조상 탓을 하듯) 입에 발린 말을 서슴없이 한다는 말. ¶"변소하고 굴뚝은 아주 무너진 뒤에 고쳐야 좋대요." 제 사내와 실랑이하는 바람에 얼을 쓰고 있던 흰 모자가 소박데기 묵은 무덤 들먹이듯 어렴성 없이 드티었다. 《우리 동네 崔氏》

소복소복 쌓이거나 담긴 물건이 여럿이 다 볼록하게 많은 모양. ¶(황토를)…널빤지 사립문턱 양쪽에 두 무더기씩 소복소복 쏟아 놓았다. 《관촌수필 5》

소식이 깡통이고 기별이 병마개다㊥ (이웃과 왕래를 않고 살아서) 물정에 어둡고 생각하는 것이 꽉 막혀서 답답하다는 말. ¶"…보니까 평소에두 농번기에는 있는지 마는지 소식이 깡통이다가, 가을걷이 다 끝나구 수매밖에 안 남은 한갓진 때나 돼야, 한잔헌 목소리루다가 시금털털헌 소리나 한마디 읊더라구."《장척리 으름나무》

소주 먹고 막걸리 마신 소리만 한다㊦ 속에 없는 말만 한다는 말. ¶"…됐네유 됐어. 허는 말마다 쇠주 먹구 막걸리 마신 소리만 더럭더럭 허더랑께…"《장천리 싸리나무》

소 죽은 마당 들여다보듯㊦ 보는 사람마다 생각이 다르다는 말. ¶"…소 죽은 마당 들여다보듯 애도 한 마디, 어른도 한 마디 하고 개나 걸이나 깍두기를 담으려 드느냐 말이야…"《그리고 기타 여러분》

소쩍소쩍 소쩍새의 울음소리. ¶(시) 소쩍소쩍 소쩍새 새벽내 울었어요.《모 내던 날》

소태같다 (맛이) 몹시 쓰다. ¶"…소태처럼 쓰더라구 허는 늠치구 소태나무 먹어본 늠 없는 식으루, 소리 안 나게 가만가만 돌어댕기는 늠이 진짜라구."《장동리 싸리나무》

속긋 글씨·그림 등을 처음 배우는 이에게 덮어 쓰게 하기 위하여 먼저 가늘게 그려 주는 획. ¶그러자 뭍에서는…화력발전소와 그것에 눌린 고만이 잘못 그은 속긋 자국처럼 어설픈 그림으로 드러났다.《명천유사》

속내 '속내평'의 준말. 겉으로 드러나지 않

은 사정이나 실상. ¶리는 자기 들어 보라고 부러 꾀송거리는 아내 속내를 이내 알아차렸다. 《우리 동네 李氏》

속매듭　마음속으로 내린 단정(斷定).〈個語〉¶갖은 사설 제하면 민며느리 요절하고 데릴사위 단명할 수밖에 없다는 것이 나의 속매듭이었다. 《변 사또의 약력》

속솔이(감)　재래종의 감나무에 열리는 열매가 작고 씨가 많은 떫은 감.〈충남 서해안 지방의 방언으로 표준어 명칭은 미상〉¶…속솔이와 고욤은 잘기가 같더라도 그 쓰임새는 본래가 각각이었으니, 《매월당 김시습》

속심　속마음. ¶그는 엄천득이 가게 벌이듯 늘어놓은 붙박이장 속의 너주레한 내용을 훑어보다가 실없이 속심으로 웃었다. 《산 너머 남촌》

속에 구렁이가 들어앉다⑥　순진하지 않고 능글맞아 여러 가지를 모두 알고 있다는 말. ¶앉으면 으레 전쟁터에서 오다가다 본 일을 거짓말 반지기로 떠들어 누구 하나 대포 아닌 이가 없던 그들이었지만, 모두들 속에 구렁이가 들어 있어 아무도 곧이듣지 않으리라는 것을 장도 모를 리가 없었다. 《우리 동네 張氏》

속(을) 끓이다　(안 좋은 일로) 자꾸 마음을 태우다. ¶…두 집 살림에 시달리거나 좋아지내는 여자로 하여 속을 끓이는 사람에겐 여난을 경고하였다. 《유자소전》

속을 떠보다　남의 마음을 알아내려고 넘겨짚다. ¶…최미실이라는 노처녀의 정체가 궁금해, 무슨 속인지 떠보지 않을 수 없다는 주장이 고개를 쳐든 걸 묵살하지 못한다. 《장한몽》

속(을) 썩이다　마음을 몹시 상하게 하다. 걱정을 하다. ¶"죽는 늠만 죽으라는 세상인디, 이렇게 허니께 별 움딱지가 다 속을 썩인단 말여, 에이― 같잖어." 《관촌수필 7》

속(을) 태우다　몹시 걱정이 되어 마음을 졸이다. ¶…따라가면 죽으리라 하면서도 발이 안 떨어져 속을 태우고 있었다. 《우리 동네 金氏》

속이 가라앉다　마음이 진정되다. ¶김은 시끄럽다고 소리나 냅다 질러 버리면 속이 가라앉을 성불렀으나 참자고 끙― 하며 돌아누웠다. 《우리 동네 黃氏》

속(이) 끓다　걱정이 되어 마음이 타다. 화가 치밀어 오르다. ¶말뚝을 박아 둘 년. 솜털이 가시면서 짝사랑해 온 순금이를 창기 녀석한테 빼앗긴 생각은, 하면 할수록 지금도 속이 끓는다. 《몽금포 타령》

속이 뒤틀리다　화가 나서 마음이 꼬이다. ¶"그런 것 같은 것?" 순평은 속이 뒤틀려 쏘는 대답을 했다. 《장한몽》

속(이) 들다　철이 들거나 셈속을 차리게 되다. ¶(복산이는)…일찍부터 속이 들고 기특한 데가 많아 내가 그를 좋아하게 된 것일까. 《관촌수필 6》

속(이) 썩다　일이 잘 되지 않아서 부아가 나다. ¶"…세금도 더 올라야 하고, 더 부대끼고, 더 속 썩어 봐야 하고 더 서러워 봐야 한다구…" 《엉겅퀴 잎새》

속(이) 타다　걱정이 되어 마음이 달다. ¶내가 꿈속도 아니면서 무엇에 씌워 고드래떡처럼 언 몸에 속이 타고 졸밋거려 《관촌수필 6》

속(이) 터지다　울화가 치밀다. ¶못 알아듣는 사람하고 소리 낮추어 이야기하기보

다 더 속 터지는 일도 없었기에.《우리 동
네 張氏》

속(이) 트이다 마음 쓰는 품이 활달하다.
¶대복 어매는 손 크고 속 트인 옹점이에
게는 흉도 많고 허물도 흔했다.《관촌수
필 4》

속(이) 풀리다 감정이 누그러지다. ¶잘살
면 그만이지만 그렇지가 못하다면 기어이
그것을 확인해야만 속이 풀릴 것 같았던
것이다.《두더지》

속종 마음속으로 정한 소견. ¶영두가 악
착같이란 말을 곰곰 되새겨 보는 동안은
봉득이도 입이 떴다. 제가끔 속종이 따로
있어서 생긴 침묵이었다.《산 너머 남촌》

속 타는 곁에서 물 흔한 소리 한다▣ 남
의 불행으로 내 행복을 확인한다는 말. ¶
"넘 속 타는 곁에서 물 흔헌 소리 삼가허
소야." 그믐산이가 성깔 거슬린 투로 씨월
거렸다.《오자룡》

손가락도 길고 짧다▣ 아무리 같은 조건
에 있다고 하더라도 무엇이든지 서로 차
이가 있게 마련이라는 것을 비유하여 이
르는 말. ¶(산) 한날 한시에 난 손가락도
길고 짧으니까 다 같은 돈을 만지더라도
받는 손 굵고 주는 손은 가늘어야 앞뒤가
맞을 성싶어 그랬는지도 모를 일이다.《1천
원짜리 회원》

손결 손의 살결. ¶(최는)…아이들의 손결
과 얼굴을 한눈에 훑어보았다.《우리 동네
崔氏》

손끝에 물 한 방울 튀기지 않다▣ 고생을
모르고 생활하다. ¶…부모 덕분에 장마에
도 손끝에 물 한 방울 안 묻혀 보고 앉았다
누웠다 하며 전자 오락기나 주무르다가 바

로 경영주가 된 사람.《인생은 즐겁게》

손님 덕에 쌀밥 먹는다▣ 원님 덕에 나팔
분다. ¶"…손님 덕에 쌀밥 먹어 본다구,
나두 이런 때 동네 좋은 일 한번 해 봐야
헐라나 뵈."《우리 동네 黃氏》

손대기 잔심부름을 하여 줄 만한 아이. ¶
"제가 저 아이를 손대기 삼아서 가직이 두
고 종구라기 부려먹듯 한 지도 벌써 십여
성상이온데…"《매월당 김시습》

손돌이추위 음력 10월 20일 무렵의 심한
추위. ¶…손돌이추위를 전후해 세안까지
꼬박 출어시켰고,《해벽》

손땀 손끝.〈방언〉손을 놀려 하는 일에
빠르고 야무지게 하는 일솜씨. ¶…손땀
이 좋아 무슨 일이든 금방 익히고 이내 서
툴지 않게 시늉해 내던 재간만 해도 그랬
다.《관촌수필 6》

손매 손의 맵시. ¶…천첩이 비록 손매
는 무디오나 술맛을 버리면 옆에 촛병을
채우게 될 것이니 그리 아까울 게 없사옵
고…"《매월당 김시습》

**손모가지 씻은 물이 발모가지 씻은 물이
다**▣ 늘 똑같다는 말.〈個語〉¶"그늠
이 그전버텀 지 새끼 자랑은 골러서 삼
년, 넘의 새끼 흉은 싸잡어서 육 년으루
정해 놓구 허는 늠 아니던가베. 참어. 그
늠은 늘 손모가지 씻은 물이 발모가지 씻
은 물이닝께 이제 오너서 새꼽빠지게 탄
헐 것 없다구."《장평리 찔레나무》 ※손모
가지·발모가지 : '손', '발'을 비속하게 이
르는 말.

손바닥만 하다 면적이 아주 좁은 것을 비
겨 이르는 말. ¶…손바닥만 하던 명색 마
당 귀퉁이는 이발 기계와 면도 하나로 깎

고 도스르던, 장에 가는 장꾼들만 바라보던 무허가 노천 이발소였다.《관촌수필 1》

손바닥에 털이 나겠다㊗ 게을러서 일을 하지 않는 것을 놀림조로 이르는 말. ¶ "…이이는 손바닥에 털이 나도 손톱 하나 까딱하지 않으니, 무슨 보살이 저런 몸살인지 어디 가서 물어볼래야 물어볼 데도 없다니까."《산 너머 남촌》

손바닥에 털이 나나 모래가 싹트나㊗ (있을 수 없는 일이므로) 시간이 넉넉하여 서두를 필요가 없다는 말. ¶ "그려, 츤츤히 애기 좀 더 허다가 가세. 네미 손바닥에 털이 나나 모래가 싹트나…"《우리 동네 黃氏》

손발(을) 맞추다 의견 또는 행동 등을 조정하여 일치시키다. ¶ 휴식이 끝나면 다시 한자리로 모여 손발을 맞춘다.《야훼의 무곡》

손발이 되다 그의 뜻대로 움직이다. ¶ 이로부터 중필이의 손발이 되어 바빠지는 게 명우의 임무였다.《두더지》

손발이 맞다 생각이나 행동이 일치하다. ¶ 인부들과 손발이 맞고 안 맞고에 일의 성패가 직결되어 있으니 여간 부담스러운 게 아니었다.《장한몽》

손사래(를) 치다 손을 펴서 함부로 휘젓다. ¶ 변 사또는 노여움이 치받쳐 두 눈을 모들뜨며 손사래를 치고 야단이었다.《변 사또의 약력》

손속 솜씨. ¶ 그는 무엇이든 절등하게 잘 줍고 잘 잡아내는 손속이 있었다.《관촌수필 4》

손씻이 남의 수고를 갚는 뜻의 예로 적은 물건을 주는 일. ¶ "누구 스 되 안짝에 곗쌀 놓을 사람 있다거든 빚지시 좀 해 주게. 쌀만 은어 주면 손씻이는 섭섭잖게 헐 테니."《우리 동네 李氏》

손아귀에 넣다 완전히 자기 소유로 만들거나 자기 통제 아래 두다. ¶ 그 적신호 등은…기지의 불침번으로 사포곳을 손아귀에 넣었노라는 듯이 오만하게 서서 읍내의 우두머리인 양 여유 있게 깜박이고 있었다.《해벽》

손에 익다 익숙하다. ¶ 그녀는 이제 새끼줄로 나뭇짐을 꾸미기 시작하였다. 이미 선머슴 저리 가게 손에 익은 솜씨였다.《그때는 옛날》

손에 잡히다 마음을 가라앉히고 일을 할 수 있게 되다. ¶ 한 가지 일이 껄쩍지근하게 걸리고 보니 다른 일도 손에 잡히지가 않았다.《산 너머 남촌》

손(을) 대다 관여하다. ¶ 그녀는 이번 에이아이 디 차관 아파트에도 손을 대어 소문 없이 재미를 본 눈치였는데,《엉겅퀴 잎새》

손(을) 떼다 관계하던 일을 그만두다. ¶ 그가 그런 짓을 안팎 동네서만 돌아가며 길래 손 떼지 않았더라면 종래 어떤 일이 일어났을는지 어림하기 어렵지 않다.《관촌수필 4》

손(을) 보다 (부분적으로) 고치다. ¶ 암, 배 두 척을 손보고 가려면 아직 멀고 말고.《부동행》

손(을) 쓰다 대책을 세워 행하다. 조치를 취하다. ¶ 검찰로 송치만 되면 그대로 전과자의 낙인이 찍힐 것이라고도 했다. 손을 쓰되 서두르지 않으면 안 될 일이었다.《너무 밝은 달》

손(을) 씻다 관계를 아주 끊어 버리거나 깨

끗하게 결말을 짓다. ¶처음엔…작업복 한 벌 값만 마련하자고 한 짓이었지만, 한 번 맛이 들자 손 씻기도 수월찮게 되던 거였다.《금모랫빛》

손(을) 잡다　서로 도와 가며 일하다. 제휴하다. ¶"무슨 연줄인가 했더니만 그렇게 돼서 그 노가하고 손을 잡았었구먼."《산너머 남촌》

손(을) 타다　사람의 손길이 미치다. ¶남의 손 안 타게 헛묘라도 써 둬야 할 썩 좋은 자리가 발견됐단 기별을 받고 함께 답사를 하고 와서였나 보았다.《이 풍진 세상을》

손(이) 가다　손을 대어 매만지다. ¶…그 곁엔 깔끔하게 손이 간 돼지우리와 퇴비장이 있어 규모 있는 집이란 인상을 주기에는 부족하지 않았다.《관촌수필 5》

손(이) 거칠다　손버릇이 나쁘다. 훔치기를 잘하다. ¶(대복 어매는)…근천맞게 걸터듬기 잘하고, 손 거친 짓 하는 버릇 못 버려, 팔모로 봐도 속에 거지 오장이 들어 있다던 거였다.《관촌수필 4》

손(이) 두텁다　손끝이 맵다.〈방언〉손으로 하는 일에 능률과 맵시가 나는 솜씨. ¶복산이도 손이 두텁다는 것은 일찍부터 알려져 있었다.《관촌수필 6》

손(이) 많다　일손이 많다. ¶덕택에 어머니는 적적한 줄을 몰랐고 마당일 부엌일 거들어 주는 손이 많아 자자분한 집안일로 허리를 앓지 않아도 되었다.《관촌수필 5》

손(이) 맞다　생각이나 행동이 일치하다. ¶황은…느티울 황 선주와 손이 맞아 조합에 부비고 이장들을 부려, 부락마다 소금과 새우젓을 먹이면서 돈푼이나 만지게

되었고,《우리 동네 趙氏》

손(이) 모자라다　일손이 모자라다. ¶"서울 복순이, 수원 복돌이가 떼로 몰리고부턴데, 반디는 손이 모자라서 배달이 더디다나 봐요."《산 너머 남촌》

손(이) 크다　씀씀이가 후하고 크다. ¶동냥을 주면 종구라기가 넘치고 개밥을 주어도 구유가 좁게 손이 컸다. "저것이 저리 손이 크니 시집가면 대번 시에미 눈 밖에 나리…"《관촌수필 3》

손톱의 티눈㉑　가장 가까이에 두고 보면서도 쉽게 어쩌지 못한다는 말. ¶…그녀를 덮어놓고 손톱의 티눈처럼 치던 이도 적지 않았다.《산 너머 남촌》

손톱 하나 까딱 하지 않는다　일을 하지 않고 뻔뻔스럽게 놀기만 한다. 손가락 하나 까딱도 안 한다. ¶…집구석을 지킨다 해도 손톱 하나 까딱 않고 겨우 누웠다 앉았다나 하여 얼빠진 숙맥에 다름 아니었다. 지금처럼 시렁시렁하니 노상 저런다면 영영 버린 사람이나 일반일 터이었다.《우리 동네 柳氏》

솔다　굳다. ¶마당 바닥의 매흙이 묵처럼 솔았다가 송편이나 수제비 모태처럼 되직해지면 아이들은 대오리발이나 가마니 위를 밟기보다도 맨발로 맨흙 밟기를 더 즐겨하였다.《관촌수필 5》

솔문　경축이나 환영의 뜻을 나타내기 위하여 대나 나무로 기둥을 세우고 청솔을 입혀 세운 문. ¶(산) 해방이 되었다. 미면 읍내 네거리에도 연합군 환영의 솔문이 세워졌고, 이 솔문에 다는 참전국 국기가 이 신동의 손으로 그려졌다.《글밭을 일구는 사람들》

솔버덩 소나무가 무성하게 들어선 버덩. ¶"…떠날 임시에 느실의 솔버덩에 모여서 가다가 얼짢게 깃털의 물끼를 말짱 털구 떠날 채비들을 허는 풍신이 그 난리더라구유.《장동리 싸리나무》

솔솔 물, 가루, 소리, 냄새 따위가 계속 흐르거나 새어나오는 모양. ¶익은 내가 솔솔 풍겨 오지만 아직 덜 물렀을 게다.《담배 한 대》

솔수펑이 솔숲이 있는 곳. ¶…그 집은, 솔수펑이 기슭 잔디밭을 뒤꼍 장독대로 하여 남향받이로 정좌한, 덩실하고 우아한 옛날의 풍모를 조금쯤은 간직하고 있는 듯도 했다.《관촌수필 1》

솔푸데기 다복솔의 밑동 언저리. 〈방언〉 ¶입고 나온 여름옷 한 벌로 솔푸데기 속에서 된내기를 맞으며, 한둔으로 밤을 지새우곤 했다.《이삭》

솟음솟음 자꾸 솟아나는 것. ¶신 서방은 덩실덩실 춤을 추었고, 아버지의 맞은편에 꿇어앉은 석공은 연방 싱글벙글 웃어가며 솟음솟음하는 신명을 어쩌지 못해 답답한 표정이었다.《관촌수필 5》

송곳도 끝부터 들어간다⑧ 무슨 일이든 차례가 있는 법이니 무엇이나 제대로 하려면 차례를 따라서 해야 한다는 말. ¶"송곳도 끝부터 들어간다구, 큰일도 작게 생각하면 되려 수나로울 수가 있는 법이니 할 때까지는 해 봐야지."《산 너머 남촌》

송글송글 '송골송골'의 잘못. 땀 따위가 표면에 잘게 많이 돋아나 있는 모양. ¶(그녀)…이마와 콧잔등엔 땀방울이 송글송글 맺혀 있었다.《그전 애인》

송아지 고아 먹은 놈⑪ 몸보신이라면 못 먹는 것이 없는 사람이라는 상말. ¶제가 무슨 송아지 고아 먹은 놈이라고 배 내밀랴 싶어 그랬다.《장한몽》

송아지 주고 강아지 얻은 턱이다⑧ 크게 밑졌다는 말. ¶"송아지 주고 강아지 얻은 턱이란 말이야." "개만 돼도 쓸모나 있지." 마누라가 몰풍스럽게 퉁바리를 주자 문정도 결김에 생각난 것이 있어서 실없이 너털웃음을 웃었다.《산 너머 남촌》

송알송알 땀이 방울방울 많이 맺힌 모양. ¶(시) 이마에 땀방울/ 송알송알《개구쟁이 산복이》

송이송이 여럿 있는 송이마다 모두. ¶(시) 송이송이 함박눈《눈 온 날》

송장 치고 살인 난다⑧ 작은 죄를 짓거나 전연 벌 받을 만한 일을 하지 않고서 억울하게 큰 벌을 받게 될 때를 이르는 말. ¶송장 치다 살인 난다…알게 뭐냐, 처먹고 뒈지든 말든…삼득은 더 이상 순평을 부르지 않고 다시 걷기 시작했다.《장한몽》

송충이는 솔잎을 먹어야지⑧ 분수에 넘치는 일을 하다가는 낭패를 본다는 말. ¶"돈이나 부지런히 벌어라. 벌어서 사 버리면 돼." "쯧, 송충이는 역시 솔잎이나 먹어야겠죠." 하곤 이내 천만에—를 입속으로 거듭 뇌면서 굳게 다짐했다.《덤으로 주고받기》

쇄샛 쇄샛 잇달아서 하늘을 가르는 바람칼 소리. ¶쇄샛 쇄샛…머리 위에서는 이따금 기러기 떼 지나가는 소리가 유독 컸으며,《관촌수필 5》 ※바람칼 : 새가 하늘을 날 때의 날개.

쇠고기는 본처맛이고 돼지고기는 애첩맛이다⑪ 쇠고기는 건강을 생각해서 먹고 돼지고기는 먹는 맛으로 먹는다는 말. ¶"쇠고기는 본처맛이고 돼지고기는 애첩맛이라지만 그것도 비곗맛이 칠팔 할이 넘어서 그런 건데, 시방은 비계진 돼지는 비곗값을 깎고 가져가니 앞으론 돼지를 하려고 들 농가도 드물 걸세."《산 너머 남촌》

쇠다 ① 명절이나 기념일 같은 날을 맞이하여 지내다. ¶그는 언제 환갑을 쇠었는지 모를 허연 늙은이였음에도,《변 사또의 약력》 ② 한도를 지나쳐 점점 더 심해지다. ¶이립은 실제로 늘 피곤함을 느끼고 있었다. 이른바 침묵의 장기라고 하는 간장까지도 여러 해째나 내색을 하면서 병이 쇠어 가는 상태였다.《더더대를 찾아서》

쇠딱지 어린아이의 머리에 달라붙은 납작납작한 때. ¶나는 눈이 번해, 쇠딱지가 더뎅이져 새까만 발등이 부끄러운 줄도 모른 채《그가 말했듯》

쇠똥도 밟아 봐야 개똥을 안 밟는다⑳ 작은 실수를 해 봐야 큰 실수를 하지 않는다는 말. ¶"아따, 하늘에서 오는 비두 오구 싶어서 오는 비 없구, 가구 싶어서 가는 비 없는 벱인디, 애덜이 무슨 실수는 않유. 놔둬유. 쇠똥두 밟어 봐야 개똥을 안 밟는 벱이니께."《장천리 소태나무》

쇠똥 밟은 상판⑪ 언짢아서 잔뜩 찌푸린 얼굴. ¶"개살구를 줏어 먹었나 너는 왜 쇠똥 밟은 상판이냐?" "풰풰…되게 쓴디 뭔지 모르겠어. 풰풰…" 장식이는 세모난 구멍이 두 개 뚫린 깡통을 입에 기울이더니 연방 침만 뱉었다.《관촌수필 3》

쇠목질리다 쇳소리같이 날카롭다. 〈방언〉 ¶…사뭇 아닥치듯 하는 여편네 쇠목질린 소리가 대신 들어서고 청승맞은 애 울음

소리가 그윽하더니.《우리 동네 姜氏》

쇠뿔도 단김에 빼랬다⑳ 어떤 일을 하려고 생각하였으면 망설이지 말고 곧 행동으로 옮기라는 말. ¶"…쇠뿔은 단김에 빼랬다구 이왕 나온 말이고 하니 낼 오정에예서 만나는 걸로 해 버립시다…"《산 너머 남촌》

쇠스랑 고스랑 한다⑳ 자꾸 쓸데없는 군소리를 한다는 말. ¶"…넘 잠두 품 메게 자다 말구 일어나 쇠스랑 고스랑 허구 지랄덜여, 거."《우리 동네 李氏》

쇠전에 강아지 나듯⑳ 하찮아서 눈에 차지 않는다는 말. ¶"…너구리두 소용 읎는디 쇠전에 강아지 나듯 뎁세 오소리나 살가지가 걸리면 무슨 짝에 쓸 겨?…"《이모연의》

쇤네 '소인네'의 준말로서, '소인'을 조금 더 낮추어 이르는 말. ¶"쇤네들이야 맺힌 건 허리띠 하나뿐인데, 조여도 시원찮은 걸 푼다고 별수 있을깝쇼."《매월당 김시습》

쇼(를) 하다⑪ 거짓 행동을 하다. ¶…무슨 꿍꿍이속으로 쇼를 하나 싶어 기분이 상한 때문이었다.《이삭》

쇼부를 내다⑪ '승부를 가리다'를 속되게 이르는 말. ¶"초저녁 꿋발루 쇼부를 냈으야 허는디…"《우리 동네 李氏》

쇼부(를) 보다⑪ '승부를 가리다'를 속되게 이르는 말. ¶…니미, 오늘 밤에 아주 쇼부를 봐 버릴 작정인가 왜 여태 안 와?《몽금포 타령》

수(가) 나다 좋은 수가 생기다. 〈연〉 ¶…불안과 걱정을 가졌던 사람들은 그렇게 뛰었다고 해서 무슨 수가 날 성질의 것도 아

니었기로, 덤덤히 앉아 굿만 보고 있었다. 《해벽》

수가 익다 손에 익거나 익숙하여지다. ¶문정이 혼잣말로 고시랑거리고 있으니 말귀는 바늘귀보다 더데도 군소리 이삭 줍는 데엔 수가 익어서 마누라가 금방 투가리 끓어 넘는 소리로 두런거렸다. 《산 너머 산촌》

수(가) 틀리다 마음에 맞지 않다. ¶정승화나 조태갑이만 해도 분얼하는 싹을 보아 수 틀리면 배동 오를 때 베어 꼴이나 한다며 갈았고, 《우리 동네 姜氏》

수군수군 남이 알아듣지 못하도록 낮은 목소리로 연하여 가만히 말하는 모양. ¶(시)수군수군/ 젖는/ 가랑잎,/ 오솔길에/ 오는/ 가랑비. 《가랑비》

수굿하다 흥분이 꽤 가라앉은 듯하다. ¶매월당은 손순효만을 겨누어서 한 말이 아니었으나 손순효는 금방 수굿해지면서 밥 먹다가 돌 고르는 시늉을 하는 것이었다. 《매월당 김시습》

수나롭다 순조롭고 수월하다. 〈방언〉 ¶류그르트의 성의 있는 자문에도 불구하고 계는 시작부터 수나롭지 않았다. 《우리 동네 柳氏》

수나이 피륙 두 필을 짜면 한 필은 삯으로 주는 일. ¶이모의 어머니는 김장이 끝나면 바로 수나이 주고 남은 것으로 봄낳이 무명을 베틀에 올릴 채비에 바빴다. 《이모연의》

수내 '수나이'의 준말. ¶그 소는 내가 입대한 기간 동안 나를 결혼시킬 밑천 삼아 기르기로 해, 어머니가 모시를 수내 얻어 삼아 짜고 《다가오는 소리》

수다를 떨다 말을 수다스럽게 지껄이다. ¶"…여기 흘러가구 있는 건 바루 돈이여. 시퍼런 현금이 흘러가구 있는 심여." 하고 수다를 떨었다. 《우리 동네 金氏》

수더분하다 (성질이) 까다롭지 않고 순하고 무던하다. ¶선을 보러 온 처녀답지 않게 얼굴에 찍어 바른 것이 없는 민낯이어서 볼수록 잡티가 없고 수더분해 보여 다행이었다. 《산 너머 남촌》

수떨하다 수선스럽고 떠들썩하다. ¶"야아…이거 필성이 아냐? 거참 정말 오랜만인데…아니 그동안 어디 있었어?" 수떨한 음성으로, 정말 반가운 듯이 손을 내밀었다. 대학을 다니고…녀석 그새 많이 세련됐는걸. 필성은 오히려 제가 먼저 당황해지는 걸 느꼈다. 《이삭》

수런수런 여러 사람이 한데 모여 수선스럽게 지껄이는 모양. ¶…그때도 그처럼 덜 세인 바람기가 가랑잎을 쓸어 가고 있었으며 동터 오는 소리가 수런수런 수런거려댔었다. 《장한몽》

수레바퀴 자국에 괸 물에서 노는 고기다⑩ 멀지 않아 죽을 불쌍한 목숨이라는 말. ¶"무슨 책을 보니 학철이란 말이 있습디다. 수레바퀴 자국에 고인 물에서 노는 고기란 뜻인데, 생각해 보니 남의 얘기가 아니드군요. 너무 좁게 사는 것 같아요." 《이모연의》

수레 위의 가마처럼 여긴다⑩ 최상의 대우로 여긴다는 말. ¶…임금은 전례에 없이 유명이 갈린 지 오래인 공신들의 선대에까지 순충보조라는 명호를 추증하였고 공신들은 그 일을 수레 위의 가마처럼 여기며 두고두고 영광스러워하였다. 《매월당 김시습》

수(를) 쓰다 수단을 부린다는 말. ¶웬 작자가 감히 복술로써 의술에 수를 쓰려고 하는 수작도 가소로웠지만 《산 너머 남촌》

수리먹다 밤·도토리 등의 열매의 일부분이 상하여 퍼슬퍼슬하게 되다. ¶쥐는 닿지 않았지만 노랗게 싹 난 놈 수리먹은 놈이 적지 않았다. 《담배 한 대》

수리목지르다 (목이 쉬어서) 쉰 소리를 지르다. 〈방언〉 ¶봉출 씨 앞자리에서 오갈든 어깨에 비듬을 허옇게 얹고 가던 사내가 잔뜩 수리목지른 목소리로 통바리를 주었다. 《장곡리 고욤나무》

수멍 논에 물을 대거나 빼기 위하여 길둑이나 방죽 따위의 밑으로 뚫어 놓는 구멍. ¶도랑과 징검돌과 수멍과 복찻다리가 있는 들판이 더 보고 싶지 않았던가. 《더더대를 찾아서》

수북수북하다 쌓이거나 담긴 물건이 여럿이 다 불룩하게 많다. ¶"…마름이 출동하여 새벽부터 마당질을 지켜보고 마질할 때 수북수북하게 마당통으로 되고도 모자라서…" 《산 너머 남촌》

수사돈네 후살이라도 마다하지 않는다⑪ 하고 싶은 일을 하는 데에는 체면이나 염치를 돌보지 않는다는 말. ¶(웬 새파란 여편네에게서는)…서방만 여차하면 당장 수사돈네 후살이라도 마다하지 않고 보따리를 챙길 듯이 암내가 자르르 흘렀다. 《산 너머 남촌》 ※수사돈 : 사위 쪽의 사돈.

수선(을) 떨다 수선스러운 언동을 많이 하다. ¶옹점이는 화통 삶아 먹은 목소리로 내 바구니를 들여다보며 수선 떨었지만, 《관촌수필 4》

수수러지다 돛 따위가 바람에 부풀어 둥

글게 되다. ¶돛폭같이 수수러진 차일 밑에 멍석이 널리고, 가마솥마다 내는 아궁이 앞에 연기 번지듯 김이 어리며 소댕을 가리고 있었다. 《우리 동네 趙氏》

수수모개 수수의 이삭. 〈방언〉 ¶온 동네 솥뚜껑이 들썩대게 시끄러워졌던 것은 추석을 보름가량 앞뒀던가 싶게 벼가 패고 수수모개도 숙어진 어름이었다. 《관촌수필 4》

수양딸로 며느리 삼기㊍ 몹시 하기 쉬운 일을 이르는 말. ¶"…글쎄 아무리 수양딸루 며느리 본대두 우리가 무슨 심이 있으야지 테레비에 내놓을 만치 가꾸려면 대강 들인대두 돈백은 가져야 이러구저러구 헐 텐디, 그 비용은 워디서 나오는 겨. 애기엄니가 물어 줄 텨?" 《우리 동네 柳氏》

수월수월하다 매우 수월하다. ¶(한최고는)…걸장이 수월수월해서 《장동리 싸리나무》

수퉁니 크고 굵고 살찐 이. ¶…양 마담의 쌍꺼풀 수술은 자국이 미처 덜 아물어서 아직은 그녀의 수퉁니만큼이나 남볼썽이 없었다. 《산 너머 남촌》

수퉁다리 수중다리. 〈방언〉 병으로 퉁퉁 부은 다리. ¶…사철 검정 바지나 입어야 덜 표나게 튼튼한 수퉁다리에다. 《돌아다니던 여자》

숙어지다 기세가 점차로 약해지다. ¶무전은 며칠 동안 구박이 꺼끔했던 아내의 성깔을 덧들이지 않으려고 딴에는 부드럽게 숙어 주면서 구슬려 볼 셈이었다. 《인생은 즐겁게》

숙지근하다 맹렬하던 형세가 차츰 줄어든 느낌이 있다. ¶"어떻게 생긴 풀인구?" 담배로 볼가심을 하던 심이 물었다. 그 풍화한 얼굴에 금방 화색이 도는 것 같아서 문정의 기분도 다소 숙지근해졌다.《산 너머 남촌》

순대갈보(비) 싸구려 매춘부라는 말. ¶"저 앞에 서울옥 순대갈보도 의리가 있는데, 김상부한테는 안 벌려 주고 이북 놈더러만 쑤시라고 해? 뻘겡이 보지 해방 운동은 그런 식으로 하는 거냐?"《장한몽》

순지르다 초목의 곁순을 잘라 내다. ¶"그만 좀 해 두게." 하고 문정은 엄의 너스레를 순지르고 나서 준절하게 말했다.《산 너머 남촌》

숟가락 모자라 애 그만 낳는다 가족계획을 하는 이유를 농담으로 이르는 말. ¶"워떤 늠이 숟갈 모자라 애 구만 낳는다고 허더라니…그렇걸랑 간판을 갈으야지. 신용금고라구 바꿔 달으셔." "얼라, 원제는 금융기관이 아니었남유."《우리 동네 李氏》

숟가락(을) 놓다 죽다. ¶"…총각두 그 나이에 그러구 살려면, 얼른 숟가락 놓는 게 반공 방첩에두 이로워."《변 사또의 약력》

술고래 술을 많이 먹는 사람을 놀림조로 이르는 말. ¶술고래. 문자 써서 탁보. 말 술을 마시고 몇 시간씩이나 죽어 자도 오줌 한 방울 지리지 않는 걸 보면 아주 적실한 별명이었다.《김탁보전》

술덤벙물덤벙(속) 술인지 물인지 가리지 못하고 덤빈다는 뜻으로, 세상 형편을 모르고 함부로 덤벙거리는 모양을 이르는 말. ¶"이녘은 뭣이간디 쥔두 옳는 집을 술덤벙물덤벙 초싹거리구 들랑대는 겨? 해초버팀 재숫뎅이 옳게시리…"《우리 동네 崔氏》

술두루미 술병. ¶매월당은 술두루미를

들고 들어온 가동에게 연상을 가리켰다.《매월당 김시습》

술 먹은 개(속) 술 취한 사람은 상대할 수 없다는 말. 정신 없이 술에 취한 사람을 비꼬는 말. ¶술 먹은 개랬다고 황 씨로선 탓하기커녕 듣고 만 숭했지만 그러나 두고두고 생각할수록 부아가 응어리지는 말이었다.《암소》

술빚 술값으로 진 빚. ¶"…동넷일 본다구 네미 부녀회에 술빚만 한 삼태기 지구…"《우리 동네 黃氏》

술술 말이 막힘없이 잘 나오는 모양. ¶신문 기사로 난 남의 얘기처럼 형님은 술술 내리 읽었다.《야훼의 무곡》

술은 백약의 장(속) 술은 알맞게 마신다면 어떠한 양약보다도 몸에 가장 좋다는 말. ¶서 씨는 만날 술에 의지하였다. 술은 백약의 장이었다.《강동만필 3》

술이 술을 먹는다(속) 인사불성이 되도록 술을 마시고 또 더 마시는 경우를 이르는 말. ¶"…사람이 술을 먹다가 보면 초장에는 순갈질 젓갈질이 바쁘다가도 차차 술이 술을 먹게 되고, 종당에는 술이 사람을 먹어 정신이 가 버리기가 십상이거든…"《산 너머 남촌》

술참 새참. 〈곁말〉¶"…그 후한 술 인심까지 물리쳐 가며 허위단심으로 돌아온 저녁 술참 때였다.《우리 동네 崔氏》

술 취한 사람 사촌 집 사 준다(속) 술 취한 사람이 흔히 뒷감당도 하지 못할 호언장담을 함을 이르는 말. ¶(산) '술 취한 사람 사촌 집 사 준다'는 속담이 있다. 세상에 술이라는 물건이 있는 동안에는 제아무리 고주망태가 되도록 취하더라도 속절

없이 왔다 갔다 할 말은 아닌 듯하다.《속 담과 인생》

술판에 신사 없고 춤판에 숙녀 없다㊦ 유흥업소에서는 누구나 그 분위기에 휩쓸려 들기 마련이라는 말. ¶"경험상 술판에 신사 없고 춤판에 숙녀 없다는 것도 대강은 아실 텐데…" 하고 문 씨는 덤으로 조소까지 곁들였다.《강동만필 1》

숨(을) 돌리다 여유를 갖다. ¶…지칠 일이야. 허나 조금만 더 그대로 계속해 보게. 우선 숨을 돌릴 수 있게 될 테니 말이야. 가만있자…《부동행》

숨(을) 쉴 틈이 없다 바쁘다. ¶…트레일러 앞에서 숨 쉴 틈도 없이 군수품을 뒤로 실어 얹는 지게차와,《지혈》

숨(을) 죽이다 긴장하여 집중하다. ¶나와 이모는 부엌에서 샛문을 조금 터놓고 숨을 죽여 지켜보았던 거다.《다갈라 불망비》

숨(이) 막히다 답답하다. ¶"아저씨가요…" 질범이는 숨이 막혀 말을 잇지 못했다.《장한몽》

숨통(이) 막히다 답답하다. ¶"…난 가야해. 외국으로 나가야 해. 이 나라에서는 도저히 못 살 것 같아. 숨통이 막혀 못 살 것 같아…"《엉겅퀴 잎새》

숫기 활발하여 부끄러워하지 않는 기운. ¶성질이 눅진한 장은 고개를 딴전으로 돌리며 숫기 없이 말했다.《우리 동네 黃氏》

숫기(가) 좋다 부끄러워하는 태도가 없이 활발하다. ¶그 천연덕스럽고 숫기 좋던 붙임성은 말쉬바위가 들어올 적마다 맡아 놓고 모가비(우두머리)를 찾아가서 단기의 기수로 자원하는 데에도 단단히 한몫했을 것은 두말할 나위가 없다.《유자소전》

숫내기 숫처녀나 숫총각. ¶불혹의 나이에야 간신히 얻은 사내가, 겨우 열일곱 살의 어린 숫내기여서 더욱 그랬다.《가을 소리》

숫보기 순진하고 어수룩한 사람. ¶"…종진이 같은 숫뵈기나 허니께 풍물이 열두 가지 반이래두 진드근히 붙어 있다 이 얘기여."《우리 동네 崔氏》

숫접다 순박하고 진실하다. ¶숫저운 데가 조금도 없는 태도나 하고, 어디를 가도 조용할 햇내기는 아닌 것 같았다.《우리 동네 崔氏》

숫지다 순박하다. 인정이 두텁다. ¶…모르면 모르는 대로 숫지게 말하여 마땅한 자리임에도 불구하고 어딘지 떳떳지 못하게 주눅부터 들어서 좌우의 눈치에 딱 부러지게 흑백을 하지 못하는 자가 있으면《유자소전》

숫티 순진하고 어수룩한 몸가짐이나 모양. 〈북〉¶그녀는 생전 처음 마이크를 쥐어 보면서도 숫티라고는 없이 말씨부터 능청스러웠다.《우리 동네 李氏》

숭덩숭덩 물건을 굵직하고 거칠게 빨리 써는 모양. ¶박은 숭덩숭덩 썰어 넣어 덜 무른 호박 몇 점이 떠도는 된장국에 밥을 말아, 물들인 고추씨를 빻아 탄 간장을 숟갈 끝에 찍어 가며 반찬하여 상을 비웠다.《몽금포 타령》

숭물을 떨다 흉물을 떨다. 짐짓 흉물스럽게 행동하다. ¶"숭물 떨구 있네. 보는 사람마다 칠어계 칠아계 허면서 으밀아밀 쑥떡방안디 집이만 시치미 떼기여?…"《우리 동네 趙氏》

숭어리 열매나 꽃 따위가 굵게 모여 달린 덩어리. ¶"너, 애장터 진달래꽃 숭어리는 왜 더 빨갛구 무덕져서 피는지 몰르지?"
《장동리 싸리나무》

숲정이 마을 부근의 수풀이 있는 곳. ¶매월당은 천석이와 나란히 앉아 숨을 고르면서 바람소리로 숲정이를 어림하고 말했다.《매월당 김시습》

쉬쉬 (주로 '쉬쉬하다'로 쓰이어) 남이 알까 두려워하며 숨기다. ¶…어지간하면 쉬쉬하며 덮어 주어 버릇했지만,《그리고 기타 여러분》

쉬쉬하다 남이 알까 겁내어 말이 못 나게 하다. ¶서로 쉬쉬하여 소문이 안 나니 그렇지 계는 오히려 아이들 사이에서 한창이라는 거였다.《우리 동네 趙氏》

쉬엄쉬엄 쉬어 가면서 바쁘지 아니하게 일을 하는 모양. ¶문정은 싸리다방의 가파른 층계를 쉬엄쉬엄 오르다가 층계를 밝히는 전등불에 시간을 보았다.《산 너머 남촌》

쉬척지근하다 몹시 쉰 듯한 데가 있다. ¶뻔뻔스러워도 꽹과리 밑바닥은 망치 자국이나 있지, 그런 난장판에 하필이면 사장 어르신 운운하여 쉬척지근한 소리로 비위를 뒤집고 우세를 사게 할 것은 무엇이란 말인가.《산 너머 남촌》

쉴참 일을 하다가 쉬는 동안. 〈북〉 ¶그는 영외로 나와 아침으로 대천옥에서 장국밥을 시켰는데 현장에서는 쉴참을 즐기고들 있었다.《지혈》

스루다 쇠붙이를 달구어 부드럽게 하다. ¶…있는 연장 죄 스루어다가 메밀이나 갈아먹을 작정이었다.《우리 동네 張氏》

스름스름 슬그머니 자꾸 움직이는 모양. ¶(사포곶은)…조 자신이 일찍이 예측

했던 대로 스름스름 내리막길로 내달렸던 것이다.《해벽》

스리 음식을 먹다가 볼을 깨물어 생긴 상처. ¶영두는 욕지기가 일어서 스리 난 입에 맵짤한 건건이 타박하듯 잔뜩 볼믄 소리로 투덜거렸다.《산 너머 남촌》

스멀스멀 스멀거리는 모양. ¶명우는 시선을 잠시 하늘에 얹어 두었다. 그때 당하던 꼴이 스멀스멀 피어올랐다.《두더지》

스믈스믈 살갗이 근질거리는 느낌. ¶…큼지막하게 만들어진 사라지 속에서는 들척한 꿀내가 스믈스믈 스며나오고 있었다.《오자룡》

스스럼 부끄러움을 타거나 낯을 가림. 〈북〉 ¶석공은 겸연쩍고 스스럼 타는 기색도 없이 수월하게 대답했다.《관촌수필 5》

스스럽다 (서로 사귀는 정분이) 그리 두텁지 않아 조심하는 마음이 많다. 수줍고 부끄럽다. ¶문정은 떨떠름한 눈치로 자기를 살펴보며 스스러워하는 심에게도 잔을 자주 권하였다.《산 너머 남촌》

슬근슬근 슬그머니 가볍게 행동하는 모양. ¶이윽고 "슬근슬근 돌격해 볼까…" 만성의 고시레 삼은 한마디가 던져지면 야간 작업반은 본격적인 활동을 개시하곤 했다.《금모랫빛》

슬금슬금 남이 모르도록 슬그머니 자주 행동하는 모양. ¶…해 뜨며 안개가 걷히면 슬금슬금 돌아가는 것이 고작이었다.《관촌수필 6》

슬멋슬멋 잇따라 슬며시 행동하는 모양. ¶그들은 슬멋슬멋 뭉기적거려 뒷전으로 물러앉아 있었다.《우리 동네 黃氏》

슬슬 서두르지 않고 천천히, 조금씩.

¶"…춘년덜이 전에는 고쟁이 밑이서만 고린내가 슬슬 나더니…"《우리 동네 李氏》

슴베 낫 따위의 자루 속에 박히는 뾰족한 부분. ¶커날 적부터 지르되더니 설 쇠어 삼십인데도 슴베 노는 낫자루 모양 늘 서부렁하여 탈이었다.《산 너머 남촌》

습습하다 사내답게 활동하고 너그럽다. ¶… 되는대로 체면 없이 나대는 습습한 맛에 혹해서 서 씨에게 줏대 없이 따라붙지 않을 수가 없었다.《강동만필 3》

승겁(이) 들다 몸 달아 하지 않고 천연스럽다. 〈북〉¶…사람들은 그 괜찮게 생긴 처녀가 무슨 승겁이 들어서 이런 두메까지 따라왔는지…《산 너머 남촌》

승냥깐 대장간. 〈방언〉¶"뱃길이 드무니께 사람은 읎지유. 승냥깐에 자전거 들르듯기 메칠만에 워쩌다가 사람 구이경 허게 될라먼 저 근나 부대 껌뎅이허구 흔병들이 되민찡 보자구 대들지유…"《해벽》

시거든 떫지나 말고 얽거든 검지나 말지 송 아무짝에도 쓸모가 없는 사람을 이르는 말. ¶"시거든 뚧지나 말아야지… 도토리묵에 도마도 케첩 얹을 녀석." 그녀도 처음에는 그런 말을 했었다.《엉겅퀴 잎새》

시건방 지나치게 젠체하여 주제넘은 태도. ¶(산) 그러나 어려서의 시건방은 늙어서의 주책보다 낫다고 생각한다.《나는 늘 남의 책이 커 보인다》

시겟돈 시장에서 판 곡식값으로 받는 돈. ¶"이장이 맥주 한 상자 찬조허면 즤 시겟돈 잡어 쓸깨미?…"《우리 동네 李氏》

시골 구장 며느리보다 서울 비렁뱅이 입이 높다 송 서울은 부잣집이 많아서 비렁뱅이도 시골 사람들보다 잘 먹는다는 말. ¶그 후 그녀는 아이를 유산시켜 버리고 상경, 줄곧 내리 삼 년 동안이나 식모살이로 굴렀더니라고 했다. 그래 그런지 시골 구장 며느리보다 서울 비렁뱅이 입이 높더라고, 그녀도 입맛은 어느덧 향단이를 찜쪄 먹고 있었다.《다가오는 소리》

시그름하다 쉰 듯하다. 〈방언〉¶"장마에 침수되어 뜨고 물어 못 먹게 된 쌀, 시그름허게 읎애느라구 맹근 술? 쩝쩝…"《우리 동네 李氏》

시근시근하다 시큰둥하다. 〈방언〉¶오륙 년 남짓이나 걸음이 없었으므로 오히려 뜨악해하거나, 짐짓 시근시근해하는 기색을 사려 가며 그냥 지르숙을 판이었다.《우리 동네 柳氏》

시근하다 (눈이) 부시다. 〈방언〉¶…우리 고장에서는 백중장이라도 보기 어려운 토실토실한 엉덩이와 봉글봉긋한 가슴을 가진 그네들을 봤으니 두 눈이 시근하며 갑자기 영글어 버린 건 당연한 일이었던 것이다.《그가 말했듯》

시금뚧쓸하다 시금떨떨하고 씁쓸하다. 〈個語〉¶"나로 말할 것 같으면 단기 사오팔오 년쩍버텀 서기 일구육공 년도까지 챛어댕기매 즐겨헌 오입이지만, 역시나 시금뚧쓸헌 막걸리갈보가 일통삼반이더먼."《장한몽》

시끈시끈하다 시큰시큰하다. 〈방언〉관절 따위가 신 느낌이 들다. ¶"허벅지가 시끈시끈헌 게 당최 걸을 수가 있어야지." 이번엔 고쟁이를 걷어 돌린다.《김탁보전》

시끌덤벙하다 '시끌시끌하다'의 잘못. 몹시 시끄럽다. ¶새 곡마단이 들왔단다는 소문을 아침나절에 듣게 됐던 나는, 해장머리로부터 시끌덤벙해진 장터를 향해 무턱대고 집에서 뛰쳐나갔었다.《그가 말했듯》

시나브로 모르는 사이에 조금씩 조금씩. ¶…한내에도, 난리가 시나브로 꺼끔해진 뒤로는 가끔가다 활동사진도 들어오기 시작하였다.《유자소전》

시난고난하다 병이 심하지는 않으면서 오래 앓다. ¶"…공장에서 시난고난허는 늙은이들할래 꾀송거려 가면 농사는 누가 짓구?…"《우리 동네 張氏》

시누대 해장죽. 〈방언〉 볏과의 상록성 식물. ¶책갈피 속에는 글자를 짚어 내려가며 읽기 알맞은 자가웃쯤 될 가는 시누대 토막이 끼워져 있었다.《관촌수필 1》

시늉하다 (말이나 행동이) 남을 웃기려고 하는 낌새를 조롱하여 이르는 말. ¶"그애(순경), 저 딱바라진 엉뎅이나 벳겨 보지 않구." "시늉허네, 작것." 그녀는 그만큼 입이 걸고 성질도 사나웠지만 늘 시원시원하고 엉뚱한 데가 있었으며 의뭉스럽기도 따를 자가 없었다.《관촌수필 3》

시늠시늠 시름시름. 〈방언〉 ¶"그이는 시방 완행이냐 급행이냐 하고 담배 한 대 물고 하늘 한번 쳐다보고 하며 누워서 시늠시늠 하고 있구."《산 너머 남촌》

시답잖다 보잘것없어 마음에 차지 않다. ¶승객이 줄어듦과 동시에 화물도 시답잖아 져 갔다.《해벽》

시드름하다 시들하다. 〈방언〉 ¶회고하자면, 그녀는 시드름하게 웃을 터이나 이쪽으로서는 죽어도 웃을 일이 아니기에 웃지 못하는《장한몽》

시들부들하다 약간 시들어 생기가 없고

부드럽다. ¶봉득이는 시들부들하면서도 영두가 께끼어 주는 대로 연해 입방아를 찧었다.《산 너머 남촌》

시래기 사주 같다㈜ 신세가 보잘것없다는 말. ¶"당신 팔자나 내 신세나 피차 생년월일 알 것 없는 시래기 사주 같어. 허니 아싸리 아주 한 식구 돼 버리지?" 골목에서 그녀의 마중을 받게 되자 영감은 취중이었기 앞뒤 생각 않고 농담을 해 봤더라고 한다.《금모랫빛》

시러베장단 실없는 언행을 낮잡아 이르는 말. ¶그녀는 또 가다가 시러베장단으로 부질없는 걱정도 하였다.《산 너머 남촌》

시러베질 실없는 짓. 〈僧語〉 ¶…가을 채반을 나누어 온 하찮은 일까지도 공연한 시러베질을 한 것 같아서 후회막급이었다.《산 너머 남촌》

시렁시렁하다 실성하다. 〈방언〉 정신에 이상이 생겨 본정신을 잃다. ¶지금처럼 시렁시렁하니 노상 저런다면 영영 버린 사람이나 일반일 터이었다.《우리 동네 柳氏》

시룻밑 빠지는 소리를 한다㈜ 말을 힘 안 들이고 쉽게 한다는 말. ¶어머니가 한 번 더 시룻밑 빠지는 소리를 했다. "저 머리검은 짐승…냄새난다 냄새나…에잇 드러워—"《엉겅퀴 잎새》

시룽거리다 실없이 까불거리며 지껄이다. ¶아가씨도 느려 터진 여기 말을 흉내 내면서 시룽거렸다.《장곡리 고욤나무》

시르죽다 기를 펴지 못하다. ¶기출 씨는 이야기가 농토에 미치자 이내 풀이 꺾여 시르죽으면서 목소리마저 잦아드는 것이었다.《장곡리 고욤나무》

시름시름 병세가 더하지도 않고 낫지도 않

으면서 오래가는 모양. ¶“…홍생이 비몽 사몽간에 만난 기 씨의 혼백에 들리어 시 름시름 자리보전을 하다가 총각으로 생을 마감한 것도 다 좋은 인연이라고 하십니 까?”《매월당 김시습》

시망부리다 몹시 짓궂게 하다. 〈방언〉¶“으 름내폭포가 거짐 여닛재 다 가서 있는디 즘 심두 옰이 게를 워터기 가겠다구 시망부리 는 겨…”《명천유사》

시망스럽다 짓궂음이 너무 심하다. ¶천 문이는 그녀를 맞바로 보기가 시망스러웠 다.《토정 이지함》

시먹다 버릇이 나빠 남의 충고를 듣지 않 다. ¶영두가 느릅나무집 사건을 알고 퉁 명을 부리며 시먹은 티까지 돋우는 짓이 분명하기 때문이었다.《산 너머 남촌》

시묵새묵 웃음을 참지 못하고 입 언저리를 연방 움직여 소리 없이 웃는 모양. ¶본디 제값이 고물금이라 천이백 원을 받은 것 도 장차 일이 되게끔 되어 갈 징조 같아, 다시 한번 시묵새묵 웃지 않을 수 없었다. 《장한몽》

시부저기 별로 힘들이지 않고 거의 저절 로. ¶…사업이라기보다는 가업이었고, 먹고 살자던 생업이었건만 그것마저 시부 저기 지리멸렬하고 말던 거였다.《해벽》

시부정섭적 시덥지 않아서 시부저기 넘긴 다는 말. 〈방언〉¶영두는 아버지의 말이 너무 둥둘해서 시부정섭적 귀넘어로 들었 으나《산 너머 남촌》

시부정찮다 시원찮다. 〈방언〉¶김은 배 부른 흥정하듯 시부정찮은 내색을 하며 남의 일처럼 건성으로 중얼거렸다.《우리 동네 金氏》

시부정하다 시들하다. 〈방언〉¶“생기는 것 읎는 생각해서 무에 쓴다나?” 막대는 짐짓 시부정하게 대꾸했다.《오자룡》

시쁘다 마음에 차지 아니하여 시들하다. ¶옹은 딸네가 잔치국수라나 장터국수라 나 하는 국숫집의 지점을 해서 사는 것이 자지레하고 시뻐서 퉁명을 부렸다.《장척 리 으름나무》

시쁘둥하다 매우 시들한 기색이 있다. ¶ 그는 매양 시쁘둥하게 대꾸하는 것이 취 미가 아닌가 싶게 취미에 관해서도 영판 한뎃사람이었다.《장동리 싸리나무》

시새우다 공연히 미워하고 싫어하다. ¶아 내는…빚을 내서라도 흔전거리며 사는 이 웃들이 부럽고 시새운 투정이었다.《강동 만필 1》

시서늘하다 ① 음식이 식어서 차다. ¶(아 내는)…집을 것이 없는 아침상을 시서늘 하게 식은 채로 차려 내왔다.《우리 동네 姜氏》② 좀 으스스할 정도로 차고 서늘하 다. 〈북〉¶(산) …그는 나의 안내로 청진 동의 어느 시서늘한 여관에서 묵어간 뒤 로 그만이지만.《지금은 꽃이 아니라도 좋 아라》

시설스럽다 수선 부리기를 좋아하여 보기 에 실없다. ¶…여기저기 들들 뒤져 초장 종지와 대젓가락 몇 켤레로 상을 보면서 시설스럽게 넌덕을 부렸다.《토정 이지함》

시앗 싸움엔 돌부처도 돌아앉는다㊠ 아 무리 점잖고 무던한 부인네라도 시앗 싸 움을 하면 마음이 변하여 시기도 하고 증 오도 한다는 말. 시앗을 보면 길가의 돌 부처도 돌아앉는다. ¶…시앗 싸움엔 돌 부처도 돌아앉는다는 속담 그대로 질투는

필부필부 어차피 불화를 면치 못할진대 《매월당 김시습》

시원시원하다 언행이 흐뭇하고 가뿐한 느낌이 들 정도로 막힘이 없다. ¶아직 땟국에 덜 결었는지 대답이 젊은이답게 시원시원하였다. 《우리 동네 柳氏》

시월 상달 물오리 같다㊀ 오는 줄 모르게 소문 없이 온다는 말. ¶집에 방안 제사가 든 때도 아닌데 시월 상달 물오리처럼 언제 왔는지 모르게 돌아와서 서너 파수도 좋고 두어 달포도 좋고, 주야로 거울이나 들여다보며 빈들거리다가 자고 나면 사라지던 색시들 역시 농가에 식구를 보태어 주는 법이 없었다. 《산 너머 남촌》

시위잠 새우잠. ¶소동라는 시위잠이라도 자려는 듯이 등을 잔뜩 웅크린 채 돌아누우며 옹아리 시늉을 하였으나 《매월당 김시습》

시작이 반이라㊀ 무슨 일이든지 시작하기가 어렵지, 일단 손만 대면 반 이상 한 것이나 다름없다는 말. ¶시작이 반이라는 말이 있지만, 서울 사람의 출행은 매양 서울을 벗어나는 것이 절반은 가는 폭이었다. 《달빛에 길을 물어》

시장이 반찬㊀ 배가 고프면 반찬이 없어도 밥맛이 난다는 말. ¶시장이 반찬이라고 그녀는 여물보다도 더 깔깔한 쑥버무리를 욱여 먹으면서 새삼스럽게도 이렇게 살아가는 것이 정녕 옳은 일일까 하고 자문하고 있었다. 《떠나야 할 사람》

시적부적 흐지부지. 〈방언〉 흐리멍덩하게 넘기는 모양. ¶"가는 건 아저씨 사정이구, 시적부적 허면 안 되는 게 우리 입장이구…그렇께 더 허실 말 있으면 시방 예서 허구 가슈." 《우리 동네 金氏》

시적시적하다 힘들이지 않고 느릿느릿 말하거나 행동하다. ¶양말목을 끌어 올리던 그는, 결김에 간밤 자기는 단 한 번, 그나마도 시적시적하다 끝내 버리곤 내심 조루증을 한탄하다 잠든, 그 직전의 기억을 되살려내었다. 《해벽》

시적지근하다 ① 시척지근하다. 〈방언〉 ¶"…진종일 울력을 해도 시적지근한 막걸리 안부 한마디가 없으니 무슨 경오로 이냥 막보기를 하는지 모르겠어." 《산 너머 남촌》 ② 일을 하는 태도가 야무지지 않고 그 마무리도 허술한 것을 나타내는 말. ¶…그런 됨됨이에 견줘 하는 일은 아퀴 짓게 못하고 시적지근하다고들 입을 모았다. 《관촌수필 4》

시척 (남이 하는 말이나 행동에 대해) 들은 척도 하지 않거나, 아는 척도 하지 않는 태도를 이르는 말. ¶…그녀는 내 말에는 시척도 않고 신들신들 웃기만 했었다. 《관촌수필 3》

시척지근하다 비위에 거슬릴 정도로 맛이나 냄새가 시다. ¶…된장이며 고추장을 얻으러 와서 시척지근한 이야기로 지싯거리고 해찰할 때마다 옹이 입막음으로 늘 어놓는 것도 번번이 이 녹음을 추어대는 말이었다. 《장척리 으름나무》

시치미(를) 떼다 딴청 부리다. 모르는 체하다. ¶정은 허풍을 떨기가 낯간지러웠으나 눈 딱 감고 시치미를 떼었다. 《우리 동네 鄭氏》

시침 '시치미'의 준말. ¶그녀는…손등의 핏줄만큼이나 단단해진 얼굴로 시침을 했다. 《이모연의》

시침 바늘로 시치는 일. 시침질. ¶…윗것은 옷이라기보다 무늬만을 주워 모아 시침해 입은 것 같았다.《관촌수필 8》 ※시치다 : 바느질할 때에 여러 겹을 맞대어 듬성듬성 호다.

시크름하다 스그무레하다. 〈방언〉 (말이나 행동이) 처음과 달리 시들해지다. ¶ "예, 우리게 농사는 그냥저냥 실농은 않겠더먼유." 하고 시크름한 대꾸인 누런 봉투의 발걸음을 발견한다.《매화 옛 등걸》

시퉁떨다 주제넘고 건방진 짓을 하다. 〈방언〉 ¶ "주제 모르구 분수없는 소리 시퉁떨지 말어. 위라는 것은 앉어서 주는 것만 타먹는 사람들이 주는 사람을 두구 이르는 말이여."《우리 동네 姜氏》

시푸르둥둥하다 시푸르뎅뎅하다. 〈방언〉 고르지 아니하게 매우 푸르스름하다. ¶쇤살을 머리에 이고 있던 그 세검정 무녀는 언제 보아도 시푸르둥둥한 살결이었고《장한몽》

식은 숭늉 마신 얼굴을 한다 (숭늉은 따뜻해야 구수한 맛이 있으므로) 섭섭한 마음이 있어서 아쉬운 표정을 짓는 모양. ¶조는 선수를 놓친 아쉬움 때문이겠지만 덤덤하니 식은 숭늉 마신 얼굴을 하고 있다.《새로 생긴 곳》

식은 죽 먹고 더운물 마시는 격이다 앞뒤가 뒤바뀌었다는 말. ¶ "대관절 그게 누군데 그러나? 난 도무지 두견이 소린지 소쩍새 소린지 들어도 당최 가늠을 못하겠네." "하기야 이제 일러줘 봤자 식은 죽 먹고 더운물 마시는 격일지니, 숫제 에서 대강 접어 두는 게 나으리."《매월당 김시습》

식은 해 해넘이[일몰(日沒)] 무렵에 열기가 사위어서 온도가 낮은 해를 비유적으로 이른 말. 〈個語〉 ¶하늘과 물이 한가지 빛깔로 솟은 수평선 위에 쥐구멍처럼 떠 있는 삽시도 너머로 식은 해가 그림자를 거둬들이자《추야장》

신경(을) 건드리다 예민해지게 만들다. ¶일껏 자기에 대해 검토를 해 보려던 덕칠은 귓전이 시끄러워지자 돌아누워 버린다. 말끝마다 신경을 건드려 생각이 이어지지 않아서였다.《몽금포 타령》

신경을 곤두세우다 예민해지다. ¶주야로 안절부절 서성대며 먹지도 쉬지도 못한 채 신경만 곤두세웠으니 그럴밖에 없을 일이었다.《관촌수필 5》

신경(을) 세우다 신경이 날카로워진 것을 이르는 말. ¶ "그건 왜요? 뭣 땜에 그러냔 말요, 예?" 불퉁스럽게 반문을 하면서 신경을 세웠다.《다갈라 불망비》

신경(을) 쓰다 사소한 일에까지 몹시 세심하게 따져 생각하다. ¶…작업 도중에 인부들이 화상을 입지 않도록 단속하는 것도 십장이 신경을 써야 할 일 가운데의 하나다.《지혈》

신둥내 쉰내. 〈방언〉 쉬어서 나는 시금한 냄새. 〈방언〉 ¶…갈증을 부르던 클클한 목이며 신둥내 비슷하게 풍기던 겨드랑 밑의 찐득거림도 전혀 가실 줄 모르고 있었다.《낙양산책》

신둥부러지다 지나치게 주제넘다. 신둥지다. ¶그가 때아닌 구식을 들추자…귀꿈스럽고 신둥부러져서 못 보겠다는 기미였다.《산 너머 남촌》

신들신들 자꾸 시건드러지게 행동하는 모양. ¶…나는 곧잘 대청에 앉아 사랑문을 쳐다보며 칭얼칭얼 어머니만 볶아대기 일쑤였다. 먹을 것이 나오도록 하려는 잔꾀였다. 그때마다 옹점이는 신들신들 웃어가며 귀엣말로 종알대었다. "지왕이면 쬐끔만 더 크게 울어 봐."《관촌수필 1》

신명(이) 나다 흥겨운 신과 멋이 나다. ¶…옛 상전의 후손을 보고 신명이 나지 않을 수 없던 거다.《이 풍진 세상을》

신문에서 배운 받침 없는 말 신문 등의 언론 매체를 통하여 익힌 깊이가 없는 지식이나 논리라는 말. ¶"신문에서 배운 받침 없는 말 몇 마디를 이 공동뫼지에 와서 써먹으려 들어. 싸가지 없는 새끼들 파업 좋아하네…"《장한몽》

신물(이) 나다 지겹다. ¶선출이라면 선자만 들어도 신물이 나 넌더리가 들어서였고,《암소》

신발(을) 바꿔 신다 다른 남자에게로 시집가다. ¶"이봐, 서방 없이 못 살겠거든 신발 바꿔 신어." …"뭐? 신발을 바꿔 신어?" 말문이 막히자 여인은 더욱 길길이 뛰며 멱살을 잡으려 들었다.《장한몽》

신방돌 일각 대문 따위의 신방을 받치는 돌. ¶그녀의 미투리가 가지런히 놓여 있던 신방돌에 찬바람이 일고 있었다.《매월당 김시습》

신세(를) 조지다(비) 신세를 망치다. ¶…삼례와 함께 서울, 서울 하며 줄행랑쳤던 계집애치고 제대로 풀린 애라곤 한 사람도 없다던 거였다. 다시 말하면 제각기 신세를 조지고 말았다는 얘기였다.《그때는 옛날》※조지다 : 망치다.《곁말》

신장대 떨듯 한다(속) 정신없이 마구 떤다는 말. ¶토방 앞에는 조 서기네 머슴 필보가 눈을 허옇게 뒤집어쓴 채 사지를 신장대 떨듯 하고 있었다.《만세 소리》

신주 모시듯(속) 귀한 것처럼 몹시 소중히 다루는 모양을 비유하여 이르는 말. ¶그녀는 신아불이를 으레 접신님이라 받쳐 불렀고, 능애더러도 노상 신주 모시듯 섬겨야 하느니라고 말했다.《추야장》

신청부같다 사물이 너무 적거나 모자라서 마음에 차지 아니하다. ¶그러나 신청부같은 대로 겨우 벼포기 꼴을 볼 만한 무렵하여 온 늦장마와 더불어, 마치 배동오르기를 기다리기라도 한 듯이 목도열병이 덮치기 무섭게 척척 주저앉더니 고스란히 퇴비로 깔리고 말았다.《우리 동네 柳氏》

실금실금 슬금슬금. 〈방언〉 ¶…실금실금 뿌려지는 대로 거미줄마다 부슬비가 꿰어지자 거미줄은 잘 닦인 은쟁반처럼 우아한 모습으로 보였다.《관촌수필 5》

실머리 실마리. 어떤 문제를 풀어 나갈 수 있는 고리나 계기. ¶그 후 냉정을 되찾아 차근차근 실마리를 잡아 나가 보니 몇 가지 검은 점이 눈에 띄었다.《장난감 풍선》

실성한 영감 죽은 딸네 집 바라본다(속) 딴 생각을 하고 다니다가 정신없이 아무 데나 잘못 가 거기가 어딘가 하고 둘러본다는 말. ¶"그래도 다니면서 알아보는 데까지 알아는 봐야지." "다녀 봤자 실성한 영감 죽은 딸네 집에 가기래두 그러네."《산 너머 남촌》

실실 실없이 웃는 모양. ¶"실실 웃긴, 취했어? 가만, 화장실 좀 다녀오거든 더 얘기하세." 윤은 바지 단추를 빼며 일어섰다.《생존허가원》

실팍지다 보기에 매우 실한 데가 있다. ¶참

으로 푸지고 실팍진 안주였다.《낙양산책》

실팍하다 사람이나 물건이 보기에 매우 실
하다. ¶…의곤이에 대면 영두는 오히려
씨억씨억하고 실팍한 터수였다.《산 너머
남촌》

실풋실풋 싱글벙글. 〈방언〉¶옹점이는 나
를 안방 윗목에 푹신한 새 요잇 위에 부리
고 새물내가 몸으로 배어드는 누비이불을
덮어 주며 실풋실풋 웃었고,《관촌수필 5》

심드렁하다 마음에 탐탁하지 않으며 관심
이 거의 없다. ¶가끔 전화가 있긴 했지만
아무 주문이 없는 안부 전화여서 나는 으
레 심드렁하게 받아넘겼다.《강동만필 2》

심술(을) 물다 심술을 부리려고 하다. 〈個
語〉¶…이번에는 시키지 않은 종남이가
지루퉁하고 외오앉으며 메주볼이 미어지
게 심술을 물었다.《우리 동네 崔氏》

십년감수 몹시 놀라거나 위태로운 고비를
겪음. ¶작년 겨울에 있는 일로 해서 십년
감수는 넉넉히 했으리라고 됨말 댁은 주장
한다.《그때는 옛날》

십 년 공부 나무아미타불㊊ 오래 공들인
일이 허사가 됨을 이르는 말. ¶순평은 십
년 적공이 도로아미타불이 된 걸 깨우쳤
다. 그러나 후회할 겨를도 없게 그녀는 날
뛰었다.《장한몽》

십 년 묵은 체증이 내린다㊊ 매우 불편하
고 불안하던 걱정이나 기분이 없어지고
그 일 때문에 더할 나위 없이 속이 후련함
을 느낀다는 말. ¶암두 모르게 광천이
나 홍성, 워디로 가서람 긁어내뻐리구 오
는 게 젤일 것 같여." 그녀는 윤만의 허락
이 떨어지자 십여 년 묵었던 체증이 내려
가기라도 한 듯 후련해했다.《추야장》

십 리 걸음에 오 리 가는 소리 한다㊊ 부
담스럽지 않은 허드렛말을 한다는 말. ¶…
원래 홀소리보다 닿소리가 짧은 탓에 슬며
시 빗더서기는 고사하고 십 리 걸음에 오
리 가는 소리 한두 마디로 그냥 들어주는
수밖에 없었다.《강동만필 3》

십 리 인심이 천 리 인심이다㊊ 사람의
마음은 대개 같다는 말. ¶매월당은 그 말
이 들리는 순간에 새삼스럽게 가슴이 덜
컥하였다. 비록 십 리 인심이 천 리 인심
이라고 해도, 그 말 못 할 일에 대해서는
대책이 있을 수가 없다는 절망의 확인이
었다.《매월당 김시습》

싱검싱검 간이 싱거운 듯하여 맛이 나지
않는 느낌. ¶"싱검싱검해서 고드름 장아
찌 소리 듣는다더니 진당 그러웨…"《오
자룡》

싱검하다 싱거운 듯하다. 〈個語〉¶…질
어 터진 밥에 집을 게 없어 싱검하게 볼가
심한 탓인지 뒷맛이 특특하니 개운치 않
았고,《우리 동네 黃氏》

싱겁기는 쓰르메 좆 같다㊊ 있는지 없는
지조차 모르겠다는 상말. ¶"왜 그류, 왜
빼유?" "…" "지랑(간장) 안 친 멀떡국을
자셨나…승겁기는 똑 쓰루메 좆 같으네."
《해벽》

싱겁이 싱거운 사람. ¶"빨리 가슈. 그 싱
겁이 같은 소리 작작 하고, 얼른 내려가
요. 괜히 의심 사지 말고."《장한몽》

싱그렁벙그렁 싱글벙글. 〈방언〉¶"김 선
생님 같은 사람더러 뭐라고 하는지 알기
나 하세요?" 녀석이 싱그렁벙그렁하는 입
을 못 다물며 말했다. "구가다라고 허겠
지."《장한몽》

싱글벙글 눈과 입을 슬며시 움직이며 소리 없이 정답고 환하게 웃는 모양. ¶…석공은 연방 싱글벙글 웃으며 걸어오고 있었다.《관촌수필 5》

싱글싱글 싱글벙글. ¶형님은 싱글싱글 웃으며 다시 돌아앉아《야훼의 무곡》

싱금싱금 싱겁고 맛없는 음식물의 냄새를 나타내는 말. ¶싱금싱금한 청포묵 앗는 냄새는 그리 자주 맡은 게 아니었지만,《관촌수필 1》

싱긋벙긋 싱긋거리며 벙긋거리는 모양. ¶석공은 싱긋벙긋 웃어 가며 물러가고 있었다.《관촌수필 5》

싸가지가 단풍들었다⒣ 싹수가 노랗다는 말. ¶"…보아하니 입만 살은 것이나 하고, 그 녀석도 내 집 새끼만치나 싸가지가 단풍들었더라구."《그리고 기타 여러분》

싸가지가 없다⒣ 버르장머리도 인정머리도 없다는 말. ¶"…야— 저런 싸가지 읎는 늠의 색긔…야늠아, 말이 말 같잖어? 너만 덥데? 저늠으 색긔…"《우리 동네 金氏》

싸가지 없는 놈⒣ 싹수없는 놈이라는 상말. ¶"이런 싸가지 읎는 늠, 늙은이 치는 거 보게. 이게 뭐허는 늠인디 시방 누구를 치는 겨?"《장곡리 고욤나무》

싸가지 없는 놈의 새끼⒣ '싹수가 없는 놈'을 더 낮추어서 하는 상말. ¶"너 정말 철이 없구나. 싸가지 없는 놈의 새끼, 보여 줘야 알겠어?"《장난감 풍선》

싸가지 있다⒣ 싹수(가) 있다. 장래성이 있다. ¶"…상것 자슥이래두 애덜은 싸가지 있던디…"《관촌수필 6》

싸개질 여러 사람이 둘러싸고 다투며 승강이를 하는 짓. ¶두 처녀가 모질음을 쓰며 극기 훈련에 열성인 출입구 쪽에는 대판거리 싸개질이라도 벌어진 듯이 여전히 사람으로 엔담을 쌓고 있었다.《산 너머 남촌》

싸게 빨리. 〈방언〉 ¶"…구만 티적그리구 싸게 가 봐…"《우리 동네 金氏》

싸게싸게 빨리빨리. 〈방언〉 ¶"…아까 허다만 이야기 계속허시라구. 얼른— 빨리— 싸게싸게 읊어 봐요."《엉겅퀴 잎새》

싸낙배기 (성질, 행동, 말씨 등이) 매우 사나운 여자를 비난조로 이르는 말. 〈방언〉 ¶실업 선생은 싸낙배기였다. 성질이 벼락인 데다가 툭하면 불러내서 덮어놓고 매질을 해대는 것이었다.《유자소전》

싸라기밥을 먹었나㊂ 함부로 반말하는 사람을 핀잔 줄 때에 이르는 말. ¶"싸래기밥만 먹었나, 함부로 반말찌거리야, 참내 더러워서…"《금모랫빛》

싸잡이 닥치는 대로 싸잡아서 베어 말린 풋장. 〈방언〉 ¶주막과 대장간 어중간에는 사철 시커멓게 그을린 드럼통 솥이 걸리어 있어, 장날마다 싸잡이 나무를 때어 끓이면서 장으로 들어가는 옷가지나 바랜 이불잇 따위를 염색하던, 검정 염색터가 전봇대 밑에 웅크리고 있게 마련이었다.《관촌수필 1》

싸전머리 쌀가게가 있는 한쪽 가장자리. ¶하루는 난리 때 노무자로 갔다 와서 육장 싸전머리에 노박이로 나앉아 지게벌이를 하던 이웃집 논규 아배가《유자소전》

싹독싹독 머리카락을 자꾸 싹 자르는 모양. ¶"…야, 해골바가지에 붙어 있는 머리카락을 다 싹독싹독 잘라 갔으니 말이에요…"《장한몽》

싹동배기 '싹수'를 속되게 이르는 말. 〈방

언〉 ¶ "…저런 싹동배기 읁는 것이 시방 뉘 앞이서 아갈아갈 앙살그리구 자빠졌어…" 《명천유사》

싹동배기 없는 년[비] '싹수가 없는 년'을 더 낮추어서 하는 말. ¶ "싹동배기 읁는 년…" 아무리 그렇게 푸닥거리를 해대어도 울화증을 갈앉힐 수는 도저히 없었다. 《그때는 옛날》

싹바가지가 없다[비] '싹수가 없다'의 속된 표현. ¶ "학생이란 것들이 그따위로 싹바가지가 읁응께 이 나라 장래가 암담허다 이게여…" 《우리 동네 鄭氏》

싹바가지 없는 놈[비] 싹수없는 놈. ¶ "요런 싹바가지 없는 늠, 이런 단주먹에 악살을 내여 죽일 늠이 있나." 《오자룡》

싹수(가) 노랗다 희망이 애초부터 보이지 않는다. ¶ 못된 놈의 집구석은 애새끼들도 주먹만 해서부터 싹수가 노란 줄 모르진 않으나, 그 노래는 명도 길어 아직껏 동네 애들은 영문을 모른 채 철없이 불러대는 거였다. 《이 풍진 세상을》

싹수(가) 없다 장래성이 없다. ¶ 국민학교를 졸업하고 처음 일터라고 잡았던 것이 염리동 입구에 아직도 있는 마림한의원이었으니 출발부터 싹수가 없는 셈이었다. 《장한몽》

싹싹 거침없이 자꾸 밀어 버리거나 쓸어 버리는 모양. ¶ …손등으로 혀끝을 싹싹 훑어 바짓가랑이에 문질러대는 거였다. 《관촌수필 3》

쌀값도 안 되고 보릿값도 안 될 소리[속] 들을 가치가 없는 말. ¶ "뻐개다니? 그런 쌀값두 안 되구 보리값두 안 될 소리는 허들 말어. 구신이 나오너 해꽂이나 헌다면 혹

모를까…" 《우리 동네 趙氏》

쌀개 털이 짧고 보드라우며 윤기가 흐르는 개. ¶ (병업이네 염소는)…쌀개처럼 덜미부터 반지르한 것이 잡으면 한 너더 뎃새를 두고 제법 걸게 먹음직하였다. 《산 너머 남촌》

쌀낱 하나하나의 쌀알. 〈북〉 ¶ 판순이는 제가 직접 퍼서 부뚜막에 앉아 먹었으니 요령껏 섞어 쌀낱 구경도 더러 해 보았을 터이나, 《관촌수필 5》

쌀독에 거미줄 친다[속] 먹을 양식이 떨어짐을 비유하여 이르는 말. ¶ (그네는) 쌀독에 거미줄이 서려도 곡기 걱정은 않게 되어, 외려 타고난 먹을 복이란 소릴 듣고 있었으니, 그것은 몸이 가볍고 부지런한 덕분이었다. 《관촌수필 4》

쌀밥 먹고 보리숭늉 찾는 소리 한다[속] 어울리지 않는 엉뚱한 짓이라는 말. ¶ "삼정승 사귀느니보다 제 한 몸 건사하는 게 상수라는 속담도 있습니다만, 제발 덕분 그 쌀밥 자시고 보리숭늉 찾는 소리 좀 작작 하셔." 《그리고 기타 여러분》

쌀밥에 보리 놓는 소리 한다[속] 품위를 깎는다는 말. ¶ "당신은 저 여자들이 뭐라구 나불댔는지 들어나 보구 그러우? 하는 말마다 쌀밥에 보리 놓는 소리로 복장을 질러대더라구…" 《산 너머 남촌》

쌀보지[비] 별다른 뜻 없이 입버릇에 따른 상말. ¶ "알게 뭐야, 그 당신 친구라는 것들 중에 촉새 안 같은 것이 하나나 있어야 어느 게 쌀보지구 어느 게 보리보진지 알지." 《엉겅퀴 잎새》

쌀 사서 보리를 판다[속] 귀중한 것을 주고 하찮은 것을 얻는 어리석음을 뜻하는 말.

¶ "이이가 저녁내 보리밭에서 밀이삭 줏었다구 좋아하더니…나야말루 쌀 사서 보리 팔구 말았어…" 《산 너머 남촌》

쌈짓돈 쌈지에 있는 돈이라는 뜻으로, 적은 돈을 이르는 말. ¶ …떳떳치 않게 나간 쌈짓돈 몇 푼을 얼굴에 그린대서야 나이가 아깝지 않겠는가. 《산 너머 남촌》

쌔리다 때리다. 〈방언〉 ¶ "…그늠은 사람을 쥑였슈, 살인을 했단 말유, 울 아버지를 쌔려 쥑였다구유…" 《장한몽》

쌔비다㉦ 남의 물건을 슬쩍 훔치다. ¶ '한 삼천 원 정도만 쌔벼야지…' 삼득은 돈 떼어먹을 작정이 되자 허리가 휘는 줄도 모르며 치달리고 있었다. 《장한몽》

쌩이질 '씨양이질'의 준말. 한창 바쁠 때 쓸데없는 일로 남을 귀찮게 구는 짓. ¶ "바람 불구 자는 디 옰다더니, 꽤구락지 보지 털난 걸 봤나, 집은 워째서 빙깃거리메 쌩이질만 헌다나." 《관촌수필 6》

써레다 써리다. 〈방언〉 ¶ 변은 그런 걱정할 새 있으면 헛삶이하고 가물어 돌덩이같이 굳어 버린 볏밭이나 고루 써레어 놓으라고 흰소리를 치던 것이다. 《우리 동네 鄭氏》 ※써리다 : 써레질을 하다. 써레질 : 써레로 논바닥을 고르거나 흙덩이를 잘게 부수는 일.

썩다 (좋은 재주 능력 따위를) 제대로 쓰이지 못하다. ¶ …그녀는 절간에 썩히긴 너무 아깝고 그렇다고 속세에 두기로 한다면 천벌을 받을 것 같으면서도 여승으로 놓고 보라면 뭔지 모르게 원망스러웠다. 《다갈라 불망비》

썩을 것들㉦ 나쁜 것들이라는 상말. ¶ "…누구 재청 않네? 이 썩을 것들아." 《임자수록》

썩을 년㉦ 나쁜 년이라는 상말. ¶ "썩을 년…" 하고 나는 입속으로 중얼거리다 말고 《그전 애인》

썩음썩음하다 거의 썩은 상태이다. 〈방언〉 ¶ "볼래, 이게 까치집 부신 거여. 맨 썩음썩음헌 삭쟁이 토막인 줄 알었는디 안 그려야. 봐 봐라." 《장이리 개암나무》

썰다 말은 묵모 얼굴㉧ (묵은 두부보다 때깔이 없다는 데서) 안색이 변하고 표정이 일그러졌다는 말. ¶ …내가 썰다 말은 묵모 얼굴에 뜨악한 금을 긋자, 《강동만필 3》

썰레썰레 고개를 좀 세게 가로흔드는 모양. ¶ 그믐산이는 마음을 독하게 먹으며 고개를 썰레썰레 내둘렀다. 《오자룡》

썰썰 머리를 천천히 설레설레 흔드는 모양. ¶ 우길은 고개를 썰썰 저었다. 《생존 허가원》

썼다 벗었다 한다㉧ 물자가 풍부하여 쓰고 싶은 대로 쓸 수 있다는 말. ¶ "…내가 허자는 계는 그런 먹매 큰 계가 아니라구. 이건 일주일에 천 원 한 장으루 썼다 벗었다 허구 남는 미니계여." 《우리 동네 趙氏》

쏙쏙쏙쏙 쏙독새[토문조(吐蚊鳥)]의 울음소리. ¶ (시) 쏙쏙쏙쏙 쏙독새 저녁내 울었어요. 《모 내던 날》

쏜살같다㉧ 매우 빠르게 내닫는 모양을 이르는 말. ¶ 불빛이라면 죽고 못 사는 게 솔나방이었다. 시뻘건 불길은 말할 나위도 없고 옥외 전등만 보여도 쏜살같이 날아들었다. 《우리 동네 黃氏》

쏟아진 물이다㉧ 한번 저지른 일은 어찌할 수 없다는 말. ¶ 물론 자기 자신의 부족함도 순평은 잘 알고 있고, 후회해 봤자 쏟아진 물이란 것도 확연하게 안다. 《장한몽》

쏟히다 솟구치듯이 흐르다. 〈방언〉 ¶…마침내 물길에 물이 쏟히며 내닫기 시작했다.《우리 동네 金氏》

쏠락거리다 자꾸 쏠락쏠락하다. ¶그녀는 부영이 나와 살림을 가진 다음부터 팥 바구니에 쥐 드나들 듯 부살같이 쏠락거리며 갖은 새살을 떨어대곤 했다.《다가오는 소리》

쏠락쏠락 ① (물건이) 조금씩 조금씩 보이지 않게 늘거나 축나는 모양. ② 들락날락하는 모양. ¶…워낙 쏠락쏠락 묻어나가는 돈이 많아 결국은 논 섬지기를 축내게 되고 말았다.《오자룡》 봉당에 들인 공장이 초협해 헛간마저 털어 늘여 가며 쏠락쏠락 재미가 들랑거렸다.《암소》

쐐기(를) 박다 뒤탈이 없도록 미리 단단히 다짐을 두다. ¶"그건 그려." 모두들 이의가 없었다. 마가는 맘 놓고 마지막으로 쐐기를 박는 거였다. "자 생각들 해 보슈, 죽은 사람 생이별시켜 산 사람 좋은 게 뭐가 있겠느냐 이말여, 안 그려?…"《장한몽》

쐐기(를) 지르다 쐐기를 박다. 다른 의견 제시나 행동을 사전에 차단하다. ¶박수엽은 중앙에 누가 있는 것처럼 우렁우렁한 목소리로 쐐기를 지른 다음 귀숙 어매를 눈으로 불러 너볏하게 나갔다.《우리 동네 柳氏》

쑤셔 죽일 년(비) (칼이나 창 등으로) 찔러 죽일 년이란 뜻의 상말. ¶"…홍쾌식이 지 집이 생똥을 시 번씩이나 싸구 나서 붙었기 땜이 온 거. 이냥 꽉 쑤셔 쥑일 년아."《장석리 화살나무》

쑥대도 삼밭에 나면 곧아진다(속) 좋은 사람들 사이에 있으면 좋은 영향을 받게 됨을 비유하여 이르는 말. ¶(산) 나는 천성이 매사에 뒤듬바리인 데다가 평곡의 오랜 과보호로 말미암아 그의 겸양과 근면을 본받지 못하였다. 쑥도 삼밭에 나면 곧다는데 이 쑥은 삼밭에 나고서도 여전히 쑥이었다.《글밭을 일구는 사람들》

쑥대머리 머리털이 마구 흐트러져 어지럽게 된 머리. ¶이봉은 쑥대머리가 다질러서 물은 말에 뒷갈망도 없이 그루박아 말하였다.《매월당 김시습》

쑥덕방아 숙덕공론. 〈방언〉 남 몰래 숙덕거리는 의논. ¶만나면 만나는 사람마다 솔리 엄마를 입살에 올려 쑥덕방아였다.《관촌수필 2》

쑥덕방아(를) 찧다 입방아(를) 찧다. 남의 일에 이러쿵저러쿵하다. ¶상것들은 무엄한 줄도 모르고 아무 데서나 쑥덕방아를 찧었다.《곽산 기생 보름이》

쑥밭이 되다 크게 파괴되어 폐허가 되다. 집안이 결딴나다. ¶그녀는 시집가서 난리를 치르고 9·28 수복이 된 다음, 그러니까 우리 집이 완전히 쑥밭이 된 뒤에도 자주 찾아왔다.《관촌수필 3》

쑥설거리다 '숙설거리다'의 센말. 말소리를 낮추어 수다스럽게 숙덕거리다. ¶…끼리끼리 혹은 섞음섞음으로 에워앉아서 썼느니 썼느니 싹쓸이니 전쓸이니 하고 쑥설거리며,《강동만필 3》

쑥설대다 쑥설거리다. ¶"허어, 다들 약으루는 못 잡을 병이라구 쑥설대는데 환이 섬으루 열 섬이면 뭣하구, 탕이 동이루 열두 동이면 뭣하리오."《매월당 김시습》

쑹덩거리다 (음식물의 재료를 쑹덩쑹덩 썰 듯이) 내용을 제대로 모른 채 쑹덕거리다. 〈個語〉 ¶"…배웠다는 것이 정신 노동

이 뭔지두 모르구 쑹덩거리잖던감…"《우리 동네 柳氏》

쑹덩쑹덩 '숭덩숭덩'의 센말. 물건을 굵직하고 거칠게 빨리 써는 모양. ¶황은 손에 한 모숨씩 잡히는 대로 쑹덩쑹덩 가위질을 했다.《장한몽》

쓰게 못 보다 제대로 못 보다. 〈방언〉 ¶새마을지도자 명색이 반공극 하나 쓰게 못 보고 돈밖에 모르는 소리만 하니,《우리 동네 柳氏》

쓰다가 못 쓸 양반이다㉑ 희망이 없는 사람이라는 말. ¶"…그야 알구 모르구 간에, 가다가 말구 여기서 이러구 있으면 쓰겄슈? 가만히 보니께 영 쓰다가 못 쓸 양반일세그려."《장천리 소태나무》

쓰다 달다 말이 없다㉑ 아무런 반응이나 의사 표시가 없다는 말. ¶기적소리가 다가올 때까지 해방이는 대합실을 팔짱이나 끼고 서성거릴 뿐, 쓰다 달다 말이 없었다.《담배 한 대》

쓰렷쓰렷하다 비쓱비쓱하다. 〈방언〉 쓰러질 듯이 이리저리 비틀거리다. ¶삐그덕거리는 낡은 평상과, 조심해서 걸치지 않으면 아주 주저앉게 쓰렷쓰렷하는 죽데기로 꾸민 걸상 두 개, 마당에 깔려 있는 명석 한 닢, 그것들이 내방객들을 위해 마련된 자리였다.《관촌수필 8》

쓰잘데없다 쓸데없다. 〈방언〉 ¶귀신 붙은 물건처럼 떨떠름해서가 아니라 팔모로 보아도 쓰잘데가 없는 까닭이었다.《산 너머 남촌》

쓰잘머리 없다 쓰잘 것 없다. (돈이나 물건이) 적어서 쓰고 말고 할 것이 없는 액수나 분량을 속되게 이르는 말. ¶농사로

거둔 세전 곡식 스무남은 가마를 제외하면 화물 트럭 한 대분이 모두 그런 쓰잘머리 없는 것들이었다.《관촌수필 5》

쓴맛 단맛 다 보았다㉑ 산전수전을 겪다. 세상의 즐거움과 괴로움을 다 겪었다는 말. ¶"합금덜두 한번 나오구버텀은 서루 먼저 안 들어갈라구 저냥 질게 매달려서 뻗대가며 쓴맛 단맛 다 보구 있는디 순금이 가만 있어서 쓰겄남…"《장곡리 고욤나무》

쓸개가 약간 묽음 할 것 같은 녀석이다㉑ 줏대가 약한 사람이라는 말. ¶어느 흉물스런 주간지 펜팔란을 거점으로 알게 됐다면, 쓸개가 약간 묽음 할 것 같은 녀석이었다. 그가 생각하기에도 그 오가는 이해하기가 어려운 작자였다.《엉겅퀴 잎새》

쓸개 빠진 놈㉓ 제정신을 바로 차리지 못한 사람을 비유하여 이르는 말. ¶간에 붙었다 염통에 붙었다 하던 쓸개 빠진 놈들까지도 쓸개를 조심하는 판국이었다.《토정 이지함》

쓸다리 쓸데. 〈방언〉 ¶(내가)…나이 서른둘에 이르도록 이 나라 이 사회선 이토록 쓸다리 없는 지치러기에 지나지 않는단 말인가.《다가오는 소리》

쓸다리없다 쓸데없다. ¶"…시방은 가마니도 안 치고 이엉도 안 엮고, 이젠 지푸라기마저 쓸다리없이 됐으니 예전에 대면 그때가 외려 괜찮았더라니까는."《산 너머 남촌》

씀벅거리다 '슴벅거리다'의 센말. 눈꺼풀을 움직여 자꾸 눈을 감았다 떴다 하다. ¶…그는 멀뚱한 왕눈을 씀벅거리며 뜸적

뜸적 입맛이나 다시고 말던 것이다. 《관촌수필 4》

쓱벅쓱벅 연방 날카로운 것으로 찌르는 듯이 자꾸 아픈 증상. ¶필석은…쓱벅쓱벅 쑤시는 다리를 이끌고 미끄러운 층계를 내려가 볼 만한 마음은 내키지 않았다. 《엉겅퀴 잎새》

씀새 쓰임새. ¶부모 생일에 동네 잔치는 남길 만한 풍속의 하나임이 분명하나 씀새를 따진다면 자못 낭비라 이르지 않을 수 없던 것이다. 《우리 동네 李氏》

씀 직하다 (어디에) 쓸 수 있을 것 같다. 〈북〉 ¶해운이 개척되자 뒤를 이어 몸과 마음을 송두리째 바쳤던 일은 아무래도 살 만한 어민, 씀 직한 어부를 기르고자 한 노력이라 할 거였다. 《해벽》

씁뜰하다 '씁쓸하고 떠름하다'의 줄임말. ¶그렇잖아도 씁뜰한 쑥국을 맨탕으로 끓이면 어찌 먹겠느냐…그들은 그런 항의를 하면서 대문간이나 토방에 늘어붙으면 물러갈 줄을 몰랐다. 《관촌수필 2》

씁쓸하다 맛이 조금 쓰다. ¶…안팎 삼동네를 다 뒤져도 친구랄 만한 친구가 있을 수 없던 고적한 소년 시절이 비롯된 씁쓸한 것이었지만. 정말 친구가 생기지 않았다. 《관촌수필 1》

씨가 마르다 (무엇이) 하나도 남지 않고 없어지다. 〈곁말〉 ¶…원두막의 사마귀와 콩밭머리마다 지천이던 잠자리들도 씨가 마른 지 오래된 성불렀다. 《우리 동네 黃氏》

씨가 먹다 앞뒤 말이 조리가 닿고 실속이 있다. ¶"…처음 들었을 땐 아무것도 보이는 게 없어 길길이 뛰었지만, 버스 칸에서 곰곰 되잦혀 생각하니 영 씨가 안 먹

혀….'《백결》

씨가 먹히다 (말에) 설득력이 있다. 〈곁말〉 ¶염은 라디오를 들고 나가 빵과 바꿔 먹었다고 멍덕을 씌웠으나, 물건이 없고 보니 평석이의 발명은 씨가 먹히지 않았다. 《우리 동네 張氏》

씨근벌떡거리다 '시근벌떡거리다'의 센말. 숨이 차서 계속 시근거리며 헐떡거리다. ¶그때 "에이" 하며 송곳니 사이로 침을 내갈기는 사내가 있었다. 낯선 청년이었고 분풀이가 덜 되어 씨근벌떡거리는 눈치였다. 《관촌수필 5》

씨는 속일 수 없다⑧ 내림으로 이어받은 집안 내력은 숨기려 해도 숨길 수 없음을 이르는 말. ¶(산) 신생아 적이나 유아 때 보이는 엉덩이의 푸르둥둥한 몽고반만 해도 씨는 못 속인다는 속설을 일깨우기에 족한 것이었다. 《초원과 살림》

씨늘하다 '써늘하다'의 잘못. ¶…울안은 늘 음침하고 씨늘한 기운이 께름하게 맴돌아, 일을 치르고 나간 집 같지 않던 날이 드물었다. 《관촌수필 4》 ※써늘하다 : '서늘하다'의 센말.

씨도둑은 못한다⑧ 그 집안의 지내 온 내력은 아무도 없애지 못한다는 말. ¶"…우리 민족은 아득한 삼한 시대부터 동맹이다 영고다 해서 남녀가 주야로 어울려 춤을 춘 민족인데, 다 해도 씨도둑은 못한다고, 조상의 얼을 이어받았으니 어떡하겠소." 《강동만필 1》

씨를 말리다 근본을 없애 다시 일어서지 못하게 하다. ¶"…예전에두 역적이 난 집 구석은 새끼들까지 도살해서 씨를 말렸구…" 《산 너머 남촌》

씨를 말릴 놈의 종자⑪ 지상에서 영원히 없어야 할 사람. 〈個語〉 ¶ "…몸뗑이 보허게 까치를 싸게 사서 냉동시켰다가 그 믐날 갈 테니 저를 줘? 씨를 말릴 늠의 종자!" 《장평리 찔레나무》

씨(를) 받다 (동식물의) 씨앗이나 종자를 거두어 마련하다. 여기서는, '본받다'는 뜻으로 쓰임. ¶ "…남이야 워찌 되건 나만 먹을 것 있으면 구만이다? 참 씨 받을 인심일세그려. 그러는 게 아녀. 젊은 사람들이." 《우리 동네 金氏》

씨 못할 놈⑪ 싹수가 없는 몸이라는 상말. ¶ "안쓰런 맘이야 낸들 나름 허겄나베, 그러나 소까지 올려 센 걸 생각허면 진진 밤에 잠두 안 온다니께…씨 못헐 놈." 《이풍헌》

씨 밑지다 (작물의 소출이) 뿌린 씨앗만큼도 안 되다. 여기서는, '자식을 낳지 못함'의 뜻으로 쓰임. ¶ "찬방에 그러고 자면 냉들어 씨 밑져…" 만성이 더위를 못 이겨 팬츠 바람으로 자려 하면, 설거지 댁은 예사로 지껄이며 만성의 허벅지를 꼬집어 깨우곤 했다. 《금모랫빛》

씨 받을 인심이다㊝ (후대에 전해야 할 만큼 후한 인심이란 말) 그러나 여기서는 있어서는 안 될 사나운 인심이란 뜻을 짐짓 거꾸로 말한 것. ¶ "…남이야 워찌 되건 나만 먹을 것 있으면 구만이다? 참 씨 받을 인심일세그려. 그러는 게 아녀. 젊은 사람들이." 《우리 동네 金氏》

씨받이 씨받기. 자식을 받는 일. ¶ 유자한이 그녀를 빌려주려는 것은 갖다가 꽃병으로 두라는 것이 아니라 담병으로, 속되게 말하면 씨받이로 쓰라는 것이었으니

까. 《매월당 김시습》

씨부랄 년⑪ 방사(房事)에 빗댄 욕설. ¶ "이 씨부랄 년, 내가 니 서방을 못 잡으면 니년 뱃구레에 실은 종자까장 씹어 먹을 텨." 《장한몽》

씨서리 쓰레질. 〈방언〉 비로 쓸어서 집 안을 깨끗이 하는 일. ¶ "…혼자 건넌방 씨서리를 하던 아내는, 한 번 더 들으라고 짐짓 식전에 하던 푸념을 되풀이했다. 《우리 동네 崔氏》

씨식잖다 같잖고 되잖다. ¶ "이 씨식잖은 것아, 춘디 게서 그러지 말구 싸게 돌어댕겨 봐. 우리는 짐장허구 떨어져서 체중에 먹을 것두 옰으니께." 《우리 동네 張氏》

씨아 없는 말㊝ 씨도 안 먹히는 말. ¶ "…웃음도 덜 겸 해 본다고 한 소리가, "가고가 이쁘다고 했지만, 보니 역시 그 손한테 댈 건 아니군요." 하는 씨아 없는 말이었다. 《장한몽》 ※씨아 : 목화의 씨를 빼는 기구. 씨가 먹히다 : 씨가 잘 빠지다.

씨 안 들다 (말에) 진실성이 없다. 〈방언〉 ¶ 게다가 황은 개평꾼 주제임에도 되잖게 씨 안 든 안주 투정을 그치지 않았다. 《우리 동네 黃氏》

씨알머리⑪ 사람의 종자를 욕으로 이르는 말. ¶ "…뉘우치고 반성할 씨알머리도 발견하지 못했던 것이다. 《장한몽》

씨알이 여물다 절실하다. ¶ "…철부지 적의 아련한 기억보다 훨씬 씨알이 여문 그리움이었다. 《관촌수필 1》 ※씨알 : 씨의 낱알.

씨양이질 한창 바쁠 때 쓸데없는 일로 남을 귀찮게 구는 짓. ¶ "…그 사품에 헐린 무덤이 몇 백이며 옮긴 무덤은 또 몇 백인

데 겨우 애매한 청소부나 데리고 씨양이
질인가 싶기도 하였다.《산 너머 남촌》

씨어대다 (사람에게) 어떤 넋이 옮아서 엉
뚱한 짓을 하는 모양. 〈방언〉 ¶상배는 일
순 두려움을 느꼈다. 아내가 여섯 손가락
을 내젓는 게 아니라 태중의 어린아이가
씨어대서 하는 짓같이 여겨지던 것이다.
《장한몽》

씨억씨억하다 성질이 굳세고 활발하다.
¶…의곤이에 대면 영두는 오히려 씨억씨
억하고 실팍한 터수였다.《산 너머 남촌》

씨월거리다 씨부렁거리다. 〈방언〉 주책없
이 쓸데없는 말을 함부로 자꾸 지껄이다.
¶…황은 속이 훤히 들여다보이는 소리만
씨월거렸던 것이다.《우리 동네 黃氏》

씨주머니에 소금 끼얹는다 (미신적인 액
막이 예방 행위로) 남자의 고환에다 소금을
뿌리는 것을 익살스럽게 이르는 말. ¶그녀
는 덕칠에게 선뵈 줄 처녀 말을 꺼낼 때, 서
두를 '먹고 나서 셈 친대도 씨주머니에 소
금 끼얹을 색시는 아니라'고 했을 정도로
입부터가 걸진 여자였다.《몽금포 타령》

씨팔놈⒝ 교양 없는 사람들이 흔히 입버
릇으로 하는 상말. ¶"야 씨팔놈들아, 저
세상에 그런 소설가가 있어!"《유자소전》

씩둑거리다 부질없는 말을 자꾸 수다스
럽게 지껄이다. ¶"…누가 뭐라구 씩둑거
려두 사시춘풍으루 기분 쓰는 사람여…"
《우리 동네 柳氏》

씩둑깍둑 씩둑꺽둑. ¶조는 건넌방에서
터알에 놓을 씨감자 눈을 저미다가, 여편
네 둘이 아귀 맞춰 씩둑깍둑 수다를 떠는
통에 주워듣게 되었다.《우리 동네 趙氏》

씩둑꺽둑 이런 말 저런 말로 씩둑거리는 모

양. ¶…제각기 희떠운 소리로 씩둑꺽둑 망
상스러운 잔담을 해 가며《강동만필 2》

씩둑씩둑 부질없는 말을 수다스럽게 자꾸
지껄이는 모양. ¶(행인들이)…저마다 저
닮은 소리로 씩둑씩둑 뒷전풀이들을 하고
있었다.《매월당 김시습》

씹구멍에 말뚝을 박아 죽일 년⒝ 성 고문
적인 상말. ¶"이 씹구멍에 말뚝을 박아
죽일 년, 게 좀 앉아." 박 형사의 고함소리
와 함께 귀대는 시멘트 바닥에 나뒹굴어
졌다.《장한몽》

**씹는 소리마다 껍질 씹는 소리로 먹으려
든다**㊂ 하는 말마다 헛소리로 생색을
내거나 잇속을 챙기려 든다는 말. ¶"씹
는 소리마다 껍질 씹는 소리루 먹으려 드
는 것이 서울 것 말구서 또 있남. 월미 수
능 점수가 암만이면 지가 워쩔 껴…"《장
평리 찔레나무》

**씹 주고 뺨 맞고, 국 쏟고 보지 데고, 탕기
깨고 서방한테 매 맞고**㊂ 한 가지 잘못
이 빌미가 되어 연쇄적으로 딱한 일을 당
하는 경우에 빗대어 이르는 말. ¶"너 같
은 년버러 뭣이라구 허는 중 아네? 그게
바루 벌려 주구 뺨 맞구, 국 쏟구 투가리
깨치구, 밑구녕까지 데였다구 허는 것이
여, 쌍년…"《관촌수필 5》

씻은 듯이 아주 말끔하게. ¶얼마를 누워
있어 봐도 뜬눈으로 날을 볼 것처럼 씻은
듯이 잠이 오지 않았다.《엉겅퀴 잎새》

아갈거리다 아갈대다. 이러니저러니 아가리를 놀리다. 즉 '말질하다'의 속된 말. ¶"…새양쥐만 헌 새끼가 아갈거리며 소 멱미레 비비듯 허는디 자게 생겼어…"《우리 동네 李氏》

아갈머리⑪ '입'을 비속하게 이르는 말. ¶"…흙 묻은 돌팍으로 아갈머리를 찧어 줄라."《산 너머 남촌》

아갈아갈 앙앙. 〈방언〉양탈을 부리며 자꾸 보채는 모양. ¶"…시방 뉘 앞에서 아갈아갈 앙살그리구 자빠졌어…"《명천유사》

아개 맞추다 아구 맞추다. 여럿을 어울려서 대중을 잡은 표준에 들어맞게 하다. ¶"잇끼 언, 잇끼 재, 온 호, 잇끼 야, 언재 호야(焉哉乎也)라, 헌디 석 자는 '잇끼'인디 한 자만 '온 호' 아니냐, 그래서 아개 맞추느라고 '잇끼 호'라구두 허는 게여…"《관촌수필 1》

아귀 아가리. ¶아이들은 주워 온 것들을 아귀가 미어지게 허발대신 하며 먹어대고 있었다.《관촌수필 3》

아귀를 파다 '말하다'를 속되게 이르는 말. 〈방언〉¶"도둑년 애인두 사랑을 아니? 개새끼!" 하고 몇 차례고 덩달아 아귀를 팠고《장한몽》

아기자기하다 여러 가지가 어울려 예쁘다. ¶(산) 아이를 위한 동화는 아주 아기자기해야 한다고 생각하면서 늘 그런 동화를 그리워했습니다.《엄마의 마음이 숨쉬는 어여쁜 동화》

아까아까 조금 전보다 더 전. ¶깨어 보면 막은 아까아까 내린 뒤였고《유자소전》

아내가 귀여우면 처갓집 말뚝 보고도 절한다㊌ 한 가지가 좋아 보이면 모든 것이 다 좋아 보임을 비유적으로 이르는 말. ¶(산) 아내가 귀여우면 처갓집 말뚝 보고도 절한다는 속담처럼 열에 서너 사람은 그 나름의 '정서'와 즉흥적인 기분으로 표를 던졌고,《풀뿌리와 꽃》

아는 길이라도 물어 가랬다㊌ 잘 알고 쉬운 일이라도 소홀히 하지 말고 신중을 기하라는 말. ¶"아무리 아는 길도 물어 가라지만, 그래 개를 놓고 한나절 내 물어물어 삼천리였어?"《연애는 아무나 되나》

아는 도끼에 발등 찍힌다㊌ 알고 있다고 주의를 하지 않아 실수하게 됨을 이르는 말. ¶(산) 출입 기자들에게 '술이 사람을 먹는' 소리를 했다가 '아는 도끼에 발등 찍힌' 셈이 된 거였다.《속담과 인생》

아늠 볼을 이루고 있는 살. ¶계제에 묻어 일어날 채비로 눈자위와 아늠을 어루만지던 최진기도 문득 느낌이 달라 손을 무르춤했다.《우리 동네 崔氏》

아니꼽살스럽다 몹시 아니꼬운 데가 있다. ¶이웃과의 공동체적인 생활을 위해서 나버러 희생을 허라구? 당최 귀살스럽구 아니꼽살머리스러워서.《장척리 으름나무》

아닌 밤중에 홍두깨㊛ 예기하지 못한 말을 불쑥 꺼내거나 뜻밖의 일을 갑자기 당하는 경우에 이르는 말. ¶…곽으로서는 아닌 밤중에 홍두깨도 유만부동이요, 말이 안 돼도 터무니 없이 안 되는 말이었다.《그리고 기타 여러분》

아닌 보살 하다㊛ 시치미를 딱 떼어 모르는 체한다는 말. ¶"…인적 드문 허허벌판에 임자 모르는 시퍼런 돈이 칠렁대며 흘러가는디, 내 땅에서 난 게 아니라구 아닌 보살 허구 있겠남. 농사꾼은 장 비가 돈이여."《우리 동네 金氏》

아닥치듯 몹시 심하게 말다툼하는 모양. ¶사뭇 아닥치듯 하는 여편네 쇠목 질린 소리가 대신 들어서고 청승맞은 애 울음 소리가 그음하더니, 아까 내다보러 나갔던 아내가 부엌으로 들어가며 불어 터진 소리로 씨월거렸다.《우리 동네 姜氏》

아득바득하다 악착스럽게 애를 쓰다. ¶…박덩이가 나뭇가지에 매달림과 같이 아득바득하고 산다면 그 아니 괴롭지 않을 것이랴.《매월당 김시습》

아등바등하다 무엇을 이루려고 애를 쓰거나 우겨대다. ¶아무 이해 상관 없이 아등바등하는 꼴이며《장한몽》

아뜩아뜩하다 머리가 어지러워 자꾸 까무러칠 듯하다. ¶…해조호의 조난이 자꾸만 펼쳐져 눈앞이 아뜩아뜩하곤 했다.《해벽》

아람(이) 벌다 아람이 벌어지다. ¶…밤마다 아람 번 별들이 쏟아져 내리자《추야장》※아람 : 밤 따위가 나무에 달린 채 저절로 충분히 익은 상태. 또는 그 열매.

아랑주 소주를 고고 난 찌꺼기로 만든, 질이 낮고 독한 소주. ¶…전내기 아니라 맛버린 모주나 물을 한 아랑주라도 그리 주접스레 찾지 않고는 그냥 견딜 수가 없을 거였다.《우리 동네 趙氏》

아래윗물 돌듯 하다 아래윗물 지다. 위아랫물 지다. ¶우리 집안의 엄한 어른들이 세상을 떠난 이후로는 줄곧 피차 그럴 까닭이 없었음에도 그런 어색스럽고 부드럽지 못한 관계는 풀리지 않았다. 언제나 아래윗물 돌듯 하니 답답하고도 쑥스러운 일이었다.《관촌수필 1》

아래윗물 지다 나이나 신분의 차이로 서로 어울리지 않고 배돌다. 위아랫물 지다. ¶하는 소리마다 건방지고 비위를 거슬리지만, 이미 한방에 든 이상, 서먹서먹하니 아래웃물 지어 지내느니보다야 한결 낫잖나 싶고, 대신 박의 언동은 가급적 묵살하기로 내심을 지어, 두만은 한마디 더 묻는다. "그 꼴에 애꾸면 부르는 값도 없을 것 아녀?"《몽금포 타령》

아름드리 한 아름이 넘는 것. ¶…개오동 한 그루가 아름드리로 자라 있었다.《관촌수필 1》

아름아름하다 아슴푸레하다. ¶그러나 이젠 모든 것이 아름아름한 과거사일 따름이다.《다가오는 소리》

아릿아릿하다 눈앞에 어려 오는 것이 자꾸 또는 매우 아렴풋하다. ¶…나는 고개를 저어 아릿아릿하고 사물사물한 그녀의 영상을 겨우 지우며,《망고강산》

아망 어린아이들이 부리는 오기. ¶그 집에는 겨우 첫돌을 본 아망이 몹시 사나운 외손자가 있었는데,《관촌수필 5》

아망을 떨다 잘망스럽게 아망을 행동으로 나타내다. ¶리가 기침을 참을까 말까 망설이는데 만근이는 다시 아망을 떨었다. "돈 안 주면 가만있을 중 알구? 그럼 저금 통을 찢지, 씽—"《우리 동네 李氏》

아무개 아무개 (어떤 사람을) 누구와 누구라고 이름을 지칭하지 않고 이를 때 쓰는 말. ¶…어지간한 청장년들한테는 덮어놓고 아무개 아무개 하며 이름을 부르곤 했었다.《관촌수필 1》

아무리다 마무르다. 〈방언〉물건의 가장자리를 꾸며서 일을 끝맺다. ¶"작것아, 뭐 탄내 난다. 지발 불 좀 보거라." 어머니가 야단을 쳐야만 놀라며 아궁이 불을 아무리고 엉덩이가 무겁게 일어나는 버릇이었으니.《관촌수필 3》

아비만 한 자식 없다(족) 자식이 아무리 훌륭해도 그 아비에 미치기 어려움을 이르는 말. ¶이홍남은 준암의 맏이지만 아비만 한 자식이 없다는 속담도 있듯 인품이 없었다.《토정 이지함》

아사리밭 무질서하고 어지러운 땅. ¶…그런 과거사마저 그립고, 되풀이되길 바랄 만큼의 아사리밭에서 허우적일 수밖에 없는 생활이었음에.《금모랫빛》

아삼륙(비) 서로 꼭 맞는 짝을 비유적으로 이르는 말. ¶"근래에도 왕래가 있었나요?" "어련할라구. 나하고는 십 년 가까이 아삼륙으로 노가다를 했지만, 책권이나 읽은 사람이라 여느 사람들하고 달랐다…"《변 사또의 약력》

아수 아우. 〈방언〉¶…스물셋에 애 선 몸으로 시집와서 그 애 낳고 아직 아수도 안 본 김승두 색시와 견주어, 순이가 손아래로밖에 안 보이는 것이 그토록 신기할 수가 없던 것이다.《우리 동네 柳氏》

아슬아슬하다 몹시 위태로워 몸에 소름이 끼치게 두려움을 느끼다. ¶(유자는)…가가의 함석지붕을 아슬아슬하게 오르내리며《유자소전》

아슴푸레하다 또렷하게 보이지 아니하고 흐리고 희미하다. ¶문정은 엄의 얼굴을 아슴푸레하게 건너다보았다. 탁자 하나 사이가 십 리 밖으로 멀어 보기도 근간에는 없던 일이었다.《산 너머 남촌》

아시 애벌. 〈방언〉맨 처음 대강 하여 낸 차례. ¶"빨래하는 아이더러 이르고 오너라. 대강 비벼서 아시 빨고 방망이질도 말랜다고 하거라."《토정 이지함》

아야 소리도 못 하다 ① 위세에 눌려 꼼짝을 못 하다. ¶나귀를 구유통까지 싸잡아 모개흥정하여 치료비 삼만 원을 아야 소리도 못 하고 물어냈다.《가을 소리》 ② 몹시 괴로운 사정이면서도 괴롭다는 말 한 마디도 못 한다는 말. ¶"그렇다고 서울 사람들이 비만 오면 풍년이래듯이, 아무 물정 모르는 집구석에 맥도 모르고 침통 흔들었다가 아야 소리도 못 하고 봉변할 수도 없잖은가."《산 너머 남촌》

아야어여 하다 여러 사람이 이 말 저 말 하다. 〈個語〉¶"그 으젓잖은 소리루 아야어여 구만 허구설랑은이, 자실 것덜 자셨으면 얼른 자리 내구 영농 교육덜 받으러 가셔…"《우리 동네 李氏》

아양을 떨다 경망스럽게 아양을 부리다. ¶동선월도 매월당의 빈 잔을 채우라는 뜻으로 소동라에게 주전자를 건네면서 아양을 떨었다.《매월당 김시습》

아우거리 김을 맬 때 흙덩어리를 푹푹 파 넘기는 일. ¶바랭이와 뚝새풀이 깃기 전에

두둑이나 아우거리해 두자고 이틀 한나절을 보리밭에서 살았더니.《우리 동네 崔氏》

아우르다 여럿을 조화하여 한 덩어리가 되게 하다. ¶"…대저 꽃이란 송이만 보기보다는 잎새와 줄기를 아우르고 게서 향기를 곁들이는 터인데, 오늘은 생략에 다소 지나치심이 있으신 듯하기로 감히 걱정을 무릅쓰고 사뢰오니다."《매월당 김시습》

아웅다웅 '아옹다옹'의 센말. 대수롭지 아니한 일로 서로 자꾸 다투는 모양. ¶"…비좁은 남한 땅덩이 안에서 서로 제 땅만 넓히려고 아웅다웅하는 게 가소롭다는 얘기올시다.《산 너머 남촌》

아웅하다 (굴이나 구멍 등의 속이) 휭하고 침침하다. 〈곁말〉 ¶리는 담배를 붙여 물었다. 방 안은 그저 아웅한 채였고 확성기는 아직도 징글벨만 불러대고 있었다.《우리 동네 李氏》

아이는 내버리고 태만 키웠다⊛ 기본은 버리고 부차적인 것만 쥐고 있는 어리석음을 비유하여 이르는 말. ¶"쯧쯧, 새끼는 어쩌고 태를 길렀을꼬. 하는 꼴이 무녀리가 앞이더냐 열중이가 앞이더냐 하게 생겼으니, 지푸라기 잡는다고 검불 잡은 짝이 되고 말았구나.《매월당 김시습》

아이들이 아니면 웃을 일이 없다⊛ 어른들이 혹 걱정이 있어 우울할 때도 아이들 노는 것을 보면 저도 모르게 웃게 되므로 이르는 말. ¶(산) 아이들이 아니면 웃을 일이 없다는 속담도 있지만, 아이가 하면 안 될 말이 있는 글은 이미 동시가 아닌 셈이다.《라면 상자와 사과 상자》

아이 보는 데는 찬물도 못 먹는다⊛ 어린 아이들은 어른이 하는 대로 본 따라 하기 때문에 아이들 앞에서는 행동을 주의하라는 말. ¶(산) "그럼 라면은 한 개에 이백만 원, 사과는 한 개에 사백만 원짜리겠네요?" "애들 앞에서는 찬물도 못 먹는다더니…"《라면 상자와 사과 상자》

아이 싸움이 어른 싸움 된다⊛ 작은 일이 차차 커져 큰 일로 됨을 이르는 말. ¶무슨 구경이 난 게 분명했다. 아이들 다툼질이 어른 싸움 됐든가, 아들 군대 나갔던 집 가운데 전사 통지서가 왔다든가. 그러나 뭇사람들이 입을 굳게 다물어 그지없이 조용한 게 이상한 일이었다.《관촌수필 4》

아주메기 아주먹이. 〈방언〉 더 손댈 필요가 없을 만큼 깨끗하게 쓿은 쌀. 백정미(白精米). ¶"…쌀을 주실 적에는 통일계나 유신계통 베, 또 밭베 찧은 쌀두 좋으니께 반드시 각 가정에서 조석으루 끓여 자시는 뒤주 속의 아주메기쌀루 주실 것을 부탁드립니다…"《우리 동네 李氏》

아찔아찔 현기가 나서 자꾸 어지러워지는 모양. ¶…나는 눈앞이 아찔아찔해지는 순간을 몇 번이나 거듭 겪어야 했는지 몰랐다.《관촌수필 1》

아침에 밥 먹고 저녁에 죽 먹으라면 좋아해도 아침에 죽 먹고 저녁에 밥 먹으라면 싫어한다⊛ (하루에 먹는 음식의 내용은 같은데도 당장에는 먹기에 좋은 쪽을 택하듯이) 어수룩하다는 말. ¶"아무튼 내 불찰이지 뭐. 아침에 밥 먹고 저녁에 죽 먹으라면 좋아해도 아침에 죽 먹고 저녁에 밥 먹으라면 싫어하는 게 촌사람들인데 삼천만 원짜리 수표를 떡 내밀었으니 돈 같겠어…"《우리 동네 張氏》

아퀴(를) 짓다 일을 끝마무리하다. ¶(황

은)…나무람하던 말끝을 한 모태로 뭉쳐 아퀴 지으려 했다.《우리 동네 黃氏》

아퀴 있다 일을 마무르는 끝매듭이 분명하다.〈個語〉¶…반백 년 동안 일판을 휘어잡았던 그의 바르집는 호령과 아퀴 있는 행동을 문득 대수롭게 치러 들지 않으려던 기미였다.《변 사또의 약력》

'아' 해 다르고 '어' 해 다르다㊍ 같은 내용의 이야기라도 이렇게 말하여 다르고 저렇게 말하여 다르다는 말. ¶(산) 아, 해서 다르고 어, 해서 다르다는 말이 있다. 사단칠정까지 들먹일 것은 없고, 당황, 초조, 근심, 걱정, 한탄, 유감, 기쁨, 놀라움 따위가 사무칠 때만 해도 그 어감의 차이로 사무칠 정도를 짐작할 수 있다는 속담일 것이다.《지금은 꽃이 아니라도 좋아라》

악다구니 기를 써서 다투며 욕설을 하는 짓. ¶대복 어매는 언제 밭에서 나갔던가 두 손으로 삿대질을 해 가며 한참 악다구니를 퍼대는 중이었다.《관촌수필 4》

악마디 결이 몹시 꼬여서 모질게 된 마디. ¶"거기서 이 여관을 몽땅 전세 냈수?" 정은 악마디진 목소리를 냅다 메어붙였다.《우리 동네 柳氏》

안 '아내'를 낮게 이르는 말. ¶…"어메, 지침두 읎이 누구신가 했유…저무셨구먼유" 명길이 안은 징검돌을 디더 보고 밟아 건너며 데면스럽게 말했다.《초부》

안간힘을 쓰다 (고통 따위를 참으면서) 있는 힘을 다하다. ¶그때마다 그는 양심, 즉 자기가 가지고 있는 자신의 양심이란 것의 정체를 파악하고자 안간힘을 쓰지 않으면 안 되곤 했다.《장한몽》

안개에 연기㊍ 비슷한 일이 중첩된다는 말. ¶그러나 최는 안개에 연기처럼 애초 아내와 한죽이 되고 싶지도 않았지만 나중에 명순이를 불러 직접 들어 본 뒤로는, 오히려 그녀의 처지를 역성들어 주고 싶기까지 했다.《우리 동네 崔氏》

안는닭 새끼를 까려고 달걀을 품고 안는 암탉. ¶"백중에 호미씻이로 안는닭 도리기하자는 사내 하나가 없으니, 안식구들이야 무슨 먹고 자시고 할 게 있다고 날짜 짚어 가며 살겠느냐."《산 너머 남촌》

안늙은이 늙은 아낙.〈곁말〉¶김승두 색시가 병원에서 애를 낳아 오자, 애라면 집에서나 낳고 집에서만 받아 버릇한 안늙은이들이 둘만 모여도 말추렴으로 끼니를 에우던, 묵은 일까지 들먹이며 창근 어매는 고개를 홰홰 저었다.《우리 동네 柳氏》

안달 조급하게 굴면서 속을 태우는 일. ¶그가 번번이 기를 쓰고 기수가 되고자 안달을 했던 것은《유자소전》

안돌이 험한 산길의 바위 같은 것을 안고 겨우 돌아가게 된 곳. ¶도대체 천길 벼랑을 여투어서 안돌이로 돌고 지돌이로 넘는 잔도란 벼룻길은 하필 장자방이 개척한 촉도에만 있더란 말인가.《매월당 김시습》

안되는 사람은 뒤로 넘어져도 코가 깨진다㊍ 액운에 빠진 사람은 하는 일마다 뜻대로 되지 않으며, 뜻밖의 재화까지 겹쳐 생긴다는 말. ¶군대에 가 있던 동안엔 휴가만 냈다면 황 씨네 집이었고 묵으면 용돈하고 또 노자푼이라도 뜨으니 옹색스럽지 않아 좋았다. 그런데 그것이 차츰 안 될 놈은 잦혀져도 코가 깨진다는 속담대로 돼 가던 거였다. 황 씨가 실패를 해 간다는 소문이 들리기 시작하던 것이다.《암소》

안머슴 집안 살림을 돌보는 여자 머슴. ¶대소간에 대사가 있을 때마다 그녀가 징발됐던 것도 남의 짐 뒷수쇄에 뛰어난 능력을 보였음이니, 온갖 일의 들무새요 안머슴이었던 것이다.《관촌수필 3》

안면을 바꾸다 지금까지와는 다른 태도를 취하거나 보이다. ¶…다시 헐값에 매입한다든가, 아니면 안면 바꾸고 줄행랑을 놓기가 일쑤더라고 그녀는 믿는 것 같았다.《엉겅퀴 잎새》

안면(이) 있다 이전에 본 적이 있다. ¶…상배가…가게를 얻어 올 때 집주름 해 주어 안면 있는 중위 부동산공사의 실질적인 물주라던, 부덕부덕하게 생긴 중늙은 여편네의 사위임을 알기 때문이었다.《장한몽》

안바대 '안찝'의 잘못. ¶…벗어 걸은 박의 외투를 쳐다보니, 안바대가 겉으로 나온 바람에 박의 이름 석 자도 한눈에 보이고 있었다.《호수 위의 청산》

안성맞춤㊦ 계제에 들어맞게 잘된 일을 두고 하는 말. ¶사람들은 넓다고 하여 너럭바위라 부르기도 했지만 그런 장난질하기엔 안성맞춤인 장소이기도 했다.《관촌수필 4》

안암팎 안팎. 안과 밖. ¶그가 때아닌 구식을 들추자 안암팎 삼동네는 그만두고 이웃이 먼저 눈을 빗떴다.《산 너머 남촌》

안저지 어린아이를 보살피는 여자 하인. ¶…외가 부엌에서 아기 동자아치로 자라던 것을 안저지 겸 허드레 심부름용으로 데려와서 길렀다는 거였다.《관촌수필 1》

안중에(도) 없다 관심이 없다. 무시하다. ¶상배와 만난 직후부터 인부 따위는 안중에도 없다는 투였다.《장한몽》

안찝 옷 안에 받치는 감. 안감. ¶(산) 아이 피부가 걱정되는 것이 거죽이라면, 아이의 성질이 상어 닮아 거칠고 우악스러우면 어쩌나 하는 것은 안찝이었다.《지금은 꽃이 아니라도 좋아라》

안침지다 안쪽지다. 안쪽으로 구석지고 으슥하다. ¶보령은…난리가 나도 풍문이 들리다 마는 안침진 두메만 십 리 가다 하나 꼴로 옹송그리고 있는 산골이었다.《토정 이지함》

안택굿으로 보내다 '집안에서 하찮은 일로 소일하다'의 말. 〈個語〉 ¶"연휴 이틀을 빼면 겨우 하루 휴간데, 그래 그 금쪽 같은 하루마저 안택굿으로 보내겠다는 거요?…"《버드나무가 있는 풍경》 ※안택굿 : 집안에 탈이 없도록 터주를 위로할 때에 무당이 하는 굿.

안팎 곱사등이라㊦ 진퇴양난에 빠졌다는 말. ¶…자기처럼 형제가 나란히 횡액을 만나 안팎 꼽사등이와 다름없이 되는 것은 대체 무슨 경위냐고 떠들었다.《그리고 기타 여러분》

앉아 삼천리, 서서 구만리㊦ 멀리 앞일을 훤히 안다는 말. ¶"들새 살찐 걸 보니 산새도 먹을 만하겠다는 소리구먼. 그런데 앉아서 천 리가 어째 늬 애비 한치 속에는 깜깜절벽이냐?"《산 너머 남촌》

앉아서 썩을 놈㊗ 흉사(凶事)에 빗댄 욕설. ¶"난 사십 원어치만 가져가는 거니까 도둑 잡으란 말은 마슈." 하고 돌아섰다. 시궁창 같은 골목길을 헤쳐 나왔다. 입다툼은 길게 했어도 물건을 집어 오기는 처음이다. '앉아서 썩을 놈' 했겠지.《생존허가원》

앉아서 좌포청 우포청만 찾는다ⓢ 스스로 나서서 일을 해야 할 사람이 이 핑계 저 핑계 하고 자꾸 핑계만 댄다는 말. 좌포도청 우포도청(左捕盜廳 右捕盜廳). ¶ "안 그러면 똑 이러구 앉아서 좌포청 우포청만 찾어야 쓰겄남. 잡으야 물건이지 몽뎅이만 들구 앉었으면 누가 쳐주나."《관촌수필 6》

앉은 자리에 풀도 안 나겠다ⓢ 사람이 너무 깔끔하고 매서울 만큼 냉정하다는 말. ¶ "이 동네는 앉은 자리에 풀도 안 날 사람들만 모여 사나베. 진종일 울력을 해도 시적지근한 막걸리 안부 한마디가 없으니 무슨 경오로 이냥 막보기를 하는지 모르겄어."《산 너머 남촌》

앉은장사 일정한 곳에 가게를 내고 하는 장사. ¶ 면소 옆에서 앉은장사를 하던 양창복이 아들 홍춘이가 장사 시들하자 꾀를 내어 팔뚝을 걷어붙이고 음식 방물장수로 나선 폭이었다.《장천리 소태나무》

앉음새 앉음앉음. 자리에 앉거나 앉아 있는 태도. ¶ 관란은 그제서야 앉음새를 고치면서 선비의 예로 절을 받았다.《매월당 김시습》

앉혀 놓고 육회를 칠 놈ⓑ 산 채로 살을 저며 회(膾)를 쳐서 죽일 놈이라는 상말. ¶ "저런 앉혀 놓고 육회를 칠 놈, 누구 칼잡이 좀 불러라. 주안상에 육미붙이가 없어 섭섭터니 마침 잘됐다."《토정 이지함》

알고 할 말 다르고 모르고 들을 말 따로 있다ⓢ 덮어놓고 불평만 할 것이 아니라 경위를 따져 본 뒤에 하라는 말. ¶ "알고 헐 말 다르고, 모르고 들을 말 따로 있다데나, 고연히 마음 들쑹거리지 말고 니

열부터 풀뿌레기 하나라도 캐야 허리…"《오자룡》

알기는 칠월 귀뚜라미ⓢ 온갖 것을 잘 아는 듯이 자랑하는 사람을 두고 놀리는 말. ¶ 그녀는 별쭝맞게도 눈치가 빨라 무슨 일엔건 사내 볼 쥐어지르게 빤드름했고 귀뚜라미 알듯 잘도 씨월거리곤 했는데,《관촌수필 4》

알기다 조금씩 갉아 내거나 가지다. ¶ …조카 녀석이 얻은 걸 다시 알겨 먹는 수법이었다.《관촌수필 1》

알 내어 먹은 자리 (무엇이) 제자리에서 흔적도 없이 사라지다. 〈곁말〉 ¶ 장 보아 온 것으로는 당면뿐인 잡채와 삶아 누른 돼지고기가 두어 자밤씩 올라 모양만 냈던 듯한데 진작 알 내어 먹은 자리로 남아 있었으며,《우리 동네 李氏》

알다리 버선이나 양말 등을 신지 않은 다리. ¶ "너 참 유림악기센터에서 부도냈던 어음은 어떡했니?" 명주가 털이 유난히 많이 난 미용사 알다리 구경에 빠졌던 눈을 건네오며 물었다.《덤으로 주고받기》

알로 까다 '매우 약다'의 낮은말. ¶ "요새 세상은 몽땅 알로 까져서 남의 사내 냄새 맡기 좋아하는 암내 난 여편네치고, 흔들구 싶으면 우선 서울을 뜨고 보거든."《엉겅퀴 잎새》

알록달록 여러 빛깔의 점이나 줄이 고르지 않게 이루어진 무늬가 밴 모양. ¶ 같은 벌레라도 꽃에서 사는 벌레는 색깔도 알록달록 아름답고 날개도 깨끗한데,《그가 말했듯》

알부자 겉보다는 실속이 있는 부자. ¶ (한은)…해마다 추수한 것을 이듬해 가을까지

놓아가는 알부자였다.《우리 동네 李氏》

알 수가 병아리 수다⑥ 결과가 뻔하다는 말. ¶"알 수 없는 일이군." 심이 중얼거리자, 주인마누라가 찌개 그릇을 들고 데우러 나가면서 메나리조인지 굿거리조인지도 모른 채 제법 아는 소리를 하였다. "뭘 알 수 없어요. 알(卵) 수가 병아리 수인데…"《산 너머 남촌》

알아야 면장을 하지⑥ 무슨 일을 하려면, 특히 윗사람이 되려면 학식과 실력이 있어야 한다는 말. ¶"…알아야 면장 한다니까 너도 면장 하려고 그러는 게냐?"《그리고 기타 여러분》

알은체 무슨 일에 관심을 가지는 듯한 태도. ¶상배가 중얼거리자 마가는 일찍이 터득한 바가 있다는 듯 알은체를 했다. 《장한몽》

알음 신의 보호. 또는 신이 보호하여 준 보람. ¶…농부만 아니라 농부의 것을 먹는 모든 사람들까지 함께 즐기고 기뻐하는 소리가 사방에서 우레처럼 들리도록 제발 덕분 알음하여지이다.《인생은 즐겁게》

알음모름하다 알 듯 모를 듯 하다. ¶…사지가 녹적지근하니 목이 타는 연고는, 그 스스로 따져 봐도 알음모름하였다.《오자룡》

알음알음 서로 아는 관계. ¶그곳에서 그는 알음알음으로 줄이 닿아 남의 과수원을 고지 얻어 짓는 지 이태째 접어든다고 했다.《관촌수필 8》

알조 알 만한 일. ¶(산) 고추가 자라는 것이 보기 좋고 함부로 따먹기가 아까워 멀거니 쳐다만 보고 있는 것을 보면 다 알조인 것이다.《땅은 아무 편도 아니다》

알지⑪ 거웃이 없는 여성 생식기의 줄임

말. ¶"…고게 떡판 두 짝은 씀 직헌데 공원이 훤한 알지거든."《야훼의 무곡》

알쩐하다 아쉽다. 〈방언〉 ¶…어머니가 문득 이마를 쳤지만 알쩐하다거나 언짢은 마음은 전혀 없었다.《추야장》

알천 재산 가운데 가장 값나가는 물건. ¶"아이고오 살림 알천이…" 하며 마누라는 다시 닭장 앞을 밝혔다.《이풍헌》

알토란 같다⑥ ① 생활이 착실하여 아무 걱정이 없다는 말. ¶"귀희 씨두 잘 있구요?" 명우는 햇볕에 눈이 부셔서 고개를 떨구며 물었다. "잘 안 있으면? 아들을 쌍알이루 낳는 바람에 좀 부산해서 그렇지, 아 살림이야 알토란 같은 살림이지."《두더지》 ② 부실한 데가 없이 옹골차서 단단하다는 말. ¶"옥동 아버지 좋겠유, 또 아들 낳아서…" "…" 복산이 어이가 없어 말을 못 찾는데 그네들은 돌아가며 한마디씩이었다. "시방 핵교 앞이 오냇과에 입원했는디유, 애두 알토란같이 여물데유."《관촌수필 6》

앓느니 죽지⑥ 이왕에 조그만 곤란을 받을 바에는 큰 곤란을 겪어 버리는 것이 낫다는 말. ¶임은 하도 말같지 않은 소리에 속이 협협하여 숫제 앓느니 죽지 하고 아예 입을 다물어 버렸다.《그리고 기타 여러분》

앓는 놈 굿힐 소리만 한다⑥ 고통스러운 사람에게 절망적인 말을 한다는 말. ¶"…양석 드는 게 아깝걸랑 느루가구 마디게 먹을 요량은 워디 두구, 허는 소리마두 앓는 늠 굿힐 소리만 더럭더럭 씨부렁대여."《우리 동네 崔氏》

앓지도 않고 갈 년⑪ 생으로 죽을 년이라

는 악담. ¶"그런데 있지, 가만히 생각해 보니 그 여편네가 다 나 들으라구, 다 나약 올리느라구 그러구 자랑하는 것 같더라니까. 그 앓지두 않구 갈 년이…" 하는 것이었다.《인생은 즐겁게》

암내 난 까치처럼⊛ (까치는 행동이 수선스럽다) 발정기의 까치는 더욱 그렇다. ¶미스 구가 암내 난 까치처럼 웃어 가며 말마중을 하는 바람에, 지서 앞에서 보초를 서고 있던 방위병들의 눈총을 맞기는 했지만, 그들은 그런대로 모처럼 괜찮게 놀아 본 느낌이었다.《우리 동네 柳氏》

암사돈 체면 수사돈 체면 따로 본다⊛ [사돈 간에는 체면을 중시하되 암사돈(안사돈 : 딸의 시어머니나 며느리의 친정어머니)과 수사돈(바깥사돈 : 사위 또는 며느리의 친아버지)의 체면은 더욱 중하므로] 깍듯이 대접한다는 말. ¶"허기사 우리네처럼 제우 양식거리나 떠는 것덜이 원제는 암사둔 체면 숫사둔 체면 따루 봤겄나만."《우리 동네 趙氏》

암치게나 아무렇게나. 〈방언〉 ¶"지방색 읊는 멍청도에 뭐 볼 게 있간디 질을 다 묻구 그런댜. 멍청도는 거기가 거깅께 내 번저두구 암치게나 가면 되는 겨."《달빛에 길을 물어》

암팡지다 (몸은 작아도) 당차고 야무지다. ¶(여자는)…보기보다 암팡지고 그악스러워 찬바람이 휘휘 도니 무슨 말을 비쳐야 미끼가 되는지 당최 요령부득이었다.《산너머 남촌》

앗다 (수수·팥 따위의) 껍질을 벗기고 씨를 빼다. ¶…싱금싱금한 청포묵 앗는 냄새는 그리 자주 맡은 게 아니었지만,《관촌수필 1》

앙가슴 두 젖 사이의 가슴. ¶이상만 옹은…막부채로 땀이 고이는 앙가슴께를 훨훨 부쳐 가면서,《장척리 으름나무》

앙물하다 원망하는 마음을 품다. 〈방언〉 ¶그네들은 앙물하여 회사 측과 계속 맞서기로 다짐하고, 공장 근처의 여인숙에 방 한 칸을 빌려 합숙소 겸 연락처로 삼았다.《우리 동네 崔氏》

앙바틈하다 (몸집이) 짤막하고 딱 바라지다. ¶면장감이 대거리할 짓둥이로 앙바틈한 몸을 뒤로 젖혀 곤댓짓을 하며 바르집어 말했다.《우리 동네 崔氏》

앙살 엄살을 부리며 반항하는 것. 또는 그러한 태도. ¶"걔가 고향에 간다고 제것 챙겨 나가길래, 가는 길에 들러서 사람이 와 있다고 이르란 게 한 시간도 넘는데 무슨 앙살을 하고 있는 거여?"《변 사또의 약력》

앙살거리다 앙알거리다. 〈방언〉 ¶"…저런 싹동배기 읊는 것이 시방 뉘 앞이서 아갈아갈 앙살그리구 자빠졌어…"《명천유사》

앙알거리다 윗사람에 대하여 원망하는 뜻으로 종알거리다. ¶그는 대수롭지 않게 듣고 시부저기 흘린 말이었으나 아내는 전에 없이 반 길은 뛰며 앙알거렸다.《산너머 남촌》

앞날(이) 훤하다 (부정적인 의미로) 미래를 예상할 수 있다. ¶제 자식은 모르면서 그 주제에 크리스마스 때 잠깐 재미 보러 꾀든 동네 식모 나무랭이와 공장 직공 녀석들한테 복음 들려주게 됐음을 때늦어하던 걸 예로 봐도 어머니의 앞날은 훤했다.《야훼의 무곡》

앞서거니 뒤서거니⊛ 앞에서 가기도 하고

뒤에서 가기도 하여 몹시 다정하게 간다는 말. ¶명천도 타고 갈 버스를 못 찾았거나, 앞서거니 뒤서거니 하여 나타나는 일행을 한데 모으고자, 가로 닫고 세로 닫고 하는 축에 뒤섞이어 갈피 없이 돌아다녔다.《달빛에 길을 물어》조패랭이와 대복 어매 그리고 자기 어머니가 앞서거니 뒤서거니 하며 걸어 나가고 있었다.《관촌수필 4》

앞(을) 다투다 서로 먼저 하려고 경쟁하다. ¶…이자가 높고 야림을 따질 겨를 없이, 앞을 다투어 당겨다 쓰지 않으면 안 되게 되었던 것이다.《우리 동네 金氏》

앞장(을) 서다 적극적으로 참여하다. ¶…마을의 곳집을 고친다거나 봇둑 보수가 있게 되면 으레 석공이 앞장서 나서야만 버그러지고 뒤틀림이 없었다.《관촌수필 5》

앞짧은소리 장래성이 별로 없거나 장래의 불행을 뜻하게 된 말마디. ¶…자칫하면 앞짧은소리부터 앞설지도 모를 일이기에 섣불리 탄할 수가 없었다.《강동만필 1》

애가 달다 몹시 마음이 쓰이어 속이 다는 듯하다. ¶문정은 그새 말이 어떻게 났는지 종작을 할 수가 없어 애가 달았다.《산 너머 남촌》

애(가) 마르다 매우 초조하거나 안타까워서 속이 상하다. ¶…속으로 멍이 들었던가 차차 전에 없던 곳이 걸리고 쑤셔, 찜질을 한다, 침을 맞는다 혼자 애말랐고,《백결》

애(가) 타다 너무 근심스럽거나 안타까워서 속이 타는 것 같다. ¶…군수만 해도 임의로 만날 수 있는 처지가 아닌 데다 설

령 그럴 수 있다 해도 그러고 다닐 시간이 없어 더욱 애가 탔다.《우리 동네 柳氏》

애들 애들 '아이들 아이들'의 줄임말. 모든 일에 아이들을 들먹이는 버릇. ¶"아저씨도 말이죠, 늘 애들 애들 하시는데 말이죠, 지금 어른이 애들보다 낫다는 게 뭐죠?…"《장한몽》

애들은 열두 번 변한다(속) 아이들은 자라면서 철이 드니 어떤 잘못이 있더라도 미리 못 박아서 말하지 말라는 말. ¶(산) 항간에서 하는 말에 애들은 열두 번 변한다는 말이 있다. 철이 들 때까지 너그러운 이해와 관용이 있으라는 곁말일 것이다. 《나는 늘 남의 책이 커 보인다》

애(를) 먹다 힘겹도록 어려움을 겪다. ¶그는 상배를 애먹이기에 더없이 좋은 계제라 싶었던 것이다.《장한몽》

애를 쓰다 마음과 힘을 다하여 힘쓰다. ¶그는…논을 연명시키기에 무던히도 애썼다.《우리 동네 柳氏》

애(를) 태우다 안타깝고 초조한 상태가 되게 하다. ¶덩달아 신경을 곤두세우며 애를 태웠던 그녀의 남편에게도 그 비슷한 선물이 주어졌으니 당뇨병이 그것이었다. 《엉겅퀴 잎새》

애매한 두꺼비 떡돌에 치인다(속) 아무 까닭 없이 벌을 받게 되었음을 이르는 말. ¶"애매헌 두께비 떡돌에 치인다더니 농사지여 도적늠만 살쪄 주고 그 죗값으로 이런 베락을 맞는개벼."《오자룡》

애면글면 약한 힘으로 무엇을 이루려고 온갖 힘을 다하는 모양. ¶그것은 물론 애면글면 몸 달아 해쌓던 면장의 체면을 보아서가 아니었다.《산 너머 남촌》

애물 애를 태우게 하는 사람이나 사물. ¶…뒤꼍에 외양간과 염소우리를 꾸민 것은 언제 보아도 속상한 애물이었다.《산 너머 남촌》

애번 단박에. 한번에. 〈방언〉¶"촌 인심을 뉘라 베려 놨간디? 야속해헐 것 읎어. 하나만 지나가두 애번 표나는 게 도시 것 덜이여…"《우리 동네 崔氏》

애벌 같은 일을 되풀이하는 때에 그 첫 번째 차례. ¶애벌 써레질까지 겸한 거였으니《산 너머 남촌》

애오라지 오직. 오로지. ¶…양목수 같은 이들도 소위 쥐대기라 하여 쓰는 사람이 없을 적부터 애오라지 그 일에만 매달려 지금처럼 선수가 된 것이었다.《산 너머 남촌》

애옥살림 애옥살이. 가난에 쪼들려 고생하여 사는 살림살이. 〈個語〉¶애초에 되지기거리도 없었던 그의 애옥살림은 농지개혁으로 섬지기거리가 차례 온 뒤에도 상환곡을 마치기까지는 여간해서 셈평이 펴이지 않았다.《산 너머 남촌》

애이 처음. 〈방언〉¶…엿밥을 애잇 짜내고 조청으로 졸일 때《관촌수필 1》

애잇머리 애초. 맨처음. 〈방언〉¶최는 큰새라는 말이 질게 얼른 넘어가지 않았으나, 무슨 뜻인지 새길 겨를도 없이 애잇머리부터 큰소리를 냈다.《우리 동네 崔氏》

애저녁 초저녁. 〈방언〉¶(산) 온종일 산돌이처럼 산을 헤매고 다녀도 품삯이 나오지 않는다 하여 발걸음이 뜸해진 것도 애저녁의 일이다.《꼴값》

앵돌아지다 ① 성이 나서 토라지다. ¶아내는 앵돌아진 채 쪼르르 건너갔다.《우리 동네 金氏》② 획 틀려 돌아가다. ¶매월당은 오망부러진 목을 비짓자루 비틀듯하며 뒤퉁스럽게 앵도라지는 꼴이 가관스러워서 한 번 더 집적거려 보았다.《매월당 김시습》

야거리 돛대가 하나 달린 작은 배. ¶"지금처럼 이스랭이가 내리구 바람만 안 일면, 야거리 아니라 마상이를 띄두 화를 치지 않아 강을 째는 것쯤은 짠지에 물 말은 밥일 텐뎁쇼."《매월당 김시습》

야금야금 잇따라 조금씩 축내거나 써 없애는 모양. ¶대복 어매가 무엇이든 야금야금 축이 나게 가져다 먹는다던 거였다.《관촌수필 4》

야긋야긋 높고 낮은 차이가 적고 어슷비슷한 모양. ¶…남을 못 속이면 이쪽이 속아 넘어간다던 도회지고 보니 생각처럼 야긋야긋하진 않을 것도 짐작 가지만《떠나야 할 사람》

야리다 정한 표준이나 기준보다 조금 모자라다. ¶"쌀 두 뒷박 평미레루 싹 갈겨 야리게 내주느니버덤, 곡가 챘을 때 챈 금으로 환전헌 게 얼마나 아쌀헌디?…"《우리 동네 黃氏》

야림 '야리다'의 명사형.¶…무슨 벼슬하는 돈이 됐건, 이자가 높고 야림을 따질 겨를 없이, 앞을 다투어 당겨다 쓰지 않으면 안 되게 되었던 것이다.《우리 동네 金氏》

야마리 '얌치'를 속되게 이르는 말. 마음이 깨끗하여 부끄러움을 아는 태도. ¶강은 매상 수입금에서 그것을 끊어 줄 속셈이었음에도, 변의 야마리 없는 짓이 마뜩찮아 부러 듣기 싫게 말했다.《우리 동네 姜氏》

야발거리다 자꾸 야살스럽고 되바라진 짓을 하다. 〈방언〉¶"나 같으면 게서 그러

고 야발거리고 앉었느니 마당에 쌓인 눈이라도 한 뭉텅이 뭉쳐다 주겠네…"《오자룡》

야발스럽다 야살스럽고 되바라지다. ¶그때 의곤이가 무람없이 말허리를 자르며 야발스럽게 어깃장을 놓았다.《산 너머 남촌》

야발장이 '야발쟁이'의 잘못. 야발스러운 사람. ¶(영표는)…항상 조용하지 못했고 언제나 덜렁거리며 시끌덤벙한 야발장이였다.《새로 생긴 곳》

야살스럽다 얄망궂고 잔재미가 있다. ¶아무리 남의 말하길 심심풀이로 삼은 야살스런 수다쟁이랄지라도 터무니가 전혀 없이는 말하기 어려우리라고 윤만은 믿었다.《추야장》※얄망궂다 : (성질이) 요망하여 까다롭고 얄밉다.

야살(을) 까다 야살스럽게 행동하다. ¶(윤칠월은)…갖은 야살 다 까며 한바탕 울어 퍼대더니, 코를 풀고 나서 하는 소리가 첫마디부터 선일이 새경 내놓으라는 거였다.《떠나야 할 사람》※야살 : 얄망궂고 되바라진 말씨나 태도.

야살쟁이 야살스러운 사람. ¶…언년이 같은 야살쟁이도 무엇 한 가지 알아낸 것이 없었다.《더더대를 찾아서》

야스락거리다 입담 좋게 자꾸 말을 늘어놓다. ¶…곽종길이는 문정을 보자마자 붙잡고 허드렛장단으로 사뭇 야스락거려 쌓는데, 그 몰골의 추레함이란 차마 자닝스러워서 보다가 못 볼 지경이었다.《산 너머 남촌》

야젓잖다 얌통머리가 없고 의젓하지가 않다. 〈방언〉¶(그녀는)…오종종하고 야젓잖은 짓을 싫어했으니 시부모와 그 떨거지들 보기에는 헤프고 규모 없는 짓으로밖에 여겨지지 않았을 거였다.《관촌수필 3》※야젓하다 : 태도나 됨됨이가 옹졸하거나 잘지 않아 점잖고 무게가 있다.

야짓잖다 야젓잖다. 〈방언〉¶"그러구 보니께 춘자 아버지는 동네 젊은이들이 본뜨게 모범스럴라구 그런 야짓잖은 짓만 통통 했던가 뵈…"《우리 동네 黃氏》

야코 죽다(바) 기죽다. ¶문정은 윤 양이 생각보다 당돌한 데에 야코가 죽어서 어른 노릇 하기가 어느 때보다도 불편하였다.《산 너머 남촌》

야틈하다 조금 얇은 듯하다. ¶이 산 9번지 일대는 몇 해 전부터 판잣집으로 좁다. 유지로 덮인 야틈한 지붕들은 구름이 스쳐 간다거나 벼락이 떨어질 염려 없어 좋을 게다.《야훼의 무곡》

약방에 감초(속) 어떤 일에도 빠짐없이 참석하는 사람이나 불가결의 물건을 비유하는 말. ¶(산) 그날의 기분이나 건강과 상관 없이 남들처럼 웃고 몇 마디 지껄이며 함께 즐거워해 줘야 한다. 아니 그런 척해야 한다. 하릴없이 한방에 감초 구실이다.《아픈 사랑 이야기》

약비 꼭 필요한 때에 내리는 비를 일컫는 말. ¶이런 때 더두 말구 약비나 한 보지락 쏟아지면 오죽이나 시원할뎌.《장척리 으름나무》

약빠르다 약고 눈치가 빠르다. ¶채는 조 순경에게 물러나자는 시늉을 하였으나 조가 차츰 심문조로 나오자 약빠르게 내빼 버리고 말았다.《산 너머 남촌》

약빨리 약빠르게. ¶…어떤 문단 호사가 하나가 마침 들렀다가 보고 그대로 약빨

리 집어 갔기 때문이었다.《강동만필 2》

약에 쓰려도 없다(속) 무엇을 구하려고 아무리 애써 찾아도 조금도 구할 수 없다는 말. 눈에 약 할래도 없다. ¶"저승길엔 길요강도 안 쓰는가…너무 깨끗했구먼. 약으로 쓸래도 요강 깨진 사금파리, 질그릇 깨진 이징가미 한 조각을 구경할 수 없으니."《산 너머 남촌》

약(을) 올리다 화나게 하다. ¶"이 뜨벵이 촌것들아…" 우리들은 약을 올리며 기를 꺾었다.《관촌수필 4》

약(이) 오르다 고추 따위가 잘 자라 자극적인 성분이 많아지다. ¶"우램 아버지. 워디 암디나 가서 싸게 애꼬추 좀 따오뉴. 약 오른 늠으루 골러서…"《우리 동네 黃氏》

약종발 약종지.〈방언〉¶…앓아 누워 약 먹기 싫다고 몸부림치며 울어대면 약종발을 든 채 그 큰 눈이 눈물에 젖으며 함께 아파하기를 마지않던 그녀였다.《관촌수필 3》

얄금얄금 '야금야금'〈방언〉¶(갱엿을)…얄금얄금 베어 먹는 재미란 이제 와 돌이켜 생각해 봐도 역시 진미였다.《관촌수필 1》

얄스라하다 얄브스럽다.〈방언〉조금 얇은 듯하다.〈個語〉¶지나가던 바람이 알아보고 소녀 곁에 얄스라한 분홍색 얼룩 점박이의 그녀 스커트를 만지작거리고 있었다.《장한몽》

얄얄하다 여리고 얄브스름하다.〈個語〉¶나는…그녀의 두 어깨를 우악스레 덥석 안으며 보얗고 얄얄한 왼쪽 귓불을 조심조심 핥아대기 시작했다.《그가 말했듯》

얄핏하다 (몸매가) 가냘프다.〈방언〉¶김 승두 여편네가 얄핏한 틀거지 값으로 드

레없이 깝신거리며 나대는 통에,《우리 동네 柳氏》

얇웃얇웃 얇디얇은 모양. ¶양식장에서 건져 온 갯가재의 의여번듯 싱그러운 태깔이나 얇웃얇웃 하니 손바닥만 한 도다리 새끼들의 아가미짓이 자꾸만 서글프게 뵈던 것이다.《낙양산책》

얌하다 냠냠하다.〈방언〉음식을 먹고 난 후에 더 먹고 싶은 입맛. ¶…나는 허기진 판이라 개마저 꺼려하던 것이었지만 허발 대신 하며 먹었고, 그러고도 양에 안 가노상 입맛이 얌하여 껄떡거리기가 일쑤였다.《관촌수필 5》

양냥거리다 만족하지 못하여 짜증을 내며 자꾸 종알거리다. ¶옹점이가 망상스럽게 양냥거렸던 것은 최 서방이 사랑의 걱정을 듣게 하려는 속셈이었다.《명천유사》

양념딸 고명딸.〈방언〉¶(산) 그런 집에서 양념딸로 태어나 물 한 방울 안 튕겨 보고 과년에 이르렀던 모친은 어쩌면 별종이었던 것인지도 몰랐다.《지금은 꽃이 아니라도 좋아라》

양다리(를) 걸치다 두 가지 입장을 취하다. 양쪽에서 이익을 보기 위해 두 편과 모두 관계를 가지다. ¶흑포어협과 양다리를 걸치고 있던 사갑종이도 최보다 못지않았다.《해벽》

양반은 물에 빠져도 개헤엄은 안 한다(속) 양반은 아무리 궁한 처지에 있거나 위급한 때를 당하더라도 체면과 행세를 굳게 지킨다는 말. ¶(산) 결코 물에 빠져도 개헤엄은 안 친다는 기질 몇 가지만 본받을 수 있다면 그것으로 족하다는 것이다.《아픈 사랑 이야기》

양반은 얼어 죽어도 겻불은 안 쬔다(속) 양반은 물에 빠져도 개헤엄은 안 한다. ¶(산) "양반은 얼어 죽어도 겻불을 안 쬔다는 속담은 어떤가?…"《사상기행①》

양반 죽은 동네 없고 상사람 살 만한 부락 없다(속) 민중은 어디를 가도 편한 데가 없다는 말. ¶나라 안 구석구석마다 양반 죽은 동네 없고 상사람 살 만한 부락 없다던 것이 옛적부터 일러 오던 말이었다. 《오자룡》

양반 학교 다니며 싸라기밥에 반토막 반찬만 먹었나(속) 아무나 얕잡아 보고 함부로 반말과 욕설을 하는 사람을 비아냥거리는 말. ¶그러나 이제는 군령 미달의 어린 것들한테서도 혼자 양반 학교 다니며 싸라기밥에 반토막 반찬만 먹었더냐고 아무 데서나 곤댓짓을 당하기가 예사였다.《변 사또의 약력》※양반 학교에 다니다 : 아무나 얕잡아 보는 사람을 힐난하는 말.

양상군자(梁上君子)(속) 들보 위의 군자라는 뜻으로, 도둑을 완곡하게 이르는 말. ¶(산) 하룻밤 사이에 완성한 600장짜리 소설을 짝없이 무식한 현지의 양상군자에게 도둑맞아 다시는 복원이 불가능한 깊은 상처를 아물리고,《산악문학의 시작》

양잿물같이 지독한 놈(비) 극약(劇藥)에 빗댄 욕설. ¶"양잿물같이 지독한 놈." 그에게 몇 푼 빌려 썼다가 덴 장사치인 모양이다.《생존허가원》

양포(兩包) 먹히고 상장(象將) 받는 얼굴(속) 낭패스러워서 어쩔 줄 모른다는 말. ¶나는 김샌 세상이라고 맞장구를 쳤고 "도적놈도 입은 공자 왈 맹자 왈인께…" 오 선생은 양포(兩包) 먹히고 상장(象將) 받는 얼굴로 떨떠름하고 있었다.《만고강산》

어간재비 '키가 크고 몸집이 큰 사람'을 놀리는 말. ¶"저 아이야 장마에 쭉은 수숫대같이 키만 있는 어간재비라 아무 한 일이 없으니 집에 두고 와도 무방할 듯했소이다만…"《매월당 김시습》

어거리풍년 썩 드물게 보는 큰 풍년. ¶"올 같은 어거리풍년에두 벌써 내년 보릿동에 해톨댈 걱정을 허슈?"《우리 동네 李氏》

어겹 한데 뒤범벅이 됨. ¶그러면서도 그는 뭇사람들과 어겹되어 갯물 민물 없이 함께 후덩거리기는 싫었다.《우리 동네 李氏》

어그러뜨리다 어그러지게 하다. ¶(산)…중편소설을 약속한 작가가 막판에 와서야 어그러뜨리는 통에《창비의 보릿고개와 보리밥》

어그럽다 너그럽다. ¶그믐산이의 본성은 신실, 결곡하기 다시없었고 어그러웁기 또한 그믐 없던 위인이었다.《오자룡》

어그리다 어기다. 〈방언〉 ¶…백중날 호미씻이해 온 전례를 한 번도 어그린 적이 없었다.《명천유사》

어근버근하다 마음이 서로 맞지 않는 모양. ¶"그나저나 상제덜이 워쩨 잔뜩 볼 물어가지구 서루 어근버근허는 것 같으니 웬일이래유…"《장곡리 고욤나무》

어금니를 악물다 치솟는 분노를 참다. ¶"옷시, 요댐이 보자" 하면서 어금니를 악물었고, "옷시, 네늠의 집구석, 월마나 견뎌 내나 겨룸허자…" 하고 벼르기도 했다. 《관촌수필 4》

어금막히다 서로 엇갈리게 놓이다. ¶…그렇게 어금이 막히는 사람과 마주치면 사

람과 사람 사이에 위아랫물이 지는 것이
마땅치 않을 뿐 아니라 뒷맛도 영 개운치
가 않았다. 《산 너머 남촌》

어기대다 반항하는 말이나 행동으로 순종
하지 않고 빗나가다. ¶정임출이는 그래서
웃는 것이 아니라고 어기대면서 저 먼저 우
스개로 발명을 하였다. 《산 너머 남촌》

어기차다 기세가 세차다. ¶…비만 좀 어
기차게 내리면 드러난 바닥이 깎이고 쓸
려 뱃길에 쌓이곤 한 탓도 모른 척할 수
없을 요인인 것이었다. 《해벽》

어깃장(을) 놓다 짐짓 어기대는 행동을 나
타내다. ¶…지자제와 선거 선심이란 말
에 귀가 솔깃하여 정말 참고 기다려 보기
로 작정을 해서 그랬는지, 효근이는 더 이
상 어깃장을 놓으려고 하지 않았다. 《장곡
리 고욤나무》

어깻부들기 어깨의 언저리. ¶…본래 어
깻부들기가 바지게 멜빵에 여문 봉득이마
저 어언간에 경아리가 다 된 양으로 반지
빠르게 나대는 꼴은 《산 너머 남촌》

어녹이치다 여기저기서 널리 얼다가 녹다
가 하다. ¶두렁이 어녹이치다가 허물어
졌어도 집집이 가래질에 게으르니 일을
미루는 두락마다 작년의 묵은때가 켜켜로
더뎅이져 있었다. 《산 너머 남촌》

어느 구름에서 비가 올지ⓢ 일은 되어 보
아야 알지 미리 짐작하기 어렵다는 말. ¶
"한시라도 빨라야 좋단 말야. 너 어느 구름
에 비 올지 어떻게 아니?" 《야훼의 무곡》

어느 장단에 춤추랴ⓢ 어떤 일을 주관하
는 사람이 많아 누구의 말을 따라야 할지
알 수 없음을 비유적으로 이르는 말. ¶탁
봉 영감네 밭마당에 이르도록 어느 장단

에 춤을 춰야지 들충나무집은 갈피를 잡
지 못했다. 《떠나야 할 사람》

어느 천년에 어느 세월에. 얼마나 뒤에.
¶밤낮 제사만 지내다 판낼 것두 아니구,
접때 산 양초 여레들 자루는 어느 천년에
나 다 쓸 건지 원. 《장척리 으름나무》

어느 코에다 바르겠나ⓢ 물건이 적어서
나누기에 심히 곤란한 경우를 두고 이르
는 말. ¶보리 세 가마 매상해 봤자 찢어
발길 구멍이 하도 많아, 어느 코에 찍어
바를지 모르겠다며 안된 얼굴을 하고 있
는 정승화나, 먹을 만큼 살아생전 남의 입
성에 한눈팔 줄 모르던 조태갑이도 말이
없기로는 신이나 다름이 없었다. 《우리 동
네 姜氏》

어느 코에 들어가는지 모른다ⓢ (먹을 것
은 적고 입은 많아서) 먹잘 것이 없다는
말. ¶"…이렇게 칡뿌리 한 짐을 해 가도
어느 코에 들어가는지 모르게 감뭇 불티
달아나듯 하고 맙지요." 《매월당 김시습》

어둑발 땅거미. 〈방언〉 ¶(산) 금방 무엇
이 내릴 듯이 온종일 끄느름하던 하늘에
서 어느덧 어둑발이 내리고 있었다. 《사상
기행①》

어둑어둑 사물을 뚜렷이 분간할 수 없을
만큼 어둡다. ¶서너 차례 마신 술이라 이
젠 얼근했다. 주위가 어둑어둑했다. 《야
훼의 무곡》

어둑하다 되바라지지 않고 어수룩하다.
¶금계는 술을 한 순배 권하더니 어둑한
음성으로 물었다. 《토정 이지함》

어디어디 어디와 어디. ¶"자네 오늘 어디
어디 돌아다녔어?" 《덤으로 주고받기》

어떠어떠하다 (어떤 성질이나 상태가) 어

떠하고 어떠하다. ¶(산)…어떠어떠한 인물들이 그 동인가 하고 '낯선 사람들'의 면면에 대하여 관심을 해 본 일도 없었다. 《창비의 보릿고개와 보리밥》

어레미 바닥의 구멍이 굵은 체. ¶아버지는 볍씨를 몽그릴 채비로 시렁에서 어레미를 내려오면서 일매지어 말했다. 《산너머 남촌》

어렴성 남을 어려워하는 기색. ¶"그래 너는 몇 살이나 되었다더냐?" 그러자 그녀는 아무 어렴성 없이 아는 대로 대꾸했다. 《관촌수필 1》

어령칙하다 기억이 뚜렷하지 않다. ¶"저 미쓰 오유—" 그녀가 그중 나이를 덜 먹은, 아까 본 그 분홍색 팬티일는지, 얼굴에 관심이 없었기로 어령칙할 뿐 자신할 수는 없었다. 《해벽》

어루더듬다 마음속으로 이것저것 짐작하여 헤아리다. ¶강은 점심시간이 훨씬 겨워 공판장이 되살아난 뒤에야 그네들이 하는 일의 졸가리를 대강이나마 어루더듬을 수 있었다. 《우리 동네 姜氏》

어루잡다 나름껏 짐작하다. 〈個語〉 ¶짐작이 천 리 가던 그녀도 보리 수매가 그렇게 될 줄은 미처 어루잡지 못했던 것이다. 《우리 동네 姜氏》

어르고 뺨 치기(속**)** 그럴듯한 말로 꾀어서 은근히 남을 해롭게 함을 이르는 말. ¶그자의 말은 제법 너벗한 듯했으나 그것도 새겨듣기 나름이었다. 어르고 뺨 치는 꼴이나 하고, 다만 한통속이란 것만 분명할 뿐이었다. 《오자룡》

어른 말을 들으면 자다가도 떡이 생긴다(속**)** 어른이 시키는 대로 하면 실수도 없을 뿐만 아니라 여러 가지 이익도 생긴다는 말. ¶"으른 말 잘 들으면 자다가두 떡을 읃어먹는 벱인디, 배운 사람덜이 워째 내 주장만 있구 바깥 귀는 읎는 겨?…" 《우리 동네 崔氏》

어름 ① 어떠한 장소의 경계 부근. ¶들마루와 가로닫이 문지방 어름을 가량해 보니 고작 네 발짝이면 황의 뒷덜미에 손이 닿게 되어 있었다. 《장한몽》 ② 어떠한 시간의 부근. ¶그 이튿날 해돋이 어름이 되자마자 석공은 우리집에 인사를 왔었다. 《관촌수필 5》

어름거리다 어리숭한 짓으로 우물쭈물하다. ¶이발소 안에는 젊은 사내 몇이 난롯가에 둘러서서 어름거리고 있었는데, 《관촌수필 2》

어름대다 어름거리다. ¶그자는 이미 숨겨 버렸구나. 최선을 다하지 않은 탓이지. 네 덕이나 보려고 어름댄 대가였어. 《부동행》

어름어름 어리숭한 말이나 행동으로 우물쭈물하는 모양. ¶(마는)…그다음 할 말에 궁색함을 느껴 어름어름 뜸을 들였다. 《장한몽》

어름하다 어중간하다. 〈방언〉 ¶모래미에선 세안 세초에 토정비결만 봐줄 줄 알아도 그 어름한 대목은 담뱃값쯤 아쉽잖게 너끈히 뜯어 쓰는 판이었다. 《추야장》

어리 ① 문을 다는 곳. ¶(정은)…마침 움켜쥔 것이 대문 어리에 빗겨 세워 놨던 넉가래 자루라 차마 내던지지는 못하고 눈만 지릅떠 부라렸다. 《우리 동네 鄭氏》 ② 병아리 따위를 가두어 기르기 위하여 채를 엮어서 둥글게 만든 것. ¶"쥐라 빙

아리를 쏠락쏠락 물어 가두 어리를 고치
든가 둥어리를 새루 매달 생각은 않구설
랑…”《해벽》

어리눅다　일부러 어리석은 체하다. ¶송
씨네는 안이나 사랑이나 그런 궁합이 없
게 어리눅도록 무던하여, 비록 동네에 막
된 것이 있어 마주치더라도 먼저 다가서
며 내색을 덮을 사람들이었다.《우리 동네
張氏》

어리눅스름하다　어리숭하다.〈방언〉보기
에 어리숙하다. ¶“사람이 어리눅스름해
주는 것두 가량이 있는 겨. 논바닥에 죄
스며든 것을 돈으로 쳐줘? 물을 도루 챗
어가?”《우리 동네 金氏》

어리뜩하다　말이나 하는 짓이 똑똑하지 못
하다. ¶그는 본래가 들먹고 어리뜩하여,
하라면 하라는 대로 아주 줏대 없이 넘어
갔는데, 그렇게 해야만 수더분하고 착하
게 알아주며, 그것이 곧 대접이라고 믿는
어리무던한 사내의 본보기였던 것이다.
《우리 동네 姜氏》

어리마리하다　잠이 든 둥 만 둥 하여 정신
이 흐릿하다. ¶…이리 뒤척 저리 뒤척 고
뿔 없는 몸살을 하다가 어슴새벽에야 어
리마리하게 잠이 덧들었는데 시작이 바로
꿈이었구나.《매월당 김시습》

어리무던하다　어련무던하다. 별로 흠이
없고 무던하다. ¶술청에는 늘 어리무던
하여 보리동지로 호가 난 손물이《토정 이
지함》

어리배기　어리보기. ¶그들이 그만큼 어
리배기 숙맥으로 쳐왔던가 생각하니, 속
에서 점잖지 못한 소리가 저절로 치밀어
올랐다.《우리 동네 張氏》

어리보기　얼뜨고 투미한 사람. ¶그 무렵
의 나는 겨우 중학 이년생의 어리보기였
지만, 도대체 어찌하여야만 그의 성의에
조금이라도 보답할 수 있을는지 궁리하지
않으면 안 되었다.《관촌수필 5》

어리숙하다　어수룩하다. ¶그런 어리숙한
엿장수가 제물에 걸려들었다는 것을 바라
지 않던 부조요 횡재로만 여겨질밖에 없
었다.《관촌수필 3》

어리어리하다　어이가 없어서 어쩔 줄을 모
르다.〈방언〉¶보고도 영문 모를 소리
에 어리어리하고 있던 귀영이 “아이…나
강냉이나 사 주지” 하며 힘없이 돌아선
다…《이삭》

어리장수　닭이나 오리 따위를 어리나 장에
넣어서 지고 다니면서 파는 사람. ¶…닭
오리 토끼 거위 염소 개 따위를 흥정해다
가 잡아서 음식점에 넘기는 어리장수들이
고작이었음은 묻지 않아도 알 만한 일이
었다.《산 너머 남촌》

어리전　닭·오리 따위를 파는 가게. ¶그
녀가…어리전이나 드팀전을 보아 제 몫
은 하던 장돌뱅이 총각의 눈독을 한 몸에
받고 있었음은 당연한 일이었다.《관촌수
필 3》

어리중천　‘이승도 아니고 저승도 아닌 허공
가운데’를 뜻하는 말. ¶(까마귀가)…까옥
까옥하고 짖어댈 때마다, 혹 무슨 말 못 할
원을 품고 죽어서 갈 데로 못 가고 어리중
천에 헤매는 원혼이 씌워, 그 한풀이 호소
를 대신해 주는 것이나 아닌가 싶던 생
각도 되살아났다.《더더대를 찾아서》

**어린것하고 놀면 하루에 세 번 거짓말한
다**속　사람을 사귀되 인격자와 사귀라는

말. ¶아서라, 어린것하고 놀면 하루에 세 번 거짓말하고, 남의 말 다 들어주면 목에 칼 벗을 날이 없다거든…《산 너머 남촌》

어린애 입 잰 것㈜ 아무 데에도 쓸데없고 두어 두면 오히려 해로운 것이란 말. 무용 지물. ¶“…저희 강놈들은 원체 막된 것 들이라 요즘 장안에 나도는 속담 그대로 돌담 배부른 것, 사발 귀떨어진 것, 어린 애 입빠른 것 못지않게 쓰잘데없는 것이 오니, 선생님께서는 아무쪼록 참작하시지 않으심이 옳을까 합니다.”《토정 이지함》

어림 대강 짐작으로 헤아리는 것. ¶수확 이 보잘것없으리라는 것은 뽕나무 뿌리를 뒤질 때 이미 어림 본 터였다.《우리 동네 李氏》

어림 서 푼어치도 없다㈁ 도저히 당할 수 가 없음을 강조하여 이른 말. ¶옹점이는 나를 걸리거니 업거니 해 가면서 묵집을 따라간다. 그러나 막상 창질을 하게 되면 옹점이는 어림 서 푼어치도 없었다.《관촌 수필 6》

어릿간 말, 소 따위를 들여 매어 놓기 위하 여 사면을 둘러막은 곳. ¶염소 어릿간 바 람막이로 둔 나뭇가리 이쪽 이장네 보리 밭에서는,《우리 동네 崔氏》

어릿거리다 말과 행동이 활발하지 않고 생기 없이 움직이다. ¶…대문 앞에 서서 바가지에 얻어 가던 어린 거지와 추녀 밑 에서 먹고 가던 늙은 비렁뱅이가 어릿거 릴 때마다, 아무 말 없이 밥을 차려 내다 주게 하던 어머니 얼굴이 불현듯 떠오르 고,《관촌수필 5》

어릿어릿 자꾸 어릿거리는 모양. ¶…그 영상과 여운이 머릿속에 가득 들어 있어

어릿어릿 움직이고 있기에 잠이 오지 않 았나 보았다.《장한몽》

어물어물하다 말이나 행동을 시원스럽게 하지 못하고 꾸물꾸물하다. ¶풋고추 꼭 지를 따던 이모가 웬일이냐 묻는 말엔 지 나다 들렀다고 어물어물했다.《다갈라 불 망비》

어물저물하다 말이나 행동을 분명히 하지 못하고 이랬다 저랬다 하다. ¶어물저물 하다 과세해 버리면 마른 봇판에 누가 돈 보따리 들고 소전 보러 나오며《암소》

어부슴 음력 정월 보름날, 그해의 액막이 나 발원의 뜻으로 조밥을 강물에 던지어 고기가 먹게 하는 일. ¶불과 서너 해 전 만 해도 음력 정월 대보름이면 어부슴 따 위 하찮던 일도 지심껏 지냈음을 기억하 고 있다.《해벽》

어사리 그물을 쳐서 한꺼번에 많은 물고기 를 잡는 일. ¶…나가는 족족 어사리하다 시피해 만선하기가 일쑤였지만,《해벽》

어서어서 ‘어서’를 더 강조하는 말. ¶…어 서어서 세월이 흘러가 모든 게 숙명과 팔 자소관 혹은 악몽이었다는 것을 회고해 볼 처지로 변했으면 하는 심정인 것 같았 다.《장한몽》

어섯 사물의 한 부분에 지나지 않는 정도. ¶“빙충맞기는…상식을 터득하는 데는 선 생이 따로 있는 것도 아닌데, 넌 언제까지 나 그렇게 매사를 어섯만 보고 징검댈 참 이냐…”《산 너머 남촌》

어수룩이 어수룩한 사람. 〈방언〉 ¶“…암 만 생각해 봐도 최 마름이 땅 두고 묵힐 어수룩이는 아니잖남…”《오자룡》

어스럭송아지 크기가 중간 정도 될 만큼

자란 큰 송아지. ¶(산) 장날 쇠전을 가 보면 목매기, 코뚜리, 어스럭송아지…할 것 없이 소가 보통 수백 마리가량 나 있다. 《지금은 꽃이 아니라도 좋아라》

어스름 조금 어둑한 상태. 또는 그런 때. ¶…묵은 집들은 뒤꼍마다 저물어서 어스름이 서리고 《산 너머 남촌》

어슬녘 조금 어둑어둑한 무렵. ¶빛이야 보름달에다 견줄까마는, 먼동이 부여하고 동살이 건넛산에 먼저 잡혀서 어슬녘의 너울을 벗긴 뒤에도, 《장동리 싸리나무》

어슬렁어슬렁 몸집이 큰 사람이나 짐승이 몸을 조금 흔들며 계속 천천히 걸어 다니는 모양. ¶상배는 어슬렁어슬렁 그쪽 패들한테로 옮겨 갔다. 《장한몽》

어슬막 어스름. 〈방언〉 ¶방 안이 그냥 아웅한 꼴을 보면 바깥도 아직 어슬막이련만, 《우리 동네 崔氏》

어슬어슬 (날이) 어두워지거나 밝아질 무렵에 둘레가 조금 어두운 모양. ¶밖은 아직도 어슬어슬하니 해가 뜰 생각도 않을 시간이었다. 《관촌수필 6》

어슬하다 조금 어둡다. ¶…여우는 해만 어슬해도 뒷동산에 내려와 동네를 내려다보며 울어, 아이들이 밖을 내다보기조차 떨떠름히 여기게 하였다. 《이모연의》

어슴 어스름. 〈방언〉 ¶그러면 새벽 어슴이 영창을 비추고 있었으며 의걸이 말코지에 허옇게 서 있는 것이 얼핏 띄었는데, 《관촌수필 6》

어슴새벽 조금 어둑하고 희미한 새벽. ¶…보령의 시골집에 내려가 있던 토정이 이렇게 청라동을 떠난 것은 그저께 어슴새벽이었다. 《토정 이지함》

어슴어슴하다 주위가 어슴푸레하다. 〈방언〉 ¶…느닷없는 인기척에 부딪힌달지라도 이상스럴 게 없도록 어슴어슴한 새벽이었다. 《추야장》

어슷비슷하다 큰 차이 없이 서로 비슷하다. ¶조가…개펄을 새로 개척하자 그와 처지가 어슷비슷한 사람들도 앞을 다퉈 뒤를 따랐다. 《해벽》

어슷어슷 여럿이 다 한쪽으로 조금 비뚤어진 모양. ¶…약 오른 풋고추를 어슷어슷 쑹덩거려 맵짤하게 졸인 생갈치 《越夏抄》

어슷하다 한쪽으로 조금 기울어지거나 비뚤다. ¶…남 씨는 들은 대구도 않고 내 옆으로 어슷하게 앉은 서 씨를 빗보면서 드렁조로 말했다. 《강동만필 3》

어여 어서. 〈방언〉 ¶"인마, 어여 집에 가서 자빠져 자." 《유자소전》

어여버젓하다 '어엿하고 버젓하다'의 줄임말. 당당하고 떳떳해 조금도 굽힐 만한 것이 없다. ¶"제사를 지내두 왜 영감님께서 지낸데유, 어여버젓하게 약혼자가 있는디." 《떠나야 할 사람》

어연번듯하다 세상에 드러내 놓기에 아주 떳떳하고 번듯하다. ¶(상춘은)…열 아들 중에 말마딜 해도 그중 어연번듯하게 했고, 그만큼 얼굴도 넓었다. 《이 풍진 세상을》

어영부영 적극성이 없이 나태하게 행동하는 모양. ¶…그러다가 보릿고개나 맞아 놓으면 어영부영 다시 또 황 씨네 일 년 농사에 머슴 되어 시달리기 십상이겠던 것이다. 《암소》

어우르다 덤비다. 〈방언〉 ¶…피사리는 언제 해 줄 거냐면서 대놓고 따지고 어우르는 고약한 땅임자도 있었다. 《산 너머 남촌》

어웅하다 굴이나 구멍 따위가 쑥 우므러져 들어가 있다. ¶쌍둥이네 오막살이는 박소근이 같은 좀씨도 어깨를 내려야 드나들 수 있을 만큼 좁고 낮고 어웅하였다. 《토정 이지함》

어장이 안되려면 해파리만 끓는다(속) 바라던 일은 안되고 엉뚱한 일만 생김을 비유하여 이르는 말. ¶"어장이 망할라먼 해파리만 끓더라구 사포곶이 망할라닌께 양복쟁이딜만 꾀들었단 말여…"《해벽》

어적어적 꽤 단단한 물건을 깨물어 단번에 부스러뜨릴 때 잇따라 나는 소리. ¶참게를 잡으면 그 자리서 배꼽만 떼어 내고 그참 어적어적 씹어 먹었다. 《해벽》

어정걸음 한가로이 이리저리 천천히 걷는 걸음.〈個語〉¶판막이는 무슨 속인지 계속 어정걸음 기척만 낼 뿐 좀처럼 빗장을 벗길 성싶지가 않았다. 《오자룡》

어정뜨다 마땅히 할 일을 제대로 하지 아니하여 탐탁하지 않다. ¶"저냥덜 죄 어정뜨니 집구석이 진동항애리가 열이먼 뭣하겠난 말여…"《해벽》

어정버정 하는 일 없이 이리저리 천천히 걷는 모양. ¶그러나 거듭거듭 되뇌이듯이 어정버정 미룩거리다가 우습게 그칠 수는 없다는 것이 문제로 남은 거였다. 《장한몽》

어정칠월 개장국에 하루 잔 막걸리 후줏국 같다(속) (사람이) 마음에 들지도 않고 미덥지도 않다는 말. ¶…봉득이마저 어언간에 경아리가 다 된 양으로 반지빠르게 나대는 꼴은, 어정칠월 개장국에 하루 잔 막걸리 후줏국만큼이나 시금털털해서 당최 마뜩치 않을 뿐 아니라 차츰 스스럼

이 자리를 잡아 길래 버성길 듯한 조짐까지 가늠이 되는 것이었다. 《산 너머 남촌》
※후줏국 : 술 따위의 진국을 떠낸 뒤에 다시 물을 부어 두 번째 떠낸 묽은 액체.

어제 죽어 오늘 장사 지냈다(속) 오늘 죽어서 어제 장사 지냈다는 격. ¶그런 사내들이 자기네들 잘난 백정, 이쪽을 헌 정승으로 알며 부질없이 어제 죽어 오늘 장사 지냈다는 투로 수작이 장난일 때마다, 그녀는 그들을 우습게 보고 허드레 객담으로 받아넘길밖에 다른 수가 없었다. 《우리 동네 柳氏》

어줍다 말이나 행동이 익숙지 않아 서투르고 어설프다. ¶영두는 못나게 어줍어하면서도 되도록 헐쭉하고 만만한 여관을 물색했으면 싶어 거듭 쭈뼛거리다가 겨우 주차장이 없는 곳으로 골라잡았다. 《산 너머 남촌》

어중이떠중이 각 방면에서 마구 모인 탐탁하지 못한 사람들을 통틀어 낮잡아 이르는 말. ¶…그렇게 사람으로 쳐주지 않아 온 것들이 북적거려 싼거리로 놀 수 있다는 소문에, 어중이떠중이까지 쏠려 들게 됐다던 거였다. 《엉겅퀴 잎새》

어지저지하다 느닷없는 일을 당하여 갈피 없이 우물쭈물하고 어름거리다.〈방언〉¶…이튿날은 전화 한번 걸어 볼 틈도 없이 바빠 하루가 미루어지고 그다음 날도 어지저지하며 겨를 없이 다시 하루를 저물리는 바람에 실현되지 않았다. 《관촌수필 5》

어질더분하다 마구 어질러 놓아 지저분하다. ¶…근래에 들어서야 어질더분해진 시야를 맞아 그 결김으로 자기 앞에 가로막힌 바다보다 더 두꺼운 벽에 부닥뜨렸

음을 자각한 것 같았다.《해벽》

어질어질 현기가 나서 눈이 캄캄해지고 자꾸 어지러운 모양. ¶한 대만 맞아도 눈에 불티가 일면서 머리가 휘둘리어 어질어질하였다.《유자소전》

어쩌구저쩌구 어쩌고저쩌고. '여차여차(如此如此)'를 익살스럽게 하는 말. ¶"…아까 미쓰 윤더러 선비가 어쩌구저쩌구 해쌓더니…선비는 이불 속에서도 공자 왈이냐구?"《산 너머 남촌》

어쭈어쭈 까불거리며 우쭐대는 모양을 조롱하여 이르는 말. ¶우리들은 어쭈어쭈 춤을 추는 옹점이의 자주 댕기를 따라 신작로에 이르고, 미루나무 그늘에 들어서서 잠시 땀을 들이고 있었던 것이다.《관촌수필 3》

어쭙잖다 어쭙지 않다. 말과 짓이 분수에 넘치는 점이 있다. 대수롭지 않다. ¶…어쭙잖은 잡념으로 이러지도 저러지도 못하고 엉거주춤 서 있던 나는, 나 자신도 모르게 흠칫 놀라지 않을 수 없었다.《관촌수필 2》

어찌어찌하다 이래저래 어떻게 하다. ¶필성은, 그때의 그 여학생이 어찌어찌하여 지금은 자기 아내가 되어,《이삭》

억장(이) 무너지다 (슬픔이나 고통이 지나쳐) 매우 절망하다. ¶(엄은)…사흘이 못 가서 억장이 무너지는 소리를 듣게 되고 말았다.《산 너머 남촌》

억지 춘향이⑤ 사리에 맞지 않아 될 듯 싶지 않은 것을 억지로 함을 이르는 말. ¶억지 춘향 따로 없이 혼인이나 해 놓고 보기로 명년까지는 버텨 가며 대책을 세운대도 가파른 판인데, 능애의 배만은 하루가 다

르게 자라고 있는 판이니 그 답답함을 어떻다 표현할 수 있으랴.《추야장》

억짓손 억지를 써서 해내는 솜씨. ¶윤 양의 재우친 억짓손에 대책이 없어 문정은 얼른 좌우를 둘러보았다.《산 너머 남촌》

억척보두 심성이 굳고 억척스러운 사람. ¶가만히 들앉아 있어도 군소리가 삼동네를 도는 억척보두여서 길에서 만난 애들까지 비켜 갈 만큼 늘 서슬이 서 있던 그녀였지만, 생전 모르고 살 것이 느닷없이 마당을 미어 놓으니 놀라지 않을 수가 없었던 것이다.《우리 동네 柳氏》

억패 우격다짐으로 쓰는 억지. 〈방언〉 ¶"…농민이 모질음을 써 가며 뛰지 않는다고 해서 함부로 억패를 하거나 푸대접을 한다면 그게 즉 후진국이라는 증거야."《산 너머 남촌》

억패듯 사정없이 마구 협박하는 모양. ¶아무 소리도 없는 것이 종주먹을 들이대며 억패듯이 욱대기질을 하는 데에 질려 아이가 대꾸를 주저하는 모양이었다.《산 너머 남촌》

언걸 남의 일 때문에 당하는 괴로움이나 해. ¶…걸핏하면 관청에 투서질하는 것이 애국이며 충효 사상이라고 믿는 동네이므로, 애매하게 그 언걸에 치여 눈총받아 가며 살 일도 떠름했지만,《우리 동네 李氏》

언뜻언뜻 지나는 결에 잇따라 나타나는 모양. ¶문정은 그런 망측한 이야기가 언뜻언뜻 되살아날 때마다 진저리를 쳤다.《산 너머 남촌》

언제는 외조(外祖)할미 콩죽으로 살았나⑤ 남의 은덕으로 살아온 것이 아니니 이제 새

삼스럽게 남의 호의를 바라지 않는다고 거절할 때 이르는 말. ¶"핵교가 옳어서 수산핵교 댕기느냐구들 했지…원제버텀 오이할매 콩죽으루 살었다구 핵교 타령을 허느냔 말여…" 조는 천장이 뭐랬나 곤댓짓이라도 할 듯이 상반신을 들썩거리며 내뱉았다.《해벽》

언제언제 언제와 언제. ¶(시) 사람 사는 마을엔/ 언제언제 왔을까,《호랑이》

언죽번죽 조금도 부끄러워하는 기색이 없고 뻔뻔한 모양. ¶그는 언죽번죽 넉살 좋게, "늘 재미 좋셔." 그래서 들렀다는 투로 인사를 붙였다.《야훼의 무곡》

얼간하다 소금을 조금 뿌려 절이다. ¶장마 끝이라 그런지 건어와 얼간한 것들뿐이었고 그나마도 조금씩은 물간 냄새를 풍기고 있었다.《그때는 옛날》

얼갈이 ① 겨울에 논밭을 대충 갈아엎는 일. ¶최는 그제서야 얼갈이로 헛삶이해 놓은 밭두둑이나 논두렁을 오면가면 할 적마다《우리 동네 崔氏》 ② 푸성귀를 겨울에 심는 일. 또는 그 푸성귀. ¶"…얼갈이고 중갈이고 죄다 먹을 것만 해 왔는데 한 파수쯤 늦으면 어떻고 며칠 이르면 뭐할 거야…"《산 너머 남촌》

얼개 각 부분을 모아 짜 이룬 뼈대. 구조. ¶관촌 사람들은 신 서방네 집을 흔히 꽃패[花形]집이라고 불렀는데, 집 얼개가 ㅁ자 모양이었기에 꽃잎에 빗대어 이름했던 것으로 알고 있다.《관촌수필 5》

얼거리 일의 골자만을 대강 추려 잡은 전체의 윤곽. ¶서는 평석이가 들어가게 된 사단을 얼거리만 추려서 들려주었다.《우리 동네 張氏》

얼겁이 들다 매우 겁에 질리다. ¶"그런가…" 문정은 느닷없는 말에 대번 얼겁이 들어서 자기도 모르게 잔뜩 굽죄인 소리를 내고 있었다.《산 너머 남촌》 ※얼겁 : 겁에 질려 어리둥절한 상태.

얼굴에 대패질을 한다 (대패는 깎는 연장이라는 데서) 체면을 깎는다는 말. ¶최는 그들을 고이 보낼 수가 없었다. 가진 것 없이 애옥살림하느라고 흔히 무시를 당해 온 터라 그만한 창피는 진작 이골이 난 바였지만, 이름도 성도 없는 철물내기들까지 얼굴에 대패질을 하려 드는 데엔 속이 안 상할 수가 없던 것이다.《우리 동네 崔氏》

얼굴에 풍년이 들다 흐뭇하고 느긋한 표정이 되다. ¶"마형, 그럽시다, 그대로 해." 성식은 무척 감격했던 모양으로 얼굴에 금방 풍년이 들며 쉽게 매듭을 짓던 것이다.《장한몽》

얼굴을 닫아걸다 (감정이 상하거나 긴장하여) 표정이 굳어지다. 〈個語〉 ¶회장은 기가 막혀 그 자리에서 얼굴을 닫아걸었다.《장평리 찔레나무》

얼굴(을) 보다 체면을 세워 주다. ¶엉덩이나 허벅지를 보고 준 광고주가 태반이었다면, 나머지는 얼굴을 보고 준 셈이라고나 할는지.《덤으로 주고받기》

얼굴(을) 붉히다 화를 내다. ¶…새 채비로 설왕설래를 해 봤자 필경은 갚으니 마느니 하고 피차 얼굴이나 붉히기가 십상일 터인즉,《산 너머 남촌》

얼굴을 이다 낯을 들다. 〈個語〉 ¶…외상을 지고라도 참외 한 접을 내놓아야 아이들 앞에서 얼굴을 이겠던 것이다.《우리 동네 黃氏》

얼굴(이) 깎이다 낯(이) 깎이다. 체면이 떨어지다. 면목을 잃게 되다. ¶ "…여관 하꼬비로 있는 가시내들은 대개 그런 것들일 거여…" 하며 변명했지만 이미 속을 보인 뒤라 얼굴만 깎이고 만 셈이었다. 《금모랫빛》

얼굴이 넓다 아는 사람이 많다. ¶(상춘은)…열 아들 중에 말마딜 해도 그중 어여번듯하게 했고, 그만큼 얼굴도 넓었다. 《이 풍진 세상을》

얼금얼금하다 굵고 얕게 얽은 자국이 여기저기 드문드문하다. ¶…모두가 이마에 수건을 두른 주먹상투에 절반은 얼금얼금한 곰보요, 《토정 이지함》

얼기설기 실같이 연하고 가는 것이 이리저리 얽힌 모양. ¶…발전기와 양수기와 변압기로 얼기설기 가설된 전깃줄하고, 《가을 소리》

얼김에 어떤 일이 벌어지는데 덩달아서. ¶ "그거 팔 거요?" 하는 소리가 팔꿈치를 집적했다. 얼김에 돌아보니 곤색 바지에 아무나 입는 밤색 나일론 점퍼를 입은 중년 사내였다. 《관촌수필 7》

얼녹다 얼다가 녹다가 하다. ¶윤의 조카 재명이는 술지게미를 기름지게에 쏟아 지고 얼녹은 논두렁에 발을 겹질러 가며 긔내로 버리러 가고, 《우리 동네 李氏》

얼다 결빙하다. ¶ "…있네 읎네 해두 논 얼 때 엿 고구, 밭 얼 때 술 담는 게 농촌 풍속인디…" 《우리 동네 李氏》

얼데쳐지다 (서리가 내려서 풀잎 등이) 반쯤 데쳐진 듯하다. 〈個語〉¶…자고 나면 허옇게 된내기를 하여 섬돌 밑으로나 남아 있던 늦풀 몇 포기까지 아주 못쓰게 얼데쳐 놓곤 하던 시월 하순께의 일이었다. 《매월당 김시습》

얼러발 엉너리. 〈방언〉 남의 환심을 사기 위하여 어벌쩡하게 서두르는 짓. ¶ "들쇠 주는 꼬치장에 멜치새끼 쥑여 말린 것 댓 개만 있어두 술이 모자르지 뭘 그류" 하자 황은 얼른 "암만— 안주가 무슨 필요 있간디. 별똥 하나에 한 잔, 구름 한 뎅이에 한 잔, 그게 풍류지." 하며 얼러발을 쳤다. 《우리 동네 黃氏》

얼렁뚱땅 엉터리를 부리어 얼김에 남을 교묘하게 속이는 모양. ¶ "…허지만 학문 엄니만 해두 수단이 여간내긴감. 얼렁뚱땅 우동 국물루 짬뽕 국물 맨드는 수단꾼이…" 《장이리 개암나무》

얼렁이 얼망. 〈방언〉 새끼나 노끈 등으로 짠 망태기. ¶…일삼아 망태기나 얼렁이를 지고 개똥을 주우러 쏘다니기까지 하던 판이었다. 《관촌수필 4》

얼레미 어레미. 〈방언〉 ¶맷돌에 밀을 삭 갈아 얼레미로 친 가루 반죽 수제비여서 입 안이 꺼끌꺼끌은 했지만, 《관촌수필 4》

얼레발(을) 치다 엉너리(를) 치다. ¶…나는 자왈 선생의 비위를 맞추기 위해 때론 얼레발도 쳤고, 《그가 말했듯》

얼룩덜룩 여러 빛깔의 점이나 줄로 고르지 않게 이룬 무늬가 밴 모양. ¶…마을에선 얼룩덜룩한 융 파자마를 입어, 《매화 옛 등걸》

얼룩얼룩 여러 빛깔의 점이나 줄로 고르게 이룬 무늬가 밴 모양. ¶…두 팔목은 두드러기라도 인 듯이 얼룩얼룩 무늬진 채 부풀어올랐고, 《그때는 옛날》

얼른얼른 무엇이 자꾸 보이다 말다 하는 모

양. ¶…제대로 되지 않는 날은, 공연히 손님이 붐벼 기웃거려도 귓불이나 얼른얼른 조금씩 엿볼 수 있을 뿐이었다.《장한몽》

얼먹다　놀라서 어리둥절하다. 〈곁말〉 ¶장이 혼잣말처럼 중얼거리며 말비침을 하자 아내는 그 나름대로 지레 얼먹어 엉뚱한 이야기로 넌덕을 부렸다.《우리 동네 張氏》

얼며가며　어울려서. 〈방언〉 ¶마침내 논 섬지기나 짓는 사람들은 서로 얼며가며 새막을 지어 놓고 새보아 줄 잔손을 찾아나서게 되었다.《우리 동네 崔氏》

얼미다　어울리다. 〈방언〉 ¶김이 얼굴을 고쳐 가며 말하자, 남도 그에 얼며서 뒵들이를 하며 웃었다.《우리 동네 金氏》

얼바람 맞다　어중간하게 들떠서 실없이 허황한 짓을 하다. ¶"…얼바람 맞은 드난이로 왔다리 갔다리 하는 거야 난장이 턱 차기겠지…"《산 너머 남촌》

얼보이다　빛이 어지럽게 되어서 바로 보이지 아니하다. ¶눈을 부릅떴지만 실내의 조명은 모든 개체들의 독립적인 형태를 얼보이게 하고 있었다.《생존허가원》

얼비치다　빛이 눈에 반사되게 비치다. ¶길을 따라 이어진 들녘은 아직도 봄기운이 먹었는지 끄느름한 저녁볕에 얼비치니 보기가 한결 쓸쓸하였다.《산 너머 남촌》

얼씬 못 하다　눈앞에 잠깐도 나타나지 못하다. ¶가로막아 선 헌병이 구둣발을 들썩대며 얼씬도 못 하게 했지만,《관촌수필 4》

얼씬 아니하다　어떤 곳이나 자리에 조금도 나타나지 아니하다. ¶그녀가 갖출 것을 다 갖추고 있어 만족스러웠던 거야. 남자란 얼씬도 안 해서 그곳만은 깨끗하기

가 정상적인 여자를 능가하고 있었다.《부동행》

얼(을) 쓰다　① 겁을 먹다. 〈방언〉 ¶"변소하고 굴뚝은 아주 무너진 뒤에 고쳐야 좋대요." 제 사내와 실랑이하는 바람에 얼을 쓰고 있던 흰 모자가 소박데기 묵은 무덤 들먹이듯 어렴성 없이 드티었다.《우리 동네 崔氏》② 남의 잘못 때문에 피해를 겪다. 〈북〉 ¶…저렇게 한 이불 속에서 어겹되어 옴살로 지내다가 부라퀴 같은 명순이한테 물이 들어 애매하게 얼을 쓰리라고 지레 몸살을 하기도 했다.《우리 동네 崔氏》

얼(이) 빠지다　정신이 나가다. ¶나는 얼이 빠져 손에 들었던 책보를 놓치고 짓밟혀 필통이 찌부러지는 소리도 듣지 못했다.《관촌수필 4》

얼저리　생절이. 겉절이. 배추나 열무를 절이어서 곧 무치어 먹는 반찬. ¶소금 종지와 얼저리 한 가지로 여러 상을 보아 놓은 멍석이 그를 반기고 있었다.《우리 동네 趙氏》

얼저리다　얼간하다. 〈방언〉 여기서는, '얼버무리다'의 뜻으로 쓰임. ¶…그 모녀의 건강을 위해 일부러 고사도 지낼라니, 떡 본 김에 제사 지내더라고 이것저것 싸잡아 얼저려 좋은 일 좀 해 보고 싶기도 하던 거였다.《장한몽》

얼절이나 겉절이나 ㉾　매일반이란 말. ¶"아버님 걱정 들으려고 온 게 아니에요. 가느냐 마느냐 하게 생겨서 그러지요." "얼절이나 겉절이나…"《산 너머 남촌》

얽죽얽죽하다　얼굴에 깊이 얽은 자국이 배다. ¶…걸인 가운데 얼굴이 성한 아녀

자란 마치 기생집에서 얽죽얽죽한 기생을 찾기만큼이나 쉬운 일이 아니었던 것이다.《토정 이지함》

엄 '움'의 옛말. 풀이나 나무에 새로 돋아 나오는 싹. ¶…그 잠재된 미진감이 느닷없이 들솟아오르면서 신세 한탄으로 변하여 본래부터의 좌절감을 엄 틔운 것으로 어림하고 있었다.《장한몽》

엄벙덤벙 말과 행동이 침착하지 않은 모양. ¶비록 걸어 다니는 광고판 노릇이었을망정 무더운 여름철에는 엄벙덤벙하고 덤벙거리다가 더러는 남의 손에 빼앗기는 날도 없지가 않았다.《유자소전》

엄벙통 엄벙한 가운데. ¶우길은 그 엄벙통에 쭐떡 미끄러지면서 손에 들었던 갈치 꾸러미를 놓쳐 버렸다.《생존허가원》

엄살(을) 떨다 엄살을 몹시 부리다. ¶그럴 때마다 나는 등골에 식은땀이 흐르고 학질을 며느리고금이라고 부를 적이면 부러 엄살을 떨었던 것이 되새겨지는 거였다.《관촌수필 6》

엄지로 새끼손가락 할퀴기㊠ 골육상쟁이라는 말. ¶"웃기를 잘했수. 고시랑거려 봤자 엄지로 새끼손가락 할퀴기밖에 더 되겠수."《산 너머 남촌》

엄지머리총각 일생을 총각으로 지내는 사람. ¶"…이냥 이러다간 진짜 엄지머리총각으루 살 판인걸. 저는 암만해두 희망이 허망인 것 같튜."《장이리 개암나무》

엄천득이 가게 벌이듯㊠ 무엇을 지저분하게 늘어놓음을 이르는 말. ¶그는 엄천득이 가게 벌이듯 늘어놓은 붙장이장 속의 너주레한 내용을 훑어보다가 실없이 속심으로 웃었다.《산 너머 남촌》

업덩이 '업둥이'의 잘못. ¶얼결에 얼핏 들으면 말로만 들었던 차일귀신의 흉물스런 기척 같기도 하고 골목을 말 달리는 바람결을 타고 와 찾아 들어오는 패악스런 업덩이의 방문 같은 소리…징그럽고도 음산해 소름이 끼치는 소리였다.《다가오는 소리》

업세 (감탄사) 어머나. 〈방언〉 ¶"업세, 너두 저녁 찬거리는 했구나야…"《관촌수필 4》

업세나 (감탄사) 어머나. 〈방언〉 ¶"업세나, 저기 좀 봐유, 도깨비불이 벌겋게 장 섰슈."《김탁보전》"업세나 조헙장님이 우리 집을 다 웬일이다요?"《해벽》

업시름 업신여김과 구박. ¶"땅은 곧 천기의 물상인데 누가 감히 홀대를 하고 업시름을 한단 말이냐…"《산 너머 남촌》

업어 가도 모르게 곯아떨어졌다 몹시 곤하게 깊이 잠든 모양을 비유하여 이르는 말. ¶언제나 업어 가도 모르게 죽어 자던 그녀가 개 짖는 소리에 놀라 잠을 깨고 일어앉아 보니 방에는 이미 불이 켜져 있고, 낯선 순경이 벽장 속을 뒤적거리더라고 했다.《관촌수필 3》

업저지 어린아이를 업어 주며 돌보는 계집아이. ¶업저지로 자라서 통자아치로 들어선 떡이가 베수건을 내와 버릇없이 웃으면서 인사하였다.《토정 이지함》

없는 놈만 죽어라 죽어라 한다㊠ 언제나 만만한 사람만 손해 본다는 말. ¶(산) 없는 놈만 죽어라 죽어라 한다더니 물에 빠진 사람이나 잡는다는 지푸라기까지 덩달아서 몸값을 올리고 있는 꼴이다.《꼴값》

없는 놈은 고기 한 점을 맛봐도 배탈난다㊠ 고기도 먹어 본 사람이 먹는다는 말. ¶없는 놈은 고기 한 점을 맛봐도 배탈난다고, 상필은 분하기도 하고 두 번 다시 못 할 짓이라는 후회도 했으나, 그 모든 것이 부질없는 짓이었음을 아파하지 않을 수 없었다.《장한몽》

없는 집에 소 들어가는 것 같다⟨속⟩ 가난한 집에 경제적인 여유가 생기다. ¶(산) 이 소 떼는 농사의 역우가 아니라 통일의 역군들이다. 이 소 떼는 '없는 집에 소 들어가는 것 같다'고 일러 왔던 궁색한 시대의 속담을 하루아침에 멀리 좌천시켜 버렸다.《공을 환송하며》

없는 집 장광 같다⟨속⟩ 인적이 뜸해서 조용하다는 말. ¶…수업이 시작되자 먼지가 자욱하던 교실이 이내 없는 집 장광처럼 조용해졌다.《유자소전》

없어 비단⟨속⟩ 옷이나 어떤 재료 따위가 충분하지 않기 때문에, 할 수 없이 아끼던 옷이나 값진 재료를 쓰게 되는 경우를 비유하여 이르는 말. ¶"다 옳어 비단이여. 시간 옳구 인건비 옳구…도섭 아버지두 일 옳어 보셔. 쇼핑빽에 정구채 꽂어 메구 근강 찾어 나슬 테니. 자배기 구정물에 설거지허는 년 따루 있구, 펭긴표 씽크대루 개수통 허는 년 따루 있간디."《우리 동네 姜氏》

엇갈이 중갈이. 〈방언〉 ¶엇갈이나 그루갈이나 권의 말을 좇아 심고 말고를 가름하였고《산 너머 남촌》

엇나가다 말과 행동이 이치에 어긋나게 비뚜로 나가다. ¶어림짐작 가운데 한 가지 엇나갔던 것은 그가 용케도 잡혀가는 법이 없더라는 치안 당국의 불만이었다.《관촌수필 4》

엇먹다 (사리에 어그러지게) 엇나가며 비꼬다. ¶…아버지의 사상은 할아버지의 그것과 대각을 이뤘다 할 만큼 가문에선 파격적인 것이었다. 매사가 매양 엇먹고 섞갈리는 상태였다.《관촌수필 1》

엇물다 '어긋물다'의 준말. 서로 어긋나게 물다. ¶(산)…이웃과도 엇물지 않고 덧정을 두터이 할 수 있는 사람됨의 바탕으로 여기는 까닭이다.《2천 년 동안 차린 명절》

엇부루기 아직 큰 소가 되지 못한 수송아지. ¶…해산하고 달포도 안 되어 비육우 입식 시범 독농가로 선정되고, 그와 함께 엇부루기 송아지 한 마리를 분양받았으니 장사로 친다면 그런 장사가 없었다.《그리고 기타 여러분》

엇섞다 서로 어긋매끼어 섞다. ¶(산) 해가 거우듬하도록 추석빔으로 모양내 본 아이 하나 엇섞여 뵈지 않던 것도 그중의 하나였다.《지금은 꽃이 아니라도 좋아라》

엇섞이다 '엇섞다'의 피동형. ¶별똥지기와 따비밭이 엇섞인 서울 사람네 메갓 기슭에 치우친 무솔이《우리 동네 柳氏》

엇조 비위에 거슬려서 엇서는 말투. ¶문정이 더러 속에 있던 말로 두런거리면 마누라는 말속도 모르고 번번이 말추렴을 드는데 그것도 말끝마다 엇조였다.《산 너머 남촌》 ※엇서다 : 모지락스럽게 맞서다.

엉겁 끈끈한 물건이 범벅이 되어 달라붙은 상태. ¶그녀도 노인네 방하고 나누려고 식어서 엉겁이 된 탕수육을 접시에 덜면서 수다스럽게 뒤설레를 쳤다.《산 너머 남촌》

엉금엉금 느리게 기는 모양. ¶(시) 엉금엉금 기다가/ 섬마섬마 하더니/ 돌 전에 걸음마 배운/ 돌 지난 아기《돌 지난 아기》

엉너리 남의 환심을 사려고 어벌쩡하게 서두르는 짓. ¶한결같이 민방위 훈련에 나갈 사람들이 분명하자 남병만이가 엉너리로 수선스럽게 말했다. "예미— 발바닥이 안 뵈게 달음박질해두 늦겠네…"《우리 동네 金氏》

엉너리(를) 치다 남의 환심을 사려고 능청스런 수단을 쓰다. ¶문정은 보리차를 내어 온 양 마담과 엉너리를 치면서도 처녀를 여겨보는 데에는 소홀히 할 수가 없었다.《산 너머 남촌》

엉덩방아(를) 찧다 엉덩이를 바닥에 부딪듯 주저앉다. ¶쉴 참을 끝내고 인절미로 든든해진 기운에 무덤 한 기를 단숨에 파헤친 유한득은, 관 뚜껑을 뜯어내다 말고 엉덩방아를 찧었다.《장한몽》

엉버틈하다 커다랗게 떡 벌어져 있다. ¶민물새우 튀듯 하는 즘촌 댁의 등심이나 힘껏 당겨 잰 활시위보다 더 팽팽하게 엉버틈한 방개의 어깨는 사철 가시지 않던 방구석의 메주 띈 냄새마저 눌러놓고 있었다.《암소》

엉엉 목놓아서 크게 우는 소리. 또는 그 모양. ¶신 서방은 고래고래 악을 쓰다 말고 엉엉 울어 퍼대는 거였다.《관촌수필 5》

엎어지면 코 닿을 데⑨ '매우 가까운 거리'를 이르는 말. ¶"서원말이면 엎어져 코 닿을 딘디?"《만세 소리》

엎친 데 덮친다⑨ 불행한 일을 당하고 있는데 또 겹쳐 다른 불행이 닥친다는 말. ¶엎친 데 덮친 줄은 짐작도 못했네/ 누구라 알았으랴 이 고향에 와서/ 나그네로 바닷가에 서성댈 줄을…《매월당 김시습》

에끼다 ① (끼니 등을) 때우다. 〈방언〉 ¶"아침은 생일집에서 델러 올 게구, 즘심일랑 게 가서 에끼구…"《우리 동네 李氏》 ② (무엇으로) 상쇄하다. ¶…나머지 사십 퍼센트분은 취로 사업장에 나오게 하여 그날 일꾼 품삯으로 에끼도록 한다는 거였다.《우리 동네 柳氏》

에누리 없다 에누리하지 않고 실제와 틀림이 없다. ¶심이 그때 참나리다방의 내실에서 마지막으로 내버린 것은 에누리 없이 이십만 원이었다.《산 너머 남촌》※에누리 : 실제보다 더 보태거나 깎는 것.

에두르다 ① 충돌을 피하여 방향을 바꾸다. ¶그도 하도 갈잖아서 저만치로 에둘러 가려고 하였다.《산 너머 남촌》② 바로 말하지 않고 둘러서 말하여 짐작하게 하다. ¶"무슨 말을 그리 에둘러서 하는 게냐. 말이 있어 왔으면 이만저만하여 왔다고 고이 못하고서…"《산 너머 남촌》

에멜무지로 결과를 꼭 바라지 않고 헛일 하는 셈치고 시험 삼아 하는 모양. ¶…관정(管井)을 뚫고 양수기를 사들여 에멜무지로 적셔 보기라도 하려면 무슨 벼슬 하는 돈이 됐건, 이자가 높고 야림을 따질 겨를 없이, 앞을 다투어 당겨다 쓰지 않으면 안 되게 되었던 것이다.《우리 동네 金氏》

에우다 ① 다른 길로 돌리다. ¶역시 지룡산 기슭을 타고 소롯길로 에워 들어온 눈치였다.《우리 동네 李氏》② (다른 음식으로) 끼니를 때우다. ¶…그도 덩달아서 비계와 막걸리로 끼니를 에우게 되었다.《유자전》③ (다른 것으로) 무엇을 대신하다. ¶…나는 무려 여섯 시간 이상을 그 마당 귀퉁이에 서 있었고 거의 하루 해를 에우다시피한 셈이었다.《관촌수필 5》

에움길 목적지를 똑바로 가지 않고 돌아가는 길. ¶다녀도 사잇길로 다니되 오히려 에움길로 접어들거나 부러 두름길을 택하기가 일쑤였다. 《매월당 김시습》

에워 넣다 채워 넣다. ¶"그렇께 우리버러 사십 원을 에워 늫으란 말인감유?" 하고 되물었다. 《우리 동네 黃氏》

에워 쓰다 에끼어서 쓰다. 〈방언〉 무엇으로 무엇을 상쇄하여 사용하다. ¶"그러구소를 부려." "소를?" "오늘 날짜루 가을갈이헐 때까장 맘대루 틈 에워 쓰란 말여." 《우리 동네 崔氏》

에헴에헴 짐짓 점잖을 빼거나 자기의 출현을 알리기 위하여 일부러 거듭내는 헛기침 소리. ¶(시) 영이네 돼지가/ 경운기에 실려 가니/ 영이 아빠는 뒷짐 지고/ 에헴에헴. 《아기랑 토끼랑》

엔간히 상당한 정도로. ¶남몰래 쌀짝이나 돈 사서 두 달을 두고 재판소 문턱을 닳리며 속도 엔간히는 상해 버렸지만, 《이 풍진 세상을》

엔담 사방으로 빙 둘러쌓은 담. ¶…출입구 쪽에는 대판거리 싸개질이라도 벌어진 듯이 여전히 사람으로 엔담을 쌓고 있었다. 《산 너머 남촌》

여간내기 보통내기. 만만하게 여길 만한 보통의 사람. ¶(산) 나는 지금의 주소에서 여간내기와 달리 남루하지 않은 수령입니다. 《지금은 꽃이 아니라도 좋아라》

여겨듣다 정신을 기울여 새겨듣다. ¶…그것은 문간방에서 청승맞은 울음소리가 들려오고 있었던 것이다. 여겨들으니 노파의 울음소리가 분명했다. 《관촌수필 2》

여겨보다 눈에 익혀 가며 자세히 보다. ¶(시) 우리 동네는/ 웬일인지/ 동네에 든 단풍은/ 여겨보지 않고…텔레비전 앞에서만/ 단풍 단풍 한다. 《단풍》

여기저기 이곳저곳. ¶"…열심히 뛰니까 여기저기서 국제 무대에 진출해 보라고 스카우트의 손길을 뻗치는 거예요…"《산 너머 남촌》 (시) 오빠가 그린 그림/ 요란하구나./ 야구공 축구공/ 여기저기. 《그림》

여나르다 머리에 얹어 나르다. 이어 나르다. ¶넌더리 낸 비가 그어 웃날이 들자, 바람결도 풀려 오랜만에 볕 보아 한껏 핀 구름장을 시골로 부지런히 여나른다. 《야훼의 무곡》

여남은 열 남짓한 수. ¶겨울을 함께 난 중은 절에도 여남은 이나 있었다. 《매월당 김시습》

여년묵다 여러 해 동안 묵다. ¶(산)…새로 지어 그날 입은 옷도 여년묵어 새물내 없는 덕석으로 보이고, 《지금은 꽃이 아니라도 좋아라》

여드레 팔십릿길도 다 가놓고 쉬랬다(송) 미리 장담하지 말라는 말. ¶문정은 생으로 타던 담배를 얼른 껐다. 여드레 팔십릿길도 다 가놓고 쉬랬다고 아직은 좀 더 잘 보일 필요가 있다고 느낀 거였다. 《산 너머 남촌》

여러 날 그냥 재운 여편네 새벽 오줌 누다 기침하는 소리(비) '오랫동안 부부 관계를 못한 아내가 남편의 무심함을 탓하여 내는 기척'을 이르는 상말. ¶그믐산이는 그 애 생각하는 것이 딱해, 여러 날 그냥 재운 여편네 새벽 오줌 누다 기침하는 소리로 허부렁하게 웃었다. 《오자룡》

여러 하품 들이다 (일을 할 때) 일하기가

싫고 따분하여 하품을 여러 번씩 하는 것. ¶손바닥만 한 포대깃잇 한번이나 시쳐 내려면 여러 하품 들여야 한다고 어머니는 늘 나무라곤 했었다.《관촌수필 4》

여름 돼지고기는 잘 먹어야 본전이다ⓒ (여름철에 흔히 있었던) 돼지고기 식중독과 관련하여 이르는 말. ¶"여름 댜지고기는 잘 먹으야 본전이랴. 비게는 인민군덜이나 주게 살루 골러서 퍼오뉴…증진사네 삼 년 묵은 지랑(간장)을 쳤더니 맛이 여간 좋찮더먼…"《이삭》

여름비는 무더워야 오고 가을비는 추워야 온다ⓒ 계절에 따라 비 오는 기온이 다르다는 말. ¶(산) 또 '여름비는 더워야 오고 가을비는 추워야 온다'는 속담 역시 시효가 다 된 것이 아닌가 하는 의심을 사기에 알맞은 것이었다.《눈물의 씨앗을 돈으로》

여름살이 '여름에 입는 베나 모시로 만든 옷'에 빗대어, 무더위 자체를 옷 삼아서 여름 동안 벗고 살았다는 말. ¶장마만 겨우 들었지 말복을 두어, 밤으로도 숨 한 번 양껏 못 쉬게 삶는 무더위가 거의 여름살이를 도맡고 있었다.《그때는 옛날》

여름 손님은 맏사위도 덜 반갑다ⓒ (농촌에서는 더위 탓에 음식과 의복이 부실하므로 손님이 오는 것을 원치 않는다. 사위는 백년손님이란 말도 있거니와 사위 중에서도 맏사위는 더욱 귀한 손님이지만 역시 여름에는 반갑지가 않다는 데서) 여름에는 손님 접대가 쉽지 않다는 말. ¶"여름 손님은 맏사위두 들 반가운 벱인디, 건건이두 읎구, 깨묵셍이나 있는 게 있으야 가시자구 허지유."《우리 동네 黃氏》

여름 천둥에 농민 맞아 죽고 가을 천둥에

양반 맞아 죽는다ⓒ 여름에는 농사를 짓는 사람들이 일에 힘이 부쳐서 어렵고, 가을에는 당국의 관료들이 농정 실패의 책임 회피를 위하여 어려움을 겪는다는 말. ¶"여름 천둥에 농민 맞어 죽구, 가을 천둥에 양반 맞어 죽는댜. 두구 봐라. 올 가을에 큰늠 하나 안 죽구 배기나…"《우리 동네 姜氏》

여리꾼 상점 앞에 서서 손님을 끌어들여 물건을 사게 하고, 주인으로부터 얼마의 수고료를 받는 사람. ¶어떤 곳은 시중의 가게에서 길에 나가 호객도 하고 억매흥정도 거들고 하게 여리꾼을 고용하듯《산 너머 남촌》

여물거리하다 (마소의) 여물을 쑤기 위해 재료를 장만하다.〈個語〉¶…두렁을 거슬러다가 여물거리하는 꼴머슴들 발걸음조차 뜨막하여,《우리 동네 崔氏》

여물국 소 여물의 국물. ¶단속반원 두 사람이 리의 집 안으로 뛰어든 것은 리가 여물국으로 구유를 가셔 주고 이남박에서 막 손을 뗀 것과 같은 촌각이었다.《우리 동네 李氏》

여물 한 솥 쑬 곁ⓒ 가마솥에 쇠여물을 한 솥 쑤어 낼 동안이라는 말. ¶(산) 나는 게서 내려 다시 황톳길로 에워돌되, 좋이 여물 한 솥 쑬 곁이나 걸어 들어와 하늘 끝에 조금 남은 외진 두메에 산다.《지금은 꽃이 아니라도 좋아라》

여물 한 솥지기ⓒ 여물을 한 솥 지을 정도의 시간이란 뜻으로, 얼마간의 시간적 차이를 이르는 말. ¶길이 질어 말벗 없이 내닫더라도 여물 한 솥지기는 좋이 들여야 읍에 닿을 둥 말 둥 했으므로, 용모는

엉덩이가 무지근하도록 바삐 걸었다.《관촌수필 7》

여봐라는 듯이　남에게 뽐내며 자랑스럽게. ¶그는…지청구를 얻어먹어 풀이 죽은 아이들 앞에서 여봐란듯이 무료입장을 하였다.《유자소전》

여수　여우.〈방언〉¶"밤중에 자다 여수 우는 소리를 들으면 메칠은 영 재수가 웂데…"《관촌수필 6》

여우(를) 떨다　교활하고 간사스러운 아양으로 남을 홀리다. ¶"저것이 또 여수 떤다. 그러다가 도라지루 보구 뎁세 산삼 캘라 겁난다."《관촌수필 6》

여우 밑구멍 같다⑪　(여자의) 남자를 홀리는 수단이 좋다는 말. ¶…자기의 암내가 비록 여우 밑구멍 같다 하더라도, 그로써 뭇사람의 살림을 해꽂이했을 리는 만무한 일이던 것이다.《곽산 기생 보름이》

여우밥(이) 되다　죽어서 산에 버려진 것. ¶(석공이)…깊이 처박혀서 잘 숨어 있는지, 혹은 월북을 했는지, 아니면 길이 막혀 잡혀 죽어 여우밥이 되었는지, 알 만한 사람은 아무도 없었다.《관촌수필 5》

여우비　볕이 나 있는 날 잠깐 오다가 그치는 비. ¶가랑비는…어느새 옷비를 걷었다가 여우비로 바뀌는가 하면 갑자기 소나기를 휘몰아 산돌림을 하여《토정 이지함》

여울　물살이 세차게 흐르는 곳. ¶물은 흘러도 여울은 여울대로 남듯이 석담의 노후를 보면 매사에 고풍스러움을 느낄 수가 있었다.《산 너머 남촌》

여울 건너 송방집으로 마을 다니듯 한다⑯　개천 건너의 가겟집에 놀러 다니듯 한다. ¶(며느리는)…조그만 섬이라 뱃길도 수월찮으련만 개섬 다니기를 여울 건너 송방집으로 마을 다니듯 해 온 터이다.《그때는 옛날》 ※여울 : 여울목이 있는 개천. 송방(松房)집 : 개성상인(開城商人)들에게서 유래한 40~50년대의 길갓집 구멍가게.

여울목　물살이 세게 흐르는 바다나 강, 시내의 턱이 진 곳. ¶고개를 내려오면 야트막한 개랑이 나가고, 겨우내 얼지 않고 흐르는 여울목이 있었으며,《관촌수필 7》

여으내　여름내.〈방언〉¶만순이 만실이가 여으내 가으내, 구무정 거리티 놀미 저무니 늦들잇 같은 이웃 동네 들판까지 쏘다니며 논두렁 밭고랑을 뒤져,《우리 동네 李氏》

여잡다　문 따위를 열어서 잡다. ¶발문 여잡고 닭 오리를 불러내며 세어 본다.《이풍헌》

여적지　여태까지.〈방언〉¶하필이면 군화냐? 별수 없어. 네 임의로 선택한 것, 또 여적지 길을 걸어온 네 물건인걸.《부동행》

여탐　무슨 일이 있을 때 웃어른의 뜻을 알기 위하여 미리 여쭈는 것. ¶…그는 진드근히 참고 있더니 한참 만에야 어른에게 여탐하듯이 어렴성 있게 말했다.《강동만필 2》

여투다　아껴 쓰고 나머지를 모아 두다. ¶그전 같으면 기껏해야 호미씻이하는 백중에 보릿되나 여투어 개를 한 마리 도리기해 먹거나,《우리 동네 李氏》

여편네 욕 한마디에 삼 년 재수없다⑯　여자가 원한을 품으면 그 여파가 무섭다는 말. ¶"흥.""흐응? 병신 맘 곤 데 없는 줄 잘 아시지?" "여편네 욕 한마디에 삼 년 재수 없는 줄도 아시지?" "많이 허슈. 비쌀 거 없지."《생존허가원》

역부러 일부러. 〈방언〉 ¶"생긴 게 실지버텀 개벼워 뵌다구덜 해싸서 역부러 앵경을 쓰구 박었넌디…"《강동만필 2》

연기 변하듯 하다⑳ (굴뚝에서 나온 연기는 곧장 모양이 흐트러진다는 데서) 변화가 무상(無常)하다는 말. ¶"끙— 아무리 연기 변허듯 허는 세상이기루…"《우리 동네 李氏》

연사질 교묘한 말로 남을 꾀어 그의 속마음을 말하게 하는 짓. ¶그럴 때 내동 자고 있던 유순봉이가 불쑥 연사질을 했다.《우리 동네 金氏》

연탄장수 숯섬지기다⑳ 하던 김에 참고 하라는 말. ¶"승수 엄마 달래는 것쯤이야 연탄장수 숯섬지기지 뭘 그래. 진드근히 붙잡고 있어 봐…"《산 너머 남촌》

연태 여태. 〈방언〉 이때까지. ¶"계장님은 연태 저녁두 못 자셨을 텐디 시장판에 술버텀 자시면 속 훑으려 워칙헌디야."《우리 동네 黃氏》

열 길 물속은 알아도 한 길 사람 속은 모른다⑳ 물 깊이는 잴 수 있으나 사람의 마음을 측량하기는 어렵다는 말. ¶열 길 물속은 뻔해도 두 치 사람 속은 벽이라던 말이 새삼스럽게 혀끝에 감겼다.《장한몽》

열뜨다 마음이 안정되지 못하여 주변 일에 우왕좌왕하다. ¶오금이 졸면졸면하며 이마로는 열이 오르고 있었다. 감기 기운으로 열이 오르는 게 아니라 마음이 열뜨기 때문이리라.《추야장》

열무밭에 서리 오겠다⑳ 때아니게 엉뚱한

피해를 본다는 말. ¶"어머머…열무밭에 서리 오겠네." 계산대에 앉아 있던 양 마담이 그를 멀거니 쳐다보며 하는 소리였다.《산 너머 남촌》

열 번 죽어도 싸다 엄청나게 큰 죄를 지었다는 말. 열 번 죽어 마땅하다. ¶아이들이 제 어미가 저로 하여 도둑년에게 속은 것을 알고 동심에 멍이 들었다면 자기야말로 열 번 죽어도 싸다는 것이었다.《두더지》

열 번 찍어 아니 넘어가는 나무 없다⑳ 여러 번 계속해서 애쓰면 기어이 뜻대로 일을 이룬다는 말. ¶"될 법이래야 되지 억지로 될 일은 아무것도 없다. 열 번 찍어 안 넘어가랴 옛말도 있기는 있더라만."《장난감 풍선》

열 벙어리가 말을 해도 가만 있거라⑳ 누가 무어라고 해도 상관 않고 제 일만 하고 있음이 실수 없는 것이라는 말. ¶…자네 일은 어디까지나 자네가 거두어야 할 따름인즉, 열 벙어리가 입을 열더라도 부디 불쌍한 사람 더욱 가련하게 하지 않도록 힘쓸 일이네.《토정 이지함》

열어패다 (문짝을) 열어젖히다. 〈방언〉 ¶정이 앉은 채로 문짝을 열어패며 년짜를 놓자, 옆방에서도 걸어 닫은 미닫이를 따서 벙그리는 기척과 함께 귀숙 어매가 악매를 퍼부었다.《우리 동네 柳氏》

열없쟁이 열없는 사람을 낮잡아 이르는 말. ¶"거기가 시방 애들 본보고 말장난이나 하며 시시댈 나이인가?" 하고 열없쟁이 닦아세우듯이 여러 말로 지질러 주었다.《산 너머 남촌》

열에 아홉⑳ '거의 예외없이 그렇게 될 경

우'를 비겨 이르는 말. ¶볼 것 없는 야산
도 십만 평이 넘는다 하면 열에 아홉이 텔
리비전 광고주들의 것이었고, 목초지나
과수원같이 한번 덤벼봄 직한 것은 보통
남의 명의로 등기가 나 있기 쉬웠으며…
《우리 동네 張氏》

열(을) 내다　① 화를 내다. ¶"…죽은 사람
은 뭐야. 천둥 없는 날벼락이지. 이건 도
대체가 말야…" 하고 그는 열을 내었다.
《관촌수필 5》 ② 흥분하여 기세를 올리다.
〈북〉 ¶명우는 점차 열을 내기 시작하였
다. 《두더지》

열(이) 나다　화나다. ¶문정이 비아냥거리
는 태도에 열이 나서 단단히 나무랄 기미
를 보이자 조는 서둘러서 신발을 신었다.
《산 너머 남촌》

열이 오르다　격분하거나 흥분하다. ¶…유
는 말대답 대신 열 오른 시선 그대로 남병
만이의 뒷전을 겨누어 보았다. 《우리 동네
金氏》

열쩍다　'열없다'의 잘못. 어색하고 겸연쩍
다. ¶얼마 동안 서로 열쩍은 시선을 주고
받다가 우길이가 먼저 말했다. "몰라보겠
시다." 《생존허가원》

열쭝이　간신히 날기 시작한 어린 새. ¶…어
딘지 제맛이 아니다 싶더니 부화장에서 무
녀리와 열쭝이를 골라 버린 병아리 구이
였음을 뒤늦게 알아내기도 했다. 《관촌수
필 4》

열통이 터지다　열화가 나다. ¶김은 유에
게로 다가가며 열통을 터뜨렸다. "이게 무
슨 잡곡으루 모이를 처먹는 작것이여."
《우리 동네 金氏》 ※열통 : '열화'의 속된
말. 〈個語〉

열흘 붉은 꽃 없다⑯　권세·영화 따위는
일시적인 것이어서 오래가지 못한다는
말. ¶"춧— 같잖은 것들…열흘 고운 꽃
읍다더니 그중 밉보지 않은 그 애마저 되
다 만 소리 씨부렁대러 왔네그려…"《오
자룡》

염병 땜병할 늙은이⑪　염병을 앓을 늙은
이. ¶"그 돈 떼어먹구 잘 살 줄 알구, 여
보슈 여봐, 심뽀를 바로 놀려, 이 엠병 땜
병할 늙은이야." 《금모랫빛》

염병하다 용 못 쓰고 뒈질 놈⑪　앓기만
하다가 맥도 못 써 보고 죽을 놈. ¶"야,
굴뚝에서 일곱 번 연기 난 것을 본 사람이
있어." "워떤 엠병허다 용 못 쓰구 뎌질 것
이 그류? 밥 짓구 국 끓이구 찌개 허면 하
루 시 끼니께 연기가 아홉 번 나지 워째서
해필 일곱 번이여…" 《관촌수필 3》

염병할 녀석⑪　염병을 앓을 녀석이라는
악담. ¶"엠병할 녀석, 뎌져 썩으면서도
첩을 둬? 지집을 둘이나 두고 등골을 뽑
았으니 네가 무슨 삼수갑산 사또라구 오
래 살었겠냐…"《장한몽》

**염불에는 맘이 없고 잿밥에만 맘이 있
다**⑯　자기가 맡은 일에 정성을 들이지
않고 잇속이 있는 데에만 마음을 쓴다는
말. ¶"중들은 무릇 염불보다 잿밥이라 하
였으니 바야흐로 이승을 뜨면 갈 데가 여
기밖에 더 있겠소?"《산 너머 남촌》

염불하며 잔등 긁는 소리 한다⑪　동떨어
진 소리라는 말. ¶"저 이발쟁이는 염불허
며 잔등 긁는 소리만 허는 중 알었더니 싸
가지 있음성한 발언도 종종 한다닝께…"
《임자수록》

엿 먹어라　남을 은근히 골탕 먹이거나 속

여 넘길 때에 하는 말. ¶"…너 하나 없어
진다구 해서 서울 인구가 하나 모자라는
700만이 될 것 같니? 엿 먹어라."《엉겅퀴
잎새》

엿장수 마음대로　제멋대로. 매우 쉽게. ¶
"맘대루 혀, 빈 고리짝만 들구 시집가구
싶걸랑 놔둬라. 내년 봄 배호고동핵교 들
어갈 때나 팔어 입학금 허게." "엄니는,
말을 해두 으레 저렇게 허드라, 엿장수 맘
대루?" "그렇게 니열 식전이 실어 보내
여." "…"《못난 돼지》

**엿장수 줄 건 없어도 도둑놈 줄 건 있
다.**㊏　아무리 가난해도 도둑맞을 물건
은 있다는 말. ¶"나야 뭐 조심하고 자시
고 할 게 있나. 살이나 베어 간다면 모를
까…" "그래도…엿장수 줄 건 없어도 도둑
놈 줄 건 있걸랑요."《변 사또의 약력》

**엿장수 줬다 가재 쳐 개장수 줘도 시원찮
을 여편네**㊗　('가재 치다'는 샀던 물건을
도로 무른다는 말. 엿장수에게 팔아먹었
다가 무르고 개장수에게 팔아먹어도 시원
치 않다는 말.) 밉살맞은 아내에 대한 욕
설. ¶"이런 엿장수 줬다 가재 쳐 개장수
줘두 션찮은 여편네 보게. 시방 학생 애들
저러는 소리가 안 들려 그러구 자빠졌다
이게여?"《우리 동네 鄭氏》

영감인지 땡감인지　'영감인지 무엇인지'의
말. 〈방언〉 ¶"어이고 저 마누라는 영감인
지 땡감인지만 위허구 내 배 주리면 누가
알아줄 깜냥…" 말순 어머니가 밀개떡 한
조각을 내밀며, 으레껏 빈 광주리를 이고
와서 남 먹는 입맛 턱 떨어지게 바라보는
역말 댁을 눈치한다.《김탁보전》

영글다　여물다. ¶더 영글 눈발이 소나기

지면서 잠 씻은 밤이 이우는 섣달이라 기
댈 건 화로하고 다시없으련만《암소》

영양가 없는 말　설득력이 없는 말. ¶"암
만 풋내기 햇내기두 넘의 영양가 없는 말
은 안 들으닌께 상관없다― 그말유.《달
빛에 길을 물어》

영절스럽다　아주 그럴듯하다. 〈방언〉 ¶
(그믐산이는)…영절스럽게 장담했다.《오
자룡》

옆다리　옆댕이. 〈방언〉 ¶덥덩이 이장 권
이 꼭 저같이 생긴 것 두엇하고 옆다리로
비껴 앉으며 할 만한 소리를 하였다.《우
리 동네 趙氏》

옆댕이　'옆'을 속되게 이르는 말. 〈방언〉
¶김은 슬며시 옆댕이와 뒷전어리를 사려
보았다.《우리 동네 金氏》

옆들다　옆에서 도와주다. ¶오 선생이 한탄
하자 운전수가 옆들며 말했다.《만고강산》

옆들이　옆에서 부추기다. 〈곁말〉 ¶"없는
사람은 선도 못 본다구." 심이 베개를 돋우
어 베며 옆들이를 하였다.《산 너머 남촌》

옆으로 못 쓰면 모로 쓴다㊏　쓸모가 아
주 없지는 않다는 말. ¶'…에라 눈 딱 감
지…옆으로 못 쓰면 모로 쓰더라고, 아니
지 아니여 맘 고쳐, 뒈지면 애장 허기두
성가시다…오냐.'《이풍헌》

옆질하다　배가 좌우로 흔들리는 모양. 여
기서는, '불안정한 마음'의 뜻으로 쓰임.
¶방종이니 타락이니 하고 옆질할 만한
여유가 없었으며 그러고 싶지 않아도 별
수 없겠을 형편이었던 것이다.《다가오는
소리》

예기(를) 지르다　남의 예기(銳氣)를 꺾다.
선수를 치다. ¶내가 뜨악해하는 기색을

엿보았는지 그가 먼저 예기 지름으로 말했다. 《강동만필 2》

예조 담모퉁이로㊠　① 예의를 차리느라고 겸사하는 버릇이 심한 사람을 조롱하는 말. ② 점잖다는 말. ¶"새해 복 많이 받으세요. 우수리는 저한테도 좀 나눠 주시구요." "예조 담모퉁이처럼 인사성 하나는 싹싹해서 됐네…"《산 너머 남촌》

'예' 하는 것하고 '응' 하는 것 다르다㊠　지어 놓은 밥도 먹으라는 것 다르고 잡수라는 것 다르다. ¶"또 그 화투 얘긴가. 옛말씀에 '예' 하는 것하고 '응' 하는 것하고 얼마나 다르냐고 했네…"《산 너머 남촌》

옙들다　옆들다. ¶같은 또래의 봉대 아버지가 송방 주인을 옙들었다. 《관촌수필 6》

옛말 그른 데 없다㊠　예로부터 전해 내려오는 말은 옳지 않은 것이 없다는 말. ¶"그리고 보면 옛말에 그른 말 없다던 옛말이 옛말만도 아닌 것 같아요." 《오후의 철학》

옛슈옛슈　'여기 있소'를 줄임말로 거듭하는 소리. ¶"…나릅(4세) 난 암소두 다섯 장이면 옛슈옛슈 허는 판인디…"《다가오는 소리》

오가리(가) 들다　식물의 잎 등이 병들거나 말라서 오글쪼글해지다. ¶잎새들은 모조리 오가리 들듯 푸른 잎 그대로 말라 가랑잎이 돼 있었고《관촌수필 1》

오갈뚝배기　전두리 부분이 안으로 옥은 조그만 뚝배기. 〈방언〉¶그런 그네들 뒷모습의 흡사하기란 오갈뚝배기서 바글거리는 된장찌개 떠 넣는 모양과 그렇게 같아 뵐 수 없었다. 《그럴 수 없음》

오갈(이) 들다　두려움에 기운을 펴지 못하다. ¶문정의 말에 심이 희아리 고추 같은 화상을 그리면서 오갈 든 목소리로 거들었다. 《산 너머 남촌》

오고 가고　오기도 하고 가기도 하는 모양. ¶"…짧은 해에 오고 가고 하면 한나절인데,"《장한몽》

오구러질 여편네㊟　오라질 여편네. 〈방언〉¶"이런 오구러질 여편네, 에미버팀 혼구녕을 내놔야 쓰겠구먼."《관촌수필 4》 ※오라지다 : 죄를 입어 오랏줄에 묶이다.

오그라질 놈㊟　오라질 놈. 오라로 묶여 잡혀갈 놈. ¶그는 부쩌지 못해 하면서도 속으로만 '오그라질 놈들…' '니기미 씹이다…' 하고 욕이나 할 뿐이다. 《장한몽》

오그라질 인간㊟　오라질 인간. ¶"…어이구 저 오그러질녀리 인간…"《명천유사》

오금　(길쭉한 것의) 굽이진 부분. 〈방언〉¶…보인대야 보인 것밖에는 없게 사태져 황토배기 된 개골창 한 오금 아카시아 덤불 밑에 웅크려 앉은 미실은,《장한몽》

오금에서 불이 나게㊠　몹시 바삐 돌아가는 모양을 이르는 말. ¶…사람은 사람대로 차는 이번 한 번이지 두 번 다시 아니 탈 사람들처럼 길바로 내빼기에 저마다 오금에서 불이 나는 걸음이었다. 《달빛에 길을 물어》

오금을 못 쓰다　맥이 빠져 몸을 가누지 못하다. ¶낮에 일하면서도 미어질까 보아 맘 놓고 오금을 못 썼는데 아까 변소에 쭈그리고 앉았다가 깨진 것이었다. 《백결》

오금을 박다　단단히 이르거나 을러 놓다. 장담을 하던 사람이 그와 반대되는 언행을 할 때에, 그 장담을 들추어 말하며 몹시 공박하다. ¶…이제 와서 누구 한가하

려느냐고 오금을 박으려다가 아서라 하고 숫제 안 들은 것으로 치부하고 말았다. 《산 너머 남촌》

오금이 저리다 초조하다. ¶말이 엉뚱하게 돌아가는 것 같아 그는 불쾌하고 오금이 저렸다. 《장난감 풍선》

오금탱이 오금팽이, 즉 오금. ¶…아무리 오금탱이가 저리고 당겨도 뜀박질은 하지 않았다. 《유자소전》

오급살을 맞다 갑작스럽게 죽다. ¶…세상 사람들은 무덤마저 빼앗기고 어리중천에 떠도는 현덕왕후(단종의 모후)의 원통한 혼령에 의해 오급살을 맞을 것이라고들 쑥덕거렸다. 《매월당 김시습》 ※오급살 : '급살'의 힘줌말.

오나가나 어디로 가나 늘 다름없이. ¶…윷놀이 따위는 오나가나 구경도 하기가 어려웠다. 《산 너머 남촌》

오나가나 사람 맛 떫어 사랑 못 한다 정드는 사람이 드물다는 말. ¶"오나가나 사람 맛 뚫어 사랑 못 한다더니…여보슈, 촌인심이 이런 줄 알았으면 오지도 않았을 거요."《우리 동네 崔氏》

오너라 가너라 제 마음대로 괜히 사람을 오라고도 하고 가라고도 하는 모양. ¶나는 몇 푼 안 되는 돈으로 오너라 가너라 하기도 번거로울 터이므로 잠시 보관해 두라고 말했다. 《관촌수필 5》

오뉴월 갯것전에 쉬파리 끓듯㊂ 사람이 한 군데에 많이 몰려 있는 모양. ¶"여게 좀 쫓아내여! 워쩐 아이새끼들이 오뉴월 갯것전에 쉬파리 끓듯 허느냔 말여."《그가 말했듯》

오뉴월 남천가의 동남풍이다㊂ (일의 방향이) 언제 어떻게 변할는지 모른다는 말. ¶(산)…가다가 불뚝성에 고집이 나면 누가 뭐라고 해도 요지부동으로 버티며, 그러다가도 문득 변덕이 일면 오뉴월 남천가의 동남풍인 양 영판 종잡을 수가 없는 위인인 것이다. 《글밭을 일구는 사람들》

오뉴월 마파람에 여우비 긋듯이㊂ 여름철의 남풍에 비가 잠깐 오다가 그치듯. ¶(산)…이른바 소창직이란 이름의 허름한 피륙이었다. 그나마도 포플린과 나이론 같은 것을 아무나 입게 되고부터 오뉴월 마파람에 여우비 긋듯이 깜뭇 뒤가 없어지고 말았지만, 《인생살이 한 자락만 머무는 관촌》

오뉴월 병아리 하룻볕 쬐기가 무섭다㊂ 짧은 기간에 자라는 속도가 몹시 뚜렷하다는 말. ¶"오뉴월 비영아리 하룻볕 쬐기 다르다구 이년, 암만 눈구녕에 헛거미가 들었기루 최슴이 아들이, 그게 상종이나 헐 씨알머리더냐, 이 육시럴 헐 년아."《매화 옛 등걸》

오뉴월 쇠불알㊂ 사물이나 행동이 축 늘어져 활발하지 못함을 조롱하여 이르는 말. ¶"윤만이 부랄이 오뉴월 쇠불알이간디, 그늠만 쳐다보메 살 거라게." "그럼 뭐여, 뭣이냐 말여, 이 소갈머리 읆는 년아." "뭐는 뭐여, 뭐는 뭐지…"《추야장》

오뉴월 쇠불알 보고 소금 종지 들고 나선다㊂ (소의 고환은 특히 여름철에 더욱 늘어져서 곧 떨어질 것처럼 보이기도 한다. 떨어지면 소금에 찍어서 먹으려고 소금 그릇을 들고 따라다닌다는 뜻) 미련한 사람을 조롱하는 말. ¶"오뉴월 쇠부랄 보구 소금 종지 들구 나선 꼴일세." 순덕이

네서 나와 갈림목에 이르자 봉석 어매가 류그르트를 흘겨보며 두런거렸다.《우리 동네 柳氏》

오뉴월 장마에 토담 무너진 기분이다⑥ 때 아니게 찾아온 큰 일거리를 앞에 놓고 보는 기분이라는 말. ¶뒷말 댁은 잔뜩 참았다. 하고 나니 개떡 같은 게 ×이더라는 말도 있지만 오뉴월 장마에 토담 무너진 기분이었다.《그때는 옛날》

오뉴월 하룻볕이 무섭다⑥ 하루 차이도 매우 크다는 말. ¶"이 보리 흉년에 시골 땅값 다섯 평을 내놓은 판이니…하찮게 볼 수 없는 돈입죠." 이 말은 안 했으니만 못했다는 건 요즘 생각이고, 하룻볕이 다른 세상에 그때만 해도 실언은 아니었던 것이다.《장한몽》

오는 말이 고와야 가는 말이 곱다⑥ 상대방의 말이 공손하고 점잖은가, 또는 그렇지 아니한가에 따라 이쪽 말씨가 바뀌게 됨을 이르는 말. ¶"여보슈, 오는 말이 고와야 가는 말도 고울 거 아뇨." "받은 말이 고와야 보내는 말도 고울 거 아니오." "나 원…" "원 참…"《장한몽》

오늘내일하다 죽을 때가 다가오다. ¶"고록고록허구 오늘니열허는 게 벌써 원제버텀인디…"《관촌수필 ⑥》

오늘 죽어서 어제 장사 지낸다는 격⑥ 사리에 맞지 않는 말을 함을 비유하여 이르는 말. ¶"우리가 시방 놀기 힘힘해서 예까장 와가지구 먹다 냉긴 사이닷병 같은 집이허구 앉어서, 오늘 죽어 어제 장사 지냈다는 소리나 씨부렁대고 있는 중 아남? 물 도둑늠 잡어다가 장터 법관(지서 순경) 일거리 맹글어 주러 온 겨. 잠깐 댕겨올

각오허라구."《우리 동네 金氏》

오다가다 가끔 어쩌다가 우연히. 지나가는 길에. ¶…오다가다 만난 여자라 하니 과연 가면 얼마나 갈 것인지《산 너머 남촌》

오달지다 올차고 여무져 실속이 있다. ¶"보름사리라 물두 오달지게 들었는디."《관촌수필》 소는 가축이라기보다 가족의 일원이었다. 값지고 덩치 있는 짐승이라서가 아니라 기른 공력 때문이었다. 그러므로 소를 내놓으려면 반드시 그에 값하는 경사가 뒤따라야 보람도 뵈고 올차며 오달진 거였다.《우리 동네 李氏》

오도가도 '오지도 가지도'의 줄임말. ¶회사와 주인집에서 쫓겨나 오도가도 못하게 된 여공은 모두 열두 명이었다.《우리 동네 崔氏》

오도가도 못하다 '이러지도 저러지도 못함'을 이르는 말. 가도오도 못하다.〈북〉 ¶(황 씨가)…오도가도 못하는 딱한 돈 팔만 원을 보고 점잔 떨 계제가 아니었음은 이해하고도 남는 일이었다.《암소》

오동오동하다 ① (생전복이나 해삼처럼) 씹기에 오돌오돌하고 단단하다. ¶"요새 꼴뛰기젓은 오동오동허니 한참 제맛이 들었을 텐디…"《그때는 옛날》② 탄력이 있다.〈방언〉 ¶밑에서 올려다본 그녀의 두 유방도 멀고 먼 봉우리로 솟아, 넓고 두툼하기만 했지 오동오동한 맛이 없던 오명님이 따위는 근처에도 못 오게 우아해 보였던 것이다.《장한몽》

오동잎 하나만 떨어져도 온 세상에 가을이 온 줄로 안다⑥ 어느 한 부분만 봐도 전체를 짐작할 수 있다는 말. ¶"그렇게 말씀하시니 정치라는 것처럼 수월한 직업

도 드물 것 같은데요.""지는 오동잎 하나로 천하의 가을을 내다보는 법이외다. 우리 정계에서 보면 농사짓는 것보다도 훨씬 쉬운 게 사실입니다…"《강동만필 1》

오동지 섣달에 앉아서도 고뿔 든다㊍ 방 안에서만 지내도 감기에 걸리기가 쉽다는 말. ¶최 노인은 족보란 말에 무릎을 쳐가며 좋아했다. "그래 제가 이렇게 출장을 나온 겝니다." "오됭지 슫달에 앉어서두 고뿔 들어쌓는디 애쓰너먼그려."《이 풍진 세상을》※오동지 섣달 : 동짓달과 섣달이라는 뜻으로, 혹독하게 추운 음력 십일월과 십이월을 아울러 이르는 말.

오동지 육섣달이라㊍ 동짓달과 섣달에 눈이 많이 내리면 이듬해 오월과 유월에 비가 많이 내린다는 속설. ¶"오며 보니 또 눈발이 서겠네. 오동지 육섣달이라니, 유월에 큰물 갈 장본이나 아닌지 모르겠어."《산 너머 남촌》

오두망절 우두망찰. 〈방언〉 정신이 얼떨떨하여 어찌할 바를 모름. ¶한참 만에야 순간적인 환상에 사로잡혀 잃어버린 지난날의 한 시절을 되살려 낸 착각으로 그렇게 오두망절하고 서 있는 나 자신을 발견하고,《관촌수필 1》

오등거리다 ('오등'은 '으등'의 잘못). (얼굴이) 우그러지다. ¶두만은 덕칠이 전에 없던, 그답지 않은 주착이다 싶어 이맛살이 절로 오등거려졌지만, 말로는 뭐라 할 수 없는 입장이라 화제를 돌려 봄이 상책이다 싶다.《몽금포 타령》

오라지다 (나쁜 것이) 아주 많이. 매우. ¶"…참 해두 오라지게 질다…"《관촌수필 1》

오락가락하다 ① 비나 눈이 내리다 말다 하다. ¶가랑비가 오락가락했다.《야훼의 무곡》② 정신이 있다 없다 하다. ¶(산) 절집은 정신이 오락가락하는 시렁시렁한 사람이 와서 요양을 하는 곳이 아니었던 것이다.《젊음을 밑천으로》

오래오래 돼지를 계속하여 부르는 소리. ¶(산)…돼지를 부르는 "오래오래"…《국제화 시대와 음식 미신》

오래오래 아주 오래 지나도록. ¶"많이 해처먹고 오래오래 살래라…"《해벽》

오려 올벼. ¶…가뭄을 모르던 무논이어서 해마다 오려를 거둔 구렁찰 논들은,《관촌수필 1》

오려논 올벼를 심은 논. ¶…가로놓인 오려논 한 자락이 순기와 시빗거리가 될 줄은 전혀 몰랐던 게 옳은 대로 그랬다는 거였다.《매화 옛 등걸》

오롯이 온전히. ¶…그것은 어디까지나 돌아앉아서 오롯이 뉘우칠 일이요, 구태여 협협하게 내색을 하여 스스로 위신을 낮출 일은 아니었다.《산 너머 남촌》

오롯하다 모자람이 없이 온전하다. ¶…그대에 대한 생각은 그리 오롯한 바가 아니다.《매월당 김시습》

오르락가르락하다 '오락가락하다'를 속되게 이르는 말. ¶한동안 그녀는 그렇게 궁상스레 눌러앉은 채 이 생각 저 생각이 오르락가르락해 이슬이 찬 줄도 모르고 있었다.《떠나야 할 사람》

오르락내리락 계속 오르고 내리고 하는 모양. ¶"…나리께서는 그저 오르락내리락 노니실 일만 남았사와요."《매월당 김시습》

오 리를 보고 십 리를 간다⑳ 장사하는 사람들은 조그만 이윤을 위하여 무서운 노력을 들임을 이르는 말. ¶"백 서방 말에도 일리는 있지." "오 리 보고 십 리를 가는데 어째 일 리뿐이우." "그럼 시오 리 정도로 해 두고."《그리고 기타 여러분》

오리발 사촌⑳ (겨울에도 물에서 노는 오리의 발은 항상 얼어 있는 듯하므로 손발이) 얼어서 벌겋고 거칠다는 말. ¶달소수나 얼녹인 손은 오리발 사촌이었고, 얼굴도 굴뚝새 못잖게 바짝 탄 것이, 까마귀가 지나다 보면 너나들이하자고 넘성거릴 지경이었다.《우리 동네 崔氏》

오리오리 오리마다. ¶능애는 윤만이의 입김이 앞머리카락 오리오리에 서려 엉기는 속에서도《추야장》

오마오마 (야속하여) 거듭 '오겠다' 하다. ¶"오마오마 허더니 오기는 왔구먼그려…"《그때는 옛날》

오망부러지다 어느 한 부분이 전체에 비해 볼품없이 작게 되다. 〈방언〉¶매월당은 오망부러진 목을 비짓자루 비틀듯 하며 뒤퉁스럽게 앵도라지는 꼴이 가관스러워서 한 번 더 집적거려 보았다.《매월당 김시습》

오망부러진 계집년⑪ 오종종하고 못생긴 몸매에 빗댄 욕설. ¶"기맥혀, 어이고오…이깟 오망부러진 지집년을, 하 선상 눈이 뼈서 밝히겠구먼." "그리기 말이다."《담배 한 대》

오망부리 어느 작은 부분이 전체에 비하여 볼품없이 작게 된 모양. ¶목이 오망부리져서 아이들과 키를 거루는 아내가 뒤듬바리 걸음으로 다가오며 눈을 허옇게 하

고 투덜거렸다.《우리 동네 趙氏》

오며가며 오면서 가면서. ¶그네들이 오며가며 쉬는 할미바위가 멀지 않다.《김탁보전》

오면가면 오면서 가면서. ¶그는 처삼촌댁에게 해산관을 부탁했다. 오면가면 할 테니 아내를 단단히 잡아 놓고 있어 달라는 말도 잊지 않고 일렀다.《관촌수필 6》

오목눈 오목하게 들어간 눈. ¶소동라는 무람없이 허옇게 뒤집어 뜬 오목눈을 두어 번 깜박거리다가《매월당 김시습》

오목 두다 말고 바둑 두는 얘기를 한다⑳ 자리에 어울리지 않는다는 말. ¶"…워쩔라구 오목 두다 말구 바둑 두는 얘기를 다 허나 했더니, 엿장사 성공허여 고물 장사 되는 쪼루다가 제우 개고기를 수입해다가 팔겠다는 거 아녀."《장곡리 고욤나무》

오목조목 자그마한 것이 모여서 야무진 느낌을 주는 듯하다. ¶(며느리는)…살결이 보기 드물게 고왔고, 손발도 오목조목하니 볼 만했다.《관촌수필 2》

오물오물 오물거리는 모양. ¶이발소에서 나와 상춘이 집엘 들르니 애비는 어제 막차로 서울에 물건 해 갔고 에미는 미장원에 가 없다며 애들만 오물오물 집을 보고 있었다.《이 풍진 세상을》

오미 평지보다 조금 낮아서 늘 물이 괴어 있으며 물풀이 나 있는 곳. ¶…둔치와 오미에는 수초와 엉겅퀴가 덤불을 이뤘으며 사모곶 장터의 쓰레기 매립장으로나 쓸 만한 땅으로 돼 있었다.《해벽》

오방난전(五方亂廛)을 늘어놓다⑳ 잔뜩 어질러 놓았다는 말. ¶그는 입촌서를 써서 오방난전 늘어놓고 양재기에 풀을 개

다가 뜰방에 신발 터는 소리로 영두가 올라온 것을 알았다. 《산 너머 남촌》

오붓하다 허실이 없이 훗훗하다. ¶그네들은 흔히 오붓한 바위 밑이나 바람 없이 볕이 잘 괴는 논둑 밑에 자리를 잡았다. 《관촌수필 2》

오사리 작것〈비〉 보잘것없는 위인이라는 말. ¶…소일 이전에 오락이라야 하는데, 오사리 작것이나 늦사리 막것이나 돈 놓고 돈 먹기로 취직을 삼은 것들은 무조건 지랄을 저축한 것들로 봐야 하니까. 《산 너머 남촌》

오사리잡것〈비〉 온갖 못된 짓을 거침없이 하는 잡놈이란 말. 오월에 잡아서 담근 새우젓은 각종 고기 새끼가 섞여 있기 마련이어서 '오사리잡것'이라 함. ¶"있어 보면 여관이랍시고 옆방에 왼갖 오사리잡것들이 다 들쑹날쑹해쌀 텐데…" 《장한몽》

오사리잡놈〈비〉 여러 종류의 잡된 무리. 온갖 못된 짓을 거침없이 하는 잡놈. ¶"흑싸리 홍싸리 오사리잡것이 밤마다 거름을 허니 오죽 걸겄나." 《우리 동네 柳氏》

오사바사하다 굳은 주견 없이 마음이 부드럽고 사근사근하다. ¶씨가 오사바사하는 사내라면 누구보다도 질색하는 성미고 보니 언제 보아도 마뜩찮은 것이 은돈이었던 것이다. 《장평리 찔레나무》

오손도손 정답게 이야기하거나 의좋게 지내는 모양. ¶…식구끼리 화롯가에 둘러앉아 오손도손 허드레 이야기를 하던 자리에서도 《연애는 아무나 되나》

오솔오솔 (소금이나 설탕이) 물기가 적어져서 고들고들한 모양. ¶그래야만 소금이 녹거나 간이 흐르지 않고 오솔오솔해

지는 거였다. 《추야장》

오솔하다 사방의 둘레가 괴괴하여 무서울 만큼 호젓하다. ¶최 마름네 뒤꼍의 대밭은 겉보기보다 훨씬 보닥진 것 같았고 오솔했다. 《오자룡》

오스르하다 오롯하다. 〈방언〉 ¶그동안 아궁이를 가득 메웠던 장작은 끄느름한 숯등걸만 오스르하게 남겼을 뿐 거의 사위어 버린 거였다. 《추야장》

오여 왼. 〈방언〉 ¶"뒷간에 다녀와서 오여 손잽이가 되고 보니까 나만 해방 전으로 되돌아가서 좌우익을 함께하고 있는 듯한 느낌이 들데." 《산 너머 남촌》

오요오요 강아지를 계속하여 부르는 소리. ¶(산)…강아지 때의 "오요오요" 하고도 다른 성질의 것이었다. 《국제화 시대와 음식 미신》

5월 농부 8월 신선〈속〉 여름내 농사를 지으면 음력 팔월엔 편한 신세가 된다는 말. ¶(산) 추석은 '5월 농부 8월 신선'이라는 속담 그대로 농경 의례적인 민속 명절 가운데서도 민원의 집대성이나 다름없는 명절이었다. 《추석길을 바라보며》

오자마자 오면서 곧. ¶그녀는 오자마자 한바탕 연설을 했다. 《우리 동네 張氏》

오장육부(를) 뒤집다 (남의) 기분을 나쁘게 하다. ¶"…그 섯바닥 빠진 년이 공중 와설랑 사람 오장육부를 홀랑 뒤집어 놓구 가잖어…" 《관촌수필 8》

오장육부 열어 놓고 바람을 쐰다〈속〉 마음에 품고 있는 생각을 마음 놓고 말하는 모양. ¶"우리 선거구 2개 군 3개 읍 23개 면 5백 75개 리에 일꾼 한두 명 꽂아 두지 않은 데가 없지만, 그러나 이 사람이 오장육

부 열어 놓고 바람이라도 쐴 만한 동지는 아우님뿐이외다…《그리고 기타 여러분》

오장(을) 뒤집다 오장을 긁다. (남의) 기분을 나쁘게 하다. ¶…기출 씨는 나가서 사는 자식들이 뻔질나게 드나들며 오장을 뒤집은 지가 오래였다.《장곡리 고욤나무》

오장(이) 뒤집히다 분통이 터져 견딜 수가 없다. ¶정은 배신감이 치밀어 오장이 뒤집힐 지경이었다.《우리 동네 鄭氏》

오종종하다 얼굴이 작고 옹졸스럽다. ¶"오종종헌 여편네 같으니, 저만 혼자 약었다니께…"《우리 동네 張氏》

오죽잖다 변변하지 못하거나 대수롭지 않다. ¶칠성바위 언저리엔 오죽잖은 블록집들이 무려 다섯 채나 지어져 있었다.《관촌수필 1》

오줌 누고 좆 볼 새도 없다(비) 몹시 바쁘다는 말. 오줌 누고 자지 털 새도 없다. ¶"이것 모처럼인디 워디 가서 요기나 허세 그려." 차선이의 두루마기 소매를 놓지 않는다. 차선의 안색이 질린다. "시방 바쁜디." 탁보를 뿌리쳐 본다. "누구년. 나두 오줌 누구 좆 볼 새도 옰이 바쁘구먼." 탁보는 차선의 등을 밀고 춘일옥으로 들어간다.《김탁보전》

오줌 마려운 여편네 국거리 썰듯(비) 서둘러서 되는대로 마구 해치운다는 말. ¶…곽은 조남구가 앞에 있는 것도 괘념치 않고 오줌 마려운 여편네 국거리 썰듯 어서 텃밭이 나가야 짐을 던다면서 그저 덤벙대기만 할 뿐이었다.《산 너머 남촌》 ※국거리의 '거리'는 소의 내장을 이르는 경기도 방언임.

오지공(五指公) 자손(비) 개새끼란 말. ¶대개 흉칙한 자를 오지공 자손이라 일컬음은 뜻이 그와 같습니다…개라는 즘생은 어려서 이름이 강아지, 평생 소원이 누룽지, 앉으면 까지는 조지, 잠자리는 아궁지, 뒈질 때는 올감지…해서 다섯 손가락에 짓자가 달립니다. 오지공 자손, 즉 개새끼라 그 뜻입니다.《오자룡》

오지랖이 넓다 간섭할 필요가 없는 일에 나서서 간섭하는 사람을 두고 이르는 말. ¶"…먹는 장사로 나선 여자는 본래 옆에 기둥(남편)이 없어야 오지랖도 넓어지고 덜 거북한 법야. 매상도 오르고 단골도 붙고…"《강동만필 3》

옥신각신 옳으니 그르니 하고 서로 다투는 모양. ¶한창 옥신각신하던 중, 지나가는 청년이 말려 주어 겨우 모면할 수 있었다.《담배 한 대》

옥아 들다 옥아서 들어가다. ¶정은 성냥통을 찾던 손이 옥아 들며 부르르 떨렸으나, 한 번만 더, 하고 참았다.《우리 동네 柳氏》 ※옥다 : 안쪽으로 조금 오그라져 있다.

옥에 티(속) 나무랄 데 없이 훌륭하거나 좋은 것에 있는 사소한 흠을 이르는 말. ¶(산) 그림 속에 들어가서 놀다가 어느새 그림 밖의 여백으로 나온지라 마치 옥의 티처럼 초라할 따름이다.《금강산 기행》

옥죄다 옥여 바짝 죄다. ¶…담배라도 한 대 끄고 나서면 옥죄인 가슴이 조금은 풀릴 것 같은 느낌이었다.《관촌수필 2》

온다 간다 말없이 자기 거취에 대하여 아무에게도 말하지 아니하고 슬그머니. ¶아내는 온다 간다는 말도 없이 외출이 잦았다.《우리 동네 趙氏》

온다는 사람 막지 않고 간다는 사람 붙들

지 않는다⊛ 거주 및 직업의 자유가 보장된 사회. ¶"하긴 뭐 온다는 사람 막지 않고 간다는 사람 붙들지 않는 게 서울이니까 얼바람 맞은 드난이로 왔다리 갔다리 하는 거야 난장이 턱 차기겠지…"《산 너머 남촌》

온새미 가르거나 쪼개지 않고 생긴 그대로의 상태. ¶"잠깐 밭에 나갔다 온 새에 가이가 장병아리를 물어 죅였길래, 계제 좋다구 발톱할래 온새미로 삶어 내갔더니 그 지랄허구 자빠졌잖여…"《우리 동네 鄭氏》

올가미(를) 씌우다 계략을 써서 남을 그 꾀에 걸려들게 하다. ¶일을 크게 저질러 놓고 충동질을 한 다음, 정말 사태가 어렵게 될 때 올가미를 씌워 매장하려 들자면 그보다 더 간단한 방법도 없다 할 거였다.《장난감 풍선》

올고르다 더하고 덜함이 없이 모두가 한결같다. ¶…고둥이며 장뚱이가 발길에 차이던 개펄 아닌 농로는, 리어카와 소달구지 자국으로 올고르게 누벼져 있었던 것이다.《관촌수필 1》

올곧다 마음이 바르고 곧다. ¶"…심보가 올곧아도 값을 쳐 줄지 말지 한 판에 그 지경으로 뒤틀려 있으니, 그런 것한테 도대체 뭘 기대하겠어요."《엉겅퀴 잎새》

올깎이 나이 어려서 중이 된 사람. ¶…행자라는 어린 올깎이 때때중이《해벽》

올되다 나이에 비하여 철이 일찍 들다. ¶…나이답지 않게 올되고 걸었던 그 입은《유자소전》

올라감사하다 죽다. ¶"…네놈이 어려서 젖혀지지도 않는 것을 내일모레 올라감사

할 늙다리한테 등글개첩으로 판다는 바람에, 어린 마음에도 안됐어서 틀개를 놓느라고 그래 본 것이라더라."《토정 이지함》

올록하다 '올록볼록하다'의 잘못. ¶나는 나도 모른 새 하늘색 티셔츠 학생의 올록한 가슴을 한 옴큼이나 쥐어 주무르고 말았던 것이다.《그가 말했듯》

올망졸망 작고 또렷한 여러 귀여운 것들이 고르지 않게 벌여 있는 모양. ¶장마로 갇혔던 전실 자식 다섯에다 어머니가 보탠 두 애까지 올망졸망한 것들 일곱으로 문턱이 닳는 북새통이라 발붙일 곳도 없다.《야훼의 무곡》

올빼미 부엉이 사이다⊛ (두 새는 야행성 맹금류로 비슷한 데가 많다) 두 사람의 인품이나 성품이 비슷하다는 말. ¶"즤덜이 그래 봤자 올빼미 부엉이 사이여, 또 즤들이 그런다구 우리게 놀미는 아무두 읎간디. 누구 신명 나라구 짐장독에 우거지 절듯 허여. 이 병시 어매는 나이 사십오 이상으루 갖다 먹언간디."《우리 동네 趙氏》

옴나위 꼼짝할 여유. ¶(유승팔이)…옆구리를 줄여 겨우 옴나위나 할 만큼 틈을 내주었다.《우리 동네 李氏》

옴나위 못 하다 꼼짝 못 하다. ¶소동라는…삭신이 욱신거려 맥을 출 수가 없고, 발바닥의 물집이 가라앉지 않아 옴나위를 할 수가 없다는 것이었다.《매월당 김시습》

옴니암니 요리조리 좀스럽게 헤아려 따지는 모양. ¶"농사는 옴니암니 따지다 보면 결국 못 짓는 법이다…"《산 너머 남촌》

옴닥거리다 (좁은 곳에 모여서) 복작거리다. 〈방언〉¶그전 같으면 이 찌는 복중에

무슨 장맛으로 굴속 같은 집구석에서만 옴닥거릴 터인가.《우리 동네 黃氏》

옴닥옴닥 오글오글. 〈방언〉 한곳에 빽빽하게 많이 모여 잇따라 움직이는 모양. ¶논배미 이끼가 파래 빛으로 고와지기 시작하면 새로 퍼진 미나리아재비 잎새 밑엔 올챙이들이 옴닥옴닥 놀기 시작한다.《관촌수필 4》

옴살 한몸같이 친밀한 사이. ¶"물이 좋았구먼. 그런디 민 선생은 누구여?" 윤이 물었다. "천동핵교루 갈려 온 사람인디 박 참사허구는 옴살이데. 천남중학 동창이라 나벼…"《우리 동네 李氏》

옴싹달싹 '옴짝달싹'의 잘못. 몸을 아주 조금 움직이는 모양. ¶"…(이 구석서는)…옴싹달싹을 헐 수가 읎단 말여."《관촌수필 7》

옴치다 '옴츠리다'의 준말. 겁을 먹어 몸의 일부를 뒤로 조금 물리다. ¶남들은 노가 얼씬만 해도 사지부터 옴치며 입질을 해 댔다.《변 사또의 약력》

옴팡 옴팡집. 〈방언〉 ¶…부엌과 헛간을 처마에 의지하여 달아낸 방 두 칸짜리 오죽잖은 옴팡마저도 남의 터를 깔고 앉아, 매년 동지 무렵이면 텃도지로 벼를 한 가마씩이나 물어야 했던 것이다.《우리 동네 崔氏》

옴팡집 (움집·움막·오막·오두막 등) 작고 보잘것없는 집. 〈방언〉 ¶…대낮에도 볕살이 추녀 끝에서만 맴돌다가 어둡던 옴팡집은 장중철이네가 차린 주막이었다.《관촌수필 1》

옴팡하다 좀 옴팍하다. 가운데가 좀 들어가 오목하다. ¶조는 미닫이를 가만가만

닫으면서 줄곧 옴팡하게 생겨 먹은 부분에만 눈독을 붓고 있었다.《해벽》

옴패다 속으로 오목하게 파이다. '옴파다'의 피동형. ¶…인부 합숙소는, 보광동과 한남동이 접경한 강둑 한 기슭 우거진 풀숲 덤불 틈에 옴패어 자리하고 있었다.《금모랫빛》

옷은 새옷이 좋고, 사람은 옛사람이 좋다⑤ 옷은 깨끗한 새것이 좋고, 사람은 오래 사귀어 정이 두터운 사람이 좋다는 말. ¶"옷이 날개라는 말씀이군요." "아닙니다." 이모는 얼른 얼러발을 쳤다. "옷은 새옷이 좋고 사람은 옛사람이 좋다고 했습니다."《이모연의》

옷을 벗다 (사람이) 어떤 지위나 자리에서 물러나다. ¶군대에서 제대하자마자 객지로 나돌며 한동안 경찰관도 지내고, 적성에 맞지 않는다고 옷을 벗고 택시를 끌다가 뒤집혀서 죽었다 살기도 한 사람이,《장척리 으름나무》

옷이 날개라⑤ 옷이 좋으면 인물이 한층 더 훌륭하게 보인다는 말. ¶"입은 옷을 보니 옛말에 그른 말이 없군요." 결김에 새퉁스런 말을 하자 노는 이렇게 받았다. "옷이 날개라는 말씀이군요." "아닙니다."《이모연의》

옹두리 나뭇가지가 병이 들거나 벌레가 파서 결이 맺혀 혹처럼 불퉁해진 것. ¶"…워느 집이서 저런 옹두리 승질에 비우를 맞춰 받자허것어…"《명천유사》

옹송그리다 궁상스럽게 몸을 옹그리다. ¶보령은…난리가 나도 풍문이 들리다 마는 안침진 두메만 십 리 가다 하나 꼴로 옹송그리고 있는 산골이었다.《토정 이지함》

옹알이 아직 말을 못하는 갓난아이가 혼자 중얼거리는 짓. ¶(리는)…옹알이하는 아이 배냇짓 시늉으로 감은 눈만 끄먹거리고 있는데,《우리 동네 李氏》

옹이지다 (마음이) 언짢은 감정으로 맺혀 있다. ¶문정도 개떡보다는 젬병이 낫다는 생각에 옹이졌던 심사를 풀고《산 너머 남촌》

옹쳐매다 동여매다. 〈방언〉 끈 따위로 두르거나 감거나 하여 묶다. ¶…맑고 맑은 이슬단지 같은 두개골이 그렇게 있을 것이라고 거듭 고 냈던 마음을 풀어 옹쳐매는 거였다.《장한몽》

옹치다 (실이나 노끈 같은 것이 풀리지 않게) 고를 내어 매지 않고 옹이가 지도록 단단히 묶어 매다. ¶그녀는 딸이 번 돈을 받을 때마다 꼭꼭 옹쳐 깊숙하게 숨겨 두었다. 계를 든 적도 없고 돈놀이할 만한 상대가 없어 그렇게 옹쳐 두는 게 십상이니 싫어 그런 거였다.《그때는 옛날》

와글바글 사람, 짐승, 벌레 등이 한곳에 많이 모여 자꾸 떠들며 움직이는 모양. ¶이윽고 쏠리어 내려간 조무래기들이 앞지르고 뒤따르며 되돌아오는 소리가 와글바글 들려왔다.《관촌수필 5》

와들와들 춥거나 겁에 질려 야단스럽게 떠는 모양. ¶두 손님께서는 와들와들 떨고만 있군.《부동행》

와작와작 (깍두기나 과자나 사탕 따위를) 마구 씹는 소리. ¶빗방울에 풀린 듯하던 발밑은 움직이기만 해도 와작와작하고 깨어지는 소리가 들렸다.《관촌수필 1》

왁살스럽다 '우악살스럽다'의 준말. 밉살스럽고 우악스럽다. ¶그는 치솟았던 욱기를 못 갈앉혀 두 손 맞잡고 손가락을 꺾어 마디 소리만 왁살스럽게 내며 부쩌지 못하고 있었다.《관촌수필 7》

왔다 갔다 하다 ① 자주 오고 가고 하다. ¶"츰에는 왔다 갔다 허는 것 같더니만, 워디루 내뺐는지 아까버텀 얼씬두 않던디유."《우리 동네 鄭氏》② 값이 오르고 내리고 하다. ¶"…순전 모냥 하나에 값이 왔다 갔다 허는 게 비석값이여."《산 너머 남촌》

왔다리 갔다리 '왔다 갔다'를 속되게 이르는 말. ¶"…왔다리 갔다리 구만허구, 참구 앉어 줘유."《우리 동네 金氏》

왕배덕배 이러니저러니 하며 시비를 가리는 모양. ¶"…여편네는 공해 근처만 얼씬해도 비각인 줄 아는 놈이라, 거기까지 가게 할 수는 없다 해서 시방 한창 왕배덕배하고 다니는 중이라 이 말씀입니다요…"《토정 이지함》

왕후장상이 씨가 있나㈜ 높은 자리에 오르는 것은 가계나 혈통에 따라 절로 되는 것이 아니고, 노력하기만 하면 누구나 그렇게 될 수 있다는 말. ¶그도 포주나 뚜쟁이의 손에 크는 아이들이라고 하여 죄다 본데없이 되리라고는 짐작하지 않았다. 왕후장상의 씨가 따로 있는 것이 아니라는 옛말도 있었으니까.《무제①》

왜가리 목통으로 널벅지 패는 소리를 한다 목소리가 크고 투박하다는 말. ¶조가 주춤주춤 좌정을 못 한 게 들앉을 자리가 마땅찮아 그랬다고 뒤늦게 깨달은 여편네가, 왜가리 목통으로 널벅지 패는 소릴 하자, 털부리도 "인저 본께 방을 안 쳐디려서 예 지셨구먼…" 하며 미닫이를 밀

어젖혔다.《해벽》

왜간장에 졸여 청국장에 다져 넣을 놈⑪　죽여서 장조림을 만든 뒤에 칼로 곱게 다져서 청국장을 끓일 때 넣어 먹을 놈. ¶"…사람 같잖은 소리 웬만침 했걸랑 싸게 대복이 튄 디나 대여. 위디루 튀었어?" "이 왜간장에 졸여 청국장에 다져 늫을 늠아, 나를 잡어먹어라, 나를 잡아먹어."《관촌수필 4》

왜뚜리쟁반 메다붙이는 소리　〈왜뚜리는 큰 물건, '메다붙이다'는 '메어붙이다'의 방언〉크고 퉁명스러운 말투를 이르는 말. ¶소금에 살짝 구워 두 마리는 앉은자리에서 맛보고, 한 마리는 안 보이게 뒀다가 종남이나 먹일 셈이었다. 아침부터 까질러 나가 마실로 해를 삶고 다 저물어 들어온 아내가, 들어단짝 왜뚜리쟁반 멨다붙이는 소리만 안 질렀더라도 그는 생각따라 그렇게 했을 거였다.《우리 동네 崔氏》

왜자하다　소문이 굉장하게 퍼져 요란하다. ¶"…늦들잇을 것은 전버텀 집이서 뒤적그렸기 땜이 이번에두 집이서 짓는다는 소문이 접때버텀 왜자허니 뼁 돌았거던."《우리 동네 崔氏》

왜장치다　누구라고 꼭 집어 말하지 않고 헛되이 큰소리로 마구 떠들다. ¶…남이야 어찌 생각하건 말건 된 소리 안 된 소리를 혼자 왜장치듯 지껄이는 사람은 노상 복산 아버지였다.《관촌수필 6》

왜퉁스럽다　대단히 엉뚱할 만큼 새삼스럽다. ¶…응두는 지레 겁이 나서 초장에 잡도리를 해 보려고 왜퉁스럽게 윽박질렀다.《산 너머 남촌》

외꼬부리　외꼬부랑이.〈경기도 화성 지방

방언〉비틀어지고 꼬부라진 못생긴 오이. ¶…남의 원두밭을 더듬어 외꼬부리를 따다 먹는 녀석에,《우리 동네 鄭氏》

외눈 하나 깜짝 안 한다　조금도 놀라는 기색이 없다는 뜻으로 이르는 말. 눈도 깜짝 안 한다. ¶…그는 아직도 자기를 예사 헐뜯으며 술이 들어가면 으레 싫은 소리를 하던 이장이나, 새마을지도자 최정식, 고명근이와 홍사철한테는 고대 죽는다고 해도 눈 하나 까딱할 위인이 아니었다.《우리 동네 黃氏》

외다　뒤틀리다.〈방언〉¶강도 속이 외어 말이 다듬어지지 않았다.《우리 동네 姜氏》

외대다　사실과 반대로 일러주다. ¶영두는 차마 대놓고 무안을 줄 만한 보짱이 없어서 말을 외대었을 뿐, 정작 볼 만한 것은 이미 다 보지 않았는가 하는 생각이었다.《산 너머 남촌》

외대박이　돛대 하나만 단 배. ¶행두로 나선 외대박이에 허름한 가마가 실린 것에 걸맞지 않게 벼슬아치가 여럿이나 둘러앉은 것이 그러하고,《매월당 김시습》

외돌다　마음이 비꼬이거나 토라지다. 남과 어울리지 않고 혼자 행동하다. ¶모래미에서도 그중 후미진 상수리나무골에 외돌아 앉은 옴팡간이 윤만이네 집이었다.《추야장》

외돌토리　의지할 데 없고 매인 데 없는 홀몸. ¶뒤처져서 외돌토리로 남게 된 구명서 형사는 먼 일가붙이들을 찾아 전전하며 피신하고 있었다.《장한몽》

외동무니　단동무니. 윷놀이에서, 한 동만 가는 말. ¶응두가 아무도 없는 외동무니처럼 저 생긴 대로 씩둑거린 소리에 한번

덧나버린 문정의 감정은《산 너머 남촌》

외상없다 조금도 틀림이 없거나 어김이 없다. ¶서로 얼굴 뜨뜻한 일에 외상없이 부대끼면서도 가욋일 마무리하듯 느물거릴 수 있는 것이,《엉겅퀴 잎새》

외상(을) 긋다 외상값을 장부에 적다. ¶ "빚돈으로 이자나 까나가고 말어? 또 식구들은 굶나? 이젠 외상 그을 곳도 없다구. 내 벌이 못하는 게 언제야. 알지?"《생존허가원》

외상이면 소도 잡아먹는다(속) 맞돈이면 할 수 없지만, 외상이면 뒷일은 어찌 되거나 상관하지 않고 우선 당장에 좋으면 무엇이든지 한다는 말. ¶(산)"외상이면 소두 잡아먹는 판에 개를 못 잡는대야 말이나 되어?" "맞어."《우리동네 시대》

외오 '외우'의 옛말. 외따로 떨어져. 멀리. ¶워낙 외오 돌아가고 후미진 두메라 생전 쓰게 된 사람 하나 와서 들여다보는 법이 없었고,《관촌수필 7》

외오빼다 반대 방향으로 돌리다. ¶알타리무 따위는 거져 가져다 먹으래도 고춧가루가 아깝다면서 고개를 외오빼기 일쑤였다.《우리 동네 柳氏》

외오앉다 외따로 앉다. ¶(산)…첩첩산중의 만뢰풍우를 비킬 만한 곳은 오직 우명하게 외오앉은 바위 너덜겅뿐이었다.《지금은 꽃이 아니라도 좋아라》

외이다 꼬이다. 뒤틀리다. 〈방언〉 ¶…최서방은 속이 외이어 그녀의 칠칠치 못한 손끝을 뒤로 탄하거나 참고 덮어줄 줄을 몰랐다.《명천유사》

외일총 '욀총'의 잘못. 잘 외워 기억하는 총기. ¶그의 외일총이 남달리 여물다거

나 귀꿈맞아서 그런 것도 아니었다.《우리 동네 張氏》

요리 밍긋 저리 맹긋 이리저리 얄밉도록 잘 피하는 모양. ¶일모가 식사를 권해 오기는 하루에도 서너 차례씩이었다. 내가 너무 옹졸한 게 아니냐 하면서도 필성은 늘 요리 밍긋 저리 맹긋 거절해 왔다.《이삭》

요모조모 사물의 요런 면 저런 면. ¶"생각이 요모조모라 먹고 싶은 것도 이것저것 많겠다. 제기랄."《백결》

요분질(비) 성교할 때에 여자가 남자에게 쾌감을 주려고 아랫도리를 요리조리 놀리는 것. ¶오명님이 엉덩이는 걸 적마다 봤지만 상하좌우로 맷돌 돌아가듯 했고, 배를 맞추게 되면 요분질깨나 치겠다 싶더니《장한몽》

요제나조제나 이제나저제나. ¶…한 달 동안이나 미룩거린 채 요제나조제나 윤만이 얼굴만 바라봤던 게 후회스럽던 거였다.《추야장》

요지가지 이런저런 여러 가지. ¶(산) 가축만 가죽부터 털까지 팔리는 게 아니라 사람도 요지가지로 팔린다.《아픈 사랑 이야기》

요지경 속이라(속) 속 내용이 복잡하고 기괴하여 이해할 수 없다는 뜻으로 이르는 말. ¶"…거기도 어제 이사하고 모른다지…안 미치겠어? 서울선 발붙일 데가 없으니 맨몸뚱이만 도로 날 찾아왔길래 내가 주선해서 방도 얻어 주고 했지만…." "요지경 속이군."《백결》

욕걸자 참말이다(속) ('욕걸다', 즉 약속을 다짐하는 뜻으로 새끼손가락을 거는 행위를 이르는 방언) 거짓말이 아님을 강조하

는 말. ¶ "왜, 니열 당정, 그 잘난 것두 친구라구 칠뜨기 귓구녕에다 담어 줄걸?" "아녀, 그럼 욕걸자, 참말이지 나만 알 텡께…넘의 집 사내덜처럼 무거워질 텡께. 워디 히여 봐. 속은 심치구 믿어 봐라." 《담배 한 대》

욕(을) 보다 ① 수고하다. 고생하다. ¶ "애들두 없는 동네서 없는 것만 보구 댕기느라구 욕봤구먼그려…" 《인생은 즐겁게》 ② 치욕스러운 일을 당하다. ¶ 자식 또래의 경관에게 욕을 보는 것이 부아 나서가 아니라. 《산 너머 남촌》

용 가는 데 구름 가고, 범 가는 데 바람 간다㈜ 용 가는 데 구름 간다. ¶ "용 가는 데 구름 가고 범 가는 데 바람 간답디다. 암말 가는 데 나귀 가고 보름이 가는 데 그믐이 간다니 성님도 그 입 좀 조심하셔…" 《곽산 기생 보름이》

용 가는 데 구름 간다㈜ 반드시 같이 다녀서 둘이 서로 떠나지 않을 경우에 이르는 말. ¶ "지렁이는 원래 한약으로 지룡이니 토룡이니 해 왔다니까, 용 가는 데에 바람 간다는 말대로 토룡탕이 최고였겠군." 《산 너머 남촌》

용갯물 용두질 끝에 나오는 정액. ¶ "…일러오는 옛말에 공갈 있습디까. 없지요. 사람이 죽으면 피·침·눈물·콧물·고름, 에에 또…용갯물…이건 물이 된다고 했지요. 안 그렇소?" "…" 《장한몽》

용꿈 꾸다㈜ 매우 좋은 수가 생길 징조라는 말. ¶ "…농사꾼 먹는 것처럼 발전 못헌 물건이 옳은디 농촌 발전 잘되겠다. 제 삿날 맨밥 올린 늠은 용꿈 꿔 봤자 생일에 미역국이여." 《우리 동네 張氏》

용문산 안개 두르듯㈜ 남루한 옷을 치렁치렁 걸친 모양을 비유적으로 이르는 말. ¶ "…사람들이 이렇게 용문산 안개 두르듯 나와 있는 것도 다 사람 건지는 거 구경하자는 속판 아니겠습니까요…" 《토정 이지함》

용(을) 쓰다 기운을 몰아 쓰다. ¶ …푸서리에 깃들이 했던 물새며 들새가 뒷에 치여 용을 쓰듯 풍기고 날아가는 소리도 숨이 먹에 차는 다급한 비명처럼 들리고 있었다. 《매월당 김시습》

용천(나병)하다 올라감사할 놈㈜ 문둥병을 앓아 죽을 놈. ¶ "워떤 용천(나병)허다 올러감사헐 것이 그런 그짓말을 협듀? 찢어서 젓 담글 늠. 그런 것은 안 잡어가유?" 《관촌수필 3》

용코 '용 빼는 재주'를 속되게 이르는 말. 큰 힘을 쓰거나 큰 재주를 부리는 뛰어난 수단. ¶ "하여거나 이왕 이리된 거, 용코 읎어, 벌금 몇 푼 물으야지." 하고는 휙 나갔다. 《관촌수필 7》

용퉁하다 소견머리가 좁고 미련하다. ¶ 늙은이는 별 용퉁스러운 촌것도 다 본다는 듯이 눈을 허옇게 떴다. 《산 너머 남촌》

용해 터지다 '용하다'의 낮춤말. 성질이 어리석고 순하다. ¶ "…사람이 용해 터지구 즘잖기만 했지 부나허구 냅뜰성 있게 노는 승질이 아니라 저수지가 있는 동네에 살면서두 헤엄을 못 배웠거든." 《장암리 개암나무》

우그렁 바가지 상이 된다㈜ 짜증에 겨워 오만상을 찌푸린 모양. ¶ 먹지도 못하고 게워 낸다는 불평투성이로, 온종일을 우그렁 바가지 상이 돼서 툴툴거리고 울퉁

불퉁한 날은, 그녀를 엿보다 못해 하루벌이를 몽땅 털어 공연히 이발을 한 날이었다.《장한몽》

우굿하다 안쪽으로 조금 우그러진 듯하다. ¶옹은 가뜩이나 우굿한 얼굴에 주름살을 있는 대로 지르잡으며 족자를 얼른 걷어다가 두었던 곳에 도로 두었다.《산너머 남촌》

우덜거지 허술한 대로 위를 가리게 되어 있는 것. ¶"자네는 게서 무슨 일인가?" "마굿간 우덜거지가 새어 만졌습니다요." 《토정 이지함》

우두둑우두둑 빗방울이 잇따라 세차게 떨어지는 소리. 또는 그 모양. ¶우두둑우두둑 우산 위에서 들린 빗낱 듣던 소리는, 점심마저 굶어 허당이 된 가슴속을, 시간이 가면 갈수록 더욱더 분명한 가락으로 두들겨 주고 있었다.《관촌수필 1》

우둑우둑 '우두둑우두둑'의 준말. 단단한 물체가 잇따라 꺾이며 부러질 때 나는 소리. ¶…삼덕이는 풀잎을 우둑우둑 뜯어 밑을 닦고 일어났다.《담배 한 대》

우둥퉁하다 몸이 크고 퉁퉁하다. ¶…지금은 우둥퉁한 노파가 되어 십중팔구 하염없이 추억이나 되새기고 있을 조미령이 일쑤 새파란 과부로 분장하고 나와서《유자소전》

우듬지 나무의 꼭대기 줄기. ¶…그 차일 너머에는…미끈하게 뻗은 고욤나무 우듬지가 멀쑥하게 솟아 있었다.《장곡리 고욤나무》

우뚝우뚝하다 치솟고 치솟다(성적으로 남성의 잦은 발기 상태를 곁말로 표현한 말).〈個語〉¶"우리 저이는 배암 마리나 먹구부텀은 우뚝우뚝허던디, 이상허네유."《우리 동네 柳氏》

우라질 놈(년)⑪ 오라로 묶여 잡혀갈 놈(년). ¶"…이놈아 심뽀가 올발라야 죽어도 잘 썩는 게여. 우라질 놈."《장한몽》이런 우라질 년!《장한몽》

우락부락 ① 몸집이 크고 험상궂게 생긴 모양. ② 언동이 난폭하고 거친 모양. ¶인상은 어딘지 무디고 굵으며 우락부락해 뵈는 사십 대 사내로《두더지》

우렁딱지 논우렁이의 딱지. ¶고무신 코숭이에 눌려 버선코는 늘 어린애 배꼽처럼 우렁딱지 비뚤어 박히듯 납작 오가리 들어 있긴 했어도 읍내 아이들의 그 흔해빠진 옷차림에 비겨 얼마나 잘 어울리던 옷매무새였던지 몰랐다.《새로 생긴 곳》

우렁딱지만 하다 우렁이의 딱지만큼 좁다.〈방언〉¶우렁딱지만 한 동네서 자고 나면 마주 볼 얼굴끼리 그럴 수는 없을 일이었으나《우리 동네 黃氏》

우렁우렁하다 소리가 매우 크게 울리거나 나다. ¶박수엽은 중앙에 누가 있는 것처럼 우렁우렁한 목소리로 쐐기를 지른 다음 귀숙 어매를 눈으로 불러 너볏하게 나갔다.《우리 동네 柳氏》

우렁이도 두렁 넘을 꾀가 있다㊀ 어리석고 못난 사람이라도 무엇이나 한 가지의 재주는 있다는 말. ¶"우렁두 두렁 넘을 꾀가 있더라구, 생긴 값에 벌써 교제허는 청년이 있대야. 이성뱀이라구…"《우리 동네 崔氏》

우련하다 보일 듯 말 듯 희미하고 엷다. ¶소리가 나는 쪽은…겨우 산봉우리의 능선만 우련하게 남아 있는 시루봉께가 틀

림없을 것 같았다. 《장동리 싸리나무》

우리부리하다 '우락부락하다'의 잘못. 〈방
언〉 ¶…눈이 우리부리하여 그대로 이름
이 된 신통방이, 《토정 이지함》

우멍거지 포경. ¶"…핫, 고년이 날더러
우멍거지라구…"《아훼의 무곡》

우멍하다 물건 바닥이 쑥 들어가 우묵하
다. ¶…내실 쪽은 밀주 항아리를 들어낸
골방처럼 안침지고 우멍한 채로 휑하니
열려져 있었다. 《산 너머 남촌》

우무루루 (아이들이나 몸집이 작은 동물
들이) 한곳에 우그르르 많이 모여 있는 모
양. ¶…조무래기들만 우무루루 한 두름
인 데다가 뚜렷한 가업마저 없었다. 《엉겅
퀴 잎새》

우무루루하다 오물오물하다. 〈방언〉 작은
벌레나 물레 물고기 따위가 한군데에 많
이 모여 자꾸 굼뜨게 움직이다. ¶그녀 밑
으론 어린 동생들만 우무루루할 뿐 물 한
바가지 보태 줄 아이가 없었고, 그녀 혼자
서나 죽어나게 돼 있는 거였다. 《떠나야
할 사람》

우물쭈물 말이나 행동을 흐리멍덩하게 하
거나 우물우물 망설이는 모양. ¶"…행여
우물쭈물하다가 때를 놓쳤다가는 과인이
야말로 종사의 죄인을 면키 어려울 것이
다…"《매월당 김시습》

우므르하다 오물오물하다. 〈방언〉 ¶…낚
싯대 밑에 누치 끄리 얼음치 쏘가리 떼가
우므르해도 추라지 한 마리 그릇에 담지
않고 《토정 이지함》

우북더북하다 '우부룩하고 더부룩하다'의
줄임말. ¶…산소 자리에는 고구마를 갈
았다가 거둬들인 듯, 마른 고구마 덩굴이
우북더북한 밭고랑에 어지러이 흩어져 있
었다. 《관촌수필 1》

우북하다 '우부룩하다'의 준말. (많은 풀이
나 나무 등이) 한데 뭉쳐 나 더부룩하다.
¶영두는…뚝새풀만 우북히 깃은 다랑논
마다 마른갈이와 헛삶이를 하였다. 《산 너
머 남촌》

우선 먹기로 고물 없는 흰무리다ⓒ 나중
에는 어찌 되든 당장 좋은 편을 취하게 된
다는 말. ¶그러나 그렇더라도 우선 먹기
로 고물 없는 흰무리더라고, 들어 입맛 떫
은 이야기가 아님만은 분명했다. 《오자룡》

우세 남에게서 비웃음을 당하는 것. 또는
그 비웃음. ¶…그런 난장판에 하필이면
사장 어르신 운운하여 시척지근한 소리로
비위를 뒤집고 우세를 사게 할 것은 무엇
이란 말인가. 《산 너머 남촌》

우수리 물건값을 셈하고 거슬러 받는 잔
돈. 일정한 수나 수량에 꼭 차고 남는 수
나 수량. ¶일찍이 황소 한 마리가 경운
기 한 대와 맞먹은 적이 없었으나, 요즘은
경운기를 사고도 우수리가 떨어질 정도로
값이 채었다. 《우리 동네 李氏》

우술우술 (열매나 잎 등이) 한꺼번에 쏟아
지는 소리나 모양. 〈방언〉 ¶…솔바람만
지나가도 쪼글쪼글해진 감들이 상달 초승
께 밤나무를 털 때처럼 우술우술 쏟아져
내렸던 것이다. 《관촌수필 1》

우쑥우쑥 (동식물이) 거침없이 자꾸 자라
나거나 늘어나는 모양. ¶하루 볕이 다르
게 우쑥우쑥 자라 배동 오르고 물알 드는
볏포기 틈에서 《오자룡》

우정 일부러. 〈방언〉 ¶…지방 신문의 광
고란은 그날그날의 지면도 힙겹게 된 판국

이었다. 그런 판세에 우정 준다는 광고를 마다할 턱이 없었다. 《덤으로 주고받기》

우툴두툴 물체의 거죽이 굵고 고르지 못하게 부풀어오른 모양. ¶(시) 두꺼비는 우툴두툴 사마귀 대장. 《두꺼비》

우환이 도둑㉛ 질병이 생겨 고치려면 돈이 듦을 비유하여 이르는 말. ¶우환이 곧 도둑이므로 아무도 약을 찾는 일이 없었으면, 외아들 종남이만은 고등학교까지 가르쳐 보았으면, 그리고 고지 쓰는 논이나마 매년 끊기지나 않았으면 하는 따위가 그것이었다. 《우리 동네 崔氏》

욱다 우거지다. ¶나는 엉겅퀴가 핑 새끼치게 욱고 패랭이꽃이 꽃방석 널리듯이 깔린 틈에 웅크리고 앉아 묵집을 살펴보았다. 《관촌수필 6》

욱닥거리다 여럿이 한데 모여서 부산하게 북적거리다. ¶장터가 온종일 욱닥거리는 장날에도 하고많은 사람 다 두고 으레 그에게만 담뱃불을 빌리려고 들던 거였다. 《산 너머 남촌》

욱대기다 억지를 부려 우기다. ¶아이를 업은 아낙네도 누가 업으라고 해서 업었는지, 어린것을 내세워서 욱대기며 역시 조금도 양보할 의향이 없는 표정이었다. 《달빛에 길을 물어》

욱여 먹다 (음식을 먹을 때) 입가엣것을 입 안으로 모아 가면서 먹는 모양. 〈방언〉 ¶…굴속에 틀어박혀, 밤과 새벽으로 날라다 주는 식은 보리밥을 욱여 먹으며 혼자 지낸 동안에도 그같은 적막감을 느껴 본 적이 없었음을 새삼 깨닫고 있었다. 《장한몽》

운을 떼다 이야기의 첫머리를 말하기 시작하다. ¶아저씨한테 뭣 좀 여쭤 보려구 왔는데요. 찾아와서 그러고 운을 뗐던 사람은 거의가 동네에 사는 젊은 아낙네였다. 《장척리 으름나무》

울고불고 원통하고 절통하여 울기도 하고 부르짖기도 하는 모양. ¶모두가 울고불고 정거장이 떠나가는 데다, 환송 나온 학생들이 만세와 군가로 합세를 하면 그야말로 천지가 진동하던 것이었다. 《관촌수필 4》

울그락불그락 '붉으락푸르락'의 잘못. 몹시 흥분하거나 노하여 안색이 붉었다 푸르렀다 변하는 모양. ¶모처럼 수돗물로 머리를 헹구고 오니 변 사또가 울그락불그락하는 얼굴로 기다리고 있었다. 《변 사또의 약력》

울근거리다 계속 우물거리며 씹다. ¶그래서 그 박제 독수리를 얼김에 치워 버리고 싶던 심사만 해도 하루에 몇 번씩 울근거렸는지 모른다. 《엉겅퀴 잎새》

울근불근 서로 으르대며 감정 사납게 맞서서 지내는 모양. ¶그러자 울근불근하던 유의 얼굴이 굳음살로 덮이며 뼛성 섞인 말로 발끈했다. 《우리 동네 金氏》

울긋불긋 여러 가지 짙은 빛깔이 다른 빛깔과 야단스럽게 뒤섞인 모양. ¶그것은 서낭나무 가지의 울긋불긋한 헝겊오라기를 연상시키며 섬뜩한 느낌을 주었다. 《우리 동네 趙氏》

울녘 울타리 밖의 가시권. 〈방언〉 ¶"…총 가진 늠은 무슨 조건으루 사람 사는 집 울녘에서 총질이 예사더냐 이 얘기여." 《우리 동네 崔氏》

울다 찌푸리다. 〈방언〉 ¶하늘은 잔뜩 울어 어느 바람기에 쏟아질는지 대중이 안

갔다.《우리 동네 姜氏》

울뚝불뚝하다 성질이 좀 변덕맞고 급하여, 언행이 매우 우악스럽다. ¶거친 산길을 더위잡아 찾아온 빈객에게 성질나는 대로 울뚝불뚝한다는 것도 대접이 아닐 터이므로.《매월당 김시습》

울뚝성 성미가 급하여 언행을 함부로 우악스럽게 하는 성질이란 말.〈個語〉¶문정은…영두의 흐리터분한 성질에 새삼 울뚝성이 도지어 냅다 야단부터 하였다.《산 너머 남촌》

울력 여러 사람이 힘을 합해 하는 일. ¶추렴이나 울력으로 마을의 곳집을 고친다거나 봇둑 보수가 있게 되면 으레 석공이 앞장서 나서야만 버그러지고 뒤틀림이 없었다.《관촌수필 5》

울먹울먹하다 울상이 되어 울음이 터져 나오려고 하다. ¶그녀는 말 끝을 흐리더니 울먹울먹했고 끝내는 울음보를 다시 터뜨렸다.《장한몽》

울멍울멍 놀라거나 조심스럽거나 두려워 가슴이 두근거리는 모양. 울렁울렁. ¶가슴이 울멍울멍 흔들리기 시작했다.《해벽》

울며불며 울고불고하며. ¶심은 그녀가 울며불며 차마 입에 담지 못 할 말을 남기고 뛰쳐나간 뒤에야 자기가 저지른 일을 문득 깨닫고 문정에게 매달렸다.《산 너머 남촌》

울바자 울타리에 쓰는 바자. ¶…섬에 울바자를 두르다시피 시누대를 심어 놓고 화살을 만들어 썼다 하여 살섬이라고 일러 온 것이었다.《달빛에 길을 물어》※바자 : 울타리를 만드는 데에 쓰이는, 대·갈대·수수깡·싸리 따위로 발처럼 엮은 물건.

울어패다 울어제끼다.〈방언〉¶"…언내는 죙일 잠만 잔다데. 깼으면 도지게 울어패겠다."《우리 동네 金氏》

울짱 말뚝 따위를 죽 잇따라 박아 만든 울타리. 또는 잇따라 박은 긴 말뚝. ¶안은 달개 우리에 있던 목매아지를 끌어내어 마당 구석의 울짱에 비끄러매며, 땅뙈기 붙들고 있기가 갈수록 부끄럽다는 말을 한자리에서 삼세번이나 되풀이하였다.《우리 동네 姜氏》

울퉁불퉁 ① 물체의 거죽이나 면이 고르지 않게 나오고 들어간 모양. ¶바닥은 몹시 울퉁불퉁했고, 얼핏 가마니떼기인지 거적인지 밟히고 있었다.《오자룡》② 골이 나고 심술스러운 표정이 드러난 얼굴 모양. ¶문정은…영두가 방에 들어온 뒤에야 울퉁불퉁한 얼굴로 되쳐 물었다.《산 너머 남촌》

움도 싹도 없는 자식⊞ (장차 사람이 될) 희망이 전혀 없는 사람이라는 상말. ¶"니열 모리면 대가리에 두 가지 털[半白]을 가질 작자가 헐 일이 읎으면 조용히 병이나 고칠 것이지 그게 뭐여, 이 움도 싹도 읎는 자식아."《관촌수필 8》

움둑가지 '별 움둑가지 소리'로 쓰이어, 별 괴상한 말이라는 말. ¶"또 허위 사실 유포용이구먼." 하고 내가 비웃적거리자 "별 움둑가지 같은 소리두 다 들어 보겠네. 아저서가 낫이나 되는 문협 회원이 팬크럽에 들어가는디 그게 워째 허위 사실이래유?"《강동만필 2》※움둑가지 소리 : 도깨비가 중얼거리는 소리.〈古語〉

움딸 시집간 딸이 죽은 뒤에 다시 재취한 여자. 움누이. ¶…닭 잡는데 움딸 온 집

며느리, 뜨물 받다가 바가지에 금 낸 말투로 속 있는 소리를 덧붙였다.《우리 동네 金氏》

움쌀 (모아서 돈을 마련하려고) 저녁밥을 지을 때마다 한 움큼씩 여투는 쌀. ¶그녀는 밥할 때마다 조그만 마른 단지에 한 줌씩 여투어 모아 둔 움쌀이나 보리쌀을 어머니 몰래 빼돌렸던 것이다.《관촌수필 3》

움푹움푹 군데군데 움푹한 모양. ¶…짐차만 한 등산화로 얼녹아 질어 터진 마당을 움푹움푹 짓기며,《우리 동네 崔氏》

움푹짐푹 (무른 땅이 발자국 등으로) 사방이 우묵우묵하게 패이다.〈방언〉¶"비만 한줄금 뿌려두 지럭지럭허니 질어 터진 디를 움푹짐푹 짓밟어 놓면 워쩌느냐 이 얘기여…"《우리 동네 崔氏》

웁쌀 솥 밑에 잡곡을 깔고 그 위에 조금 얹어 안치는 쌀. ¶물론 보리밥을 먹기에도 이골이 나 있던 터였지만 그래도 끼니 때면 늘 웁쌀을 한 줌씩 얹었다가 퍼 주는 부친 밥그릇에서 대공이 나기를 기다리며 젓가락이 반찬 그릇에서만 배회하기 일쑤곤 했던 것이다.《장한몽》

웃기 과실·포·떡 등을 괸 위에 모양을 내기 위해 얹는 재료. ¶(그는)…그 흔한 역사 소설이란 것, 신문마다 으레껏 고명처럼 실리는 궁중 야사 연재물에 웃기처럼 끼이는 삽화 한 장 맡아 그려 보질 않았던 것이다.《만고강산》

웃기를 얹다 여기서는 '곁들이다'의 뜻으로 쓰임. ¶"여부읐는 소리여." 본칠이 한마디 웃기를 얹자, "어련하겠어들." 박 영감도 뒷밀이꾼으로 나섰다.《장한몽》

웃날 흐렸을 때의 날씨를 이르는 말. ¶넌

더리 낸 비가 그어 웃날이 들자, 바람결도 풀려 오랜만에 볕 보아 한껏 핀 구름장을 시골로 부지런히 여나른다.《야훼의 무곡》※웃날(이) 들다 : 흐렸던 날씨가 개다.

웃돌다 (웃물처럼) 겉돌다.〈個語〉¶얼마 전 합동 대서소의 이남주가 자전거를 사 주마고 구슬리던 날도 그런 마음이 웃돈은 터였다.《우리 동네 柳氏》※웃물 : 뒤섞이지 않고 겉도는 물.

웃물이 돌다 아래윗물이 지다.〈방언〉¶조는 속에서 웃물이 돌아 덤을 얹었다. "오 형, 촌에서 무슨 재미로 살간디. 가족계획 않는 재미 하나여."《우리 동네 黃氏》

웃비 걷다 오던 비가 걷다. ¶가랑비는…어느새 웃비를 걷었다가 여우비로 바뀌는가 하면 갑자기 소나기를 휘몰아 산돌림을 하여《토정 이지함》※웃비 : 아직 우기는 있으나 좍좍 내리다가 그친 비.

웃음가마리 웃음거리가 되는 사람이나 일. ¶공개하기 거북한 내막이기도 했지만 그보다는 남에게 웃음가마리를 보태 주기 싫어서도 혼자나 속 썩는 편이 낫겠던 것이다.《우리 동네 鄭氏》

웃자라다 쓸데없이 지나치게 많이 자라다. ¶마늘 싹은 궐련보다 기름한 게 퇴비가 두꺼워 좀 웃자란 것 같았다.《우리 동네 崔氏》

웅숭그리다 궁상스럽게 몸을 웅그리다. ¶그는 처마 밑에 웅숭그리고 앉아 그 담뱃불을 주시하기 시작했다.《장한몽》

워나리하다 맨앞에서 길을 트다.〈방언〉¶종남이는 맏딸 종진이로 워나리하고부터 두 살 터울로 내리 딸만 다섯을 본 뒤에야, 희나리 끝물을 간신히 하나 달고 나

온 열 살배기 외아들이었다.《우리 동네 崔氏》

워떤워떤 '어떠한'을 강조한 말.〈방언〉¶ "그런디 워떤워떤 것들이 출마를 허겄다는 겨?"《우리 동네 鄭氏》

워쩌구워쩌구 '어쩌고'를 강조한 말.〈방언〉¶ "…시방버텀 연습을 않으면 워쩌구 워쩌구 허더라는디…"《우리 동네 崔氏》

워쩌구저쩌구 '어쩌고저쩌고'를 익살스럽게 하는 말.¶ "…뒷집 엄마가 워쩌구저쩌구 허는 식으로 말덜을 허더라구…"《산 너머 남촌》

워쩌니저쩌니 이러니저러니.¶ "워쩌니저쩌니 해두 넘의 자식인 걸 워떡허려의."《그때는 옛날》

원님과 급창이가 흥정을 하여도 에누리가 있다㊠ 아무리 계급적으로 그렇지 못할 관계에 있어도 흥정에는 에누리가 있다는 말.¶ "급창이 사또허고 흥정을 해도 에누리가 있다던디, 우리 고을 아전들은 서울 아전들허고 홍정허는디두 엽전 한 닢 에누리를 못 헌단 말여…그렇게 촌티를 내야만 촌늠이던개비지."《오자룡》

원두막에 입춘㊠ 말이나 행동이 제격에 맞지 않음을 비유한 말.¶ "…지집이 비록 절개 있다 헌들, 그 주제에 수절허기로 천상 원두막에 입춘일런디…"《오자룡》

원두밭에 개미 기어 다니듯㊠ 크고 작은 생물이 일정한 곳에 많이 몰려 있는 모양.¶ 잔꽃발게, 알락게, 능쟁이, 황바리, 그것들은 그토록 흔할 수가 없었고, 부게미 눈머럭대 같은 고둥도 원두밭에 개미 기어 다니듯 지천이었다.《해벽》

원(員)살이 고공살이㊠ 벼슬자리에 있는

사람이 자기 지위에 대한 불안과 노고를 고용살이하는 사람의 그것에 비유하여 이르는 말.¶ "자고로 원살이 고공살이라는 속담도 있는데 나는 오던 날로 시작이 신선놀음이었다네…"《토정 이지함》

원수는 외나무다리에서 만난다㊠ 꺼리고 싫어하는 대상을 피할 수 없는 곳에서 공교롭게 만나게 됨을 비유하여 이르는 말.¶ 일모는 버릇처럼 또 헐렁하게 웃고 있었다. 그 웃는 꼴에 필성은 우선 맥이 풀린다. 그 웃음이 괴롭혀 온 지도 어언 칠 년째인가 본데, 이미 원수와 외나무다리에서 마주친 격이 된 필성이에겐 더없을 고통이었다.《이삭》

원수의 자식은 여러 남매다㊠ 도움이 되지 않는 사람이 많다는 말.¶ "…웬수으 자식은 여러 남매라더니 오나가나 저런 시러베들뿐이렷다."《오자룡》

웬 떡이냐㊠ 뜻밖의 좋은 일을 만나거나 좋은 물건을 얻은 경우에 이르는 말.¶ 제식이 처가 광주리를 들고 배에서 내리자마자 흑인 병사들이 무슨 떡이냐는 듯 그녀 주변을 둘러싸더라고 목격자들은 전했다.《해벽》

위아랫물 지다 아래윗물 지다.¶ "…그렇게 어금이 막히는 사람과 마주치면 사람과 사람 사이에 위아랫물이 지는 것이 마땅치 않을 뿐 아니라 뒷맛도 영 개운치가 않았다.《산 너머 남촌》

윗국 '웃국'의 잘못. 간장이나 술 등에서 담근 후 맨 처음으로 떠 내는 진한 국.¶ 앙금이 생겨 가라앉고 윗국이 돌자, 윗국에는 차츰 겉더께가 뜨던 거였다.《엉겅퀴 잎새》

윗길 질적으로 훨씬 더 나은 것.¶ 솔나방

을 꾀어들이는 데엔 타이어를 태우는 불꽃보다 윗길로 칠 것이 없으리라 싶었다. 《우리 동네 黃氏》

윗물이 맑아야 아랫물이 맑다⑤ 윗사람의 행실이 발라야 아랫사람도 행실이 바르게 된다는 말. ¶할아버지는 구십 평생 망건이나 탕건은 물론 오뉴월 삼복에도 버선 한번을 벗지 않았다. 어머니가 시아버님 두려워 농촌에선 더없이 편리한 작업복인 몸빼라는 것이 고쟁이 같대서 못 입어 보고, 옹점이가 끝내 단발머리를 못해 본 것도 그 때문이었다 한다. 윗물이 맑아 아랫물도 그럴 수밖에 없었다고나 할까. 《관촌수필 1》

유세(를) 떨다 몹시 유세를 부리다. ¶"…세상이 개명허다 보니까 별의별 것 허는 사람이 다 유세를 떨고 있네." 할 때 그녀는 코웃음을 치고 있었다. 《장한몽》 ※유세 : 자랑삼아 세도를 부림.

유정 무정은 사귈 탓이다⑤ (사람 사이에) 정이 들고 아니 들고는 서로 사귈 나름이라는 말. ¶"…대체 어디 있어 지금." "그건 알아 무슨 약에 쓰게?" "너무하는군. 유정 무정은 사귈 탓인데. 얘기해 줘, 떠난다면." "모 여관에 투숙 중." 《백결》

육갑하고 자빠지다⑪ 남의 언행을 얕잡아서 이르는 상말. ¶"육갑하고 자빠졌네…니미 씨발했다. 왜?" 《장한몽》

육개장에 보리밥 마는 소리 하다⑤ 격에 어울리지 않는다는 말. ¶"그건 또 무슨 육개장에 보리밥 마는 소리냐?" "어린것들 교육으로 봐서도…" "그 교육 같은 소리 작작 해라…" 《산 너머 남촌》

육두문자로 초시하려 든다⑪ 되지 않은

말로 아는 체한다는 말. ¶"허, 이 사람이 육두문자로 초시하려 드네…" 《장한몽》

육시럴 놈의 새끼⑪ '육시를 할'이 줄어서 된 말로, 상대방을 저주하는 악담. ¶"이 육시럴 늠으 새끼, 이 급살 맞아 뒈질 늠으 새끼." 《장한몽》

육시를 하여 팔도에 전 벌일 년⑪ 대역무도죄로 다스릴 년이라는 저주 어린 공갈. ¶"이런 육시를 하여 팔도에 전 벌일 년 있겠나…네 이 말만도 못한 년, 지금 하늘이 굽어보고 있다 이년…" 《곽산 기생 보름이》

육시를 할 놈(년)⑪ 형벌에 빗대어, 두 번 죽어야 죗값을 할 놈(년). ¶"이런 육시럴 늠으 가이색깃 지럴허구 자빠졌네. 주둥패기 됐다가 뭣허구 이 지랄 허여. 너 니 열버텀 잘 굶었다. 생전 밥 구경을 시키나 봐라." 《관촌수필 3》 "그려 이 육시럴 년아, 혼저되어 술장사는 허구 살어두 니런 년 유세는 우습게두 안 여긴다…" 《관촌수필 8》

윤달에도 택일하자고 나서겠다⑤ 쉬운 일도 굳이 까다롭게 한다는 말. ¶"…그렇게 정성이 그믐까지 뻗친 걸 보니 윤달에도 택일하자구 나설 장본이구려." 《산 너머 남촌》

으늑하다 조용하고 깊숙하다. ¶백은 제 학이를 새삼 으늑하게 건너다보았다. 《그리고 기타 여러분》

으덩박씨 거지. 〈방언〉 ¶"…니가 그따우 정신머리를 뜯어고치지 못허는 한은, 땅이 아침 먹다 팔려 즘슨 먹다 잔금을 받더래두 지나가는 으덩박씨는 줄망정 너 같은 늠헌티는 못 줘…" 《장곡리 고욤나무》

으드득으드득 이를 잇따라 세게 가는 소리가 나다. ¶(그의 아내는)…잠결에 곧잘 으드득으드득하고 이를 가는 달갑잖은 버릇을 가지고 있던 것이다. 《장한몽》

으등그러지다 ① 날씨가 점점 찌푸려지고 흐려지다. ¶유가 매지구름으로 으등그러진 하늘 자락을 보며 중정 뜨는 소리를 하자 변이 들던 잔을 놓고 일어섰다. 《우리 동네 姜氏》② 바싹 말라서 비틀어지다. ¶(확성기 가락은)…바싹 얼어 으등그러진 논두렁들이 제대로 배겨 낼까 싶잖게 요란스러웠다. 《우리 동네 李氏》

으등그리다 (얼굴이) 우그러지다. ¶문정의 말에 의곤이는 밥 찾다가 죽 대접을 본 상판으로 이맛전부터 으등그렸다. 《산 너머 남촌》

으뜸답다 많은 것 가운데 가장 뛰어난 자격이 있다. ¶…십장생의 으뜸다운 풍모로 마을을 지켜 온 왕소나무가 아니었던가. 《관촌수필 1》

으름장(을) 놓다 말과 행동으로 위협하다. ¶문정이 뒷갈망도 없이 이죽거리자 건넌방의 사내가 으름장을 놓았다. 《산 너머 남촌》

으리으리 압도될 만큼 규모나 모양이 굉장하다. ¶…호화 주택에 호화 가구로 으리으리하게 치장을 하고 《산 너머 남촌》

으밀아밀 비밀히 이야기하는 모양. ¶"숭물 떨구 있네. 보는 사람마다 칠어게 칠아게 허면서 으밀아밀 쑥떡방안디 집이만 시치미 떼기여?…"《우리 동네 趙氏》

으스스 으스스 차거나 섬뜩한 것이 몸에 닿았을 때 자꾸 소름이 끼치는 듯한 모양. ¶으스스 으스스 추위가 부단히 넘나보고 있었다. 《추야장》

으슬으슬하다 소름이 끼칠 듯이 차가운 느낌이 연하여 들다. ¶으슬으슬하게 부는 건들바람에 시들어 가는 들국화 떨기, 《장한몽》

으실으실 으슬으슬. 〈방언〉 ¶"…술을 션찮게 마시면 으실으실 춥더란 말야."《엉겅퀴 잎새》

으아리 낙엽 활엽 덩굴나무. ¶여치는…으아리 덩굴 틈서리에 있는 것 같았는데, 《우리 동네 黃氏》

으악새 억새. 〈방언〉 ¶…갈대와 함께 둠병을 에워싸고 있던 으악새 숲은, 칼을 뽑아 별빛에 휘두르며 서로 뒤엉켜 울었다. 《우리 동네 黃氏》

으적거리다 꽤 단단한 물건을 깨물어 부스러지는 소리가 잇따라 나다. 또는 그런 소리를 잇따라 내다. ¶조가 젓가락 끝으로 주전자 속의 김치 가닥을 낚아 올려 으적거리며 말했다. 《우리 동네 黃氏》

은결들다 원통한 일로 남모르게 속이 상하다. ¶…한 치 사람 속으로 연유하여 어제 일도 하루 해가 안 되어 옛말하게 된 판세를 생각하면 아무가 되더라도 속에 은결이 들지 않을 수 없는 일이었다. 《우리 동네 趙氏》

~은사리 ~은커녕. ¶(산)…인구가 늘수록 의식이 흔들리더니 하다못해 개갈 안 나다…~할래, ~은사리… 등과 같은 고유의 언어문화조차 줏대 없이 남에게 뒤진 것으로 믿어내 버리고, 《어설픈 애향심》

은실은실 달빛이 휘영청하게 비치는 모양. ¶"달빛이 은실은실 쏟아지는―"《그럴 수 없음》

은하수가 가리마를 탈 무렵 은하수가 밤
하늘의 한가운데로 흐르는 초가을. ¶그
곡마단은 엄동설한엔 어디가 뭘 하는지
감감소식이다가도 이듬해 은하수가 가리
마를 탈 무렵이면 어김없이 찾아와 한 장
토막이나 가슴을 설레 놓고 훌쩍 떠나 버
리곤 했다.《그가 말했듯》

은행나무도 마주 서야 연다⊛ 은행나무
의 수나무와 암나무가 서로 바라보고 서
야 열매가 열린다는 말. ¶은행나무도 마
주 서야 한다는 속담이 있지만 동네에 수
나무가 없어서 은행을 두어 되밖에 못 하
는 은행나무와,《장척리 으름나무》

음집 짐승의 새끼집(아기집)으로 통하는
길. ¶"암캐 잡았으면 음집이나 한가닥 맛
보까 허구 오니께…"《우리 동네 金氏》

음충맞다 매우 음흉하고 흉측하다. ¶문
정은 사내의 되지못한 행짜보다도 그녀의
음충맞은 웃음소리가 사위스러워 짐짓 주
춤하였다.《산 너머 남촌》

응이 율무.〈방언〉¶"그건 뭔데 그렇게
생겼다나?" "응잇가루가 좋다는 말이 있
기에 에멜무지로 미음두 아니구 차두 아
니게 타 먹어는 보는데, 먹었으나 마나 별
무신통이구먼."《산 너머 남촌》

**의붓어미 고쟁이 벗어 서캐 씹는 소리 한
다**ⓑ 달갑지 않은 사람이 달갑지 않은
짓만 한다는 말. ¶"…그 의붓에미 고쟁이
벗어 서캐 씹는 소릴랑은 아예 마소, 워디
가서 그말 두 번 허다가는 큰 봉변 허고
말리."《오자룡》

의사는 허가받은 도둑놈이다⊛ 집안의
우환은 재산을 들어먹는 패가의 원인이
되리만치 크나큰 재앙이었기 때문에 생긴

말. ¶"마지막 가는 길인데 그까짓 관 한
개에 몇 푼이나 한다고 아껴? 아무리 허
가받은 도둑놈이 의사라고 하더라도 말이
야."《장한몽》

의여번듯하다 어연번듯하다.〈방언〉번듯
하고 떳떳하다. ¶…살 만큼 산다는 집 새
끼들은 논밭을 올려세워 가면서도 의여번
듯하게 살아가는데 못 배운 벌에 가난한
죄로 난리 중임을 무릅쓰고 군대 나가 개
죽음하긴 너무도 억울하다는 거였다.《떠
나야 할 사람》

의지가지없다 조금도 의탁할 곳이 없다.
¶…의지가지도 없는 것 또 내쫓기도 거
시기 하고 해서 이래저래 두통이 나 시골
물이나 좀 며칠 먹었으면 하던 판이었다.
《이 풍진 세상을》

이(가) 갈리다 (원한이 섞여) 화가 치밀다.
¶"이 눈으루 즉접 보지는 못했지만 이가
갈려유."《장한몽》

이것저것 이것과 저것. ¶리가 동네 젊은
사내들의 망년회에 얼며 다니면서 이것
저것 얻어먹은 입맛이 있어,《우리 동네
李氏》

이골(이) 나다 어떤 방면에 길이 들어서 아
주 익숙해지다. ¶아이로서는 귀가 닳게
들은 말이었으므로 이미 이골이 나서 너
해라 나 듣지 하는 멀쩡한 낯을 하고 있었
다.《관촌수필 8》

이글이글 이글거리는 모양. ¶…우왕좌왕
하다가 얼핏 하늘에 눈이 갔는데 하늘이
이글이글 타더군요.《두더지》

이기죽거리다 빈정거리는 말을 자꾸 하
며 밉살스럽게 굴다. ¶"소설을 여러 편이
나 쓴 자도 막상 이런 인생 문제 앞에서는

속수무책이군.” 희찬이가 이기죽거렸다. 《관촌수필 8》

이끗 재물의 이익이 되는 점. ¶저 자신을 위해서는 그러는 게 훨씬 이끗이 많을 것 같기도 했다.《담배 한 대》

이날저날 일의 결정을 자꾸 미루는 모양. 차일피일(此日彼日). ¶(산) 편지나 시외 전화로 상의하기가 번거롭고 성가시어 이날저날 미루다가 때가 되어 그렇게 인쇄를 시켰다는 거였다.《지금은 꽃이 아니라도 좋아라》

이내 해질 무렵 멀리 보이는 푸르스름하고 흐릿한 기운. ¶저녁참이 겨워 아지랑이가 이내로 변하자 산그림자가 반나마나 접어놓은 들녘이 어려서 외가에 다녀오던 기억처럼 푸근하고도 호젓해 보였다.《산너머 남촌》

이냥 이 모양으로 내처. ¶“…이 왕솔은 토정 할아버지께서 짚고 가시던 지팽이를 꽂아 놓셨는디 이냥 자란 게란다…”《관촌수필 1》

이녀리 이놈의. 〈방언〉¶“이녀리 자슥은 밤나…”《유자소전》

이녘 자기 자신을 낮추어 이르는 말. ¶“이녘은 회관 앞에다 남녑문표를 걸어 놓니께 누가 짝 채워 주기 바래구 걸어 논 중 아는디, 그건 아녀.”《우리 동네 黃氏》

이랄머리 없다 할일없다. 〈방언〉¶“…나는 또랑물을 썼건 새암물을 썼건, 이랄머리 읎이 당신 물 쓴 걸가지구 시간 낭비적으루 이러는 게 아녀. 나는 불법적으루 불을 쓰더라는 소리가 들어와서 뗀고 허구 조사 나온 겨…”《우리 동네 金氏》

이래도 흥 저래도 흥 한다(속) 줏대 없이 누가 이러자면 이러고 저러자면 저런다는 말. ¶나더러 이래도 흥, 저래도 흥, 그래도 흥 하는 한물간 구닥다리라고 하는 모양이지만,《그리고 기타 여러분》

이래저래 이러하고 저러하여. ¶의지가지도 없는 것 또 내쫓기도 거시기 하고 해서 이래저래 두통이 나 시골물이나 좀 며칠 먹었으면 하던 판이었다.《이 풍진 세상을》

이러고저러고 하다 이러하고 저러하게 하다. ¶“…테레비에 내놓을 만치 가꾸려면 대강 들인대두 돈백은 가져야 이러구저러구 헐 텐데, 그 비용은 워디서 나오는 겨…”《우리 동네 柳氏》

이러나저러나 ‘이러하나 저러하나’의 준말. ¶이러나저러나 그저 재미있는 세상이다…상필이 그렇게 중얼거리는데, “이씨, 갑시다―.” 하는 소리가 건너편 등성이에서 들려왔다.《장한몽》

이러니저러니 ‘이러하다느니 저러하다느니’의 준말. ¶그네들은 결국 더 이상 이러니저러니 못 하고 구럭이나 자루 속의 게들을 한 움큼씩 집어내어, 우리들이 들고 있는 그릇에 담아 주었다.《관촌수필 4》

이러이러하다 이러하고 이러하다. ¶여기는 이러이러하게 당하고, 이쪽을 이만큼 두들겨맞아 간신히 굴신한다며 고문당한 설명을 하기도 했는데,《관촌수필 5》

이러저러하다 이러하고 저러하다. ¶과거가 이러저러한 불측한 인간이니 단단히 족치고 닦달하도록《관촌수필 4》

이러지도 저러지도 ‘이러하지도 저러하지도’의 준말. ¶최가…이러지도 저러지도 못하고 있을 때였다.《우리 동네 崔氏》

이럭저럭하다 정한 방법이 따로 없이

이렇게 저렇게 되어 가는 대로 하다. ¶"…집이서 저걸 이럭저럭헌다 헐 것 같으면 곧 장물애비가 되는 심이니께 알구서 허여."《우리 동네 金氏》

이런저런 이러하고 저러한. ¶나는 우선 반가운 마음부터 앞서 이런저런 경우를 따져 볼 겨를도 없이 그쪽으로 치달려갔다.《관촌수필 3》

이력(이) 나다 경험을 얻어 익숙해지다. ¶…그런 축에 못 들면서 어른들 말길에 어깃장을 놓는 데에만 이력이 난 것이 의곤이었다.《산 너머 남촌》

이루저루 이리저리. ¶"얼라, 그새 워디가 있다가 이냥 오뉴?" "쯧, 이루저루 바람두 쐬구 구경두 허구 했지라오."《명천유사》

이룽거리다 (불꽃이) 이글거리다. 〈방언〉 ¶밖에선 눈보라가 치는지 장작불이 이룽거리는 아궁이 앞이면서도 발이 시렸고 손가락도 곱아들려 했다.《추야장》

이르잡다 묵은 일을 들추어내다. ¶문정은 말이 난 김에 어느덧 달력에서조차 버림받은 지 오래인 세시를 이르집으며 사뭇 잔소리를 하였다.《산 너머 남촌》

이른 자식에 손자 늦은 소리 한다㊛ (자식은 일찍 두었으나 자식의 결혼이 늦으면 손자도 늦게 볼 수밖에 없다) 답답한 말을 한다는 말. ¶"그 이른 자식에 손자 늦은 소리 좀 작작 해둬. 대학이 들어스면 짓가고시 구역이 푹 줄어드는디 왜 경기가 자나. 그런 머리루 복덕방을 허니께 되다 말다 허는 겨."《우리 동네 張氏》

이(를) 갈다 ① 아랫니와 윗니를 맞대고 문질러 소리를 내다. ¶그는 으드득 소리가 자기 귀에 들리도록 이를 갈았다.《장한

몽》 ② 몹시 원통하거나 분하여 앙갚음을 하려고 벼르다. 원한을 품다. ¶황은 '최고 악질'인 구 형사를 잡으면 찢어 죽이겠노라고 이를 갈며 다녔던 것이다.《장한몽》

이를 악물다 괴로움을 참고 견디다. ¶진땀에 멱감듯 하며 나는 이를 악물면서 두 주먹을 불끈 움켜쥐었다.《관촌수필 5》

이름 모를 병도 열두 가지다㊛ (병명을 알 수 없는 병이 많듯이) 핑계가 될 수 없는 핑계도 많다는 말. ¶"…면장이 찾기를 하나 조합장이 보자고를 하나…이 엄동에 하루만 걸러도 이틀은 몸살을 하니, 이름 모를 병이 열두 가지란 말도 이래서 생겼겠지."《산 너머 남촌》

이리 가도 흥, 전주 가도 흥 한다㊛ [이 속담은 전북의 이리(裡里)와 전주(全州)가 이웃 간임을 생각하여 만든 말] 어디에 가서나 좋은 것이 좋다는 식으로 말을 한다는 말. ¶"…나는 내 양심 내 정신으루, 내 줏대 내 나름으루 살자는 사람이다. 지금까장 이리 가두 흥, 전주 가두 흥, 허메 살아왔지만 두구 봐라, 아무리 농토백이루 살어두 헐 말은 허메 살 테니…"《우리 동네 李氏》

이리왈 저리왈 하다 ① 이러쿵저러쿵하다. ② 일을 스스로 주장하고 처리한다는 말. ¶…발십장이나 직공들이나 백수십여 명을 헤아리는 잡부들을 자기 뜻대로 이리왈 저리왈 하는 도십장으로서의 자세를 보면 그 직업의식이 철두철미하였다.《지혈》

이리저리 이러하고 저러하게. ¶이리저리 부대끼느라고 말귀만 는 마누라가 얼른 옆들이를 하였다.《산 너머 남촌》

이마를 늙히다 (궁리를 하느라고) '골머리

를 앓다'를 비유적으로 이르는 말. 〈個語〉 ¶"지관은 아니지만, 토질관곌 겝니다." 하고 아주 의젓한 대꾸를 하면서 그 처리 방법에 이마를 늦혔다. 《장한몽》

이마받이 '머리를 조아리다'를 놀림조로 이르는 말. 〈個語〉 ¶…대감입네 영감입네 하는 자리를 얻은 대궐의 측근들이 아침마다 이마받이를 하고 의논하는 것이 세자의 약지시에 관한 일이며, 《매월당 김시습》

이만저만 이만하고 저만함. ¶"두구 봤자 볼품읎어. 끼니 읊는 늠더러 즘심 의논허자는 꼴두 이만저만이지…"《우리 동네 柳氏》

이맛살(을) 찌푸리다 못마땅해하다. ¶오늘은 워찌 안 보인다 했더니먼…. 옹은 사위가 오는 것이 머뜩찮아서 지레 이맛살을 찌푸렸다. 《장척리 으름나무》

이맛전 이마의 넓은 부분. ¶문정의 말에 의곤이는 밥 찾다가 죽 대접을 본 상판으로 이맛전부터 으등그렸다. 《산 너머 남촌》

이모저모 사물의 이런 면 저런 면. ¶나는…그녀를 이모저모로 살펴보기 시작했다. 《청혼》

이무기 담 넘어가듯〈속〉 (이무기는 전설상의 동물이지만 구렁이가 이무기가 된다는 전설에 따라) 일을 깔끔하게 처리하지 않고 슬그머니 얼버무려 버림의 비유. ¶"이북 전차는 태산준령도 이무기 담 넘어가듯 한다면서요?" "커다란 집채도 번쩍번쩍 들어엎는다고 합디다."《장한몽》

이물스럽다 성질이 음험하여 속을 헤아리기 어렵다. ¶…중학교 때부터 그녀에게 이물스런 눈을 뜨던 이남주 앞에서는 어려서나 이 나이 된 지금이나 여전히 조심스러웠다. 《우리 동네 柳氏》

이미 기스난 몸 보링한다고 되겠나〈비〉 '이미 흠이 있는 몸인데 고친다고 한들 원상 회복이 되겠는가'를 속되게 이르는 말. ¶"그러다가 니가 당하는 건 아니지?" "이미 기스난 몸 보링한다고 되겠니." 머리 매만짐이 끝나자 내일 조갑지에서 만나자며, 명주는 부츠 뒤꿈치로 여닫은 문소리를 밟고 나갔다. 《덤으로 주고받기》

이미룩저미룩하다 이 핑계 저 핑계로 일을 미루다. ¶"골치 아플 것 같아서 그려." 상배는 이미룩저미룩하다가 말끝에, "가령 오랜 인습에 의한 반발 같은." 하고 무덤 임자들의 항의를 귀띔했다. 《장한몽》

이미 버린 자식〈속〉 사람이 되기에는 진작에 틀려서 거들떠보지도 않게 된 아이를 이르는 말. ¶두 아이 부모들은 따져보지도 않고 모두가 대복이 탓이려니 했다. 그렇다고 대복이를 불러 나무라지도 않았다. 동네에서 이미 버린 자식으로 돌린 대복이를 새삼 나무라 봤자 아무 잇속도 없을 줄 잘 알았기 때문이다. 《관촌수필 4》

이바지 정성을 들여 음식 같은 것을 보내줌. 또는 그 음식. ¶관청색 배현명이와 상노아이로 하여금 음식 이바지를 하게 하면서 《매월당 김시습》

이방 질병·재액 등을 미리 막기 위하여 행하는 미신적 행위. ¶되도록 다투지 않고 모른 척하며 능갈치는 것, 그것이 꿈땜을 하는 이방이면서 양수기를 끄지 않고도 배겨 내는 꾀가 아닌가 싶었다. 《우리 동네 金氏》

이쁜이 수술한다〈비〉 성감을 높이고자 음문을 좁히는 수술을 받는다는 말. ¶"…그 뭣이여, 이쁜이계, 그거나 좀 설명해 줘.”…
“설명이나 마나, 이쁜이를 이쁘게 수술허
자면 수술비만두 십만 원이나 목돈이 드니
께, 장터 여편네들은 계를 하고, 계를 타면
수술을 헌다 이거라.”《우리 동네 柳氏》

**이 사람 말에 김장하고 저 사람 말에 메주
쑨다**㊂ (김장 담그기와 메주를 쑤는 일
은 가정의 전통적인 연례 행사의 하나임
에도, 주부가 주견이 없으면 남이 하라는
대로 하게 마련이니) 살림에 착실하지 않
은 주부라는 말. ¶“나, 이 사람 말에 짐장
하구 저 사람 말에 메주 쑤는 사람 아녀.
누가 뭐라구 씩둑거려두 사시춘풍으루 기
분 쓰는 사람…”《우리 동네 柳氏》

이스랭이 이슬비.〈방언〉¶“지금처럼 이
스랭이가 내리구 바람만 안 일면…”《매
월당 김시습》

이슥하다 밤이 매우 깊다. ¶…어느새 밤
이 이울어 이슥해진 판이었다.《초부》

이슬바심 이슬을 맞거나 이슬이 내린 풀섶
을 헤치며 걷거나 일을 함. ¶“공중 새벽
버텀 소용없이 이슬바심만 했다…싸게 가
자…”《관촌수필 6》

이슬밭 이슬이 내린 땅. ¶안이 이슬밭을
두들겨 척척해진 부대를 흔들며 말했다.
《우리 동네 姜氏》

이슬슬 이슬슬 (얼굴이나 옷에) 이슬이 내
리고 있는 느낌을 나타내는 말. ¶우리는
와우산 너머로 저물던 하늘이 마포강에
내려앉아 흘러가는 것을 보았고, 이슬슬
이슬슬 엉기는 비안개 속을 걸으면서 어
디선가 혼자 우는 개구리 울음소리도 들
었다.《관촌수필 5》

**이슬 한 방울이 무쇳덩이를 녹슬게 하
고 풀 한 뿌리가 바위에 금을 내게 한
다**㊂ 부드러운 것이 강한 것을 이긴다
는 말. ¶“…유약자는 생지도야라. 이슬
한 방울이 무쇳덩이를 녹슬게 하고 풀 한
뿌리가 바위에 금을 내는 법인데, 자네는
그래가지고 아들 삼 형제를 어떻게 키웠
다나?”《산 너머 남촌》

**이승은 선착순이고 저승은 선발순이
다**㊂ 살아서는 먼저 난 사람이 선배이
고 죽을 때는 먼저 떠나는 사람이 선배라
는 말. ¶“이승은 선착순이구 저승은 선발
순이라 인저는 막내가 아니라 선배여.” 어
떤 이는 그렇게 탄식을 하였다.《장이리
개암나무》

이 앓는 소리 엄살이 많다는 말. ¶“예이
여보, 선산 팔아다가 아파트 사는 놈이
된늠이지 무슨 이 앓는 소리유.”《산 너
머 남촌》

이엄이엄 끊이지 않고 자꾸 이어 가는 모
양. ¶…들개도 비켜 다닐 못쓸 땅이던 거
였다. 그나마 한자리에 이엄이엄 모여 있
는 것도 아니었다.《오자룡》

이울 녘 (기세가) 기울어질 무렵.〈방언〉
¶(시) 은하수 이울 녘에/ 인형이 숨바꼭
질.《아기의 잠》

이울다 (해·달 또는 그 빛이) 저물거나 약
해지거나 스러지다. ¶이맘때가 되면 제
스스로 철을 찾아와 밤이 이울도록 울타
리가 요란하던 베짱이며 반딧불이 드물어
진 것도 고렷적 일이던 것이다.《우리 동
네 黃氏》

이웃사촌㊂ 비록 남남끼리라도 서로 이웃
하여 살면 사촌보다도 더 가까운 정분으
로 지낸다는 말. ¶…인부들이 일단 들고

일어났다 하면 뭘로 보든, 가령 사귀어 온 연조나 살고 있는 푼수로 보나 이웃사촌 임에, 거절 못 할 형편상 인부들 편에 붙을 것은 의심하지 않아도 될 성싶은 게 이상필의 계산이었다. 《장한몽》

이웃사촌이라도 닭싸움엔 개천 건너 묵은 사돈이다㊍ 하찮은 싸움이 큰 싸움 된다는 말. ¶"아무리 이웃사촌이라도 닭싸움엔 개천 건너 묵은 사둔이고, 허리띠로 맺은 정도 배꼽이 냉하면 방구 냄새뿐이라는데, 나야 내 아무리 멍에 없이 살았기로서니 어디 가겠소, 좋으나 궂으나 공동묘지 움막일망정 내 집이 고대광실이고 하지…" 《장한몽》

이웃하다 가까이 있다. ¶무덤들만 이웃이웃해 이뤄진 무덤 부락 틈틈으로 들어선 이들 흙벽돌집 여남은 가구는, 불만 끈 밤이면 뉘집 따로 없이 무덤들과 달리 보이지 않던 것이다. 《장한몽》

이음새 이음매. 이은 자리. ¶"에이 여보슈." 순평은 그렇게 핀잔을 주면서도 옆구리 한켠이 뜨끔했으므로 엉겁결에 한마디 이음새를 내고 말았다. 《장한몽》

이 잡아먹다 (이·서캐를 잡듯이) 작고 하찮은 일에 시시콜콜 따지고 들다. 〈곁말〉 ¶"…잘기는 이 잡어먹게두 잘다. 끙, 이거 워디 지려서 입에 넣겄다나." 《우리 동네 黃氏》

이제나저제나 어떤 일을 몹시 안타깝게 기다릴 때 쓰는 말. ¶마지막 심지를 태우는 등잔불처럼 이제나저제나 하며 시간을 벌고 있던 것이다. 《관촌수필 5》

이집저집 집집마다. ¶…이집저집 기웃거리다가 결국 이 집으로 들게 되었고, 《매월당 김시습》

이징가미 질그릇의 깨어진 조각. ¶"저승길엔 길요강도 안 쓰는가…너무 깨끗했구먼. 약으로 쓸래도 요강 깨진 사금파리, 질그릇 깨진 이징가미 한 조각을 구경할 수 없으니." 《산 너머 남촌》

이짜저짝 이쪽저쪽. 이편짝 저편짝. ¶"…접때 장에서 보니 빠마를 새루 했길래 아직 쉰댓 이짜저짝인 줄 알았더니…" 《우리 동네 黃氏》

이참저참 '이 경우 저 경우'의 말. ¶…이참저참 하고 앉아 있으면 표 흥정이 있으려니 했다가 틀리자 아낙들은 그러고 있을 건더기가 사라지기도 했지만, 《우리 동네 柳氏》

이 찾다가 벼룩 놓친 격이다㊍ 긁어 부스럼이라는 말. ¶"긁어 부스럼도 유만부동이지, 이건 이 찾다가 벼룩 놓친 격하고 무엇이 달라요?…" 《그리고 기타 여러분》

이춘풍 돈맛 알듯㊍ 어려웠던 형편을 잊고 씀씀이가 커졌다는 말. ¶(산) 하지만 그 문제의 '청운의 뜻'은 마치 이춘풍 돈맛 알듯, 변강쇠 계집 보듯, 월매 향단이 볶아 제 신세 잡기로, 언제나 난봉을 피웠다. 《아픈 사랑 이야기》

익낯 낯익은 얼굴. 〈방언〉 ¶사람들은 당연하게도 생낯이었다. 그런데도 모두가 익낯처럼 모였다. 《달빛에 길을 물어》

익수(一手) 익숙한 사람. ¶…연장을 쥔 손도 누가 익수고 누가 생수인지 모르게 다들 잡을손이 뜬 것이 아무래도 전에 없던 공기였다. 《장동리 싸리나무》

익은 흙 뜨거운 기운을 받아 메마르고 열기가 있는 흙. ¶무솔이 부락으로 뚫어나간 괴내를 따라 개울녘 둔치에 늘어선 미루나무 잎새들이 반짝거리고 볶으며 내뿜는 훈김에도, 파슬파슬하게 타들어간 물길 옆의 갈밭에서는 빈 차 지나간 장길처럼 익은 흙이 일었다.《우리 동네 金氏》

인두겁을 쓰다 사람으로 태어나다. ¶“…인두겁을 썼으면 죽었수 하고 있어도 수에 넣어 줄지 말지 한데 별 움둑가지 같은 소리까지 지껄이고 자빠졌으니…”《토정 이지함》

인물나다 (사람이나 물건이) 잘생기고 볼품이 있다. 대개 부정적으로 사용하는 곁말. ¶“아따, 누군가 꼬추 농사 한번 인물나게 지었다…밥 먹구 뭘 했간디 꼬추를 이 지경으로 맹글어…”《우리 동네 黃氏》

인상(을) 쓰다 표정을 험악하게 짓다. ¶“…감독이 인상을 한번 팍 쓰께, 옳지 농약으루 살어온 사람들이라 그런 비위생적인 벌레는 별로겠군, 아따 이 지랄을 허면서 이장 딸 학교 댕기는 옷으루 갈어입히더랑께…”《우리 동네 柳氏》

인생은 가을 나비다㊌ 인간사의 부질없음을 비유한 말. ¶“재봉이거나 무봉이거나 인생은 다 가을 나비로소이다.”《매월당 김시습》

인이 박히다 되풀이하여 버릇처럼 몸에 아주 배다. ¶병적인 버릇만을 말한다면, 그런 짓 외에도 그는 끊지 못해서 인이 박힌 것을 몇 가지나 더 가지고 있었다.《장한몽》

인절미를 만들어 놓을 계집애㊌ 몹시 거친 방법으로 정을 통해 놓아야 한다는 뜻의 상말. ¶“그 쌍, 인절미를 만들어 놓을 계집애…그게 와서 이 지랄 해 놨지 뭡니까.”《장한몽》

인절미 주무르듯 하다 저 하고 싶은 대로 다루다. 떡 주무르듯 하다. ¶땀으로 흙이나 파고, 거름덩이를 인절미 주무르듯 하는 서방보다 그자가 훨씬 돋보이겠지.《담배 한 대》

인정 많은 년 속곳 마를 날 없다㊌ 여자가 인정에 끌려 실행(失行)을 잘한다는 말. ¶“허기사 인정 많은 년 속곳 마를 날 없기지, 다 내가 못나 터져서 그런디 누구 탓을 혀. 내가 미친년이지. 쳐먹으면 뱉을 줄 모르는 위인을 시동생이라고 받자받자했던 내가 미친년이여.”《장평리 찔레나무》

인정(을) 쓰다 남에게 돈이나 물건을 주어 따스한 정을 보이다. ¶나졸들에게 떡이며 엿이며로 인정을 써서 낯을 익힌 것이 그것이었다.《매월당 김시습》

일곱 매 묶고 하늘 관광 간다㊌ (‘일곱 매 묶다’는 ‘염을 하다’의 곁말) 즉 사람이 죽었다는 말. ¶“…동짓날에 개떡 찧는 소리 구만허구 갚어, 못 떼먹는다, 일곱 매 묶구 하늘 관광 가기 전에는…”《우리 동네 柳氏》

일구이언은 이부지자㊌ ‘거짓말하는 사람’을 욕으로 이르는 말. ¶“…일구이언은 이부지자라고 허던디 마츰 오날에사 보게 되는 것 같구먼그류…”《오자룡》

일 년을 보려거든 곡식을 심고, 십 년을 보려거든 나무를 심되, 평생을 보려거든 사람을 기르라㊌ 인재 양성의 중요성을 강조한 관중(管仲)의 말. ¶(산) 일 년을 보려거든 곡식을 심고, 십 년을 보려거든 나무를 심되, 평생을 보려거든 사람을 기르라고 한 것은 관자의 가르침이었다. 끝으로 이 생도 한마디 시늉한다. 자손 대

대로 보려거든 여성을 가꾸라.《아픈 사랑
이야기》

일매지다 죄다 고르고 가지런하다. ¶강
은 한마디로 일매지어 말하고 스스로 실
랑이를 삼갔다.《우리 동네 姜氏》

일밥 일을 할 때에, 일꾼들을 먹이려고 짓
는 밥. ¶마침내 모소사 씨의 집에 이르렀
다. 모소사 씨는 못자리하는 이웃집에 일
밥 얻어먹으러 가고, 벽시계 혼자 돌아가
며 가게는 비어 있다.《부담스러운 꽃》

일 보러 나가서 장 보고 온다⊛ 일을 하
되 다른 일도 곁들여서 한다는 말. ¶빨아
다린 체를 말고 진솔로나 있으면 일 보러
나가서 장 보고 오는 폭으로 듣던 김에 마
저 들어줄 수도 있으련만《산 너머 남촌》

일복이 돈복이다⊛ 일에 바쁜 사람이 벌
이도 좋다는 말. ¶전에 일쑤 그렇게 궤변
을 늘어놓는 상대는 물론 일복이 돈복이
라고 믿어서 사시장철 일밖에 모르고 사
는 마누라 한 사람뿐이었다.《장이리 개암
나무》

일세우다 일어서게 하다. 〈방언〉 ¶보릿가
마를 처리하려면 함께 온 사람들부터 일세
워야 되겠던 것이다.《우리 동네 姜氏》

일쑤 흔히 또는 으레 그렇게 함을 이르는
말. ¶그때만 해도 따라지들이 일쑤 외던
소리 그대로 비만 오면 다 틀리던 것이 이
른바 노가다판이었다.《변 사또의 약력》

일을 치르고 나간 집 같다⊛ 초상을 치르
고 이사 간 빈집처럼 을씨년스럽다. ¶…울
안은 늘 음침하고 씨늘한 기운이 께름하게
맴돌아, 일을 치르고 나간 집 같지 않던 날
이 드물었다.《관촌수필 4》

일통삼반이다 대중가요 〈여반장〉의 노랫

말에 나오는, 여반장이 소속된 통반. ¶
"나로 말할 것 같으면 단기 사오팔오 년쩍
버팀 서긔 일구육공 년도까지 쳋어댕기매
즐겨헌 오입이지만, 역시나 시금뚬쓸헌
막걸리갈보가 일통삼반이더먼."《장한몽》

일할머리 없다 할 일 없다. 〈방언〉 흔히
'이랄머리 없다'로 쓰임. ¶"…어떤 일할
머리 없는 사람이 작년에 삼만 원짜리 젖
떼기를 사다가 구십 키로짜리 규격돈으
로 길러서 팔구만 원에 팔고 존존히 따져
보니까 십이만 원 돈도 더 들었더라는 거
야."《산 너머 남촌》

임고리 장수 버들고리에 바늘, 실, 물감 따
위 여러 자질구레한 일용 잡화를 이고 집집
을 찾아다니며 파는 장수. 황아장수. ¶…
잔인하기로 이르자면 백정 할아버지였고
치사스럽게 여기자면 임고리 장수 쌈지털
이보다 더 비열한 수작이었다.《장한몽》

임도 보고 장도 본다⊛ 좋은 일을 한꺼번
에 겸하여 한다는 말. 임도 보고 뽕도 딴
다. ¶한방에 있는 오덕칠이 오늘은 현
장 일감이 차례 안 가 처음으로 나루 건너
잠실리 농가에 품팔이 가곤 아직 오는 길
이 아니었던 것이다.…님도 보고, 장도 보
고, 놈 재미를 아주 담아 올 거라, 덕칠이
간 김에 달포 전부터 말이 오고 간 그 처
녀 선까지 봤겠다 싶어 샘이 나는 건 아니
지만, 두만은 저도 모르게 투덜거려졌다.
《몽금포 타령》

입가심 입 안을 가셔서 개운하게 하는 일.
¶술을 마셨다. 막걸리와 소주와 도라지
위스키를 마셨다. 그리고 입가심을 하는
것이 순서라 하여 맥줏집을 찾았다.《생존
허가원》

입값 미끼. 〈방언〉 ¶다음 날 일부러 솥 밑을 두툼하게 눌러 두 덩이나 뭉쳐 줬어도 입값만 똑 따먹고 그만이었다. 《이풍헌》

입길에 오르내리다 구설수에 오르다. ¶만알이는 어제도 얼핏 남들의 입길에 오르내리다가 만 일이 있었다. 《강동만필 2》 ※입길 : 남의 흉을 보는 입의 놀림.

입내(를) 내다 소리나 말로써 흉내를 내다. ¶…류는 처음과 달리 얼쑤 엉뚱한 소리로 남의 입내 내기를 했다. 《우리 동네 柳氏》

입노릇 음식을 먹는 것을 낮게 일컫는 말. ¶…오다가다 만난 건달을 서방 해간 뒤로 오죽잖으나마 살림이라고 차려 겨우 입노릇이나 시킨다던 풍문도 벌써 그전 것으로 묵은 터이었다. 《우리 동네 柳氏》

입다심 입매. 〈방언〉 ¶…하루 두 나절 새참에 입다심할 소주만 떨어뜨리지 않으면 만사에 탈이 없었다. 《명천유사》

입다심 인사 말치레로 하는 인사. 〈個語〉 ¶…느티울 김봉모 아낙이 보고 불쑥 입다심 인사를 하였다. 《우리 동네 趙氏》

입던 옷이 도포라(속) 옷이 입던 옷 한 벌밖에 없다는 말. ¶그런 곳이 있으면 하루라도 허송세월해서야 되겠느냐고, 입던 옷이 도포라니 아무려면 어떠냐니까, "〈노들〉더러 가 보셨나요?" 하고 없는 말을 하였다. 《장한몽》

입도 뻥긋하지 못하다 (무슨 일에) 아는 체도 못하다. ¶소동라는 입을 다문 채로 고개만 조아렸다. 어렵고 숫저워서 감히 입도 뻥긋 못하는 것이 아니라, 마뜩치 않은 명령에 속으로 시삐서 그러고 있는 것 같았다. 《매월당 김시습》

입동에 물알 들기다(속) 햇곡식이 입동(立冬)에야 알맹이의 모양을 갖출 만큼 늦둥이라는 말. ¶"…아무리 그 나이에 그만헌 소갈도 안 들어서야 입동에 물알 들기지, 워디 가서 군불 때주고 찬밥 한술이나마 은어먹겠나 싶어 나온 말이라" 《오자룡》

입때껏 여태껏. 이제껏. ¶"…그래두 입때껏 그냥 살었으니…" 《우리 동네 李氏》

입마개 입막음을 할 수 있는 언질이나 물건. ¶"대강은…" 대강은 들어 아는 바라고, 신우로선 최의 입마개를 해 두는 게 좋을 것 같아 말머리를 돌리려 했지만, 최는 알 만큼 알아 둬야 되느니라고 화제를 놓치지 않았던 것이다. 《매화 옛 등걸》

입만 뻥긋하면 이야기를 하기만 하면. ¶(산) 일본 문화라면 사족을 못 쓰면서도 입만 뻥긋하면 왜놈이니 쪽바리니 하고 빈말로 상말을 하는 사람의 가면은 또 어떻다고 할 것인가. 《탈놀이》

입만 살다 말만 그럴듯하게 하고 실천하지 않다. ¶"…보아하니 입만 살은 것이나 하고, 그 녀석도 내 집 새끼만치나 싸가지가 단풍들었더라구." 《그리고 기타 여러분》

입맛은 경기 비렁이다(속) 경기도(서울 변두리) 비렁뱅이는 입이 높다는 말. ¶"흥, 입맛은 경깃(京畿) 비렝인디, 시집을 잘못 와서 고상허는구나. 고모신 한 커리 제때에 못 사 주구…" 《담배 한 대》

입맛(을) 다시다 ① 탐나는 것을 차지하려고 하다. ¶"달도 밝고 놀잇배나 한번 타 봤으면 한 가지 소원은 이루겠다만." 하고 입맛을 다셨다. 그녀도 기다리고 있었다. "한강 놀잇배가 임자 따로 있나, 조건만 맞으면 되지." 《장한몽》 ② 못마땅하거나 난처해하다. ¶"일루루 오는디, 저게 거시기여. 소리가 황 선주 오도바이여." 하고는 입맛을 다시다가 "날 보러 오는 모양인디, 저거 성가시러 큰일이여." 하고 고개를 저었다.《우리 동네 黃氏》

입맛이 떫다　언짢다. ¶그제께도 넓죽이 해 먹었던 종묘가 가까이 있어 거푸 와진 거였다. 하여 오긴 왔지만 입맛은 여전히 떫었다.《두더지》

입맛(이) 쓰다　마음에 아니꼽도록 싫거나 언짢다. ¶"왕 씨요! 그 남자 답답해 죽겠어요." 대뜸 순평이를 지적하며 비난을 서슴잖는 데엔 상배도 입맛이 썼다.《장한몽》

입맛이 씁쓸하다　마음이 언짢다. ¶…긍식은 이유 없이 선생의 입장을 변명해 보긴 했지만, 어딘지 모르게 입맛이 씁쓸했음을 지금도 기억하고 있다.《장난감 풍선》

입매　음식을 간단히 조금 먹어 시장기를 면하는 것. ¶영두는 속이 헛헛하여 아시로 입매라도 했으면 싶었으나 입 안이 쓰고 껄끄러워서 그참 차표를 끊어 오르고 보았다.《산 너머 남촌》

입맷상　잔치 때에 큰상을 드리기 전에 간단히 차려 대접하는 음식상. ¶함진아비 치다꺼리하고 남은 것으로 입맷상을 보아 놓았다고 부르러 온 말만 듣고 거추없이 묻어가.《우리 동네 趙氏》

입 밖에 내다　말하다. ¶장마에 보릿단 싹 트는 통사정은 낯이 간지러워서도 입 밖에 내기가 우스웠다.《우리 동네 姜氏》

입방아가마리　어떤 사실을 화제로 이러쿵저러쿵 자꾸 수근거리는 이야깃감. ¶공연찮은 소문이지만 그래저래 순기 미망인

이나마 위로해 준다고 더러 만나다가 남의 입방아가마리가 됐지 그 외엔 아무 일도 없었노라고 최는 단언하듯 말했다.《매화 옛 등걸》

입방아(를) 찧다　쓸데없는 말을 방정맞게 자꾸 하다. ¶…그녀는 김 주사네라면 덮어놓고 입방아를 찧었고 그때마다 김 주사네를 깎는 데에 말재주란 말재주는 총동원하던 거였다.《떠나야 할 사람》

입방정을 떨다　경망스럽게 입방정을 놓다. ¶김은 한창 음충맞던 끝이라 무람없이 입방정을 떨고 나서야.《우리 동네 金氏》 ※입방정 : 버릇없이 수다스럽게 지껄이면서 방정을 떠는 것.

입벌이　입에 풀칠이나 할 정도의 벌이. ¶…대가리가 굵어지는 대로 어디 들여보내어 가르치기보다는, 서둘러 아무 데로나 내몰아 입벌이부터 하기를 바라지 않을 수 없었던 것이다.《우리 동네 崔氏》

입비뚤이 혓바늘 돋은 소리를 하다⑭　마뜩잖은 사람이 비야냥거리는 말을 한다는 말. ¶"줌마 팻션치곤 라스포사급이네요." 입비뚤이 혓바늘 돋은 소리로 무슨 말인지 모르게 종알거리고 있었다.《장평리 찔레나무》 ※라스포사 : 고위층 부인네들의 옷 로비 사건으로 화제에 오른 양장점 이름.

입빔　입막음이나 입씻이로 주는 돈이나 물건. ¶그리고 보니 생전 나올 것 없는 산에다 남의 입빔으로 들이미는 돈만 해도 보릿가마나 됨직했다.《우리 동네 黃氏》

입살　입술. 〈방언〉¶만나면 만나는 사람마다 솔이 엄마를 입살에 올려 쑥덕방아였다.《관촌수필 2》

입성이 날개⊛ 옷차림을 잘하면 사람이 돋보인다는 뜻으로 이르는 말. ¶(산) 일찍이 입성이 날개라는 속담이 있었다. 그러나 그것은 아무에게나 해당되는 속담이 아니었다. '옷걸이'가 그림직해야만 걸린 옷도 어울리는 법이기 때문이다.《아픈 사랑 이야기》

입술농사 잔소리를 하는 모양. 〈방언〉 ¶ "…그러잖아도 시방 한참 소가지 부려 가며 입술농사를 짓던 참일세나"《오자룡》

입술에 발린 말 입에 밴 말버릇. 〈個語〉 ¶ 발이 받지 못한 죄는 젊은이의 말을 소리나는 대로 들었으므로 입술에 발린 말밖에 내놓지 못했다.《우리 동네 崔氏》

입술에 침이나 바르지⊛ 터무니없는 거짓말을 염치없이 공공연하게 하는 사람에게 핀잔조로 이르는 말. ¶"뾰롱뾰롱 아갈대기는…입술에 침이나 바르구 그런 소리 혀. 주둥패기 꼬매 버리기 전에…"《우리 동네 崔氏》

입씻이 입씻김으로 주는 물건이나 돈. ¶ 고물 장수치고 알로 까지 않은 놈 없어 장물이 들리면 입씻이가 중요한 줄도 다들 아는 바다.《야훼의 무곡》 ※입씻김 : 비밀이나 자기에게 불리한 말을 못 하도록 남몰래 돈이나 물건을 주는 일.

입에 담다 말하다. ¶"아 하두 말 같잖여 입에 댐기두 싫유…"《이 풍진 세상을》

입에 담지 못하다 차마 말을 하지 못할 정도로 심하다. ¶심은 그녀가 울며불며 차마 입에 담지 못할 말을 남기고 뛰쳐나간 뒤에야 자기가 저지른 일을 문득 깨닫고 문정에게 매달렸다.《산 너머 남촌》

입에 문 혀도 깨문다⊛ 사람은 누구든지 실수할 때가 있다는 말. ¶ "어느새 입이 저렇게 짙어졌지? 입바른 척하지 말어. 입에 문 혀도 깨문다는 말이 있어."《누구는 누구만 못해서 못허나》

입에 바르다 (어떤 말을) 입버릇으로 하다. 〈곁말〉 ¶ "저니는…말을 해두 꼭 두 엄데미에서 고리삭은 말만 입에 바르더라…"《우리 동네 金氏》

입에 발린 말 입에 발린 소리. ¶ "예, 예." 누구에게든 두 번씩 해지는 예 소리는, 오랫동안 길들어 입에 발린 말이었다.《다갈라 불망비》

입에 발린 소리⊛ 마음에 없는 말을 겉발림으로 하는 것을 이르는 말. ¶ "나버러 자꾸 성님 성님 해샀는디, 정객들이 직 두목 뫼시는 식으루 입에 발린 소리걸랑 싹 구만둬 줘…"《강동만필 2》

입에 불을 때다 입에 풀칠하다. 즉, 근근이 살아가다. ¶ …비록 두개골에 괸 물이라도 위조를 해 쌀로 팔아먹는다 해도 그것이 못 먹어 고비 늙은 아내와 다섯이나 되는 자식들 입에 며칠이나 불을 때 보랴 싶다.《장한몽》

입에서 신물이 난다 어떤 일에 오래 많이 시달렸거나 고통을 당한 탓으로 지치거나 싫증이 나서 지긋지긋함을 이르는 말. ¶ 박 영감은 물론 처남까지도 거짓 반공을 팔아먹는 단체라면 입에서 신물이 날 정도로 넌더리를 내고 있는 거였다.《장한몽》

입에 오르다 이야깃거리로 되다. ¶(그는)…서울운동장 야구장이 조용하면 전혀 이름조차 남의 입에 오르지 않던 대학에 진학했다.《엉겅퀴 잎새》

입(에) 올리다 입(에) 담다. 〈북〉 입 밖에 내어 말하다. ¶"그 개만큼두 의리 없는 것들 얘기는 입에두 올리지 말게. 생각만 해두 인생이 측은해지네."《산 너머 남촌》

입(을) 다물다 ① 말을 하지 않거나 하던 말을 그치다. ¶옹점이가 나무라듯이 말했다. 나도 별수 없이 진현이나 준배처럼 입을 다물고 있었다.《관촌수필 3》 ② 비밀 따위를 지키다. ¶…할아버지의 걱정이 두려워 일단은 모두들 입을 다물지 않으면 안 되었다.《관촌수필 6》

입을 다물지 못하다 입을 딱 벌리다. 너무 기가 막히거나 어이가 없어 놀라워함을 이르는 말. ¶리는 어처구니가 없어 절로 벌어진 입을 못 다물다가 모지락스럽게 꾸짖었다.《우리 동네 李氏》

입을 댓 자나 빼물다 화가 나서 뾰루퉁해 있는 모양.〈곁말〉¶창근 어매는 입이 자가웃이나 나와가지고 혼자 투덜거리고 있었다.《우리 동네 柳氏》

입(을) 떼다 말을 시작하다. ¶중년 사내는 담배부터 붙여 물더니 흔들어 끈 성냥개비를 김의 발밑으로 던지며 입을 떼었다. "나 좀 보게. 시방 당신이 저 양수기 쓰시는 겨?"《우리 동네 金氏》

입(을) 벌리다 (엄청나거나 갑작스러워) 놀라다. ¶비닐우산 한 개에 오백 원이라니 선원은 입을 딱 벌렸다.《두더지》

입을 봉하다 말을 하지 않다. ¶"대체 그 말 못 할 일이란 게 뭔지나 알아야 입을 봉하구 자시구 할 게 아니우."《매월당 김시습》

입(을) 열다 비밀 따위를 털어놓다. ¶입만 열면, 첫째 하 선생한테는 굳게 맺은 약속을 저버린 못 믿을 년이 될 뿐 아니라 그

녀 자신이 비밀로 해 둔 것마저 홀랑 드러나고 말 거였다.《담배 한 대》

입이 간지럽다 (무엇인가를) 몹시 말하고 싶다. ¶겨끔내기로 홍이 웃기를 얹으므로 김은 비로소 계제가 됐다고 여겨 마침내 입이 간지럽던 말을 꺼내었다.《우리 동네 黃氏》

입이 걸다 험한 말을 함부로 하다. ¶그녀는 그만큼 입이 걸고 성질도 사나웠지만 늘 시원시원하고 엉뚱한 데가 있었으며 의뭉스럽기도 따를 자가 없었다.《관촌수필 3》

입이 광주리만 해도 말 못 한다㈜ 자기가 한 실수나 잘못이 이미 명백히 드러나 변명할 여지가 없다는 말. ¶"엄니는 입이 바작만 해두 헐 말이 쩔 텐다."《추야장》

입이 궁금하다 속이 헛헛하여 먹고 싶다. ¶…천장 밑에서만 굼닐던 오뎅도 누기로 구저분해진 옷가지며 이부자리를 내널고 나자 입이 궁금하여 호주머니를 뒤졌다.《야훼의 무곡》

입이 뜨다 입이 무거워 말수가 적다. ¶영두가 악착같이란 말을 곰곰 되새겨 보는 동안은 봉득이도 입이 떴다.《산 너머 남촌》

입이 많다 식구가 많다. ¶하기는 쉬울는지 몰라도 실현되기가 어려운 말이었다. 그 어려움은 입이 너무 많은 데에 있었다.《관촌수필 2》

입이 무겁다 말수가 적거나 말을 하는 데 있어 매우 신중하다. ¶여러 번 보고도 나는 모른 척했고, 그때마다 내 입 무거운 것을 기특히 여긴 그녀는 일부러 많은 누룽지를 눌려 그 값을 했지만,《관촌수필 4》

입이 발채만 하더라도 말 못 한다 입이

광주리만 해도 말 못 한다. ¶(산) 요즈음의 경제 문제에 대해서는 입이 발채만 하다고 하더라도 그저 입 다물고 국으로 있는 것이 옳을는지 모를 일이다.《서민의 허리띠》※발채 : 지게에 물건을 싣기 위해 싸리나 대오리를 결어서 접었다 폈다 하게 만든 조개 모양의 제구.

입이 사복 개천 같다㊵ 거리낌 없이 상말을 마구 하는, 입이 건 사람을 욕으로 이르는 말. ¶"저것이 주둥이 걸기가 사복시 개천이더니, 아마 외대어서 아뢰었던가 봅니다."《토정 이지함》

입이 싸다 말수가 많다. 해서는 안 될 말을 잘하다. ¶술기운 탓인지 계장은 어느 때보다도 입이 쌌다.《우리 동네 黃氏》

입이 열 개가 있어도 말을 못 하겠다㊵ 원체 잘못하였기 때문에 변명을 할 여지가 없다는 말. ¶…맹은 다시 광주리에 담아 책상 밑을 간수하고 있던 질그릇 사금파리를 광주리째 마당에 내던지며 입이 열이라도 두말 못 하게 단단히 지질러 놓았다.《그리고 기타 여러분》

입이 짧다 식성이 까다롭다. 한 가지 음식에 쉽게 물리다. ¶그는 어느 집을 가거나 껄떡거리고 안주와 반찬을 걸터듬어 본 적이 없었다. 입이 짧아서가 아니라 메슥거리고 느끼한 화학조미료 맛에 비위가 상하기 때문이었다《우리 동네 李氏》

입이 함박만 하다㊵ 매우 기뻐하거나 흡족해하는 것이 표정에 드러남을 이르는 말. ¶"페에엥— 이것두 음석이라 가져왔다더냐. 네나 먹고 그릇 내어 주거라." 하며 매번 외면하기를 주저하지 않는 거였다. 언제나 입이 함지박만 해지던 것은 옹점이

와 우리들이었다.《관촌수필 1》

입질 입길. 〈방언〉 이러쿵저러쿵 남의 말을 하는 일. ¶뜬이름을 듣고 세모졌느니 네모졌느니 하고 입질을 하던 중구난방 탓일 것인가.《매월당 김시습》

입찬소리 자기의 배경·지위 따위만 믿고 지나치게 장담하는 말. ¶"이장 본다구 말만 늘어서, 말은 전도사가 섰다 가게 허네마는, 빈말이래두 그런 입찬소리 말게…"《우리 동네 姜氏》

입초시 입길. 〈방언〉 ¶겪어보아 알지만 남의 입초시에 오르내리는 것처럼 재미없는 일도 드물었다.《산 너머 남촌》

입춘 거꾸로 붙였나㊵ 입춘이 지난 뒤에 날씨가 몹시 추워졌을 때 하는 말. ¶"겨울이 되돌아선 걸 보니 누가 입춘방을 거꾸로 붙였나 보다."《그리고 기타 여러분》

입춘 지나 열흘이면 개가 그늘을 찾는다㊵ 날씨가 푹하는 말. ¶"입춘 지나 열흘이면 개가 그늘을 찾는다니, 나두 맴 잡어서 봄부치두 갈구, 논배미 갈바래두 허구 헐라면, 넘 좋은 일두 인저 구만저만 끝내야지…"《장동리 싸리나무》

입치레 먹는 일. 〈방언〉 ¶"산 팔구 논 내놓더니 죄 입치레로 조지누먼."《우리 동네 張氏》

잇긋 않다 꿈쩍하지 아니하다. 또는 어떤 일에 아는 척하거나 참견을 하지 않는다. ¶매양 그랬듯이 부면장은 뒤에서 서서 잇긋도 않고 방위병이 앰프 손질하는 것만 지켜보고 있었다.《우리 동네 金氏》

잇긋하다 (남의 말이나 행동에) 말대답이나 표정 등으로 반응을 하다. 〈방언〉 ¶…당장 자기네가 아쉽지 않으니 외눈 하나 잇

굿하는 자가 없었다.《관촌수필 7》

잇속(利—) 이익이 되는 실속. ¶동네에서 이미 버린 자식으로 돌린 대복이를 새삼 나무라 봤자 아무 잇속도 없을 줄 잘 알았기 때문이다.《관촌수필 4》

있는 집 계집은 개 소리에 잠 잃고, 없는 집 계집은 귀뚜리 소리에 잠 나간다㊏ 잘 사는 집의 주부는 개가 짖는 소리에 (도둑인가 싶어서) 잠이 달아나고, 못사는 집 주부는 귀뚜라미 우는 소리에 (추수한 것이 적어서 심란하여) 잠이 오지 않는다는 말. ¶"암, 자게 생기구 말구…있는 집 지집은 개 소리에 잠 잃구, 읎는 집 지집은 귀뚜리 소리에 잠 나간다던 말두 못 들었담…."《우리 동네 李氏》

있는 집 별식 먹듯 굶다㊏ 잘 사는 집에서 별식을 해 먹는 것만큼씩 자주 끼니를 걸렀다는 말. ¶(산)…있는 집 별식 먹듯 굶다가 술도가니에서 하수도로 쏟아 버리는 술지게미와 소주 재강을 빌어다 끼니하여 아침부터 얼근하게 취해 몽롱한 눈으로 등교를 하고《지금은 꽃이 아니라도 좋아라》

잉걸 '불잉걸'의 준말. 불이 이글이글하게 핀 숯덩이. ¶잉걸이 남았으면 꺼서 숯을 만들려고 들여다보니 다 사위어 버리고 없다.《담배 한 대》

잉걸불 활짝 피어 이글이글한 숯불. ¶아궁이 앞에 가랑이를 쩍 벌리고 앉은 채 한창 신명이 나면, 삭정이 잉걸불에 통치마에서 눈내가 나는 줄도 모르고 부지깽이가 몇 동강이 나도록 부뚜막을 두들겨 장단 치며 가락을 뽑아댔던 것이다.《관촌수필 3》

잉어가 뛰니까 망둥이도 뛴다㊏ 힘이 미치지 못하는 사람이 분에 넘는 남의 행동을 모방하여 되지 못한 짓을 한다는 말. ¶"그 저수지는 요새 잉어두 뛰구, 가물치두 뛰구, 피리두 뛰여. 피리 알지? 피라미 말여. 잉어가 뛰니께 피리미 새끼두 뛰더먼그려."《장동리 싸리나무》

잊자잊자 마음에 새겨 두지 않고 저버리기로 스스로 다짐하고 다짐하다. ¶잊자잊자 하다가도 문득 켕기려 들면 기분 잡치고 마는 거였다.《담배 한 대》

ㅈ

자갈밭의 조약돌이다㊔ 고만고만하다는 말. ¶…그가 넌덕스럽게 주워섬긴 이름들도 내게는 자갈밭의 조약돌에 다름이 아니어서 이왕이면 아는 데까지 알아볼 요량으로 부질없이 수작을 시작하게 되었다.《강동만필 2》

자갈서리 자갈 무더기의 가운데. ¶그냥 자갈밭이었다. 토질을 묻느니보다 석질을 물음이 옳게 돼 있었다. 죄다 자갈서리였다.《장한몽》

자개미 겨드랑이나 오금 양쪽의 오목한 곳. ¶리는 불두덩이와 자개미께만 더듬적대던 손을 슬며시 뽑아내며,《우리 동네 李氏》

자귀(가) 나다 개가 너무 먹어서 배가 붓고 발목이 굽는 병이 생기다. ¶(시) 밥을 많이 먹어서/ 자귀 났다고 놀리고,《우리 집 강아지》

자글자글 자글거리는 소리나 모양. ¶매흙이 질음하게 반죽되어 깔린 위에 아이들은 대오리로 엮은 발이나 헌 가마니를 덮고는 자글자글 떠들어대며 가로세로 뛰고 짓밟아 다지는 거였다.《관촌수필 5》

자금자금 가볍게 자꾸 씹는 모양. ¶…짙은 화장을 한 내 또래의 예닐곱 살짜리 계집애 두서넛이 풋사과 따위를 자금자금 씹어 먹으며 나앉아 있곤 했는데,《그가 말했듯》

자냥스럽다 재잘거리는 소리가 듣기에 똑똑하다. ¶문정은 아내의 말이 늘 자냥스러워서 좋았다.《산 너머 남촌》

자닝스럽다 애처롭고 불쌍하여 차마 보기 어려운 데가 있다. ¶…곽종길이는 문정을 보자마자 붙잡고 허드렛장단으로 사뭇 야스락거려쌓는데, 그 몰골의 추레함이란 차마 자닝스러워서 보다가 못 볼 지경이었다.《산 너머 남촌》

자드락 낮은 산기슭의 비탈진 땅. ¶먼발치의 동산 자드락을 나누어 가진 묵은 집들은 뒤꼍마다 저물어서 어스름이 서리고《산 너머 남촌》

자드락길 자드락에 있는 좁은 길. ¶면에서 새로 잡아 준 터는 되는 것이 아카시아뿐이어서 본래 자드락길조차 나 있지 않았던 수원 사람네 말림갓의 북향받이 기슭이었다.《산 너머 남촌》

자라목이 되다 움츠러들다. ¶"오죽잖기는…어떻게 된 물건이 만지기만 해두 자라목이 되어―남들 이야기 들어 보면 우리집 것은…"《엉겅퀴 잎새》

자루를 찢는다 대수롭지 않은 일로 서로 다투다. ¶나이론이 사치품이다 아니다 하며 그 수입 여부를 놓고 사회부와 상공부가 자루를 찢던 시절이었다.《관촌수필 5》

자리개미 포도청에서 죄인의 목을 졸라 죽이던 일. ¶열한 살 아래의 여야가 당한 경우에는 비록 화간이라고 하더라도 겁간

으로 치게 마련인 만큼, 율문대로 한다면 맛동이는 속절없이 자리개미를 면치 못할 터이었다.《토정 이지함》

자리끼 자다가 깨어 마시려고, 잠자리의 머리맡에 두는 물. ¶하룻밤도 거르지 않고 자리끼가 머리맡의 문갑 곁에 놓여야 하듯, 할아버지의 전용 벽장 속에는 노상 군입거리가 그치지 않았던 것이다.《관촌 수필 1》

자마구 곡식의 꽃가루. ¶들판에 벼가 패고 자마구를 볼 무렵이 되자, 바닥이 너른 사람들은 무엇보다도 새 쫓을 걱정으로 안달하기 시작했다.《우리 동네 崔氏》

자발머리없다 '자발없다'를 속되게 이르는 말. ¶그런 때엔 자식들마저 내흉스러워선지 갑자기 미련해진 탓인지 눈치가 없고, 그렇다고 환진갑을 보낸 지 오랜 늙은이가 자발머리없이 벗고 나설 수도 없다.《이 풍진 세상을》

자발스럽다 좀 가볍고 방정맞다.〈북〉 ¶"…봉사 부인께서만 해도 그렇지유, 암만 그랬다구 해두 진드근허니 배기지 못허시구 여간 자발스럽잖거던유…"《매화 옛 등걸》

자발없다 행동이 가볍고 참을성이 없다. ¶"놀랄 것 없어. 오죽했으면 내가 여태 말을 안 했겠어, 저렇게 자발없구 채살머리 없는 사람은 보다 츰 본다니께…넘의 집 사람들매루 듬직허구, 입이 묵근했어봐…" 하고 넘겨짚었다.《담배 한 대》

자밤 나물·양념 따위를 손가락 끝으로 집을 만한 분량. ¶내가 부엌에서 밥을 먹게 되면 그녀는 꼼짝 않고 지켜앉아 한 수저에 한 자밤씩 젓가락으로 반찬을 집어 먹

였다.《관촌수필 6》

자부락거리다 실없이 가만히 있는 사람을 자꾸 건드려 괴롭히다. ¶아내는 걸핏하면 잔생이처럼 자부락거리면서 비위를 덧내 놓곤 하였다.《산 너머 남촌》

자부지 쟁기의 손잡이. ¶"그건 그려. 쟁기 자부지를 십 년이 넘게 잡어 본 나두 물갈이는 두 거웃이 한 두둑이구, 마른갈이는 니 거웃이 한 두둑이란 걸 요전에야 알었으닝께."《우리 동네 趙氏》

자식 겉 낳지 속 못 낳는다㊁ 자식이 좋지 못한 생각을 품어도 그것은 부모의 책임은 아니라는 말. ¶"자식 겉 낳지 속 못 낳는다더니 하필이면 내 집구석이 그 짝을 대나…끙."《그리고 기타 여러분》

자식을 낳으면 서울로 보내랬다㊁ 망아지는 제주로 보내고 양반 자식은 한양으로 보내랬다. 자식은 견문을 넓힐 수 있는 곳으로 보내서 공부를 시켜야 한다는 말. ¶말이 늘은 것만 보아도 자식을 낳으면 서울로 보내야 한다던 말이 확실하였다.《그리고 기타 여러분》

자식이 재산이다㊁ 없이 사는 집에 자식만 많다는 말. ¶"새끼들만 단출해도 작히나 좋겠소이까. 대저 자식이 재산이라고들 외우지만 그도 다 있는 집 얘깁지요…"《매월당 김시습》

자식 죽는 건 봐도 곡식 타는 건 못 본다㊁ 농민이 가뭄에 곡식이 타 죽는 꼴은 차마 볼 수 없다는 말. ¶"장마 때야 논물을 쏟아간들 끄려 허것나. 그러나 사람 목마른 건 견뎌두 곡식 타는 건 눈으루 못 보는 게 농투산인디.…"《우리 동네 金氏》

자에도 모자랄 적이 있고 치에도 넉넉할

적이 있다㉿ 경우에 따라서 양의 과부족은 다소간에 있을 수 있다는 말. ¶"아무리 그렇기루유…자(尺)에두 모자를 적 있구 치(寸)에두 넉넉헐 적 있다넌디…대관절 댁이는 흥정꾼이유, 축산조합 서긔유, 축산조합 서긔면 잔둔 스 푼이래두 소헌티 붙여 주얄 게 아뉴…"《다가오는 소리》

자우룩이 자우룩하게. ¶온종일 나뭇잎 하나 까딱 않고 삺기만 하던 날이 초경 어름으로 접어들고부터 구름이 풀어져서 자우룩이 는개가 내리기 시작했다.《매월당 김시습》

자우룩하다 (연기나 안개 따위가) 잔뜩 끼어 매우 흐리고 고요하다. ¶…웬 사내가 무디게 두런거리는 틈을 여투어 앳된 목통으로 짜글짜글 다툼질하는 소리도 자우룩한 골안개에 빠진 참새들처럼 멀리서 들려오곤 하였다.《관촌수필 6》

자웅눈 한쪽은 크고, 한쪽은 작게 생긴 눈. ¶얼근한 김에 들떠 시시덕대던 창고지기가 대뜸 자웅눈을 지릅떠 보았다.《우리 동네 姜氏》

자위(가) 돌다 먹은 음식이 삭기 시작하다. ¶아침 먹은 것이 자위 돌아서 속이 긇어진 데다 꽁초가 수북한 재떨이를 보니 갑갑증마저 더하여 어서 자리를 털고 싶은 생각뿐이었다.《산 너머 남촌》

자자부레하다 자질구레하다.〈북〉 ¶…여술·가느실·복벵이·시루셍이·담안·임척골같이 자자부레한 마을 사람들은,《관촌수필 4》

자작자작 물이 점점 바닥에 잦아드는 모양. ¶"…무궁화표 짜장 큰 것 두 통에 돼지 비계 한 근이면 찍헐 텐디, 감자 다마네기 호박 당근 대강 쓸어 늫구 자작자작허게 볶으면 다 되는 것을…"《우리 동네 鄭氏》

자주자주 매우 자주. ¶(시) 시루에 자주자주/ 물을 주었어요.《콩나물》

자지레하다 '자질구레하다'의 준말. ¶옹은 딸네가 잔치국수라나 장터국수라나 하는 국숫집의 지점을 해서 사는 것이 자지레하고 시뻐서 퉁명을 부렸다.《장척리 으름나무》

자질구레하다 모두가 그만그만하게 잘고 시시하다. ¶물론 그 외에도 자질구레한 일들에 뜻을 같이한 적이 한두 가지가 아니었던 것도 사실이다.《관촌수필 1》

자춤발이 다리에 힘이 없어 조금 가볍게 다리를 절며 걷는 사람. ¶엄은 배냇적 전 다리처럼 자춤발이 걸음을 하면서 대꾸도 하기 전에 야음 속으로 스며들었다.《산 너머 남촌》

자치락대다 엎치락뒤치락하다.〈방언〉 ¶만성은 얼마를 자치락대며 누워 봐도 잠이 오지 않았다.《금모랫빛》

자투리 산 널찍널찍하게 나뉘고 남은 좁은 면적의 임야.〈방언〉 ¶(서가)…장돌뱅이 이십 년에 근근이 장만한 것이 그 늦들잇들 말림갓의 손바닥만 한 자투리 산이었다.《우리 동네 張氏》

작것㉿ 잡것. 점잖지 못하고 잡스러운 사람을 속되게 이르는 말. ¶"…고삼짜리가 있는 집은 내남직없이 서루가 안부 즌화두 망설이기 마련인디, 그 작것은 되레 않던 지랄까장 허구 자빠졌으니 내가 속이 안 터져?"《장평리 찔레나무》

작달비 굵고 거세게 내리는 비. ¶비는 때 아닌 큰물이라도 질 듯이 작달비로 쏟아지면서 천둥에 번개에 할 것은 다하는 폭우였다. 《산 너머 남촌》

작두로 세 번에 썰어 죽일 놈비 단번에 썰어 죽이는 것보다 더 고통스럽게 죽일 나쁜 사람이란 욕. ¶"저런 작두로 세 번에 썰어 죽일 놈." 흙탕물을 나누어 쓴 아낙이 흰자만 남은 눈을 장교 등짝에 이겨 바르며 악매하고 있었다. 《토정 이지함》

작벼리 물가의, 모래와 돌들이 섞인 곳. ¶작벼리 둔치에 내버려진 폐선의 부러진 돛대 끝에 울던 갈매기가 올라앉아 기웃대싸서 그랬을까, 모를 일이었다. 《낙양산책》

작은 고추가 더 맵다속 몸집이 작은 사람이 큰 사람보다 뛰어나거나 영리하고, 하는 짓이 야멸함을 두고 이르는 말. ¶…잔칫집은 순식간에 초상집보다도 어지러워져 마침내는 사네 안 사네, 간통죄로 집어넣네 마네 하고 김장철이 지나도록 시끄러웠으니, 작은 고추가 맵다던 속담은 거기서도 증명이 된 셈이었다. 《고추 타령》

작은집 드나들듯속 첩의 집에 드나들듯이 출입이 잦은 것을 비유하여 이르는 말. ¶씨가 뚱땡이네 포장마차를 작은집 드나들듯 하기 버릇한 것은 먼 논이 부쩍 가깝게 느껴지기 시작할 무렵부터였다. 《장천리 소태나무》

작작 어지간하게 적당히. ¶"…자주 웃으면 시장하니까 작작 웃기라구." 《산 너머 남촌》

작히나 '여북이나', '오죽이나' 등의 뜻으로 '작히'를 강조하여 이르는 말. ¶…말이 난 계제에 아예 어원까지 캐서 적실하게 밝혀 줄 수만 있다면 작히나 좋을까만, 《유자소전》

잔가락 잦은가락. 장단이 빠른 가락이나 노래. ¶이발사같이 매초롬한 젊은 사내가 대신 들어서며 잔가락으로 기타를 켜기 시작하는데, 바로 그때 나는 처음으로 그녀를 본 거였다. 《관촌수필 3》

잔너울 '잔물결'의 잘못. 자잘하게 이는 물결. ¶택시는 영산강 잔너울을 가라가락 주름잡으며 물방개처럼 내달았다. 《만고강산》

잔다리 밟다 (출세할 때에) 지위가 낮은 데로부터 차차 올라가다. ¶"아무렴. 구품 말단서버팀 잔다리를 밟아 올라가서 이·호·예·병 사조 판서를 두루 거쳐 좌·우참찬과 찬성을 하고 의정에 앉을 동안 국방이 수상혈 적마다 말을 달렸지…" 《산 너머 남촌》

잔디찰방(一察訪) 무덤의 잔디를 지킨다는 뜻으로, 죽어서 땅에 묻힘을 완곡하게 이르는 말. ¶"게 다 마찬가지여. 먹구 헐 일 읊이 지달리는 게나, 일찍 가서 누워 잔디찰방 허는 게나…" 《관촌수필 1》

잔물새 (개개비 따위) 물가에서 노는 몸집이 작은 여러 종류의 새를 아울러서 이르는 말. 〈個語〉 ¶물때가 아니어서 물너울 소리가 없고, 잔물새 울음소리 한 가닥도 남아 있질 않았다. 《해벽》

잔뼈가 굵어지다 어려서부터 어떤 일이나 환경 속에서 자라나다. ¶어느 두메에 잔뼈가 굵어 영감이 되도록 머슴살이만 한 박복한 늙은이가 있었다. 《해벽》

잔생이 사람이 됨됨이가 잔챙이처럼 잘다

는 말. 〈방언〉 ¶아내는 걸핏하면 잔생이처럼 자부락거리면서 비위를 덧내 놓곤 하였다. 《산 너머 남촌》

잔속 자세한 내용. ¶나는 잔속을 몰라 껄쩍지근한 반심 상태였음에도 속절없이 하느라고 해서 기어이 그를 협회에 가입시키고 말았다. 《강동만필 2》

잔손 아이들의 일손. 〈個語〉 ¶마침내 논 섬지기나 짓는 사람들은…새보아 줄 잔손을 찾아 나서게 되었다. 《우리 동네 崔氏》

잔솔푸데기 보들솔. 〈방언〉 키가 작고 가지가 많은 어린 소나무. ¶마당 위로는 잔솔푸데기가 아담한 등성이었다. 《관촌수필 1》

잔입 아침에 일어나서 아직 아무것도 먹지 않은 입. ¶"이왕 해묵어서 올 바에야 느직이 해나 보고 떠날 것이지, 이 세한에 청승이 무슨 정성이라고 그참 잔입으로 나섰더란 말이냐." 《산 너머 남촌》

잔재비 자질구레하고 공교로운 일을 잘하는 손재주. ¶리는 남이 알게 무던한 사람이므로 잔재비처럼 더는 캐려 들지 않았다. 《우리 동네 趙氏》

잔졸맹이 조무래기. 〈방언〉 어린아이들을 낮잡아 이르는 말. ¶…망두석이며 상석이며가 열녀문과 더불어 한갓 동네 잔졸맹이들의 전쟁 놀이터로 두어져 있는 꼴이었다. 《매화 옛 등걸》

잔주 술에 취하여 늘어놓은 잔소리. ¶…석담의 담론까지 잔주로 치는 눈치가 역연하여 바삐 일어서고도 싶었으나, 《산 너머 남촌》

잔주접 어린아이가 잔병치레를 많이 하느라고 잘 자라지 못하는 탈. ¶솔이는 배가 굶지 않아 잔주접 없이 자라며 적적했던 우리 안방의 재롱둥이로 한몫했고, 《관촌수필 2》

잔치 연 사돈네 시룻밑 걱정하듯㊌ 쓸데없는 걱정을 한다는 말. ¶나의 어느 점이 맘에 들어 내게 일생을 허락하기로 결정했었느냐고, 결혼 생활을 반년이나 하고 난 뒤에야 잔치 연 사돈네 시룻밑 걱정하듯 새삼 불쑥 물으니 그녀는 별 신경도 안 쓰고 덤덤히 "같은 충청도…그러구 등치가 듬직해서" 하던 거였다. 《다가오는 소리》

잔칫집 들무새 쏘다니듯 한다㊌ [들무새는 남의 막일을 힘껏 도와주는 것. 잔칫집에 일 부조(扶助)를 왔으니 부지런할 수밖에 없다] 앉아 있을 새가 없이 돌아다닌다는 말. ¶"…나와 있는 백 명이 집에 들앉어 있는 백 명만 못해서 즘심값 찻값 대폿값 교통비루 하루에 오천 원씩 질바닥에 깔어 가며 잔칫집 들무새 쏘댕기듯 헐 거여…" 《우리 동네 張氏》

잗다랗다 꽤 잘다. ¶…하다못해 잗다라서 먹잘 것 없는 속솔이감을 딸 때도, 《더 더대를 찾아서》

잗젊은이 나이에 비해 젊은이. ¶(산) 잗젊은이건 늙숙한이건 명절날임을 핑계하며 힘힘해하는 이도 구경할 수가 없었다. 《지금은 꽃이 아니라도 좋아라》

잘금거리다 (음식물을) 조금씩 떼어서 먹는 모양. 〈방언〉 ¶(어린 계집애는)…흘린 고물만 잘금거리지 않고 고물을 한 움큼씩 뭉쳐다가 볼이 메어지게 욱여넣고 허발하였다. 《장한몽》

잘되면 제 탓, 못되면 조상 탓㊌ 일이 잘되면 제가 잘나서 잘되었다 하고, 잘 안되면 남의 탓만 한다는 말. ¶(산) 예로부터 잘되면 제 탓 못되면 조상 탓이라고 하였으니 이것도 혹 조상 탓이나 아닌지 모를 일이다.《눈물의 씨앗을 돈으로》

잘잘 ① 기름기나 윤기가 반드르르 흐르는 모양. ¶…여느 때에도 노랑물이 잘잘 흐르던 얼굴이《버드나무가 있는 풍경》② 바닥에 늘어지거나 닿아서 끌리는 모양. ¶그는 동네에 갓 시집온 새댁이 무색치마를 잘잘 끌며 우물에 가는 것만 보아도,《명천유사》

잘코사니 미운 사람의 불행을 고소하게 여길 때 하는 소리. ¶"즌기두 몇 시간이나 몰래 썼던가베. 혼자냐 싸다. 잘코사니지 뭐여. 끙―"《우리 동네 金氏》

잠떳 잠꼬대. ¶서 씨는 졸음기 있는 소리로 잠떳을 하듯이 받아넘겼다.《강동만필 3》

잠뱅이 잠방이.〈방언〉가랑이가 무릎까지 오는 짧은 남자용 홑바지. ¶여으내 입어 언제 국 내었더냐 싶게 찌든 마포 등거리와 잠뱅이를《이풍헌》

잠포록하다 날이 흐리고 바람기가 없다. ¶놀이라기보다 너울이라고 해야 좋을 만큼, 바다는 잠포록한 수평선으로부터 얌전하게 들먹거리면서 아름답고 눈부신 빛깔로 춤을 추고 있었다.《관촌수필 3》

잡도리하다 (잘못되지 않도록) 엄하게 단속하다. ¶봉득이 마누라는…이윽고 베란다 바다에다 양재기 내뜨리는 목통으로 신건이를 잡도리하는 것이었다.《산 너머 남촌》

잡살뱅이 온갖 자잘한 것이 뒤섞인 허름한 물건. ¶…애써 이뤄 놓은 뽕밭의 뽕나무

는 한갓 군불감으로도 씀 직하지 못한 잡살뱅이로 곤두박질하고 말았다.《우리 동네 李氏》

잡살스럽다 잡상스럽다.〈방언〉¶영두는 갈피 없이 담배만 축내었다. 봉득이 마누라의 잡살스러운 흰소리가 귓전을 성가시게 하였다.《산 너머 남촌》

잡살전 여러 가지 씨앗, 특히 채소의 씨앗을 파는 가게. ¶좀 낮게 받을까 싶어, 잡살전에서 조아팔려고 장에 가다가 길목되먹이장수한테 뺏기다시피 하고 겨우 삼백 원을 받았다.《담배 한 대》

잡상스럽다 난잡하고 음탕하다. 잡되고 상스럽다. ¶잡상스러운 말투에 야한 매무새며 아무리 잘 보아도 배운 여자는 아닌 것 같더니《해벽》

잡아먹은 돼지우리 두엄 쳐내듯(속) 일을 매우 손쉽게 한다는 말. ¶남의 묵은 분묘를 정월 보름날 무 구덩이 들어내듯 하고, 유골이나 널조각을 잡아먹은 돼지우리 두엄 쳐내듯 뒤져내는 자가 사람이랴 하고, 우악스럽게 무지막지한 잡놈이라는 선입견이라도 있어 그러나 쉽게 두려워하는 기색을 보이며, 그녀는 그렇게 조심하는 말투였다.《장한몽》

잡아서 내장으로 창란젓을 담을 놈(비) ('잡다'는 '죽이다'의 곁말, '담다'는 '담그다'의 방언) 증오에 가득찬 욕설. ¶"아니, 앉아 두 생기구 누워두 번다는 황 선주가 품팔어 먹는 사람 젖혀 놓구 돈 사십 원을 깎어 내여? 그런 잡어서 내장으루 창란젓을 담을…"《우리 동네 黃氏》

잡아서 반만 먹고 개 줄 놈(비) 잡아먹되 개와 반씩 나누어 먹을 놈이라는 저주 어

린 악담. ¶"잡아서 반만 먹고 개 줄 놈들, 요새는 윗도리보다 아랫도리가 더 지랄들 한다니까."《토정 이지함》

잡을 년(비) '잡아 죽일 년'의 줄임말. ¶"잡을 년, 공연스리 와 가지고 사람 목만 달치게 했단 말…"《장한몽》

잡을손(이) 뜨다 일을 다잡아 해치우지도 못하고, 한다고 해도 몹시 느리다. ¶…일판이 사뭇 어수선한 데다 연장을 쥔 손도 누가 익수고 누가 생수인지 모르게 다들 잡을손이 뜬 것이 아무래도 전에 없던 공기였다.《장동리 싸리나무》※잡을손 : 일을 다잡아 해내는 솜씨.

잡조이 잡고 조이다. 〈곁말〉¶조는 연방 말대꾸를 하면서도 서로가 부러 왼편에 말하고 오른편에 대답한다는 느낌을 잡조이할 수가 없었다.《우리 동네 趙氏》

잡채갈보(비) 혼혈아에 빗댄 욕설. ¶"인력 수출?" "별수 있어? 애비는 된장인데 에미는 다꾸앙에 서방은 빠다, 잡채갈보가…"《백결》

잣다 (기계나 물레 따위를 돌려 실을) 뽑다. ¶"씨아루 잣어서 씨를 뺀 건 목화구, 솜틀집 가서 탄 목화는 면화지유."《관촌수필 1》

장 늘. 〈방언〉¶"자기 입으루두 장 농군은 가을 부자라고 책 읽듯 했잖여…"《우리 동네 李氏》

장구 치고 북 친다(속) 혼자서 다 하지도 못할 것을 이것저것 건드리는 것을 이르는 말. 기 들고 나팔 불고 북 친다. ¶"…생각적인 측면으루다가 따져 봐. 입춘이 니열 모리여. 슬 세면 고대 우수 경칩 아녀? 우수물 지구 나면 두엄 져 낼라, 두렁 칠라,

봄부치(봄채소) 부칠라…원제 장구 치구 북 칠 텨?…"《우리 동네 李氏》

장귀틀 세로로 놓는 가장 긴 마루의 귀틀. ¶…김봉모는 밑이 질겨 줄담배를 태려 문 채 툇마루 장귀틀 끝에 쭈그리고 앉아 속을 끓이고 있었다.《우리 동네 黃氏》

장길 장을 보러 오가는 길. 〈방언〉¶…동네 사내들도 변차섭을 앞세우고 장길로 넘어가고 있었다.《우리 동네 李氏》

장날은 촌놈들 생일이다(속) 농부는 흔히 장날 잘 먹는다는 말. ¶장날은 촌놈들 생일. 신작로에 장꾼들이 물물이 밀려간다. 장꾼들이 모두 친구처럼 반갑다. 탁보는 이제 바쁘다.《김탁보전》

장님 코끼리 말하듯 한다(속) 일부분만을 보고 곧 그것이 전체인 것처럼 말하는 인식이 부족한 사람을 두고 이르는 말. ¶(산) 여의도에 집이 있거나 직장이 있어서 여의도에 훤한 이가 아니면 짐작 자체가 장님 코끼리 말하기와 무엇이 다른 것인가.《여의도의 몇 배》

장대 들고 뜬구름 꿰러 든다(속) 터무니없는 짓을 하려 든다는 말. ¶"…반장도 알다시피 한범수가 용쓰나, 이 양용댐이가 힘쓰나, 장대 들고 뜬구름 꿰러 들기는 매한가지라 이 말이야."《그리고 기타 여러분》

장도막 장날과 장날 사이의 동안. ¶기다린 지 한 장도막 만인 어제 새벽, 마침내 물길에 물이 쏟히며 내닫기 시작했다.《우리 동네 金氏》

장독 보고 술독 얘기한다(속) (간장 항아리를 쳐다보면서 술 항아리에 대한 말을 한다) 엉뚱한 이야기를 한다는 말. ¶"소득

증대를 놓구 기냐 아니냐 허는 마당에 구꿈맞게 장독 보구 술독 얘기 말어." 《우리 동네 姜氏》

장돌뱅이 매장 치듯이(속)　장돌뱅이가 장마다[매장(每場)] 장을 보러 다니듯이 일정한 날짜에 일정한 장소에 나타나 헤맨다는 말. ¶(더더대는)…장날마다 장돌뱅이 매장 치듯이 한다고는 하지만 말도 제대로 못 하는데다 동냥질보다는 사금파리를 주워 담는 데에 더 정신을 팔 것 같았던 것이다. 《더더대를 찾아서》

장땡(비)　최고. 제일. ¶…영화라면 으레 외화를 치되 특히 서부 활극이라면 무턱대고 장땡인 줄로 알았었다. 《관촌수필 5》

장리쌀 얻어 개떡 쪄 먹었다(속)　장리쌀(長利—)처럼 비싼 것을 생색도 안 나게 흐지부지 없앴다는 말. ¶"다 틀렸어야. 장리쌀 얻어 개떡 쪄 먹었이야." "눈은 다 왔는지 몰라두 날이 푹해지려면 아직두 한참 더 가야잖여." 《이모연의》

장마 긋고 소나기 첫물하듯(속)　('긋다'는 '그치다', '첫물'은 '맏물'의 방언) 장마가 그친 뒤에 처음 내리는 소나기처럼 (쏟아지는 모양이) 요란하다는 말. ¶모닥불 앞에 이르니 솔나방 쏟아지는 소리가 장마 긋고 소나기 첫물하듯 요란스러웠다. 《우리 동네 黃氏》

장마다 꼴뚜기 날까(속)　자기에게 좋은 기회만 늘 있는 것은 아니라는 말. ¶밥 먹고 늙을 일밖에 없는 사람이라 아침나절부터 시내에서 흥뚱거리다가 다저녁때에야 깃들인 남편을 보자, 회장은 장마다 꼴뚜기라고 다짜고짜로 부아풀이를 하고 나섰다. 《장평리 찔레나무》

장마 도깨비 여울 건너가는 소리를 한다(속)　무엇을 원망하는 말소리가 분명치 않고, 입속으로만 중얼거림을 이르는 말. ¶김 참봉은 장마 도깨비 여울 건너는 소리로 숫기 없이 우물거리며 말끝을 흐렸다. 《오자룡》

장마라도 나무말미 빨래말미는 있다(속)　몹시 열악한 환경이라고 해도 가끔씩 한숨 돌릴 기회가 있다는 말. ¶"…장마라도 나무말미 빨래말미는 있는 법인데 올 장마는 작정 없이 무정해서 갈수록 스무산이네요." 《토정 이지함》

장마에 물걸레　별로 요긴하지 않다는 말. ¶(그는)…남을 폐롭히거나 누를 끼치는 자는 반드시 장마에 물걸레처럼 쳐다보기를 한결같이 하였고 《유자소전》

장마에 물 끼얹는 심사　심술스럽다는 말. ¶문정은 대강 해 두고 말지 않고 장마에 물 끼얹는 심사로 그녀를 재차 덧드렸다. 《산 너머 남촌》

장마에 빗물 쓰듯 하다(속)　(장마가 질 때 고인 빗물을 허드렛물로 쓰듯이) 아끼지 않고 사용(지출)한다는 말. ¶"공원덜이 벌어 준 돈 갖구 나가 장마에 빗물 쓰듯 허는 것이야 그 회사 간부들만 그러까마는, 불순허다구 헌다는 건 무슨 소리여. 언내덜 문짜루 말이 많은 자는 수상쩍다, 그런 얘기여?" 최는 말끝마다 궁금하던 것을 겨우 물었다. 《우리 동네 崔氏》

장마에 소금 장수 지나가듯(속)　어쩌다가 한번씩 나타난다는 말. ¶"봄가물이 가을 불경긴데 아저씨 안 보이지, 탑골 심 씨 안 보이지…장마에 소금 장수 지나가듯 언젠가 한번 비쓱하고는 그만이니 문을 열어도

재미가 없더라구요."《산 너머 남촌》

장마에 소방서로 홍수 신고나 하러 다닐 위인⬢ 모처럼 무슨 일을 하더라도 걸 맞지 않은 일만 한다는 말. ¶"보릿값이 챈다니 내려와서 슬슬 보리농사를 지어? 장마에 소방서로 홍수 신고나 하러 다닐 위인…"《그리고 기타 여러분》

장맛 '무슨 맛대가리로'와 같은 말. ¶그전 같으면 이 찌는 복중에 무슨 장맛으로 굴 속 같은 집구석에서만 옴닥거릴 터인가. 《우리 동네 黃氏》

장샛말 하는 데 혼샛말 한다⬢ 전혀 동이 닿지 않는 엉뚱한 소리를 함을 비웃어 이 르는 말. ¶"대개 장샛말 하는 자리에 혼 인말 하는 것을 사위스러워하는 풍속인지 라 신칙하기가 장히 어렵더니, 마침내 계 제가 이에 이르고 보매 또한 삼가기가 이 미 늦은 것을 알겠네…"《토정 이지함》

장쇠어멈 화상이 되다⬢ 심통스럽고 사나 운 표정이 되다.〈個語〉¶…김학자 회장 은, 오늘도 식전부터 전화를 받자마자 얼 굴이 뺑덕어멈 화상이 됐다가 장쇠어멈 화상이 됐다가 해쌓더니《장평리 찔레나 무》※장쇠어멈 :〈장화홍련전〉에 나오는 계모.

장승만 하다⬢ 껑충하게 키가 큰 모양을 비유적으로 이르는 말. ¶…마침 도깨비 불이 여럿 나와 있었다. 쫓아가 보니 다 른 놈들은 죄 도망을 쳤는데, 그중 한 쌍 이 흘레하는 데에 정신이 팔려 세상 모르 고 있었다. 그래 살금살금 다가가 한데 얼 러붙은 두 놈을 작살로 냅다 찍어 버렸다. 키가 장승만 하고 대가리에 뿔이 돋친 두 놈이 합세하여 덤벼들 땐 아닌 게 아니라

겁도 났다.《김탁보전》

장(을) 달이다 '참견하다'를 속되게 이르 는 말.〈방언〉¶"자네더러 농담하자는 게 야? 왜 뒤꼍에 앉아 장을 달이는 거야. 주 제넘게스리…"《장한몽》

장(이) 서다 거래하는 사람들이 모여들어 물건을 사고팔게 되다. 여기서는, 의인적 표현으로 쓰임. ¶가랑잎 구르는 소리들 도 토방 섬돌 밑에 모여들어 장을 서는 중 이었다.《오자룡》

장태 장터. ¶"…장태 있을 때 다른 여편네 덜 허는 거 봉께 그거야말루 천상 그럴 수 밲이 읎겄더라구."《우리 동네 趙氏》

장 푸러 가서 시룻전 긁는 소리⬢ (시룻 전은 시루의 전두리. 시룻전을 긁는 것은 시루를 씻는 동작. 간장을 떠오려고 장독 대에 가서 시루 씻는 소리를 낸다) 엉뚱한 소리를 한다는 말. ¶"얘는 새꼽빠지게 툭 허면 장 푸러 가서 시룻전 긁는 소리만 퉁 퉁 헌당께. 새벽버텀 가기는 워디를 가자 는 겨?"《우리 동네 李氏》

장항선이다⬢ (장항선은 단선 철도이므 로 상, 하행 열차가 교차할 때마다 상, 하 행 가운데 한쪽은 역에 서 있어야 한다는 데서) 속도가 더디다는 말. ¶"미스 김, 이 놈이 떨어지면서 뭐라고 선언했는지 알겠 어?" 하고, 부러 이쪽 말은 시세도 안 보 려 했다. "선언?" 김가 딸이라는 것이 물 었다. "이제 보니 미스 김도 장항선이군." 《우리 동네 崔氏》

잦뉘다 뒤로 기울여 뉘다. ¶미실은 눈을 허옇게 감았다. 그 순간 상배는 불끈 치솟 는 성욕을 느꼈다. 냅다 덤벼들어 잦뉘고 치마폭을 걷어올리고 싶었다.《장한몽》

재밀랑사리 재미는커녕. 〈방언〉 ¶ "구멍 새나 크막크막허지 이쁠 것두 읎구 암스 렁투 않게 생겼는디, 재밀랑사리 고상만 잔뜩 했슈. 시방두 걸을라면 다리가 뻑쩍 지근헌걸유."《관촌수필 5》

재밋성이 없다 사람의 성격이 완고하고 근엄하여 재미있는 데가 없다. 〈방언〉 ¶ "글쎄유, 사는 게 재밋성이 읎다 읎다 허 는 소리야 전버팀 장 허던 소리구…"《장 평리 찔레나무》

재바르다 (동작이) 약간 재고 빠르다. ¶ 이렇게 한번 나섰다 하면 으레 정신이 없 이 바빴다. 재바르지 않으면 다른 학교의 점심시간을 놓치기가 십상이었던 것이다. 《두더지》

재빼기 재의 꼭대기. ¶ 그러다가 내가 본 것은, 해 넘기 전으로 지나야 할 재빼기 바로 고섶에 송림이 시퍼렇게 일어난 둥 실한 안산이었다.《백의》

재수 없으면 송사리한테 좆 물린다⬡ 재 수가 없으면 하찮은 존재에게도 봉변을 당한다는 말. ¶ "나 원, 재수 읎으면 송사 리헌티 좆 물린다더니 멀쩡허니 병신 될 라닝께 별 우스운 것이 다 생겨 보고리챈 단 말여."《관촌수필 7》

재우다 더부룩하거나 푸슬푸슬한 것을 착 붙여 자리가 잡히게 하다. ¶ …밖에서는 새로 개비한 보습으로 재운 논을 갈바래 질하기에 곁두리도 없이 바쁘니《산 너머 남촌》

재우치다 빨리 몰아치거나 재촉하다. ¶ "더더대, 더더대, 각씨 있어? 장가 갔냐 께? 각씨 있어? 읎써? 있어?" 재우치고 다그치고 되곱치고 하며 사뭇 귀찮아서

못살도록 굴었다.《더더대를 찾아서》

재주가 메주다⬡ 재주가 도무지 없다는 말. ¶ 재주가 메주인 이런 삼류 작가에게 는 유자만큼 소중하고 요긴한 위인도 드 물었다.《유자소전》

재주를 다 배우니 눈이 어둡다⬡ 오랫동 안 애써 기술을 배워 익히게 되나, 이미 나이가 많아서 그 기술을 활용하지 못하 게 되었음을 이르는 말. ¶ 나는 그가 안경 을 닦는 모습에 재주 다 배우고 나니 눈이 어둡더라는 말이 새삼스러워 주착없이 소 리내어 웃었다.《강동만필 1》

잴랑 말랑 잠길락 말락. ¶ "한 다랭이 받 는 디 시간이 월마나 걸리다?" 맨 윗배미 가 두렁을 적실 만해서 처음 와 보고 남이 물었다. "낸들 재 봤간디. 워낙 짚히 타 들 어가서 한두 시간 대가지구는 제우 먼지 나 잴랑 말랑 허겄네…"《우리 동네 金氏》 ※재다 : 쟁기다 → 잠기다. 〈방언〉

잼처 어떤 일에 바로 뒤이어 거듭. ¶ "차차 라니, 아니 그럼 호장은 그놈을 찢어발기 지두 않구 게를 떠났더란 게요?" 월봉은 잼처 물었지만《매월당 김시습》

잿마루 재의 맨 꼭대기. ¶ …그녀의 눈망 울은 이미 지룡산 잿마루로 넘어가고 없 었다.《우리 동네 金氏》

잿밭 산의 고개턱에 있는 밭. 〈방언〉 ¶ … 잿밭에서 보리 베기 바쁘던 날,《우리 동 네 金氏》

잿배기 재. 〈방언〉 높은 산의 고개. ¶ 곧 열이렛 달이 뜰 관산 잿배기가 턱을 치받 을 듯 우람하게 가로막고 있었다.《너무 밝은 달》

쟁개비 무쇠나 양은으로 만든 작은 냄비.

¶…쟁개비로 보기에는 벙거지골이 노구솥과 비스름하고《토정 이지함》

쟁명하다 날씨가 깨끗하고 맑게 개어 있다. ¶(산) 우리가 찾아간 날은 꼭 거짓말처럼 지나가는 구름 한 점을 볼 수가 없는 쟁명한 날씨였고, 따라서 천지의 원 모습을 생김새 그대로 바라볼 수가 있었다.《잡초를 위하여》

쟁이다 (물건을) 차곡차곡 포개어 쌓다. ¶…앞으루 쌀, 라면, 부탄가스, 양초, 성냥…그런 거나 미리미리 사다가 쟁이란 말만 안 해두 좋겠어요.《장척리 으름나무》

저녁달에 못 꿴 바늘귀 새벽달에 꿰랴㊞ 쉽지 않은 일은 늘 쉽지 않다는 말. ¶문정은 저녁달에 못 꿴 바늘귀 새벽달에 꿰랴 싶어 입 안이 터분하였으나 긁어 진집이 날 것도 꺼리지 않고 알아듣게 사설을 하였다.《산 너머 남촌》

저는 잘난 백정으로 알고 남은 헌 정승으로 안다㊞ 대단치 않은 사람이 다른 사람을 만만하게 보고 거만을 피우며 저보다 나은 사람을 업신여김을 이르는 말. ¶그런 사내들이 자기네를 잘난 백정, 이쪽을 헌 정승으로 알며 부질없이 어제 죽어 오늘 장사 지냈다는 투로 수작이 장난일 때마다, 그녀는 그들을 우습게 보고 허드레 객담으로 받아넘길밖에 다른 수가 없었다.《우리 동네 柳氏》

저뭇하다 날이 저물어 어둑어둑하다. ¶매월당은 저뭇해서야 돌아왔다.《매월당 김시습》

저붐 젓가락. 〈방언〉 ¶"…내남직읗이 밥상 들여다보면 꼴뚜기젓 한 저붐 못 올리

며 무 배차루만 열두 가지 모냥 내어 처먹는 것덜이, 뭐여? 회비가 천 원? 끙—"《우리 동네 李氏》

저붐거리다 지범거리다. 〈방언〉 ¶"…다 숟갈로 떠먹는 게 달리 있고, 국자로 퍼먹는 것 따로 있고, 젓가락으로 저붐거릴 게 마련되어 있으니…"《오자룡》

저승꽃 검버섯. ¶…문득 저승꽃이란 말을 떠올렸다. 노인네들의 얼굴에 피는 검버섯을 그렇게 이르던 노파가 있었다.《달빛에 길을 물어》

저어하다 두려워하다. ¶말다툼이 되살아날 것을 저어하는 풍신인지, 오 서기는 둠벙 저쪽으로, 여꿔 바랭이 쇠뜨기 뺑쑥 투배기인 논두렁에 서서 소변으로 딴전을 보고 있었다.《우리 동네 黃氏》

저울내 겨우내. 〈방언〉 ¶"저울내 새우젓 한 보새기 안 사 먹은 장을 멋하러 나간대유…"《관촌수필 7》

저저끔 제가끔. 〈방언〉 ¶"…인생은 저저끔 제 과목대루 사는 거여. 나두 워느새에 틈만 나면 앉을 자리버텀 보는 사램여."《장천리 소태나무》

전 세는 단위로 이르는 말. 풋나무는 대개 네 줌이 한 전이 됨. ¶해 있어서 다북쑥이나 한 전 베어 뉘었더라면 밭마당 귀에 모깃불이라도 놓고 나앉아 보련만,《우리 동네 黃氏》

전내기 물을 조금도 타지 않은 술. ¶한번은 문정이 시향에 참례하였다가 두레상에 마주하고 음복을 하게 되었는데, 전내기 서너 순배에 거나해지자 석담이 먼저 문정을 겨냥한 소리로 말했다.《산 너머 남촌》

전두리 둥근 그릇의 아가리에 둘려 있는

전의 둘레. ¶마누라가 노곤으로 전두리를 테메운 족자리 떨어진 질동이에 물 길어 종구라기 띄워 오는 걸 보자.《이풍헌》

전접스럽다 천박하고 추하다. 〈방언〉 ¶…먹는 것 가지고 근천 떨기도 전접스럽거니와 그랬다가 무안당하면 누구 욕을 먹을지 모르겠어 그대로 두었다.《우리 동네 金氏》

절간 같다 조용하다. ¶(시) 두 아이가 없으니 절간 같다.《겨울방학 첫날》

절구통에 치마를 씌운 것만 봐도 사지를 못 쓴다⒝ 계집이라고 생긴 것만 보면 미친 사람처럼 따라다니는 음란한 사람을 조롱하는 말. ¶"그 박샌이…여북했으면 절구통에 치마만 둘러놔도 댐벼들 색골이라구 사람덜이 웃었으리."《오자룡》 ※절구통에 치마만 걸쳤다 : 행동이나 모습에 여자다운 데라곤 도무지 없고 선머슴 같은 모습의 여자란 말.

절레절레 머리를 좌우로 저으며 자꾸 흔드는 모양. ¶"…그렇다면 장차 우리 신사를 닮겠느냐 했더니 도리어 고개를 절레절레 하더군입쇼."《매월당 김시습》

절 모르고 시주하기⒪ 애써 한 일이 아무 보람이 없음을 이르는 말. ¶"염불소리에 절도 모르고 시주한 꼴인감?" "절은 알고 시주했으니 제사 지내다 말고 불공을 한 셈이지."《산 너머 남촌》

절쑥절쑥 걸을 때 조금 절뚝거리는 모양. ¶아이가…절쑥절쑥 따라오고 있음을 안 것은 얼마를 걷고 난 뒤였다.《이풍헌》

절에 가면 불공, 교회에 가면 기도하라⒪ 늘 현장의 분위기에 맞추라는 말. ¶문정은 대번에 벌떡증이 일어 절에 가면 불공, 교회에 가면 기도하라는 줄 번연히 알면서 줏대 없이 이것 집적 저것 집적 덤벙대어 발등 밝힌 것을, 이제 와서 누구 한가 하려느냐고 오금을 박으려다가 아서라 하고 숫제 안 들은 것으로 치부하고 말았다.《산 너머 남촌》

젊어서 고생은 사서도 한다⒪ 젊어서 어려운 일을 하며 난관을 극복하는 단련이 매우 귀중함을 강조하여 이르는 말. ¶(산) 그는…젊어서 고생은 사서도 해야 하는 고생이라 여기며 꼭 초가집 굴뚝 같은 뚝심으로 덮어놓고 읽고 무턱대고 쓰기를 거듭하였다.《사람 속의 사람》

젊어서 하는 고생이 약이다⒪ 체험은 이를수록 도움이 된다는 말. ¶…그럴 바에는 차라리 한 살이라도 젊어서 하는 고생이 약인즉 하루바삐 여기를 떠야 옳다는 것이 작은며느리의 주장이었다.《산 너머 남촌》

점잖은 개가 부뚜막에 오른다⒪ 겉으로는 점잖은 체하는 사람이 엉뚱한 짓을 한다는 말. ¶(산)…더러 주막집 강아지처럼 버르장머리가 없는 놈도 없지 않아서 어떤 놈은 슬며시 부뚜막에 오르기도 하고 어떤 놈은 아궁이 앞에서 자다가 털을 구워먹어서 '점잖은 개가 부뚜막에 오른다'느니 '불에 덴 강아지 앓는 소리'라느니 하고 사람으로 하여금 탄식을 자아내게 하기도 했던 것이다.《개장과 개집》

점잖은 짐승 담 넘어가는 말을 한다⒪ '구렁이 담 넘어가듯'의 다른 말. ¶상배도 의외라 싶게 점잖기 신사 만난 말투였고, 여인은 뜻밖의 접근이라 당황하는 낯을 돌리지 못해 하더니, 이내 점잖은 짐승

담 넘어가는 말을 했다. "뒤처리고 뭐고 우리네야 일하는 분들이 어려하시랴 하고 믿고 있으니까요."《장한몽》※점잖은 짐승 : (민속에서) 집 안에 드나드는 구렁이를 업(業)의 구실을 하는 업구렁이로 여기고 대접하여 이르는 말.

점쟁이도 저 죽는 날은 모른다(솝)   제 일은 제가 모른다는 말. ¶"폐일언허구 올 일 년 넘기기가 어렵다는 얘기구려." "원 별 말씀을 다…점쟁이 저 죽을 날 모른다는 속담도 안 있습니까. 그러나 제 생각에도 저건 좀 어떨가 싶긴 합니다마는…"《산 너머 남촌》

점직스럽다   보기에 부끄럽고 미안한 데가 있다. ¶"좀 따셨어요?" 영두는 무슨 틀린 일이 있는 사람처럼 뚱하고 있기가 점직스러워서 에멜무지로 물었다.《산 너머 남촌》※점직하다 : 부끄럽고 미안하다.

접개다   접어서 개다. 〈個語〉¶그녀는 남편 곁에 접개고 앉았더니 잔이 나기가 바쁘게 부어 주며 말참견을 하였다.《산 너머 남촌》

접개어 놓다   (옷·이부자리 등을) 접거나 개어 놓다. 〈곁말〉¶정이 미스 구가 세다만 돈을 받아 윗목으로 접개어 놓았던 바지주머니에 넣고 있자니, 마침내 기다리던 목소리가 조용히 넘어왔다.《우리 동네 柳氏》

접사리   농촌에서 모내기 때 등에 덮었던 비웃의 하나. ¶대문이 지쳐 있기에 그대로 밀어 보니 행랑아범 학비가 한눈에 알아보고 얼결에 접사리를 쓴 채로 굽신하였다.《토정 이지함》

접첨접첨   여러 번 접어서 포갠 모양. ¶소

동라는…자고 난 이부자리를 접첨접첨 접개어 윗목에 밀어 놓는 데만도 좋이 한식경이나 걸리면서 꿈지럭거리는 것이었다.《매월당 김시습》

접첨하다   이리저리 접치다. ¶…옷과 종이만을 여러 번 접첨거려 부피를 없앤 뒤에 유자로 싸서 바랑에 꾸리게 하였다.《매월당 김시습》

젓가락으로 죽 먹는다   애초에 불가능한 일도 경우에 따라서는 가능하게 할 수도 있다는 말. ¶"…때에 따라서는 젓가락으로 죽 먹는 수두 있지, 워치기 그렇게 따져 가메 산대유?"《우리 동네 黃氏》

젓국 속에서 건진 보리새우다(솝)   생각지도 않은 이득이라는 말. ¶"내 형편엔 젓국 속에서 건진 보리새우죠. 궁헌 판에 주운 참외 깎어 먹겠어요."《금모랫빛》

젓갈 처먹고 신트림할 년(비)   가당치 않은 행동을 뜻하는 상말. ¶"급살허네, 젓갈 처먹고 신트림할 년, 가라사대 아랫입에 터럭 안 난 년은 서방 허던 일에 신칙 않는 벱이여…"《오자룡》

정 각각 흉 각각(솝)   어떤 사람에게 쏠리는 정과 그 사람의 결점과는 각각 다른 것이어서 정이 쏠리더라도 흉은 흉대로 남는 것이고, 흉이 있다고 해서 쏠리는 정이 막히는 것이 아니라는 말. ¶"…저쪽도 친구 자제라서 정 각각 흉 각각으로 봐 왔지만 츠녀한테도 과히 눈에 나지는 않을 게요…"《산 너머 남촌》

정나미(가) 떨어지다   정나미가 아주 없어져서 다시 대하고 싶지 않게 된다. ¶최는 그런 아이들이 고맙고 미쁘기보다 너무 되바라지는 것 같아 정나미부터 떨어지던 게 사실이었다.《우리 동네 崔氏》※정나미 : 어떠한 사람이나 사물에 대하여 애착을 느끼는 마음.

정들고 못 사는 게 화류쟁이⑪ 유흥가에서 지낸 여자는 결혼해도 해로하기가 쉽지 않음을 이르는 말. ¶"껌둥이가 나쁜 자식이야. 본국에 전속 간다는 놈이 몇 날 며칠 집구석엔 코빼기도 안 비쳐? 그러니 옥화는 걔대로 대책을 서두를밖에. 정들고 못 사는 게 화류쟁이랬으니 말야…."《백결》

정성이 그믐까지 뻗치다 정성스러움을 익살스럽게 하는 말. ¶"…그렇게 정성이 그믐까지 뻗친 걸 보니 윤달에도 택일하자구 나설 장본이구려."《산 너머 남촌》

정신(이) 나가다 마음이 정상적인 상태에서 벗어나다. ¶그 이야기를 누구에게 옮기다니! 마지막이겠지만 처음이었다. 아마 엊저녁엔 내 정신이 나갔던 모양이다.《다갈라 불망비》

정신(이) 팔리다 자기가 해야 할 일은 잊고 다른 데에 정신이 쏠리다. ¶내가 노는 데에 정신이 팔리면 반드시 불러세우고 준절히 나무라기를 주저하지 않았다.《명천유사》

정월 보름날 무 구덩이 들어내듯 한다㊚ (정월 든 명절, 즉 설을 뜻하는데, 설 쇤 무는 맛이 없으므로) 아까워하지 않고 가볍게 처리한다는 말. ¶남의 묵은 분묘를 정월 보름날 무 구덩이 들어내듯 하고, 유골이나 널조각을 잡아먹은 돼지우리 두엄 쳐내듯 뒤져내는 자가 사람이랴 하고, 우악스럽게 무지막지한 잡놈이라는 선입견이라도 있어 그러나 싶게 두려워하는 기색

을 보이며, 그녀는 그렇게 조심하는 말투였다.《장한몽》

정월이 두 번이라도 들개가 살찌랴㊚ 되지 않을 일은 기회가 거듭 있어도 되기 어렵다는 말. ¶문정은 정월이 두 번이라도 들개가 살찌랴 싶어 아예 탄을 않고 그만 일어날 채비로 시계를 들여다보았다.《산 너머 남촌》

정(이) 들다 정이 생기어 깊어지다. ¶길 없는 비탈길을 어지간히 기어오르자 언제나처럼 송장 냄새가 마중 나오기 시작했다. 이미 정이 든 냄새였다.《장한몽》

정자나무 밑동에 줄톱 스쳐 가는 소리㊚ (정자나무는 대개 여러 아름드리의 고목이므로) 무게 있는 소리로 몸값을 한다는 말. ¶모처럼 덩칫값 있다 싶게 정자나무 밑동에 줄톱 스쳐 가는 소리로 말했다.《엉겅퀴 잎새》

젖떼기 커서 젖을 뗄 때가 된 어린 짐승. ¶"…어떤 일할머리 없는 사람이 작년에 삼만 원짜리 젖떼기를 사다가 구십 키로짜리 규격돈으로 길러서 팔구만 원에 팔고 존존히 따져 보니까 십이만 원 돈도 더 들었더라는 거야."《산 너머 남촌》

젖부들기 짐승의 젖퉁이의 살코기. ¶이튿날부터 아내는 젖부들기가 늘어진 개만 봐도 뒤밟아 주인을 찾고, 꼬랑지 밑을 살펴 짐작에 가까우면 설령 낯선 암캐라도 눈에 들어 하는 것 같았다.《우리 동네 姜氏》

제가 제 무덤을 판다㊚ 스스로 자신을 망치는 어리석은 짓을 함을 비켜 이르는 말. ¶"그런 것들은 좀 더 고생해야 돼. 이제 와서 불평불만을 외치면 뭘 해, 자승자박하고 제 무덤 제가 판 것들이…"《엉겅퀴 잎새》

제 것 주고 뺨 맞는다ⓒ 남에게 잘해 주고도 도리어 자기는 해를 입는다는 말. ¶"…자기네 돼지는 근당 오백 원씩에, 그것도 눈대중으로 가져가면서 큰 놈은 비계가 쪘다고 사백 원까지 홀때리더라네. 그러니 제 것 주고 뺨 맞기도 유분수지, 누가 무슨 이름이 나고 싶어서 그걸 기르려고 하겠나."《산 너머 남촌》

제금나다 따로나다. 〈방언〉 가족의 일부가 딴살림을 나가다. ¶"워디 제금나서 따루 사는 재미가 워떻던가 얘기 좀 허다 가거라."《관촌수필 3》

제 눈에 안경이다ⓒ 보잘것없는 물건이라도 제 마음에 들면 좋아 보인다는 말. ¶(산) 제 눈에 안경이라고 하지만, 나로서는 그만한 여자가 세상에 둘이 있을 것 같지 않고, 다시 생길 것 같지도 않던 것이다.《아픈 사랑 이야기》

제돌 일주년. 〈방언〉 첫 돌. 또는 꼭 한 해가 되는 날. ¶"…부엌은 곰 곤 내 그친 지 제돌이 엊그젠디두 여으내 그 흔해 터진 생물 한 가지 구경 못 해 봤는디…"《우리 동네 金氏》

제물에 저 혼자 스스로의 바람에. ¶…요릿집 외상값이 삼십만 원이나 되었다. 눈치없이 남의 선거 놀음을 신칙하다가 제물에 넘어간 탓이었다.《우리 동네 鄭氏》

제미 털 뽑을 새끼ⓑ '패륜아'라는 뜻의 상말. ¶"제미 털 뽑을 새끼, 저 말하는 싸가지 보게."《장한몽》

제바닥 자기가 본디 살고 있는 고장. ¶"…내 땅 못 부치면 제바닥 사람두 살기가 거시기헌디."《관촌수필 2》

제 발등을 제가 찍는다ⓒ 자기가 자신을

해치는 결과가 된다는 말. ¶그런데도 두 달 만엔 쫓겨나고 말았는데, 그것도 제 잘못으로 제 발등을 찍은 것이 아니었다고, 앉은자리에서도 재삼 되풀이 강조하고 있었다.《장한몽》

제 발(이) 저리다 지은 죄가 있어 들킬까 봐 조마조마해하다. ¶"탈은 고기잡이 억쇠 큰놈 맞동이하고 술장수 최춘개 큰년 매미하고 났는데 천문이가 제 발이 저려서 끼어든 겁니다요."《토정 이지함》

제삿날 과객 든다ⓒ (제사를 지내는 날 낯선 나그네가 와서 숙식을 요구하는 것처럼) 바쁘고 엄숙한 날 엉뚱한 사람이 와서 성가신 부탁을 한다는 말. ¶"지삿날 과객 든다더니…쬐금두 못 앉아 있어…그새를 못 참어 성화네그려. 그 잘나 터진 짐치는 또 워디다 담어…"《우리 동네 黃氏》

제수 오줌 누다 요강 깨치는 소리를 들었나ⓑ 들어도 못 들은 척할 수밖에 없는 거북한 소리라는 상말. ¶"제수 오줌 누다 요강 깨치는 소리를 들었나 왜 정신 나간 소리 헌다. 감사가 녹봉 먹고 살간디, 저런 군수 질러 상납 받아먹고 살지…"《오자룡》

제 신세를 제가 볶는다ⓒ 제 발등을 제가 찍는다. ¶문정은 알아들을 만하였다. 그런데 의곤이는 그만한 소견도 없이 심통만 살아서 제 신세를 제가 볶는 꼴이었다.《산 너머 남촌》

제여곰 제각기. 〈古語〉 ¶"…나머지는 제여곰 분수를 헤아려서 행할 일이로다."《매월당 김시습》

제우 겨우. 〈방언〉 ¶"…워낙 짚히 타 들어가서 한두 시간 대가지구는 제우 먼지

나 쟬랑 말랑 허겄데…"《우리 동네 金氏》

제 조상 굶기고 절간 돌부처나 위하러 간다⑥ 정성을 들일 일에도 그 나름의 순서가 있다는 말. ¶오늘 아침 그선이가 무슨 생각에 어머니 문병 가겠다는 걸 두 눈 부라리며 말린 것도, 누구 말마따나 제 조상 굶기고 절간 돌부처나 위하러 가는 그런 꼴 같아서였다.《야훼의 무곡》

제 좆 꼴리는 대로⑪ 남의 말이나 사정에 아랑곳없이 제멋대로 하는. ¶"…씀씀이 째고 형편 궁허면 제 좆 꼴리는 대로 값 멕여 팔어먹고 외상도 놓는 판인디…"《오자룡》

제 코도 못 닦는 게 남의 부뚜막 걱정한다⑥ 제 일도 감당하지 못하는 주제에 남의 일에 참견하여 무엇을 해 주려 함을 이르는 말. ¶"시세 옳는 통대두 뺀질나는디 우리라구 땀매 나서 못 와? 제 코두 못 씻는 주제에 남의 부뚜막 걱정은…이러니 저러니 해두 명함 옳이 사는 농사꾼이야말루 먹는 게 엄지가락인디, 함박스테키 좀 먹어서 변고여?…"《우리 동네 張氏》

젬병 형편없는 것을 속되게 이르는 말. ¶그는 운동신경이 젬병이어서 아이들과 툭탁거리는 일 따위는 애초에 엄두도 내지 못하던 둔발이었다.《유자소전》

조각구름 한 조각의 구름. ¶전등을 끄니 닫혀 있던 미닫이에 달빛을 가득 차려 놓는다. 조각구름인가. 잠깐 창문을 스쳐 가는 그림자가 있다.《가을 소리》

조각조각 여러 조각. ¶천둥은 비도 없이 어디서 우나/ 누런 구름 조각조각 사방에 흩어지니.《매월당 김시습》

조개껍데기는 녹슬지 않는다⑥ 본성이 선한 사람은 악에 물들지 않는다는 말. ¶"…무쇠나 강철은 가만두어도 녹이 슬지만 조개껍데기는 비바람 눈서리에도 녹이 슬지 않는 법이외다" 하고 문 씨는 김이 서린 안경을 벗어 손수건으로 훔쳤다.《강동만필 1》

조개젓 단지에 고양이 발 드나들듯⑥ 한 번 맛을 들이고 재미를 본 다음에는 잊지 못하고 자주 드나듦을 두고 이르는 말. ¶"아저씨는 뭐 해 준 게 있다고 번번이 시집살이가 심하서, 심하시기를…" 그녀는 여전히 어기대면서 김치와 콩나물 접시를 입매 안주로 내놓았다. "뭐 해 준 게 있냐니, 쥔 냥반이 조개젓 단지에 괭이 발 드나들듯 하는데 해 줄 틈이 있기는 했구?"《산 너머 남촌》

조근조근 차근차근. ¶"…넘들은 초련부터 풋베기허여 시렁 곶감 빼먹듯 조근조근 세안에 다 조지고…"《오자룡》

조금씩 조금씩 조금씩 여러 번 잇다는 모양. ¶…옛집의 전모가 조금씩 조금씩 드러나 보이기 시작했다.《관촌수필 1》

조릿조릿하다 마음을 놓을 수 없게 조바심이 나다. ¶이젠 배가 무겁다는 불순이. 막된 계집애다. 뱃속엣것만은 떼어 버리겠다고 벼르는 것을 억지로 막고 있지만 몰래 저지를 듯해서 늘 조릿조릿하다.《야훼의 무곡》

조마조마하다 닥쳐올 일에 대하여 염려가 되어 마음이 불안하다. ¶"…언제 무슨 실수를 할지 몰라 조마조마하니 당최 맘을 놓을 수가 있어야지요."《선너머 남촌》

조몰조몰 조몰락조몰락. 〈방언〉¶…벗어 말아 놓은 스타킹을 조몰조몰 주물러 아

시 빤다.《다가오는 소리》

조붓하다 조금 좁은 듯하다. ¶…필례는 비로소 방바닥에 조붓하게 앉았다.《엉겅퀴 잎새》

조선 밥 먹고 서양 똥 싼다㊪ 고양 밥 먹고 양주 구실 한다. ¶"짐 선상, 굶으나 먹으나 사람은 줏대가 있으야 허는 벱유. 미국 사람은 경오가 밝다니…조선 밥 먹고 식양 똥 쌀 건 읎잖유, 말 삼가슈."《장한몽》

조아팔다 크거나 많은 물건을 헐어서 조금씩 팔다. ¶좀 낫게 받을까 싶어, 잡살전에서 조아팔려고 장에 가다가 길목 되먹이장수한테 뺏기다시피 하고 겨우 삼백 원을 받았다.《담배 한 대》

조용조용히 언행이 한결같이 수선스럽지 않고 얌전한 상태로. ¶…모름지기 쥐죽은 듯이 조용조용히 살아왔을 따름이었다.《산 너머 남촌》

조잔거리다 때를 가리지 않고 군음식을 자꾸 먹다. 조잔대다. ¶…뒷집 축담 밑에서 병업이네 염소가 호젓하게 시래기를 조잔거리고 있는데《산 너머 남촌》

조쟁이 운두가 낮고 배가 밋밋한 오지독. 〈방언〉 새우젓 발효용으로 쓰임. ¶최는 닭장을 따고, 쥐 안 닿게 뒤트레방석으로 눌러놨던 새우젓 조쟁이에서 겉보리 한 종구라기를 떠내어 모이로 뿌렸다.《우리 동네 崔氏》

조조거리다 종알거리는 모양. 〈방언〉 수다스럽게 종알거리다. ¶곁에서 대복 어매가 단춧구멍만 한 두 눈을 깜짝거리며 조조거리고, 수다 떨고, 들었다 놓을 기세로 볶아대어도《관촌수필 4》

족자리 질그릇 따위의 양쪽에 달린 손잡이. ¶마누라가 노끈으로 전두리를 테메운 족자리 떨어진 질동이에 물 길어 종구라기 띄어 오는 걸 보자,《이풍헌》

족족 어떤 일을 하나하나. ¶결혼 세 번에 얻어걸린 족족 잡놈뿐이었던 자기는,《두더지》

존재가 없다 어느 단체, 또는 모임에서 두각을 나타내거나 평상시에도 구성원들이 그를 의식하기는커녕 소속원들이 그의 존재를 알아차릴 수 없도록 행동 반경이 좁고 조용한 성격의 인물을 일컬을 때 좀 비아냥거리는 뜻으로 희떱게 하는 말. ¶"지가 에려서버텀 원체 존재 읎이 놀어놔서 성님은 잘 모르실규…"《강동만필 2》…그는 또 나름으로, 지지리 못나 터져서 아무 존재도 없이 한갓 소설책 나부랭이나 들여다보는 것이 일이던 나를 처음부터 쳐주려고 하지 않았던 것이다.《유자소전》

존재를 드러내다 스스로 말이나 행동에서 돋보일 짓을 하여 남들로 하여금 자기를 의식하게 하다. ¶그는 전학하고 며칠이 안 되어서부터 스스로 존재를 드러내었다.《유자소전》

존조리 타이르듯이 부드럽고 조리 있게. ¶그녀가 무슨 푸념으로 부아를 돋우고 무슨 넋두리로 오장을 뒤집어도 그는 참을성 있게 줏대를 잡고 존조리 일러두었다.《장이리 개암나무》

존존하다 여럿이 다 가늘거나 작다. ¶좀 더 걷노라니 시누대밭을 울타리 하여 존존한 잔디를 깔고 칠십 년 내력이 그늘마다 얼룩진 듯, 봉사 부인을 정려한 비각은 무척이나 늙어 있었다.《매화 옛 등걸》

존존히 곰곰이. 〈방언〉 ¶그는 생각할수록 어이가 없었다. 존존히 헤려 보니 서울에 머문 동안은 기껏 열 시간 남짓하였다.《산 너머 남촌》

졸가리 사물의 골자. ¶영두는 봉득이가 번번이 앞질러서 넌덕스럽게 말휘갑을 치는 바람에 여간해서 말의 졸가리를 매동그릴 수가 없었다.《산 너머 남촌》

졸가리 없다 (졸가리는 줄거리) 무슨 말을 하는지 알 수가 없게 앞뒤가 맞지 않고 논리가 결여되었다는 말. 〈보령 지방 곁말〉 ¶김은 남의 눈이 수백이라 구새 먹은 삭정이 부러지듯 싱겁게 들어가기도 우습고, 그렇다고 졸가리 없이 함부로 말대답하기도 그렇겠고 하여 어쩔 줄 모르다가 마음에 없던 말을 엉겁결에 내뱉었다. "알면 지랄헌다구 물으유?…"《우리 동네 金氏》

졸랑졸랑 자꾸 가볍고 경망스럽게 까부는 모양. ¶(산)…걸음발을 타게 된 뒤부터는 옹점이 치마꼬리를 붙잡고 졸랑졸랑 따라다니며 놀고,《지금은 꽃이 아니라도 좋아라》

졸래졸래 경망스럽게 까불며 행동하는 모양. ¶내가…무릎에 넘어진 생채기 아물 날 없이 졸래졸래 따라다니면서 갖은 포달 다 부리며 성가시게 굴어대도, 대복이는 매양 제 막내동생이라도 달래듯 고분고분 받아 주었던 건데,《관촌수필 4》

졸멋졸멋 조릿조릿. 〈방언〉 조바심이 나서 마음을 놓을 수 없는 모양. ¶오금이 졸멋졸멋하며 이마로는 열이 오르고 있었다.《추야장》

졸밋거리다 자꾸 조마조마하다. 〈방언〉 ¶최는 반달음으로 뒤쫓아갔다. 그들하고 실랑이하여 얻힌 술이나 깨볼까 해서가 아니라, 아이들이 다칠라 싶어 오금이 졸밋거렸던 것이다.《우리 동네 崔氏》

졸밋대다 조릿조릿하다. 〈방언〉 ¶순평은 애써 태연을 가장해 응대하면서도 밑이 졸밋대고 오금이 근실거려 진땀이 솟고 있었다.《장한몽》

졸보이다 낮보이다. 〈방언〉 ¶어이없고 기막혔으나 그 망상의 동요에 따라 근식의 이모저모가 돋보이기도 하고 졸보이기도 했다.《가을 소리》

졸졸 가는 물줄기가 끊이지 않고 부드럽게 흐르는 소리. ¶…맑은 물이 졸졸 문지방을 지나 토방으로 흘러나가고 있다.《김탁보전》

졸토뱅이 졸보. 〈방언〉 재주가 없고 졸망하게 생긴 사람. ¶…그는 비록 한물간 논다니 패 퇴물보다 웃돌 것이 없었지만 흔한 졸토뱅이도 아니었다.《관촌수필 6》

좀상맞다 좀스럽다. 〈방언〉 ¶아이가 좀상맞게 또 물었다. "얼마나? 엄마보다 더 이뻐?" "…" 김은 딴전 보느라고 대꾸하지 않았다.《생각하면 언제나 타향》

좀상스럽다 좀스럽다. 〈방언〉 성질이 옹졸하고 잘다. ¶미운 사람 고운 데 없다더니 볼수록 좀상스럽고 의젓지 않다.《산 너머 남촌》

좀상좀상하다 여럿이 모두 좀스럽다. ¶무슨 일이 있으면 연사질로 한몫해 온 동네 사람들이 좀상좀상하게 찧고 까부는 소리에도 최는 어둡지 않았다.《우리 동네 崔氏》

좀이 쑤시다 (무엇을 하고 싶어) 가만히 있지 못하다. ¶…어느 날, 영감은 녀석을 퉁보네집으로 불러들였다. 물어보지 않고는 좀이 쑤셔 못 견디겠어서였다. 앉혀 놓고 우선 술을 권한 다음, 분위기가 훈훈해지길 기다려 물었다. 《가을 소리》

좀팽이 몸피가 작고 좀스러운 사람. ¶…단작스럽고 근천맞은 좀팽이 따위에게 박절하게 대해 온 사실은 스스로 인정하지 않을 수 없는 일이다. 《관촌수필 5》

좁으장하다 조붓하다. 〈방언〉 ¶…황소바위를 거쳐 신작로로 타 내려간 그 길바닥은 겨우 지게나 지나다닐 만하게 좁으장한 거였었다. 《관촌수필 5》

좁좁하다 꽤 좁다. ¶신작로 초입에는 여러 채의 오죽잖은 집장수 집들이 좁좁하게 늘어서 있었는데, 그중에서도 그 시간까지 창밖으로 불을 밝히고 있던 집은 관촌이발소였다. 《관촌수필 2》

종구라기 조그마한 바가지. ¶동냥을 주면 종구라기가 넘치고 개밥을 주어도 구유가 좁게 손이 컸다. 《관촌수필 3》

종구래기 조롱박. 〈방언〉 ¶"잠이 안 오걸랑 콩나물 시루에 물이나 한 종구래기 끼얹던지…" 《우리 동네 李氏》

종다리 콧구멍만 하다 몹시 작고 갑갑한 모양을 이르는 말. ¶종다리 콧구멍만 한 동네서 그런 일을 벌일 수 있었다면 이미 떨어질 수도 없겠다는 것과 같은 사실이 된다. 《암소》

종로에서 뺨 맞고 노량진에 와서 눈 흘긴다㊝ 욕을 본 자리에서는 아무 말도 못하고 뒤에 가서 불평한다는 말. ¶"…헌데 이젠 꿈을 깬 것 같은 거요. 깨 보니 종로에서 뺨 맞고 노량진에 와서 눈 흘기는 꼴이 돼 있거든…" 《장한몽》

종발 종지. 〈방언〉 ¶"쭉정이 보리 한 종발 주구 옥상헌티 샀지." 《관촌수필 3》

종(을) 치다 일이 끝났다. 또는 일이 틀어져 버렸다는 말. ¶"끝—. 이젠 종 친 셈이야. 주체성이 확고한 연애에는 본전이 없는 줄 알았더니 그게 아니는데. 허지만 크게 밑진 것 같진 않아." 《엉겅퀴 잎새》

종재기 종지. 〈방언〉 ¶"여편네 옳다구 그 잘나 터진 지랑 한 종재기 안 떠 주다니…" 《우리 동네 黃氏》

종종걸음 발을 자주 가깝게 떼며 바쁘게 걷는 걸음. ¶(시)…아기는 바빠서/ 앞장을 서고/ 엄마는 종종걸음/ 뒤따르시고. 《엄마랑 아기랑》

종주먹대다 주먹으로 쥐어박으며 위협하다. ¶아무 소리도 없는 것이 종주먹을 들이대며 억패듯이 욱대기질을 하는 데에 질려 아이가 대꾸를 주저하는 모양이었다. 《산 너머 남촌》

좆 같은 새끼㊖ 남성 생식기에 빗댄 욕설. ¶"에, 올해 운수가 사나울라니까 별 좆 같은 새끼들이 사람 속을 썩인단 말야," 상필이 입맛을 다시며 변명하듯 투덜거렸다. 《장한몽》

좆 뜨물로 뒷물할 년㊖ 남자의 정액으로 국부를 씻을 년이란 뜻의 상말. 〈俚語〉 ¶"이런 좆 뜨물루 뒷물헐 년 봐. 싹바가지 없이 누구 앞이서 딴 수작허러 들어. 주둥패기를 으스려 놔야 불 켜?" 《장석리 화살나무》

좋게 좋게 '좋게'를 더 강조하는 말. ¶"…말씀 낮추시고, 그리고 좋게 좋게 사셔…" 《강동만필 2》

좋은 게 좋다㊝ 다소 미흡하거나 석연치 않더라고 큰 문제가 아니면 적당한 선에서 타협을 하는 것이 서로가 좋은 일이라는 말. ¶ "좋은 게 좋더라고 좋을 대로 다시 한번 해 보고요." 신우는 우선 그렇게 대답이랄 수 없을 말로 얼버무려 둘 수밖에 없잖느냐 해서 한 말이었다. 《매화 옛 등걸》

좋은 소리도 한두 번이다송 좋은 소리도 세 번 하면 듣기 싫다. 아무리 좋은 것이라도 지루하게 끌고 되풀이되면 싫어진다는 말. ¶ …무슨 말을 못 하게 번번이 애비에게 견주어서 추어대는 데에는 좋은 소리도 한두 번이라고 은연중에 역정이 일지 않을 수가 없었다. 《그리고 기타 여러분》

좋이 어느 정도에 어지간히 미칠 만하게. ¶ 소동라는 …자고 난 이부자리를 접첨접첨 접개어 윗목에 밀어놓는 데만도 좋이 한식경이나 걸리면서 꿈지럭거리는 것이었다. 《매월당 김시습》

좌를좌를 많은 양의 액체가 '좔좔'보다는 좀 못한 기세로 쏟아지는 모양. ¶ 간장 빛깔보다도 태깔이 더 고운 간수가 좌를좌를 간수 구덩이로 쏟아지고 있었다. 《추야장》

죄는 지은 데로 가고 물은 곬으로 흐른다송 죄는 지은 데로 가고 덕은 닦은 데로 간다. 죄를 지으면 벌을 받고 덕을 쌓으면 복을 받는다는 말. ¶ (산) 수해 복구비나 수재 의연금을 가로채거나 떼어먹은 자들이 '죄는 지은 데로 가고 물은 곬으로 흐른다'는 속담이 살아 있음을 보여 주지 못하는 한 《속담과 인생》

죄임성 (어떤 일에 대하여) 속으로 몹시 바라고 기다려서 바짝 다그쳐지는 마음. ¶ (그는) …천성이 물썽하면서도 꼭한 데가 있어서 …죄임성 있게 관계를 지탱하거나,

지닐성 있게 잇속을 챙겨 나갈 인물이 아니었다. 《장동리 싸리나무》

주객이 청탁을 가리랴송 술을 잘 마시는 사람은 무슨 술이나 가리지 않고 즐긴다는 말. ¶ 그는 술에는 수더분하여 청탁을 가리지 않았으나 안주라면 판판이 맡아 놓고 육미였다. 《강동만필 1》

주거니 받거니 말이나 물건 따위를 서로 계속하여 주고받거나 건네는 모양. ¶ …그녀는 …부인하고 붙여 준 뒤 몇 마디 주거니 받거니 하고 갈린 이상필이 아직도 땀을 쏟고 있는 자리를 흘끔거렸고 《장한몽》

주눅(이) 들다 기를 펴지 못하고 잔뜩 움츠려들다. ¶ 전 같잖아서 이제는 잔뜩 주눅 들어 지르숙은 농민들도 속기만 하지는 않던 것이다. 《우리 동네 黃氏》

주둥이가 개 밑구멍이다송 인신공격적인 상말. ¶ "저녀리 작것 주둥이는 개 밑구녕이지 …앉으나 스나 나만 보면 벌어지는구나." 《오자룡》

주둥이가 바작만 하다비 입이 지게에 얹는 발채만큼 크다. ¶ "죽었수 허구 넓은께 증말 꼴이 꼴불견들일세, 주뎅이가 바작만 해두 암 소리 못 허겄구먼들 …" 《매화 옛 등걸》

주둥이가 쇠불알만 하다비 입이 크다. 즉 먹매가 크다는 말. ¶ "…주뎅이가 쇠부랄만 헌 애새끼만 우무르르 …" 《추야장》
※먹매 : 먹는 데에 쓰이는 비용.

주둥이(를) 놀리다비 입을 놀리다. 경우에 안 맞는 말을 마구 하다. ¶ "그건 왜요? 뭣 땜에 그러냔 말요, 예?" 불퉁스럽게 반문을 하면서 신경을 세웠다. 황 씨는 또 한 번 속 모르게 웃고 나서, "그걸

함부로 주둥이 놀렸다간 혜." 하고 고개를 저어 가며 두툼한 입술에 침을 발랐다.《다갈라 불망비》

주둥이를 찢어 놓을 년⑪ 입이 싸거나 거칠거나 사나운 것을 욕하는 상말. ¶"죄수라니, 네 이년, 그분네들이 죄인은 무슨 죄인이라구 네년이 감히 주둥이질을 그리하는 게냐. 주둥이를 찢어 놓을 년 같으니라구."《매월당 김시습》

주둥이만 살아 나불댄다⑪ 쓰잘데없는 소리만 지껄이고 있다. ¶"급살 맞을 늠으 여편네, 작것이 주뎅이만 살어가지고설랑 나부작대기는…"《오자룡》

주둥패기 놀리다⑪ 주둥이를 놀리다. 즉, 말을 함부로 하다. ¶"조년, 주릿대를 틀 년, 주둥패기 놀리는 것 점 보랴, 넘이 들으면 큰 숭 나겄네."《추야장》

주둥패기를 찢어 놀 년⑪ 입을 찢어 놓을 년. ¶"주둥패기를 찢어 놀 년덜…" 최 노인은 시방도 마을 아낙네들한테 욕을 한다.《이 풍진 세상을》

주럽 피로하여 고단한 증세. ¶매월당은 주럽이 심하여 출면할 수가 없어서 누운 채로 말했다.《매월당 김시습》

주렁주렁 열매 따위가 많이 매달려 있는 모양. ¶…정작 그들이 노리던 것은 들도리에 주렁주렁한 메줏덩어리였던 것이다.《우리 동네 姜氏》

주름(을) 잡다 주도권을 잡아 자기 마음대로 다루다. ¶"…저 녀석도 한때는 지독한 독재자였걸랑. 두메산골 주민들에겐 무척 두려운 존재였다구." "포천 하늘을 주름 잡았어?" "물론이죠. 당할 자가 없었으니까…"《엉겅퀴 잎새》

주릅(을) 들다 가운데서 매매 등의 흥정을 붙여 주다. ¶주릅을 들은 거간꾼은 김돈섭이란 사람이었다.《다가오는 소리》

주리를 틀 놈⑪ 형벌에 빗댄 상말. ¶"이 주리릴 틀 늠, 너는 에미 애비두 읎네? 워따가 함부로 반말찌거리여."《관촌수필 ④》

주리(를) 틀다 모진 매를 때리다. ¶발이 여덟이라서 그럴까, 한차례 주리를 틀어 놓더라도 낙지란 놈은 그때만 잠시 늘어질 뿐 이내 원기를 회복하여 동서남북을 낚으려고 몸부림게 마련이던 것이다.《낙양산책》

주리를 틀어 네 토막으로 꺾을 놈⑪ 주릿대를 안긴 다음에 그보다 더 아픈 형벌을 가해야 한다는 저주 어린 상말. ¶"저런 주리를 틀어 네 토막으로 꺾을 놈. 다 큰 딸년 홑치마 입혀 내놔 남의 점잖은 자식 버려 놓은 놈이 무슨 낯짝으로."《토정 이지함》

주리헐 년⑪ 주리를 틀을 년 ¶"워너니 싸가지 읎더라니까, 주리헐 년."《그때는 옛날》

주리헐 놈⑪ 주릿대를 안길 놈. ¶"주리헐 놈, 못났으면 꼴값이나 말으야지…"《담배 한 대》

주릿대(를) 안기다 모진 벌을 주다. ¶"…그러매 지발 사이(새) 점 구만 잡어 처먹어, 이 주릿대를 앵겨두 선찮을 것이여."《명천유사》

주릿대를 안길 년⑪ 주리를 트는 형벌이 마땅하다는 상말. ¶"이냥 빈 꼭지래두 물려야 쓰잖것네, 이 주릿대를 앵길 년아"《오자룡》

주릿대를 틀 년⑪ 주리의 형벌을 가해야 한다는 상말. ¶"조년, 주릿대를 틀 년, 주둥패기 놀리는 것 점 보랴…"《추야장》

주막 강아지 부엌 드나들듯㊁ 뻔질나게 들락거린다는 말. ¶그래도 영화는 빠르리지 않고 구경을 할 수가 있었다. 면공관에 문지기나 들무새로 있던 상이군인 아저씨의 연애편지 배달원으로 선발되어, 주막 강아지 부엌 드나들듯이 꺼먹고무신이 달창이 되도록 들락거리고 다닌 보람이었다.《유자소전》

주머닛돈이 쌈짓돈㊁ 쌈지에 든 돈이나 주머니에 든 돈이나 다 한가지라는 뜻으로, 그 돈이 그 돈이어서 구별할 필요가 없음을 비유적으로 이르는 말. ¶(산) 재벌들이 주머닛돈이 쌈짓돈이라 밑돌 빼어 윗돌 고여 가며 식당에서 첨단 제품까지 족벌 경영이 전문 경영을 압도하고,《거품과 앙금》※쌈짓돈 : 쌈지에 있는 돈이라는 뜻으로, 적은 돈을 이르는 말.

주머니 빈 옷이 더 무거운 법이다㊁ 주머니에 돈이 떨어지면 기운이 빠져서 입은 옷도 무게를 느낀다는 말. ¶"주머니 빈 옷이 더 무거운 법인데 그냥 오면 어때서 그려."《그리고 기타 여러분》

주먹구구식이다 정밀하지 못한 속셈이라는 말. ¶여러 가지가 불편하던 하숙집을 오랫동안 붙박이로 옮기지 않은 것도 그녀를 놓치지 않으려는 어수룩한 그 나름의 주먹구구 때문이었다.《두더지》

주먹이 울다 치거나 때리고 싶은 감정을 억누르며 하는 말. ¶(산) 더러 '주먹이 울었다'는 속된 표현을 쓰는 이가 있지만, 그 순간의 내 경우가 바로 그런 심정이었다.《아픈 사랑 이야기》

주먼지 주머니.〈방언〉¶"물에 빠지면 주먼지버텀 뜰 판국에 먹매 투정허게 생겼

더라."《우리 동네 金氏》

주멋거리다 서슴거리다.〈방언〉¶"그야 어려울 이치 있나. 그해 가을 어느날 밤이었는드—." 아버지는 조금도 주멋거리는 기색 없이 천연덕스럽게 말머리를 꺼내고 있었다.《엉겅퀴 잎새》

주멋주멋 서슴서슴.〈방언〉¶그녀는 한참 동안 주멋주멋 서슴거리다가 겨우 입을 열었다.《그전 애인》

주변머리(가) 없다 일을 주선하거나 변통할 재주가 없다. ¶만사에 소극적 피동적이면서 모험을 꺼려 온 만큼 주변머리가 없는 줄을 스스로 터득한 아버지는,《엉겅퀴 잎새》

주뼛주뼛 거침없이 내닫지 못하고 머뭇거리는 모양. ¶한동안 주뼛주뼛한 뒤에 사랑으로 비슬비슬 들어가면《관촌수필 1》

주사니것 명주로 만든 옷. ¶소동라가 주사니것으로 갈아입고 절을 할 때도, 치맛자락에 매달려 숨바꼭질을 하는 송편만한 백릉 버선코만 뒤쫓다가 말았을 뿐이었다.《매월당 김시습》

주살나다 뻔질나다. ¶뛰는 사람들은 밤도 없는지 승용차와 택시들이 주살나게 내닫고 있었다.《산 너머 남촌》

주색에 곯다 술과 계집에 빠져서 해를 입어 은근히 골병이 들다. ¶홍달손은 무장으로 출입하다가 때를 얻어 좌의정을 지냈는데 여기저기에 첩을 열이나 늘어놓았으나 환갑도 못 되어서 끝을 보고 말았으니 필경 주색에 곯은 탓이라고들 씩둑거렸다.《매월당 김시습》

주섬주섬 여기저기 흩어진 물건을 하나하나 주워 거두는 모양. ¶"벌건 대낮에 걸

게 벌이셨어, 쯧쯧쯧…" 조 순경이 흐트러진 사금파리를 주섬주섬하고 있던 문정에게 좋지 않은 눈을 하였다.《산 너머 남촌》

주인 많은 나그네 조석이 간데없다(속) 주인이 많으면 서로 밀고 그중 누군가가 밥을 해 주었으려니 하고 주지 않으므로 결국은 굶게 된다는 말. ¶"식당 쥔이 예순 닛이면 진짜 쥔은 하나두 읎다는 소리구면." "쥔 많은 나그네 조석 간디읎다더니 그 말이 여기 와서 맞네그려." 그들은 헙헙해서 혼잣말로 두런거리다 말았다.《우리 동네 張氏》

주인 보태 주는 나그네 없다(속) 손님은 이러나저러나 주인에게 폐를 끼치게 된다는 것을 비겨 이르는 말. ¶"…주인 보태 주는 나그네 읎다구, 왔다 갔다 허는 학생 것들이 열무 한 단이나 사 줄 중 알어? 잡화 공단이 돼야 웬만헌 물건이면 지금의 반값에두 살 수 있구, 그뿐인감, 자연히 접객 업소두 늘지…."《우리 동네 張氏》

주전거리다 때를 가리지 않고 군음식을 자꾸 먹다. ¶"…죙일 두구 주전거려두 오다 보면 허기지는 게 소풍인디."《명천유사》

주전부리하다 때를 가리지 않고 군음식을 자꾸 먹다. ¶껌·빵·캐러멜 등을 얻어 주전부리하는 것으로 그치더라는 거였다.《관촌수필 4》

주접(을) 떨다 주접스러운 말이나 행동을 하다. ¶문정은 보리 양식이 다 된 궁촌 모양 육미고 채미고 염치없이 걸터듬으며 음식에만 허발들려서 주접을 떠는 종인들의 식탐이 맞갖지 않은 데다《산 너머 남촌》

주정뱅이 외상 긋듯 한다(속) 떳떳하지 못한 일도 버릇 들어서 쉽게 한다는 말. ¶(산)…목판 뒤집기를 주정뱅이 외상 긋듯 하여 끝내 지탱하지 못하곤 했다.《지금은 꽃이 아니라도 좋아라》

주천스럽다 주체스럽다. 〈방언〉 ¶소녀를 보자 눈앞이 아찔하고부터 불만 불평으로 잔뜩 거칠어졌던 그의 성기도 계속 주천스럽게 버티면서 성질을 수그릴 기미가 없었다.《장한몽》

주춤주춤 주춤거리는 모양. ¶탁보는 주춤주춤 내려간다. 흙탕물이 소용돌이치면서 솥을 개울로 떠내려 보낸다.《김탁보전》

죽 줄기. 〈방언〉 ¶…그새 소나기 한 죽만 있었더라도 봄것 거둔 터에 뒷그루로 푸성가리를 부쳐, 벌써 여러 뭇 솎아 가용푼이나 해 썼을 거였다.《우리 동네 金氏》

죽거리 죽을 끓일 거리. 〈북〉 ¶그 최를 오뉴월 보리 반찬 푸성귀에 비긴다면, 저 순평은 죽거리 우거지라 해도 지나친 험구라 않을 만큼.《장한몽》

죽고 못 산다 '더할 수 없이 좋아한다'는 말. ¶"…미스 정…인지 여운지가 영화라면 무조건 죽구 못 살었거든."《엉겅퀴 잎새》불빛이라면 죽고 못 사는 게 솔나방이다.《우리 동네 黃氏》

죽기 아니면 까무러치기밖에 더 하겠냐 무슨 일에 심혈을 쏟아 전력투구하거나 또는 그리하겠노라 다짐하는 말. ¶"…나두 우리게 쫄때기판 뒷전에서 고리만 볼 게 아니라 물 졸 때 한몫 쥐여설랑은이 조합 돈이나 갚으게. 추곡 수매 자금 나온 것 두툼허것다, 씨비, 죽기 아니면 까무러치기라더라."《우리 동네 李氏》

죽데기 통나무 겉쪽에서 떼어 낸 조각. ¶제

재소에서 죽데기 나오는 걸 한쪽만 대패로 밀어 쓴다 해도 이천 개면 육만 원이었다. 《장한몽》

죽도 밥도 안 된다[속] 어중간하여 이것도 저것도 안 된다는 말. ¶미룩거리다간 죽도 밥도 안 되겠던 것이다. 《장한몽》

죽 먹다 물려 소태 목구멍 된다[속] 가난해서 맛 없고 거친 음식을 오랫동안 먹다 보면 음식 맛 자체를 잊는다는 말. ¶"장개를 가? 워떤 작것이 죽 먹다 물려 소태 목구녕 될라구 시집을 온답댜…"《추야장》

죽살 내다 죽고 살기를 다투도록 모질게 가해하다. 〈방언〉 ¶최는 닭장을 살폈다. 한 마리가 안 보여 다시 들여다보니, 늘 철망 위로 날아 나와 나뭇동 틈에다 알을 빠트리고, 변차섭이네 보리밭만 죽살 내어 말썽이던 그 닭이었다. 《우리 동네 崔氏》

죽살이 죽고 삶을 다투는 막다른 지경 또는 그 지경에서 겪는 고생. ¶(내가) 부엌에서 밥을 먹다 들키면 옹점이부터 죽살이 찾게 혼나게 마련이었지만 그녀는 그리 될 것을 번연히 알면서도 내 편을 들어 주었다. 《관촌수필 6》

죽살이 치다 어떤 일에 모질게 힘을 쓰다. ¶윤은 오급 공무원이었다.…한 사오 년 죽살이 치게 허덕인다 해도 주사 한 자리 차례 올지 말지 하던 것이 그 위인이었다. 《그 시절 그 추억이》

죽 쑤다 남긴 솥단지 신세[속] ('남긴'은 '넘긴'의 잘못. 죽을 쑬 때 딴전 보는 사이에 끓어넘치고 나면 솥에는 죽이 조금밖에 남지 않으므로) 실속이 없다는 말. ¶"공장은 당장 쓰러져두 참 돈만 있으면 금방 일어스지만 부녀회는 가다 반두 못 가유.

한번 소리났다 허면 십 년 적 공두 죽 쑤다 냄긴 솥단지 신세 되여…"《우리 동네 張氏》

죽 쑤어 개 좋은 일 하였다[속] 애써 한 일이 허사로 돌아가고 엉뚱한 사람만 덕을 보게 된 것을 이르는 말. ¶"그럼 그 집은 맨날 풀만 쑤구 살겠네?" "그럼. 죽 쑤어 개 존 일 허기보담 풀 쑤어 빨래허는 게 낫으니께."《장이리 개암나무》

죽은 나무 가지치기[속] 죽은 나무를 전정(剪定)하는 우스운 꼴을 이르는 말. ¶이젠 죽은 나무 가지치기 꼴이 될, 누가 들으면 조롱과 비웃음밖엔 돌아올 게 없을 말이 됐지만, 부영이 내게 쏟았던 애정은 그 무엇하고도 빗대 재어 볼 수 없을 만큼 가없는 것이었음을 나는 잊지 않고 있다. 《다가오는 소리》

죽은 자식 나이 세기[속] 이왕 그릇된 일을 생각하여도 쓸데없다는 말. ¶"건건이 놓구 막술 몇 꼽재기 축내면서 웬 갖 쓰고 바가지밥 먹는 소리라냐? 조상 할애비 벼슬 챙기거나 죽은 자식 나이 세기나 그게 그건데…"《산 너머 남촌》

죽은 자식으로 효도 본다[속] (산 자식이 하도 불효를 하니) 오히려 죽은 자식이 더 낫게 여겨진다는 말. ¶"꿍— 이전에두 천상 내 쪽 난 늠 있던개벼, 오죽허여 죽은 자슥으로 효도 본다 소리 났것나배…"《이풍헌》

죽은 자지도 세 번은 끄덕거린다[비] (죽은 자지는 남자 시체의 성기) 남자는 끝까지 자기의 주장과 자존심을 지켜야 한다는 말. 〈화성 지방 곁말〉 ¶"죽은 자지두 시번은 끄덱그린다는디 하물며 하루 시 끄

니 밥 먹는 사람이…속절없이 그대루 그냥 살면 간 안 맞어 살겄네?…"《우리 동네 李氏》

죽을 길 옆에 살 길이 있다⑤ 죽을 길이 있으면 살 길도 있다는 말. ¶"워치게 생긴 이가 별 볼일 없는 사람이간유?" "그야 죽을 길 옆댕이에 살 길이 있다구 믿구서 여기저기 아무디나 발을 뻗는 사람일 데지유."《달빛에 길을 물어》

죽(을) 쑤다 '일을 그르쳐 망쳤거나 제대로 하지 못하다'를 비겨 이르는 말. ¶"농사나 짓는 게 몸에도 이롭고 실속도 있을 것 같은데, 형씬 취미가 없으슈?" 여기서 어물대다간 죽을 쑤고 말겠다 싶어 긍식은 고개를 저었다.《장난감 풍선》

죽을 채우다 (옷·그릇 등은 열 벌이 한 죽) 일정한 수량을 맞추다. 〈방언〉 ¶최는 죽을 채우면서 발채만 하게 벌어진 입을 못 다물며 흐뭇해했다.《우리 동네 黃氏》

죽음은 급살이 제일⑤ 죽음을 당할 바에는 질질 끄는 것보다 차라리 빨리 죽는 것이 고통이 적어 낫다는 말. ¶"죽는 건 급살이 젤이라는데 이냥 시난고난하다가 가는 게 유한이지."《산 너머 남촌》

죽(이) 되다 '형체를 알아볼 수 없을 정도로 여지없이 됨'을 비유한 말. 〈북〉 ¶어쨌든 죽이 되는 건 이쪽일 뿐이었다.《장난감 풍선》

죽이 맞다 서로 뜻이 맞다. ¶매월당은 상투를 자르고부터 술로 살다시피 해 왔으니 만큼 역시 술로 밥을 삼는 축이라야 죽에 맞았다.《매월당 김시습》

죽일 년 잡죄듯 ('죽일 년'은 크게 잘못을 저지른 아녀자. '잡죄듯'은 엄하게 잡도리하듯) 사정을 보지 않고 호되게 꾸짖는다는 말. ¶아내는 첫날부터 명순이를 마뜩찮아 하며 종진이만 죽일 년 잡죄듯 하였다.《우리 동네 崔氏》

죽일 놈 잡도리하듯 죽을 죄를 지은 놈 다루듯이 엄하게 다룬다는 말. ¶말 홍정판에서 하던 버릇으로 억쇠를 죽일 놈 잡도리하듯 흘겨본 다음 "그렇지 않습니까, 사또 나으리." 하고 첩을 박아서 말했다.《토정 이지함》

죽장 늘. 줄곧. 〈방언〉 ¶(그는)…삼십칠 년간을 죽장 연장과 더불어 살고 몸에서 두엄내가 가실 날 없는 막된 생일꾼으로 먹고 살아온 셈이었다.《만고강산》

죽지 못해 산다⑤ 세상 사는 낙 하나 없이 적막하게, 힘겹게 살고 있다. ¶흔히 말이 쉬워하는, 죽지 못해 산다는 것, 누가 죽여 주기를 기다리는 꼴이니 그야말로 정말 치사스러운 짓이다.《몽금포 타령》

죽치 날림으로 여러 죽씩 만들어 내다 파는 물건. ¶"…아무리 두더지 사둔 찾듯이 파 봐도 쓰던 막치 사발 하나, 죽치 대접 하나가 없으니 순 난부자든거지가 아닌가…"《산 너머 남촌》

줄글 한문에서, 구나 글자 수를 맞추지 아니하고 죽 잇따라 적은 글. 여기서는 소설 따위의 산문을 뜻함. ¶(산) 귀글을 쓰는 탓에 못다 한 말이 있어 그런지 하여간에 줄글을 쓴 축보다 말이 많은 것이다.《길을 아는 운전사》

줄금 '줄기'의 잘못. 불, 빛, 연기 따위가 길게 뻗어 나가는 것을 세는 단위. ¶"…약비 한 보지락은 고사하고 산돌림 한 줄금 지나갈 기미조차 없이 하늘은 여전히 불

볕만 한고등일 따름이었다.《장척리 으름나무》

줄금줄금　비가 조금씩 자꾸 내렸다 그쳤다 하는 모양. ¶비도 줄금줄금 온종일 그치지 않고 내렸다.《그럴 수 없음》

줄기줄기　여러 줄기로. ¶(시)…고구마는 덩굴을/ 끊어 심어도/ 덩굴이 줄기줄기/ 뻗어 나가고《고구마》

줄나라미　줄지어서 나란히. 〈방언〉¶뜬눈으로 밤을 지새운 간판들도 즐비하였다. 혹은 열십 자로 혹은 횡십 자로 밑도 끝도 없이 줄나라미를 선 채 피곤한 기색이 역연하였다.《산 너머 남촌》

줄느런히　한 줄로 죽 벌여 있는 상태. ¶겨우 몸을 고루잡아 큰길로 나오니 줄느런히 서서 택시를 기다리는 사람들이 대체 어디까지 뻗었는지 종작도 할 수가 없다.《산 너머 남촌》

줄밑걷다　일의 단서나 말의 출처를 더듬어 찾다. ¶문정은 조카라는 말에 어이가 없었으나 모르쇠를 대고 그대로 있었다. 생청스럽게 따따부따를 하면 그녀 성질에 언제 줄밑을 걷으며 찌그렁이 붙을지 몰라 겁이 더럭 났던 것이다.《산 너머 남촌》

줄(을) 대다　자신에게 도움을 줄 수 있는 사람과 연결을 맺다. ¶"그래두 나 같으면 서원말 채집보다는 재석이 에미나 종근 에미한테 먼저 줄을 대겠수…"《산 너머 남촌》

줄(을) 치다　(어떤 결과를) 예감한 상황을 비유적으로 이르는 말. 〈個語〉¶너는 죽었다…나는 그렇게 줄을 치면서 나부터 숨을 죽이고 뻔한 순서를 기다렸다.《유자소전》

줄(이) 닿다　도움을 줄 수 있는 사람과 연결되다. ¶그곳에서 그는 알음알음으로 줄이 닿아 남의 과수원을 고지 얻어 짓는지 이태째 접어든다고 했다.《관촌수필 8》

줄줄　① 막힘없이 글을 읽거나 외는 모양. ¶나는 그가 줄줄 외워대는 법령이나 조문 해석이 하도 복잡하여,《유자소전》② (굵은) 물줄기가 계속해서 순하게 흐르는 모양. ¶집이 줄줄 새니 심란스러워/ 보던 책 내던지고 엉거주춤 눕는다.《매월당 김시습》

줄창　줄곧. 〈방언〉¶말이 천연색이지 영화에서는 어리중천에 해가 쨍쨍한데 화면에서는 영화가 다 끝날 때까지 가랑비가 줄창 쏟아지고《유자소전》

줄파　골파. 〈방언〉잎이 여러 갈래로 나고 밑동이 마늘 조각처럼 붙은 파의 하나. ¶…그 너른 밭자락에 줄파 한 뿌리 남아 있지 않았던 것이다.《관촌수필 2》

줄행랑(을) 놓다　줄행랑(을) 치다. ¶솔이 엄마가 줄행랑을 놓음으로써 그렇듯 답답하던 난제가 하루아침에 마무리됐던 것이다.《관촌수필 2》

줄행랑(을) 치다　낌새를 채고 피하여 달아나다. ¶…동네에서 밥술이나 먹는 차모씨네 곳간을 헐고 쌀짝을 져내 돈 사려다 뒤를 밟혀 줄행랑쳐 오고 말았던 거다.《몽금포 타령》

중갈이　제철이 아닌 때에 수시로 씨를 뿌려 가꾸어 먹는 푸성귀. ¶"우리가 언제는 돈몫으로 푸성귀를 갈았나. 얼갈이고 중갈이고 죄다 먹을 것만 해 왔는데 한 파수쯤 늦으면 어떻고 며칠 이르면 뭐할 거야…"《산 너머 남촌》

중노미　음식점·여관 같은 데에서 허드렛

일을 하는 남자. ¶…봉득이 내외가 벗바리 센 중노미 거드럭대듯이 가량스럽게 씩둑거리니 영두는 더욱 어깨가 물러앉은 것처럼 피곤하였다.《산 너머 남촌》

중도막 중동. 사물의 중간이 되는 부분이나 가운데 토막. ¶…지난날의 오 세 신동이 중도막에 꺾여서 미치광이가 다 된 것을《매월당 김시습》

중동무이 하던 일이나 말을 끝맺지 않고 중간에서 그만두거나 끊어 버림. ¶그녀가 도로 목화밭 두둑에 들어가 중동무이 했던 일을 계속하자, 나는 무엇이랄 수 없으면서도 몹시 기분이 나쁘고 섭섭한 입맛이었다.《관촌수필 4》…봉석 어매가 토방으로 나오더니, 마루 끝에 밀어 놨던 냄비 뚜껑을 열었다 닫으며 중동무이된 말을 이었다.《우리 동네 鄭氏》

중동을 꺾다 중동무이하다. ¶…그런 패거리의 주장은 여간해서 중동을 꺾어 본 적이 없었다.《우리 동네 趙氏》

중둥이 메다 중동무이하다. ¶"…불볕 쬐가메 뭘 헌다는 겨. 이 잘난 물 푸는 것 할래 중둥이 메게…"《우리 동네 金氏》

중매는 잘하면 술이 석 잔이고, 못하면 뺨이 석 대라 혼인의 중매는 잘했다 하더라도 겨우 술 석 잔 대접받을 정도요, 반대로 잘못되면 도리어 뺨을 맞는 것이니, 혼인은 억지로 권할 일이 아니라는 말. ¶보기엔 참한 색시 같으니까 얘기 좀 시켜 보시라구요. 또 알아요. 잘하면 술이 석 잔…《산 너머 남촌》

중복날 겻불도 쬐다 나면 서운하다 '당장에는 쓸데없거나 대단치 않은 듯한 것도 막상 없어지거나 잃고 나면 아쉬운 생각이 듦'의 비유. 오뉴월 겻불도 쬐다 나면 서운하다. ¶"중복날 겻불두 쬐다 말면 서운허다더니, 망령두 유분수지 부끄러유, 남부끄럽다구유, 말이 말 겉어야 말이지."《매화 옛 등걸》

중복물이 안 내리면 말복물이 진다 중복에 장마가 지지 않으면 말복에 가서 틀림없이 장마가 진다는 것을 이르는 말. ¶(산) '중복물이 안 지면 말복물이 진다'던 말복에도 소나기마저 인색하여 '하지 지나면 발을 물꼬에 담그고 잔다'고 했던 옛말이나 겨우 맞는 말이 될 형편에 이르른 것이다.《추석길을 바라보며》

중 본 전도사 낯짝 마뜩잖은 표정이라는 상말. ¶친정애비 생일상 보듯이 차려냈는데두 이 새끼가 쇠줏병을 내노니께 대번에 중 본 전도사 낯짝을 하더라구.《장척리 으름나루》

중뿔나다 어떤 일에 관계가 없어 당치도 않고 주제넘다. 엉뚱하고 부당하다. ¶"…중뿔나게 직딜이 무슨 그때 그 사람이라구 간다 허면 온양온천이여."《우리 동네 張氏》

중씰하다 중년이 넘은 듯하다. ¶중매쟁이는 그녀 아버지와 함께 강경읍에 가서 돌쪼시 했던 중씰한 나이의 다래실 사람이라고 했다.《관촌수필 3》

중이 제 머리를 못 깎는다 아무리 긴한 일이라도 제 손으로는 못하고 남의 손을 빌려야만 이루어지는 일을 비유하여 이르는 말. ¶"여보시게 설잠, 슬하가 쓸쓸하면 오뉴월에도 무릎이 시린 법이니 부디 문 닫지 않을 도리부터 마련하시게. 설잠, 혹 중이 제 머릴 어찌 깎느냐고 묻고 싶은 것은 아닌지?…"《매월당 김시습》

중절거리다 수다스럽게 중얼거리다. ¶씨는 어떻게 해서든지 피해 보려고 중절거린 말이었으나 그 말을 하고 나니 더는 할 말이 없는 것 같아서 입을 다물어 버리고 말았다.《장천리 소태나무》

중정(을) 뜨다 넌지시 수단을 써서 남의 속마음을 알아보다. 지기 뜨다. ¶아내는…그의 중정을 떠볼 셈으로 따리도 붙여 보고 찌그렁이도 놓아 보고 하였다.《우리 동네 張氏》

쥐구멍에도 볕 들 날이 있다(속) 몹시 고생하는 사람도 좋은 운수가 터질 날이 있다는 말. ¶오로지 쥐구멍에도 볕 들 날이 있다는 것만 알고 모름지기 쥐 죽은 듯이 조용조용히 살아왔을 따름이었다.《산 너머 남촌》

쥐구멍에 홍살문 세우겠다(속) 가당치 않은 일을 주책없이 경영한다는 말. ¶그윽이 생각하건데, 쥐구멍에 홍살문을 세우려고 주제넘은 궁리를 해 본 적이 없었고, 쥐구멍에 소를 몰아넣으려는 허튼수작도 일찍이 삼가하여 마지않은 터였다.《산 너머 남촌》

쥐구멍으로 소 몰려 한다(속) 도저히 불가능한 일을 억지로 하라고 한다는 말. ¶그윽이 생각하건데…쥐구멍에 소를 몰아넣으려는 허튼수작도 일찍이 삼가하여 마지않은 터였다.《산 너머 남촌》

쥐꼬리만 하다 매우 짧고 작은 것을 이르는 말. ¶…새 정부와 쥐꼬리만 한 연줄만 닿으면 개나 걸이나 서슬이 시퍼렇던 판세라 이웃 간에서도 서로 쉬쉬할 뿐 어떻달 시늉마저 못 내고 있었다.《해벽》

쥐대기 솜씨 서툰 풋내기. ¶…바지 뒷주머니에 노상 접자가 꽂혀 있던 양목수 같은 이들도 소위 쥐대기라 하여 쓰는 사람이 없을 적부터 애오라지 그 일에만 매달려 지금처럼 선수가 된 것이었다.《산 너머 남촌》

쥐도 새도 모르게 그 누구도 모르게 감쪽같이라는 뜻으로 쓰이는 말. ¶울안을 더러운 피로 물들일 수도 없었다. 그리고 되도록이면 쥐도 새도 모르게 해치워야 뒤탈도 없을 거였다.《장한몽》 어머니는 그녀 집안에 언제부터 그런 붉은 물이 들어 있었으며 또한 쥐도 새도 모르게 위장할 수 있었는지가 놀라웠다고 했다.《장한몽》

쥐띠는 밤에 나면 잘 산다(속) 쥐는 밤에 먹이를 찾으므로 자생으로서 밤에 태어난 사람은 잘 산다는 말. ¶무릇 쥐띠는 밤에 낳으면 잘 산다고 들었으나 겪어 보니 그것도 그저 말이 좋아 하느라고 해 보는 한갓 허텅지거리에 지나지 않았다.《산 너머 남촌》

쥐뿔도 없다 도무지 아무것도 없다는 말. ¶풀 방구리에 쥐 드나들듯 방정스레 걸터듬으며 쥐뿔도 없이 중뿔나 하거나《산 너머 남촌》

쥐 소금 먹듯 한다(속) 조금씩 먹는 것을 비유하는 말. 조금씩 조금씩 줄어 없어진다는 말. ¶남의 것이라 하여 함부로 쥐같이 물어 나른 일만 없는 것이 아니라, 내 것이라 하여 쥐 소금 먹듯이 두고두고 갉작거려 마침내 자리가 날 만큼 축낸 것도 없었다.《산 너머 남촌》

쥐소리 찍소리라는 말.〈個語〉¶"너는 쥐소리도 말고 진드근히 눌러 있어…"《산 너머 남촌》

쥐소리도 못 내다 찍소리(도) 못 하다. 즉 겁을 먹어 아무 말도 못 하다. ¶…원장의 처남이면서 무역업을 하는 이월담이란 중년 사내의 올무에 걸려들어 대낮에 쥐소리도 못 낸 채 스리(강간)를 당하고 와서 비관해할 때 위로하던《덤으로 주고받기》

쥐알봉수 잔꾀가 많고 약은 사람을 놀림조로 이르는 말. ¶"저 쥐알봉수는 아직도 아갈거릴 정신이 남았던가 뵈…"《토정이지함》

쥐앙구멍 쥐구멍. 〈방언〉 ¶…석유 한 등잔 못 사 써 해만 지면 오밤중이므로 알아야 될 쥐앙구멍 같은 옴팡간이고 보니 아무리 내 집 내 집 해도 밤만 되면 정나미가 떨어지곤 했다.《떠나야 할 사람》

쥐앙탱이 (세상 물정이) 쥐구멍 속처럼 어두운 촌사람이라는 말. 〈방언〉 ¶"잘 생각하다마다요. 그렇게 하지 않으면 그런 시골 쥐앙탱이 주제에 언제 이층 양옥을 지어 살아 보게요."《산 너머 남촌》

쥐어살다 남에게 얽매어 기를 못 펴고 살다. 〈북〉 ¶…바랭이나 쇠비름이나 닭의 장풀도 도라지밭에서는 도라지에 쥐어살아서 품이 훨씬 덜 들었던 것까지 싸잡아서 기억한 것이었다.《장척리 으름나무》

쥐 잡아먹은 것 같다 입술에 너무 새빨간 색깔의 루주를 쳐발라 볼썽사납다는 말. ¶(그는)…멍석 귀퉁이에 옹송그리고 앉아서 이따가 그 쥐 잡아먹은 것 같은 입술의 해반주그레한 계집애가 나와서 재주 부리는 차례를 기다렸다.《유자소전》

쥐 죽은 듯㊌ 무서우리만큼 조용한 경우를 이르는 말. ¶잠깐 쥐 죽은 듯 조용하던 성 안이 다시 들끓기 시작했다.《곽산

기생 보름이》

지게를 져도 서울 지게가 가볍다㊌ 품팔이를 해도 서울이 낫다는 말. ¶지게를 져도 서울 지게가 가볍다고 기어 올라갔으니 일어서나 자빠지나 다 제 할 탓인즉, 두메 고뿔이 서울 몸살더러 환약 써라 탕약 써라 하고 신칙할 일은 아니었던 것이다.《산 너머 남촌》

지겟다리 자손이다㊯ (대대로 농사를 지어 온 집에 태어난) 농부라는 말. 〈個語〉 ¶"…한국 놈덜은 지겟다리 자손두 동네 이장만 되면 금방내 관청 편이 된다는 거 형수두 잘 아시잖여. 그게 다 뭣이간, 넘 덜버덤은 쬐끔 더 안다, 그거 아니요…"《장평리 찔레나무》

지고 새다 해가 지고 날이 새다. 〈個語〉 ¶동네 기슭을 스쳐 나가는 긔내가 작달비로 지고 새는 장마철이 아니면 매양 목새가 풀로 덮이고,《우리 동네 金氏》

지관 부를 뻔하다 죽을 뻔하다. 〈個語〉 ¶"…웃느라구 보리 되다 떠내어 도부쟁이 갈치 꽁댕이래두 들여놨더라면 지관(地官) 부를 뻔했네."《우리 동네 金氏》

지근지근 가볍게 자꾸 씹는 모양. ¶맏선이는 마루방 문턱에 질빵을 벗어 놓고 나서 시뒀던 껌을 벗겨 지근지근 씹기 시작했다.《야훼의 무곡》

지금지금하다 음식에 섞인 흙 따위가 가볍게 자꾸 씹히다. ¶"…좌우지간 맛대가리 읎는 서양 물고기 한 사발에 국산욕을 두 사발이나 먹구 났더니, 지금지금허구 해감내가 나더래두 이런 붕어지지미 생각이 절루 나길래 예까장 나오라구 했던 겨."《유자소전》

지긋덥다 지긋지긋하다. 〈방언〉 ¶"시끄럽게 유성기가 다 뭐냐. 니 창가 듣는 것만두 지긋덥구 진절머리 난다 얘."《관촌수필 3》

지긋지긋 진저리가 날 만큼 싫고 괴로운 모양. ¶지긋지긋한 봄이었다. 생각만 해도 끔직스런 계절이었다.《추야장》

지끈지끈 머리가 자꾸 쑤시듯 아픈 모양. ¶필성은 골치가 지끈지끈 패고 쑤신다.《이삭》

지끔거리다 '지금거리다'의 센말. 음식을 먹을 때 잔모래 따위가 자꾸 씹히다. ¶…야물게 까붐질한 보리에도 간혹 돌이 들어 지끔거리던 경우가 없지 않았다.《산 너머 남촌》

지노귀굿 죽은 사람의 넋이 극락으로 가도록 베푸는 굿. ¶말을 탄 원숭이가 지노귀굿 하는 무당처럼 꽹과리를 쳐대기 시작하자 시가 행진 부대는 곧 싸전 마당을 출발하였다.《그가 말했듯》

지닐성 아는 것이나 가진 것을 오래 지니는 성질. ¶(그는)…천성이 물썽하면서도 꼭한 데가 있어서…지닐성 있게 잇속을 챙겨 나갈 인물이 아니었다.《장동리 싸리나무》

지돌이 험한 산길에서 바위 같은 것에 등을 대고 겨우 돌아가게 된 곳. ¶도대체 천길 벼랑을 여투어서 안돌이로 돌고 지돌이로 넘는 잔도란 벼룻길은 하필 장자방이 개척한 촉도에만 있더란 말인가.《매월당 김시습》

지드근하다 진득하다. 〈방언〉 성질이나 행동이 검질기게 끈기가 있다. ¶정은 지드근히 사려 욱기를 누르고 중얼거렸다.《우리 동네 鄭氏》

지딱지딱 서둘러서 일 따위를 하는 모양.

¶(한최고는)…겉장이 수월수월하여 외상값을 지딱지딱 갚는 데에도 동네에서 갓양태 위의 갓모자라 하여 최고라는 별명을 선사했다는 것이었다.《장동리 싸리나무》

지라 심줄 같다㊂ ('지라'는 소의 멱미레, '심줄'은 갈비 끝에 붙은 별박이의 방언) 사람의 행동이 느리면서도 끈질기다는 말. 〈보령 지방 곁말〉 ¶"…나두 다 집이 생각해서 허는 소리여." 하고 김도 지라 심줄처럼 느적거렸다.《우리 동네 金氏》

지랄하고 있다㊖ 분별없거나 못마땅한 짓을 할 때 면박 주는 말. ¶"…나는 원래 비우가 약해서 바싹 군 즌기 통닭 아니면 누려서 입에두 못 댑니다. 아 이 지랄허구 근천을 떨데유…"《우리 동네 鄭氏》

지랄하고 자빠지다㊖ 분별없는 언동을 하거나 마구 법석을 떨 때 면박 주는 말. ¶"이런 육시럴 늠으 가이색깃 지랄허구 자빠졌네. 주둥패기 뒀다가 뭣허구 이 지랄허여…"《관촌수필 3》

지랑 간장. 〈방언〉 ¶"여편네 욺다구 그 잘나 터진 지랑 한 종재기 안 떠 주다니…"《우리 동네 黃氏》

지랑 종재기 간장 종지. 〈방언〉 ¶"…대접을 받구 싶으면 지랑 종재기만침이래두 오는 게 있으야 가는 게 있지…"《명천유사》

지럭지럭하다 질퍽질퍽하다. 〈방언〉 ¶"비만 한줄금 뿌려두 지럭지럭허니 질어 터진 디를…"《우리 동네 崔氏》

지렁이도 위아래가 있다㊂ (사람이) 인사성이 없다는 말. ¶"아무리 물정이 앞뒤 없다기로, 지렝이두 위아래 있는디 집이가 그럴 중은 몰랐네나…"《오자룡》

지렁이 발톱만 하다㊂ 없는 것이나 다름

없다는 말. ¶"되다 만 자식이, 지렁이 발톱만 한 십장 권리로 이권이나 찾고, 여기서 이말 하고 저기 가서 저말 하고, 간에 붙었다 쓸개에 붙었다, 이 눈치로만 사는 놈아…"《장한몽》

지레 어떤 시기가 되기도 전에. ¶…휴식마저 전깃불에 앗긴다면 자기처럼 일에 묻혀 사는 사람은 지레 겉늙어 죽기 마련이겠던 것이다.《초부》

지르되다 제때를 지나 더디게 자라거나 익다. ¶…지르된 밀따리 쭉정이까지 덧두리로 얹어서 후리질해 가던 시대는 지푸라기라도 얻어먹었지만《산 너머 남촌》

지르르 윤기, 기름기 따위가 번드럽게 흐르는 모양. ¶…꾀죄죄한 노총각 때가 지르르한 사내였다.《그럴 수 없음》

지르숙다 기울어지다. 〈방언〉앞이나 한쪽으로 잔뜩 기울어지다. ¶전 같잖아서 이제는 잔뜩 주눅들어 지르숙은 농민들도 속기만 하지는 않던 것이다. 그들도 대들고 덤비며 대거리하려 드는 데에 주저하지 않게 된 거였다.《우리 동네 黃氏》

지르숙이다 고개를 한옆으로 돌려서 숙이다. ¶막대는 낮은 추녀 끝 무엇에 상투 끝이 꿰일세라 고개를 지르숙이며 뜰팡으로 올라섰다.《오자룡》

지르잡다 옷 따위가 더러운 것이 묻었을 때, 그 부분만 걷어 쥐고 빨다. ¶…저희들끼리 씨름을 하다 논배미로 넘어박혀 붉덩물이 든 교련복을 벗어 지르잡는 녀석 하며,《우리 동네 鄭氏》

지르퉁하다 못마땅하여 잔뜩 성이 나서 말없이 있다. ¶김은 지르퉁해가지고 두런거리며 방에 들어가 누웠다.《우리 동네 黃

氏》(응두는)…무엇이 못마땅한지 첫눈에도 지르퉁한 표정이었다.《산 너머 남촌》

지릅뜨다 고개를 숙이고 눈을 치올려 부릅뜨다. ¶나는 한동안 두 눈을 지릅뜨고 빗발 무늬가 잦아 가던 창가에 서서, 뒷동산 부엉재를 감싸며 돌아가는 갈머리부락을 지켜보고 있었다.《관촌수필 1》

지리비리하다 (풋고추가) 맛이 안 들어서 비린 듯하다(곁말). ¶"…들뜬 꼬치장에 지리비리헌 희아리 꼬추허구 강술 허느니, 숫제 목구녕을 차압허는 게 났겄어."《우리 동네 黃氏》

지멸(이) 있다 꾸준하고 성실하다. 직심스럽고 참을성이 있다. ¶…그 담당 기자는, 여간 끈덕지지 않고 지멸이 있기로 정평이 나 있었으므로, 그 전화도 이쪽에서 두 손 들고 져 주지 않으면 끝낼 수가 없다.《관촌수필 5》

지미 씹할⒝ 삶의 질이 낮은 사람들이 툭하면 입버릇으로 내뱉는 패륜적인 상말. ¶그러고도 텅 빈 바가지가 흙으로 가득 메워졌을 적이면 으레 '지미 씨펄' 소리가 저절로 새어 나올 뿐더러《장한몽》

지범 자밤. 〈방언〉나물, 양념 따위를 손가락 끝으로 집을 만한 분량. ¶황 씨는 보시기 전두리에 걸쳐 너덜거리며 늘어진 청각부터 한 지범 입 안에 걷어넣고 나서, 아내가 또 물을 하고 들왔나 싶어《암소》

지범거리다 (음식물 등을) 체면도 없이 이것저것 자꾸 집어 거두거나 먹다. ¶쉬어 터진 열무김치 가닥을 지범거리며 희찬이와 나는 막걸리를 마셨다.《관촌수필 8》

지범대다 지범거리다. ¶낮에 먹다 남은 추석 나물 쉬는 것이 아까워 몇 자밤 지

범댄 것이 계속 속을 훑는 데다. 《너무 밝은 달》

지부럭거리다 객쩍은 말이나 행동으로 남을 자꾸 귀찮게 하다. ¶은산이는 종구가 비위를 덧들이지 못하여 지부럭거리는 심보가 마뜩찮아서 맞불을 놓는 셈으로 비웃적거렸다. 《장척리 으름나무》

지분거리다 짓궂은 말이나 행동으로 자꾸 남을 건드려 귀찮게 하다. ¶어느 날이었나, 그날 밤도 마찬가지로 남산이 부끄러운 배를 안은 아내를 두서너 번 지분거려 보다가 눈치가 없음을 다행으로 여기며 눈이 가무스레 감겨 가는 무렵이었다. 《장한몽》

지분대다 지분거리다. ¶어제 저녁까지도 문간을 기웃거리며 지분댔다고 《관촌수필 5》

지성이면 감천(속) 정성이 지극하면 하늘도 감동하게 된다는 뜻으로, 무슨 일에든 정성을 다하면 다 이룰 수 있다는 말. ¶지성이면 감천이랬단 말을 그녀는 요즘 들어 부쩍 실감하게 됐다. 《그때는 옛날》

지싯지싯 남이 싫어하는지는 아랑곳하지 않고 제가 좋아하는 것만 자꾸 짓궂게 요구하는 모양. ¶그러자 아내도 지싯지싯 더듬고 나서 중뿔난 소리를 했다. 《우리 동네 柳氏》

지악박이 악착이. 〈방언〉 악착스러운 사람. ¶순덕 어매는 누가 본을 보아도 괜찮을 정도로 지악박이였다. 《우리 동네 柳氏》

지양텡이답잖다 시골뜨기답지 않다. 〈방언〉 ¶(해방은)…산골 지양텡이답잖게, 왜 그리 입술이 얇은지 몰랐다. 《담배 한 대》

지에밥 찹쌀이나 멥쌀을 물에 불려서 시루에 찐 밥. ¶(산) 노인네가 있는 농가의 경우에 아직도 부엌에서 떡이며 약식이며 지에밥을 쪄 먹고 있고. 《질화로의 무표정》

지점지점하다 지적지적하다. 〈방언〉 액체가 점점 잦아들어 매우 적다. ¶지점지점한 눈으로 방 안을 두렷거려 보니 웬 낯선 청년 하나가 엉거주춤하고 있다. "뉘 댁이시라나?" 《이 풍진 세상을》

지져맡기다 처맡기다. 〈방언〉 어떤 일이나 물건을 억지로 떠맡기다. ¶…그들이 노상 내게만 그런 직책을 지져맡기던 것은 그 일이 그만큼 고달프기 때문일 거였다. 《越夏抄》

지지고 자시고 할 게 못 된다 하찮아서 쓸모가 없다. 〈방언〉 ¶"그까짓 지푸라기갗구는 지지구 자시구 헐 게 못 된다 이 얘기라." 《우리 동네 崔氏》

지지르다 (의견 따위를) 꺾어 누르다. ¶이벽문이가 노가의 말을 한마디로 지질러 버린 것은 노가의 말이 그리 미덥지 않아서가 아니라 그 스스로 누구도 상상하기 어려운 각본을 이미 머릿속에 짜놓았기 때문이었다. 《산 너머 남촌》

지지리 지긋지긋하게 아주 몹시. ¶지지리한 고생에 체취까지 찌든 듯 노파는 두엄냄새 같은 내음을 풍기고 있었다. 《장난감 풍선》

지지하다 보잘것없거나 변변치 못하다. 〈북〉 ¶그가 번번이 기를 쓰고 기수가 되고자 안달을 했던 것은, 겨우 무료 봉사에 한해서 무료입장을 보장했던 그 지지한 미끼에 눈이 가린 탓이었다. 《유자소전》

지직하다 되직하지 않고 조금 진 듯하다.

¶노가는 이미 끓어넘은 솥이니 한 소끔 지직하게 잦혀 뜸만 들이면 멀지 않아 숟갈을 들게 될 것이라고 너스레를 떨었다. 《산 너머 남촌》

지질펀펀하다 울퉁불퉁하지 아니하고 고르게 펀펀하다. ¶(산) (터키에서는 산은)…모두 논밭으로 써먹도록 지질펀펀하게 골라 준 것이 아닌가 싶을 지경이었다. 《복된 직업》

지질하다 보잘것없이 변변하지 못하다. ¶"옳는 백성이 그런 지질헌 꾀래두 비벼 내니께 보리만 먹구두 자식들 질러 냈지유."《우리 동네 黃氏》

지질한 놈(비) 보잘것없고 변변하지 못한 놈이라는 상말. ¶작것들. 옹은 냉소를 하였다. 그리고 냉소 끝에 지질한 놈, 하고 탄하면서 고개를 저었다. 《장척리 으름나무》

지짐거리다 ① (음식이) 양념이 부족하고 싱거워 탐탁한 맛이 없고 짐짐하다. ¶…양념 없이 버무리는 김장은 지짐거리고 군둥내 나서 먹을 수 없다—《관촌수필 3》② 비가 조금씩 오다 멎었다 하며 자주 내리다. ¶가랑비는 본래 가량없는 비였다. 오는지 마는지 하게 지짐거리면서 어느새 옷비를 걷었다가 여우비로 바뀌는가 하면 갑자기 소나기를 휘몰아 산돌림을 하여 걷던 사람 뛰게 하고 뛰던 사람 쉬게 하는 변덕이 죽이었다.《토정 이지함》

지짐지짐 지짐거리는 모양. ¶…아닌 게 아니라 눈시울까지 밍근하게 지짐지짐 젖어 들곤 했던 것이다.《암소》

지척거리다 힘없이 다리를 끌면서 억지로 걷다. ¶명우가 개기름이 흐르는 얼굴에 한쪽 다리를 저는 시늉으로 지척거리면서

다가가자 영옥이도 웃는 얼굴로 마중을 하면서 귀엣말로 묻는다.《두더지》

지청구 까닭 없이 남을 탓하고 원망하는 짓. ¶안은 제물에 성질이 거스러져 애매한 아내에게만 지청구를 했다.《우리 동네 姜氏》

지축지축 쭈뼛쭈뼛. 〈방언〉 ¶마당가의 돼지우리가 좀 부산해지고 퇴비장을 후비던 서리병아리 몇 마리가 지축지축 비켜날 따름.《관촌수필 1》

지치라기 지스러기. 〈방언〉 고르고 남은 찌끼나 부스러기. ¶…나는 아궁에 무엇이 타고 있는지를 단박에 알아낼 수 있었다. 가을걷이 지치라기인 콩깍지와 메밀대를 때고 있었다.《관촌수필 1》

지팡이 대가리 지팡이의 손잡이. 〈방언〉 ¶…지팡이 대가리에 술값이 든 주머니가 매달린 것은 하릴없이 동냥아치였으며,《매월당 김시습》

지푸라기 잡는다고 검불 잡은 짝이다(속) 생각했던 것보다 질이 처지는 것을 얻었다는 말. ¶"쯧쯧, 새끼는 어쩌고 태(胎)를 길렀을꼬. 하는 꼴이 무녀리가 앞이더냐 열중이가 앞이더냐 하게 생겼으니, 지푸라기 잡는다고 검불 잡은 짝이 되고 말았구나."《매월당 김시습》

직성이 풀리다 제 뜻대로 이루어져 마음이 흡족하다. ¶…대개 대복이가 자기 바구니의 것을 내게 여투어 주어야 직성이 풀리던 덕택일 때가 거의 전부였다.《관촌수필 4》

직수긋하다 ① 다소곳하다. ¶…댓 걸음 곁의 두꺼비바위도 그 자리에 직수긋하게 웅크리고 앉아 있었다.《관촌수필 1》②

나이가 듬직하다. ¶…방범대 두 녀석은, 나이 직수굿한 사내와 열예닐곱 살이나 돼 갈까 싶은 계집애를 붙들고 서서 한참 실랑이를 하는 중이던가 보았다.《장한몽》

진당 진짜. 〈방언〉 ¶“암만유, 내가 내 신상을 가만히 생각해 본께 똑 그 말씀이 진당인 것 같유…”《추야장》

진동항아리 위하듯㈜ 귀중한 것처럼 소중히 다루는 모양을 비유하여 이르는 말. 신주 모시듯. ¶처마 밑에 매달린 시래기 몇 두름을 진동항아리 위하듯 할 밖에 없었고, 먹잘 것이라고는 사방을 휘둘러보아도 세월 없이 괴어 흐르던 동네 우물물뿐인 마른 봄판이었다.《관촌수필 2》※진동항아리 : 한 집안의 평안을 위하여 정한 곳에 모셔 두고, 돈·쌀을 담는 항아리.

진드근하다 (사람의 성품이) 참을성이 있게 잘 견디다. 〈방언〉 ¶나는 온몸이 그닐거리고 쑤셔 잠은커녕 진드근히 누워 있을 수도 없었다.《관촌수필 5》

진력(이) 나다 싫증이 나다. ¶그녀가 윤만이한테 진력이 나기 시작한 지도 이미 여러 날째였던 것이다.《추야장》

진밥에 물 마는 소리 한다㈜ (대개 된밥을 물에 말아서 먹고 질게 지은 밥을 물에 말아서 먹는 예는 드물다) 그럴듯하지 않은 말을 한다는 말. ¶“그게사 공갈루 허는 공갈인지, 쟤가 진당 그런 앤지, 자기가 워찌 알구 질은 밥 물 마는 소리만 건건찮게 해쌓…아닌 말루 쟤가 뽋겡이 끄나풀이라면 그때는 게 워칙헐 거여.”《우리 동네 崔氏》

진배(가) 없다 그보다 못하거나 다를 것이 없다. ¶…수학 선생의 결근은 선생의 사정 여하를 떠나서 무슨 경사를 만난 것이나 진배없이 반가워하였고《유자소전》

진상 가는 꿀병 얽듯 하였다㈜ 물건을 몹시 심하게 얽어 맨 것을 이르는 말. ¶“늦었어. 내나 게나 먹고 자고 싼 것밖에 더 있어야지. 눈 감으면 진상 가는 꿀병 얽듯 일곱 매로 동여매서 치워 줄 손이 있는 것만도 다행인 줄 알고 마세.”《산 너머 남촌》

진상은 꼬챙이로 꿰고 인정은 바리로 실린다㈜ 나라에 바치는 것은 꼬챙이에 꿸 만큼 적고 관원에게 주는 뇌물은 바리로 실을 만큼 많다는 뜻으로, 곧 아래 관원들의 권세가 크다는 말. ¶“전부터 듣던 말로, 진상은 꼬챙이에 꿰고 인정은 바리로 싣는다더니 오늘 보니 비로소 알겠네.” 하고 말았다면서 쓴침을 삼키던 거였다. 인정은 곧 밑에서 일 보는 것들에게 주는 뇌물을 일컫던 말이었다.《오자룡》

진잎 날것이나 절인 푸성귀잎. ¶진잎에 된장기 하여 국물로 배를 채우고,《관촌수필 2》

진저리(가) 나다 몹시 귀찮고 지긋지긋한 느낌이 들다. ¶지게 진 놈이 작대기 쥔 놈에게 쫓기던 시대를 생각하면 아직도 마음으로 몸서리가 나고 몸으로 진저리가 나는 일이 한두 가지가 아니었으나,《산 너머 남촌》

진저리(를) 치다 무시무시하여 몸을 부르르 떨다. ¶…나는 일쑤 공포감에 휩싸이며 그런 불길한 마음을 떨쳐 버리려고 진저리를 치지 않을 수 없었다.《관촌수필 1》

진진 긴긴. ¶“추야장 진진 밤에 이건 대이구 섯쌓구 워칙혀, 꼭 한 번만…” “애가 욕허겄어.”《추야장》

진집　너무 긁어서 살갗이 벗어진 상처. ¶ "발구락으루 어떻게 했다는디두 귀가 진집 났으니 손구락이 활동했으면 아닌 밤중에 사잣밥 지을 뻔했잖어." 《우리 동네 柳氏》

진퍼리　진펄. 〈방언〉 ¶ 장마철만 돌아오면 으레껀 물마져서 벌창 나던 진퍼리 수렁 바닥을 두렁하여 논으로 바꾸기도 하고, 《오자룡》

진펄　질퍽한 벌. ¶ 강물이 벌창하여 진펄을 삼킨 탓이었다. 《매월당 김시습》

질것　진흙으로 구워 만든 물건을 통틀어 이르는 말. ¶ (산)…애벌구이를 하듯이 대강 구워 내는 질것은 지금도 심심치 않게 있다. 《질화로의 무표정》

질근질근　질깃한 물건을 자꾸 씹는 모양. ¶ 걸때는 팔씨름에 진 분풀이를 못 해 오기가 질근질근 씹혔지만 좋은 기회를 사양하고 있었다. 《두더지》

질금질금　액체가 조금씩 자꾸 새어 흐르거나 나왔다 그쳤다 하는 모양. ¶ 눈물을 질금질금 흘리면서 시킨 대로 했던 것이다. 《다가오는 소리》

질뚱바리　'행동이 느릴 뿐 아니라 하는 짓이 미련하고 답답한 사람'을 욕으로 이르는 말. ¶ …아내는 마지못해 질뚱바리처럼 무릎을 끌며 고시랑거렸다. 《우리 동네 黃氏》

질름거리다　가득 찬 액체가 흔들려 조금씩 넘치다. ¶ 아내는 질름거리던 김칫국물을 반이나 엎질러 가면서 밥상을 왈살스럽게 끌어당겼다. 《인생은 즐겁게》

질름대다　질름거리다. ¶ 웬 새파란 여편네 하나가…독에서 동치미를 한 양푼 찰찰 넘치게 떠서 부엌으로 질름대며 들어가더니 《산 너머 남촌》

질음하다　(반죽이) 질은 듯하다. 〈방언〉 ¶ …기울이 섞인 듯 누리끼리한 밀가루를 질음하게 반죽하여 《관촌수필 4》

질자배기　질흙으로 빚어서 구워 만든 자배기. ¶ (산)…싱크대가 없기로서니 질자배기 개수통에다 설거지를 하는 원시적인 살림살이도 역시 찾아볼 수가 없을 것이다. 《질화로의 무표정》

질질　① 정한 날짜나 기한을 자꾸 미루는 모양. ¶ "연속극도 그렇고 중매 말도 그렇고, 질질 끌면 끄는 만큼 인기도 떨어지는 법이여…" 《산 너머 남촌》 ② 주책없이 무엇을 자꾸 빠뜨리거나 흘리는 모양. ¶ 자는…질질 흐르는 아랫도리 내복을 돌볼 정신도 없이 유행가를 불러제끼고 있었다. 《부동행》

질컥하다　질커덕하다. 〈방언〉 물기가 많아 매우 질다. ¶ 자잘한 놈은 밤도 없고 질컥하며 지린 맛이지만, 지치려기는 으레 제 몫인 줄 알고 있다. 《담배 한 대》

질턱하다　질퍽하다. 〈방언〉 진흙이나 반죽 따위가 물기가 많아 부드럽게 질다. ¶ "…대사리구 흑싸리구 줄초상에 과부 사태 안 난 담에야 벙어리 사둔 따루 읊이 사는걸…" 하고 고가 질턱하게 늘어놓았다. 《우리 동네 黃氏》

짐내기　짐것. (등짐이나 지게짐으로) 져서 나를 수 있는 분량이나 무게의 짐. ¶ …그녀가 베어 젖힌 푸새도 어느새 한 짐내기가 다 돼 가고 있다. 《그때는 옛날》 ※한 짐내기 : 한 번에 져서 나를 수 있는 분량이나 무게의 짐.

짐작이 천 리⑩　짐작으로 다 알 수 있다는

말.〈화성 지방 곁말〉 ¶"그 숙맥 같은 소리 말어. 모르기는 왜 모르겠네. 이런 디서 살어두 짐작이 천 리구 생각이 두 바퀴란다. 말 안 허면 속두 옳는 중 아네. 촌것이라구 업신여기다가는 불개미에 빤스 벗을 중 알어라…"《우리 동네 柳氏》

짐짐하다 음식이 아무 맛도 없이 찝찔하기만 하다. ¶코코넛 같은 열매는 좋이 한 사발 것이나 물이 들어 있었지만 맛이 짐짐해서 누가 거저 주어도 마다했을 정도였다.《장이리 개암나무》

집도 절도 없다⑪ 가진 집이나 재산도 없고 여기저기 떠돌아다닌다는 말. ¶"저 먹을 양식 짊어지고 집도 절도 읊는 산속에 들어가 며칠씩 비럭질 허구 있는 사람 사정두 좀 생각해야 될 것 아니오…"《지동치는 소리》

집알이 이사를 간 사람의 집을 인사로 찾아보는 일. ¶…집알이도 분명히 할 겸 다시 찾아가서 그 집 물건을 담 너머로 울안에 던졌으며,《야훼의 무곡》

집에 가면 아버지, 장에 가면 아저씨다⑪ 일가의 가장이라는 말. ¶"즤나 내나 집에 가면 아버지, 장에 가면 아저씨긴 일반인데 저물도록 얼굴 한번을 뵈는 법이 없으니 동네 인심도 아니고 거리 인심도 아니고, 부애가 나서 일 못 하겠네."《산 너머 남촌》

집에서 새는 바가지는 들에 가도 샌다⑪ 본성이 나쁜 사람은 어디를 가나 그 본색을 감출 수 없다는 말. ¶"집구석에서 새는 바가지 들에 나가서도 새더라도 뻗버드름하기는…승수 아버지는 얼굴은 젊은데 마음에 주름이 깊어서 탈이라

구."《산 너머 남촌》

집터서리 집의 바깥 언저리. ¶매월당은 초당이 이루어지자 근처에 화전을 일구기 전에 금오산이나 수락산에서처럼 집터서리를 뒤집어서 채전을 일구어,《매월당 김시습》

짓닥짓닥 지딱지딱. ¶"…어쨌든 창작 시나리오 라이터로 내딛기 위해 발돋움하는 형편에 작업 진도조차 부진해서야 안 되잖우. 짓닥짓닥 써 갈겨요…"《엉겅퀴 잎새》

짓둥이 몸을 놀리는 모양새를 낮잡는 뜻으로 이르는 말. ¶채는 문지방을 넘어올까 말까 망설이는 눈치더니 슬며시 자리를 피할 짓둥이로 한걸음 물러서며 두름성 없이 씨월거렸다.《산 너머 남촌》

징건하다 먹은 것이 잘 소화되지 않아 더부룩한 느낌이 있다. ¶내 몸 내 식구만 알다 보니 그처럼 마음이 징건하고 오붓할 수가 없었다.《그리고 기타 여러분》

징검대다 (징검다리를 건너듯이) 꼼꼼하지 않고 건성으로 한다는 말.〈個語〉 ¶"빙충맞기는…상식을 터득하는 데는 선생이 따로 있는 것도 아닌데, 넌 언제까지나 그렇게 매사를 어섯만 보고 징검댈 참이냐…"《산 너머 남촌》

징검징검 발을 멀찍멀찍 떼어 놓으며 걷는 모양. ¶…진 길을 봉출 씨는 연탄재가 몰린 곳만 골라 디디면서 징검징검 걸어 올라갔다.《장곡리 고욤나무》

징글징글하다 지긋지긋하다.〈방언〉 ¶"계는 무슨 계를 또 벌린댜. 있는 것두 징글징글헌디."《우리 동네 趙氏》

징상맞다 언짢을 만큼 징글맞다. ¶"…까그매는 배랑 능금이랑 맛난 것두 잘 먹지

만 그버덤은 드럽구 징상맞은 걸 더 잘 먹는댜."《더더대를 찾아서》

징하다 지겹다. 징그럽다. 〈방언〉 ¶ "큰일 치르면 개가 횡재하더라고, 징허게두 먹었네요이."《장한몽》

짖는 개는 여위고 먹는 개는 살찐다(속) 사람도 늘 징징거리며 불평만 하는 사람은 살이 안 찐다는 말. ¶ "국으로 있으면 밉지나 않지요. 먹는 개는 살찌고 짖는 개는 야윈다고, 그 풍신에 뭐라고 두부도 아니고 묵도 아니게 떠든지 아세요…"《그리고 기타 여러분》

짚누리 짚가리. 또는 노적가리. ¶ 술독은 세무서 밀주 단속반 눈을 피해 바깥 짚누리 속에 묻어 두고 있었다.《암소》

짚뭇 볏짚을 묶은 단. ¶ "쥐가 짚누리 짚뭇 쏠아 놓은 걸 보니 올해두 물가난은 면허것던디…"《우리 동네 崔氏》

짚여물 짚을 잘게 잘라서 진흙에 섞어 넣어 마를 때 갈라지지 아니하게 하는 미장 재료. ¶ (산) 초벽을 할 때 황토에 섞어서 이겨 바른 짚여물도 나온다.《깨끗하고 따뜻한 영혼》

짚주저리 볏짚으로 우산처럼 만들어서 터주 따위를 덮는 물건. ¶ (산)…추위에 약한 어린 나무를 짚으로 둘러 주고 짚주저리로 덮어 준 모습을 보면 보는 이의 몸속까지 훈훈한 느낌을 받는다.《깨끗하고 따뜻한 영혼》

짚토매 짚가리. 〈방언〉 짚단을 쌓아 올린 더미. ¶ (대복이는)…벌써 짚토매를 깔고 앉아 게두름을 엮어대고 있었다.《관촌수필 5》

짚홰기 짚에서 이삭이 달린 줄기. ¶ 양잿물은 맨손으로는 만질 수 없는 것이라서, 장수가 끌로 떼어 신문지에 싸고 짚홰기에 매달아 주는 대로 대롱거리며 들고 갈밖에 없을 터였다.《관촌수필 4》

짜개짜개 조각조각보다 더 잘게 갈라지는 모양. ¶ …원숭이가 덮어놓고 두들겨 패는 꽹과리 소리에 두개골은 짜개짜개 금이 가 부서지는 듯했다.《그가 말했듯》

짜그락거리다 '자그락거리다'의 센말. 하찮은 일로 옥신각신하며 자꾸 다투다. ¶ 조무래기들은 도깨비불만 보면 네 그르니 내 옳으니 하며 짜그락거리기 일쑤였고,《관촌수필 6》

짜그락대다 짜그락거리다. ¶ …뒤꼍 복숭아나무에 접으로 열린 채 짜그락대는 참새 떼나,《우리 동네 崔氏》

짜글짜글 짜글거리는 소리. 또는 그 모양. ¶ …웬 사내가 무디게 두런거리는 틈을 여투어 앳된 목통으로 짜글짜글 다툼질하는 소리도 자우룩한 골안개에 빠진 참새들처럼 멀리서 들려오곤 하였다.《관촌수필 6》

짝 안 맞게 배운 소리 많이 못 배운 사람의 말. 〈個語〉 ¶ 뒤슬뒤슬하며 짝 안 맞게 배운 소리를 입에 바르는데, 느낌이 달라서 보니 전에 보던 얼굴이 아니었다.《우리 동네 金氏》

짠국 (염전의) 증발지(蒸發池)에서 적당히 증발시키고 남은 물을 결정지(結晶池)로 옮기기 위하여 집수정(集水井)에 가두어 놓은 바닷물. 〈個語〉 ¶ …봄부터 갯물을 거듭 갈아 부었던 갈통의 짠국도 이젠 제법 소금섬이나 엉길 만큼 앙금이 앉고 있었다.《추야장》

짠지에 물 말은 밥이다㈜ 제격이라는 말. ¶"지금처럼 이스랭이가 내리구 바람만 안 일면, 야거리 아니라 마상이를 띄워두 화를 치지 않아 강을 째는 것쯤은 짠지에 물 말은 밥일 텐뎁쇼."《매월당 김시습》

짤강짤강 '짤가당짤가당'의 준말. 쇠붙이가 서로 맞부딪쳐 울리는 소리. ¶(시) 짱강짱강 가위 소리 재미있어요《운동회》

짬짜미 남모르게 자기들끼리만 짜고 하는 약속이나 수작. ¶언년이는 숨도 안 쉬고 주워섬겨쌓더니 누가 알면 안 되는 것을 우리끼리만 알고 짬짜미할 때처럼, 갑자기 눈을 박아뜨면서 속껍질만 남긴 목소리로 다음 말을 하였다.《더더대를 찾아서》

짬짬하다 할 말이 없어서 맨숭맨숭하다. ¶…안경잡이는 섣불리 시작한 게 후회스런 듯 짬짬하고 있었다.《장한몽》

짭짭하다 못마땅하여 입맛을 다시는 소리를 내다. ¶최상원이란 자는 짭짭하고 앉아 뒤퉁수만 긁적대더니,《이 풍진 세상을》

짯짯이 낱낱이. 〈방언〉 빈틈없이. ¶…순경은 자기 호주머니에서 빗을 꺼내더니 머리끄덩이를 잡아채가며 동짓달 서캐 훑듯 짯짯이 빗겨 보는 거였다.《관촌수필 3》

짱짱하다 야무지다. 〈방언〉 ¶…오지그릇보다 짱짱하며 튼튼하고 가벼운 종이 함지와 종이 옹배기가 되었으며,《이모연의》

째다 시달리거나 부대끼어 괴로움을 겪다. ¶"…여북 째구 쪼달리면 안식구는 그 흔헌 삼각빤쓰 한 장 못 걸치구 살었겄어. 잉?…"《우리 동네 黃氏》

째지다 찢어지다. '똥구멍이 찢어지게 가난하다'. 즉, 매우 가난한 상태를 이르는 말. ¶"무남독녀녀게 천상 데릴사우나 봐야 헐 텐디, 째지게 가난허니 워떤 늠이 장가나 올라는가."《장한몽》

째진 밑구멍(을) 마저 찢어 놓을 년㈎ 여성 생식기에 빗댄 욕설. ¶"주뒹이 닥쳐, 째진 밑구멍마저 찢어 놀 년아." 탁보는 벌떡 일어서며 마누라를 갈겼으나 보기 좋게 헛친다.《김탁보전》

쩍쩍 ① 끈끈하게 들러붙는 모양이나 소리. ¶"…끔을 쩍쩍 씹어쌌구 그러유."《관촌수필 3》 ② 입맛을 다시는 소리. ¶"에 골치 아파…" 두목으로 본 사내가 입맛을 쩍쩍 다시더니 양쪽에서 배석한 두 녀석을 돌아보고 나서 작별을 선언한 듯 말하는 거였다.《장난감 풍선》

쩔다 절다. 〈방언〉 ¶…종일 부대끼며 간국에 쩔은 낯을 닦으려는데 저만치에 오는 기척이 있었다.《초부》

쩔쩔 열이 높아서 끓듯이 더운 모양. ¶…음식 장만에 주야로 계속 불을 지펴 거의 쩔쩔 끓다시피 하는 방 안 아랫목에 방석 하나만 깔고 꿇어앉아《관촌수필 5》

쩜매다 동이다. 〈방언〉 ¶"…저까짓 쥐대기손 억지루 논두렁에 쩜매 놨자 야중에 짚토매만 쓰다 못 쓰게 일이나 추지 모슨 손땀이 있겄슈…"《명천유사》

쩝쩝 입맛을 다시는 모양. 또는 그 소리. ¶오 선생은 양포 먹히고 상장 받는 얼굴로 쩝쩝 하고 있었다.《만고강산》

쩟쩟 몹시 못마땅하여 자꾸 혀를 차는 소리. ¶"쩟쩟…" 혀를 차며 해방은 다시 걸음을 멈췄다.《담배 한 대》

쪼간 까닭. ¶"공부는 저절루 되는 중 아남? 과외시키다 들키면 볼 장 다 보는 중 알면서 그 버릇 못 고치는 것두 다 그 쪼

간이라구…"《우리 동네 趙氏》

쪼개 쓰다 여럿이 나누어서 쓰다. 〈방언〉 ¶놀미 사람 중에서는 쓸 것을 가지고 나온 이가 아무도 없어, 이장의 볼펜 하나를 수십 명이 쪼개 쓰지 않으면 안 되었던 것이다.《우리 동네 金氏》

쪼글쪼글 쪼그라져서 불규칙하게 많은 줄이나 주름 간 모양. ¶솔바람만 지나가도 쪼글쪼글해진 감들이《관촌수필 1》

쪼다 모자라고 변변치 못한 사람을 속되게 이르는 말. ¶…전보 내용은 '내일 1시 오리 사냥, 일행 6명, 이 쪼다'란 거였다. 쪼다란 이가 자칭해 온 자기 별명이었다.《임자수록》

쪼란히 가지런히. 〈방언〉 여럿이 층이 나지 않게 고르게. ¶"…둥그렇게 돌아가며 쪼란히 서서 사료 먹는 걸 봉께, 머리 하나는 기맥히게 썼다는 생각이 안 들을 수 윲더랑께."《우리 동네 黃氏》

쪽니 덧니. 〈방언〉 ¶(시) 알밤은 혼자 먹어야 앞니가 튼튼하고/ 쪽밤은 나눠 먹어야 쪽니가 안 난다나.《산에 산에 숨어 사는》

쪽박(을) 차다 거지가 되다. ¶그대로 보고만 있다가는 필경 늙은 내외가 쪽박 차고 나서는 꼴 뵈기 십상이지 싶었고《오자룡》

쪽밤 쌍동밤. ¶(시) 알밤은 혼자 먹어야 앞니가 튼튼하고/ 쪽밤은 나눠 먹어야 쪽니가 안 난다나.《산에 산에 숨어 사는》

쪽을 못 쓰다 (기가 죽어) 꼼짝 못 하다. ¶마가를 칠 때 자기도 모르게 흥분해서 한 짓이었으나, 속은 후련해진 반면 장윤이 힘에 쪽을 못 쓴 게 분하던 것이다.《장한몽》

쪽집다 족집게로 이마의 잔털을 뽑다. 〈방언〉 ¶육덕 좋은 허우대나 하고 곱게 쪽집은 눈썹과 사철 발그레하게 피어 있던 얼굴이며,《관촌수필 3》

쪽쪽잖다 존존하지 않다. 〈방언〉 ¶'그 쪽쪽잖고 지질헌 인간도 사내라고 그걸 믿고 달포나 허비하다니 참…'《추야장》 ※존존하다 : 피륙의 발이 고르고 곱다. (응용하여) 사람이 엉성하고 똑똑하지 못하다.

쪽쪽 쪽쪽쪽 쏙독새의 울음소리. ¶쪽쪽 쪽쪽쪽… 하고 동산 오리나무숲에서 개밥별이 사위기를 기다리던 쏙독새.《그리고 기타 여러분》

쫀득대다 음식물이 검질겨서 매우 끈기 있고 졸깃졸깃한 느낌이 들다. ¶아직도 보드랍고 쫀득대는 맛으로 남아 있는 그것이 곧 캐러멜이었음을 나중에서야 안 일이었다.《관촌수필 3》

쫄깃쫄깃 씹을 때 차지고 질긴 기운이 있는 모양. ¶"…바둑끔처럼 쫄깃쫄깃허니 오꼬시나 센뻬이보담 맛있는 미루꾸여."《관촌수필 3》

쫄래쫄래 '졸래졸래'의 센말. ¶…네눈이란 놈이 솔푸데기까지 쫄래쫄래 따라 올라온 게 잘못이었다.《이 풍진 세상을》

쫍쫍하다 (물건의 사이마다) 좁디좁다. 〈방언〉 ¶그런 쥐구멍만 한 방에서 셋이나 잔다는 거였다. 쫍쫍하게 잘 건 보나 마나 한 노릇이다.《추야장》

쭈빗쭈빗 주뼛주뼛. ¶머슴애는 쭈빗쭈빗하면서도 두세 번을 거듭한 권고에 그것을 받았다.《만고강산》

쭈뼛쭈뼛하다 어줍거나 부끄러워서 자꾸

주저주저하거나 머뭇거리는 모양. ¶그때 객관의 대문간에서 어릿거리며 다음을 기다리고 있던 막생이가 쭈뼛쭈뼛하고 뜰에 들어서더니 왕방연에게 말했다. 《매월당 김시습》

쯧쯧쯧쯧 오리를 계속하여 부르는 소리. ¶(산)…오리를 부르는 "쯧쯧쯧쯧" 《국제화 시대와 음식 미신》

쭉 쭈글씨다. 〈방언〉 ¶박 영감은 잔뜩 쭉을 쓰고 앉아 뭔가를 갈고 있는 시늉으로 두 어깨만 들썩거리고 있었다. 《장한몽》 ※쭈글씨다 : 쭈그리다. 〈방언〉 쭈그리다 : 팔다리를 우그려 몸을 작게 움츠리다. 다만 여기서처럼 '쭉을 쓰고'로 쓰일 경우에만 '쭈글씨고', '쭈그리고'가 됨.

쭉다 덜 여물다. 〈방언〉 ¶…막내 만근이가, 즤 어매 쭉은 젖을 집적거리며 보챌 채비를 했다. 《우리 동네 李氏》

쭉정웃음 남에게 보이기 위해 마음에 없이 웃는 웃음. ¶"내가 안 낫으면 복산이가 옳을 텐디유." 내가 능청을 떨면 그는 쭉정웃음을 보이며, "허기사 그렇기는 그려…" 《관촌수필 6》

쭉쭉 '죽죽'의 센말. 여럿이 곧게 늘어선 모양. ¶가 보니, 예상한 잔솔밭이 아니라 모두 아름드리로 굵으며 쭉쭉 뻗어 하늘에 치닿는 커다란 소나무 숲이었다.

쭐떡 쭈르르. 〈방언〉 비탈진 곳에서 빠르게 미끄러져 내리는 모양. ¶우길은 그 엄벙통에 쭐떡 미끄러지면서 손에 들었던 갈치 꾸러미를 놓쳐 버렸다. 《생존허가원》

쯧쯧 연민을 느끼거나 한심하게 여길 때 혀를 거듭 차는 소리. ¶"쯧쯧…부자 쌍내외가 한 방에서 복작댔으니 여북했겠

수." 《관촌수필 2》

찌그렁이 남에게 무턱대고 억지로 떼를 쓰는 짓. 또는 그런 사람. ¶창고지기는 입고 증대로 물건만 받아 챙기면 그만이었다. 하지만 남우세스러워서라도 창고붙이 따위에게 찌그렁이를 부릴 수는 없었다. 《우리 동네 姜氏》 ※찌그렁이(를) 부리다 : 남에게 무리하게 떼를 쓰다.

찌그렁이를 붙다 찌그렁이를 부리다. ¶"…이 친구는 워치기 컸길래 남으 말에 찌그렁이 붙는 것버텀 배웠능구…" 《우리 동네 金氏》

찌다 모판에서 모를 한 모숨씩 뽑아내다. ¶…그토록 어렵사리 끌어올린 지하수로 논을 배 띄우게 해 놓고도 내동 모를 안 찌다가, 막상 이런 웃음거리로 소문이 나는구나 싶으니, 《우리 동네 鄭氏》

찌웃거리다 기웃거리다. 〈방언〉 ¶"…이제 와서 냄의 영안실이나 찌웃그리메 장삼이사헌티 놈짜 소리 듣는 것두 과만해서 주먹질에 자빠지구 발길질에 엎어지구 허니…" 《유자소전》

찍소리(도) 못 하다 (겁을 먹어) 아무 말도 못 하다. ¶…문민 시대라는 것은 뭣허는 시대여? 톡 까놓구 말해서 무단 시대에 미섭구 겁나서 찍소리두 못 허구 당했던 사람덜이 당헌 것을 당헌 만침씩 갚어 나가는 시대다 이거여. 《장척리 으름나무》

찍자를 부리다 찌그렁이를 부리다. 남에게 무턱대고 억지로 떼를 쓰다. ¶"나는 산수간에 부침이 무상하여 먹어도 맛을 모르는데 형은 언제 보아도 신관이 훤하시구려." 매월당은 여전히 찍자를 부렸다. 《매월당 김시습》

찍자를 붙다 찌그렁이를 부리다. ¶…아내는 뎁세 찍자 붙을 가마리가 제대로 걸렸다 싶은지 되곱쳐 턱살을 쳐들며 무람없이 대들었다.《우리 동네 李氏》

찍하다 '넉넉하다'를 속되게 이르는 말. 〈방언〉¶"…미제고 일제고 한번 바꿔다 보는데 이천 원이면 찍한다던데."《산 너머 남촌》

찔끔찔끔 돈을 조금씩 주거나 여러 번 나누어 주는 모양. ¶"한 잔 두 잔 찔끔찔끔 외상 달고 마시다가 황소 한 마리값쯤 되게 쌓이거든 그때 가서 모개루 갚지그려…"《너무 밝은 달》

찔룩이다 끼룩거리다. 〈방언〉무엇을 삼키려 할 때 목을 길게 빼어 앞으로 자꾸 쑥쑥 내밀다. ¶"좋은 게 좋고." 상배는 마지막 잔을 쳐들며 웃었다. "안 될 게 없고." 마가는 설익은 돼지 고깃점을 찔룩이며 삼키고 말했다.《장한몽》

찔룩찔룩 끼룩끼룩. 〈방언〉무엇을 내다보거나 삼키려 할 때 자꾸 목을 길게 빼어 앞으로 쑥쑥 내미는 모양. ¶순평이는 초순이 앞이라선지 객담 한마디 못하고 인절미만 찔룩찔룩 욱여 먹는다.《장한몽》

찜부럭 몸이나 마음이 괴로울 때 걸핏하면 짜증을 내는 짓. ¶강은 부러 비웃적거렸다. 안도 반죽이 질어 제 소갈머리대로 찜부럭을 부렸다.《우리 동네 姜氏》※찜부럭(을) 내다 : 몸이나 마음이 괴로워 걸핏하면 짜증을 내다.

찜 쪄 먹다 (수단이나 성질, 용모 따위가) 다른 것과 견줄 수 없을 만큼 매우 뛰어나다. ¶…제 처가 함경도 또순이 찜 쪄 먹게 억척스럽고 수완이 좋아 남포장이 점

점 번성한다는 따위, 문잖은 말로 심심찮게 해 주는 등 여유를 보였다.《이삭》

찝찌름하다 감칠맛이 없게 조금 짜다. ¶윤이 찝찌름한 지린내 나는 연기가 돌아서자 밭가리로 물러나며,《우리 동네 崔氏》

찡기다 (무슨 일에) 끼어들다. 〈방언〉¶"…맥주 여남은 병 은어먹구 그런 일에 찡길 나여? 당최 괘씸해서 말여."《우리 동네 黃氏》

찢어서 젓 담글 놈🅱 찢어 죽여서 소금에 절일 놈. ¶"워떤 용천(나병)허다 올러 감사헐 것이 그런 그짓말을 협듀? 찢어서 젓 담글 늠. 그런 것은 안 잡어가유?"《관촌수필 3》

찢어 죽일 놈🅱 거열형(車裂刑)에 처할 놈이라는 말. ¶"오냐, 이 찢어 죽일 늠, 늬 늠이야말로 어서 바른대로 늬 죄를 일러보거라 이늠―"《오자룡》※거열형 : 죄인의 다리를 두 수레에 각각 묶어 반대 방향으로 달리게 하여 찢어 죽임.

ㅊ

차곡차곡 물건을 가지런히 겹쳐 쌓거나 포개는 모양. ¶…반가움과 즐거움에 들떠 그것들을 차곡차곡 빠뜨리지 않고 세어 나갔다. 《관촌수필 6》

차근차근 차근하게 순서를 따라서 일하거나 말하는 모양. ¶"차근차근 다시 한번 얘기해 봐." 《백결》 그 후 냉정을 되찾아 차근차근 실머리를 잡아 나가다 보니 몇 가지 검은 점이 눈에 띄었다. 《장난감 풍선》

차다 거절하여 관계를 끊다. ¶"그러니까 니가 찼다는 말이구나." "여자 쪽에서 차야 더 아픈 거 아뉴? 방어의 최선책은 공격이다…" 《엉겅퀴 잎새》

차림차림 차림새의 이모저모. ¶하루는 느닷없이 어떤 사내 하나가 사무실로 찾아왔는데 차림차림이 엔간하여 무엇인가 하고 앉은 채로 거들떠보니, 《강동만필 2》

차츰차츰 점차 조금씩 조금씩 진행하는 모양. ¶못 보던 물건들, 들어보지 못한 소문들이 돌아다니면서 은연중에 술렁거리더니 차츰차츰 현실화되고 있었다. 《관촌수필 4》

착착 일을 차례차례 또는 조리 있게 잘 처리하는 모양. ¶"…종진이 년버텀 돌팍으루 대갈빼기를 착착 찧어 쥑여야 허여." 《우리 동네 崔氏》

찬물받이 늘 찬물이 솟아서 괴거나 흘러 들어오게 되어 있는 논배미. ¶장자울집과 담뱃집 사이에 한길가로 있는 종구네의 찬물받이 논배미에서 나는 소리였는데 갯버들에 가려서 안 보였던 것이다. 《장척리 으름나무》

찬물을 끼얹다 모처럼 잘되어 가는 일에 공연히 트집을 잡아서 헤살을 놓다. ¶"누가 집 짓고 살랬어야 그런 소리도 하는 거지 원…" 너무도 뜻밖으로 유차득이가 찬물을 끼얹던 것이다. 《장한몽》

찬바람(이) 들다 분위기가 냉랭하다. ¶선출이 제대하고 나왔을 때…뒷공론 설거지통이던 우물가에서도 찬바람이 도는 것 같았다. 《암소》

찬밥 더운밥 가리다 ㊉ 어려운 형편에 있으면서 배부른 체한다는 말. ¶"아따, 망건 쓰나 탕건 쓰나 살쩍 밀기는 일반이랍디다. 은어가는 사람이 찬밥 더운밥 가릴져를 있겠수. 이 동네 아줌니들은 워째서 이리 까닭스럽다우?" 《우리 동네 黃氏》

찬밥 두고 잠 안 온다 ㊉ 조그마한 물건이나 대수롭지 않은 일에 대한 잔걱정으로 안절부절못하고 마음을 가라앉히지 못하는 성미를 비유하여 이르는 말. ¶다방에서 출장 나온 아가씨가 옆에 앉아 늙은이 골병들기 좋은 이야기만 늘어놓고 시시덕거리는데도 찬밥 두고 잠 안 오는 사람처럼 생각은 딴 데 가 있는 것이 역연하였다. 《장곡리 고욤나무》

찬재 불이 꺼져 불기운이 없어진 차디찬 재. ¶아궁이의 찬재를 고무래로 그러내는

허드렛일까지 문도들이 떠맡아서 해 준 데에는 까닭이 있었다.《매월당 김시습》

찰기 차진 기운. ¶안에서는 봄가뭄으로 찰기 잃은 밭떼기에 엎드려 이랑마다 봄 채마를 부치고《산 너머 남촌》

찰찰 액체가 조금씩 넘쳐흐르는 모양. ¶웬 새파란 여편네 하나가…독에서 동치미를 한 양푼 찰찰 넘치게 떠서 부엌으로 질름대며 들어가더니《산 너머 남촌》

참깨 들깨 노는데 아주까리 못 놀까㋾ 남들도 다 하는데 나도 한몫 끼자고 나설 때 이르는 말. ¶(산) 상여를 한 번이라도 메어 본 경험이 있었더라면 참깨 들깨 노는데 아주까리는 못 놀랴는 심사에 죽을 채 운답시고 나는 자진하여 상두꾼으로 한몫하자고 덤볐을 것이 분명하다.《지금은 꽃이 아니라도 좋아라》

참나무 보굿 같다 (굵은 참나무 줄기의 비늘 같은 껍데기처럼) '상처가 심하다'를 비유적으로 이르는 말. ¶손목이 잔뜩 부은 데다 벌겋게 할퀸 자국도 여러 갈래였다. 심의 참나무 보굿 같은 손바닥에 쏠리고 긁힌 상처와 손아귀에 우악스레 옥죄었던 자리에 멍울이 선 것이었다.《산 너머 남촌》

참나무 전댓구멍 같다㋾ ('전대'는 실꾸리를 결을 때 실가락을 가로 걸치는 '견대미'의 방언. 견대미는 대개 목질이 강한 참나무로 만듦. 실가락을 걸치는 구멍이 답답할 정도로 작음) 말귀를 못 알아듣는 것이 견대미 구멍처럼 답답하다는 말. 〈보령 지방 곁말〉 ¶"그럼 이 알두 동투 난 알이란 말유?" "여라이 순 참나무 전대 구멍 같은 놈아, 아 숫놈이 있어야 꿀 붙어서

씨알을 낳지…"《이풍헌》

참대미 대나무 장대.〈방언〉¶(산) 조상 그늘 찾아온 풋네기들을 빈손 들려 보내기 점직하여 계제에 참대미로 밤대추를 추수하는가.《지금은 꽃이 아니라도 좋아라》※장대 : (대나무 따위로 다듬은) 긴 통대 또는 긴 막대기.

참새 무리 조잘거리듯㋾ 여럿이 모여 몹시 시끄럽게 조잘거리는 모양을 비유하여 이르는 말. ¶사내 대신 허리에 탄대를 두른 두 처녀도 참새 잡아먹을 만큼 쉴 새 없이 조잘거리고 있었다.《우리 동네 崔氏》

참외봉텡이 작고 못생긴 참외.〈방언〉¶조는 탱자만 한 참외봉텡이를 입으로 깎고 있었다.《우리 동네 黃氏》

참외와 오이 사이㋾ (맛이 없는 참외 맛을 오이 맛으로 일러온 데서) 서로가 비슷한 처지에 있는 가까운 사이라는 말. ¶(산) 거금 십유삼 년이 넘게 참외와 오이 사이로 한 떼기의 척박한 비탈밭에서 봄가물 가을장마를 함께하며 겨레붙이에 못지않게 지내왔으니,《글밭을 일구는 사람들》

창새기를 꺼내 창란젓 담아 놓고 내년 이때까지 먹어도 션찮을 인간㋝ (죽어서) 창자로 젓을 담가 놓고 오랫동안 먹어도 분이 풀리지 않을 인간이라는 상말. ¶"…처먹을 때마다 짜니 싱거니 허구 찍자 붙더니, 처먹구 달소수 거짐 됐으면 더러 갚을 중두 알으야지. 몽땅 창새기를 끄내 창란젓 담어 놓구 내년 이때까지 먹어두 션찮을 인간들이유…"《우리 동네 鄭氏》

창알머리 없는 새끼㋝ 소갈머리 없는 놈. ¶"…이 창알머리 읎는 새끼야, 제발 덕분 속 좀 작작 썩여…"《이모연의》

창알머리 없는 소리㊱ 소갈머리 없는 소리. ¶"창알머리 읊는 소리…동백화젓이 아니라 엽자금 동자삼을 바리루 봉물헌대 두 안 되는 건 안 되는 겨."《강동만필 2》 ※창알 : 창자(腸). 〈방언〉

창창 '찬찬'의 잘못. 단단하게 감거나 동여매는 모양. ¶"그늠으루다 발바닥을 제기며 패슈, 나는 요 산내끼루 창창 묶어 대들보에 매달어 놓을 텡께…"《관촌수필 5》

채널다 명석 등에 널어 말리는 것을 뒤집어서 다시 널다. 〈방언〉 ¶"…동네 댕기메 멍석이라구 생긴 것은 있는 대루 빌려다가 사나흘씩 채널었으면 말릴 만치 말린 게지."《우리 동네 李氏》

채다 값이 좀 오르다. ¶"…소값이 채길래 있는 것 몽땅 털어 시 마리를 끌어왔더니 겟쌀 부을 게 읇어."《우리 동네 李氏》

채뜨리다 ① 앞으로 와락 잡아당기다. ¶그럴 때 갑자기 〈징글벨〉을 채뜨러 동강내면서, 아직 해장이 안 된 이장 목소리가 뒤를 이었다.《우리 동네 李氏》 ② 재빠르게 채어 빼앗다. ¶"…냄으 입으로 들어가는 것두 채뜨려 갉겨 먹는 세상인디…"《우리 동네 金氏》

채살머리 없다 채신머리없다. 〈방언〉 언행이 경솔하여 남을 대하는 위신이 없다는 뜻의 속된 말. ¶"…저렇게 자발없구 채살머리 없는 사람은 보다 츰 본다니께…"《담배 한 대》

책상물림 글만 읽어서 세상 물정에 어두운 사람을 얕잡아 이르는 말. ¶"…그러게 농사 기술은 책상물림헌티 배우는 게 아니라 흙허구 물헌티 즉접 배워야 쓰는 규."《우리 동네 李氏》

챈값 오른 값이라는 말. 인상된 가격. 〈방언〉 ¶"…그것도 잡는 족족 여기서 쓸어 오는 바람에 부쩍 챈값이라고 하더라고《산 너머 남촌》

처깔하다 문을 굳게 닫아서 잠가두다. ¶리는 누룩 반 장을 주체 못 해 그런 방법으로 남 좋은 일 하긴 싫었다. 그래서 집안 식구들을 죄 몰아내고 대문을 단단히 처깔해 놓기로 작정했다.《우리 동네 李氏》

처덕처덕 세게 두드리는 소리. 또는 그 모양. ¶"…삼례는 가랑이를 벌린 채 벌러덩 나자빠지면서 박속 같은 허벅지를 처덕처덕 처대어 모기를 쫓고 있었다.《그때는 옛날》

처삼촌 뫼에 벌초하듯㊱ 무슨 일을 하는 데 도무지 정성을 들이지 않고 건성건성 마지못하여 함을 이르는 말. ¶"예전버텀 처삼춘 무덤에 벌초허는 늠 읇더라기에 왜 그런가 했더니 오늘 보니 알겠구먼."《관촌수필 7》

처제 붙어 먹다 계집한테 들켰나㊲ '처제와의 불륜 관계를 처에게 들통났느냐'는 패륜적인 상말. ¶"처제 붙어 먹다 처남지 짓헌티 들켰나 난디없는 소리를 왜 헌다냐, 예전부터 있던 일이니 우리네가 참으야 허지."《오자룡》

척(을) 짓다 서로 원한을 품어 반목하게 되다. ¶최 서방은 옹점이하고만 척을 지고 산 것도 아니었다.《명천유사》

척척 질서 있게 조화를 이루는 모양. ¶"…여자덜두 척척 우려 오는디 이장 명색이 설마 허니 맥주 한 상자 못 뜯어 올라구."《우리 동네 李氏》

척척하다 젖은 것이 살에 닿아서 차가운

느낌이 있다. ¶안이 이슬밭을 두들겨 척척해진 부대를 흔들며 말했다.《우리 동네 姜氏》

천덕꾸러기 천더기. 남에게 버림을 받아 천대를 당하는 사람. ¶…천덕꾸러기로 내굴린 아이는 아닌 듯 가꾸어 놓은 입성도 부실하지 않았다.《백결》

천둥구름 천둥할 때 하늘에 덮힌 구름장. 여기서는, 구름무늬 꽃게의 등딱지에 있는 얼룩무늬를 비유적으로 이르는 말.〈個語〉¶(시) 거북선처럼 굳센 등딱지 위에/ 천둥구름 가득 실은 철부지 꽃게.《꽃게잡이》

천둥 모르고 까분다㉚ 하늘 무서운 줄 모르고 까분다는 말. ¶"하라면 하는 대로 하는 게 아니고 어떤 간 큰 것이 천둥 모르고 까부는 거야. 누구누구야?"《그리고 기타 여러분》

천둥벌거숭이㉚ 두려운 줄 모르고 함부로 날뛰는 사람을 가리키는 말. ¶…저런 천둥벌거숭이가 어떻게 하여 3 대 1이나 되었던 경쟁을 이기고 중학교에 들어올 수 있었을까 하는 의문이었다.《유자소전》

천둥 없는 날벼락이다㉚ 느닷없이 당하는 횡액이다. ¶"그렇지만 말야, 죽은 사람을 생각해 보라구. 죽은 사람은 뭐야. 천둥 없는 날벼락이지. 이건 도대체 말야…"《관촌수필 5》

천둥에 개 뛰듯 한다㉚ 몹시 놀라서 어쩔 줄을 모르고 날뛴다는 말. ¶"천둥에 개 뛰듯, 발바닥이 안 뵈게 내달았으니 오긴 쉬 올 거여…"《越夏抄》

천둥인지 지둥인지 모르겠다㉚ 무엇이 무엇인지 통 분간을 못하겠다는 말. ¶"작자가…수틀리면 천둥인지 지둥인지 모르

쇠로 당나귀 찬물 건너듯 제끼고 나대는 게 탈이에요."《토정 이지함》

천둥지기 빗물에 의해서만 벼를 심어 재배할 수 있는 논. ¶그는…천둥지기 남의 땅 두어 뙈기 고지 지어 가난에 찌들린 살림을 하고 있었다.《관촌수필 3》

천득봉이냐 물색도 좋아한다㉚ 늘 빛 좋은 옷을 입는 사람에게 하는 말. ¶(산) '천득봉이냐 물색 좋아하게'란 월단평은 천득봉이가 장안에서 제일가는 염색 기술자라는 말이며,《옛날의 인물평》

천방지축 한다㉚ 어떠한 급한 일에 두서를 차리지 못하고 당황해함을 이르는 말. ¶짐승도 법이 있어 산다는 건 옳은 말이었지만 그것도 아는 게 아는 거라고 천방지축 지껄이도록 듣고 만 건 후회스럽기 짝이 없었다.《암소》

천상바라기(天上一) 하늘을 바라보는 것처럼 늘 얼굴을 쳐들고 있는 사람. ¶…책에 아비만 한 자식 없더라더니 덩치만 있지 앉아서도 물끄러미 천상바라기로 몸 두는 것이 당최 눈에 안들 뿐더러《산 너머 남촌》

천장이 뭐랬나㉚ 애매한 곳에 대고 화풀이를 하는 모양. ¶"핵교가 읎어서 수산 핵교 댕기느냐구들 했지…원제버텀 오이할매 콩죽으루 살었다구 핵교 타령을 허느냐 말여…" 조는 천장이 뭐랬나 곤댓짓이라도 할 듯이 상반신을 들썩거리며 내뱉았다.《해벽》

천하의 개상놈㉛ 이 세상에 드물게 본데없이 막된 사내라고 욕하는 상말. ¶"이 천하의 개상늠아, 이 만고에 읎는 불상늠이늠…"《오자룡》

철 그른 동남풍⟨속⟩ 바람 기다릴 때는 안 불다가 쓸데없을 때 부는 동남풍처럼 전혀 필요 없게 된 경우에 생기는 것을 비유하여 이르는 말. ¶(산) "철 그른 동남풍도 없을 모양이여, 문을 남향으로 낸 것 같아." 《지금은 꽃이 아니라도 좋아라》

철난 사위⟨속⟩ (사리를 분별할 줄 아는 사위) 든직하고 미덥다는 말. ¶…철난 사위처럼 든직한 황소도 한 마리 어릿간에 들여보고 싶은 것이 이런 데 생일꾼의 넘나지 않는 욕심이라면, 여기 이 최진기도 그 이상으로 자기 주제를 잊어 본 적이 없었던 것이다. 《우리 동네 崔氏》

철들자 망령 난다⟨속⟩ 지각없이 굴던 사람이 정신을 차리어 일을 할 만하니까 이번에는 망령이 들어 일을 그르치게 되는 경우를 놀림조로 이르는 말. ¶"담배 안 피운다고 그 돈 따로 저축하는 사람 봤나? 철들자 망령이라더니 만생종도 유만부동일세그려." 《산 너머 남촌》

철딱서니 '철'을 속되게 이르는 말. ¶우리들처럼 철딱서니 없는 어린것들만이 큰 구경거리로 알아 시시덕대며 법석 떨었을 뿐. 출정하는 날은 읍내가 온통 초상집이었다. 《관촌수필 4》

철록 어미냐 용귀돌이냐 담배도 잘 먹는다⟨속⟩ 늘 담배만 피우고 있는 사람을 보고 하는 말. ¶(산) '철록 에미냐 용귀돌이냐'고 한 말은…골초 중에서도 상골초라는 월단평인 것이다. 《옛날의 인물평》

철매 연기에 섞여 나오는 검은 가루. 또는 구들장 밑이나 굴뚝 따위에 엉키어 붙은 글음. 매연. 연매. ¶매월당은 달도 없어 철매 같은 어둠을 지고 운파를 따라 방에 들어선 사내를 쳐다본 순간 "엄호장!" 하고 외쳤다. 《매월당 김시습》

철물내기 아직 철이 안 든 사람. 〈방언〉 ¶…이름도 성도 없는 철물내기들까지 얼굴에 대패질을 하려 드는 데엔 속이 안 상할 수가 없던 것이다. 《우리 동네 崔氏》

철푸데기 저 편한 대로 조심성 없이 앉는 모양. ¶그녀는 마당귀 맷방석 위에 철푸데기 주저앉더니 다시 발악하듯 큰소리로,《관촌수필 6》

첩(을) 박다 단정지어 말하다. ¶(오치운는)…말 흥정판에서 하던 버릇으로 억쇠를 죽일 놈 잡도리하듯 흘겨본 다음 "그렇지 않습니까, 사또 나으리." 하고 첩을 박아서 말했다. 《토정 이지함》

첫대바기 맞닥뜨린 맨 처음. ¶(아내는)…어제 아침 역시 첫대바기부터 부루퉁한 입으로 치대고 반죽하기 시작하였다. 《인생은 즐겁게》

첫물하다 그해 들어 첫 홍수가 나다. ¶모닥불 앞에 이르니 솔나방 쏟아지는 소리가 장마 긋고 소나기 첫물하듯 요란스러웠다. 《우리 동네 黃氏》

첫배 과부 코 고는 머슴방 엿보듯⟨속⟩ (한번쯤 출산 경험이 있는 과부는 성적으로 민감해져서 밤에 머슴이 자는 방을 엿보는 수가 있으나 머슴은 농사일에 지쳐서 깊은 잠을 잔다는 데서) 일방적인 희망 사항이라는 말. ¶"…자연 농법? 얼른 이러이런 약 찌었어서 베멀구 잡으라구 하면, 제우 뒷짐지고 서서 허는 소리가 아—녀, 베벌레는 번개 치구 천둥 허야 떨어진디야— 하면서 첫배 과부 코 고는 머슴방 엿보듯이 무심헌 하늘이나 흘끔거리는, 그

자연 농법?…》《우리 동네 李氏》

첫손가락으로 뽑다 첫손 꼽다. 〈방언〉 ¶먹고살기 어려운 사람부터 천상교로 인도해 구제함이 첫손가락으로 꼽는 목적이기에 가장 없이 사는 것 같아 보인 집을 고르다 보니 능애네 집이 첫눈에 들더란 거였다. 《추야장》

청승(을) 떨다 궁상스럽고 처량한 짓을 하다. ¶나는 들키지 않게 뒷산 잔디 위나 양지바른 담 밑에 턱살을 내리고 앉아 청승을 떨며 허전해하였고,《관촌수필 6》

청처짐하다 (동작이나 어떤 상태가) 좀 느슨하다. ¶그렇지만 낮결이 지난 줄도 모르고 세나절씩이나 청처짐하게 앉아서 해찰만 부려 온 것은 아니었다.《장동리 싸리나무》

체머리(를) 흔들다 어떤 일에 물려서 머리가 흔들리도록 싫증이 나다. ¶사람을 보는 데엔 네 눈이라고 일러 온 웅점이마저 최 서방이라면 최 소리만 들어도 넌더리가 난다며 체머리를 흔들었다.《명천유사》

쳇것 명색이 그런 사람이나 물건을 낮잡아 이르는 말. ¶"그럼 선생이란 쳇것은 게서 뭘 허구? 얌전히 구경만 허더라 이게여?" 《우리 동네 鄭氏》 ※쳇것 : ~체[귀체(貴體) 등 체(體)]의 것.

쳇다리 물건을 거를 때에 체를 올려놓는 데 쓰는 기구. ¶…너벅지에 쳇다리를 걸치고 앉힌 콩나물 시루《산 너머 남촌》

쳇불 쳇바퀴에 메워 액체, 가루 등을 거르는 그물 모양의 물건. ¶"수고허시는데 미안합니다." 여인이 한 말은 그렇게 앙금 뽑는 쳇불처럼 유족 같지 않게 가라앉은 음성이었다.《장한몽》

초동 볕 사흘이 만가을 하룻볕만 못하다(속) (곡식 등을 널어서 말릴 때) 초겨울의 사흘간 일조량이 한가을의 하루 일조량보다도 못하다는 말. ¶"…초동 볕 사흘이 만가을 하룻볕만 못허다구는 해두, 동네 댕기메 멍석이라구 생긴 것은 있는 대루 빌려다가 사나흘씩 채널었으면 말릴 만치 말린 게지."《우리 동네 李氏》

초들다 쳐들다. ¶황은 어이없다는 듯 턱을 초들며 허리를 거우듬하게 뒤로 젖혔다.《우리 동네 黃氏》

초련 풋바심이나 일찍 익은 곡식으로 가을걷이 때까지 양식을 대어 먹는 일. ¶"…농사었다는 집구석에 초련 먹구 나니 세안댈 일이 막연허지…아마 내가 이러구 나댕기지 않았으면 벌써 환장을 했어두 열두 번은 더했을 거여."《우리 동네 柳氏》

초록은 동색(속) 서로 같은 무리끼리 어울린다는 말. ¶"구 씨는 철거 문제가 젤 걱정이신 모양인데, 어디 마감록 좀 한번 믿어 봅시다. 초록은 동색이라고 내가 어찌 브라운 쪽이겠소, 성(姓)은 각성바지라도 다 한 치 건너 두 치지…"《장한몽》

초롱초롱하다 (눈이) 정기가 있고 밝다. ¶구는 입맛이 썼고 자꾸만 순평이의 초롱초롱한 눈동자만이 돋보일 따름이었다.《장한몽》

초를 치다 상대방의 기를 꺾어 놓아 기분을 잡치게 하다. ¶"아따 도지게 심심헌가 뵈, 넨장—" 장이 황 보기 민망한지 가운데다 초를 치러 했다.《우리 동네 黃氏》

초면이 구면이다(속) 통성명을 하는 것은 처음이지만 낯이 익은 사이라는 말. ¶보니 심의 아들로서 보기는 처음이지만 무싯

날에도 싸리다방뿐 아니라 공석진의 딸이
낸 인삼 찻집이며, 정봉환의 작은마누라가
하는 통닭집 근처에서도 자주 보던 안면으
로, 곧 초면이 구면인데《산 너머 남촌》

초빈에 망두석이다(속) 전혀 어울리지 않는
다는 말. ¶"아무리 난세판이라도 그런 지
집은 절개 지켜 봤자 초빈에 망두석일런
디…"《오자룡》

초상에 개 잡는 소리 한다(속) (상사에 소
나 돼지를 잡아서 조객을 접대하는 수는
있어도 개고기로 접대하는 일은 없듯이)
당치않은 말을 한다는 말. ¶"모르는 소리
두 되게 해쌓네. 있으면 읊는 것버덤 낫지
무슨 초상에 개 잡는 소리라나? 테레비가
하루만 읊어 보게…"《우리 동네 崔氏》

초상에 잔치라(속) 천수를 다한 자연사는
축하받는 죽음이라는 말. ¶"새집 짓고 삼
년 나기 어렵다더니 그 말이 참말이던가
베." 문정은 그렇게 중얼거렸으나 조상하
러 가는 걸음은 어느 때보다도 가벼웠다.
흔치 않은 고종명으로 초상에 잔치란 말
이 어색하지 않을 만큼 누가 보거나 호상
이기 때문이었다.《산 너머 남촌》

초상에 혼인 청첩(속) 당치않은 일이라는
말. ¶"경오 같은 소리 허구 있네. 초상에
혼인 청첩두 손을 보구, 흉년에 윤달두 잊
을 만해야 한 번이여, 워쩌구저찌여? 들
어딴짝 허는 소리가 끄실린 논이 뵈기 싫
여?…"《우리 동네 柳氏》

초상집 다녀오는 구장 걸음(속) 술에 취하
여 늘어지게 걷는 걸음걸이. ¶마길식이
흔드렁건드렁 초상집 다녀오는 구장 걸음
으로 '누구나의 집' 마당을 가로질러 오는
게 눈에 띄었던 것이다.《장한몽》

초슬목 초저녁. 〈방언〉 ¶(사)…필경 곤죽
이 되었던 나는 겨우 초슬목도 못 넘겨 쓰
러지고 말았다.《지금은 꽃이 아니라도 좋
아라》

**초승달이 서산마루에 지는 것도 봤다고 우
길 인간이다**(속) 억지가 센 사람이라는
말. ¶"그래 반장은 뭐랬어? 그러라구 한
거야, 말라구 한 거야? 저만 난놈인 줄
알구 초승달이 서산마루 지는 것도 봤다
구 우길 인간이니 따로 놀게 두겠다는 겐
가?"《그리고 기타 여러분》

**초승에 다니러 와서 보름 쇠고 가는 처삼
촌댁 뒤꿈치**(속) (처삼촌이나 처삼촌댁
은 그리 반가운 인척이 아니다. 하물며 보
름 동안이나 장기 체류임에랴. 오래간만
에 돌아가는 모습이 흐뭇할밖에 없다) 보
기에 좋다는 말. ¶"…배추 움기건 씨감자
구덩이건 함부로 뭉개고 설치는 꼴은, 초
승에 다니러 와서 보름 쇠고 가는 처삼촌
댁 뒤꿈치는 혹 내다볼 수 있어도, 심정이
상해 눈 뜨고는 못 볼 것이 그들이었던 것
이다.《우리 동네 崔氏》

초 친 맛이다 ('초를 치다'를 응용하여) 뜻
밖의 일에 대한 느낌을 속되게 이르는 말.
¶"여관은 뭐 요새 봄가을보다 숙박료도
싸고 조용한걸요." 별사람 다 있어 다시 처
다보았다. "그야 그런데, 민가에서 잤으면
해서요. 댁이 사시는 동네나." 그건 또 무
슨 초 친 맛인지, "난 집에 안 가요. 경비소
숙직실이 집인걸요.《다갈라 불망비》

초협 매우 좁고 작음. ¶봉당에 들인 공장
이 초협해 헛간마저 털어 늘여 가며 쏠락
쏠락 재미가 들랑거렸다.《암소》

촉새 같다 경망하게 촐랑거리는 사람을 이

르는 말. ¶"…그 뭣 박사 유정회 2기 당
선 축하회 때 당신한테 인사하던 그 촉새
같은 여편네 말야…"《엉겅퀴 잎새》

촉초근하다 물기가 조금 있어 젖은 듯한
느낌이 있다. ¶"술 먹고 온 날은 되게두
오래 끌데?" 하는 신실이 이마는 땀에 촉
초근히 젖어 있었다.《암소》

촌놈은 나이가 명함이다⊛ 시골 사람일수
록 나이를 내세운다는 말. ¶"촌늠은 나이
가 명함이지만 나두 막말을 안 헐 수 읎어
허는디, 당신이 계장님 만나러 예까장 온
속심을 우리가 모르지 않어…"《우리 동
네 黃氏》

촘초롬하다 부슬비가 촘촘하게 내리는 것
을 이르는 말. ¶…그것은 차츰 여려지면
서 촘초롬한 부슬비로 변했으며 실금실금
뿌려지는 대로 거미줄마다 부슬비가 꿰어
지자 거미줄은 잘 닦인 은쟁반처럼 우아
한 모습으로 보였다.《관촌수필 5》

총총하다 맑고 또렷하다. ¶과수원으로
돌아오자 희찬은 곧 잠이 들었으나 나는
머릿속이 총총해서 잠을 이루지 못했다.
《관촌수필 8》

추근추근 ① 성질이 검질기고 끈덕진 모
양. ¶남매 간이 아닌가? 추근추근 쫓아
다니는 그 흔한 종류일까?《이삭》② 매우
축축하다. ¶"그럴 때 추근추근 가랑비라
두 내리면 더욱 좋고." 이상필이가 맞장단
을 먹었다.《장한몽》

추깃물 송장이 썩어서 흐르는 물. ¶추깃
물에 퉁퉁 불은 관 뚜껑도 아직 멀쩡했지
만 삼득이의 곡괭이를 먹어 반을 쪼개져
있었다.《장한몽》

추다 처지다. 〈방언〉¶"…저까짓 쥐대기

손 억지루 논두렁이 쩜매 놨자 야중에 짚
토막만 쓰다 못 쓰게 일이나 추지 무슨 손
땀이 있겠슈…"《명천유사》

추레하다 겉모양이 깨끗하지 못하고 생기
가 없다. ¶나이도 그만할 뿐더러 차린 주
제꼴이나 하며, 늙어 추레한 모습이 천연
윤 영감이던 것이다.《관촌수필 2》

추석 쇤 개장국집이다⊛ (개장국은 주로
여름에 먹는 음식이므로) 고객이 들지 않
는 점포라는 말. ¶"시방까장은 잘들 해
처먹었지만 인저는 안 되여. 새우젓이구
황새기젓이구 장터 가면 월매든지 쌓였
어. 단위 조합? 우리가 외면해 뻐리면 니
열 당장 추석 쇤 개장국집이여."《우리
동네 黃氏》

추썩거리다 어깨나 입은 옷 따위를 자꾸
추켰다 내렸다 하다. ¶양팔로 전봇대를
붙든 채 추썩거리고 있는 현수막이 보였
다. 거리 질서 단속 강조 기간이었다.《산
너머 남촌》

추워나가다 (일을) 거두어 나가다. 〈방언〉
(어떤 일을) 치다꺼리하여 보살펴 나가다.
¶…무논 천수지기 마른갈이 가리잖고 호
락질로 애벌 매고 두벌 잡고 만물까지 집
안 손으로 일 추워나가자니 고되기가 말
이 아니어 마을 청년들 나무람이었고,《이
풍헌》

추저분하다 더럽고 지저분하다. ¶…서캐
가 실린 머리칼을 긁적대던 이, 삼학년 때
의 그 추저분한 계집애,…《그가 말했듯》

추접지근하다 깨끗하지 못하고 좀 추저분
한 듯하다. ¶"그러면 두 영감이 며느리
같은 여자를 추행하러 드는데도 보고만
있어야 한다는 겁니까?" 문정은 며느리 같

은 여자란 말이 뒤통수가 뜨끔하도록 고약하였다. 추행이라는 말도 여간 추접지근하게 들리는 것이 아니었다.《산 너머 남촌》

추지다 떨어지다. 〈방언〉 ¶…금새가 무시로 채고 추지는 물건이긴 해도,《우리 동네 柳氏》

축(을) 잡히다 남보다 못하거나 모자라는 약점을 잡히다. ¶(문정은)…심길섭이와 반다방 여자 사이의 흥정에 뒤탈이 없으리라는 것을 확인하기 전에는 조에게 축을 잡히지 않아야 될 터이므로 줄곧 말발이 서도록 용쓰지 않으면 아니 되었다.《산 너머 남촌》

춘삼월 객줏집 앗보치 해웃값 조르듯Ⓗ 객줏집의 푸네기가 장사치와 상관하고 돈을 달라고 조르듯이 군말이 많다는 말. ¶"급살맞을 늠으 여편네, 작것이 주뎅이만 살아가지고설랑 나부작대기는…똑 춘삼월 객줏집 앗보치 해웃값 조르듯이 고시랑대네그려."《오자룡》

출렁출렁 출렁거리는 소리. ¶…진집이 나서 가려낸 파물 참외 중에서 맨 큰놈을 골라 흔들어 본다. 출렁출렁, 장마에 곯은 놈이다.《김탁보전》

출레출레 가볍게 흔들리는 모양. ¶(산)…논두렁으로 시선을 옮겨 메뚜기가 가득한 꿰미를 출레출레 흔들며 개구멍을 기웃거리는 까맣게 그을린 어린 시절의 건강한 자신의 모습을 발견하게 될 것이다.《아픈 사랑 이야기》

춤 가늘고 기름한 물건을 한 손에 쥘 만한 분량. ¶한득이는 대강 굵은 뼈만 뽑아내었고 잔뼈는 손가락 마디마다 양념 얹듯 몇 춤 주워 담을 뿐이었다.《장한몽》

춤(을) 추다 가격의 변동이 크게 움직이다. ¶토박이들도 모르게 느닷없이 땅값이 춤을 추기 시작하자, 아낙네들도 덩달아 일어나 분수없이 들썽거리던 것이었다.《우리 동네 張氏》

충그리다 지체하다. 〈방언〉 때를 늦추거나 질질 끌다. ¶최는 김승두네 개뚝배미를 에워가다가 남병만이네 고논 옆에서 윤선철이한테 붙잡혀 한참이나 충그리지 않을 수 없었다.《우리 동네 崔氏》

충신 얼굴이 역적 얼굴이다ⓒ 충신이나 역적이나 다 같은 신분에서 나오므로 처지만 다를 뿐 그 얼굴이 그 얼굴이라는 말. ¶"충신 얼굴이 역적 얼굴이라더니, 놀 때는 이웃이고 술만 들어가면 난뎃놈이고…샌님, 이 머리 검은 짐승들을 어떡하면 좋겠습니까."《토정 이지함》

충충하다 맑거나 산뜻하지 못하고 흐리다. ¶…별 한 점 내보이지 않은 충충한 하늘만이 말없이 지켜보고 있었다.《장한몽》

취중에 무천자ⓒ 누구나 취하게 되면 아무도 어려운 사람이 없게 된다는 말. ¶"취중에 무천자라고 했것다. 암, 눈 위에 어려운 사람 없고 눈 밑에 걸리는 사람 없지…"《산 너머 남촌》

츱츱하다 ① 다랍고 염치가 없다. ¶그 츱츱한 무녀리가 다니면서 말전주라도 한다면 딸은 또 시집 푸네기들의 입방아를 무슨 꺼끄메로 깨끼어 주어야만 수굿해질 터인가.《산 너머 남촌》 ② 칩칩하다. 너절하고 고리타분하다. 〈북〉 ¶(산) 작부의 품에 방랑하던 산하가 있고 논다니의 품에 잃어버린 고향이 있었다. 젓가락 장단 속에 예술이 있고 츱츱한 여인숙에도 시

는 있었다.《글밭을 일구는 사람들》

층층다랑이 다랑이.〈방언〉산골짜기의
비탈진 곳 따위에 있는 계단식으로 된 좁
고 긴 논배미. ¶…개뚝배미는 자갈 투배
기 가풀막 버덩을 일군 층층다랑이로,《우
리 동네 金氏》

치가 떨리다 몸이 떨릴 만큼 몹시 분하거
나 겁이 나다. ¶…"무서워유 치가 떨려
유…" 구본칠은 갑자기 얼굴이 새파랗게
질리면서 손가락을 부르르 떨었다.《장
한몽》

치러 갔다가 맞기도 예사다㊌ 남에게 무
엇을 요구하러 갔다가 도리어 요구를 당
하게 되는 일도 흔히 있는 일이라는 말.
¶치러 왔다가 맞고 가기도 예사지…문정
은 은근한 승리감에 속이 거늑해지자 혼
자 미소나 머금다가 말 셈이었다.《산 너
머 남촌》

치런치런 '지런지런'의 거센말. ¶강 언덕
에 늘어선 우람한 능수버들은 치런치런
넘실대는 강물을 실가지를 드리우고 일제
히 머리를 감고들 있었다.《토정 이지함》

치렁거리다 (길게 드리운 물건이) 부드럽
게 움직이다. ¶밀물이 치렁거리는 물너
울 위로 갈매기 활갯짓이 그림 같던 개펄.
《해벽》

치렁치렁 ① '치런치런'의 잘못. ¶…한강
은 며칠 전부터 이미 치렁치렁한 만수였
다.《금모랫빛》② 긴 물건이 길게 아래로
드리워 있는 모양. ¶순경은 치렁치렁 땋
아 늘인 머리채 끝의, 깨끼저고리 남끝동
같은 댕기를 풀었다.《관촌수필 3》

치룩치룩 (아이들이 입에 음식을 문 채) 끼
룩거리고 웃는 소리. ¶그날도 옹점이와
마주 앉아 서로 자기 밥을 떠서 상대방 입
에 먹여 가며 치룩치룩 소리 죽여 웃곤 했
다.《관촌수필 5》※끼룩거리다 : 무엇을
삼키려 할 때 자꾸 목을 앞으로 쓱쓱 내미
는 모양.

치를 떨다 몹시 분해하거나 지긋지긋하다.
¶…이제 무슨 새롭고 혹독한 고문이 시작
되려나 하는 두려움에 모두들 치를 떨었던
것이다.《장한몽》

치맛말기 치마허리. 치마의 맨 위 허리에
둘러댄 부분. ¶…개맹이가 풀어져서 치
맛말기가 어떻게 되는지도 모른 채 삼사
미 길목에 넉장거리로 쓰러져 세상 모르
고 코를 골기에 바쁜 아녀자도 드문 편이
아니었다.《산 너머 남촌》

치맛바람(을) 일으키다 여자가 극성스럽
게 행동하다. ¶(그녀는)…국민학교에 넣
자마자 극성스레 치맛바람을 일으키며,
《엉겅퀴 잎새》

치신머리없다 '치신없다'를 속되게 이르는
말. 언행이 경솔하여 남을 대하는 위신이
없다. ¶…오해를 풀었으니 걱정 말라고,
곱게 말하면 치신머리가 없어질 것 같다.
남편은 위엄이 있어야 되고 대범해야 된
다.《담배 한 대》

칙갈맞다 칙살맞다.〈방언〉¶"민구야, 그
칙갈맞은 사람은 뭣 나온다구 대이구 쳐
다보네?…"《관촌수필 6》

칙갈스럽다 칙살스럽다.〈방언〉칙살한
데가 있다. ¶…담안·임척골같이 자부레한
마을 사람들은…능쟁이·농게·황바리 등 칙
갈스런 펄게 나부랭이를 무슨 큰 비린 반찬
처럼 아는 모양으로 곧잘 떼 지어 게잡이를
나오곤 했던 것이다.《관촌수필 4》

칙살맞다 (하는 짓이) 얄밉게 잘고 더럽다. ¶…그런 위선자에게 이렇듯 매인 몸으로 살 수밖에 없는 구차스러운 삶이 칙살맞고 가련하지 않을 수가 없었다.《유자소전》

칙살스럽다 칙살한 데가 있다. ¶…위인이 워낙 칙살스러운 위인인지라 아내가 송곳니로 뜯으면 전은 어금니로 뜯어 온 터수였다.《장이리 개암나무》

친정애비 생일상 보듯이㊗ 친정아버지의 생일상을 차리듯이 잘 차렸다는 말. ¶친정애비 생일상 보듯이 차려냈는데두 이 새끼가 쇠줏병을 내노니께 대번에 중 본 전도사 낯짝을 허더라구.《장척리 으름나무》

친친 꼭꼭 감거나 동여매는 모양. ¶"그것을 홍겊으로 친친 감구 댕겼더라니 오줌은 위치기 넜던지 생각만 헐래두 우습더니…"《오자룡》

칠넘칠넘 철렁거리는 모양. ¶"게가 유수진디, 베랑 넓지는 않어두 사철 물이 칠넘칠넘 허거든. 옛날 뱃길이었으니 짚기두 쉴찮이 짚거든."《관촌수필 6》 ※철렁이다 : 깊은 곳에 괸 물이 움직여 물결이 일다.

칠럼대다 칠럼거리다. 큰 그릇 따위에 담겨진 물이 움직이는 대로 조금씩 넘쳐흐르다. ¶"…인적 드문 허허벌판에 임자 모르는 시퍼런 돈이 칠럼대며 흘러가는디, 내 땅에서 난 게 아니라구 아닌 보살 허구 있겠남…"《우리 동네 金氏》

칠럼하다 약간 흔들려도 조금씩 넘쳐흐를 만큼 그릇에 물이 그득하다. ¶가물이 끝고부터는 저수지에 물이 칠럼해도 그전 같지가 않고 통 시원한 맛이 없었다.《장척리 으름나무》

칠렁하다 큰 그릇에 물이 그득하게 괴어 있다. ¶펄밭을 가로타고 나간 뱃길은 조금 때나 썰물 때에도 내 허리 위로 오르는 물이 칠렁하게 차 있기 예사였다.《관촌수필 4》

칠월 보름밤 칠산도 중년 과부의 군소리 같다㊗ 백중(百中) 날 불교에서는 백중맞이(불공)를, 무당들은 굿을 하므로 한이 있는 사람들의 입에서는 자연 군소리가 나오게 마련이라는 말. ¶(산) 신재효본 〈춘향가〉 가락보다도 호흡이 길고 구성진 판소리 율조가 칠월 보름밤 칠산도 중년 과부의 군소리처럼 청승맞게 흘러가고 있다.《아픈 사랑 이야기》

칠월 장마에 배탈 난 고관 얼굴을 짓다㊗ 계절적인 병은 신분을 가리지 않으니 지위가 있는 계층일수록 표정 관리가 복잡할 것이라는 말. ¶(그 총각 직원은)…칠월 장마에 배탈 난 고관 얼굴을 하루에도 몇 차례씩 짓는지 헤아리기 어렵다는 거였다.《장한몽》

칠칠은 절뚝발 팔팔은 곰배팔이 된다㊗ 방사 행위를 그 나름으로 비유한 말. ¶"거기는 또 엊저녁에 마누라를 어떻게 했길래 벌써부터 그렇게 늘어져 하고 있누?" "어떡허기는, 늘 허는 그 식으루, 칠칠은 절뚝발 팔팔은 곰배팔이 될 수밖에 없는 이치를 한 번 더 알게 해 줬지."《강동만필 3》

칠칠하다 ① 그득하다. ¶그날은 충삼이네 논에 물도 댈 겸, 양수기로 둠벙을 파서 양동이가 칠칠하게 붕어를 잡아 면 사람 대접만은 푸짐하게 했으니, 송충이 구제보다는 천렵으로 하루를 쉬었다고 해야

옳겠던 것이다.《우리 동네 黃氏》② 외모
가 제법 잘나고 깨끗하다. ¶그녀의 표정
은 그렇듯 야무지면서도 거늑하고 칠칠
하다고 할 만큼이나 여유가 있어 보였다.
《엉겅퀴 잎새》

칠팔월 장마에 오뉴월 소나기 들춘다[속] 큰
일에 당해서 하찮은 과거사를 들먹인다는
말. ¶"칠팔월 장마에 오뉴월 소내기 들추
지 말어. 보리 묵는 건 아무것두 아녀. 일
년에 두 번 농사가 한 번으루 줄으니 얘기
지…"《우리 동네 姜氏》

침(을) 뱉다 경멸하다. ¶평소에 그 사위
김질과 짝 채워 이흉(二|凶)이라고 침을 뱉
어 온 터였는데,《매월당 김시습》

침(을) 삼키다 좋은 것을 탐내다. ¶"이…참,
족보는 워쩔 심판이라데나?" 최 노인은
침을 삼키며 나앉았다.《이 풍진 세상을》

침이 마르도록 어떤 사실을 아주 좋게 여
겨 말하거나 몹시 사정하거나 하는 모양
을 이르는 말. ¶김기복 씨는 그 말을 마
을의 공론으로 만들고자 보는 사람마다
붙들고 흠 없는 백성이요 죄 안 지은 농민
이라고 침이 마르게 역설하고 다녔다.《장
한몽》

칭얼칭얼 몸이 불편하거나 마음에 못마땅
하여 자꾸 짜증을 내며 중얼거리거나 보
채는 소리. 또는 그런 모양. ¶…나는 곧
잘 대청에 앉아 사랑문을 쳐다보며 칭얼
칭얼 어머니만 볶아대기 일쑤였다.《관촌
수필 1》

칭칭 친친. 꼭꼭 감거나 동여매는 모양. ¶
한쪽 다리에 붕대를 칭칭 감아올리고, 두
겨드랑이로 목발을 짚은 노인이었다.《관
촌수필 5》

ㅋ

카랑카랑하다 목소리가 쇳소리같이 매우 맑고 높다. ¶김일엽 스님은 음성이 카랑카랑하고 발음도 분명했지만,《그가 말했듯》

칼로 물 베기⊛ 다투었다가도 곧 사이가 다시 좋아짐을 이르는 말. ¶(산)…박시인 부부는 만날 그 타령이 장타령이었고, 칼로 물 베기 실습도 되도록이면 가끔 가다 한 번씩 하려고 노력하지 않으면 아니 되었다.《글밭을 일구는 사람들》

칼바람 몹시 맵싼 바람. ¶(시) 칼바람에 얼어 자던/ 보리밭들도/ 새하얀 솜이불/ 새해 설빔이어요.《섣달 그믐》

칼자루(를) 쥐다 (어떤 일의) 결정권을 갖다. ¶"밤낮 우리끼리 이렇게 쑥덕공론만 해 봤자 맨손에 남는 건 땀방울뿐이야. 칼자루를 쥔 놈은 역시 저 두 녀석이니까 잘들 생각해 보셔."《장한몽》

칼칼하다 (흔히 불량한 사람들의 사회에서) '굵고 짧게 산다'는 뜻의 속된 말. ¶"으원은 봬서 뭘 헌다나, 술 담배 끊구 질게 고상살이허느니 칼칼허게 놀다가 거짐 다되었나 싶을 적에 두 손 바짝 들구 자빠지면 될 텐디."《관촌수필 6》

칼큼하다 칼칼하다. 〈방언〉 ¶…칼큼한 열무짠지며 노각무침이 맛깔스러워 한 자밤씩 욱여넣었다.《백의》※칼칼하다 : (음식이) 맵고 자극하는 맛이 있다.

캐앵캐앵 여우가 우는 소리. ¶그런 때 마침 캐앵— 캐앵— 하고 울다가 그친 여우가 다시 이어 주면《관촌수필 6》

캬륵캬륵 꺽지고 갈라진 목소리로 웃는 모양. ¶…두립이 받아 캬륵캬륵 웃으며《오자룡》

케케하다 '케케묵다'의 변형. ¶구태여 흠을 잡기로 들면 용갑에겐 없는 것을 그가 가지고 있는 점, 케케한 노총각인 데다 입이 걸어 악의 없이 곧잘 내놓아 대화로 듣기엔 거북스런 상스러운 말투들 따위겠으나,《덤으로 주고받기》

케헤 케헤 (병이 나거나 늙어서) 자꾸 힘없이 캑캑거리는 모양. 또는 소리. ¶그는 케헤 케헤 잔기침을 했다.《관촌수필 6》

켕기다 속으로 은근히 거리끼거나 겁내는 것이 있다. ¶…식권을 두 손으로 받아 든 뒤에야 귀여운 운운하던 말이 뇌리 한편에 켕겨 꿈틀거리고 있음을 의식했고, 모욕감을 안면에서도 느꼈던 것이다.《장난감 풍선》

켜가 끼다 (켕기는 데가 있어서) 시원시원하지 않다는 말. 〈個語〉 ¶심은 문정의 심기를 대중하고 잔뜩 켜가 낀 음성으로 말했다.《산 너머 남촌》

켤켤켤 가래가 끓는 듯한 목소리로 웃는 모양. ¶"켤켤켤…" 신아불이는 주색에 곯은 소린지 담 붙은 웃음을 웃었고《추야장》

켯속 일이 되어 가는 속사정. ¶"…개업 목사가 예년보다 줄었을 리도 없는데 교회

매매는 작년 가을부터 뜸하니 당최 그 켯
속을 모르겠다구."《산 너머 남촌》

코가 석 자나 빠졌다⑥ 심한 곤경을 당하
여 몹시 어려운 형편에서 허우적거림을
비유하여 이르는 말. ¶변 사또는 내가 권
하던 소줏잔에 전에 없이 코를 석 자나 빠
뜨린 채 생각이 깊어지는가 싶더니, 이윽
고 갑자기 나를 노려보며 언성을 높여 말
했다.《변 사또의 약력》"여게, 리 서방은
왜 코를 슥 자나 빠치구 앉었다냐? 돈이구
쌀이구 간에, 시방 누가 암만을 지녔으면
무슨 소용이라나?…"《우리 동네 李氏》

코(가) 세다 남의 말을 잘 듣지 않고 고집
이 세다. ¶"코가 너무 세서 팔자는 워떨
지 몰라두…"《관촌수필 5》

코뚜레 소의 코를 꿰뚫어 끼는 고리 모양
의 나무. 좀 자란 송아지 때부터 고삐를
매는 데 쓴다. ¶…코뚜레를 사들여다가
이태나 정성을 먹여 기른 소였다.《다가오
는 소리》

코뚜리 코뚜레. 〈방언〉 ¶(산) 장날 쇠전
을 가보면 목매기, 코뚜리, 어스럭송아
지…할 것 없이 소가 보통 수백 마리가량
나 있다.《지금은 꽃이 아니라도 좋아라》

코밑을 싹 씻다 입을 싹 씻다. 모르는 체
하다. 시치미를 떼다. ¶그 일이라면 상배
도 한득이를 따라가지 않을 수 없었다. 혹
시 관 속에서 무슨 돈 될 만한 무엇이라도
나와 저희들끼리 분배해 먹고 코밑 싹 씻
는 것이 아닐까 해서였다.《장한몽》

코빼기도 안 보이다 전혀 나타나지 않다.
¶…뒷받침을 해 줄 만한 증인이 아쉬웠
던 건데 빌어먹을 것들이 누구 하나 코빼
기도 얼씬 않는 거였다.《이 풍진 세상을》

코빼기도 안 비치다 모습을 나타내지 않
다. ¶"껌둥이가 나쁜 자식이야. 본국에
전속 간다는 놈이 몇 날 며칠 집구석엔 코
빼기도 안 비쳐? 그러니 옥화는 개대로
대책을 서두를밖에…"《백결》

코빼기에 찍어 바르다⑥ 음식의 양이 적
어서 먹잘 것이 없다는 말. ¶"술은 얼마
나?" "두 병유." "제우…그까짓 걸 누구
코빼기에 찍어 바른대. 내 앞으루 달어
놓고 즉은 거 두 병 더 내오너라."《우리
동네 黃氏》

코숭이 물체의 뾰족하게 내민 앞 끝의 부
분. ¶동정을 살피려고 헛간으로 들어가
다가 바닥에 벌려 놨던 쥐덫을 밟아서 고
무신의 코숭이가 물렸던 것이다.《두더지》

코웃음(을) 치다 깔보고 비웃다. ¶천상
교 신도가 된 이상은 정성을 다해 공경하
는 게 도리라던 것이다. 능애는 그때마다
꼴로 보긴 어렵게 아니꼬웠으므로 일쑤
코웃음을 쳤고 때론 꼬집어 뜯기도 했다.
《추야장》

코쭝배기⑪ '코'를 속되게 이르는 말. ¶아
내는 안 보이던 한 손을 최의 코쭝배기에
냅다 내던졌다.《우리 동네 崔氏》

콜작콜작 콧물을 들이마시면서 우는 모
양. ¶…미실은, 이미 반 시간 가까이나
콜작콜작 시작된 눈물을 못 거두고 있었
다.《장한몽》

**콧구멍 같은 집에 밑구멍 같은 나그네 온
다**⑪ 가난한 집에 반갑지 않은 손님이
옴을 이르는 말. ¶"콧구녕 같은 집구석에
밑구녕 같은 손님만 오더라구, 손바닥만
헌 고을에 감투 쓴 놈은 다 쇠도둑이니…"
《오자룡》

콧대(가) 높다 잘난 체하고 거만하다. ¶…입을 것 한 가지 못 입고 저렇게 살면서, 도대체 제 뭔데 콧대만 높으냐는 것이다.《장한몽》

콧대(가) 세다 건방지고 자존심이 세다. ¶말을 이만큼이나 할 줄 아니 순평으로선 눈만 높다, 콧대가 세다 하는 불평밖엔 할 게 없잖겠나 보았다.《장한몽》

콧물이 쑥 빠지게 아주 혼이 나게. 된통. ¶신틀메는 보다 못해…콧물이 쑥 빠지게 꾸짖었지만, 그래도 평섭이는 무가내였다.《이모연의》

콧방귀(를) 뀌다 가소롭게 여겨 남의 말을 들은 체 만 체 말대꾸를 하지 않다. ¶그믐산이는 참봉이란 자의 되잖은 수작이 가소로워 '크흥―' 하고 콧방귀를 뀌었다.《오자룡》

콩 구워 먹자는 소린지 떡 치자는 소린지㈜ 무슨 말인지 요령부득이라는 말. ¶"어떠슈 형씨는…쥐약을 지니고 다닌다는 게 그렇게도 마땅찮으슈? 한 봉지 사넣고 다니슈." 박은 실컷 씨부려 놓고 거듭 당부한다.…콩 궈 먹자는 소린지. 떡 치자는 소린지 알 수가 있나.《몽금포 타령》

콩나물에 녹두나물 섞는 소리 한다㈜ 말이 분명하지 않다는 말. ¶"저 신행허는 샥씨 듣는 디서 콩너물에 녹두너물 섞는 소리점 웬만침 허슈. 살기두 전버텀 못 사는 슴이 중 알겠슈."《달빛에 길을 물어》

콩노굿 콩의 꽃. ¶"콩노굿 피기 전에 그 루밭 골고지(김매기)두 허야 허구, 식전 저녁으로 논두렁 거스름(풀베기)두 허야 되구…"《우리 동네 黃氏》

콩동이 콩동. 콩대를 굵게 묶어서 한 덩이를 만든 묶음. ¶…명산은 콩동이를 번쩍 들어 어깨에 둘러멘다. 지게로나 져야 바듯 움직이게끔 우악스레 큰 콩동이였으나 그는 예사로 들어올리던 거였다.《못난 돼지》

콩새 앉는 데 촉새가 나선다㈜ (콩새는 겨울 철새, 촉새는 봄가을의 나그네새이다) 나설 자리가 아닌데 촐랑거리고 나선다는 말. ¶"복부인이나 마나 역사 시간에는 좀 들어가 줘. 까막눈에 대포알두 유만부동이지, 콩새 앉는 데 왜 촉새가 나스는겨. 나는 당최 무슨 소린지 경오를 모르겠응께 동네 유선 방송들은 잠깐 들어가 주셔."《우리 동네 柳氏》

콩 심은 데 콩 나고 팥 심은 데 팥 난다㈜ 모든 일은 원인에 따라 결과가 생긴다는 말. ¶"너는 그걸 워치게 알었대?" "농심이 뭔데요. 콩 심은 데에 콩 나고 팥 심은 데에 팥 나는 게 농심이잖아요."《장이리 개암나무》

콩으로 메주를 쑨다고 하여도 곧이듣지 않는다㈜ 거짓말 잘하는 사람의 말은 다 거짓같이 들린다는 말. ¶(산)…콩으로 메주를 쑨다고 해도 곧이들리지 않는 것이 정치인의 말농사였지만,《복된 직업》

콩칠팔새삼륙 콩팔칠팔. 갈피를 잡을 수 없도록 마구 지껄이는 모양. ¶이야기가 어지간히 되었는지 콩칠팔새삼륙으로 시끌떵하던 흰소리가 꺼끔해지자 퇴암이 점검을 마친 명단을 고쳐 쥐면서 나더러 물었다.《강동만필 2》

콩칠팔하다 갈피를 잡을 수 없도록 마구 지껄이다. ¶"…얻어들은 말루 콩칠팔 허는 게 얻어 앓는 병에 양약이 낫네 한약

이 낫네 허구 약장사찌리 찔구 까부는 것
이랑 무엇이 달르간."《장석리 화살나무》

쾅쾅 단단한 물체가 다른 물체와 부딪쳐
울리는 소리. ¶처남이 대문을 쾅쾅 두드
리면 초인종이나 상식에 따른 노크를 하
느니보다 반응은 훨씬 빨랐다.《장한몽》

쿡쿡 크게 또는 깊게 찌르는 모양. ¶민은
짚고 있던 각목으로 김의 목덜미와 옆구
리를 쿡쿡 찌르고 나서,《관촌수필 8》

크막크막하다 큼직큼직하다.〈방언〉¶
"구멍새나 크막크막허지 이뿔 것두 읎구
암스렁투 않게 생겼는디, 재밀랑사리 고
상만 잔뜩 했슈…"《관촌수필 5》

크막하다 큼지막하다.〈방언〉꽤 큼직하
다. ¶엔간한 술집이면 크막한 자배기에
고대 건져 온 낙지가 그들먹하게 담겨 있
게 마련이며,《낙양산책》

큰 것을 보았어야 작은 것을 안다㈜ 식견
이 얕아 생각이 깊지 않다는 말. ¶"비가
한 보지락만 와두 운동장이 몽땅 수렁으
로 바뀌는 핵교에 모새루 객토를 해 주는
게 시시허구 즉은 일이면, 교무실에 칼라
테레비 사다 바치는 건 큰 호사구 대사업
이구먼? 허기는 그려. 원제 큰 것을 봤으
야 즉은 것을 알지…"《우리 동네 趙氏》

큰굿 할 년㈲ 일을 저질러도 크게 저지를
년이라는 상말. ¶"그런 큰굿 헐 년, 육갑
허구 자빠졌던가베." 아내는 대번에 막말
부터 퍼대었다.《장천리 소태나무》

큰일 치르면 개가 횡재한다㈜ 잔치를 하
면 객꾼도 잘 얻어먹는다는 말. ¶"큰일
치르면 개가 횡재하더라고, 징허게두 먹
었네요이."《장한몽》※큰일 : 큰 예식이
나 잔치를 치르는 일. 대사(大事).

큰코다치다 크게 낭패를 본다는 말. ¶
"민도가 낮다니?" "대가리가 안 깼더란
말유." "아서라. 논두렁에 갇혀 산다구
무지렁이루 알면 큰코다친다."《우리 동
네 柳氏》

클클하다 목이 텁텁하여 무엇을 시원하게
마시고 싶은 생각이 있다. ¶달리는 기차
안에서 캔 맥주로 여러 통 따 마셨건만 시
원하지가 않았고, 갈증을 부르던 클클한
목이며《낙양산책》

킥킥 잇달아 킥 하고 웃는 소리. ¶…왼손
편 정원석에 등을 기대고 있던 나무 그늘
이 킥킥 웃었다.《두더지》

킬룩킬룩 (늙은이가) 기침을 참아가며 웃
는 모양. ¶최 노인은 킬룩킬룩 웃음이 나
왔다.《이 풍진 세상을》

킬킬 웃음을 억지로 참으면서 입속으로 웃
는 소리. 또는 그 모양. ¶…동수는 둘 곳
없이 된 낯을 가리기 위해선지 킬킬 웃음
을 칠하고 있었다.《지혈》

ㅌ

타게다 닮다. 〈방언〉 ¶"뭐시여? 작것아, 너는 대관절 누구를 타게서 이모냥 다리루 가로퍼지네?"《우리 동네 李氏》

타기다 닮다. 〈방언〉 ¶"새끼라구 하나 있는 게 뒈진 즉 에미 타기서 도깨비 기왓장 뒤듯 귀꿈맞기만 해가지구 당최 냉겨 두는 게 있으야지."《이모연의》

타래박 대나 나무로 된, 긴 자루가 달린 두레박. ¶사철 어머니 손에 가꿔졌던 울안 정원은 타래박 우물을 가운데로 하여 썰렁하고 어수선한 대로나마 심겨진 그 자리에 남아 있음이 분명했다.《관촌수필 1》

타짜꾼 ① 남을 잘 속이는 재주를 가진 사람. ¶추곡 수매가 있기 바쁘게 평소에 눈여겨둔 활수들을 꾀송거려 판에 붙여주고, 그 값으로 타짜꾼한테 개평을 떼는 것이 그네들의 겨울철 부업이라는 거였다.《산 너머 남촌》 ② '남의 일에 공연히 훼방을 놓는 사람'을 경멸하여 이르는 말. ¶그는 사장을 몇 번이나 만나 보려고 했지만 염이 타짜꾼으로 나서는 바람에 번번이 뜻을 이룰 수가 없었다.《우리 동네 張氏》

탁방을 내다 일이 되고 안 되는 것이 드러나서 끝나다. ¶가급적이면 빨리 탁방을 내고 말아야 할 것 같았다.《장난감 풍선》

탁방이 나다 탁방나다. '결말나다'를 비유한 말. ¶…수훈이나 근식을 두고 생긴 고민 자체가 자업자득이며 죄값이니라 하여, 행이거나 불행이거나, 양단간에 어서 탁방이 나기를 바라는 심경이었다.《가을 소리》

탈(을) 잡다 남의 흠을 잡아 걸고넘어지다. ¶(산) 작중인물을 놓고 누누이 탈을 잡고 부정적인 시선을 거두지 않는 평론가도 있다.《내 작품 속의 주인공들》

탑세기 쓰레기. 〈방언〉 ¶"보리까락은 넨장— 무슨 효자 난다구 그 탑세기를 퍼 오래는 겨."《우리 동네 黃氏》

탕이 나다 곰팡이가 피다. 〈방언〉 ¶(산) 그것인즉 문학의 본질에 탕이 나지 않게 하는 일이며 문학의 모습에 녹이 슬지 않도록 하는 작가적인 태도일 것이다.《구세기 작가》

태려 물다 (담배를) 피워 물다. 〈방언〉 ¶그래도 김봉모는 밑이 질겨 줄담배를 태려 문 채 툇마루 장귀틀 끝에 쭈그리고 앉아 속을 끓이고 있었다.《우리 동네 黃氏》

태모시 겉껍질을 벗긴 모시의 속껍질. ¶영감은 구레나룻이 태모시처럼 센 노인이었지만 그런대로 강단이 있어 보였으며,《관촌수필 2》

태주할미 미역국 끓여 놓은 칠성단 믿듯(俗) (민속에서) '칠석(七夕)날 아침에 미역국을 끓여서 차린 삼신할머니의 제물상을 믿듯'이라는 뜻의 잘못된 표현. ¶중

공군이나 소련군이 쳐들어온다면 무슨 대비가 있어야 할지 몰라도, 동포끼리 시새움질로 싸우는 마당에 설마하니 무고한 백성까지 해칠 리가 있으랴 하며, 믿기를 태주할미 미역국 끓여 놓은 칠성단 믿듯 했음이 분명했다. 《장한몽》 ※태주할미 : 태주를 부리는 무당. 태주 : 마마를 앓다가 죽은 어린 계집아이 귀신. 칠성단 : 칠원성군(七元星君 : 북두의 일곱 성군)을 모신 신당. 삼신할머니 : 아기를 점지한다는 세 신령.

태질 세게 메어치거나 내던지는 것. ¶이 상필은 윽박지르다 못해 여인의 여민 옷고름과 동정을 싸잡아 틀어쥐며 태질을 할 기세였다. 태질할 기세로 돌변한 것이었다. 《장한몽》

터거리 근거. 〈방언〉 ¶(산) 소설은 상상의 소산이라고 하지만, 상상도 터무니없이 생으로 하는 상상보다 얼마간의 터거리를 깔고 하는 쪽이 하기가 더 나았던 것으로써 그렇다. 《아는 동네하고 모르는 동네》

터럭 끝만큼도 없다 아주 조금도 없다. ¶상배는 장래 잘되어 잘살거나 안정된 직장인이 될 생각은 터럭 끝만큼도 가져 보지 않았다. 《장한몽》 ※터럭 : 사람이나 짐승의 몸에 난 길고 굵은 털.

터럭 없는 보지에 부랄 물리듯ⓑ 어린 계집아이라고 깔보고 덤볐다가 오히려 덜미를 잡혔다는 상말. ¶"터럭 없는 보지에 부랄 물리듯 있는 사람 없는 사람 죄 잡죄이고 잡도리 당허는디, 갖은 감탕질이 열흘도 넘네나, 여북 간흉스러우면 왕갓집 궁차 해 먹을라?"《오자룡》

터문셍이 터무니. 〈방언〉 ¶아서유, 그런 터문셍이 없는 말일랑은 아스라구유.《장척리 으름나무》

터분하다 기분이 시원하게 맑지 아니하고 매우 답답하다. ¶소줏고리가 열리자 터분하던 정신이 번쩍 들면서 방 안에 배어 있는 퀴퀴한 자릿내까지 단박에 가시는 것 같았다. 《매월당 김시습》

터수 처지나 상태. ¶…나는 아무 여자나 걸터듬고 바치는 성질이 아닐 뿐더러 외려 오는 것도 두 손 내젓는 결벽증마저 지닌 터수였다.《그가 말했듯》

터앝 꽃·나무를 심을 만한 집 울안에 있는 작은 밭. ¶(아내가)…조석으로 선설할 때 살강 밑에서 해찰 부리는 대신, 터앝이나마 한 머리 휘어잡고 쇠비름 한 뿌래기를 더 캐더라도 딴전 볼 틈이 생겨 무던했다. 《우리 동네 李氏》

터울지다 나이의 간격이 있다. ¶안경잡이의 바로 아래로 터울진 듯한 나일론 잠바가 시비조로 딱다거렸다.《장한몽》

터주(―主) 집터를 지키는 일을 맡은 신. 또는 그 자리. ¶선교사네 산이 전부터 있던 공동묘지보다 훨씬 더 많은 터주를 거느리게 된 것도《장한몽》

턱 떨어지는 줄 모른다ⓒ 무엇에 몹시 열중하고 있음을 비유하여 이르는 말. ¶이 날도 싸리다방에는 서너 무더기의 우중충한 얼굴들이 톱밥 난로를 에워싼 채 텔레비전에 턱이 떨어지고 있었다.《산 너머 남촌》…선풍기 옆에서 턱 떨어지고 있던 아내가 고뿔 뗀 넛할미처럼 쪼르르 말대답을 했다.《우리 동네 黃氏》

턱살 '턱'을 속되게 이르는 말. ¶나는…양

지바른 담 밑에 턱살을 내리고 앉아 청승을 떨며 허전해하였고,《관촌수필 6》

턱주가리 '아래턱'을 속되게 이르는 말. ¶남들은 그룹 소속 운전수들의 정상이나 다름없는 그 자리에 서로 못 앉아서 턱주가리가 떨어지게 올려다보고들 있었지만,《유자소전》

털레털레 터덜터덜. ¶"노준서 보내어 부른 지가 언젠데 이제사 털레털레 오며, 뭐, 왜요?"《변 사또의 약력》

털부리 털보.〈방언〉¶"모츠름 찾으셨는디, 좀 들앉았다 가셔야지유." 털부리가 들고 들어온 들낚을 한켠으로 치우며 공손하게 말했다.《해벽》

털어서 먼지 안 나는 사람 없다⊛ 누구나 그의 결점을 찾으려고 뜯어보면 조금도 허물이 없는 사람은 없다는 말. ¶…그러다가 들통나면 사기꾼인가? 사기꾼. 털어 먼지 안 나는 놈 어디 있어, 거지는 거지같이 사기를 해 먹고, 재벌들은 재벌인 만큼 재벌답게 해 먹고, 높은 사람은 높은 사람 식으로 잘들 해 먹고 오래 사는데.《장한몽》

털털 (성격이) 까다롭지 않고 소탈하게 웃는 모양. ¶…최는 털털 웃어댔다.《매화 옛 등걸》

텁석부리 사람 된 데 없다⊛ 수염이 많은 사람을 두고 조롱하는 말. ¶(산) 인물을 비평하더라도 가령 '텁석부리 사람 된 데 없다'는 식의 모개흥정이 아니라 뚜렷한 근거를 들어서 하는 적절한 비평을 이르는 말이다.《옛날의 인물평》

텃논 집터에 딸리거나 마을 가까이 있는 논. ¶…앞뒤로 있던 텃논과 터앝마저 양쪽으로 갈라지면서 수로로 먹혀들어가,《관촌수필 7》

텅텅 여럿이 다 속이 비어서 아무것도 없는 모양. ¶…칸막이마다 텅텅 비어 있는 것이 꼭 나간 집 같은 공기였다.《장곡리 고욤나무》

테메다 '테메우다'의 잘못. ¶"공자가 이런 세상에 나왔으면 배운 것 우려 남을 뜯어 먹는 늠보다 빈 대가리 테메서라두 제 손속으루 사는 늠이 군자라구 했을 게구먼."《우리 동네 張氏》

테메우다 그릇 따위의 벌어진 곳을 대오리, 철사 등으로 돌려서 감다. ¶마누라가 노끈으로 전두리를 테메운 족자리 떨어진 질동이에 물 길어 종구라기 띄워 오는 걸 보자,《이풍헌》

테석테석 반드럽지 못하고 거칠게 일어난 모양. ¶여러 날 만에 틀에서 떼어 낸 종이그릇은 테석테석하게 마르고 거친 것이 가마에 앉히기 전의 질그릇을 보듯 맵시도 없고 힘지지도 않았다.《이모연의》

토 간장을 졸일 때 위에 떠오르는 찌꺼기. ¶…장독대에 가 보았자 토 뜨는 간장 한 종지, 맛 가신 된장 한 덩이 남아 있지 않았던 것이다.《관촌수필 2》

토끼 다리가 한 자면 자라 목이 두 자라⊛ 피차간에 막상막하라는 말. ¶"…결국 타협을 위한 파업이라 그 말씀인데, 고걸 못 알아들으면서 무슨 재간 있어 밥 먹고 살우, 퇴끼 다리가 한 자면 자라 목이 두 자라고 말야, 홍어회만 맛인가 가오리찜도 맛이지."《장한몽》

토끼를 다 잡으면 사냥개를 삶는다⊛ 필요할 때에는 소중하게 여기다가 불필요하

면 천대하거나 없애 버림을 비유하여 이르
는 말. ¶"어서 바른대로 대거라 이늠― 퇴
끼 다 잡으면 사냥개 삶는 것이 사냥꾼의
버릇일러라 이늠― 평생을 두고 작인의 피
를 빨아 살쩍 머리가 세고, 등골을 우려 처
먹어 상투가 세더니 인저는 그것도 싫증이
나더냐 이 찢어 죽일 늠…"《오자룡》

토를 달다 이유를 대다. 덧보태어 말하다.
¶"…유는 마실 것 다 마시고도 얼굴이 안
풀린 채로 토를 달았다. "집에서 보기에는
흐르는 물 같겠지만 내보기엔 땀이여…"
《우리 동네 金氏》

토막말 긴 내용을 한마디로 요약하여 하
는 말. ¶"누군 누구, 내일 보면 알 거요."
상필은 퉁명스럽게 토막말만 비쳤다.《장
한몽》

토막토막 여러 토막으로 잘린 모양. ¶손
발도 토막토막 잘려 있었다.《장한몽》

토매 뭇.〈방언〉¶어디서 짚이라도 한 토
매 얻으면 마누라 신길 짚세기를 삼는 것
이 그로서는 유일한 집안일이었으나 그나
마도 여간해선 보기 어렵던 일이었고,《관
촌수필 6》※뭇 : 볏단의 하나. 속(束).

토생이 '토리'의 잘못. 실을 둥글게 감은
뭉치. ¶…목비녀가 비딱하게 꽂힌 솔방
울만 한 낭자에선 물렛가락이 뽑아낸 무
명실 토생이가 연상되었다.《백의》

토실토실 살이 썩 보기 좋을 정도로 찐 모
양. ¶"거 다리가 쭉 빠진 게 떡살두 토실토
실하니 좋겠더구먼…"《덤으로 주고받기》

토장에 간장 치러 든다 쓸데없는 짓이라
는 말. ¶"…아녈말루 총각만 똑똑허면 술
집에 가서두 새색씨를 짚을 텐데 왜 자기
가 먼저 토장에 간장 치러 드는지 몰라."

《산 너머 남촌》※토장 : 된장국.

톡톡 ① 잇달아 가볍게 치거나 터는 모
양. ¶…손가락 끝으로 먼지를 톡톡 털면
서 받들려 자란 그 고량자제들에게《매
월당 김시습》② '실속 있고 넉넉하게'의
말. ¶"…꽃고두 알을 톡톡 실은 게 요새
가 한창 먹을 만헐 땐디…"《우리 동네
崔氏》

톱으로 쓸다 낫으로 깎아 죽일 놈ⓑ 잔인
한 방법으로 죽여야 할 놈이라는 저주 어
린 악담. ¶"톱으로 쓸다 낫으로 깎아 죽
일 늠덜…"《오자룡》

톱톱하다 (국물이) 묽지 않고 바특하다.
¶아무 데나 들어가서 한잔을 시켜도 톱
톱한 술국에 서너 번 집을 콩나물 한 접
시는 따라 나오게 마련이므로《산 너머
남촌》

통구리 바람.〈방언〉(~는 바람에) 뒷말의
근거나 원인을 나타내는 말. ¶"공중 변차
셉이가 주릅드는 통구리 애매헌 나만 구듭
치기 해 주구 말은 겨…"《우리 동네 鄭氏》

통밀다 이것저것 가릴 것도 없이 똑같이
치다. 통틀다. ¶돈을 쓰면 이자가 사 부
인 반면, 쌀은 쌀금이 챌 때나 누질 때나
통밀어 한 가마에 서 되였으니, 쓰는 사람
은 쌀 쪽이 한결 덜 숨가쁜 터였다.《우리
동네 李氏》

통뼈 '힘이 센 사람'을 비유하는 말. ¶"땅
임자가 집 헐라는데 무슨 통뼈라고 눌러
살겠소만, 보상금만은 받아 내야 하고…"
《장한몽》

통서리 '무엇을 마구 하는 바람에'라는 말.
〈방언〉¶"…좌우간 그 통서리에 계획이
버그러져서 올 일 년을 또 거저 묵게 됐으

니 야단일세. 갑오생이면 벌써 서른하나
가 아닌가.》《산 너머 남촌》

통(이) 크다 대범하다. ¶"이게 통만 커지
지 않을 수 없는 게 말입니다. 백 원짜리
한두 장을 돈으로 아는 사내 알길 우습게
알거든요…"《장한몽》

**통장 마누라 속곳이 반장 마누라 속곳이
다**(비) 사는 것이 다 비슷한 처지에 유난
떨지 말라는 말. ¶"형씨도 참 딱도 허우.
여보, 통장 마누라 속곳이 반장 마누라 속
곳이지. 산 넘고 물 건너 절에 다닌다고
누구 하나 알아주는 거 봤소? 봤으면 나
부터도 안 빠졌어."《강동만필 3》

통 큰 년(비) 겁이 없는 년. ¶"…통 큰 년,
공산질헌 즤 서방이 살어나기를 바랐던가
뵈…" 하더라는 것이다.《관촌수필 5》

통통 (짐승이나 생선 및 어패류 등이) 살이
잔뜩 오르거나, 알이 알집에 가득 찬 모
양. ¶"요새는 알이 통통 영글었을 텐디
괴장 한번 못 담어 보구…"《그때는 옛날》

통통증 '뚱뚱증'의 잘못. ¶큰며느리한테
옮아서 그러는지 내동 조용하던 작은며느
리도 통통증이 나면 대뜸 승수의 교육부
터 쳐들고 툴툴대었다.《산 너머 남촌》

톺다 ① 매우 힘들여 더듬다. ¶상필은 턱
으로 대답하며 미실의 아래를 톺는다.
《장한몽》② 삼을 삶을 적에, 쨀 삼의 끝
을 가늘고 부드럽게 하려고 톱으로 훑다.
¶…멍석에 둘러앉아 삼을 삼거나 태모시
를 톺던 늘그막의 아낙네들도 마찬가지로
가늠을 못 해《관촌수필 6》

톺아보다 샅샅이 톺아 나가면서 살피다.
¶이렇게 저렇게 돌아가며 톺아보아도 까
치 둥지는 아직 앞뒤를 가릴 수가 없었다.

《우리 동네 崔氏》

퇴짜(를) 맞다 제기하는 의견 따위가 거절
을 당하다. ¶망신살이 뻗쳐 면에서 퇴짜
를 맞을 경우 마지막으로 찾아가 매달려
볼 사람은 군수겠지만,《우리 동네 柳氏》

투가리 뚝배기. 〈방언〉 ¶"서울 물이 좋아
군둥내 나던 투가리가 곤내 나는 대접만
된다면야 성을 갈아서라도 주민등록부터
파 옮기고 말고…"《산 너머 남촌》

투가리 끓어넘는 소리 잔소리를 익살스럽
게 이르는 말. ¶문정은 혼잣말로 고시랑
거리고 있으니 말귀는 바늘귀보다 더데도
군소리 이삭 줍는 데엔 수가 익어서 마누
라가 금방 투가리 끓어넘는 소리로 두런
거렸다.《산 너머 남촌》

투그리다 짐승이 서로 싸우려고 소리를 지
르며 잔뜩 벼르다. ¶(개는)…틈만 있으면
덤벼들어 생사를 겨룰 듯이, 갈기털을 잔
뜩 곤두세우고 투그리며 사뭇 으르렁거렸
다.《越夏抄》

투깔스럽다 모양새가 투박스럽고 거칠다.
¶(늙은이는)…투깔스럽고 협수룩한 몰골
과 달리 우악한 성미에 불뚝성마저 갖춘
듯한 말투였다.《달빛에 길을 물어》

투덕투덕 '두덕두덕'의 거센말. ¶그는 투
덕투덕 등성이를 내려와 마을로 향했다.
《장한몽》

투배기 투성이. 〈방언〉(옷이 흙투성이)
¶…개뚝배미는 자갈 투배기 가풀막 버덩
을 일군 층층다랑이로,《우리 동네 金氏》

툭툭 자꾸 가볍게 치거나 털거나 건드리는
모양. 또는 그 소리. ¶…그 누런 봉투도
뒤따라 내려 바짓가랑이의 먼지를 봉투로
툭툭 털고 있었다.《매화 옛 등걸》

툴툴거리다 마음에 차지 않아 잇따라 몹시 투덜거리다. 툴툴대다. ¶(산) 아들은 하루도 안 가서 싫증을 내며 툴툴거렸다. 《여성과 자존심》

툽상스럽다 투박하고 상스럽다. ¶김은 주저주저하다가 툽상스럽게 대꾸했다. "주민증 번호두 못 외는디, 계량기 번호가 다 뭐유." 《우리 동네 金氏》 "다 밝었다메 불은 지랄허러 키라남?" 대뜸 툽상스럽게 지청구부터 하는 꼴이, 아내도 잠 달아난지 담배 두어 대 전은 진작 되던가 보았다. 《우리 동네 李氏》

퉁그러지다 불거지다. 〈방언〉 어떤 현상이 두드러지게 커지거나 갑자기 생겨나다. ¶…어떤 사단이나 한바탕 퉁그러지기만을 이제나저제나 하고 기다리고 있었다. 《유자소전》

퉁바리 (거절하거나 나무라는 뜻으로) 사람의 면전에서 하는 핀잔이나 비아냥거림 등 무안을 주는 말. ¶"자주 웃으면 쓸디읎이 혐의 사는 겨." 이가 남에게 퉁바리를 주었다. 《우리 동네 柳氏》 ※퉁바리(를) 맞다: 무엇을 말하다가 매몰스럽게 거절을 당하다.

퉁바리를 놓다 퉁을 놓다. 다른 사람이 하는 말이나 행동이 마뜩잖아 쏴 주다. ¶…아버지는 섭섭하게 들릴 지경으로 냅다 퉁바리를 놓았다. 《산 너머 남촌》

퉁테 원통 모양으로 된 물건의 둘레. 〈個語〉 ¶…줄기의 퉁테가 서까래 폭이나 굵어진 으름덩굴이 느릅나무를 타고 올라가서 《장척리 으름나무》

퉁퉁 몹시 살이 찌거나 붓거나 불어서 몸피가 굵은 모양. ¶…어느 미련퉁이가 모퉁이를 돌아가다 왕퉁이한테 쐤는데 퉁방울처럼 퉁퉁 부어서… 《야훼의 무곡》

퉁퉁 툭툭. 〈방언〉 여기저기 불거져 나온 모양. ¶"그러구 보니께 춘자 아버지는 동네 젊은이들이 본뜨게 모범스럴라구 그런 야짓잖은 짓만 퉁퉁 했던가 뵈…" 《우리 동네 黃氏》

퉁퉁증 일이 뜻대로 되지 않아 갑갑히 여기며 골을 내는 증세. ¶…남 씨는 또 무슨 퉁퉁증이 도졌는지 그새 본 얼굴은 어디 가고 금방 씻은 얼굴로 부루퉁하면서, 《강동만필 3》

튀어 봤자 울안에서 넓뛰기다㊂ 달아나 보았자 집 안의 어딘가에 숨어 있다는 말. 〈個語〉 ¶"어서들 뒤어, 짯짯이 뒤어 봐, 제늠이 튀어 봤자 울안에서 늘뛰기일 텡께." 《장석리 화살나무》

튀하다 새나 짐승의 털을 뽑기 위하여 끓는 물에 잠깐 넣었다가 꺼내다. ¶(한득이는)…닭 한 마리 목을 따고 튀해서 털을 뽑고 내장을 훑어 내는 데에 오 분밖에 걸리지 않는 게 장기였다는 것이다. 《장한몽》

트기 튀기. 혼혈아. ¶육송 판자와 나왕 각목으로 적재함을 짜고, 중고품 지프 타이어 두 개로 바퀴를 달면 달구지와 리어카의 트기같이 보인다. 《백결》

트릿하다 트릿하다. ¶"하 모처럼 누린물(고깃국)허구 약주가 들어가니께 그런지 속이 트릿허구 먹은 게 내려가질 않어…" 《매화 옛 등걸》

트릿하다 먹은 음식이 잘 삭지 않아 가슴이 거북하다. ¶지프를 타고 다니다 보니 그의 호기심은 툽툽하고 트릿한 막걸리에만 머물지 않고 자동차 운전으로 옮겨 갔

다.《유자소전》

특특하다 (입 안이) 텁텁하다. 〈방언〉 ¶ "입맛 아는 처지에 새참 읍시 견디자니 속 굼품해서 쓰겄다? 특특헌 지게미술이나 한 사발 허러 온 짐에 해 본 소릴세."《오자룡》

틀개를 놓다 서로 겯고 틀면서 훼방을 놓다. ¶…되다 만 소리나 씨월거리고, 동네 일에는 뒷전으로 배돌면서 틀개나 놓던 이낙만이가 사람 헙헙하게 중동을 다녀온 것도 근래의 일이었다.《우리 동네 趙氏》

틀거리 틀거지. ¶…민방위 모자로 눈썹 챙은 했어도 속에 말마디나 젓 담아 둔 것 같은 틀거리가 분명했다.《우리 동네 金氏》

틀거지 듬직하고 위엄이 있는 겉모양. ¶ (그는)…멀쩡한 인물이요 허위대 있는 틀거지였다.《강동만필 2》

틀니 빠진 소리 말소리에 힘이 없다는 말. ¶ "여보슈." 늙은 목수가 틀니 빠진 소리로 불렀다.《장한몽》

틀물다 (심술이나 화가 나서) 마음이 꼬이다. 〈방언〉 ¶그녀는 잔뜩 틀물은 말을 뱉고서야 빈 그릇을 포갬거려 쟁겼다.《우리 동네 金氏》복성이도 잔뜩 틀물은 소리로 말대꾸를 했다.《우리 동네 黃氏》

틀물레질을 하다 일이 뜻대로 되지 않아 자꾸 갑갑히 여기며 골을 내고 툴툴거리다. 〈충남 서해안 지방 특유의 방언〉 ¶ "오늘은 또 뭣이 뻐쳐서 아침버터 틀물레질을 허구 있다?…"《인생은 즐겁게》

틀(을) 잡다 어떤 격식이나 형식을 갖추다. ¶ "승수 아버지도 이젠 속 차려." 봉득이가 전화를 놓고 잔뜩 틀잡으면서 말했다.《산 너머 남촌》

틀이 지다 일정하게 규격화되다. 〈個語〉 ¶언제나 남들처럼 옛말해 가며 살아 보나 했더니, 그리고 보면 사람 사는 일만큼 틀이 지지 않은 것도 드물 성부른 느낌이었다.《우리 동네 張氏》

틀틀 둘둘. 〈방언〉 ¶ "아씨, 하루라도 좋응께 속것만 입구 자 봤으면 원이 읎겠슈. 오뉴월 삼복에두 입은 채루 틀틀 감구 자장께 첫째루 땀떼기 땜이 못 살겄슈."《관촌수필 3》

틈새기 틈의 아주 좁은 부분. ¶그리로 가다 말고 박수 소리 틈새기에 귀를 기울여 본 정승화는 학생들의 데모 이유를 비로소 알아챌 수 있었다.《우리 동네 鄭氏》

틈서리 틈이 난 부분의 가장자리. ¶그 조무래기들 틈서리에 내가 한 번도 빠진 적이 없었음은 물론이다.《관촌수필 5》

틈성이 틈서리. 〈방언〉 ¶…마가는 "박 형 아다마도 보험에 넣을 만하겠단 말야…" 추어가며 연신 볼기 틈성이를 쑤석거리고 할 거였다.《두더지》

틈여들다 틈새로 스며들다. 〈방언〉 여기서는, '남이 모르는 사이에 다가가다'의 뜻으로 쓰임. ¶ (그는)…현장에선 가장 외돌아 간 홍호영이 쪽으로 슬몃슬몃 틈여들고 있었다.《장한몽》

틈을 내다 어떤 일을 위해서 시간을 내다. ¶…한 공장에서 일하는 위아래 사람이며, 근무 중에 틈을 내어 차를 몰아온 것 같았다.《우리 동네 崔氏》

틉틉하다 (액체가) 좀 걸쭉하고 탁하다. 〈個語〉 ¶지프를 타고 다니다 보니 그의 호기심은 틉틉하고 트릿한 막걸리에만 머물지 않고 자동차 운전으로 옮겨 갔

다.《유자소전》

티내다   어떠한 기색을 드러내다. ¶"…이
　　몸이 칼라 테레비랑 찬조금을 낸 조 아
　　무요허구 게 앉어서 티를 내란 말여?…"
　　《우리 동네 趙氏》

티적거리다   남의 흠이나 트집을 잡아 비
　　위 거슬리는 말로 자꾸 성가시게 굴다.
　　¶"…구만 티적그리구 싸게 가 봐. 언내
　　는 쥉일 잠만 잔다네. 깼으면 도지게 울
　　어패겄다."《우리 동네 金氏》

ㅍ

파근파근하다 보드랍고 팍팍한 느낌이 있다. ¶이미 구어져 금이 안 가고, 파근파근한 논바닥이었지만,《우리 동네 金氏》

파리(를) 날리다 영업·사업 따위가 번성하거나 바쁘지 않고 아주 한가하다. ¶"쥔이 늙어서 이렇게 파리 날리는 게 아니냐, 그 말씀 같은데 천만에 말씀을…"《산 너머 남촌》

파리 발 드리듯㉧ 손을 싹싹 비비며 애걸함을 가리키는 말. ¶어머니 앞이라면 굽죄는 일이 없이 파리 발 드리듯 빌며 설설 매야 함도 못 견딜 짓이기에 돈 될 것한 보따리를 훔쳐 들고 나왔던 것이다.《야훼의 무곡》

파수 장날과 장날 사이의 동안. 한 파수는 닷새임. ¶고추밭에 약을 뒤집어씌우면 막 열린 애고추마저 억지로 붉으니, 시퍼렇던 고추밭이 한 파수 만에 가을걷이를 가능케 하던 것이다.《우리 동네 黃氏》

파슬파슬 덩이진 가루 등이 물기가 말라 쉽게 바스러지는 모양. '바슬바슬'의 거센말. ¶…미루나무 잎새들이 반짝거리고 볶으며 내뿜는 훈김에도, 파슬파슬하게 타들어간 물길 옆의 갈밭에서는 빈차 지나간 장길처럼 익은 흙이 일었다.《우리 동네 金氏》

판나다 끝장이 나다. ¶"…아닌 게 아니라 돈이 말하지 않았으면 자네나 내나 영축없이 불려다니다가 판날 뻔했으니까."《산 너머 남촌》

판막음 벌어진 판을 끝맺는 것. ¶홍이 판막음을 하는데 회관께에서 두루루루하고 오토바이 들어오는 소리가 왔다.《우리 동네 黃氏》

판에 박은 것 같다 여럿이 신통스럽게도 꼭 같을 때 쓰는 말. ¶…신축 가옥들은 위로 용마루에서 아래로 수채구멍까지 집장수의 날림집처럼 판에 박은 것이어서 농가가 아니라 어느 공장에 딸린 사택으로밖에 보이지 않았다.《산 너머 남촌》

판에 박히다 사물의 모양이 같거나 같은 일이 되풀이되는 모양. ¶(산)…이 동네도 판에 박힌 '순박한 농촌'이며《순박한 동네와 사람 안 사는 동네》

판을 치다 극성을 부리다. ¶별의별 위조품이 판을 치고 있는 세상이지만, 반공사상만큼은 위조를 해선 안 된다는 반성의 덕택이었다고 말했다.《장한몽》

팔모 여덟 개의 모. ¶(대복 어매는)…근천맞게 걸터듬기 잘하고, 손 거친 짓 하는 버릇 못 버려, 팔모로 봐도 속에 거지 오장이 들어 있다던 거였다.《관촌수필 4》

팔백 금으로 집을 사고, 천금으로 이웃을 산다㉧ 집을 정하여 들 때는 그 자체보다도 이웃을 더 신중히 가려서 잡아야 한다는 말. ¶(산) 다음에 생각한 것은 '팔백 금으로 집을 사고 천금으로 이웃을

산다'는 속담이었다. 이웃사촌, 큰 것은 그 이웃들과 한가지로 더불어 사는 일이었다.《어떤 운동》

팔이 들이굽지 내굽나ⓒ 자기에게 이익 되게 처리함이 사람의 상정이라는 말. ¶그가 다루는 사건도 태반이 가해자의 운전 윤리 마비증이 자아낸 것이었다. 그렇지만 가해자가 그룹 내의 동료 운전수라 하여 팔이 들이굽는다는 식의 적당주의를 취한 적은 거의 없었다.《유자소전》

팔이 안으로 굽는다ⓒ 자기와 가까운 사람에게 정이 쏠림은 사람의 상정이라는 말. ¶(산) 필자는 당적과 지역을 묻지 않고 예술인들의 선전을 기대하고 싶다. 이유가 있다. 필자가 문인이라 팔이 안으로 들이굽는 것.《예술인 하마평》

팔자가 사나우면 총각 시아비가 삼간 마루로 하나라ⓒ 망칙스럽고 어이없는 일도 다 있다는 뜻으로 하는 말. ¶"팔자 사나우면 총각 시애비가 육간 대청에 하나더라고, 고을이 망헐랑게 천하 흥적이원 노릇을 헌단 말이라.《오자룡》

팔자가 사납다 한평생의 운수가 나쁘다. ¶"남원 고을 변 사또두 아마 저이보다는 덜했을 거라. 심통 사납구 아가리 사납구…늙게 팔자 사납다구 다 저 지경일까…"《변 사또의 약력》

팔재(를) 고치다 여자가 재혼하다. ¶그것은 자식 없는 며느리, 언젠가는 다른 사내 해가서 팔자 고칠 젊은 며느리, 그것은 곧 남의 자식이었다.《관촌수필 3》

팥 바구니에 쥐 드나들듯ⓒ 풀 방구리에 쥐 드나들듯. 자주 드나드는 모양을 두고 이르는 말. ¶그녀는 부영이 나와 살림을 가진 다음부터 팥 바구니에 쥐 드나들듯 부살같이 쏠락거리며 갖은 새살을 떨어대곤 했다.《다가오는 소리》

패가한 문전엔 황아장수와 엿목판만 꾄다ⓒ 재산이 거덜난 집에는 기껏해서 잡살뱅이 장수나 엿장수만 기웃거린다는 말. ¶패가한 문전엔 황아장수와 엿목판만 꾄다더니 이미 그 지경을 넘어섰음인가 처가 대문 앞에 으레 있을 만한 중병아리 한 마리 얼씬 않고 있었다.《매화 옛 등걸》

펄펄 크고 기운차게 이리저리 자꾸 뛰거나 나는 모양. ¶소는…펄펄 뛰다 나뒹굴고 비칠거려 일어났다.《암소》

펑펑 구멍으로 많이씩 세차게 쏟아져 나오는 모양. ¶"…석탄 백탄이 타는데, 연기만 펑펑 나는데에…"《관촌수필 5》

평미레 말이나 되에 곡식을 담고, 그 위를 평평하게 미는 데 쓰는 방망이 모양의 기구. ¶"쌀 두 됫박 평미레루 싹 갈겨 야리게 내주느니버떰, 곡가 챘을 때 챈 금으루 환전헌 게 얼마나 아쌀헌디?…"《우리 동네 黃氏》

폐롭다 성가시고 귀찮다. ¶"…그 사람인들 동네 사람 폐롭히려구 역부러 그런 짓 했겄수…"《우리 동네 黃氏》

포갬거리다 (물건을) 포개다. 〈個語〉¶그녀는 잔뜩 틀물은 말을 뱉고서야 빈 그릇을 포갬거려 챙겼다.《우리 동네 金氏》

포갬포갬 (그릇 등을) 자꾸 포개다. ¶"…그는 언젠가부터 세월 없이 갈고 다듬어서 포갬포갬 쌓아 올린 공든 탑이 하루아침에 마파람 한 회오리로 흐너져 버린 것처럼 허전거리는 마음을 스스로 다독거릴 수가 없었다.《장동리 싸리나무》

포달　암상이 나서 악을 쓰고 함부로 욕을 하며 대드는 일. ¶ "믿는 하늘이 보리 적셔 놨는디 왜 내게 포달을 부려?" 면장이 구경꾼을 갈라 한 무리 달고 가면서 호령했다.《우리 동네 姜氏》 ※포달(을) 부리다 : 포달스러운 짓을 하다.

포동포동하다　통통하게 살이 찌고 보드랍다. '보동보동하다'의 거센말. ¶ 최 노인은 포동포동한 아내를 품에 넣고 등잔도 껐으나 잠이 오지 않았다.《이 풍진 세상을》

포악(을) 부리다　사납고 악한 말이나 짓을 하다. ¶ 그녀는 고스란히 허탕을 치고 나자 애매한 어머니 앞에서 신경질로 포악을 부렸다.《우리 동네 柳氏》

폭폭　심하게 자꾸 썩거나 삭는 모양. ¶ …스스로 내 속만 폭폭 끓여 성화대는 꼴 자체가 우습고 재미있는 것이었다.《다가오는 소리》

폭폭하다　(속이) 끓을 대로 끓는, 또는 썩을 대로 썩는 모양을 이르는 말. ¶ "…뭣이 잘못인지 모르는 나 같은 것들은 워디 가서 이 폭폭한 사정을 호소허야 되겠나 생각 좀 해 보라구…"《관촌수필 7》

폼(을) 재다　으쓱거리고 뽐을 내다. ¶ "이민 이민 하고 남 못 할 일, 저 혼자만 할 수 있는 것처럼 폼 재면서 이민 간다는 사람을 보면 몹시 부러우신 모양인데…"《엉겅퀴 잎새》

푸네기　가까운 자기 살붙이를 얕잡아 이르는 말. ¶ "나두 표 있어. 처가 푸네기만 쓸어 뫼두 총대 하나는 나와."《우리 동네 黃氏》

푸네기가 번성하면 종가가 쓰러진다@　친척이 많으면 지출이 많다는 말. ¶ 말대필절이라고, 푸네기가 번성하면 종가가 쓰러진다던 말이 맞는 말인지, 얼마 전까지 쩡쩡거리던 집안일수록 변변한 벼루 하나 볼 만한 병풍 한쪽이 안 남아나고 씻은 듯이 맑았다.《산 너머 남촌》

푸더분하다　푼더분하다.〈방언〉생김새가 둥그스름하고 두툼하여 탐스럽다. ¶ 묘갈의 잔디가 잘 일어, 앉으니 푸더분한 방석을 깔은 느낌이었다.《장한몽》

푸덕거리다　큰 새나 물고기가 날개나 꼬리를 세차게 소리 내어 치다. ¶ 건들마에 붉은 놀이 춤을 추던 바로 그 바닥엔 이제 오려와 찰벼가 심어지면서 메뚜기 새끼들이나 푸덕거리게 되고 말 것이었다.《해벽》

푸레미　풀떼기.〈방언〉잡곡의 가루로 풀처럼 쑨 죽. ¶ "이건 뉘 집 꼬치장인디 이 모양다리여…묵은 된장 푸레미에 들 익은 보리개떡 갈어 놓은 것처럼 묽으주룩허니, 똑 입맛 버리기 십상일세그려."《우리 동네 黃氏》

푸르둥둥하다　푸르뎅뎅하다.〈방언〉격에 어울리지 않게 푸르스름하다. ¶ …이튿날 밝은 빛에 보니 아직도 푸르둥둥하게 죽은 빛이 가시지 않고 있었다.《장한몽》

푸르무레하다　옅게 푸르스름하다. ¶ …봉득이는 주스병에 든 푸르무레한 것을 술이라고 따라 놓았으나, 풋내에 냇내가 든 것이 냄새부터가 마뜩치 않았다.《산 너머 남촌》

푸릇푸릇　군데군데 푸르스름한 모양. ¶ 맥문동이나 인동덩굴만이 가다가 푸릇푸릇할 뿐이었다.《매월당 김시습》

푸새　저절로 나서 자라는 풀의 통칭. ¶ …그녀가 베어 젖힌 푸새도 어느새 한 짐내기가

다 돼 가고 있다.《그때는 옛날》

푸서리 잡초가 무성한 거친 땅. ¶…덤불과 마른 푸서리에서 멧새인지 굴뚝새인지가 소스라쳐 뭇으로 날아오르고《산 너머 남촌》

푸서리 틈에 개똥참외 움 나듯๋ 풀밭에 저절로 나는 참외싹처럼 드문드문 난다는 말. ¶…아무리 씨앗을 배게 부어도 푸서리 틈에 개똥참외 움 나듯 씨 서는 게 드물어.《우리 동네 金氏》

푸석땅 물기가 없이 잘 바스러지는 땅. ¶"누가 무슨 속을 들 썩어 메밀두 씨가 안 스는 그런 푸석땅을 쳐다보겠수…"《우리 동네 張氏》

푸섭길 풀숲길.〈방언〉¶…수레바퀴 자국이 여러 겹으로 누벼져 뒤퉁맞아 보이는 푸섭길이었다.《오자룡》

푸성가리 푸성귀.〈방언〉사람이 가꾼 채소나 저절로 난 나물의 통칭. ¶…아이들은 돌마낫적부터 헐벗기며 푸성가리로만 기르지 않으면 안 되었고.《우리 동네 崔氏》

푸숭푸숭 막혀 있는 기체가 연거푸 세게 뿜어 나오는 모양. 또는 그 소리. ¶예나 이제나 욱하는 성질인 나는, 마침 김을 푸숭푸숭 솟아 올리던 화덕 위의 나무 솥뚜껑을 번쩍 들어올리고, 그것을 저리 팽개칠 기세로 씨근거렸다.《관촌수필 4》

푸숲 푸서리.〈방언〉¶푸숲이 우거진 논다랭이를 지나면 신작로와 철로, 그리고 이내 바다였으니 오죽했을까.《관촌수필 1》

푸실거리다 (입술을 터뜨리듯이) 자꾸 픽 소리를 내다. ¶"…애 이름두 저 여편네가 받어 왔으니께…" "받어 오다니?" "이 고장 높은 양반이 지어 줬거든." "군수가?"

복산이는 푸실거리며 고개를 끄덕였다.《관촌수필 6》

푸장나무 동날 만하면 날 궂는다๋ 풋나무(푸장나무)는 늘 볕에 말려야만 땔감이 되는데 말린 것이 떨어질 만하면 비가 오듯이, 좋지 않은 일은 꼭 여유가 없을 때에 생긴다는 말. ¶푸장나무 동날 만하면 날 궂더라고 나도 적잖은 돈을 축냈던 건 사실이다.《다가오는 소리》

푸쟁 모시옷·베옷 따위를 풀을 먹여 대강 발로 밟아 손질한 뒤에 다리미로 다리는 일. ¶새물내에 방 안의 뜬내가 가실 만큼 푸쟁이 바로 된 옷을 입어서가 아니라《토정 이지함》

푸접 ('있다', '없다' 따위와 함께 쓰여) 남에게 인정이나 붙임성, 포용성 따위를 가지고 대하는 성질. ¶한바탕 푸접 없이 곁고틀던 실랑이질 대신에 가위눌리는 소리만 남은 데다 그것이 또 경각에 달린 듯이 사뭇 다급한 기미였다.《산 너머 남촌》

푸접스럽다 보기에 붙임성이 없이 쌀쌀한 데가 있다.〈방언〉¶사람들은 그가 처자를 거느려 보지 않아서 그렇게 푸접스럽다고 쑤군거렸다.《명천유사》

푸지다 매우 많아서 넉넉하다. ¶참으로 푸지고 실팍진 안주였다.《낙양산책》

푸짐하다 마음이 흐뭇하도록 넉넉하다. ¶할아버지가 나무라다 말 정도로 그녀는 무슨 노래든지 푸짐하게 불러대었고 목청도 다시없이 좋았다.《관촌수필 3》

푹푹 ① 숟가락, 그릇, 삽 따위로 물건을 많이씩 자꾸 퍼내거나 담는 모양. ¶"…쌀막걸리를 맨들게 해서 푹푹 퍼마시게 헌 게구 말여."《우리 동네 李氏》 ② 날씨가

찌는 듯이 무더운 모양. ¶ "이 더위에 안
그래두 푹푹 찌는디 워치기 대낮버틈 군
불을 때자는 겨…"《우리 동네 鄭氏》

푼더분하다 사람의 성품이 여유가 있고
넉넉하다. ¶ (산) 선생의 품은 천성으로
푼더분하다.《가난한 사랑노래》

푼수 어리석거나 한심한 사람. ¶ …그런
푼수일지도 모르지마는,《그가 말했듯》

푼푼하다 모자람이 없이 넉넉하다. ¶ 가진
돈이 푼푼치 않을 경우에는 근으로 사서
굽는 등심구잇집이었으니,《관촌수필 5》

푼푼히 모자람이 없이 넉넉히. ¶ 바듯하게
근근이 이어나가는 생활 속에서, 부대끼고
시달리노라니 어느 해가에 막걸리잔이나마
푼푼히 걸쳐 보랴 싶었으니까.《임자수록》

푿소 여름에 생풀만 먹고 사는 소. ¶ …기
슭의 움뽕밭에 매달린 유아등이며 반추를
쉰 푿소의 누런 허리와 날파리들의 북새
는 동화 속의 풍경같이 여리고도 농익은
색깔이었다.《매화 옛 등걸》

풀각시 풀로 막대기나 수수깡의 한쪽 끝에
다 색시 머리 땋듯이 곱게 땋아서 만든 인
형. ¶ (시) 매끈한 수수깡에/ 각시풀 한줌
매어/ 성냥개비 비녀 지른/ 쪽진 머리 풀
각시.《풀각시》

풀떨기 풀이 우거져 이룬 떨기. ¶ 풀떨기
가 얼데쳐져 길이 난 논두렁 위로《우리
동네 趙氏》

풀렁거리다 풀럭거리다. 〈방언〉 ¶ …두
눈은 풀렁거리는 소금막 거적문 틈으로
내보내고 있었다.《추야장》

풀 방구리에 쥐 드나들듯 㐅 자주 드나드
는 모양을 두고 이르는 말. ¶ 풀 방구리에
쥐 드나들듯 방정스레 걸터듬으며 쥐뿔도

없이 중뿔나 하거나, 유별나게 별쫑맞아
좌우로 남을 성가시게 한 위인은 더더욱
아니었다.《산 너머 남촌》

풀새밭 푸새밭. 〈방언〉 ¶ 울타리 밑엔 사철
찔레 넌출이 어우러지고, 비름, 질경이, 뱀
딸기 따위가 해마다 제멋대로 자라 우북히
풀새밭을 이루곤 했다.《관촌수필 4》

풀(이) 꺾이다 활기나 기세가 위축되다.
¶ (상부는)…도주를 해도 귀대네 집으로
도주했던 이유를 캐는 대목에 이르고부터
는 단박에 풀이 꺾이던 거였다.《장한몽》

풀(이) 죽다 활기나 기세가 없어지다. ¶ 나
는 근심스러워 풀 죽은 목소리로 중얼거리
며 연방 도래질을 하였다.《관촌수필 5》

풀치다 맺혔던 마음을 너그럽게 용서하다.
¶ …문정은 더욱 풀쳐 생각하고 거듭 다
독거려서 말했다.《산 너머 남촌》

품깃 일하는 데에 드는 품의 단위. 한 깃은
일꾼 한 사람 몫. 〈농사 용어〉 ¶ 그는 작
년 봄에도…경화살제가 배급 나와 그것을
솔가지에 매다느라고 품깃이나 들였지만,
달포 전에도 생각잖았던 생돈을 썼었다.
《우리 동네 黃氏》

품을 메다 그날 하던 일을 다른 사정으로
도중에서 그만두다. ¶ "나 땜이 일 품 메
는구나. 핑곗김에 쉬엄쉬엄 해라. 첨부터
생일헌 것두 아닌디 무리허지 말구."《관
촌수필 8》

품자리 잠자리[침석(寢席)]. ¶ "…허기사
진드근히 살다가두 한번 퉁퉁증이 도지면
품자리에 든 노리개첩 등글개첩두 후살이
온 흔지집만밖에 않다던디…"《장평리 찔
레나무》

풋바심 채 익기 전의 벼나 보리를 지레 베

어 떨거나 훑는 일. ¶그러자 초련 먹으려
고 풋바심한 서릿쌀을 아시 찧어 놓고《명
천유사》

풋새 '푸새'의 잘못. ¶그러나 쑥도 그냥 먹
진 못하는 것, 속이 아리고 입맛이 써서
곡기를 섞어 버무리지 않으면 못 먹는 풋
새였다.《추야장》

풋싯날 '무싯날'의 잘못. ¶(산)…다른 동
네는 몰라도 우리게는 풋싯날이나 다를
것이 없었다.《지금은 꽃이 아니라도 좋
아라》

풋이슬 (살에 닿아도) 별로 차갑지 않은 여
름철의 이슬. 〈個語〉 ¶오뉴월 풋이슬이
구름 보내며 영글어 서리 자리 보려고 앉
은 아침이라《장한몽》

풋잠 옅이 든 잠. ¶"…삼천리 과부가 다 서
방을 해 간다 해도 하룻밤 풋잠 잘 헌계집
하나는 여툴 것인데 뒷일은 무슨 뒷일?"
《변 사또의 약력》

풋장 가을에 억새·참나무 등의 잡목이나
잡풀을 베어서 말린 땔나무. ¶가령 여름
에 땔감이 떨어져서 풋장을 베어다 말려
땔감을 대었던 때만 해도, 어린 떡갈나무
와 더불어 단골로 풋장 노릇을 해 준 나무
가 바로 개암나무였던 것이다.《장이리 개
암나무》

풋초 풋담배. ¶구워 말린 풋초를 대에 담
고 염소 말뚝을 채전머리에 끌어다 박았
다.《이풍헌》

**풍년 곡식 일 년 양식, 흉년 곡식 삼 년 양
식**⟨속⟩ 흉년이 든 해는 풍년이 든 해의 일
년간 양식으로 삼 년을 버틸 수 있을 만큼
귀한 곡식이라는 말. ¶"…양석이 타서 지
나가는 또랑물 좀 잠깐 여뤘다구, 뭐유?

안보적인 문제유? 풍년 곡석 일 년 양석
이면 숭년 곡석은 삼 년 양석이유. 날 좀
더웁다구 되는대루 협박허시면 클나유.
해 저물라면 멀었응께 말이 되는 말만 해
두 넉넉허유."《우리 동네 金氏》

풍덩거리다 (돈을) 물 쓰듯 하는 모양을
비유적으로 이르는 말. 〈個語〉 ¶"…땅이
안 팔링께 단협에서 대출을 해다가 그러
구 풍덩그렸는디, 생전 않던 짓을 헌다 싶
기는 했지만…그러구서 딴 사건은 읊었지
유."《장곡리 고욤나무》

풍덩풍덩하다 크고 무거운 물건이 물에 자
꾸 떨어질 때 무겁게 나는 소리가 나다. 여
기서는, 우물이 깊고 물이 많다는 뜻으로
쓰임. ¶그러면서도 회장이 벌써 몇 해째
나 그럭저럭 참고 견딘 것은 생각하는 것
이 우물처럼 풍덩풍덩하게 깊거나 두멍처
럼 흥덩흥덩하게 넓어서가 아니었다.《장
평리 찔레나무》

풍덩하다 옷이나 마음 따위가 매우 넉넉하
다. ¶…그는 모처럼 남의 제사에 생일 차
려 먹은 듯한 풍덩한 기분을 주체하기 어
려웠다.《우리 동네 黃氏》

풍문이 허문이다⟨속⟩ 뜬소리가 헛소리다.
¶"들으매 있이 사는 집 만나서 선머슴 밑
에 무리메 잘 있다더니유." "쳇, 풍문이 허
문이지유…"《명천유사》

풍물이 열두 가지 반이다⟨속⟩ 놀이판이 매
우 푸짐하다는 말의 속된 표현. ¶"…종진
이 같은 숫뵈기나 허니께 풍물이 열두 가
지 반이래두 진드근히 붙어 있다 이 얘기
여."《우리 동네 崔氏》

풍신하다 (사람이 지위나 신분으로) 무엇
인 체하다. 〈방언〉 ¶"그런디 풍신허느

라구, 먹은 것두 욇이 배지가 오르내려쌓니…"《우리 동네 金氏》

풍을 치다 허풍을 치다. 여기서는, 까치가 수선스럽게 지저귀는 것을 의인화하여 표현한 말. ¶…우물가 매실나무 삭정이 끝에선 덩달아 까치가 수선스레 풍을 쳐, 《이풍헌》

피가 거꾸로 돌다 하는 짓이나 상황이 마음에 들지 않고 화가 치밀 정도로 거슬리다. ¶말만 들어도 소름이 끼치고 사지가 떨리며 피가 거꾸로 흐르는 것 같았으나, 《매월당 김시습》

피근피근 너무 뻔뻔스러울 정도로 고집이 세고 완고한 모양. ¶…다른 여자를 보고 싶어도 남근이 게을러 터져서 피근피근 말을 안 듣는 통에 안 되었던 사내들도 《토정 이지함》

피도 눈물도 없다 인정이나 동정심이 없이 냉혹하다. ¶…그래 그걸 술안주 해서 처먹어 버려? 에이…에이…피두 눈물두 없는 독종들…《유자소전》

피둥피둥 퉁퉁한 살이 탄력이 있어 윤택하게 보이는 모양. ¶일모는 살이 피둥피둥했고 배가 나와 있었다.《이삭》

피라미 십 년 먹어 붕어 될까⑥ 어려서부터 싹수가 없으면 자라서도 쓸 만한 사람이 못 된다는 말. ¶"지가 원제버텀 왼손잽이[左翼]질 했다구 저리 날치나 했더니 두구 보니 그럴라구 그랬구먼…피라미 십 년 묵어 붕어 되는 법 못 봤으니께." 하고 어머니는 고개를 내둘렀다.《관촌수필 4》

피를 보다Ⓗ ① 피해를 입다. ② 크게 봉변을 당하거나 곤욕을 치르다. ¶"이제 와서 손해를 보느니 수지를 보느니 하는 것도 우스운 노릇이지마는 확실히 우리는 피를 본 것입니다."《장한몽》

피를 빨아먹다 착취하다. ¶"그것들이 대대루 양반질해 처먹는 동안 우리네 같은 인민들 피를 월마나 빨어먹었간디…"《관촌수필 4》

피사리 농작물 가운데에 섞여서 자란 피를 뽑아내는 일. ¶…아직도 피사리 한 가지가 남아 있기는 하지만,《그리고 기타 여러분》

피장파장⑥ 서로 매일반이라는 말. ¶"나는 작은집에 살기 싫어서 혼자 이 고생인데?" "나는 큰집이 더 좋아 예까지 왔으니 피장이 파장이구먼."《산 너머 남촌》

핀둥대다 아무 일도 하지 않고 게으름을 피우며 놀기만 하다. ¶…점심 굶은 배를 콩나물국 한 그릇으로 허기를 달래면서도 일이 없어 핀둥대는 동생 상만을 설복시켜, 반강제나마 협력한다는 언질로 노천 화장터 개업에 착수했던 것은 그러고 이틀이 지나서였다.《장한몽》

핀둥핀둥 '빈둥빈둥'의 센말. ¶(산) 1968년 8월까지도 기자는 여전 아무 하는 일 없이 핀둥핀둥 놀고 있었다.《아픈 사랑 이야기》

핑계가 좋아서 사돈네 집에 간다⑥ 제 속으로는 어떤 일을 좋아하면서도 겉으로는 그렇지 아니하고 또 다른 것이 좋은 듯이 핑계를 댄다는 말. ¶핑계 좋아 친정 가듯 하는 마누라만 죽일 년 잡듯 잡도리한다고 없는 수가 솟을 것도 아니고 하여 서씨는 머쓱하게 건입맛만 다시고 말았지만,《강동만필 3》

ㅎ

하고 나니 개떡 같은 게 ×이더라 ⓑ 결과
가 기대에 미치지 못했다는 상말. ¶됨말
댁은 잔뜩 참았다. 하고 나니 개떡 같은 게
×이더라는 말도 있지만 오뉴월 장마에 토
담 무너진 기분이었다.《그때는 옛날》

하고많다 헤아릴 수 없을 만큼 매우 많다.
¶"어떻게 된 거야?" 한동안 넋 나간 듯이
서 있던 충수가 하고많은 사람 중에 하필
이면 유자를 겨냥하며 물은 말이었다.《유
자소전》

하고하다 많고 많다. ¶하고한 날 무슨무
슨 사고가 그리 잦은지 알려고 해도 모를
일이었다.《그때는 옛날》

하나 마나 하다 하거나 하지 않거나 같다
는 말. ¶(중필은)…시험에 붙어야만 써
준다고 하나 마나 한 말로 금을 그었다.
《두더지》

하나만 알고 둘은 모른다 ⓢ 사물 현상을
서로 연관시켜서 전면적으로 보지 못하고
한 측면만 봄을 이르는 말. ¶"…배웠다는
사람들이 워째서 하나만 알구 둘은 모른
다나? 딱두 허네들."《관촌수필 8》

하나부터 열까지 어떤 것이나 다. ¶친동
생인 그선이. 하나에서 열까지 저를 닮아
더욱 아낀다.《야훼의 무곡》

하나씩 하나씩 '하나씩'을 더 강조하는
말. ¶"…내가 글 좀 지어 본다고 하나씩
하나씩 만들어 내는 글씨를 꼼짝 않고 앉
아서 직각직각 쪼아 먹어 버린단 말야…"
《엉겅퀴 잎새》

하나짜리 홀로. 으뜸으로.〈個語〉¶그녀
는 장터만이 아니고 읍내 울녘까지 맡아
서 걸음품조차 안 빠지는 하나짜리로 임
의로이 다녔다.《우리 동네 柳氏》

하나하나 하나씩. ¶"…농사를 워치기 하
나하나 계산허메 짓는다나?"《우리 동네
崔氏》

하냥 함께.〈방언〉¶"물 보면 목마르구
술 보면 입 마르는 승질이, 두 가지를 하
냥 보니 몸이 마르네그려."《우리 동네
姜氏》

하냥다짐 일이 잘되지 않을 때에는 목을
베어도 좋다는 다짐. ¶문정은 뚜렷한 갈
망도 없이 하냥다짐을 하다가 그만 무르
춤하고 말았다.《산 너머 남촌》

**하는 건 느려야 살 빠지고, 먹는 건 빨라야
살찐다** ⓑ 방사(房事)는 오래 계속해야
체중이 줄고, 음식은 많이 먹어야 체중이
는다는 말. ¶리가 문턱에 서서 발 디딜
틈을 기웃거리자, 먼저 와서 먹을 만큼 먹
고 물러앉았던 유승팔이 "허는 건 느려야
살 빠지구, 먹는 건 빨러야 살찌는 겨." 하
며 옆구리를 줄여 겨우 옴나위나 할 만큼
틈을 내주었다.《우리 동네 李氏》

하늘 높고 땅 넓은 줄 모른다 ⓢ 소견이
좁다는 말. ¶하늘 높고 땅 넓은 줄 모르
게 불러볼 수 있는 처녀의 자기 정찰(正
札), 처녀 시절의 권리 행사 그 앞에 어떤

사내가 흰소리하랴 싶어 한없이 부럽던 것이다.《그럴 수 없음》

하늘받이 봉천답(奉天畓). 천둥지기. 오직 빗물에 의해서만 경작할 수 있는 논. ¶그는…하늘받이 마른갈이 서너 배미와 천둥지기 남의 땅 두어 떼기 고지 지어 가난에 찌들린 살림을 하고 있었다.《관촌수필 3》

하늘 보고 주먹질 한다ⓒ 보잘것없는 사람이 건드려도 꿈쩍하지 않을 대상에게 무모하게 시비를 걸며 욕하는 것을 비유하여 이르는 말. ¶"억울허면 하늘에 대구 주먹질을 허더래두 내게다는 그리 말어. 내 탓은 아닝께."《우리 동네 姜氏》

하늘 보랴 구름 보랴 한다ⓒ 심심해서 어쩔 줄을 모른다는 말. ¶"우리게 사람덜은 죄 예식장으루 몰리구 얼굴두 안 비치는디, 나만 뙤똑허게 앉어 하늘 보랴 구름 보랴 허구 있으란 말여?"《우리 동네 趙氏》

하늘을 덮어 주지 않는 게 없고 땅은 실어 주지 않음이 없다ⓒ 대자연은 모든 것을 낳고 기른다는 말. ¶하늘은 덮어 주지 않는 게 없고 땅은 실어 주지 않음이 없다고 들었지만 나는 그에서도 예외인지 모를 일이었다.《돌아다니던 여자》

하늘이 무너지다 놀랍고 당황스럽다. ¶어느 날, 그믐산이는 은동량이 내외가 행방불명이 되었다던 기별을 들었다. 그 순간 그믐산이 눈앞에서는 하늘이 무너지고 있었다.《오자룡》

하늘자락 하늘의 모퉁이. 천각(天角). ¶…좌우에서 하늘자락을 치켜들며 함석지붕 날개와 담장을 뒤덮었던 담쟁이덩굴,《관촌수필 1》

하늘하늘(하다) 느즈러진 물건이 보드럽다. 하늘거리는 모양. ¶하늘하늘한 클로버 무늬의 메리야스 삼각팬티를 입었을 것이고《장한몽》

하늬바람 농가에서 '서풍'을 이르는 말. ¶"집터서리에 달린 호박은 마파람에도 떨어지고 하늬바람에도 떨어지기 마련이여. 개도 보나 마나 아마…"《산 너머 남촌》

하던 얘기할래 품 메다 ('할래'는 '~까지'의 방언. '품 메다'는 '중동무이하다'의 방언) 하던 이야기까지 중간에서 그쳤다는 말. ¶그제서야 게 앉아 있던 아낙네들도 얼핏 귀에 들어오는 것이 있음을 느꼈다. "허던 얘기할래 품 메겠구먼." 봉석 어매가 건넌방 쪽을 눈치해 가며 거위침이라도 넘어오는지 찔룩거리는 시늉을 했다.《우리 동네 柳氏》

하던 지랄도 멍석 펴 놓으면 안 한다ⓗ 여느 때에는 시키지 않아도 잘껏 하던 일도 더욱 잘 하라고 남들이 떠받들어 주면 안 한다는 말. ¶"허던 지랄두 멍석 펴 놓으면 않더라더니, 전에는 술만 들어갔다 하면 즈 어매가 안방에서 담배 피우구 앉어 있어두 샛문 하나 사이루 놀자구 보채쌓더니…"《인생을 즐겁게》

하드르르 '하르르'의 잘못. 종이나 피륙 같은 것이 여리고 성기며 보드레한 모양. 여기서는 '맥이 풀리는 느낌'의 뜻으로 쓰임. ¶손만 떨리는 게 아니라 두 다리도 하드르르 하니 풀리려고 했다.《추야장》

하들하들 손이나 팔, 다리 같은 것이 조금 떨리는 모양을 나타내는 말. 〈북, 연〉 ¶얼굴은 뜨다 못해 허옇게 세어 있었으며, 여리기 나무젓가락만 한 손가락은 하들하

들 떨리고 있었다.《관촌수필 2》

하루가 십 년 맞잡이⦿ 하루가 십 년과 같이 길고 지루하게 느껴진다는 말. ¶하루가 십 년이구나, 드러…홧김에 내쳐 걷다 보니 굴레방다리였다.《야훼의 무곡》

하루걸이 하루걸러. 하루씩 건너서. ¶그무렵 관촌 부락으로 이틀이 멀게 하루걸이로 가위 소리를 내며 다닌 엿장수 한 사람이 있었다.《관촌수필 3》

하루 물림이 열흘 간다⦿ 한 번 연기하기 시작하면 자꾸 더 끌어간다 함이니, 무슨 일이나 뒤로 미루는 것을 경계하라는 말. ¶"하루 물림이 열흘씩 가는 게 농산디, 시방이 이러구 느적거릴 때여? 집이두 딱 부러지게 대답혀. 작년처럼 고지는 통밀어서 한 마지기에 쌀 닷 말루 허자구…"《우리 동네 崔氏》

하루하루 하루가 지날 때마다. ¶"…신대리 예순니 가구 아주먼네들이 칠 년째 참 하루하루 줌 쌀을 뫼서…"《우리 동네 張氏》

하릅강아지 한 살이 된 강아지. ¶"하릅강아지 뜨거운 줄 모르고 삶은 호박 물었다가 이빨 빠진 꼴이었지요."《토정 이지함》

하리놀다 남을 헐뜯어 윗사람에게 일러바치다. ¶여러 가지로 못 가게 하리놀던 해방이도 체념을 한 듯, 도랑이 나설 때마다 성냥을 긋고 그어 주며 뒤따르고 있었다.《담배 한 대》

하릴없다 어떻게 할 도리가 없다. ¶…유자가 그렇게 보낸 소년 시절이야말로 한쪽은 하릴없는 허드레 웃음거리였고《유자소전》

하마 벌써. 〈방언〉 ¶약냄새. 그것이 그의 체취가 되다시피한 지도 하마 오래였다.

《달빛에 길을 물어》

하무 옛날 군중에서 군사들이 떠들지 못하도록 입에 물리던 가는 나무 막대기. ¶그러자 달구리에 나서서 여태껏 하무를 물던 일행이 저마다 밭은기침으로 입을 떼기 시작한다. "업세나, 저기 좀 봐유. 도깨비불이 벌겋게 장 섰슈."《김탁보전》 ※하무를 물다 : 입 다물고 잠자코 있다.

하지를 지내면 발을 물꼬에 담그고 산다⦿ 하지 후에 논에 물 대는 것이 농가의 중요한 일이므로 이르는 말. ¶(산) '중복물이 안 지면 말복물이 진다'던 말복에도 소나기마저 인색하여 '하지 지나면 발을 물꼬에 담그고 잔다'고 했던 옛말이나 겨우 맞는 말이 될 형편에 이르른 것이다.《추석길을 바라보며》

하지 지나 열흘이면 구름장마다 비다⦿ 하지가 지난 다음에는 이제 장마철에 들어서서 비가 자주 내린다는 말. 〈북〉 ¶(산) '하지 지나면 구름장마다 비'라고 했지만 삼남 지방은 장마가 시늉만 하고 그쳐서 아직도 해갈을 못 하고 있는 것이다.《추석길을 바라보며》

학질 떼는 시늉을 한다 괴로운 일에서 겨우 벗어남을 비유. ¶채 영감은 학질을 떼는 시늉이더니 겨우 한다는 말이, "당신은 자꾸만 손 손 하는데, 이게 무슨 손이 만들어, 연장이 만들었지…"《장한몽》

학질(로) 알다 괴로운 일로 알다. 〈방언〉 ¶(그는)…여러 과목 가운데서도 유독 음악과 체육 과목은 학질로 알던 터였으니까.《장한몽》

학질 시초의 얼굴이 되다 죽을상을 하다. ¶"왜, 신문 라디오 안 보십니까. 이 기간

동안 범국민적으로 모금을 벌여서 지금 성과가 대단합니다. 오억 원이 목표입니다." 그만큼 해 두면 대개는 학질 시초의 얼굴이 되며 돈을 준비한다. 《장한몽》

학질을 떼다 괴롭거나 어려운 상황을 벗어나느라고 진땀을 빼다. ¶내가 할아버지 앞으로 불려가 꿇어앉아 안절부절못하며 학질 떼는 구경을 그녀는 무엇보다도 재미있어 했으니까. 《관촌수필 1》

한값 같은 값. 〈방언〉 ¶(산) 무릇 밝음과 맑음이 한값이라면 가을을 지내는 사람들의 마음도 마땅히 봄을 지낼 때의 마음하고 아무 차이가 없어야 할 것이다. 《가을비 속의 가을 물소리》

한갓지다 한가하다. 조용하다. ¶들일이 한창일 때면 아무리 고단해도 남보매엔 빈둥대며 노는 것 같아서 마음이 한갓지지 않아 못 쉬는 동네였다. 《관촌수필 8》

한겻 반나절. ¶그 사건은 날이 새고도 한겻이 겨워서야 그를 내주었다. 《우리 동네 柳氏》

한고등 한고비. 〈방언〉 ¶…제3차 경제 개발이 한고등에 다다른 무렵 이후로는 인천이나 수원도 갑자기 좁아지게 되었다. 《엉겅퀴 잎새》

한 구멍 동서다⑪ 혼음을 한 관계를 상스럽게 이르는 말. ¶"참, 니가 두부 공장 애영이를 먹었다는 게 언제지?" "왜, 나하고 한 구멍 동서 되고 싶으냐?" 《장한몽》

한구재비 한바탕. 〈방언〉 일이 크게 벌어진 판. ¶"…개펄에 빠져가메 갔던가 뵈…" "그랬간디유, 워떤 늠하구 한구재비 멱살걸이를 해 버린걸유." 《관촌수필 5》

한 귀로 듣고 한 귀로 흘린다㊉ 말같지 않은 말을 듣고 스쳐 버림을 이르는 말. ¶(아내의 지청구나 타박이)…장 그 소리 같아 한 귀로 듣고 한 귀로 흘리면 그만이었지만, 《인생을 즐겁게》

한껍에 '한꺼번에'의 준말. ¶…지질한 소리로 시비를 걸어 오면 한껍에 들었다 놓자, 한 마디에 열 마디씩 퍼붓자, 패더라도 맞진 말아야지, 하며 이를 사려물었다. 《담배 한 대》

한눈에 일시에. 또는 한꺼번에 모든 사실을 파악할 수 있게. ¶…유네 마당에 꼬여들어 바글거리는 조무래기들도 한눈에 들어왔다. 《우리 동네 李氏》

한눈(을) 팔다 엉뚱한 곳에 관심을 두다. ¶석공은 아무런 불만도 내색하지 않았고, 그나마도 분수에 넘친 일에 한눈팔았다는 듯 무렴해하는 표정이기도 했다. 《관촌수필 5》

한 다리(를) 걸치다 한편으로 관계를 가지다. ¶…김흥만 씨는 각종 선거 때마다 학식과 덕망이 있는 계몽적 지도 인물로 변해 한 다리 걸쳐 온 유한 남성이었고 《엉겅퀴 잎새》

한 다리(를) 끼다 참여하다. ¶상배가 그 인부들 틈에 한 다리 끼어든 건 설명할 것도 없이 필경 상필이가 파업이니 쟁의니 하는 말들을 들고 나와 선동하겠기에, 그 방해 내지 지연 공작을 하기 위해서였다. 《장한몽》

한다하는 (보통 수준보다) 썩 뛰어난. ¶그녀가…한다하는 가수더라고 했다. 《관촌수필 3》

한달음에 중도에 쉬지 않고 계속 달음질하여. ¶내가 부엌문 앞에 다다랐을 때, 한

달음에 먼저 온 청년은 벌써 일을 벌여 놓고 있었다.《다갈라 불망비》

한 두름으로 엮이다 한통속이 되다. ¶…차득이 삼득이도 한득이와 한 두름으로 엮일 게 자명했다.《장한몽》

한둔 한데서 밤을 지새움. ¶"…예서 이슬 덮어 가메 한둔허구 밤새 굿해야 니열 새벽 두서너 시…집은 닭 울 만해서 내다보면 영낙없겠구먼그려."《우리 동네 金氏》

한량이 죽어도 기생집 울타리 밑에서 죽는다㊟ 사람은 평소의 행실과 자기의 본색을 감출 수 없으며 죽을 때도 그것을 나타내게 된다는 말. ¶그리하여 한다하는 팔난봉은 말할 것 없고, 곧 죽어도 기생집 울타리 밑에서 죽는다는 활량들까지 말을 두고 걸어다닌다거나 걸어도 틀거지 있게 걷지 못하고 앙가발이 걸음으로 걸었다.《토정 이지함》

한머리 한귀퉁이. 〈방언〉 ¶만성은 살이 몇 대 나가 한머리 기울어진 비닐우산으로 머리와 어깨만 가리고《금모랫빛》

한 몸이 두 지게 못 진다㊟ 한 사람이 한꺼번에 두 일은 하기 어렵다는 말. ¶"…봐봐. 사람이 암만 무던허다 해두 한 몸에 두 지게 지는 벱이 없는디…"《장평리 찔레나무》

한 몸이 되다 부부가 되다. ¶멀다 해도 내년 이월이면 한 몸이 될 수 있는 그녀이면서 노상 그래지던 것을 어쩌랴 한다.《암소》

한물(이) 가다 한창인 때가 지나다. ¶종국에 가서는 남의 돈까지 끌어대었지만 이미 한물간 어장은 빚더미만 안겨 줄 뿐이었다.《산 너머 남촌》

한물지다 채소, 과실, 해산물 따위가 나오는 때가 되다. 여기서는, '기세가 왕성한 시기'를 이르는 말로 쓰임. ¶내가 보기에는, 이미 쉰 줄이 넘어 한물진 뒤라 그랬는지는 몰라도, 여느 생일꾼과 조금도 다를 바 없이 후터분하고 규모가 있는 사내 같았다.《관촌수필 4》

한배에 난 강아지도 쌀강아지 보리강아지가 있다㊟ 한 어머니가 낳은 자식도 다 다르듯이 세상에는 똑같은 것이 없다는 말. 한배 새끼에도 흰둥이 검둥이가 있다. 한 어미 자식도 오롱이 조롱이가 있다. ¶"…한배에 난 강아지두 쌀강아지 보리강아지가 있는 벱인디, 그 연늠이 아래위짝이라는 걸 으레껀 냄이 먼저 알어보더라니께는."《장평리 찔레나무》

한 볼텡이 입에 넣으면 한쪽 볼이 튀어나올 만큼의 소량을 이르는 말. 한 입 거리도 안 되는 소량. ¶"메뚜기 마빡만 헌 동네서 이재민 구호물자 한 볼텡이 것 을으러 댕기는디 패를 가를 건 뭐여…"《우리 동네 黃氏》 ※볼텡이 : '볼'의 낮춤말.

한소끔 솥이나 냄비에 음식물을 끓이거나 삶을 때 국물이 잦아들거나 잘 무르도록 한 차례 더 열을 가하는 것. ¶노가는 이미 끓어넘은 솥이니 한소끔 지직하게 잦혀 뜸만 들이면 멀지 않아 숟갈을 들게 될 것이라고 너스레를 떨었다.《산 너머 남촌》

한솥밥(을) 먹다 함께 생활하며 지내다. ¶그런 그녀와 한 지붕 아래서 한솥밥을 못 먹게 만든 장본인이 황 씨라는 걸 생각하면 그동안 환장하지 않았던 게 이상할 지경이었다.《암소》

한술 더 뜨다 어떤 일에서 한 단계 더 나아가 엉뚱한 짓을 하다. ¶…나대고 설치고 하기는 대궐의 종친과 외빈들도 참모

들의 술수에 뒤지지 않았다. 뒤지기는커 녕 도리어 한술 더 뜨지 못해서 사뭇 안달 이었다.《매월당 김시습》

한숨(을) 돌리다　여유를 갖게 되다. ¶상 배는 그 문제만 해결되면 우선 한숨 돌릴 것 같았다.《장한몽》

한숨(이) 놓이다　숨도 크게 못 쉬게 마음 에 조이거나 힘겨운 고비로부터 벗어나 좀 마음을 놓게 되다. ¶판자촌이라 그네 들의 왕래가 없어 한숨 놓았다 해서, 이삿 짐도 풀기 전에 이웃들을 일일이 찾아보 며 트기를 맡아 양육하는 경위 설명도 장 황했고,《백결》

한식에 죽으나 청명에 죽으나(俗)　청명과 한식은 하루 사이라, 하루 먼저 죽으나 하 루 뒤에 죽으나 별로 큰 차이가 없음을 이 르는 말. ¶"한식에 죽으나 청명에 죽으나 이 눈구녕에 황토 한번 들어가기는 매일 반인디, 늬 도적늠들 장단에 호박국 끓일 낸 줄 알았더냐, 이 대가리를 끄실러 포를 뜰 늠들아."《오자룡》

한어리　한동아리. 〈방언〉 ¶모두가 한어 리로 여겨져서 웅두네를 들여다보지 않기 로 한 것도 어린 조카들이 궁금함만 별도 로 하면 굳이 신경을 쓸 거리가 없었다. 《산 너머 남촌》

한어리로 지내다　'한 식구처럼 지내다'를 비유적으로 이르는 말. 〈個語〉 ¶(산) 그 렇게 한어리로 지내어 알 것을 다 아는 것 같아도 역시 미흡함이 있고,《글밭을 일구 는 사람들》

한우물을 파다　한 일에만 몰두하다. ¶ (산) 도대체 이 나라에서 30년간 한우물만 판 어떤 목수의, 어떤 미장이의, 아니 어

떤 품팔이의 한 달 품삯이 50만 원이던가. 《세월 타령》

한입　똑같은 말을 하는 여러 사람의 입. ¶(산) 몇 해 전 외국의 경제학자들이 한입으로 한 국은 샴페인을 너무 일찍 터뜨렸다고들 해 도 누구 하나 귀여겨듣지 않았거니와,《거 품과 앙금》

한잔 걸치다　가볍게 술을 마시다. ¶장날, 하학하는 길이었다. 뒤에서 부른 이가 있 어 돌아다보니 한잔 걸친 창인이 아버지 였다.《관촌수필 3》

한죽이 되다　마음이 통하여 하나가 되다. 〈곁말〉 ¶흰 모자가 운동복과 한죽이 되 어 나불거리자 김가 딸이 말했다.《우리 동네 崔氏》

한 지붕 아래 살다　한 집에서 함께 생활한다. ¶…대화가 단절된, 한 지붕 아래서도 이산 가족처럼 살아온 탓이었다.《엉겅퀴 잎새》

한 치 건너 두 치(俗)　촌수나 친분은 조금만 멀어도 크게 다르다는 말. ¶한 치 건너 두 치라고 며느리보다는 역시 낳은 자식 이라, 다행히도 날이 새면 장날이었기 장 을 보아 오리라고 작정했던 것이다.《그때 는 옛날》

한턱(을) 내다　한바탕 음식을 대접하다. ¶ "…안팎 두루치기니까 한턱은 이장님이 내 셔야지 무슨 말씀이세요."《우리 동네 柳氏》

한턱(을) 쓰다　한턱(을) 내다. ¶"이게 다 최하순 여사 덕이거든. 뭐가 되든지, 첫 월급 타면 한턱 쓸께."《담배 한 대》

한통속　서로 마음이 통하여 같이 모인 동 아리. ¶읍내의 복덕방들이 모두 서울 복 덕방들의 지점과 다름없는 유대로 한통속 을 이루고 있는 탓이었다.《산 너머 남촌》

한틀로 되다 (뜻이나 말이나 행동 따위가) 보통 사람들과 다르지 않음을 비유적으로 이르는 말. 〈個語〉 ¶(산)…비록 어렵게 살아도 생각은 수월하고, 하찮은 보람으로 깊은 시름을 덜어 가는, 그런 보통 평민들과 한틀로 된 사람이었다.《지금은 꽃이 아니라도 좋아라》

한 푼 내고 하라니까 두 푼 주고 달아난다⊛ 하는 짓이 몹시 보기가 싫다는 말. ¶…죽 에미는 한 푼 놓고 보라면 두 푼 놓고 달아나게 생긴 만물전(곰보)인데 딸년은 맨드롬한 상판에 키가 있어서 크면 볼 데가 있게 생긴 데다가…《토정 이지함》

한풀(이) 꺾이다 한창이던 기세가 죽다. ¶한득이 삼득이가 둘러싸며 제각기 싫은 소리를 한마디씩 하자 홍은 비로소 한풀 꺾인 듯했고, 장윤이도 홍을 풀어 놓았다.《장한몽》

한 하품도 안 되다 (하품을 한 번 한 뒤 두 번째로 할 동안도 안 되는) '잠깐 동안'을 비유적으로 이르는 말. 〈個語〉 ¶…곤하던 아이들이 한 하품도 안 되어 굵은 것부터 부스대며 서름한 낯을 쳐들기 시작했다.《우리 동네 崔氏》

할 것들⍰ (아무하고나 교접을 할) 상놈. ¶할 것들…뭐 얻어 처먹을 게 있다고 이토록 꼬여 들었지?《장난감 풍선》

할래 '까지'의 잘못. ¶그렇듯 구차하고 심란한 풍경도 셈이 안 차는지 덧들이로 길 할래 사나우니 나는 더욱 걷기가 고되었다.《명천유사》

할미꽃은 어려서도 할미꽃이고, 각씨풀은 쇠서 검불이 다 돼도 각씨풀이다⊛ 처지는 다르더라도 본성은 변함이 없다는 말. ¶"…나더러 이래도 흥, 저래도 흥, 그래도 흥 하는 한물간 구닥다리라고 하는 모양이지만, 할미꽃은 어려서도 할미꽃이고 각씨풀은 쇠서 검불이 다 돼도 각씨풀이야. 사람이 경위를 바로 알자는 데 늙고 젊고가 따로 있겠나."《그리고 기타 여러분》

함지박 시키면 바가지 시키고 바가지 시키면 쪽박 시킨다⊛ 윗사람이 아랫사람에게 일을 시키면 그 사람은 또 더 아랫사람에게 시킨다는 말. ¶함지박 시키면 바가지 시키고 바가지 시키면 쪽박을 시킨다는 속담도 있지만, 옛날 벼슬아치들이 가렴주구에는 한치의 양보도 모르면서 맡은 바 직무로서 마땅히 책임질 일에는 상하가 오불관언했던 작태와, 민생이 도탄에 빠진 원인인 듯 관원들의 모든 다스림이 사리사욕을 위주했던 까닭임도 아울러 알게 하는 말이었다.《산 너머 남촌》

함흥차사⊛ 심부름을 가서 오지 않거나 늦게 온 사람을 이르는 말. ¶"숯점에 숯이 동나서 용산 쪽으로 더 뒤켜 보라고 나가더니 여태 어디를 끄지르고 다니는지 함흥차사예요…"《토정 이지함》

합덕 방죽에 줄남생이 늘어앉듯⊛ 많은 사람이 열을 지어 늘어앉은 모양을 비유적으로 이르는 말. ¶…망둥이 낚시꾼들이 장마 걷은 방죽에 줄남생이 늘앉듯 들벅거리되, 안옷을 활짝 펼친 돛단배라도 들어오는 날이면 뱃사공들의 뱃노래가 물새들의 그것보다 더욱 구성지게 울려 퍼지던 바다였다.《관촌수필 1》

핫것 솜을 두어서 지은 옷이나 이불 따위를 통틀어 일컬음. ¶가끔 귀에 들리던 것은 홍두깨 입은 핫것 다듬이질이거나 곱

삶을 보리쌀 대끼는 절구 소리 말곤 더 없었다.《이풍헌》

핫길 하등의 품질. 또는 그 물건. ¶영두가 지어 온 봉득이네 닷 마지기는…팔자면 평당 쌀 일곱되 금도 놓기가 어려운 핫길이었다.《산 너머 남촌》

핫옷 솜을 둔 옷. ¶문정이 새물내 나는 핫옷으로 차려입자 마누라가 대뜸 메떨어진 소리로 이죽거렸다.《산 너머 남촌》

항아리창 토담집을 지을 때, 창을 낼 만한 곳에 밑이 빠진 항아리를 뉘어 놓고 토담을 쳐서 항아리의 몸통을 창틀로 삼은 창. ¶…바람벽 치며 항아리창 내어 창턱 앞에 옹송그리고 앉아서 이나 잡아 가며,《매월당 김시습》

해감내 해감의 냄새. ¶저수지를 건너온 바람은 매우 시원했으나 해감내 섞인 물비린내와 모기 떼는 그다지 반갑지 않았다.《관촌수필 8》 ※해감 : 물속에서 흙과 유기물이 섞여 생기는 냄새나는 찌끼.

해거름 해가 서쪽으로 기울어질 무렵. ¶놀미 사내 여섯이 옥떨메집 울안에 들이닿은 것은 그럭저럭 해거름이 다 돼서였다.《우리 동네 柳氏》

해거름에 중 내빼듯㉑ (해거름녘에 산속의 절간으로 돌아가는 중의 발걸음은 달아나듯이 빠르다는 데서) 걸음걸이가 바쁘다는 말. ¶그녀는…해거름에 중 내빼듯 네 활개를 휘저어 가며 맵시네로 반달음질을 했다.《우리 동네 李氏》

해거리 ① 과실나무가 한 해 걸러서 열매가 많이 열리는 일. ¶느릅나무 옆에는 해거리도 없이 연년이 다다귀로 열려서 매실주를 서너 말씩 담그게 하는 매화나무가 있고,《장척리 으름나무》 ② 한 해를 거름. ¶동학사의 초혼각 제향에 해거리 한번 없이, 이월의 춘향과 시월의 추향에 참례 행차의 뒷시중으로 여러 차례나 동행을 했던 도의가 동학사로 넘겨짚고 한 말이었다.《매월당 김시습》

해꽃 햇살. 〈방언〉 ¶그는 해꽃이 설핏한 마당에 돼지 먹이로 막 베어 온 듯싶은 꼴짐을 놓고 낫 끝으로 짯짯이 뒤적거리며 무엇인가를 눈여겨 찾고 있었다.《관촌수필 6》

해끔거리다 점점이 하얀 빛깔이 자꾸 나타나다. 여기서는, '아첨하다'의 뜻으로 쓰임. ¶"작것이 을어 처먹을 때는 해끔거려 두 돌어스면 으레 딴전 본단 말여…"《우리 동네 鄭氏》

해끔하다 빛깔이 조금 희고 깨끗하다. ¶"…후제 자슥 두구 메누리 을으면, 저처럼 콧날 오똑허구 얼굴 갈상허니 해끔한 시약씨는 절대 마다헐래유."《관촌수필 5》

해넘이 해가 막 넘어가는 때. ¶"…이러다가는 일 품 메구 해넘이 허겄슈."《우리 동네 黃氏》

해덧 햇덧. 해가 지는 짧은 동안. ¶가을 해덧이라고는 하지만…논두렁에서 해넘이를 하자면 그 노릇도 아무나 못 할 짓임에 틀림없었다.《우리 동네 崔氏》

해도 해도 끊임없이 잇대어 하여도. ¶한평생 해도 해도 끝없는 이 상념/ 긴긴 세월에 누구하고 나눠 볼지.《매월당 김시습》

해동갑 어떤 일을 해질 무렵까지 계속 한다는 말. ¶어디로 들어가 해동갑하며 잠자다가 하늘의 푸른 기운만 땅에 드리우면 쏟아져 나와 그 북새를 피운 거였을까.《관촌수필 6》

해동무 해동갑. 〈방언〉 ¶해동무를 하도록 여강 언저리에서만 맴돈 것도 그로부터 장사할 의욕이 가셔 버린 탓이었다. 《매월당 김시습》

해롱해롱 자꾸 버릇없이 경솔하게 까부는 모양. ¶남의 발자국 소리들은 대개가 ㄱㄴ ㄱㄴ 하는 소리 같았다. 그러나 부영의 소리는 다른 거였다. 신발에 이상이 있다거나 엉덩이를 해롱해롱 내두르며 걷는 게 아닌데도 그랬다. 그녀는 ㄷㄹ ㄷㄹ ㄷㄹ…하는 듯한 소리를 내던 거였다. 《다가오는 소리》

해말끔하다 얼굴빛이 희고 말쑥하다. ¶어린 눈에도 각시는 여간 이쁘지 않은 것 같았다. 아무리 분으로 뒤발한다더라도 그토록 깨끗할 수 없으리라 여겨지던 해말끔한 살결이며 달걀처럼 갸름한 얼굴에 오똑하게 서 있던 콧날… 《관촌수필 5》

해묵다 물건이 해를 지나다. ¶…사회의 해묵은 덕목을 애써 분별하고 몸소 실천하되, 《산 너머 남촌》

해바라지다 모양새 없이 넓게 바라지다. ¶류그르트는 얼른 해바라진 얼굴로 돌아가면서 만날 하던 그 소리를 거추없이 늘어놓았다. 《우리 동네 柳氏》

해반주그레하다 겉모양이 해말쑥하고 반듯하다. ¶(그는)…해반주그레한 계집애가 나와서 재주 부리는 차례를 기다렸다. 《유자소전》

해 보내다 해가 가도록 시간을 보내다. 〈방언〉 ¶"워디 댕기다 인저 온디야? 그러구 해 보낼 틈 있걸랑 지서나 갔다 오잖구서…" 《우리 동네 崔氏》

해설프다 설핏하다. 〈방언〉 해의 밝은 빛이 약하다. ¶시월도 다 가던 어느 날 해설픈 새참 때나 되어서 있은 일이다. 《관촌수필 5》 (산) 칠산 앞바다의 조기와 흑산도 홍어로 만선을 한 중선들이 금강을 메웠던 북욱항, 그러나 오늘은 오염된 메기와 붕어를 건져 내는 그물들이 해설픈 서녘 하늘에 기대어 시들어 가고 있을 뿐이었다. 《글밭을 일구는 사람들》

해설피 해가 기울 무렵. 해질머리. ¶황소바위 가장자리에 다래가 여물고, 터져 눈송이로 핀 목화대 틈으로 해설피 반짝이는 서릿바람 그림자가 얼룩질 때, 《관촌수필 5》 (산)…수양버들 그늘 넓은 주막 마당에서는 벚꽃 철에 못 와 본 아낙네들이 모여 해설피 서운해진 배를 톱톱한 막걸리로 달래고 있었다. 《아픈 사랑 이야기》

해설피다 저녁놀이 비낀 모양을 이르는 말. ¶(시) 오늘은 장날/ 보름 대목장/ 해설핀 신작로에/ 기침소리 콜록. 《명태》 (산) 나는 단상에 놓여 있던 두 송이의 꽃에 시야가 가려져 더는 발자국을 옮기지 않았다. 하나는 해설핀 울타리의 가녀린 들국화요, 하나는 여름 장마에 되살아난 장독대 옆의 엷은 백일홍이었다. 《글밭을 일구는 사람들》

해오래비 밑 씻을 잔돈 한 푼 못 번다 俗 (지출이 많은 피복비를 입성으로, 식료품비를 먹새로 부르는 김에 지출이 적은 용돈을 비교적 작은 새인 해오라기로 불러서) 용돈조차도 못 번다는 말. ¶"…입새 먹새는…큰 놈으 집구석이서 해오래비 밑 씻을 잔돈 한 푼 못 벌매…" 《추야장》 ※해오래비 : 해오라기. 〈방언〉 백로과에 딸린 새.

해웃값 화대(花代). ¶…사람값이 안 나가

는 데라서 팁이나 해웃값이 헐직한 맛으로…그들은 모여들었다.《엉겅퀴 잎새》

해장가락 (해장술을 마실 무렵인) 이른 아침.〈방언〉¶그는 더욱 부아가 치밀었으나 해장가락에 성질만 부리기도 그래서 조용히 알아듣게 일렀던 것이다.《우리 동네 張氏》

해장결 해장술을 마실 만한 이른 아침.〈個語〉¶그 노고산 학교 여선생이 혼자서 허옇게 찾아온 것은 그해 크리스마스 전날 해장결이었다.《장한몽》

해장머리 해장을 할 무렵이란 뜻으로, 이른 아침을 이르는 말.〈방언〉¶새 곡마단이 들왔다는 소문을 아침나절에 듣게 됐던 나는, 해장머리부터 시끌덤벙해진 장터를 향해 무턱대고 집에서 뛰쳐나갔다.《그가 말했듯》

해장어름 아침밥을 먹기 전의 이른 아침.〈個語〉¶그는 다음 날도 해장어름부터 트집거리를 노렸다.《변 사또의 약력》

해전(─前) 해가 지기 전. ¶나는 읍내 군청 관사에 살고 있던 외척을 찾아 유숙처로 내정했다. 그런 뒤로 해전을 뜻 없이 보낼 일이 따분하여 갈머리를 찾기로 했던 것은 아니었다.《관촌수필 1》

해찰을 부리다 쓸데없이 다른 짓을 하다. 중간에 딴전을 보거나 한눈을 팔면서 일이 더디게 지체하다.〈방언〉¶"직 어매─싸게 짐치허구 꼬치장 좀 떠오라먼…" "쬐끔 남았응께 마저 보구…" 아내는 그냥 해찰을 부렸다.《우리 동네 黃氏》※해찰 : 마음에 썩 내키지 않아, 물건을 이것저것 부질없이 집적거려 해치는 일.

해찰하다 일에 정신을 두지 않고 딴짓을

하다. ¶은산이는 이앙기를 몰던 이가 시내로 부품을 사러 나가서 해찰하는 바람에 부아를 삭히지 못해 그러는 줄 알고 지나가는 말로 달랬다.《장척리 으름나무》

해토머리(解土─) 얼었던 땅이 풀릴 무렵. ¶내린 비로 터지게 얼었던 거죽이 풀린 길은 해토머리가 다 된 것이나 아닌가 싶을 정도로 질었다.《관촌수필 1》

해톤(을) 대다 가을에 거둔 곡식으로 이듬해 햇보리가 날 때까지 양식을 대다.〈농사 용어〉¶…지하수 뚫느라고 얻어 쓴 빚을 가리고 나면 무엇으로 해톤을 댈는지, 모도 심기 전에 명년 봄 보릿동 넘길 양식 걱정부터 앞당기지 않을 수 없이 된 판이었다.《우리 동네 鄭氏》※해톤 : 새 곡식.

해포 한 해가 조금 넘는 동안.〈북〉¶"…고리대금해서 해포에 논 댓 마지기씩 늘이는 이가 이재민 돕기 쌀 두 됫박이 저기해설랑 벌벌 떨구…"《우리 동네 黃氏》

핼끔핼끔 가볍게 곁눈질하여 살짝살짝 자꾸 쳐다보는 모양. ¶우리들은…이내 먼발치로 물러나 딴전 보고 노는 시늉을 하며 핼끔핼끔 살펴보곤 했다.《관촌수필 4》

햇내기 풋내기.〈방언〉¶…수다스러워진 까치 소리는, 비록 내 것이 아니더라도 제철을 만난 햇내기 헛장이기에 들어 둘 만하였다.《우리 동네 崔氏》

햇덧 해가 지는 짧은 동안. ¶"아따 아줌니는, 그렇잖어두 햇덧 읎는 동지슫달에 먹은 그릇 설그지허기두 빠듯헐 텐디 워느새 지자제까장 연구를 다 허셨댜."《장곡리 고욤나무》

햇덩이 해의 덩어리. 또는 덩어리 모양으로 보이는 해. ¶내가 이리저리 분별하여 떠나보낼 채비를 두루 챙겨 놓았을 때는 이화대학 뒤 산등성이 마루로 붉은 햇덩이가 떠오르고 있었다.《관촌수필 5》

행자반 옆에 구족상 차린다(속) (음식을 은행나무 소반에 차려 내고 다시 개나리 소반에 차려 낸다는 뜻이니) 격에 어울리지 않게 쓸데없는 짓이라는 말. ¶"떠들 것 읎이 우리 집안은 오백 년 국숭이여. 그런 중 알었으면 워디 오너서 무엄허게 주둥이루 갈짓자 그려 가메 행자반 옆댕이에 구족상 채리는 겨?"《우리 동네 趙氏》

행짜 심술을 부려 남을 해치는 것. ¶문정은 사내의 되지못한 행짜보다도 그녀의 음충맞은 웃음소리가 사위스러워 짐짓 주춤하였다.《산 너머 남촌》

행티 행짜를 부리는 버릇. ¶중학생 녀석의 행티로썬 괘씸해서 모자를 낚은 거였다.《그가 말했듯》

향단이를 찜 쪄 먹는다 (향단이는 춘향이 덕에 입이 높아졌듯이) 입이 높기가 향단이보다 윗길이라는 말. ¶…시골 구장 며느리보다 서울 비렁뱅이 입이 높더라고, 그녀도 입만은 어느덧 향단이를 찜 쪄 먹고 있었다.《다가오는 소리》

허거물 입에 거품을 물고 기절하는 모양.〈방언〉¶죽는소리와 함께 순이가 허거물을 뒤집어쓰고 나자빠졌다.《관촌수필 8》

허겁지겁 정신없이 허둥거리는 모양. ¶심이 허겁지겁 그녀를 뒤쫓아나가자 그 자리에 대신 득달한 것은 지서의 조 순경이었다.《산 너머 남촌》

허구리 허리 좌우의 갈비뼈 아래 잘쏙한 부분. ¶"…저이는 주야장천 횃대 밑에서만 가로세로 궁싯거려도 생전 허구리에

담 들었다는 말이 없으니 참 용도 하고 장도 허우."《산 너머 남촌》

허당 땅바닥이 갑자기 움푹 패어 빠지기 쉬운 땅. 허방. ¶놀미에서 넘어와 학교랑 장터로 길이 갈리는 한길 삼사미에 이르자 리는 걸음을 늦췄다. 문득 커다란 허당을 발견했던 것이다.《우리 동네 李氏》

허덕허덕 허덕거리는 모양. ¶…하루하루 살기도 허덕허덕하도록 마련한 것이 아닌가.《매월당 김시습》

허둥지둥 다급하여 정신을 못 차리고 몹시 허둥거리는 모양. ¶"…결국 물정을 알고 나니 초조하고 불안해서 허둥지둥 서두는 게 인생이라는 얘기여."《산 너머 남촌》

허드레 허름하여 휘뚜루 쓸 수 있고 그다지 중요하지 아니한 것. ¶…실은 유자가 그렇게 보낸 소년 시절이야말로 한쪽은 하릴없는 허드레 웃음거리였고,《유자소전》

허드레 바가지 부리듯 한다(속) (허드레로 쓰는 바가지처럼) 하찮은 일까지 시키려고 한다는 말. ¶여기 아낙네들은 날이 갈수록 류그르트를 찾았다. 찾아서 없으면 금간 요강 아쉬워하듯 하고, 있는 날은 허드레 바가지 부리듯 쓰려고 들었다.《우리 동네 柳氏》

허름하다 사람이 표준 정도에 약간 미치지 못한 듯하다. ¶배운 것이 허름하여 생각도 의젓지 못한 아내는,《우리 동네 姜氏》

허릅숭이 일을 실답게 하지 못하는 사람을 얕잡아 이르는 말. ¶그녀의 남편 전순만은 아무라도 한번 보면 다시 찾을 성싶잖은 소문난 허릅숭이였다.《우리 동네 鄭氏》

허리가 휘다 힘에 겹다. ¶…하루 다섯 끼의 먹매와 담뱃값을 합치면 허리가 휘청

하던 것이다.《우리 동네 崔氏》

허리 다친 소리　맥이 빠진 소리. ¶"인생이란 게 뭐이냐. 삘게 아니쥬 뭐." "저렇다니께…" 신아불이는 허리 다친 소리 비슷한 대꾸로 입을 쩍 벌렸다.《추야장》

허리띠로 맺은 정도 배꼽이 냉하면 방귀 냄새뿐이다[비]　(남녀 간에) 육체 관계를 통하여 깊어진 정도 마음이 변하면 이혼 사유의 으뜸이 '성격 차이'의 빌미가 된다는 말. ¶"아무리 이웃사촌이라도 닭싸움엔 개천 건너 묵은 사둔이고, 허리띠로 맺은 정도 배꼽이 냉하면 방구 냄새뿐이라든데, 나야 내 아무리 명에 없이 살았기로서니 어디 가겠소…"《장한몽》

허리(를) 잡다　폭소하다. ¶(산)…까마귀가 보면 아저씨 하게 생긴 조무래기부터 허연 노인네까지 뒤섞여 앉아 허리를 잡는가 하면,《2천 년 동안 차린 명절》

허발하다　몹시 주리거나 궁하여 체면 없이 함부로 먹거나 덤비다. ¶…리는 밥통을 나누어 국에 말아 허발하듯 욱여넣기 시작했으나 젓가락 보낼 데는 마땅치가 않았다.《우리 동네 李氏》

허발대신　몹시 굶주려 있거나 궁하여 체면 없이 함부로 먹거나 덤비는 모양. ¶…나는 허기진 판이라 개마저 꺼려 하던 것이었지만 허발대신 하며 먹었고, 그러고도 양에 안 가 노상 입맛이 얌하여 껄떡거리기가 일쑤였다.《관촌수필 5》

허발들리다　걸신들리다. 〈방언〉 ¶"…산부인과에서 나오는 태반까지 허발들려 처먹는 식인종 여편네들에다 대면…"《산 너머 남촌》

허방(을) 짚다　잘못 알거나 그릇 예산하여 실패하다. ¶…명절에 한나절 한겻쯤 얼굴이나 비치고 말던 색시에게는 비록 허방 짚기가 될망정 인근의 이목이라도 쏠리는데, 보통 때에 귀가를 한 색시에게는 동네 총각들부터가 거들떠보려고도 하지 않는 것였다.《산 너머 남촌》

허벅하다　허벅허벅하다. 살이 굳거나 단단하지 아니하고 무르다. ¶"여봐, 저것이 맷집은 없어도 넓적다리 넓적하고 허벅다리 허벅해서 틀은 쓸 만할 테니까, 쓸 때 뒷물이나 하게 해서 쓰게…"《토정 이지함》

허벅허벅　허하게 허허거리고 웃는 모양. ¶내가 줄달아 물었던 것은 그가 연방 허벅허벅 웃으면서 고개를 가로저었기 때문이었는데,《관촌수필 7》 ※허하다 : 옹골차지 못하다.

허벅허벅하다　과일 따위가 물기나 끈기가 없어 푸석푸석하다. ¶"…살이라구 허벅허벅헌 것이, 똑 반반헌 화류겟년 별맛 읊는 거나 비젓허더먼그려."《유자소전》

허부렁하다　서부렁하다. 〈방언〉 묶거나 쌓은 것이 든든하게 다가붙지 않고 느슨하다. ¶…복잡하던 차 안이 이내 허부렁해지는 것이 보나 마나 나산종합병원 앞이었다.《장곡리 고욤나무》

허섭스레기　좋은 것이 빠지고 난 뒤에 남은 허름한 물건. ¶…어디를 가나 반죽이 안 되고 무거리처럼 테두리 근처로만 겉돌다가 매양 허섭스레기로 처지곤 하던 영두《산 너머 남촌》

허여멀끔하다　허옇고 멀끔하다. ¶허여멀끔한 허우대나 하고, 돈푼이나 뿌리게 생겼더라는 것이 그 사람들의 뒷말이었다.

《관촌수필 2》

허여무려하다 허여스레하다.〈방언〉조금 허옇다. ¶…길섶이 허여무려한 목새로 기울어지며 개울을 타고 후미진 버덩편에 오두막 한 채가 두엄더미처럼 시커멓게 들어앉아 있었다.《오자룡》

허여허옇다 매우 허옇다.〈個語〉¶…갈대 줄기마다 내린 눈은 허여허옇게 얹혀 있어,《오자룡》

허연이 웃다 이가 허옇게 보이도록 웃다. ¶"…허연이 웃으면서 눈물을 주루루 흘리데유."《관촌수필 5》※허연이 : 허옇게.〈방언〉정도에 지나치게 희게.

허영거리다 앓고 난 뒤의 걸음처럼 기운이 없어 쓰러질 듯이 비슬비슬하다. ¶담배를 받아서 돌아서자 자다가 나온 사람처럼 허영거리는 걸음으로 가겟집을 겨냥하고 오던 영감 하나가 불쑥 팔을 쳐들어 보이는 거였다.《장동리 싸리나무》

허우대 풍채가 있는 키. ¶육덕 좋은 허우대나 하고 곱게 쪽집은 눈썹과 사철 발그레하게 피어 있던 얼굴이며,《관촌수필 3》

허우룩하다 마음이 빈 것 같고 서운하다. ¶그는 허우룩해질 때마다 저수지로 눈을 보내어 물 위에 뜨는 물이나 하염없이 바라보는 것으로 시름을 누그렸다.《장동리 싸리나무》

허울 좋은 하눌타리㊌ 겉으로는 훌륭하나 속은 보잘것없는 사람이나 물건을 일컫는 말. ¶그 돈으로 마흔 마지기를 가질 경우 전날 같으면 백 석 추수가 넘으니까 부농 소리를 들어야 마땅할 터였다. 하지만 허울 좋은 하눌타리가 바로 그 소리였다. 통밀어 백이십 석을 추수한다 해도 요즘 쌀

금으로 치면 고작 사백팔십여만 원이 일 년 소득이었다.《우리 동네 張氏》

허위넘다 높은 곳을 허우적거리며 애를 써서 넘어가다. ¶문정은 등성이 마루를 허위넘자 밭은숨을 대강 끄고 자전거에 올라앉았다.《산 너머 남촌》

허위단심 허우적거리며 무척 애를 씀. ¶"저 노릇인들 할 일입니까. 될 것 다 된 과년한 처녀가요." 순평이는 쉴참 때마다 곁두리할 인절미 고리를 이고, 산등성이를 허위단심에 오르는 그녀를 가리키며 푸념해댔다.《장한몽》

허위허위 힘에 겨워 힘들어하는 모양. ¶숨은 허위허위 목에 받치고, 뜨거운 해가 수염에 엉긴 개기름을 녹이는 것 같았다.《이풍헌》

허잘것없다 하잘것없다.〈방언〉대수롭지 않다. ¶…그녀가 얻었던 사내는 모두 밑도 끝도 없이 그만그만한 허잘것없던 사내들이었다.《추야장》

허적허적 허적거리는 모양. ¶황재식이가 부러진 작대기 토막을 쥐고 허적허적 다가오는 환상과 부닥뜨렸던 것이다.《해벽》

허전거리다 허전한 느낌이 자꾸 일다. ¶(그는)…허전거리는 마음을 스스로 다독거릴 수가 없었다.《장동리 싸리나무》

허정허정 다리에 힘이 없어 잘 걷지 못하고 자꾸 비틀거리는 모양. ¶아, 하다 만 얘기가 있었군. 그렇지, 그 실성한 소녀, 다 보이는 헌털뱅이 옷을 걸친 그녀가 허정허정 걸어가고 있었다.《부동행》

허줄하다 보잘것없고 초라하다. ¶…광고계에서도 그늘에 묻힌 허줄한 송사리 광고쟁이인 터라《덤으로 주고받기》

허천 허발. 몹시 주리거나 궁하여 체면 없이 함부로 먹거나 덤빔. ¶군대는 가면 숟가락도 놓기 전에 꺼지는 배로 하여 허천들린 듯이 껄떡대던 시대였지만,《유자소전》

허천나다 걸신들리다. ¶"…작것들이 서양년들처럼 살결 오래간다구 허천난 걸구처럼 허발대신 걸터듬어 처먹을 적은 원제구…"《우리 동네 姜氏》

허탕 아무 소득이 없는 일. ¶처녀가 빈손에 총을 짚고 서 있는 것으로 보아 그쪽은 허탕인 모양이었다.《우리 동네 崔氏》

허탕(을) 치다 아무런 소득이 없게 되다. ¶그녀는 고스란히 허탕을 치고 나자 애매한 어머니 앞에서 신경질로 포악을 부렸다.《우리 동네 柳氏》

허텅지거리 일정한 상대자 없이 들떼놓고 하는 말. ¶그래서 속이 후련한 김에 허텅지거리로 해 보는 소리를 했다. "저저끔 서루가 바쁘니께 얘기는 가면서 헙시다. 그게 젤 경제적일 텡께."《우리 동네 金氏》

허투루 대수롭지 않게. 아무렇게나 되는 대로. ¶(그는)…달력은커녕 아직 허투루 친구 저작물에 웃느라고 장정이나 표지화 한번 선심 쓴 바도 없는 거였다.《만고강산》

허풍(을) 떨다 실상과는 맞지 않게 과장하여 말하다. ¶밤새 세상 모른 채 호숫가에서 파고 사는 화투꾼은 허풍 좀 떨어 가로등 하나에 판이 한 멍석이나 설 정도로 밀도가 조밀하였다.《강동만필 3》

허픈더픈 흥청망청. 〈방언〉 돈이나 물건 따위를 마구 쓰는 모양. ¶동네 이름이 둔치목이라는 충청도 산골 출신인 부영이로선 무슨 성명서 취지문, 메시지 따위를 밤잠도 잊은 채 기초하고 때론 허픈더픈 낭비하는 꼴이나 하며, 흔찮은 인물로 본 게 사실이던 것이다.《다가오는 소리》

허허 놀라거나 기막힌 일을 당했을 때 탄식하여 내는 소리. ¶"허허 실수로군, 쯧쯧."《백결》

허허 해도 빚이 천 냥(속) 겉으로 쾌활하고 낙천적인 것처럼 보이는 사람도 마음속에는 말 못할 딱한 사정이 있다는 말. ¶"문채 좋은 차복성이가 따로 없구먼그려." "말 마. 오래된 얘기지만 양옥집 짓고 오막집에 살아도 션찮게 생겼다네. 허허 해도 빚이 천 냥이라더니 내가 시방 그짝일세나."《산 너머 남촌》

헌털뱅이(비) '헌것'을 천하게 이르는 말. ¶…처마 끝에는 시뻘건 오토바이와 헌털뱅이 자전거 한 대가 나란히 서 있었다.《우리 동네 李氏》

헌티 한테. 에게. 〈방언〉 ¶"…우리네헌티 붙은 종이라는 이름도 원래는 중들이 치는 종에서 따온 이름이라데나.…"《오자룡》

헐 년(비) 정사(情事)에 빗댄 욕설. ¶"저 깡통은 꼭 건지야더." "헐 년, 깡통 줏어다 끈 달어 빌어먹으러 갈라남."《김탁보전》

헐렁하다 헐겁다. 〈방언〉 여기서는, '싱겁다'의 뜻으로 쓰임. ¶희찬은 이제 구경할 일만 남은 셈이라며 헐렁하게 웃고 일어섰다.《관촌수필 8》

헐레벌떡 숨을 헐떡거리며 가쁘게 내몰아쉬는 모양. ¶그녀는 멀리서 보니 누가 업혀 가기에 무슨 사고구나 싶어 헐레벌떡 달려왔다며 몹시 숨가빠하고 있었다.《장한몽》

헐직하다 (물건값이) 싸다. 〈방언〉 ¶…사

람값이 안 나가는 데라서 팁이나 해웃값이 헐직한 맛으로…그들은 모여들었다. 《엉겅퀴 잎새》

헐쭉하다 헐직하다. ¶영두는 못나게 어줍어하면서도 되도록 헐쭉하고 만만한 여관을 물색했으면 싶어 거듭 쭈뼛거리다가 겨우 주차장이 없는 곳으로 골라잡았다. 《산 너머 남촌》

헙수룩하다 허름하고 텁수룩하다. ¶…그네들의 마음가짐에 견줘 자기 자신의 일상이 얼마나 헙수룩하고 허약했으며, 평범했던가 하는 반성이 일변 두렵기까지 하던 것이다. 《장한몽》

헛군데 쓸데없는 헛된 곳 ¶"…벼락이 떨어질 적마다 관원이 향과 축을 받들고 달려가서 해괴제를 지내게 하는 나랏님 은혜에 감동해서 벼락이 그 아닌 헛군데로 가서 떨어지더란 게요?…"《매월당 김시습》

헛김(이) 나다 일에 실패하거나 하여 기운이 꺾이다. ¶"…좌우간 싸게 옷 갈아입고 나와라. 손영감 눈빠지겠다. 여적지 다방에 앉혀 놨으니 헛김나서 가버렸겠다."《변 사또의 약력》

헛다리(를) 짚다 예측, 판단을 잘못하다. ¶…너와 나만 알기로 하고 붙인 정탐꾼으로 본 것은 무리가 아니었다. 그러나 그건 헛다리를 짚었던가 보았다.《장한몽》

헛둥헛둥 허영거리는 모양. ¶나는 속이 캄캄해 헛둥헛둥 오리걸음을 걸어 병실로 돌아왔다.《관촌수필 5》

헛물을 켜다 (애쓴 보람이 없이) 허사가 되다. ¶(박원달 영감은)…상필이와 상의 합의됐던 일이 뒤틀려 헛물만 켜고 말게 된 것도 분해 견딜 수 없는 일이었다.《장

한몽》

헛삶이 논을 갈아서 써레질하여 두는 일. ¶영두는…뚝새풀만 우북히 깃은 다랑논마다 마른갈이와 헛삶이를 하였다.《산 너머 남촌》

헛장 풍을 치며 떠벌리는 큰소리. ¶…수다스러워진 까치 소리는, 비록 내 것이 아니더라도 제철을 만난 햇내기 헛장이기에 들어 둘 만하였다.《우리 동네 崔氏》

헛헛하다 채워지지 아니한 허전한 느낌이 있다. ¶그네들이 밤참 먹는 낌새를 맡기만 하면, 나도 덩달아 속이 헛헛하고 굴품해서 얼마나 많은 군침을 삼켰는지 모른다.《관촌수필 5》

헤살 짓궂게 훼방하는 것. 또는 그러한 짓. ¶최는 참새들이 처마 밑에 알자리를 보더라도 남들처럼 쑤석거려 헤살할 생각이 없었다.《우리 동네 崔氏》 ※헤살(을) 놓다 : 헤살하는 짓을 실지로 하다.

헤식다 맺고 끊는 데가 없어 싱겁다. ¶엄은 어이가 없는지 헤식은 웃음만 머금었다.《산 너머 남촌》

헤픈거리다 흥둥항둥하다. 어떤 일에 정신을 온전히 쓰지 않고 눈치를 살피며 꾀를 부리거나 마음이 들떠 있는 모양.〈個語〉¶"…오죽잖은 친구 찾아다니면서 허청대고 헤픈거리지 않은 것만도 싸가지가 있다는 얘길세."《산 너머 남촌》

헤픈데픈 마음에 없어서 일을 아무렇게나 하는 모양. ¶…헤픈데픈 보리방아 찧듯 하는 구본칠에겐 더 이상 기대할 게 없으리라 보였다.《장한몽》

헤헤 입을 반쯤 열어 연하여 빙그레 웃는 모양. ¶"진여암 연묘 스님이 대체 어떻게

생긴 새악시야, 헤헤. 이쁜가?"《다갈라
불망비》

헬렐레하다 술이 몹시 취하여 몸을 가누
지 못하다. ¶"막걸리 잔이라도 걸치게 되
면 헬렐레해질 작자들이니까."《장한몽》

혀(가) 짧다 언변이 부족하다. ¶언제나 자
기 쪽의 혀가 짧다는 것을 느껴야 했으며,
그래서 그랬겠지만, 무엇으로도 메울 성
싶잖은 세대 차이의 커다란 간격을 터득
할 수 있었다.《장한몽》

혀를 내두르다 (어떤 일의 상태나 정도가)
지나쳐서 몹시 놀라거나 감탄하다. ¶"역
시 용한데, 쪽집게 같어…" 물어보는 사
람마다 백발백중이니 혀를 내두를 수밖에
없었다.《유자소전》

혀를 차다 ① 마음에 들지 않아 하다. ¶
"…안됐다, 안됐어. 하고 측은해서 못 보
겠다는 듯이 혀를 찼더니, 이게 정말 곧이
듣잖우…"《엉겅퀴 잎새》② 혀를 내두르
다. ¶"좌우지간 질기게 살아갈 놈이여."
덕칠은 혀를 찼다.《몽금포 타령》

혀 아래 도끼 들었다㊦ 제가 한 말이 불행
이 생기는 근원으로 되어 죽을 수도 있다
는 말. ¶(산) '혀 아래 도끼 들었다'는 속
담도 있지만…출입 기자들에게 '술이 사
람을 먹는' 소리를 했다가 '아는 도끼에 발
등 찍힌' 셈이 된 거였다.《속담과 인생》

혀 짧은 소리 (말하기가 어려워서 어눌하
게) 아쉬운 말을 한다는 말. ¶"그게사 만
근 아버지나 그렇지 넘덜두 그렇다냠? 그
것두 부녀회 아주머니들이 요청은 허구
판은 옳구…게, 골든스타사에 가설랑은이
혀 짧은 소리해 가메 외상으루 사다 트는
거여."《우리 동네 李氏》

현찰(을) 굴리다 돈놀이를 하다. 〈방언〉
¶(장모는)…인감도장 하나만 가지고 앉
아서 몇 백대의 현찰을 굴려 불리는 배포
이고 보니,《장한몽》

헛바늘 선 소리 [헛바늘은 열성병(熱性病)
따위에 의하여 혓바닥에 좁쌀처럼 돋아오
르는 붉은 것] 혀에 병이 난 사람처럼 알
아듣기가 어려운 말이란 말. ¶"…그때가
원젠디 헛바늘 슨 소리만 예사루 혀?"《우
리 동네 李氏》

형만 한 아우 없다㊦ 아우가 아무리 형을
생각한다 하더라도 형이 아우를 생각하는
정에는 미치지 못한다는 말. ¶(산) 아우
는 "형만 한 아우가 없다"면서 미안해하
고, 형은 "형 보면 아우"이므로 아우의 셈
평이 자기의 형편이라고 믿는다.《자연산
형제》

형 보니 아우㊦ 형의 언행을 보면 대개 그
아우도 짐작할 수 있다는 말. ¶(산) 아우
는 "형만 한 아우가 없다"면서 미안해하
고, 형은 "형 보면 아우"이므로 아우의 셈
평이 자기의 형편이라고 믿는다.《자연산
형제》

호가 나다 이름이 세상에 널리 드러나다.
¶"…자네도 구루마 만드는 조 영감이라
면, 이 영등포 문래동 바닥에 모를 사람
없이 호두 났고 허니." "호가 나?"《백결》

호구(虎口)를 벗어나다 매우 위급한 경우
에서 벗어났다는 말. ¶나는 그처럼 무색
하고 무안할 수가 없었지만, 우선을 호구
를 벗어난 듯한 안도감에 부랴부랴 안방
으로 달아나 버렸었다.《관촌수필 1》

호다 헝겊을 겹쳐 성기게 꿰매다. ¶…고
랏댁도 말씹단추 호던 바늘을 낭자에 찌

르고 일어서며 한마디 보탠다.《암소》

호락질 남의 힘을 빌리지 않고 가족끼리 농사를 짓는 일. ¶그렇지만 그런 재래식 마당질은 혼자 호락질이나 하면 모를까 무리한 타작이었다.《우리 동네 姜氏》

호락호락하다 일이나 사람이 만만하여 다루기 쉽다. ¶부정 부실이 탄로나기 쉽고 호락호락하지 않아 영 불편스러울 것이었다.《장한몽》

호랑이가 새끼 치겠다(속) 김을 매지 않아 논밭에 풀이 무성한 것을 비유하여 이르는 말. ¶마당이건 뜰팡이건 집 둘레엔 호랑이가 새끼를 쳐도 모르게 풀이 무성하고, 문짝 없는 부엌이며 허물어진 굴뚝이 누가 봐도 나간 집이었다.《김탁보전》

호랑이는 죽어서 가죽을 남기고, 사람은 죽어서 이름을 남긴다(속) 사람은 죽어도 그의 이름과 함께 그가 살아 있을 때에 해 놓은 일들이 오랫동안 남아 있게 된다는 말. ¶(산) 이러다간 호랑이는 가죽을 남기고 사람들은 이름을, 나는 남의 결혼식에 찍은 사진만 남기게 되는 게 아닐까 하는 오죽잖은 생각을 하기도 한다.《아픈 사랑 이야기》

호랑이 담배 먹던 이야기(속) 지금 형편과는 아주 다른 아득한 옛날이야기라는 말. ¶"그 호랭이 담배 먹는 소리 구만허구, 그 뒷이여, 이쁜이계, 그거나 좀 설명해 줘."《우리 동네 柳氏》

호랑이도 제 말 하면 온다(속) 마침 이야기에 오르고 있는 제삼자가 바로 그때 나타났을 때 하는 말. ¶(시) (호랑이)…사람 사는 마을엔/ 언제언제 왔을까,/ 사람들이 모여서/ 제 말 하면 왔지.《호랑이》

호랑이 보고 창 구멍 막기(속) 어떤 위험한 일을 당하여 몹시 당황해하며 어설픈 방법으로 이것을 피하려는 행동을 이르는 말. ¶(시) (호랑이)…담배 한 대 먹을 때/ 어떻게들 했을까,/ 호랑이 보자마자/ 창 구멍부터 막았지.《호랑이》

호랑이 없는 곳에 토끼가 왕 노릇 한다(속) 호랑이 없는 동산에 토끼가 선생 노릇 한다. 뛰어난 사람이 없는 곳에서 되지도 못한 사람이 득세하는 꼴을 눈꼴 사납게 보아 이르는 말. ¶(시) 호랑이 간 뒤에/ 누가누가 뽑냈나,/ 호랑이 없는 곳에/ 토끼가 어른 노릇 했지.《호랑이》

호랑이에게 물려 가도 정신만 차리면 산다(속) 아무리 위급한 중에도 신중을 기해서 처신하면 헤어날 방편이 생긴다는 말. ¶(시) 호랑이 없는 골에/ 토끼가 어른 노릇 했지. 토끼가 어른 할 때/ 뭐라뭐라 했을까./ 호랑이에게 물려 가도/ 정신만 차리라고 했지.《호랑이》

호리호리하다 몸이 가늘고 날씬하다. ¶발이 가늘고 호리호리하기에 세(細)발낙지라 부른다고 했다.《낙양산책》

호미로 막을 것을 가래로 막는다(속) 일이 작을 때에 처리하지 않다가 결국에 가서는 쓸데없이 큰 힘을 들이게 됨을 이르는 말. ¶그것도 본서에 서류가 넘어가기 전이라야 수월하고 돈도 덜 들며, 일단 넘겨지면 설령 무슨 도리가 있더라도 호미로 막을 구멍 가래로 막게 되리라는 거였다.《너무 밝은 달》

호박 같은 세상 고르지 않은 세상에 대한 비유. ¶"어떻게 지내세요?" "호박 같은 세상 과일같이 살 수는 없고, 그저 모과처

럼 살았시다." "말씀하시는 건 여전하네
요." 《생존허가원》

호박나물에 힘쓴다〈속〉 공연한 일에 혼자
기를 쓰고 화를 냄을 이르는 말. ¶밖에는
매상 보리를 싣고 온 유승팔이 말고도 여
섯이나 되는 사람이 경운기 뒤에 묻어 와
호박나물에 힘쓰는 소리를 뒤섞고 있었
다. 《우리 동네 姜氏》

호박잎에 청개구리 뛰어오르듯〈속〉 분별없
이 마구잡이로 행동하는 것을 욕으로 이
르는 말. ¶(산) 나는 누가 데리러 오겠으
므로 호박잎의 청개구리 뛰어오르듯 먼
저 문상을 갔다. 《지금은 꽃이 아니라도
좋아라》

호비작거리다 '오비작거리다'의 센말. 좁
은 틈이나 구멍 속을 자꾸 함부로 갉거나
돌려 파내다. ¶"…아욱 쑥갓 상치 나부랭
이는 당신이 아무 데나 호비작거리고 노
가리로 뿌리면 되잖아." 《산 너머 남촌》
※호비다 : 깊고 좁은 속이나 틈을 돌려
파내다.

호슭다 무엇을 타거나 할 때 즐겁고 짜릿
한 느낌이 있다. ¶…씻겨 후련한 몸은,
부나비에 다친 가냘픈 꽃술처럼 설렌 기
분으로 하여 호슭게 수줍어짐도 숨길 수
없었다. 《만고강산》

혼구멍(을) 내다 혼꾸멍 내다. 혼이 나게
하다. ¶"…암만해도 혼구녕을 되게 내줘
야 쓸란게뷰." 그러자 방 안에서 역시 먼
저처럼 여러 말이 같은 가락으로 쏟아져
나왔다. "어련히 아서 조처허리오만 저런
늠은 크게 혼구녕이 나야 맛을 압니다유."
《오자룡》

혼구멍(이) 나다 혼꾸멍 나다. 혼(쯀)이

나다. ¶…개뚝배미 층층다랑이가 생계의
전부인 김으로서는 혼구멍이 난 무녀리처
럼 먼산바라기만 하고 앉아 있을 수만도
없었다. 《우리 동네 金氏》

혼(이) 빠지다 몹시 놀라 맑은 정신을 잃
다. ¶"총 맞고 돌아가셨단 말예요, 시방
만세를 부르다가요." 질범이도 혼이 빠진
양 말 한 마디를 똑똑히 못하고 있었다.
《장한몽》

혼인집 불청객이 장삿집 불청객이다〈속〉 거
지를 비유한 말. ¶"혼인집 불청객이 장
삿집 불청객인 겨. 아우가 몰러서 그러지
저 화상이 시방 애비 생일 보러 온 중 알
어?…" 《장곡리 고욤나무》

혼자 니화랑 작사 내화랑 작곡한다〈속〉 혼
자서 북 치고 장구 치고 다 한다는 말. ¶
"아가씨 혼자 니화랑 작사 내화랑 작곡하
시는구만요…" 《낚시터 큰애기》

혼자 충청 감사 한다〈속〉 저만 잘난 척하고
참견이 많다는 말. (지역이 충청도이므로)
¶"아따, 게 앉어 혼자 충청 감사 구만허구
팔다리 걷어붙이구 나서 봐." 송방 주인이
좋지 않게 뜨고 있던 눈을 돌리며 말했다.
《관촌수필 6》 ※충청 감사 : 충청도 관찰사.

홀딱하다 몹시 놀라 맑은 정신을 잃다. ¶
윤만이 그녀를 눈에 들인 것도 그렇듯 씨
억씨억한 지악스러움과 건강한 몸뚱이에
홀딱했기 까닭이었다. 《추야장》

홀앗이 살림살이를 혼자서 맡아 꾸려 나가
는 처지. ¶…최 서방은 해마다 철철이 그
바쁜 농사를 거의 다 홀앗이로 삶아 내었
다. 《명천유사》

홀태 벼훑이. 〈방언〉 벼의 알을 훑는 농기
구. ¶하루는 두 양주가 밭마당 멍석 위에

홀태 차려 놓고 풋벼를 잡아 훑는데, 안에서 느닷없이 닭 한 마리가 무엇에 물려 가는 소리였다.《이풍헌》

홀태바지 통이 매우 좁은 바지. ¶감찰빛 홀태바지 제복과 유록색 토끼풀 상표가 도두 박힌 빨간 모자에《우리 동네 柳氏》

홉것 한 홉가량의 분량. 〈방언〉 ¶그러모으면 홉것은 될 만큼 주근깨가 닥작닥작한 여편네가 창고지기와 수작하는 동안,《우리 동네 姜氏》

홉뜨다 눈알을 굴려 눈시울을 치뜨다. ¶그는…한번 눈을 홉뜨기 시작하면 거의 광란이나 다름없이 시트를 움켜쥐며 처절하게 외치는 것이었다.《관촌수필 5》

훗훗하다 딸린 사람이 적어서 매우 홀가분하다. ¶…용출이 인출이 해서 기출 씨의 동기간들도 모두 모여 있어서 누가 보더라도 일견 훗훗하고 화목한 집안으로 비치기에 부족함이 없었다.《장곡리 고욤나무》

홍단 청단 다 깨는 소리 한다㊏ 이 일 저일 모두 망쳐 놓을 말이라는 말. ¶"아는 소리 하고 앉았네. 상여를 메나 요여를 메나 들고 나서 상두꾼이긴 매한가지여." "그 홍단 청단 다 깨는 소리 작작 좀 허여. 그래도 재미는 민간 예술품 납품이 한결 나았다구."《산 너머 남촌》

홍이야 홍이야 한다㊏ 이래도 홍 저래도 홍 한다. ¶(나는)…아무 데서나 두루춘풍으로 홍이야 홍이야 해 온 맨탕이었다.《강동만필 3》

화가 상투 끝까지 난다㊏ 성이 몹시 났다는 말. ¶'페에엥─' 소리는 '숭헌…'이라는 말과 함께 할아버지의 전용어였다. 화가 상투 끝에 이르러 아랫사람들에게 걱정을 하실 때…꾸중을 대신하던 할아버지만의 용어였다.《관촌수필 1》

화라지 옆으로 길게 뻗어 나간 나뭇가지를 땔나무로 이르는 말. ¶…화라지를 쳐주지 않아서 절반은 삭정이로 묵어 버린 볼품없는 나무였다.《장곡리 고욤나무》

화룽화룽 불길이 어른어른 흔들리며 타오르는 모양. ¶불이 이글거리며 화룽화룽 타오르자 온 동네는 콩낟과 벼이삭 그리고 덜 털린 참깨 타는 고소한 냄새로 가득해졌으리라 싶다.《관촌수필 5》

화를 끓이다 화가 나는 일을 시원히 풀지 못하고 혼자 끙끙 앓다. ¶"어렵다는 건…""가령 남의 손에 넘어간 것이 있으면 되돌아오기가 어렵다든가…연세가 있으시니 무슨 일로 화를 끓이시면 건강이 어렵다든가…"《산 너머 남촌》

화수분 재물이 자꾸 생겨 아무리 써도 줄지 않음을 이르는 말. ¶"내놓으라는 명목이 파로정으로 한참 쩍 잔칫상 음석 가짓수보다도 더 많았으니, 화수분이면 몰라도 무슨 재간에 견뎌 내겠나?…"《오자룡》

화통(을) 삶아 먹다 목소리가 크다. ¶"이 댁 부엌떼기란 말여유." 그녀는 독이 시퍼렇게 오른 눈으로 순경을 찢어 보며 화통 삶아 먹은 소리를 지르고 있었다.《관촌수필 3》

환갑이 진갑만 못하다㊏ 나이를 먹을수록 체력이 떨어진다는 말. ¶"중풍은 좌남우녀라, 천상 좌불수로 누워 있겠구먼…그러기에 환갑이 진갑만 못하고, 편한 게 일하느니만 못하다니까."《산 너머 남촌》

환장할 놈㊚ 정상적인 정신 상태에서 벗

어나게끔 마음이 바뀌어 달라질 것이라는 말. ¶"환장할 놈으…" 생각할수록 한심한 일이매 그가 내뱉는 것은 모두 불만이요 불평의 찌꺼기들이었다.《장한몽》

횟김에 밭맨다 속 (반발심으로) 평소에는 하기가 어려워서 미루적거리던 것을 화가 난 김에 한다는 말. ¶(산)…단순한 사상적 측면이나 이론 부분으로 그치지 않고 '횟김에 밭맨다'는 투의 노동력 및 노동 성과와도 직결되는 만큼, 사회경제학적인 방면에서 다루어 볼 만한 주제일는지도 모른다.《사상기행①》

황소도 말뚝이 있어야 비빈다 속 사람도 의지할 곳이 있어야 무슨 일을 시작하거나 성취할 수 있다는 말. 소도 언덕이 있어야 비빈다. ¶"…농촌으로 이민을 오란 말여. 가서 소문 없이 해 보다가, 괜찮을 성싶으면 기별허마. 사는 게 고달프기는 매한가지겠지만, 터무니없는 서울보다야 못허겠냐, 황소도 말뚝이 있어야 비비는 것여."《임자수록》

황소 뒷걸음질에 잡힌 개구리 속 이따금 우연히 알아맞히거나 일을 이루었을 때를 비유적으로 이르는 말. ¶"…정신 채려유. 황소 뒷걸음에 깨구락지 밟힙다."《지둥 치는 소리》

홰기 벼 따위의 이삭이 달린 줄기. ¶사람이 태어날 때도 짚으로 깔짚을 해서 새 생명을 받고, 짚으로 왼새끼를 꼬아 금줄을 쳤고…짚은 홰기부터 검부래기까지 노는 것이 없어.《산 너머 남촌》

홰홰 무엇을 휘두르거나 휘젓는 모양. ¶옹은 서둘러서 부채를 홰홰 내저어 덤벼드는 먼지를 옆으로 쫓았다.《장척리 으름나무》

회가 동하다 구미가 당기거나 무엇을 하고 싶은 마음이 생기다. ¶그런 판에 느닷없이 굴러들온 쌀가마니를 보니 회가 동하지 않을 리 없었다.《장한몽》

횟국으로 치다 고깃국으로 여기다. 〈방언〉¶그들은 아무리 날탕이라 해도…영양제 탄 소주라면 횟국으로 쳤다.《우리 동네 李氏》

횟배 앓는 얼굴 몸에 회충이 많아서 영양 실조를 일으킨 것처럼 화색이 돌지 않는 얼굴을 이르는 말. ¶"이장, 나 아쉰 소리 좀 헐라니 들어줄라?" 계장이 금방 횟배 있는 얼굴을 하며 고쳐 말했다.《우리 동네 黃氏》

후더분하다 (인심이) 후하고 수더분하다. 〈방언〉¶이 나라 어디를 가본들 은근하고 후더분한 인심이 남아 있을 것인가.《관촌수필 5》

후덩거리다 분별없이 경망스럽게 자꾸 행동하다. ¶그러면서도 그는 뭇사람들과 어겹되어 갯물 민물 없이 함께 후덩거리기는 싫었다.《우리 동네 李氏》

후듯하다 훈훈하다. 〈방언〉날씨나 온도가 견디기 좋을 만큼 덥다. ¶"…가려면 후듯하게 잠바라도 덕석을 하든지…"《그리고 기타 여러분》

후리다 휘몰다. 〈방언〉¶리는 그들에게 집을 맡기고 장길로 발걸음을 후렸다.《우리 동네 李氏》

후리질 모두 후려 들이는 짓. ¶…지르된 밀따리 쭉정이까지 덧두리로 얹어서 후리질해 가던 시대는 지푸라기라도 얻어먹었지만…《산 너머 남촌》

후림불 (바람에 날려) 겉만 태우고 옮겨붙

는 불. 〈個語〉¶"…애초 불을 싸지를 때 그루테기까지 타게 했으면 됐을 텐디, 후림불루 끄실러만 놔서 남 보매두 뵈기 싫구 숭허더니 계제에 떠엎구 보리나 갈읍시다."《우리 동네 柳氏》

후무리다 남의 물건을 슬그머니 훔쳐 가지다. ¶곧 버스가 시동했고 후무리며 좌석에 앉아 지날 때 내다보니 그녀는 훨씬 얇아진 책으로 이마에 챙을 한 채 속 몰라 얌전히 걷고 있었다.《야훼의 무곡》

후미지다 몹시 구석지고 호젓하다. ¶(산) 그는 후미진 산기슭에 상엿집만 하게 펫장을 떠나 바람벽을 친 오막살이에서《이야기책과 애늙은이》

후밋길 후미진 길. ¶(상여는)…멀리 개 건너 먹탕곳 자드락을 지나 왕대뫼 후밋길로 사라지는 게 예사였다.《관촌수필 6》

후살이 다시 시집가서 사는 일. ¶(웬 새파란 여편네에게서는)…서방만 여차하면 당장 수사돈네 후살이라도 마다하지 않고 보따리를 챙길 듯이 암내가 자르르 흘렀다.《산 너머 남촌》

후지르다 휘지르다. 〈방언〉¶…새벽 무서리에 아랫도리가 척척 감기도록 후질러 가며 뛰어나가 논두렁에서 해넘이를 하자면 그 노릇도 아무나 못할 짓임에 틀림없었다.《우리 동네 崔氏》

후터분하다 '후더분하다'의 잘못. ¶(조중 찌는)…여느 생일꾼과 조금도 다를 바 없이 후터분하고 규모가 있는 사내 같았다.《관촌수필 4》

훅훅 입을 오므리고 입김을 자꾸 세게 내부는 소리. 또는 그 모양. ¶이윽고 부면장이 명승 담뱃갑만 한 마이크를 손아귀에 넣고 돌아서며 훅훅 불어 성능 시험을 하더니,《우리 동네 金氏》

훌닦다 휘몰아서 나무라다. ¶언제고 한번은 되게 훌닦아 주리라고 별러 온 것은 비단 이장을 비롯한 몇 사람만의 심정이 아니었을 터이다.《우리 동네 黃氏》

훌때리다 값을 휘몰아서 시세보다 싸게 매기다. 〈방언〉¶…논마늘은 아예 지치러기로 쳐서 덮어놓고 훌때린다는 것이었다.《우리 동네 姜氏》

훌부시다 음식을 남기지 아니하고 부시듯이 시원스럽게 죄다 먹다. ¶최는 상을 끌어당겨 검비검비 훌부시었다.《우리 동네 崔氏》

훌쩍훌쩍 콧물을 들이마시며 흐느껴 우는 소리. 또는 그 모양. ¶(시) 돌이네 검둥이가/ 자전거에 실려 가자/ 돌이는 돌아서서/ 훌쩍훌쩍.《아기랑 토끼랑》

훌쭉훌쭉 만족스러운 듯이 슬쩍 자주 웃는 모양. ¶"안주는 자네가 은으소. 술은 내가 내니께." 쌍례 아배가 훌쭉훌쭉 웃으며 말하자,《관촌수필 5》

훌훌 ① 시원스럽게 벗어 버리는 모양. ¶…어디로 훌훌 여행이라도 떠나 버리고 싶은 것이 요즘의 내 심경인 것이다.《재탕》② 묽은 죽이나 국 같은 것을 시원스럽게 들이마시는 모양. ¶…끓는 화덕에서 갓 떠낸 수제비를 훌훌 들이마셔도 더운 법이 없었다.《우리 동네 黃氏》

훔척거리다 보이지 않는 데 있는 것을 찾으려고 자꾸 이리저리 더듬다. ¶…다다귀진 차잎을 앞에 두고 이리저리 손을 훔척거리지 않아도 좋게끔 사방으로 훨씬 되바라지지도 않은 데다《매월당 김시습》

훔치다 논밭을 맨 뒤 얼마 후에 손으로 풀을 뜯어내다. ¶"쾽일 논 훔쳤다며 고단허지두 않은감?"《우리 동네 黃氏》

훨훨 ① 부채 따위로 느릿느릿 시원스럽게 부치는 모양. ¶이상만 옹은…막부채로 땀이 고이는 앙가슴께를 훨훨 부쳐 가면서,《장척리 으름나무》② 날짐승 따위가 높이 떠서 날개를 느릿느릿 치며 시원스럽게 나는 모양. ¶"이눔아 집오리가…날개가 커가지고 들오리 되설랑은 훨훨 날아간단 말여…"《이풍헌》

훼슬훼슬 물체가 지나치게 힘없이 부스러지는 모양. ¶햇발이 훼슬훼슬 흔들리며 먼지 이는 광장에서 떠날 채비를 하고 있었다.《낙양산책》

훼젓다 '휘젓다'의 잘못. ¶…장항행 여객선에선 이은관의 배뱅이굿을 요란스레 틀어 놔, 듬성듬성 한두 마디씩 활갯짓하는 갈매기 울음소리를 훼저어, 뜬구름 두어 보따리만이 적막한 강물에서 유실된 시절을 낚아 보려 하고 있었다.《낙양산책》

휘갑하다 또다시 말하지 못하도록 말막음하다. ¶오치오는 다른 말이 없게 아예 휘갑을 해 두었다.《토정 이지함》

휘나리 희아리. 〈방언〉 약간 상한 채로 말라서 희끗희끗하게 얼룩이 진 고추. ¶"나는 그것이 하두 작고…서리맞은 휘나리 꼬추 모양 요렇게 오그라붙었길래 무심중에 어린애 자지로 착각을 했던 거예요."《장한몽》

휘넘어가다 어느 점을 중심으로 하여 휘움하게 굽은 길을 넘어가다. ¶그 바위는 대복이네 집 뒷등성이 너럭바위를 두고 휘넘어가는 오솔길 가풀막 아래 길섶에 옆구리를 대고 누워 있고,《관촌수필 5》

휘둘리다 정신 차릴 수 없도록 얼떨떨하게 되다. ¶한 대만 맞아도 눈에 불티가 일면서 머리가 휘둘리어 어질어질하였다.《유자소전》

휘뚜루 이것저것 가리지 않고 닥치는 대로 마구 해치우는 모양. ¶…설령 그럴 만한 직책이 없는 순 날건달일지라도 명색 남자라는 것이면 안팎 일에 휘뚜루 아쉬웠을 거였다.《엉겅퀴 잎새》

휘몰이 상대를 꼼짝 못 하게 세차게 나무라는 일. ¶문정이 워낙 휘몰이를 해대서 그런지 나올 때는 부디 일이 되게끔 애써 달라며 목멘 소리로 신신당부를 마지않았고《산 너머 남촌》

휘여하다 희붐하다. 〈방언〉 날이 새려고 밝은 빛이 비쳐 오다. ¶그런 꿈도 있을까 싶어 그는 한동안 어이없어 하다가 문짝을 쳐다보았다. 휘여했다. 그새 날이 샌 걸까.《장한몽》

휘우듬 휘우듬. 〈방언〉 ¶휘우듬 누워 자란 나지막한 소나무 한 그루가 찔레꿈불을 울타리하여 홀로 늙어 가던 것이 눈에 선연했다.《오자룡》

휘우듬하다 조금 휘어져 뒤로 자빠질 듯 비스듬하다. ¶최는 배경춘이네 비육우 축사 앞으로 휘우듬하게 들어간 밭가리에 염소 말뚝을 박았다.《우리 동네 崔氏》휘우듬하게 새우등진 방조제 위로 갈매기가 날았다.《달빛에 길을 물어》

휘지다 무엇에 시달려 기운이 빠지다. ¶술이 밥을 쫓아서 속이 곯았고, 속이 곯았기에 시나브로 기운이 휘지고 근력이 부치고 마음이 시들하여,《인생은 즐겁게》

휘지르다 옷을 더럽힐 정도로 쏘다니다. 〈방언〉¶(그는)…일껏 다려 입힌 바짓가랑이를 양잿물에 삶아도 소용이 없도록 휘지르면서, 걸어다니는 광고판 노릇으로 골목골목을 쏘다니기에 숙제 한 번을 제대로 해 간 적이 없는 학생이었던 것이다.《유자소전》

휘청휘청 다리에 힘이 없어 똑바로 걷지 못하고 자꾸 휘우듬하게 흔들리는 모양. ¶"…얼굴이 핼쓱허니 휘청휘청 걸어오며 기어드는 목소리로 날더러 뭐라군가 허는디…"《백의》

휘휘 여러 번 휘감거나 감기는 모양. ¶…국수 가닥처럼 늘어진 낙지발을 휘휘 감아 입속에 집어넣곤 했다.《낙양산책》

흉년 거지 동냥 주듯ⓢ (흉년이 든 해에 거지에게 주는 동냥처럼) 인색하고 손이 작다는 말. ¶"…시방까장 들어온 쌀을 볼 것 같으며는 죄다 숭년 그지 동냥 주듯이, 물알 든 베 찧은 싸래기쌀, 쭉정이 찧은 물은 쌀, 닭 오리 모이 허던 두루메기쌀, 뒷목 찧은 자갈쌀, 해설랑은이 몽땅 시게전 바닥쓸이 해 온 것이나 다름이 읎더라 이것입니다…"《우리 동네 李氏》

흉년에 윤달ⓢ 불행한 일이 겹친다는 말. ¶흉년에 윤달 들더라고, 장정 한 사람에 쌀 반 되씩을 내라는 통문이 세 번째로 돌자 그 때는 배냇적 벙어리까지도 한마디씩 내뱉으며 분통이 터져 못 살아 했다.《오자룡》

흉물(을) 떨다 음흉한 속셈으로 의뭉한 짓을 하다. ¶…사지를 버르적거려 가며 인사불성이 따로 없다는 듯이 주정하는 시늉을 하여 흉물을 떨어 온 거였다.《인생은 즐겁게》

흐너지다 포개져 있던 작은 물건들이 낱낱이 허물어지다. ¶그러나 그는 언젠가부터 세월없이 갈고 다듬어서 포갬포갬 쌓아 올린 공든 탑이 하루아침에 마파람 한 회오리로 흐너져 버린 것처럼 허전거리는 마음을 스스로 다독거릴 수가 없었다.《장동리 싸리나무》

흐득거리다 숨이 막힐 듯이 이따금 흐느끼다. ¶시험 삼아 눈물을 찔끔거리며 목멘 소리로 흐득거리면 어떤 반응이 보일까 하는 호기심일 뿐 정말로 울 순 없겠던 것이다.《추야장》

흐르르하다 옷감 따위가 얇고 풀기가 없어 매우 부드럽다. ¶…뒷주머니를 뜯어 댄 조각이라서 보풀이 거칠고 흐르르하여 가면 며칠이나 가랴 싶다.《백결》

흐리마리하다 그런지 안 그런지 분명하지 않다. ¶서울의 공기는 밤에도 보였다. 달무리처럼 흐리마리한 것이 서울의 밤공기였다.《산 너머 남촌》

흐리멍덩하다 똑똑하지 못하고 흐리다. ¶"산월도 산월이지만, 일이 저런 일이고 보니 마누라한테 소박 안 맞고 견디겠수?" 엄살도 아니고 탄식도 아니면서 호소하듯 한 소리에 작부의 웃는 귀밑이 흐리멍덩하게 보였다.《장한몽》

흐무러지다 아주 물러지거나 물크러지다. ¶눈이 물간 생태 모양 우묵한 데다 생채가 사위고 흐무러진 까닭이었다.《산 너머 남촌》

흐무지다 잘 익어서 무르녹다. ¶경원은 진달래꽃이 흐무지게 바래진 높나직한 야산들을 차창 밖에서 문득 발견할 때,《낙양산책》

흐벅지다 탐스럽게 두툼하고 부드럽다. ¶"…자네가 대사나 치른다면 혹 모를까 흐벅진 상 받아 보기는 영 그른 것 같네." 《산 너머 남촌》

흐지부지하다 끝을 분명히 맺지 못하고 흐리멍덩하게 넘기다. ¶…그럭저럭 살다가 제물에 흐지부지하고 몸을 마친 예사 허릅숭이는 아니었다. 《유자소전》

흑보기 눈동자가 한쪽으로만 몰려 늘 흘겨보는 사람. ¶안은…번버듬하게 번나간 쪽을 흑보기 눈으로 어루더듬으려 했다. 《우리 동네 姜氏》

흑싸리 껍데기 신세이다㊂ 천대나 받고 사는 적막한 신세라는 말. ¶(산) 그러나 촌생원 김 주사라고 해서 길래 흑싸리 껍데기처럼, 오동 3패 신세로, 조강모령의 두메에 묻힌 채 남의 눈 밖에서만 돌며 푸대접을 받으란 법은 없던가 보았다. 《아픈 사랑 이야기》

흔드렁건드렁 흔드렁흔드렁. 〈방언〉 ¶마길식이 흔드렁건드렁 초상집 다녀오는 구장 걸음으로 '누구나의 집' 마당을 가로질러 오는 게 눈에 띄었던 것이다. 《장한몽》

흔드렁흔드렁하다 매달려 있는 큰 물체가 좁은 폭으로 자꾸 가볍게 흔들리다. ¶…맨발로 개펄 진구렁을 헤매던 재식이가 흔드렁흔드렁하며 턱밑으로 다가들던 것이다. 《해벽》

흔들흔들 흔들거리는 모양. ¶(시) 모난 돌 둥근 돌/ 흔들흔들 징검돌. 《징검다리》

흔전거리다 생활이 넉넉하여 매우 흔전하게 푼더분히 쓰며 지내다. ¶아내는…빚을 내서라도 흔전거리며 사는 이웃들이 부럽고 시새운 투정이었다. 《강동만필 1》

흔전만전 ① 돈이나 물건 따위를 조금도 아끼지 않고 함부로 쓰는 모양. ¶…거추없이 술 인심을 쓴 것이 그 시초였다. 무턱대고 흥청거리며 있는 대로 흔전만전 쓰고, 쓴 만큼 빚을 진 거였다. 《우리 동네 鄭氏》 ② 아주 흔하고 넉넉한 모양. ¶"…공장만 들어스래여, 흔전만전헌 공장 색시 골라잡어 장가갈 텡께." 《우리 동네 張氏》

흔전하다 모자람이 없이 아주 넉넉하다. ¶아무리 마실 것이고 집을 것이 흔전한 자리라 해도 구미가 썩 당기지 않기는 봉출 씨 역시 일반이었으니까. 《장곡리 고욤나무》

흔털뱅이 헌털뱅이. 〈방언〉 ¶"…무엇이 끕끕해서 흔털뱅이 다이야 팔어 술 받어 마셔?" 《우리 동네 黃氏》

흘게 고동·매듭·사개 등을 단단하게 쥔 정도나 무엇을 맞추어서 짠 자리. ¶문의 말에 귀가 솔깃해서 흘게가 늦어졌는지도 몰랐다. 《우리 동네 張氏》 ※흘게(가) 늦다 : 하는 짓이 야무지지 않다.

흘게 늦은 사돈 (행동이 굼뜬 사돈) 다루기가 거북한 사람이라는 말. ¶남들이 점심 전에 입고시키려고 다리가 떨어지게 설쳐대니, 눈치가 보여서도 흘게 늦은 사돈처럼 술만 축내고 앉았기가 거북하던 모양이었다. 《우리 동네 姜氏》

흘기눈 흑보기. 〈방언〉 ¶옹은 장자울집에서 하는 짓이 못내 섭섭하여 오늘도 흘기눈을 떴다. 《장척리 으름나무》

흘기죽죽하다 흘겨보는 눈에 못마땅한 빛이 드러나 있는 듯하다. ¶그는 아내 몰래 한 번 더 까치 둥지를 훔쳐보고 나서 입속으로 중얼거렸다. 그러고 있는 그를 한창 흘기죽죽한 눈으로 흘겨보고 있던 아내가

불퉁스럽게 물었다.《장이리 개암나무》

흘러가는 물 퍼주기⑤ 아쉬울 것 없이 마음대로 인심 씀을 이르는 말. ¶ "글쎄올시다. 그래도 이 사람이 보기엔 색시 쪽에서는 여간 거북스럽지가 않을 것 같소이다." "거북해 봤자 흘러가는 물 퍼주기 정도겠지요."《강동만필 1》

흘러흘러 흐르고 흘러서. ¶ 저 나이에 흘러흘러 여기까지 왔으면 여북 어려하여 스스럼없이 그런 말을 다 하겠는가 싶던 거였다.《산 너머 남촌》

흘흘 흐뭇해서 소리를 죽여 가며 실없이 웃는 모양. 또는 그 소리. ¶ 영감은…근식의 내력을 들추어 가다 말고 흘흘…지저분한 소리로 웃었다.《가을 소리》

흙더버기 진흙이 튀어 올라 붙은 여러 개의 작은 방울. ¶ 날만 궂으면 금방 흙더버기가 되기 마련이었지만 아내는 헌 칫솔과 마른걸레로 떨고 닦는 데 한 번도 게을러 본 적이 없었다.《산 너머 남촌》

흙보탬 '죽음'을 비유적으로 이르는 말. ¶ (산)…비바람 눈서리를 사초 삼아 한줌 흙보탬으로 마친 외로운 넋들에 하루 쉼터를 장만함은 연래의 과제가 아닐 수 없었다.《지금은 꽃이 아니라도 좋아라》

흙산 돌이나 바위가 별로 없고 흙으로만 이루어진 산. ¶ …소동라의 모습은 온산이 높다가 말고 깊다가 말아 그저 두루뭉실한 흙산일 뿐이었다.《매월당 김시습》

흙을 파먹다 농사를 짓다. ¶ 흙에서 태어났으니 흙이나 파먹고 살다가 흙으로 돌아가겠다는 노인네들의 소박한 귀속주의도 일단 이해는 가거든요.《산 너머 남촌》

흙투배기 흙투성이. 〈방언〉 ¶ …비록 남

방셔츠 조각에 흙투배기 운동화짝으로 밑을 하고, 민방위 모자로 눈썹 챙은 했어도 속에 말마디나 짓 담아 둔 것 같은 틀거리가 분명했다.《우리 동네 金氏》

흠빨고 감빨다 입으로 검쳐 물고 탐스럽게 빨다. ¶ "일났수…서울 사람들은 벌레까지 수입해다가 지지고 볶아 흠빨고 감빨고 해쌌는데…"《산 너머 남촌》 ※흠빨다 : 깊이 물고 빤다.

흠칫흠칫하다 몸을 움추리며 자꾸 갑작스럽게 놀라다. ¶ …어깨를 흠칫흠칫해 보이던 수다쟁이 대복 어매 말은 곧이듣지 않더라도《관촌수필 6》

흥감 넌덕스러운 말로 실지보다 지나치게 떠벌리는 짓. ¶ 그가 아내의 극성이 우스워서 마음에 없는 소리를 하면 그녀도 덩달아서 대번에 흥감을 떨었다.《산 너머 남촌》

흥감스럽다 넌덕스러운 말로 실지보다 지나치게 떠벌리는 태도가 있다. ¶ "저는 아저씨의 멋을 믿는 거라구요." 문정은 하양을 보내고 나서 한동안 흥감스러움을 주체할 수가 없었다.《산 너머 남촌》

흥덩거리다 둥둥 떠 이리저리 자꾸 흔들리다. ¶ "그머리가 촌수 가까운 줄 알고 반겨 하면 싸게 나와 씻을 일이지 게서 뭣 허느라고 흥덩거린다냐?"《오자룡》

흥덩흥덩하다 물 따위가 넘칠 만큼 매우 많다. ¶ 그러면서도 회장이 벌써 몇 해째나 그럭저럭 참고 견딘 것은 생각하는 것이 우물처럼 풍덩풍덩하게 깊거나 두멍처럼 흥덩흥덩하게 넓어서가 아니었다.《장평리 찔레나무》

흥뚱황뚱 어떤 일에 정신을 온전히 쓰지 않고 꾀를 부리거나 마음이 들떠 있는 모양. ¶…장에라도 가는 날이면 흥뚱황뚱 해동갑을 하고도 다른 동네에 가서 집을 찾아 헤매기 일쑤였고,《우리 동네 柳氏》

흥뚱거리다 어떤 일에 정신을 온전히 쓰지 못하고 마음이 들떠 건들건들 행동하다. ¶밥 먹고 늙을 일밖에 없는 사람이라 아침나절부터 시내에서 흥뚱거리다가 다 저녁때에야 깃들인 남편을 보자, 회장은 장마다 꼴뚜기라고 다짜고짜로 부아풀이를 하고 나섰다.《장평리 찔레나무》

흥부네 살림 매우 가난한 살림을 이르는 말. ¶"…싱겁이 형편이 워낙 흥부네 살림이라서 너와 장래를 함께할 수 없다 한 것뿐인지…"《엉겅퀴 잎새》

흥얼흥얼 흥에 겨워 입속으로 계속 노래를 부르는 소리. 또는 그 모양. ¶거의 다 오니 들리는 노래가 불순이다. 충무공 타령이다. 그도 곡조를 흥얼흥얼 따라갔다.《야훼의 무곡》

흥청망청하다 흥에 겨워 마음대로 즐기다. ¶…막걸리 몇 잔에 혹해 허발대신 들이켜며 흥청망청하던 인부들이 가엾기 그지없었다.《장한몽》

흉흉스 흉흉스 후투티의 울음소리. ¶흉흉스 흉흉스 하고 울며 지붕의 추녀마루 틈서리를 후비고 살던 후투티《그리고 기타 여러분》

희끔거리다 희끗희끗하다.〈個語〉¶…늪이 뒤척여 잔너울이 번거들리는 눈치가 보이면, 덩달아 한 송이 두 송이씩 흰 눈은 부서져 희끔거리며 내려앉고 있었다.《오자룡》

희끗뉘끗 희끗거리는 모양. ¶그렇다. 그것은 우리가 늘 보던 기차가 아니었다. 울긋불긋 희끗뉘끗한 사람들로 미어지던 보통 기차가 아니었다.《관촌수필 3》

희나리 '흘떼기'의 잘못. 짐승의 힘줄이나 근육 사이에 박힌 얇은 껍질이 많이 섞인 질긴 고기. ¶칼 오래기나 도맛밥으로 떨어진 희나리 고기 부스러기와 비계 몇 점에 선지를 조금 얻어 가는 것이 고작이었다.《관촌수필 6》

희나리 ① 채 마르지 않은 장작. ¶바깥마당에 희나리로 피워 놓은 화톳불이 이만치까지 매움한 냇내를 보내고 있었다.《장곡리 고욤나무》② 희아리. ¶(신태복이와 조태갑이가)…장에 희나리 고추를 돈 사러 가는 길에 찧고 까불던 말이었다.《우리 동네 柳氏》

희나리 빠개는 소리 퉁명스러운 말투의 비유. ¶"이이가, 간 떨어질 뻔 봤잖여. 내둥 가만히 앉어 있다가 왜 난디없이 희나리 빠개는 소리는 내구 이런댜."《장천리 소태나무》

희듬희듬 희끗희끗. 흰 빛깔이 군데군데 뒤섞여 얼비치는 모양.〈個語〉¶문득 무뎌진 펜을 뽑아 몇 자 안부 기별하려니, 문풍지 울어 보는 눈발이 희듬희듬.《임자수록》

희떱다 말이나 행동이 실속이 없고 이치에 어긋나다. ¶문정은 자기도 모르게 기가 나서 부러 허리를 저어 부라질로 거드럭거리며 나잇값도 없이 희떠운 소리를 하였다.《산 너머 남촌》

희뜩거리다 다른 빛깔 속에 흰 빛깔이 군데군데 뒤섞이어 보이다. ¶눈발이 희뜩거리고 바람 끝에 살얼음이 가기 시작하자 순심이를 걱정하던 사람들은 더욱 안타까워하였다.《관촌수필 4》

희뜩대다 희뜩거리다. ¶…눈발이 희뜩대면 곧잘 콩새와 굴뚝새들이 날아들어 푸득대던 덤불도《관촌수필 1》

희번득거리다 눈을 크게 뜨고 흰자위를 자꾸 번득 움직이다. ¶그는 당장 어떻게 해볼 듯이 팔뚝을 코앞으로 치켜올려가며 눈을 희번득거렸다.《우리 동네 黃氏》

희번득이다 희번덕거리다. 〈방언〉 ¶…6·25 끝이었으므로, 끼니를 잇지 못해 허기져서 뒤집힌 눈을 들짐승 사냥에 희번득인다고 하여 누구 하나 탓하려 들지도 않았으며,《그리고 기타 여러분》

희붉다 흰빛이 돌게 붉다. ¶바깥으로 나오자 술맛이 날 만하게 솔바람 소리는 계곡 굽이치듯 시원스러웠으나, 희붉은 대폿집이며 음식점들은 술꾼으로 가득차 들여다볼 틈도 없었다.《그가 말했듯》

희붓하다 히죽이. 〈個語〉 ¶…미스 홍이 쪽지를 내 앞에 놓고는 희붓하게 웃으며 돌아갔다.《그럴 수 없음》

희븐희븐 희끗거리는 것이 좀 흔들려 보이는 모양. ¶희븐희븐 꽃빛이 달잎에 서려지며 흐느끼는 소리였다.《그럴 수 없음》

희아리 조금 상한 채로 말라서 희끗희끗하게 얼룩이 진 고추. ¶"…들뜬 꼬치장에 지리 비리헌 희아리 꼬추허구 강술 허느니, 숫제 목구녕을 차압허는 게 낫겠어."《우리 동네 黃氏》

희어멀끔하다 희멀끔하다. 〈방언〉 살빛이 희고 멀끔하다. ¶…부희란 이름을 불러 줄 이 없이 '이 마담'으로 둔갑한 채 겉만 희어멀끔하니 보람을 모르고 사는 것이다.《그럴 수 없음》

희읍스름하다 썩 깨끗하지 못하고 약간 희다. ¶…문 닫힌 마을 회관 앞에 들어온 희읍스름한 버스는 학교가 파한 아이들을 한마당 그들먹하게 부려 주고 서둘러 모롱이로 돌아간다.《산 너머 남촌》

희치희치하다 천이나 종이 따위가 군데군데 한쪽으로 쏠려 뭉치거나 미어진 데가 있다. ¶"춘자 아버지두, 우리가 시방 춘자 아버지 입던 빤쓰를 을으러 왔단 말유? 희치희치허구 낡음낡음헌 흔 빤쓰를…"《우리 동네 黃氏》

희희희희 웃음소리를 익살스럽게 나타내는 말. ¶희희희희…웬 소린가 싶어 흘끔 돌아보니 아내가 웃는 소리였다.《산 너머 남촌》

흰떡도 고물 든다〈俗〉 아무리 사소한 일이라도 밑천이 있어야 한다는 말. ¶아이가 너무 순진하여 탈이었고, 흰떡은 고물이 더 드는 법이기에 바로잡아 줄 길이 막연하여 더욱 난감하였다.《그리고 기타 여러분》

흰목(을) 젖히다 희떱게 뽐내며 목을 젖히다. ¶"아직 특효약이 없는 병이라서 말야…" 녀석은 흰목 젖혀 가며 자신 있게 말하고 있었다.《관촌수필 5》 ※흰목 : 터무니없이 자기 힘을 뽐내는 것.

흰소리 터무니없이 자랑하거나 실지보다 과장하여 하는 소리. ¶"흰소리는 무궁화 삼천릴세."《우리 동네 李氏》

흰소리를 치다 기세당당하게 흰소리를 내뱉다. ¶변은 그런 걱정할 새 있으면 헛삶이하고 가물어 돌덩이같이 굳어 버린 볏밥이나 고루 써레어 놓으라구 흰소리를 치던 것이다.《우리 동네 鄭氏》

히끔 얼른. 〈방언〉 ¶한 번 더 목통을 놓아서야 아내가 히끔 돌아보았지만 그냥 내년보살하고 있었다.《우리 동네 黃氏》

히끔거리다 희끗희끗하다. 〈방언〉 ¶땡볕
이라 그런지 우렁 줍는 백로 한 마리만 히
끔거릴 뿐,《우리 동네 金氏》

히득히득 자꾸 거볍고 실없이 웃는 소리,
또는 그 모양. ¶'이름이 뭐니?' 아주 다정
한 음성으로 묻기도 했었지. '자.' 그녀는
히득히득 웃으며 그랬다. 영자 춘자 복자
정자…그중에 하나일 거였다. 《부동행》

히들거리다 입을 볼썽사납게 벌리며 웃음
을 참지 못하고 싱겁게 자꾸 웃다. ¶…영
감은 싱거운 웃음을 주체 못해 히들거렸
다.《장한몽》

히뜩 이가 희끗하고 보이게 얼핏 웃는 모
양. 〈個語〉 ¶그는 흘러내린 앞머리를 쓸
어 넘기며 히뜩 하고 웃었다.《강동만필 2》

히뜩히뜩 계속 히뜩거리는 모양. ¶그녀
는 히뜩히뜩 웃어 가며 가진 것을 내주었
다.《관촌수필 3》

히마리 '힘'의 일어식 잘못된 표현. 〈충남
지방에서는 일상 용어화한 말임〉 ¶그런
데 그런 말도 차츰 히마리를 잃어 갔다.
《산 너머 남촌》

히믈히믈 입술이 좀 실그러뜨리며 소리 없
이 자꾸 웃는 모양. ¶"할로 할로…" 듣던
말로 부르며 미군의 손목을 잡아끌고 발
돋움해 갔다. 미군은 멋도 모르고 히믈히
믈 웃으며 가볍게 이끌렸다. 좋은가 보았
다.《지혈》

히엿히엿 웃을 때 하얀 이빨이 자꾸 희게
드러나는 모양. ¶그 미군들은 우리에게
뭔가를 던져 주며 히엿히엿하게 웃고 연
방 고갯짓을 했는데,《관촌수필 3》

히죽히죽 만족스러운 듯이 자꾸 슬쩍 웃는
모양. ¶…그 꼴을 외면 못 해 히죽히죽

웃는 아이가 한둘이 아니었다.《장한몽》

히쭉거리다 '히죽거리다'의 센말. ¶문정
이 고개를 드니…화성전자대리점의 일 보
는 아이가 난로를 안고 내다보며 히쭉거
리는 것이 보였다.《산 너머 남촌》

히히 남을 놀리듯이 까불거리며 웃는 소
리. ¶"이 새끼는 또 술 처먹었니?" "그럴
수 없어 쇠주 한잔, 히히…"《야훼의 무곡》

히히거리다 '히히' 소리를 자꾸 내며 웃다.
¶작부들이 히히거렸다.《해벽》

힐힐 마음이 흡족해서 입을 못 다물고 웃
음을 흘리는 모양. 또는 그 소리. ¶우길
은 결박 지워진 채 두껍닫이 문에 등을 기
대고 앉아 힐힐 웃었다.《생존허가원》

힘이 부치다 힘이 모자라거나 미치지 못
하다. 감당하기 어렵게 되다. ¶그녀는 푸
나무 다발을 이고 산에서 내려오기 시작
했다. 언제나 힘이 부쳐 비질거리는 걸음
새로 내려오곤 했지만 오늘은 유난히 다
리힘이 달리나 보였다.《그때는 옛날》

힘지다 힘이 있다. ¶그는 내 손을 잡고 여
러 차례나 힘지게 흔들었다.《관촌수필 5》

힘힘하다 한가하다. 심심하다. 〈古語〉 ¶
(산) 잗젊은이건 늙숙한이건 명질날임을
핑계하며 힘힘해하는 이도 구경할 수가
없었다.《지금은 꽃이 아니라도 좋아라》